KB001442

김명곤 희곡·시나리오 全作集

사로잡힌 꿈

## 시나리오 용어 정리

| | |
|---|---|
| **S#** | Scene. 신. 같은 시간, 장소에서 상황이나 행동, 대사, 사건이 나타나는 한 장면을 의미합니다. |
| **B.S** | Bust Shot: 가슴 위까지 촬영을 말합니다. |
| **E.** | Effect. 화면 밖의 소리를 나타냅니다. |
| **O.L.** | Over Lap. 현재 장면과 다음 장면이 겹쳐지는 효과, 앞사람의 대사가 끝나기 전에 시작한다는 의미입니다. |
| **INS.** | Insert. 신 안에서 다른 신을 넣을 때 사용합니다. |
| **Cut To.** | 신 내에서 화면이 전환될 때 사용합니다. |
| **L.S.** | Long Shot. 원거리 촬영을 의미합니다. |

**김명곤** 희곡·시나리오 全作集　　　1973-2022

시로잡힌 꿈

허클베리북스

## 사로잡힌 꿈

그 꿈 이룰 수 없어도
싸움 이길 수 없어도
슬픔 견딜 수 없다 해도
길은 험하고 험해도
정의를 위해 싸우리라
사랑을 믿고 따르리라
잡을 수 없는 별일지라도
힘껏 팔을 뻗으리라
(중략)
이 한 몸 찢기고 상해도
마지막 힘이 다할 때까지
가네 저 별을 향하여

　뮤지컬 「맨 오브 라만차(Man of La Mancha)」의 주제곡 〈이룰 수 없는 꿈(The impossible Dream)〉의 한국어 가사이다. 자신을 위대한 기사 돈키호테라고 망상하는 초라한 시골 늙은이 알론조 키하나. 주막집 하녀 알돈자를 고귀한 여인 둘시네아라고 착각한 그가 그녀를 향해 "나는 이룰 수 없는 꿈을 꾸고, 이루어질 수 없는 사랑을 하고, 이길 수 없는 적과 싸우고, 견딜 수 없는 고통을 견디며, 잡을 수 없는 저 하늘의 별을 잡는" 위대한 기사라고 외치는 우스꽝스러우면서도 슬픈 노래다. 요즘 나는 이 노래에 푹 빠져 있다. 그 가사와 선율이 귀에 맴돌아 자꾸 흥얼거린다. 이 노랫말 가운데 '정의'라는 단어를 '예술'이라는 단어로 바꾸면 영락없는 내 신세 같아서다.

　나의 청춘 시절은 연극과 음악, 그리고 문학에 대한 갈증이 '질풍노도(Strum und Drang)'처럼 소용돌이치는 시기였다. 그 갈증 때문에 한 모금 한 모금 예술의 샘물을 마시면서 남모르는 기쁨을 느꼈고, 그 기쁨은 내 인생을 풍부하게 해 주었다. 소년 시절부터 내 눈 앞에 펼쳐진 가난과 병마의 험악한 가시밭길을 꿋꿋이 버티며 살아올 수 있었던 것은 오로지 내 가슴을 불태운 예술에 대한 꿈 덕분이다. 나는 그 많은 꿈을 '불후의 명작(?)'에 대한 꿈이라고 압축해서 말하곤 했다. 남들은 비현실적 몽상이라고 비웃을만한 꿈이지만 내게는 절실하고, 심장을 뛰게 하고, 몸속의 병균들마저 굴복시킨 꿈 ― 바로 그것 때문에 나는 연극배우로, 영화배우로, 소리꾼으로, 연출가로, 작가로, 기획자로, 제작자로, 극장 경영자로, 장관으로, 쉴 새 없이 위태로운 줄타기를 하며 살아왔다.

그중 가장 힘들고 위태로우면서도 나를 남모르게 기쁘게 했던 결과물은 작가로 참여했던 대본들이다. 혼자 끙끙대며 구상을 하고, 수없이 수정(修正)하면서 초고를 쓰고, 연습하면서도 수정하고, 공연하면서도 수정하고, 공연 끝내고도 수정하고… 미완성의 아쉬움 때문에 여전히 나를 불안하게 하는 '내 영혼의 수정(水晶)'들이지만 나의 고통과 애정이 담뿍 묻어 있는 보석과도 같은 존재들이다.

어느덧 숨을 고르고 펜을 내려놓을 나이가 되었지만 나는 아직도 글쓰기를 멈추지 않는다. 수많은 '불후의 명작'에 대한 꿈이 여전히 내 가슴속에서 맹렬하게 소용돌이친다. 그 꿈들은 여전히 나를 들뜨게 하고 잠 못 이루게 한다. 나는 오늘도 한심한 꿈에 사로잡혀 살아가는 돈키호테 같은 몽상가다. 그 몽상의 편린들을 모아서 『김명곤 희곡·시나리오 全作集』이라는 이름으로 출판까지 할 수 있게 되었으니 참으로 분에 넘치는 일이다.


이 책을 위해 불철주야 애써주신 허클베리북스의 반기훈 대표님, 출간준비위원회의 여러 고문님과 위원님들, 그리고 이 책에 수록된 작품들을 만들 때 참여했던 수많은 배우, 소리꾼, 디자이너들, 기획자들, 스탭분들, 제작자들, 내 꿈을 키우고 이끌어주신 여러 스승님들, 귀한 인연으로 나와 만나 크고 작은 꿈을 나눈 수많은 선후배, 동료, 친구들에게 무한한 사랑과 감사의 마음을 전한다. 그리고 꿈을 잃지 않고 살아갈 수 있게 믿음과 사랑으로 길러주신 부모님, 오랜 시절 내 꿈의 든든한 응원군이 되어준 아내와 아이들, 그리고 내 꿈의 마지막 보루 사랑스러운 손주들에게도….

김명곤

저자 서문

# 1부    희곡

1부

# 희곡

# 장사의 꿈

◆ 원작: 황석영「장사의 꿈」

| 나오는 사람들 |


**배우1:** 차일봉

**배우2:** 사회자 / 한의사 / 덕팔 / 똘만이 / 따루마 / 생쥐 / 장태산 / 웨이타

13  이 작품은 배우 두 사람의 등퇴장만으로 장면이 쉴 새 없이 변화되는 형식이기 때문에 무대는 매우 단순하게 설계되어야 한다.

악사 몇 명이 연주하는 경쾌한 반주 음악에 맞춰 배우 1, 2, 마치 쇼 무대의 사회자와 같은 모습으로 등장한다.

**배우1**  지루한 시간!
**배우2**  얼마나 오랫동안 기다리셨습니까?
**배우1**  청운의 꿈을 가슴에 품고 고향을 떠났으나 험난한 세파 속에 서울의 뒷골목을 방황해야만 했던 어느 청년의 이야기!
**배우2**  「장사의 꿈」.
**배우1**  풍자와 해학, 폭소와 흥분의 도가니 속에서 펼쳐지는 사랑과 죽음, 스릴과 서스펜스, 욕정과 분노의 파노라마!
**배우2**  「장사의 꿈」.
**배우1**  우리 시대의 가장 부끄러운 곳을 노골적으로 적나라하게 파헤친 걸작!
**배우2**  「장사의 꿈」.
**배우1**  을 가지고 오늘 저녁 공연하게 된 것을 무한한 영광으로 생각하는 바입니다. 여기, 방황하는 청춘의 심벌 차일봉 역에는 본 극단이 자랑하는 육체파 배우 OOO 씨! OOO 씨, 준비해 주시기 바랍니다.

배우2, 퇴장한다.

**배우1**  이와 함께 태산거사, 따루마, 생쥐, 도사 등 열 가지 역으로 변신하며, 연극의 재미를 더해 줄 배우는 본 극단이 결코 내놓고 싶지 않은 흘러간 대스타 OOO 씨! 예, 바로 저 올습니다. 그러면 이제부터 「장사의 꿈」 그 막을 올려 드리겠습니다.

음악이 사라지면 배우1, 퇴장하여 어둠 속에서 〈뱃노래〉를 부른다.
악사, 북을 친다.

**배우1**  *어화 ------ 어화 어기여 어허 어화*
*어기야 어하 어기야 어하 어기야 어하 어기여 어하*
*출렁이는 파도 위에 고깃배가 떠나간다*


장사의 꿈

조명이 밝아지면 배우2, 차일봉으로 변신하여 노 젓는 동작을 하며 등장한다.

**차일봉**　　전라도 서해 바닷가에 '장수마을'이라고 있습니다. 앞으로 바다가 쫙 펼쳐져 있구요, 뒤로는 장수봉이 우뚝 솟아 있는 작은 어촌이죠. 바로 제 고향입니다. 우리 고향은 가난했지만 평화스러운 마을이었습니다. 명절날만 되면 온 마을이 들썩들썩했는데 나는 동네 꼬마 친구들하고 온 마을을 뛰어다니고, 꽹과리를 두드리고, 떡을 훔쳐먹고 신이 났습니다. 정초에는 연을 날리고, 대보름날에는 깡통에다 숯을 넣어서 쥐불놀이를 하고, 단옷날에는 그네뛰기도 하고 줄다리기도 했는데, 나는 그중에서도 팔월 추석에 열리는 씨름대회가 제일 신났습니다. 보통 때는 나를 쳐다보지도 않던 동네 처녀 애들이 그날만은 나를 쳐다보는 눈초리가 달라지거든요. 내가 읍내에서 열리는 면 대항 장사 뽑기 대회에 우리 마을 대표로 나간 게 몇 살 때인지 아십니까? 열여섯! 이팔청춘! 방년 십육 세였다 이겁니다.

한복을 입고 정자관을 쓰고 호루라기를 목에 건 배우1, 꽹과리를 두드리며 장사 씨름대회 사회자가 되어 나온다.
악사들이 풍물을 연주한다.

**사회자**　　천고마비의 계절, 오곡백과가 무르익는 계절 가을에, 흥겨운 팔월 추석을 맞어 가꼬 벌이는 마을 대잔치, 면 대항 장사 뽑기 대회 그 최종 결승전을 시작 허것습니다!

사회자, 잠시 장내 정리를 한다.

**사회자**　　에, 그러면 본대회 상품을 소개해 올리것습니다. 우승자한티는요, 황소 한 마리가 수여되것고요, 부상으로요, 본 읍 출신 국회의원으로서요, 여당 의원들을 갖다가 업어치기, 밧다리 후리기 같은 좋은 기술로 물리치시고 단상의 사회봉을 탈취하시는 등 맹활약을 하시는 손갑득 의원님께서 보내주신 일반미 한 가마니허고요, 그러고요, 본읍 출신의 영화배우로서요, 〈오늘 밤에 오세요〉, 〈한낮에 정사〉, 〈한 번은 짧게 한 번은 길게〉 이런 좋은 영화에 겹치기 출연허시니라고 굉장히 바쁘신 인기 여배우 장미라 씨가 보내주신 구두 한 켤레가 수여되것습니다. 에, 그러면 대전헐 두 선수를 소개해 올리것습니다. 백두장사, 키 일 메다 팔십오 센티메다, 몸무게 백오 킬로그람, 방년 29세, 빨간 샅바 김만기!

풍물 소리.

**사회자**    한라장사, 키 일 메다 칠십오 센티메다, 몸무게 구십 킬로그람, 방년 16세, 파란 샅바 차일봉! 양 선수 앞으로 나와 주시기 바랍니다. 샅바를 잡아 주시기 바랍니다.

일봉, 장단에 맞춰 씨름 동작을 한다.

**사회자**    어잇! 뻭!

호루라기 소리와 함께 풍물 소리.

**사회자**    차일봉 선수가 김만기 선수를 물리치고 당당 참피온이 되야 버렸습니다. 다음에는 황소가 수여되것습니다. 음메 ---
*장사 났네 장사가 났어*
*장수마을 장수봉에 장사가 났네*

배우-1, 노래를 부르며 퇴장한다.

**차일봉**    우리 집안은 대대로 내려오는 뱃놈 집안이었습니다. 우리 아버지는 진짜 어부였습니다. 목소리는 걸걸하게 쉬고 팔뚝은 울퉁불퉁했고요, 힘세고 등치가 커서 모두들 차장사라고 불렀습니다. 언젠가 미친 황소 한 마리가 동네를 마구 휘젓고 다닌 적이 있었는데요, 사람들은 무서워서 이리 피하고 저리 피하고 난리가 났었는데 우리 아버지가 쓱 나서더니 와, 황소 뿔을 탁 잡대요. 야잇! 우라찻! 하고 힘을 주니까, 그 큰 황소가 무릎을 탁 꿇대요. 이 정도는 아무것도 아닙니다. 그 황소를 바라보시던 우리 아버지가 꼬리를 탁 잡더니 휙 들어 가지고 빙빙 돌리다가 탁 놓으니까 황소가 윙 날아가서 서해 바다에

장사의 꿈

퐁당 빠지대요. 하여간 나는 힘을 쓰는 데는 역사와 전통이 뚜렷한 가문에서 태어났다 이 말입니다. 옛날엔 고기도 참 많이 잡혔죠. 조기, 민어, 고등어, 갈치… 한번 바다에 나갔다 하면 몇 날 며칠을 파도하고 씨름을 했습니다. 멀리 수평선에서 점들이 보이고 배들이 만선기를 펄럭이며 돌아올 때면 동네가 온통 난리가 납니다. 전 아직도 우리 동네 어부 아저씨가 부르던 〈뱃노래〉 소리가 귀에 쟁쟁합니다.

허름한 어부 옷으로 갈아입고 머리띠를 두른 배우1, 〈뱃노래〉를 부르며 나온다.

**배우1**   (약하게 멀리서) *어기야 어허 어화*

*어기야 어화 어기야 어화*

*영차 --- 영차 --- 영차 --- 영차 ---*

*어여차 저처 으어 --- 영차 ---*

*간다 간다 으어허허 바다에 간다 영차*

*정든 님 두고서 으 --- 바다에 간다*

*이제나 가면 으 --- 언제나 오나 ---*

*어야디여차호 어야디여차호*

*어허 --- 어야디여 ---*

*달은 밝고 명랑한데 고향 생각 절로 나네*

배우1, 퇴장한다.

**차일봉**   그러다가 우리 마을에 심상치 않은 일이 생겼습니다. 갑자기 부르도자 하고 크레인 수십 대가 몰려와서요, 장수봉을 마구 파헤치고, 다이너마이트를 펑 펑 터뜨리고, 마을을 온통 쑥밭으로 만들어 놓았어요. 무슨 공업단지가 들어 선다고 그러대요. 그 통에 우리 마을을 지켜 주던 장수봉도, 장수 바위도 싹 없어져 버렸어요. 그러던 어느 날이었습니다. 마을 앞바다에 검은 기름이 둥 둥 떠오르더니 고기가 떼죽음을 당하고, 김이며 백합 양식장이 모조리 작살나 버렸어요. 그 통에 우리 아버지가 하던 양식장도 모조리 망해 버렸죠. 검은 기름으로 덮인 양식장에서 기름을 퍼내던 아버지는 갑자기 고함을 치시면서 공사를 하고 있는 곳으로 달려갔습니다. 벌거벗은 우리 아버지가 부르도자 에 찰싹 달라붙어서 힘을 쓰기 시작했어요. 으랏차차! 그렇지만 부르도자는 꿈쩍도 하지 않았죠. 고래고래 고함을 지르고 통곡을 하시던 아버지는 막소주를 병째 벌컥벌컥 들이키시고, 방에 쓰러져 잠이 들었습니다. 그런 일이 있은 뒤부터 아버지가 시름시름 앓기 시작했습니다. 온몸이 퉁퉁 부어가지고 얼굴도 알아볼 수 없을 지경이었어요. 하루는 용하다는 한의사 한 분이 우리 집에 왔습니다.

배우1, 늙은 동네 한의사가 되어 나온다.

| | |
|---|---|
| **차일봉** | 영감님, 어서 오세요! |
| **한의사** | 갑자기 변고를 당해서 얼매나 심려가 큰가? 부친이 어디 계신가? |
| **차일봉** | 이리 오세요. |
| **한의사** | 허어, 그 기골이 장대하던 장사가 이게 무슨 꼴인가? 어디 맥 좀 보세. 허 -- 심장이 약허고, 간이 붓고, 배에 물이 고이고, 콩팥이 썩었어. 허어, 저놈의 공장인지 뭔지 들어선다고 장수봉을 다 깎아 버렸으니 장수마을 장사 몸뚱이가 성할 리가 없지. 이것이 모다 개발이다, 건설이다 험서 마구잽이로 산을 깎고 땅을 파헤치는 통에 산천의 기운이 끊어지고, 땅이 썩고, 바다가 죽어서 천지의 병든 기운이 모다 사람 몸으로 옮아 와서 병이 들고 죽어가는 것이여. 자네 잠깐 나 좀 보세. |
| **차일봉** | 예. |
| **한의사** | 에 -- 자네 부친 병은 백 가지 약을 써도 안 낫는 병이여. 이거 내가 헐 소리 아니네만 자네 부친이 이달에 황천살이 끼었어. 자네가 각오를 단단히혀야것네. 나, 가네. |
| **차일봉** | 영감님, 안녕히 가세요. |
| **한의사** | 참, 자네가 무슨 띤가? |
| **차일봉** | 저, 용띤데요. |
| **한의사** | 용띠라. 어허, 영락없구만. 자네가 조실부모허고, 고향을 떠나 타관 객지를 떠돌 팔자여. 생일은 언젠가? |
| **차일봉** | 4월 4일인데요. |
| **한의사** | 비단옷을 입고 말을 타니 사람들이 막 쳐다본다. 이 말은 자네가 인기인이 되것다 이 말이여. |
| **차일봉** | 인기인이요? |
| **한의사** | 인기인이란 것은 말이여. 내 몸을 팔어 갖고 만인의 사랑을 받는 그런 직업이 |

|        |                                                                                                                                          |
|--------|------------------------------------------------------------------------------------------------------------------------------------------|
|        | 여. 춘삼월 봉귀인이라. 명년 봄 삼월에 귀인을 만나것다!                                                                                    |
| 차일봉  | 귀인이요?                                                                                                                                 |
| 한의사  | 귀인이라는 것은 자네를 갖다가 크게 출세시켜 줄 사람이여.                                                                                  |
| 차일봉  | 그 사람이 어떤 사람인데요?                                                                                                                |
| 한의사  | 알고 싶은가?                                                                                                                              |
| 차일봉  | 네.                                                                                                                                       |
| 한의사  | 그럼 손금 한번 보세. (일봉, 오른손을 내밀면) 이 사람아, 남자는 외약손이여. (손금을 보고) 어, 이상허다. 비남비녀라. 그 사람이 남자도 아니고 여자도 아니네. |
| 차일봉  | 아니, 그럼 사람이 아닌가요?                                                                                                               |
| 한의사  | 아니, 사람은 사람인디… 이상허다. 관상 좀 보세. 고개를 요짝으로… 저짝으로… (한참 얼굴을 들여다보고) 옳제, 알것다. 긍게 그 사람이 남자도 아니고 여자도 아닌 것이 아니고, 남자도 기고 여자도 기여. |
| 차일봉  | 그래요? 영감님, 안녕히 가세요.                                                                                                            |
| 한의사  | 준비를 단단히 히야것어. 젊은 사람이 안됐다.                                                                                               |

한의사, 퇴장한다.

|        |                                                                                                                                                                                                                                                                                             |
|--------|---------------------------------------------------------------------------------------------------------------------------------------------------------------------------------------------------------------------------------------------------------------------------------------------|
| 차일봉  | 영감님이 다녀가신 그날 밤이었습니다. 자다가 눈을 떠 보니깐 아버지가 자리에 계시질 않대요. 여기저기 찾아봐도 보이질 않기에 혹시나 해서 바닷가에 나가 봤죠. 그때 깜깜한 바다 쪽에서 아버지가 부르시던 뱃노래가 들려왔습니다. 아버지------! 아무리 불러도, 돌아오라고 소리쳐도 소용없었습니다. 새벽이 되어 마을 사람들하고 찾아 나섰지만 바다 한가운데 배는 뒤집혀 있고, 아버지는 보이질 않았어요. |

차일봉이 걸어가면 요령에 맞춰 무대 뒤에서 배우1이 부르는 〈뱃노래〉 곡조가 들려온다.

|        |                                                                |
|--------|----------------------------------------------------------------|
| 배우1   | *간다 간다 떠나간다*<br>*어기야 어하 어기야 어하*<br>*정든 세상 떠나간다*<br>*어기야 어하 어기야 어하* |
| 차일봉  | 아버지가 돌아가시자 전 고향이 싫어졌습니다. 공장이 들어선 다음부터 인                |

심도 각박해지고, 밤만 되면 술에 취해 고함을 지르고, 싸우고, 그 평화롭던 마을이 이상해졌습니다. 전 고향을 떠나기로 마음먹었습니다. 국민학교 선배 중에 덕팔이 형이라고 트럭 운전사를 하는 형이 있었는데요, 마침 마늘을 싣고 서울에 올라갈 일이 있다고 그러대요. 그래서 짐을 꾸려가지고 트럭에 올라탔습니다.

배우1, 트럭 운전사 덕팔이 되어 나온다.

| | |
|---|---|
| **덕팔** | 야! 빨리 가자. |
| **차일봉** | 예! |
| **덕팔** | 야, 뒤 좀 봐 주라. 뭔 날씨가 이렇게 덥냐. 붕붕붕… |
| **차일봉** | 오라이, 오라이! 똑바로, 똑바로! 됐어요. |
| **덕팔** | (노래를 흥얼거리며) **산을 넘고 물을 건너** |

**고향 찾아서 너보고 찾아왔네**

**두메나 산골 도라지…**

캑캑. 야, 너 서울 가서 뭣 할래?

| | |
|---|---|
| **차일봉** | 운동 좀 하려구요. |
| **덕팔** | 운동도 여러 가진디 요새 유행하는 민주화 운동헐라고 그냐? |
| **차일봉** | 아뇨. 권투 좀 헐라구요. |
| **덕팔** | 권투, 좋지. 야, 요새는 운동을 할려면 프로가 되야겠더라. 아마추어 갖고는 쨉이 안 되것도만. 프로 권투나 프로 야구 선수들 돈 버는 것 좀 봐라. 끝내주도만. 여대생이나 탈랜트들이나 가수들이 운동선수라면 환장하고 달려든담서. 그것이 그 자식들 다 그 심이 좋아서 그런 거시다. |
| **차일봉** | 심이요? |
| **덕팔** | 스포츠나 섹스나 다 시옷자 돌림 아니냐? |

'이리 갈까'

| | |
|---|---|
| **차일봉** | 짜짠짜. |
| **덕팔** | '저리 갈까' |
| **차일봉** | 짜짠짜. |
| **덕팔** | '차라리 돌아갈까' |

아이고, 저거 속력 내는 것 좀 봐. 저러다가 사고 치지. 근디 저 영업용 택시들 말여. 작은 고추가 맵다고 저것들 상당히 깡다구가 좋도만. 지난번에 말

여. 경적을 한꺼번에 울리고, 파업을 하고, 데모를 허고 단결이 잘 되더라고. 그럴 때는 우리 같은 트럭이 나서야 되는 건디. 쪼그만헌 것들이 빵빵거려봤자 뭐 허것냐? 우리가 한번 나섰다 허면 그때는… 더 이상 언급은 회피허것다. (급히 브레이크 밟는 동작을 하며) 끽! 이놈의 새끼 눈깔이 삐었냐?

**차일봉**  거, 눈 좀 똑바로 뜨고 다녀요!

**덕팔**  저 상놈의 새끼, 누구 신세 조질려고 그러나 꽉! 야! 니가 자가용 몰고 다닌다고 눈깔에 뵈는 것이 없냐? 꽉 밀어 버릴랑께. 요새가 어떤 세상인줄 알고 니가 까부냐? 대통령도 규칙 위반하면 밀어버리는 세상이여 자식아! (엑셀 밟는 동작을 하며) 엥- 저 자식 차 모는 거 보니까 술 취했더라고. 남들은 뙤약볕에서 똥 빠지게 고생하는디 젊은 놈이 팔자 좋게 계집 끼고 자가용 타고 놀러 다녀? 저런 것들은 꽉 밟아 버려야 혀. 너 말여. 서울놈들이 촌놈이라고 깔본다고 쫄지 말고 꽉 밟아버려야 헌다. 알았냐?

**차일봉**  예.

**덕팔**  야, 너 서울 가면 영만이 한번 만나 봐라.

**차일봉**  영만이 형이요?

**덕팔**  앗다, 가가 겁나게 출세했도만.

**차일봉**  출세요?

**덕팔**  가가 한국 챔피온- 스파링 파트너람서. 가가 미아리에 있는 체육관에 있다도만. 한번 찾어가 봐. 야, 선배 좋다는 것이 뭐냐? 이럴 때 도와주는 것이 선배지. 안 그냐?

**차일봉**  형처럼요?

**덕팔**  그럼. 야, 여그서부터 서울이다.

**차일봉**  야 - 형, 저기 불빛이 반짝반짝하는 게 어딘가요?

**덕팔**  영동이다. 술 처먹고 춤추고 남자들 계집질허고 여편네들 춤바람 나는 디여.

**차일봉**  예에---.

**덕팔**  청량리로 갈까요 - 미아리로 갈까요 - 차라리 영동으로 갈까요. (브레이크 밟는 동작을 하며) 끽! 앗따, 겁나게 빨리 와 버렸네. 야, 출출허다.

**차일봉**  예.

**덕팔**  설렁탕이나 한 그릇 같이 먹었으면 좋겠는디, 내가 바쁘다. 긍께 가 봐라 잉.

**차일봉**  형, 고마워요.

**덕팔**  연락혀라.

**차일봉**  예.

**덕팔**　　너, 절대 쫄지 마라.

**차일봉**　　예.

덕팔, 퇴장한다.

**차일봉**　　와, 여기가 서울이구나. 와 좋다! (관객에게) 저, 여기서 미아리로 갈려면 몇 번 버스를 탑니까? 예 고맙습니다.

배우1, 빨간 팬티에 러닝셔츠를 입고 권투 연습을 하는 체육관 똘마니가 되어 등장한다.

**차일봉**　　저, 말씀 좀 묻겠습니다.

**똘만이**　　물어보시이소.

**차일봉**　　여기가 두꺼비 체육관인가요?

**똘만이**　　맞심니더.

**차일봉**　　박영만 씨라고 계십니까?

**똘만이**　　박영만이?

**차일봉**　　예!

**똘만이**　　그만뒀는데예. 가는 와 찾심니꺼?

**차일봉**　　그 형님이 여기서 운동헌다는 얘기를 듣고 운동 좀 배울려고 왔습니다.

**똘만이**　　아, 운동하러 왔나?

**차일봉**　　예?

**똘만이**　　열중쉬어! 차렷! 국기에 대하여 경례! 운동을 할라모 국가에 대한 충성심이 철저해야 되는 기라. 알았나?

**차일봉**　　예!

**똘만이**　　그리고 입관 수속을 할라모 돈이 있어야 되는 긴데 준비됐나?

**차일봉**　　좀 있는데요.

**똘만이**　　그라모 운동을 할 수 있겠구만. 이 권투라는 기 젊은 놈이 한번 인생을 걸고 해볼 만한 기라. 우리같이 배운 것 없고 가진 것 없는 놈들이 돈 벌고 출세할 라모 권투가 최곤 기라. 공장에서 죽어라고 일해봐야 몇 푼이나 모으겠노. 몸 베리고, 돈도 몬 벌고, 평생 고생만 직사하게 하는 기라. 그래가 박종팔이나 장정구 같은 아들도 다 이 사회의 밑바닥에서 설움도 많이 받고 굶기도 밥 먹 듯이 했는데 지금은 돈방석에 앉았다 아이가. 이 주먹 하나에 몇억 원이 왔다

장사의 꿈

갔다 하는 기라. 그라고 또 세계 올림픽 대회서 금메달만 땄다카모 각하께서 전화도 해 주시고, 전보도 쳐 주시고, 카퍼레이드도 벌려 주시고, 연금도 내려 주시고, 훈장도 달아 주시고, 국민의 영웅이 된다 아이가. 또 씨에프 모델로 나갔다카모 사진 한 장 팡 찍고 1억 원씩 버는 기라. 기똥찬 기라. 니도 노력만 하모 다 그렇게 될 수 있는 기라. 이 세상에 안 되는 기 어딨노. 하모 되는 기라!

**차일봉**  헤헤.

**똘만이**  앗 지랄! 니 말이제. 내가 요로케 빼빼하다꼬 깔보마 팍 패 죽이뿐다. 운동이라는 기 처음에는 살이 디룩디룩 찌지마는 죽으라꼬 하모 그 살이 다 삐로 가는 기라. 이 삐가 다 근육인 기라. 한번 만져 보래이. (일봉이 만져 보려고 하자) 차렷! 뛰어- 가 보래이. 내는 나가서 종팔이 형님 좀 만나고 올 테이께네 운동 끝나고 깨끗이 닦아 놔래이. 알겠제.

똘만이, 휘파람을 불며 나간다.

**차일봉**  그래, 김기수, 박종팔 같은 선배의 뒤를 따르자. 그분들도 어렸을 때는 나처럼 고생했다지. 으라차차! 나는 체육관 앞에 하숙을 얻고 아침부터 저녁까지 쉬지 않고 운동만 했습니다. 그런데 몇 달이 지나니 가지고 온 돈이 다 떨어지대요. 할 수 없이 체육관에서 자면서 청소도 해 주고 심부름도 해 주면서 지냈습니다. 그런데 갈수록 관장의 눈초리가 달라지고, 운동도 가르쳐 주지 않고, 일만 시키대요. 춥고, 배고프고, 얻어터지고, 구박받고, 권투 선수 되는 게 쉬운 게 아니더라구요. 나는 견디다 못해 뛰쳐나오고 말았습니다. 제가 그다음에 무슨 직업을 가졌을 것 같습니까? (관객들에게) 때 미실 분 없어요? 뭐, 빤쓰만 입고 힘쓰기는 권투 하고 다를 게 없잖아요. 이리 앉으세요. 손님, 때 불리셨어요? 어디서부터 밀까요?

차일봉, 노래 부르며 때 미는 마임을 한다.

**차일봉**  *내 몸에 핏줄이…*
  손님, 때가 아주 적당하십니다.

배우1, 양복바지에 분홍색 실크 와이셔츠를 입고 수건으로 아랫도리를 가린 따루마가 되어

| | |
|---|---|
| **따루마** | 때밀이 없어. 아, 때밀이 없어! |
| **차일봉** | 아 예, 여기 앉으세요. |
| **따루마** | 아휴, 무슨 목욕탕이 이렇게 후져. |
| **차일봉** | 때 좀 불리셨어요, 손님? |
| **따루마** | 불렸어. 밑에서부터 해줘. |

일봉, 때를 밀어주는 마임을 한다.

| | |
|---|---|
| **따루마** | *꽃피는 동백섬에 ---* |
| | *그토록 사랑했던 그녀가…* |
| **차일봉** | 훗훗… |
| **따루마** | 아니 왜 웃는 거야? 어멋. 자네 아주 근사한데? 몇 살이야? |
| **차일봉** | 스무 살인데요. |
| **따루마** | 자네, 직업 한번 바꿔볼 생각 없어? |
| **차일봉** | 뭐, 좋은 직업이라도 있나요? |
| **따루마** | 있구 말구. 아이 아파. 살살해. |
| **차일봉** | 손님은 뭐 하시는 분인데요? |
| **따루마** | 나, 감독이야. |
| **차일봉** | 감독이요? |
| **따루마** | 영화감독. |
| **차일봉** | 뭐 심부름시킬 사람이라도 필요하신가요? |
| **따루마** | 아니야. 내가 찾는 것은 배우야. |
| **차일봉** | 배우요? |
| **따루마** | 영화배우. 스타! |
| **차일봉** | 햐! |
| **따루마** | 배우가 되고 싶으면. |
| **차일봉** | 예. |
| **따루마** | 을지로 3가 있지? |
| **차일봉** | 예. |
| **따루마** | 거기서 스타 스튜디오를 찾아. |

**장사의 꿈**

| | |
|---|---|
| **차일봉** | 스타 스튜디오요? |
| **따루마** | 음, 거기서 나를 찾아. 따루마 씨를 찾아. |
| **차일봉** | 따 따 뭐요? |
| **따루마** | 따루마. 내 예명이야. |
| **차일봉** | 예명이요? |
| **따루마** | 그래. |
| **차일봉** | 선생님, 그러면 장미라도 예명인가요? |
| **따루마** | 그럼, 장미라 걔는 본명이 장순덕이야. |
| **차일봉** | 장순덕이요? 헤헤. 손님 다 됐습니다. |
| **따루마** | 벌써 다 됐어? |
| **차일봉** | 예 |
| **따루마** | 자네 얼굴도 잘생기고, 몸매도 근사하고, 배우로서 성공하겠어. 꼭 찾아와야 해. 응? |
| **차일봉** | 안녕히 가세요. |
| **따루마** | 잘 있어. 정말 잘생겼어. 빠이빠이. |

따루마, 퇴장한다.


**차일봉**   남자도 아니고 여자도 아닌 것이 아니고, 남자도 기고 여자도 기고. 야, 그 도사님 말이 틀림없구만. 배우. 영화배우. 신성일, 최무룡, 박노식 같은 유명한 배우가 된단 말이지. 전라도 장수마을에 차일봉이라는 천하장사가 있었는데 한때는 목욕탕 때밀이었으나 이제는 명배우가 되었노라! 여자 배우들 하고도 공연하게 되겠지. 고향에서부터 꿈에 그리던 인기 배우 장미라 씨. 오, 미라 씨! 야, 이거 영화에서도 때밀이역 시키는 거 아니야? 하여간 전 꿈에 부풀어 가지고 그 손님이 일러준 곳으로 찾아갔습니다. (휘파람을 불며) 저, 스타 스튜디오가 어딘가요? 아, 저기요. 감사합니다.


차일봉, 문을 두드린다.
따루마, 등장한다.


| | |
|---|---|
| **따루마** | 예-- 어머, 우리 스타께서 오셨구만. 어서 들어와. 애자. 불 좀 켜줘. |
| **차일봉** | (조명이 밝아지자 일봉, 놀라서 고개를 돌리며) 어! |

| | |
|---|---|
| **따루마** | 지금 촬영 중이라서 의상을 벗고 있는 거야. 둘이 인사해. |
| **차일봉** | 차일봉이라고 합니다. |
| **따루마** | 이쪽은 박애자 씨. 자 거기 앉아. (일봉, 앉는다) 우리가 하는 일은 예술 비디오를 만드는 일이야. |
| **차일봉** | 예술… 비디오요? |
| **따루마** | 현대는 비디오 시대라구. 우리 비디오를 보는 관객은 최고급 관객이야. 이 따루마 작품이라면 무조건 신용을 한다구. 그리구 외국 손님도 아주 많아요. 자네, 잘만하면 돈 벌구 출세하는 건 시간문제야. |
| **차일봉** | 예 - |
| **따루마** | 외국의 유명한 대스타들두 처음에는 다 이런 역할로 출발했어요. 대머리까진 율 부리너 알지? |
| **차일봉** | 예! |
| **따루마** | 그 사람두 그랬구. 권투선수 잘하는 실베스터 스텔론 알지? |
| **차일봉** | 록키요? |
| **따루마** | 그래. 그 사람두 이런 역할에서 출발해서 대스타가 된 거야. |
| **차일봉** | 예에--- |
| **따루마** | 그런데 순수니 뭐니 하면서 고상한 척하는 무리들은 우리가 만든 작품을 포르노라고 깔보고 있어요. 흥, 웃기는 소리 말라고 그래. 영화는 어디까지나 대중 예술이야. 손님들이 뭘 원하느냐 그걸 알아 가지고 손님들에게 즐거움과 오락을 선사하는 것, 그게 우리 같은 대중 예술가의 의무 아니겠어? 그렇지? |
| **차일봉** | 예! |
| **따루마** | 그럼 카메라 테스틀 해 볼까? 똑바로 앉아요. 애자, 카메라 준비하고 조명 켜줘. (조명이 바뀌자) 자, 앞모습. 됐어. 다음엔 프로필로. |
| **차일봉** | 프로펠라요? |
| **따루마** | 아니, 고개를 돌려 보라구. |

차일봉, 고개를 돌린다.

| | |
|---|---|
| **따루마** | 그게 아니구! 옆으로 살짝 돌려보란 말이야. 웃어봐. 섹시하게. 그게 섹시한 거야? 바보스러운 거지. 그럼 연기력을 테스트 해 보겠어. 커튼 뒤로 돌아가서 커튼을 열고 나와 봐. 아파트에 홀로 사는 여자 집에 찾아간 거야. 문을 여니 여자가 침대에 누워 있다. 발가벗었어! 여자에게 다가간다. 어깨를 안고 |

장사의 꿈

머리를 쓰다듬는다. 키스를 한다… 에이- 그게 키스하는 거야? 고릴라가 바나나 까먹는 거지. 연기는 나무토막이 움직이는 게 아니라구. 무드가 있구, 멋있구, 색시하게. 알았어?

**차일봉**    예.

**따루마**    일봉이 연애해 봤어?

**차일봉**    …

**따루마**    아주, 쑥맥은 아닌 것 같애. 이런 일을 하려면 경험이 아주 많아야 돼.

**차일봉**    네.

**따루마**    그러면 내일부터 일을 하자구. 내일 다섯 시에 오도록 해요.

**차일봉**    새벽 5시요?

**따루마**    새벽 5시는 목욕탕 문 여는 시간이구. 저녁 5시.

**차일봉**    선생님, 잘 부탁합니다.

**따루마**    정말 근사해. 빠이빠이.


따루마, 퇴장한다.


**차일봉**    전 그날로 목욕탕 일을 그만두고 영화배우가 된 겁니다. 말이 좋아 영화배우지 사실은 포르노 배우였죠. 내 상대역은 언제나 애자였습니다. 일주일이 지나고 한 달이 지나자, 애자하고 전 호흡이 잘 맞았습니다.
    *소리 없이 흘러내리는 ----*
    애자는 늘상 이 노래를 부르곤 했죠. 얼굴도 예쁘고 몸매도 좋아서 그 바닥에서는 인기가 좋았습니다. 몸은 천하게 굴러다녔지만 착하고 순박해서 이놈 저놈 집적대는 놈이 많았는데, 그중에 우리가 제작한 비디오를 카바레나 요정에 배급하는 생쥐라는 녀석이 있었거든요. 아, 이 자식이 평소에 여배우만 보면 집적거리곤 해서 감정이 좋지를 않았어요. 그런데 그날은 애자한테까지 집적거리면서 할 말 못 할 말 다 하잖아요.


배우1, 청바지를 입고 금목걸이를 맨 생쥐가 되어 노래 부르며 나온다.


**생쥐**    응? 애자 아니야? 너 오랜만이다. 오랜만에 악수 한번 하자.


생쥐, 관객 중의 여자와 악수를 한다.

**생쥐**    야, 좋다. 너 이번에 찍은 비디오 참 좋더라. 정말 육체적으로 감동적이더라. 그리고 너, 일봉인가 이봉인가 하는 놈하고 놀더니, 호흡이 잘 맞더라. 천장까지 방방 뜨도만. 그런데 말이여, 니가 가하고만 놀 것이 아니야. 너 나한테는 왜 그렇게 도도하냐? 니가 얼굴이 이뻐 가지고 잘 팔리는 줄 아냐? 그런 게 아니여. 내가 죽어라고 피알을 헝께 니가 잘 팔리는 거여. 내가 확 틀어 버리면 니가 아무리 용써봤자 안 팔려. 이런 일은 아무나 허는 것이 아니다. 단속을 피해 감서 목숨을 걸고 하는 거시여. 너, 나하고 한번 놀아 보자. 오늘 밤 시간 있냐?

차일봉, 등장한다.

**차일봉**    형씨!

**생쥐**    어, 일봉이 아니여? 잘 있었어?

**차일봉**    너, 방금 뭐라고 했어?

**생쥐**    나, 암말도 안 했어.

**차일봉**    정말로 암말도 안 했어?

**생쥐**    나 비디오 잘 봤다고, 그 말밖에 안 했어.

**차일봉**    내가 다 지켜봤는데도 거짓말이야? 이게 정말.

**생쥐**    애자가 연기 잘한다고 그 말 밖에 안 했어.

**차일봉**    이게 사람을 뭘로 보고 이래?

**생쥐**    어, 왜 멱살을 잡고 이래. 나 바쁜 사람이여. 이거 놔 --- 이거 놔 --- 이거 놔. 아이구, 캑캑!

**차일봉**    너도 시골서 올라온 놈이지? 객지에서 고생하는 여자 도와주지는 못 할망정 집적거리면 되겠어? 이 자식아.

**생쥐**    내가 뭣을 집적거렸다고 그려. 이거 놔. 무림계에서 은퇴헌 놈 복귀시킬라고 그러네.

**차일봉**    아이구, 이게 정말!

**생쥐**    어엇. 야! 이거 정말 무슨 일 나것네. 정말 이럴 판이여?

**차일봉**    이 자식이!

일봉, 생쥐를 때린다.

| | |
|---|---|
| 생쥐 | 아이쿠, 어? 코피 나네. (도망가며) 씨발놈아, 왜 때려! |
| 차일봉 | 너 이리 안 와? |
| 생쥐 | 애자가 니 꺼냐, 씨발놈아! 좆만헌 것이 사람 때리고 지랄여 씨발놈. 팍 패죽이뻴랑게. |
| 차일봉 | 너 이리 안 나와? 저걸 그냥. 애자 괜찮아. |
| 생쥐 | 야. 니가 잠자는 생쥐 코털 건드렸어. 이게 어디서 폭력을 써? 타협적으로 대화를 히야 헐 거 아녀? 너 그렇게 나가다가는 이 바닥서 매장 당헐 줄 알어. 이 멧돼지 같은 놈아! |
| 차일봉 | 이 자식이! |

생쥐, 퇴장한다.

| | |
|---|---|
| 차일봉 | 그런 일이 있은 다음부터 애자하고 저는 급속도로 가까워졌습니다. 알고 보니 애자도 고생깨나 했더군요. 충청도 촌년이 얼굴이 예쁘고 몸매가 좋아서 영화배우로 출세하겠다고 서울에 와서 이리저리 사기당하고 농락 당해 술집까지 흘러갔대요. 거기서 우연히 따루마를 만났답니다. 함께 일을 하다 보니 애자하고 저는 어느 틈에 정이 들었습니다. 애자 손만 잡아도 내 몸은 뜨거워졌습니다. 눈만 마주쳐도, 목소리만 들어도 가슴이 떨렸습니다. 우리는 이를테면 사랑 -- 이라는 것을 하게 된 거죠. 우린 우리의 소중한 사랑을 위해서 그 지긋지긋한 배우 일을 때려치우고 새 출발을 하기로 했습니다. 나는 비닐백에다 속옷 몇 벌 추려 가지고 변두리 판자촌에 있는 애자의 셋방으로 합쳤습니다. 우리들은 조금 모아둔 돈을 합쳐 장사를 시작했죠. 풀빵 장사, 옷 장사, 과일 장사, 땅콩 장사, 냉차 장사, 군고구마 장사, 우산 장사, 안 해본 장사가 없습니다. 그런데요, 거리정화다, 가로정화다 하며 단속들을 해대는 통에 장사도 못해 먹겠더라구요. 이리 뜯기고 저리 뜯기고, 쫄딱 망해 버렸습니다. 그러던 판에 동대문 근처에서 장태산이란 약장수를 만났는데, 나더러 등치가 좋으니 같이 동업을 해 보자고 그러대요. 그래서 저는 차력 시범을 보이고, 애자는 흘러간 노래 몇 곡씩 부르면서 떠돌아다니기 시작했습니다. |

배우1, 하얀 도복을 입고 태극기가 그려진 머리띠를 맨 장태산이 되어 나온다.

| | |
|---|---|
| 장태산 | 으랴챠챠! 안녕하십니까. 본인은 계룡산에서 5년, 지리산에서 5년 수도하다 |

뜻한 바가 있어 국민 건강 복지 증진을 위해 특별히 봉고차를 전세 내어가지고 여러분을 찾아뵙게 된 태산거사 올습니다. (박수 유도) 그리고 여기 계신 분은 저와 함께 지리산에서 내려온 차산거사 올습니다.

차일봉, 검은 도복을 입고 과장된 무술 동작을 하며 나온다.

**장태산**  (박수 유도) 여기 있는 차산거사께서 여러분에게 차력 시범을 보여드리겠습니다. 맥주병 3개를 수도로써 격파, 깨뜨리는 묘기가 되겠습니다. 성공했을 경우에는 열렬한 박수를 쳐 주시고, 실패했을 경우에는 가차없이 손바닥을 두들겨 주시기 바랍니다. (관객 중의 여성에게) 애자 씨! 맥주병 준비. 햐, 으라차챠! 헛, 이라찻! 감사합니다. 지금 박수 치신 분들만 오래오래 사십시오. 이 정도는 준비운동 되겠습니다. 다음에는, 여기 있는 차사범의 배 위로 저기 있는 저 자동차가 전속력으로 통과하는 묘기를 보시겠습니다. 차사범, 준비하세요. 으라차차! 애자 씨, 발동 걸어 주시기 바랍니다. 예? 휘발유가 떨어졌습니까? 하 - 이거 미리미리 준비 좀 해 놓지 그래요. 애자 씨, 연료 준비. 그러면, 연료가 준비되는 동안 한 가지 보여 드릴 것이 있습니다. 요것이 무엇이냐? 따뜻한 봄날, 요리 꿈틀 저리 꿈틀하는 요것이 무엇이냐? 예. 배암이야. 요것을 한자말로 쓰면 비암 사자 사야. 그러면 사 쓴다고 다 비암이냐? 아닙니다. 이놈 저놈 때려잡아 판검사, 거짓말 잘해서 아나운사, 권력 좋아해 육사, 육여사, 김여사, 이런 것 다 비암 아니야. 그러면 어떤 것이 진짜 비암이냐? 대가리가 하얘서 백사, 대가리가 노래서 황사, 자식이 애미를 잡아먹어서 살모사, 말 잘한다 태산거사, 등에 점이 여덟 개면 무슨 사냐? 팔점사. 그런 배암은 없어. 그러면 이것을 어떤 분이 잡수시느냐? 저기 저분. 얼굴이 누르탱탱해 가지고 핏기가 없으신 분, 사시사철 손발이 바짝바짝 마르시는 분, 오줌을 누면 오줌이 세 갈래 네 갈래 질질 쏟아지시는 분, 데모할 때 돌 던지면 앞에 가는 여학생 뒤통수 깨뜨리는 대학생. 그런 분들이 잡수시면 효과 봐. 그럼 어떠한 효과를 보느냐? 한 마리 잡숴 봐! 남자가 전봇대에다 오줌 누면 전봇대 부러져. 여자가 자갈밭에다 오줌 누면 자갈 튀어 마빡 깨져. 두 마리 잡숴 봐! 신촌에서 돌 던지면 광화문까지 날아가. 세 마리 잡숴 봐! 그때는 나도 책임 못 져. 그때는 사회 문제가 발생해. 이것이 바로 백사, 황사, 살모사, 칠점사 등 각종 비암에다가 인삼, 녹용, 당귀, 천궁, 백복령, 백작약 등 각종 약재를 넣어 가지고 특수 비법으로 만든 약으로 신경통, 고혈압, 당뇨병, 폐

장사의 꿈

병, 이질, 복질, 설사, 복통, 두통, 치통, 생리통, 등창, 종창, 아구창, 연주창, 모든 병에 잘 듣는 만병통치약입니다. 그런데, 이것을 약이라고 하니까 우리가 무슨 약장수인 줄 아는 사람도 있는 모양인데, 그런 분들 나가 주세요!

**차일봉**     뒤에 거기, 나가 주세요!

**장태산**     나가 주세요! 우리가 약장수가 아니야. 내가 이것을 국민 건강 진흥 차원에서 여러분에게 무료로 드리겠어요. 무료로. 그러면, 아무나 무료로 주느냐. 아니야. 우리가 회원이 6만 9천 6백 6십 5명이야. 이 자리에서 7만 명을 꽉 채우기 위해서 35명만 선발하겠어요. 그러면, 선발되신 분께서는 소정의 입회비만 내시면 되겠습니다. 그러면, 입회비가 얼마냐. 아주 적습니다. 저희들 봉고차 타고 다니라고 봉고차 연료비 단돈 천 원 하고, 약재 원료비 단돈 천 원, 이렇게 2천 원 되겠습니다. 애자 씨! 약을 나눠 그리세요. 자, 선착순 35명! 약을 나눠 드리는 동안 아까 약속한 차력 시범을 보여 드리겠습니다.

**차일봉**     아하 차!

**장태산**     제가 이 손을 내리면 출발하게 되겠습니다. 하나, 둘, 셋, 이렇게 하면 출발하게 되겠습니다. 하나 두울 셋!

태산거사, 퇴장한다.

**차일봉**     아앗! 애자! 어느 날 애자가 운전하던 트럭이 브레이크 고장을 일으켜 전봇대를 들이받고 말았습니다. 임신 5개월이던 애자는 그 충격으로 피를 쏟고 유산을 하고 말았습니다. 병원 침대에 눕혀진 애자의 가슴에 얼굴을 묻고 난 울었죠. 애자는 편지를 남겨 놓은 채 내 곁을 떠나고 말았습니다. "여보, 너무 고생스러우니 잠시 헤어져 살아요. 내년 오늘, 우리가 처음 살림을 차렸던 철도길 옆 동네 다리 위에서 만나기로 해요. 그동안 고마웠어요. 사랑해요." 애자야! 애자야!

태산거사, 다시 나온다.

**장태산**     감사합니다. 다음에는 매혹적인 저음 가수 차호 씨가 여러분에게 노래를 선사해 드리겠습니다. 선사해 드릴 노래는 60년대 수많은 여성 팬의 심금을 울려준 배호의 히트곡 〈누가 울어〉! 차호 씨 ---!

**장태산**  감사합니다. 약을 사신 분들께서는 오래오래 사시고 약을 사지 않으신 분들께서는 돌아가시다가 객사, 횡사, 복상사하시더라도 저희에게는 아무 책임이 없는 것입니다. 안녕히들 돌아가십시오. 아이구, 힘들다. 이 사람 왜 그렇게 힘이 없어?

**차일봉**  장 선생님, 저 떠나야겠습니다.

**장태산**  아니, 갑자기 무슨 소리야?

**차일봉**  힘도 못 쓰겠고, 노래도 안 나오고, 여기 있으니까 자꾸 애자 생각이 나서요.

**장태산**  이 사람, 이제 와서 갑자기 그런 소리 하면 어떻게 해?

**차일봉**  죄송합니다.

**장태산**  다시 한번 생각해 보지.

**차일봉**  아닙니다. 이젠 그만둬야겠어요.

**장태산**  정말이야?

**차일봉**  예.

**장태산**  알았어. 떠나겠다는 사람 붙잡으면 뭐하나. 헤어질 때 헤어지더라도 술이나 한잔 꺾자고. 따라와!

태산거사, 퇴장한다.

**차일봉**  태산거사와 헤어진 뒤, 나는 서울로 왔습니다. 이제 남은 거라곤 이 몸뚱아리 하나밖에 없는 거지요. 허기야 내가 언제 뭐 더 있었습니까? 좋다. 기회만 오너라. 무슨 짓을 해서라도 돈을 벌어 보란듯이 애자를 만나겠다.

일봉, 문을 두드리는 마임을 한다.
배우1, 더욱 화려한 옷을 입은 따루마가 되어 나온다.

**따루마**  이게 누구야? 차 스타께서 오셨구만.

**차일봉**  안녕하세요.

**따루마**  그동안 어떻게 지냈어?

**차일봉**  그럭저럭 지냈습니다.

**따루마**  애자는?

| 차일봉 | 헤어졌어요. |
|---|---|
| 따루마 | 흥, 내 말 안 듣고 도망치더니 잘됐군. |
| 차일봉 | 그런데 사무실이 많이 바뀌었네요. |
| 따루마 | 좋아졌지. 나 말이야, 새로운 사업을 시작했어. |
| 차일봉 | 뭔데요? |
| 따루마 | 이것 봐. |

따루마, 호주머니에서 신문지를 꺼내어서 준다.

| 차일봉 | 신체 건강한 남자 구함. 침식 제공! |
|---|---|
| 따루마 | 무슨 사업인지 감 잡겠어? |
| 차일봉 | 예. |
| 따루마 | 어때, 해 보겠어? |
| 차일봉 | 예. |
| 따루마 | 좋아. 그럼 수요일 저녁 다섯 시에 브라자 호텔 69호실로 가봐. 여자가 있을 거야. 암호는 '따선생을 아십니까?' 알았지? |
| 차일봉 | 예. |
| 따루마 | 그럼 가 봐. 에그, 이게 뭐야? (돈을 주며) 이거 가지구 가서 이발하고, 목욕두 하구, 수염두 깎구, 깨끗이 하구 가. 어서 받아. 그리구, 일 끝나면 나한테 바루 와야 돼. |

따루마, 퇴장한다.

| 차일봉 | 나는 따루마가 가르쳐 준 대로 호텔 방으로 갔습니다. 디룩디룩 살찐 여자가 침대에 누워서 담배를 꼬나물고 나를 바라보고 있대요. 따선생을 아십니까? (한동안 뛰다가) 일이 끝난 후 여자가 봉투를 내밀대요. 이런 거래에서 난 아주 깨끗했습니다. 어디 사십니까? 혼자 사십니까? 또 만나볼 수 있습니까? 이런 구질구질한 실수를 한 번도 저지르지 않았다 이겁니다. 벌이가 좋을 때는 일 주일 내내 하루에도 몇 탕씩 뛰어다녔죠. 나는 양복도 몇 벌 맞추고, 조용한 주택가에 하숙도 들었죠. 돈도 어느 정도 모았습니다. 좋다! 몇 달만 이 짓을 한 뒤에 애자를 만나면 되는 거다. |
|---|---|

카바레 음악이 나오면 배우1, 나비 넥타이를 맨 웨이타가 되어 나오고, 일봉은 춤을 춘다.

**웨이타**    어서 오십시요. 이리 앉으세요. 7번 테이블, 맥주 세 병. 멕시칸 사라다 하나. 안녕히 가십시요. 또 오세요. 감사합니다. 18번 테이블, 맥주 다섯 병. 마른안 주 하나 추가.

차일봉, 부르스를 추다가 정사를 상징하는 뜀뛰기를 하다가 쓰러진다.

**차일봉**    그런데 제 몸에 이상한 변화가 일어나기 시작했어요. 전혀 기운이 없고 만사 가 귀찮아지면서 내 그것이 말을 듣지 않게 된 겁니다. 처음에는 대수롭지 않 게 생각했지만, 그 증세가 오래가자 나는 초조해졌어요. 모아둔 돈을 까먹어 가면서 약을 사 먹었지만 증세는 더 나빠졌습니다. 여자를 보기만 해도 구역 질이 났죠. 나는 낮에도 두터운 담요를 두르고 잠만 잤습니다. 그때, 애자가 보고 싶었어요. 애자를 보게 되면 다시 예전의 장사 일봉이가 될 것 같았습니 다. 애자와 약속한 날, 나는 다리 앞으로 나갔죠. 하지만 아무리 기다려도 애 자는 나타나지 않았습니다. 아저씨, 소주 한 병 주세요. 어디로 흘러가 버렸 는지 시집을 갔는지 다시 술집이나 사창가로 갔는지… 아니 그럴 리 없어. 애 자는 꼭 온다.

차일봉, 〈누가 울어〉 노래를 부르며 쓰러진다.

**차일봉**    만인의 사랑을 받았는진 모르겠지만 몸을 팔고 산 건 틀림없구만.

배우1, 생쥐가 되어 나온다.

**생쥐**    어이, 일봉이!
**차일봉**    어, 생쥐!
**생쥐**    애자 기다리고 있지?
**차일봉**    아니, 그걸 어떻게?
**생쥐**    이리 와 봐. 나 허고 같이 갈 디가 있어.
**차일봉**    아니, 어딜?
**생쥐**    놀래지 말어. 애자가 지금 다 죽어가고 있어.

| 차일봉 | 뭐, 죽어? |
|---|---|
| 생쥐 | 병이 너무 깊어 가지고 병원에서는 가망 없다고 포기허고, 저 혼자서 약 사 먹고 있는디 지금 생명이 위독혀. 햐, 이거 택시를 타야것는디 택시가 안 오네. |
| 차일봉 | 이봐, 자세히 좀 얘기해 봐. |
| 생쥐 | 사실은 내가 얼마 전에 비디오테이프 가게를 냈는디 장사 일로 술집에 갔다가 거그서 우연히 애자를 만나 버렸네. 참, 애자 안 되얏대. 빼빼 마르고, 눈이 퀭허니 들어가고, 기침을 콜록콜록허고, 그 예쁘던 얼굴이 꺼멓게 되고, 참 불쌍허게 되었더라고. 그런디도 자네를 만나서 다시 살아야것다고, 몸이 그렇게 안 좋은디도 약도 안 사 먹고 밤늦게까지 술을 팔더라고. 그 통에 몸을 베린 거여. 에이, 지금 와서 그런 얘기허면 뭐 허것능가. 어, 저기 택시 오네. 택시! |

생쥐, 퇴장한다.

| 차일봉 | 나는 생쥐를 따라 애자의 방으로 갔습니다. 애자는 어두운 방 한가운데에 시체처럼 누워 있었습니다. 얼굴은 납덩이처럼 창백하고, 눈은 초점 없이 천장을 바라보고 있었습니다. 내가 들어서자 애자는 고개를 돌려 나를 바라봤습니다. 한참 동안 바라보던 애자의 눈에 눈물이 그렁그렁 고였습니다. 나는 옆에 앉아 손을 잡았죠. 얼음처럼 차가운 손이었습니다. 애자가 무슨 말을 할려고 입을 우물거리길래 귀를 갖다 댔습니다. "보고 싶었어요." 애자가 남긴 마지막 말이었습니다. 애자 ----!! |
|---|---|

배우1, 무대 뒤에서 슬픈 곡조의 노래를 부른다.

| 배우1 | *차라리 갈려면 만나지나 말 것을* *정을 주고 몸만 가니 무정하고 야속하네* |
|---|---|
| 차일봉 | 나는 애자의 시신을 화장한 뒤 유골함을 들고 인천 부둣가로 갔습니다. 애자는 늘상 바다에 가보고 싶다고 했는데 죽어서야 그 소원이 이루어진 것입니다. 나는 바닷물 위에 애자의 재를 뿌렸습니다. 나는 파도에 밀려가는 애자의 재를 물끄러미 바라봤습니다. 그때였습니다 |
| 배우1 | *어하!* |

| | | |
|---|---|---|
| 35 | 차일봉 | 어디선가 〈뱃노래〉가 들려왔습니다. |
| | 배우1 | *어하!* |
| | 차일봉 | 마치 바다가 나를 부르는 소리 같았습니다. |
| | 배우1 | *어기여어하어하!* |
| | 차일봉 | 파도 소리, 갈매기 소리, 만선기를 펄럭이며 돌아오는 어부들이 부르던 뱃노래 소리, 씨름판의 아우성, 아버지의 고함 소리, 그래! 성난 황소의 뿔을 꺾고 늠름하게 버티고 선 장사가 되고 싶다! 억세고 힘찬 바다의 사나이가 되고 싶다! 더럽고 추악한 것들을 모조리 쓰러뜨리고 성난 파도 한가운데에 우뚝 서고 싶다! |

배우1의 뱃노래, 들려온다.

| | |
|---|---|
| 배우1 | *영차 영차 --- 영차 ---* |
| | *어여차 저차 으허허허 영차* |
| | *간다 간다 으허 바다에 간다* |
| | *정든 님 두고서 으허허허 바다에 간다* |
| | *서러움 버리고 으허허허 꿈을 찾아간다* |
| | *힘차게 저어라 으허허허 어서 어서 가자* |
| | *어야디여 차 어야디여 차* |
| | *어허…* |

풍물 소리에 맞춰 차일봉, 춤을 춘다.
풍물 소리 점점 커지다가 최고조로 고조되면 차일봉, 무대 한가운데 우뚝 선다.
배우1, 첫 장면에 등장했던 사회자 모습으로 등장한다.

| | |
|---|---|
| 배우1 | 감사합니다. 「장사의 꿈」을 끝까지 관람해 주신 여러분께 심심한 감사의 말을 올립니다. 다음에는 좀 더 좋은 작품으로 여러분을 모실 것을 약속드리며 안녕히 돌아가십시오! |

- 막 -

장사의 꿈

# 장사의 꿈 (1981년 작)

**원작** 황석영『장사의 꿈』 **공동 대본** 임진택, 김명곤

**줄거리** 어촌 출신의 힘센 청년 차일봉은 고향에 개발 붐이 일면서 물고기가 떼죽음을 당하고 마을이 폐촌 되다시피 하는 와중에서 아버지, 어머니를 여의고 청운의 뜻을 품고 서울로 상경한다. 그러나 60년대의 서울은 목숨을 건 생존경쟁이 불꽃 튀게 이루어지는 곳.

타고난 힘으로 프로 권투선수가 되어 명예와 떼돈을 함께 노리던 차일봉은 그 꿈을 성취하기는커녕 목욕탕 때밀이, 불법 포르노 영화배우를 거쳐 차력 시범을 곁들이는 떠돌이 약장수로 전전하다가 기막힌 생활고로 포르노 배우 시절에 만나서 함께 살아오던 애자와 헤어지고 만다.

고향에서의 황소 같던 힘도 이제는 그의 몸에서 더 이상 솟아나지 않고 남은 것은 오로지 무참하게 좌절된 희망, 부서질 대로 부서진 몸뿐이다. 그러나 그 옛날의, 아니 그 이상의 장사 차일봉으로 되솟아오르기 위해서 그는 새로운 희망으로 세상에 다시 나선다.

---

2인극「장사의 꿈」은 황석영의 단편소설을 바탕으로 각색한 희곡이다. 1981년 봄, 임진택 연출의 제안으로 대본도 없이 토론을 통해 원작 소설을 함께 각색해가며 연습했다.

원래의 이야기에는 십여 명의 인물이 등장하지만, 이것을 임명구와 김명곤 단 두 명의 배우가 처리해내는 형식으로 만들었다.

임명구는 주인공 장사 역할을 맡고 김명곤은 나머지 역할을 도맡아서 사회자, 뱃노래 부르는 어부, 씨름판 사회자, 늙은 한의사, 트럭 운전사, 권투장 똘마니, 포르노 영화감독, 생쥐, 약장수 등 여러 역할을 했다. 등장인물들이 서울의 밑바닥 인생을 사는 사람들이다 보니 연습하는 동안 청계천 길거리, 남대문 시장통, 종로의 사창가, 허름한 쇼의 무대, 파고다 공원 등 서울의 뒷골목을 기웃거리며 그곳에서 본 인물들을 스케치해내며 대사를 만들고 캐릭터를 구축했다.

1981년 제주도의 수눌음 극단 초청으로 초연되었고, 이후 극단 연우무대에 의해 공간사랑에서 공연되었다. 1984년 연우무대에 의해 애오개 소극장에서「장사의 꿈 2」가 무대에 올랐고, 1987년에는 1960년대의 배경을 1980년대로 바꾸고 대본을 대폭 수정하여 김명곤, 조항용의 출연으로 극단 아리랑에 의해 재공연되었다. 공연 때마다 관객들의 열렬한 환호를 받아 십여 년 동안 전국 순회공연을 하였으며, 원작 소설은 영화로도 제작되었다.

# 아리랑

| 나오는 사람들 |

**김불출:** 변사 / 이영진 / 영진 아범 / 미찌꼬
**박달재:** 송지숙 / 형사 / 오기호 / 진행자 / 길룡

무대 양편에 '아리랑', '배우천하지대본'이란 현수막을 세우고, 무대 가운데에는 각각에 커다란 구멍이 뚫린 두 폭의 배경막이 서 있다.

이동식 막이 좌우편으로 두 개 서 있다.

배우들은 이 막들을 통해 등퇴장을 자유로이 할 수 있다.

무대 한쪽에는 상자가 하나 놓여 있다.

이것은 책상도 되고, 걸상도 되고, 소도구 상자도 된다.

김불출, 북을 치고 노래를 부르며 나온다.

**김불출**　　　*아리랑 아리랑 아라리요*
　　　　　　*외짝의 기러기 왜 우느냐*
　　　　　　*네 짝을 잃고서 우는구나*
　　　　　　*원수로다 원수로다*
　　　　　　*총 가진 포수가 원수로다*
　　　　　　*아리랑 아리랑 아라리요*
　　　　　　자, 내가 누구냐? 나로 말할 것 같으면 전라도 어느 바닷가 마을에서 태어나 네 살 때 소주 반 병 까먹고, 여덟 살 때 동네 처녀 복순이 하고 그거하고… (여자 관객에게) 어? 이 아가씨 웃는 것 봐. 그거가 뭔데? 소꿉장난! 이 아가씨 응큼한 생각했구만. 하하하. 그런데 이 김불출이가 열여덟 살 먹었을 때 심각한 고민에 빠지게 되었습니다. 어떤 고민이냐? 아! 내가 왜 이렇게 잘 생겼냐! 이렇게 잘 생긴 내가 할 일이 과연 무엇이냐? 이 문제로 일 년간을 심각하게 고민한 끝에 드디어 결론을 얻었습니다. 배우가 되자! 세계적 스타가 되자! 그리하여 지금으로부터 십 년 전, 청운의 뜻을 품고 단신으로 서울에 상경하여 어느 극단의 문을 두드렸던 것입니다.

김불출, 북을 탕탕 두드린다.

**김불출**　　　"연출가님 좀 뵈러 왔는데요."
　　　　　　그러니까 삐쩍 마르고 수염이 덥수룩한 사람이 앞으로 쑥 나오더니
　　　　　　"제가 연출인데, 어떻게 오셨습니까?" 이러대요.
　　　　　　"저… 배우가 되고 싶어서 왔습니다."
　　　　　　"아, 그래요? 연극은 춥고 배고프고 힘든 건데 한번 해 보겠소?"
　　　　　　"써 주시기만 하면 감사하겠습니다."

아리랑

이렇게 해서 연극배우가 되었는데 처음에는 시키는 대로 무슨 역이든 열심히 하다가 점점 인정을 받아 비중 있는 조역을 하다가 드디어 처음으로 주인공을 맡은 작품이 바로 「아리랑」이었던 것입니다. 처음에는 작품도 지금하고 많이 다르고 등장인물도 아주 많았습니다. 그런데 도중에 어떤 사건이 생겨가지고, 연출자가 감옥에 잡혀가는 통에 연극을 할 수 없게 되었습니다. 그래서 제가 이 아까운 작품을 그대로 죽일 수 없어 2인극으로 고쳐 가지고 공연하고 다니는데, 저하고 공연을 하던 배우가 어느 날 술에 취해서 집에 가는데 웬 똥개가 자꾸 따라 오더래요. 그래 술이 취한 김에 "물러가라! 이 똥개야, 물러가라! 물러가라!" 했다가 그 배우마저 유언비어 죄로 유치장 신세가 되고 말았습니다. 그래서 제가 생각다 못해 지금 이렇게 혼자 나와서 얘기도 하고 노래도 하고 있는 판입니다. 그런데 날마다 이럴 수도 없고, 그렇다고 마땅한 상대역을 찾을 수가 없어요. 저 하고 같이 하던 배우가 악역에는 끝내 주는 명연기자였습니다. 정말 큰일 났습니다. 누구 저하고 연극하실 분 없습니까?

관객석에 있던 박달재가 손을 들고 일어선다.

**박달재**  선생님! 저는 어때요?
**김불출**  어디 보자, 얼굴은 흉악하게 생겼는데.
**박달재**  선생님한테 지도를 꼭 받고 싶습니다.
**김불출**  음. 이름이 뭐야?
**박달재**  박달재라고 합니다.
**김불출**  좋아. 그럼 우선 손님 여러분들이 보는 앞에서 연습을 해 볼까?
**박달재**  연습이요?
**김불출**  손님 여러분, 연습하는 거 한번 보시겠습니까?

관객들의 반응.
김불출, 궤짝 안에서 대본을 꺼낸다.

**김불출**  자, 이게 대본이야.
**박달재**  (대본을 보며) 「아리랑」이요?
**김불출**  일제시대 때 나운규라는 사람이 있었어요.

**박달재**  나운규요?

**김불출**  이 사람이 키도 작고 목도 짧고 안짱다리에다 아주 못생긴 배우였어. 그런데 이 사람이 1926년에 〈아리랑〉이라는 영화를 자기가 쓰고 주연, 감독을 겸해서 만들어 냈는데 이 영화가 상영되자 아주 난리가 나 버렸어.

**박달재**  왜요?

**김불출**  그때, 우리 민족이 안고 있던 슬픔과 분노를 미치광이 이영진이라는 인물을 통해서 너무도 강렬하게 폭발시켜서, 그 영화를 본 사람마다 울고불고, 사람들이 구름같이 몰려와서 영화관 문짝이 부서지고, 일본 기마 순사가 와서 교통정리를 할 정도였으니까. 이 영화 한 편으로 나운규는 영원한 민족의 예술가로 인정받게 되고 이 영화에서 주제가로 썼던 〈아리랑〉이라는 민요는 우리나라의 대표적인 민요가 되었던 거야.

**박달재**  예에 ----

**김불출**  이 대본은 그 무성영화의 내용을 2인극으로 각색을 한 거야.

**박달재**  예.

**김불출**  그럼 연습을 한번 해 보자구.

**박달재**  저, 선생님!

**김불출**  왜?

**박달재**  전 무슨 역이지요?

**김불출**  자네? 송지숙.

**박달재**  지숙? (혼잣말로) 여잔데. 제가 여자를 해요?

**김불출**  그럼 누가 해? 자, 이거 받으라고.

김불출, 박달재에게 여자 잠옷을 준다.

**박달재**  이게 뭐예요?

**김불출**  지숙이 잠옷이야.

**박달재**  에이, 남자가 어떻게 여자를 해요?

**김불출**  여자가 없으니까 할 수 없잖아.

**박달재**  전 못해요.

**김불출**  배우는 남자역이고 여자역이고 뭐든지 잘 할 수 있어야 되는 거야. 그리고 지숙이 끝나고 나서 형사, 오기호, 길룡이, 이런 좋은 역 많이 할 수 있다고.

**박달재**  정말, 좋은 역 시켜 주시는 거죠?

아리랑

| 김불출 | 그럼. 자, 어서 둘러 써. |
|---|---|
| 박달재 | 저, 선생님! |
| 김불출 | 아하, 어서 들어가! 조명! 제 1막. |

박달재, 안으로 들어간다.
김불출, 나비넥타이를 맨 변사로 변신한다.

| 변사 | 망국의 한과 한민족의 슬픔을 그린 아리랑! 눈물 없이는 볼 수 없고 눈물 없이는 들을 수 없는 이야기 ---- 「아리랑」의 막을 올리겠습니다. |
|---|---|

변사, 징을 친다.

| 변사 | 만물이 고요히 잠든 추운 겨울날, 서울 장안의 어느 골목길! 다리에 붉은 피를 뚝뚝 흘리며 비틀거리고 걸어가는 한 사나이가 있었으니, 희미한 불빛이 새어 나오는 어느 집을 두드리는 사각모를 쓴 이 사나이는, 바로 경성제국대학 3학년 이영진이었다. 이윽고 창을 열고 나오는 꽃다운 나이의 아가씨! |
|---|---|

변사, 이영진으로 변신한다.

| 이영진 | (신음하며) 지숙 씨, 지숙 씨! |
|---|---|
| 송지숙 | 어머, 영진 씨! |
| 이영진 | 형사에게 쫓기고 있어! |
| 송지숙 | 어서 안으로 들어오세요. |
| 이영진 | (고통스러운 표정으로) 헉헉! |
| 송지숙 | 조심하세요. 여기 기대세요! |
| 이영진 | 헉헉! |
| 송지숙 | 어쩌다 이렇게 되셨어요? |
| 이영진 | 칼에 맞았어. |
| 송지숙 | … 결국 참가하셨군요. |
| 이영진 | 지숙 씨! |

이영진, 송지숙을 안으려 한다.

| 43 | 박달재 | (물러서며) 어어 --- 선생님! 왜 그러세요? |
| --- | --- | --- |
| | 김불출 | 왜 이래? 무드 깨지게. |
| | 박달재 | 대본에는 손만 잡는다고 되어 있는데 왜 껴안아요? |
| | 김불출 | 야! 지금 눈에서 불이 왔다 갔다 하는데 손만 잡게 생겼어? 껴안아야지. |
| | 박달재 | (김불출의 가슴을 가리키며) 여기 안길 자리가 어디 있어요? |
| | 김불출 | 자리는 협소하지만 비비고 들어와 봐. |
| | 박달재 | 웬만해야 들어가지요. |
| | 김불출 | 대충 쑤시고 들어와 봐! (다시 분위기를 잡고) 지숙 씨! |

박달재, 거칠게 고개를 들이민다.

| 김불출 | 야! 이게 들어오는 거야? 좀 부드럽게 해. 분위기 잡고. |
| --- | --- |
| 박달재 | 부드럽게요? |

박달재, 김불출에게 안긴다.

| 김불출 | 지숙 씨! (가슴을 더듬다가) 어? 왜 이렇게 허전하냐? 에이, 그걸 빠뜨렸잖아. 조명! 불 좀 켜줘! 허 참, 이걸… (궤짝 안에서 브래지어를 찾아 들고) 이걸 빠뜨렸어. 이리 와 봐. 손 들어. |
| --- | --- |

김불출, 브래지어를 박달재의 가슴에 채운다.

| 박달재 | 에이 참. |
| --- | --- |
| 김불출 | 야, 이쁘다. 자 이제 계속하자. |

박달재, 가슴을 손으로 감싸며 들어가려 한다.

| 김불출 | 왜 이래? |
| --- | --- |
| 박달재 | 못 하겠어요. |
| 김불출 | 못 해? |
| 박달재 | 창피하단 말이에요. |

김불출       야! 빨리 나와!

박달재       도저히 못 하겠어요.

김불출       빨리 나오라니까!

박달재       못 하겠어요.

김불출       정말 못 하겠어?

박달재       네.

김불출       정말이야?

박달재       네 ---

김불출       (브래지어를 떼며) 알았어. 꺼져!

박달재       선생님!

김불출       안 한다면서, 가라고!

박달재       제가 조금 내성적이거든요.

김불출       내성적이고 내신성적이고, 꺼지라고!

박달재       선생님. 잘해 볼께요.

김불출       그럼 할 거야?

박달재       그런데 말이에요.

김불출       그런데 뭐?

박달재       지숙이요.

김불출       지숙이 뭐?

박달재       여기 있는 여자들한테 시켜 보면 어때요?

김불출       여기 있는 여자들이 할려고 그러나?

박달재       해요. 요새는 옛날 하고 달라요.

김불출       옛날하고 달라? 그래? 그럼 자네가 한번 골라 봐.

박달재       예. (객석의 여자를 훑어보다가) 선생님!

김불출       응?

박달재       (가까이 앉은 여자를 바라보며) 이 여자 어때요?

김불출       좋은데, (여자 관객에게) 해 주시겠습니까? 그냥 가만히 앉아 있으시면 됩니다. (박달재의 속옷을 가리키며) 이런 것 입으실 필요 없어요. 속에 입고 계실 텐데요 뭐. 여기 가만히 앉아 계시면 돼요. 부탁합니다. 그럼 자네는 들어가서 다음 장면 준비해. 영진이를 고문하는 형사 역할이야.

| 45 | **박달재** | 이번엔 남자죠? |
|---|---|---|
| | **김불출** | 그걸 말이라고 해? 어서 들어가! |
| | **박달재** | 예. |

김불출, 이영진으로 변신한다.

**이영진**　(고통스런 표정으로 여자 관객에게 다가가며) 지숙이! 지금 밖에서는 수많은 학우들이 죽어가고 피, 함성이 조선 천지를 가득 메우고 있어. 난 이제 내 몸과 마음을 조국에 바치기로 결심했어.

형사로 변신한 박달재, 등장한다.

**형사**　어이! 나까무라. 포위해! 이영진! 넌 포위됐다. 따라와! 나까무라, 이년도 끌고 와! 어서 따라와!

형사, 영진의 등을 민다.
영진, 절뚝거리며 따라간다.

**형사**　손 머리 위로 올리고 눈 감아!

형사가 오른쪽 막을 돌리고 들어가면 일장기가 있는 고문실이 된다.

**형사**　들어 왓! 앉아! 무릎 꿇어! (소도구 통에서 막대기를 꺼내며) 이영진, 학생의 신분으로 불온한 사상을 품고 항일 시위에 가담했다. 시인하나?
**이영진**　그렇다!
**형사**　왜 참가했나?
**이영진**　개가 고양이를 잡아먹는 것을 앉아서 보고만 있을 수 없었기 때문이다.
**형사**　일본이 개란 말이지?
**이영진**　개 중에서도 가장 흉악한 도사견이다.
**형사**　이 자식! 건방지게! 주모자는 누구냐?
**이영진**　주모자는 일본이다.
**형사**　뭣이? 어째서 일본이냐?

| | |
|---|---|
| **이영진** | 일본이 우리나라를 침략하지 않았던들 이런 일은 일어나지 않았을 것 아니냐? |
| **형사** | 빠가야로! (걸어차며) 주모자는 누구냐? |
| **이영진** | 일본이다. |
| **형사** | 이 짜식, 말로는 안 되겠어. (머리를 끌어당기며) 주모자는 누구냐? |
| **이영진** | 일본이다. |
| **형사** | 이름을 대면 너만은 석방시켜 주겠다. |
| **이영진** | 일본! |
| **형사** | 아주 악질적인 놈이구나. 대일본제국에 반항한 대가가 얼마나 무서운지 알게 해 주겠다. 어잇! 나까무라 형사! 지숙이 그년 발가벗겨! |
| **이영진** | 안 돼! |
| **형사** | 똑똑히 들어 둬. 고집을 부리면 무슨 일이 벌어질지 알겠지? 주모자가 누구냐? |
| **이영진** | … |
| **형사** | 그년을 침대에다 묶어라. |
| **이영진** | 어엇, 안 돼! 안 돼! (괴로워하며) 마… 말하겠다. |
| **형사** | (머리채를 낚으며) 누구냐? |
| **이영진** | (빤히 쳐다보며 입을 벌리려다) 모른다. |
| **형사** | 좋아. 나까무라, 시작해! |
| **이영진** | 안 돼! |
| **형사** | 흐흐흐… 잘 봐 둬라. 네 애인이 대일본제국 남성의 사랑을 받고 얼마나 즐거워하는지를. |
| **이영진** | 안 --- 돼! |
| **형사** | 즐거워서 미칠 지경인 모양이다. 허우적거리는 저 꼴을 보란 말이야! |
| **이영진** | 개만도 못한 놈들! |
| **형사** | 하하핫… 네 애인의 벌거벗은 몸뚱이를 실컷 구경해 둬라. 지옥에 가면 구경 못하게 될 테니까. 나까무라, 이제 됐다. 나가자! |
| **이영진** | (울며) 지숙이, 지숙이… 어! 어! … 지숙이 안 돼! 죽어선 안 돼. 어! 지숙이! |

영진, 쓰러진다.

음악 소리 깔린다.

서서히 비틀거리며 일어나는 영진.

| 47 | 이영진 | 개가 고양이를 먹었다. 고양이가 개를 먹었다. <u>흐흐흐</u>… 무겁고 힘든 짐 진 자들아, 다 내게로 오라. 껍데기는 가라! 사월도 알맹이만 남고 껍데기는 가라! 자유 만세! |
|---|---|---|

이때 어리둥절한 박달재가 등장한다.
이영진, 김불출로 변신한다.

| 김불출 | 뭐해? 다음 장면 준비해야지. |
|---|---|
| 박달재 | 선생님. 대사가 좀 이상한데요. |
| 김불출 | 음. 대본하고 좀 다르지? |
| 박달재 | 예. |
| 김불출 | 이 장면은 내가 시대에 맞게 각색을 한 거야. |
| 박달재 | (아직도 어리둥절한 표정으로) 왜 삼일절 이야기를 하다가 사일구 이야기를 하세요? |
| 김불출 | 삼월 다음에 사월이 오고, 사월 다음에 오월이 오잖아? |
| 박달재 | 좀 이상한 것 같아요. |
| 김불출 | 뭐가 이상해? |
| 박달재 | 순수하지 못한 것 같아요. 연극은 순수한 것 아니에요? |
| 김불출 | 예술가라는 것은 말이야, 불행한 이웃의 고통을 표현하고 그 고통을 없애기 위해서 투쟁하는 존재라고. |
| 박달재 | 투쟁? 안녕히 계세요. |
| 김불출 | 왜 그래? |
| 박달재 | 저 갈래요. |
| 김불출 | 가긴 어딜 가? |
| 박달재 | 전 선생님이 예술가인 줄 알았는데요, 그런 분인 줄 몰랐어요. |
| 김불출 | 하하하. 이리와 봐, 겁내지 말고. 그 이야기는 내가 「아리랑」 연극을 할 때 연출자가 해 준 말이야. |
| 박달재 | 그럼 선생님 말씀이 아니군요? |
| 김불출 | 그 사람이 연극을 하다가 이렇게 됐거든. |
| 박달재 | 어떻게요? |
| 김불출 | 이렇게. (손을 뒤로 하고 묶여있는 시늉을 하며) 내가 면회를 갔더니 아까 해 준 이야기를 하더라구. (소도구통을 끌어당겨 둘이 서로 마주 보며) 자, 이리와 봐. |

아리랑

박달재, 맞은 편에 앉는다.

김불출　"우리 시대에는 용감하고 진실한 배우가 필요해. 시대의 고뇌를 그려내는 예
　　　　술가, 불의에 항거하는 투사, 희망찬 미래를 꿈꾸는 예언자, 이 모두를 겸할
　　　　수 있는 배우. 그런 진실한 배우가 나와야 해! 불출이, 그런 배우가 되어 주
　　　　게." 어때, 멋있지?

박달재　(어리둥절하며) 예.

김불출　나는 그 멋있는 말에 그 사람한테 반해 버렸지. 사나이가 사나이한테 반할 때
　　　　는 목숨을 아까워하지 않는 법!

박달재　캬!

김불출　그래서 평생을 이 길에 몸 바치기로 결심한 거야.

박달재　(감동한 목소리로) 선생님!

김불출　하하… 자, 그러면 2막을 준비하자구. (소도구통에서 농부 옷과 머릿수건을 꺼내
　　　　쓰며) 2막에서 자네가 맡을 역은 오기호야.

박달재　어떤 사람인데요?

김불출　이영진의 고향인 아리랑 마을의 악질 지주이고 일본놈 앞잡이야.

박달재　또 악역이에요?

김불출　자네, 아까 형사할 때 보니까 악역이 아주 잘 어울리던데? 자네는 아예 악역
　　　　으로 크라고.

박달재　선생님은 무슨 역인데요?

김불출　나는 미친 영진이 하고 그 아버지.

박달재　아들도 하고 아버지도 해요?

김불출　사람이 없으니까 할 수 없잖아. (들어가려다) 아 참. 그리고 말이야, 자네 아까
　　　　형사 할 때 보니까 내 머리를 진짜로 잡아당기더라고. 나, 머리 빠질 뻔했어요.

박달재　죄송합니다.

김불출　그럴 때는 머리 뒤에다 손을 대고 잡아당기는 시늉만 하란 말이야. 그러면 내
　　　　가 알아서 이렇게 받아 준다 이거야.

박달재　아 ---- 예 -----

김불출　자, 들어가서 준비해.

박달재　예에 ---

박달재, 들어간다

　**김불출**　　　자, 조명! 제2막. 아리랑 마을!

김불출, 다시 변사로 변신한다.

**변사**　　　사랑하는 남자가 보는 앞에서 순결을 유린당한 지숙은 혀를 깨물어 자결을 하고, 기둥에 묶인 채 이를 바라봐야만 했던 영진은 실성을 하고 말았으니 하늘 아래 이런 일이 또 있더란 말이야? 두 사람의 슬픈 사연을 싣고 지구는 돌고 돌아 어느덧 오곡이 무르익는 가을이 돌아오니 영진의 고향인 아리랑 마을에서도 추수가 벌어지고 있구나!

박달재, 오기호로 변신하여 등장한다.

**오기호**　　　허허, 좋아, 좋아. 열심히들 해! (관객 중의 한 남자에게) 상복아, 허, 그 녀석 일 한번 잘한단 말이야. 그런데 너, 요번에 징병 나왔다며? 용감하게 싸워서 황국의 신민으로 천황폐하께 충성을 다하고 오너라. 그래야, 사내대장부지. 암. (여자 관객을 보고) 아이구, 이거 영희 아니냐? 이제 처녀가 다 되었구나. 하핫, 어디 아저씨가 손 한번 잡아볼까? 아니, 너 징병 간 길룡이 때문에 그러는가 본데 기다려 봤자 말짱 헛일이다. 싹 잊어버려. 그리고 말이야…

이때 변사, 미친 영진이로 변신하여 찢어진 우산을 들고 〈아리랑〉 노래를 부르며 등장한다.

**오기호**　　　내 말만 잘 들으면 너희 집 빚 따위는 문제가 아니야. 허허, 고 녀석 참.
**이영진**　　　(오기호를 우산으로 찌르며) 소련 놈 속지 말고 미국 놈 믿지 말고 일본 놈 일어나니 조선 놈들 조심해라. 조선 놈들 조심해라!
**오기호**　　　아니, 이놈이 죽을라고 환장을 했구나. (영진이 더 세게 우산으로 찌르면서 달려들자 도망치며) 아 ― 이놈아 그것 좀 치워. 이놈아…
**이영진**　　　만세! (즐거운 듯이 춤을 추며) 만세 ---- 지금은 남의 땅, 빼앗긴 들에도 봄은 오는가? 안 오는가? (우산을 관객에게 들이대며) 누구냐? 배후가 누구냐? 히히 --- 저년을 발가벗겨라. 발가벗겨! 안 돼. 안 돼!
**오기호**　　　(이때 오기호 우산을 빼앗으며) 요놈, 잘 걸렸다. (우산으로 영진을 찌르며) 요놈, 오늘 요절을 내고 말겠다!
**이영진**　　　난 모른다!

| | |
|---|---|
| **오기호** | 모르긴 뭘 몰라? 일어섯! |
| **이영진** | (영진 발광을 하며) 난 모른다! |
| **오기호** | 뭘 몰라? (막 뒤로 떠다밀며) 그 녀석을 묶어라. 어서 묶어라. |
| **이영진** | 이 악마! |
| **오기호** | 어서 패, 이놈들아! 미친놈한테는 몽둥이가 약이야. |
| **이영진** | (배경막의 뚫린 구멍으로 얼굴만 내밀며) |
| **오기호** | 오기호 똥구녕은 빨게. 히히 --- |
| **오기호** | 아니, 이놈이! 더 세게 쳐라. 더 세게! |
| **이영진** | (다른 구멍으로 머리를 내밀며) 일본놈 똥구녕도 빨게. 헤헤 --- |

이영진, 사라진다.

**오기호**  아니, 그래도 이놈이! 그놈을 헛간에다 처 넣어라. 에이! (옷을 털면서) 저놈이 미쳐도 아주 더럽게 미쳐 가지고 나만 보면 기를 쓰고 달려든단 말이야. 미친 개가 따로 없다니까. 그러길래 대학 다니는 놈들이 공부나 할 일이지 왜 길거리에 나와서 손 쳐들고 악을 써, 악을 쓰길. 지금이 어느 때냐 말이야. 온 국민이 일치단결하여 성스러운 전쟁을 수행할 때가 아니냐 --- 이말이여!

김불출, 영진 아범으로 변신하여 낫을 들고 등장한다.

| | |
|---|---|
| **영진 아범** | 영진아! 영진아! |
| **오기호** | 어, 마침 잘 왔어. |
| **영진 아범** | 아이구, 오주사. 우리 아들놈 좀 용서해 주시요. |
| **오기호** | 저놈이 나만 봤다 하면 저 지랄을 해대니, 내 오늘은 요절을 내고 말 테야. |
| **영진 아범** | 저놈이 넋이 나가서 아무것도 모르고 그러는 것잉께 한 번만 봐 주시오. |
| **오기호** | 그러길래 미친놈을 잡아두지 않고서 왜 싸돌아다니게 하냔 말이여? |
| **영진 아범** | 인자부터는 집안에다 묶어둘 팅게 늙은 놈 낯짝을 봐서 용서해 주시오. |
| **오기호** | 안 돼! 그리고 빚은 언제 갚을 것이여? |
| **영진 아범** | (머뭇머뭇거리며) 쬐금만 기다려 주시요. |
| **오기호** | 또 기다려? 촌놈 주제에 건방지게 빚내서 아들 대학 보내? 대학 다닌 놈 꼴 좋다, 꼴 좋아. |
| **영진 아범** | 아니, 촌놈은 자식 대학 보내지 말라는 법 있소? |

| 51 | 오기호 | 잔소리 말고 어서 가 봐. (떠밀며) 아, 어서 가 봐! |
|---|---|---|
| | 영진 아범 | 오주사! |
| | 오기호 | 오주사고 육주사고 일 없어. 어서 가봐! (들어가며) 새끼나 애비나 생긴 게 똑같아 가지고 하는 짓까지 똑같단 말이야. |

오기호, 퇴장한다.

**영진 아범**  허어 ---- 무슨 놈의 기맥힌 팔자를 타고 나가지고, 이 지경이 되었는가 모르 것소. 뼈 빠지게 농사지어 자식놈 대학 보내놓게 뭣이 그렇게 반대할 게 많다고, 죽을 매를 맞고도 반대를 혀. 거그다가 저 악독한 빚쟁이놈은 빚을 갚으라고 저 성화를 해대니, 내 인자 늙어서 죽을 날도 얼매 안 남았어. 기왕에 죽을 바에야 벼락을 맞어 죽든지, 급살을 맞어 죽든지, 이 미친놈의 세상, 살아서 무엇을 할 것이여… 가자, 떠나자.

영진 아범, 창조로 읊조리면서 퇴장한다.
슬픈 음악이 흐르다가 다시 변사로 분장한 김불출 등장한다.

**변사**  빚 갚을 길이 막연한 영진의 부친은 탄식으로 세월을 보내고, 그러한 아버지와 미치광이 오빠를 바라보아야만 하는 영희는 눈물로 세월을 보낼 적에 절망의 한 해가 지나가고 새해가 돌아오니 대륙 침략에 혈안이 된 일본의 발악적인 문화 예술 정책에 의하여 수많은 예술가들이 동원된 황국신민대회가 열리게 되었구나! (김불출, 박달재가 안 나오자 이리저리 기웃거리며) 아! 아직 준비가 안 되었구나. 아 -- 이제 드디어 --- (안을 들여다보며) 야, 뭐해? 빨리 나오지 않고.

| 박달재 | 예. (눈물을 훔치면서 뛰어나오며) 저… 아버지 생각이 나서요. |
|---|---|
| 김불출 | 왜 연습하다 말고 느닷없이 아버지 생각을 해? |
| 박달재 | 우리 아버지도 늘상 "가자! 떠나자!" 그러셨거든요. |
| 김불출 | 왜? |
| 박달재 | 우리 동네에 큰 저수지가 생기는 바람에 우리가 수몰민이 되었거든요. |
| 김불출 | 그런데? |
| 박달재 | 그 바람에 빚만 잔뜩 짊어지게 되니까 아버지가 매일 소주만 드시고는 "가자! 떠나자!" 그러시는 거예요. 그러다가 어느 날 읍내로 나가서 막소주 댓병 |

을 한숨에 나팔을 불더니, 몽둥이 탁 들고 면사무소로 달려가서 책상을 둘러 엎고 고래고래 고함을 치시더니 저수지로 막 달려가서 배를 탁 타시고는 노를 저으시면서 한가운데로 나가시는 거예요. "야, 이놈들아! 이런 법이 어디 있냐! 사람 죽이는 것이 법이여? 법이냔 말이여! 이 호랭이가 물어갈 놈들아 ---"

**김불출**  그래서?

**박달재**  배가 뒤집어졌어요.

**김불출**  돌아가셨구만.

**박달재**  네.

**김불출**  자네 아버님 이야기를 듣다 보니까 우리 아버지 생각이 나네. 우리 아버님이 일제시대 때 명창으로 이름을 날린 분인데, 돌아가실 때 기가 막히게 돌아가셨어.

**박달재**  어떻게요?

**김불출**  6.25사변이 일어나니까 허위허위 피난을 가시다가 문경새재 근처에서 인민군 검문에 덜컥 걸렸것다.

"동무, 손 내밀어 보라우. 손이 하얗구 못이 안 박혀 있으니 일 안 하구 놀구 먹는 반동 아니야. 이 동무 뭐 하는 사람이야?"

"저… 판소리 하는 사람입니다."

"판소리? 기럼 한번 해 보라우. 날래날래 하라우."

*"예. 갈까 보다. 갈까 보다. 님 따라서 갈까 보다. 바람도 쉬어 넘고, 구름도 쉬어 넘고…"*

"헤헤--- 영감 동무, 판소리 참 잘하누나.

기럼 이승만 찬양하고 김일성 나쁘다구 노래 안 했어?"

"아이구, 저는 그런 것 못하고 〈춘향가〉, 〈심청가〉, 이런 것만 합니다."

"기럼 말이야. 우리 김일성 수령 동지를 찬양하는 노래를 한번 불러 보라우."

"아이구, 저는 그런 것 할 줄 몰라요. 그저 옛날 선생님한테 배운 것만 겨우 합니다."

"거 만들면 될 것 아니야. 영감 동무! 우리 예술가 동맹에 가입해서 조국해방을 위해서 싸우는 전사들을 위안하라우. 자 — 가자우. 갈까 보다 --- 하하하. 이 영감 동무 노래가 참 듣기 좋아."

이렇게 인민군을 따라 다니면서 소리를 들려주고 먹고 사시다가 인민군이 도망갈 적에 뒤에 쳐져 가지고, 국방군 포로가 되어서 거제도 포로 수용소에 덜컥 들어갔어. 그랬더니 또 거기가 좌익 우익이 함께 수용되어 있는데 이쪽에서 노래하면 저쪽에서 데려가고, 저쪽에서 노래하면 이쪽에서 데려가고, 이쪽에서 노래하면 저쪽에서 때리고, 저쪽에서 노래하면 이쪽에서 때리고, 우리 아버지가 견디다 못해 마지막으로 노래 하나를 부르시는데

*"어이가리 너 --- 어이가리 너 ---*

*어느 쪽으로 가야만 하느냐?*

*사람이 세상에 태어날 때 좌익 우익이 없건마는*

*우리네 팔자는 무슨 놈의 팔자간디*

*골이 터지게 싸우느냐."*

이 노래를 마지막으로 부르신 뒤 다시는 입을 열지 않았어. 아무리 패고 지랄해도 죽어라고 입을 열지 않았다가 결국 매를 맞고 돌아가시게 되었지.

| | |
|---|---|
| **박달재** | 그거 진짜 선생님 아버님 이야깁니까? |
| **김불출** | 허허, 그럴 수도 있고 아닐 수도 있지. 자, 들어가서 3막을 준비하자구. |
| **박달재** | 예. |

김불출, 변사로 변신한다.

**변사**  빚 갚을 길이 막연한 영진의 부친은 탄식으로 세월을 보내고, 이러한 아버지와 미치광이 오빠를 바라보아야 하는 영희는 눈물로 세월을 보낼 적에, 절망의 한 해가 지나가고 새해가 돌아오니 대륙 침략에 혈안이 된 일본의 발악적인 문화 예술 정책에 의하여 수많은 예술가들이 동원된 황국신민대회가 열리게 되었구나.

변사, 배경막에 걸쳐 놓았던 일장기를 내린다.
박달재, 황국신민의 진행자로 변신하여 드럼을 치며 등장하며 노래를 부른다.

**진행자**  *가자, 아들아! 군기 아래로*

*황국 일본의 신민이 되었거든*

*불발의 의지 필승의 신념이 네 것이로다.*

아세아 천지에 부흥의 만세 소리가 우렁차게 일어나는 새해를 맞이하여 본 황국신민대회를 아리랑 마을에서 개최하게 된 것을 무한한 영광으로 생각합니다. 아리가또 고자이마스. 먼저, 이 시대의 위대한 시인이며 소설가이신 이

광수 선생의 축시를 낭송해 드리겠습니다. (시를 낭송한다) "새해! 빛나는 새해! 위대한 새해! 용감한 우리 아들들은 총을 메고 전장으로 나아가고 씩씩한 우리 딸들은 몸빼 입고 공장으로 공장으로 나서네. 천년 화평, 도의 세계를 세우랍시는 우리 천황폐하의 명령을 받들어 하이, 하이 하고 뛰어나오는 무리! 이날 설날, 반도 삼천리는 기쁨의 일장기 바다! 아, 영광과 희망의 위대한 새해여!" 다음은 언제 들어도 감미롭고 매력적인 목소리와 아름다운 몸매의 주인공, 김 미찌꼬 양의 〈복지만리〉를 들으시겠습니다. 김 미찌꼬! ----- 오호!

김불출, 기모노 차림의 미찌꼬로 변신하여 노래를 부르며 등장한다.

| | |
|---|---|
| 미찌꼬 | *달 실은 마차다 해 실은 마차다* |
| | *청대콩 벌판으로 헤이! 휘파람을 불며 가자.* |
| | *저 언덕을 넘어가면 새 세상의 문이 있다.* |
| | *황색 기층 대륙길에 어서 가자, 방울 소리 울리며---* |
| 진행자 | 네 ---- 에. 미찌꼬 양! 요즘 활약이 대단하시죠? |
| 미찌꼬 | 하이, 죄끔. |
| 진행자 | 얼마 전에 북간도에 다녀오셨다고요? |
| 미찌꼬 | 하이. |
| 진행자 | 네 -- 북간도! 저도 꼭 가보고 싶은 곳입니다만 정말 살기 좋은 곳이죠? |
| 미찌꼬 | 하이. |
| 진행자 | 제가 알기로는 청대콩, 감자, 고구마, 호박 같은 작물들도 상당히 많이 나오고 그 크기도 굉장한 걸로 알고 있습니다만. |
| 미찌꼬 | 하이, 굉장합니다. |
| 진행자 | 콩은 얼마나 크죠? |
| 미찌꼬 | 콩은… 콩알만 해요. |
| 진행자 | 감자는요? |
| 미찌꼬 | 이만해요. |
| 진행자 | 호박은요? |
| 미찌꼬 | 이만해요. |
| 진행자 | 그럼, 고추는요? |
| 미찌꼬 | 요만해요. |
| 진행자 | 가지는요? |

**미찌꼬**　이만해요.

**진행자**　네. 굉장하군요. 이렇게 살기 좋고 풍요로운 북간도. 이 북간도를 개척하는데 우리 모두 앞장서서 천황폐하께 충성을 다 해야겠죠?

**미찌꼬**　하이!

**진행자**　그럼, 이번에는 미찌꼬 양과 함께 다같이 북간도로, 어 ― 허--

진행자, 퇴장한다.

**미찌꼬**　　*가자 가자 가자 북간도로 가자*
　　　　　*황금 이삭 출렁대는 푸른 들판 너머로*
　　　　　*아름다운 젊은 날의 꿈나라를 찾아서 헤이 ---*
　　　　　*가자 가자 가자 가자 어서 가*
　　　　　*젊은 피가 출렁대는 북간도는 부른다, 북간도는 부른다 ----*

미찌꼬, 관객들의 앵콜을 유도한다.

**미찌꼬**　그렇지 않아도 앵콜을 준비했어요.
　　　　　*연분홍 치마가 봄바람에 휘날리더라*
　　　　　*오늘도 옷고름 씹어가며 산제비 넘나들던 서낭당 길에*
　　　　　*꽃이 피면 같이 웃고 꽃이 지면 같이 울던*
　　　　　*알뜰한 그 맹세에 봄날은 간다*
　　　　　아리가또 고자이마스.

미찌꼬, 퇴장한다.
박달재, 오기호로 변신하여 등장한다.

**오기호**　좋아, 좋아. 기모노 입은 여인의 모습, 얼마나 보기 좋아. 하하하 --- 오늘은 내가 여러분들한테 아주 반가운 소식 하나 가지고 나왔어. 에 --- 이번에 천황폐하의 칙령으로 북간도 개척단이 결성되었는데, 영광스럽게도 우리 마을이 시범 마을로 뽑혔다 이말이야. 여러분, 이거 반갑지 않아? 아니, 왜들 대답이 없어? 이렇게 충성심이 없어서야 어떻게 황국신민이 될 수가 있어? 내가 선창을 할 테니까 따라서 복창들 해 보라구. "덴노 헤이까 반자이! 덴노 헤이까 반자이 --- "(아무도 따라하지 않자) 어? 이 마을에 불순분자가 있다더니 있기는 있는 모양이로구나. 다시 한번 선창을 할 테니까 복창을 해 봐. "대한독립 ---"(손을 입에 대며) 어, 이게 아니지. "덴노 헤이까 반자이 --- 반자이!"(아무도 따라하지 않자) 버러지 같은 것들. 너희들은 어떻게 사는 것이 영광스럽게 사는 것인지, 어떻게 사는 것이 황국신민으로서 천황폐하께 충성을 다하는 것인지 모르고 있어. (일장기를 내리며) 너희들, 정신교육을 단단히 받아야 되겠어. 별다른 지시가 없드래도 내일 저녁 일곱시 반에 이 자리에 다시 모여! 내가 분명히 정신교육을 시키겠다. 무슨 말인지 알겠지?

오기호, 무대 뒤로 돌아가서 영진 아범을 부른다.

**오기호**　　　어험, 영감 있나?

김불출, 영진아범으로 변신하여 등장한다.

**영진 아범**　　웬일로 오셨소?
**오기호**　　　이 일로 왔소.

오기호, 빨간색 차압 딱지를 보인다.

**영진 아범**　　이게 뭐요?
**오기호**　　　차압 딱지요. 영감집 하고 논을 차압하는 딱지라고.
**영진 아범**　　아이구, 오주사. 우리 사정 좀 봐주시오.
**오기호**　　　사정 봐 달라고 할 사람이 마을 행사에도 안 나와?
**영진 아범**　　몸이 좀 불편해서…
**오기호**　　　내일 당장 집을 비워!
**영진 아범**　　아니, 집을 비우면 우리는 어디로 가란 말이요?
**오기호**　　　살기 좋은 북간도로 가면 될 것 아니야?
**영진 아범**　　북간도가 아무리 좋다고 다 늙은 놈이 고향 떠나 살 수 있소? 굶어 죽어도 고향에서 죽어야지.
**오기호**　　　그러면 내 청을 들어주든가.
**영진 아범**　　청이라니?

**오기호**    영희 말이요.

**영진 아범**    영희? (화가 나서) 아무리 애비가 못났어도 빚 때문에 자식은 못 팔겠소.

**오기호**    그러면 할 수 없지.

오기호, 차압 딱지를 소도구통에 붙인다.

**영진 아범**    그럼 우리는 뭘 먹고 살란 말이여?

**오기호**    내가 알게 뭐야? 만일 거기에다 손을 댔다가는 영감, 콩밥 먹을 줄 알아!

**영진 아범**    안 돼!

영진 아범, 쌀 뒤주의 딱지를 떼려고 한다.

**오기호**    아니, 이 영감이 ---

둘이서 싸운다.

**영진 아범**    이 짐승만도 못한 놈아! (오기호의 손에 맞아 자빠지며) 아이구, 아이구!

**오기호**    내일 당장 집을 비워! 안 그랬다간 유치장 갈 줄 알아!

오기호, 퇴장한다.

**영진 아범**    (창으로) *어허, 이게 웬일이여---*
    *늘그막에 얻은 자식 대학공부 시켰더니*
    *매를 맞아 미치광이가 되고*
    *악독한 빚쟁이는 집을 내놓으라 성화대니*
    *내가 차라리 자결하여 이런 꼴을 안 볼라네.*
    *가자 떠나자 ---*

영진 아범, 퇴장한다.
김불출, 다시 변사로 변신하여 배경막의 구멍으로 얼굴만 내밀며 말을 한다.

**변사**    이러한 때에 찬바람 부는 아리랑 고개를 홀로 넘어오는 사나이가 있었으니

아리랑

팔이 없는 소매에 빨간 댕기를 드리운 채, 목발을 짚고 절름거리며 걸어오는 저 사나이는 누구란 말이냐?

박달재, 길룡으로 변신하여 목발을 짚고 등장한다.

**길룡**　　이제 다 왔구나. 어머니, 저 왔어요. 길룡이 왔어요. 어? 영진이 아버지 아냐? 아저씨, 안녕하세요. 저 길룡이에요. 지금 막 돌아오는 길이에요. 영진이 하고 영희도 잘 있지요? 어? 아저씨! 그 쪽은 위험해요. 그러다가 빠지겠어요. 돌아오세요. 이거 큰일 났군. (막 뒤로 뛰어가며) 영진아 --- 영진아!

김불출, 미친 영진으로 변신하여 등장한다.

**이영진**　　히. 우리 땅은 식민지. 나는 주인이 아니다. (관객에게) 너도 주인이 아니다. 이방인이 지배하는 땅에 태어나 밤마다 나의 잠은 불편하다. 불편하다. 씨 --- 에잇!

영진, 파리 잡는 시늉을 한다.

**길룡**　　영진아! 영진아!
**이영진**　　안녕하세요.
**길룡**　　니 아버지가 저수지에 빠졌어. 빨리 가자!

영진, 알아듣는 척하다가 다시 파리 잡는 시늉을 한다.

**길룡**　　영진아, 너 왜 그래? 응?
**이영진**　　말깨나 하는 놈 재판소 가고, 일깨나 하는 년 공장에 갔다. 히히 ---
**길룡**　　니 아버지가 저수지에 빠졌단 말이여.
**이영진**　　사요나라 --- 아리랑 아리랑 아라리요. 나라사요!

영진, 퇴장한다.

**길룡**　　(어리둥절하며) 그렇게 똑똑하던 놈이 왜 저렇게 됐지? 그런데 영희는 어디 갔지? 영희야, 영희야!

길룡, 퇴장한다.
막 뒤에서 영진 아버지의 죽음을 알리는 상여 소리가 들려온다.

**길룡**   영희야, 울지마. 아버지는 이미 돌아가신 분이잖아. 그러다가 너까지 병들겠
다. 추운데 그만 들어가자, 응? 그려, 이거 니가 준 댕기여. 다른 사람들은 그
지옥 같은 전쟁터에서 다 죽어 가는데도 나는 이 댕기 덕에 용케 살아남은 것
같애. 뭐? 오기호한테 빚 때문에? 안 돼! 안 된단 말이여! 내가 누구 때문에
살아왔는디, 그 지옥에서 살아온 게 누구 때문인디. 영희야, 안 돼. 안 돼! 왜
그런 생각을 혀? 영희야 --- 안 돼! 안 된단 말이여.

김불출, 변사로 변신하여 등장한다.

**변사**   차가운 바람은 뼛속을 후비는데, 땅바닥에 주저앉아 통곡하는 길룡이의 가
슴 속 뜨거운 사랑을 어느 누가 알 것인가? 사랑!
   *돌아서 눈 감으면 잊을까*
   *정든 님 떠나가면 어이해*
   *바람결에 부딪히는 사랑의 추억*
   *두 눈에 맺혀지는 눈물이여*
**박달재**   (어리둥절해서) 선생님!
**김불출**   사랑이 무어냐고 물으신다면 눈물의 씨앗이라고 말하겠어요.
**박달재**   왜 갑자기 사랑 타령이에요?
**김불출**   영진과 지숙, 길룡과 영희처럼 역사의 소용돌이 속에서 헤어져야만 했던 슬
픈 사랑의 이야기가 또 하나 있어.
**박달재**   그게 뭔대요?
**김불출**   "어느 배우의 사랑 이야기!"
**박달재**   짜 ---- 안!
**김불출**   (절룩거리는 박달재를 보며) 근데, 아직도 절름발이야?
**박달재**   아 참, 끝났지.
**김불출**   자, 내가 사랑 이야기하는 동안, 자네는 들어가서 마지막 장면을 준비하라고.
마지막으로 자네가 죽는 거야.

아리랑

**박달재**   아 --- 예.
**김불출**   멋있게 죽어야 돼.

박달재, 퇴장한다.

**김불출**   "어느 배우의 사랑 이야기" 사랑을 했다네. 가난한 배우가. 아름다운 그 여인
의 이름은 경아! 결혼식도 못 올리고 단칸 셋방에서 부엌도 없이 사과 궤짝을
밥상 삼아 밥을 먹다가 쌀 살 돈마저 떨어져 아침은 굶고, 점심은 건너뛰고,
저녁은 못 끓이는 때가 많았다네. 할 수 없이 가족회의를 했지. 굶지 않고 사
는 수가 없느냐? 죽는 수밖에 없다. 그래서 있는 돈 없는 돈 다 털어 가지고
연탄 두 장을 사서 방 안에 피워놓고 경아하고 꼭 껴안고 잠을 잤다네.
"경아, 사랑해. 우리 저세상에 가서 다시 만나."
한참 자다 왠지 서늘해서 깨어 보니 연탄불이 꺼져 있잖아.
"그래, 이럴 것이 아니다. 돈을 벌자. 이 세상천지에 나 하나만을 믿고 시집온
경아를 내가 굶겨서야 되겠느냐. 돈을 벌자! 경아, 우리 고향에 가서 다시 시
작해."
고향에 내려갔는데, 그 고향이 옛날 고향이 아니었다네. 배우의 고향은 바닷
가 마을이었는데, 미군 미사일 기지가 들어서기 시작하면서부터 술집이다,
다방이다, 식당이 늘어서기 시작했는데, 마치 동두천 뒷골목 같더라네. 배우
는 술집들이 늘어선 뒷골목에서 포장마차를 시작했다네. 한동안 장사가 잘
되었다네.
"어서 오세요!"
"오우, 멍게 한 접시, 소주 한잔 주세요. 오, 유어 와이프? 유어 와이프? 베리
뷰우디플! 컴온 베이비. 오우, 멍게? 멍게, 예 --. 포크 나이프 있어요? 포크
나이프, 오우 -- 예. 오우 베리 맛 좋다. 소주 --- 카오! 맛 좋따! 히어 이즈 머
니. 오우, 유어 와이프, 유어 와이프 베리 베리 뷰우디플! 시 유 레이터. 마이
베비, 오 마이 베비, 마이 베비, 도즈 아 헹키 펭키"
그러던 어느 날이었어. 배우는 멍게 껍질을 벗기고 경아는 꼼장어 사러 시장
에 나갔는데 옆에서 장사하던 이쁜이 엄마가 숨이 턱에 차서 뛰어오더니,
"이봐, 이봐요 --- 서울댁이 서울댁이…"
"예? 뭐라구요? 그놈들한테…"
배우는 칼을 들고 달려갔어. 바닷가에서 조금 떨어진 곳에 갈대숲이 있었어.

(달려가서 들여다보는 동작을 하며) **캄온 베이비**. 낄낄대는 웃음소리, 경아의 비명 소리가 배우의 귀를 파고들었어. 배우는 정신을 잃고 뛰어들었지.
"야, 이 악마들아!"

칼을 들고 달려가는 김불출의 모습이 사라지자, 오기호 등장한다.
오기호, 관객 중의 여자인 영희에게 간다.

**오기호**  영희야! 이리 와 봐. 그거 그냥 잘근잘근 깨물어 주고 싶단 말야. 하하하 --
자 -- 어서 이리와 봐. 아니, 니가 그런다고 누가 올 놈이 있나? 온 마을이 부역에 나가고 개미 새끼 한 마리 없는데, 헤헤 --- 영희야! 이리 와, 이 녀석아! 내 말만 잘 들으면 너희 집 빚 따위는 문제가 안 된다고 그랬지. 영희야?

김불출, 미친 영진으로 변신하여 낫을 들고 〈아리랑〉을 부르며 등장한다.

**이영진**  (영희에게 추근대는 오기호를 보자 두 눈에 살기가 번득이며) 이 악마!
**오기호**  아니 누구냐? (낫을 보고) 아이구, 영진이.

오기호, 도망간다.

**이영진**  (쫓아가며) 고양이를 먹었지! 고양이 어디 갔어? 내 이쁜 고양이 어디 갔어?
**오기호**  영진이, 한 번만 살려 줘, 제발!

뒷걸음치며 비실비실 물러나는 오기호를 영진은 똑바로 쳐다보고 서서히 다가선다.
이윽고 무대 뒤편으로 돌아간 오기호, 영진의 괴성과 함께 비명을 지르며 쓰러진다.
붉은 조명이 켜진다.

**오기호**  으윽 ---
**이영진**  (낫을 든 채) 고양이가 개를 먹었다! 만세! 만세!
*아리랑 아리랑 아라리요*

배경 음악이 흘러나온다.

아리랑

**이영진** (아리랑 노래를 부르다가 피 묻은 낫을 보며) 아니, 영희야! 이게 어찌 된 일이냐? 이 낫은? 이 피? 내가 사람을 죽였단 말이냐? 아니, 왜, 왜? 62

영진, 무릎을 꿇으면 박달재, 변사로 변신하여 등장한다.

**변사** 다음날 주재소 순사에게 이끌려 아리랑 고개를 넘는 영진은 슬피 우는 영희와 뒤를 따르는 동네 사람들에게.

**이영진** 영희야. 잘 있어. 여러분, 안녕히 계십시오. 저를 위하여 제가 미쳤을 때 항상 불렀다는 〈아리랑〉을 불러주십시오!

이영진, 퇴장한다.

**박달재** *아리랑 아리랑 아라리요*

이 영화가 상영되면, 이 대목에서는 관객들까지도 목이 메어 불렀다는 노래, 〈아리랑〉!

김불출, 등장한다.

**김불출** 이 노래에는 압박받는 민족의 설움이 서리어 있으니 오늘, 이 노래를 다시 부르는 관객들 또한 어찌 눈물이 없을소냐?

징 소리와 함께 막이 내린다.

**- 막 -**

# 아리랑 (1986년 작)

대본 김명곤

---

**줄거리**  떠돌이 광대 김불출은 일제강점기에 나운규가 만든 무성영화 〈아리랑〉을 각색한 연극 「아리랑」을 공연하던 중, 상대 배우가 교통사고를 당해 혼자서 재담과 노래로 시간을 떼우려고 한다. 그때 관객석에서 박달재라는 배우 지망생이 상대역을 해 보겠다고 나선다. 김불출은 쾌히 승낙하여 관객들이 보는 앞에서 연습을 시작한다.

연습이 시작되자 박달재가 배역에 대한 불만과 작품에 대한 의문을 제기한다. 김불출은 이에 답변하는 과정에서 작품 「아리랑」을 하게 된 배경과 배우로서의 예술관을 밝힌다.

연습이 진행되는 동안 박달재는 극중의 사건 즉, 일제에 의해 주인공과 그 부친이 수난당하면서 몰락하고 죽음으로 치닫는 과정이 자기 아버지의 죽음과 흡사하다고 이해하면서 차츰 작품의 의미를 이해하게 된다.

김불출도 박달재에게 자기 아버지의 죽음과 사랑했던 여인이 시대 상황으로 인해 강간을 당하고 죽은 이야기를 들려주면서 슬픈 과거를 지닌 광대가 그 슬픔을 이겨내고 예술로 승화시키는 모습을 보여준다.

연극의 마지막 장면 연습이 끝나자 박달재는 비로소 김불출의 작품과 예술 세계를 이해하게 되고 뜨거운 인간애를 느낀다. 이리하여 두 사람은 앞으로도 계속해서 광대의 길에 몸을 바칠 것을 다짐하면서 관객과 작별한다.

---

「아리랑」은 떠돌이 배우와 연극 지망생이 만나 나운규의 무성영화 〈아리랑〉을 연극으로 각색하여 연습하는 과정을 그린 2인극으로 연극 과정에서 일어나는 배우 자신들의 이야기와 극중의 내용이 서로 교차하면서 판소리, 민요, 가요, 신파, 약장사, 원맨쇼 등 다양한 연극적 표현과 두 연기자의 연기력을 통하여 해학과 풍자, 웃음과 재미 그리고 때로는 비장함과 눈물을 보여주는 작품이다. 일제시대 민족의 분노와 민족 분단의 아픔과 이 시대를 살아가는 평범한 사람들의 이야기와 그런 이야기를 풀어가고자 하는 광대들의 이야기가 때로는 평행선을 그리고 때로는 교차되면서 진행된다. 따라서 양식에 구애됨이 없이 전통과 현대의 표현 양식을 총망라하여 보다 더 효과적으로 표현하고자 노력하였다.

"한 치 앞을 짐작할 수 없을 만큼 시시각각 변하는 우리의 현실 속에서 예술가는, 연극인은 무엇을 해야 하고, 어떻게 살아야 하는가"라는 숙제를 풀기 위해 1986년에 극단 아리랑을 창단하고 창단 공연으로 준비한 작품이다.

　김명곤이 김불출 역을 맡고, 박제홍이 박달재 역을 맡았으며, 조항용이 연출을 맡았다. 이 작품은 서울 공연에 앞서 1986년 7월에 인천 공연에서 처음 무대화시켜 관객들의 큰 호응을 얻었으며, 같은 해 8월 22일부터 9월 14일까지 예술극장 미리내(현재 피카소 극장)에서 공연한 뒤 수년 동안 수많은 지방 순회공연과 대학 초청 공연을 통해 극단 '아리랑'의 탄생을 성공적으로 알렸다.

갑오세 가보세

| 나오는 사람들 |

| | | |
|---|---|---|
| 광대 | 장령 | 산받이 |
| 먹쇠 | 김판동 | 홍동지 |
| 먹쇠 어멈 | 조병갑 | 대원군 |
| 먹쇠 아내 | 허첨지 | 영노 |
| 바보 | 일본 상인 | 일본 군인 |
| 춘복 | 사령1~2 | 청국 군인 |
| 춘복 아내 | 깃발 든 사람1~2 | 가부키 |
| 마을 청년 | 북 든 사람1~2 | 북접도인1~4 |
| 전봉준 | 떡장사 | 남접도인들 |
| 초선 | 봉사 | 오지영 |
| 다꾸가와 | 고종 | 일본 장교 |
| 상쇠 | 민비 | 일본군들 |
| 잽이들 | 친청 대신 | 관군 장수 |
| 대포수 | 친일 대신 | |
| 기생 | 억순 | |
| 양반 군수 | 분녀 | |
| 관군들 | 정진사 | |
| 동학군1~12 | 마님 | |
| 손화중 | 원세개 | |
| 김개남 | 오오도리 | |
| 최시형 | 일본 기생 | |
| 손병희 | 부관 | |
| 김연국 | 관군 사자 | |

**앞풀이**

어둠 속에서 합창 소리 들려온다.

| 합창 | 새야 새야 파랑새야 |
| --- | --- |
| | 녹두밭에 앉지 마라 |
| | 녹두꽃이 떨어지면 |
| | 청포 장수 울고 간다 |

조명이 밝아지면 무대 바닥에 팔괘 형상의 조명이 들어오고 배우들이 깃발, 촛불, 영정, 향 등을 들고 〈검가〉를 부르며 나온다.

| 합창 | 때가 왔네 때가 왔어 |
| --- | --- |
| | 다시 못 올 때가 왔네 |
| | 만세 조선 장부로서 |
| | 오만 년의 때가 왔네 |

광대가 나와 노래를 부른다.
광대의 노래는 〈검가〉와 교차된다.

| 광대 | 넋이로다 넋이로다 |
| --- | --- |
| | 갑오 농민 전쟁 중에 |
| | 원통하게 돌아가신 |
| | 우리 백성 넋이로다 |
| 합창 | 보국안민 떨쳐 들고 이 칼 저 칼 넌즛 들어 |
| | 호호망망 너른 천지 한 몸으로 비켜서서 |
| | 칼 노래 한 곡조를 우렁차게 불러내니 |
| | 좋을시고 좋을시고 이내 신명 좋을시고 |
| 광대 | 넋을 맞으러 가자스라 혼을 맞으러 가자스라 |
| | 못다 살고 못다 죽고 원통히도 절통히도 |
| | 사라져 간 혼신네들 넋으로 살으시고 |
| | 혼으로 살아나소 |

갑오세 가보세

합창      *용천검 날랜 칼은 하늘에 번뜩이고*
         *왜군 진멸 높은 뜻은 우주에 덮여 있네*
         *천하 명장 어데 있나 장부 앞에 장사 없네*
         *좋을시고 좋을시고 이내 신명 좋을시고*

징 소리가 나면 배우들, 동작을 멈추고 제자리에 선다.

광대      (팔괘를 가리키며) 저것이 바로 우주와 인간 세계의 질서를 상징하는 팔괘, 그
         중에서도 선천 팔괘입니다. 남자는 양, 여자는 음, 임금은 하늘, 백성은 땅.
         하늘이 땅을 지배하고 양이 음을 다스리는 시대가 선천 시대라면, 후천 시대
         는 그것이 거꾸로 뒤집어진 시대이니, (후천 팔괘를 나타내는 조명으로 바뀌면)
         이 이야기는 선천 시대의 민중들이 후천 시대를 만들기 위해 싸웠던 피와 투
         쟁의 기록이올시다.

징 소리.
배우들 모두 외마디 소리를 내며 쓰러진다.
조병갑, 허첨지, 일본 상인, 사령들, 무대 뒤에서 등장한다.

**조병갑**   만석보를 지어라!
**사령들**   만석보를 지어라!

북소리가 울리면 동작 멈춘다.
배우들, 북소리에 맞춰 서서히 일어나 죽창과 깃발을 끼고 둥글게 퇴장한다.

광대      이때가 어느 때냐, 조선 왕조 말엽이라. 왕실에선 권력 다툼, 대신들은 세도
         다툼, 외세들은 침략 다툼 저마다 한창인데, 이때에 전라도 고부 땅에 군수
         조병갑이란 놈이 있었는데, 이놈 행실 들어 보소.
         (창으로) *민씨 세도 등에 업고 갖은 세금 만들어서*
         *악랄하게 수탈하고 생사람 잡아다가*
         *억지 죄목 만들어서 돈을 받고 풀어 주고*

*항의하는 마을 사람 곤장 치고 주리 틀고*
*옥에 가두어 죽여 놓으니*
*힘없는 백성들은 굶주려 죽어가고*
*병들어 죽어가고 매 맞아서 죽어가는구나.*

광대, 퇴장한다.

## 제1장 들판

농부들, 벼 베는 민요인 〈산야〉를 부르며 추수하는 동작을 하며 등장한다.

| | |
|---|---|
| **마을 사람들** | 오오 -- 오오오 ― 오 |
| **먹쇠 어멈** | *영감아 영감아 아 - 아 -* |
| | *무정한 영감아 아 - 아 -* |
| | *지리산 까마귀 깃발 물어다 놓듯이* |
| | *날 데려다 놓 - 고* |
| | *쓸쓸한 빈방 안에 독수공방 어찌 살으라고* |
| | *나 홀로 두고 어디를 갔나 영감아* |
| **마을 사람들** | 오오 -- 오오오 ― 오 |
| **바보** | 이히히, 풍년이다! 풍년! |
| **춘복** | 이 제밀헐 놈아, 풍년이 무신 얼어 죽을 놈의 풍년이여? |
| **바보** | 그럼, 흉년이다! 흉년! 히히. |
| **먹쇠 어멈** | 어이구메, 이 육시럴 놈의 팔자는 쎄빠지게 일혀서 어째 넘 좋은 일만 시켜주는고. |
| **춘복** | 이것이 모다 저 오살헐 놈의 조병갑이놈 때문 아녀? 그 자식은 작살을 내뻔져야 한당께. |
| **춘복 아내** | (아이를 어르며) 임자가 뭔 힘이 있다고 군수를 작살낸다요? |
| **춘복** | 시끄러, 이 예편네야. 남정네가 얘기허는디 자발스럽게 나서기는. |
| **먹쇠** | 군수만 작살낸다고 일이 다 된다요, 세상이 확 뒤집어져 버려야제. |
| **먹쇠 아내** | 오매 임자도, 그러다 잽혀가것소. |

바보, 여자들 있는 쪽으로 가서 오줌을 누려고 바지를 내린다.

**갑오세 가보세**

| | |
|---|---|
| **바보** | 이 -- 히히. |
| **먹쇠 아내** | 오매! |
| **춘복 아내** | 징헌 거! |
| **먹쇠 어멈** | (바보를 밀쳐내며) 이 육실헐 뇸의 자식. 저리 못 가? |
| **춘복** | (바보의 머리를 잡아끌고 와서) 이놈의 자슥, 아무 데나 물건 내놓고 오줌을 깔기 |
| | 믄 낫으로 싹둑 잘라 버릴 거여. |

춘복, 낫으로 자르는 시늉을 하면 여자들 모여서 낄낄거린다.

| | |
|---|---|
| **바보** | 놔 - 놔, 아퍼! |
| **먹쇠** | 놔주쇼 성님, 저놈이 뭔 사리를 알아서 쌀 디 안 쌀 디를 가리것소? |
| **바보** | 놔, 놔! |
| **춘복** | (바보를 놓아 주며) 어서 일이나 혀 이놈아. |
| **바보** | 씨 -- 씨부랄 노옴! |
| **춘복** | 뭐여? |
| **바보** | 아 - 아녀. |

바보, 재빨리 낫을 들고 일을 한다.

| | |
|---|---|
| **춘복** | (먹쇠에게) 야, 우리 고부에도 동학당 수십 명이 있담서? |
| **먹쇠** | 수십 명이 아니라 수백 명은 될 것이요! |
| **춘복** | 근디, 뭣 땀시 사람들이 동학에 고로코롬 미쳐 버린다냐? |
| **먹쇠** | 거그서는요, 사람이 하늘이고 하늘이 사람이라고 헌답디다. |
| **먹쇠 어멈** | 사람이 사람이고 하늘이 하늘이라고? |
| **먹쇠 아내** | 아이고 엄니도, 사람이 하늘이고 하늘이 사람이라고 안 합디여? |
| **먹쇠 어멈** | 그것이 뭔 귀신 씨나락 까먹는 소리여? |
| **먹쇠** | 임금이나, 백성이나, 양반이나, 상놈이나 모다 하늘처럼 귀허다 이 말이요. |
| **춘복** | 그럼 군수허고 우리허고도 똑같으다 —이 말이 되야부네잉? |
| **먹쇠** | 그렇게 조병갑이가 동학당이라고 하믄 이를 뿌득뿌득 간다 안 허요. |
| **먹쇠 어멈** | 그려서 훈장 어른 부친도 매 맞아서 돌아가셨구나. |
| **먹쇠** | 예. |
| **먹쇠 아내** | 그 양반은 동학당이 아니람서라? |

| | |
|---|---|
| **먹쇠** | 동학당은 아닌디, 그 양반 친구분들이 다 교도고, 그 아드님이신 전봉준 어른도 몰래 입교했다는 소문이 있어. |
| **바보** | 이히, 전봉준, 나도 알어, 녹두야 녹두야 전녹두야- |
| **춘복** | 전봉준 그 양반, 뭔가 일을 낼 사람이여. |
| **먹쇠** | 일이 나야지요. 이대로 지내서야 어디 한 사람이나 살아 남것소? |
| **춘복** | 그려! |

이때, 사령1,2 등장하여 무대 양 끝에 나누어 선다.

| | |
|---|---|
| **사령1** | 공! |
| **사령2** | 고! |
| **사령1** | 만석보 물길이 닿는 논에 대해서, |
| **사령2** | 수세를 징수한다. |
| **사령1** | 상답 한 마지기에 두 말! |
| **사령2** | 하답 한 마지기에 한 말을 |
| **사령1,2** | 추수가 끝나는 대로 납부할 것! |

조명이 꺼지고 모두 퇴장한다.
무대 안쪽 끝에서 춘복 아내, 일본 상인에게 돈을 꾸고 갚지 못해 겁탈당하는 장면이 무언극으로 보여진다.

## 제2장 고부관아

사령, 허겁지겁 뛰어나온다.

| | |
|---|---|
| **사령** | 아뢰오! 아뢰오! |
| **조병갑** | (무대로 나오며) 웬 소란이냐? |
| **사령** | 마을 사람 수십 명이 문밖에 몰려와서 등장을 올리것다고 합니다. |
| **조병갑** | 장주가 누구라드냐? |
| **사령** | 전봉준이라 하옵니다. |
| **조병갑** | 오늘은 내가 몸이 불편하니 내일 다시 오라고 일러라. |

**전봉준**　　　　(두루마리를 내밀며) 등장이요!

**마을 사람들**　등장이요!

**조병갑**　　　　용건이 뭔가?

**전봉준**　　　　만석보를 지을 때는 수세를 걷지 않겠다고 허셨는디, 이번 추수에 수세를 걷
　　　　　　　　는 것은 어찌된 일인지 알고자 헙니다.

**조병갑**　　　　그것은 나라에서 정하신 일이라 내 마음대로 할 수 없는 일이다.

**전봉준**　　　　세곡을 내고 나면 먹을 양식도 모자라는 형편이니, 수세를 거두어 주시지요.

**조병갑**　　　　나라에 바칠 세곡을 못 내겠다니 국법을 거역하겠다는 건가?

**전봉준**　　　　세곡을 못 내겠다는 것이 아니고, 사또가 거둬들이는 수세를 못 내겠다는 말
　　　　　　　　씀이요.

**마을 사람**　　수세를 없애시요!


마을 사람들, 소리친다.

사령, 창으로 막고 있다.


**조병갑**　　　　네 이놈, 폭도들을 끌고 와서 관아를 소란케 한 벌을 받고 싶으냐?

**전봉준**　　　　저 사람들은 폭도가 아니라 굶주린 백성들이요.

**마을 사람**　　수세를 못 내겠소!

**조병갑**　　　　내 일찍이 고부에 동학물이 세다는 말을 들었거니와, 오늘 네놈의 행실을 보
　　　　　　　　니 동학당임에 틀림없구나. 여봐라!

**사령들**　　　　예.

**조병갑**　　　　저놈을 곤장을 쳐 내쫓고 폭도들을 해산시켜라!

**전봉준**　　　　백성을 보살펴야 할 수령이 백성들 고혈 짜기에만 혈안이 되어 있으니 하늘
　　　　　　　　이 무섭지 않소?

**조병갑**　　　　저놈이 죽고 싶어 환장을 했구나. 어서 끌고 가지 못하겠느냐?

**사령들**　　　　예.


사령들, 전봉준을 끌고 간다.


**마을 사람들**　전봉준 어른을 풀어 주시요! 풀어 주시요!

**조병갑**　　어서 해산시켜라!

마을 사람들 소란을 떨다가 사령들의 제지로 밀려나 퇴장한다.
조병갑, 퇴장한다.

## 제3장 거리

춘복, 아내의 머리채를 움켜쥐고 때린다.
사람들이 주위에 몰려 서 있다.

**춘복**　　이년, 이, 개 같은 년!
**춘복 아내**　　아이고 나 죽네!
**먹쇠 아내**　　저러다 사람 죽겠네. 누가 좀 말려요.
**먹쇠 어멈**　　참어, 참으랑께.
**춘복**　　놔요, 놔. 내 이년을 오늘 죽여 버리고 말 것이여!

춘복, 더욱 흥분하여 아내를 발로 찬다.

**춘복 아내**　　에고, 나 죽네!
**춘복**　　이 화냥년아. 죽어라 죽어!
**바보**　　히히. 주…죽여라, 죽여!
**먹쇠 어멈**　　왜들 이렇게 보고만 있어? (먹쇠를 보며) 먹쇠야, 아, 뭣혀?

먹쇠, 춘복을 잡는다.

**먹쇠**　　성님, 성님! (춘복을 아내로부터 떼어놓는다)
**춘복**　　야, 이년아, 붙어먹을 놈이 없어서 왜놈헌티 붙어먹어?
**춘복 아내**　　나가 붙어먹고 싶어서 붙어먹었냐?
**춘복**　　차라리 사당질을 나가서 창녀로 나서지, 왜 집엔 꾸역꾸역 들어와, 이년아!
**춘복 아내**　　그려, 죽여라, 죽여!
**먹쇠 어멈**　　이 사람아, 안사람헌티 그렇게 함부로 말허는 것이 아녀!
**춘복**　　누가 안사람이고 누가 바깥사람이다요? 저년하고 나하고는 끝났소, 끝장나

부렀소.

**먹쇠 어멈**　이 사람아, 그 다꾸가완지 다쌍인지 하는 왜놈헌티 고리채 얻어쓰고 당헌 사람이 어디 한둘이여? 돈을 못 갚으면 몸을 내놓던지 감옥에 가라고 협박을 허는디, 돈 없는 예편네가 견딜 수가 있었것어?

**먹쇠**　성님, 개똥 엄니 잘못이 아녀요.

**춘복**　이 개 같은 놈의 세상!

춘복, 땅을 치며 운다.

**바보**　(춘복을 붙잡으며) 우 - 울지마, 성, 우 - 울지마.

춘복 아내, 마을 사람들의 부축을 받으며 일어난다

**바보**　주 -- 죽여라! 주 -- 죽여!

바보, 날뛰며 소리친다.
이때, 마을 청년, 다급하게 뛰어들어온다.

**마을 청년**　난리났소, 난리났소!

**먹쇠**　무신 일이여?

**마을 청년**　시방 전봉준 어른이랑 김도삼 어른이랑 서너 명이 주동이 되야 갖고 정월 초아흐렛날 관아로 쳐들어간다요!

**마을 사람들**　뭣이여?

**마을 청년**　긍게, 나올 사람들은 모다 낫이니 괭이니 쇠스랑이니 있는 대로 다 들고 말목 장터로 모이라고 통문을 돌렸소. 통문이요!

마을 청년, 통문을 마을 사람들에게 보여준다.
모두 황급히 퇴장한다.

# 제4장 고부관아 별실

초선, 춤을 추고 노래를 부르며 조병갑을 유혹하고, 조병갑은 초선과 농탕질을 한다.

| 75 | 초선 | *짜증을 내어서 무엇하나* |
|----|------|------|
| | | *성화는 부려서 무엇하나* |
| | | *인생 일장춘몽인데* |
| | | *아니 노지는 못하리라* |
| | | *니나노 닐리리야 닐리리야 니나노 --* |

허첨지와 일본 상인, 등장한다.

| **허첨지** | 사또! |
|------|------|
| **조병갑** | 어이구, 웬일이시요? |
| **허첨지** | 그간 별고 없으셨지라? |
| **조병갑** | 허첨지 덕분에 이렇게 무고합니다. |
| **다꾸가와** | 안녕하시므니까, 사또? |
| **조병갑** | 곰방와 다꾸가와상? |

세 사람, 웃는다

| **조병갑** | 초선아! |
|------|------|
| **초선** | 예. |
| **조병갑** | 술상 봐 오너라. |
| **초선** | 예. |

초선, 퇴장한다.

| **허첨지** | 지난번에 폭도들이 관아까지 쳐들어와 소란을 피워서 심려가 많으셨지라? |
|------|------|
| **조병갑** | 심려라니요. 곤장을 쳐서 내쫓았습니다. |
| **다꾸가와** | 잘하셨스므니다. 그런 놈들이노 혼줄이노 나야 되므니다. |
| **조병갑** | 허허허. |
| **다꾸가와** | 하이! 사또, 이거노 받으십시요. |

다꾸가와, 보자기에 싼 기다란 상자를 내민다.
조병갑, 상자를 풀어 안에 든 물건을 꺼낸다.

**갑오세 가보세**

| 조병갑 | 이거, 니뽄도 아니요? |
| 허첨지 | 국보급 보물이란디요, 아마 수천 냥은 나갈 것이고만요. |
| 조병갑 | 허, 이거 번번이 신세만 져서 면목이 없소. 다꾸가와 상! |
| 다꾸가와 | 천만에요, 천만에요. 사또 은혜에 비하면 너무너무 초라하므니다. 하하하. |
| 허첨지 | (은근히) 사또! |
| 조병갑 | 예! |
| 허첨지 | 이번에 저하고 다꾸가와상하고 한양을 가볼까 합니다. |
| 조병갑 | 한양을…요? |
| 허첨지 | 민대감을 좀 뵐 일이 있어서요. |
| 조병갑 | 흠, 거 만나기가 쉽지 않을 텐데. |
| 허첨지 | 저, 그려서 말인디요, 사또께서 친필 한 장만 써 주시지라. |
| 다꾸가와 | 부탁이노 하므니다. |
| 조병갑 | 친필이라. |

조병갑, 난처한 듯 고개를 돌린다.

| 허첨지 | 사또… 이것도…. |

허첨지, 보자기에 싼 작은 상자를 내민다.
조병갑, 상자 속의 물건을 꺼낸다.

| 조병갑 | 이건 또 뭐요? |
| 허첨지 | 금거북인디요, 약소하지만 지 성의지라. |
| 조병갑 | 허, 이러시면 안 되는데. |
| 허첨지 | (밀어 넣으며) 아이, 지 성의지라. 사또. |
| 다꾸가와 | 성의입니다. 사또. |

두 사람, 돈궤를 조병갑 쪽으로 밀어 넣는다.

| 조병갑 | 그럼 성의를 봐서. (받으면서) 민대감하고 나하고는 각별한 사이니까, 써 드리지요. |
| 허첨지 | 사또. 이 은혜 정말 잊지 않겠습니다. |

| | |
|---|---|
| **다꾸가와** | 아리가또 고자이마스. 사또! |
| **조병갑** | 아하, 뭘 그깟 일을 가지고. 자, 우리 들어가서 술이나 한잔합시다. |

세 사람, 웃으며 퇴장한다.

## 제5장 길

요란한 풍물 소리와 함께 풍물잽이와 마을 사람들이 손에 낫이나 괭이를 들고 무질서하게 등장한다.

| | |
|---|---|
| **상쇠** | 군령수----- |
| **잽이들** | 예--이 |
| **상쇠** | 각 마을 치배 다 모였느냐--- |
| **잽이들** | 예--이 |
| **상쇠** | 전봉준 어른이 중대헌 말씀을 허신다 하니 정렬히서 멈추어라-- |
| **잽이들** | 예--이 |

모두 정렬해서 멈춘다.
전봉준, 등장한다.

| | |
|---|---|
| **전봉준** | 지는 조소 부락서 훈장 노릇허는 전봉준이올시다. |
| **바보** | 노—녹두야, 녹두야---- |
| **먹쇠 어멈** | 에구 이놈아, 조용히 혀. |
| **전봉준** | 저희 부친께서 조병갑이헌티 매를 맞아 돌아가셨다고 히서 지가 그 원수 갚을라고 이 자리에 나선 것은 아니올시다. 밥 달라고 우는 자식들, 주린 창자에 밥을 넣어 달라고 불같이 일어선 여러분의 뜻에 따라서 한목숨 바칠라고 이 자리에 나선 것이올시다. |
| **사람들** | 조병갑을 죽여 번집시다! |
| **바보** | 죽여라 죽여! |
| **춘복 아내** | (흥분해서) 그딴 놈은 가랑이를 짝짝 찢어 가꼬 팍 죽여 번져야 혀. |
| **춘복** | 야, 이년아. (일어서서 손가락질하며) 넌 나서지 말고 잠자코 좀 있어. |
| **전봉준** | 오늘날의 벼슬아치들은 아부와 아첨을 일삼고, 교만과 사치와 음란한 일을 |

갑오세 가보세

거리낌 없이 행하고, 학정은 날로 더해가고, 만민은 도탄에 허덕이니, 백성들의 원성은 높아만 가고 있습니다. 우리가 비록 초야의 농민이나, 국가의 위망을 앉아서 바라볼 수만 없어 의를 들어 사생의 맹세를 하니 우리 모다 죽기를 맹세허고 일어섭시다!

**마을 사람들**　일어섭시다!

풍물 소리가 난다.

**상쇠**　　　　군령수----

**마을 사람들**　예--이--

**상쇠**　　　　읍내에 도둑이 끓어서 장군의 명령으로 도둑을 잡으러 가니 일초, 이초, 삼초 후에 행군허랍신다----

대포수, 나팔을 분다.
모두 행군한다.

# 제6장 고부관아 별실

웃음소리와 함께 초선과 조병갑, 등장한다.

**조병갑**　　　자, 자. 어서 연못을 열어라. 배 띄우자.

조병갑, 초선의 치마를 벗기려 한다.

**초선**　　　　(살짝 피하면서) 사또-

**조병갑**　　　왜--

**초선**　　　　사또는 언제나 호조판서가 되신다요?

**조병갑**　　　허허허. 시각이 문제로다.

조병갑, 초선의 치마를 벗긴다.

**초선**　　　　그럼 그땐 초선이를 어쩌실라요?

**조병갑**     한양 다방골에 근사한 살림집을 차려 주마.
**초선**     참말이어라우? 오—메 좋은 거.

초선, 조병갑에게 안긴다.
이때 요란한 풍물 소리.
사령이 급히 뛰어들어온다.

**사령**     사, 사-----또!
**초선**     에그머니나.

초선, 옷깃을 여미며 살짝 돌아선다.

**조병갑**     이놈, 무엄하게…
**사령**     폭도들이 낫과 죽창을 들고 겁나게 쳐들어옵니다요!

사령, 퇴장한다.

**조병갑**     이놈아, 어딜 가느냐? 이거 큰일이구나.

조병갑, 허둥대다가 초선의 치마를 둘러쓴다.

**초선**     사또, 저는 어찌합니까요?
**조병갑**     내가 다시 올 때까지 여기 있거라.
**초선**     안 됩니다, 사또. 저도 데리고 가셔요.

초선, 조병갑의 다리를 잡고 매달린다.

**조병갑**     이거 놔라, 급하다!
**초선**     사또, 같이 가요!
**조병갑**     (초선을 발로 걸어차며) 에잇, 빌어먹을 년. 지금 내가 네 걱정까지 하게 생겼느냐?

조병갑, 초선의 치마를 둘러쓰고 뛰어나간다.

**갑오세 가보세**

초선, 혼자서 어쩔 줄 몰라 할 때 춘복, 먹쇠, 바보 뛰어들어온다.

**먹쇠**     (구석에서 떨고 있는 초선을 본다) 이년아, 군수놈 어디 갔냐?

**초선**     (손가락질하며) 저---저기요.

먹쇠, 뛰어나간다.

**춘복**     (초선의 머리채를 끌며) 에잇, 더러운 년. 이리 따라와.

**초선**     아----악!

**바보**     (따라가며) 죽여라, 죽여!

초선, 춘복에 끌려 퇴장한다.

## 제7장 장터

신명 나는 풍물 소리에 맞춰 깃발을 들기도 하고 춤을 추기도 하면서 마을 사람들, 등장한다.

**마을 청년1**     여보시오, 동네 어른들!

**마을 사람들**     예!

**마을 청년1**     우리가 저 오살헐 놈의 조병갑이를 몰아내 내뻔졌는디 말이요,

**마을 사람들**     그려.

**마을 청년1**     이렇게 좋은 날 한번 안 놀 수 있겠소?

**마을 사람들**     그렇지.

**마을 청년1**     긍게 말이여, 시방부터 걸판지게 놀아 봅시다!

**마을 사람들**     놀아 봅시다!

마을 사람들, 〈옹야 에헤야〉를 부르며 춤을 춘다.

**합창**     *옹야 에헤야*

          *옹야 에헤야*

          *고부농민 나가신다*

          *옹야 에헤야*

*참새 산새 날아간다*

*옹야 에헤야*

*사령 놈들은 쥐구멍이고*

*옹야 에헤야*

*조병갑이는 줄행랑이다*

*옹야 에헤야*

*옹야 에헤야*

*옹야 에헤야*

*고부 농민 나가신다*

*옹야 에헤야*

*얼씨구 절씨구 지화자 좋다*

*옹야 에헤야*

*농민 세상 되었구나*

*옹야 에헤야*

*만세 만세 농민 만세*

*옹야 에헤야*

*만세 만세 농민 만세*

*만세 ------*

풍물잽이가 풍물을 치고 들어오면 기생, 군수, 양반 등의 탈을 쓴 잡색들이 춤을 춘다.
나머지 사람들은 깃발도 들고 무기도 들고 있다.
기생과 군수와 양반의 춤이 무르익어 갈 때 대포수, 뛰어들어온다.

**대포수**   얼럴럴럴 어허 - 쉬--- 이것이 뭔 냄새다냐? 어디서 지릿허고 구릿허고 비릿
헌 냄새가 코를 팍 찔러 부네. 어디서 나는가 한번 둘러 볼란다. (기생탈 앞으
로 와서) 아이고 찌린내야. 앗다 그년, 뭣에 놀라서 오줌을 지렸는지 지린내가
진동허는구나. 니가 누구냐?

기생의 치마를 들추면 기생이 꽃가지로 탁 친다.

**대포수**   아이쿠야! 아하, 니가 앞문으로 사내를 받고 뒷문으로 내보내는 기생이로구
나. 내 천하 한량으로서 너허고 안 놀 수 있것냐? 어디 한번 놀아 보자.

**갑오세 가보세**

**대포수**     (기생을 쫓아 가다가) 워매, 꾸린내야. 이놈은 얼매나 구린짓을 혔는지 꾸린내
　　　　　　가 진동허는구나. 니가 누구냐?

양반, 부채로 탁 친다.

**대포수**     아이쿠야! 아하, 니가 입으로는 논어, 맹자를 씨부렁거림서 속으로는 권세가
　　　　　　에 아부허는 양반이라는 것이구나. 내 천하 한량으로서 너허고 한판 붙어 볼
　　　　　　란다.

양반과 기생, 군수에게 도망치고 대포수 쫓아간다.

**대포수**     아이구, 비린내야. 이놈은 무슨 비리를 그렇게 해 처먹었는지 비린내가 진동
　　　　　　허는구나. 니가 누구냐?

군수, 담뱃대로 탁 친다.

**대포수**     아이쿠야! 아하, 니가 바로 죄없는 양민 잡아다가 매 때려죽게 허고 만석보
　　　　　　저수지 쌓아 놓고 물세 받어 처먹다가 백성들한티 쫓겨난 악질 군수 조병갑
　　　　　　이로구나!
**바보**       죽여라, 죽여!
**대포수**     네이 똥물에다 튀겨 가꼬 빈대떡같이 납작납작 눌러서 똥통에 팍 쳐 넣을 년
　　　　　　놈들아! 내 본시 전라도 농꾼으로 니들 노는 꼴을 보다 못해서 나왔응게 한번
　　　　　　혼 좀 나 봐라.

대포수가 나무총으로 세 사람을 놀리고 때리는 시늉을 한다.
바보가 신이 나서 판에 뛰어든다.

**바보**       히히, 좋다!

바보, 병신춤을 춘다.

　마을 청년 뛰어들어온다.

**마을 청년**　관군이 온다요, 관군이!

**마을 사람들**　(놀라서 수근대며) 뭐시여?

**마을 청년**　시방 관군이 겁나게 쳐들어와 갖고 남정네만 보면 개 패듯 패 불고 여자만 보
　　　　　　　믄 겁간을 하고 동네방네 불을 지르고 사람을 고기 꿰듯이 엮어간대요.

마을 사람들, 웅성거리고 있을 때 관군들, 창을 들고 양쪽에서 서슬이 퍼렇게 들어온다.

마을 사람들, 후다닥 도망친다.

관군들, 관객을 상대로 심문도 하고 욕도 하고 구타도 하고 여자들 희롱하기도 할 때 바보가
무대 뒷면으로 "녹두야!" 하면서 지나간다.

관군 한 사람, "잡아라!" 소리치면서 쫓아간다.

# 제8장 먹쇠의 집

관군1, 먹쇠의 아내에게 다가간다.

**관군1**　보소!

**먹쇠 아내**　음마!

먹쇠 아내, 놀라서 들어가려 한다.

**관군1**　어데 가노?

먹쇠 아내, 멈추어 선다.

**관군1**　식구들은 다 나갔능교?

**먹쇠 아내**　장에 갔는디요.

**관군1**　여기 남정네도 동학당이지?

**먹쇠 아내**　(깜짝 놀라) 아, 아녀요!

**관군1**　여개 동학당 아닌 놈들이 우데 있나?

**먹쇠 아내**　저… 절대로 아니랑게요!

**관군1**　　　아니라는 증거를 댈 수 있나?

관군1, 먹쇠 아내의 얼굴을 손으로 쳐든다.

**관군1**　　　댈 수 있나 말이다.

관군1, 손을 슬슬 움직여 먹쇠 아내의 볼을 쓰다듬는다.

**먹쇠 아내**　　으… 음마 이 양반이 왜 이런다요?

관군1, 먹쇠 아내를 휘어잡는다.

**먹쇠 아내**　　(몸을 빼치려고 애쓰며) 오매, 이것이 뭔 짓이요? 사람 살려! 읍!
**관군1**　　　(아내의 입을 막으며) 소리치면 재미 없대이.

먹쇠 아내, 관군의 손가락을 문다.

**관군1**　　　아얏, 이년이!

관군1, 먹쇠 아내의 머리채를 휘어잡는다.

**관군1**　　　느그 서방이 동학당이라카는 거 다 알고 왔으니까네 서방 살리구 싶으모 조
　　　　　　　딩이 닥치고 있어. 알것나?

먹쇠 아내, 끄덕인다.

**관군1**　　　순순히 따라 들어와!

관군1, 먹쇠 아내를 안으로 끌고 가면 먹쇠 아내, 억지로 끌려간다.
먹쇠와 어머니, 들어온다.

**먹쇠 어멈**　　저-- 저런 육실헐 놈!

| 먹쇠 | (관군에게 달려가 멱살을 잡으며) 이것이 뭔 짓이냐? |
|---|---|
| 관군1 | (당황해서) 물 좀 얻어묵으러 왔소. 이것 놓고 말 하입시더. |
| 먹쇠 | 입 닥치지 못혀? |

먹쇠, 흥분해서 관군을 치려 할 때 관군이 갖고 있던 창대로 후려친다.
먹쇠, 쓰러진다.

| 관군1 | 이 새끼! |
|---|---|
| 먹쇠 어멈 | 아이고 나리, 살려 주시요! |
| 관군1 | 이 더러분 동학당 놈의 새끼! |

관군1, 먹쇠를 창대로 후려친다.
관군이 먹쇠를 창으로 찌르려 하자 어머니가 관군 다리를 잡고 아내는 빨랫방망이로 관군의 머리를 때린다.
관군1, 쓰러진다.
북소리가 난다.
세 사람 당황하다가 먹쇠가 관군을 안으로 집어넣은 뒤 어머니와 아내는 왼편으로, 먹쇠는 반대편으로 각각 도망친다.

## 제9장 장터

북소리가 나면 관군들, 죽은 사람들의 머리가 꽂힌 창대를 들고나와 포고문을 낭송한다.

| 관군 | 위 자들은 동학이라는 사교를 믿어 혹세무민하고 관아에 쳐들어와 난동을 부리며 역적의 죄를 지은 자들이다. 나라의 법에 따라 목을 베어 만인의 경계를 삼으려 하니 이후로 백성들은 요사한 동학의 무리에 현혹됨이 없이 생업에 힘쓰라. 만일 이 무리들의 말에 현혹되어 망령되이 행동하는 자가 있을 때에는 가차없이 목을 베리라! |
|---|---|

관군들, 창대를 들고 무대를 한 바퀴 돈 다음 퇴장한다.
광대, 등장한다.

**갑오세 가보세**

| 광대 | *민란을 진압한답시고* |
| --- | --- |
| | *서울에서 내려온 관군들 거동 봐라* |
| | *창칼과 방망이를 눈 위에 버쩍 추켜들고* |
| | *사방으로 휘두르며 밟고 차고 치고 족치고* |
| | *오뉴월에 북어 패듯 엄동설한에 장작 패듯* |
| | *후다닥 질끈 후려 패니 가련할 손 백성들은* |
| | *날도 뛰도 오도가도 꼼짝달싹 못하고* |
| | *턱 빠지고 박 터지고 코피 나고 뒤통수 깨지고* |
| | *이빨 부러지고 귀 떨어지고 발 잘리고 팔 잘리고* |
| | *숨맥히고 기맥히고 이리 뛰고 저리 뛰고* |
| | *도망가다 밟혀 죽고 도망가다 맞아 죽고* |
| | *빠사지고 엎어지고 자빠지고 넘어지고* |
| | *물 빠져서 죽고 등 터져서 죽고* |
| | *급사 몰사 다리도 직신 부러져 죽고* |
| | *떽떼그르르르 궁글러 가다* |
| | *아사 낙상하여 죽고 가슴 꽝꽝 두드리며 죽고* |
| | *실없이 죽고 가엾이 죽고* |
| | *겁탈당해 죽고 피 흘리며 죽고* |
| | *불에 타서 죽으니 고부 사태 이 아니냐* |
| | *이 사태에 분노한 고부 접주 전봉준* |
| | *태인 접주 손화중 남원 접주 김개남이* |
| | *창의문을 띄우노니 벌떼 같은 농민들이* |
| | *백산으로 모여들어 깃발을 펄렁* |
| | *함성 소리 고함 소리 풍물 소리 낭자하구나* |

깃발을 든 동학군들이 번갈아 가며 외쳐댄다

| 동학군1 | 고부에서 팔백 명이요! |
| --- | --- |
| 동학군2 | 무장에서 천 명이요! |
| 동학군3 | 남원에서 칠백 명이요! |
| 동학군4 | 김제에서 오백 명이요! |
| 동학군5 | 태인에서 오백 명이요! |

**동학군6** 부안에서 구백 명이요!

**동학군7** 정읍에서 육백 명이요!

**동학군8** 고창에서 오백 명이요!

**함께** 도합 만 명이요!

동학군들, 팔괘 위를 돌며 외쳐대다가 사라지면 손화중, 전봉준, 김개남이 등장하여 외친다.

**손화중** 우리가 의를 들어 이에 이른 것은 창생을 도탄에서 구하고 국가를 반석 위에 두자는 데 있다.

**김개남** 안으로는 탐학한 관리들의 목을 베고 밖으로는 횡포한 외적의 무리를 몰아 내자는 데 있다.

**전봉준** 양반과 부호 밑에서 고통받는 민중들과 방백 수령 밑에서 굴욕당하고 있는 백성들은 조금도 주저치 말고 이 시각으로 일어서라. (셋이 함께) 호남 창의 대장소 재백산!

세 사람, 퇴장한다.

# 제10장 북접 대도소

최시형, 손병희, 김연국 등과 함께 청수봉전, 심고, 주문의 의식을 행한 다음, 설법을 한다.

**최시형** 시천주 조화정 영세불망 만사지-

**손, 김** 시천주 조화정 영세불망 만사지-

**최시형** 내가 얼매 전에 어떤 사람 집에 묵었는데 그 집 며느리가 베를 짜고 있는 기라. 그래 그 사람한테 "니 며느리가 베를 짜는 기가, 한울님이 베를 짜는 기가?"하고 물으니까네 대답을 몬하는 기라. 손군은 우째 생각하노?

**손병희** …

**최시형** 경전에 "한울님을 섬기듯이 사람을 섬기라"꼬 하셨는데 이 이치를 깨달아야 도를 깨달았다꼬 할 수 있는 기라. 천지만물이 다 한울님을 모셨으니까네 하나의 생물이라도 함부로 해치모 그기 곧 한울님을 해치는 기라.

**손병희** 그런데유, 경전의 가르침을 어기고 사람을 해치고 폭거를 일으킨 남접은 우째해야 할랑가라우?

갑오세 가보세

최시형 도에 들어오는 사람은 많은데 도를 이루는 사람은 적으니까네 이런 일이 생 기는 기라.

김연국 지난번 교주님의 신원 운동 때에도 그들의 과격한 언동 때문에 남접과 북접
이 대립을 하였는데 폭력을 쓰지 말라는 간곡한 가르침을 정면으로 어겼으
니 이번에는 강력하게 응징해야 도의 계통이 서것시유.

최시형 젊은 사람들이 혈기가 넘쳐서 늙은이의 말을 허술히 여기고 사사로운 원한
으로 수많은 사람을 상하게 하니께네 우리 도를 제대로 배운 사람들이라꼬
할 수 없는 기라. 전봉준이한테 편지를 보내서 타일러 보기로 하자꼬마.

최시형, 편지를 쓴다.

## 제11장 백산의 동학군 막사

칼을 찬 장령이 손에 인명부를 들고 들어온다.
배우들, 객석에 앉아 있다.

장령 도우님들. 여기 백산까지 오시느라고 고생들이 많았지라. 지는 앞으로 여러
분들을 훈련시킬 장령 김돌쇱니다. 박수 좀 쳐 보쇼. 그럼 시방부터 조별로
이름을 부를 텡게 대답을 크게 해 주시길 바라겠습니다, 알겠지라우? 김판동
씨?

판동 여기 있수다래.

장령 나이가 멫이요?

판동 서른다섯입메다.

장령 뭐허다 왔수?

판동 내래 본시 피안도 오입쟁이루 남사당패 따라 당기면서 꼭두놀음두 하고 탈
놀음두 하면서리 팔도를 돌아다니다가 난리를 만나개지구 달랑 떨어져서리
이리 됐디 않갔어?

장령 이리 나오시오.

판동, 나온다.

장령 성춘복 씨?

| | |
|---|---|
| 춘복 | (큰소리로) 예. |
| 장령 | 나이가 멧이요? |
| 춘복 | 서른 허고도 하나 더 처먹었소. |
| 장령 | 그 양반, 말하는 걸 보니 기운깨나 쓰겠구만. |
| 춘복 | 관군놈들 때려잡을 기운은 많이 있소. |
| 장령 | 당신도 이리 나오시요. |

춘복, 기운차게 나오면 판동과 춘복 인사한다.

| | |
|---|---|
| 장령 | 강먹쇠 씨! |
| 먹쇠 | 예! |
| 장령 | 고향이 어디요? |
| 먹쇠 | 고부요. |
| 장령 | 그럼 전장군님하고 동향이슈? |
| 먹쇠 | 예, 지가 늘상 존경하던 어른이지라. |
| 장령 | 이리 나오시요. |

춘복과 먹쇠, 서로 아는 체를 한다.

| | |
|---|---|
| 장령 | 그럼 세 사람이 짠짜라니 서 보시요. |

세 사람, 삐뚜름하게 선다.

| | |
|---|---|
| 장령 | 그것이 짠짜라니요? |
| 판동 | 짠짜라니가 뭡네까? |
| 장령 | 짠짜라니가 짠짜라니지 뭐요? |
| 춘복 | 똑바로 서란 말이요. |
| 장령 | 인자부터 훈련을 허는디, 나가 나이가 서른둘이요. 여그는 나보다 연장자도 계시지마는, 시방은 전쟁 중이고 여그는 군대닝께 인자부터 반말로 허것소, 괜찮지라? |
| 춘복,먹쇠 | 예. |
| 판동 | (앞으로 나오며) 안 괜찮으면 어떡하갓어? |

갑오세 가보세

| | |
|---|---|
| 장령 | 똑바로 서! |

세 사람, 차렷한다.

| | |
|---|---|
| 장령 | 좋다. 그럼 훈련에 들어가기에 앞서서 십삼자 주문을 따라서 외운다. (두 손을 모으며) 시천주 조화정 영세불망 만사지. |
| 세 사람 | 시천주 조화정 영세불망 만사지. |
| 장령 | 이것은 한울님을 믿으면 조화를 부리고, 영원히 잊지 않으면 만사형통한다는 글귀다. 그럼, 군령을 시달하겠다. 세 사람 큰소리로 따라하라! 사람을 죽이지 않고 물건을 훔치지 않는다! |
| 세 사람 | 사람을 죽이지 않고 물건을 훔치지 않는다! |
| 장령 | 세상을 구하고 백성을 구원한다! |
| 세 사람 | 세상을 구하고 백성을 구원한다! |
| 장령 | 세도 권문을 멸족시킨다! |
| 세 사람 | 세도 권문을 멸족시킨다! |
| 장령 | 관군과 싸움을 하는디 있어서 제일로 중요한 것이 질서다. |
| 먹쇠 | 관군과 싸움을 하는디 있어서 제일로 중요한 -- |
| 판동 | 야, 저 아새끼레 미련해 가지구 설라무네. |
| 장령 | 여그 있는 사람들 중에 한 사람이라도 잘못을 하게 되면 우리 창의군 전체가 잘못하는 것이라는 걸 알아라. 만약에 백성의 재물에 손을 댄다든가 사람을 해치면 군령에 따라서 벌이 내릴 것이다, 알겠나? |
| 세 사람 | 예! |
| 판동 | 장령님! |
| 장령 | 말해 보쇼. |
| 판동 | (앞으로 나오며) 내래 똥이 마려 미치갔는데 똥좀 누고 오갔시요. |
| 장령 | 시방은 훈련 중이다. 똥은 훈련 끝나고 단체로 싼다. |
| 판동 | 아이고, 수백 명이 함께 똥을 싸니끼니 똥 냄새가 진동하지 안 간? 내래 혼자서 살짝 보구 오갔시요. |
| 장령 | 들어가! (손으로 치며 밀어 넣으며) 개인행동을 하는 자는 기합을 주겠다. 그럼, 시방부터 칼노래와 칼춤을 배우겠다. |

세 사람, 무기를 든다.

**장령**  내가 동작과 노래를 할 팅게 잘 보도록 해라. 세 사람, 뒤로 세 발짝 물러서.

장령, 노래를 부르며 칼을 휘두른다.

**장령**  *때가 왔네 때가 왔어*
*다시 못 올 때가 와*
*만세 조선 장부로서*
*오만 년의 때가 와 --*
이것은 교주 최수운 님이 한울님의 뜻을 받아서 지은 노래다. 이 노래를 부르면서 춤을 추게 되면 관군허고 쌈에서 이기고 도통을 하게 된다. 세 사람, 정신 똑바로 챙기고 잘 따라서 허도록, 알겠나?

**세 사람**  예!

세 사람, 각기 장령을 따라 연습한다.

# 제12장 백산 본영

동학군 깃발이 꽂혀 있다.
전봉준, 삼베옷에 흰 갓을 쓰고 지도를 들여다보고 있다.
김개남은 큰 갓에 도포 차림이고, 두 사람 모두 염주를 목에 걸고 있다.
손화중이 손에 두루마리를 들고 도포 차림으로 들어온다.

**전봉준**  어서 오시오, 손접장.
**손화중**  북접 대도소에서 편지를 보내셨구만요.

손화중, 전봉준에게 두루마리를 건네준다.

**전봉준**  북접에서? (읽으며) 아비의 원수를 갚고저 할진대 마땅히 효도로 할 것이요, 백성의 괴로움을 건지고자 할진대 마땅히 어짐으로 할 것이다. 아직 때가 이르지 않았으니 마음을 급하게 먹지 말고 후일을 기다리라.

두루마리를 읽는 도중에 김개남이 들어와서 듣는다.

**갑오세 가보세**

| 김개남 | 무슨 잠꼬대 같은 소리여, 망령된 늙은이 같으니라고. |
|---|---|
| 손화중 | 김접장, 말씀이 지나친 것 같구만요. 의견은 다르지만, 우리 도의 최고 어른이 아니요? |
| 김개남 | 수많은 도인들이 피를 흘리고 죽어가는 마당에 해산만 허라고 하는 것이 최고 어른이 할 짓이요? |
| 손화중 | 해월선생께서야 우리 도인들이 관군들헌티 살생을 당할까봐 걱정이 돼서 하시는 말씀이지요. |
| 김개남 | 그놈의 걱정 때문에 지난번 교조 신원 운동 때도 번번히 해산해 놓고 얼마나 많은 도인들이 잡혀 죽었소? |
| 전봉준 | 어떻게 헐까요? |
| 김개남 | 어떻게 허기는요. 저 수천 명의 군사를 해산시킬려면 뭐하러 창의문을 띄웠소? |
| 손화중 | 제 생각에도 시방 여기서 물러설 수는 없다고 생각합니다. |
| 전봉준 | 그럼 해산은 안 허는 것으로 합시다. 관군이 전주성에 들어갔다고 허니 그 대책을 논의해 봅시다. |
| 김개남 | 당장에 전주성으로 진격해서 박살을 내뻔집시다. |
| 전봉준 | 지 생각은 좀 다르요. |
| 김개남 | 예? |
| 전봉준 | 우리가 남쪽으로 내려갑시다. |
| 김개남 | 남쪽으로요? 전주성만 떨어져 불면 남쪽 땅은 가지 않아도 저절로 손바닥 안에 굴러 들어오는데, 무슨 소리요? |
| 전봉준 | 관군을 좀 더 지치게 허고 우리 군사들도 전투 경험을 쌓을 겸히서, 남쪽 지방의 몇 군데 성을 친 다음에 전주로 올라가자는 것이요. |
| 김개남 | 거, 무신 소리요? 시간이 지나면 그놈들도 지금보다 강해징께, 강해지기 전에 쳐뻔져야 할 것이요. |
| 전봉준 | 손화중 접장은 어떻게 생각허시요? |
| 손화중 | 김개남 접장의 말씀도 일리가 있지만, 군사들 전투 경험도 쌓게 하고 관군을 지치게 유인하자는 전접장의 말씀이 더 일리가 있는 것 같구만요. |
| 김개남 | 아따, 그놈의 일리 찾다가 다 망해 불것소. |
| 전봉준 | 그럼 당장 정읍성부터 쳐들어갑시다. |
| 손화중 | 예! |

손화중, 퇴장하면 김개남 뒤따라 퇴장한다.
북소리.

## 제13장 싸움터

승전의 북춤.
'보국안민', '광제창명', 그 외 여러 가지 글씨를 쓴 깃발을 든 동학군들과 북을 맨 동학군들이
진격하며 등장한다.
한쪽에서 북춤을 추고 깃발 든 사람들은 무대를 돌며 외친다.

| | |
|---|---|
| 깃발1,2 | 정읍성 함락이요! |
| 북1,2 | 함락이요! |
| 깃발1 | 고창성! |
| 깃발2 | 무장성! |
| 다 함께 | 함락이요! |
| 깃발1 | 영광성! |
| 깃발2 | 함평성! |
| 다 함께 | 함락이요! |
| 깃발1,2 | 장성, 황룡촌 전투에서 동학군 대승이요! |

동학군들, 퇴장한다.
춘복이 검을 휘두르며 검술연습을 하고 있다.
판동, 기지개를 켜며 등장한다.

| | |
|---|---|
| 판동 | 내래 이거 미치갔구나야. |
| 춘복 | 왜 그러쇼? |
| 판동 | (사타구니를 긁으며) 에미나이 엉덩판 구경한 지 몇 달이 됐네? |
| 춘복 | 그래서 병났소? |
| 판동 | 불두덩이래 팍팍 썩어간다야. (벌떡 일어나며) 휘이, 저놈의 까마귀 새끼, 송장<br>냄새를 맡았는지 기분 나쁘게스리 아까부터 맴돌구 있디 않네? |
| 춘복 | (무대 한쪽 끝을 가리키며) 저 숲속에 관군 한 놈이 뒈져 자빠라졌더라구요. |
| 판동 | 그놈도 불쌍한 인생이디… 팔자를 잘못 타고나 개지구 객사 원귀가 되었잖네. |

갑오세 가보세

| 춘복 | 그 새끼들 손에 우리 군사가 얼매나 죽었소? 수백 명이 떼로 썩어도 불쌍할 것 없당게요. |
|---|---|
| 판동 | 알고 보면 그 새끼도 우리 동족 아니가? 젊은 인생이 불쌍타, 그말이디. |

먹쇠, 손에 장사꾼으로 변장할 소도구를 들고 나온다.

| 먹쇠 | 성님! |
|---|---|
| 판동 | 왜 그려? |
| 먹쇠 | 내일 전주성으로 쳐들어간답니다. |
| 춘복 | 핫따, 드디어 가는구나. |
| 판동 | 헤헤헤, 야들야들한 전주 에미나이 엉덩판 맛좀 보갔구나야. |
| 춘복 | 그것이 뭐시냐? |
| 먹쇠 | 장사꾼으로 변장히서 성문을 통과할 계략인 게 모다들 장사꾼 연습을 허랍니다. |
| 춘복 | 허참, 팔자에 없는 장사꾼 허게 생겼네. |
| 먹쇠 | 우리가 언제 장사를 히 봤어야 허지요. (판동에게) 성님이 좀 가르쳐 주시요. |
| 판동 | 누구래 기딴 거 배워개지구 하네? 그냥 막 줏어 섬기면 되는 거이야. 잘 보라우. 이렇게 굽신거리구, 헤헤헤, 감사합네다, 고맙습네다, 또 오시라요. |
| 춘복 | 또 오기는 뭣허러 또 온다냐? |
| 먹쇠 | 또 오면 있간디? |
| 판동 | (발로 차며) 없드래두 인사로 하는 기야. |
| 먹쇠 | 아참! 내일 쓸 군호가 나왔어요. |
| 춘복 | 뭔디? |
| 먹쇠 | (팔을 번쩍 들며) 후천 개벽! |

춘복과 판동은 따라서 '후천 개벽!'을 외치며 퇴장한다.

# 제14장 전주 풍남문 장터

장사꾼으로 변장한 동학군들, 관객에게 물건을 판다.
그중에는 먹쇠, 판동, 춘복도 끼어있다.

**판동**  엿이요 꿀엿! 울릉도 호박엿, 강원도 강냉이엿, 쫄깃쫄깃 찹쌀엿, 허랑방탕 막팔아. 설날 큰애기 개밥주듯, 실없는 가시내 엉덩이 풀듯, 허랑방탕 막팔아!

**떡장사**  떡 사시오. 어리둥둥 찰떡이야. 찹쌀떡, 무지개떡, 콩떡, 쑥떡, 팥떡, 수수떡, 인절미, 송편이요. 떡 사시오. 떡!

**춘복**  윤이 나서 좋아, 깔끔해서 좋아, 잘 닦여서 좋아, 값이 싸서 좋아, 수세미 사시오, 수세미!

**먹쇠**  통 사려-- 장구통, 절구통, 박통, 통통, 먹통, 술통, 물통에 처녀아이 젖통이요---

**봉사**  무꾸리들하시요--- 관상, 수상, 사주, 궁합, 토정비결 보시오.

장터의 소음 점점 더해갈 때 장사꾼 속에서 군호 소리가 난다.

**군호**  후천 개벽!

모두 품에서 무기를 꺼내고 고함을 지르며 사방을 휘젓는다.
동학군들 함성을 지른 다음 〈갑오세 가보세〉 노래를 부르며 행진한다.

**합창**  *갑오세 가보세*
  *을미적 을미적*
  *병신 되면 못 가리*
  *병신 되면 못 가리*

광대, 등장한다.

**광대**  (창으로) *옥문을 부숴 죄수를 풀어 주고*
  *창고를 부숴 곡식을 나눠 주고*
  *부잣집 털어 빈민을 구제하니*
  *만세 소리 하늘에 진동하고*
  *백성들의 웃음소리 낭자한 중에*
  *양반이나 부자나 관리나 대신이나*
  *궁궐 안의 사람들만 초상이 났구나.*

**갑오세 가보세**

# 제15장 궁중

고종, 민비, 친일 대신, 친청 대신 등이 나온다.
고종이 앉으면 민비는 발 뒤의 의자에 앉는다.
광대의 외침에 따라 대신들 왕에게 절을 한다.

**광대**   국궁 --- (대신들, 허리를 굽힌다)

배 --- (고종에게 절을 한다)

흥 --- (절반만큼 일어난다)

평신 --- (대신들, 일어선다)

**고종**   난민들 손에 전주성이 함락되었다니 심히 위태로운 일이요. 대책을 말해 보시요.

**친청 대신**   (민비 쪽을 보고) 지금 우리 관군의 힘으로는 난민들을 소탕할 도리가 없습니다. 청국에 파병을 청하는 것이 어떨까 하옵니다.

**친일 대신**   불가한 일이요. 지난해 천진조약 때, 청일 두 나라가 조선에 파병할 일이 있으면 서로 통고한다는 조항이 있었으니, 청병이 들어오면 일본에서도 가만히 있지 않을 겁니다.

**친청 대신**   일본이 아무리 명치유신으로 강국이 되었다 할망정, 일본의 힘은 청국보다 약하니 군대를 파견하지 못할 것이옵니다.

**친일 대신**   일본은 수년 전부터 군대를 훈련하고 양곡을 비축하여 힘이 청국에 못지않을뿐더러 청국은 아편전쟁과 태평천국의 난으로 쇠약해져서 예전의 청국이 아니요. 청병을 하려면 일본에게 함이 가할 줄 아뢰오.

**친청 대신**   그 무슨 불경한 소리요? 기자조선 이후 우리는 중화를 종주국으로 삼으면서 사천여 년을 살아왔소. 그동안 중국은 국난이 있을 때마다 성의를 다해 도와주었으니 당나라가 신라를 도와주어 삼국이 통일됐고, 명나라가 있었기에 임진왜란에서 왜적을 물리쳤던 것입니다. 그것을 알면서도 저런 말을 하는 자는 일본 군국주의의 농간에 말려든 자입니다.

**친일 대신**   무슨 말을 그렇게 함부로 하시요?

**고종**   그만들두시요. 어찌하면 좋을꼬?

고종, 일어서면 민비도 일어선다.
민비, 고종에게 귓속말로 무언가를 말한다.

**고종**　　　　(친일 대신에게) 그대는 잠시 물러가시요.

**친일 대신**　　예!

친일 대신, 퇴장하자 민비, 친청 대신에게 무언가를 지시하고 퇴장한다.

## 제16장 전주성 안 정진사의 집

분녀가 광주리를 들고 서 있다.
이때, 〈갑오세 가보세〉 노래를 부르며 억순이가 뛰어들어온다.

**억순**　　　분녀야!
**분녀**　　　왜?
**억순**　　　성안에 동학군이 들어왔어야.
**분녀**　　　그것이 참말이여? 어디로 도망간다냐?
**억순**　　　종문서를 불살라 버리고, 쌀허고 비단옷에 돈까지 막 준다는디 도망을 혀?!
**분녀**　　　거짓부렁이여. 그 사람들은 아무나 때려죽이고 여자만 보면 겁탈허고 양반들 눈알을 빼서 꼬챙이에 꿰어갖고 다닌다는디?
**억순**　　　그건 모다 양반네들이 헛소문 퍼뜨린 거여.
**분녀**　　　그래도 난 싫어야.
**억순**　　　이 지긋지긋한 종노릇 안 혀도 좋은디, 뭣이 싫어야?
**분녀**　　　야. 그려도 이 댁에서는 배 안 곯고 살지만, 나가면 뭘 먹고 산다냐?
**억순**　　　있는 놈들한티서 쌀을 뺏어서 우리헌티 주는디 왜 배를 곯아?
**분녀**　　　그것이 참말이여?
**억순**　　　그렇다니께. 너, 이런 노래 들어 봤냐?
**분녀**　　　무신 노래?
**억순**　　　*갑오세 가보세 을미적 을미적*
　　　　　　*병신 되면 못 가리 병신 되면 못 가리*
**분녀**　　　무신 노래가 그렇게 이상시럽냐?
**억순**　　　올해가 갑오년 말띠 아니냐?
**분녀**　　　근디?
**억순**　　　갑오년에 동학군 따라가 보세, 을미년까지 미적거리다가는 병신년 되면 병신 되서 못 가네, 그런 노래여.

**갑오세 가보세**

이때, 마님이 등장하여 억순과 분녀의 말을 엿듣는다.

**분녀**    그러고 봉게, 너, 동학당 다 되부럿다.

**억순**    나는 동학당 허는 남정네가 멋있더라.

**마님**    (화가 나서 앞으로 나오며) 그렇게 좋으면 미적거리지 말고 한바탕 해 보지 그러냐?

**분녀**    마님, 나오셨어라?

**마님**    어서 해 보랑께, 이년아!

**억순**    일테면 그렇다 그 말이지, 누가 그런다는 거여요?

**마님**    동학당 허는 남정네가 뭣이 어쩌고 저째? 이년이 죽고 싶어 환장을 한 겨. 여봐라, 게 아무도 없느냐?!

문 두드리는 소리.

**(소리)**   "여보시오! 문 여시오!"

**분녀**    뉘시오?

**(소리)**   문 여시오! 동학군이요!

**마님**    열어 주지 말아라. 영감, 아이고, 영감!

마님, 다급히 뛰어가며 퇴장.
억순, 뛰어가서 문을 여는 시늉을 한다.
판동, 먹쇠, 춘복 들어온다.

**먹쇠**    모두 꼼짝마라! 형님, 들어갑니다.

먹쇠와 춘복만 들어가고 판동, 남아서 억순과 분녀에게로 온다.

**판동**    헤헤, 안녕하십네까? 내래, 에미나이들 해치는 사람 아니니끼니 떨디 말라우요. 이 집에서 일하는 사람들이요?

**억순,분녀**  …

**판동**    와 기렇게 쳐다봅메까? 내 얼굴이 기렇게 잘 생겼습메까? 하하하. 이 집 주인 정진사, 전주에서 유명한 악질 지주더구만요? 이 보오, 아가씨!

| 분녀 | 예? |
| --- | --- |
| 판동 | 이 집 쥔 양반 돈궤가 어디 숨겨 있습네까? |
| 분녀 | 우리는 몰라라우. |
| 판동 | 그 돈 풀어서리 가난한 사람들 나눠 주려는 것이니끼니, 날래날래 말해 보라우요. |
| 분녀 | 참말로 모른당께요. |
| 억순 | (앞으로 나서며) 저, 어젯밤, 동학군이 온다고 뒤뜰 감나무 밑에 파묻는 걸 봤어라우. |
| 판동 | 햐 -- 그 에미나이 마음씨가 참 곱구만. 고맙수다래. |

판동, 급히 뛰어간다.
먹쇠와 춘복, 정진사와 주인 마님을 끌고 온다.

| 먹쇠 | 여기 서! |
| --- | --- |
| 정진사 | 아이구, 살려 주시요. |
| 먹쇠 | 종문서 이리 내놓으시요! 어서요! |

정진사가 하는 수 없이 문서를 주면 먹쇠, 집어넣는다.
춘복, 갑자기 정진사를 때린다.

| 춘복 | 이 자식! |
| --- | --- |
| 정진사 | 아이쿠! |

정진사, 쓰러진다.

| 춘복 | 일어서, 이 자식아! |
| --- | --- |
| 정진사 | 예? |
| 춘복 | 일어서! |

정진사, 일어선다.

| 춘복 | 이 사람들이 누구냐? |
| --- | --- |

**갑오세 가보세**

| 정진사 | 우리 집 종들이오. |
|---|---|
| 춘복 | 이 자식아, 이 사람들은 니 집 종이 아니라 한울님이시다. 너는 시방까지 한울님을 부려먹은 놈이다. 자, 절을 혀라. |
| 정진사 | 예? |
| 춘복 | 시방까지 한울님을 부려먹어서 죄송시럽습니다, 용서혀 주십시요, 허고 절을 허란 말이여. |
| 정진사 | … |
| 춘복 | 어서 이 자식아! |

춘복, 정진사를 발로 찬다.

| 정진사 | 예 - 예. |

정진사, 무릎을 꿇는다.

| 춘복 | (마님에게) 너도 절을 혀! |

마님, 쭈뼛거린다.

| 춘복 | 어서! |

마님과 정진사, 절을 하면 분녀 어쩔 줄 모른다.

| 춘복 | 절을 다섯 번 헌다. 하나, 둘, 셋! |

억순, 앞으로 나서서 절을 받고 서 있다.

| 먹쇠 | 성님, 그만허고 갑시다. |
|---|---|
| 춘복 | 가만있어. 이런 것들은 단단히 맛을 뵈 줘야 혀! |
| 먹쇠 | 동헌에서 접주님들이 죄인을 다스리고 있응게, 그리 데리고 가자구요. |
| 춘복 | 가만 좀 있으랑게. 요런 놈들 땜시 신세 조진 사람이 한둘이여? |
| 먹쇠 | 성님. |

| 춘복 | 참견 말라닝게. |
|---|---|
| 먹쇠 | 성님이 이러면 우리 창의군 전체가 욕먹어요. |
| 춘복 | 뭣이여? |
| 먹쇠 | 이게 어디 창의군 하는 짓이여, 불한당 짓이제? |
| 춘복 | 이 자식이, 너 말 다혔냐? |

춘복, 먹쇠의 멱살을 잡는다.
먹쇠도 지지 않고 춘복의 멱살을 잡는다.
이때, 판동이 돈궤를 들고 등장하여 두 사람을 떼어놓는다.

| 판동 | 이거, 와 이러네. 이러지들 말라우야. |
|---|---|
| 춘복 | 이 자식이 어디서 성한티 대들어? |
| 먹쇠 | 성이 성답게 굴어야제. |
| 춘복 | 뭐? |

춘복, 다시 먹쇠의 멱살을 잡으려 할 때 판동, 떼어놓는다.

| 판동 | 참으라우야. 객지에 나와서 서로 위해야지 싸우면 되갓어? 자자, 날래 동헌 으로 데리고 가자우야. |
|---|---|
| 춘복 | 쌍, 알아서들 혀! |

춘복, 먼저 퇴장한다.

| 먹쇠 | 일어서시오. |
|---|---|
| 정진사 | 아이고, 감사헙니다. |
| 먹쇠 | 나한테 감사할 것 없소. 어차피 죗값은 치를 팅게, 어서 갑시다. |

먹쇠, 정진사와 마님을 데리고 나간다.
판동, 나가다 분녀와 억순을 보고서 되돌아오며

| 판동 | 이제 에미나이들은 좋은 세상 만났으니끼니 거저 마음 푹 놓으라우요. |
|---|---|
| 억순 | 증말 좋은 세상이 오는감요? |

**갑오세 가보세**

| 판동 | 기럼, 우리래 종 문서 불질러 버릴 테니 걱덩 말라우요. |
| 억순 | (갑자기 큰소리로) 증말 종노릇 안 혀도 되는감요? |
| 판동 | 기 에미나이 목소리가 와 이래 크네? 내래 귀 안 먹었어! |
| 분녀 | 호호호! |
| 판동 | 에미나이들 잘 있으라우요. |
| 억순 | 증말 종노릇 안 혀도 되지라? |
| 판동 | 기럼, 기럼. |
| 분녀 | 그럼, 우린 워치케 산다냐? |
| 판동 | 뾰족한 수가 없음, 우리 따라댕기믄서리 밥도 짓구 빨래도 하는 거이 어드러카서? |
| 분녀 | 오매 망칙혀라! |
| 억순 | 그래도 되는감요? |
| 판동 | 기럼, 기럼. |
| 억순 | (아주 큰소리로) 그럼, 시방 당장 갈라요. |

억순, 행주치마를 벗어던진다.

| 분녀 | 억순아! |
| 판동 | 햐, 기 에미나이 성질 한번 급하구만. 좋수다, 같이 가자우. |
| 억순 | 분녀야, 같이 가자, 잉? |
| 분녀 | 뭔 소리여, 이 가시나야? |
| 억순 | 지긋지긋한 종노릇 집어치우고 시방부터 우리는 동학군이 되는 거여. 가자! |

억순, 손에 든 광주리를 던진다.

| 판동 | 날래 오라우! |

억순, 판동을 따라 나간다.
분녀, 망설이다 억순을 따라 나간다

# 제17장 청국 공사관

청나라 원세개가 검술을 익히고 있다.
이때, 친청 대신, 들어와 인사를 한다.
광대, 원세개의 중국어를 통역한다.


| 원세개 | 라이! 민 따이예. |
|---|---|
| 광대 | (어서 오시오, 민대감) |
| 친청 대신 | 니 하오마. 솜씨가 훌륭하십니다. |
| 원세개 | 하하하. 하이 쯔치. |
| 광대 | (어린애 장난이지요.) |
| 친청 대신 | 정말, 중국의 검술은 아주 신비한 무술입니다. |
| 원세개 | (옷을 입으며) 팅 오 치앤 주오청 이찡 시앤 루오저 니 헌판 나오라. |
| 광대 | (전주성이 함락되었다니 걱정 많이 되겠소.) |
| 친청 대신 | 원대인, 실은 그 일로 찾아온 겁니다. 동학적도들뿐만 아니라 불평 분자, 난민까지 합세해서 그 세력이 날로 강해지고 있으니, 아무래도 상국의 도움을 빌어야 될 것 같습니다. |
| 원세개 | 쓰 우즈더 루안민더 쏘우쭝 또우청 시앤 루오 리언더 차오팅 이오메이오 찌앙쥔? |
| 광대 | (무지한 난민들 손에 도성이 함락당하다니 당신네 나라에는 장수가 그리도 없소?) |
| 친청 대신 | 그래서 각별히 부탁드리는 것이 아닙니까? 지금 형세로는 상국의 출병 없이는 조선을 유지하기 어려울 것 같습니다. |
| 원세개 | 따오 씨앤 구오와 터 추칭 위엔 후더화 이에 쉬 우안 쑤루이. |
| 광대 | (조선국 국왕이 청원서를 올리면 일이 쉽게 풀릴 것이요.) |
| 친청 대신 | 하하하. 그래서 이렇게 파병 청원문을 가지고 온 것입니다. |
| 원세개 | 하하, 내이 주웅 더 쓰 쭈오 더 헌 쿠아이. |
| 광대 | (그런 일은 빨리도 하는군요.) |


친청 대신, 파병 청원서를 원세개에게 준 다음 퇴장한다.
광대가 청원서를 낭송한다.


**갑오세 가보세**

| 광대 | 폐방 전라도 소할의 태인, 고부 등지의 민습이 흉한하고 성정이 험흌해서 본시 다스리기가 곤란하더니 근일에 동학 교배와 부동하여 만여 민이 취중으로 현읍 10여 처가 공함되고, 이제 또 북상하여 전주 수부가 함락되었습니다. 이런 일이 오래가면 중국 걱정을 끼침이 클 것입니다. 임오, 갑신 두 반란 때에도 중국군의 힘을 입은 바 컸는데 이번에도 귀총리에게 청원하는 바이니 신속히 북양 대신 이홍장 폐하에게 전갈하여 군대를 파견토록 하여 속히 와 초멸하여 주시면 우리나라도 각 장병으로 하여금 군부를 수습케 하여 장차 간위의 계략으로 삼을 것입니다. |

청원서가 낭독되는 동안 일본 공사관에서 공사와 부관이 검도 연습을 한다.

## 제18장 일본 공사관

오오도리와 부관, 검도복을 입고 검도 연습을 하고 있다.
다음의 대사를 일본말로 하면 광대가 우리말로 통역을 한다.

| 오오도리 | 토오쿄 까라 덴 포오가 끼따. |
| --- | --- |
| 광대 | (동경에서 전문이 왔다.) |
| 부관 | 난또 잇데 끼따노데 아리마스까? |
| 광대 | (뭐라고 왔습니까?) |
| 오오도리 | 곤세려단 핫센메가 히로시마꼬오 슛바쯔! |
| 광대 | (혼성여단 팔천 명 히로시마항 출발!) |
| 부관 | 다다나라누 지따이 데스네. |
| 광대 | (사태가 심상치 않겠습니다.) |
| 오오도리 | 돈나떼오 쯔까오오또 센소오오오꼬수 고오지쯔오 쯔꾸라나께레바나라나이. |
| 광대 | (어떠한 수단을 써서라도 전쟁을 일으킬 구실을 만들어야 한다.) |

친일 대신이 들어온다.

| 친일 대신 | 오하이요 고자이마스, 오오도리상? |
| --- | --- |
| 오오도리 | (머리에 쓴 투구를 벗으며) 오하이요 고자이마스, 긴상? |
| 친일 대신 | 청군 일만 명이 원산항에 도착했답니다. |

| | |
|---|---|
| **부관** | 마즈이 꼬또니 낫데이게 마스네. |
| **광대** | (일이 재미있게 되어갑니다.) |
| **친일 대신** | 아니, 왜요? |
| **오오도리** | 사아 꼬레오 고랑꾸다사이. |
| **광대** | (자, 이걸 보시오. 본국에서 보내온 파병 통고문이요.) |

오오도리, 친일 대신에게 두루마리를 준다.
친일 대신 받아들고 읽는다.

| | |
|---|---|
| **친일 대신** | 깅라이 난도오밍가 도오요오시 소우루노 깡라꾸와 지강노 몽다이레아리, 랑오 헤이떼이 스루노와 요오이레나이. 기세이후가 싱꼬꾸니 꾸으엥오 모또메라레따또이우 쇼오소꾸오 게게. 덴노오헤이까노 또꾸메에오우께 와가구니 꼬오시강또 자이깡교류으쇼으쇼닝오 호고스루메 군따이오하껭스루 또꼬로레아루. |
| **광대** | 근래 남도민들이 동요하여 서울의 함락이 조석에 달렸고, 난을 평정하기가 용이치 않아 귀정부가 청국에서 구원을 청하셨다는 소식을 듣고 천황의 특명을 받아 우리 공사관과 대한 거류 상인을 보호하기 위하여 군대를 파견하는 바입니다. |

## 제19장 궁중 안

| | |
|---|---|
| **고종** | 청국의 파병 구실로 일본군사가 들어오고 있다니 이 일을 어찌할꼬? |
| **친청 대신** | 전하! 일본은 이를 구실삼아 전쟁을 일으키려는 것이 분명하옵니다. |
| **민비** | 그 사람들의 파병 구실을 없애야 하오. |
| **고종** | 그럼, 동학당이 해산하는 길밖에 없지 않소? |
| **친청 대신** | 그렇사옵니다. |
| **고종** | 그들이 해산을 할까? |
| **민비** | 요구사항을 모두 들어준다고 하면 촌것들이니 해산을 할 것입니다. |
| **친청 대신** | 지당하신 말씀이옵니다. |
| **민비** | 어서 사신을 보내 그들을 회유하도록 하시오. |
| **고종** | 어서 그렇게 하시오. |
| **친청 대신** | 예! |

# 제20장 전주성 남접 본부

동학 깃발이 꽂혀 있다.
전봉준, 김개남, 손화중이 대책 회의를 한다.

**(소리)**       사자가 도착했습니다.
**전봉준**       들어오라고 허시요.

관군 사자, 들어온다.

**관군 사자**    홍계훈 장군께서 서찰을 전해 주셨습니다.

편지를 주면 전봉준, 읽는다.

**관군 사자**    고부군수 조병갑은 처벌하고, 안핵사 이용태는 유배하고, 전라 감사 김문헌
                  은 파직했습니다. 폐정 개혁안과 집강소 설치에 대해서도 극력 노력하시겠
                  다고 하니 여러분의 요구는 모두 들어 드리는 것입니다. 해산하는 게 어떠신
                  지요!
**김개남**       안 됩니다! 저놈들 흉계에 속지 마시요!
**관군 사자**    흉계가 아니올시다. 신임 전라 감사 김학진 도백은 난이 진정되면 관민이 서
                  로 상의하여 호남에서만이라도 폐정 개혁에 주력하겠다고 했습니다.
**김개남**       모두 다 거짓부렁이요!
**관군 사자**    김학진 도백은 한 번 언약한 일은 결단코 실행하는 분이니 장차 두고 보면 알
                  것입니다.
**전봉준**       우리끼리 상의한 뒤에 사자를 보내서 회답을 드리지요.
**관군 사자**    부디 서로 협력해서 왕사를 지켜 주시기 바랍니다.
**손화중**       우리도 나라의 위급한 사정을 모르는 바 아닝게 좋은 방향이 되도록 노력해
                  보겠소.
**관군 사자**    기쁜 회답을 기다리고 물러가겠습니다.

| 손화중 | 저들이 뭣 땜시 다급하게 화해를 청해 올까요? |
|---|---|

**손화중**  저들이 뭣 땜시 다급하게 화해를 청해 올까요?

**전봉준**  지금 청·일 두 나라 군대가 원산허고 인천에 들어와서 전쟁을 일으킬까 걱정히서 그런 걸 겁니다. 우리는 애당초 나라를 바로 잡고 외적의 침략을 막자고 일어섰는디 지금에 와서는 오히려 외적을 불러들인 결과가 됐소.

**김개남**  그게 어디 우리 잘못이요? 외국 놈들 불러들인 벼슬아치 잘못이지.

**전봉준**  지금은 누구의 잘잘못을 따질 때가 아니요. 만일에 청일이 이 나라에서 전쟁을 허면 죽어나는 것은 우리 백성 아니것소?

**김개남**  그랗게 피땀 흘려 오늘까지 이룬 성과를 모조리 없던 걸로 허고 해산허자는 거요, 뭐요?

**전봉준**  일단은 우리가 양보합시다.

**김개남**  안 됩니다. 해산허면 반역죄로 죽일 것이 뻔한 노릇이요. 모조리 죽일 것이요!

**손화중**  해산한 뒤에 우리를 해치는 일이 없도록 서면으로 약조를 받아 놓으면 안 되겠습니까?

**김개남**  그것이 말처럼 쉬운 일이요? 애당초 내 말대로 곧장 한양으로 올라가서 한양성을 점령허고 왜놈과 양놈들을 모조리 몰아내고 우리 자신의 정부를 만들어야 허는 겁니다!

**전봉준**  우리가 애당초 일어난 뜻은 정부를 세워 나라를 지배하자는 것이 아니라 외적의 손에서 나라를 지키고 탐관오리의 손에서 백성을 지키자는 거였소. 이번에 우리 뜻을 강력허게 반영시켜서 패정을 혁신허고 또, 우리가 물러나서 외국 군대가 물러나면 애당초 우리의 뜻이 이뤄지는 것 아니것소?

**손화중**  저도 그 말씀이 옳은 것 같구만요.

**김개남**  그러면, 일이 잘못됐을 때 전접장이 모든 책임을 지것소?

**전봉준**  그러지요.

**김개남**  좋소. 맘대로 해 보시요. 일단 해산은 허것소. 허지만 앞으로 내 군대는 내가 알아서 지휘허것소.

**손화중**  김접장. 너무 감정적으로 허지 마십시요.

**김개남**  애당초 나보다 나이가 어린 전접장을 대장으로 모신 것은 덕망이 높다고 들었기 때문이요. 그런디 요번에 겪어 봉게 전접장은 사리는 것이 너무 많고 모든 일은 자기 고집대로 허고 있소. 나는 요런 사람 밑에서 명령을 받고 싶지 않소.

**갑오세 가보세**

| 손화중 | 우리가 의기 투합혀서 이토록 큰일을 치르고 있는디 도중에 이렇게 불화허 |
| | 먼 큰일이요. 김접장이 조금 양보허시지요. |
| 김개남 | 왜 나보러만 양보허라고 허시요. 나는 남원으로 내려가서 내 뜻을 펴 볼라요. |

북소리.

## 제21장 먹쇠의 집

먹쇠 어머니, 일을 하고 있다.

| 먹쇠 어멈 | 영감아 - 영감아 - 무정한 영감아 - |
| 먹쇠 | (뛰어오며) 어머니! 어머니! |
| 먹쇠 어멈 | 누구여? 이, 이, 육시럴 놈! |

먹쇠 어머니, 멍하니 서서 쳐다본다.

| 먹쇠 | 어머니, 절 받으시요. |

먹쇠, 절을 한다.

| 먹쇠 어멈 | 야, 아가! |
| 먹쇠 아내 | 예. |

무대 뒤에서 나지막하게 대답 소리 들린다.

| 먹쇠 어멈 | 아가! |
| 먹쇠 아내 | 예. |
| 먹쇠 어멈 | 니가 그렇게 기대리고 기대리던 서방인지 남방인지가 왔다. |
| 먹쇠 아내 | 뭣이요? |

먹쇠 아내, 달려 나온다.

**먹쇠**　　　　임자!

**먹쇠 아내**　　오메! 오메!

먹쇠 아내, 달려 나오다 머뭇거린다.

**먹쇠 어멈**　　고것들 눈치 보기는 --. 아이고, 내 새끼 살아왔구나! (아들과 며느리를 껴안고 돌면서) 좋구나, 좋아! 얼씨구 지화자 좋다! 어디, 내 새끼 얼굴 좀 보자.

**먹쇠 아내**　　시커멓게 타부렸어라.

**먹쇠**　　　　괜찮여.

**먹쇠 어멈**　　그럼, 사내가 좀 시컴해야지.

**먹쇠**　　　　어떻게들 지냈시요?

**먹쇠 어멈**　　나무뿌리도 캐 묵고, 솔 껍데기도 벳겨 묵고, 쥐도 잡아먹음서 안 죽고 살았다.

**먹쇠 아내**　　임자는 어떻게 지냈다요?

**먹쇠**　　　　나도 주먹밥도 묵고, 흙도 묵고, 개골창이도 쳐박힘서 안 죽고 살었제.

**먹쇠 아내**　　(피 묻은 허리춤을 만져보며) 오메! 이것이 뭔 피다요?

**먹쇠**　　　　어, 이거 전주성에서 관군허고 싸움허다가 묻은 거여.

**먹쇠 어멈**　　다친 데는 없냐?

**먹쇠**　　　　예.

**먹쇠 아내**　　총질허고 싸움질하고 참말로 무섭지라?

**먹쇠**　　　　첨에는 무섭더만 나중에는 아무것도 아니데. 대포탄이 날아와도 "오냐, 너 오냐? 나는 쳐들어갈 것이다." 이러고 싸웠당게.

**먹쇠 어멈**　　그럼, 누구 아들인디. 지 애비를 닮아서 쌈은 잘헐 것이다.

**먹쇠**　　　　이래 뵈도 지가 굉장히 총을 잘 쏴요. (쏘는 시늉을 해 보이며) 다들 명포수라고 들 혔어요.

**먹쇠 아내**　　그려요?

**먹쇠 어멈**　　아이고 참, 내 정신 좀 봐. 배고프지야? 찐 감자가 있응께 몇 알 갖고 오마.

어머니, 퇴장하려다 돌아볼 때 아내, 입덧을 한다.

**먹쇠**　　　　왜 그려, 어디 아퍼?

**먹쇠 어멈**　　이놈아! 입덧허는 거여.

**먹쇠**　　　　입덧? 그려어?

**갑오세 가보세**

먹쇠, 고개를 갸우뚱거리며 생각한다.

**먹쇠 어멈**  뭣을 요리조리 생각허냐? 너 떠난 지가 석달 됐응께, 딱 맞어 이놈아. 니 마
누라 몸간수는 내가 다 챙겼응께 걱정허덜 말어.

어머니, 퇴장한다.

**먹쇠**  어머니도! 누가 그리서 그런다요? (쑥스러운 듯) 고생 많었지?
**먹쇠 아내**  나보다 임자가 더 고생했겠지라.

먹쇠, 아내를 안으려다 어머니의 등장으로 팔을 뺀다.

**먹쇠 어멈**  증말로 난리가 끝났냐?
**먹쇠**  예, 우리가 이겼어라.

먹쇠, 앉아서 감자를 먹는다.

**먹쇠 아내**  인자 다시는 싸움질 안 허지라?
**먹쇠**  인자부터 우리가 나라를 다스릴 팅게, 쌈헐 일이 없지.
**먹쇠 어멈**  아이고, 어떻게 농꾼이 나라를 다스린다냐?
**먹쇠**  다 그렇게 허기로 힛서요. 우리 대장들허고 나라 관리들허고 집강소에서 함
께 나랏일을 볼꺼요.
**먹쇠 어멈**  살다 봉께 별시런 꼴도 다 본다, 잉?
**먹쇠**  그라고요, 못된 양반들은 벌을 받고요, 세금도 없어지고요, 과부도 시집을 가
고요.
**먹쇠 어멈**  과부가 시집을 가? 오메!

먹쇠 어머니, 머리를 만지고 옷매무새를 바로 하며 미소 짓는다.

**먹쇠**  백정들도 대우를 받는 시상이 올 팅게, 인자 호강허고 살 수 있어라.
**먹쇠 아내**  호강이고 뭣이고 다시 난리나 안 났으면 좋겠소.
**먹쇠**  걱정허지 말어.

**먹쇠 아내**   근디, 개똥이 아버지는 같이 안 왔다요?

**먹쇠**   (잠시 침묵하다 짐을 풀어 무엇인가 꺼내며) 전주성에서 싸움할 때 앞장서서 돌진 허다 관군 총에 맞아 죽었소. 이걸 개똥이 엄니 주소.

먹쇠, 동학군 머리띠를 준다.

**먹쇠 아내**   개똥이 엄니도 돌림병에 걸려 갖고 죽었어라.

세 사람, 침묵에 잠긴다.

# 제22장 들판

**광대**   전라도 오십삼 주에
집강소를 설치하여
동학군이 이를 맡아
폐정 개혁을 하는데
꼭 이렇게 하는 것이렸다.

동학군들, 한 사람씩 뛰어나와 개혁안을 외친다.

**동학군1**   탐관오리를 모조리 처벌한다!
**동학군2**   토지는 농민에게 평등하게 분배한다!
**동학군3**   횡포한 부호 지주를 엄징한다!
**동학군4**   불량한 양반 족속을 징치한다!
**동학군5**   칠반 상놈 제도는 뜯어고친다!
**동학군6**   노비 문서는 불사른다!
**동학군7**   과부의 개가를 허락한다!
**동학군8**   부당한 세금을 모두 없앤다!
**동학군9**   농가의 빚을 모조리 탕감한다!
**동학군10**   왜적과 내통하는 자는 처단한다!
**동학군11**   보부상 행패를 금한다!
**동학군12**   백정의 패랭이를 철폐한다!

**갑오세 가보세**

**장령**     (관객들을 상대로) 거그, 조용히 허시오. 인자부터 우리 창의군이 집강소에서
            나랏일을 보는디 나랏일을 어떻게 보냐면 관리들 문서, 장부를 검열히서 부
            정이 없는가도 조사허고, 그동안에 여러분들이 부자나 양반이나 관리들한티
            억울헌 일 당헌 것이 있으면 우리가 모다 처리해 줄 것잉께 그런 사람들은 우
            리를 찾어오시요. 그리고 우리 교에 입교허고 싶은 분이 있으면 시방 신청을
            받을 팅게 손을 한번 번쩍 들어 보시오. 좋소! 그러면 주문을 따라서 외워 보
            시오. 시천주 조화정 영세불망 만사지! (관객들 따라하면) 그럼, 모다 입교헌 것
            으로 허고 우리 모다 '갑오세' 노래를 불러 봅시다.

관객들과 함께 〈갑오세 가보세〉 노래를 합창한다.

## 제23장 고부 말목장터

먹쇠와 마을 사람들, 포장을 치고 판동이 나와서 인사말을 한다.

**판동**     내래 거저 꼭두놀음 하면서리 떠돌구 살던 놈이 동학당이 되게지구 하루아
            침에 한울님이 되디 않았갔소. 기래 이 한울님이 고부까지 들어왔는데 기냥
            있을 수가 없어서리 우리 동무들하구 한번 놀아 볼라고 기리는데 도우님들
            생각은 어드러습네까?
**마을 사람들**  좋지요!
**판동**     (인형을 보이며) 헝겊쪼가리 줏어 모아 개지구 만든 꼭두지만은 이것두 한울님
            이 아니갔소? 기리니끼니 이거이 꼭두놀음이 아니구 한울놀음이라. 한판 놀
            아 볼끼니 재주가 무재주라두 거저 박수나 많이 쳐 주시라우요.
**마을 사람들**  와! (박수를 친다)
**판동**     떼루 떼루 띠여라 차 떼루 떼루 떼루 야하

악사들이 장단을 치면 홍동지가 눈을 감고 나와 춤을 춘다.

**산받이**   이보라우요?
**홍동지**   왜?

| 113 | 산받이 | 무시기 사람이 눈을 감고 춤을 추십네까? |
|---|---|---|
| | 홍동지 | 눈을 뜨면 세상이 모두 도둑놈 판잉께 감았소. |
| | 산받이 | 세상 사람이 모두 도둑놈이야요? |
| | 홍동지 | 그렇당께. 그래서 내가 눈을 감고 댕기다 깊은 산골이나 물 있는 디를 만나면 눈을 뜨지마는 인간만 보면 눈을 감고 댕기는 사람이여, 내가. |
| | 산받이 | 여기는 동학군 세상이 되서리 경치고 좋고 인간도 도둑놈이 아니니까네 눈을 한번 떠 보시라요. |
| | 홍동지 | 그러면 눈을 한번 떠 보는디 장단에 맞춰서 떠 보것소. |

홍동지, 장단에 맞춰 춤을 추다가 눈을 반쯤 뜬다.

| | 산받이 | 뜨기는 떴는데 반절만 떴구나! |
|---|---|---|
| | 홍동지 | 어디 보자. (사방을 둘러보며) 인간들이 오뉴월 똥파리 모이듯이 많이도 모였구나. 내가 눈을 떴응께 시상에서 지일로 높은 양반들이 산다는 경복궁 귀경이나 히 보자. 쳐라--- |

장단에 맞춰서 대원군이 나오다가 홍동지와 부딪친다.

| | 홍동지 | 아이쿠, 이게 웬 영감이냐? |
|---|---|---|
| | 대원군 | 내가 웬 영감이 아니라 이 경복궁을 지은 대원군이시다, |
| | 홍동지 | 어이구 그렇사옵니까? 죽을죄를 졌사옵니다. 소인, 문안 인사 올리옵니다. |

홍동지, 이마로 대원군을 들이받는다.

| | 대원군 | 아이구, 이놈아. 웬 인사가 그 모양이냐? |
|---|---|---|
| | 홍동지 | 여보, 이 영감아. 입은 삐뚤어졌어도 말을 바로 하랬다고 그게 어디 당신이 지은 궁궐이요? 우리 백성들이 지은 궁궐이지. |
| | 대원군 | 어헛, 흠. |
| | 산받이 | 아! 그런데 여기는 뭐하러 나왔습네까? |
| | 대원군 | 내가 아들놈을 왕 시키고 그 아들 세도 업고 천하를 호령타가 민씨 며느리 얻었는데, 이 못된 년이 민씨 놈들하고 짜고서 나를 이리 내치지 않겠나? |
| | 산받이 | 저런! 불쌍하게 됐습네. 기러니끼니 죽으면 늙어야디. |

**갑오세 가보세**

| | |
|---|---|
| 대원군 | 그래, 내가 "이년아, 니가 시아버지한티 이럴 수가 있느냐?"하고 고함쳤더니, 그년 하는 말이 "늙은 영감이 사랑방에 누워 잠이나 잘 것이지 나랏일에 콩 놔라 팥 놔라 참견이야, 더러운 개늙은이" 하지 않겠나? |
| 홍동지 | 더러운 개늙은이라네. |

홍동지, 장단에 맞춰 춤을 춘다.

| | |
|---|---|
| 대원군 | 그래 내가 노염이 버럭 나서 꾸짖었지. |
| 산받이 | 뭐라고 꾸짖었습네까? |
| 대원군 | 이래 봬도 내가 임금의 아비로서 상욕을 할 수 있나. 아주 점잖게 꾸짖었지. |
| 판동 | 어떻게 꾸짖었습네까? |
| 대원군 | 이년아, 니 애비 똥구멍하고 니 에미 똥구멍하고 한데다 딱 붙이면 양장구통이 될 년아--! 이랬지. |
| 산받이 | 참 점잖게 꾸짖었습네다. |

민비 인형이 나온다.

| | |
|---|---|
| 민비 | 저 더러운 개늙은이가 또 나한테 욕을 해! |
| 홍동지 | 이크, 요것이 뭣이냐? 니가 누구냐? |
| 민비 | 누구긴 누구야? 이 나라 국모지. |
| 홍동지 | 아이고, 국모님, 몰라뵀습니다. 인사 받으시지라우. |

홍동지, 이마로 민비를 들이받는다.

| | |
|---|---|
| 민비 | 이놈, 무엄하게 이게 무슨 짓이냐? |
| 홍동지 | 어머니면 어머니답게 자식들을 위해서 손발이 다 닳도록 고생을 히야지, 자식들 간, 쓸개까지 빼먹는 게 무슨 국모냐? |
| 민비 | 이 -- 이놈이 무엄하게. |
| 대원군 | 이년아! 니 년이 바보서방 끼고 나랏일에 콩 놔라 팥 놔라 참견하고, 친정 오빠, 동생, 조카, 삼촌에 사돈의 팔촌까지 끌어들여서 백성들 재물을 박박 긁어 들이고 너희들 잇속만 챙기니 그런 욕을 얻어먹지. |
| 민비 | 이 늙은이가 사랑방에 누워서 잠이나 잘 것이지 또 참견이야? |

| 115 | **대원군** | 이 잡년이 시아버지한테 어디서 지랄이냐? |
|---|---|---|

민비 인형과 대원군 인형, 싸운다.
민비가 대원군을 이마로 받으면 대원군, 쓰러진다.
이때, 괴물 형상의 영노가 나온다.

| **영노** | 오하이오 고자이마스, 조센징! |
|---|---|
| **홍동지** | 이크, 이것이 뭣이냐? 니 이름이 뭐냐? |
| **영노** | 와다구시와 물 건너온 영노다데스. |
| **홍동지** | 니가 뭐 헐라고 물 건너왔냐? |
| **영노** | 우리 닙본노땅 너무너무 좁아서 조선땅 먹으러 왔다데스. |
| **홍동지** | 뭐, 요런 갚잖은 놈. 웃기지 좀 마라데스. |
| **영노** | 와다구시와 국모 고기 먹겠소다. |

영노, 민비를 이마로 받는다.
민비 쓰러진다.
홍동지, 옷을 벗는다.

| **홍동지** | 네 이놈. 혼 좀 나봐라, 시천주 조화정 영세불망 만사지! |
|---|---|

발가벗은 홍동지, 커다랗게 돌출한 남자의 물건에 동학군 부적을 끼운 뒤 영노와 싸운다.
홍동지가 머리로 받으면 영노가 도망간다.

| **홍동지** | 다음에 또 왔다가는 좃몽뎅이를 분질러 버릴 것이다, 이놈! 나라꼴이 말이 아니로구나. 며느리허고 시아버지는 쌈박질만 허고, 양놈이나 왜놈들은 물 건너와서 우리나라를 넘보고. 이 모가지를 빼서 똥구멍에 박을 놈들아! 에이, 내가 더러운 놈들을 만났응게, 다시 눈을 감고 오줌이나 쌀란다. |
|---|---|

홍동지, 장단에 맞춰 눈을 감고 오줌을 싼다.
이때 무대 양쪽에서 청국과 일본의 선전포고가 외쳐진다.
사람들 얼어붙는다.

갑오세 가보세

조명이 어두워지고 청군과 일군, 선전포고를 한다.


**일본 군인**     日本の 出兵は 天津 條約に よるもので 朝鮮の 治安を 保持し
니혼노 슛뻬이와 텐진죠오약구니 요루모노데 죠우센노 치안오 호지시
東洋を 全體の 平和を まもるためである. これに 對し 淸國が
토오요오젠타이노 헤이와오 마모루타메데아루. 코레니 타이시 신노쿠니와
ほうかいを ふるまうので, 吾は これからよに 戰爭を 告げなければ
호우카이오 후루마우노데, 와레와 코레까라요니 센소우오 쯔게나케레바
ならなくなった.
나라나쿠낫따.

**광대**     (일본의 출병은 천진 조약에 의한 것으로 조선의 치안을 유지하고 동양 전체의 평화를 지키려는 것이다. 이에 대하여 청국이 방해를 하므로 짐은 이제 세상에 전쟁을 선호하지 않으면 안 되게 되었노라.)

**청국 군인**     大家 國之道了 納 組功 二百 多年 朝鮮 歸納了
따쟈 꾸어쯔따오러 뤼에 짜오꿍 일빠이뚜어이엔 챠오시엔 꾸이뤼에러
我們大國.
워먼따꾸어.
我們給 日本 權告 和平 反 來了 軍師 反 約束
워먼게이 르번 취엔까오 화핑 환 라이러 낀스 환 뤼에
所以 問了 他們的過失.
쑤어이 원러 다먼더꾸어.

**광대**     (조선은 우리 대청의 속국이 된 지 이백여 년 동안 매년 조공을 바치는 것은 모든 나라가 알고 있는 것이다. 우리는 일본에게 군사를 철수시켜 평화를 회복시킬 것을 전하였으나 약속을 위반하니 이에 전쟁을 선포하여 저들의 죄과를 묻는다.)


광대, 노래를 한다.


**광대**     *왜놈하고 뙤놈들이 우리 땅을 뛰면서 전쟁을 벌였구나*
*하늘에도 불이 붙고 땅 위에도 불이 붙어*

*아산만 불타더니 성환에 불이 나고 평양도 불을 놓고*
*안주, 선천, 의주를 지나 안동 황하를 건너 떼놈들 도망가니*
*가련할손 조선 땅은 왜놈 천지가 되는구나*

## 제25장 일본 공사관

사무라이 차림을 한 가부키 배우, 장단에 맞춰 칼을 차고 등장한다.

**가부키 배우**   我が 日本帝國は 文明の 波に 反する 頑迷固陋な
와가 닛본떼에꼬꾸와 붐메에노 나미니 항스루 강메에꼬로오나
淸國の 支配から 無知蒙昧な 朝鮮人民を 救い 出すのだ.
싱꼬꾸노 시하이까라 무찌모오마이나 죠센진밍오 수꾸이다수노다.
今こそ 愚昧な 朝鮮人民に 我が國の 文明の
이마꼬소 우마이나 죠센진밍니 와가꾸니노 붐메에노
光輝を 下し 我が 日本帝國のもと 東洋平和を うちたてん.
꼬오끼오 구다시 와가 닛본떼에꼬꾸노모또 또오요오헤이와오 우찌따뗑.
愛國靑年よ, いざ 朝鮮へ!
아이꼬꾸세에넹요, 이자 죠셍에!

**광대**   (우리 일본제국은 문명의 물결에 반대하는 어리석고 고루한 청국의 지배에서 무지몽매한 조선 인민을 구해내야 한다. 이제, 우매한 조선 인민에게 우리나라 문명의 광휘를 주고 우리 일본제국 아래 동양 평화를 이룩합시다. 애국 청년들이여, 조선으로!)

가부키 배우, 퇴장한다.
한 손에 일장기를 들고 기모노와 게다짝 복장을 한 일본 상인 등장한다,

**일본 상인**   この日は すなわち 大日本帝國の 大陸進出が
꼬노히와 스나와찌 다이닛본떼에꼬꾸노 따이리꾸싱슈쯔가
一步 前進した 日であり, 偉大な 太平洋 時代の
잇보 젱싱시따 히데아리, 이다이나 따이헤에요오지다이노
幕を 開ける 日であり, ひいては 大日本帝國の
마꾸오 아께루 히데아리, 히이떼와 다이닛본떼에꼬꾸노

갑오세 가보세

榮光の 威勢が 世界各國に 知ら示められた

에에꼬오노 이세에가 세까이갓꼬꾸니 시라시메라레따

歴史的な 最初の 日となることであります.

레끼시떼끼나 사이소노 히또나루꼬또데아리마스.

これに 我 在韓居留民團は 命を 服け

꼬레니 와레 자이강꼬류밍당와 이노찌오 까께

奮鬪することを 一同 聲高く 誓うところであります.

홍또오수루꼬또오 이찌도오 꼬에따까꾸 치까우또꼬로데아리마스.

**광대**    (이날은 바로 대일본제국의 대륙 진출이 한 발짝 앞으로 당겨진 날이며, 위대한 태평양 시대의 서막을 여는 날이며, 나아가서 대일본제국의 영광스러운 위세가 온 세계에 펼쳐지는 역사적인 첫날이 되는 것입니다. 이에, 우리 재한 거류민단은 목숨을 바쳐 분투할 것을 다 함께 목청을 높여 외치는 바입니다. 대일본제국 만세!)


오오도리와 일본 기생, 등장한다.


**오오도리**    다이 니뽄데이고꾸 반자이!

**일동**    다이 니뽄데이고꾸 반자이!


음악 소리 나며 기모노를 입은 기생이 일본 군가를 부르면 모두 합창을 하며 퇴장한다.


**기생**    *쿠니오 데라카라 이쿠쓰키조*

        *도오모니 시누키데 고노우마노*

        *세메데 쓰쓰으다 야마야가와*

        *돈나 타츠나니 칭아카코우*

**합창**    *키노우 오도시다 토치카데*

        *쿄오와 카리네노 다카이비키*

        *음마야 큰쓰리 네무레다가*

        *오쓰로노 이꾸사와 데쯔요이데*

## 제26장 먹쇠의 집

먹쇠 어머니, 먹쇠를 붙잡으러 쫓아 나오며 등장한다.

| | |
|---|---|
| **먹쇠 어멈** | (앞을 가로막고) 안 돼, 이놈아! |
| **먹쇠** | 어머니! |
| **먹쇠 어멈** | 이놈아, 또 전쟁에 나서면 대문 밖이 저승길이여! |
| **먹쇠 아내** | 가기만 하믄 솔가지에 모가지를 콱 매달고 말 것잉게, 나 죽는 꼴 보고 싶거든 가시요, 가란 말이요! |
| **먹쇠** | (아내를 보고) 씨잘대기 없는 소리 하덜 말어. 어머니, 이것은 의거란 말이요, 의거! |
| **먹쇠 어멈** | 의거가 뭔 놈의 말라비틀어진 놈의 것이냐? |
| **먹쇠** | 엄니, 시방 우리나라가 왜놈들헌티 잡아먹히게 생겨 갖고 전국의 백만 동학 군들이 하나같이 일어나 나라를 구하자고 모였다 이 말이어라. 이런 판국에 이 먹쇠가 지혼자 살라고 뒷구녕으로 빠지는 그런 못난 놈이 되야 쓰것어요? 지는 그렇게는 못살어라우. |
| **먹쇠 어멈** | 그리서, 꼭 가야 쓰것냐? |
| **먹쇠** | 예! |

잠시 침묵.

| | |
|---|---|
| **먹쇠 어멈** | 그럼, 나도 갈란다! |
| **먹쇠** | 안 돼요. |
| **먹쇠 어멈** | 안 되기는 뭣이 안 되냐? 그렇게 좋은 일이랑께 얼매나 좋은가 나도 한번 히 볼란다. |
| **먹쇠 아내** | 나도 갈라요. |
| **먹쇠** | 뭐시여? 이놈의 여편네가 -- |

먹쇠, 아내를 치면 아내 쓰러진다.

| | |
|---|---|
| **먹쇠 어멈** | (아내를 부축하며) 아가! 이눔으 자식! |
| **먹쇠** | 전쟁터가 무신 들놀이 가는 딘 줄 알어? |

**갑오세 가보세**

| 먹쇠 아내 | 누가 들놀이 간다요? (일어나며) 임자가 동학군인 거 다 아는디 여그 남아 있으믄 살아남을 것 같으요? |
|---|---|
| 먹쇠 어멈 | 너 혼자 훌쩍 떠나고 나믄 우리들은 새끼고 뭐고 싸그리 뒈지는 거여, 이놈아! |
| 먹쇠 아내 | 개똥 엄니가 어떻게 죽었는지 알어요? |
| 먹쇠 어멈 | (먹쇠 아내의 말을 막으며) 아가, 뱃속에 아그 넣고 그런 말 하는 거이 아니다. 너는 후딱 보따리 챙겨라. |

먹쇠 아내, 퇴장한다.

| 먹쇠 어멈 | 개똥 어멈은 돌림병으로 죽은 것이 아녀. 너허고 춘복이허고 백산으로 가고 나서 우리들은 산속으로 도망가서 안 숨었냐? 근디, 개똥 어멈은 관군놈헌티 잽히 갖고 온갖 추잡한 꼴을 다 당허고 온몸이 걸레 조각이 돼 갖고 산속에서 까마귀밥이 되야 부럿어. |

잠시 침묵.

| 먹쇠 | … 갑시다. |
|---|---|
| 먹쇠 어멈 | 아가, 가자! |
| 먹쇠 아내 | 예. |

세 사람, 퇴장한다.

# 제27장 장터

먹쇠, 먹쇠 아내, 먹쇠 어멈, 판동과 몇몇 동학군들이 관객석 속에서 각자 관객을 선동한다. 처음에는 조용히 속삭이듯이, 그러다가 점점 크게 열광적으로 선동해서 나중에는 구호가 외쳐지도록 유도한다.
다음에 씌어 있는 내용을 성격에 맞추어서 살을 붙이고 현장에서 즉흥적으로 관객과 교류할 수 있도록 충분히 준비한다.

| 먹쇠 | 여러분! 시방 왜놈들이 우리나라를 집어 삼킬라고 궁궐에 들어가서 칼로 임 |
|---|---|

금님을 협박허다가 대원군 대감을 앞세워서 즈그들 맘대로 이 나라를 주물 럭거리고 있습니다. 거그다가 남의 나라에 와서 멋대로 전쟁을 일으켜서 청 일이 싸워 시체가 산처럼 쌓이고 피가 강처럼 흐른답니다. 이대로 있다가는 우리나라는 망해버리고 말 것이요. 왜놈들하고, 왜놈들한티 붙어서 이 나라 를 팔아먹는 친일 대신 놈들을 없애버립시다. 우리 모두 일어나서 망해가는 이 나라를 건집시다!

**판동**  이보라우요. 사나이 대장부로 이 세상에 태어나서리 나라 꼴이 이 지경이 되 었는데 기렇게 가만히 앉아 있으문 되갔시요? 말들어 보니끼니 경상도 문경 에서두 일본놈 쳐부순다구 일어나구, 대구에서두 안동에서두 일본 상인놈들 을 내쫓구, 충청도 충주에서두 천안에서두 왜놈들을 죽여 버리구, 경상도 안 동서두 왜놈들을 때려잡구, 밀양에서두 진주에서두 하동에서두 일어났다구 기리는데 이리케 사나이 대장부들이 많은데 팔짱만 끼구 앉아 있갔서? 날래 날래 일어나자우야!

**먹쇠 어멈**  나는 땅이나 파먹구 밥이나 짓던 무식한 촌년이지만요, 아니, 시상에 지 나라 에 남의 나라 군대를 불러 가꼬는 지 나라 백성들 잡아 죽이라고 허고 뜬금없 이 왜놈들허고 돼국놈들이 남의 나라에서 쌈박질을 하고 지네들 맘대로 설 쳐대니, 이 나라 쥔이 도대체 누구여? 속알머리 없는 대감놈들은 왜놈한티 붙고 돼놈한티 붙고 양놈한티 붙어서 지랄 염병들을 해 댄다니 이런 육실헐 놈들을 목아지를 쳐버려야 되지 않것어라우?

**먹쇠 아내**  나는 우리 바깥양반이 전쟁에 나간다고 히서 솔가지에다 목매달어서 죽어 버린다고 힛는디 알고 봉께 그럴 것이 아니도만요. 왜놈들이 우리나라를 집 어삼키먼 우리 여자들은 전부 그놈들 한티 겁탈 당헐거람서 우리 남정네들 이 그것 막어 줄라고 목숨을 걸고 나섰는디 우리 여자들도 말리기만 하면 돼 겄어라? 그래서 저도 우리 바깥 양반을 따라서 나섰는디 가봉께 우리들이 할 일이 참 많드만요. 밥 짓고, 빨래허고, 옷 꿰매고 허는 일을 전부 남정네들이 허고 있는디 불쌍히서 못 보것어요. 우리들이 가면 얼매나 좋아헐까요? 우리 같이 갑시다 잉?

이때, 한쪽에서 북접의 도인 몇 명이 관객을 선동한다.
손병희는 관객과 좀 떨어져서 외치고 해월 최시형은 한쪽에서 짚신을 삼고 있다.

**북접1**  우리 경전에는 총칼 들구 사람 죽이라는 말씀은 한마디두 없시유. 우리 도인들의 사명은 오로지 마음을 닦구 한울님을 받드는 데 있는 것 아니것시유? 보국안민하는 것두 때가 있는 것이유. 우리 해월 선생님은 때가 아직 안 됐다구 했으니 경거망동하면 오히려 도를 그르칠 것이유.

**북접2**    안 돼유. 도인은 도인의 자리를 지켜야 돼유. 도를 이용해서 난을 일으키는 것은 사문의 난적이구 국가의 역적이유. 남접의 도인 중에는 도인보다 도둑이나 강도나 불한당들이 더 많아서 그놈들 손에 도인들이 놀아나고 있대유.

**북접3**    저 사람들이 일어나지 않았으면 청나라 군대두 일본 군대두 안 왔을 거구, 청일전쟁두 안 일어났을 거유. 저 사람들은 백성을 위한다구 하면서 백성을 더욱더 도탄에 빠뜨리구 있시유. 아무리 뜻이 좋다구 하드래도 무력을 쓰구 전쟁을 하는 것은 도에 어긋난 짓이유.

**북접4**    해월 선생께서 통유문을 내리셨시유. "도인된 자 도를 빙자하여 속인을 능멸하여 법에 어긋난 일을 행하니 어찌 정의를 지키는 자의 소위리오. 심하게는 도를 해하여 강포는 약포를 위협하고 패류가 악을 빙자하게 하여 신인이 견디기 어려우니 슬프다. 도인의 하는 짓이 탕인만 같지 못하니 가히 탄식할 일이로다. 이에 각포에 명령하노니
- 수신행사는 반드시 충효로서 본을 삼고 집에서 일 할 때는 오로지 밭 갈고 책 읽는데 힘쓸 것
- 관의 명령에 복종하도록 힘쓰고 공세를 납부하여 죄를 짓지 말 것.

등등의 말이 서로 공방을 하면서 점점 치열하게 맞붙으면서 나중에는 구호 대 구호의 외침으로 부딪친다.

**남접 구호**    왜놈들을 이 땅에서 몰아냅시다!
왜놈들과 결탁한 역적배를 소탕하자!
왜적을 몰아내자!
서울 황실을 까부수자!
북접을 규탄한다!

**북접 구호**    도인의 본분을 지킵시다!
전봉준은 사문난적이다!
남접을 쳐부수자!

풍물이 난타되며 북접과 남접이 풍물의 진풀이로 대치되는 상황을 보여 준다.

남접의 전봉준과 북접의 손병희는 그들을 지휘한다.
해월은 여전히 묵상한다.
풍물 소리 그치면 남, 북으로 대치하여 정지한다.

## 제28장 남접 본부

전봉준, 염주를 돌리며 생각에 잠겨 있다.

| | |
|---|---|
| **오지영** | 전 접장님. 김개남 접장과 손화중 접장도 없는 터에 이렇게 북접하고 불화하면 우리 뜻을 어떻게 이루려고 그럽니까? |
| **전봉준** | 낸들 왜 북접과 싸우고 싶겠소? 그런디 우리의 의거를 해월선생과 북접에서는 무조건 사문난적으로 몰아세우니 참 민망헌 일입니다. |
| **오지영** | 그럼, 북접과 화해하실 생각은 있습니까? |
| **전봉준** | 물론이지요. |
| **오지영** | 그럼, 제가 화해를 주선해 볼까 하는데 어떻습니까? |
| **전봉준** | 뜻이 그렇다니 참으로 감격했구만요. 북접에 계시는 손병희 접장을 만나 뵙고 대사를 원만히 치를 수 있도록 했으면 좋것습니다. |

## 제29장 북접 본부

오지영, 북접으로 간다.
손병희, 남벌기와 통문을 앞에 놓고 침통하게 앉아 있다.

| | |
|---|---|
| **오지영** | 이것은 남벌기가 아닌가요? |
| **손병희** | 그렇소. |
| **오지영** | 기어이 남접 도인을 치겠다는 겁니까? |
| **손병희** | 마음을 닦고 수도하는 것이 도인의 본분인데 그 도를 어겼으니 마땅히 벌을 받아야지. |
| **오지영** | 지금 국내 정세가 친일 정권이 들어서고 일본군과 관군이 교인들을 무차별로 학살하고 있는 마당에 마음을 닦고 수도하는 것만 가지고서는 도를 지킬 수가 없는 형편 아닙니까? |
| **손병희** | 아무리 옳고 바른 일을 행한다고 해두 폭력으로 그 일을 해결할라는 것은 잘 |

못된 겨.

| 오지영 | 도로써 폭거를 일으킨 것은 물론 잘못된 일이겠지만 그렇다고 무력으로 남접을 치는 것은 또 다른 폭력으로 난리를 꾸미는 일이 아닐까요? |
| --- | --- |
| 손병희 | 그, 그건… |
| 오지영 | 그리고 북접에서 치기 전에 이미 일본군과 관군이 남접을 치기 시작했으니 도인과 군인이 싸우게 되면 힘없는 도인이 패하기 십상이고 거기에 북접까지 남접을 치게 되면 남접은 틀림없이 망할 것입니다. 안 그렇습니까, 손병희 접장님? |
| 손병희 | 그야… 그렇겠지유. |
| 오지영 | 약자가 강자하고 싸우다가 스스로 망하는 남접 도인은 누구를 원망할 수도 없다고 하겠지만, 강자를 도와서 약자를 친 북접 도인은 장차 무슨 면목으로 세상에 나서겠습니까? |

잠시 침묵.

| 손병희 | (벌떡 일어나 오지영의 손을 잡으며) 그 말이 옳소. 남접의 방법이 비록 옳지 않다고 하더라도 지금 우리가 남접이 하는 일을 앉아서 볼 수만은 없시유. |
| --- | --- |
| 오지영 | 일본군을 몰아내고 나라가 편안해질 때 우리 도인들도 떳떳이 수도에 정진할 수 있을 것입니다. |
| 손병희 | 그럼 남벌기를 꺾고 해월님께 가서 우리 뜻을 전하기로 합시다. |
| 오지영 | 고맙습니다. |

두 사람, 일어나 최시형에게 간다.

# 제30장 최시형 거소

최시형, 짚신을 삼고 있다.
두 사람, 들어가 절을 한다.

| 손병희 | 교도들이 도처에서 왜군들에게 살생을 당허고 있어 도의 존폐가 위기에 있시유. |
| --- | --- |
| 최시형 | 전봉준이 교도 수만을 거느리고 공주로 간다꼬 하이까네 가서 잘 타일러 폭 |

거를 그치게 하고, 마음을 고쳐서 훗날을 도모하모 한울님의 도움으로 스승의 원도 풀고 생명도 보존할 끼라.

**손병희** 일이 이 지경이 된 것은 남접 때문이 아니라 일본의 침략과 무능한 조정 대신들 때문입니다. 지금 북접 도인들도 모두 들고 일어나 왜놈을 몰아내야 한다고 하고 있시유.

**최시형** 아직 때가 되지 않았는데, 와 이리 경거망동들을 하는지 참말로 안타깝데이.

**오지영** 때가 아직 안 되고 그래서 일이 실패하더라도 지금 불같이 일어나는 의기를 도저히 꺾을 수가 없습니다. 이제 결단을 내리셔야 할 때가 왔습니다.

잠시 침묵이 흐른다.

**최시형** (한숨을 길게 쉬며) 스승님이 대구 노들벌에서 돌아가신지 삼십 년이 됐구마. 천애고아요, 일자 무식이요, 떠돌이 머슴 하던 이 몸이 스승님의 은혜를 입어 갖고 도에 들어온 지는 사십 년이 됐고… 반평생을 하룻밤도 발을 뻗고 편히 잠을 몬 자고 산속으로 숨어 댕기먼서 오로지 도를 전파하는 일에 전심을 다하다 보이 마, 내 나이도 칠순이 되삐리고 머리카락은 희어지고 기운도 다해 가서 남은 생명이 얼매 남지 않았고마. 내를 이래 살게 해 준 스승님의 은혜를 생각하모 눈물이 옷깃을 적실 뿐인기라. 민심은 천심이라. 일이 이래 된 기도 모두가 한울님의 조환 기라. 여러분은 이 늙은이의 마음을 잘 헤아려서 남북접의 싸움을 그치고 하늘 아래 크게 부르짖어 스승의 숙원을 풀고 나라를 구하라!

**일동** 스승님!

세 사람, 일어나 큰절을 한다.
최시형, 묵묵히 짚신을 삼는다.

## 제31장 동학군 집결지

남접과 북접의 동학군, 함성을 지르고 풍물을 치며 판으로 나온다.
전봉준, 한 발짝 앞으로 나오며 검을 높이 들고 나서 내려놓는다.
도인들도 엄숙하게 따라 한다.
전봉준, "시천주 조화정 영세불망 만사지"라는 주문을 외우면 도인들 따라하며 무릎 꿇는다.

**갑오세 가보세**

| (소리) | 창의군이 몰려온다! |
|---|---|
| 동학군1 | 고부에서 칠천이요! |
| 동학군2 | 청주에서 이천이요! |
| 동학군3 | 무장에서 팔천이요! |
| 동학군4 | 보은에서 구천이요! |
| 동학군5 | 남원에서 팔천이요! |
| 동학군6 | 당진에서 팔천이요! |
| 동학군7 | 태인에서 칠천이요! |
| 동학군8 | 서산에서 육천이요! |
| 동학군9 | 영광에서 구천이요! |
| 동학군10 | 목천에서 구천이요! |
| 동학군11 | 순창에서 구천이요! |
| 다 함께 | 와!--- |

서로 깃발을 흔들며 진풀이를 하다가 한데 합쳐진다.

| 상쇠 | 여보시오들--- |
|---|---|
| 동학군들 | 예--- |
| 상쇠 | 남접의 전봉준 장군님과 북접의 손병희 장군님이 한 말씀허시것소--- |

두 장군을 반기는듯한 풍물 소리.

| 전봉준 | 내가 일이 중허고 급한 것만을 생각허고 서둘러 일을 일으켜, 수 없는 재산과 생명을 없애고 형세가 여그까지 이르렀으니 내 한목숨은 언제 죽어도 여한이 없소. 허나 왜적이 이미 관군과 한양을 출발했다니 인제부터라도 한마음으로 공주로 진격허먼 희망이 있소. 우리 모두 용맹분투허서 보국안민의 뜻을 이룹시다! |
|---|---|
| 동학군들 | 와! |
| 손병희 | 일을 이루고 못 이루는 것은 한울님의 뜻에 있으니 우리는 목숨을 바쳐서 싸웁시다. 그리고 전 접장님은 저보다도 연상이고 인격도 훌륭하시니 이제부터 형님으로 모시것시유! |
| 동학군들 | 와! |

상쇠        여보시오들---

**동학군들**    예!

**상쇠**       우리가 남북으로 갈려서 재미없게 지내다가 오늘 이렇게 대화합이 되는디 말이여, 아 이 기쁜 날에 한 판 안 놀 수 있것소? 〈검가〉로 한번 놀아 봅시다 ---

**동학군들**    좋지요---

동학군들, 〈검가〉를 부르며 춤을 춘다.

이때 비명 소리와 함께 먹쇠의 아내, 배를 움켜쥐고 쓰러진다.

동학군이 깃발로 장막을 만들어 주고 어머니와 여자들은 아기를 받아 낸다.

먹쇠는 어쩔 줄 모르고 왔다 갔다 한다.

이윽고 아기 울음소리가 난다.

먹쇠 어머니, 아기를 안고 나온다.

**먹쇠 어멈**    꼬추다, 꼬추여!

**먹쇠**       애기 엄마는요?

**동학군 여자**    암시랑도 안 허고 건강혀요.

먹쇠 어머니, 깃발로 아기를 감싼다.

깃발이 치워지며 먹쇠의 아내, 기운 없이 일어선다.

**먹쇠 아내**    모다 한울님의 덕분이지라.

**판동**       내래 이거 전쟁터에서 간나히 낳았다는 얘기는 난생처음이구만. 그기 다 한울님 덕분이라니끼니 간나히 이름두 한울이라 덧는 거이 어드러카서?

**일동**       좋습니다.

**상쇠**       쉬--- 아기가 깰지 모르니 조용조용히 행군합시다.

일동, 소리 안 나게 풍물을 치면서 행군한다.

먹쇠 아내, 처음에는 부축을 받다가 다음에는 비틀거리다가 그다음에는 혼자서 힘 있게 걷는다.

먹쇠가 처음에 아기를 안고 〈자장가〉를 부르다가, 어머니가 아기를 받아서 〈자장가〉를 부르고 나중에는 모든 사람이 골고루 안아 부르며 〈자장가〉가 점점 합창이 된다.

**갑오세 가보세**

| 합창 | 자장자장 우리 아기 |
|---|---|
| | 한울 아가야 |
| | 단젖 먹고 어서 커서 |
| | 어른되거든 |
| | 보국안민 왜군진멸 |
| | 뜻을 이뤄라 |
| | 한울님을 받들어서 |
| | 뜻을 이뤄라 |

〈자장가〉가 끝나면 힘차고 씩씩하게 〈갑오세 가보세〉 노래를 부르며 행군을 하다가 "보국안민", "왜군진멸" 등의 구호를 외친 후 깃발춤을 격렬하게 춘다.
이어서 동학군의 진격을 나타내는 진풀이를 할 때 무대의 정중앙 후면에 일장기를 든 일본 장교와 일본군들, 관군기를 든 관군장수와 관군들이 나타난다.

**일본 장교**　도스께끼---
**관군 장수**　진격!

풍물 소리, 멈춘다.
동학군, 이리저리 흩어진다.

**일본 장교**　도스께끼!
**관군 장수**　진격!

동학군 몇 명 쓰러지면 남은 동학군, 다시 풍물 소리를 내며 진격한다.

**일본 장교**　도스께끼!
**관군 장수**　진격!

모두 쓰러진다.
정적이 흐른다.

**일본 장교**　다이 닙본대꼬꾸 반자이!

**관군 장수**    대한제국 만세!

잠시 정적이 흐른다.
일본 장교, 〈군가〉를 부른다.
먹쇠 아내, 꿈틀거리며 일어난다.
동학 깃발로 감싼 아기를 안고 〈자장가〉를 부른다.
〈자장가〉 노랫소리와 〈새야 새야 파랑새야〉 노래가 교차하며 동학군들, 꿈틀거리고 일어난다.

**합창**      *새야 새야 파랑새야*
           *녹두밭에 앉지 마라*
           *녹두꽃이 떨어지면*
           *청포 장수 울고 간다*
**광대**      *깊은 하늘 용광로 불길 속에*
           *사방팔방에서 무수히 던져지는*
           *저 꽃다발!*
           *지글거리는 역사의 밭이여!*
           *꽃불 튀기는 피의 잔치여!*

쓰러졌던 동학군들, 서서히 일어나 나직하게 노래를 부른다.

**합창**      *녹두야 녹두야 전 녹두야*
           *그 많은 군사 어디 두고*
           *쑥대밭에 낮잠 자나*
           *충청도라 하늘이 울어*
           *지도섬에 비 내리면*
           *그 비가 비가 아니라*
           *억만 군사 눈물일세*
**일본 장교**   다이 닙본대꼬꾸 반자이!

일본 장교, 관군 장수, 퇴장한다.
동학군들, 격렬한 칼춤을 추며 사라진다.

**갑오세 가보세**

| 광대 | 노래했노라 우리의 형제들은 |
|---|---|
| | 다음날의 백화요란한 |
| | 하늘밭 위해 |
| | 우리의 목숨을 |
| | 거름밭에 던졌노라 |
| | 용감히 노래하며 던졌노라 |
| | 알맹이를 발라서 던졌노라 |

조명이 어두워진다.

## 뒤풀이

배우들이 깃발, 영정, 촛불 등을 들고 〈검가〉를 부르며 나온다.

| 광대 | 넋이로다 넋이로다 |
|---|---|
| | 후천세계 만들려는 |
| | 우리 민중 넋이로다 |
| 합창 | 어른 죽어 남자 혼신 아이 죽어 동자 혼신 |
| | 총각 죽어 몽달 혼신 처녀 죽어 명두 혼신 |
| | 배고파서 죽은 혼신 목말라서 죽은 혼신 |
| | 곤장 맞고 죽은 혼신 태장 맞고 죽은 혼신 |
| | 물에 빠져 죽은 혼신 불에 타서 죽은 혼신 |
| | 목이 잘려 죽은 혼신 총에 맞아 죽은 혼신 |
| | 오다 죽고 가다 죽고 서서 죽고 앉어 죽고 |
| | 서럽게도 원통히도 죽은 혼신님네 |
| | 오늘 이 정성 받으시고 |
| | 넋으로 살으시고 혼으로 살으시어 |
| | 자유 세계 평등세계 이뤄 주옵소서. |

- 막 -

# 갑오세 가보세 (1988년 작)

대본, 연출 김명곤

___

**줄거리**  고부군수 조병갑의 탐학을 견디다 못해 먹쇠, 춘복 등 농민들이 전봉준과 함께 고부 관아를 습격하여 조병갑을 내쫓으나 급파된 관군에 의해 민란은 진압되고 농민군은 백산으로 자리를 옮겨 관군과 맞선다.

최시형, 손병희 등 동학 북접 지도부가 전봉준, 김개남, 손화중 등의 동학 남접 본부에 행동을 중지하고 '도'에 충실할 것을 촉구하는 가운데 남접 동학군은 전주성을 공격, 입성하여 세를 떨치고 부호, 양반들을 징치한다.

고종이 원세개에게 파병을 청원하고 이에 맞추어 일본도 군대를 파견하는 가운데 동학군이 제시한 폐정 개혁안을 조정이 받아들이고서 해산을 종용하자 일단 해산하자는 전봉준과 이에 반대하는 김개남의 의견 대립이 생겨나 김개남은 자신의 군사를 이끌고 남원으로 내려가고 동학군은 전주에서 철수를 한다.

청일전쟁이 일어나고 나라의 운명이 백척간두에 서자 동학군은 다시 봉기하고 고향에 돌아와 있던 먹쇠도 다시 전쟁에 나서자 어머니와 아내도 따라나선다.

우금치에서 일본군의 압도적인 화력에 견디지 못하고 동학군은 장렬한 최후를 마친다. 우금치에서 살아남은 먹쇠의 아내와 아기를 중심으로 쓰러졌던 동학군이 서서히 일어나 농민군의 저항의 함성이 역사 속에 맥맥히 뛰놀고 있음을 노래로써 펼친다.

___

「갑오세 가보세」는 19세기 후반 봉건 지배 질서의 급격한 동요와 외세의 침탈이라는 소용돌이 속에서 외세를 물리치고 새로운 사회질서를 세우고자 일어난 1894년 갑오농민전쟁을 소재로 삼고 있다. 먹쇠, 춘복, 판동 등 평범한 농민들의 이야기를 중심에 놓고 전봉준 등 지도자들의 갈등, 조정의 무능함, 청국과 일본의 움직임을 배치하여 다양한 측면에서 동학농민혁명의 과정을 보여주고 있다. 특히 16명의 배우가 60여 명의 등장인물을 맡아 역동적인 변화를 보여주었으며, 장면에 따라 풍물, 민요, 꼭두각시놀이, 판소리 등 우리 고유의 연희 양식과 18기, 가부키, 일본 검도 등을 활용하여 작품의 풍부함을 더했다.

마당극의 열린 양식과 무대극의 닫힌 양식을 적절하게 조합해서 보여준 「갑오세 가보세」는 '광대'라는 인물이 해설자를 겸하면서 작품 전체를 끌어나가는 형식으로 짜여 있다. 또 구수한 전라도 사투리와 함경도 사투리들이 맛깔스럽게 쓰여져 작품을 더욱 재미있고 실감나게 하여 새로운 양식의 생동감 있는 작품으로 크게 주목을 받아 1988년 제1회 민족극한마당의 대미를 장식한 뒤, 1988년 6월 17일부터 7월 17일까지 예술극장 한마당에서 극단 아리랑 제작으로 연장 공연을 가졌다.

여기에 실린 대본은 극장 공연의 제약 때문에 생략되었던 초고의 많은 부분을 작가가 새롭게 수정, 보완하여 정리한 작품이다.

# 인동초(재판)

| 나오는 사람들 |


해설자

한민수

판사

검사

변호사

고문관(박정달)

사장

지부장

어머니

유한마담(유순자)

노동자(똑순이, 말순이)

소년수

여러 장소로 변화가 가능하게 꾸며진 법정 형식의 무대.

개정을 알리는 음향과 함께 해설자, 등장한다.

**해설자**   오늘 보여 드릴 연극은 재판극입니다. 연극을 시작하기 전에 관객 여러분에게 판결 용지를 나눠 드리겠습니다. 이 용지를 받으신 분은 앞으로 전개될 재판극을 잘 보시고 이 용지에 판결 내용을 적어 주십시오. 그러니까 여러분이 배심원이 되시는 겁니다. 물론 받으신 분만 판결하라는 것은 아닙니다. 받지 못하신 많은 분들도 마음속으로 판결을 내려 주십시오. 원하시는 분은 손을 들어 주세요.

해설자, 관객들에게 판결문을 나누어 준다.

**해설자**   배우들, 준비됐습니까?

무대 뒤에서 '네' 하는 소리가 나온다.

판사, 변호사, 검사, 등장한다.

**해설자**   재판장님이 들어오십니다. 모두 일어서 주십시오.

관객들, 일어선다.

**해설자**   (판사, 변호사, 검사 자리 잡고 앉으면) 앉아 주십시오.

관객들 앉으면 해설자, 퇴장한다.

**판사**   지금으로부터 한민수 피고인에 대한 재판을 시작하겠습니다.

판사, 의사봉을 친다.

**판사**   피고인.
**민수**   네.
**판사**   이름이 한민수 맞지요?

| | |
|---|---|
| 민수 | 예. |
| 판사 | 1951년 10월 8일생 맞나요? |
| 민수 | 그렇습니다. |
| 판사 | 본적은? |
| 민수 | 전남 해남군 남이면 땅끝마을입니다. |
| 판사 | 피고인은 국가보안법 위반 및 공·사문서 위조 및 강도죄로 기소되었습니다. 검찰 측에서 송고한 공소장 읽어봤나요? |
| 민수 | 읽어 봤습니다. |
| 판사 | 사실 심리에 앞서 피고인은 모두 진술권이 있으니까 진술할 의향이 있으면 하세요. |
| 민수 | 제가 이 재판을 받는 이유는 여기 있는 사법부를 인정해서가 아니라, 이 자리를 통해서 우리나라 사법부의 허상과 저의 주장을 알리기 위해서입니다. 이상입니다. |
| 판사 | 검사, 심문하세요. |
| 검사 | 대학교 다닐 때 서클 활동을 했지요? |
| 민수 | 했습니다. |
| 검사 | 서클 이름이 뭔가요? |
| 민수 | '녹두회'입니다. |
| 검사 | 이 책자, 기억납니까? |
| 민수 | 기억납니다. |
| 검사 | 그 서클에서 낸 『북소리』라는 책자 맞지요? |
| 민수 | 맞습니다. |
| 검사 | 이 책자에 '나의 시는 나의 혁명'이라는 글이 있는데 피고인이 이 글을 썼지요? |
| 민수 | 썼습니다. |
| 검사 | 저는 피고의 사상적 배경을 알아보기 위해서 그가 쓴 시와 글들을 읽었습니다. 그런데 그 글에는 곳곳에 혁명, 피와 같은 불온하고 폭력적이며 선동적인 단어들이 많이 쓰이고 있었습니다. 그 글들은 피고인이 이미 대학 시절부터 불온 단체와의 연계 속에서 혁명 사상을 키워 왔다는 증거물입니다. |
| 변호사 | 검사께서는 글 전체의 내용은 언급하지 않고 제목만 가지고서 피고인을 불온한 사상범으로 몰아가고 있는데, 과연 피고인의 사상이 불온한 것인지 그 글의 내용을 피고인께서 직접 설명해 주시겠습니까? |
| 민수 | 예. "시인이 자기 앞에 빈 종이를 놓는다는 것은 그 이전의 세계를 지워 버리 |

는 것과 같다. 그리고 나서 그 종이에 시를 쓰는 것은 새로운 세계를 창조하는 것. 즉, 혁명과도 같은 것이다." 대충 이런 내용이었습니다.

**변호사** 여러분, 어떻습니까? 이것이 과연 불온한 사상인가요?

**검사** 지금 변호인은 방청객을 유도하고 있습니다.

**변호사** 전 유도한 게 아니라 질문한 겁니다.

**판사** 방청객에게 질문을 하거나 동의를 구하는 발언은 삼가 주시기 바랍니다. 검사, 계속하세요.

**검사** 네. 본 검사는 피고인의 사상을 종합적으로 분석하고 검토한 결과 그것이 피고인의 성장 과정과 깊은 관련을 맺고 있고, 또 피고인의 성장 과정은 그의 아버지의 사상적 내력과 깊은 관련을 맺고 있다는 사실을 알아냈습니다. 그 사실을 증명하기 위해서 피고인의 어머니를 증인으로 신청합니다.

**판사** 신청을 받아들입니다. 나와 주십시오.


어머니, 등장한다.


**판사** 이름이 뭐지요?

**어머니** 김삼례요.

**판사** 현재 몇 살이십니까?

**어머니** 예순다섯이구만이라우.

**판사** 집 주소는 광주시 서방동 22의 44번지 맞습니까?

**어머니** 야.

**판사** 현재 뭘 하고 계시죠?

**어머니** 광주 대인시장에서 순대 장사 허는구만요.

**판사** 저 피고인과 어떤 관계입니까?

**어머니** 지 아들인디요. 우리 아들은 죄가 없구만요.

**판사** 무죄인지 유죄인지는 이 법정에서 밝혀질 겁니다. 자, 선서하세요. 손을 들고⋯


어머니, 왼손을 든다.


**검사** 오른손을 드세요.


어머니, 오른손을 든다.

| | |
|---|---|
| 어머니 | 숨김과 보탬 없이 사실 그대로… |
| 판사 | 사실 그대로를 말하고 나서 만일 거짓말이 있으면 위증의 벌을 받을 것을 맹세합니까? |
| 어머니 | 야. |
| 판사 | 검사, 심문하세요. |
| 검사 | 남편의 이름이 어떻게 되지요? |
| 어머니 | 한갑수요. |
| 검사 | 김귀동이란 사람을 아시죠? |
| 어머니 | (머뭇거리다가) 아는구만요. |
| 검사 | 그 사람이 1951년 9월에 죽은 사실을 아시죠? |
| 어머니 | … 야. |
| 검사 | 그 사람을 한갑수 씨가 죽였지요? |
| 어머니 | (놀란듯) 아이고, 아니구만이라우. |
| 검사 | 본인이 조사한 바에 따르면 피고인의 아버지는 분명히 김귀동 씨를 살해했습니다. |
| 어머니 | 아니요. 그 양반이 죽인 것이 아니랑께요. |
| 검사 | 그래요? 그럼 김귀동 씨가 죽었을 때 증인의 남편은 어디에 있었지요? 그 현장에 증인의 남편이 있었어요, 없었어요? |
| 어머니 | 있었구만요. |
| 검사 | 그때 증인의 남편이 김귀동 씨를 죽창으로 찔러 죽였잖아요. |
| 어머니 | 아니요. 그 양반이 죽인 것이 아니고 전쟁 중에 마을 재판이 열렸는디… |
| 검사 | 잠깐. 그 재판이란 인민재판을 말하는 거지요? |
| 어머니 | 야. |
| 검사 | 계속하세요. |
| 어머니 | 모두가 악독한 지주는 죽여 부러야 한다고 결정이 나서, 그려서 죽였구만요. |
| 검사 | 인민재판은 누가 진행했습니까? |
| 어머니 | 마을 사람들허고 우리 마을에 있던… 저… 인민군들허고 같이… |
| 검사 | 그렇다면은 증인의 남편이 인민군에 부역한 사실을 인정하지요? |
| 어머니 | … 야. |
| 검사 | 피고인의 어버지는 살인도 서슴지 않는 극렬한 공산주의자로서 이런 아버지의 사상은 피고인의 핏줄 속에 면면이 전해져 내려온 것입니다. 이상입니다. |
| 어머니 | 아니요. 우리 남편은 빨갱이가 아니고, 우리 아들도 빨갱이가 아니요. |

| | | |
|---|---|---|
| 139 | 판사 | 반대 심문하세요. |
| | 변호사 | 증인, 김귀동 씨는 어떤 사람이었습니까? |
| | 어머니 | 우리 마을 지주였구만이라우. |
| | 변호사 | 남편께서도 김귀동 씨의 소작인이었죠? |
| | 어머니 | 야. |
| | 변호사 | 남편이 공산주의 사상을 가졌습니까? |
| | 어머니 | 아니요. 그 양반은 무식혀서 공산주의가 뭔지도 잘 몰랐던 사람이요. |
| | 변호사 | 혹시 남편에게서 그런 얘기를 들어본 적도 없습니까? |
| | 어머니 | 없어요. |
| | 변호사 | 김귀동 씨는 악덕 지주로 횡포가 아주 심했다던데 어느 정도였는지요? |
| | 어머니 | 아이고, 말도 마쇼. 한번은 장리쌀을 다 갚지 못해 다음 추수 땐가 준다고 혔는디 먹을 양식과 다음 해 심을 씨앗꺼정 몽땅 뺏아가 버렸구만이라. 그려서 쟈 아버지가 찾아가서 먹을 양식을 돌려 달라고 형께로 개, 돼지처럼 때려갖고는 초죽음이 다 되어 갖고… |
| | 검사 | 이의 있습니다. 사건과 관계없는 질문을 하고 있습니다. |
| | 판사 | 인정합니다. 본 사건과 관련된 부분만 질문해 주세요. |
| | 변호사 | 알겠습니다. 재판을 받을 때 증인도 현장에 있었지요? |
| | 어머니 | 야. |
| | 변호사 | 그때 김귀동 씨를 찌른 사람이 몇 명이었는지 기억하실 수 있겠습니까? |
| | 어머니 | 남정네들 모다 찔렀을 거요. |
| | 변호사 | 그러니까 마을 사람들 모두의 의견대로 김귀동 씨를 함께 죽인 것이지 피고인의 아버님 혼자서 죽인 것이 아니다, 그 말씀이죠? |
| | 어머니 | 야. |
| | 변호사 | 그 이후 한갑수 씨는 어떻게 됐습니까? |
| | 어머니 | (한숨을 내쉬며) 국군들이 밀려오는 바람에 산으로 도망갔는디 그때 나가 쟈를 밴 지가 석 달쯤은 되었을 것이요. 그란디 한밤중에 집으로 찾아와서는 날이 밝기도 전에 다시 산으로 간다고 나갔지라. 그란디… |
| | 변호사 | 그런데요? |
| | 어머니 | 날이 밝는 대로 마을 사람들이 난리가 났담서 집으로 왔었구만이라우. 그리서 나가 봤더니 쟈 아버지하고 인민재판에 나갔던 남정네들이 목이 잘리고 온 몸이 피투성이가 되어 갖고… |
| | 변호사 | 누가 죽였습니까? |

인동초(재판)

| 어머니 | 국군들이… |
|---|---|
| 변호사 | 됐습니다. 이제 들어가세요. |
| 어머니 | 예. 아이고 민수야. 넌 아무 죄가 없응께… |
| 판사 | 그만 들어가세요. |
| 민수 | 걱정 마시고 들어가세요. |
| 어머니 | 민수야. 내가… |
| 판사 | 퇴정하세요. |

어머니, 민수 손을 쉽게 놓지 못하고 아쉬워하며 퇴장한다.

| 판사 | 변호인 계속하세요. |
|---|---|
| 변호사 | 피고인의 아버지는 가난하고 착한 농부로서 악독한 지주를 몰아내고 새 세상이 온다는 소박한 희망으로 인민군에 부역했던 것인데, 그 대가는 너무도 가혹해서 그렇게 참혹하게 죽게 되었고, 그 뒤에도 부역자 가족이라는 낙인은 끝까지 이 집안을 괴롭혔던 것입니다. |
| 검사 | 바로 그 점이 중요한 점입니다. 아버지의 죽음과 부역자 집안이라는 낙인 때문에 피고는 어려서부터 사회에 대해 불만을 품고 혁명 사상을 키워온 것입니다. |
| 변호사 | 검사께서는 가장 과학적이고도 명백한 사실을 들어서 죄상을 따져야 하는데도 불구하고 피고인이 태어나기도 전의 아버지의 행적과 또 피고인의 성장하는 과정을 마음대로 추측해서 피고인을 공산주의자로 몰고 있는데, 이것은 반공 이데올로기에 길들여진 사람들의 선입견을 은연중에 이용한 것으로 참으로 비열한 짓이라 아니할 수 없습니다. |
| 검사 | 변호인께서는 제가 비과학적 사실을 근거로 피고를 공산주의자로 몰고 있다고 했는데, 그렇다면 과학적 증거물을 제시하겠습니다. |
| 변호사 | 제시해 보십시오. |
| 검사 | 피고인. 대학을 졸업한 뒤 구로동에 있는 전자 공장에 취업한 사실이 있지요? |
| 민수 | 있습니다. |
| 검사 | 그때 주민등록증을 위조하여 강철수란 가명으로 들어갔지요? |
| 민수 | 그렇습니다. |
| 검사 | 공·사문서 위조를 했군요. |

| | |
|---|---|
| **민수** | 그렇게 안 하면 취직이 안 되니까요. |
| **검사** | 공·사문서 위조를 했어요, 안 했어요? |
| **민수** | 했습니다. |
| **검사** | 왜 취직이 안 되지요? |
| **민수** | 대학을 졸업한 사람은 공장에서 안 받아 주니까요. |
| **검사** | 일류 대학을 졸업한 사람이 왜 공장에 들어갔지요? |
| **민수** | 올바르게 먹고 살기 위해서입니다. |
| **검사** | 회사보다 공장 다니는 것이 먹고 살기 편합니까? 상식적으로 생각을 해도 일류 대학까지 나온 사람이 먹고살기 위해서 공장에 들어갔다는 것은 이해가 되질 않는데요. |
| **민수** | 전 올바르게 먹고 살기 위해서는 일류 대학을 나왔건 박사 학위를 땄건 자기가 하고 싶은 곳에서 정당하게 일을 하면서 벌어먹고 살아야 된다고 생각합니다. 그리고 제가 공장에 들어간 것은 노동자들의 진정한 벗이 되어 그들을 돕고 싶었기 때문입니다. |
| **검사** | 공장에 들어가서 모임을 만든 적이 있지요? |
| **민수** | 있습니다. |
| **검사** | 이름이 뭐지요? |
| **민수** | '한마음회'입니다. |
| **검사** | 그 모임이 중심이 되어 농성을 주도한 적이 있지요? |
| **민수** | 그 농성은 노동자들의 자발적인 참여 속에서 이루어진 것입니다. |
| **검사** | 그 농성장에서 연극 공연한 적이 있지요? |
| **민수** | 있습니다. |
| **검사** | (노트를 쳐들며) 이것은 피고인이 직접 쓴 연극 대본입니다. 이 노트에 기록되어 있는 대사와 농성장의 현장 녹음을 근거로 구성한 장면을 증거물로 신청합니다. |
| **판사** | 신청을 받아들입니다. 준비해 주세요. |

농성장.
말순이, 똑순이, 풍물 장단에 맞춰 탈을 쓰고 탈춤을 추면서 등장.

| | |
|---|---|
| **말,똑** | 어허 쉬 ---- 아, 우리가 누군고 하니. |
| **똑순이** | 생산 1과에 있는 |

**말순이**　　말순이.

**똑순이**　똑순이라네. 박수!

관객들, 박수를 친다.

**똑순이**　아, 우리가 기왕지사 여기까지 나왔으니

**말순이**　노래를 하나 부르려고 하는데.

**똑순이**　그 노래가 무슨 노랜고 허니

**말순이**　신판 공순이 각설이 타령이라.

**말,똑**　어디 한번 불러 볼꺼나

　　　　　(박수 치면서) *얼씨구씨구 들어간다, 절씨구씨구 들어간다.*

**말순이**　*서울 못가서 죽은 귀신*

**똑순이**　*역전 앞에다 묻어 주고*

**말순이**　*휴일도 없어서 죽은 귀신*

**똑순이**　*예배당 앞에다 묻어 주지*

**말,똑**　*품바나 각설이 들어간다.*

**말순이**　*돈 못 쓰고 죽은 귀신*

**똑순이**　*명동 앞에다 묻어 주고*

**말순이**　*라면도 못 먹고 죽은 귀신*

**똑순이**　*라면 공장 앞에다 묻어 주지.*

**말,똑**　*품바나 각설이 들어간다. 공순이 각설이 들어간다.*

　　　　　아이구, 힘들어라. 하하하.

**말순이**　전라도 촌년들이 돈 벌러 서울 와가지고 목구멍인지 포도청인지 먹고 살겄
　　　　　다고.

**똑순이**　찜통 같은 공장에서 죽기살기 기를 쓰고 일을 허는디

**말순이**　아, 어찌된 놈의 것이 목구멍에 풀칠도 힘들고

**똑순이**　병이란 병은 모두 걸려 시집도 못 가보고 골병들어 죽게 생겨 부렀소.

**말순이**　아니 어찌 우리가 이런 몸으로 일을 해먹을 수 있겠습니까?

**똑순이**　그러니 우리도 남들처럼 사람답게 살아 보게 구호 하나 외칩시다.

**말순이**　좋지요?

관객들의 대답을 유도한다.

| 143 | **말,똑** | 구호는 "골병들어 죽기 전에 임금 올려 살길 찾자"입니다. |

**말,똑**　　　구호는 "골병들어 죽기 전에 임금 올려 살길 찾자"입니다.
**말순이**　　자, 우리 모두 함께 외칩시다.
**함께**　　　골병들어 죽기 전에 임금 올려 살길 찾자!

장단에 맞춰 춤을 출 때 웃음소리와 함께 사장과 지부장, 탈을 쓰고 춤을 추며 나온다.
지부장, 손에 각목을 들고 있다.

**사장,지부장**　*하하하. 에헤 얼쑤 살판이야.*
　　　　　　　　*사장 세상이란다. 하하하하.*

장단에 맞춰 관객석을 휘젓는다.

**사장**　　　아 --- 쉬. 우리도 한번 신나게 놀아 볼라구 하는데 박수 한번 주세요.

관객들의 야유 소리.

**사장**　　　그런다고 내가 못 놀 줄 알고. 즐겁고 즐겁고 즐겁다.
**지부장**　　즐겁고 즐겁고 즐겁다.
**사장**　　　세상이 온통 개판이라 살기 힘드니, 즐겁고
**지부장**　　사장님과 놀아서 즐겁고, 공순이 희롱하니 즐겁다.
**사장**　　　이리 가도 사장님.
**지부장**　　저리 가도
**사장**　　　지부장.
**지부장**　　예.
**사장**　　　있는 놈 잘되고 없는 놈 망하니 그것이 또한 즐겁다.
**함께**　　　*에헤 얼쑤 살판이야. 사장 세상이란다.*

사장과 지부장, 함께 논다.
말순이, 똑순이, 〈삼천만 잠들었을 때〉 노래 부르며 나온다.

**똑순이**　　물가 올라 못 살겠다. 임금인상 빨리 하라!
**말순이**　　재벌이라 뽐내면서 기아 임금 웬 말이냐!

인동초(재판)

| | |
|---|---|
| **사장** | 지부장. 저년들 전부 까부셔 버려. |
| **지부장** | 예. |

말순이, 똑순이, 지부장과 싸운다.

| | |
|---|---|
| **말,똑** | 작업 환경 개선하라! 개선하라! 개선하라! --- 쾅! |
| | 노동시간 단축하라! 단축하라! 단축하라! --- 쾅! |
| | 체불 임금 지급하라! 지급하라! 지급하라! --- 쾅! |

말순이, 똑순이, 쓰러진다.

| | |
|---|---|
| **사장** | 수고했다. 하하하! |
| **지부장** | 예. |
| **똑순이** | 우리 죽어 무엇이 될까 생각지 맙시다. |
| **말순이** | 가난한 우리들 살다 간 자리마다 |
| **똑순이** | 눈물의 고개, 고통의 고개, 그 어둡고 험한 골짜기 넘다 |
| **말순이** | 엎어지고 쓰러지고 그러다 지쳐 형제끼리 동지끼리 부둥켜 얼싸안고 |
| **똑순이** | 역사의 험한 고개 눈물의 골짜기를 다독이며 넘어야 합니다. |
| **말순이** | 그리하여 먼저 가신 노동 열사 당신들 앞에서 |
| **똑순이** | 해방의 그날 노동 해방의 그날을 위해 |
| **함께** | 끝까지 끝까지 투쟁할 것을 맹세합니다. |
| **말,똑** | (노래부른다) *낮은 어둡고 밤은 길어 허위와 기만에 지친 형제들* <br> *가자, 가자 이 어둠을 뚫고 우리 것 우리가 찾으러. 야야야 …* |

말순이, 똑순이 "노동자여 일어서자" 플래카드 들고 사장과 지부장을 밀고 나간다.
사장, 지부장, 도망간다.
말순, 똑순이, 플래카드를 들고 노래를 하면서 무대를 한 번 돌고 퇴장한다.
검사, 판사, 변호사, 민수, 나온다.

| | |
|---|---|
| **검사** | 여러분들도 보셨다시피 피고인은 이 연극에서 노동자들의 구호와 노래를 통해 프롤레타리아 혁명을 찬양, 고무하고 있습니다. 피고인은 무력 혁명의 전초 단계로서 근로자들을 의식화하여 계급 혁명을 일으키는 전위 조직을 만 |

들려는 의도 하에 신분을 위장해 공장에 잠입해 들어가 이 연극을 공연했던 것입니다.

**변호사**   검사께서는 작품 내용을 왜곡하고 있습니다. (피고에게) 피고인은 어떤 의도에서 이 작품을 공연했습니까?

**민수**   저는 악덕 기업주의 만행과 근로자의 저항을 보여 주려고 했던 것입니다.

**변호사**   검찰 측에서는 피고인을 공산주의자로 몰고 있는데 피고인은 이 점을 어떻게 생각하지요?

**민수**   저는 우리나라 민족 통일과 민중 해방을 지향하는 사람으로서 저의 사상을 공산주의냐, 자유민주주의냐 하는 이념의 잣대로 재는 것은 잘못된 것이라고 생각합니다.

**변호사**   우리나라 근로자들의 실태를 어떻게 보십니까?

**민수**   세계적으로 가장 혹심한 장시간 노동과 열악한 작업 환경 속에서 시달리고 있으며 멸시와 천대 속에서 인간 이하의 생활을 강요당하고 있습니다.

**변호사**   근로자의 실태에 비해 기업주들의 생활 실태는 어떻게 생각하십니까?

**검사**   이의 있습니다. 사건과 관계없는 질문을 하고 있습니다.

**판사**   인정합니다. 본 사건과 관련된 부분만 질문하세요.

**변호사**   좋습니다. 피고인은 소외 받고 고통받는 근로자들에게 최소한의 인간적인 삶을 만들어 주겠다는 신념으로 노동현장에 뛰어들었던 것입니다. 이러한 피고인의 모든 행위를 검사는 빨간 색안경을 쓰고 보고 있는데, 권력이 체제를 지키기 위해 노동 운동가와 민주 인사들을 공산주의자로 모는 데에 얼마나 혈안이 되었는지는 삼척동자도 다 아는 사실입니다. 저는 그 증거로써 유신시대의 기록물들을 토대로 구성한 장면을 증거물로 신청합니다.

**판사**   신청을 받아들입니다. 준비해 주세요.


배우들이 두 패로 나뉘어 1970년 초에서 1979년 초까지의 시대 상황을 장면화한다.


**배우들**   (무대 뒤에서 노래한다) *잘 살아 보세 잘 살아 보세*
*우리도 한번 잘 살아 보세, 잘 살아 보세.*

**배우1**   (박정희가 되어) 민족의 생존권을 수호하고 안정과 번영 및 평화통일이라는 국가 지상목표의 달성이 절대적으로 요청되고 있는 현시점에서

**배우들**   (무대 뒤에서 노래) *와서 모여 함께 하나가 되자.*
*와서 모여 함께 하나가 되자.*


인동초(재판)

| 배우1 | (박정희가 되어) 공산주의자들이 상투적으로 전개하는 이른바 적화통일을 위한 통일전선의 초기 단계적 폭력 활동 양상이 대두되고 있음에 대하여 심히 우려하고 있는 바입니다. |
|---|---|
| 배우들 | 노동 생존권 보장하라!<br>근로기준법을 지켜라!<br>유신 헌법 철폐하라! |
| 배우2 | (법복을 입고) 정당한 헌법 절차에 의해 확립된 유신 헌법을 비방하고 현 질서를 부인하고 분열케 한 행동은 국가의 안보와 사회안정을 고의로 저해한 행위로서 선량한 대다수 국민의 보호를 위해 엄벌이 불가피하다. 반국가 지하조직 확증. 사형! |
| 배우들 | 구속 인사 석방하라! |
| 배우2 | 공산 분자 조종, 국토 분단 책동. 사형! |
| 배우들 | 긴급조치 철폐하라! |
| 배우 2 | 적화통일 기도. 통일전선의 초기 지하조직. 사형! |

기타 소리 나며 여가수가 노래를 부르면 대통령과 여자 1, 술을 마신다.


| 여가수 | *비가 오면 생각나는 그 사람.*<br>*언제나 말이 없던 그 사람.*<br>*사랑의 괴로움을 몰래 감추고*<br>*떠난 사람 못 잊어서 울던 그 사람* |
|---|---|

총소리 나면 여가수와 대통령 쓰러진다.


| 검사 | 장면 중지를 요청합니다. |
|---|---|
| 변호사 | 이유가 뭡니까? |
| 검사 | 이 장면은 유언비어를 토대로 해서 근거 없이 전 국가원수를 모독하고 있습니다. |
| 변호사 | 이 장면은 기록물을 근거로 한 장면입니다. |
| 검사 | 기록물이라 하더라도 악의적으로 발췌를 하니까 그렇지요. |
| 변호사 | 천만에요. 이 장면에서는 정부 측 기록과 민주운동 관계 기록이 반반씩 공정 |

하게 보여졌습니다. 공포와 억압에 시달리는 우리 시민들은 독재자 박정희가 죽자 새로운 민주시대가 올 줄로 기대했습니다. 그런데 이러한 국민의 꿈은 12.12 쿠데타와 광주에서의 야만적인 살인극으로 산산이 깨지고 말았습니다.

| | |
|---|---|
| 검사 | 광주사태는 본 심리 내용과 관계가 없으니까 다음으로 넘어가도록 하지요. |
| 변호사 | 아닙니다. 광주시민항쟁은 피고인의 사상과 행동에 중요한 배경이 되는 사건이니 반드시 짚고 넘어가야 됩니다. |
| 민수 | 그 사건을 파헤치지 않으면 나는 재판을 거부하겠습니다. |
| 검사 | 피고인은 엉뚱한 이야기로 재판의 진행을 방해하지 말아요. |
| 민수 | 검사야말로 진상을 은폐하려 들지 마시오. |
| 판사 | 피고인이 광주사건을 규명해야 한다고 주장하는 근거가 뭔가요? |
| 민수 | 난 노조 결성의 배후인물로 수배되어 고향인 광주에 피신가 있다가 광주시민항쟁을 체험하게 되었습니다. 그 비참한 살육 현장에 충격을 받고 내 목숨을 바쳐서라도 그 사건을 규명하고 군사독재 정권의 만행을 천하에 알리겠다고 결심했습니다. |
| 검사 | 광주사태는 불순 세력의 사주를 받은 무장 폭도들에 의해 자행된 무력 행위로서… |
| 민수 | 말조심하시오! |
| 검사 | 신성한 법정에서 이게 무슨 불손한 짓이야! |
| 민수 | 나는 광주항쟁의 목격자이며 피해 당사자이니 그 사건에 대한 철저한 규명이 없으면 이 재판을 거부하겠습니다. |
| 변호사 | 저 역시 거부하겠습니다. |
| 판사 | 진정하세요. 이렇게 감정적으로 대립을 하면 원만한 재판이 될 수가 없습니다. 에, 저는 이 법정이 역사에 남는 민주적이고 공정한 재판이 되기를 원하며 그러기 위해 모든 절차에 있어서 양쪽 모두에게 균등하게 기회를 제공하고 있습니다. 그런 뜻에서 변호인의 요청에 따라 그 당시의 현장을 장면으로 보기로 하겠습니다. 어떻습니까? 동의합니까? |
| 변호사 | 네. 동의합니다. |
| 판사 | 검사께선 동의하십니까? |
| 검사 | 진행하시죠. |
| 판사 | 모두 사실에만 기초해서 냉정하게 장면을 보여 주시기 바랍니다. 만약 사실과 어긋난 장면이 있을 때는 즉각 중단시키겠습니다. |

| 변호사 | 좋습니다. 그럼 각자 어떤 장면을 보여 줄 것인지 정하기로 하죠. |
|---|---|
| 판사 | 변호인은 어떤 장면을 보여 주시겠습니까? |
| 변호사 | 전 공수부대의 진압과 무력 행동을 담은 필름을 제출하겠습니다. |
| 검사 | 전 폭도들의 시위와 무력 행동을 담은 필름을 보여 주겠습니다. |
| 판사 | 좋습니다. 자, 준비들 해 주세요. |

배우들, 연단을 치우고 슬라이드 상영 준비를 한다.

| 판사 | 준비됐습니까? |
|---|---|
| 변호사,검사 | 네. |
| 판사 | 그럼 시작하겠습니다. |

광주항쟁에 관한 슬라이드가 보여진다.

| 변호사 | 5.16 군사 쿠데타 이후 18년 동안 막강한 권력을 휘둘렀던 독재자 박정희가 살해된 후, 한국에서는 각계각층에서 민주화를 요구하는 목소리가 높아갔다. 학생들은 학원 자율화와 언론 및 집회 결사의 자유, 비상계엄 철폐와 전두환, 신현확 퇴진 등을 요구하는 시위를 전국적으로 벌였다. |
|---|---|
| 검사 | 광주사태가 무장 폭도들에 의해 무법천지가 된 단계에서도 군은 끝까지 무고한 시민의 피해를 염려하여 최소한의 자위권 발동마저도 자제했으며, 비록 군인이 폭도들에게 잡혀 무참히 난자, 학살되는 것을 보면서도 총 한 번 쏘지 않고 사태의 악화 방지에 주력하였다. |
| 변호사 | 헬리콥터와 탱크의 지원을 받는 대략 일만칠천여 명의 무장 군인들이 새벽녘에 광주시를 진입하였다. 고성능 섬광탄이 하늘을 가르고 광주를 지키겠다고 나선 젊은이들은 시내를 통하는 곳곳의 길목에서 처참하게 살해되었다. 도청 근처를 배회하는 젊은이들은 무조건 저격 대상이 되었다. |
| 검사 | 계엄군은 외곽지역으로 철수하여 최대한의 인내로 시민 자체의 수습 노력을 지켜보았으나, 폭도들은 시민군을 자처하면서 무등산과 외곽 산악 지대에 진지를 구축하여 장기 게릴라전 태세를 갖추어 가고 있었다. 이에 계엄군은 새벽에 기습 작전을 벌여 쌍방 간에 큰 피해를 모면케 하는데 크게 기여하였으며, 폭도와 선량한 시민이 완전히 분리되었음을 확인한 후에 효과적인 진압 작전을 전개하였던 것이다. |

　슬라이드가 계속 나올 때 민수, 갑자기 튀어나온다.

민수　　　　여러분! 이 피로 물든 광주시민의 비통한 분노를 알고 있습니까? 원통한 죽음의 노래를 들었습니까? 학살의 원흉은 지금도 살아 있습니다. 여러분! 살인마 전두환과 그 일당을 처단합시다.

암전된 속에서 "피고인 뭐하는 거야?" "문 걸어 잠궈!" "불켜요!" 등 다급한 목소리 들린다.

검사　　　　(피고인을 몰아내며) 제자리로 돌아가!

판사　　　　모두 진정하세요. 냉정하고 객관적으로 장면을 묘사하기로 했는데 모두 흥분해서 사실보다 조금씩 과장한 것 같습니다.

검사　　　　진압대의 장면은 사실보다 훨씬 잔인하게 묘사되었고, 폭도들의 장면은 사실보다 훨씬 온순하게 묘사되어 일방적으로 폭도들의 입장만 정당화되었습니다.

변호사　　　천만에! 그 반대입니다. 우리는 여기 계신 방청객들이 소리를 지르거나 충격을 받고 기절하실까봐 정말 잔인한 부분은 모두 생략했습니다.

판사　　　　광주문제는 이것으로 넘어가기로 하고 재판을 계속하겠습니다. 검사, 심문하세요.

검사　　　　네. 광주에서 흉기를 휘두르며 무장 폭동에 앞장섰던 피고인은 광주사태가 진압이 되고 주동자들이 체포되자 서울로 잠입하여 피신 생활을 하던 중, '새벽'이란 지하 비밀결사 조직에 가담했습니다. 피고인, 그 사실을 인정하지요?

민수　　　　그 당시 상황에서는 비밀결사 형식이 아니고서는 어떠한 민주 단체도 활동이 불가능했기 때문입니다.

검사　　　　묻는 말에만 대답해. 그 단체에 가입할 때 선서했지요?

민수　　　　그렇소.

검사　　　　선서의 내용을 말해보세요.

민수　　　　난 투철한 혁명 투사로서 새벽의 강령과 규약에 적극 찬동하고, 민주 해방 전사로서 결사 헌신할 것을 굳게 맹세합니다.

검사　　　　여러분. 여기서 '혁명 투사'란 말과 '민주 해방 전사'라는 말에 주의를 기울여 주시기 바랍니다.

변호사　　　재판장님. 이의 있습니다. 검사는 방청객을 유도하고 있습니다.

| 판사 | 이의를 기각합니다. 검사 계속하세요. |
|---|---|
| 검사 | 계속하겠습니다. 피고인은 지하 비밀결사 조직에 가담한 후에 전위대 출정식에서 부를 노래 가사를 만들었지요? |
| 민수 | 그렇소. |
| 검사 | 그 가사의 내용을 말해 보세요. |
| 민수 | 나 태어나 이 강산에 투사가 되어 노래하고 싸우기 어언 석삼 년. 어디서 살았느냐 무엇을 하였느냐. 압제의 타도에 우리 모두 나섰다. 아, 오월이여! 붉은 피 청춘이여. 자유 위한 싸움에 나가자 전진하자! |
| 검사 | 자, 보십시요. 선서의 내용과 노래 가사를 통해서 알 수 있듯이 이 조직은 사회주의국가 건설을 위한 전위대로써 불순 세력을 규합, 지하 단체를 조직하여 폭력에 의한 적화통일을 획책해온 대규모 간첩단인 것입니다. 이상입니다. |
| 판사 | 반대 심문하세요. |
| 변호사 | 그 단체에 가입하게 된 동기는 무엇입니까? |
| 민수 | 핍박받는 민중들의 해방을 위해서는 조직을 통한 투쟁만이 승리할 수 있는 유일한 길이라고 믿었기 때문입니다. |
| 변호사 | 그 단체의 목적은 뭐죠? |
| 민수 | 노동운동과 농민운동 등 대중운동과의 연대 투쟁을 통해 독재 권력과 외세를 몰아내고 민중의 권익을 옹호하는 민주사회를 건설하는 것입니다. |
| 변호사 | 검사께서는 단어 몇 개를 가지고 이 단체를 대규모 간첩단으로 몰고 있지만 피고인의 말을 통해서도 알 수 있듯이 이 단체는 민주 단체인 것입니다. 우리는 권력이 민주 인사와 민주 단체를 탄압하기 위해 간첩단으로 몰아왔던 여러 사건들을 상기해야 할 것입니다. |
| 검사 | 그렇다면 과연 그 단체가 변호인께서 주장하는 민주 단체인지 간첩단인지를 밝히는 증거로써 여기 피고인의 손으로 직접 쓴 진술서를 제출합니다. |
| 변호사 | 그 진술서라는 것이 얼마나 잔인한 고문에 의해서 작성되는 것인지는 여기 계신 분들이 더 잘 알고 있습니다. |
| 검사 | 이 진술서는 피고인의 손으로 직접 기술하고 지장까지 찍은 것으로써 절대로 가혹행위에 의한 것이 아닙니다. |
| 변호사 | 지금까지 검찰이나 경찰에서 고문했다고 자발적으로 얘기한 적이 한 번이나 있었습니까? |
| 검사 | 가혹행위를 한 적이 없기 때문에 없다고 하는 것 아닙니까? |

| 변호사 | 그래요? 그럼 피고인에게 묻겠습니다. 저 자술서를 자발적으로 썼습니까? |
|---|---|
| 민수 | 아닙니다. 담당 수사관이 요구하는 대로 써 준 겁니다. |
| 변호사 | 검찰조서에 지장을 찍었죠? |
| 민수 | 예. |
| 변호사 | 왜 검찰에선 그걸 부인하지 않았습니까? |
| 민수 | 부인했었습니다. 저 검사에게 내가 쓴 자술서는 모두 허위 자백이라고 하자 '그러면 그동안 국가 조사 기관에서 조사 받은 것이 무효가 되지 않느냐. 만일 네가 그런다면은 다시 치안본부로 돌려보낼 수도 있고 여기 15층에도 심문실이 있다' 이렇게 협박을 하는 통에 재조사 받는 것이 두려웠고, 또 몸과 마음이 지친 상태에서 할 수 없이 인정했습니다. |
| 검사 | 모두 거짓말입니다. 진술을 번복함으로써 자신의 사상을 숨기고 있습니다. |
| 변호사 | 그래요? 좋습니다. 그럼 저 자술서를 피고인이 자발적으로 쓴 것인지 강요에 의한 것인지 증인을 불러서 알아보겠습니다. 증인 신청합니다. |
| 판사 | 신청을 받아들입니다. 증인 나와 주십시오. |

박정달, 나온다.

| 판사 | 이름이 뭐지요? |
|---|---|
| 박정달 | 박정달입니다. |
| 판사 | 직업은? |
| 박정달 | 치안본부 대공과에 근무합니다. |
| 판사 | 좋습니다. 자, 선서하세요. |
| 박정달 | (오른손을 들고) 숨김과 보탬 없이 사실 그대로를 말하고 만일 거짓이 있으면 위증의 벌을 받기로 맹세합니다. 증인, 박정달. |
| 판사 | 변호인 질문 하시지요. |
| 변호사 | 증인, 저 사람을 압니까? |
| 박정달 | 압니다. |
| 변호사 | 어디서 만났습니까? |
| 박정달 | 대공분실에서 만났습니다. |
| 변호사 | 저 사람을 심문한 적이 있지요? |
| 박정달 | 예. |
| 변호사 | 그때 저 사람을 고문한 사실이 있지요? |

| 박정달 | 없습니다. |
|---|---|
| 변호사 | 정말 없습니까? |
| 박정달 | 정말 없습니다. |
| 변호사 | 좋습니다. 피고인에게 묻겠습니다. (박정달을 가리키며) 이 사람을 압니까? |
| 민수 | 알고 있습니다. |
| 변호사 | 이 사람을 어디서 만났습니까? |
| 민수 | 대공분실 지하 고문실에서 만났습니다. |
| 변호사 | 저 사람한테 고문을 당한 적이 있습니까? |
| 민수 | 수없이 당했습니다. |
| 변호사 | 어떻게 당했습니까? |
| 민수 | 옷을 벗기고 칠성판이라고 하는 고문틀에 가죽끈으로 묶여서 수차례에 걸쳐 전기고문과 물고문을 당했고 고문을 당하다가 목이 쉬면 목 트이는 약을 먹인 뒤, 다시 고문을 가하면서 저들이 요구하는 내용을 암기시켰습니다. |
| 박정달 | 거짓말입니다. 저희 경찰은 절대 고문하지 않습니다. |
| 민수 | 거짓말입니다. 고문관들은 고문을 당하다가 제 속이 뒤집혀서 기도가 막힐까 봐 고문을 앞두고는 밥도 주지 않았습니다. |
| 변호사 | 그래요? 그럼 탁자를 '탁' 치니 '억' 하고 사망했다는 박종철 군 사건은 어떻게 된 겁니까? |
| 박정달 | 그 사건은 사명감이 너무 지나치다 보니까 일어난 우발적인 사건이었습니다. |
| 변호사 | 그럼 증인도 사명감이 지나칠 경우 사람을 죽일 수 있단 말이군요? |
| 박정달 | … 그, 그런 뜻이 아니라… |
| 변호사 | 증인에게 분명히 묻겠습니다. 한민수 씨 심문하는 방에 목욕탕이 있었죠? |
| 박정달 | 기억이 나지 않습니다. |
| 변호사 | 기억이 안 나요? 한민수 씨의 얼굴까지 기억하고 며칠 동안 잠도 안 재우고 심문해 놓고서도 기억이 안 나요? |
| 박정달 | … |
| 변호사 | 증인. 위증이 얼마나 무서운 벌을 받게 되는지 알아요, 몰라요? |
| 박정달 | 압니다. |
| 변호사 | 그럼, 바른대로 말해요. 있었어요, 없었어요? |
| 박정달 | 있었던 것 같습니다. |
| 변호사 | 좋습니다. 그럼, 피고인이 없는 사실을 조작했는지 증인이 거짓말을 했는지 현장 재현을 해서 따져 볼 것을 재판장님께 신청합니다. |

153 **검사** 그건 말도 안 되는 신청입니다.

**변호사** 뭐가 말도 안 됩니까?

**검사** 피고인이 현장을 조작할 염려가 있기 때문입니다.

**변호사** 어느 쪽이 현장을 조작할는지는 두고 봐야 알 일이니 우선 재판장님께서 제 신청을 받아 주시기 바랍니다.

**판사** 꼭 현장 재현을 해야 되겠습니까, 변호인?

**변호사** 재판부 요청이 있을 때 증인은 현장 재현에 협조하도록 되어 있습니다.

**판사** 신청을 받아들입니다.

**민수** 현장을 재현하기 전에 판사님께 한 가지 제안이 있습니다.

**판사** 말해 봐요.

**민수** (박정달을 가리키며) 저 사람과 제 역할을 바꾸어 보았으면 좋겠습니다.

**판사** 그게 무슨 말이요?

**민수** 검사께서는 제가 현장을 조작할 거라고 하셨는데 제가 보기에는 저 사람이 현장을 조작할 것입니다. 그래서 저는 진실을 밝히기 위해서 저 사람이 나에게 했던 행동을 내가 재현하고, 저 사람은 내가 한 행동을 재현할 것을 제안합니다.

**박정달** 저는 거부합니다.

**변호사** 거부하는 이유가 뭡니까?

**박정달** 이유야 어쨌든 거부합니다.

**변호사** 그건 이유가 되지 못합니다. 증인이 고문한 적이 없다면 떳떳하게 협조해야 할 것입니다.

**박정달** 싫습니다. 전 거부합니다.

**변호사** 만약 계속 거부한다면 우리는 인권유린과 폭행 및 살인 미수죄로 증인을 고소할 준비까지 되어 있어요.

**판사** 에, 오늘 재판 벽두에서부터 말했듯이 본 재판이 공정하게 치뤄지도록 본 판사는 최선을 다하고 있습니다. 증인, 현장 재현을 거부하게 되면 자신에게 매우 불리하게 됩니다. 증인은 현장 재현에 협조해 주시기 바랍니다.

**박정달** … 협조하겠습니다. 그렇지만 이건 제가 고문을 안 했다는 전제를 깔고 하는 것입니다.

**판사** 자, 그럼 현장 재현을 시작하겠습니다. 준비들 해 주세요.


민수는 고문자 역할을 하고, 박정달은 민수 역할을 한다.

| 민수 | 옷 벗어! 널 죽여도 괜찮으니 무조건 항복을 받으라는 지시가 있었다. |
| 박정달 | … |

이때 옆방에서 여자 비명 소리가 들린다.

| 민수 | 저 소리가 들리나? 지금 얼마나 당하고 있는지 넌 모르겠지만 너도 곧 저년처럼 될꺼다… 너 빨갱이지? |
| 박정달 | 아니요. |

여자 비명 소리가 들린다.

| 민수 | 좋아. 언제까지 아니라고 할 수 있는지 두고 보자. 여기 누워! (칠성대에 누운 박정달의 발을 묶으며) 이 자리에서 다른 놈들도 나한테 당했지. 결국 그 새끼들 내 앞에서 살려 달라며 술술 불었지. 자, 어서 자백해! |
| 박정달 | 뭘 자백하란 말이요? |

여자 비명 소리가 들린다.

| 민수 | 그래? 알았어. 이거 나도 하고 싶어서 하는 거 아니야. 내 딸도 대학교 다니고 있는데 너 같은 놈들한테 물들까 봐 겁이 난다. |

얼굴에 수건을 덮어 샤워기와 주전자로 물을 붓는다

| 박정달 | 우욱 ---- |
| 민수 | 새벽이란 단체는 북괴의 지령에 움직이고 있지? |
| 박정달 | 아니요… 악 --- 난 모르오. |
| 민수 | 이 자식이… (수건을 치운 뒤) 요즘, 이놈 저놈 나가서 고문받았다고 떠드는데, 너도 나가거든 실컷 떠들어 봐. 그러나 나는 끄덕도 안 해. 증거가 있냐? 고문으로 내 목이 날아갈 것 같았다면 아예 고문을 하지도 않았지. 자, 어디 한번 무도회를 시작해 볼까? |

전기고문을 한다.

1부 희곡

| | |
|---|---|
| **박정달** | 아악! |
| **민수** | 하하하. 어때, 전기 맛이. 황홀할 거야. 이번엔 좀 세고 길게 해 주지. |
| **박정달** | 아악 -- 으윽! |
| **민수** | 어서 불어. |
| **박정달** | 뭘 자백하란 말이오. 날 재판에 넘기시오. |
| **민수** | 이 새끼가 재판이 뭔지도 모르는구만. 너 같은 새끼는 재판에 설 자격도 없는 놈이야. 빨갱이… |
| **검사** | 이의 있습니다. 이 장면은 있을 수 없는 날조된 장면입니다. |
| **변호사** | 이것이 날조된 것인지 아닌지는 여기 계신 분들이 더 잘 알고 있습니다. |
| **검사** | 이 장면은 오로지 피고인의 머릿속에서 나온 악의적인 장면입니다. |
| **민수** | 나는 내가 체험한 사실만을 보여준 겁니다. 그것도 극히 일부만을… |
| **검사** | 증인은 이 장면이 사실이라고 인정합니까? |
| **박정달** | 아닙니다. 모두 날조된 것입니다. |
| **변호사** | 증인은 거짓 증언을 하고 있습니다. 전 증인을 위증죄로 고발하겠습니다. |
| **검사** | 증거도 없이 남의 증언을 위증으로 몰지 마십시오. |
| **변호사** | 증거가 왜 없습니까? 아주 훌륭한 증거가 있습니다. |
| **검사** | 있으면 대 보세요. |
| **변호사** | 자, 이걸 보십시오! |

변호사, 종이봉투를 쳐든다

| | |
|---|---|
| **판사** | 이게 뭡니까? |
| **변호사** | 피고인께서 직접 설명해 주시죠. |
| **민수** | 저는 이 사람과 다른 네 명의 고문관에 의해서 온몸 다섯 군데를 꼼짝 못하도록 묶인 채 고문을 받다가 양쪽 발뒤꿈치와 팔꿈치가 터져서 피가 흐르고 상처가 났습니다. |
| **변호사** | 저 종이봉투 속의 딱지는 바로 그 상처가 아물어서 생긴 거지요? |
| **민수** | 예. 이들은 고문 사실을 폭로하지 못하도록 갖은 협박을 했습니다. 그러나 전 이 사실을 반드시 세상에 알리겠다고 결심을 하고, 그 상처가 아물 때 생긴 딱지를 증거물로써 몰래 모아 놓았던 것입니다. |
| **검사** | 모두 날조된 것입니다. 그 딱지가 고문에 의해서 생긴 딱지인지 다른 상처에서 생긴 딱지인지 어떻게 증명할 수 있습니까? |

인동초(재판)

| | |
|---|---|
| 박정달 | 맞습니다. 모두 날조된 것입니다. |
| 변호사 | 이것은 증명할 필요조차 없는 명백한 증거물입니다. |
| 검사 | 증명할 수 없는 증거물을 가지고 없는 사실을 조작하지 마세요. |
| 변호사 | 검사는 교묘한 방법으로 진실을 은폐하려 하고 있어요. |
| 검사 | 변호인께서는 있지도 않는 고문을 내세워 어처구니없는 증거물을 제시하시는데, 고문에 의해서 생겼는지 어떤지도 모르는 불확실한 증거물과 피고의 손으로 직접 쓴 진술서 중 어느 것이 더 확실한 증거물이겠습니까? |
| 변호사 | 그 진술서라는 것이… |
| 판사 | 됐습니다. 됐어요. 증인 들어가세요. |

박정달, 들어간다.

| | |
|---|---|
| 판사 | 고문 문제는 이것으로 넘어가기로 하고 재판을 계속하겠습니다. 검사, 심문하세요. |
| 검사 | 네. 민주 투쟁을 한다는 미명으로 자행한 피고인의 여러 불법행위 중에 가장 극렬하고도 명백한 범죄적 행위에 대해서 심문하겠습니다. 먼저, 증인을 신청합니다. |
| 판사 | 신청을 받아들입니다. 증인 나와 주십시요. |

허성주의 부인, 나온다.

| | |
|---|---|
| 판사 | 증인석에 서 주시기 바랍니다. 바쁘신데 본 재판정까지 나와 주셔서 대단히 감사합니다. 증인, 성함이 어떻게 되시죠? |
| 유순자 | 유순자예요. |
| 판사 | 거주하시는 자택 주소를 말씀해 주시겠어요? |
| 유순자 | 서대문구 연희동 182번지예요. |
| 판사 | 좋습니다. 선서하세요. |

유순자, 오른손을 들고 선서를 한다.

| | |
|---|---|
| 유순자 | 숨김과 보탬 없이 사실 그대로를 말하고 만일 거짓이 있으면 위증의 벌을 받을 것을 맹세합니다. 증인. 유순자. |

| 판사 | 검사. 심문하세요 |
|---|---|
| 검사 | 나와 주셔서 대단히 감사합니다. 간단하게 몇 가지 여쭙겠습니다. 이제부터 사모님을 증인으로 부르겠습니다. 증인께서는 저 사람을 아십니까? |
| 유순자 | 네. 잘 알고 있어요. |
| 검사 | 어떻게 알게 되셨습니까? |
| 유순자 | 저 사람이 우리 집에 들어와서 강도짓을 했어요. |
| 검사 | 언제 그랬습니까? |
| 유순자 | 87년 10월 20일이었어요. |
| 검사 | 몇 시쯤이었죠? |
| 유순자 | 그때가 아마 오전 11시쯤 되었을 거예요. |
| 검사 | 어디로 들어왔습니까? |
| 유순자 | 그러니까 부엌 뒷문 쪽이었던 것 같은데요. |
| 검사 | 그때 사모님께서… 아니, 증인께서는 어디에 계셨습니까? |
| 유순자 | 거실 소파에 앉아서 음악을 듣고 있었어요. |
| 검사 | 피고인이 들어와서 어떻게 했습니까? |
| 유순자 | 칼을 제 목에 들이대고서 소리치면 죽인다고 협박을 했어요. |
| 검사 | 그리고는요? |
| 유순자 | 제 손과 발을 묶고서 입에다가 반창고를 붙였어요. |
| 검사 | 그때 집안에는 아무도 없었지요? |
| 유순자 | 네. 마침 남편은 해외 출장 중이었고, 아이들은 학교엘 갔었구요. 일하는 아이는 시장보러 가는 시간이어서 저 혼자 있었어요. |
| 검사 | 그다음에는 어떻게 했습니까? |
| 유순자 | 들이대고 있던 칼로 계속 위협을 하면서 패물을 꺼내 오라고 그랬어요. |
| 검사 | 됐습니다. 감사합니다. 보시다시피 피고인은 대남 적화통일의 전위대로서 결성한 조직원과 요인 암살, 방화, 점거 등의 도시 게릴라 수법의 테러 계획을 세우고 실천에 옮기던 중, 급기야는 강도라는 아주 극렬한 행위까지 서슴지 않았던 것입니다. 이상입니다. |
| 판사 | 반대 심문하세요. |
| 변호사 | 증인. 남편의 이름이 어떻게 되십니까? |
| 유순자 | 허성준데요. |
| 변호사 | 그러면 그 유명한 퇴역 장군 허장군이 맞습니까? |
| 유순자 | 예. |

| 변호사 | 그럼 부군께서 지금 하시는 일은 뭐죠? |
|---|---|
| 유순자 | 오성 전자 회장이신데요. |
| 변호사 | 장군님이 회장님이 되시다니 그 변신이 참으로 놀랍군요. |
| 검사 | 이의 있습니다. 사건과 관계없는 질문으로 증인을 유도하고 있습니다. |
| 판사 | 인정합니다. 본 사건과 관련된 부분만 질문하세요. |
| 변호사 | 알겠습니다. 강도 행위를 당한 집은 시가 얼마나 되지요? |
| 유순자 | 그걸 꼭 대답해야 됩니까? |
| 변호사 | 중요한 문제니 꼭 대답해 주셨으면 고맙겠습니다. |
| 유순자 | 한 50억 정도 될 거예요. |
| 변호사 | 도난당한 물건은 무엇무엇이지요? |
| 유순자 | 금부로치 1개하고, 금반지 1개, 금목걸이와 루비 반지, 보석 반지 3개하구 남편의 롤렉스 손목시계였어요. |
| 변호사 | 혹시 그 회사에 근무하는 근로자들의 봉급이 얼마인지 아십니까? |
| 유순자 | 글쎄요, 남편의 일이라 잘은 모르겠지만 한 오십여만 원 정도 되지 않겠어요? |
| 변호사 | 자료에 의하면 초봉이 십일만사천 원입니다. 얼마 전에 그 회사 근로자들이 임금 인상을 요구하며 농성하다가 한 노동자가 분신한 사실이 있는데, 아십니까? |
| 검사 | 변호인. 지금 증인하고 토론하는 겁니까, 뭡니까? 계속 관계없는 질문으로 증인을 괴롭히고 있잖아요. |
| 판사 | 변호인. 피고인의 범죄 사실에 대해서만 질문하세요. |
| 유순자 | 제가 지금 단식 중이라 어지러워서. 빨리 좀 끝내주세요. |
| 변호사 | 피고인에게 몇 마디 묻겠습니다. 그 패물을 어떻게 했습니까? |
| 민수 | 보석상에 팔았습니다. |
| 변호사 | 그 돈을 어디에 썼죠? |
| 민수 | ≪노동의 소리≫ 제작비로 썼습니다. |
| 변호사 | 그건 무슨 책자였습니까? |
| 민수 | 근로자에게 소식을 전하는 책자입니다. |
| 변호사 | 증인의 남편은 수 억짜리 호화주택에 살며 수십억 원의 성금을 내고 권력과 밀착하여 각종 이권과 특혜를 누리면서도 근로자들이 임금 인상 운동을 결사적으로 막았습니다. 피고인은 증인의 남편이 어린 노동자들의 임금과 노동을 착취하여 번 돈으로 사들인 패물을 다시 빼앗아 근로자에게 소식을 전 |

| | |
|---|---|
| | 하는 신문을 만들었습니다. 자, 이 두 사람 중 누가 진짜 강도이겠습니까? |
| 유순자 | 뭐야? 내 남편이 강도라구? 나는 저 사람을 명예훼손죄로 고소하겠어요. 더 이상 이 심문을 받을 수가 없어요. 아, 어지러워--- 아이, 머리야. |
| 판사 | 에… 증인의 건강상 더 이상 심문할 수 없음을 알려드립니다. 증인은 퇴정하여 주십시오. |

유순자, 나간다.

| | |
|---|---|
| 변호사 | 피고인은 자신의 행위를 어떻게 생각하십니까? |
| 민수 | 저는 근로자를 착취하는 악덕 기업주를 응징하고 그 돈을 빼앗아 그 돈이 쓰여져야 할 곳에 올바르게 썼습니다. |
| 검사 | 강도행위에 대한 변명치고는 참으로 유치한 변명이군요. |
| 변호사 | 그의 행위는 단순한 강도행위와는 다른 겁니다. |
| 검사 | 그럼 변호인은 피고인의 강도행위를 정당하다고 보는 겁니까? |
| 변호사 | 나는 피고인의 강도 행위를 얘기하기에 앞서서 독재 정권의 권력자들이 새마을 성금이니 재단 설립이니 하면서 수천억 원을 갈취한 그 강도 행위와 그 권력자들과 결탁한 재벌들의 파렴치하고 부도덕하고 부패한 불법행위에 비해 피고인의 행위는 의로운 행위였다는 겁니다. |
| 검사 | 아니, 변호인은 법률을 하시는 분으로서 사회의 부정과 비리를 빙자한 살인, 방화 같은 폭력 행위 모두가 정당하다고 보는 겁니까? |
| 변호사 | 나는 폭력 행위 모두가 정당하다는 게 아닙니다. 다만 그 행위를 따지기에 앞서서 그 행위를 하게 만든 독재 정권의 폭력성을 먼저 따져 보자는 겁니다. |
| 검사 | 그건 본 사건과는 관계없는 얘기입니다. |
| 민수 | 아닙니다. 관계가 있습니다. 독재 정권이 광주에서 살해한 죄 없는 시민은 수천 명이고, 삼청교육대에서 살해한 사람은 수백 명이고, 고문해서 죽이고 또 군인을 시켜서 사람을 칼로 찌르고 테러를 했습니다. 그 폭력을 자행한 무장 폭력 집단은 지금까지도 버젓이 활개를 치고 있는데 그 자들은 왜 법의 심판을 받지 않는 것입니까? |
| 검사 | 피고인은 말조심해요! 본 건과 관계없는 유언비어를 늘어놓아 자신의 폭력 행위를 정당화시키려고 하는데, 북한과 대치한 특수한 우리 현실에서 강도 행위를 자행한 무장 폭력 집단이 정당화될 수는 없는 것이요. |
| 변호사 | 바로 그 북한과 대치한 상황이라는 말이 그동안 얼마나 우리 국민을 두려움 |

에 떨게 했으며, 국가보안법은 또 얼마나 많은 민주 인사를 잡아 가두는 무서운 무기로 사용되었습니까?

**검사**  변호인은 근거 없는 얘기로 신성한 법을 모독하지 마세요.

**민수**  신성해요? 아니, 독재를 몰아내고 정의로운 사회를 만들자고 하는 민주 인사들을 간첩이니 좌경 용공 분자로 몰아 잡아 가두고 사형시키는 법이 법입니까?

**변호사**  해방 이후 지금까지 아무도 그 문제에 대해 입을 열지 못하고 침묵을 지켰지만 이제는 우리 모두가 입을 열어야 합니다.

**민수**  체제를 유지하는 무기로 쓰였던 국가보안법이나 사회안전법, 기타 반민주 악법은 마땅히 폐지되어야 합니다.

**검사**  피고인, 그런 발언을 하는 것이 바로 북괴의 적화통일 노선에 동조하는 것으로써 국가보안법에 저촉되는 발언이야!

**민수**  내 말이 보안법에 저촉된다면 남북 상호 간 방문하고 공산권과 교류하고 김일성과의 회담 제의를 한 대통령은 왜 보안법에 저촉되지 않는 것입니까?

**검사**  피고는 말 조심해! 이런 상태에서는 재판이 진행될 수가 없습니다. 휴정을 제안합니다.

**판사**  이것으로 사실심리와 증거조사를 모두 마칩니다. 검사의 제안대로 잠시 동안 휴정을 선언합니다.

잠시 휴식.

**판사**  재판을 속개하겠습니다. 검찰 측 의견 진술하세요.

**검사**  피고인은 어려서부터 사회에 불만을 품고 불온한 사상을 키워오던 중에 프롤레타리아 혁명을 통한 사회주의국가 건설을 꿈꾸고 각종 시와 희곡을 발표하면서 은밀히 노조에 침투하여 근로자들을 의식화시키는 한편, 폭력혁명으로 사회 전복을 꿈꾸는 지하 비밀결사 조직에 가담을 했습니다. 이 조직은 대남 적화통일의 전위대로서 북괴의 대남 전략을 교과서적 지침으로 활용한 전형적인 반국가 간첩단인 것입니다. 피고인은 이 조직의 일원으로 각종 폭력 활동을 주도해오던 중, 강도라는 아주 극렬한 행위까지 서슴지 않다가 추호의 반성도 없이 오히려 불온한 사상을 법정 소란을 통해 선전하는 등 그 행위가 실로 극악 극렬 분자의 소행이라 아니할 수가 없습니다. 남과 북이 분단되어 있는 첨예한 이 시점에서 민주화나 다른 어떠한 이유로도 폭력은 정당화될 수 없으며 폭력 혁명 또한 용납될 수 없는 것입니다. 이에, 본 검찰은 피고인에게 국가보안법 위반 및 공·사문서 위조죄와 강도죄를 적용, 무기징역을 구형하는 바입니다. 이상입니다.

**판사**  변호인, 변론하세요.

**변호사**  여러분, 법은 무엇입니까? 법은 누구를 위해서 존재하는 겁니까? 수천 명을 죽이고도, 수천 억을 삼키고도 아직도 칼자루를 쥐고 있는 저 뻔뻔스런 사람들을 위해서 존재합니까? 이 나라 민중의 고통을 함께 하겠다는 한 젊은이의 목을 조이기 위해 기다리고 있는 저 서슬퍼런 국가보안법은 과연 간첩을 잡기 위한 법입니까? 아니면 민주 인사를 가두기 위한 법이니까? 국가보안법은 마땅히 폐지되어야 하고, 국민의 기본권을 침해하는 제반 악법 또한 개정되어야 하며, 이 법에 의해 구속된 모든 민주 인사는 남김없이 석방되어야 합니다. 그러므로 이 법이 적용된 피고인의 죄 또한 무죄인 것입니다. 무죄일 뿐만 아니라, 오히려 독재에 항거해서 싸운 진실한 애국자로서 존경받고 찬양받아야 하며, 이 자리에 설 사람은 선량한 시민을 학살하고 총칼로 위협한 저 독재자와 그 하수인들이라고 생각합니다. 감사합니다.

**판사**  피고인 최후진술 하시오.

**민수**  민주화를 위해서 실로 많은 사람들이 죽어 갔습니다. 살을 도려내고 뼈를 깎아내는 지하의 고문실에서, 잠을 손도 부를 이름도 없는 감옥의 문틈에서, 자유와 평등을 외치다 자기 몸을 불사르며, 수많은 사람들이 죽어 갔습니다. 민족의 나무, 해방의 나무, 민족 해방의 나무를 이만큼이라도 키워낸 것은 바로 투쟁의 한가운데에서 죽어가면서 흘린 그들의 피입니다. 언젠가 그들이 흘린 피는 대지에 스며들어 민주의 나무는 열매를 맺게 될 것이며, 그 열매는 권력자와 가진 자가 아닌, 억압과 착취의 굴레에서 질곡의 삶을 살고 있는, 바로 이 땅의 주인인 민중들에게 돌아가야 할 것입니다. 그리하여 해방된 미래의 자식들은 그 열매를 따먹을 것이며, 그들이 흘린 피와 눈물에 대해서 이야기할 것입니다. 바로 그 해방된 미래를 위해, 희망찬 승리의 그날을 위해 저는 온 몸으로 항거하고 저항하며 외치는 수많은 민주 동지들과 함께 어떠한 고난이 온다 해도 끝까지 싸워 나갈 것입니다. 이상입니다.

**판사**  본 판사는 본 재판의 역사적 의미와 중요성을 충분히 인식하고, 재판 과정에서 추호도 불공정함이 없도록 최선을 다했습니다. 피고인은 공·사문서를 위조하여 공장에 잠입, 성실한 근로자들을 의식화하여 불법 노조를 결성하고 파업 농성을 주도하여 생산을 마비시키고 사회에 혼란을 야기시켰다는 점과 그의 강도 행위는 단순한 강도 행위가 아니라 그 내면에 사회주의 폭력혁명이라는 기본 노선에 근거한다는 것을 의심할 여지가 없으며, 범죄로써 사회정의가 세워질 수 없다는 것이 바로 본인의 소신입니다. 그러한 강도 행위는 국민적 합의의 대표 기관인 국회가 법을 정한 현대에는 용납될 수가 없으며 피고인이 추구하는 사회개혁 또한 법의 테두리 안에서 행해져야 함은 의심의 여지가 없는 것입니다. 이에 모든 정상을 참작하여 배심원들께서는…

해설자    판결 용지를 받으신 분들은 용지 위에다가 여러분 자신의 판결 내용을 적어 주시고, 받지 않으신 많은 분들도 마음 속으로 판결을 내려 주십시오.

해설자, 관객의 판결 용지를 받아서 통계를 낸 후 발표한다.

해설자    네. 감사합니다. 판결내용을 말씀 드리겠습니다.
국보법 부분 무죄 O명, 유죄 O명.
공·사문서 위조 부분 무죄 O명, 유죄 O명.
강도죄 부분 무죄 O명, 유죄 O명입니다.
본 재판극을 마칠까 합니다. 감사합니다.

- 막 -

# 인동초(재판) (1988년 작)

대본, 연출 김명곤

---

**줄거리**　「인동초(재판)」은 국가보안법으로 기소된 피고인을 사이에 두고 벌어지는 검사 측과 변호인 측의 공방을 서사적 기법으로 엮은 재판극이다.

검사 측은 피고인(한민수)이 대학을 졸업하고 노동 현장에서 공연한 마당극을 증거로 채택하여 피고가 프롤레타리아 혁명을 찬양, 고무했다고 주장하고 변호사는 유신헌법의 공표 이래 수많은 민주 인사와 노동자들을 억압했던 시대 상황을 증거 장면으로 제시한다.

이어서 양측의 공방 끝에 광주시민항쟁의 현장 재현을 하게 되어 변호사 측의 공수부대 진압 장면과 무력 행동 장면, 검사 측의 광주 시민의 과격한 시위와 무력 행동 장면들이 증거물로 제시된다.

이어서 검사 측은 피고인 한민수가 비밀결사에 가담한 후 혁명 전략의 일환으로 결성된 전위대의 조직원으로서 조직의 자금을 조달하기 위해 범한 강도 행위를 제시하며 강도죄로 기소한다. 이에 변호인 측은 어린 노동자들의 임금과 노동을 착취하여 번 돈으로 호화 주택에 살고 있는 강도 피해자인 악덕 기업주와 피고인 중에 누가 진짜 강도인가를 따지며 검사 측에 맞선다.

검사의 논고와 변호인의 변론, 피고인의 최후진술이 이어지고 판사는 관객들에게 판결을 요구하게 되고 관객들의 판결 내용을 소개하면서 극이 끝난다.

---

당시는 여소 야대의 정치 환경에서 5공 청문회와 88 서울 올림픽이 온 국민의 시선과 관심을 집중시키고 있던 때였다.

「인동초(재판)」은 현대사의 가장 어둡고 그늘진 부분인 양심수의 문제에 초점을 맞추어서 1970년대의 학생운동과 노동운동, 1980년대의 민주화운동과 보다 급진적인 운동 노선의 흐름을 한 인물을 통해 점검한다.

구성 과정에서 많은 사건과 인물들이 모델이 되었다. 인혁당 사건, 통혁당 사건, 남민전 사건, 민청련 사건, 민주노동연맹 사건 등의 관계 자료와 증언, 그리고 그 가족들과의 만남을 통해 구성이 이루어졌다.

이 작품은 극중의 피고인 한민수를 사이에 두고 벌어지는 검사 측과 변호사 측의 공방전을 서사적 기법으로 엮어내고 있으며, 중간중간에 검사의 증거 장면과 변호인의 증거 장면, 그리고 피고의 장면을 삽입하여 극에의 몰입을 차단시켰다. 그것은 관객이

스스로 판단하여 새로운 인식의 경험을 할 수 있도록 마련한 장치이다.

관객과 함께 연극을 시작하고 관객과 함께 결론을 지으며 연극을 마무리하는 형식을 취하고 있는 이 작품은 극단 아리랑 제작으로 1988년 12월 16일부터 1989년 1월 10일까지 신촌 예술극장 한마당에서 초연되었고, 관객의 호응이 좋아 바로 연장공연에 들어갔다.

매 공연마다 피고인의 유·무죄에 대한 설문조사(관객 판결문)에서 관객들은 국가보안법 위반 부분에 대하여 95%, 공·사문서 위조(주민등록증 위조, 공장 취업) 부분은 75%, 강도죄 부분은 55% 정도가 무죄 판결을 내리고, 기타 현행 실정법에 대해서도 강한 문제의식을 나타냈다.

# 점아 점아 콩점아

| 나오는 사람들 |


김서방

보성댁

끝순

막동

영덕

영덕 어멈

계엄군

순애

영진

지영

미군

분단귀

꽃분

불똥

흑장미

미선

간난

덕수

악사


1부 희곡

**앞풀이**

이 작품은 마당 판굿의 형식이니 고정된 무대가 필요하지 않고 의상과 소품 등의 변화만으로
장면을 이어나간다.
등퇴장도 실내, 야외 모두 가능하도록 자유롭게 설계하면 좋겠다.
배우들, 풍물을 치며 등장한다.

**배우1**   *천지개벽하여*
            *하늘땅이 생겨날 제*
            *오대양 육대주 중*
            *해동이라 한반도에서*
            *OOO 광대패가*
            *OO이라 OO 극장에서*
            *'점아 점아 콩점아'로*
            *대동굿을 벌이오니*
            *오늘 공연하는 우리 광대패들*
            *말하는 대사마다*
            *치는 악기마다*
            *관객들의 마음속에*
            *신명으로 남도록*
            *감동으로 남도록*
            *무사히도 잘하게 해 주시고*
            *여기 오신 손님네들*
            *사업도 잘되시고*
            *공부도 잘되시고*
            *연애도 잘되시고*
            *그저 바라는 대로 비는 대로*
            *소원성취 비옵니다.*

배우1, 배우2가 비나리를 하는 동안 한지를 불에 사른다.

**배우2**   *지금하는 오프닝 굿판에서 엔딩 굿판까지*


                    **점아 점아 콩점아**

배우들의 필링이 살고 살아서
관객들과 메시지가 통하게 도와주시고
여기 있는 우리 악사,
코리안 트레디셔날 오케스트라 뮤직이
무대를 힘차게 울려 줘서
광대 대감님들이 그저 신명나게
한판 놀다 가게 해 주옵소서.

| 배우1 | 에에어리 세열러가세. |
| 합창 | 에에어리 세열러가세. |
| 배우 2 | 오늘 오신 손님네들 자자손손 번창하고 |
| 합창 | 에에어리 세열러가세. |
| 배우3 | 오늘의 이 굿 보고 감동받고 감흥되어. |
| 합창 | 에에어리 세열러가세. |
| 배우4 | 닫힌 눈은 뜨여지고 막힌 입은 열어지고. |
| 합창 | 에에어리 세열러가세. |
| 배우5 | 처녀는 총각 보고 총각은 처녀 보고 |
| 합창 | 에에어리 세열러가세. |
| 배우6 | 백두에서 한라까지 칠천만이 똘똘 뭉쳐 |
| 합창 | 에에어리 세열러가세. |
| 배우7 | 통일된 세상에서 얼싸안고 살아 보세. |
| 합창 | 에에어리 세열러가세. |

## 제1장 어머니의 꿈

배우들, 하얀 천으로 만든 탈을 얼굴에 쓰고 〈점아 점아 콩점아〉를 부르며 등장한다.

| 배우들 | 점아 점아 콩점아 |
| | 술 사줄께 나온나 |
| | 술 사줄께 나온나 |

배우들, 각자의 위치에 선다.

**배우1**  할멈?

**영덕 어멈**  왜?

**배우2**  여긴 왜 나왔나?

**영덕 어멈**  점이나 한번 쳐볼라고 나왔지.

**배우3**  점은 왜 치는데?

**영덕 어멈**  죽은 아들이 자꾸만 꿈에 뵈서.

**배우4**  꿈자리가 어떠신데?

배우들, 꿈 이야기에 따라 장면을 만든다.

**영덕 어멈**  검은 산 우에로 붉은 달이 떠오르고,

산등성이엔 허연 시체들이 널부러져 있고,

시상은 온통 피바다가 되야 있는디,

우리 아들놈이 저짝에서부터

뛰어오더란 말이여.

그란디, 또 저쪽에선 이쁜 색시가 이리로 막 달려옴서

둘이서 만날라고 허는디,

어디서 시커먼 놈이 나타나 가꼬 둘 사이를

떡 허니 가로막더란 말이여.

거참, 요상헌 꿈이지.

**배우1**  아들이 언제 죽었는데?

**영덕 어멈**  ○○년 전 오월에.

**배우2**  어디서 죽었는데?

**영덕 어멈**  …

**배우3**  어디서 죽었는데?

**영덕 어멈**  …

**배우4**  어디서 죽었는데?

**영덕 어멈**  … 금남로에서.

배우들, 곡소리를 하며 관을 내린다.

어머니, 아들을 찾으며 울부짖는다.

점아 점아 콩점아

**영덕 어멈**　영덕아, 아이고, 내 새끼 어디 갔냐?

계엄군, 서류철을 들고 나온다.

**영덕 어멈**　보쇼! 내 새끼 좀 찾아 주시오!
**계엄군**　이름?
**영덕 어멈**　김영덕.
**계엄군**　몇 살이요?
**영덕 어멈**　시물한 살.
**계엄군**　스물하나 김영덕, 그런 사람 없소.
**영덕 어멈**　아이구 이놈들아, 내 새끼 살려내라 이놈들아!
**계엄군**　이 아줌마 왜 이래?
**어머니**　야, 이놈들아. 이 천하에 급살을 맞을 놈들. 이 오사육실헐 놈들아!

계엄군, 어머니를 밀쳐낸다.
어머니, 쓰러진다.

**영덕 어멈**　내 새끼 살려내라, 내 새끼!

어머니, 한숨을 쉰다.
배우들, 관을 세우고 처음 자세로 돌아간다.

**영덕 어멈**　아침밥 먹고 나간 자식이
　　　　　　온몸에 총구멍이 뚫리고
　　　　　　뼈마디가 바스라져서 돌아오더니
　　　　　　젊은 나이에 원귀가 되야 갖고
　　　　　　무슨 할 말이 그리도 많은지
　　　　　　밤마다 내 눈에 뵌단 말이여.
　　　　　　아이고, 영덕아!

배우들, 〈점아 점아 콩점아〉 노래를 부르며, 자기 위치로 들어가 앉는다.

*점아 점아 콩점아*

        *술 사줄께 나온나*

        *술 사줄께 나온나*


## 제2장 해몽

보성댁, 징을 치며 〈고사창〉을 하고 어머니, 그 앞에 앉아 있다.


보성댁        *김 씨 가문 영덕 대주*

        *신수가 불길허여*

        *스물한 살 미장가로*

        *아직도 한이 남아*

        *현몽하고 감응하니*

        *몽사를 해몽하소.*

        *오방지신 하감하사*

        *이 꿈을 해몽하소.*


보성댁, 점통을 흔들며 점쾌를 본다.


보성댁        끝순아! 물 한 잔 떠 오니라.

끝순        (소리) 야!

보성댁        나가 풀어 봉께 망자 혼례 시켜야 것소.

영덕 어멈        망자혼례? 그것이 뭐다요?

보성댁        예로부터 총각귀하고 처녀귀는 그 기운이 살벌하기 짝이 없응께 망자 혼례 시켜 갖고 그 살을 풀어야 쓰요.

영덕 어멈        그라믄 어떤 처녀를 찾아 갖고 히야 헌당가?

보성댁        영덕이 명이 북방이 무척 외롭습니다. 북방 현녀라 했응께 북쪽 여자를 택해야 겠소.

영덕 어멈        아니, 시방 이 남한에서 어딜 가 가꼬 북쪽 여자를 찾아온당가.

끝순        북쪽 여자 연변에 허천나게 많잖어라.

보성댁        염병하고 자빠졌네. 너는 들어가 설거지나 혀.

끝순        연변에 조선족 겁나게 많다도만…


**점아 점아 콩점아**

| | |
|---|---|
| **보성댁** | 언능 안 들어가냐? |
| **끝순** | 알것어라. 뭔 말만 하면 구박이여. |
| **보성댁** | 뭣이여? |
| **끝순** | 나가 구박받으러 여기 왔나, 뭐? |

끝순, 쫑알거리며 나간다

| | |
|---|---|
| **보성댁** | 으미으미. 조카라고 하나 있는 것이 저 말대답 하는 것 좀 보시오! |
| **영덕 어멈** | 보성댁. |
| **보성댁** | 야. |
| **어머니** | 나가 서방 잃고 자슥 잃어서 한이 맺힌 사람이여. 내 비록 가진 것은 없지만 집이라도 팔아 갖고 혼사굿을 올릴 팅께 좋은 며느리감 하나 찾아 주소. |
| **보성댁** | 그라지라. |
| **영덕 어멈** | 고맙네. 고마워. |
| **보성댁** | (나가려는 어머니를 잡고) 아, 망자혼례를 치를라믄 아드님 유골을 깨끗이 수습 하셔야 허요. |
| **영덕 어멈** | 유골을?… |

# 제3장 무덤

배우들, 노래를 부르며 무덤 형상을 만든다.

| | |
|---|---|
| **배우들** | *띠리 띠 띠리 호야 띠리 띠 띠리 헤야* |
| | *띠리 띠 띠리 호야 영덕어멈 영덕어멈* |
| | *괭이들고 왜 나왔나 띠리 띠 띠리 헤야* |
| | *괭이 들고 왜 나왔나* |

| | |
|---|---|
| **영덕 어멈** | (등장하며) 무덤 속의 우리 아들 만나 보러 내 나왔지. (무덤을 만지며) 영덕아, 에미 왔다. 그새 풀이 많이도 자랐구나. 이 무정한 놈아, 에미 가슴에 무덤 맹 그라 놓고 어디로 갔냐. |

영덕 어멈, 무덤 파는 시늉을 한다.

**배우1**       할멈?

**영덕 어멈**     왜 그려?

**배우2**       뭐하나?

**영덕 어멈**     무덤 파지.

**배우3**       무덤은 왜 파는데?

**영덕 어멈**     우리 아들 장개 보낼라고 파지.


영덕, 무덤 속에서 솟아 나온다.


**영덕**        어 - 머 - 니 -

**영덕 어멈**     오냐…

**영덕**        이내 몸은 시방 이 뼈로, 죽음으로 누워 있지만

피 흘리는 이 가슴은 저 붉은 달로 떠오르고,

이승을 떠도는 원통한 넋은

달빛에 서리서리 흘러요. 어머니.

**영덕 어멈**     오냐, 내 새끼야.

**영덕**        억울해요 어머니. 억울해서 어찌 눈 감겠어요.

**영덕 어멈**     그려, 내 새끼야. 원통하고 절통한 니 한을 모다 풀어주마. 어찌 갈거나. 한 맺힌 몸뚱이로 어찌 갈꺼나. 아이고, 영덕아…

**배우들**      영덕 어멈 영덕 어멈

아들 안고 어디 가나?


배우들, 노래를 부르며 퇴장한다.


**어머니**      우리 아들 짝을 찾아 한을 풀러 찾아간다.


## 제4장 궁합


굿장단에 맞춰 김서방, 등장한다.

막둥이, 옆에서 바라로 장단을 맞춘다.


**김서방**      막둥아!


**점아 점아 콩점아**

| 막둥 | 예. |
|---|---|
| 김서방 | 오늘 저녁 상담 스케줄 정리 좀 하라요. |
| 막둥 | 예. |
| 보성댁 | 김선상 계시요? |
| 막둥 | 뉘신데예? |

보성댁과 끝순, 등장한다.

| 막둥 | 안녕하십니꺼? |
|---|---|
| 보성댁 | 잘 있었는가? |
| 김서방 | 아니 송여사! 그 먼 길을 어케 오셨시오? |
| 보성댁 | 어따, 오랜만이요. |
| 끝순 | 선상님! 안녕하셨어라. |
| 김서방 | 야! 끝순이, 이제 처녀티가 나는구나야! |
| 보성댁 | 김선상하고 긴히 상의 드릴 일이 있어서라. |
| 김서방 | 무슨 일입네까? |
| 보성댁 | 광주에서 죽은 총각이 하나 있는디, 밤마다 모친 꿈에 나타나 갖고는 뭐라고 해쌌는 모양입디다. 혀서 망자혼례를 시켜 줄라는디… |
| 김서방 | 망자혼례요? |
| 보성댁 | 마땅한 처자 없것습니까? |
| 김서방 | 기런 처자야 많티요. |
| 보성댁 | 근디 북쪽서 난 처자라야 헌디요. |
| 김서방 | 북쪽 처자라… 많진 않지만 있긴 있습니다. 막둥아, 처녀 망자 리스트 좀 빼오라요 |
| 막둥 | 예. |
| 끝순,보성댁 | 리스트? |

막둥이, 긴 리스트를 가져온다.

| 김서방 | 우리는 단추 하나만 누르면 컴퓨타가 알아서 이렇게 뽑아줍네다. |
|---|---|
| 끝순 | 신의 제자님께서 뭔 컴퓨터를 쓴다요? |
| 막둥 | 이노마야, 요즘엔 컴퓨터가 점도 안 치나. 그래 무당들 다 굶어죽게 생겼데 |

이.

김서방    요즘 컴퓨타 없으면 고객 관리 힘듭네다.

보성댁    어따, 그러것소.

끝순     이모! 내도 진즉에 컴퓨터 학원에 보내달라고 했제?

보성댁    시끄러, 이것아. 어서 읊어 보소.

김서방    청진항 명태잡이 갔다가 태풍 맞아 죽은 김갑순, 명사십리 달 밝은 밤 꽃 따
         러 갔다가 객사한 양말자,

끝순     이모! 달 밝은 밤 꽃 따러 간 처녀! 좋것네요.

보성댁    어따 이것아, 나서지 좀 말어.

보성댁, 끝순이를 꼬집으며 째려본다.

끝순     알것어라.

보성댁    계속 읊으시오.

김서방    6.25 때 피난 내려오다 총 맞아 죽은 박순애.

보성댁    아! 그 처자가 좋았는 게라.

김서방    이 처자 우리 옆집 살던 아바이 딸래미야요. 이 아바지래 딸래미 시집도 못가
         고 죽었다고 애통해 하시다가 돌아가셨디요. 황해도 출신에 신미생이야요.
         맞춰 보고 좋으면 성사시켜 보자우요. (막둥에게) 날래 준비하라우.

보성댁    그럽시다.

김서방, 점을 친다.

김서방    총각 생년월시가 어케 됩네까?

끝순     경자생 무자월 무오일 신유시여라.

김서방    오냐, 해운다년은 정축년 올습니다. 다름이 아니오라 신미생…

막둥 옆에서 따라하다가 김서방에게 한 대 얻어맞는다.

김서방    내가 일어설 테니 니가 앉을래?

막둥     아닙니더. 선무당은 사람잡는다면서예.

김서방    기럼 가만히 있어.

**점아 점아 콩점아**

| 막둥 | 가만히만 있으면 지는 언제 배웁니꺼? |
|---|---|
| 김서방 | 거 아 새끼, 말대답은 콩콩콩 잘도 해… |
| 보성댁 | 말대답 잘하는 년 여기 하나 더 있소. |
| 끝순 | 내가 언제요, 이모? |
| 김서방 | 조용히 해! 경자생 무자월 무오일 신유시에 태어난 김씨 총각이올습니다. 신미생 갑오월 신유일 인시에 태어난 박씨 처녀 되올 적에, 많은 신령님들의 올바른 판단을 내리십시다. (엽전을 던지고 쌀을 뿌리며) 야! 견우직녀가 오작교에서 만난 형상이라 궁합이… |
| 끝순 | 찰떡이구만요. |
| 김서방 | 기래, 찰떡이야. 저 처녀, 조카 맞아요? |
| 보성댁 | 나도 징허요. 잘됐소. 쇠뿔도 단김에 빼랬다고 시방 택일을 하시지요. |
| 김서방 | 그럽시다. |
| 막둥 | 선상님요. |
| 김서방 | 와? |
| 막둥 | 6.25 때 죽은 처녀하고 광주에서 죽은 총각하고 나이 차가 억수로 커 가꼬 우째 혼인 헙니꺼? |
| 끝순 | 얼랄라, 그것도 몰라라? 귀신은 죽은 나이로 치는 것이요. |
| 김서방 | 끝순이가 이모를 닮았는지 제대로 아는구나야. |
| 막둥 | 아, 그렇습니까? … 선상님요? |
| 김서방 | 와? |
| 막둥 | 전라도 총각허고 황해도 처녀하고 혼인하모 굿은 무슨 굿으로 합니까? |
| 보성댁 | 워메, 그러고 봉께 고것이 문젤세 그랴. |
| 김서방 | 아이고, 기거이 문제구나야. |
| 보성댁 | 총각은 남도굿으로 씻겨야 헌디. |
| 김서방 | 무슨 소립네까? 처녀는 니북굿으로 해야 합네다. |
| 보성댁 | 이걸 워쩐디야? |
| 끝손 | 이모! 남남북녀간의 혼인잉께 굿도 남쪽굿 북쪽굿 섞어서 히야 오달지지 않겄어라? |
| 막둥 | 그라모 굿을 짬뽕으로 하자 이기네. |
| 김서방 | 아 새끼야! 기러다 신령님이 노하시면 어칼라 기러네? |
| 보성댁 | 김서방, 굿 짬뽕허다가 동티났다는 말 들어 본 적 있소? |
| 김서방 | 굿을 섞어서 한 일이 없는 데 탈이 났을 리가 있습네까? |

| 보성댁 | 그럼, 우리가 한번 시도를 혀 봅시다. |
|---|---|
| 김서방 | 그러다가 탈 나믄 어캅네까? |
| 보성댁 | 탈 나봐야 죽기까지 허것습니까? |
| 김서방 | 그렇긴 합네다만… |
| 끝순 | 선상님! 죽은 사람 한 풀어주는 좋은 일 하자는디 신령님이 위째 탈을 내것어라? |
| 막둥 | 선상님! 죽은 사람 한 풀어주는 좋은 굿 하자는디 용기 한 번 팍 내 보이소. |
| 김서방 | 기럽시다. |
| 보성댁 | 잘 생각했소. |
| 막둥 | 남한굿하고 북한굿하고 짬뽕하모 이기 바로 통일굿이네요? |
| 끝순 | 통일굿? |
| 김서방 | 아 새끼, 니 말도 굿이다. |
| 보성댁 | 김선상, 우리 통일굿 준비하러 갑시다. |
| 김서방 | 그럽세다. |

김서방과 보성댁, 퇴장한다.

**막둥**　　　(관객에게) 보이소. 굿을 이레 짬뽕으로 해도 괴안캤십니꺼?

막둥과 끝순, 관객의 반응을 유도한다.

| 끝순 | 그럼 한번 멋드러지게 히 보자구요. |
|---|---|
| 막둥 | 기다려 보이소. 뭔가 팍 뵈줄낍니더. |

# 제5장 판씻이

영진과 지영, 혼례상을 들고 나온다.

| 영진 | 아따 뭣허요! 싸게 싸게 오랑께. |
|---|---|
| 지영 | (붉고 푸른 초 두 개를 들고 뒤따라 나오며) 아저씨, 이걸 갖고 가야죠. |
| 영진 | 아, 싸게싸게 오란 말이여. |
| 지영 | 떨어지겠어요. 조심하세요. |
| 영진 | 어어, 떨어져부렀네. |

점아 점아 콩점아

| 지영 | 떨어뜨리면 부정 탄다구 조심하라고 그랬는데, 난 몰라요. | 178 |

지영  떨어뜨리면 부정 탄다구 조심하라고 그랬는데, 난 몰라요.

영진  손발이 안 맞응께 떨어지지, 괜히 떨어지남?

지영  뭐라구요, 아저씨?

영진  얼래? 아저씨가 뭐여? 처녀 그림자만 봐도 가슴이 벌렁거리는 숫총각이여 숫총각!

지영  열 살이나 차이가 나는데 할아버지라고 안 하는 걸 다행으로 아세요.

영진  됐응게 우리 인사나 허드라고. (관객에게) 안녕허셔요? 저는 오늘 신랑의 넋대를 잡을 김영진이라고 헙니다.

지영  안녕하세요? 저는 오늘 신부의 넋대를 잡을 박지영입니다.

영진  신랑이 될 영덕이 성은 우리집 장손인디요, 글씨, 성이 자꾸 꿈자리에 뵌 담서 엄니가 지가 꼭 넋대를 잡아야 헌다고 혀서 이렇게 나왔지라. 혀서 동상의 입장으루다 영덕이 성의 한을 풀어줘야 안 되것습니까?

지영  신부가 되실 분이 저희 고모님이신데요. 글쎄 저보고 넋대를 잡으라지 뭐겠어요. 이 최첨단 과학 시대에 굿이라니 좀 으스스 하잖아요. 그래서 못하겠다고 펄쩍 뛰었죠. 그랬더니 엄마가 고모님 넋대를 잡으면 유럽 배낭여행 보내준다잖아요. 파리, 런던, 아테네, 베를린, 로마, 그 다음엔 와이키키 해변까지…

영진  시방 와이키키 갈려고 여그 나온 것이여?

지영  그게 아니구요.

막둥이, 끝순이, 무구를 들고 등장한다.

영진  시방 나는 성님 한을 풀어 줄라고 바쁜 일 팽개치고 달려왔는디 어떤 여성은 배낭여행 가겠다고 고모님 팔어서 여그까지 왔다 이거여? 고러니께 요것이 부정 타서 떨어지지 괜히 떨어지남!

끝순  떨어졌다고라? 신성한 굿상에 올릴 걸 떨어뜨리면 죽는 수가 있다고 혔는디 서울언니! 큰 일 나부럿네.

막둥  진짜 죽는 사람도 봤습니데이.

지영  아저씨가 잘못한 걸 왜 나한테 그래요? 배낭여행은 엄마가 절 꼬실려고 했던 말이고요, 곰곰 생각해보니 같은 여자로서 시집도 못 가고 일찍 돌아가신 고모님이 너무 안됐더라구요. 거기다 제가 고모님을 많이 닮았대요. 그래서 뭐가 뭔지 모르만 열심히 해 보려고 여기 이렇게 나온 거라구요.

| 막둥 | 억수로 감동적이네예. |
|---|---|
| 끝순 | 오빠가 쪼까 참지 그랬소. |
| 영진 | 난 그런 줄도 모르고… 미안혀요. |
| 지영 | 괜찮아요. 앞으로 잘하세요. |
| 영진 | 고맙소. |
| 지영 | 나이 차도 많이 나는데 말씀 놓으세요. |
| 영진 | 고마워, 지영이. |
| 지영 | 네. |
| 영진 | 이렇게 만난 것도 인연인디 우리 잘혀 보드라고. |
| 지영 | 좋아요. |
| 끝순 | 자, 글믄 화해 기념루다 신랑각시 춤이나 한번 춰 보시요. |
| 막둥 | 한번 해 보이소. |
| 지영 | 신랑각시 춤이 뭔데요? |
| 막둥 | 뭐 따로 있능교. 신랑하고 각시하고 춤을 추면 신랑각시 춤이지요. |

지영과 영진, 춤을 신나게 춘다.


| 끝순 | 시방 뭣허는 것이요? |
|---|---|
| 영진 | 춤추는 것이제. |
| 끝순 | 워메, 시킨다고 또 허네요. 그란디 신랑각시 춤은 그런 것이 아니고 우리가 보여 줄 요런 것인 게 잘 한번 보시오, 잉? |
| 막둥 | 귀여운 막둥이와 |
| 끝순 | 끝순이으 |
| 막둥 | 재롱이 있것습니다. 자, 가입시더! |

막둥이와 끝순이, 꼭두각시 춤을 춘다.
지영, 영진을 따라하다가 제멋대로 춤을 춘다.
막둥, 끝순을 따라하다가 방울 소리가 나자 놀란다.


| 막둥 | 선상님이 옷 갈아입으라 캤는데 빨리 옷 갈아입고 오이소. |
|---|---|

지영과 영진, 나간다.


**점아 점아 콩점아**

| | |
|---|---|
| 김서방 | *천하부정, 지하부정, 달의 월색에 드는 부정,* |
| 합창 | *아… 에… 달의 월색에 드는 부정,* |
| 김서방 | *김영덕의 총각부정 박순애의 처녀부정.* |
| 합창 | *아… 에… 박순애의 처녀부정.* |
| 김서방 | *6.25의 전쟁부정. 5.18의 살생부정.* |
| 합창 | *아… 에… 5.18의 살생부정.* |
| 김서방 | *하나되는 이 마당에 만부정을 다 받아나요.* |
| 합창 | *아… 에… 만부정을 다 받아나요.* |
| 김서방 | 이봅소! |
| 보성댁 | 예. |
| 김서방 | 오늘 혼례굿을 올린다고 하니 신랑 신부 친지분들께서 많이들 오셨습네다. |
| 보성댁 | 동네 분들도 겁나게 오셨소. 아! 이봅소. |
| 김서방 | 예. |
| 보성댁 | 오늘 이 굿이 무슨 굿인가 허니. |
| 김서방 | 비가 오면 빗속에서, 눈이 오면 눈 속에서 |
| 보성댁 | 바람 불면 바람 속, 천둥 치면 천둥 속에서 |
| 김서방 | 떠돌고 헤매고 집도 없고 짝도 없이 |
| 보성댁 | 구천을 떠돌던 광주의 총각과 6.25 처녀가 |
| 김서방 | 날을 받고 시를 받아 혼례 올리는 굿입니다. |
| 보성댁 | 하늘로 드는 부정, 땅으로 드는 부정, 인간에게 드는 부정, 이 땅 곳곳에 스며 드는 만 부정을 액맥이 타령으로 몰아내 봅시다. |
| 배우들 | 그럽시다. |
| 보성댁 | *어루액이야 어루액이야 어기영차 액이로구나* |
| 배우들 | *어루액이야 어루액이야 어기영차 액이로구나* |
| 보성댁 | *처녀에게 드는 액은 총각 덕으로 막고*<br>*총각에게 드는 액은 처녀 덕으로 다 막아낸다.* |
| 배우들 | *어루액이야 어루액이야 어기영차 액이로구나.* |
| 보성댁 | *남녘땅으로 드는 액은 북녘땅으로 막고*<br>*북녘땅으로 드는 액은 남녘땅으로 다 막아낸다.* |
| 배우들 | *어루액이야 어루액이야 어기영차 액이로구나.* |

*남녘땅 북녘땅 개나리 진달래*
*백두산 한라산 내내 돌아가더라도*
*일 년하고도 열두 달 만복은 백성에게*
*잡귀잡신은 물러가고 만대유전을 비옵니다*
*어루액이야 어루액이야 어기영차 액이로구나*

| | |
|---|---|
| 보성댁 | 이봅소. |
| 김서방 | 예. |
| 보성댁 | 저기 앉아 있는 처녀에게 드는 액은 무엇으로 막는다요? |
| 김서방 | 저기 앉은 총각이 다 막아줍니다. |
| 보성댁 | 기럼 저기 있는 과부에게 드는 액은 뭘로 막습네까? |
| 김서방 | 저쪽에 앉은 홀아비가 다 막아 줍니다. |
| 보성댁 | 기럼 제 액도 좀 막아 주시라요. |
| 김서방 | 염려마십시요. 옆에 있는 이 김서방이 다 막아 드리겠시다. |
| 보성댁 | 아이구, 고맙습니다. |
| 김서방 | 뭘요! |

보성댁, 노래를 부른다.

| | |
|---|---|
| 보성댁 | *에라 만수 에라 대신이야.* |
| | *대활연으로 설설이 나리소서.* |
| | *모십니다. 모십니다. 신랑 장승님 모십니다.* |
| 다같이 | *에라 만수 에라 대신이야.* |
| | *대활연으로 설설이 나리소서.* |
| 보성댁 | *모십니다. 모십니다.* |
| | *신부 장승님 모십니다.* |
| 다같이 | *에라 만수 에라 대신이야.* |
| | *대활연으로 설설이 나리소서.* |

신랑 신부 장승이 넋대잡이들의 인도로 나온다.

점아 점아 콩점아

| 보성댁 | 어따, 신랑 참말로 잘 생겨 부럿다. |
|---|---|
| 김서방 | 신부도 참 예쁘게 생겼시우다. |
| 보성댁 | 신랑 코 커서 신부 좋겠다. |
| 김서방 | 아니, 과부가 못허는 소리가 없습니다. |
| 보성댁 | 과부니까 그런 소릴 하는 걸 홀아비가 어찌 알것소. |
| 김서방 | 아이고, 신부 부끄러워 하는 거 보라요. |
| 보성댁 | 신부가 웃으면 첫딸 낳는디 큰일 나부럿네. |
| 김서방 | 요새는 아들보다 딸이 더 좋답데. |
| 보성댁 | 아니, 왜라? |
| 김서방 | 아들 가진 부모들은 제주도 가기 힘들어도 딸 가진 부모들은 저기 저 싸이판만 간답데. |
| 보성댁 | 워따! 뻥이라도 듣긴 좋소. |
| 김서방 | 뻥이야요. |
| 보성댁 | 우리가 이렇게 입방정을 떨 것이 아니라 신랑, 신부를 모셔 보는디, 자, 넋대 잡이들 준비됐것지? |
| 영진,지영 | 예. |
| 김서방 | 할 말들 있으면 하라우. |
| 어머니 | 영진아, 한마디 혀라. |
| 영진 | 잘 될랑가 모르것습니다. 광주항쟁 때 도청을 끝까지 사수하다가 죽은 영덕이 성을 생각허믄 가슴이 미어집니다. |
| 지영 | 전 고모님 얼굴도 뵌 적이 없고 전쟁도 겪어 본 적도 없구요. 굿도 처음이라 막 떨리는데요, 돌아가신 고모님 생각하면서 열심히 해 보겠습니다. |
| 영덕 어멈 | 샥시, 고맙네. |
| 지영 | 예. |
| 보성댁 | 자, 그러면 우리가 신랑, 신부의 넋을 정중하니 모셔 봅시다. |
| 배우들 | 그럽시다. |

장단이 나오면 넋대잡이들, 앞으로 나와 앉는다.
끝순과 막둥, 사모와 족두리를 넋대잡이들에게 씌우려다 넋대잡이들, 그만 쓰러진다.

| 김서방 | 아니, 이게 어케된 일이야요? |
| 보성댁 | 끝순아! 정한수 갖고 오너라. |
| 김서방 | 막둥아, 신칼! |

끝순과 막둥, 신랑 신부의 장승을 내간다.

| 보성댁 | 김선상, 이게 워치케 된 노릇이요? |
| 김서방 | 우리가 부정을 잘못 쳐서 신령님이 노하셨나 봅네다. |
| 보성댁 | 김선상이 아까 입방정을 그렇게 떨더니 입부정 탄 거 아녀? |
| 김서방 | 입방정은 나 혼자 떨었습네까? |
| 어머니 | 보성댁. 시방 요것이 워치케 된 노릇이여? |
| 보성댁 | 나가 봉께로 여기 온 손님들 중에 부정 탄 사람이 있는 것 같은디요. |
| 영덕 어멈 | 뭣이여? |
| 김서방 | (관객을 향해서) 혹시 오늘 점심때 개고기 먹고 온 사람 있어요? |
| 막둥 | 나가 주이소! |
| 어머니 | 그것보다도 (쓰러진 영진과 지영을 보며) 이 사람들 먼저 살려 내야지. |
| 김서방 | 그럽시다. |

보성댁과 김서방, 각각 부정을 막아내는 소리와 움직임을 한다.
영진과 지영, 깨어난다.

| 영덕 어멈 | 아, 깨어났네. |
| 김서방 | 어떻게 된 일인가 말 좀 해 보라요. |
| 영진 | 제 혼이 어디론가 한없이 가는 것 같았어라. |
| 지영 | 검은 산 위로 붉은 달이 떠오르고 하얀 시체들이 널부려져 있었어요. |
| 영진 | 시상이 온통 피바다였어라. |
| 지영 | 그때, 고모가 보였어요. |
| 영진 | 그때, 영덕이성이 보였어요. |
| 지영 | 고모가 온몸에 피를 흘리며 쓰러져 있었어요. |
| 영진,지영 | 그때 넋 부르는 소리에 곱게 단장을 하고 어디론가 막 달려가는데 갑자기 뭔가 나타났어요. |

점아 점아 콩점아

## 제7장 광주와 6.25의 원혼

이 장면은 모두 인형극으로 처리된다.
〈광주 출정가〉 노래가 나오면 영덕 인형과 영진 인형이 단 위로 올라간다.

| | |
|---|---|
| **영덕** | 아녀자들과 어린 학생들은 언능 빠져나가랑게. 여그는 우리가 지킬 팅게 싸게싸게 빠져나가란 말여, 어여! |
| **영진** | 영덕이 성! |
| **영덕** | 영진아, 너도 싸게 집으로 가거라. |
| **영진** | 성 어리다고 무시하는 겨? 내도 끝까지 싸운당께. |
| **영덕** | 임마! 너까지 죽으면 엄니는 어떻게 헌다냐. 영진아, 성 말 안 들을 겨? |
| **영진** | 성… |

영덕 인형과 영진 인형, 껴안는다.

| | |
|---|---|
| **계엄군** | 너희들은 완전히 포위됐다. 무기를 버리고 투항하라! |
| **영덕** | 영진아, 어여 가! |
| **영진** | 성, 안 되야. |
| **계엄군** | 사격 준비, 발사! |
| **영덕** | 광주여-, 영원하라… |

〈전우의 시체를 넘고 넘어〉 노래가 나오면 비행기 인형이 날아온다.
폭격 소리.
어머니 인형과 순애 인형이 나온다.
어머니, 기침을 한다.

| | |
|---|---|
| **순애** | 오마니, 정신 차리시라우요. |
| **어머니** | 순애야, 아바이, 순남이… |
| **순애** | 오마니, 잠깐만 기다리시라우요. 아버지, 순남아, 어데 있네? 거 누구 없습네까? 사람 좀 살려 주시라요! |

**영덕 어멈**　순애야…

어머니 인형, 죽는다.

**순애**　　큰일 났네 이일을 어쩐담? 오마니! 오마니!!!!!

미군 인형이 나온다.

**미군**　　헬로우!
**순애**　　누구십네까?
**미군**　　컴 온.
**순애**　　와 이러 십네까?

미군 인형, 순애를 잡아채며 인형 위로 덮친다.

**순애**　　아… 아… 아악… 흑흑흑…

미군 인형, 웃음소리를 내며 총을 드러낸다.

**순애**　　사, 살려 주시라요. 살려… 제발… 살려 주시…

미군 인형, 총을 쏜다.

**순애**　　악!… 오마니…

〈넋이로다〉 노래가 흘러나오면 영덕 인형과 지영 인형이 무대 가운데서 만난다.
이때 분단귀, 등장하여 두 인형을 가로채어 갈라놓는다.
배우들, 다시 〈점아 점아 콩점아〉 노래에 맞추어 원위치로 돌아온다.

# 제8장  분단귀

방울 소리.

점아 점아 콩점아

| | |
|---|---|
| **영진,지영** | 그때 방울 소리에 정신이 들었어요. |
| **보성댁** | 야그를 들어봉께로 분단살이 낀 것이 분명허고만. |
| **지영** | 분단살이 뭐예요? |
| **김서방** | 제일 흉악하고 포악한 살로 뭐든지 갈라 놓는 것이요. 사랑하는 남녀 사이도 갈라 놓고, 금슬 좋은 부부 사이도 갈라 놓디요. 심지어는 땅덩어리까지 갈라 놓습네다. |
| **영진** | 긍께 우리나라가 분단된 것도 그 분단살 때문이고만이라. |
| **김서방** | 그럿티요. |
| **어머니** | 그라믄 이 일을 으찌야 쓴당가? |
| **보성댁** | 분단귀는 신장님이 몰아내야 쓰는디. |
| **지영** | 신장은 또 뭔데요? |
| **보성댁** | 돌아가신 조상님들의 혼령을 말하는 것이여. |
| **김서방** | 그러니까니 우리가 신장님들 중에서도 대표적인 처녀 몽달 신장님들을 모셔다가 신장 놀이를 해 봅세다. |
| **배우들** | 예! |

## 제9장 신장놀이

| | |
|---|---|
| **보성댁** | 어이- |
| **배우들** | 예- |
| **보성댁** | 김영덕 망자님. 박순애 망자님 모시고 분단살을 몰아내려 신장놀이 잠깐하세. |
| **배우들** | 예이- |

꽃분, 관에서 나오며 일본 노래를 부른다.

| | |
|---|---|
| **악사** | 이봐요! |
| **꽃분** | 하이! |
| **악사** | 누구요? |
| **꽃분** | 안녕하십니꺼? 지는 일본군 위안소에 끌리가… 아니, 근로정신대에 가 돈 마이 벌고 밥 마이 묵다가 배 터져죽은 김 미찌꼬, 아니, 김꽃분, (고개를 갸웃거리며) 김 미찌꽃분입니다----- 일 억수로 열심히 했심니더. 군복도 빨고 작 |

업복도 빨고… 그란데예 지 속옷은 빨아도 빨아도 더러분기라예.

**불똥**  (관에서 나오며) 차가운 혹한의 서릿발 같은 노동의 현실 속에서 스무 살 꽃다 운 나이로 온몸에 불꽃을 살랐던 이 전불똥, 아직도 힘 있는 놈 돈 있는 놈 도 리도리 짝짝꿍, 날치기 옆치기 뒤통수치기로 국민들을 희롱하고 있으니 가 자! 저승의 노동자 영령들이여! 앞으로!

흑장미, 관에서 나오며 구토를 한다.

**악사**  아이고 술 냄새, 저쪽으로 가!
**흑장미**  너 내가 누군 줄 알아?
**악사**  누군데?
**흑장미**  (관객들에게) 양코백이들 섹스 파트너였던 동두촌 흑장미! 끝내주게 키스해 주 던 텍사스 제임스 따라 미국까지 갔다가 사막에 버려져 죽은 여자야… 우웩!
**미선**  (관에서 나오며) 아니, 이건 꿈일 거야 믿을 수 없어.
뚝 끊어진 우리의 다리 성수 대교,
학교 가는 길에 물에 빠져 죽은 강미선입니다.
꿈 많던 열일곱 내 인생은 그걸로 끝!
**간난**  고향, 고향 가고 싶다.
**악사**  고향이 어디신데요?
**간난**  북청 물장수 알지비?
**악사**  예.
**간난**  그 함경도 북청이 내 고향임메. 고향 가고 싶다. 아니, 안 간다. 또 쫓겨나기 싫다!
**악사**  왜 쫓겨나셨는데요?
**간난**  일본 놈 공산당 똑같다 다 똑같다. 그랬다고 반동분자로 몰려 저 로스케들 나 라도 쫓겨났지앵이요.
**악사**  이름은 뭔데요?
**간난**  이름? 꼬레나 심, 아니아니, 심 간난이----

덕수, 관에서 나오며 여기저기 관을 들여다보며 무언가를 찾는다.

**악사**  뭐해요?

점아 점아 콩점아

| 덕수 | 맑은 공기 찾아유. 지는 공해 사망자 강덕수유. 하늘이 빵꾸나구유, 물괴기들이 떼로 죽구유, 원자폭탄이 떨어져서 기형아가 출산되구유, 바보가 천재가 되구유, 호박에 장미꽃이 피구유, 산에는 진달래, 들에는 개나리가 있는 디유, 개나리 보고 나리나리 진지 잡수슈 그랬더니 갑자기 홍길동이 나타나서는 지는 아버지를 아버지라 부르지 못하고 나리라고 불러유. |
|---|---|
| 모두 | 지금 뭐하시는 거예요? |
| 덕수 | 긍게 말이유, 원통하고 절통하다! |
| 모두 | 원통하고 절통하다! |
| 분단귀 | 이번에 남쪽 몽달귀 김영덕과 북쪽 처녀귀 박순애가 남북 교류 혼인을 추진하는 것은 불법 집회이므로 차후로 이러한 사태가 발생할 시에는 영계보안법에 의거, 가차없이 체포함과 더불어 영계보안법의 극형인 복제 귀신을 만들어 버릴 것을 엄중히 경고하는 바이다! |

분단귀, 춤을 추며 퇴장한다.

| 불똥 | 여러분, 이것은 영계보안법을 이용해서 우리들을 영원히 갈라놓으려는 술책입니다. 그러니 우리는 남북 교류 혼인 추진위원회를 결성해야 한다고 생각합니다. 찬성하시는 분은 손들어 주십시오. |
|---|---|
| 흑장미 | 나는 반대예요. 남한에 돈 많고 잘나가는 놈들 많은데 무슨 위원회가 필요해요. |
| 간난 | 젊은 간나 생각이 기래 좁쌀만해서리 언제 통일이 되겠습메? |
| 흑장미 | 할머니, 좋아요. 위원회를 결성했다 쳐요. 그 사람들이 자본주의 사회에 적응할 것 같아요? 지 앞가림도 못할 게 불보듯 훤해요! |
| 꽃분 | 언니! 지금 앞가림이라 했어예? |
| 흑장미 | 그래 |
| 꽃분 | 언니는 앞가림 그리 잘해가 이래 됐어예? |
| 흑장미 | 뭐야? 너 말 다 했어? |
| 불똥 | 여러분 조용! 저를 주목해 주십시오. 사랑에는 국경도 없다는 말이 있습니다. 그렇지만 우리는 삼팔선이라는 국경 말고도 마음속에 또 다른 국경을 긋고 살아가고 있습니다. 그렇다면 우리는 진정 사랑 없이 살아왔다 해도 과언이 아닐 것입니다. |
| 덕수 | 잠깐만유… 좀 쉽게 얘기할 수 없어유? |
| 불똥 | 우리는 한민족입니다. 나라를 빼앗긴 36년 동안에도 꿋꿋하게 지켜온 민족 |

혼이 있었습니다. 조국분단 반세기, 언제까지 이래야만 합니까 여러분!

**미선**　됐어. 됐어. 이제 됐어.

**불똥**　저는 남북 교류 혼인 추진위원회의 발족이야말로 우리 민족이 하나로 뭉치는 지름길임과 동시에 사라져 버린 민족혼을 되살리는 길이라 생각합니다. 안 그렇습니까, 여러분?

모두 열광한다.

**꽃분**　그란데예. 위원회를 만들라카믄 위원장이 있어야 할 긴데예?

**덕수**　그렇네유.

**미선**　우리 중에 최고 연장자인 심간난이 할머니를 추천합니다.

**간난**　난 까막눈이라 안 된다. 똑똑한 불똥 청년이 해라.

**불똥**　할머니 새까맣게 어린 제가 어떻게 위원장을 하겠습니까? 저보다는 인생경험이 풍부한 덕수 형님이 하시는 게 좋을 것 같습니다.

**덕수**　아녀 불똥아. 니가 혀라.

**불똥**　아닙니다. 형님이 하셔야만 합니다.

**덕수**　아녀.

**간난**　떽! 저 아래서는 서로 한자리 차지하려고 아귀다툼인데 이러다가 위원장은 언제 뽑습메, 언제?

**덕수,불똥**　죄송합니다.

모두 한숨을 쉰다.

**미선**　좋은 생각이 떠올랐어요.

**모두**　무슨 생각?

**미선**　가위, 바위, 보!

**모두**　아, 가위 바위 보!
　　　　（의식을 치르듯） 하나 빼기! 덕수가 위원장이다!!

덕수가 위원장이 된다.
모두 축하하며 앞으로 나온다.
꽃분과 미선 단상이 되고 간난이와 불똥, 마이크 형상을 한다.

**점아 점아 콩점아**

| 덕수 | 남북 처녀귀, 몽달귀 여러분! |
|---|---|
| 모두 | 와!!! |
| 덕수 | 시방 일본으로부터 핵 폐기물이 들어와서는 산에는 진달래 들에는 개나리 개나리 보고 나리나리 진지잡수슈. 갑자기 홍길동이 나타나서는 지는 아버지를 아버지라 부르지 못하고 나리라고 불러유. |
| 모두 | 무슨 소릴 하는 거야? |

불똥, 덕수에게 연설문을 건네준다.

| 불똥 | 연설문대로 해요. |
|---|---|
| 덕수 | 남북 교류 혼인을 추진하기 위해서는 먼저 분단의 철조망을 걷어내고 갈라진 땅덩이를 이어야 할 것입니다. |
| 모두 | 옳소! |
| 덕수 | 그러기 위해서는 분단을 획책하는 빈부 격차귀, 인권 탄압귀, 외세 의존귀를 물리쳐야 할 것입니다! |
| 모두 | 옳소! |

타령 장단에 맞추어 춤을 추며 노래를 외친다.

| 흑장미 | *에… 에…어리 헤야 디야* |
|---|---|
| 모두 | *에… 에…어리 헤야 디야* |

분단도를 들어올린다.

| 흑장미 | *빈부 격차 몰아내고, 평등 세상 열러 가세.* |
|---|---|
| 모두 | *에에어리 헤야 디야* |

분단도, 내려간다.

| 분단귀 | (위압적인 춤을 추며) *안 돼 안 돼 절대 안 돼, 평등 세상 절대 안 돼.* |
|---|---|
| 흑장미 | *외세 의존 몰아내고, 대동 세상 열러가세.* |

**모두**　　　*에에어리 헤야 디야*

**분단귀**　　*안 돼 안 돼 절대 안 돼, 대동세상 절대 안 돼.*

통일도가 나오면 통일도 뒤에 모든 신장들 숨는다.

'꼬끼오' 소리가 나면 통일도 위로 모든 신장들의 얼굴이 나온 뒤 스르륵 쓰러진다.

## 제10장　거북아 거북아

**막둥**　　　마! 닭소리가 나니깐 신장님도 아무 쓰잘데기가 없네요.

**지영**　　　맞아요. 현실적인 문제를 관념적인 귀신들의 힘으로 풀려니깐 안 되는 거라구요.

**끝순**　　　언니, 그게 뭔 소리요?

**영진**　　　긍게 살아 있는 우리들의 문제는 살아 있는 우리가 힘을 합쳐서 풀어야 되는 것이다 그 말이여.

**영덕 어멈**　아이구, 우리 아들 똑똑타.

**영진**　　　지가 쪼까 유식하잖아요

**보성댁**　　잘됐소. 그라믄 신랑, 신부 장승을 모셔다가 지신밟기를 해 봅시다.

**지영**　　　짚신을 밟아요?

**끝순**　　　짚신이 아니고 지신.

**지영**　　　지신?

**김서방**　　지영인 수로 부인 얘기 모르네?

**지영**　　　수로 부인? 모르겠는데요

**김서방**　　요즘 신세대들은 국사에 너무 관심이 없어. 잘 들어 보라우. 신라시대 때 수로 부인이라는 에미나이가 있었는데 상판이 신라에서는 최고로 이뻤다 이말이야요.

**지영**　　　아, 미쓰 신라였겠네요.

**김서방**　　그렇디. 이 여자가 얼매나 이뻤는지 용왕이 한 번 보고 딱 반해서 수로 부인을 용궁으로 채갔다 이말이야요.

**영진**　　　긍게 납치를 해 부렀구만이라.

**영덕 어멈**　오매, 그래서 어떻게 됐어라?

**김서방**　　그러니까니 백성들이 모두 바닷가에 모여 가꼬 땅을 치면서

　　　　　　*거북아 거북아 수로를 내어라*

점아 점아 콩점아

| | |
|---|---|
| **보성댁** | 요런 것들은 함께 하는 것이여. |
| **김서방** | 잘들 따라하라우. |
| | ***거북아 거북아 수로를 내어라*** |
| | (모두 따라하면) ***수로를 안 내면 구워 먹으리*** |
| | (모두 따라하면) 이렇게 외쳤다 이말이여. |
| **영덕 어멈** | 그려서 으찌케 됐어라? |
| **끝순** | 지까짓 것들이 별 수 있어요? 내 놔야지. |
| **김서방** | 그렇지. 용왕이 딱 져부러 가꼬 수로 부인을 다시 내줬다 이거여. 그러니까니 지신밟기가 뭔고 하니 인간들이 모두 모여 갖고 하늘도 울리고 땅도 울리는 천지굿이다, 이말이야요! |
| **모두** | 와!!! |
| **김서방** | 우리가 이럴 게 아니라 장승님들 모셔다 천지굿을 해 봅세다. |
| **모두** | 그럽시다. |

## 제11장 지신밟기

보성댁과 김서방, 무가를 부르며 신랑, 신부 장승을 불러들인다.

| | |
|---|---|
| **김서방** | ***모여라오 모여라오*** |
| | ***분단 원혼 모여라오*** |
| | ***아 --- 헤 ---분단원혼 모여라오*** |
| | ***철조망 가로막힌*** |
| | ***휴전선에 모일 적에*** |
| | ***아 --- 헤 ---휴전선에 모일 적에*** |
| | ***뉘라 아니 마중하며 뉘라 아니 모시랴*** |
| | ***아 --- 헤 ---뉘라 아니 모시랴*** |
| **김서방** | 이봅소 --- |
| **모두** | 예 --- |
| **김서방** | 어디 사람인가? --- |
| **신랑 측** | 남녘 사람이다 --- |
| **보성댁** | 어디 사람인가? --- |
| **신부 측** | 북녘 사람이다 --- |

| 김서방 | 남쪽 흙은 어떤 흙인가? --- |
|---|---|
| 신랑 측 | 여기 흙은 황토다 --- |
| 보성댁 | 북녘 흙은 어떤 흙이냐? --- |
| 신부 측 | 여기 흙도 황토다 --- |
| 김서방,보성댁 | 국토는 어디냐? --- |
| 모두 | 한반도 전체다 --- |
| | 맞다, 맞다, 맞절하세 --- |

장승을 든 배우들이 맞절하고 선다.

| 보성댁 | 오늘 우리가 이 정성 들이는 것은 이 나라 이 땅 위에 낀 분단액과 분단살을 훨훨 털어내고자 함이오며, |
|---|---|
| 김서방 | 우리 백성들의 힘을 모아 밝은 통일의 세상을 이룩고자 함입니다. |
| 보성댁 | 자, 그러면 신랑, 신부의 넋을 지신밟기로 정중하게 모셔 봅시다. |
| 모두 | 그럽시다 |
| 보성댁 | *지신--이-야--* |
| 모두 | *지신이야* |
| 보성댁 | *해동이라 대한민국* |
| | *금수강산 삼천리라* |
| 모두 | *지신이야 지신이야 지신이야 지신이야* |
| | *지신이야 지신이야 지신이야 지신이야* |
| | *지신이야 지신이야 지신이야 지신이야* |
| | *지신이야 지신이야 지신이야 지신이야* |
| | *지신이야 지신이야* |
| | *남녘땅을 들어내어* |
| | *통일 국토 이뤄 보자* |

영진 , 끝순 남녘도를 들어낸다.

| 모두 | *지신이야 지신이야* |
|---|---|
| | *북녘땅을 들어내어* |
| | *통일 국토 이뤄 보자* |

점아 점아 콩점아

어머니, 지영 북녘도를 들어낸다.

**모두**       *지신이야 지신이야----*

음악 소리에 맞춰 영진과 지영, 앞으로 나와 넋대를 잡고 막둥과 끝순이는 넋대잡이들에게
사모와 족두리를 씌운다.
영진과 지영, 사모와 족두리를 장승에게 씌운다.

**모두**      얼씨구 좋다!

# 제12장  합방

노래가 나오면 합환주를 나눈다.

**합창**      *어느 누가 이을 건가*
            *어느 누가 이을 건가*
            *남누리 북누리*
            *갈라진 우리 누리*
            *우리뿐일세 우리뿐일세*
            *이땅을 딛고 살 우리뿐일세*
            *함께 가세 함께 가세*
            *통일의 큰 춤 추며*
            *남누리 북누리*
            *하나되는 그날까지.*
**김서방**     남남아
**보성댁**     북녀야,
**김서방**     하늘이 하나 되고 땅이 하나 되었으니
**보성댁**     오늘은 불 끄고 첫날밤이 되거라.
**모두**       좋겠다 얼씨구나 좋다
            *사, 사랑을 할려면*
            *요, 요렇게 한단다.*
            *요내 사랑 변치말자*

*굳게 굳게 다진 사랑*
*어화 둥당기 내사랑*
*둥당가 둥당가*
*덩기 둥당기 내사랑*

신랑, 신부 꽃과 나비춤을 추며 합방하려는 순간!

**막둥**   (관객들에게) 잠깐만요. 기념사진 촬영이 있겠심더.
**끝순**   일가 친척, 친지 되시는 분은 모다 앞으로 나와 주시요.
**막둥**   (모두 장승 주위에 서면) 자, 웃으시소. 찍심니데이. 하나, 둘, 셋.
          *꽃과 나비 너울너울 춤을 추고*
          *우리네 사, 사랑은 아이가이가 두둥실 좋을시고*

신랑, 신부, 꽃과 나비가 미닫이 문 뒤로 사라지면 꽃과 나비, 그림자극으로 보여진다.

**보성댁**   별도 징허니 많다.
**김서방**   저 별은 나의 별 저 별은 보성댁 별.

창문이 닫히면 사람들, 창문을 뜯어보며

**막둥**   족도리 벗겼다.
          신랑 손이 살금살금 어디로 가노?
**끝순**   신랑 손 떨리는 것 좀 보시요
**막둥**   치마 내려간다. 치마 내려간다 치마 다 내려갔데이…
**끝순**   어매, 불 꺼져 부렸네.
**영덕 어멈**   아고 되얏어. 인자 그만들 보고, 모다 막걸리나 한잔씩 하러 가더라고.

이때 아기 울음소리.

## 제13장 통일 동이

**영덕 어멈**   아니, 이것이 뭔 소리여?

점아 점아 콩점아

| 김서방 | 아기 소리 아닙네까? |
| 막둥 | 억수로 빨라삐네요. |

신랑, 신부 아기 인형을 들고 나온다.

**합창**   *아가야 걸어라 두 다리에 힘주고 아장아장*
        *할매 손도 어매 손도 놓고 가슴 펴고 걸어라*
        *흰 고무신 아니 꽃신 신고 저 넓은 땅이 네 땅이다*
        *삼천리강산 거칠 데 없이 가슴 펴고 걸어라*

다른 사람들은 퇴장하고 어머니, 아기를 안고 걸으며 관객들에게

**어머니**   이놈이 말이요, 우리 아들놈 넋이 담긴 아기요. 우리 아들뿐만 아니고 광주서
          죽은 많은 사람들, 6,25 때 죽은 모든 사람들, 넋이 담긴 아기요. 그리고 말이
          지라, 우리 살아 있는 모든 사람들 소망을 담은 통일동이요. 그라지라?

아기를 안고 〈자장가〉를 부르며 어머니 퇴장한다.

## 뒤풀이

남녀 배우가 북을 메고 나와 흥겨운 북춤을 춘다.

**뒷배우들**   *남남아 북녀야*
            *통일살이 어떻드냐*
            *아구야야 말도 마라*
            *통일살이 화끈하다*

흥겨운 풍물과 함께 뒤풀이 이어진다.

- 막 -

# 점아 점아 콩점아 (1990년 작)

**대본, 연출 김명곤**

---

**줄거리** 　광주항쟁에서 죽은 아들이 어머니의 꿈에 나타난다. 장가도 못 가고 죽은 아들의 원혼을 달래겠다고 무당을 찾아온 어머니의 소원을 들어주기 위해 전라도 굿을 하는 무당과 이북굿을 하는 박수가 합동으로 북쪽에서 죽은 처녀를 선정하여 망자 혼례를 치르기로 한다. 그러나 혼례굿이 진행되던 중 신랑, 신부 역을 하던 사람들이 쓰러진다.

깨어난 그들은 두 영혼이 만나려는 순간, 커다란 검은 손에 의해 끌려가는 모습을 봤다고 한다. 무당과 박수는 저승에 분단살이 끼었다고 믿고 오방신장을 불러내어 신장 놀이를 한다. 그러나 영계에서는 허가 없이 남북 혼례 교류를 함으로써 영계 질서를 어지럽혔다하여 혼례식 원천봉쇄 방침이 내려지고 신장들이 이에 맞다가 새벽닭이 울자 흩어지고 만다.

인간의 문제를 원귀의 도움을 빌어 풀려는 노력이 불가능하다는 노력이 불가능하다는 것을 깨달은 등장인물들은 관객들의 도움이 합쳐진 지신밟기로 분단살을 몰아내고 혼례를 치르게 된다. 남과 북의 영혼이 첫날밤을 보내는 가운데 통일동이의 순산을 알리는 우렁찬 울음소리가 울려 퍼지며 힘찬 북춤이 펼쳐진다.

---

「점아 점아 콩점아」는 1980년 5월 광주민주화운동에서 죽어간 총각과 6·25 당시 숨진 북한 처녀를 혼례시켜 그들의 원한을 풀어준다는 내용의 망자 혼례굿 형식을 띠고 있다. 이 극은 광주항쟁이라는 소재를 씨줄로 삼고 통일이라는 주제를 날줄로 삼아 진행되고 있다. 이 씨줄과 날줄을 엮어내는 방법으로 굿의 원초적이고도 총체적인 구조가 가장 적당하다고 생각되었다. 그리고 굿이 지니고 있는 사회성과 역사성과 현실성, 주술성과 영성과 초자연성을 상호 갈등하는 관계로 보지 않고 상호 보완하는 관계로 파악하여 구체적 사실의 전달보다 그 사실들이 지니고 있는 본질의 형상화에 주력하였다.

그리하여 이 굿이 맺힌 혼들을 위한 진혼굿이 되고, 그 맺힘을 풂으로써 새로운 세계를 열어가고자 하는 씻김굿이 되고, 우리 6천만 민중이 통일의 초례청에서 만나는 대동굿이 되고, 우리 국토의 흙과 흙에서 모든 쇠붙이를 걷어내는 평화굿이 되며, 통일을 가로막는 모든 살과 액을 물리치는 통일굿이 되며, 인간의 신명과 신들의 신명이 한데 어우러지는 한 판의 천지굿이 되어 주십사 하는 바람으로 씌어졌다.

이 작품은 극단 아리랑의 제작으로 굿의 연극화에 대한 다양한 실험을 보여줄 뿐만

아니라 1990년 '굿 논쟁'의 중심에 있었다는 점에서도 주목할 만 하다. 1990년에 예술
극장 한마당에서 초연된 후 재공연과 전국순회 공연으로 수년 동안 공연되었다.

**1부 희곡**

# 격정만리

| 나오는 사람들 |

| | | |
|---|---|---|
| 홍종민 | 학생 | 「서울 갔든 아버지」, 신고송 작 |
| 이월선 | 사진사 | 「무쇠의 군악」, 김사량 작 |
| 박철 | 김갑득 | |
| 심영복 | 순경 | ◆ 극중극의 배역 |
| 진경숙 | 하녀 | 「장한몽」: 이수일/심순애 |
| 송진섭 | 독립군 1~3 | 「아리랑」: 변사/영진/영희/오기호 |
| 홍선화 | 여성독립군 | 「아리랑 고개」: 길롱/길롱부/ |
| 노승철 | 방첩대장 | 분이/분이모/마을여인 |
| 북극성단장 | | 「인형의 집」: 노라/헤르마/린데 |
| 김해송 | ◆ 극중 인용된 희곡 작품 | 부인 |
| 바이올린 연주자 | 신파극 「장한몽」 | 「호신술」: 삼롱/춘보/사람A/ |
| 여가수 | 「아리랑」, 나운규 작 | 사람B |
| 신천지단원 1~2 | 「아리랑고개」, 박승희 작 | 「사랑에 속고 돈에 울고」: 홍도/ |
| 최씨 | 「검찰관」, 고골리 작 | 철수 |
| 마담 | 「호신술」, 송영 작 | 「서울 갔든 아버지」: 여공들/ |
| 합창단 | 「사랑에 속고 돈에 울고」, | 옥분 |
| 선전단원 | 임선규 작 | 「무쇠의 군악」: 주창자/여성노 |
| 정봉순 | 「대추나무」, 유치진 작 | 동자 |
| 선배단원 | 「혈해지창」, 까마귀 작 | |

배우들이 현대적인 복장을 입고 일상적인 동작을 하며 무대를 돌아다니면서 의상도 입고 소도구, 대도구 등도 옮긴다.

이후로 배우들은 노래, 연주, 해설, 극중 배역 등의 다양한 역할을 변신을 통해 보여준다.

악기를 연주하는 배우들은 무대 상·하수 또는 후면에 배치되는 연주석에서 연주를 하다가 연기를 하기도 한다.

이후로 극의 진행에 따라 무대는 배우들이 들락거리면서 설치하는 대도구나 소도구 또는 영상에 의해 마치 상상 속의 시간여행을 하는듯한 분위기로 연출된다.

징 소리와 함께 배우들, 좌우에 놓인 의자에 앉는다.

## 서장

해설자에게 조명이 비친다.

**해설자**　2년 전 가을에 중국 희극가 협회 연변 분회의 원로 연출가이신 박철 선생님께서 한국에 오신 적이 있습니다. 저는 그때 박 선생님의 안내를 맡았었죠.

늙은 박철, 지팡이를 짚고 나온다.

**해설자**　박 선생님은 바쁜 일정 중에서도 이월선이라는 원로 여배우의 소식을 무척 애타게 수소문하셨지요. 그러다가, 3주일이 지난 어느 날, 드디어 박 선생님과 저는 경기도에 있는 어느 양로원에서 이월선 여사를 만나게 되었습니다.

## 제1장

배우 한 사람이 팻말을 들고 나온다.

"1989년 가을, 경기도 어느 양로원"

스산한 바람 소리.

시골의 고적한 양로원.

늙은 박철, 지팡이를 짚고 들어온다.

늙은 이월선, 다리를 절뚝거리며 맞은편에서 나온다.

**이월선**     저를 찾으셨다고요?

박철과 이월선, 마주 보고 선다.

**박철**       이월선…씨?
**이월선**     예, 누구신가요?
**박철**       나… 박철이요!
**이월선**     박…철?

이월선, 박철의 얼굴을 자세히 본다.

**이월선**     아이구, 이게 누구야?

이월선, 박철의 손을 덥석 잡는다.

**이월선**     너무도 변해서 못 알아봤어요!
**박철**       월선이도 많이 변했구만.
**이월선**     50년 만에 보는 얼굴이니 그럴 만도 하지요.
**박철**       그래, 어느새 50년이 됐구만.
**이월선**     연변 사신다고 들었는데?
**박철**       죽기 전에 고향 선산 가보려고 벼르고 별렀다가 이제야 온 거야.
**이월선**     안 죽고 살다 보니 이런 일도 다 있구만요.
**박철**       그러게 말이야. (지팡이를 만지작거리며) 월선이, 딸이 하나 있었지?
**이월선**     있었지요.
**박철**       이름이 뭐였더라?
**이월선**     선화예요.
**박철**       그래. 홍선화. 내 말 좀 들어봐.

박철, 이월선의 손을 끌고 나무벤치에 가서 앉는다.

**박철**       작년 설날에 평양 가무단이 연변에 왔었는데 말이야.
**이월선**     예.

**박철**      공연 끝나고 연회석상에서 무용감독을 만났는데… 이름이 홍선화래.

**이월선**     아니, 뭐요?

**박철**      그래 아버지 어머니 성함이 어떻게 되느냐고 물었더니 홍종민, 이월선이라

                    지 않아?

**이월선**     아니, 세상에!

이월선, 충격을 받고 몸이 가볍게 떨린다.

**이월선**     (의자에서 일어나 어쩔 줄을 모르며) 선화가 살아 있다고? (다리를 절뚝거리며 이리

                    저리 왔다 갔다 하며) 아이구, 세상에 이런 일이…

**박철**      그래 내가 예전에 당신 부모님과 형님, 아우 하면서 다정하게 지냈던 사람이라

                    고 옛날 얘길 해 주었더니 막 흐느껴 울면서 부모님 보고 싶다고 그러지 않아?

**이월선**     선화가… 살아 있다니!

이월선, 멍한 표정으로 허공을 바라본다.

박철, 조심스럽게 묻는다.

**박철**      선화 아버지는?

**이월선**     … 돌아가셨어요.

**박철**      언제?

**이월선**     전쟁 통에요.

이월선, 품에서 누렇게 변색한 손수건을 꺼내어 한동안 바라본다.

박철, 이월선을 바라본다.

주제 선율이 흐른다.

## 제2장

바람이 세차게 부는 시골의 가설무대.

배우들, 꽹과리, 징, 장고, 북을 치고 아코디언을 연주하며 무대 앞으로 나와 객석을 돌아다닌다.

"조선신파 원조 예성좌 일행", "장한몽", "단장 임생출" 등등의 깃발을 들기도 하고, 바이올린

을 연주하기도 하고, 선전지를 돌리기도 하며 거리 선전을 한다.

선전단원, 확성기를 입에 대고 외친다.

**선전단원**  ○○읍민 여러분, 안녕하십니까! 오늘 밤 조선 신파의 원조 예성좌 일행이 여러분 앞에 선사하는 불후의 명작 「장한몽」! 장안의 남녀노소를 열광의 도가니로 몰아넣은 「장한몽」! 눈물 없이는 볼 수 없고, 손수건 없이는 볼 수 없는 애정비극 「장한몽」을 가지고 오늘 밤 대망의 막을 올릴 예정이오니 만좌의 성원을 해 주시기 바랍니다!

배우들, 가설무대 위로 올라가 신나게 악기를 연주한다.
악기 소리 그치면 징 소리와 함께 막이 올라가고 선전단원, 관객들에게 인사한다.

**선전단원**  그러면 여러분이 고대하시고 고대하시던 본 공연에 들어가기에 앞서 우리 시대의 명배우이시자 본 극단을 이끌고 계신 임생출 단장님을 소개해 올리겠습니다!

박수 소리.
화려한 망토를 걸친 단장이 나온다.

**단장**  감사합니다! 감사합니다! 만장하신 관객 여러분을 모시고 개막을 하게 되어 심심한 감사의 말씀을 드림과 동시에 본 극단이 자랑하는 「장한몽」과 함께 신연극의 새 문화를 만끽하시기 바랍니다!

단장, 박수를 받으며 퇴장.

**선전단원**  이어지는 순서! 본 극단이 자랑하는 미모의 여가수 나혜란 양이 선사하는 〈장한몽가〉!

바이올린 연주자가 전주를 연주하면 여가수가 나와서 노래를 한다.

**여가수**  *대동강변 부벽루에 산보하는*
*이수일과 심순애의 양인이로다*
*악수 논정하는 것도 오늘뿐이오*

*보보 행진 산보함도 오날뿐이라*

*심순애야 마음은 변했지요*

*용서하여 주서요 수일씨는*

*대동강변 월색은 변할지라도*

*우리 둘의 애정은 변치 않어요*

박수를 받으며 퇴장하는 여가수.

징 소리.

달, 숲, 강 등이 그려져 있는 배경막이 내려온다.

변사 박철이 잔뜩 멋을 낸 걸음걸이로 걸어 나온다.

관객을 향해 서사를 읊는 동안 구슬픈 바이올린 소리가 흐른다.

세찬 바람 때문에 가설무대의 포장막이 흔들거린다.

**박철**    여기는 평양의 대동강, 서산에 월색은 몽롱하고 대동강 잠들어 잠잠한데, 때때로 부는 바람 모질게 불어오는 을밀대를 등지고 그 사이로 내려오는 두 그림자가 있었으니 그들은 과연 누구였던가? 바로 이수일이와 심순애이다!

이수일 역의 단장과, 심순애 역의 이월선이 나온다.

이월선은 이제 막 피어나는 열아홉 살의 아름다운 여배우다.

**이수일**    순애 씨, 나는 가슴이 터지는 것 같소!

**심순애**    수일 씨, 용서해 주세요!

**이수일**    용서가 다 무엇이오? 대체 이번 일이 부모님이 시키신 일인지, 그렇지 않으면 순애 씨 자신이 원해서 한 일인지 나는 그것만 알면 그만이오.

바람이 세차게 분다.

**이수일**    아무리 할 소리가 없기로서니 순애 씨를 단념하면 외국으로 유학을 보내준다고? 아, 아무리 이수일이가 무일푼의 고학생이라 할망정 약혼녀를 판 돈으로 외국 유학은 아니 가!

**박철**    수일이는 돌아서며 소매로 얼굴을 가리고 하늘을 우러러 눈물을 흘린다! 주저하던 순애도 참다못해 그의 곁으로 덤벼들었다!

**격정만리**

| 심순애 | 수일 씨, 제가 모든 것을 잘못했습니다요! 제가 잘못했어요! |
| 박철 | 수일이의 손을 잡고 그의 가슴에다 얼굴을 묻으면서 순애는 흐느끼며 울음을 못 참는다. 월색은 고요하야 산과 들에 비쳤는데, 대동강 부벽루에 서로 잡은 두 그림자! |

바람이 세차게 불어 포장막이 날아가고 무대 기둥이 무너진다.

불이 꺼진다.

연극이 중단되고 소란한 고함 소리.

잠시 후에 불이 들어오고 당황한 선배단원이 등장한다.

어둠 속에서 한동안 소란이 일면서 홍종민, 심영복, 송진섭, 바이올린 연주자, 여가수 등이 달려와 선다.

다른 단원들도 웅성거리며 몰려온다.


| 선배단원 | 이 자식들아, 팔모가지가 부러졌냐? 일들을 어떻게 하는 거야? |
| 송진섭 | 포장막이 낡아서 찢어진 겁니다. |
| 선배단원 | 낡았으면 튼튼하게 기웠어야지 무슨 변명이야, 변명이! |
| 심영복 | 몇 군데 기워 가지고는 어림도 없습니다. |
| 단장 | 시끄러, 밤을 새워서라도 다 기워 놔! |
| 선전단원 | 다 기우기 전엔 밥 먹을 생각들 하지도 마! |
| 송진섭 | 밥을 굶고 어떻게 일을 해요? |
| 선배단원 | 꼴에 배고픈 건 알아가지구. 이 자식아, 오늘 적자가 얼마나 난 줄 알아? |
| 박철 | 그게 얘네들 탓만은 아니지 않습니까! 전부터 포장막을 새것으로 갈아야 한다고 다들 얘기했었는데. |
| 단장 | 새 포장막이 얼만지나 알아? 이것들이 나 망하는 꼴 보려고 환장한 놈들이구만. |
| 홍종민 | 아무리 그렇기로 일당 밀린 것도 얼만데 밥까지 굶기십니까? |
| 선배단원 | (뺨을 때리며) 이 자식이 어따 대고 함부로 대드는 거야? |
| 이월선 | 선배님, 어째 이러세요? |
| 선전단원 | 넌 뭔데 나서고 지랄이야? |
| 이월선 | 코피가 나잖아요. |

홍종민, 코를 감싸 쥔다.

| 심영복 | 아무리 신참이지만 이렇게 함부로 때려도 되는 겁니까? |
|---|---|
| 선배단원 | (심영복도 때리며) 이 자식들이 단체로 양잿물을 퍼마셨나? |
| 진경숙 | 말로 하지 왜 때려요? |
| 선전단원 | 아니, 이년까지 왜 덩달아 야단이야? |
| 박철 | 선배님, 너무 하십니다! |
| 단장 | 이놈들이 보자 보자 하니까 그동안 먹여 주고 보살펴 준 은혜를 모르고 편을 짜서 대들어? 어서 일하든가, 아니면 당장 그만두든가 알아서들 해! |
| 선배단원 | 알아서 해, 이 자식들아! |

단장, 퇴장.
선배단원과 선전단원, 뒤따라 퇴장한다.
홍종민, 코에서 피가 떨어진다.
이월선, 코를 감싸 쥐고 있는 종민에게 다가간다.

| 이월선 | (손수건을 주며) 이걸로 닦으셔요. |
|---|---|
| 홍종민 | 고마워! |

홍종민, 손수건으로 닦으려다 너무 깨끗해서 망설인다.

| 이월선 | 괜찮으니 닦아요. |
|---|---|
| 바이올린 | 아이고, 저 성질 가지고 오래 못 살지 오래 못 살아. 야, 너희들도 그렇지 오늘 하루 참고 일하면 되는 걸 가지고 왜들 이러는 거야. |
| 홍종민 | (손수건으로 코피를 닦으며) 나, 그만둘래요! |

모두 놀란다.

| 박철 | 종민아, 무슨 소리냐? |
|---|---|
| 홍종민 | 나는 저렇게 독단적이고 배우들 착취하는 타락한 단장 밑에서 내 젊은 청춘을 썩힐 수가 없어요! |
| 이월선 | 저도 그만두겠어요! |
| 여가수 | 어머, 언니! |
| 바이올린 | (여가수에게) 쉿, 넌 나서지 말고 조용히 있어. |

**격정만리**

| 이월선 | 제가 연극하러 뛰어들었을 땐 이렇게 눈물 짜는 연극이나 하면서 시골을 떠돌자는 게 아녜요. |
|---|---|
| 심영복 | 그래요! 시대는 새로운 연극을 요청하고 있어요! |
| 진경숙 | 맞아요. 우린 젊어요. 우리 앞길을 새롭게 개척할 수 있어요. |
| 바이올린 | 야, 대단한 용기들이야. 나도 사실 수입 분배 맘대로 하고 허구한 날 여배우들이나 집적대는 저런 단장 밑에 있으려니 죽을 맛이지만, 그렇다구 당장 그만두면 (여가수를 가리키며) 얘 하구 나 하구는 어떻게 살아가나. 목구멍이 포도청이지. 다들 잘해 보라구. 얘, 가자. |
| 여가수 | (월선에게) 언니, 정말 그만두는 거야? |
| 이월선 | 혜란아, 잘 있어. |
| 바이올린 | 어서 가자니까. |

바이올린 연주자, 여가수를 데리고 퇴장한다.

| 진경숙 | 진섭 씨 생각은 어때요? |
|---|---|
| 송진섭 | 나? 나도… 그렇게 하겠어. |
| 심영복 | (박철에게) 선배님 생각은요? |
| 박철 | 우리 단체는 창단할 때의 이상을 잃어버리고 저속하고 타락한 흥행으로 연명해 오고 있는 데다 안으로는 여러 가지 비리가 쌓여서 곪을 대로 곪아 있다. 나 역시 너희들과 뜻을 같이하겠다! |
| 단원들 | 와! |
| 박철 | 자, 예성좌에서의 마지막 밤을 그냥 보낼 수가 있나? (변사조로) 밥을 굶더라도 술이나 한잔하러 가자! |
| 단원들 | 가자! |

모두 박철을 둘러싸고 나가고 홍종민과 이월선만 남는다.

| 홍종민 | (월선에게 손수건을 주며) 고마워. |
|---|---|
| 이월선 | (손수건을 받으며) 고향이 포천이라 하셨지요? |
| 홍종민 | 응. |
| 이월선 | 그만두면… 고향으로 가실 거예요? |
| 홍종민 | 아버님이 광대짓 한다고 극도로 반대하셔서 가기 어려워. |

**이월선**  그럼 경성으로 가실 거예요?

**홍종민**  응.

**이월선**  지낼 곳은 있어요?

**홍종민**  당분간 박철 선배네 집에서 신세질까 해.

**이월선**  박철 선배는 어머님 모시고 사신다는 데 불편하지 않겠어요?

**홍종민**  거기 말고는 신세질 곳이 마땅치 않아.

**이월선**  그럼… 저희 집에 묵으시는 건 어때요?

**홍종민**  월선네?

**이월선**  그간 모아 둔 돈으로 변두리에 작은 집 한 채 세 들어 엄마랑 살고 있어요. 방이 두 개이니 각자 쓰면 될 거예요.

**홍종민**  당분간 백수로 지낼 테니 월세 내기가…

**이월선**  세 받자는 거 아니에요.

**홍종민**  그럼…?

**이월선**  창극단 따라 춤추며 떠돌다가 배우 되고 싶어서 예성좌에 온 후로 연기에 대해 아무것도 모르는 신참을 친절하게 가르쳐주신 덕에 주인공까지 하게 됐잖아요. 은혜를 갚고 싶어요.

**홍종민**  내가 한 게 뭐 있다고… 단장이 각별하게 챙겨서 그렇게 된 거지.

**이월선**  단장 얘기하지 마세요.

**홍종민**  왜?

**이월선**  주인공 시켜주는 대가로 은근히 수청들게 하려는 거 거절하느라 혼났다구요.

**홍종민**  치사한 놈!

**이월선**  (하늘을 보며) 어머, 저 하늘 좀 봐요.


두 사람, 하늘을 올려다본다.


**이월선**  (손으로 가리키며) 저게 북두칠성 별자리라고 하셨죠?

**홍종민**  응.


무대 위에서 북두칠성이 내려온다.


**이월선**  언젠가 그러셨죠? 저 별자리에 있는 북극성처럼 빛나는 배우가 되고야 말겠다구요.

홍종민  배우하겠다고 무작정 집을 나와 연극에 뛰어들었을 때 연기를 가르쳐 준 연출 선생님이 배우를 하려면 북극성처럼 빛나는 배우가 되라고 하셨는데 그 말이 내 가슴에 들어와 박혔지.

이월선  그 얘기 들은 뒤로 제 가슴에도 북극성이 들어 와 박혔어요.

홍종민, 월선을 바라본다.

이월선  우리 함께 별을 따요.
홍종민  월선이!

홍종민, 월선에게 가까이 다가간다.
월선, 두근거리는 가슴으로 홍종민을 바라본다.

홍종민  월선을 처음 본 순간부터 난 사랑에 빠졌어. 가슴 속에서 솟아나는 이 사랑을 억누르느라 내 가슴은 시커멓게 탔어.

이월선  전… 그 사랑을 받을 자격이 없어요.

홍종민  그런 소리 말아요. 난 월선이가 나에게 다정하게 대할 때면 온 세상을 다 얻은 듯이 행복했고, 다른 사람에게 다정한 태도를 보이면 괴로움과 질투심 때문에 잠을 이루지 못했어.

이월선  저도 마찬가지였어요.

홍종민  뭐? 그럼 월선이도 나를…

이월선  그래요. 절 바라볼 때마다 뜨겁게 타오르는 눈빛을 어찌 못 느꼈겠어요. 저 역시도 그런 감정을 느꼈지만 내색을 못한 거예요.

홍종민  월선이, 사랑해!

홍종민, 이월선의 손을 잡아 자신의 가슴으로 가져간다.
두 사람, 마주 바라본다.
홍종민, 한 팔로 이월선의 어깨를 안는다.
이월선, 얼굴이 빨개지며 홍종민의 가슴에 얼굴을 댄다.
홍종민, 이월선의 입술에 입맞춤을 한다.

**제3장**

햇볕이 따스하고 밝은 그해 오월.

구름이 떠가는 아름다운 호숫가의 풀밭 위에서 결혼 축하연 준비를 하고 있는 박철, 심영복, 진경숙, 송진섭.

하얀 천으로 덮인 식탁에 라일락꽃이 한 묶음 꽂혀 있고, 술병과 과일 등이 놓여 있다.

| | |
|---|---|
| **진경숙** | 아유 그 새침데기. 손수건 꺼내 줄 때 알아봤다니까. |
| **송진섭** | 나는 어째 코피도 안 터지나. 경숙 씨! 나한테 줄 손수건 없습니까? |
| **진경숙** | 냉수 먹고 속차리세요! |
| **심영복** | (시가 적힌 쪽지를 들고 왔다 갔다 하며) 오월이 왔다. 꽃동산이 무너지고 울창한 녹음이 깊어가며 오월이 왔다. |
| **박철** | 영복아! 뭐하는 거냐? |
| **심영복** | 축시 읽어주려고 연습하는 겁니다. |
| **박철** | 무슨 시인데? |
| **심영복** | 「오월의 훈기」라는 시예요. |

이월선과 홍종민, 정장 차림으로 들어온다.

| | |
|---|---|
| **박철** | 드디어 주인공 등장이오! |

모두 박수친다.

| | |
|---|---|
| **진경숙** | 아유, 날아갈 듯하구나! |
| **박철** | 신혼여행은 재미있었나? |
| **홍종민** | 예. |
| **송진섭** | 너무 기운 써서 얼굴이 핼쑥해진 것 같은데? |
| **이월선** | 아이, 놀리지 마세요. |

모두 웃는다.

| | |
|---|---|
| **박철** | 사진사! |

**사진사**　　예!

배우, 사진기를 가지고 나온다.

**박철**　　자, 모이세!

모두 종민과 월선의 주위로 모여 선다.

**사진사**　　머리 왼쪽으로, 오른쪽으로, 약간 드세요. 약간. 예, 좋습니다. 찍습니다. 하
　　　　　　나, 두울, 셋!

마그네슘이 터진다.
웃음소리.
사진사, 나간다.

**박철**　　두 사람의 행복한 앞날을 축하하며, 건배!

모두 건배한다.

**박철**　　그럼, 열혈남아 심영복 군이 두 사람을 위한 축하 시를 낭송해 주겠소. 박수!
**심영복**　　오월이 왔다.
　　　　　　꽃동산이 무너지고 울창한 녹음이 깊어가며
　　　　　　오월이 왔다.
　　　　　　동무여!
　　　　　　그대들은 그 찬 마루장을 두드리고
　　　　　　어떻게나 지내었는가.
　　　　　　지금 나온 용감한 청년들은 오월의 공기를 마시며
　　　　　　근로하는 청년을 찾아서
　　　　　　아! 우리의 동지들을 찾아서
　　　　　　오월의 태양을
　　　　　　어깨 위에 매고 전진한다.
　　　　　　새 세기를 향한 전초여.

나팔을 불라!

송진섭, 나팔 부는 시늉을 한다.

**심영복**     새 세기를 향한 기수여,
          기를 두르라!

홍종민, 손수건을 흔든다.

**심영복**     그리하여 현실을
          메스대 위에 던지라!

모두 박수를 친다.

**진경숙**     정말 감동적인 시예요.
**송진섭**     현실을 수술대 위에 던지라니 으스스한 시구만.
**박철**      정열적으로 시를 낭송해 준 영복군에게 감사드리며, 내가 여러 동무들에게
          알려드릴 소식이 있소.

모두 조용해진다.

**박철**      (장난기 섞인 연설투로) 현금의 우리 조선에 있어서 연극운동은 예술운동의 일
          부문으로만이 아니라 민족운동이나 사회운동으로서의 책무도 또한 겸해야
          함은 우리 모두가 동감하는 바이요. 그렇지 않소?
**모두**      그렇지요!
**박철**      사실은 말이야, 우리의 북극성 탈퇴 소문을 전해들은 개벽좌의 단장이신 김
          해송 선생께서 이번에 「아리랑 고개」라는 연극을 상연하는데 우리 모두에게
          출연해 주기를 요청해 왔는 바 여러 동무들 의견은 어떠시오?
**모두**      좋습니다!

모두 박수를 친다.

| | |
|---|---|
| **송진섭** | 「아리랑」이라면 송진섭! 송진섭이라면 「아리랑」이 아닙니까? 제가 나운규의 활동사진 〈아리랑〉을 15번이나 본 사람입니다. |
| **진경숙** | 그럼 변사 사설을 다 외우시겠네요? |
| **송진섭** | 외우고말고! |
| **진경숙** | 어디 한번 들려주세요. |
| **송진섭** | 활동사진이 없는데 변사 노릇이 신이 나나? |
| **박철** | 활동사진이 왜 없어? 우리가 사진처럼 움직이면 되지. 어때? |
| **모두** | 좋지요! |
| **박철** | 그럼, 내가 배역을 정해 주겠다. 종민이는 영진이를 하고, 경숙이가 영희를 하고, 새색시는 노래를 하고. 진섭아! 내가 오기호 하자. |
| **송진섭** | 형님은 필름이나 돌려주세요. |

박철, 필름 돌리는 시늉을 한다.
모두 웃는다.

| | |
|---|---|
| **홍종민** | 진섭아, 술 내기하자. 네가 다 외우면 내가 사고 못 외우면 네가 사는 거야. 어때? |
| **송진섭** | 좋아! |
| **진경숙** | 어느 장면을 하는 거예요? |
| **송진섭** | 오기호가 영희를 겁탈하는 장면부터 마지막까지! |
| **진경숙** | 오기호는 누가 하는데요? |
| **심영복** | 누군 누구야, 나지. |
| **박철** | 종민이는 들어가서 준비하고 있어. |

각자 맡은 자리로 가서 준비한다.
이월선, 〈아리랑〉 노래를 부른다.
진경숙, 사진을 보는 몸짓을 한다.
심영복, 과장된 몸짓으로 진경숙에게 다가간다.
배우들은 송진섭의 변사 대사에 따라 상황에 맞는 무언극을 만든다.

| | |
|---|---|
| **박철** | 자 필름 돌아갑니다… |

이월선, 노래를 부른다.

**이월선**  *아리랑 아리랑 아라리요*
*아리랑 고개를 넘어간다*
*청천 하날엔 잔 별도 많고*
*우리네 살림살이 수심도 많다*

**송진섭**  (변사조로) 현구도 나가고, 영진이도 나가고, 온종일 빈 집안에 혼자 남은 영희는 현구 사진을 가만히 손에 들고 빛 좋은 그 앞날을 남모르게 그려볼 때, 별안간에 방문이 열리며 영희의 앞에 들어서는 건장한 사나이!
(여자 목소리로) 에그머니! 당신이 웬일이세요? 어서 나가주세요!
(사내 목소리로) 음, 오날은 동리도 비고 집도 비고 서울서 온 그 자식도 없으니 참으로 좋은 기회다. 자, 내 말 들어라, 응! 내 말만 잘 들으면 너희 집 빚 따위는 문제도 안 돼.

오기호, 영희를 껴안으려 한다.

**송진섭**  (여자 목소리로) 어머나 왜 이러세요? 에그머니! 어흑! (목소리를 바꿔 변사조로) 이때 노래를 부르며 돌아오는 영진이!

홍종민, 머리와 와이셔츠를 풀어헤친 차림으로 낫을 들고 춤을 추는 몸짓을 하며 들어온다.

**송진섭**  고양이가 개를 먹었다. 개가 고양이를 먹었다. 으하하!
**이월선**  (노래를 부르며) *아리랑 아리랑 아라리요--*

영진, 영희를 껴안고 있는 오기호를 발견한다.

**송진섭**  앗! 남의 누이를 뺏으려는 악마! 나의 낫을 받아라. 에잇!

영진, 오기호의 등을 내리친다.

**송진섭**  아니, 오빠! 오빠가 사람을 죽이다니!

**격정만리**

이월선, 〈아리랑〉 노래를 부른다.

**송진섭**  아아, 이때 제정신이 돌아오는 영진이! 아니, 영희야! 영희야! (몇 번을 반복하다가) 앗, 까먹었다!

**박철**  2차는 진섭이가 사는 거다.

**송진섭**  예

**박철**  가자!

모두들 웃으며 퇴장한다.
배우들, 〈아리랑〉 노래를 합창한다.

**배우들**  *아리랑 아리랑 아라리요*
*아리랑 고개를 넘어간다*
*청천 하날엔 잔별도 많고*
*우리네 살림살이 수심도 많다*

# 제4장

좌우로 나뉜 극장의 분장실에서 남녀 배우들이 분장을 하고 있다.
배우, 상수 쪽 분장실 앞에서 "아녀자 분장실"이란 팻말을 든다.
진경숙은 분장을 하고 있고, 이월선은 옷을 갈아입는다.

**이월선**  언니!

**진경숙**  응?

**이월선**  어제 공연 보러왔던 노승철이라는 학생 있지?

**진경숙**  진섭 씨 형님의 친구라면서?

**이월선**  동경제대 철학과 나온 수잰데 유학생들끼리 모여서 연극 공부를 한대.

**진경숙**  근데?

**이월선**  날더러 같이 공부하재.

**진경숙**  어떻게 했어?

**이월선**  거절했지 뭐, 하지만 아쉽던데.

**진경숙**  아쉬워?

**이월선**　　나도 윤심덕처럼 멋진 연애나 해 볼까? 호호호!

**진경숙**　　애 엄마가 못하는 소리가 없어.

**이월선**　　아유, 애 엄마가 뭐유? 아직도 이렇게 새파란데.

**진경숙**　　선화라고 했던가, 아기 이름이?

**이월선**　　응.

**진경숙**　　어머니 계시는 게 큰 복이야. 아기를 맡아서 길러 주시니 이렇게 연극도 마음 대로 할 수 있고 말이야.

**이월선**　　아유, 그래도 결혼이란 무서운 구속이에요. 요즘엔 내가 「인형의 집」에 나오는 노라처럼 새장에 갇힌 새가 된 심정이야.

**진경숙**　　어이구, 저 복에 겨워서 하는 소리 좀 봐. 종민 씨처럼 착한 남자가 어디 있다고 그래.

**이월선**　　(일어나서 과장된 몸짓으로) 아, 나는 인형이었어. 아버지 딸인 인형으로, 남편의 아내인 인형으로, 그네들의 노리개였어. 노라를 놓아라! 순순히 놓아라! 높은 장벽을 헐고, 깊은 규문을 열고, 자유의 대기 중에 노라를 놓아라!

이때, 문을 두드리는 소리가 난다.

**진경숙**　　누구세요?

진경숙, 재빨리 가서 문을 연다.

**김갑득**　　이월선 씨 계시오?

**진경숙**　　누구신데요?

**김갑득**　　김갑득이라고 합니다.

진경숙은 월선을 돌아다본다.
놀라는 월선.

**이월선**　　어머! 가세요, 가!

월선은 김갑득을 외면하고 김갑득, 퇴장한다.
조명, 어두워진다.

**격정만리**

배우, 좌측 분장실 앞에서 "남정네 분장실"이란 팻말을 든다.

박철과 홍종민은 분장을 하고 있고, 심영복은 분장을 끝내고 서성거리며 대사를 암기하고 있다.

| | |
|---|---|
| **심영복** | 불같이 사랑하던 청춘남녀가 애끓는 이별의 단장곡을 부르는 고개도 이 아리랑고개요, |
| **박철** | 영복아, 너무 왜색조로 하지 말고 좀 더 우리말 맛이 나게 해봐. 조금만 더 애끓는 감정으로, 더 원한의 감정으로! |
| **심영복** | 예. 불같이 사랑하던 청춘남녀가 애끓는 이별의 단장곡을 부르는 고개도 이 아리랑고개요, |
| **박철** | 좀 더! |
| **심영복** | 불같이 사랑하던… |
| **박철** | 종민이는 눈썹을 좀 더 진하게 칠해야겠다. |
| **홍종민** | 분장이 서툴러서 잘 안 돼요. |
| **박철** | 이리와 봐. |

박철, 홍종민의 분장을 도와준다.

| | |
|---|---|
| **홍종민** | 선배님. |
| **박철** | 응? |
| **홍종민** | 어제 단장님께서 "하나의 인물을 창조하는 것은 혁명과도 같은 것이다" 하셨잖아요? |
| **박철** | 그러셨지. |
| **홍종민** | 아무리 생각해도 무슨 뜻인지 아리송해요. |
| **박철** | 배우가 한 역할을 맡게 되면 그 이전의 감정과 의식을 지워버려야 되지. 그리고 나서 새로운 역할로 변신한다는 것은 바로 새로운 세계를 창조하는 것과 같아. 그걸 혁명이라고 말씀하신 거지. |
| **홍종민** | 전 단장님이 사회주의자인가 생각했어요. |
| **박철** | 단장님은 민족주의자야. |
| **심영복** | 그럼 형님은 무슨 주의세요? |
| **박철** | 하, 내가 무슨 사상가인가? 난 삼류 배우일 뿐이야. |
| **홍종민** | 그래도 바쿠닌이니 크로쁘트킨이니 하는 사상가들 얘길 많이 해 주셨잖아요? |
| **박철** | 응. 그 사람들은 무정부주의자들인데 내가 요즘 그 사람들 책에 빠져 있긴 하지. |

이때, 송진섭이 뛰어 들어온다.

**송진섭**　　난리 났어요. 난리!

**홍종민**　　왜 그래?

**송진섭**　　오늘도, 사람들이, 엄청나게 밀려와!

**홍종민**　　(웃으며) 난 또 불이라도 난 줄 알았네.

**송진섭**　　아유, 말도 말아. 극장 앞에서 종로통까지 줄이 서 있고, 말 탄 순사까지 와서 교통정리를 한대!

그때, 김해송 단장이 급히 분장실을 돌며 외친다.

**김해송**　　자! 다들 모여 주세요!

단원들, 모인다.

**김해송**　　사람들이 밀려왔다고 흥분들 하지 말고 차분하게 해 주세요.

**배우들**　　예.

**김해송**　　어제는 감정이 너무 과잉되어서 무대와 객석이 울음바다가 됐는데 눈물 때문에 연기를 계속하지 못할 지경까지 되어서는 곤란합니다. 특히, 월선 씨!

**이월선**　　예?

**김해송**　　나 어제 월선 씨가 무대에서 쓰러지지나 않을지 염려되었어요. 감정을 조금만 자제해 주세요.

**이월선**　　알겠습니다.

**김해송**　　자, 그럼 우리 모두 나라 잃고, 땅 잃은 우리 민족의 아픔을 생각하며 잠깐 묵념합시다.

모두 묵념을 한다.

**김해송**　　자, 무대감독!

배우, 뛰어나와 무대감독의 역할을 한다.

| 무대감독 | 예! |
|---|---|
| 김해송 | 막! |

배우, 딱딱이를 세 번 친다.

# 제5장

배우, "아리랑고개"라고 쓴 팻말을 든다.
무대 위에서 연극의 마지막 장면이 진행 중이다.
분이 역의 이월선, 길룡 역의 홍종민, 길룡 부친 역의 박철, 분이 부친 역의 김해송, 마을 여인 역의 진경숙 등이 열연을 하고 있다.

| 길룡 | 분이야, 나는 너 없는 세상에서, 너는 나 없는 세상에서 서로 그리며 살아가자. |
|---|---|
| 분이 | 길용아, 명년 춘삼월이 돌아오거든 다시 와서 농사를 지으며 재미있게 살자. |
| 길룡 | 그러나 정처 없이 떠나가는 이 길용이의 앞길이 으찌 될는지 알 수가 있니. 명년 춘삼월 돌아와서 저 언덕 비탈에 마른 잔디 파릇파릇 속잎 나고 시냇물이 잔잔히 흐르는데도 내가 돌아오지 않거든 이 길룡이가 너를 찾아 헤멘다는 것을 잊지 말아다오. 분이야 - |
| 분이 | 나는 싫다. 나는 싫여! 돌아오지 못한다면 나는 너를 죽어도 아니 보낼 터이다. 한 번 가면 다시 못 오는 아리랑고개, 뻐꾹새 우는 아리랑고개, 아지라히 기인 아리랑고개, 옛날에도 간 사람이 많았건만 다시 돌아오는 사람은 없다지. |
| 길룡 | 아, 이 길룡이의 앞길을 굽이쳐 넘어갈 아리랑고개가 몇이나 있을는지 모르겠다. |
| 길룡 부친 | 길룡아, 어서 가자. |
| 분이 | 길용아, 가지 마! |
| 분이 부친 | 분이야, 어느 누가 정든 고향을 버리고 떠나려 하겠느냐만 땅도 빼앗기고, 집도 빼앗겼으니 안 떠날 수가 있겠느냐. |
| 길룡 부친 | 여러분, 섭섭하군요. 조상이 물려준 땅과 집을 남에게 뺏긴 채 고향을 떠나는 이 못난 놈은 여러분 뵙기도 부끄럽고, 지하에 계신 조상님께 면목이 없소. 이 정든 고향을 두고 나는 지금 어디로 가는 거요? 흐흐흑! |

마을 사람들과 분이, 운다.

**분이 부친**  여보게! 어딜 가든지 부디 몸 성히 살게. 내 자네에게 줄 것은 하나도 없지만 이 고향 흙이라도 한 줌 가져가게!

분이 부친, 흙을 준다.

**분이 부친**  부디 고향을 잊지 말게.
**길룡 부친**  잊다니? 내가 어떻게 잊어? 내 조상의 뼈가 묻힌 이 땅을 어떻게 잊어? 아! 이 흙! 내 피와 땀이 배어있는 이 흙! 내 뼈도 이 흙에 묻어야 할 것인데, 장차 나는 어느 흙에 묻힐 것인가!

마을 사람들 울음.

**길룡**  아버지, 어서 가십시다. 아저씨, 안녕히 계십시오. 지금은 이렇게 쫓겨 가는 신세가 되었지만 언젠가는 다시 돌아와 이 땅을 되찾고야 말겠습니다. 그러니 우리가 서러울 때 함께 부르고 괴로울 때 입을 모아 함께 불렀던 아리랑을 불러주십시오!

배우들, 아리랑을 부른다.

**분이**  길룡아! 어디를 가더라도 굳게 맺은 우리 언약 부디부디 잊지 말아야 한다!
**길룡**  분이도 잊지 말고 나를 꼭 기다려다오!
**분이**  길룡아, 꼭 돌아와야 한다!
**길룡**  분이야!
**분이**  길룡아!

두 사람, 안타깝게 서로를 부르며 손을 흔든다.
〈아리랑〉 노랫소리 커진다.

**함창**  *아리랑 아리랑 아라리요*
*아리랑고개로 넘어간다.*
*괴나리 봇짐을 짊어지고*
*북간도 벌판을 떠나간다.*

격정만리

그때, 한 청년이 무대에 뛰어올라 소리친다.

**청년**　　여러분, 광주에서 학생의거가 일어나 수백 명이 잡혀갔습니다! 일본 남학생이 광주 고녀 여학생을 희롱하여 그에 항의한 조선 학생들을 일본 경찰은 무차별 구타하고 잡아갔습니다! 여러분, 광주를 잊지 마시오!

청년, 삐라를 뿌린다.

**청년**　　조선 민중이여, 궐기하시요!

호루라기 소리와 함께 임검 순경이 뛰어오른다.

**순경**　　조센징! 잡아라! 쯔까마에로!

아우성, 총소리, 암전

# 제6장

**해설자**　　일본 경찰의 주목을 받은 개벽좌는 사사건건 갖은 트집으로 공연을 방해받는 통에 도저히 견디지 못해 얼마 지나지 않아 해산하게 되었고, 단원들은 또다시 뿔뿔이 흩어져서 이 단체 저 단체에서 활동을 하기 시작했습니다. 일본의 문화통치가 강화되던 이 시기는 많은 예술가들이 방황하던 시절입니다. 일본의 신파극을 모방해서 시작된 신파극 운동은 차츰 조선의 현실에 맞게 개량되어 갔고, 소련의 혁명노선을 추종하는 일본 좌익 운동의 영향 아래 마르크스레닌주의 문예운동을 주장하는 극단들이 생겨났고, 또 한편으론 일본을 통해 수입한 서구 근대극 운동을 조선에 소개하려는 유학생 그룹 등 다양한 주장을 하는 극단들이 우후죽순처럼 생겨나 혼란과 분열을 거듭했습니다.

# 제7장

깨끗하고 고급스럽게 치장된 연극 연습장.
입센 작 「인형의 집」을 연습하고 있는 배우들.

노승철과 연출부가 의자에 앉아 지켜보고 있다.

**노승철**　자, 다시 해보죠.

**린데부인**　아! 일해 줄 상대가 생겼고, 살아갈 보람도 느끼게 됐어. 오, 돌봐줄 가정! 빨리 그분들이 돌아오면 좋겠는데.

린데부인, 현관에 귀를 기울인다.

**조연출**　현관문 열리는 소리!

**린데부인**　옳지, 오는구나. 준비를 해야지.

린데부인, 모자와 외투를 든다.
은색 가발을 쓴 헤르마 역의 송진섭과 금색 가발을 쓴 노라 역의 이월선이 들어온다.
헤르마가 노라를 거의 완력으로 현관에 끌어들인다.
노라는 이탈리아풍의 옷을 입고 커다랗고 검은 숄을 걸치고 있다.

**노라**　싫어요. 싫어요. 집에 들어가지 않겠어요! 다시 무도회장에 가겠어요!

**헤르마**　그렇지만, 노라!

**노라**　정말, 부탁이니, 가게 해 주세요. 제발 부탁이니 단 한 시간만!

**헤르마**　단 일 분이라도 안 돼요. 약속했잖아. 어서 방에 들어가요. 이런 데 서 있으면 감기 걸려요.

헤르마, 노라가 발버둥치는 것을 강제로 방에 끌고 가려 한다.

**린데부인**　안녕하세요. 어머, 노라!

**노라**　어머, 크리스티네!

**헤르마**　아니, 린데부인, 이렇게 밤늦게 웬일이십니까?

**린데부인**　용서하세요. 저도 모르게 노라의 멋진 모습을 보고 싶어서.

**노라**　그럼 죽 여기서 기다리고 계셨어요?

**린데부인**　네. 공교롭게도 늦어버려서. 당신이 벌써 나간 뒤였어요. 하지만 당신을 이렇게 한번 뵙지 않고는 돌아가고 싶지 않았어요.

연기를 계속하려 할 때, 노승철이 중지시킨다.

**격정만리**

**노승철**　　잠깐만!

노승철, 송진섭에게 다가간다.

**노승철**　　진섭 씨! 아직도 신파 연기가 많이 남아 있습니다. 좀 더 자연스럽게 할 수 있을 것 같은데요.

**송진섭**　　최선을 다하겠습니다.

**노승철**　　월선 씨! 정말 많이 좋아졌네요. 하지만 아직도 억양에 신파조가 조금 남아 있습니다.

**이월선**　　고치도록 노력하겠습니다.

**노승철**　　그리고 지금부터는 노라의 이중적인 내면을 표현하는데 조금 더 신경을 써 보세요.

**이월선**　　예.

**노승철**　　불란서의 세계적인 명배우 사라 베르나르 여사는 이렇게 말했어요. "나는 어떠한 역이던지 행언 하려면 — 이것은 대사와 동작을 일컫는 말입니다 — 먼저는 내가 행언하려 하는 그 인물의 지식정도와 특이한 성정도 연구하고 얻을 수 있는대로 그 인물에 대해 해부적 비평문을 읽으며 시인의 붓 끝으로 이른 그때의 이야기라 할 지라도 다 자세히 상고하야 스스로 나의 몸이 그때의 그 사람이 된 듯한 감동이 일어나도록 그때의 문학에서 그때의 그 공기를 호흡하기에 무엇보다 더 노력합니다"라고요. 어때요?

**이월선**　　마음에 깊이 새기겠습니다.

**노승철**　　이 작품은 노르웨이의 세계적인 문호 입센이 쓴 걸작으로, 가부장적 사회에서 남편과 아이들을 위해 모든 것을 희생하며 살던 여성이 사랑과 결혼에 대한 진실을 깨닫고 새로운 삶을 찾아 떠나는 여성해방 사상을 담고 있습니다. 그러니 연기도 절제된 자연스러움과 고도의 진실성을 담아야 하며, 이 걸작에 어울리게 품위와 예술성을 갖추어야 할 것입니다.

**배우들**　　예.

**노승철**　　오늘 연습은 이것으로 하고 내일은 3막부터 다시 연습하겠습니다. 수고하셨습니다.

**배우들**　　수고하셨습니다.

배우들, 노승철에게 인사를 하고 흩어진다.

**노승철**　　　노라, 잠깐만!

노승철, 이월선과 얘기하며 안으로 들어간다.
송진섭이 미리 들어와 연습을 보고 있던 홍종민을 발견한다.

**송진섭**　　　이게 누구야?
**홍종민**　　　연습 잘 돼가나?
**송진섭**　　　아주 잘 돼가. (가발을 벗으며) 지금 장안에서는 우리 예술극단의 공연이 온통
　　　　　　　화젯거리라네.
**홍종민**　　　…
**송진섭**　　　그럼 먼저 실례하겠네.

송진섭, 퇴장한다.
린데부인 역의 배우도 따라서 퇴장한다.
노승철과 이월선, 얘기하며 나온다.

**이월선**　　　(홍종민을 보고 놀라서 다가와) 웬일이세요?
**홍종민**　　　박철 선배하고 만나기로 했는데 당신도 같이 만났으면 합디다.
**이월선**　　　출연 관계인가요?
**홍종민**　　　그런 것 같소.
**이월선**　　　오늘 저녁 약속이 있는데.
**홍종민**　　　무슨 약속?
**이월선**　　　여기 회원들이 셰익스피어 독회를 하는데 저더러 꼭 참석해 달라고 그랬어요.
**홍종민**　　　그래?

그때 노승철이 다가온다.

**노승철**　　　홍 선생님이시죠?
**홍종민**　　　그렇습니다.
**노승철**　　　말씀 많이 들었습니다. 저, 노승철이라고 합니다.
**홍종민**　　　저도 말씀 많이 들었습니다.
**노승철**　　　언제 기회가 닿으면 제 작품에 꼭 모시고 싶습니다.

**격정만리**

| | |
|---|---|
| **홍종민** | 고맙습니다. |
| **노승철** | 그럼. |

노승철, 종민에게 인사를 하고 나간다.

**이월선**　　(종민에게) 박선배께는 당신이 가셔서 말씀 나누고 오세요.

이월선, 노승철을 따라 나간다.
그 모습을 착잡한 표정으로 바라보는 홍종민.
배우 중 1인, 〈황성옛터〉 노래를 부른다,

**배우**　　*황성옛터에 밤이 되니 월색만 고요해*
　　　　*폐허에 서린 회포를 말하여 주노나*
　　　　*아아, 외롭다. 이 내 몸은*
　　　　*그 무엇 찾으러*
　　　　*끝없는 꿈의 거리를 헤매어 있노라*

## 제8장

그날 밤.
비좁고 허름한 홍종민의 집 거실.
밖에서 바람 소리가 들려온다.
이월선, 소파에 앉아 셰익스피어 희곡을 보고 있다.
홍종민, 그 주위를 서성댄다.

| | |
|---|---|
| **홍종민** | 박선배가 새 단체가 생긴다고 같이 일해 보자고 하십디다. |
| **이월선** | 싫어요. |
| **홍종민** | 왜? |
| **이월선** | 이제 신파는 싫어요. |
| **홍종민** | 왜 싫어? |
| **이월선** | 너무 저속하고 타락했어요. |

| 홍종민 | 모두가 그런 건 아니잖아? 박선배가 하자는 단체는 예술적인 신파를 정립하 겠다는 목표를 세우고 활동할 거래. |
|---|---|
| 이월선 | 오십 보 백 보에요. 고루한 신파를 들고 나오는 건 시대에 뒤떨어진 일이예요. |
| 홍종민 | 그래서 당신은 (월선이 보는 책을 툭툭 치며) 셰익스피어 공부하는 책상물림들 하고 어울리나? |
| 이월선 | 책상물림이라니요? |
| 홍종민 | 그 사람들은 연극인이 아니고 예술가인 척하는 아마추어 들이야. |
| 이월선 | 잘 알지도 못하면서 그런 소리 마세요. |
| 홍종민 | 모르긴 뭘 몰라? 셰익스피어니 입센이니 빠다 냄새나는 작품들은 하늘처럼 떠받들면서 창극이나 신파극은 된장 냄새난다고 무시하는 그 작자들의 치기 어린 연극론을 모를 줄 알아? |
| 이월선 | 그렇게 일방적으로 매도하지 마세요. 그 사람들은 유학을 가서 세계 연극의 흐름을 직접 보고 배운 사람들이에요. |
| 홍종민 | 흥, 유학 못 간 무식쟁이는 그런 말 할 자격도 없다 이거지? |
| 이월선 | 그런 말 한 적 없어요. |
| 홍종민 | 그 노승철이란 작자도 그래. |
| 이월선 | 그 사람이 어때서요? |
| 홍종민 | 이론은 그럴싸하지만 연출하는 거 보니 대학교 학예회 연출이나 하면 딱 맞 을 실력이야. |
| 이월선 | 그 사람 모욕하지 말아요! |
| 홍종민 | 뭐야? 당신 도대체 그 작자하고 어떤 관계야? 내가 반대하는 걸 무릅쓰고 왜 그 극단에 가입하고 독회네 뭐네 하면서 밤늦게 싸돌아다니나? |
| 이월선 | 유치한 소리 그만하세요! |
| 홍종민 | 유치하다고? 무대에 대해서는 초보적 상식도 없는 자가 유학 좀 갔다 왔다고 예술가인 체 교만을 떠는 그자 말은 고상하고 중등학교 밖에 못 다닌 남편의 말은 유치하다 이거지? |
| 이월선 | 그만 하세요, 불쾌해요! |
| 홍종민 | 불쾌한 건 나야! 당신의 방종한 태도를 더 이상 두고 볼 수가 없어! |
| 이월선 | 방종하다구요? |
| 홍종민 | 그래! |
| 이월선 | 내가 무슨 짓을 했다는 거예요? |

홍종민, 이월선의 손에서 책을 빼앗아 내동댕이친다.

**홍종민**　　지금 당신하고 노승철을 두고서 어떤 소문이 돌고 있는지 알아?
**이월선**　　(당황한 듯) 소, 소문?
**홍종민**　　당신이 행동을 바르게 하면 왜 그런 추잡한 소문이 내 귀에까지 들어오나?
**이월선**　　헛소문이에요. 그런 소리 듣고 싶지도 않아요!

이월선, 책을 들고 다른 방으로 건너가려 한다.

**홍종민**　　그리고 당신!

이월선, 돌아본다.

**홍종민**　　김갑득이란 자 하고는 어떤 관계지?
**이월선**　　(깜짝 놀라) 아, 아니, 어떻게 그걸…?
**홍종민**　　(소리치며) 어떤 관계야?

잠시 침묵.

**이월선**　　만나셨나요?
**홍종민**　　그래, 오늘 시내에서 그자를 만나고 당신한테 갔던 거야.
**이월선**　　기억하고 싶지도 않아요.
**홍종민**　　그자는 지금도 당신을 못 잊는다는구만. 권번에서 당신은 춤을 추고 자기가
　　　　　　대금을 불던 그 시절을 죽어도 못 잊겠다는 거야.
**이월선**　　그만! 어렸을 때 일이예요. 다 잊었어요.
**홍종민**　　잊으려고 애를 쓰고 있겠지. 하지만 그런 일이 쉽게 잊혀지나?

이월선, 쓰러져 운다.

**홍종민**　　왜 그런 얘길 숨겼나?
**이월선**　　어떻게 얘길 해요? 집이 가난해서 돈에 팔려 권번에서 춤을 배우다 철없이
　　　　　　정을 준 남자가 있었다고 어떻게 얘길 해요?

| 홍종민 | 변명하지 마! 더러운 과거를 속이고도 모자라 노승철이란 작자한테 꼬리를 흔들어? |
|---|---|
| 이월선 | 꼬리를 흔들긴 누가 흔들었다는 거예요? |
| 홍종민 | 그럼 정숙한 당신을 그자 혼자서 유혹했단 말이야? |

이월선, 바닥에 떨어진 책을 집어 들고 일어난다.

| 이월선 | 그런 이상한 말 하지 마세요. 우린 세상 사람들이 말하는 그런 추잡한 관계가 아녜요. |
|---|---|
| 홍종민 | 그럼 도대체 어떤 관계야? |
| 이월선 | 서로의 예술세계를 이해하고 존중하는 사이예요. |
| 홍종민 | 이해? 존중? 정말 고상한 사이시구만. 그래, 그자하고 사귀면 사람들이 당신을 지체 높은 신여성으로 존중해 줄 줄 아나? 천만에! 당신은 천한 기생 출신의 여배우일 뿐이야! |
| 이월선 | 그만하세요! 그런 더러운 말투 더 이상 듣고 싶지 않아요! |
| 홍종민 | (월선의 뺨을 치며) 더러운 건 너야! |
| 이월선 | (책을 떨어뜨리고 얼굴을 감싸 쥐며) 이 이가? |
| 홍종민 | 당신은 허영덩어리에다 화냥기 많은 천박한 여자야! |

침묵.

| 이월선 | 그래요. 난 그런 여자예요! |
|---|---|

이월선, 밖으로 나가려 한다.

| 홍종민 | 어디 가는 거야? |
|---|---|
| 이월선 | 이런 비참한 심정으로 더 이상 당신과 살 수 없어요! |
| 홍종민 | 뭐야? |
| 이월선 | 난 착하고 순진하고 북극성 같은 꿈을 지닌 당신을 사랑해서 결혼했어요. 하지만 당신은 변했어요. |
| 홍종민 | 변했다고? |
| 이월선 | 끊임없이 자신을 자학하고, 세상에 대해 화를 내고, 점점 고집스러워지고 거 |

칠어지는 당신의 모습을 견디기 힘들어요.

**홍종민**  그게 오로지 나만의 잘못이라고 생각하나? 연극 한 편 올리는 게 독립운동하는 만큼이나 어려운 이 험악한 시절에 배우 노릇하면서 살려니까, 당신과 아이를 위해서 돈을 벌려니까, 그리고 여전히 내 가슴속에서 불타고 있는 꿈을 이룰려니까 악착같이 살아가고 있는 거야.

**이월선**  난 그렇게 악착같이 살고 싶지 않아요. 그리고 너무 난폭해진 당신의 말도 더 이상 듣고 싶지 않아요.

**홍종민**  그럼 어떡하겠다는 거야?

**이월선**  우린 너무 안 맞아요.

**홍종민**  이혼…하겠다는 거야?

**이월선**  아이는 제가 키울게요.

**홍종민**  이봐!

**이월선**  제발 아무 말 말아 주세요!

이월선, 울면서 뛰쳐나간다.

**홍종민**  월선이!

홍종민, 월선이 나간 곳을 멍하니 바라본다.
바람 소리.
배우 중 1인, 〈사의 찬미〉 노래를 부른다.

**배우**   *광막한 황야에 달리는 인생아*
         *너의 가는 곳 그 어데이냐*
         *쓸쓸한 세상 험악한 고해에*
         *너는 무엇을 찾으러 가느냐*
         *눈물로 된 이 세상이*
         *나 죽으면 그만일까*
         *행복 찾는 인생들아*
         *너 찾는 것 설움*

노을이 붉은 저녁 무렵.

심영복과 진경숙의 집.

소박하고 단촐한 느낌의 한옥 마당 안에 탁자가 놓여 있고 술과 음식이 차려져 있다.

심영복과 진경숙은 정장 차림을 했다.

박철과 신천지 단원들, 술에 취해 "사의 찬미"를 흥얼거린다.

홍종민, 술에 취해 비틀거리며 들어온다.


| | |
|---|---|
| **박철** | 어서 와! |
| **홍종민** | 좀 늦었습니다. |
| **진경숙** | 아유, 어디서 이렇게 잔뜩 취하셨어요? |
| **홍종민** | 경숙 씨, 축하합니다. |
| **진경숙** | 고마워요. |
| **홍종민** | (심영복에게 악수를 청하며) 축하한다. |
| **심영복** | 고마워. |
| **박철** | 자! 두 사람의 결합을 축하하며, 건배! |
| **모두** | 건배! |


모두 건배한다.


| | |
|---|---|
| **박철** | 정말 식은 안 올릴 건가? |
| **심영복** | 물론입니다. |
| **박철** | 경숙 씨는 여자로서 섭섭할 텐데? |
| **진경숙** | 그런 것은 부르주아 계급의 감상적 생각이에요. |
| **박철** | 두 사람이 카프에 들어가더니 많이 변했구만. |
| **홍종민** | 카프라! 어떤 연극을 하는 곳입니까? |
| **신천지단원1** | (술이 잔뜩 취해) 우리들의 연극은 광범한 농민을 동맹자로 하여 프롤레타리아 독재를 목표로 싸우는 혁명적 이데올로기를 내용으로 하며 연극은 철두철미 프롤레타리아 계급의 투쟁과 결부되지 않아서는 안 된다고 봅니다. |
| **박철** | (술에 취해) 무식한 나로서는 무슨 말인지 잘 모르겠지만 여하튼 대단한 연설 이요, 박수! |

일동 박수.

**홍종민**   (술에 취해) 그 혁명적 프롤레타리아 연극의 한 토막 볼 수 있습니까?
**신천지단원2** 지금요? 너무 갑작스런 주문이라…

신천지 단원들, 서로 마주 본다.

**홍종민**   연습하시던 거 한 토막이라도 보여주시오.

심영복, 진경숙, 신천지 단원들과 잠깐 상의를 한다.

**진경숙**   그럼 카프 회원이 쓴 호신술이란 희곡의 끝 장면을 잠깐 보여드리겠어요.
**심영복**   이 작품은 어느 공장 사장의 위선을 풍자한 희극입니다.

일동, 박수를 친다.
단원1이 삼룡 역, 단원2가 춘보 역, 심영복이 A, 진경숙이 B의 역할을 한다.

**사람들**   물러나라! 악덕 공장주 물러나라!
**삼룡**    이것 봐, 애들아. 어서들 나가서 대문 잠궈라!
**춘보**    그런데 왜 그러셔요?
**삼룡**    이 자식아, 몰라? 직조 공장에서 야단이 났어. 어서 대문 잠궈!
**배우들**   물러가라! 물러가라!

춘보, 밖을 내다본다.

**삼룡**    이놈아, 틈으로만 내다봐.
**춘보**    네. (무엇이 생각이 난 듯이) 네네네… 인제 알았습니다. 파업단이 쳐들어옵니까?
**삼룡**    조용히 해, 이놈아!
**춘보**    까짓 거 무슨 걱정이세요? 이렇게 호신술만 쓰시면…
**삼룡**    (발을 구르며) 에구 이놈아, 듣기 싫어. 자… 전화…

삼룡, 전화하는 시늉을 한다.

삼룡이 전화하는 동안 춘보, 밖을 살피러 나간다.

| | |
|---|---|
| **삼룡** | 네… 영감이슈?… 지금 온통 야단입니다. 얼른 해산을 시켜 주슈. 네… 고맙습니다. |
| **춘보** | (뛰어 들어오며) 에구, 영감님. 계집애들 사내들 한 오백 명이나 몰려옵니다! |
| **심영복** | (달음박질로 들어오며) 사람들이 막 몰려와서 대문을 두들깁니다요! |
| **삼룡** | 어서 나가 지켜, 이놈아! |
| **춘보** | 에이쿠, 영감, 큰일 났습니다! 돌이 날아옵니다! |
| **진경숙** | (안에서 뛰어나오며) 마님께서 병원에서 나오시다가 그만 길에서 여공들에게 붙들리셨답니다! |
| **삼룡** | 무어야? 어서 너도 나가 있어! |
| **춘보** | 아이구 영감님, 대문을 깨뜨립니다! |
| **심영복** | 영감님. 잠깐 만나만 뵙자고 합니다요. |
| **삼룡** | 이놈아, 나가! 다시는 들어오지 마! |
| **춘보** | 에이구, 저 떠드는 소리, 파업가 소리 좀 들어보셔요. 꼭 둑이 터진 것 같습니다! (종이를 건네주며) 영감님. 이것 봅쇼. |
| **삼룡** | (종이를 펴 보며) 뭐, 어째? 최후까지 싸우겠다고? 아이구, 난 망했구나! |

삼룡, 땅에 털썩 주저앉는다.
일동, 웃으며 박수 친다.

| | |
|---|---|
| **박철** | (신천지단원의 말투를 흉내 내며) 여러분, 혁명적으로 웃겨주는 프롤레타리아 연극을 위해 다같이 건배! |

일동, 건배한다.

| | |
|---|---|
| **심영복** | 박선배 하고 종민이는 조선극단에서 일하기로 했다면서요? |
| **박철** | (신파조로) 우리는 광범위한 대중의 지지를 받고 있는 신파극을 예술적으로 향상시켜 민족의 연극을 부흥시킨다는 원대한 포부를 품고 조선극단에 참가하기로 했지! |
| **신천지단원1** | (술에 취해) 신파, 거, 문제 많습니다! |
| **홍종민** | 무슨 말씀이요? |

**신천지단원1**　(더 큰소리로) 문제가 많다구요!

**홍종민**　무슨 문제가 많다는 거야?

홍종민, 달려들어 싸우려고 한다.
심영복, 두 사람을 말린다.

**심영복**　그게 아니고 얼마 전에 신문에도 났지 않나? 신극은 대중을 고매한 이상에 유도하여 더욱 향상시키는 역할을 하지마는 신파는 관중의 저속한 취미를 자극하여 더욱 타락시킨다고 말이야.

**홍종민**　(술에 취해 벌떡 일어서며) 개 같은 소리야! 그 자식들은 서양연극을 모방해서 혀도 돌아가지 않는 말투로 서양사람 흉내를 내고, 괴상한 몸짓으로 관중을 현혹시킨다구! 그것을 보고 뻔히 모르면서도 아는 척하는 소위 신세대의 청춘남녀라는 것들도 가소로운 것들이지. 그러니 하는 것들이나 보는 것들이나 모두가 대학물 먹었다고 귀족주의에 빠져서 교만 떠는 것들이거나, 외국 것이라면 무엇이든 환장하는 발광증 들린 정신병자들이 아니고 무어야? 아, 황금도 싫소, 명예도 싫소. 오로지 나의 한 가지 소망은 조선 냄새 나는 위대한 예술을 하고 싶은 것이오!

**모두**　옳소!

모두 박수를 친다.
홍종민, 탁자에 고개를 박고 쓰러진다.

**심영복**　그렇습니다. 위대한 예술! 그것은 바로 공장에서, 농촌에서, 투쟁하는 조선의 혁명적 노동자, 농민과의 연계 속에서만 탄생할 수 있으며, 연극은 바로 이 노동자, 농민들의 예리한 무기가 되어야 하는 것입니다!

일동, 박수를 친다.

**박철**　자자, 무정부주의자이고 삼류 신파배우인 이 박철은 심영복 군의 연설에 공감할 수는 없지만, 아무튼 오늘은 한 쌍의 남녀가 백년을 약속한 뜻깊은 밤이니 논쟁을 생략하고 제수씨에게 노래 한 곡을 청할까 하오!

**진경숙**　신부한테 노래 청하는 법이 어딨어요?

**홍종민**　　(술에 취한 목소리로) 이런 자리에서 사양하는 건 프롤레타리아 여성의 미덕이
　　　　　　　아니지. 자, 진경숙 여사의 노래 한 곡조!

박수 소리.
어느덧 허공에 달이 떴다.
진경숙, 〈강남달〉 노래를 부른다.

**진경숙**　　*강남달이 밝아서 님이 놀던 곳.*
　　　　　*구름 속에 그의 얼굴 가리워졌네.*
　　　　　*물망초 핀 언덕에 외로이 서서*
　　　　　*물에 뜬 이 한 밤을 홀로 새우네.*

## 제10장

**해설자**　　조선 프롤레타리아 예술가 동맹 즉 카프는 1931년 9월경에, 공산주의 사회의
　　　　　실현을 목적으로 하는 이동식 소형극장을 결성했습니다. 1934년 2차 카프 검
　　　　　거 사건으로 인해 박영희, 이기영, 한설야, 송영, 최정희, 김유영, 나 웅, 이동
　　　　　규 등의 카프 예술가들이 검거되었습니다. 물론 신천지극단 단원들에게도
　　　　　검거의 손길이 뻗쳤습니다.

## 제11장

배우, "사랑에 속고 돈에 울고"라고 쓴 팻말을 들고 선다.
화려하고 멋진 극장 무대에 단정한 기와집 세트가 서 있고, 그 앞에서 철수 역의 홍종민과 홍
도 역의 여배우가 열연을 펼치고 있다.

**홍도**　　(달려들어 앞을 막으며) 오빠, 어디 가세요?
**철수**　　비켜라!
**홍도**　　안 돼요. 오빠, 거기 가서는 안 돼요!

철수, 애걸하며 매달리는 홍도를 뿌리치고 나가려 한다.

**격정만리**

| 홍도 | 오빠! (사생결단코 잡으면서 애걸하며) 내게는 원수와 같지만 그들은 모두가 내 남편의 어머니요, 누이동생이 아니에요? 그러니 오빠가 이 동생을 생각하고 광호 씨를 생각하신다면 그 집에 가시는 것만은 참아 주세요. 네, 오빠! |
|---|---|
| 철수 | 오냐, 내가 잘못했구나. 너를 부잣집 좋은 가문에다 시집을 보낸 이 오래비가 잘못이지. |
| 홍도 | 오빠! |

홍도, 철수의 품에 안겨 운다.

| 철수 | 홍도야 울지 마라! 어쩌면 우리 두 남매는 이렇게 눈물많은 서러운 세상에 태어나서 이렇게 얄궂은 운명을 안고 울지 않으면 안 되었더란 말이냐! |
|---|---|
| 홍도 | 오빠! 나는 어떡하면 좋아요? 그 더러운 누명을 쓰고서도 애꿎은 눈물만 흘려가면서 이렇게 살아야 할까요? |
| 철수 | 아무렴. 너의 결백한 마음이 청천백일 하에 밝혀지는 날까지 이를 악물고 이 설움을 참고 살아야 한다! |
| 홍도 | 네, 오빠! |

배우 중 1인, 〈홍도야 우지 마라〉 노래를 부른다.

| 배우 | *사랑을 팔고 사는 꽃바람 속에* |
|---|---|
| | *너 혼자 지키려는 순정의 등불.* |
| | *홍도야 우지 마라. 오빠가 있다.* |
| | *아내의 나갈 길을 너는 지켜라.* |

막이 닫힌다.
열광적인 박수 소리.
무대 옆 통로로 홍종민이 나온다.
진경숙이 기다리고 있다.

| 진경숙 | 종민 씨! |
|---|---|
| 홍종민 | 아니, 웬일이야? |
| 진경숙 | (흥분해서) 모두들 잡혀갔어요! |

| | |
|---|---|
| **홍종민** | 영복이는? |
| **진경숙** | 피신 중이에요. 저도 함께 피신할 거예요. |
| **홍종민** | 갈 곳은 있어? |
| **진경숙** | 부탁할 사람이 종민 씨밖에 없어요. 도피자금 좀 빌려주세요. |
| **홍종민** | (바지 주머니를 뒤져 돈을 꺼내며) 어떡하지? 가진 게 이것밖에 없는데. |
| **진경숙** | (받으며) 이거면 충분해요. 나중에 꼭 갚겠어요. |
| **홍종민** | 그런 걱정말고 몸이나 조심해. |
| **진경숙** | 그럼. (가려다가 돌아서며) 참, 월선이 소식 들으셨어요? |
| **홍종민** | 아니. |
| **진경숙** | 노승철한테 숨겨 둔 약혼녀가 있었대요. 집안에서는 월선이를 극력 반대하고 그 여자와 강제로 결혼을 시켰대요. 월선이는 충격을 받고 방황하다가 동방창극단을 따라 지방을 순회하고 있대요. |
| **홍종민** | … |

징 소리 울린다.
관객들의 열렬한 박수 소리.

**진경숙**　　그럼.

진경숙, 퇴장한다.
홍종민, 멍하니 서 있다.
배우 중 1인, 〈애수의 소야곡〉 노래를 부른다.

**배우**　　*운다고 옛사랑이 오리오마는*
　　　　*눈물로 달래보는 구슬픈 이 밤.*
　　　　*고요히 창을 열고 별빛을 보면*
　　　　*그 누가 불러주나 휘파람 소리.*

# 제12장

고전적이면서도 고급스럽게 꾸며진 홍종민의 집 거실.
홍종민, 소파에 홀로 앉아 술을 마신다.

초인종 소리.
예쁘게 차려입은 젊은 하녀가 나온다.


**하녀**     누구세요?

**송진섭**     (밖에서) 홍 선생님 계십니까?

**하녀**     잠깐 기다리세요. 선생님!

**홍종민**     응?

**하녀**     손님 오셨는데요?

**홍종민**     (송진섭을 보고 놀라며) 웬일이야? 우리 집엘 다 오고.

**송진섭**     (과장된 소리와 몸짓으로) 사랑에 속고 돈에 울고… 야, 그 통속 신파극이 이렇게 대박이 날 줄 누가 알았나?

**홍종민**     앉지.

**송진섭**     (앉으며) 장안의 모든 기생들이 홍도 오빠 만나보려고 인력거가 줄을 섰다는 소문이 파다하니 세기의 별, 스타~ 홍종민! 그 유명 배우를 언제 만나 볼 틈이 있겠나? 마침 근처에 볼일이 있어서 잠깐 들렀지.

**홍종민**     술 한잔하겠나?

**송진섭**     대낮부터 무슨 술이야. 커피로 하지.


송진섭, 의자에 앉는다.


**홍종민**     (하녀에게) 커피 좀 부탁해.

**하녀**     예!


하녀, 퇴장한다.


**홍종민**     무슨 일인가?

**송진섭**     (은밀하게) 지금 연극인들에게 총동원령이 내리지 않았나?

**홍종민**     그래서?

**송진섭**     배우도 사상이 불순한 자들은 무대에서 물러나게 한다네.

**홍종민**     뭐?

**송진섭**     곧 배우 심사가 있을 걸세.

하녀, 커피를 가지고 온다.

**송진섭**    고맙소이다.

하녀, 나간다.

**홍종민**    배우 심사?
**송진섭**    상식 시험을 볼 텐데, 내가 몇 가지 물어봄세. 일본을 개국한 사람은?
**홍종민**    아마데라쓰 오오미노까미.
**송진섭**    일로 전쟁의 원인은?
**홍종민**    일본이 조선과 만주를 먹으려고 러시아와 전쟁한 거지.
**송진섭**    그렇게 대답하면 사상이 불온하다고 당장 낙젤세.
**홍종민**    그럼 뭔가?
**송진섭**    동북아의 평화와 세계질서를 지키기 위해서지.

송진섭, 커피를 마신다.

**송진섭**    그리고 제일 중요한 문제, 신체제 하에서 예술가의 임무는?
**홍종민**    그런 걸 내가 어떻게 알아?
**송진섭**    (유창하게 낭송하듯이) 개인주의 사상을 버리고 전체주의 사상 밑에서 국가를
             위한 예술 활동을 통해 내지인과 조선인의 피는 하나로 되어 있으며, 이로써
             우리는 천황폐하의 신민으로서 충의를 다하는 자가 되도록 인도해야 한다!

잠시 침묵.

**홍종민**    왜 그걸 나한테 가르쳐 주나?
**송진섭**    연극인들이 총집결하는 협회가 결성되는데 그 협회가 조선의 연극을 주도해
             갈 거야.
**홍종민**    그런데?
**송진섭**    승철이 형님이 자네를 현재 최고의 스타이자 명배우라고 높이 평가하면서
             꼭 참가해 주었으면 하고 바라더군.

박철, 등장한다.

**격정만리**

| 송진섭 | 형님, 오랜만입니다. |
| --- | --- |
| 박철 | 어, 진섭이가 웬일이야? |
| 송진섭 | 지나는 길에 잠깐 들렀습니다. (시계를 보며) 아이쿠, 이거, 약속이 있어서 오랜만에 형님 만났는데 얘기도 못하고… 죄송하게 됐습니다. |
| 박철 | 죄송할 거 없어. 어서 가봐. |
| 송진섭 | (박철에게) 그럼 일간 뵙겠습니다. (종민에게) 커피 잘 마셨네. |

송진섭, 퇴장한다.

| 박철 | 협회 결성 얘기를 하던가? |
| --- | --- |
| 홍종민 | 어찌 되는 겁니까? |
| 박철 | 협회의 목적이 연극을 전쟁 수행의 도구로 이용하자는 거니까 가담하지 않는 자는 공연을 할 수 없게 돼. |

잠시 침묵.

| 홍종민 | 어쩌실 겁니까? |
| --- | --- |
| 박철 | 만주로 튈 테야. |
| 홍종민 | 만주요? |
| 박철 | 고향 친구가 남만주 근처에 이주해서 살고 있으니까 거기서 잠시 신세를 지다가 대책을 세우겠어. |
| 홍종민 | 살아가기가 쉽지 않을 텐데요. |
| 박철 | 매국노들 날뛰는 꼴 보면서 여기 사느니 굶더라도 만주에서 사는 게 마음 편할 거야. 자네는 어찌하겠나? |
| 홍종민 | 저도 다 때려치우고 고향에나 내려가고 싶지만 쉽지 않네요. |
| 박철 | 아버님 돌아가시고 어머님 혼자 고향에 계시다며? |
| 홍종민 | 예. 어머님 모시며 살고 싶은데, 여기서 돌봐야 할 식구가 있으니… |
| 박철 | 참, 월선이 하고는 재결합한 건가? |
| 홍종민 | 그런 건 아니고 아이 때문에 종종 만납니다. |
| 박철 | 딸린 식구들이 많으니 경거망동하지 말고 천천히 생각해 봐. 나야 어머님 돌아가신 뒤로 딸린 식구가 없어서 자유로운 거니까. |

**홍종민**        …
**박철**          그럼 가보겠네.
**홍종민**        몸조심하세요!
**박철**          자네도 조심하게.

박철 나간다.
홍종민, 박철이 나간 쪽을 멍하니 바라본다.
하녀가 나온다.

**하녀**          잔 치울까요?
**홍종민**        응.

홍종민, 비틀거린다.

**하녀**          어디 아프세요?
**홍종민**        아니, 머리가 좀… 나 잠깐 나갔다 올게.

홍종민, 나가려 한다.

**하녀**          양복도 안 입으시고요?
**홍종민**        이대로 괜찮아.

홍종민, 급히 나간다.
하녀, 찻잔을 들고 물러간다.

# 제13장

배우, 시나위를 연주한다.
이월선의 무용 연습실.
음악에 맞춰 혼자서 살풀이를 연습하는 월선.
홍종민, 들어와서 그 모습을 바라본다.
월선, 홍종민을 보고 춤을 멈춘다.

| 홍종민 | 춤태가 여전히 아름답소. |
|---|---|
| 이월선 | 몸이 굳어서 생각대로 안 돼요. 앉으세요. |

홍종민, 의자에 앉는다.

| 홍종민 | 선화는 잘 있소? |
|---|---|
| 이월선 | 춤추고 노래하는 걸 어찌나 좋아하는지 창극단 단원들한테 귀여움을 잔뜩 받아요. |
| 홍종민 | 엄마 재능을 물려받은 게지. |
| 이월선 | 아빠 재능이 더 많을걸요. |

서로 갑자기 멋쩍어진다.

이월선, 차를 내온다.

| 이월선 | 얼마 안 있으면 창극단이 일본 순회공연 갈 건데 벌써부터 걱정이에요. |
|---|---|
| 홍종민 | 일본에 간다고? |
| 이월선 | 일 년이나 순회를 다녀야 한대요. |
| 홍종민 | 선화도 데리고 갈 거요? |
| 이월선 | 다른 도리가 없지요. |
| 홍종민 | 걱정이군. 나도 만주로 떠나니 내가 데리고 있을 수도 없고. |
| 이월선 | 만주로 가신다고요? |
| 홍종민 | 협회에서 반년 순회 예정으로 떠난다오. |
| 이월선 | … 한동안 못 보겠네요. |

홍종민, 주머니에서 연한 갈색 봉투를 꺼낸다.

| 홍종민 | 얼마 안 되지만 받아두구려. |
|---|---|
| 이월선 | 번번이 이러시면… 저도 궁색하지 않아요. |
| 홍종민 | 못난 애비로서 최소한의 정성이니 아이한테 쓰시오. |
| 이월선 | (돈을 받으며) 고마워요. |
| 홍종민 | 고맙긴… 벌써 2년이나 됐나? |

**이월선**  예?

**홍종민**  병으로 죽다니 참 아까운 사람이었소.

**이월선**  못 고칠 병에 걸린 걸 알고 마지막으로 저를 만나겠다고 찾아왔던 거예요.

**홍종민**  김갑득 씨 대금 소리는 귀신도 울렸다는데.

**이월선**  신들린 명인이었지요.

**홍종민**  처음에 그 사람이 나타났을 때는 노승철과의 문제까지 겹쳐 제정신이 아니었소.

**이월선**  저 역시 철없는 허영심에 빠져 허우적거리느라 제정신이 아니었어요.

**홍종민**  당신을 그렇게 괴롭히는 게 아니었는데.

**이월선**  아녜요. 제가 당신을 더 괴롭혔지요.

**홍종민**  미안하오…

**이월선**  미안해요.


침묵.


**이월선**  박선배는 연락이 오나요?

**홍종민**  아니, 만주로 떠난 뒤 몇 달째 소식이 없소.

**이월선**  모두들 고생이에요. 이 험악한 세월이 언제나 끝날는지.

**홍종민**  정말 지옥 같은 세월이오. 왜놈 말로 왜놈들의 전쟁을 찬양하는 꼭두각시 노릇이나 하고 있다니… 연기를 포기하고 싶지만 달리 먹고 살 재주가 없으니…

**이월선**  포기하지 마세요.

**홍종민**  요즘은 내가 배우라는 사실이 수치스럽고 비참하기 짝이 없소. 북극성의 꿈은 사라진 지 오래요.

**이월선**  안 돼요!


홍종민, 이월선을 바라본다.


**이월선**  북극성을 잃어버리시면 안 돼요. 난 그 별 때문에 당신을 사랑했고 당신의 아이를 가졌어요. 잠시 그 별을 잃고 방황했지만 되찾고 싶어요.

**홍종민**  정말 내가 북극성을 찾을 수 있을 거라 믿는 거요?

**이월선**  그럼요. 어떻게든 살아남아서 끝까지 그 별을 지키세요!


**격정만리**

| 홍종민 | 고맙소. 당신도 일본에서 끝까지 버티시오. |
| 이월선 | 만주는 독립군과 일본군의 전쟁으로 위험하다던데 부디 몸조심하세요. |
| 홍종민 | 아이한테 안부 전해 주오. |
| 이월선 | 선화가 아버지를 얼마나 좋아하는데… 얼굴 보고 가시지 그래요? |
| 홍종민 | 심정이 너무 복잡하고 괴로워서 볼 용기가 안 나요. 그냥 떠나겠소. |
| 이월선 | 당신이 이년 전 처음 다녀가신 뒤로 선화가 밤새도록 얼마나 울던지… 이 에미가 어린 것 가슴에 못을 박았구나 생각하니 가슴이 찢어지는 것 같았어요. |

두 사람, 한동안 마주 본다.

**홍종민**　　그럼…

홍종민, 나가려 한다.

**이월선**　　선화 아버지!

홍종민, 돌아본다.
이월선, 홍종민을 안타깝게 바라본다.

**홍종민**　　월선이!

홍종민, 다가서서 월선의 손을 잡는다.
침묵 속에 마주 보는 두 사람, 격렬하게 포옹하며 뜨거운 키스를 나눈다.
마지막 키스처럼.
한동안 눈물 속에서 말없이 포옹하는 두 사람.
홍종민, 말없이 나간다.
이월선, 복받치는 울음을 참고서 홍종민이 나간 곳을 멍하니 바라본다.
슬픔을 억누르며 고요히 살풀이를 추는 이월선. 시나위 가락이 고조된다.

# 제14장

가설무대로 꾸며진 만주 공연장.

겨울바람 소리가 매섭다.

남녀 단원들, 손을 호호 불며 의상을 입거나 분장을 하며 공연 준비를 하고 있다.

초가집 두 채가 좌우 포장막에 그려져 있고, 그 가운데 대추나무 한 그루가 서 있다.


| | |
|---|---|
| **송진섭** | (지주의 분장을 하고 대추나무의 위치를 조정하며) 이쯤이 맞지? |
| **단원1** | (중년의 시골 아낙 분장을 하고 삼줄을 오른쪽 집 텃마루쯤에 갖다 놓으며) 어젯밤 그게 무슨 비명 소리예요? |
| **단원2** | (울타리로 쓸 소품을 갖다 놓으며) 우리 여관 뒤 건물이 경찰서인가봐! |
| **단원1** | 그런데요? |
| **단원2** | 아마도 독립운동하는 사람 잡다가 족치는 소리 아니겠냐!. |
| **송진섭** | 으스스하구만. 그러나저러나 어제는 왜 사람이 안 왔지? 첫날은 미어지게 들어오더니? |
| **단원2** | 어젯밤에 여관집 주인한테 들었는데요. 첫날에 연극 보겠다고 수십 리를 달려온 사람들이 보고 나선 욕을 바가지로 하더래요. |
| **송진섭** | 왜? |
| **단원3** | (일본 순사복 윗도리를 입으며) 만주에 와서 한이 맺힌 사람들한테 만주 땅은 신천지, 새 세상 하면서 거짓말을 해대니 씨알이 먹힐 까닭이 있겠어요? |

농촌 청년의 분장을 한 홍종민, 누런 종이 조각을 보면서 온다.


| | |
|---|---|
| **단원1** | 그게 뭐예요? |
| **단원2** | (종민에게 가서 종이를 보며) 이거 삐라 아니요? |
| **송진섭** | 무슨 삐라야? |

단원들, 종민의 주위에 모여든다.


| | |
|---|---|
| **단원3** | 조선 동포에게 고함? |
| **송진섭** | 아니, 이거 격문 아니야? |
| **홍종민** | 태항산에 있는 조선의용군이 뿌린 격문이야. |
| **단원1** | 태항산이 어디예요? |
| **단원2** | 여기서 사십 리쯤 가나? 그 산속에 조선의용군이란 항일 부대가 있대. |

**단원3**　　쉿!

노승철, 나타난다.

**노승철**　　준비됐습니까?
**단원들**　　예!
**노승철**　　그럼 시작합시다!

징 소리. 막이 올라간다.
배우들, 객석을 향하여 기립한 뒤 "황국신민의 서사"라고 쓴 팻말을 들고 낭송한다.
배우 한 사람은 일본어를 통역한다.

**노승철**　　고꼬끄 신민노 세이시.
**배우들**　　고꼬끄 신민노 세이시.
**배우**　　　황국신민의 서사.
**배우들**　　히도쯔, 와다꾸시 도모와 덴노헤이까노 세끼세데 아리마쓰.
**배우**　　　일, 저는 천황폐하의 적자입니다.
**배우들**　　히도쯔, 와다꾸시 도모와 덴노헤이까노 쭈우기오 지까이마쓰.

이때 총소리가 나며 조명이 급히 꺼진다.
말발굽 소리, 비명 소리, 소란스러운 가운데 어둠 속에서 외마디 소리.
"독립군이다!" 다시 말발굽 소리 들리고 총소리 들린다.

# 제15장

태항산으로 가는 산길.
눈이 쌓여 있는 산등성이에 바람이 불고 까마귀가 난다.
홍종민과 박철, 독립군들 무장을 하고서 노래를 부르며 산길을 걷는다.
독립군들, 〈독립군 추모가〉를 부른다.

**독립군들**　　*산에 나는 까마귀야*
　　　　　　*시체 보고 우지마라*

**몸은 비록 죽었으나**
**독립정신 살아 있다**

**박철**   (독립군들에게) 동무들, 먼저 올라가시오!

**독립군들**   알았소! 날래오기요.

독립군들, 바위 뒤로 사라진다.

**박철**   잠깐 쉬어가세.

까마귀 소리.

두 사람, 바위 위에 앉는다.

**홍종민**   산채는 얼마나 남았어요?

**박철**   조금만 가면 돼.

**홍종민**   총을 든 형님 모습을 봤을 때 소스라치게 놀랐습니다.

**박철**   나도 소스라치게 놀랐네.

**홍종민**   왜요?

**박철**   조선 냄새 나는 위대한 예술을 꿈꾸던 자네가 일본 군국주의를 찬양하는 연극을 하고 있을 줄이야.

**홍종민**   부끄럽습니다.

**박철**   괜찮아. 자네도 이젠 어엿한 조선의용대의 일원이 되지 않았나?

**홍종민**   여기는 어떻게 들어오시게 됐어요?

**박철**   반년 전에 친구 집을 찾아왔을 때만 해도 난 모든 걸 때려치우고 땅이나 파먹고 살려고 생각했지. 그런데 어느 날 일본군 습격을 피해 도망쳐 온 여자를 숨겨주게 되었는데, 그 여자가 여기 의용대원이었어.

**홍종민**   그분 따라서 들어오신 겁니까?

**박철**   정봉순이라고 이따가 만나게 될 거야.

**홍종민**   사랑하게 된 모양이군요.

**박철**   허허. 그렇게 된 모양이야.

**홍종민**   이 부대가 중국 공산당의 팔로군 소속이라지요?

**박철**   응. 정식 명칭은 화북 조선 독립 동맹 의용군이야.

**홍종민**   무정부주의자가 행동하는 전사로 전향하신 겁니까?

| 박철 | 하하, 이 태항산에 들어 온 뒤로 조금 변한 것 같아. |
|---|---|

까마귀 소리.

| 홍종민 | 친일 연극을 한 제가 독립운동을 할 자격이 있겠습니까만 지금부터라도 속죄를 하고 싶을 뿐입니다. |
|---|---|
| 박철 | 훌륭하네. 아무도 자네에게 손가락질할 사람은 없네. 여기 있는 사람들도 출신성분, 사상, 다 갖가지니 부담 갖지 말고 생활하게나. |
| 홍종민 | 그래서 그런지 여기 와서 생기를 되찾으신 것 같아요. |
| 박철 | 경성에선 제 살길만 찾는 이기적인 인간들하고 연극하며 지낼려니 죽을 맛이었네. 오히려 여기 와서 연극하는 재미도 되찾았다네. |
| 홍종민 | (뜻밖의 말에 놀라서) 여기도 연극이 있습니까? |
| 박철 | 연극만 있는 줄 아나? 음악, 무용, 시, 만담, 온갖 예술가들이 모두 모여 있어서 수시로 공연을 한다네. 연극도 우리 창작품이 대부분이라네. |
| 홍종민 | 그래요? |
| 박철 | 자! 그럼 어서 가볼까? |

박철, 일어난다.
홍종민도 따라서 일어난다.
박철, 노래를 부른다.

| 박철 | *만리창천 외로운 몸.* |
|---|---|
| | *부모형제 다 버리고* |
| | *홀로 섰는 나무 밑에* |
| | *힘도 없이 쓰러졌네.* |

박철의 나직한 노랫소리와 함께 두 사람, 바위 너머로 사라진다.
까마귀가 날고, 노을이 붉다.

## 제16장

조선의용군의 산채 마당.

멀리 눈 쌓인 산봉우리가 솟아 있는 산속.

독립군들, 〈광복군 아리랑〉 노래를 부른다.

모닥불 주위에 대원들이 둘러앉아 있다.

노래에 맞추어 정봉순이 칼춤을 춘다.


**독립군들**    *아리아리랑 쓰리쓰리랑 아라리가 났네*

*광복군 아리랑 불러나 보세*

*우리 부모님 날 찾으시거든*

*광복군 갔다고 말 전해 주소.*

*아리아리랑 쓰리쓰리랑 아라리가 났네*

*광복군 아리랑 불러를 보세*

*광풍이 분다네. 광풍이 분다네.*

*삼천리 강산에 광풍이 분다네.*

*아리아리랑 쓰리쓰리랑 아라리가 났네*

*광복군 아리랑 불러나 보세*


춤이 끝나면 모두 박수를 치며 환호한다.


**대원1**    정봉순 동무의 춤은 언제 보아도 감동을 준단 말이야.

**대원2**    거저 혁명적 정서가 펄펄 살아서리 용솟음치는 춤이래요.

**정봉순**    놀리지 말라우!


다 같이 건배한다.

정봉순, 박철 옆에 가서 앉는다.


**대원1**    오늘 연변 신문에 "승리"에 대한 평이 나왔더구만.

**여성대원**    뭐시라고 나왔소?

**대원3**    워따매, 그 잘난 연극을 또 괜찮다구 썼지 뭐에요.

**정봉순**    대사까지 실수했는데 칭찬을 했시요?

**대원2**    중국 사람들이 우리 연극은 야박스럽게 굴지 않아요.

**정봉순**    대사를 까먹고 쩔쩔매는데 생전 어디 뒤에서 가르쳐 줘야 말이디.

**박철**    말 말아. 그놈의 대본이 어떡하다 중간 한 장이 찢겨져 나갔지 뭐야. 나도 그걸 찾느라 진땀 뺐어.

**정봉순**   바보!

모두들 유쾌하게 웃는다.

**박철**   다음 작품은 실수 없이 잘해 보자구.

**홍종민**   무슨 작품인데요?

**박철**   "혈해지창" 즉 피바다의 노래란 작품인데, 용감한 조선족 정찰병 뻐꾹새와 자기 목숨마저 버리고 부상 당한 뻐꾹새를 구원해 주는 한족 어머니 쑹마마와 그의 아들 왕펑의 이야기야.

**대원1**   정말 멋진 극본입네다. 내래 연습하면서 박철 동무의 서사를 들을 때마다 피가 끓어가지고 견딜 수 없었습네다.

**여성대원**   지도 그래요. 그 서사 한번 들려주시오.

**박철**   아냐, 아냐.

**정봉순**   박동무, 한 번만 들려주시라요.

**박철**   하하, 봉순 동지가 하라니까 하겠어.

**정봉순**   자, 뭣들하십니까? 박수들 치시라요!

일동 박수를 친다.
배우, "혈해지창 서사"라고 쓴 팻말을 든다.

**박철**   피바다 북간도야
우리네 상처받은
가슴 속에서
어둠을 뚫고 들려오는
노래를 듣노니
백성들이여!
이것이 혈해지창의
연극이노라!

모두 박수 친다.
독립군들, 〈최후의 결전〉 노래를 부른다.

　　**독립군들**　　*최후의 결전을 맞으러 가자*
　　　　　　　　　*생사적 운명의 판갈이로*
　　　　　　　　　*나가자 나가자 굳게 뭉치어*
　　　　　　　　　*원수를 소탕하러 나가자*
　　　　　　　　　*총칼을 메고 혈전의 길로*
　　　　　　　　　*자, 앞으로 동지들아*
　　　　　　　　　*독립의 깃발은 우리 앞에 날린다.*
　　　　　　　　　*자, 앞으로 동지들아.*

## 제17장

영상과 함께 〈인터내셔널〉 노래가 울려 퍼진다.
군화 발자국 소리.
배우들, 시민의 역할이 되어 소련 국기를 흔들기도 하고, "해방소련군 환영" 등의 플래카드를
들고 행진하기도 한다.

　　**소련 측 배우**　일본제국주의 36년간의
　　　　　　　　　무거운 철쇄를 끊고 조선 민족의
　　　　　　　　　완전한 해방을 이루기 위하여
　　　　　　　　　두만강을 건너 온 전차를 탄
　　　　　　　　　시대의 정신이여!
　　　　　　　　　압박받는 모든 인민의 벗이여!
　　　　　　　　　우리는 진심으로 그대를 환영한다.

군화 발자국 소리.
〈성조기여 영원하라〉 노래가 울려 퍼진다.
배우들, 시민이 되어 성조기를 흔들기도 하고, "WELCOME U.S. ARMY" 등의 플래카드를 들
고 행진하기도 한다.

　　**미국 측 배우**　사대문을 열어라
　　　　　　　　　인경을 쳐라
　　　　　　　　　삼천리 곳곳마다

물결치는 이 기쁨
민족의 꽃은 다시 피었네
영광된 내 조국
영원무궁하리라!

배우 두 명이 양쪽으로 갈라서서 시를 낭송하는 동안 배우들, 춤으로 표현한다.
더욱 크게 울려오는 군화 소리.
〈인터내셔널〉과 〈성조기여 영원하라〉 노래 등이 불협화음을 이루며 고조된다.

## 제18장

이월선의 집 마당.
어디선가 개 짖는 소리가 들리는 고즈넉한 저녁.
눈이 내린다.
초췌한 몰골의 홍종민이 들어선다.

**홍종민**  (한참을 머뭇거리고 서 있다가) 계시오?
**홍선화**  (안에서) 누구세요?

열아홉의 소녀인 선화, 방문을 열고 밖으로 나온다.
홍종민을 보고서 깜짝 놀란다.

**홍선화**  아버지!
**홍종민**  선화야, 많이 컸구나!
**홍선화**  어머니! 어머니!
**이월선**  왜 그리 야단이냐?

이월선, 다리를 약간 절며 나온다.
이월선, 홍종민을 보고 깜짝 놀라 멈춘다.

**이월선**  … 아이고, 살아계셨군요!
**홍종민**  월선이!

253 홍종민이 다가가자 이월선, 절룩거리며 다가간다.
두 사람, 왈칵 껴안는다.


**이월선**　해방된 지 반년이 지나도록 안 오시길래 돌아가신 줄 알았어요.

**홍종민**　그럴 사정이 있었소. 그런데 다리가…?

**이월선**　일본에서 사고로 다쳤어요.

**홍종민**　어떤 사고?

**이월선**　세트 위에서 춤추다가 삐져나온 못을 밟았는데 그게 곪아서 발가락을 잘라 냈어요.

**홍종민**　그럼 춤을 못 춘단 말이요?

**이월선**　(쓸쓸하게 웃으며) 이젠 제 별은 사라져버렸어요. 바람이 차요, 어서 들어가요.


홍종민, 이월선을 부축한다.


**홍선화**　아버지, 저녁 안 드셨지요?

**홍종민**　응.

**홍선화**　조금만 기다리세요. 된장찌개 맛있게 해서 드릴게요.

**홍종민**　그래, 고맙다.


급히 부엌으로 들어가는 홍선화.
그 모습을 흐뭇하게 바라보는 홍종민.


**이월선**　이젠 저 애가 살림을 다 해요.

**홍종민**　그…래?

**홍선화**　아이, 어서들 들어가세요!


두 사람, 들어간다.
눈이 내린다.


## 제19장


혁명극단 연습실.

단원들 노래 연습을 하며 의상을 입고, 소품을 챙긴다.

심영복이 단원들에게 연출 지시를 한다.

홍종민과 이월선, 들어온다.

진경숙, 두 사람을 발견한다.


**진경숙**　　(반갑게 뛰어나가며) 월선아!

**이월선**　　언니!


진경숙과 이월선, 껴안는다.


**심영복**　　종민이!

**홍종민**　　영복이!


심영복과 홍종민, 껴안는다.


**심영복**　　돌아왔다는 소식은 선화에게 들었는데, 연습 때문에 갈 수가 있어야지.

**홍종민**　　자네 활약이 대단하더구만.

**심영복**　　대단하기는. 호랑이가 없으니 여우가 설치는 꼴이지.

**진경숙**　　두 분이 살림을 합치셨다면서요?

**홍종민**　　응.

**진경숙**　　그래서 그런지 월선이 얼굴이 몰라보게 피었구나.

**이월선**　　아이, 언니, 놀리지 마.

**심영복**　　박철 선배는 왜 안 내려오셨나?

**홍종민**　　이야기가 좀 복잡해.

**진경숙**　　어떤 사연인데요?

**홍종민**　　광복 석 달쯤 뒤인 작년 11월에 우리 부대원 이천 명쯤이 그리던 고국에 간다
　　　　　　고 압록강을 건너 신의주에 도착하지 않았겠나.

**심영복**　　그래서?

**홍종민**　　근데 도착하는 순간 무장해제를 당하고, 다음 날 만주로 추방되고 말았지 뭔가.

**진경숙**　　아니, 왜요?

**홍종민**　　우리 연안파 독립군의 입성에 위기감을 느낀 김일성 일파가 소련군을 설득
　　　　　　해서 그런 계략을 쓴 거지.

| 심영복 | 아니, 그런 일이 있었나? |
|---|---|
| 홍종민 | 박선배는 정봉순이라는 여성대원하고 결혼했기 때문에 형수 친정이 있는 연변으로 가시고, 나는 거지로 변장을 하고 만주에서부터 국경을 넘어서 걸어걸어 간신히 내려온 거야. |
| 진경숙 | 그럼 북조선 정세를 잘 살펴보셨겠네요. |
| 홍종민 | 잘은 모르지만 조만식 선생 중심의 건국위원회를 제거하고 김일성 중심으로 권력을 편성하려는 소련의 의도대로 진행되고 있는 것 같아. |

잠시 침묵.

| 홍종민 | 이쪽 연극계 형편은 어떤가? |
|---|---|
| 심영복 | 갈수록 나빠지고 있어. 숨을 죽이고 기를 펴지 못하던 친일 연극인들이 재빨리 미군정과 이승만 세력의 보호막 속에서 꿈틀거리기 시작했어. |
| 진경숙 | 참, 이번 공연에 선화 출연시키는 문제에 대해 미리 상의드렸어야 했는데 죄송하게 됐어요. |
| 이월선 | 이미 그리된 걸 어쩌겠어. |
| 홍종민 | 사실 그 애한테 우리가 한 고생을 되풀이시키고 싶지 않은 심정이야. |
| 심영복 | 이런, 독립운동까지 한 사람이 왜 그래? |
| 진경숙 | 워낙 소질이 뛰어나고, 본인도 하고 싶어 하니까 염려 놓으세요. 선화도 이젠 어린애가 아니라구요. |
| 심영복 | 자네도 이제 활동을 해야 하지 않겠나? |
| 홍종민 | 아직 이곳 상황에 적응하기가 힘드네. |
| 심영복 | 조선연극동맹이나, 남로당에서도 자네가 가입해 주기를 열렬히 희망하고 있는데. |
| 홍종민 | 당분간 조용히 쉬고 싶네. |

〈민전행진곡〉이 흐른다.

| 심영복 | 공연 끝나고 술이나 한잔 하세. |
|---|---|
| 홍종민 | 그러지. |

모두 퇴장한다.

# 제20장

어둡고 거칠게 꾸며진 혁명극단 공연장.
옥분 역의 홍선화를 중심으로 한 직공들이 서 있다.
배우, "서울 갔던 아버지"라고 쓴 팻말을 들고 선다.

**여공들**　　24시간 노동 절대 반대!

**옥분**　　그저께도 또 한 사람 우리 동무가 아버지 어머니도 못 보고, 어두컴컴한 기숙
　　　　사의 쓸쓸한 방에서 아까운 청춘을 열여덟 살을 마지막으로 세상을 떠났습
　　　　니다. 억울한 이 원한은 누가 갚아 줍니까?

**모두**　　우리가 우리 손으로 갚자!

**최씨**　　옥분아, 너는 죽어간 너의 동무의 령 앞에 맹세코 너희들의 파업을 이겨라!
　　　　너희들의 청춘을 빼앗아가고 너희들의 꿈을 빼앗아간 짐승 같은 자본가를
　　　　너희들 손으로 쫓아내라!

**모두**　　우리가 우리 손으로 쫓아내자!

**직공1**　　우리의 적은 자본가뿐만 아니라 자본가에게 온갖 아첨을 팔던 놈도 우리들
　　　　의 적이다! 외면으로는 우리들의 가장 믿을 수 있는 편인 듯하면서도 내면으
　　　　로는 사리사욕을 채우려는 타락한 간부! 이들도 우리의 적이다! 우리 곁에서
　　　　모든 적을 물리치자!

**모두**　　모든 적을 물리치자!

**직공2**　　전국의 노동자 농민 여러분! 오늘날까지 일본제국주의의 가장 충실한 종이
　　　　되어 우리를 착취하던 자본가는 일본제국주의가 물러가자 이제는 다시 미국
　　　　헌병의 보호를 믿고 착취를 계속하려 갖은 술책을 다 하고 있습니다. 공장은
　　　　우리 손으로 관리하자!

**모두**　　공장은 우리 손으로 관리하자!

**직공1**　　노동자 농민 단결 만세!

**모두**　　노동자 농민 단결 만세!

배우들, 〈민전 행진곡〉을 부른다.

**배우들**　　*일제의 남은 뿌리*
　　　　*소탕의 싸움이다*

*나가자 민주주의*
*민족의 전선으로*
*인민이 가는 곳 인민이 가는 곳마다*
*민전은 함께 진군한다*
*민전은 인민을 지키고 있다*

이때 관객석 속에서 외침 소리.

**청년들**   빨갱이들을 죽여라!

완장을 차고 몽둥이를 든 청년들, 무대 위로 뛰어올라 몽둥이를 휘두른다.
아수라장이 되는 공연장.

# 제21장

공원의 한구석.
홍종민, 홍선화, 진경숙, 심영복이 심각한 표정으로 모여 있다.
홍선화는 매우 흥분해 있다.

**홍선화**   열여섯 살이래요, 열여섯 살!

**진경숙**   (신문을 보며) "발포는 치안경비를 위해 어쩔 수 없었다. 사상자가 발생한 것은 유감이지만 데모를 한 시위대에게도 책임이 있다" 이게 말이 되는 소리야?

**홍선화**   경찰의 발포는 절대 용서할 수 없어요. 그 소녀를 학살한 범인을 반드시 찾아내어 처단해야 돼요.

**홍종민**   장례는 어떻게 하기로 했지?

**진경숙**   모레 남명여고에서 거행될 거예요. 민주주의 민족전선 주최하에 인민장으로 거행하기로 했어요.

**심영복**   전국에 걸쳐서 시위, 파업, 동맹휴학 등 대규모 인민봉기가 일어날 걸세. 전국 모든 철도, 체신, 탄광 노동자, 농민들까지도 모두 봉기하게 될 걸세.

**홍종민**   희생자만 몽땅 만드는 것 아닌가?

**심영복**   이 세상의 혁명치고 피와 땀으로 얼룩지지 않은 혁명이 있던가?

**홍종민**   뜻대로 안 되면 어떡할 텐가?

| 심영복 | (잠시 후에) 월북할걸세. |
|---|---|
| 홍종민 | 월북? |
| 심영복 | 거기서는 노동당과 소련의 지도 아래 척척 개혁이 진행되고 있는데, 남반부는 아직도 폭압 밑에 있는 꼴이야. |
| 홍종민 | 그렇게 단순하게 볼 수는 없네. |
| 심영복 | 무슨 소린가? |
| 홍종민 | 북에서도 지난해 십일월 신의주에서 대규모 학생시위가 일어났을 때, 보안서원과 소련군이 발포해서 스물세 명이 죽고 칠백여 명이 부상 당한 사건이 있었네. |
| 진경숙 | 우익 반동들의 악의에 찬 모략 선전이에요! |
| 홍종민 | 내가 북에서 직접 보고 들은 사실이야. |
| 심영복 | 그래서 자네는 북조선도 폭압 밑에 있다고 보는 건가? |
| 홍종민 | 남이나 북이나 사정이 같다는 거지. |
| 진경숙 | 어떻게 같다는 거지요? |
| 홍종민 | 소군정과 미군정의 지배 아래 진정한 해방이 되지 못했다고 보네. |
| 심영복 | 미제국주의 침략군과 프롤레타리아 인민의 해방군이 어떻게 같을 수가 있나? |
| 홍종민 | 나는 같다고 봐. 미국이나 소련이나 자기네 이익을 위해서 우리를 이용하고 있는데 우리가 그 장단에 맞춰 싸우고 있는 꼴이지. |
| 심영복 | 그런 좌우 합작론은 여운형이나 김규식 일파 같은 기회주의 중도주의자들의 궤변이야. |
| 홍종민 | 새가 하늘을 날려면 두 날개가 있어야 돼! 좌나 우 한쪽 날개로는 해방을 위해 날 수가 없어. |
| 심영복 | 지금은 좌우익 양익뿐 제3의 길은 없어! |
| 홍종민 | 왜 찾으려고도 하지 않고 없다는 건가? 이러다가 우리나라는 좌익과 우익의 두 나라로 갈리게 될 테고 그 두 나라가 끊임없이 싸우게 될 테니 그게 어찌 진정한 해방이고 독립인가! 그런 점에서 난 과격한 투쟁 봉기를 주장하는 남로당의 노선이 잘못 가고 있다고 생각하네. |
| 심영복 | (일어서며) 자넨 지금 조국의 현실을 제대로 모르고 있어. |
| 홍종민 | 그럴지도 모르지. 하지만 이건 몇 달 동안 굶주림과 추위 속에 조국 땅을 떠돌면서 얻은 내 결론이야. |
| 심영복 | 자네 같은 생각을 가진 사람들은 설 자리가 없을걸세. |
| 홍종민 | 그렇다고 내 생각이 바뀌진 않을걸세. |
| 심영복 | 이승만이가 미국을 등에 업고 정권을 잡게 되면 자네 역시 살아남기 힘들 거 |

야. 그때가 되면 내 판단이 옳았다는 생각을 하게 될 걸세.

**홍종민**    누가 옳았는지는 그때 가서 판단하기로 하세.

**심영복**    그만 가보겠네.

**홍종민**    몸조심하게.

**진경숙**    두 분께서도 몸조심하세요. 선화야, 잘 있어!

선화, 울면서 뛰쳐나간다.

**이월선**    아가! 선화야!

이월선, 선화 뒤를 따라가려다가 멈추어 서서 홍종민을 바라본다.

**이월선**    두 분의 언쟁이 아이에게 너무 충격을 준 것 같아요.

**심영복**    언젠가는 이해할 날이 있을 겁니다. 잘 있게.

**진경숙**    안녕히 계세요.

**홍종민**    잘 가게.

**이월선**    언니, 잘 가.

심영복, 진경숙 나간다.

**이월선**    무서운 세상이네요.

**홍종민**    총소리 없는 전쟁터야.

**이월선**    해방이 되면 행복하고 기쁜 일만 있을 줄 알았는데 더 힘든 싸움이 벌어지네요.

**홍종민**    예술가들도 좌우로 나뉘어 서로 소리 없는 총을 마음속에 품고 있으니 얼마
           나 더 큰 비극이 일어날지…

**이월선**    슬픈 일이에요.

암전.

# 제22장

화려하고 서구적으로 꾸며진 카페.

**격정만리**

배우들, 밴드 반주의 경음악을 연주한다.

담배 연기 자욱한 카페 안을 원피스 차림의 육감적인 마담과 함께 송진섭, 술을 마신다.

홍종민이 들어선다.

**송진섭**　　(손을 쳐들며) 여기야, 여기!

홍종민, 다가온다.

**송진섭**　　이거 몇 년 만이야?
**홍종민**　　오랜만일세.

두 사람, 반갑게 악수한다.

송진섭, 마담에게 눈짓을 한다.

**마담**　　두 분 말씀 나누세요.

마담, 일어나서 다른 곳으로 간다.

**송진섭**　　자네 소식은 여기저기서 듣고 있었네.
**홍종민**　　나도 자네 소식 간간이 들었지. 활약이 대단하더구만.
**송진섭**　　하하, 활약은 무슨 활약. 자, 마시세.

두 사람, 술을 마신다.

**송진섭**　　영복이 부부는 결국 월북했다더군.
**홍종민**　　그렇다고 들었네.
**송진섭**　　조만식 선생도 제거되고 김일성 일파가 권력을 장악했으니 남로당 계열은
　　　　　　어차피 찬밥 신세가 될 텐데… 북에서 잘 견딜는지 모르겠어.
**홍종민**　　날 보자고 한 이유가 뭔가?
**송진섭**　　이제 어차피 남과 북에 따로따로 정부가 생길 테고 그러면 여기서는 사회주
　　　　　　의자는 살아남을 수가 없게 돼. 자네야 물론 남로당원은 아니지만 조선의용
　　　　　　군에서 활동한 전과가 있고…

**홍종민** 전과라니?

**송진섭** 아이구, 실수. 경력이 있고. 또…

**홍종민** 또?

**송진섭** 자네 딸은 좌익 연극에도 출연한 적이 있지 않나?

**홍종민** 그래서 날 협박하는 건가?

**송진섭** 협박이 아니라 협조를 구하는 거야.

**홍종민** 협조?

**송진섭** 조금 있으면 전국 극예술협회가 결성될 걸세.

**홍종민** 그래서?

**송진섭** 단체 산하에 계몽연극반을 조직해서 단독정부 수립과 선거에 관한 계몽선전단을 계획하고 있는데 남쪽의 거의 모든 연극인이 참가하기로 했네.

**홍종민** 참가하라는 명령인가?

**송진섭** 명령이 아니라 부탁이지.

**홍종민** 거절하겠네.

**송진섭** 이봐 종민이, 대세는 기울어졌어.

**홍종민** 대세가 어찌 됐든 난 선전선동극에 동원되는 배우 노릇은 하고 싶지 않아.

**송진섭** 의용군 예술단은 선전선동 아니었나?

**홍종민** 조선 독립을 위한 선전선동 하고 남북 분단시키는 선전선동 하고는 질이 다르지.

**송진섭** 어떻게 질이 다른가?

**홍종민** 그때는 친일이냐 독립운동이냐는 갈림길에서 한쪽을 선택할 수밖에 없었던 비상시국이었지만 지금은 다르지 않은가?

**송진섭** 지금도 비상시국이야. 한쪽을 선택하지 않으면 살아남지 못해.

**홍종민** 차라리 공사판에서 벽돌을 지고 살망정 그런 배우 노릇 못 해!

홍종민, 일어나서 밖으로 나간다.

**송진섭** 이봐, 종민이!

송진섭, 홍종민을 붙잡으러 가다가 자기 자리로 돌아온다.

**송진섭** 야, 살아야 벽돌도 지는 거야!

격정만리

밴드 음악 커지며 송진섭, 술을 마신다.

폭격소리와 함께 급히 암전.

## 제23장

| 해설자 | 끝없는 도전과 대립의 나날 속에서, 남과 북에는 드디어 서로 다른 체제의 두 정부가 들어서게 되었습니다. 월남자와 월북자의 비밀스런 행렬이 이어지고, 남북한 두 당국은 검거와 체포 그리고 살해로써 탈출과 도전에 대응했습니다. 해방과 더불어 폭발되었던 모든 혼란과 격동은 한국전쟁이라는 종착역에 닿았습니다. 전쟁 중 북에서 내려온 인민 예술단과 남쪽의 연극인들은 명동성당에 모여서 「무쇠의 군악」이라는 연극을 연습하고 있었습니다. |

## 제24장

배우, "무쇠의 군악"이라고 쓴 팻말을 들고 선다.

조명이 밝아지면 명동성당 연습실에서 배우들이 연습하고 있다. 진경숙 주창자, 홍선화는 여자 노동자, 그 외의 배우들 합창단의 역할을 한다.

멀리서 폭격 소리가 간간이 들려온다.

홍종민은 한쪽 구석에 앉아 있다.

장교복을 입고 가죽 장화를 신은 심영복이 연출을 한다.

**진경숙**  (주창자) 피어린 두 팔을 드높이 쳐들고, 눈물 어린 웃음을 뿌리시며, 사랑하는 겨레의 땅으로 돌아오신 우리 민족의 영웅이시여!

**합창단**  해방이다! 해방이다!

**홍선화**  (여자노동자) 꿈에도 못 잊을 영도자 받들고 민주 부강한 인민공화국을 건설하자!

**진경숙**  (주창자) 아! 카빈총을 휘저으며 몰려오는 양키 군대와 앞잡이 경관 놈들!

**합창단**  물러가라, 흉악한 미제국주의! 타도하자, 남조선 괴뢰정부!

배우들, 〈김일성 장군의 노래〉를 부른다.

**배우들**  *장백산 줄기줄기 피어린 자욱*

인민군에게 송진섭이 끌려온다.

심영복, 노래를 중단시킨다.

**인민군**   다락방에 숨어있는 것을 찾아 왔습네다.

**심영복**   왜 저 동무만 데리고 옵니까?

**인민군**   나머지 동무들은 도망쳤시요.

배우들, 모인다.

멀리서 폭격 소리.

**심영복**   지금부터 인민재판을 시작하겠습니다. 모두 오른손을 들어주시오!

모두 오른손을 든다.

**심영복**   우리는 조선인민의 이름으로

**모두**    우리는 조선인민의 이름으로

**심영복**   공정한 재판에 임할 것을 엄숙히 다짐합니다.

**모두**    공정한 재판에 임할 것을 엄숙히 다짐합니다.

모두 앉는다.

**심영복**   피고인, 일어서시오!

송진섭, 엉거주춤 일어선다.

**심영복**   지금부터 피고 송진섭에 대해 고발이 있겠습니다.

**배우1**   피고는 일제 때는 친일 연극운동에 앞장서다가 해방이 되고서는 인민의 적
          이며 전쟁도발자의 집단인 미제의 앞잡이가 되어 극예술협회 결성 등에 앞
          장을 선 악질 반동 연극인입니다.

**심영복**   피고에게 유리한 증거나 증언이 있으면 변론하시오.

격정만리

| | |
|---|---|
| **심영복** | 그럼 지금부터 판결에 대한 동무 여러분의 의견을 듣겠습니다. |

침묵.

| | |
|---|---|
| **심영복** | (한 배우를 지적하며) 최동무부터 발언해 보시오! |
| **배우1** | (더듬거리며) 예! 인민을 배, 배반하고 미, 미제의 앞잡이 노릇을 한 반, 반동 행위는 마땅히… 처벌받아야 한다고… 생각합니다. |
| **심영복** | 발언 접수합니다. 다른 동무의 발언을 듣겠습니다. |
| **홍종민** | 발언 있습니다! |
| **심영복** | 말씀하시오! |
| **홍종민** | 송진섭이 극예술협회의 결성에 앞장을 섰다고 처단되어야 한다는 건 지나친 처사라고 생각합니다. |
| **배우2** | 송진섭은 친일 반동연극의 선봉자로서 도저히 용서할 수 없는 자입니다. |
| **홍종민** | 친일 문제를 따진다면 저를 포함해서 여기 있는 어느 누구도 허물없는 사람 찾기가 쉽지 않을 것이며, 미군정과의 협력 또한 남북 대립의 와중에서 그가 선택한 길의 하나였다고 봅니다. 게다가 우리는 일제시대부터 배고프고 힘든 연극의 길을 함께 걸어온 예술 동지 아닙니까? |
| **배우3** | 동의합니다! |
| **진경숙** | 저는 반대합니다! 인민재판을 하는 데 있어 사사로운 감정은 금물입니다. 미제국주의의 침략으로 조국이 초토화되고 있는 이 판국에 악질 반동 송진섭을 비호하는 감상주의적 태도는 적들을 이롭게 하는 반동적인 사고방식입니다. 저는 이 재판이 조국과 인민 앞에서 공정한 재판이 되길 바랍니다. |
| **홍종민** | 저도 공정한 재판이 되길 바랍니다. |
| **심영복** | 그럼 공정하지 않다는 말이요? |
| **홍종민** | 여기 있는 분들 중에 어떤 분들은 강제로 끌려왔기 때문에 솔직하게 발언하길 두려워하고 있습니다. 이런 공포스럽고 억압적인 분위기 속에서 공정한 재판이 되기는 어렵다고 봅니다. |
| **심영복** | (매우 강하게) 신성한 인민재판에 대해 모독적인 발언을 취소하시오! |
| **홍종민** | 취소 못 합니다! |
| **홍선화** | 아버지! |

| | |
|---|---|
| **배우2** | 홍종민 동무는 조국 해방 전쟁의 막중한 임무를 수행하고 있는 인민의 이름으로 엄격하게 진행하고 있는 이 재판을 모독했을 뿐만 아니라, 그동안 선전극 연습에서 보여준 비협조적인 태도 역시 비판받아 마땅하며, 미제의 앞잡이 송진섭을 과감하게 처단하여 앞으로의 규범으로 삼아야 합니다! |
| **배우들** | 동의합니다! |

이때 인민군, 급히 뛰어와 심영복에게 귓속말을 한다.
폭격 소리 커진다.

| | |
|---|---|
| **심영복** | 급히 트럭을 타고 이동을 하라는 명령이 하달되었소! 재판을 이동지에 가서 속개하겠습니다. |
| **배우2** | 저, 어디로 갑니까? |
| **심영복** | 춘천에 있는 군부대에서 오늘 저녁 위문 공연을 해 달라는 요청이 왔습니다. |
| **배우4** | 가족들한테는 알려야 하지 않겠습니까? |
| **심영복** | 갔다가 곧 돌아올 수 있을 테니 걱정 말고 타시오. |
| **진경숙** | 선화 동무하고 여배우 동무들은 트럭 자리가 부족하니 나하고 짚차를 탑시다. |

모두 몰려나간다.
선화, 가려다가 홍종민에게 달려와 껴안는다.

| | |
|---|---|
| **홍선화** | 아버지! |
| **홍종민** | 몸조심하거라! |
| **홍선화** | 아버지도요! |
| **진경숙** | 선화야, 가자! |

진경숙, 선화를 데리고 나간다.
송진섭, 심영복의 고갯짓으로 끌려간다.
둘만 남게 된 심영복과 홍종민.
심영복이 손짓으로 밖을 가리키자 홍종민 나가고, 그의 뒤를 따라 심영복도 퇴장한다.
폭격 소리, 점점 가까워진다.

격정만리

# 제25장

적막하고 어두운 밤중, 월선의 집.
바람 소리와 함께 나직하게 대문 삐걱대는 소리가 들린다.
월선이 절룩거리며 대문께로 다가간다.

**이월선**　　(두려움에 차서 작은 목소리로) 누구세요?
**홍종민**　　(다급하게) 나요!

대문 여는 소리.
비틀거리며 쓰러질 듯 들어오는 홍종민.

**이월선**　　(놀라서) 어찌 된 일이에요?
**홍종민**　　춘천으로 이동하다가 가평 근처에서 미군기 폭격을 맞았소.
**이월선**　　저런! 다치셨어요?
**홍종민**　　다치진 않고 모두 여기저기 흩어지는 통에 나도 목숨 걸고 도망쳐 왔소.
**이월선**　　미군이 인천에 상륙했대요. (홍종민을 부축하며) 자, 어서 들어가요.

이월선, 급히 홍종민을 부축하고 걸어가다가 문득 멈춘다.

**이월선**　　참, 선화는요?
**홍종민**　　영복이 부부와 짚차를 타고 먼저 떠났는데 어찌 됐는지 모르겠소.
**이월선**　　이걸 어째? 북으로 간 것 아니에요?
**홍종민**　　글쎄…
**이월선**　　(홍종민을 부축하며) 당분간 다락에 숨어 계세요.

두 사람, 급히 안으로 들어간다.
폭격 소리.

# 제26장

폭격으로 폐허가 되다시피 한 서울 거리가 영상으로 비춰진다.

한 청년 단원이 메가폰을 입에 대고 외친다.

**청년단원1**  피에 주린 적군은 대공세를 전개하여 재차 서울을 침공하려는 태세를 취하고 있
다. 피 끓는 젊은이들이여! 자진해서 군문에 나아가 조국 수호의 영령이 돼라!

한 무리의 청년들이 홍종민과 이월선을 끌고 온다.
울부짖으며 절뚝거리고 따라오는 이월선.

**이월선**  이봐요. 이 사람은 빨갱이가 아니에요.
**청년단원1**  저리 가!
**이월선**  이 사람은 정말 아무것도 한 일이 없어요.
**청년단원2**  아무것도 한 일이 없는데 어떻게 살아남았어? 끌고 가!

청년단원들, 홍종민을 데리고 퇴장한다.
이월선, 울부짖으며 따라간다.
배우, 뒤에서 메가폰 소리를 계속한다.

**(소리)**  조국은 부른다! 조국은 부른다! 우리 젊은이들의 총궐기를! 뜻있는 젊은이들
은 모이라! 대한 청년단의 깃발 밑으로!

폭격 소리, 고조되다가 잦아든다.

# 제27장

철문 닫히는 소리.
어두컴컴한 보안서 심문실 안.
핏자국 묻은 옷을 입은 홍종민은 의자에 묶여 있고, 이월선은 한쪽 구석의 의자에 앉아 있다.
바닥엔 월선의 옷과 손수건이 떨어져 있다.
방첩대장의 눈짓에 따라 홍종민의 얼굴에 커다란 양동이의 물을 얼굴에 붓는 청년단원들.

**방첩대장**  명동성당에서 연습한 선전극 내용을 말해봐라.
**홍종민**  조국과 함께 하늘이 있는 곳마다

하늘보다 커다란 원한이

노을보다 붉게 타고

**방첩대장** (뺨을 치며) 이 자식이 그래도 개소리야?

**홍종민** 이대로 선 자리에

나는 불기둥 되어

이글거리는 가슴

분수처럼 뿜어 올라라.

**방첩대장** 이 자식, 빨간 물이 덜 빠졌구만. 어이!

청년단원들, 홍종민의 옷을 벗기고 손에 밧줄을 묶어 매단다.

이월선, 비명을 지르며 달려오려 한다.

청년단원, 이월선의 머리채를 잡고 의자에 끌어앉힌다.

장교복을 입은 노승철, 들어온다.

**방첩대장** 어서 오십시오. 노승철 선생님이시죠?

**노승철** 예.

**방첩대장** 종군 예술단 일로 바쁘실 텐데 나오시게 해서 죄송합니다. 저자가 계속 답변을 거부하고 미친놈 흉내를 내서…

**홍종민** 견딜 수 없어

자꾸만 악착스리 다가가면

분함이여

총알보다 더 아픈

나의 정열이여

**방첩대장** (홍종민의 따귀를 치며) 조용히 해, 이 자식아!

홍종민, 쓰러진다.

**방첩대장** 이자를 아시지요?

**노승철** 예.

**방첩대장** 어떻게 아십니까?

**노승철** 한때 인기가 하늘을 찌르던 유명 배우였습니다.

**방첩대장** 그럼 지금은 아니라는 말씀입니까?

1부 희곡

| 노승철 | 최근 몇 년 동안 무대 활동을 안 한 줄로 압니다. |
| 방첩대장 | 저자가 해방 전에 중국 공산당 팔로군 소속의 조선 의용대 예술단에 있었지요? |
| 노승철 | 그렇다고 들었습니다. |
| 방첩대장 | 저자의 딸이 좌익연극에 가담했다가 월북했지요? |
| 노승철 | 그렇다고 들었습니다. |
| 방첩대장 | 명동성당에서 연습한 선전극의 내용을 아십니까? |
| 노승철 | 직접 보지는 않았지만 참가했다가 탈출한 사람들 얘기를 들어보면 김일성을 찬양하고 미국을 반대하는 거였다고 합니다. |
| 방첩대장 | 저자를 빨갱이로 보십니까? |

노승철, 머뭇거린다.

| 방첩대장 | 저자를 빨갱이로 보십니까? |

청년단원, 손수건으로 홍종민의 눈을 가리고 홍종민이 서 있던 의자를 발로 찬다. 홍종민, 허공에 매달린 채 절규하듯이 소리친다.

| 홍종민 | 다시 또 톱날 같은 땅 위에<br>송두리째 하늘을 이고<br>나는 여기<br>눈보라 속에 서 있다. |
| 방첩대장 | 빨갱이가 맞지요? |

노승철, 외면한다.

| 방첩대장 | 사격 준비! |
| 홍종민 | 아, 황금도 싫소, 명예도 싫소.<br>오로지 나의 한 가지 소망은<br>조선 냄새 나는 위대한 예술을 하고 싶은 것이오! |
| 방첩대장 | 발사! |

총소리가 나고, 홍종민, 천천히 쓰러진다.

**격정만리**

**홍종민**   북극성이 사라진다!

이월선, 쓰러진 홍종민에게 다가와 눈을 가린 손수건을 풀어주고 손수건으로 상처를 닦아준다.
조명이 바뀌면 홍종민 일어나 혼령처럼 서서히 걸어 빛 속으로 사라진다.
배우들, 홍종민을 바라본다.

## 종장

스산한 바람 소리.
배우, "1989년 가을, 경기도 어느 양로원"이라고 적힌 팻말을 든다.
늙은 박철은 늙은 이월선을 바라보고 있고, 늙은 이월선은 손수건을 바라본 채 앉아 있다.

**박철**   그렇게 허무하게 가다니…
**이월선**   북극성이 사라진다는 그 사람 말이 40년이 지났는데도 제 가슴속에 박혀서
제삿날만 돌아오면 가슴이 찢어지는 것 같아요.

두 사람, 침묵 속에 앉아 있다.
배우들, 시 낭송을 한다.

**배우들**   지금 꼭 사랑하고 싶은데
너는 내 곁에 없다.
사랑은 동아줄을 타고 너를 찾아 하늘로 간다.
그리움으로 하여
왜 우리는 이렇게 산산이 부서져 흩어져야 하는가.
모든 것을 다 바치고도
왜 나중에는 이 찢어지는 아픔만을 가져야 하는가.
이별의 이 안타까운 눈빛을 가져야 하는가.

악기의 선율이 점차 고조되다가 여운을 남기며 끝맺는다.

- 막 -

1부 희곡

# 격정만리 (1991년 작)

대본 김명곤

---

**줄거리**  노인이 된 이월선은 옛 동료 박철을 만나 죽은 줄만 알았던 딸 선화가 살아 있다는 소식을 전해 듣게 되고 지난 삶을 회고한다. 1928년, 이월선과 홍종민은 '북극성'이라는 유랑 극단에서 신파극 「장한몽」에 참여하면서 사랑을 키워갔다. 새 시대 새로운 연극을 위해 뜻을 모은 이월선, 홍종민, 심영복, 진경숙, 송진섭, 박철은 북극성을 탈퇴하고 연극을 민족운동으로 연결한 '개벽좌'로 들어가 「아리랑 고개」를 공연한다. 하지만 「아리랑 고개」 공연장은 광주학생의거를 외치는 청년에 의해 아수라장이 되고, 이월선은 동경 유학생 노승철과 함께 「인형의 집」을 연습하며 신파극에서 벗어나 서양 연극에 빠진다. 그런 이월선이 못마땅한 홍종민, 그녀의 과거가 드러나며 둘은 이별한다. 심영복과 진경숙의 결혼 축하 피로연에서 홍종민은 신파극의 문제점을 지적하는 카프와 논쟁하게 되고, 신파극을 민족의 연극으로 부흥하여 "조선 냄새 나는 위대한 예술을 하고 싶은" 속마음을 토로한다. 이월선이 떠나고 신파극 배우가 된 홍종민은 진경숙으로부터 이월선이 노승철을 떠나 '동방 창극단'에서 지방 순회를 떠났다는 소식을 듣는다. 1945년, 해방 후 소군정과 미군정의 혼란 속에서 집으로 돌아온 홍종민은 이월선과 딸 선화와 상봉한다. 딸 선화는 좌익 연극에 가담하고, 심영복과 진경숙은 홍종민에게 '혁명극단'에서 함께 할 것을 권유한다. 그러나 그는 진정한 해방이 되지 않은 현실에서 좌우가 힘을 합쳐야 한다고 주장하며 거절한다. 한편 송진섭은 미군정과 협력하여 설립할 예정인 '극예술협회'에 가입할 것을 권하나 홍종민은 이마저도 거절한다. 어느 쪽에도 서지 않은 그는 좌우의 힘의 경쟁 속에서 비극적인 최후를 맞는다.

---

1991년을 전후해서 통일 음악제, 남북 영화제, 남북한 문인들의 공동세미나, 남북 학술제 등 문화예술 분야에서 남북 간의 교류가 매우 활발해졌다. 그 교류가 더욱 가속화되고 다각도로 펼쳐질 전망 속에서 다른 문화예술 분야의 발빠른 움직임에 비해 연극 부문은 그 행보가 매우 더디게 흘러가고 있었다.

이 무렵에 공연된 「격정만리」는 「불감증」, 「점아점아 콩점아」 등을 통해 작가가 추구해왔던 분단의 상처와 그 모순의 극복을 위한 예술적 작업을 한층 더 심화시킨 작품이다.

「격정만리」는 1920년 말부터 1950년 초까지의 우리 연극사의 격정에 찬 연극배우들의 이야기를 소재로 삼아 식민지배와 분단으로 인한 역사의 비극이 예술가들의 삶에 어떻게 반영되었는지를 그려내어 격동의 세월 속에 사라져간 광대들의 삶과 예술이 오늘날 우리 연극사에 거대한 뿌리로 존재하고 있음을 보여주고 있다. 또한 한국 연극사의 중요한 작품이 극중극으로 재현돼 한국 연극사의 흐름과 변천사를 한눈에 살펴볼 수가 있다.

소개되는 극중극은 일본 대중소설인 「곤지끼야사」를 번역 각색한 신파극 「장한몽」, 한국적 신파로 발전된 모습을 보여주는 일제하 민족의 수난을 그린 박승희의 「아리랑고개」, 송영의 카프연극 「호신술」, 후에 〈홍도야 우지마라〉라는 제목으로 영화화, 악곡화 되어 알려진 임선규의 「사랑에 속고 돈에 울고」, 북한의 혁명 가극 「피바다」의 원전으로 추측되는 「혈해지창」, 선동극인 신고송의 「서울 갔던 아버지」, 그 외에 「검찰관」, 「대추나무」 등인데 이 작품들을 통해 한국 연극사가 극중극으로 복원된다.

아리랑 극단 창단 5주년 기념 공연으로 준비된 이 작품은 그해 서울 연극제에 자유참가작으로 선정이 되었으나 서울 연극제 집행위원회의 일방적인 취소 결정에 의해 참가를 못하게 되었지만, 1991년 9월 27일부터 10월 14일까지 학전 소극장에서 1차 공연을 한 뒤, 배우를 교체하고(이호성이 맡았던 홍종민 역을 김명곤이 하게 됨) 무대를 좀 더 입체화시켜 학전 소극장에서 관객들의 열렬한 호응 속에 1991년 11월 2일부터 11월 17일까지 연장 공연을 강행했다.

# 배꼽춤을 추는 허수아비

◆ 원작: 이청준 「조만득 씨」

| 나오는 사람들 |

조만득

강박사: 정신과 전문의

송다혜: 간호사

이미향: 조만득의 아내

한영호: 조만득의 친구

조사장: 거성부동산 사장

만득 모

조만철: 조만득의 동생

윤정: 정신병원 환자

소희: 정신병원 환자

도상: 정신병원 환자

동화: 정신병원 환자

은별: 정신병원 환자

꽃집 주인

향수 모델

유라: TV 드라마 속 인물

회장: TV 드라마 속 인물

준수: TV 드라마 속 인물

코러스 1~6

**앞풀이**

음악과 함께 단순하고 상징적인 의상과 가면을 착용한 코러스들이 나온다.
코러스들, 노래를 부른다.
조만득, 무대 중앙에 쪼그리고 앉아 돈을 센다.


| 코러스 | *돌아라 돌아라 뱅뱅 돌아라* |
|---|---|
| | *돌아라 돌아라 뱅뱅 돌아라* |
| | *배꼽춤을 추는 허수아비 있었네* |
| | *배꼽춤을 추는 허수아비 있었네* |
| | *돌아라 돌아라 뱅뱅 돌아라* |
| | *돌아라 돌아라 뱅뱅 돌아라* |
| | *배꼽춤을 추는 허수아비 있었네* |
| | *배꼽춤을 추는 허수아비 있었네* |


코러스들, 조만득의 주위를 에워싼다.


| **코러스 1** | 백만 원 |
|---|---|
| **코러스들** | 이백만 원 |
| **코러스들** | 삼백만 원 |
| **코러스들** | 사백만 원, 오, 륙, 칠, 팔, 구 |
| **코러스들** | 천만 원 |
| **코러스들** | 이천만 원 |
| **코러스들** | 삼천만 원 |
| **코러스들** | 사천만 원, 오, 륙, 칠, 팔, 구 |
| **코러스들** | 억! |
| **코러스들** | 십억 |
| **코러스들** | 백억 |
| **코러스들** | 천억, 이천억, 삼천억, 사천억, 오, 륙, 칠, 팔, 구천억! 억! 억! 억! 억! 억!… |


코러스들, '억'이라는 단어를 숨이 턱에 차듯, 때로는 죽어가는 사람이 신음하듯 다양한 발성
으로 변조하여 몸짓과 함께 한동안 음송한다.


**배꼽춤을 추는 허수아비**

# 제1장 정신병원의 특별 병동

아름답고 서정적인 클래식의 선율.

조만득, 한쪽 구석에 쪼그리고 앉아 돈을 세고 있다.

환자들, 여기저기 모여서 각자 할 일을 한다.

강박사, 등장한다.

**강박사**　　여러분, 안녕하세요?

**환자들**　　안녕하세요.

**강박사**　　점심은 맛있게 먹었어요?

**환자들**　　네.

**강박사**　　마술 가게 열 시간이 됐죠?

**환자들**　　네.

**강박사**　　마술 가게 주인이 어디 있죠?

환자들, 송간호사를 찾는다.

윤정, 한쪽에 숨어있는 송간호사를 발견한다.

**윤정**　　여기요.

**송간호사**　　(환하게 웃으며) 안녕하세요.

**환자들**　　안녕하세요.

**송간호사**　　우리 가볍게 몸을 풀어 볼까요?

**환자들**　　예.

**송간호사**　　자, 두 손을 머리 위로 쭉 올리세요. 오른쪽으로, 왼쪽으로— 내리세요. 잘하
　　　　　　셨어요.

송간호사, 박수를 유도하면 환자들 박수를 친다.

**송간호사**　　저희 마술 가게에 와주셔서 정말 감사합니다. 이 가게에선 여러분 마음 속에
　　　　　　있는 물건들을 뭐든지 사고팔 수가 있어요. 오늘은 누가 손님이 될까요?

환자들, 서로 눈치를 보며 아무도 나서려 하지 않는다.

277    **송간호사**    (만득을 보고) 조만득 씨.

조만득, 대꾸를 하지 않고 돈만 세고 있다.

**송간호사**    마술 가게에 오실래요?

조만득, 고개를 흔든다.

**송간호사**    그러지 말고 오세요, 네? 자---.
**강박사**    조만득 씨, 손님이 되어 봐요.

송간호사, 부드럽게 조만득을 중앙으로 끌어온다.

**송간호사**    오늘 저희 마술 가게의 손님이 되신 조만득 씨에게 박수!

환자들, 박수를 친다.

**송간호사**    (절을 하며) 어서 오세요.

조만득도 따라서 절을 한다.

**송간호사**    뭐 사고 싶은 거 있어요?

조만득, 고개를 흔든다.

**송간호사**    그럼, 팔고 싶은 건요?

조만득, 쭈뼛거린다.

**송간호사**    있죠?

조만득, 끄덕인다.

| | |
|---|---|
| **송간호사** | 뭐예요? 뭐든지 다 말해 봐요. 제가 살게요. |
| **만득** | 어…머…니 |
| **송간호사** | 어머니요? |
| **환자들** | 어머니, 어머니, 어머니… |

환자들, 서서히 퇴장한다.
조명이 어두어지면 이층 구석에 쪼그리고 앉은 괴기한 만득의 어머니 모습.

## 제2장 정신병동 강박사의 방

**강박사** 정신과 전문의 강승흡니다. 많은 분들이 정신질환을 상담이나 약물로 치료하는 것으로 알고 계시는데, 아닙니다. 이 병은 대단히 복잡한 원인으로 발생하기 때문에 그 치료법도 대단히 복잡합니다. 약물, 심리 치료, 최면 치료, 전기 충격 등 의학적 능력을 총동원해서 환자를 치료하는 게 정신과 의사로서 제가 하는 역할입니다. 그런데 많은 정신과 의사는 어느 정도 숙련된 무렵에는 꼭 쓰라린 경험을 하게 됩니다. 그게 뭔지 아십니까? 자기 자신이 더 이상 믿을 만한 의사가 못 된다는 사실을 깨닫게 되는 거죠.

강박사, 책상으로 다가가 체크리스트를 펼친다.

**강박사** 조만득. 41세. 금년 3월 과대망상성 질환으로 입원. 4개월 치료 끝에 퇴원한 뒤, 두 달 만에 극도의 분열증으로 재입원. 저는 지금 이 환자로 인해 심각한 혼란 속에 빠져 있습니다. 10여 년의 정신과 의사 생활 중 저의 능력에 대해 가장 많은 숙제와 번민을 안겨 준 환자이기 때문입니다. 조만득 씨에 대한 저의 탐색은 그의 친구인 시계방 주인 한영호 씨와의 만남으로부터 시작됩니다.

영호가 들어온다.

| | |
|---|---|
| **영호** | 어떻습니까, 선생님? |
| **강박사** | 기억상실과 과대망상 중세가 있구요, 더 관찰해 봐야겠지만… 정신분열증 가능성도 있습니다. |
| **영호** | 입원해야 되겠죠? |

**강박사**　예.

**영호**　이것 참, 보통 문제가 아니네.

**강박사**　의료보호 대상자니까 입원비는 걱정 안 해도 됩니다.

**영호**　그게 아니고요, 저 사람이 없으면 집안 꼴이 말이 아니라서요.

**강박사**　부인이 계시지 않습니까?

**영호**　망할 여편네… 도망가 버렸어요.

**강박사**　아, 예… (진료 기록을 들추며) 노모가 계시네요?

**영호**　예. 치매 걸리셨는데 증세가 점점 심해지십니다. 저 친구, 정신이 이리 되기 전에는 지극정성으로 노모를 모시는 효자였어요.

**민창호**　노모는… 어떻게 하시기로 했어요?

**영호**　동생이 하나 있는데 워낙 개망나니라… 당분간 동네 노인회에서 돌보기로 했어요.

**강박사**　환자가 생기면 어느 집안이나 힘들게 되지요.

**영호**　허 참. 큰일이네.

**강박사**　보호자로 오신 거 보니까 절친이신가 봐요.

**영호**　제 시계방하고 이발소가 붙어 있어서 십 년 넘게 형제처럼 지내고 있지요.

**강박사**　(진료일지를 들추며) 평소에 그런 증세를 못 느꼈나요?

**영호**　글쎄요. 요새 들어서 가끔가다 좀 이상하다 싶긴 했지만서도…

**강박사**　언제 이상하다 느꼈죠?

**영호**　그게 언제더라… 예, 한 열흘쯤 전에 밤낚시를 갔었는데요…

조명 어두워진다.

# 제3장　낚시터

밤.
만득, 낚시를 드리운 채 물 위를 응시하고 있다.
영호, 술에 취해 유행가를 홍얼거리며 숲에서 나온다.

**영호**　*야-- 야-- 야-- 내 나이가 어때서!*

**만득**　조용히 혀!

**영호**　*사랑하기 딱 좋은 나인데--*

| 만득 | 쉿, 조용히 혀. 영호야. |
|---|---|
| 영호 | 응? |
| 만득 | 저것 좀 봐. |
| 영호 | 뭔데? |
| 만득 | 저기 뭐가 움직이고 있는디. |
| 영호 | 그려? 그러면 그렇지! 걸렸구나. |
| 만득 | 그거 말구 저기. |

물 위를 가리키는 만득.
영호, 비틀거리며 일어서서 본다.

| 영호 | 뭐가 움직인다구 그래? |
|---|---|
| 만득 | 하얀 옷을 입고… 물 위를 천천히 걸어오고 있잖여… 남자여… 키가 크구 술에 취했는지 비틀비틀 걸어오는디… 아이고, 아버지! |
| 영호 | 아버지? |

만득, 허공에 대고 큰절을 한다.

| 만득 | 예, 아부지. 지는 잘 있고만유. |
|---|---|
| 영호 | 야, 너 미쳤냐? |
| 만득 | (미소 지으며) 예. 엄니유? 요새 많이 아프셔유. 다 제 잘못이지유. |

영호, 만득의 시선을 따라 물 위를 바라본다.

| 만득 | 아프시니께 아부지 생각이 더 나시는지 자꾸 아부질 찾으셔유. 밤에 주무시다가도 아부지 찾으시믄서 서럽게 울기도 하셔유. |
|---|---|
| 영호 | 너… 귀신 보는 거야? |

만득, 두 손으로 귀를 막고 땅에 바짝 엎드린다.

| 만득 | 아이고, 귀야! |
|---|---|
| 영호 | 만득아, 너 왜 그래? |

만득, 머리를 부여잡고 땅을 뒹군다.

| | |
|---|---|
| **만득** | 아이구, 이 소리… 신음 소리… |
| **영호** | 야, 만득아! |
| **만득** | 아, 머리야! 머리가 깨질 것 같아! |
| **영호** | 만득아! |

암전.

# 제4장 정신병동 강박사의 방

송간호사, 만득을 데리고 계단으로 올라간다.
조만득, 싱글벙글 웃는다.

| | |
|---|---|
| **만득** | 요양원 시설이 형편 없구만. |
| **송간호사** | 그래요? |
| **만득** | 그런데 말이야, 미쓰… |
| **송간호사** | 송이에요. |
| **만득** | 이름은 뭐여? |
| **송간호사** | 다혜예요. |
| **만득** | 잉, 얼굴처럼 이름도 예쁘구만. |
| **송간호사** | 어머 그래요? 호호호. |
| **만득** | (종이 수표를 주며) 잠깐만. 이거 말이여… 얼마 안 되지만, 용돈 써. |

조만득, 볼펜을 꺼내어 종이 수표에 글씨를 쓴다.

| | |
|---|---|
| **송간호사** | (종이 조각을 잠깐 보더니) 일금… 백만 원이네요. |
| **만득** | 내 성의 표시여. |
| **송간호사** | 호호호, 고맙습니다. |
| **만득** | 회장님! |
| **송간호사** | 회장님. 호호호 |
| **만득** | 허허허, 아주 싹싹하고 이쁜 여비서여. |

**배꼽춤을 추는 허수아비**

| | |
|---|---|
| **송간호사** | 박사님. |
| **강박사** | 어서 와요. |
| **만득** | 허허허, 수고 많소. |
| **강박사** | 여기 앉으세요. |
| **만득** | (앉으며) 근데 왜 날 찾았어? |
| **강박사** | 몇가지 물어볼 게 있어서요. |
| **만득** | 나 바쁘니께 한두 가지만 물어봐. |
| **강박사** | 조만득 씨는… |
| **만득** | 회장님! |
| **강박사** | 아, 조회장님은 어떻게 여길 오게 되셨죠? |
| **만득** | 그야 격무에 시달리다 보니께 건강을 해쳐서 온 것 아닌가? |
| **강박사** | 건강을 해치셨어요? |
| **만득** | 그려. |
| **강박사** | 어떤 격무에 시달리셨죠? |
| **만득** | 그야 결재하고 사람 만나고, 청소도 하고… |
| **강박사** | 청소도 하셨어요? |
| **만득** | (당황해서) 잉? 허허허, 그건 아니고, 에 또… |
| **강박사** | 면도도 하셨구요? |
| **만득** | 면도? 뭔 소리여? 이 사람 무례하구만. 난 그런 거 몰라. (벌떡 일어서며) 나 가봐야겄어. |
| **송간호사** | 회장님. 조금만 더 있다 가시죠. |
| **만득** | 송비서! 결재할 서류가 산더미처럼 밀렸다는 거 몰러? |

강박사, 송간호사에게 데리고 나가라고 손짓한다.

| | |
|---|---|
| **송간호사** | (미소지으며) 알았습니다. 회장님, 가시죠. |
| **만득** | 저기 말이여. (수표를 꺼내어 글씨를 쓰며) 이거 용돈 써. |
| **송간호사** | 아까 주셨잖아요. |
| **만득** | 아, 그려? (강박사에게 수표를 주며) 그럼 말여. 자네 용돈 써. |
| **강박사** | 아이구. 감사합니다. |

**만득** 쓸데없는 거 묻지 말고 내 건강이나 잘 좀 돌봐!

**강박사** 예, 어서 가 보세요

**송간호사** 회장님, 가시죠.

**만득** 생긴 건 멀쩡하게 생겨가지구.

강박사, 수표를 본다.

송간호사, 만득을 안내하여 함께 나간다.

## 제5장 정신병동의 병실

**동화** 휴, 오늘은 안심이야. 내일이 문제야. 내일은 어떡하지? 그래, 방문을 잠그고 침대 밑으로 숨는 거야. 아니지? 정보가 새나갔을지도 몰라. 화장실! 화장실 이 더 안전할 거야.

동화, 화장실 쪽으로 간다.

송간호사, 만득을 데리고 들어온다.

**송간호사** 이리 오세요.

**만득** 여기여?

**송간호사** 네.

**동화** 저 사람 누구예요?

**송간호사** (침대를 정리하며) 같이 병실… 아니, 요양실 같이 쓰실 분이에요. 조만득 씨예 요.

**만득** 회장님!

**송간호사** 아 참, 조만득 회장님이세요.

**동화** 회장? 거짓말 마. 당신 정체가 뭐야?

**만득** 송비서, 저 사람 이름이 뭐여?

**송간호사** 박동화 씨예요.

**만득** 이 사람, 회장 이름도 몰라? 목 잘라.

박동화, 비명을 지른다.

| 동화 | 악! 목을 잘라? (침대에 몸을 숨기며) 저 사람, 안기부에서 왔죠, 그렇죠? |
|---|---|
| 만득 | (송간호사에게) 우리 회사에 안기부라는 부서가 있어? |
| 송간호사 | 없는데요, 회장님. |
| 만득 | 이 사람아. 나는 부장이 아니고 회장이여. 자네는 무슨 분가? 총무부여 인사부여? |
| 동화 | 나는 조직에 얽매인 사람이 아니고 자유를 노래하는 시인이요. |
| 만득 | 시인? 배고프것네. (송간호사에게 종이 수표를 건네며) 백만 원이여. 은행에서 찾아 쓰라고 혀. |
| 송간호사 | (동화에게) 받으세요. |
| 동화 | (종이를 보며) 목숨에 초연한 시인의 기개를 이까짓 종이쪽지로 사려 하다니. (만득의 코앞에 종이를 내밀며) 더 이상 날 모욕하지 말고 차라리 죽여라. |
| 만득 | 잉, 이제 보니께, 대단히 패기만만한 청년이로구먼. 그럼 말이여. 자네 뜻을 존중해서 이 돈은 거두겠네. 대신 내 특별비서관이 되어 날 보좌해 주겠나? |
| 동화 | 특별… 비서관? |
| 만득 | 난 자네같이 유능하고 패기만만한 젊은이가 필요혀. 월급은 천만 원! |
| 동화 | 천만 원? |
| 만득 | 적으면 이천만 원! |
| 동화 | 이천만 원? |
| 만득 | 어떠? |
| 동화 | 아! 자본으로부터 독립된 진정한 시인이 되기가 이다지도 힘들다니… |

동화, 시낭송을 하며 이리저리 한참을 서성인다.

| 동화 | 나는 쓴다. 그대 이름을<br>금빛 칠한 동상 위에<br>병사들의 무기 위에<br>그리고 왕들의 관 위에도<br>나는 쓴다. 그대 이름을<br>자유여! 민주주의여! |
|---|---|

동화, 침대에 엎드려 흐느낀다.

| 만득 | 왜 이려, 이 사람? |
|---|---|
| 송간호사 | 시상을 다듬고 있나 봐요. |
| 만득 | 시상? 시상에나… |
| 동화 | (갑자기 진지하게) 회장님. |
| 만득 | 왜 그려? |
| 동화 | 삼천만 원 주시면 수락하겠습니다. |
| 만득 | 좋아 까짓 것, 삼천만 원! |
| 동화 | 삼천만 원! |
| 송간호사 | 동화 씨, 취업 축하해요. |
| 동화 | 감사합니다. |
| 송간호사 | 그럼 점심시간에 식당에서 만나요. |
| 만득 | 박비서관. |
| 동화 | 예, 회장님. |
| 만득 | 점심 메뉴가 워치케 되어? |
| 동화 | 오늘 점심 메뉴는… |

동화, 송간호사를 본다.

| 송간호사 | 닭튀김이에요. |
|---|---|
| 동화 | 닭튀김입니다. |
| 만득 | 잉, 닭튀김! 그거 맛있어. |

두 사람을 지켜보던 송간호사, 미소를 지으며

| 송간호사 | 전 이만 가 볼게요 회장님. |
|---|---|
| 만득 | 그려, 그려. |
| 송간호사 | 점심시간에 식당에서 봬요. |
| 만득 | 수고했어, 미스송. |
| 송간호사 | 동화 씨 점심 메뉴, 도청 안 되니까 걱정 마세요. |

송간호사, 밖으로 나간다.

**배꼽춤을 추는 허수아비**

| 만득 | 박비서, 오늘 스케줄이 어떻게 되여? |
|------|------|
| 동화 | 네, 점심 식사 후에 한 시간 동안 포크댄스가 있습니다. 이어서 투약, 약간의 자유 시간, 여섯 시에 저녁 식사, 다음에 투약, 약간의 자유 시간, 열 시에 취침, 이상입니다. |
| 만득 | 요양을 와서도 회사에 있을 때나 똑같이 바쁘구먼. |
| 동화 | 송구스럽습니다, |
| 만득 | 지금은 무슨 시간이여? |
| 동화 | 자유 시간입니다. |
| 만득 | 자유 시간에는 뭐허는 거? |
| 동화 | 자기 방에서 쉬거나, 휴게실에서 놀거나, 정원을 산책하거나… 자유입니다. |
| 만득 | 흠… 그럼… 휴게실로 가볼까? |
| 동화 | 그럼 휴게실로 모시겠습니다. |
| 만득 | 음, 그려. |

침대를 정리하는 동화.

| 만득 | 어서 와, 이 사람아. |
|------|------|
| 동화 | 네, 회장님. |

## 제6장 정신병동 공작실

음악이 흐른다.
은별, 마네킹에 여러 가지 장식을 하고 있고 김도상, 유소희와 함께 기차놀이를 하고 있다.
윤정은 한쪽에서 꽃관을 만들고 있다.

| 도상 | 이번에 정차할 역은 을지로 4가, 을지로 4가입니다. 내리실 문은 오른쪽입니다. |
|------|------|
| 소희 | 오른쪽! |

소희, 오른쪽으로 내렸다가 다시 올라탄다.

| 도상 | 출입문 닫습니다. 출발합니다. 이번에 정차할 역은 을지로 3가, 을지로 3가 |

입니다. 내리실 문은 오른쪽입니다.

| 소희 | 도상씨, 명동 아직 멀었어요? |
|---|---|
| 도상 | 명동은 을지로 입구에서 내려서 5분만 걸어가면 됩니다. |
| 소희 | 명동! 참, 많이 변했네. |

**별들이 소근대는 명동의 밤거리--**

| 도상 | (화를 내며) 소희 씨! 지금 선로에서 뭐하고 있어? |
|---|---|
| 소희 | 어머, 죄송합니다. |
| 도상 | 이번에 정차할 역은 시청, 시청입니다. 내리실 문은… (윤정을 보고) 타실 문은… |
| 소희 | 왼쪽입니다. |
| 도상 | 맞습니다, 윤정아, 태워줄까? |
| 윤정 | 오늘은 안 타. 이 꽃 예쁘죠? |
| 소희 | (꽃을 가져가며) 천 원어치만 주세요. |
| 도상 | 이번에 정차할 역은 을지로 입구, 을지로 입구입니다. (은별을 보며) 내리실 문은… |
| 소희 | (화가 나서) 통과합니다. |

동화, 만득을 안내하며 들어온다.

| 만득 | 아이고, 사무실이 온통 꽃향기로 가득하구먼. |
|---|---|
| 동화 | 회장실을 장식하려고 다들 분주한 것 같습니다. |
| 만득 | 그려? |
| 도상 | (만득을 보고) 어? 못 보던 상판이네. |
| 만득 | 상판? |
| 도상 | 새로 왔으면 신고식을 해야지. 아니다. 물 좀 떠와라. |
| 만득 | 회장이 물을 떠 와? 자네는 어느 부선데 회장 얼굴도 모르는 겨? |
| 도상 | 회장? 네가 회장이면 나는 반장이다. |
| 소희 | 도상 씨, 반장보다 회장이 더 높아. |
| 도상 | 그러면 회장이 통장이야? |
| 소희 | 응. 아닌가? |
| 만득 | 아이구, 머저리들. 세상에 회장보다 높은 것은 없는 것도 몰러? |
| 동화 | 맞습니다, 회장님. |

배꼽춤을 추는 허수아비

| 도상 | 그런가? |
|---|---|
| 은별 | 회장님, 봉쥬르. |

놀란 만득, 은별에게 다가가 마네킹을 바라본다.

| 만득 | 아이구, 이건 뭐여? 근사하구먼. |
|---|---|
| 은별 | 어머, 아트를 아시네요. |
| 만득 | 잉? |
| 은별 | 아-트. |
| 만득 | 아-트? |

윤정, 노래를 부른다.

| 윤정 | *잘 자라 우리 아가* |
|---|---|
| | *앞뜰과 뒷동산에* |
| | *새들도 아가 양도* |
| | *다들 자는데* |
| 만득 | 꽃들이 참 이쁘구먼. |

만득이 다가가자 윤정, 만득에게 꽃 한 송이를 준다.

| 만득 | (행복한 표정으로 향기를 맡으며) 고맙소 아가씨. 이름이 뭐여? |
|---|---|
| 윤정 | 윤정이요, |
| 만득 | (수표에 글씨를 쓰며) 그려? 이걸로 말여 꽃을 사. 산더미처럼 사. |
| 윤정 | (수표를 받고 쳐다보며) 이게 뭐예요? |
| 동화 | (윤정을 한쪽으로 끌며) 그냥 받아둬. |
| 윤정 | 왜요? |
| 동화 | 자기가 회장이라는데, 정체가 수상해. 이 종이돈으로 장난하는 걸 믿는 척해<br>주면 정체를 알 수 있을 거야. |
| 윤정 | (만득에게) 고맙습니다. 아저씨. |
| 만득 | 회장님! |
| 윤정 | 회장님. 히히히히. |

**만득**　　　　허허허.

강박사, 그 모습을 지켜보다가 머리가 헝클어진 인형을 들고 등장한다.
환자들, 강박사에게 인사한다.

**강박사**　　　조만득 씨! (만득이 째려보자) 아, 조회장님. 인형, 예쁘죠?
**만득**　　　　예쁘구면, 이름이 뭐여?
**강박사**　　　미민데요, 애 머리가 너무 지저분하죠?
**만득**　　　　이발비 좀 줘?
**강박사**　　　그거보다 직접 손질 좀 해 주시겠어요?
**만득**　　　　그런 거쯤이야 간단하지.
**강박사**　　　가위, 여기 있습니다.

무의식 중에 가위를 들어 인형 머리를 잡는다.
가위 소리, 환청, 환자들, 비웃는다.
조만득, 갑자기 굳어진다.

**강박사**　　　조만득 씨, 머리 좀 다듬어 줘요.

만득, 인형을 떨어뜨린다.
환청, 높아진다.

# 제7장 이발소

TV의 한 장면.
TV 장면의 대사는 녹음된 소리로 들린다.

**유라**　　　　(핸드폰으로) 아빠 나야. 회사 로비. 음, 아빠가 내려와, 나 여기서 친구 만나기
　　　　　　　로 했단 말이야. 끊어.

유라, 핸드폰을 끈다.

**배꼽춤을 추는 허수아비**

| 준수 | (들어오며) 유라야! |
|---|---|
| 유라 | 준수 오빠, 어서 와! |
| 준수 | 지도 사 왔어. |

두 사람, 정답게 지도를 펴놓고 여행 계획을 세운다.

| 유라 | 어디로 갈까? |
|---|---|
| 준수 | 몰디브 어때? |
| 유라 | 요즘 누가 촌스럽게 몰디브를 가? 개나 소나 다 가는 곳인데. 일단 파리 가서 컬렉션 좀 보고. 괜찮은 거 컬렉한 뒤에 두바이 더 월드로 가자. 바닷속에 수백 개의 섬으로 세계지도를 만든 곳인데 아빠가 그중 하나를 샀어. 엄청 환상적이야… 아, 아빠 나온다. |

이발소 조명이 밝아진다.

| 영호 | 앗, 뜨거! 야, 없는 머리 다 태울려고 그래? |
|---|---|
| 만득 | 미안허다. 근디 너 지난번보다 숱이 많아졌다. |
| 영호 | 그래? 야,야, 가리마가 삐뚤어졌잖여. |
| 만득 | 알았어. |

TV장면 계속된다.
회장, 등장한다.

| 유라 | 아빠, 여기야. |
|---|---|
| 회장 | 허허, 우리 유라 공주님이 뭐가 필요해서 여기까지 행차하셨나? |
| 준수 | 안녕하세요. |
| 회장 | 그래. |
| 유라 | 아빠, 나 카드 좀 바꿔 주라. |
| 회장 | 네 나이에 플레티늄이면 되지. |
| 유라 | 한 달에 6천 가지고 뭘 해? 가방하고 화장품 몇 개 사면 친구들 밥 살 돈도 없어. 나, VVIP 카드로 바꿔 주라 응? |
| 회장 | 허허, 그래. 우리 공주님이 많이 베풀어야지. 카드는 발급하려면 시간이 걸리 |

　니까… 어디 보자.

회장, 품에서 수표책을 꺼내 서명한 후 유라에게 준다.

**유라**　　아빠, 최고! 참, 두바이하고 계약 잘 성사됐어?

**회장**　　오천억 따냈다!

**유라**　　와우, 유일그룹 회장님 최고!

유라, 웃으며 회장의 팔을 끼고 퇴장한다.

그 뒤를 따르는 준수.

TV 화면 조명이 꺼진다.

**영호**　　내 참 드럽다.

**만득**　　왜?

**영호**　　어느 놈은 말이야, 수백억 수천억을 떡 주무르듯이 하는데, 어떤 놈은 몇백 원, 몇천 원 가지고 뭐 빠지게 허덕대니 말이다.

**만득**　　다 타고난 팔자대로 사는 겨.

**영호**　　그럼 나는 평생 남의 시계나 고치다가 흙수저로 늙어 죽으란 팔자냐?

**만득**　　나도 평생 남의 머리 깎아 주다 늙어 죽을 팔자 아니겠어?

**영호**　　너, 무슨 악담을 그렇게 하냐?

**만득**　　악담이 아니고 현실이 그런 겨.

**영호**　　너는 평생 머리 깎다 죽을지 몰라도 나는 꿈이 있다.

**만득**　　무슨 꿈?

**영호**　　너, 계룡산 신녀 아냐?

**만득**　　그게 뭐여?

**영호**　　기가 막힌 미인인데 저 아랫동네에 새로 이사 온 용한 무당이다.

**만득**　　무당? 그런 디를 왜 댕기고 그랴.

**영호**　　너는 교회 가서 기도하고 나는 무당한테 기도하는 게 다 같은 거다.

**만득**　　근디 그 무당이 워쨌다는 겨?

**영호**　　그 신녀님이… 나는 말년에 재운이 터져서 번쩍번쩍 빛나는 다이아몬드 수저가 된다고 했어.

**만득**　　이그, 머저리!

| 미향 | 흥! |
|---|---|
| 영호 | 두고 봐라. 이 한영호 삐까번쩍 살 날이 있을 거다. |
| 만득 | 다 됐어. |
| 영호 | (시계를 보며) 아, 벌써 시간이 이렇게 됐네? 야! 이따 끝나고 시계방으로 와, 소주나 한잔하자. |
| 만득 | 그려. |
| 영호 | 제수씨, 갑니다. |
| 미향 | 이발비 안 내요? |
| 영호 | 이따가 시계방에서 다 계산할 거예요. |
| 미향 | 술값은 빼고 계산해요. |
| 영호 | 하이고, 사장님, 알겠습니다. 충성! |
|  | *야-- 야-- 야-- 내 나이가 어때서--* |

영호, 노래를 부르며 나간다.
TV에서 섹시한 포즈의 남녀 배우가 향수 광고를 한다.

| (소리) | 사랑은 어떤 향기를 갖고 있을까? |
|---|---|
|  | 놓지 않을 거야, 당신과 나만의 향기. |
|  | 당신과 나만의 향기로운 사랑, 애무르 향수- |

미향, 모델을 따라 포즈를 취해 본다.
만득, 심상치 않은 표정으로 미향을 본다.

| 미향 | 놓지 않을 거야, 당신과 나만의 향기. 애무르… |

미향, 만득과 시선이 부딪친다.

| 미향 | 왜? |
|---|---|
| 만득 | 아, 아녀. |
| 미향 | 근데 왜 벌레 씹은 얼굴로 날 보는 거야? |
| 만득 | 아, 아무것도 아녀. |
| 미향 | (거울을 들여다보며) 아휴, 이 눈가에 주름살 좀 봐. 내가 미친다, 미쳐. |

　　만득, 미향을 바라본다.

| 만득 | 당신, 그… 향수 말여. |
|---|---|
| 미향 | (긴장하며) 응? |
| 만득 | 못 보던 향수가 있던데. |
| 미향 | 으 - 응, 그거 며칠 전에 산 거야. |
| 만득 | 외제던디? |
| 미향 | 아니, 뭐 난 맨날 싸구려 국산 화장품만 쓰라는 법 있어? 그래, 큰맘 먹고 장만 한 거야. 뭐, 잘못됐어? |
| 만득 | 아녀, 내가 사 주고 싶었는디 미안하니까 그러지. |
| 미향 | 말이라도 고마워. |

미향, 노래를 흥얼거리며 걸레질을 한다.

| 만득 | 당신, 그 계말여. |
| 미향 | 응? |
| 만득 | 현주 엄마는 일찍 들어왔던데 당신은 계 끝나고 딴 데 들렀다 왔남? |
| 미향 | 그건, 몇 사람 따로 얘기할 게 있어서 얘기하다 왔어. |
| 만득 | 술도 마시고? |
| 미향 | 얘기하다 보면 스트레스도 풀 겸 술도 마시게 되는 거지 뭐. |
| 만득 | 그렇겠지. |
| 미향 | 근데 당신, 지금, 나 심문하는 거야? |
| 만득 | 아, 아녀. |
| 미향 | 자꾸 캐묻는 게 심문하는 거 같아서 기분 나쁘잖아. |
| 만득 | 그냥 궁금해서 물어본 건디 기분 나빴다믄 미안 혀. |
| 미향 | 치매 걸린 시어머니 똥오줌 치우면서 사는 여자 스트레스가 어떤 줄이나 알어? |
| 만득 | 알지. 알고 말고. 그려, 잘했어. 그렇게 가끔 마음도 풀어야지. |
| 미향 | 이 지긋지긋한 놈의 이발소, 이젠 신물이 나! |

미향, 걸레를 던져버리고 나간다.
만득, 그걸 집어 들고 바닥을 청소한다.

**배꼽춤을 추는 허수아비**

# 제8장 정신병동 소강당

음악이 흐른다.
도상과 소희, 오토바이 놀이를 한다.
소희는 분홍 스카프에 선글라스를 끼고 있고, 도상은 운전수 모자를 쓰고 있다.

| | |
|---|---|
| 도상 | 애--- 엥----. |
| 소희 | 스즈끼 2,000cc |
| 도상 | 맞다. |
| 소희 | 다음은 짱게집 오토바이. |
| 도상 | 타라. |
| 소희 | 예. |
| 도상 | 애애앵, 애애앵, 털털털. |
| 소희 | 고장 났어요? 내가 해 볼까요? |
| 도상 | 그래. |
| 소희 | 타요. |
| 도상 | 알았다. |

도상, 소희 뒤로 가서 허리를 껴안는다.

| | |
|---|---|
| 소희 | 꼭 잡아요. |

소희, 시동을 건다.
털털거리며 가는 오토바이.
도상, 오토바이에서 떨어져 엄살을 핀다.
소희, 호들갑을 떨며 위로해 준다.
씩 웃는 도상.

| | |
|---|---|
| 소희 | 장난했어요? |
| 도상 | 그래. |
| 소희 | 놀랐어요. 타요. |
| 도상 | 알았다. |

소희, 다시 시동을 걸고 송간호사 앞에서 멈춘다.

| | |
|---|---|
| **소희** | 오토바이 너무 멋있죠? |
| **송간호사** | 기사가 더 멋있는데요. |
| **은별** | (송간호사에게) 봉쥬르. |
| **송간호사** | 봉쥬르, 은별 씨. 와, 작품이 점점 완성되어 가네요. |
| **은별** | 환타스틱하고 러블리하죠? |
| **송간호사** | 이 작품에 대해 설명 좀 해 주실래요? |
| **은별** | (마네킹을 내보이며) 이 작품은 이미 레디 메이드 된 마네킹에 칼라플하고 터프한 터치를 가해 전혀 다른 이미지를 크리에이트하고 있죠. 이 작품의 경향을 말씀드리자면 프리미티비즘, 익스프레셔니즘, 임프레쇼니즘을 적절히 믹싱한 뉴-이즘이라고 할 수 있겠죠. |
| **송간호사** | 네, 아주 환타스틱한 설명이네요. |
| **은별** | 역시 아-트를 아시는군요. |
| **동화** | 나는 쓴다 그대 이름을<br>금빛 칠한 동상 위에<br>병사들의 무기 위에<br>그리고 왕들의 관 위에도<br>나는 쓴다 그대 이름을<br>자유여! 민주주의여! |
| **송간호사** | (박수 치며) 아주 멋진 훌륭한 시 낭송이에요. |
| **동화** | 난 자유를 위해서 시를 쓸 거예요. |
| **송간호사** | 그래요. 훌륭한 작품 남기세요. |

윤정, 바닥을 기어 다니며 뭔가를 찾는다.

| | |
|---|---|
| **송간호사** | 윤정 씨. 왜 그래요? 무슨 걱정 있어요? |
| **윤정** | 저, 저거 쫓아 주세요. |
| **송간호사** | 뭔데? |
| **윤정** | 아버지. |
| **송간호사** | 아버지가 뭘 하고 있지? |
| **윤정** | 감시해요. 리모컨으로 날 조정해요. |

**배꼽춤을 추는 허수아비**

동화        도청!

동화, 여기저기 찾는다.

| | |
|---|---|
| 윤정 | 골프채로 막 때려요. 무서워요. |
| 송간호사 | 그럼, 아버지를 팔아 볼까요? |
| 윤정 | 예. |
| 송간호사 | 윤정 씨, 지금 가장 보고 싶은 사람이 누구지요? |
| 윤정 | 현우 씨요. 그럼 동화 씨를 현우 씨라고 생각하고 윤정 씨가 현우 씨에게 했던 말을 해 볼까요? |

동화, 윤정 앞에 선다.
윤정, 동화에게 말을 한다.

| | |
|---|---|
| 윤정 | 현우 씨, 우리 결혼하자. 응? |
| 송간호사 | 현우 씨는 윤정 씨에게 뭐라고 했지요? |
| 윤정 | 나하고 결혼하고 싶지만 자신이 없다고… |
| 송간호사 | 아빠 역할은 누가 해 주실까요? |
| 도상 | (손을 처들며) 나요. |
| 송간호사 | 엄마는요? |
| 소희 | 나! |
| 송간호사 | 네. 윤정 씨 가운데 서고, 두 분 이쪽으로 오세요. |

윤정을 가운데 두고 도상과 소희, 양쪽에 선다.

| | |
|---|---|
| 송간호사 | 결혼하겠다고 하니까 아버지가 뭐라고 하셨지요? |
| 윤정 | 이 멍청한 년, 미친년, 정신 차려 이년아! |
| 송간호사 | 도상 씨. |
| 도상 | 이 멍청한 년, 미친년, 정신 차려 이년아! |
| 송간호사 | 어머니는 뭐라고 하셨지요? |
| 윤정 | 널 어떻게 키웠는데 그 거지 같은 놈하고 결혼한다는 거니? |
| 송간호사 | 소희 씨. |

도상과 소희, 마치 신파극을 하는 것처럼 말을 한다.

**소희**      널 어떻게 키웠는데 그 거지 같은 놈하고 결혼한다는 거니?

**송간호사**  그 다음에 어떻게 하셨죠?

**윤정**      욕하고, 때리고…

**송간호사**  (도상과 소희에게) 두 분, 윤정 씨 사연을 알죠?

**도상,소희**  예.

**송간호사**  실제 엄마 아빠라고 생각하고 마음껏 욕하고 때려 보세요.

**도상**      우리 집안에 똥칠을 해도 유분수지. 정신 차려 이년아!

도상, 윤정을 살짝 때린다.

**소희**      도상씨, 그럼 안 돼. 세게 때려!

**도상**      세게? 알았다…

**송간호사**  도상 씨, 진짜로 때리면 안 돼요.

**도상**      예 알겠습니다.

**송간호사**  다시 하세요.

**도상**      이 멍청한 년, 미친년, 정신 차려 이년아!

도상, 윤정을 진짜로 때리듯이 크게 손뼉을 친다.

**소희**      그 걸뱅이 같은 놈 뒷바라지하면서 평생 거지처럼 살고 싶은 거냐?

**윤정**      엄마, 그 사람 훌륭한 화가예요.

**소희**      화가? 그게 걸뱅이지 뭐야? 너 혹시 그놈한테 몸을 어떻게 한 건 아니야? 말
            해 봐. 바른대로 말해!

윤정, 격하게 운다.

**소희**      아이고, 틀림없어. 여보, 그놈이 윤정이한테 못된 짓을 한 게 분명해요.

**도상**      그럼 애를 뱃단 말이지. 이년아, 이 미친년아!

**윤정**      전 그 사람 사랑해요.

**도상**      시끄럽다. 뭘 잘했다고 떠들어, 떠들길. 내 눈에 흙이 들어가도 절대로 안 된

다. 알겠어? 이년아, 이 미친년아!

도상, 윤정을 때리는 마임을 한다.

**윤정**      악! 내 아기!

윤정, 배를 감싸쥐며 쓰러진다.
만득, 뒤에서 이를 지켜보고 있다가 무대 위로 뛰어든다.

**만득**      때리지 말어! 이 못된 놈아,
**도상**      뭐야?
**만득**      아무리 애비지만 딸을 그렇게 패는 법이 어딨어?
**도상**      아니, 이런 괘씸한 놈. 내가 누군 줄 알고 떠들어, 떠들기를.
**만득**      윤정 애비 아녀?
**도상**      아니다.
**소희**      아냐. 맞아.
**도상**      음 그렇지… 맞다!
**만득**      (윤정과 도상을 번갈아 보며) 안 닮았는디… 윤정이를 봐서 이번에는 참겠지만 또 손찌검을 하면 폭행죄에다 살인 미수죄루 법정에 설 각오를 혀.
**도상**      버, 법정?

도상, 소희에게 간다.

**만득**      (동화에게) 박비서.
**동화**      예.
**만득**      일류 호텔로 예식장을 정하고 신혼집은 우리 그룹의 아파트 중에서 30평이나 40평으로 하나 빼 놔.
**동화**      알았습니다.
**만득**      신혼여행은 몰디브, 아냐. 몰디브는 개나 소나 다 가니께 두바이로 보내 줘!
**은별**      어머, 두바이!
**만득**      주례는 국회의원, 아녀. 대학교수, 아녀. 문화부장관, 어뗘?
**은별**      와우!

**윤정**        아저씨!

윤정, 만득의 품에 안긴다.

**만득**        회장님.
**윤정**        회장님, 고마워요!
**만득**        그려 그려. 허허허.
**은별**        웨딩마치 시켜 주세요.
**만득**        그려 그려.
**동화**        자, 회장님을 위해서 박수!

윤정, 만득에게 꽃을 꽂아 준다.
기분이 상한 도상과 소희.
송간호사, 한쪽에서 이 모습을 계속 지켜보고 있다.

**도상**        회장님? 메모지에 사인 찍찍해대는 게 회장은 무슨 얼어죽을 회장!
**소희**        아저씨. 미칠려면 나처럼 곱게 미쳐!
**만득**        박비서.
**동화**        예, 회장님.
**만득**        이 사람들이 나에 대해서 불만이 많은 모양인디 뭔지 물어봐.
**동화**        도상이형…
**도상**        (다가오는 동화를 밀치며) 비켜라. 좋아, 얘길 하지. 당신이 뭔데 회장님 회장님
          하면서 받들어 줘야 하냐 말이다!
**소희**        그깟 메모지에 사인했다고 그게 돈이 되는 줄 알아? 웃기지 마.
**만득**        음, 주치의 말대로 정말 정신병원이구만.
**동화**        회장님, 이 사람들 말에 마음 상하시면 안 됩니다. 당장 해고 조치하겠습니다.
**만득**        아냐. 주치의를 해고혀야겠어.
**동화**        주, 주치의를요?
**만득**        여기가 정신병원이라고 자꾸 우겨대는 게 귀찮아서 맞다고 해 줬더니 정말
          정신병원이잖여. 요양원에 보내달래니께 날 정신병원에 집어넣어? 당장 주
          치의를 해고햐!
**동화**        회장님, 그건 좀…

배꼽춤을 추는 허수아비

| 만득 | 어허! |
|---|---|
| 동화 | 예 알겠습니다. |
| 만득 | (도상과 소희에게 다가가) 아이고, 이 사람들, 알고 봤더니 정신병자들이잖여. 안 됐구먼. 빨리 건강을 회복해서 국가와 사회를 위해서 일을 해야지. (수표를 주며) 이거 얼마 안 되지만 십 억이여. 치료비에 보태. |
| 도상 | (수표를 버리며) 이게 뭐야! |
| 만득 | 허 참. 이 사람들. |
| 동화 | 회장님 나가시죠. |
| 만득 | 그려. |

나가는 만득을 보고 은별, 인사한다.

| 은별 | 회장님, 세꿀라! |
|---|---|
| 만득 | 잉, 그려. 아-트! |
| 은별 | 아-트. |
| 윤정 | 회장님! |

윤정, 만득을 따라나간다.

| 만득 | 윤정, 허허허. |
|---|---|

송간호사, 체크리스트판을 들고 2층으로 올라간다.
도상과 소희, 수표를 찢는다.

| 소희 | 안됐다 마. |
|---|---|
| 도상 | 그래. |

## 제9장 정신병동 강박사의 방

송간호사, 강박사에게 체크리스트판을 준다.

| 송간호사 | 박사님. |
|---|---|

| | |
|---|---|
| **강박사** | 수고했어요. |
| **송간호사** | 조만득 씨요… |
| **강박사** | 예? |
| **송간호사** | 여기서 너무 행복해하는 것 같아요. |
| **강박사** | 망상 속의 행복이지요. |
| **송간호사** | 그 환자에겐 행복한 망상이군요. |
| **강박사** | 그런 셈이지요. |
| **송간호사** | 외람된 말씀이지만 그런 면에선 망상을 깨는 게 오히려… |
| **강박사** | 송간호사, 우리의 사명은 환자의 망상을 벗겨주는 거고 그 뒤는 그 사람 스스로 헤쳐나가야 할 인생인 거에요. 조만득 씨가 계속 망상 속에 갇혀 있는 한 현실과 맞서서 살아갈 수 있는 힘은 길러지지 않아요. 우리가 할 일은 그 힘을 길러 주는 거예요. |
| **송간호사** | … |
| **강박사** | 수표 사용을 점차 금지시켜야겠어요. |
| **송간호사** | 네? |
| **강박사** | 내게 좋은 방법이 있으니까 시행하도록 하세요. |
| **송간호사** | 알…겠습니다. |

# 제10장 정신병동 휴게실

긴장감이 감도는 선율이 흐른다.
동화, 이리저리 다니며 뭔가를 찾는다.
도상과 소희, 다정하게 얘기를 나누고 은별은 마네킹을 꾸미고 윤정은 꽃관을 만든다.

| | |
|---|---|
| **동화** | 어딘 가에 있을 거야. 다른 사람은 다 속여도 나한텐 어림없지. 어딘가 있을 텐데, 어딨지? 여긴가. 아, 미치겠군. |

만득이 들어온다.
그 뒤를 송간호사가 따른다.

| | |
|---|---|
| **만득** | 박비서! |
| **동화** | 쉿, 회장님. 말씀 낮추세요. |

**배꼽춤을 추는 허수아비**

| 만득 | 왜 그려? |
|---|---|
| 동화 | 지금 이 방이 도청되고 있습니다. |
| 만득 | 도청? |
| 동화 | 틀림없이 이 방 어딘가에 도청장치가 있습니다. |
| 만득 | 허허 이 사람, 쓸데없는 소리말고 어서 사람들이나 모이라고 혀. |
| 동화 | 예, 알겠습니다. (환자들에게) 여러분, 이쪽으로 모이세요. 회장님께서 나오셨습니다. |

환자들, 조만득 주위로 모인다.

| 윤정 | 회장님! |
|---|---|
| 만득 | 오, 윤정. |
| 은별 | 회장님, 봉주르. |
| 만득 | 잉, 아-트. 에, 여러분들이 어서 빨리 건강을 회복혀서 국가와 사회를 위해 열심히 일을 하라는 뜻에서 오늘, 특별 보너스를 주겄어. 원하는 데로 액수를 말해요 |
| 은별 | 메르시보끄! |

소희, 앞으로 나선다.
송간호사, 지켜본다.

| 소희 | 회장님 저는 십억만 주세요. |
|---|---|
| 만득 | 뭐할려고? |
| 소희 | 여기 계신 형제 자매님들 하고 예루살렘 성지순례 가려고요. |
| 만득 | 거룩헌 일이여. |
| 소희 | 할렐루야! |
| 만득 | 아멘이구먼. |

만득, 수표를 쓴다.
이때 송간호사, 수표책을 여러 권 들고 앞으로 나선다.

| 송간호사 | (소희에게 수표책을 주며) 자, 이거 받으세요. |
|---|---|

| | |
|---|---|
| 소희 | 이게 뭐예요? |
| 송간호사 | 강박사님께서 여러분한테 발행하는 수표책이에요. (동화에게 주며) 이 수표책은 우리 병원 안에서만 통하니까 밖에서 쓰면 안 돼요. (은별에게 주며) 여러분은 이제 모두 백만장자예요. |
| 은별 | 백만장자? |
| 송간호사 | (도상에게 주며) 도상 씨도 백만장자. |
| 도상 | 그렇게 되나? |
| 소희 | 뭐 이리 많아요? 이거 매점에 갖고 가도 돼죠? |
| 송간호사 | 마술 가게로 오세요. |
| 도상 | 그럼 나도 이제 부자란 말이지? |
| 송간호사 | (윤정에게 주며) 수표책이 떨어지면 저한테 오세요. 제가 얼마든지 만들어 드릴게요. |
| 윤정 | 회장님. 이거 어떻게 하죠? |
| 만득 | 가짜여 가짜. |
| 윤정 | 가짜예요? 호호… |
| 도상 | 무신 소리고. 니끼 가짜 아이가. |
| 소희 | 맞다. |
| 도상 | 그동안 저 또라이 수표 땜에 스트레스 받아 미치는 줄 알았다. 자, 소희 여사. (수표 주며) 일억. 이걸로 옷이나 한 벌 사 입으소. |
| 소희 | 아이고, 고마워라. (수표 주며) 나도 기분이다. 받아요. 일 억. 갖고 싶은 거 다 사요. |
| 도상 | 알았다. |
| 소희 | 동화, 너도 줄게. 자. |
| 동화 | 나도 있는데. |
| 소희 | 아이, 바보. 일단 받고 너도 나 주면 되는 거지. 하하하. |
| 동화 | 히히히, 그런가? (만득에게) 회장님, 그동안 모셔온 결과 회장님께서 안기부 요원이 아닌 것이 확실해졌습니다. 저도 이제 자본으로부터 독립을 해서 이 돈으로 제 필생의 꿈이었던 천억짜리 멋진 시인 타운을 건립해서 자유를 노래하는 시인들과 함께 작품에만 몰두하겠습니다. 그럼 이만. |
| 만득 | 박비서, 자네가 이럴 수 있어? |
| 도상 | 동화야, 생각 잘했다. 회장은 무슨 얼어죽을 회장이냐? |
| 소희 | 그럼 그럼. (동화에게) 너도 회장해라. |

| 도상 | 그래 그래. 나도 회장 너도 회장, 모두 회장이다. 누군 뭐 태어나면서부터 회장인가? 돈 많이 갖고 있으면 회장이지, 안 그래? |
| 소희 | 호호호. 말 잘한다. 박회장, 나도 돈 좀 주세요. |
| 동화 | 히히히. 자요. 일 억. |

동화, 소희에게 수표를 준다.

| 도상 | 나도 다오. |

동화, 사람들에게 수표를 마구 준다.

| 동화 | 도상 형도 일억, 은별 누나도 일억, 윤정이도 일억! |

동화, 사람들에게 수표를 마구 준다.

| 만득 | 가짜여, 가짜! |
| 도상 | 뭐야? 이게 어디서 자꾸 미친 소리야? 가짜는 네 거 아니야? |

도상, 만득의 수표책을 뺏어서 팽개친다.
환자들과 송간호사, 퇴장한다.
만득, 홀로 남아 떨어진 수표를 집는다.

## 제11장 정신병동 마당의 벤치

만득, 수표책을 든 채 멍하게 벤치에 앉아 있다.
윤정, 노래를 흥얼거리며 들어오다 만득을 발견한다.

| 윤정 | (밝게 인사를 하며) 회장님! |
| 만득 | 윤정아. (수표를 주며) 꽃을 사. 응? 산더미처럼 사. |

윤정, 송간호사가 준 수표와 비교하며 고민한다.
윤정이 수표를 안 받자 만득, 당황한다.

윤정, 강박사 수표를 주머니에 넣고 만득의 수표를 소중히 받는다.

**윤정**  고맙습니다. 회장님. (꿈에 부풀어) 이걸루요, 조그맣고 예쁜 정원을 만들 거예요.
**만득**  (윤정을 미향으로 착각하며) 당신에게 모든 걸 다 사주고 싶었는디.
**윤정**  수선화를 가득 심을래요. 그인 수선화를 참 잘 그렸어요.
**만득**  당신에게서 좋은 향수 냄새가 나. 내가 사주고 싶었는디…
**윤정**  아아, 아파!

윤정, 배를 움켜쥐고 쓰러진다.

**만득**  왜 그려? 어디 아퍼?
**윤정**  배가 아파요. 뱃속에 벌이 들어 있어요. 침을 쏴요.
**만득**  내가 쫓아 줄게.

만득, 벌을 쫓는다.
강박사, 만철을 데리고 들어온다.

**만철**  형. 만득이 형!

만득, 만철을 힐끗 보고는 벌을 쫓는 척한다.
강박사, 뒤쪽에서 지켜본다.

**만철**  (윤정을 보고) 허허, 이거 보기 좋네. 어머니 팽개치고 신수가 훤 허구만.
**만득**  젊은이, 돈이 필요혀? 내가 돈 줄게, 다 줄게.
**만철**  아니 이거 진짜 미친 거여, 미친 척하는 거여? 나여. 조만득의 하나밖에 없는 동생 조만철.
**만득**  돈 주면 되잖여. 얼마? (수표를 주며) 자, 십 억이믄 돼?
**만철**  (수표를 흘낏 보고 만득의 손을 치며) 십 억? 이거 진짜 또라이 된 거 아녀? (강박사에게) 다음부터 나 부르지 마쇼.

강박사, 만득에게 다가간다.

배꼽춤을 추는 허수아비

| 강박사 | 조만득 씨. (만철을 가리키며) 저분 누군지 알죠? |
|---|---|
| 만득 | 몰러. 첨 보는 사람이여. |
| 강박사 | 병원에 오기 전의 일들을 잘 생각해 볼까요? |
| 만득 | 난 과거가 없는 사람이야. |
| 강박사 | 왜 병원에 왔죠? |
| 만득 | 병원? 여기는 요양원이여. 당신이 병원이라고 허니께 그렇다고 한겨. |
| 강박사 | 조만득 씨, 당신은 백만장자가 아니라 이 병원 환자예요. |
| 만득 | 가, 저리가! 왜 이렇게 자꾸 나를 괴롭혀? 윤정! 윤정! 저 사람 좀 내쫓아, 저 리 가! 저리 가! |

만득, 뒷걸음질 치며 퇴장하면 윤정, 따라나간다.

| 강박사 | 오늘 면회는 성공적인 것 같습니다. |
|---|---|
| 만철 | 성공이요? |
| 강박사 | 형님에게 희망적인 현상이 나타나고 있어요. |
| 만철 | 뭔데요? |
| 강박사 | 사람을 알아본 겁니다. |
| 만철 | 저를 알아봤다고요? |
| 강박사 | 알아봤지만 거부하고 있는 겁니다. |
| 만철 | 씨발, 드럽게 기분 나쁘네. |
| 강박사 | 형님은 지금 정상이었을 때의 일을 기억하고 자신을 되찾는 일부터 시작해 야 합니다. 동생분께서 자주 찾아와서 형님이 기억을 되찾도록 도와주세요. |
| 만철 | 아니, 내가 병원 들락거리면서 기억 되찾아 줄 만큼 한가한 줄 아쇼? |
| 강박사 | 유일한 핏줄 아니십니까? |
| 만철 | 다음부터 나 부르지 마쇼. |

만석, 나간다.
강박사, 잠시 바라보다가 퇴장한다.

## 제12장 단란주점

희미한 붉은 조명이 비치는 단란주점에서 마이크를 잡고 노래 부르는 영호.

미향, 조사장, 만득, 술을 마신다.
모두 잔뜩 취해 있다.

**영호**　　　*깜박 깜빡이는 희미한 기억 속에*
　　　　　*그때 만난 그 사람 말이 없던 그 사람*
　　　　　*자꾸만 멀어지는데*
　　　　　*만날 순 없어도 잊지는 말아요*
　　　　　*당신을 사랑했어요*
　　　　　*만날 순 없어도 잊지는 말아요*
　　　　　*당신을 사랑했어요-----*
　　　　　감사합니다.


모두 박수를 친다.


**영호**　　　다음은 오늘의 물주이시자 행복이발소의 브이아이피 고객이신 거성부동산
　　　　　의 조사장님을 모시겠습니다. 조사장님!
**조사장**　　싸모님 먼저, 싸모님 먼저.
**영호**　　　아, 그럼 조사장님께서 노래를 준비하시는 동안 무드의 여왕, 행복이발소의
　　　　　실세 여사장이신 이미향 여사를 소개하겠습니다.


미향, 거절하다가 마이크를 받고 무대로 나간다.


**미향**　　　*내일이면 잊으리 꼭 잊으리*
　　　　　*립스틱 짙게 바르고*
　　　　　*사랑이란 길지가 않더라 영원하지도 않더라*
　　　　　*아침에 피었다가 저녁에 지고 마는*
　　　　　*나팔꽃보다 짧은 사랑아 속절없는 사랑아--*
　　　　　*마지막 선물 잊어 주리라.*
　　　　　*립스틱 짙게 바르고*
　　　　　*별이 지고 이 밤도 가고 나면*
　　　　　*내 정녕 당신을 잊어 주리라*


**배꼽춤을 추는 허수아비**

조사장, 무대 위로 올라가 미향을 안고 블루스를 춘다.

만득, 화가 치민다.

말리는 영호.

맥주만 연거푸 들이키는 만득.

**영호**    자, 다음에는 우리 동네 최고의 이발사. 일명 봉천동 허수아비. 행복이발소
       조만득 사장님을 모시겠습니다.

만득, 손을 젓는다.

**영호**    그러지 말고 나와.

영호, 만득을 끌고 나온다.

만득, 깔깔거리며 술을 마시는 조사장과 미향을 본다.

**만득**    *어머님의 손을 놓고 돌아설 때에* ~
       *부엉새도 울었다오*
       *나도 울었소…*

만득, 미향과 조사장의 웃음소리가 들리자 악을 쓰듯 어머니를 부른다.

**만득**    어머니- 어머니-

만득, 울부짖듯 어머니를 외친다.

조사장과 미향, 떨어져서 만득을 바라본다.

**만득**    어머니-

만득, 밖으로 뛰쳐나간다.

암전.

## 제13장 행복이발소

만철, 이발소 의자에 앉아 있다.
만득, 술에 취해 비틀거리며 들어온다.


| 만득 | *어머니의 손을 놓고 돌아설 때에--* |
|---|---|
| 만철 | 야… 이거 오래 살다 보니께 별꼴 다 보네. |
| 만득 | 왔냐? |
| 만철 | 왜 그랴? 술을 다 마시구. |
| 만득 | 엄니한테 인사드렸냐? |
| 만철 | 됐어. 나 알아보지도 못할 거 나중에 보구, 나 돈 좀 줘. |
| 만득 | 돈? |
| 만철 | 씨발, 재수가 없으려니께, 왜 재두라고, 내 친구 있지? 장안동에서 하우스 하는 놈 말여. |
| 만득 | 응. |
| 만철 | 아, 이 자식이 노름빚 떼먹히게 생겼다고 어떤 놈 손 좀 봐달라고 부탁을 허잖여. 그래서 어떡혀? 손 좀 봐줬지. 근데 이 상녀르 새끼가 재두하고 날 폭력, 사기, 공갈로 고소를 해 버리네. 그래, 어떡혀? 합의를 헐라니께 이천을 달라네, 하-, 나 이거 참. |

만득, 한숨을 쉬며 의자에 앉는다.


| 만철 | 나하고 재두하고 천만 원씩 만들기로 했어. 나 이번 일만 처리되면 정말 맘잡고 한번 살아 볼라고. |
|---|---|
| 만득 | … |
| 만철 | 아, 무슨 말 좀 혀 봐. |
| 만득 | 나… 돈 없다. |
| 만철 | 그럼, 또 빵에 가란 말여? |
| 만득 | 나 정말 돈 없다. |
| 만철 | 하나밖에 없는 동생 별 하나 더 달으라고? |
| 만득 | 미안하다… |
| 만철 | 미안한 줄 알면 집에 불 지르기 전에 돈 내놔. |

| 만득 | 너… 그게 무슨 말이여? |
|------|---|
| 만철 | 왜? 아버지만 집에 불 지르나? |
| 만득 | 너, 너, 그걸 말이라고 허는 겨? |
| 만철 | 술만 취하면 사람 패고 미친 짓하던 아버지 피가 어디로 가남? |
| 만득 | 이 불효막심헌 놈. |
| 만철 | 그려, 나는 불효자고 형은 효자니께 아버지 유산 받은 거 나 좀 나눠 달라고. |
| 만득 | 유산이 어디 있다고 그런 소릴 허는 겨? |
| 만철 | 이런 시발, 이발소 물려받아 잘 먹고 잘 사면서 유산 한 푼 없이 길거리에 나앉은 동생한테 그게 헐 소리여? |
| 만득 | 아버지한테 이거 하나 물려받아서 먹고 산다만 요새는 전부 다 미용실로 가는 통에 이런 구식 이발소는 입에 풀칠하기도 어려운 형편이여. 너도 잘 알잖냐? |
| 만철 | 듣기 싫어. 그놈의 질질 짜는 소리. |
| 만득 | 그 어려운 형편에서도 그동안 너한티 준 돈이 이천오백만 원이다. |
| 만철 | 허 참, 돈에 맹헌 줄 알았더니 계산속이 뻔허네. 내가 지금 운이 좀 막혀서 그러는데 한 번 풀리기만 해 봐. 수억 원이 한 큐에 들어온다고. 기다려 봐. 형이 준 돈 두 배로 갚아 주고, 엄니도 최고급 요양원에서 노후를 편안히 보낼 수 있게 해 줄 테니께. |
| 만득 | 만철아, 제발 그런 허황된 소리 말고… |
| 만철 | 형하고 나하고는 인생관이 다르니께 잔소리 그만 혀. |
| 만득 | 노름에서 손 떼고 공사판이라도 착실히 다녀라. |
| 만철 | 씨발, 입 닥치라니께. |
| 만득 | 하나밖에 없는 동생 걱정되서 이러는 거 아니냐? |
| 만철 | (소리지르며) 그 동생이 지금 빵에 가게 생겼다고! |
| 만득 | … |
| 만철 | 이런. (만득을 때리는 듯 위협) 일주일 후에 다시 올 테니께, 그때까지 천만 원 마련해 놔. |
| 만득 | 나… 돈 없다. |
| 만철 | 그럼 이발소 처분혀. |

만득, 놀라서 만철을 바라본다.

**만철**    알았어?

**만득**    그걸 말이라고 허냐?

**만철**    안 주면 불 싸지를 테니까 알아서 혀.

미향, 들어오다가 만철과 마주친다.

**미향**    연락도 없이 뭐하러 오셨어?

**만철**    동생이 형 보러 오는데 연락해야만 되는 법 있소?

**미향**    흥!

무시하듯 안으로 들어가는 미향.
욕을 하려다 참고 밖으로 나가는 만철.
괴로워하는 만득.
그때 어머니 방에서 괴기한 웃음소리가 들린다.

# 제14장 거리

이어폰을 낀 젊은 연인들, 음악에 맞춰 몸을 흔들며 지나간다.
만득, 송간호사와 걷다가 꽃집 앞에서 멈춘다.
만득, 꽃을 보며 환한 표정으로 변한다.

**만득**       송비서.

**송간호사**   예.

**만득**       저 꽃 사줄까?

**송간호사**   전 괜찮은데… 누구 사 주고 싶은 사람 있어요?

**만득**       윤정이가 꽃을 좋아허는디…

**송간호사**   그럼 사 주세요.

송간호사, 만득을 데리고 안으로 들어선다.

**꽃집 주인**   어서 오세요.

**송간호사**    꽃 좀 주세요.

**꽃집 주인**  꽃들이 참 싱싱합니다. 골라 보세요.

송간호사, 만득을 쳐다본다.

**만득**  수선화 있어요?
**꽃집 주인**  예, 있어요. 얼마치나 드릴까요?
**만득**  십만 원 어치요.
**꽃집 주인**  와우, 알았습니다.
**송간호사**  돈 먼저 이분한테 받으세요.
**꽃집 주인**  알았습니다.

만득, 종이 수표를 내민다.

**꽃집 주인**  (수표를 받으며) 감사합니다. 아니, 이게 뭐예요? (수표를 버리며) 장난하지 마시고 돈 주세요. 저 바빠요.

만득, 다시 수표를 내민다.

**꽃집 주인**  아저씨, 계속 장난할 거예요? 별 미친놈 다 보겠네. 아이, 재수 없어.

꽃집주인, 사라진다.
만득, 당황해서 송간호사를 바라본다.
그 모습을 안타깝게 보는 송간호사.

# 제15장  백화점

음악이 흐른다.

**안내원**  샹그릴라 백화점을 찾아 주신 고객 여러분께 감사드립니다. 저희 샹그릴라 백화점에서는 7층에서 각종 다양한 모피와 가죽 패션 기획전을 열고 있사오니 많은 이용 부탁드립니다. 오늘 오후 1층 다아야몬드 광장에서는 미시를 위한 패션쇼가 열릴 예정입니다. 많은 관람 부탁드립니다. 감사합니다. 올라갑니다.

**만득**          잠깐만요.

**안내원**        어서오십시오.


허름한 옷을 입은 만득, 두리번거리며 엘리베이터에 올라탄다.


**안내원**        다음은 2층, 2층입니다. 감사합니다.


만득, 엘리베이터에서 내린다.
백화점의 화려하고 분주한 모습에 놀라는 만득.
계단으로 올라간다.


**손님1**         어머, 저거 너무 예쁘다.

**손님2**         에게 겨우 팔십만 원.

**손님1**         그래, 싼 게 비지떡이야.


란제리 매장을 둘러보는 만득, 마네킹에 있는 가격표를 보고는 다른 코너로 간다.
화장품 매장의 향수 코너.
가격표를 보고는 발길을 돌리다가 다시 한 번 돌아보며 아쉬워하는 만득.
만득은 미향에게 선물할 옷을 반액 세일 코너에서 산다.
동시에 다이아몬드 광장에서의 화려하고 고급스런 패션쇼가 진행된다.
만득, 패션쇼가 진행되는 광장 앞을 지나간다.


# 제16장 만득의 방


미향, 잠옷 바람으로 거울 앞에 앉아 감아올린 머리를 풀어 내리며 향수 광고 멘트를 흥얼거린다.


**미향**          놓지 않을 거야-


미향, 귀고리를 거울에 비춰보며 혼잣말을 한다.

**미향**      당신과 나만의 향기-

미향, 거울에 에메랄드 귀고리를 이리저리 비춰보며 미소를 짓는다.

**미향**      (귀고리를 만지며) **열대의 뜨거운 태양 아래 이 에메랄드처럼 빛나는 푸른 바다! 난 그 바다로 떠날 거야. 호호호!**

만득, 기침 소리를 내며 쇼핑백과 함께 불이 붙은 초가 꽂혀 있는 케익과 소주병 잔이 있는 상을 들고 들어온다.
웃음기가 사라진 미향, 감아올린 머리를 풀어내린다.

**미향**      (거울을 보며) 늦었네.
**만득**      짜잔!
**미향**      뭐야?
**만득**      당신 좋아하는 치킨하고 케익 사 왔어.

만득, 상을 내려놓는다.

**만득**      당신 생일인디 변변히 생일상도 못 차려 주고… 미안혀.
**미향**      괜찮아. 나도 당신 생일 때 치킨으로 상 차려 줬으니까 미안할 거 없어.

미향, 심드렁한 태도로 상 앞에 앉는다.

**만득**      내가 노래 불러 줄게.
**미향**      노래?
**만득**      *생일 축하합니다. 생일 축하합니다. 사랑하는 오미향-*

미향, 노래가 끝나기 전에 입으로 촛불을 불어서 끈다.

**미향**      고마워.

만득, 소주병을 따서 미향에게 한 잔 주고 자신의 잔에도 따른다.

315 **만득**　　　건배!

두 사람, 소주잔을 부딪친 다음 술을 마신다.

**만득**　　　(쇼핑백을 내밀며) 이거… 약소하지만 선물이여.
**미향**　　　웬 선물?

미향, 쇼핑백을 열어본다.
촌스런 옷을 보고 심드렁해지는 미향.
미향, 옷을 한쪽에 치워둔다.

**만득**　　　맘에 안 들어?
**미향**　　　(술을 마시며) 아니야, 고마워.
**만득**　　　한 잔 더 햐?
**미향**　　　응.

만득, 미향의 잔에 술을 따른다.

**미향**　　　당신도?
**만득**　　　응.

미향, 만득의 잔에 술을 따른다.

**미향**　　　한 잔만 마셔도 온 몸이 빨개지는 사람이 웬일이래?
**만득**　　　왠지 오늘은 술이 땡기네.
**미향**　　　좋아, 그럼 원 샷!

두 사람, 술을 마신다.
미향, 단숨에 술잔을 비운다.

**만득**　　　한 잔 더?
**미향**　　　응. 나도 땡기네.

만득, 미향의 잔에 술을 따른다.

만득        당신… 오늘 참 이쁘다.
미향        뭐?
만득        이쁘다고.

미향, 웃는다.

만득        왜 웃어?
미향        웃기니까.
만득        이쁜 마누라 이쁘다고 허는 게 왜 웃겨?
미향        당신답지 않은 소릴하니까.
만득        그게 왜 나답지 않아?
미향        취했어?
만득        안 취했어.
미향        그럼 소주나 마셔.

만득, 상을 물리고 나서 미향에게 큰절을 한다.

미향        왜 이래?
만득        배운 것도 없고 돈도 못 버는 이 못난 놈 만나 열심히 살아 줘서 고맙소.
미향        뭐 잘 못 먹었어?

만득, 무릎으로 기어서 미향 옆에 앉는다.

만득        (머릿결의 냄새를 맡으며) 향수 냄새가 참 좋네.
미향        왜 이래?
만득        (미향의 머리를 만지며) 당신 머릿결이 참 부드러운디 만져본 지도 오래됐네.
미향        (만득을 밀치며) 오늘 왜 이렇게 유별나게 구는 거야?

만득, 미향의 귀고리를 발견한다.

**만득**　　　　못 보던 귀고리네.

미향, 재빨리 귀고리를 빼어 화장대 서랍에 집어넣는다.

**미향**　　　　아, 이거, 악세서리 가게에게 오천 원 주고 산 거야.
**만득**　　　　그려? 이쁘네. (다가가 미향을 안으며) 여보.
**미향**　　　　아이, 이이가.
**만득**　　　　여보!

만득, 미향을 안고 바닥에 눕는다.
미향, 벌떡 일어난다.

**만득**　　　　왜 그랴?
**미향**　　　　소리가 났어.
**만득**　　　　무슨 소리?

미향, 손가락으로 노모의 방을 가리킨다.
만득, 일어나서 벽에 귀를 기울인다.

**만득**　　　　아무 소리도 안 나는디?
**미향**　　　　난 들었다구.
**만득**　　　　(다시 미향을 안으며) 여보!
**미향**　　　　(만득을 세게 밀치며) 저리 가라니까!

만득, 뒤로 벌렁 자빠진다.

**만득**　　　　당신… 너무 허는 거 아녀?
**미향**　　　　내가 뭘?
**만득**　　　　내가 누구여?
**미향**　　　　무슨 소리야?
**만득**　　　　당신 남편이잖여.
**미향**　　　　누가 아니래?

**배꼽춤을 추는 허수아비**

| 만득 | 남편을 이렇게 무시해도 되는 겨? |
|---|---|
| 미향 | 언제 무시했다구 그래? |
| 만득 | 이게 무시허는 게 아니고 뭐여? |
| 미향 | 귀찮게 추근대니까 그러잖아. |
| 만득 | 남편이 아내를 안아 주는 게 추근대는 겨? |
| 미향 | 남편이라도 분위기 파악 못하고 이러면 추근대는 거야. |

이때, 노모의 신음 소리와 함께 벽 긁는 소리가 난다.

| 미향 | (돌아서서 소리치며) 아유 지겨워, 저놈의 소리! |
|---|---|
| 만득 | (갑자기 비굴해지며) 걱정 마. 적금 조금만 더 부으면 요양원에 입원시켜 드릴 수 있으니께 조금만 참어. |
| 미향 | 웃기고 있네. 입원 시켜놓으면 그 뒤는? 누가 공짜로 있게 해 준대? |
| 만득 | 걱정 마. 내가 죽어라 돈 벌 테니께. |
| 미향 | 그 주제에 죽어라 벌어 봤자 지금보다 얼마나 더 벌 수 있어? 요양원 보내면 아무리 싼 곳이라도 한 달에 백만 원 이상 든다는데 그 돈을 어떻게 감당할 거야? |
| 만득 | … |
| 미향 | 그리고 집주인이 전세값 올려달래. 그건 또 어떻게 할 거야? |
| 만득 | 돈, 돈, 제발 그 소리 좀 그만 혀! |
| 미향 | 누군 하고 싶어서 하냐? 나도 지겨워. 돈만 있으면 이 더럽고, 냄새나고, 구역질 나는 집을 당장 떠나고 싶다구! |

만득, 갑자기 굳어진다.

| 만득 | 아, 그놈은 돈이 많아서 좋아하는구나. |
|---|---|
| 미향 | 뭐? |

사이.

| 만득 | 당신한테서 냄새가 나. |
|---|---|
| 미향 | 미쳤어? |

**만득**    나 말짱 혀.

**미향**    근데 냄새는 무슨 냄새가 난다고 그래?

**만득**    어떤 놈팽이의 더러운 냄새가 난단 말여.

**미향**    이 이가 오늘 왜 이래?

**만득**    나, 다 알고 있어!

**미향**    뭘?

**만득**    곗날 말이여. 친구들하고 술 마신 거 아니지?

**미향**    시끄러!

**만득**    그놈하고 마셨잖어?

**미향**    누구?

**만득**    조사장 말여. 그놈하고 놀아나는 거 다 알고 있단 말이여.

만득, 화장대 서랍에서 귀고리를 꺼내어 바닥에 팽개친다.

**만득**    이 귀고리도 그놈이 사준 거 아녀?

**미향**    시끄러! 나가서 돈이나 벌어 와!

미향, 밖으로 나간다.

**만득**    돈, 돈, 돈! 벽에서도 돈, 천장에서도 돈, 바닥에서도 돈, 사방이 온통 돈, 돈, 돈!

만득, 울부짖다가 갑자기 허공을 바라본다.

**만득**    아버지… 아버지… 안 돼유… 불… 불이야!… 불이야!

만득, 갑자기 머리를 감싸고 쓰러진다.

**만득**    불이야!

노모의 벽 긁는 소리, 신음 소리가 점점 커진다.

배꼽춤을 추는 허수아비

# 제17장 정신병동 휴게실

요란하고 빠른 음악.

TV쇼 프로 시간이다.

댄서의 모습이 TV에 보인다.

다른 환자들이 음악에 맞춰 춤을 추고 있다.

만득, 한쪽 구석에 앉아 TV를 본다.

TV의 음악이 갑자기 느린 음악으로 변한다.

코러스, TV 화면에서 나와 색정적인 춤을 추며 만득에게 다가간다.

환각에 시달리는 만득의 모습.

조사장과 미향의 모습.

코러스들, 조사장과 미향을 에워싸며 정사를 부추기는 몸짓을 한다.

만득, 귀를 막고 몸부림치다가 조사장과 미향, 그리고 코러스들을 향해 가상의 칼을 찔러댄다.

그러나 그의 몸짓은 허공을 향할 뿐이다.

코러스들 사라진다.

만득, 괴로워한다.

조명이 바뀌면 다시 TV쇼 음악.

밝은 휴게실.

만득, 춤추고 있는 환자들에게 다가가서 손을 휘두른다.


**도상**   왜 이래? 이 사람 미쳤나?

**만득**   (도상과 소희를 밀치며) 이 더러운 것들, 더러운 것들!

**소희**   뭐? 더럽다구? 야! 더럽긴 뭐가 더러워? 말해봐.

**도상**   말해봐라!

**만득**   (소희와 도상을 다시 밀치며) 이 더럽고 냄새나는 것들!

**도상**   이 미친놈이 사람을 패? 너도 한번 맞아봐라!


도상, 만득을 짓밟는다.


**윤정**   (말리며) 때리지 마세요!

**소희**   (윤정을 밀치며) 비켜! (만득의 멱살을 잡고 일으키며) 그래, 난 더러운 년이다. 술집 작부다. 어쩔테냐, 이놈아.

| 윤정 | (말리며) 싸우지들 마세요. |
|---|---|
| 소희 | 비켜! (만득의 멱살을 잡아끌며) 너 이리와 봐. 사내새끼들이란 전부 뱃속이 시커먼 놈들이야! |
| 은별 | 그래, 이 좆같은 새끼들아! |
| 동화 | 아무리 미친 여자지만 대학 나온 여자가 어떻게 그런 단어를 쓸 수가 있어? |
| 은별 | 그게 어때서? |
| 소희 | 그게 어때서? 먹구 살려구 술집 나갔다. 어쩔래? |

만득, 도상에게 맞다가 도상을 밀쳐 넘어뜨린다.

도상, 넘어지는 순간 발작을 한다.

도상의 발작을 시작으로 모든 환자가 전부 발작하기 시작한다.

| 도상 | 아--악! 차를 멈춰! 저기 사람이다. 차를 멈춰! 스톱! |
|---|---|
| 윤정 | (배를 잡고 웅크리며) 아악! 내 아기! 살려내! 내 아기 살려내! |
| 은별 | (마네킹을 동강 내며) 내 꿈, 내 몸, 내 모든 걸 줬는데 니가 그럴 수 있어? |
| 동화 | (머리를 쥐어뜯으며) 아! 하늘을 우러러 한 점 부끄럼이 없기를 잎새에 이는 바람에도 나는 괴로워했다! |
| 소희 | 그래, 난 더러운 년이야! |

환자들 모두 발악을 한다.

비상벨이 울린다.

# 제18장 정신병동 치료실

만득, 침대에 누워있다.

| 강박사 | 긴장을 풀고 숨을 크게 쉬세요. 내쉬세요, 다시 들여마시고 내쉬고, 마시고 쉬고. 조만득 씨, 조만득 씨 맞죠? |
|---|---|
| 만득 | 네. |
| 강박사 | 조만득 씨는 지금 어느 의자 앞에 서 있습니다. 조만득 씨는 지금 손에 가위를 들고 있습니다. 보이죠? |
| 만득 | 네. |

**강박사**　가위를 들고 뭘 하고 있죠?

만득, 누워서 이발하는 마임, 서서히 시작된다.

**만득**　(누워서) 여보, 다 끝났어요. 면도 준비하세요.
**강박사**　부인이 손님들 면도를 해 주는군요.

만득의 회상.
미향, 한쪽에 앉아 있다.

**미향**　안녕하세요? 이미향이에요.
**만득**　이름이 참 이쁩니다.
**미향**　뭐 마실래요?
**만득**　쌍화차.
**미향**　전 과일 주스 마셔도 되죠?
**만득**　그럼유.
**미향**　이모, 여기 쌍화차 하나, 오렌지 주스 하나.
**만득**　고향이 어디세유?
**미향**　호호, 촌스럽긴… 철새처럼 떠도는 신세… 고향 따위 잊은 지 오래예요.
**만득**　하기야 저도… 고향 잊은 지 오래지유.
**미향**　어딘데요?
**만득**　충청도 당진이에유.
**미향**　지금은 뭐하세요?
**만득**　이발소 혀유.
**미향**　사장님이세요?
**만득**　헤헤, 사장도 허고 사환도 합니다.
**미향**　잘 되세요?
**만득**　먹고는 살지유.
**미향**　호호, 참 순진한 사장님이시네.
**만득**　참말 이쁩니다.
**미향**　아이, 놀리지 마세요.
**만득**　놀린 것 아녀유.

| | |
|---|---|
| 미향 | 이렇게 순진하게 예쁘다고 하는 말 첨 들어 봐요. |
| 만득 | 참말인디유. |
| 강박사 | 그렇게 예쁜 부인을 만나 사셨는데 왜 아이가 없죠? |
| 미향 | 아이? 흥, 그 주제에 애까지 있어 봐! |
| 만득 | 난 정상이에유. |
| 강박사 | 아이 낳는 걸 부인이 거절하셨군요. |
| 만득 | 예. |
| 미향 | 뭐? 노인네 병원비가 한 달에 백오십? 내가 미친다, 미쳐! |
| 강박사 | 부인이 만나는 남자가 누군지 알고 있었나요? |
| 만득 | 예. |
| 강박사 | 그런데 왜 모른 척 했죠? |
| 만득 | 도망갈까 봐서유… 무서워서유… (일어나 앉으며) 참, 전세금! 전세금 올려 달<br>랬는데, 나, 가봐야 돼유. 아, 아녜요. 난 무, 무서워유. 무서워유. (송간호사를<br>붙들고) 도와주세유. 무서워유… |
| 강박사 | 걱정 마세요. 내가 도와드릴게요. |

이발소 환청에 시달리는 만득.

# 제19장 이발소

라디오에서 음악이 흐른다.
미향, 조사장을 면도해 준다.

| | |
|---|---|
| **미향** | (노래를 흥얼거리며) *… **나는 당신의 여자**…*<br>턱선은 사내답게 반듯하고… 코는 우뚝하게 솟아 있고…요 두툼한 입술은…<br>섹시하고… 흐흥… |
| **조사장** | 후후후. |

조사장, 한 손으로 미향의 몸을 더듬는다.
미향, 입술이 닿을 듯 말 듯한 거리까지 조사장의 얼굴로 몸을 굽힌다.

| | |
|---|---|
| **미향** | 생일 선물 고마워. |

**배꼽춤을 추는 허수아비**

| 조사장 | 응. |
|---|---|
| 미향 | 다음엔 더 좋은 거 사줄 거지? |
| 조사장 | 응. |
| 미향 | (속삭이듯) 다이아 반지? |
| 조사장 | 오케이. |
| 미향 | 와우, 멋쟁이! |

조사장, 미향의 허벅지를 더듬는다.

미향, 콧노래를 부른다.

| 조사장 | 요즘 같아선 몸이 열 개라도 남아나지 않겠어. |
|---|---|
| 미향 | 어유, 하늘에서 돈 떨어지는 소리 들리겠다. |
| 조사장 | 어디 바닷가라도 가서 맛 있는 회 먹고 한 일주일 신나게 뒹굴었으면 좋겠는데. |

만득, 이층 계단에서 두 사람을 보고 멈춘다.

| 미향 | 흥, 누구랑 뒹굴건데. |
|---|---|
| 조사장 | (미향의 엉덩이를 만지며) 누구긴? 여기 있지. |
| 미향 | (조사장에게 몸을 굽히며) 호호, 누구 맘대로. |
| 조사장 | 흐-----음. 냄새 좋다. 역시 향수는 프랑스제가 최고야. |
| 미향 | 그래, 저번보다 향이 더 섹시한 거 있지 |
| 조사장 | (은밀하게 미향의 엉덩이를 당기며) 내일---- 알지? |
| 미향 | 아이, 알았어. |
| 조사장 | 화끈하게 풀어 보자고. |
| 미향 | 손님 입 다무세요. |

미향, 장난스레 수건을 조사장의 얼굴에 덮은 다음 노래를 흥얼거리며 퇴장한다.

# 제20장 정신병동 치료실

송간호사, 시트를 정리한다.

송간호사    박사님. 조만득 씨 아침 금식시켰구요,

강박사    심전도는 어떻습니까?

송간호사    이상 없습니다. 저… 박사님.

강박사    예?

송간호사    전기 충격요법을 사용하기엔 좀 이르지 않을까요?

강박사    다소 위험성은 있지만 지금 몰아붙여야 해요.

송간호사    전 솔직히 조만득 씨 퇴원 후가 더 걱정이 되네요.

강박사    왜죠?

송간호사    그 환자가 제정신을 차리고 현실을 받아들인다면 정말 좋겠어요. 하지만, 만약 지금처럼 망상의 세계로 숨지 않고, 그 반대의 경우를 선택하면 어떡하죠?

강박사    반대?

송간호사    자기의 비참한 현실을 파괴하는 쪽으로요.

강박사    그렇다고 언제까지나 환자의 망상을 지켜 줄 순 없어요. 인간은 누구나 현실과 정직하게 맞서는 도리밖에 다른 길이 없습니다. 조만득 씨도 예외는 아닙니다.

치료실에 들어서는 만득.

강박사    아, 어서 와요.

송간호사    이리 오세요. 올라가세요.

만득, 멈칫거린다.

송간호사    걱정 마세요. 아주 간단한 거니까. 편히 누우시구요.

강박사    송간호사.

송간호사    네.

송간호사, 전기 충격 도구를 가지러 간다.

강박사    편안하죠? 간단한 거니까, 금방 끝납니다.

**배꼽춤을 추는 허수아비**

송간호사, 만득의 이마를 알코올로 닦고 눈을 가린다.
놀라는 만득.

**강박사**    아, 괜찮아요.
**송간호사**  안심하셔요.
**강박사**    입 벌리세요.

강박사, 진정시키고 재갈을 물린다.
강박사, 신중하게 만득의 이마에 말굽을 댄다.
만득, 괴성을 지르며 고통스럽게 부들부들 떤다.

# 제21장  이발소

천둥소리와 번개.
술에 취한 만철과 미향, 만득.

**만철**    이런 쌍! 전세금 빼서라도 만들어 놓랬잖아, 돈 내놔!
**미향**    여기다가 돈 맡겨 놨어?
**만철**    (만득에게) 돈 내놔!
**만득**    …
**미향**    야, 그동안 뜯어간 돈이 얼만데 또 와서 행패야, 행패가?
**만철**    허이구, 이거 세상 좋아졌네? 어디서 시동생을 눈깔 뒤집고 쳐다보는 거여?
          엉?
**미향**    뭐야?
**만득**    만철아, 형수한테 그게 뭔 말버릇이여.
**만철**    형수 좋아하시네, 형수다운 짓을 혀야 형수 대접을 하지.
**미향**    너는 시동생다운 짓을 했니?
**만철**    여보, 당신이 좀 참아.
**만철**    이런 시발 것, 머저리같은 형 똥 싼 바지 만들어 놓고… 오쟁이졌다고 이 동
          네 소문난 것 내가 모를 줄 알어?
**미향**    그래, 소문났다. 어쩔래? 쫓아낼래? 나갈까?
**만득**    여보, 만철아, 제발 이러지들 좀 마.

| 만철 | 잔말 필요없어. 어서 돈 내놔! |
|---|---|
| 미향 | 뻔뻔한 놈, 여기다 돈 맡겨 놨니? |
| 만득 | 나 돈 없다. |
| 만철 | 안 내놔? 이런 시발! (가위를 들고 자해할 듯) 나 죽는 꼴 볼텨? |
| 만득 | 만철아, 내가 어떻게 해볼 테니께 제발 그것 좀 내려놓구 얘기혀. |
| 미향 | 그래, 뒈져라, 뒈져! |

미향, 악을 쓰며 만철을 밀친다.

| 만철 | 이게 왜 이랴? 확 찌르기 전에 저리 가! |
|---|---|
| 미향 | 그래, 찔러라, 찔러! |
| 만철 | (만득에게 미향을 가리키며) 이거 저리 데리고 가! |
| 미향 | (만철을 밀치며) 찔러 보라구. 돈 못 줘. 찔러 봐! |
| 만철 | 이거 환장허겠네. |
| 미향 | 찔러, 이 새끼야! |
| 만철 | 이 갈보 같은 년이! |

만철, 가위를 번쩍 든다.

| 만득 | (둘 사이에 끼어들며) 여보! 만철아! |
|---|---|

이때, 이층 노모방이 화염에 쌓인다.
노모의 기괴한 웃음소리.
천둥소리와 번개.
만철과 미향, 놀라서 이층으로 달려간다.
혼자 남은 만득, 눈에 촛점이 흐려지더니 허공을 보며 울부짖는다.

| 만득 | 어머니! |
|---|---|

암전.

**배꼽춤을 추는 허수아비**

조만득, 의자에 앉아 있고 강박사, 질문한다.
송간호사, 옆에 서서 바라본다.

| | |
|---|---|
| **강박사** | 병원에 오기 전날 밤, 어머니 방에 불이 나서 어머님이 가벼운 화상을 입으셨죠? |
| **만득** | 예. |
| **강박사** | 어쩌다 불이 났죠? |
| **만득** | 어머님이 불을 좋아하셨거든요, 그래서 성냥불로… |
| **강박사** | 왜 어머님이 불을 좋아하시죠? |
| **만득** | 아버님 따라가신다구요. |
| **강박사** | 아버님? 무슨 말이죠? |
| **만득** | 아버님께서 불에 타서 돌아가셨거든요. |
| **강박사** | 왜요? |
| **만득** | 집에 불을 지르시고… |
| **강박사** | 왜 불을 지르셨죠? |
| **만득** | 술에 만취하셔서… 더 이상 이 지옥 같은 땅에서 살고 싶지 않다고… |

만득, 흐느낀다.

| | |
|---|---|
| **강박사** | 좋습니다. 오늘은 이만하죠. |

강박사, 나간다.

| | |
|---|---|
| **송간호사** | 수고하셨어요. 한숨 푹 주무세요. |
| **만득** | 제발 날 여기 있게 해줘유. 나 무서워유. 나가면 죽어유. |
| **송간호사** | 저도 그러고 싶은데… 그럴 수가 없네요. |
| **만득** | 송간호사님 날 좀 도와주세유, 나 무서워유. |
| **송간호사** | (안아 주며) 바깥 세상은 지옥이 아니에요. 용기를 내세요. 전 조만득 씨가 꼭 이겨 나갈 거라고 믿어요. |

# 제23장 정신병동 정원

윤정, 꽃관을 만지고 노래를 흥얼거리며 벤치에 앉아 있다.

**윤정**　　　*잘 자라 우리 아가*
　　　　　　*앞뜰과 뒷동산에*
　　　　　　*새들도 아가 양도*
　　　　　　*다들 자는데…*

만득, 다가온다.

**만득**　　　윤정아.

윤정, 꽃관을 만득에게 씌워준다.

**윤정**　　　귀여워요, 호호.
**만득**　　　나… 집에 간다.
**윤정**　　　집이요?
**만득**　　　(앉으며) 노을이 참 예쁘다.
**윤정**　　　회장님, 퇴원하시는 거예요?
**만득**　　　윤정아, 난 회장이 아니고 이발사야.
**윤정**　　　그래도 저한텐 회장님이세요.
**만득**　　　고맙다.
**윤정**　　　꼭 나가야 된대요?
**만득**　　　응, 난 여기 있고 싶은데.
**윤정**　　　저도 여기가 좋아요.
**만득**　　　(일어서며) 난 여기가 좋아.
**윤정**　　　전 그냥 여기서 살다 죽고 싶어요.
**만득**　　　윤정아.
**윤정**　　　네?

윤정, 만득의 손을 잡는다.

만득, 눈물을 글썽인다.

**만득**      난 이 세상에 태어나서 내가 하고 싶은 걸 한 번도 내 맘대로 해본 적이 없어. 난, 바보여.

만득, 비통한 울음을 운다.

**윤정**      (만득을 안으며) 아가… 울지 마. 엄마가 지켜줄게. 울지마, 아가. 울지 마.

윤정, 만득을 안고 아기를 어르듯 노래부른다.

**윤정**      *달님은 영창으로*
               *은구슬 금구슬을 보내는 이 한 밤*
               *잘 자라 우리 아가*
               *잘 자거라*

붉은 노을이 두 사람을 비춘다.

# 제24장 정신병원의 복도

구슬픈 음악 속에 윤정과 이별하는 만득.
코러스, 촛불을 들고 선다.
강박사의 대사가 시작되면 다음의 장면들이 동시에 진행된다.
허름한 가방을 든 만득. 코러스들이 만든 정신병원의 복도를 천천히 걸어간다.
멀리 보이는 병원의 현관.

**강박사**      병원문을 나서는 그의 뒷모습을 보면서 제 가슴속에 묵직한 암덩어리 같은 것이 올라왔지만 바쁜 진료에 시달리는 통에 곧 그를 잊고 말았습니다.

# 제25장 행복이발소

구음 소리가 깔린다.

만득, 집에 들어선다.

낡아빠진 '행복이발소' 간판.

폐허가 된 이발소.

아무도 없는 자신의 방을 둘러보는 만득의 모습.

노모의 방에 들어가서 더욱 기괴해진 노모를 돌보는 만득.


**만득**　　　　(절규하며) 어머니!

## 제26장 정신병원의 특별 병동

**강박사**　　　2개월이 지난 어느 날, 조만득 씨가 다시 돌아왔습니다. 전에 그를 데리고 왔던 시계방 주인 한영호 씨에게 이끌려온 그는 몰라보게 변해 있었습니다. 그의 자아는 깨진 유리잔처럼 조각나 버렸고, 행복한 망상마저 자취를 감추었습니다. 조만득 씨가 퇴원할 때 제 가슴에 올라왔던 묵직한 암덩어리… 그게 뭔지 그때는 알 수 없었습니다. 헌데 요즘 그 암덩어리가 이런 질문을 던집니다, 나도 조만득 씨가 돌아가야 할 현실의 일부가 아닐까?… 나에게도 병세 악화에 대한 책임의 일부가 있는 게 아닐까?… 그의 현실의 일부로서, 또 병세 악화에 대한 책임의 일부를 져야 할 사람으로서, 나는 과연 그가 감당할 죽음과 같은 고통에 대해 책임질 각오가 되어 있는 것일까?… 만약 그런 각오가 없으면 의사로서의 사명만 내세운 채 치료라는 미명 아래 잔인하고 무책임한 범죄를 저지른 게 아닐까?

서정적인 클래식 선율이 흐른다.

만득, 중앙에 서 있고 노모로 분한 보조자아 역의 환자, 그 앞에 앉아 있다.

송간호사, 싸이코드라마를 진행한다.


**송간호사**　　자, 마음을 편안하게 하시고 기억을 더듬어 볼까요? 어머님이 돌아가시던 날 밤으로 돌아가 봅시다. 그때 조만득 씨는 뭘 하고 계셨죠?

만득, 보조자아 역 환자의 머리를 빗은 다음, 틀어 올리는 마임을 한다.


**(소리)**　　　어… 어…

| 만득 | 하이고 참… 그놈의 소리 좀 지르지 말어유. |
|---|---|
| **(소리)** | 어… 어… |
| **만득** | (귀를 막으며) 아이구 귀야… 그만 좀 혀유… 그런다고 아버지가 돌아오시남 유… 발 이리 줘유… |

만득, 노모의 발을 씻어주는 마임을 한다.

**만득**　　　아… 가만 좀 계셔유… 발을 줘야 씻지유…

만득, 몸부림치는 노모의 발을 강제로 끌어다 강제로 끌어다 씻어 주는 마임을 한다.
환청, 어머니의 괴성이 더욱 커진다.
만득, 벌떡 일어나 소리친다.

**만득**　　　좋아유. 가유! 아버지 따라가유… 나랑 같이 가유… 나도 더 이상 지옥 같은 이 땅에서 살고 싶지 않어유!

만득, 울부짖듯이 소리치며 노모의 목을 조르는 마임을 한다.
만득 모의 신음소리.
놀라서 만득을 말리는 송간호사와 놀라는 다른 환자들의 모습에서 스톱모션.
강박사의 방에 조명이 들어온다.

**강박사**　　　조만득 씨의 증세는 대단히 비관적입니다. 그는 오로지 돈 세는 일에만 몰두 하며 송간호사의 말에 아기처럼 따를 뿐입니다. 그는 다시 제 곁에 왔습니다. 저는 그를 어떻게 치료해야할지 심각한 혼란에 쌓여 있습니다.

평화로운 음악이 흐르고 송간호사의 말에 아기처럼 따르는 만득의 모습이 보인다.
마치, 동화 속의 한 장면 같다.

# 뒤풀이

조만득, 무대 중앙에 쪼그리고 앉아 돈을 센다.
코러스들, 조만득의 주위를 에워싼다.

| | |
|---|---|
| **코러스 1** | 백만 원 |
| **코러스들** | 이백만 원 |
| **코러스들** | 삼백만 원 |
| **코러스들** | 사백만 원, 오, 륙, 칠, 팔, 구 |
| **코러스들** | 천만 원 |
| **코러스들** | 이천만 원 |
| **코러스들** | 삼천만 원 |
| **코러스들** | 사천만 원, 오, 륙, 칠, 팔, 구 |
| **코러스들** | 억! |
| **코러스들** | 십억 |
| **코러스들** | 백억 |
| **코러스들** | 천억, 이천억, 삼천억, 사천억, 오, 륙, 칠, 팔, 구천억! 억! 억! 억! 억! 억!… |

코러스들, '억'이라는 단어를 숨이 턱에 차듯, 때로는 죽어가는 사람이 신음하듯 다양한 발성으로 변조하여 몸짓과 함께 한동안 음송하다가 노래를 부른다.

**코러스**    *돌아라 돌아라 뱅뱅 돌아라*
       *돌아라 돌아라 뱅뱅 돌아라*
       *배꼽춤을 추는 허수아비 있었네*
       *배꼽춤을 추는 허수아비 있었네*
       *돌아라 돌아라 뱅뱅 돌아라*
       *돌아라 돌아라 뱅뱅 돌아라*
       *배꼽춤을 추는 허수아비 있었네*
       *배꼽춤을 추는 허수아비 있었네*

암전.

– 막 –

배꼽춤을 추는 허수아비

# 배꼽춤을 추는 허수아비 (1995년 작)

**원작** 이청준 「조만득 씨」  **대본, 연출** 김명곤

---

**줄거리**  재개발이 진행 중인 서울 변두리에서 이발소를 운영하던 중년의 조만득 씨는 어느 날 정신병원에 입원한다. 병명은 과대망상성 정신분열증. 자신이 백만장자라고 믿고 있다. 돈이면 뭐든지 해결되는 세상이 가난한 그를 한없이 억압했기 때문이다. 담당 의사인 강박사는 그의 망상을 깨고 그를 현실의 세계로 돌려보내려고 애쓴다. 그러나 허상의 행복이지만 무의식 속에서라도 조만득은 백만장자로 남고 싶어한다.

하지만 강박사는 그가 망상을 깨고 자신의 현실로 돌아가도록 돕기 위해 약물치료, 심리치료 등을 시도하지만 증세가 나아지지 않자 전기치료를 통해 그를 치료한다. 결국 망상에서 깨어나 비참한 현실의 삶을 맞이하게 되는 조만득. 그는 그 현실의 중압감을 견디지 못해 노모를 살해하고 다시 중환자실에 입원하게 된다.

---

「배꼽춤을 추는 허수아비」는 1981년 '한겨레 문학선'에 발표되었던 이청준의 단편소설 「조만득 씨」를 각색한 작품으로 물질 만능 시대에 치인 가난한 이발사 조만득 씨가 미칠 자유조차 얻지 못하고 처절하게 파괴되어가는 과정을 그리고 있다.

소설 속 조만득의 과대망상성 정신분열증이 연극으로 어떻게 해석되었는지 지켜보는 재미가 있는 작품이다. 그의 주위를 둘러싸고 있는 것은 온통 지향하는 바를 알 수 없는 한국 자본주의의 전형적인 모습들이다. 그가 보여주는 증상은 어쩌면 우리 모두의 집단 무의식일 수도 있다. 배우들의 집단 연기와 재즈 댄스, 컴퓨터 음악, 풍물과 전통춤을 통해 소외된 자의 비명과 절규, 구음의 이어짐과 반복 등은 소외된 자의 절망과 분노를 잘 드러낸다.

또 사이코드라마 기법의 활용을 통해 정상과 비정상, 광기, 충격 등이 순환고리를 이어나가고 사실과 비사실이 기묘한 조합을 이룬다.

이 작품은 원작자가 그린 시대보다 조금 뒤인 1990년대를 배경으로 삼고 있다. 수천억대의 황금과 소비와 광고가 엄청나게 확대되어 가는 대중매체와 영상 매체의 홍수 속에 노출되어왔고, 그에 적응해야 했고, 또 실패에 좌절한 소시민의 삶과 그 삶에 공감하는 저자의 고민을 반영한 작품이다.

이 작품이 공연되던 1995년 당시 불황을 겪고 있는 대학로 연극가에 연일 매진을 기록하며 연극계의 관심을 모았고 재공연 등을 통해 수년 동안 사랑받았다.

# 밀키웨이

◆ 원작: 칼 비트링거 「은하수를 아시나요?」

| 나오는 사람들 |


**배우1:** 박성호 / 정신병원 원장
**배우2:** 의사 / 안정균 / 면장 / 오명환 / 최니꼴라이 / 병만


※ 장소: 정신병원

※ 시간: 1970년대 후반

**서장**

주제 선율이 흐르며 조명이 밝아지면, 창문과 출입문이 있는 진료실에 가운을 입은 중년의 의사 안정균이 책상에 앉아서 검진록을 검토한다.
전화벨이 울린다.

**의사**    (수화기를 잡으며) 안정균입니다… 아, 송 간호원? 응, 숙직이야. 뭐? 창문으로 기어 나갔다구? 육 층에서? 대체 누구야?… 김종우? 작년 여름에 입원한 환자 아니야?… 그래, 잘 알지, 유에프오(UFO) 망상증이지? 뭐, 별일 없을 거야. 다른 사람한테 피해는 안 주는 친구니까. 괜찮아! 기다렸다가 다시 나타나거든 보호병동으로 보내든가 하지 뭐… 걱정 마. 다시 나타날 거야. 그럼 수고해!

환자복을 입은 사내가 유리창을 슬며시 열고 창밖에서 머리를 쑥 내민다.
의사, 수화기를 내려놓는다.

**사내**    안녕하세요?

의사, 창밖의 사내를 보고 깜짝 놀라 바라본다.

**의사**    아니, 당신!
**사내**    잠깐 얘기 좀 하고 싶어서…
**의사**    위험하니까 어서 안으로 들어와!

사내, 창을 넘어 들어온다.
의사, 창문 쪽으로 간다.

**사내**    아, 그냥 열어 두세요!
**의사**    왜?
**사내**    곧 다시 나갈 거니까요.
**의사**    창문 말고 출입문으로 다녀!

**밀키웨이**

의사, 창문을 닫는다.

**의사**　　대체 왜 이렇게 위험한 짓을 하는 거야?

**사내**　　제가 누군지 아시죠?

**의사**　　알지.

**사내**　　누구죠?

**의사**　　작년 여름에 골절상 입고 머리를 심하게 다쳐서 입원했잖아.

**사내**　　그때 절 외과에서 정신병동으로 옮기도록 결정하셨죠?

**의사**　　내가 결정한 게 아냐.

**사내**　　제 임상 기록을 봤습니다.

**의사**　　뭐?

**사내**　　선생님이 쓰신 진단서도 봤죠.

**의사**　　아니, 그걸 어떻게 봤어?

사내, 웃으며 창문을 가리킨다.

의사, 창문을 바라본다.

**사내**　　밤에도 방마다 창문이 열려 있대요.

**의사**　　흐음… 그럼 병원 안에서 일어난 일에 훤하겠구만.

**사내**　　그렇다고 할 수 있죠!

**의사**　　밤에 몰래 들춰본 사실들을 함부로 입 밖에 내면 안 돼.

**사내**　　물론이죠! 함부로 지껄이다간 철창 달린 보호 병동으로 보내질 거 아녜요?

**의사**　　… 나한테 할 말이 있다고 했지?

**사내**　　예!

**의사**　　앉아.

**사내**　　감사합니다.

사내, 책상 맞은편 의자에 앉는다.

**의사**　　할 말이 뭐지?

**사내**　　선생님을 모시고 가려고요!

**의사**　　어디로?

| 사내 | 어딜까요? |
| --- | --- |
| 의사 | 음… 자네가 말하는 그 별? |
| 사내 | 하하하, 잘 아시면서… 제 별로는 돌아갈 수 없어요. |
| 의사 | 유에프오 타고 가면 되잖아? |
| 사내 | 선생님! |
| 의사 | 응? |
| 사내 | 제 얘기를 좀 진지하게 들어 주세요. |
| 의사 | 난 진지하게 묻는 거야. |
| 사내 | 제 유에프오는 없어요. |
| 의사 | 있다고 하지 않았어? |
| 사내 | 제 입장이었다면 선생님도 그랬을 거예요. |
| 의사 | 어떤 입장이었는데? |
| 사내 | 처음 입원해서 석 달 동안 하루도 빼지 않고 제가 다른 별에서 왔다고 했는데 아무도 곧이 듣지 않았어요. |
| 의사 | 그랬겠지. |
| 사내 | 유에프오를 타지 않고서는 다른 별에서 올 수 없다는 거예요. |
| 의사 | 당연하지. |
| 사내 | 결국 유에프오 얘기를 하니까 그제야 아무 소리들 안 하더라구요. |
| 의사 | 그래서 유에프오 얘기를 꾸며냈나? |
| 사내 | 예. |
| 의사 | 헌데 날 어디로 데려가겠다는 거야? |

사내, 의사에게 다가간다.

| 사내 | 밀키웨이라고 아세요? |
| --- | --- |
| 의사 | 밀키웨이? |
| 사내 | 같이 가 보자구요! |
| 의사 | 은하수에 가자고? |
| 사내 | 그곳의 아침은 언제나 태초의 그 날처럼 고요하고 장엄하죠. |
| 의사 | 흠… |
| 사내 | 밑에는 안개가 좍 깔려 있고, 위에서는 아름다운 태양이 뜨고요. |
| 의사 | 근사하구만. |

**밀키웨이**

| 사내 | 뒤에서는 빈 우유병들이 달그락달그락… |
|---|---|
| 의사 | 잠깐! |
| 사내 | 왜요? |
| 의사 | 도대체 어떤 밀키웨이를 말하는 거야? |
| 사내 | 제 밀키웨이죠. |
| 의사 | 자네 밀키웨이? |
| 사내 | 제가 매일 아침 우유 배달차로 우유 배달하는 거 아시죠? |
| 의사 | 아하, 밀키웨이, 그러니까 은하수란 게, 그 우유길, 즉 '밀키웨이'를 말하는 거야? |
| 사내 | 예. |
| 의사 | 어느 때고 한 번, 나하고 그 길을 가고 싶다고? |
| 사내 | 어느 때고 한 번이 아니고요. |
| 의사 | 그럼? |
| 사내 | 오늘부터 매일! |
| 의사 | 매일? |
| 사내 | 선생님이 싫증을 느낄 때까지요! |
| 의사 | 하하하, 안 돼! |
| 사내 | 왜요? |
| 의사 | 원장님도 허락 안 하실 테고… |
| 사내 | 허락하실 걸요. |
| 의사 | 말도 안 되는 소리! |
| 사내 | 짠! |

사내, 환자복 안에서 두툼한 노트를 꺼내 의사에게 내민다.

| 사내 | 이걸 읽어 보시면 가시게 될 거예요. |
|---|---|
| 의사 | 이게 뭐야? |
| 사내 | 대본이에요. |
| 의사 | 자네가 쓴 거야? |
| 사내 | 네, 선생님께 바치는 작품이에요! |
| 의사 | 그래? |

| | |
|---|---|
| 사내 | 저하고 둘이서 공연할 수 있게 썼어요. |
| 의사 | 공연? |
| 사내 | 한 사람은 제 역할이고, 나머지 여러 상대역은 선생님 역할이에요. |
| 의사 | 진심으로 하는 소리야? |
| 사내 | 그럼요. |
| 의사 | … 그래, 뭘 썼는데? |
| 사내 | 제 삶에 대한 이야기예요. |
| 의사 | 그럼 읽기만 하면 되겠네. |
| 사내 | 안 돼요! |
| 의사 | 왜? |
| 사내 | 연기를 해야 그 인간이 제대로 보이잖아요? |
| 의사 | 글쎄 안 된다니까! |
| 사내 | 왜요? |
| 의사 | 의사가 원장님한테 배우를 하겠다고 할 수 있겠어? |
| 사내 | 우리 병원의 합창단이나, 탁구부나, 축구팀에도 의사 선생님들이 끼어 있잖아요? |
| 의사 | 그렇긴 하지만… |
| 사내 | 다들 창립 기념일 행사에 참가하는데 연극도 하나 하면 좋잖아요? |
| 의사 | 하지만 이 대본을 연극으로 하려면 최소한 열 시간은 걸리겠어! |
| 사내 | 그럼… 아주 중요한 몇 장면만 공연하고, 나머지는 사이사이에 관객에게 직접 얘기를 하면 어때요? |
| 의사 | 안 될 건 없겠지. |
| 사내 | 아, 이건 어때요? |
| 의사 | 뭐? |
| 사내 | 우리가 무대에서 보여 준 사건들이 이미 지나간 이야기이고, 결과는 모든 게 다 잘되었다는… 여하튼 비극이 아니라는 걸 보여 줄 수 있는 장면을 하나 집어넣으면요? |
| 의사 | 어떤 장면을? |
| 사내 | 마지막 장면을 희극적으로 처리해서, 가령 원장님을 등장시켜서 약간 (이마 위를 가리키며 돌았다는 시늉을 하며) 이렇게 연기를 하고, 안정균 선생, 정신이 |

**밀키웨이**

**의사**　와, 원장님하고 똑같다, 똑같아! 하하하!

**사내**　하하하!

의사, 사내를 문 쪽으로 데리고 간다.

**의사**　오늘 밤엔 더 이상 어떤 결정을 할 수 없으니까 대본을 놓고 가.

**사내**　하실 거죠?

**의사**　다시 만나 얘기하자구.

**사내**　내일까지는 다 읽으시겠어요?

**의사**　모레까지!

사내, 의사에게 절을 하고 무심코 창문으로 나가려 한다.

**의사**　안 돼!

의사, 창문을 막아선 채 출입문을 가리킨다.

**사내**　(출입문으로 가다가) 참, 잊을 뻔했네요.

**의사**　뭘?

**사내**　일주일 전에 만년필 잃어버리셨죠?

**의사**　아니, 그걸 어떻게 알아?

사내, 손으로 창문을 가리키며 웃는다.

**사내**　저번 주 화요일에 만년필을 이병선 선생 책상에 두고 오셨죠?

**의사**　그랬나?

**사내**　이병선 선생은 성동일 선생 것인 줄 알고 그리 보낸 모양인데, 성동일 선생은  
　　　　누가 보냈는지도 모르고 책상 오른편 아래 서랍에 놓아두었어요.

**의사**　고마워!

**사내**　(무심코 다시 창문으로 가며) 모레 밤도 꼭 창문을 열어 놓으세요!

**의사**　(창문을 막아서며) 이봐, 제발 창문으로 다니지 말고 출입문으로 다녀!

1부 희곡

사내가 출입문으로 나가자 전화벨이 울린다.

**의사**    (수화기를 집으며) 안정균입니다. 아, 원장님! 늦게까지 수고하십니다. 뭐, 별
일은 없구요. 방금 전에 환자 한 사람이 찾아왔습니다. 그 사람이 일종의 연
극 대본을 쓴 모양인데, 그걸 병원 창립 기념일 행사 프로그램에 넣자는데
요? 저하고 공연을 하자는 거죠. 글쎄, 아직 안 읽어봤지만 자기 얘기를 쓴
모양입니다… 안 됩니다! 퇴원시킬 순 없어요. 오늘 밤만 해도 출입문으로 안
오고, 창문으로 기어들어왔거든요. 원장님, 그렇게 걱정하실 필요 없습니다.
다시는 그런 짓 못 하게 단단히 주의를 줬으니까요.

**사내**    (창문에서 불쑥 나타나며) 선생님!

의사, 놀라서 사내를 바라본다.

**사내**    만년필!

암전.

# 제1장

텅 빈 무대와 객석에 조명이 들어온다.
의사가 종이쪽지와 두툼한 대본을 손에 들고 무대 앞으로 나온다.

**의사**    여러분, 안녕하세요! 공연을 시작하기 전에, 몇 가지 행사 일정을 알려드릴
테니까 잘 들어 주세요. (쪽지를 들여다보고) 먼저… 이번 일요일 예배는 종전
처럼 아홉 시 반이 아니라 열 시에 올리게 됩니다. 그리고 금년도 탁구대회에
참석하실 분들은 내일이나 모레 오후 두 시부터 네 시 사이에 이보람 선생님
이 진행하시는 일차 예선에 참가하세요. (객석의 한 여자를 가리키며) 이보람 선
생님! 더 하실 말씀 없으세요? 그리고 우리 병원 합창단에서 노래할 사람이
필요하답니다. 노래하실 분 없어요?

의사, 관객의 반응에 따라 적절히 응수한다.

**의사**    (쪽지를 집어넣으며) 존경하는 원장님! 동료 선생님들! 간호원들! 그리고 친애하는 환우 여러분! 오늘 밤 밀키웨이 공연에 와 주신 것에 대하여 진심으로 감사드립니다. 제가 왜 이 연극을 하게 됐는지 궁금하시죠? 작가가 제게 연극을 하자고 했을 때, 전 말도 안 되는 소리라고 거절했지요. 헌데, (대본을 쳐들며) 이 대본을 읽고 나서 생각이 확 바뀌었습니다. 이 대본 속에는 우리의 삶을 다른 차원에서 바라보게 하는 뭔가가 있었습니다. 혼자만 읽기에는 너무 아까워서 작가와 둘이서 두 달 가까이 준비를 한 겁니다. 작가가 누구냐구요? 놀라지 마십시오. 여러분도 잘 아는 사람, 저 위 은하수, 밀키웨이에서 온 친구입니다!

의사, 무대 안을 향해 손짓한다.
음악 나온다.
사내가 걸어 나와 인사한다.
의사가 안으로 들어가자 객석의 조명이 서서히 꺼진다.
허름한 일상복을 입은 사내가 조명을 받으며 약간 엉거주춤 서서 얘기를 시작한다.

**사내**    안녕하세요? 이 연극은 제 삶에 관한 이야깁니다. 제가 어떤 별에서 태어났고, 어떻게 살았고, 어떻게 여기까지 오게 되었는가 하는 것을 보여 드리려고 하는데요…

사내, 말을 하면서 무대 전환을 한다.
사내가 해설을 하는 동안 면장 사무실로 무대 전환이 이루어진다.
이후에 계속되는 모든 장면은 배우에 의해서 즉석에서 꾸며진다.
장면의 배경은 그림이나 테이블이나, 몇몇 소도구의 사소한 변화로 그때그때 분위기를 바꿔준다.

**사내**    제가 이 병원에 오기 3년 전쯤의 이야기로부터 첫 장면을 시작할까 합니다. 장소는 전라북도 임실군 갈마면 면사무소이구요, 1974년 어느 추운 겨울날 오후입니다. 의사 선생님은 늙은 면장 역할을 하실 겁니다. 자, 여기에 면장님 책상과 의자가 놓여 있구요. (뒷벽에 지도를 붙이며) 이 벽에는 갈마면 지도가 붙어있지요. 제가 살던 마을은 갈마산 봉우리가 아늑하게 마을을 감싸고, 앞으로는 숲과 밭자락이 펼쳐져 있는 아름다운 마을입니다.

345 사내, 안을 향해 기침을 한다.

안에서 의사의 기침 소리가 들린다.

**사내**　　　자, 그럼 제1장, 시작하겠습니다.

사내 퇴장한다.

조명이 바뀐다.

침침한 알전구가 켜진 면사무소.

커다란 마을 지도가 벽에 붙어 있고, 지도 위에 "갈마면 전도"라는 붓글씨가 쓰여 있다.

늙은 면장, 책상 앞 의자에 앉아 두꺼운 돋보기를 꺼내어 신문을 본다.

사내가 지팡이로 문을 두드린다.

**면장**　　　들어오쇼!

사내는 지팡이에 붕대를 감은 한 다리를 버틴 채 희미한 어둠 속에서 몇 걸음 다가가다가 다시 묵묵히 서 있다.

사내는 기대에 가득 찬 눈초리로 면장을 바라보고 있다.

**면장**　　　보아 허니 일자리 구하러 온 모양인디 이 마을에는 일자리가 읎소!

늙은 면장, 신문을 보면서 말을 한다.

**면장**　　　요새 일자리 구허는 젊은이들이 어디 한둘이어야 말이지. 거시기 큰길로 쭉 올라가머는 국민핵교 옆에 '남원집'이라고 국밥집이 있소, 그그 가서 쥔 여자한티 면장이 보냈다고 하머는 묵을 걸 좀 줄 것이요. 그라고 장작을 좀 패 주든지, 일을 좀 히주면 하루 이틀은 재워 줄 것이여. (다시 신문을 뒤적거리다가 못 참겠다는 듯이) 아따, 참말로. 휘딱 가 보랑게!

**사내**　　　(면장이 못 알아보도록 목소리를 변조해서) 면장님, 저예요!

**면장**　　　누구여?

**사내**　　　성호예요!

**사내**　　　성호?

밀키웨이

**성호**       면장님!

면장은 그를 자세히 바라보다가 귀신이라도 본 것처럼 비실비실 의자에서 물러난다.

**면장**       차, 참말로, 니가… 진짜… 성호냐?
**사내**       앗다, 왜 요로코롬 놀라신당가요?

사내, 면장과 같은 사투리를 쓴다.


**면장**       니가… 살아 있었냐?
**사내**       하하하… 죽었다 살아났고만이라!
**면장**       쭈욱… 살아 있었냐?
**사내**       아따, 그러제라잉.
**면장**       이것이 대체… 월마 만이냐?
**사내**       지가 스물한 살 때 월남으로 떠났는디 시방 서른 살잉께…
**면장**       9년이구나, 9년!
**사내**       면장님도 그동안 많이 늙으셨네요.
**면장**       워, 워디서 오는 길이냐?
**사내**       갈마고개에서 버스 내려가꼬 고개를 넘어 왔어라우.
**면장**       곧장, 욜로 오는 길이냐?
**사내**       아버지 산소부터 들렸어라우.
**면장**       그려, 그려야제. 훌륭허신 농부로 사시다가 너 월남 가 있는 동안에 돌아가셨
             웅께…
**사내**       월남에서 아버님 돌아가셨다는 면장님 편지 받고 많이 울었어라.
**면장**       벌써 한 7년 됐구나.
**사내**       상주도 없는디 장사도 잘 지내 주시고 산소까정 맹글어 주시고… 참말로 고
             맙구먼이라.
**면장**       비석, 괜찮쟈?
**사내**       아버지도 당신 맷등에 고로토롬 크고 멋진 비석을 세워 놓을 꺼라고는 꿈에
             도 생각을 못했을 거시요.

| | |
|---|---|
| **면장** | 그라제. 나가 돈 좀 썼어야. 고건 고렇고, 산소만 보고 곧장 왔냐? |
| **사내** | 전사기념비도 봤어라우. |
| **면장** | 그려? |
| **사내** | 근디 뭐 땀시 거그다 지 이름을 새겨 넣었다요? |
| **면장** | 거시기… 그 뭐시냐… |
| **사내** | 경희는 워치케 되었다요? |
| **면장** | 응, 갸는… 거시기… 뭐시냐… |
| **사내** | 앗다, 면장님! 속시원히 말씀 좀 해 보쇼! |
| **면장** | 자, 자, 차부터 한잔허면서 천천히 야그를 나눠 보자. |

면장, 책상 위에 차 두 잔을 올려놓고 의자에 앉는다.
사내, 의아한 듯 면장을 본다.

| | |
|---|---|
| **면장** | 근디 대체 그동안 워디 있었냐? |
| **사내** | 월남에 있었지라. |
| **면장** | 월남전이야 삼 년 전에 끝나 부렸잖냐? |

사내, 절뚝거리며 면장 책상 앞 의자에 앉는다.

| | |
|---|---|
| **사내** | 월맹군 포로로 잡혀 있다가 탈출혀서 여그저그 숨어 지내다가 들어왔어라우. |
| **면장** | (한쪽 다리의 상처를 가리키며) 글머는 그 다리도? |
| **사내** | 쪼까 다쳤지만 인자 다 낫어가는구만이라. |
| **면장** | 아따 다행이다잉. |
| **사내** | 한 열흘 지나머는 일도 할 수 있어라우. |
| **면장** | 뭔 일을 헐라고? |
| **사내** | 아무 일이고 해야지라. 땅도 쪼까 있고, (갈마면 지도 쪽으로 가며) 갈마고개 너머 비탈에 아버지가 물려주신 밭뙈기도 있응께… |
| **면장** | 고 밭에다 뭣 헐라고? |
| **사내** | 메밀 심을라고요. |
| **면장** | 메밀? |
| **사내** | 밤에 달빛을 받아서 하얗게 빛나는 메밀꽃을 보고 싶고만요. |

**밀키웨이**

**면장**     그 밭은 안돼야!

**사내**     뭐 땀시요?

**면장**     거그다가 감자를 심었웅께. 글고 내년에는 배추를 심을 판이여.

**사내**     면장님이요?

**면장**     그려, 머가 잘못됐냐?

**사내**     아니, 거시기, 긍께. 아버지도 안 계신디 밭을 갈아 주셔서…

**면장**     글머는 그 밭을 고대로 묵혀 둬야만 쓰겄냐?

**사내**     아, 무신 말씀을 하신당가요? 참말로 고맙구만이라우.

**면장**     글머는 뭐시냐… 어디로 갈래?

**사내**     글씨요.

**면장**     거시기… 마을로는 들어가지 말고 '행운여관'에 가서 자라잉.

**사내**     행운여관이요?

**면장**     그 집 알제?

**사내**     예.

**면장**     그 집 쥔은 바뀌었어야. 타관 사람이여.

**사내**     근디 뭐 땀시 그리 가라는 거요?

**면장**     아따 아무튼지 간에 글로 가. 글고 니가 누구라는 거 아무한티도 말허지 말거
         라잉.

**사내**     뭐 땀시요?

**면장**     우리 내일 다시 만나서 야그허자. 나가 군수님허고 야그를 헐 팅게.

**사내**     고거시 뭔 소리다요? 군수님허고는 뭔 말을 헌단 말여라?

**면장**     앗다, 시키는 대로 좀 혀야!

**사내**     뭐 땀시요?

**면장**     너 참말로 모르겄냐?

**사내**     뭘 말여라?

**면장**     니가 죽었다는 것 말이여!


사이.


**사내**     참말로, 농담이 지나치시네요.

| 면장 | 참말로, 내 야그를 못 알아듣겄냐? |
|---|---|
| 사내 | 참말로 무슨 말씀허시는지 통 모르겄어라우. |
| 면장 | 나가 군청에 가까꼬 니가 다시 살어왔다고 얘기할 수가 없단 말이여. |
| 사내 | 왜요? |
| 면장 | … 생각혀 봐라… 사람이 한번 태어났다가 전쟁에 나가서 죽었다고 왼갖 서류를 다 작성혀서 전사자로 결재가 났는디, 느닷없이 살아났다고 워치케 뒤집는다냐? |
| 사내 | 전사자로 결재가 났다고라? |
| 면장 | 니 사망 서류 맹그는 동안 나가 군청에 스무 번도 넘게 갔다. |
| 사내 | 사망 서류? |
| 면장 | 군수님을 만난 것도 열 번이 넘고… |
| 사내 | 그렇다고 혀서… |
| 면장 | 꼭 이년이 걸렸당께! 아따 그놈의 서류 더미가 사람을 을매나 부려먹는지 넌 참말로 모를 것이다. |
| 사내 | 그려도 이렇게 살아왔는디… |
| 면장 | 다시 가 가꼬 첨부터 다시 그 일을 으찌케 헌다냐? |
| 사내 | 못헐 게 뭐 있다요? |
| 면장 | 성호야! 지발 나를 더 부려먹지 말어야! |
| 사내 | 그건 지 탓이 아녀라우. |
| 면장 | 누가 니 탓이라고 혔냐? 근디 일이 고로코롬 꼬여부렀잖냐? |
| 사내 | 근디 뭐 땀시 지를 전사자로 결재 혔당가요? |
| 면장 | 첨에는 말이여. 실종 신고를 혔제. |
| 사내 | 그런디요? |
| 면장 | 월남전서 실종된 사람은 한 사람도 실종 신고가 안 된다는 거시여. |
| 사내 | 뭐시요? |
| 면장 | 전사자나 부상자는 신고가 되야도, 실종자나 포로는 절대 신고가 안 된다는 거시여. |
| 사내 | 뭐 땀시요? |
| 면장 | 나라 방침이 그렇다는 걸 워쩌겄냐? |
| 사내 | 고런 요상한 방침이 워됐다요? |
| 면장 | 아 글씨, 왜 그런지 나도 모르겄다만 힘없는 면장이 나라으 방침을 따라야지 워쩌겄냐? |

| 사내 | 그려서요? |
|---|---|
| 면장 | 아, 그려도 니가 혹시 돌아올지 몰라 가꼬 지둘리고 지둘리다가, 전사자 처리를 안 허먼 안 된다고 허길래 헐 수 없이 내가 다 처리혔다. 니는 뭐시냐, 가족도 읎고 일가친척도 읎응께, 내가 니 대리인이 되야갖고 서류를 처리헐 수밖에 읎었어야. |
| 사내 | 글머는 면장님한티 고맙다고 혀야겠네요. |
| 면장 | 거그다 경희하고 결혼해 가꼬 사는 갸 남편이라든가… |
| 사내 | 경희가 결혼했어라? |
| 면장 | 글먼 시방까정 니를 지두릴 줄 알았냐? |
| 사내 | 지두린다고 혔는디… |
| 면장 | 시상으 어떤 여자가 전쟁 나가서 죽은 남자를 지두리겄냐? |
| 사내 | … 누구허고 결혼혔당가요? |
| 면장 | 알먼 뭐허겄냐? 너 모르는 타지 사람이여. |
| 사내 | … |
| 면장 | 거그다가 느그 밭에서 잡초가 자라서 자기 밭까지 망치겄다고 강대근 영감은 날마다 투덜대지, 군수님까지 나서 가꼬 후딱 처리를 허라고 나를 월매나 들들 볶아댔는지 아냐? |
| 사내 | 그리서요? |
| 면장 | 내 명의로 바꿔 가꼬 내가 감자도 심고 배추도 심었다. |
| 사내 | 그럼 우리 집허고 땅은요? |
| 면장 | 느그 집허고 땅은 팔아 가꼬 느그 아버지 산소 맹글고, 니 전사 기념비 맹그는 디다 썼다. |
| 사내 | 글먼… 인자 지는 아무것도 없다요? |
| 면장 | 성호야! 말하자믄 니는 죽어 가꼬 여러 사람한티 좋은 일을 겁나게 헌 셈이여. |
| 사내 | 인자부터 살아서 좋은 일 많이 헐라요. |
| 면장 | 너는 살 수가 읎어! 읎당께! |
| 사내 | 당장 군수님한티 갈라요! |
| 면장 | 가면 안 되야! |
| 사내 | 왜요? |
| 면장 | 글머는 여러 사람이 불행허게 되야! |
| 사내 | 나 땜시오? |
| 면장 | 그려. |

**사내**   뭔 소린지 당최 모르겄네요.

**면장**   나도 잘 모르겄다.

**사내**   잘 아실 틴디요!

**면장**   아 모른당께! 알 수가 읎어! 나가 아는 것은 단 한 가지, 불행이라는 거시여! 불행!

**사내**   (격하게 소리치며) 지가 살아와서라우?

**면장**   거시기 뭐시냐, 하느님은 말이여. 누구든지 꼭 한 번만 죽도록 맹그셨잖냐? 고것이 그려야 되잖냐잉? 차 한잔혀라.

면장, 차 한 잔을 사내에게 준다.

**사내**   그 밭은 면장님이 살리셨응께 그대로 그냥 가지시고요, 그 대신 지가 살아 있는 것으로 처리를 좀 혀 주쇼.

**면장**   성호야, 니는 말이여. 참말로 훌륭한 젊은이여. 마셔라!

면장, 차를 마신다.

**면장**   이 늙은 사람이 사리를 따져서 한마디 헐 팅께 잘 들어 봐라. 니가 죽었다가 살아난 것은 겁나게 잘됐는디 말이여, 구태여, 꼭, 우리 마을서 살아야 할 이유가 워딨냐? .

**사내**   여그는 지 고향은 아니지만 지가 자란 곳이잖유?

**면장**   근다고 아무 연고도 읎는 마을에 무작정 돌아와 갔고, 넘으 것이 된 밭에다가 무작정 메밀을 심을 수는 없는 것이제?

**사내**   넘의 밭…

**면장**   경희도 너를 만나게 되믄, 자식까정 낳고 잘 사는디, 인자 그 결혼생활이 워치게 되겄냐?

**사내**   지가 일부러 그런 건 아니잖어요?

**면장**   아, 글씨 누가 일부러 그랬다고 그렸냐, 야는 참! 워쨌든 니는 마을 사람들 삶을 온통 불행허게 맹글 거란 말이여.

**사내**   불행허게…

**면장**   차라리 낯모르는 타관 사람이 났제.

**사내**   (소리치며) 지가 타관 사람허고 뭐가 다르당가요? 면장님도 절 몰라봤잖여요?

밀키웨이

| 면장 | 어두워서 그렸지. 거그다가 너는 박성호라는 이름을 갖고 있잖냐? |
|---|---|
| 사내 | 지 이름이 문제라고라? |
| 면장 | 거시기… 여길 떠난다므는… 내가 만 원을 주마. |
| 사내 | 뭐요? |
| 면장 | 그 돈 갖고 도시로 가 가꼬 일거리를 찾아봐라. 잘 생각혀 보랑께. 만 원이며 는 쌀이 열 가마니다. 죽었다 깨나도 그만한 돈이 생길 것 같냐? |
| 사내 | 그 대가로 지 이름을 포기허라고요? |
| 면장 | 그려, 김복동이나 오길수나 그런 이름이라믄 몰라도 박성호라는 이름은--- |
| 사내 | 돈은 필요 없고라. (면장에게 군인 증명서를 내밀며) 요거 좀 보쇼! |
| 면장 | 고것이 뭐다냐? |

면장, 군인 증명서를 본다.

| 면장 | 김종우? |
|---|---|
| 사내 | 지 이름이 박성호가 아니라 김종우먼 되겠어라? |
| 면장 | 이 군인증은 워찌케 된 거시냐? |
| 사내 | 그 사람은 고것이 필요 없게 됐어라. |
| 면장 | 뭐 땀시? |
| 사내 | 죽었어라. |
| 면장 | 죽어? |
| 사내 | 머리통에 총구멍이 났도만요. |
| 면장 | 아이구, 글먼 남의 이름을 훔친 거시여? |
| 사내 | 살아 있는 사람 이름을 훔친 것보다는 낫지 아녀라? |
| 면장 | 안 되야, 그런 짓은 사기여! |
| 사내 | 사기라고 혀도 좋아라. (군인 증명서를 가리키며) 지는 인자부터 박성호가 아니 라 김종우로 살랑께요! |
| 면장 | 참말로 박성호로 행세 안 허겄다 이 말이여? |
| 사내 | 야! |
| 면장 | 시방 헌 말… 거짓부렁 아니제? |
| 사내 | 야. |
| 면장 | 참말이제? |
| 사내 | 야! |

**면장**  아따 글먼 문제가 또 달라지는디? 이 늙은이가 사리를 따져서 생각을 좀 히 봐야겄구만. 아, 인자 생각이 나부네. 박성호는 분명히 임자으 훌륭한 전우였 제?

**사내**  뭐라고요?

**면장**  야그도 많이 혔겄지? 경희 얘기, 밭 얘기, 글고 이 면장 얘기도?

**사내**  뭔 소리를 헌당 가요?

**면장**  세월이 겁나게 흘렀응께 아무도 몰라볼 것이다, 그 촌구석에 사는 놈들은 멍 텅구리들잉께 적당히 속여 보자, 거그서 자리만 잡으면 그 밭도 차지헐 수가 있다! 요로코롬 생각을 혔것제?

**사내**  면장님, 머리가 좀 이상한 거 아니다요?

**면장**  난 면장이여! 바보가 아니라고! 이따위 되먹지도 않은 군인증 하나 달랑 갖고 와 가꼬 엉터리 수작 허는 놈이 너뿐인 줄 알어? (군인 증명서를 바닥에 내던 지며) 썩 나가드라고!

사내, 멍한 표정으로 서 있다.

**면장**  나가 만약 요로코롬 나가믄 넌 꼼짝읍시 당허는 것이여.

사내, 군인 증명서를 바닥에서 집은 후 책상으로 걸어가 차를 한잔 마시고 잔을 내려놓는다.

**사내**  그럴 것까지 읎어라. 갈 테니께.

사내, 나갈 듯이 문 쪽으로 걸어가다 면장에게 다가간다.

**사내**  면장님!

면장, 사내를 바라본다.

**사내**  (손을 내밀며) 악수나 허십시다!

**면장**  뭐… 뭐… 뭐 땀시…?

**사내**  밭도 돌봐 주시고, 차도 주셨응께요.

밀키웨이

면장 머뭇거린다.
사내, 다가와서 면장의 손을 두 손으로 덥석 잡는다.

**면장**     요거, 받어라.

면장, 사내에게 돈을 준다.
사내, 돈을 받아 주머니에 넣고 인사하고 웃으며 지팡이를 짚고 나간다.
면장, 사내 나간 쪽을 응시하다가, 급히 책상으로 와서 전화를 돌리다가 멈춘다.

**면장**     허, 아이고, 요것을 군수님한티 알려야 혀 말아야 혀? 아이고, 참말로…

면장, 허둥거리며 밖으로 나간다.
암전.

# 제2장

사내, 무대 앞으로 나온다.

**사내**     저는 그렇게 고향을 떠났습니다. 할 수 없이 '행운여관'으로 가서 밤을 보냈
         죠. 그날 밤, 전 밤새도록 창가에 서서 모든 일들을 차분히 생각해 봤죠. 그러
         자 갑자기 제 별에 대한 생각이 떠오르데요. 전 어려서부터 밤하늘에 유난히
         빛나는 별 하나를 바라보면서 제가 그 별에서 태어났고, 거기서 자랐고, 그리
         고 이 지구로 왔다고 상상했었는데 그날 밤… 바로 그 창가에서… 제 별을 다
         시 발견한 거예요. 하지만 그것은 더 이상 반짝이는 별이 아니었어요. 제가 바
         라보지 않은 몇 년 사이에 그 별은 차갑고 깜깜한 돌덩어리로 변해 버린 거죠.

이후 사내는 말을 하며 무대 전환을 한다.

**사내**     제 별에서 자란 어린 시절은 행복한 추억으로 가득 차 있어요. 제가 태어난
         곳은 깊은 산골 강변이었어요. 강가의 땅에서 농사를 짓던 부모님은 절 사랑
         했고, 전 어려서부터 소설이나 시 읽기를 좋아하고 상상하는 걸 좋아하던 병
         약한 소년이었어요. 저희 땅에선 아버지가 심으신 메밀이 하얗게 피어나곤

했지요. 그런데 강을 막아 댐을 만든다고 이주를 시키는 바람에 저희는 살던 곳을 떠나 갈마마을로 오게 되었고, 저의 고향은 물에 잠겨 사라져 버렸지요. 그 뒤 어머니는 시름시름 병을 앓다가 돌아가셨고, 아버지와 단둘이 살던 저는 열아홉 살 때 경희와 사랑하게 되었죠.

사내, 여성 관객 중의 한 명을 경희로 설정하고 연기를 한다.

**사내**　　　이웃집에 살던 동갑내기 처녀 경희는 저하고 숲을 거니는 걸 좋아했어요. 시골 처녀답지 않게 얼굴이 깨끗하고, 살결도 새하얗게 빛나던 경희는 제가 들려주는 소설 속의 이야기를 무척 좋아했죠. 전 경희의 명랑한 웃음소리를 지금도 잊을 수가 없어요. 그리고 달빛 비치는 숲속에서 나누었던 달콤한 첫 키스, 포옹…

사내, 여성 관객을 바라본다.

**사내**　　　그 얼마 뒤에, 전 월남전에 가게 되었죠. 떠나기 전날 저녁, 저는 경희와 함께 숲을 걸으면서 이렇게 물었죠. (여성 관객에게) "경희야, 나를 기다릴 수 있겠냐?"

사내, 고개를 끄덕이면 여성 관객도 따라 끄덕인다.

**사내**　　　그래요, 경희는 기다릴 수 있다고 했어요. 1965년 가을, 맹호부대 군인이 된 저는 월남으로 떠나게 됐지요.

맹호부대 군가가 울려 퍼진다.

**사내**　　　아버지와 함께 면장님이랑 이웃 사람들도 역까지 나와 주었고, 경희도 태극기를 흔들고 눈물을 흘리면서 절 보내 주었죠. 그랬던 경희가 이젠 다른 사람의 아내가 되었다는군요. 9년 동안 전 경희와 결혼하고 아이도 낳으면서 오순도순 사는 꿈을 꾸어 왔는데 말이지요. 그날 밤 제 마음속에 아름답게 살아 있던 경희의 하얀 살결, 달콤한 입술, 정든 우리 초가집, 갈마마을… 모두 차가운 돌덩이로 변해 사라져 버렸습니다.

밀키웨이

경쾌한 음악과 함께 사내 퇴장한다.

조명이 바뀌면 현대식으로 꾸며진 사무실이 나타난다.

벽에 붙은 간판에 "태평양 보험회사"라는 글씨가 보인다.

의사가 보험회사 지사장 역할을 한다.

머리에 기름을 발라 올빽으로 넘긴 노련한 사업가 타입의 지사장이 번쩍이는 명패가 놓여 있는 책상 앞에 앉아 전화를 걸고 있다.

지사장    알겠지? 그 친구 꼭 붙잡아 뒀다가 조금 뒤에 내 방으로 들여보내! (수화기를 놓았다가 다시 돌리며) 수사괍니까? 고병일 형사반장님 좀 바꿔 주세요. 나, 오명환 지사장입니다. 태평양 보험회사요… 네, 감사합니다… 여보세요, 고반장님? 안녕하세요? 저 오명환입니다. 다름이 아니라, 몇 년 전에 담당하셨던 김종우 사건 기억나시죠? 우리 회사 직원 놈이 회사에 숨어들어 공금 훔쳐간 사건 말입니다. 그놈이 실종되어 몇 년 동안 추적을 해도 못 찾았지 않습니까? 예, 근데… 조금 전에 웬 사내가 찾아와서 이름은 밝히지도 않고, 느닷없이 김종우에 대해 묻지 않겠습니까? 좀 수상한 사람이에요. 아직 제 사무실 밖에 있는데 한 번 더 불러서 조사를 해 봐야겠어요. 수상하게 보이면 제가 연락드릴 테니까 즉시 형사 한 명 보내 주십쇼… 네, 감사합니다!

지사장이 전화를 끊고 밖을 향해 소리친다.

지사장    들어오세요!

사내, 들어온다.

지팡이를 짚기는 했지만 다리의 상처는 그동안에 거의 아문 것 같다.

사내      안녕하세요?

지사장    앉으시죠.

사내      (의자에 앉으며) 감사합니다.

지사장    김종우에 대해서 문의할 게 있다구요?

사내      예.

지사장    그 사람하고 어떤 관계시죠?

사내      전 그 사람 이름하고 출생지 말고는 모릅니다. 동사무소까지 가 봤는데 그 사

1부 희곡

람이 예전에 이 회사를 다녔다는 기록까지만 있더라구요.

**지사장**  유감이지만 우리도 그보다 더 자세한 건 알려 드릴 수가 없습니다. 김종우가 우리 회사에 잠시 다니던 중에 갑자기 실종됐는데… 혹 어디 있는지 아십니까?

**사내**  알고 있습니다.

**지사장**  어디 있죠?

**사내**  월남전에 참전했죠.

**지사장**  월남전에요?

**사내**  헌데 제가 그 사람을 만났을 땐… 죽은 뒤였습니다.

**지사장**  죽어요? 그것 참, 재미있네요.

지사장, 사내에게 다가온다.

**지사장**  그럼, 그 사실을 증언해 줄 수 있습니까?

**사내**  증언이라니요?

**지사장**  그 사람이 확실히 죽었다는 걸 증명해야 합니다. 그 증명이 안 되면, 말하자면…

**사내**  아, 생물학적으로는 죽었지만, 통계학적으로는 살아 있다 이거죠?

**지사장**  예? 아, 뭐…

**사내**  제 경우하고는 정반대네요.

**지사장**  정반대요?

**사내**  전 통계학적으로는 죽었지만, 생물학적으로는 살아 있습니다.

**지사장**  그것 참, 더 재미있는 얘기네요!

**사내**  그래서 저는 김종우의 죽음을 증언하는 일은 하고 싶지 않습니다. 그렇게 되면 제가 통계학적 자살을 범하게 되기 때문이죠.

**지사장**  통계학적 자살?

**사내**  저, 한 가지 방법이 있습니다.

**지사장**  뭡니까?

**사내**  김종우를 살리는 거죠.

**지사장**  어떻게요?

**사내**  그 사람 이름으로, 그 자리에서, 대신 일하게 해 주십쇼.

지사장, 사내를 빤히 바라본다.

**밀키웨이**

| 지사장 | 안 되죠! |
|---|---|
| 사내 | 왜 안 되죠? |
| 지사장 | 형씨가 김종우라는 걸 증명할 수가 없지 않아요? |
| 사내 | 할 수 있습니다! |

사내, 군인 증명서를 내보인다.
지서장, 증명서를 이리저리 살펴본다.

| 지사장 | 이걸 어디서 났습니까? |
|---|---|
| 사내 | 그 사람 군복 주머니에 있더군요. |
| 지사장 | 맹호부대 군인증이네. |
| 사내 | 자세히 말씀드리자면… |
| 지사장 | 아, 알겠습니다. 증명서가 있으니까 죽었을 리가 없다? |
| 사내 | 생물학적으로는 죽었습니다. 통계학적으로는 살아 있고… |
| 지사장 | 그놈의 생물학이니 통계학이니 하는 말 좀 집어치우고 몇 마디만 간단히 대답해 주세요. |
| 사내 | 예. |
| 지사장 | 이 군인증은 형씨가 죽은 김종우에게서 훔친 겁니까? |
| 사내 | 예! |
| 지사장 | 왜 훔쳤습니까? |
| 사내 | 제 걸 잃어버렸기 때문입니다. 그리고 집에 돌아가고 싶었기 때문이죠. |
| 지사장 | 집에 돌아가려고 훔쳤다? |
| 사내 | 네, 그렇게 됐습니다. |
| 지사장 | 그렇게 해서 돌아갔으면 자기 행세를 해야지, 왜 남의 행세를 합니까? |
| 사내 | 실은 제가 없는 동안에 저는 전사한 것으로 처리가 되어 버렸습니다. |
| 지사장 | 전사라… 아, 이제 알겠습니다! |

지사장, 사내 주위를 서성인다.

| 지사장 | 하지만 살아 있다고 확인시키면 되지 않습니까? |
|---|---|
| 사내 | 제가 살아 있다는 사실을 증명할 도리가 없는데 어떻게 확인을 시킵니까? |
| 지사장 | 형씨 자신이 증거 아닙니까? |

| 사내 | 서류상으로는 아니지요. |
|---|---|
| 지사장 | 허 참, 아 이렇게 살아 있는 이상, 관청에 신고해서 확인시키면 되지 않습니까? |
| 사내 | 그게 그렇게 쉬운 문제가 아니더라구요. |
| 지사장 | 왜죠? |
| 사내 | 인간의 생명과 관청 서류는 별개랍니다. |
| 지사장 | 그게 대체 무슨 소립니까? |
| 사내 | 제가 살아 있다는 걸 증명하려면 엄청난 서류 더미에다 여러 사람이 죽어라 고생을 해야 하고… 여러 사람이 불행해지고… 아무튼 제가 죽어 있어야 주변 사람들이 행복하기 때문에 아까 말씀드린 방법이 제게는 최선의 방법입니다. |
| 지사장 | 형씨가 꼭 김종우 행세를 하겠다면 난 단연코 말리겠습니다! |
| 사내 | 왜요? |
| 지사장 | 김종우가 어떤 사람이었는지 전혀 모르잖습니까? |
| 사내 | 몰라도, 그 사람 이름으로 뭐든 해야겠어요. 그래서 말투도 바꾸고 옷차림도 바꾼 겁니다. |
| 지사장 | 만약, 그 사람이 빚을 져서 빚쟁이가 형씨한테 빚 갚으라고 대들면 어떡할 거예요? 또 만약, 그 사람이 어떤 범죄를 저질러서 형씨가 체포된다면 어떡할 거예요? |
| 사내 | 아무래도 좋습니다. |
| 지사장 | 잘 생각해 보세요. 엄청 골치 아픈 일들이 생길 겁니다. |
| 사내 | 김종우로 살 수만 있다면, 세상의 모든 빚을 다 갚고, 모든 형벌을 다 받겠습니다. |
| 지사장 | 인생 철학 참 묘하시네. |

전화벨이 울린다.

| 지사장 | (급히 수화기를 들며) 네, 고반장님? 잠깐만… (사내를 향하여) 잠깐 자리 좀 비켜 주시겠습니까? |
|---|---|
| 사내 | 아, 예! |

사내, 밖으로 나간다.

**밀키웨이**

**지사장**  여보세요! 그 사람 말입니다. 김종우는 아닌데요, 그놈 행세를 하려 드네요…
뇌주라구요? 솔직히 말씀드리지만, 그때 김종우를 못 잡아서 우리 회사가 절
도 그 자체보다도 회사 이미지에 엄청난 피해를 봤잖습니까? 우리 회사 명예
회복에 관한 일일 뿐만 아니라 반장님 수사 경력에도… 그렇죠! 네, 네, 바로
그거예요. 김종우는 지명 수배당한 놈이고, 어떤 얼간이가 나타났으니까, 좋
아요! 그렇게 하시죠! 그럼 그놈을 꽉 붙들고 있을 테니까요, 형사 한 명 빨리
보내 주십쇼!

수화기를 놓고 사내를 불러들인다.

**지사장**  들어오세요!

사내, 들어온다.

**지사장**  미안합니다. 통화가 길어져서.
**사내**  괜찮습니다.
**지사장**  형씨 문제를 곰곰 생각해 봤는데… (담배를 권하며) 피우겠습니까?
**사내**  괜찮습니다.
**지사장**  김종우 씨!
**사내**  어… 아… 예!
**지사장**  이제부터 그렇게 부르겠습니다!
**사내**  좋습니다.
**지사장**  내가 어떻게든 도와드리지요.
**사내**  하이고, 감사합니다.
**지사장**  헌데 궁금한 게 있습니다.
**사내**  뭔데요?
**지사장**  앉으세요, 김종우 씨,
**사내**  네.

두 사람, 앉는다.

**지사장**  월남에 갔었다고 그랬죠?

| | |
|---|---|
| 사내 | 예. |
| 지사장 | 어떻게 가게 됐습니까? |
| 사내 | 예, 1965년에 맹호부대원으로 월남에 파병됐습니다. |
| 지사장 | 고생 많이 했겠습니다. |
| 사내 | 기갑연대 1중대 소속 소대원으로 수많은 작전에 투입되었죠. |
| 지사장 | 맹호부대, 백마부대, 비둘기부대… 월남에서 우리 국군들의 활약이 대단했지요? |
| 사내 | 기억하고 싶지 않은 전투들입니다. |
| 지사장 | 왜요? |
| 사내 | 정글에서 보이지 않는 적들하고 싸우는 게 얼마나 공포스러운지 아십니까? |
| 지사장 | 베트공들이 신출귀몰했다지요? |
| 사내 | 베트공들을 색출한다고 수많은 민간인들도 학살했지요. |
| 지사장 | 그, 그건 위험한 발언인데… |
| 사내 | 아이들, 여자들, 노인네들… 살려달라고 애원하던 그 눈들… 비명 소리… 피… |
| 지사장 | 그런 얘긴 그만하죠. |
| 사내 | 그러다가 1972년 봄에 대규모 전투에 참가했죠. |
| 지사장 | 72년? 그럼 제대를 안 하고 7년이나 근무했단 말인가요? |
| 사내 | 월급을 모아 결혼할 때 쓰려고 하사관으로 자원한 겁니다. |
| 지사장 | 그럼 돈 많이 모았겠네요. |
| 사내 | 안케패스 전투에서 다 잃었습니다. |
| 지사장 | 와, 그 유명한 안케패스 전투에 참가했어요? |
| 사내 | 아십니까? |
| 지사장 | 월남전 사상 가장 치열한 전투였지 않습니까? |
| 사내 | 안케패스에 있던 638고지를 지키려는 베트콩들과 보름 동안 싸웠죠. |
| 지사장 | 베트콩들은 칠백 명도 넘게 죽었는데 우리 군인은 칠십오 명밖에 죽지 않았다고, 대단한 승리라고, 신문에서도 대대적으로 떠들었던 전투죠? |
| 사내 | 칠십오 명이요? 천만에요. 그보다 훨씬 많이 죽었습니다. |
| 지사장 | 전과란 언제나 우리 쪽에 유리하게 기록되기 마련이니까 그건 중요한 게 아니고… |
| 사내 | 어쨌든 그 전투에서 전 베트콩의 포로가 됐습니다. |
| 지사장 | 포로? 그럼 감옥에 있었나요? |
| 사내 | 아뇨, 첨에는 다른 포로들하고 수용소에 있다가 나중에는 포로 중에서 차출 |

되어서 월맹군 화물차를 몰고 다녔죠.

**지사장** 에이, 믿기 어려운 데요?

**사내** 뭐가요?

**지사장** 포로들을 대꼬챙이로 찔러 죽이고, 머리 살갗도 벗겨버린다는 베트콩이 형씨를 운전병으로 썼다니…

**사내** 하하하, 그건 말도 안 되는 헛소문이에요. 그 사람들 알고 보면 괜찮은 사람들입니다.

**지사장** 뭐요?

**사내** 자기네 나라를 해방시키기 위해서 미국과 싸운다는 애국심과 민족의식이 대단한 사람들이에요.

**지사장** 허어 이 사람, 어디 가서 그런 소리 절대 하지 말아요!

**사내** 왜요?

**지사장** 빨갱이를 찬양하다니, 잘못하면 쥐도 새도 모르게 잡혀갈 수 있어요!

**사내** 알겠습니다.

**지사장** 그건 그렇고, 어떻게 탈출한 겁니까?

**사내** 탈출 기회를 노리다가 부대가 베트남과 캄보디아의 국경 근처로 이동하는 중에 포로 세 명과 함께 캄보디아 밀림으로 도망쳤지요.

**지사장** 그래서요?

**사내** 두 명은 총에 맞아 죽고, 저는 다리를 다쳤지만 간신히 살아났지요.

**지사장** 1973년에 월남전이 끝났는데 그때까지 어떻게 지냈습니까?

**사내** 신분을 감추고 노무자 생활을 하면서 한 1년 간 숨어 지내다 한 달 전에 한국 오는 화물선을 타고 온 겁니다.

**지사장** 와, 고생 많이 하셨겠다.

**사내** 지옥에서 살아 온 거죠.

**지사장** 그럼, 김종우를 만난 건 언젭니까?

**사내** 전투 중일 때였죠.

**지사장** 어떤 전투?

**사내** 베트콩 운전병 노릇을 하던 그해 겨울, 맹호부대 1개 대대를 포위하고 기습 작전을 펼친 적이 있었죠.

**지사장** 적군 편에서 싸우려니 양심의 가책이 있었겠습니다.

**사내** 예, 하지만 저를 감시하는 베트콩들 때문에 어쩔 수 없었어요.

**지사장** 그랬겠죠.

**사내**　사격이 끝나고 고지에서 내려와 발견한 게 바로 김종우였어요. 전 군복을 뒤져 군인증을 꺼냈죠.

**지사장**　(창쪽으로 가서 밖을 바라보다가 초조해서) 음… 나도 육이오 전쟁 때 참전해봐서 아는데, 기습 작전이란 게 참 무서운 거 아닙니까?

**사내**　몸서리가 나죠.

**지사장**　그 얘기가 듣고 싶네요.

**사내**　크리스마스 전날 밤이었어요. 맹호부대는 아무런 기척도 느끼지 못하는지, 케익이랑 안주랑 캔 맥주를 놓고 둘러앉아서 유행가를 부르더군요. 베트콩들은 방아쇠를 잡은 채 높은 곳에 엎드려 있었죠. 저도 살금살금 올라가 그들 틈에 끼었죠.

**지사장**　총을 들고?

**사내**　아뇨, 저는 운전만 하는 비전투원이라서 구경꾼 신세였죠. 멀리 맹호부대원들의 얼굴이 보이고, 노랫소리도 들려왔습니다. 시계를 들여다보았죠. 사격 개시까지는 십 분이 남았더군요. 그들이 다른 노래를 부르기 시작할 땐 육 분밖에 없었어요. 그래도 두 곡은 더 부를 수 있을 거라고 생각했어요. 시간이 1분 30초 밖에 안 남았을 때, 전 한 곡 밖에 부를 수 없을 거라 생각했습니다. 아니, 실은 그 노래라도 끝나길 바랬죠. 하지만 끝까지 부르지 못했죠. 그 마지막 노래는…

**지사장**　뭐였죠?

**사내**　〈님은 먼 곳에〉였습니다.

**지사장**　〈님은 먼 곳에〉? 그 노래, 그때 폭발적인 인기를 끌었죠. 나, 김추자 왕팬입니다. 색시하지, 춤 잘 추지, 노래 잘하지…
　　　　*님은 먼 곳에 영원히 먼 곳에…*
　　　　나, 그 노래 무지 좋아합니다.

지사장, 문 쪽을 힐끔거리며 시간을 끌기 위해 노래를 부른다.

**지사장**　　*사랑한다고 말할 걸 그랬지*
　　　　　　*님이 아니면 못 산다 할 것을*

거친 노크 소리가 나자, 지사장이 벌떡 일어난다.

**지사장**    네!

조명이 서서히 어두워지며 〈님은 먼 곳에〉 노래가 이어진다.
암전.

# 제3장

어둠 속에서 사내의 얼굴이 희미하게 떠오른다.

**사내**    (지팡이를 보며) 이젠 이 지팡이가 필요 없게 됐습니다. 다음 장면은 약 1년 뒤니까요.

사내, 무대 뒤로 지팡이를 집어넣는다.

**사내**    방금 무슨 일이 일어났는지 눈치채셨죠? 예, 저는 체포 되어서 경찰서로 끌려가 심문을 당했습니다. 물론 제가 김종우라고 계속 우겼죠. 헌데 다른 일들은 대충 둘러댔지만 해보지도 않은 절도 사건만은 아무리 꾸며대도 속아 넘어가지 않더라구요. 결국 김종우는 월남전의 충격으로 기억상실증에 걸렸고, 그 외는 정상이라는 감정 결과가 나왔죠. 이 이상한 재판에 대해 언론은 엄청 떠들어댔죠. 검사는 유죄를 주장하고 변호사는 무죄라고 주장했지만, 재판장은 "기억상실증에 걸린 사람은 그 전과는 완전히 다른 사람이라고 볼 수 있다"면서 집행유예를 언도했습니다. 하하하. 웃기죠? 다음 장면은 제가 감옥에서 나온 몇 달 뒤 겨울, 동두천에 있는 미군 부대 근처 '나타샤'란 술집에서 벌어지는데요, 그 집 주인을 잠깐 소개할게요.

이후 사내는 말을 하면서 혼자서 무대 전환을 한다.

**사내**    본명은 최경조인데요, 동두천에서는 '최니꼴라이'라는 별명으로 더 널리 알려진 사람이에요. 한국전쟁이 일어나기 몇 년 전에 이 동네에 나타나서 선술집을 차려 놓고 손님들이 돈만 내면 매춘부, 양담배, 술, 뭐든지 팔았죠. 그러다가 전쟁이 일어나서 인민군들이 들어오니까, 재빨리 업종을 바꿔서 공산주의 책들하고 깃발, 뺏지, 그런 것들을 파는 책방을 열었대요. 그 뒤 인민군이 물러가고 미군들이 들어오니까, 또 재빨리 업종을 바꿔서 양주나 맥주, 양담배, 심지어 여자까지 파는 이 카페를 열었답니다. 말하자면 수완이 아주 대단한 사람이죠.

사내가 조명실을 향해 손짓하자 끈적한 70년대의 팝송이 흐르며 조명이 바뀐다.

**사내**      자, 여기는 카페 '나타샤'입니다.

손님이 다 빠져나간 카페 안에 최경조가 빵, 버터, 소시지, 햄, 맥주잔 등이 들어 있는 쟁반과 맥주병을 들고 나온다.
탁자에 앉아, 버터 바른 빵에 햄을 넣어 먹으며 맥주를 마시다가 안주머니에서 돈다발을 꺼내어 센다.
출입문이 소리 없이 열리고, 사내가 들어와서 문 옆에 선다.
무척 초라해 보인다.
바람 소리.

**사내**      저…

최경조, 급히 돈다발을 안주머니에 넣으면서 사내를 바라본다.

**사내**      먹다 남은 거 있으면 조금 주시겠어요?

최경조, 사내를 이리저리 훑어보다가 다시 빵을 먹는다.
사내, 힘없이 돌아나가려 한다.

**최경조**      들오소!

사내, 머뭇거리며 안으로 들어온다.

**최경조**      안즈이소!

사내, 의자에 엉거주춤 앉는다.

**밀키웨이**

최경조      묵소!
사내       저… 돈이 없습니다.
최경조      묵으라카이!
사내       감사합니다!

사내, 먹기 시작한다.

최경조      멀쩡하이 생긴 사람이 와 일 안 하고 빌어묵노?
사내       열흘 전만 해도 일을 했는데, 날씨가 추워지니까 공사를 하지 않아서 일거리
          가…
최경조      노가다 말고 머 딴 기술 없나?
사내       면허증은 없지만 운전을 할 줄 알고요, 자동차 정비도 할 수 있는데 자격증이
          없고…
최경조      자격증은 와 없는데?
사내       얘기를 하자면 긴데요. 저…

사내, 저고리 주머니에서 잡지기사 쪼가리를 꺼내 보여준다.

사내       이 기사, 읽어 보셨나요?
최경조      뭔데?
사내       몇 달 전에 있었던 제 재판기삽니다.
최경조      김종우 사건의 진실?
사내       그게 바로 저예요.
최경조      그라마 당신이 그 사건의 주인공이라 그 말이가?
사내       네, 부활한 김종우죠.
최경조      부활? 먼 말이고?
사내       제 이름은 월남전에서 잃어버리고, 그 사람 군인증을 갖고 돌아온 거예요.
최경조      아, 그래 됐나?
사내       헌데 그게 실수였어요.
최경조      와?

| | |
|---|---|
| 사내 | 그 사람이 강도짓을 했던 모양이에요. |
| 최경조 | 하하하, 돌겠네, 젊은 사람 팔자가 우예 그래 기구하노? 빵 더 묵을래? |
| 사내 | 고맙습니다. 헌데 빵값을 갚을 수 있을지… |
| 최경조 | 됐다 마! 내가 누군데? 이 최경조 공짜로 빵 주는 자선가 아이다! |
| 사내 | 그럼? |
| 최경조 | 몸 건강하고 자동차 정비도 한다메. |
| 사내 | 일자리 소개해 주시겠어요? |
| 최경조 | 내 이래 비도 수완가구마! 인맥이 넓거덩. 그란데 자네는 쪼매 어려울낀데. |
| 사내 | 왜요? |
| 최경조 | 지금 집행유예 중이제? |
| 사내 | 예! |
| 최경조 | 경찰서 출두하제? |
| 사내 | 일주일 한 번씩. |
| 최경조 | 그기 지랄같다 카이. 경찰 그노마들이 니하고 내하고 같이 있는 거 보믄 우짜 겠노? 괜히 의심받잖아? |
| 사내 | 김종우를 체포해봤자 걱정할 것 없어요. |
| 최경조 | 와? |
| 사내 | 김종우는 기억상실증에 걸려서 감옥에 집어넣을 수가 없으니까요. |
| 최경조 | 그래? 그라마 경찰 글마들은 걱정 안 해도 되겠네. 잘됐구마. 내하고 일하마 끄떡없을 끼다. |
| 사내 | 저… 오해를 하신 모양인데… |
| 최경조 | 오해? |
| 사내 | 제가 김종우의 이름을 훔치기는 했지만, 그 사람이 하던 짓을 계속하고 싶진 않아요. |
| 최경조 | 뭐라꼬? |
| 사내 | 전 이미 그런 삶을 끝냈습니다! |
| 최경조 | 끝내? 멀 끝내? |
| 사내 | 예? |
| 최경조 | 봐라! 인생이란 말이다. 악운이 딱 찾아와 쁘르는 절대 쉽게 안 떨어지는 기라. 악운이라는 기 을매나 찔긴지 자네 등따리에 짝 달라붙어가 저승사자가 모가지 끌고 갈 때까지 떨어지지를 않는다. 자네 맘대로 끝낼 수가 없다 이 말이다. 빵 더 묵을래? |

| 사내 | 괜찮습니다. |
|---|---|
| 최경조 | 와, 내 말이 불쾌하나? |
| 사내 | 별로… |
| 최경조 | 쪼매 기분 나쁠긴데. 그칸다꼬 스타킹 디집어쓰고 금고 털라는 건 아이데이! |
| 사내 | 어쨌든 남모르게 하는, 알아서는 안 되는, 그런 일은 하고 싶지 않습니다. |
| 최경조 | 그기 싫으믄 밖에 나가가 넘이 알아도 개안코 버젓한 일만 하고 사는 놈 함 데꼬 와바라, 우째 돎도 안 된 아 같은 생각을 하노? |
| 사내 | 정말, 전 이 지구에 온 지 일 년도 안 됐어요. |
| 최경조 | 지구? 그전엔 어데 살았는데? |
| 사내 | 훨씬 더 먼 곳에 살았죠. 맑은 날 밤에는 하늘을 올려다보면서 저 중에 어떤 것이 제 별일까… 생각하곤 했죠. |
| 최경조 | 별? |
| 사내 | 제가 약간 돌았죠? |
| 최경조 | 돈 놈이 지가 돌았다 카나? |

최경조, 일어서서 안으로 들어간다.

| 사내 | 저도 알아요. 하지만 달리 설명할 수가 없어요. |
|---|---|

최경조, 보드카와 잔을 가지고 나온다.

| 최경조 | 어야! |
|---|---|
| 사내 | 예? |
| 최경조 | 보드카 함 마셔 볼래? 쥑인다! |

두 사람, 술을 마신다.

| 사내 | 와, 정말… 맛이랑 향기가 끝내 주네요. |
|---|---|
| 최경조 | 얘기 하나 들려주까? |
| 사내 | 예! |
| 최경조 | 마… 중일 전쟁 때이니깨내 한 삼십 년도 훨씬 지난 얘긴 기라. |
| 사내 | 일제시대 때네요. |

**최경조** 하모, 일본 놈들이 만주에서 중국 놈들하고 전쟁할 때 말이다. 일본군 어느 부대에 도람뺏도 부는 나팔수 한 놈이 있었는데. 나이가 거서는 젤로 어린 병사였지. 하루는 부대서 말을 짜악 타고 마 엄숙하게 열병식을 짜악 하는 판인데, 고마 그 나팔수 일마가 탄 말이 땅에 비친 지 그림자를 보고 놀래가 퍼얼쩍 뛰뿐는 기라. 그래가 나팔수 일마가 도람뺏도를 놓치뿐는데, 고마 그기 하필이믄 성질 더러븐 일본놈 사령관 앞에까지 때구루루 굴러 가뿐는 기라. 그래가 디지게 뚜들기 맞고 인제 병이 나가 드러누뿐는 기라.

**사내** 억울했겠네요.

**최경조** 쪼매 들어 바라. 인자 그카고 며칠 있다 쏘련군하고 일본군하고 억수로 큰 전투가 벌어졌는데 일본군이 마 싸그리 몰살을 당한기라. 근데 그 나팔수 글마는 병 때문에 전투에 안 나간기라. 그라이 죽지도 않고 고마 소련군 포로가 되뿐는 기라.

**사내** 그래서요?

**최경조** 그래 인자 포로수용소에서 죽을 똥 살 똥 고생을 하고 있는데 하루는 쏘련군이 통역을 시키가 이래 묻는기라 "일본은 조선에 적이가?" "예" "쏘련도 일본에 적이제?"

사내, 머뭇거리자 최경조, 사내를 보며 고개를 끄덕인다.

**사내** 예.

**최경조** "그라마 쏘련하고 조선은 친구가?"

**사내** 예.

**최경조** "니 조선인이제?"

**사내** 예.

**최경조** "니 소련군에 들와 가 일본하고 싸울래?"

**사내** 예…

**최경조** 그래 쏘련군이 되가 전선을 누비다가, 일본이 패망하고 전쟁이 끝난 뒤에 고향으로 돌아왔다 아이가?

**사내** 어르신 얘긴가요?

**최경조** 그래, 그 도람뺏도 나팔수가 바로 내 아이가, 최니꼴라이!

**사내** 최니꼴라이!

**최경조,사내** 하하하!

사내, 친근감을 느끼며 최경조를 바라본다.

최경조      그래 내가 자네를 잘 이해한다는 거 아이가?

사내      고생이 많으셨겠네요.

최경조      하모! 꼭 자네 같았데이. 남한은 완전히 미군 판이 되 가꼬, 쏘련군 출신은 누구 한 놈 거들떠보지도 않대, 일자리 하나 주는 사람 없드라.

사내      어떻게 일을 시작하셨죠?

최경조      묵고 살라꼬 머든지 다했지.

사내      뭐든지요?

최경조      도둑질도 했다 아이가.

사내      전 그러고 싶지 않습니다. 차라리…

최경조      떳떳하게 일하믄서 신사적으로 벌겠다꼬?

사내      예!

최경조      어여 바라, 나도 첨엔 그랬다 아이가. 근데 그거 안 될 끼다!

사내      왜요?

최경조      니 지구 아닌 다른 별에서 왔다매?

사내      그래서요?

최경조      이 지구에는 말이다. 제대로 된 인간은 하나도 없다. 마카 다 짐승떼거리라 이 말이다!

사내      하하, 훌륭한 충고시네요!

최경조      웃을 일이 아이데이. 자네는 아직도 세상 풍파를 덜 겪어 그카는데. 그래 웃다 보마 더러운 쓰레기장에 더 처박히고 말끼다.

사내      더러운 쓰레기장이요?

최경조      자네는 내가 자네 도와줄라 카는 거 안 믿나?

사내      믿죠. 정말 감사해요.

최경조      그란데 와 내 말을 안 믿나?

사내      그건 아마 우리가 서로 다른 별에서 왔고, 서로 다른 생각을 가졌기 때문일 거예요. 제게는 지구가 더러운 쓰레기장이라거나, 모든 인간이 짐승떼거리로 보이지는 않습니다!

최경조      허허허, 성자 나뿃내, 성자가 나뿃어! 보소, 내는요, 그냥 충고를 했을 뿐이라.

사내      전… 김종우가 아닙니다!

최경조      좋다! 내 딴 이름 만들어 주께.

1부 희곡

사내　　　다른 이름요?

사내　　　운전면허증도 만들어 주꼬마.

사내　　　싫습니다!

최경조　　돈을 벌낀데?

사내　　　싫어요!

최경조　　훌륭한 직업이고, 떳떳한 직업이다!

사내　　　가짜 이름을 갖고 어떻게 떳떳해요?

최경조　　김종우는 가짜 이름 아이가?

사내　　　그 가짜 이름 때문에 제 인생이 이렇게 뒤죽박죽이 됐는데… 안 돼요! 또다시 이름을 바꿔서 시작할 수는 없어요! 생각만 해도 미칠 것 같아요!

최경조　　그래? 우짜겠노? 평양 감사도 지 싫으모 할 수 없제.

사내　　　잘 먹고, 잘 마셨으니, 은혜는 나중에 갚겠습니다.

최경조　　낼이나 모래는 우짤끼고? 쫌 있으믄 돈 떨어지고 배곯고 병날 낀데.

사내　　　돈 떨어지고 배곯는다고 병이 들지는 않아요. 빈 지갑에 빈 뱃속이라도 희망이라는 게 있거든요.


사내, 나가려고 한다.


최경조　　정말 좋은 자린데…


사내, 자신 없이 고개를 젓는다.


최경조　　보통 직업이고, 남들이 다 알아도 상관 없는 긴데…


사내, 최경조를 바라본다.


최경조　　새 이름도 필요 없고…

사내　　　정말요?

최경조　　한 달에 자그마치 이만 원이다!

사내　　　이만 원?

최경조　　우떻노?

사내　　　무슨… 일인데요?


밀키웨이

| 최경조 | 운전사다! |
|---|---|
| 사내 | 운전사? |
| 최경조 | 유에프오 운전사! 자네한테 둘도 없는 기회데이. |
| 사내 | 유… 유에프오라고요? |
| 최경조 | (시계를 보다가) 하이고야 이 찌랄! 너무 늦어 뿐네! (시계를 보며) 아이네, 안즉 안 늦었네. 발차시간까지 5분 남았다! |
| 사내 | 저… 말씀을 좀… 자세히… |
| 최경조 | 시간 없다! 오 분 남았다카이까네! |

최경조, 품에서 편지 한 장을 꺼낸다.

| 최경조 | 자, 이 핀지 가지고 비호 싸카쓰 유비호 단장 찾아 가그라! |
|---|---|
| 사내 | 비호 싸카쓰? |
| 최경조 | 퍼뜩 기차타고 낼 일찌감치 찾아 가그라. (돈을 주며) 자, 만 원! |
| 사내 | 이건…? |
| 최경조 | 걱정할 꺼 없다. 첫 월급서 제하모 된다. |
| 사내 | 하지만, 제가, 뭘? |
| 최경조 | 유에프오 때문에 사람이 필요하다카드라. |
| 사내 | 유에프오라니… 도대체… |
| 최경조 | 편지에 다 적혀 있으이까!! 퍼뜩 퍼뜩!! |

최경조, 사내를 급히 문으로 떠민다.

| 최경조 | 삼 분 밖에 안 남았데이! 잊어 뿌지 말고 낼 아침 일찍 비호 싸카쓰 찾아가 유비호 단장 찾아 바라! |
|---|---|
| 사내 | 예, 안녕히 계세요. |
| 최경조 | 핀지는 기차 속에서 읽어 보고! |
| 사내 | 바로 편지 드릴께요. |
| 최경조 | (사내를 서둘러 밖으로 밀어내며) 자, 자 퍼뜩 가라! |

최경조, 사내에게 손을 흔든 다음 문을 닫는다.
창문을 닫고 술을 마시며 혼자 중얼거린다.

**최경조**    마카 다 낼로 악당이라꼬 욕할끼라. 돈 받아 처묵고 불쌍한 김종우 저승사자
한테 팔아묵었다꼬, 니기미! 욕 할라카마 하라캐라! 김종우로 이꼴 저꼴 다
보미 고생만 직사하게 하고, 구차한 목숨 질질 끌다 죽는 거 보다, 화끈하게
함 살다가 빨리 죽는 기 낫다 아이가. 그래 보낸 기다!

문 두드리는 소리와 함께 취객 소리 들린다.

**(소리)**    헤이, 오픈 더 도어!
**최경조**    영업 끝나꾸마! 클로즈드!
**(소리)**    화이 클로즈?
**최경조**    에… 초상 났어! 디스 이즈… 데드!

암전.

# 제4장

사내, 가죽으로 된 콤비를 입고 허리에 오토바이 경기용 안전 헬멧을 쓰고 무대 앞으로 나온다.

**사내**    제 모습이 어때요? 제가 '유에프오 운전사'로 일한 지 2년쯤 뒤의 이야긴데
요. 여러분도 서커스 구경하신 일이 있다면 잘 아실 거예요. 높이가 칠 미터
에 폭이 10미터 쯤 되는 철망으로 만들어진 넓은 통, 우리 운전사들은 그걸
'죽음의 통'이라고 부르는데요. 그 속에서 오토바이를 타고 수직으로 벽에 붙
어 돌아가는 거예요. 혹시 보신 분 있으세요?

관객의 반응에 따라 적당히 대구한다.

**사내**    의사 선생님은 저의 동료인 병만이 역할을 할 거구요, 이 장면에서 저하고 병
만이가 '유에프오'라고 하면, 오토바이를 말하는 거예요. 오토바이가 달리는
동안에 통 밑에서 바라보면 꼭 유에프오가 빙빙 도는 것처럼 보여서 그런 별
명을 붙인 거죠. (무대 전환을 하며) 지금은 무더운 여름의 저녁 무렵이고, 여
기는 '죽음의 통' 뒤편에 있는 운전사 대기실이에요. 대기실 밖 저쪽엔 서커
스 단원들의 숙소로 쓰이는 대형버스가 여러 대 서 있고요, 버스 앞 공터에는

사내, 조명실을 향해 손짓한다.

**사내**      음악 소리, 마이크 소리, 오토바이 엔진 붕붕 대는 소리가 뒤엉켜서 제 목소
            리조차 못 알아들을 지경이네요. 자, 여기는 비호 서커스입니다!

조명이 어두워진다.
사내, 어지럽게 흩어진 가구들 사이의 의자에 앉아 있다.
사내 나이 또래의 오토바이 운전사인 병만, 사내와 비슷한 복장을 하고 들어온다.

**병만**      종우야!
**사내**      응?

병만, 편지를 보인다.

**사내**      어, 고마워!

사내, 편지를 소중히 집어넣고 헬멧을 쓰고 나가려고 한다.

**병만**      종우야, 잠깐만.
**사내**      왜?
**병만**      너한테 할 말 있어.
**사내**      뭔데?

사내, 헬멧을 벗고 의자에 앉는다.

**병만**      다음 주에 계약 끝나지?
**사내**      응.
**병만**      어쩔 거냐?
**사내**      떠날 거야.
**병만**      단장은 네가 좀 더 있으면 하던데.

| | | |
|---|---|---|
| 375 | 사내 | 생각해 봤어! |
| | 병만 | 그래서? |
| | 사내 | 떠날 거야. |
| | 병만 | 만약에, 단장이 월급을 만 원쯤 더 준다면 어떻게 할래? |
| | 사내 | 싫어! 떠날 거야. |
| | 병만 | 난 도대체 이해가 안 된다. |
| | 사내 | 뭐가? |
| | 병만 | 너같이 몸도 튼튼하고, 겁도 없고, 강심장이면 앞으로 일이 년은 버틸 수 있잖냐? |
| | 사내 | 버틸 수야 있겠지. |
| | 병만 | 어디 가서, 뭘 할 작정이야? |
| | 사내 | 뭘 하든 단장하고는 아무 관계없어. |
| | 병만 | 내가 말을 잘못한 모양이구나. 근데 그 편지는 뭐냐? |
| | 사내 | 내 취직 얘기 들은 적 있지? |
| | 병만 | 응. |
| | 사내 | (편지를 집어넣은 주머니를 두드리며) 그럼, 이 속에 든 게 뭔지도 알겠지? |
| | 병만 | 뭔데? |
| | 사내 | 계약서야. |
| | 병만 | 어떤 계약서? |
| | 사내 | 화물자동차 운전사 오 년짜리 계약서야! 월급은 여기보다 나을 게 없지만 안전하거든. 죽을 염려가 없지. |
| | 병만 | 누가 소개해 줬냐? |
| | 사내 | 보름 전에 내가 직접 공장에 찾아갔었어. 좋다고 하더라. 바로 계약서를 보낸다고 했는데, 이게 바로 그 계약서야! |
| | 병만 | 좋우야! 오늘 단장을 만났는데… 넌 정말 최고 운전사야. 쓸데없는 짓 집어치우고, 그까짓 편지 없애 버려! |
| | 사내 | 너, 이게 어떤 계약서인 줄 알기나 하냐? |
| | 병만 | 어떤 계약선데? |
| | 사내 | 이건 내가 어디든 채용될 수도 있고, 입장할 수도 있다는 허가증이야. 일종의 출생증명서지. 넌 이해를 못 할 거야. |
| | 병만 | 나도 그렇게 바보는 아니야! |
| | 사내 | 난… 그동안 유에프오를 타면서 내가 이 지구에 있지 않다고 생각했어. |
| | 병만 | 그럼 어디 있다고 생각했는데? |

| | |
|---|---|
| **사내** | 저 위를, 저 은하수, 밀키웨이를 날고 있다고 생각했어. '죽음의 통'은 거대한 우주, 등불들은 여러 가지 색깔의 별, 우리를 바라보는 구경꾼들은 우주 밖에서 우리를 내려다보는 천사들이라고 말이야. |
| **병만** | 그래? |
| **사내** | 헌데 이제 더 이상 견딜 수가 없어! |
| **병만** | 뭘? |
| **사내** | 모든 것을! 온통! 전부! 왜 그런 줄 아냐? |
| **병만** | 몰라. |
| **사내** | 만약에 말이야. 다른 별에서 온 사람이 이 지구에서 외계인처럼 지내다가, 갑자기 자기가 지구인들과 똑같다는 생각이 들었을 땐 어떻게 되겠냐? |
| **병만** | 글쎄, 사람마다 다르겠지. |
| **사내** | 그게 만약 너라면 어떻게 하겠어? |
| **병만** | 나? 담배나 피웠겠지. |
| **사내** | 그것뿐이야? 다른 건 없어? |
| **병만** | 글쎄… |
| **사내** | 착륙하고 싶지 않겠냐? |
| **병만** | 착륙? |
| **사내** | 이 지구에 발을 붙이고, 보통 사람들하고 어울려 살아가려 하지 않겠냐? |
| **병만** | 그럴 수도 있겠지. |
| **사내** | 일요일이면 산보도 하겠지? |
| **병만** | 그럴 테지. |
| **사내** | 친구도 생길 테지? |
| **병만** | 그럴 테지. |
| **사내** | 돈도 벌고? |
| **병만** | 물론! |
| **사내** | 집도 사겠지? |
| **병만** | 물론이지. |
| **사내** | 여자도 하나 얻고? |
| **병만** | 여자? 흠, 가끔은 필요하겠지. |
| **사내** | 자식도? |
| **병만** | 아, 그건 싫어! |
| **사내** | 넌 내 심정을 몰라. |

**병만**    도대체 그게 무슨 쓸데없는 소리냐?

**사내**    난 다만 내가 왜 여기 일을 그만두려고 하는지, 또 이 계약서가 내게 어떤 의미를 가진 건지 설명하고 싶었을 뿐이야.

**병만**    어떤 의미냐?

**사내**    이 계약서는 나도 본래부터, 다른 사람들처럼, 보통 사람이라는 증명서야!

**병만**    넌 지금 새로 멋진 삶을 살 수 있을 거라고 생각하는 모양인데 사람들이 가만두지 않을걸.

**사내**    누가?

**병만**    보통 사람들이. 그 첫째가 단장일 테고.

**사내**    내가 그 사람한테 빚이라도 졌냐?

**병만**    그런 건 아니지만…

**사내**    아무리 말려도 난 보통 사람처럼 살 거야. 이 계약서가 내 유일한 기회야. 이걸 놓치면…

**병만**    다시 유에프오 타고 도는 수밖에. 밀키웨이, 별, 천사들하고 함께 말이야.

**사내**    그런 건 믿지 않아!

**병만**    그럼 뭘 믿냐?

**사내**    전에는 믿었지만 이젠 다 사라졌어.

**병만**    시시한 소리! 네가 통 속에서 죽는다면 사라지겠지만 쉽사리 죽을 리가 있냐?

**사내**    다음 주 화요일쯤엔 죽을지도 몰라.

사내, 나가려고 한다.

**병만**    종우야, 잠깐만 앉아 봐.

**사내**    왜?

**병만**    앉아 봐!

사내, 앉는다.

**병만**    너도 바보가 아니고 나도 멍청이가 아니니까, 우리 한번 심각하게 생각해 보자.

**사내**    뭘?

**병만**    네가 김종우라는 이유로 사람들이 널 가만두지 않을걸?

**사내**    이미 지나간 일인데… 아무도 그걸 문제 삼지 않을 거야.

**밀키웨이**

| 병만 | 문제 삼는다면 어쩔래? 어떤 악질 같은 놈이 재판정에서 널 봤다고 직장까지 따라가서, 김종우가 어쩌구 저쩌구 하면 참 잘 될 거다. |
| --- | --- |
| 사내 | 그 이름을 가지고 또 날 두들겨 팬다면 난… 난… |
| 병만 | 그럼 별 수 있냐? 감옥 안 가려면 반값으로라도 유에프오 타야지. 너, 완전히 미쳐버리기 전에 그 편지 이리 줘! |
| 사내 | 싫어! |

사내, 고개를 흔든다.

| 병만 | 싫으면 할 수 없지 뭐. 난 유에프오에 시동이나 걸어야겠다. |
| --- | --- |

병만, 나간다.
사내는 편지를 뜯어 읽는다.
계약서가 아니라 계약거절 통지서다.
병만, 몸을 반쯤 내민 채 사내를 보고 있다.

| 병만 | 봤냐? |
| --- | --- |

사내, 충격을 받은 듯 허공을 바라본다.

| 사내 | 대체 어떻게 된 거야? |
| --- | --- |
| 병만 | 찢어 버려! |

사내, 편지를 다시 들여다보다가 구겨서 손에 쥔다.

| 사내 | 이유도 없이 무조건 거절이라니! |
| --- | --- |
| 병만 | 종우야! 너하고 난 2년 동안 하루도 빠지지 않고 이삼십 바퀴씩 죽음의 통을 돌았어. 그렇게 수없이 돌고 나면 몸이 점점 망가진다는 거, 나도 알고 있어. 나보다 먼저 왔던 창운이는 유에프오만 타고 나면 온종일 울고 토하고 괴로워했지. 나도 며칠 전부터 머리만 흔들면 멍해지고… 너도 심하게 두통 앓고 있는 거 알아. 하지만 넌, 바보 같은 생각을 하고 있어. 형무소 철문을 부셔 버리고 용감한 탈옥수가 되겠단 말이냐? 안 돼! 넌 죽었다 깨도 지구인이 못 |

|     |     |
| --- | --- |
|     | 돼! |
| **사내** | 내가? |
| **병만** | 그래! |
| **사내** | 그렇지 않아! |
| **병만** | 야, 정신 차려! 경찰서에 네 기록이 다 있어. 전과자 명단에도 들어있고, 내 것, 창운이 것, 다 있어! |
| **사내** | 너희들도? |
| **병만** | 그렇지 않으면 우리가 뭐하러 그 돼지 같은 단장 놈을 위해서 목숨을 걸 것 같냐? 우리 역시 너처럼 전과자 명단에 올라 있는 신세라구! |
| **사내** | 그랬구나! |
| **병만** | 뭐니 뭐니 해도 저 '죽음의 통'이 안식처야. 단장은 커다란 가림막이고. |
| **사내** | (편지를 가리키며) 그럼 이것도… 단장 농간이냐? |
| **병만** | 그 늙은 돼지, 발신인을 알려 줬더니 빙긋 웃더라. |
| **사내** | 웃었다구? |
| **병만** | 그게 문제가 아니라, 이걸 경찰에서 알면 뭔가 한탕 하려는 줄 알고 샅샅이 캐물을 거야. |
| **사내** | 한탕하려는 마음조차 먹은 일 없어. |
| **병만** | 그런 말은 돌아가신 네 어머니한테나 가서 해. |
| **사내** | 꼭 한 사람 날 믿어 준 사람이 있었어. |
| **병만** | 누구? |
| **사내** | 최니꼴라이! |
| **병만** | 그 작자도 널 속인 거야. |
| **사내** | 아냐, 그 사람은 날 이해해 줬어! |
| **병만** | 천만에 말씀! 그놈이 널 여기 팔아먹은 거야. 다 그놈이 그놈이야! 기회가 무슨 얼어 죽을 놈의 기회냐? 너 징역살이 한 번 더 하고 싶진 않겠지? 우린 평생 밀키웨이에서 유에프오나 타면서 사는 거야. |

요란한 박수와 환호 소리 들린다.

침묵.

| **병만** | 자, 가자. 죽을 때가 되면 저절로 죽게 마련이야. (헬멧을 쓰며) 어서 가자! |

**밀키웨이**

사내, 허공을 바라보며 말을 한다.

**사내**    창운이한테 안부 전해 줘.

**병만**    뭐?

**사내**    창운이도 일 잘하고, 너도 부디 행복해라.

**병만**    무슨 소리냐?

**사내**    나, 그만… 떠날 테야!

**병만**    어디로?

**사내**    서류 더미가 없는 곳으로, 전사통지서가 없는 곳으로, 그리고 문이 없는 곳으로.

**병만**    문?

**사내**    꼭꼭 잠가 놓고, 나 같은 놈은 입장도 못 하게 하는 문이 없는 곳!

**병만**    종우야, 우리 오늘은 몇 바퀴만 돌고 푹 자자. 내일 아침이면 두통도 깨끗이 사라질 거야!

**사내**    내일? 내일이면… 그러겠지.

사내, 웃으며 병만의 어깨를 두드린다.
그리고는 천천히 헬맷을 쓴다.

**사내**    가자!

사내, 나간다. 사이.

**병만**    종우야! 종우야!

병만, 종우를 따라 뛰어 나간다.
무대가 완전히 어두워진다.
동시에 '죽음의 통' 속을 달리는 오토바이 소음이 들려온다.
몇 초 후에 소리는 점점 작아지고, 희미하게 무대의 윤곽이 드러난다.
무대 어두워지고, 아름다운 별 영상이 중앙 벽면에 비친다.
몇 초 동안 엔진소음이 커지다가 뚝 끊어진다.
잠깐 동안 어둡고 조용했다가, 조명이 들어온다.

1부 희곡

병만, 땀에 젖고 지쳐서 무대 위에 쓰러져 있다.

**병만**     (관객을 향하여) 제 잘못이라구요? 아닙니다. 제가 그런 얘길 안 했더라도, 그 일은 며칠 후에 일어났을 겁니다. 서른 바퀴 돌 때까지는 아무런 문제가 없었죠. 헌데 서른다섯 바퀴 돌 때부터 종우는 정신을 잃었습니다. 종우는 세 시간 동안 쉬지 않고, 이천 바퀴를 돌고, 또 돌았습니다. 사람들은 종우가 미쳤다고 하지만 전 압니다. 종우는 이 지구에서 버림받고 튕겨 나간 겁니다. 어떻게든 정 붙이고 살려던 이곳에서, 저 시커먼 어둠 속으로 자신을 내던져버린 겁니다. 이제부턴 저하고 창운이만, 내일도 모레도, 죽는 날까지 끝없이 돌 겁니다.

병만, 핼멧을 들고 안으로 들어가려다가 다시 한 번 관객들을 향해 돌아선다.

**병만**     헌데, 여러분! 종우가 어떻게 됐는지 다 아시죠? 예, 종우는 살아났습니다! 신기하죠? 의사들이 정신병 진단을 내려 지금 정신병원에 있습니다. 여러분 중에 어떤 분은 제 욕을 하면서 나쁜 놈이라고 하실 테죠? 허지만 종우는 그렇게 말하지 않을 겁니다. 종우는요, 정말 괜찮은 놈입니다… (손가락을 돌려 미쳤다는 시늉을 하며) … 이것만 아니면요.

음악 소리. 병만, 핼멧을 쓰고 퇴장한다.

## 종장

사내, 무대 앞으로 나온다.

**사내**     제 얘기는 제가 '죽음의 통'에서 날아 간 것으로 끝났습니다. 그 후에 전 이 병원에 왔고, 이렇게 환우 여러분 앞에서 연극을 하고 있는 겁니다. 연극을 끝내기 전에 간단한 장면 하나를 더 보여드릴게요. 왜냐구요? 여러분이 연극을 보시고 나서 이 모든 이야기가 단순히 저의 비극적 삶이라는 인상만 받았을지 모르니까요. 저는 이 연극에서 비극적 삶 그 자체보다, 그 비극적 상황 속에서 제가 찾아 헤맨 뭔가를 보여드리고 싶었어요. (관객에게) 그게 뭘 거 같아요?

**사내**　　예, 맞았어요. 하지만 물론 사라진 제 별은 아니겠죠? 그것은 시커먼 돌덩이로 변해버렸으니까요. 하지만 수많은 별들이 사라져도, 저 밀키웨이에선 또다시 수많은 별들이 생겨나잖아요? 누가 알아요? 수많은 별들이 널려 있는 저 밀키웨이에서 왔다 갔다 하다보면 혹시…

여기서 그는 지금까지의 생각에서 빠져나와 현실적이고 유쾌하게 계속 이야기한다.

**사내**　　이제 보시게 될 마지막 장면은 여러분을 즐겁게 해드릴 거예요. (관객에게) 이곳 정신병원 원장님이 어떤 분인지 궁금하시죠? (무대 전환을 하며) 첫 장면에 등장했던 의사와 원장님이 얘기를 나누는 장면인데요. 원장님 역은 제가 할 거고, 때는 내일 저녁, 원장님 사무실에서 벌어질 이야기예요. 물론 전적으로 제 상상 속에서 만들어진 장면입니다. (관객에게) 지금 몇 시죠?

관객, 시간을 알려준다.

**사내**　　아, 그래요? 그럼, 하루가 지나서 내일 저녁 ○시 ○분에 일어날 사건이라고 상상해 주세요. 자, 그럼 마지막 장면입니다!

사내, 나간다.
조명이 바뀌면 서장과 비슷한 병원장의 사무실이 보인다.

**의사**　　(조심스럽게 문을 두드리며) 원장 선생님! 원장 선생님!

의사, 안으로 들어온다.

**의사**　　안 계시네.

전화기가 놓여 있는 원장의 책상 옆에 앉아 봉투에 든 서류를 꺼내 무엇인가 적으며 원장을 기다린다.
사내, 흰 가운을 입고 신경과민으로 보이는 늙은 원장의 모습으로 들어온다.

| 원장 | 안정균 선생! |
| --- | --- |
| 의사 | 아! 예, 원장님! |

원장은 유쾌하게 의사에게 다가가서 손을 흔들고 악수한다.

| 원장 | 와, 어제 공연 정말 좋았어. 연기를 왜 그렇게 잘해? |
| --- | --- |
| 의사 | 아이고, 부끄럽습니다. |
| 원장 | (장식장에서 양주병과 잔 두 개를 꺼내며) 우리 의사들은 예술이나 다른 분야에 대해서는 완전 백지인 줄 알았는데 말이야, 안 선생 연기하는 걸 보니까 내가 전적으로 잘못 생각했어! |
| 의사 | 천만의 말씀입니다. |
| 원장 | (술잔을 주며) 자, 마시자구. |
| 의사 | 예! |

두 사람, 술을 한 잔씩 마신다.

| 원장 | 헌데 말이야. |
| --- | --- |
| 의사 | 예, 원장님! |
| 원장 | 그 친구가 어떻게 그런 얘길 생각해 냈는지 하루 종일 의문이 들더란 말이야. |
| 의사 | 저도 처음 대본을 처음 읽었을 때, 그런 의문이 들더라고요. |
| 원장 | 미안, 잠깐만! |

원장, 전화를 건다.

| 원장 | 김대로 씨? 그래, 어떻게 됐나?… 잠옷 사백 벌을 주문했다구? 아니. 잠옷이 아니라 가운이야. 저고리하고 바지가 따로 된 것 말고 통으로 붙은 가운 말이야… 총무과 강만수 선생한테 말해 놨으니까, 물어보면 자세히 설명해 줄 거야. 그래, 가운! (수화기를 놓고) 내가 무슨 얘기를 하려고 했지? |
| --- | --- |
| 의사 | 하루 종일 의문이 들었다고 하셨죠. |
| 원장 | 그렇지! 그런 얘기가 단순히 상상 속에서만 나올 수 있느냐, 하는 의문 말이야! |
| 의사 | 그렇습니다. 그 환자는 전라도 농촌 출신으로 지극히 단조로운 환경에서 자랐거든요. |

**밀키웨이**

| | |
|---|---|
| **원장** | (자기 만년필에 잉크를 넣으며) 이야기 소재를 어디서 얻었는지가 의문이란 말<br>이야. |
| **의사** | 제 생각에, 그 환자는 실제로… 그 비슷한 경우라도 겪었을 겁니다. |
| **원장** | (잉크스탠드를 의사에게 내밀며) 안 선생! |
| **의사** | 예? |
| **원장** | 여기에 있을 때는 원래 깨끗한 액체였던 이 잉크가 만년필 속에서 왜 이렇게<br>더러운 찌꺼기를 만들어내는지 아나? |
| **의사** | 잘 모르겠는데요? |
| **원장** | 난 도무지 이해할 수가 없단 말이야. |
| **의사** | 저도 그게 왜 그럴까 늘 이상하게 생각해오고 있습니다, 원장님! |
| **원장** | (잉크를 옆으로 밀어 놓으며) 안 선생! |
| **의사** | 예? |
| **원장** | 선생은 지금 날 돌았다고 생각하지? |
| **의사** | 예! 아, 아뇨, 아닙니다! |
| **원장** | 맞아, 맞아! 방금 내게 떠오른 생각이 하나 있어요. |
| **의사** | 뭔데요? |
| **원장** | 그 이야기는 실화야, 실화! 어때, 안 선생? |
| **의사** | 맞습니다! |
| **원장** | 맞지? |
| **의사** | 예! 원장님께서 새로운 발견을 하신 겁니다. |
| **원장** | 발견? |
| **의사** | 발견! |
| **원장, 의사** | 하하하! |
| **원장** | 그럼 결론을 내려야지. |
| **의사** | 결론! |
| **원장** | 첫째로… |
| **의사** | 첫째로! |
| **원장** | 가만! |

원장, 급히 창 쪽으로 간다.

| | |
|---|---|
| **원장** | 7호 병동에 불이 꺼졌네. |

| 의사 | 7호 병동 수위를 부를까요? |
|---|---|
| 원장 | 이제 켜졌네. |
| 의사 | 켜졌네요. |
| 원장 | 내가 무슨 말을 하려고 했지? |
| 의사 | 첫째로… |
| 원장 | 맞아! 첫째로… 그 사람이 자기 옛 이름을 찾도록 서류를 갖추고 그를 보내주자구! |
| 의사 | 원장님! |
| 원장 | 응? |
| 의사 | 혹시 그 사람을 내보내자는 말씀인가요? |

전화벨이 울리자 원장, 수화기를 집는다.

| 원장 | 여보세요. 강만수 씨?… 누가 전화했다구?… 김대로 씨?… 그 문제는 우리가 충분히 이야기했잖나? 더 이상 가운은 구입하지 말고 잠옷만 구입하기로 말이야. 허참, 그 사람, 정신이 왔다 갔다 하는 거 아냐? 그래… 가운이 아니라 잠옷이라구, 잠옷! (수화기를 놓으며) 내가 무슨 말을 하다가 말았지? |
|---|---|
| 의사 | 그 사람이 옛 이름을 찾도록 서류를 갖추자고 하셨죠. |
| 원장 | 맞아! 헌데 말이야. |
| 의사 | 예? |
| 원장 | 그 불쌍한 환자를 내보내자는 선생의 제안에는 결코 찬성할 수가 없단 말이야! |
| 의사 | 제가 제안을 한 거 아닌데… 그럼… 붙잡아둘까요? |
| 원장 | 그 환자는 정신분열증의 경계선상에 있어! 그리고 그 사람을 여기에 있도록 하는 것은 내 책임이야. 더 정확히 말해서, 내가 그 사람을 붙잡아 두려는 단 한 가지 이유는 내보내는 것이 비인도적이라고 생각하기 때문이야. 알아듣겠나? |
| 의사 | 알겠습니다. 원장님! |
| 원장 | 헌데 궁금한 게 또 있어! |
| 의사 | 뭔데요? |
| 원장 | 내가 방금 가운이라고 했나, 잠옷이라고 했나? |
| 의사 | 아, 저, 잠옷라고 했다가… 아니, 가운이라고 했다가… 다시 잠옷이라고 하셨습니다. 원장님! |

| 원장 | 음, 그럼 됐어. 헌데 또 궁금한 것은 말이야. |
|---|---|
| 의사 | 예? |
| 원장 | 그 사람한테 무슨 일을 시킬까? 사무원? 조수? 식당? 어떤 일이 좋겠나? |
| 의사 | 그 사람, 넉 달 전부터 밀키웨이를 다니면서 우유 배달차를 운전합니다. |
| 원장 | 그래? |

원장, 창문 쪽으로 간다.

| 의사 | 에… 그 자리는 원래 정규직입니다. 그러니까 제 생각에는… |
| 원장 | 잠깐! |

원장, 전화를 건다.

| 원장 | 7호 병동 수위요? 나 원장인데. 왜 병동의 불이 꺼졌다 들어왔다 하나? 어떤 환자가 그런다구? 어디서 그런 짓을 한다는 거야? 지하실 배전관 옆에서? 그 사람한테 당장 그 짓을 그만두지 않으면 보호병동으로 보내겠다고 말하게! (수화기를 놓으며) 내가 어디까지… |
| 의사 | 정규직! |
| 원장 | 맞아 정규직! |
| 의사 | 정규직! |
| 원장 | 아니야, 안 선생! |
| 의사 | 예? |
| 원장 | 그 사람한테 정규직은 적당하지 않아. |
| 의사 | 그럼? |
| 원장 | 더 좋은 게 생각났어. 지금 갑자기 생각난 게 아니라, 넉 달 전에 생각해뒀거든. |
| 의사 | 뭔데요? |
| 의사 | 그때 비정규직 자리가 하나 비어 있었고, 내가 그 자리에 발령을 냈지! |
| 의사 | 그게 어떤 자린지 여쭤봐도 될까요? |
| 원장 | 우유 배달차 운전사! |
| 의사 | 맞습니다! 그 사람도 자기가 우유 배달차를 운전한다고 말했습니다. |
| 원장 | 우리가 앞으로 할 일은… |
| 의사 | 할 일은… |

**원장**   에…

**의사**   서류!

**원장**   맞아, 서류!

**의사**   서류! (재빨리 책상 위에 서류를 가지고 오며) 여기 있습니다!

**원장**   이게 뭔가?

**의사**   이건 제가 독자적으로 한 일입니다만, 너무 성급했다고 생각 말아 주세요.

**원장**   설명을 해 봐!

**의사**   그러니까 두 달 전에 그 사람이 쓴 대본을 읽고 연습을 하는 동안에 틈틈이 사실 여부를 알아봤죠. 당국에 조회를 하고, 은밀하게 조사를 해서 알아보니까, 모든 게 사실이었습니다. 그래서 저는 국방부, 맹호부대, 통계청, 법무부, 경찰청, 전북도청, 임실군청, 갈마면사무소 등 여러 관련 부처들과 접촉해서 그 사람 문제를 정리했죠. 어제 마지막 서류가 도착했는데, 연극 공연 후에 그 사람이 서명을 했습니다. (원장에게 서류를 보여주며) 그래서 오늘부터 이름이 다시…

**원장**   박…성…호!

**의사**   네, 내달 초에 그는 정상인으로서 퇴원하는 동시에 운전사로 다시 고용되는 겁니다.

**원장**   운전사?

**의사**   우유 배달차 운전사!

**원장**   좋은 생각이야. 헌데 당장 할 수 있겠나?

**의사**   운전한지 넉 달이나 되는데요?

**원장**   그래? 그것 참! 잘 되긴 했네.

원장, 책상의 자기 자리로 가려고 한다.

**의사**   원장님, 사인!

원장, 서류에 사인을 한다.

**원장**   안 선생이 독자적으로 한 일이니 앞으로도 선생이 전적으로 책임지라구!

**의사**   원장님, 기분 나빠 하지 마세요.

**원장**   기분 안 나빠.

| 의사 | 전 다 양해해 주실 줄 알고 이런 여러 가지 일을 한 겁니다. |
|------|---|
| 원장 | 누가 뭐랬나? |
| 의사 | 뭐라 안하셨죠. |
| 원장 | (갑자기 소리치며) 안정균 선생, 정신이 있는 거야, 없는 거야! |

원장, 일어서서 장식장 쪽으로 가서 술을 마신다.
원장, 점점 취해 간다.

| 원장 | 안 선생! |
|------|---|
| 의사 | 예, 원장님! |
| 원장 | 선생은 정신적으로, 그리고 심리적으로 불안정한 사람이야! |
| 의사 | 제가요? |
| 원장 | 박성호와 지속적으로 접촉한 결과, 선생에게 좋지 않은 영향이 미친 것 같아. 아직은 경미한 초기 정신분열 증세이긴 하지만… |
| 의사 | 그토록 염려해 주시니 여러 가지로 감사합니다. |
| 원장 | 잠시 휴가를 떠나게! |
| 의사 | 그렇지 않아도 어제 휴가를 신청했습니다. |
| 원장 | 잘했어. 나도 함께 갈까? |
| 의사 | 그렇게 하시죠! |
| 원장 | 아니, 난 진지하게 얘기하는 거야. (술에 취해서) 나도 최근에… 여러번… 나 자신도… 잘 모르겠어. 이를 테면 그 사람이 박성혼지 김종운지… |
| 의사 | 그럴 겁니다. 예전엔 저도 그랬거든요. |
| 원장 | 하지만 안 선생은 지금 나한테 장담하고 있잖나? |
| 의사 | 그 사람이 박성호라는 것 말이죠? |
| 원장 | 그래. |

원장, 잠이 든다.

| 의사 | 전 원장님이나 저나 박성호가 이 지구에서 다른 보통 사람들과 어울려 살아 갈 수 있는 사람인지 어떤지는 그리 중요하다고 생각하지 않습니다. 제가 중 요하다고 생각하는 건 말입니다… 어떤 사람이… 그 사람이 전사자든, 범죄 자든, 정신병자든… 단지 '보통 사람들'이 원치 않는다는 이유로… 이 지구에 |

서 일찍 사라져야 하는 비극적인 사건들이 자꾸 일어나고 있다는 사실이었습
니다.

의사, 취해서 코를 골며 자고 있는 원장을 보자 갑자기 큰소리로 소리친다.

**의사**　　그래서 이 사건을, 연극으로 보여주겠다고 결심한 겁니다!

원장, 깜짝 놀라 의사를 물끄러미 바라본다.

**원장**　　안 선생!
**의사**　　예!
**원장**　　지금이 따-악!
**의사**　　따-악!
**원장**　　휴가 떠날 때로구만.
**의사**　　아, 예!

의사, 나가려고 한다.

**원장**　　어디로 떠날 작정인가?

의사, 원장에게 다가간다.

**의사**　　밀키웨이라고 아세요?
**원장**　　밀키웨이?

의사, 고개를 끄덕인다.

**원장**　　선생의 현재 정신 상태를 결코 가볍게 보지 마란 말이야.
**의사**　　걱정해 주셔서 감사합니다.
**원장**　　무엇보다 혼자 있지 않도록 주의하란 말이야!
**의사**　　친구 한 사람하고 함께 갈 거예요.
**원장**　　그럼, 즐거운 여행이 되길 빌겠네!

**밀키웨이**

| 의사 | 안녕히 주무세요, 원장님! |
| 원장 | (악수를 하며) 잘 가라구! |
| 의사 | 꼬-옥! |
| 원장 | 꼬-옥? |
| 의사 | 주무세요! 잠옷 입구요. |
| 원장 | 잠옷? |
| 의사 | 아니면 가운. |
| 원장 | 가운? |

의사가 나가자마자 전화가 걸려온다.

**원장**  아! 원장이요. 누구? 박? 아, 박성호씨! 어제 공연 좋았어요. 연기 참 잘 하시더구만… 대본도 좋고… 누구? 안정균 선생?… 방금 떠났는데. 휴가 떠났어… 누구하고?… 어, 어떤 친구랑 간다고 했는데… '밀키웨이'로 간다던데… 뭐라구? 당신이 그 친구?… 그러니까… 당신 동행자로?

이때 창 밖에서 의사의 머리가 쑥 나타난다.

| 의사 | 원장님! |
| 원장 | 아니, 안 선생? |

원장, 깜짝 놀라서 의사를 쳐다본다.

| 의사 | 그럼 누구하고 갈 줄 아셨어요? |
| 원장 | 아! |

암전.
다시 창문에 신비한 은하수와 별의 분위기를 보여주는 조명이 들어오며, 맑고 순수한 미소를 짓고 은하수를 바라보는 사내와 의사의 얼굴이 잠시 나타났다가 사라진다.

- 막 -

# 밀키웨이 (2008년 작)

**원작 칼 비트링거 「은하수를 아시나요?」 대본, 연출 김명곤**

---

**줄거리**   1970년대 후반 어느 정신병원에서 의사와 환자가 함께 꾸미는 연극이 공연된다. 환자는 자신의 자전적 인물인 사내(박성호)를 연기하고, 의사는 환자의 삶에서 마주치는 여러 역할들을 1인 다역으로 소화해낸다.

베트남 전쟁에서 월맹군의 포로가 되어 실종된 박성호는 전쟁이 끝난 3년 후 고향으로 돌아오지만, 자신이 전사자로 처리되었음을 알게 된다. 마을 주민들의 복잡한 이해 관계에 얽혀 박성호라는 자기 본래의 이름을 찾는 게 불가능하게 되자 임종우라는 다른 사람의 이름으로 제2의 인생을 찾아 고향을 떠난다.

하지만 임종우는 회사 공금을 횡령하고 도주한 범죄자. 회사 지사장의 고발로 경찰에 체포된 사내는 기억상실증에 걸렸다는 진단 끝에 출소하여 헤매던 끝에 겨울안개라는 술집에서 주인과의 대화 끝에 그의 소개 비호서커스단의 오토바이 쇼 운전사가 된다.

목숨을 걸고 위험한 곡예를 해야 하는 '비행접시 운전사'로 죽음의 회전통에서 반 년을 보낸 사내는 절망한 끝에 죽음의 곡예를 한 끝에 부상을 입고 정신병원에 입원하게 된 것이다. 사내가 쓴 희곡을 통해 사내의 사연을 알게 된 의사와 원장은 그의 본래 이름을 되찾아 주고 정규직인 우유 배달차(밀키웨이) 운전수로 채용하려 한다. 공연을 마친 의사는 사내와 함께 특별한 여행을 준비하는데…

---

독일 작가 칼 비트링거의 희곡 「은하수를 아시나요?」를 각색한 작품으로 제2차세계대전 이후의 독일을 소재로 하고 있는 이 작품을 월남전 이후의 1970년대 한국 사회를 배경으로 새롭게 탄생시킨 대본이다.

월남전에서 살아 남았지만 전사자로 처리된 탓에 타의에 의해 자신의 존재를 상실한 순진한 청년이 범죄자가 되었다가 서커스단에 팔려가 끊임없이 도는 회전 오토바이를 타다가 정신병동에 입원해야 했던 기구한 이야기를 통해 인간 존재의 근원적 문제를 다뤘다.

지적으로는 성인이지만 도덕적 개념 세계 속에서는 어린아이로 남아 있는 순수한 영혼을 가진 한 인간이 '생존'이라는 현실과 부딪쳤을 때 어떤 일을 당하고 사람들이 그에게 어떤 일을 저지를 수 있는지, 그리고 그가 무슨 반응을 보이는지, 그가 끝까지 찾아 헤매는 것이 무엇인지에 대한 질문이 이 작품의 핵심인 것이다.

배우 두 명만으로 극을 이끌어가는 2인극의 형식을 보이는 이 공연은 정신병동에서 의사와 환자가 벌이는 연극놀이라는 단순하면서 서사적인 기본 구조를 통해, 희극도 비극도 아닌 '순수함'으로 마침내 승리하는 영웅의 희비극을 그려낸다.

# 아버지

◆ 원작: 아서 밀러 「세일즈맨의 죽음」

| 나오는 사람들 |


**장재민**: 외판원

**임선희**: 그의 아내

**동욱**: 그의 아들

**동숙**: 그의 딸

**장재성**: 그의 형

**미스강**: 그의 정부

**김창수**: 그의 친구

**종식**: 창수의 아들

**윤완규**: 젊은 사장 웨이터

# 제1장 장재민의 집 거실

고속도로를 달리는 차들의 소음.

음울하면서도 낮은 선율의 음악과 함께 희미한 조명이 들어오면 삶의 남루함과 세월의 흔적이 묻어나는 장재민의 단독 주택 구조물이 보인다.

오십대 후반의 아내 임선희, 거실 안 식탁에 앉아 가계수첩을 적고 있다.

이윽고 피곤에 지친 장재민이 크고 낡은 짐가방과 작은 서류 가방을 양손에 들고 들어오면 음악이 사라진다.

**선희**　　　 (급히 맞이하며) 당신이유?

**재민**　　　 응.

재민, 침실로 들어간다.

선희, 재민의 가방들을 받아 내려놓는다.

**선희**　　　 왜 이렇게 늦었수? 또… 사고 났수?

**재민**　　　 사곤 무슨 사고.

재민, 침대에 걸터앉는다.

**선희**　　　 정말 사고 안 났수?

**재민**　　　 아니라니까.

**선희**　　　 정말 사고 난 거 아니죠?

**재민**　　　 아무 일도 없었다니까 그래!

**선희**　　　 피곤하시겠구랴.

**재민**　　　 녹초가 됐어.

선희, 재민의 양복 윗도리를 옷걸이에 건다.

**선희**　　　 무슨 일 있었수?

**재민**　　　 차를 갓길에 박을 뻔했어.

**선희**　　　 뭐요? 또 핸들 고장 난 것 아니유?

아버지

| 재민 | 아니야. 이쪽저쪽 경치 구경하면서 고속도로를 달리니까 기분이 아주 좋더라구. 헌데 한참 달리다 보니 차가 갓길을 달리고 있지 뭐야. 생각에 잠겨서… 운전하고 있다는 걸 완전히 잊어버린 거야. |
|---|---|
| 선희 | 그러다 정말 큰일 나겠수. |
| 재민 | 다시 정신을 차리고 달리다 보면 또 생각에 잠기고… 자꾸만 생각에 잠겨. 이상한 생각들이 꼬리에 꼬리를 물고 떠오른단 말이야. |
| 선희 | 환갑이 넘은 사람을 지방으로만 내보내다니 회사도 너무해요. |
| 재민 | 내일은 새벽 같이 부산에 내려가서 대성마트에 견본을 보여주기로 했는데 못 갈 것 같아. |

재민, 거실로 나가면 선희도 따라 나간다.

| 선희 | 내일 윤사장을 만나 본사에서 일하겠다고 하슈. |
|---|---|
| 재민 | 창업주 윤 회장만 살아 있어도 지금쯤은 내가 본사 책임자가 되어 있을 거 아냐. |
| 선희 | 윤 회장 그 사람, 당신을 얼마나 좋아했수? |
| 재민 | 그럼, 그 양반은 사람 보는 안목이 대단했지. 헌데 그 아들 윤사장은 젊은 사람이 시건방을 떨고 사람을 무시해… 소주 있어? |
| 선희 | 어제 마시고 남은 것 있어요. |

선희, 냉장고를 열고 소주를 꺼낸다.

| 재민 | 애들은 들어왔어? |
|---|---|
| 선희 | 자고 있어요. |
| 재민 | 아침에 나 나간 뒤에 동욱이란 놈 뭐라고 합디까? |
| 선희 | 오랜만에 집에 온 애한테 너무 화내지 말아요. |
| 재민 | 내가 언제 화를 냈어? 돈 좀 벌었냐고 물어본 것밖에 더 있어? |
| 선희 | 걔도 저렇게 살고 싶어 그러겠수? |
| 재민 | 아니, 돼지농장에서 일한답시고 한 달에 백만 원도 못 버는 놈을 내버려 두란 말이야? |
| 선희 | 차차 나아질 거예요. |
| 재민 | 서른네 살이나 처먹은 놈이 아직도 자리를 못 잡고 빌빌대니까 속이 터져서 |

그래. 천하의 장동욱이가 자리를 못 잡는다? 아니, 그렇게 인기 있고 능력 있는 놈이 아직도 취직을 못 하다니 그게 말이 돼?

**선희** (식탁 위에 소주병과 잔, 멸치 그릇을 놓으며) 자, 자, 어서 한잔드슈. 오늘 통영 멸치를 샀는데 아주 맛있어요.

재민, 소주 한 잔을 쭉 들이킨 다음 멸치를 먹으려다 그릇에 팽개치고 벌떡 일어난다.

**재민** 어휴, 답답해 미치겠어. 꼭 감옥에 갇힌 것 같아. 시멘트에, 콘크리트에, 거리엔 매연 천지고, 맑은 공기를 마실 곳이라곤 한 군데도 없고… 마당에 풀 한 포기 자랄 수 있느냐 말이야.

**선희** 그러게 말이유.

**재민** 옛날엔 봄만 되면 개나리, 진달래, 목련꽃이 흐드러지게 피고 함박꽃, 철쭉꽃, 라일락 향기가 집안에 가득했잖아?

**선희** 그랬지요.

**재민** 헌데 저놈의 아파트 단지가 이 동네를 다 망쳐 놓았어.

음악 소리가 들려온다.
재민, 갑자기 뭔가 생각난 듯 껄껄거리고 웃는다.

**재민** 허허… 허허! 정말 대단했지.

선희, 걱정스러운 표정으로 다가가서 묻는다.

**선희** 뭐가요?

**재민** 여보, 은색 그랜저 생각나?

**선희** 그럼요. 중고차 시장에 내다 판지 십년도 넘었잖우?

**재민** 동욱이란 놈이 그 차를 얼마나 반짝반짝 잘 닦았어?

**선희** 그랬지요.

**재민** 중고차 장사도 삼십만 킬로 달린 차라는 걸 모를 정도였잖아? 허허허, 그랬던 놈인데… 한잔하고 갈 테니까 당신 먼저 자!

**선희** 빨리 오슈.

아버지

재민, 거실 탁자에 앉아 소주를 따라마신다.
선희, 걱정스러운 표정으로 그 모습을 보며 침실 쪽으로 들어간다.
음악이 고조되면서 거실의 조명이 어두워지고, 이층 골방에 조명이 들어오면 침대에 앉아 아래층에 귀를 기울이고 있는 동욱의 모습이 보인다.

**재민**     삼십만 킬로라! 허허⋯ 허허허! 동욱아, 엔진 청소하냐? 오냐, 그래. 옷은 더 럽히지 마라. 허허허!

재민, 계속 중얼거리며 거실에서 나가 뒤껼으로 사라지면 음악도 사라진다.

# 제2장 동욱의 방

동숙이 들어온다.
동욱은 동숙보다 두 살 위이고 체격도 좋으나 최근에는 좀 여위고 자신을 잃은 것 같다.

**동욱**     대체 왜 저러시는 거냐?

**동숙**     요즘 들어 저렇게 혼자서 중얼중얼하서.

**동욱**     뭐라고 중얼거리시는데?

**동숙**     주로 오빠 얘기지 뭐.

**동욱**     모든 게 다 내 탓이구나.

**동숙**     다 오빠 잘되라고 그러시는 거야.

**동욱**     누군 잘되기 싫어서 이러고 사냐?

**동숙**     우리 어렸을 땐 이 방에서 노래도 많이 부르고 웃기도 많이 했는데 이젠 얼굴 보기도 힘드네.

**동욱**     그러게 말이다. 넌 음악 공부 제대로 해서 가수가 됐어야 하는 건데⋯

**동숙**     아휴, 백화점 점원 신세에 그런 생각 지금 와서 하면 뭐해?

**동욱**     그럼 지금 하는 일에 만족하냐?

**동숙**     정식 사원도 아닌 계약직 신세에 뭘 만족해? 어떤 땐 그놈의 유니폼 확 벗어 던지고 영업부장 년을 막 패주고 싶다니까.

**동욱**     동숙아!

**동숙**     응?

**동욱**     나랑⋯ 인도네시아 갈래?

| | |
|---|---|
| **동숙** | 인도네시아? |
| **동욱** | 오천만 원이면 바닷가에 멋진 농장을 살 수 있어. |
| **동숙** | 오빠, 또 떠돌이 병 도진 거야? |
| **동욱** | 떠돌자는 게 아니고 성공하자는 거지. |
| **동숙** | 뭘 해서 성공할 건데? |
| **동욱** | 과일 농장도 하고, 진주조개잡이도 하고… |
| **동숙** | 미쳤냐? |
| **동욱** | 멀쩡하다. |
| **동숙** | 떠돌다 떠돌다 결국은 진주조개로 돌아온 거야? |
| **동욱** | 아버지가 못 이룬 꿈 내가 이룰 수도 있잖아? |
| **동숙** | 푸른 바다에 뛰어들겠다구? |
| **동욱** | 문 앞에 푸른 바다가 펼쳐져 있다. 그 문을 나서기만 하면 부자가 된다! |
| **동숙** | 내 참 어이가 없네. |
| **동욱** | 너 날 무시하는 거냐? |
| **동숙** | 오천만 원은 어떻게 구할 건데? |
| **동욱** | … 송병호 알지? |
| **동숙** | 세진상사 사장? |
| **동욱** | 응. |
| **동숙** | 완전 재벌 됐다더라. 그래서? |
| **동욱** | 거기 그만둘 때 송병호가 내 어깨에 손을 얹고 뭐든 필요한 게 있으면 찾아오라고 했거든. |
| **동숙** | 그랬어? |
| **동욱** | 잘 얘기하면 빌려줄 거야. |
| **동숙** | 그래? 얘기 잘 되면 좋겠네. |
| **동욱** | 헌데… 내가 만년필 훔친 걸 기억하고 있을까? |
| **동숙** | 맞아, 그놈의 몽블랑 만년필 땜에 시끄러웠잖아! |
| **동욱** | 그것 때문에 회사까지 그만뒀지. |
| **동숙** | 도대체 그건 왜 훔쳤던 거야? |
| **동욱** | 나도 모르게 그런 거 아니니? |
| **동숙** | 그놈의 손버릇. |
| **동욱** | 십 년 전 일인데 여태 기억하겠니? |
| **재민** | (안에서 큰소리로) 됐다, 됐어. 반짝반짝 잘 닦았구나, 하하하! |

아버지

| 동숙 | 아빠가 저러니까 정말 큰일이야. 오빠, 엉뚱한 소리하지 말고 여기서 일자리 구해. |
| 동욱 | 그럼 네 말은… |
| 동숙 | 아, 열 받아! 영업부장 년이 회전문을 열고 거만하게 들어오면 점원들은 양쪽으로 좌악 정렬해야 하거든. 연봉 일억 이천짜리가 들어오는데 별수 있어? 두고 봐. 이 장동숙이도 언젠간 연봉 이억 받고 루이뷔통 가방 딱 메고 프라다 구두 신고 도도하게 회전문을 들어설 거야. 그다음에 진주조개 캐자. |
| 동욱 | 그만 네 방 가서 자라! |

괴로운 표정이 동욱과 동숙의 얼굴을 스치며 이층 골방의 조명이 꺼지고, 거실로 들어서는 재민의 모습이 희미하게 보인다.

# 제3장 거실/마당

재민, 탁자에 앉아 소주를 마시며 혼자 중얼거린다.

| 재민 | 뭐라구? 여자애하고 데이트했다고? 허허허, 고 녀석, 야 이놈아, 여자애들 조심해라. 장래 약속 같은 걸 하면 절대 안 돼. 아직은 학교 공부가 첫째야. 그럼, 그럼, 인기 있는 건 좋은 일이지. 넌 정말 멋진 사나이가 될 거다. |

명랑한 과거의 음악과 함께 갑자기 집과 주위가 숲으로 뒤덮인다.
과거 시절의 재민, 멀리 있는 동욱에게 큰소리로 소리치며 거실 앞마당으로 걸어 나온다.
과거 시절의 재민은 안경을 쓰지 않는다.

| 재민 | (가상의 나무를 쳐다보며) 동욱아, 나중에 아빠랑 저 느티나무 가지 좀 자르자. 태풍에 부러져서 유리창 깨질까 걱정이다. 차 청소 다 하면 보고해. 선물 사 왔다! |
| 동욱 | (안에서 큰소리로) 청소 다 끝냈어요, 아버지! |
| 재민 | 그래? |
| 동숙 | (안에서 큰소리로) 아빠, 선물 어딨어? |
| 재민 | 차 트렁크 안에 있다. |

401 허름한 운동복을 입고 손에 스프레이를 든 동욱, 휘파람을 부르면서 나온다.

**동욱**   아버지, (가상의 자동차가 있는 곳을 가리키며) 어때요?
**재민**   (그쪽을 보며) 햐, 반짝반짝 하구나!
**동욱**   (안을 향해) 동숙아, 뭐냐?
**동숙**   (안에서) 오빠 운동화하고 시디 플레이어야!
**동욱**   운동화? 와, 고맙습니다, 아버지!

동숙, 나이키 운동화 상자와 워크맨을 들고 뛰어들어와 동욱에게 운동화 상자를 준다.

**동숙**   오빠!

동욱, 재빨리 운동화를 꺼내 신어본다.

**동숙**   최신형 시디 플레이어! 너무 갖고 싶었어. 고마워 아빠!

동숙, 시디플레이어에 연결된 이어폰을 귀에 꼽고 노래를 부르며 춤을 춘다.

**동숙**   *천사를 찾아왔어. 사바- 사바-사바!*
**동욱**   (운동화를 보여주며) 아버지, 어때요?
**재민**   와, 멋있다!

동숙, 재민의 주위를 돌며 춤을 춘다.

**동숙**   아빠, 춤추자!
          *나 이제 알아- 혼자된 기분을- 그건 착각이었어-*

재민도 웃으며 몸을 흔든다.
동욱은 그 사이에 다시 뒤꼍으로 들어갔다가 축구공을 들고 들어온다.

**동욱**   (재민에게 축구공을 쑥 내밀며) 아버지, 짠!
**재민**   어디서 새 공이 났냐?

**아버지**

| 동욱 | 축구부 비품실에서… 빌렸어요. |
| 동숙 | 거짓말! 훔쳤대요. |
| 동욱 | 똥숙이, 너 죽을래? |
| 재민 | 하하하, 녀석! 돌려줘. |
| 동숙 | 내가 뭐랬어? |
| 동욱 | 돌려주면 되잖아? |
| 재민 | 코치가 널 좋아하니까 그렇지 다른 애가 그랬으면 야단났을 거야, 임마. |
| 동욱 | (재민을 껴안으며) 아버지가 안 계시니까 쓸쓸했어요. |
| 동숙 | (반대편에서 껴안으며) 나도, 나도! |
| 재민 | (기뻐서 아들과 딸을 팔로 껴안고) 쓸쓸했어? 아이구, 이놈들! |
| 동욱 | 이번엔 어디 어디 다녀오셨어요? |
| 재민 | 음, 대구로 갔다가 부산으로 갔다. |

동숙, 운전하는 동작을 하며 노래를 부른다.

| 동숙 | *대구로 갈까요- 부산으로 갈까요-* |
| 재민 | 그다음엔 광주로 갔지. |
| 동숙 | *차라리 광주로 갈까요-* |
| 재민 | 충주, 청주로 갔다가 대전, 천안을 거쳐서 곧장 집으로 왔지요- |
| 동욱 | 저도 아버지 따라 전국을 떠돌아다녔으면 좋겠어요. |
| 동숙 | 나도! |
| 재민 | 우리 동욱이 대학 들어가거든 실컷 다녀보자. |
| 동숙 | 우린 아빠 가방 들고! |
| 재민 | 좋았어. 아들과 딸이 아빠 가방을 들고 온 가족이 차를 타고 전국을 누비고 다니면 얼마나 신나겠냐? |
| 동욱 | 와, 신난다! |

동욱, 공을 차며 연습을 한다.

| 재민 | 이 녀석, 시합 때문에 정신이 없구나. |
| 동욱 | 아버지를 위해서 멋지게 한 골 넣을게요. |
| 재민 | 좋았어. 주장답게 팀을 승리로 이끌어야 한다. |

동욱    예, 대장님!

동숙    오빠, 따봉! 연습 끝나면 여자애들이 줄줄 따라 다닌대요.

재민    그래? 하하하!

종식    동욱아!

안경을 쓴 종식, 두꺼운 책을 몇 권 품에 안고 등장한다.
종식은 동욱의 친구로 착실하고 창백한 표정의 소년이다.

종식    동욱아, 우리 공부하기로 했잖아?

재민    종식아, 넌 얼굴이 왜 이렇게 창백하냐?

종식    아저씨, 요즘엔 운동선수도 공부해야 돼요.

동숙    (종식의 책을 뺏으며) 종식이 오빠, 나 잡어 봐라!

종식    (따라가며) 야, 그러지 마!

동숙, 동욱에게 책을 던진다.

동욱    야, 사인펜 있냐?

종식    응.

종식, 동욱에게 사인펜을 준다.
동욱, 책을 동숙에게 던지고 땅에 주저앉아 사인펜으로 운동화에 글씨를 쓴다.

종식    그러지 마!

동숙    종식 오빠 왜 그렇게 심각해?

종식    (재민에게) 다음 주에 시험이 있어요.

재민    그래? 동욱아, 종식이랑 공부하는 게 어떠냐?

동욱    (일어나서 신발을 재민에게 보이며) 아빠, 이거 보세요.

재민    대망의 고대!… 잘 썼다!

종식    운동화에 대학 이름 새긴다고 대학 갈 수 있는 건 아녜요. 공부를 해야죠, 공
       부를!

동욱, 운동화로 종식의 입을 막는다.

아버지

| 재민 | 야 이놈아, 그런 소리 마! 고대, 연대, 한양대 세 대학에서 서로 스카우트하려고 난리야. |
|---|---|
| 종식 | 동욱아, 집에서 기다릴게. 빨리 와! (동숙에게) 야, 너도 공부 좀 해! |
| 동숙 | 에이 씨, 똥침할 거다! |

동숙이 똥침 하려 하면 종식 뛰어서 퇴장한다.
세 사람, 웃는다.

| 재민 | 하하하, 종식이 저놈은 별로 인기가 없지? |
|---|---|
| 동숙 | 완전 없지. 저 범생이! |
| 재민 | 종식이가 학교 성적은 너희들을 앞설지 몰라도 사회에 나가면 너희들이 다섯 배는 앞설 게다. 사회에 나와서는 인기 있고 배짱 있고 능력을 발휘하는 사람이 성공하는 법이야. |
| 동욱 | 맞아요! |
| 재민 | 이 아빠를 봐라. 어딜 가나 사장을 만나려고 기다릴 필요가 없어. '장재민이 왔다!' 이 말 한 마디면 곧장 사장실로 직행이야! |
| 동욱 | 와, 아버지 최고! |
| 재민 | 하하하! |

산뜻한 원피스를 입고 앞치마를 두른 선희, 빨래광주리를 들고 등장한다.
명랑하고 활기 찬 젊은 모습이다.

| 선희 | 호호호, 뭐가 그렇게들 재미있어요? |
|---|---|
| 재민 | 아이구, 우리 천사님! 이놈들! 뭐해? |
| 동욱 | 예! 대장님! 똥숙아! |

동욱이 선희의 빨래광주리를 손가락으로 가리키면 동숙, 선희에게서 빨래광주리를 얼른 받는다.

| 선희 | 동욱아, 지하실에서 축구부 친구들이 기다리잖아. |
|---|---|
| 동욱 | 예, (지하실 쪽으로 가서 내려다보고) 애들아, 지하실 청소 좀 하고 있어. 곧 내려갈게! |

| 목소리들 | 그래! |
|---|---|
| 동욱 | 박지성, 이영표, 안정환, 올라와서 빨래 좀 널자! |
| 목소리들 | 알았어! |
| 재민 | 야, 애들 너무 부려 먹지 마. 주장 노릇 잘하려면 사람을 잘 다뤄야 돼. |
| 동욱 | 예 대장님! 똥숙아, 뛰어! |
| 동숙 | 나, 박지성 오빠하고 결혼할 거다! |
| 재민 | 저런, 저런 철부지! |

동욱과 동숙, 뛰어서 퇴장한다.

| 선희 | 매출은 어땠어요? |
|---|---|
| 재민 | 음… 대구에서 오백, 부산에서 칠백. |
| 선희 | 잠깐만요. (앞치마 주머니에서 작고 얇은 가계수첩과 볼펜을 꺼내며) 그럼 수당이 백… |
| 재민 | 한 이백만 원쯤 될 거야. |
| 선희 | 그럼… 대출할부금 팔십팔만팔천 원, 냉장고 할부 값 십육만 원, 자동차 수리비 십이만 원, 자잘한 외상 이것저것 다 합치면 백오십만 원은 들겠네요. |
| 재민 | 버는 대로 족족 빠져나가는구나. |
| 선희 | 다음번엔 좀 나아지겠죠. |
| 재민 | 동욱 엄마! |
| 선희 | 예? |
| 재민 | 요즘엔 사람들이 날 반기지 않는 것 같아. |
| 선희 | 그게 무슨 말이에요? |
| 재민 | 왠지 날 비웃는 것 같단 말이야. |
| 선희 | 하지만 한 달에 이삼백만 원씩 좋은 성적을 내고 있잖우? |
| 재민 | 난 그 돈을 벌려면 하루에 열두 시간은 뛰어야 하거든. 헌데 젊은 영업 사원들은 손쉽게 번단 말이야. 왜 그런지 모르겠어. 내가 말이 많아서 그런가? |
| 선희 | 당신이 무슨 말이 많다고 그러우? 농담하는 것뿐이지. |
| 재민 | 그래 맞아. 즐겁게 농담 좀 하는 게 어때? 헌데… 말을 시작하면 쓸데없는 농담이 자꾸 튀어나온단 말이야. |
| 선희 | 여보, 당신은 말솜씨도 좋고 멋진 사람이에요. |
| 재민 | 하하하, 그래? |

아버지

| 선희 | 제겐 당신이 최고예요. 애들도 당신을 최고로 떠받들잖아요? 자식들이 저희 아빠를 하늘같이 안다는 게 쉬운 일이 아녜요. |
| 재민 | (선희를 껴안으며) 나한테는 당신이 최고예요. 이 세상에 의지할 사람이 당신 말고 누가 또 있겠어? |
| 선희 | 아이구, 여자 꼬시는 말솜씨는 여전하시구랴. |

선희, 앞치마의 주머니 한쪽이 벌어진 것을 보고 거실로 들어간다.
음악이 흐르면 재민, 혼잣말을 하며 환상에 잠긴다.

| 재민 | 요즘은 너무 외로워. 말 상대할 사람도 없고, 물건은 더 팔릴 것 같지도 않고… 해 주고 싶은 게 한두 가지가 아닌데… |

30대 후반의 미스강이 스카프를 두른 채 웃으며 나온다.

| 미스강 | 호호호, 내한테요? |
| 재민 | (웃으며) 그래. |
| 미스강 | 보소. 우리 회사 오는 외판원 중에 재민씨처럼 재미있고 매력 있는 사람은 없다 아입니꺼? |
| 재민 | 정말이야? |
| 미스강 | 하모요. |

재민, 미스강의 허리를 끌어당긴다.

| 미스강 | 다음엔 언제 오는교? |
| 재민 | 이 주일 후쯤. |
| 미스강 | 재민 씨를 보마 명랑해져요. 난 그게 좋심더. |
| 재민 | 나도 미스강을 보면 명랑해져. |
| 미스강 | (재민의 볼을 꼬집으며) 억수로 멋있다 아입니꺼. |
| 재민 | 다음 부산 올 때 또 보자구. |
| 미스강 | 곧장 사장실로 안내해 드릴게예. |
| 재민 | (미스강의 엉덩이를 때리며) 하하하, 좋았어! |
| 미스강 | 호호호, 재민 씬 정말 재미있어예. 참, 스카프 고맙심더. 색깔이 너무 이쁘고 |

고급스러버요. 그럼, 많이 파이소!

|||
|---|---|
| **재민** | 잘 가! |
| **미스강** | 호호호! |

미스강, 스카프를 흔들며 어둠속으로 사라진다.

미스강 쪽의 조명이 사라지고, 거실에서 바느질을 하고 있는 선희 주변이 밝아진다.

|||
|---|---|
| **선희** | 당신은 최고로 멋진 사람이에요. 쓸데없이 자격지심 갖지 마세요. |
| **재민** | (선희에게 다가가며) 뭐하는 거야? |
| **선희** | 앞치마 주머니가 떨어졌네요. |
| **재민** | 에이, 궁상 떨지 말고 새 걸로 사. |

책을 품에 안은 종식이 뛰어들어온다.

|||
|---|---|
| **종식** | 아주머니, 아주머니! |
| **재민** | 왜 그러냐? |
| **종식** | 축구부하고 일진회 애들이 패쌈할 거래요. |
| **재민** | 패쌈? |
| **선희** | 뭐? 동욱이도 끼었냐? |
| **종식** | 예. |
| **선희** | 어머, 큰일 났네! |
| **재민** | 동욱이 어디 갔냐? |
| **종식** | 교장 선생님이 동욱이를 단단히 벼르고 있대요. |
| **재민** | 야, 쓸데없는 소리 말고 가서 동욱이 좀 찾아봐라! |
| **종식** | (뛰쳐나가다 돌아보며) 이번에 패쌈하다 걸리면 정학이나 퇴학 맞을지 모른대요! |
| **재민** | 닥쳐! |
| **선희** | 여보, 당신이 동욱이 좀… |
| **재민** | 동욱이가 뭘 어쨌다는 거야? 당신은 동욱이가 저 종식이처럼 범생이가 되면 좋겠어? 그놈은 배짱이 있다구, 배짱이! |

재민이 소리치는 동안 선희는 뛰어나간다.

**아버지**

선희의 퇴장과 함께 회상 속의 숲과 영상도 사라진다.

## 제4장 거실

재민, 거실을 서성이며 중얼거린다.

**재민**　사내 녀석이 쌈도 할 줄 알아야지 기죽어 살면 되겠어? 동욱이한텐 배짱이 있어. 그럼 된 거야.

**동숙**　아빠!

재민, 말을 멈추고 의자에 앉는다.

**동숙**　왜 이렇게 늦게 오셨어?

**재민**　하마터면 차를 갓길에 박을 뻔 했다.

**동숙**　어머? 지난번에도 사고내더니… 조심해, 아빠!

**재민**　너, 큰아버지 기억 나냐?

**동숙**　그럼.

**재민**　그때 너희 큰아버지를 따라 인도네시아로 갔어야 하는 건데 말이다.

**동숙**　돌아가신 큰아버지 생각 지금 해봐야 무슨 소용 있어?

**재민**　맨주먹으로 푸른 바다에 뛰어들어서 갑부가 되신 분이다. 스물한 살에. 그분은 성공의 화신이야.

**동숙**　나도 성공해서 아빠 은퇴하면 호강시켜 드릴게.

**재민**　하이구, 이놈아, 넌 너대로 옷이다, 화장품이다, 학자금 대출까지 갚아야 하는데 어떻게 날 호강시키냐?

**동숙**　아빠도 참, 내가 평생 이대로 살 줄 알아?

**재민**　큰일 났다. 이젠 운전하기도 겁이 나고, 무슨 일이건 집중이 안 돼.

**동숙**　(재민의 머리카락을 만지며) 우리 아빠, 흰머리가 많이 늘었네.

일상복을 입은 창수가 들어온다.

그는 굼뜬듯하면서도 침착하고 현실적이며 말투는 무뚝뚝하지만, 장난기와 따뜻함이 스며 있다.

**창수**  동숙이가 갈수록 예뻐지는구나.

**동숙**  정말이요?

**창수**  뻥이다!

**재민**  자지 않고 뭐하러 왔냐?

**창수**  (주머니에서 화투를 꺼내며) 그러는 넌 왜 안 자냐?

**재민**  아이그, 이 놀음쟁이!

**동숙**  그럼 두 분 재미있게 치세요.

**창수**  그래, 잘 자거라.

**동숙**  예.

동숙, 퇴장한다.

두 사람, 지갑에서 천 원짜리 몇 장을 빼서 탁자 위에 올려놓고 화투를 친다.

**창수**  자, 판돈 올리고… 내가 선 잡는다… 크으… 이놈의 만성위염 때문에 잠이 오질 않아.

**재민**  그건 니가 음식 먹는 법을 몰라서 그래.

**창수**  먹는 거야 입으로 먹지 발로 먹냐?

**재민**  등신, 뭘 모르면 잠자코 화투나 쳐라.

**창수**  일자리가 있는데, 해볼래?

**재민**  나 일자리 있어.

**창수**  쓸데없는 고집 부리지 마라.

**재민**  야, 저 천장 좀 봐라.

창수, 천장을 올려다본다.

그 사이에 창수의 패를 슬쩍 들여다보는 재민.

**창수**  얼씨구, 잘 고쳤네. 넌 손재주 하난 타고났어.

**재민**  자, 쭉쭉팔 짓고 아홉끗!

**창수**  허, 이거… 자, 드세요…

**재민**  (돈을 가져가며) 연장 하나 다룰 줄 모르면 남자가 아니지.

**창수**  칭찬 좀 했다고 오버하지 마, 멍충아.

**재민**  그나저나… 동욱이란 놈 때문에 걱정이 태산이다.

**아버지**

| 창수 | 그런 애는 어딜 가도 굶어 죽지 않아요. 신경 꺼라. |
|---|---|
| 재민 | 어떻게 신경 안 쓸 수 있냐? |
| 창수 | 넌 너무 심각한 게 탈이야. 삥이칠 잡고 네끗! |
| 재민 | (패를 던지며) 남의 일이라고 함부로 말하지 마! |
| 창수 | 또 화낸다. 저놈의 성질하곤! |

창수가 패를 돌리는 동안 바다를 연상시키는 음악과 함께 재민의 형 장재성이 여행 가방과
우산을 들고 등장한다.
50대 초반의 건장한 남자인 그는 활기찬 모습이며 옷차림에서 이국의 체취가 물씬 풍긴다.

| 재민 | 형님! 이제 지칠대로 지쳤어요. |
|---|---|
| 창수 | 방금 날 형님이라고 불렀냐? |
| 재민 | 갑자기 형님 생각이 났다. |
| 재성 | 하하하, 여기서 사는구나. |
| 창수 | 형님한테선 소식이 없냐? |
| 재민 | 얼마 전에 형수한테서 편지가 왔는데 돌아가셨대. |
| 창수 | 그래? 유산 좀 받겠구나. |
| 재민 | 틀렸어. 조카가 다섯이나 있는걸. |
| 재성 | 내가 인도네시아에 광산을 좀 사놨다. |
| 재민 | 형님 따라 인도네시아에 갔더라면 팔자 고치는 건데. |
| 재성 | 다들 무고하지? |
| 재민 | 다 잘 있어요. |
| 재성 | 어머닌 잘 계시냐? |
| 재민 | 돌아가셨어요. |
| 창수 | 누가 죽었어? |
| 재민 | 뭐… 누가? |
| 창수 | (패를 내놓고 판돈을 집으며) 너 지금 무슨 얘길 하고 있는 거야? 철철육 잡고 구삥! |
| 재민 | (혼란을 물리치려는 듯이 창수의 손을 누르며) 잠깐, 이건 내가 먹은 거다! 심심새 짓고 네끗! |
| 창수 | 멍충아, 난 구삥이야! |
| 재민 | 이 등신아, 도리짓고땡에 구삥이 어딨어? 망통이지. |

| | |
|---|---|
| **창수** | 도리짓고땡이나 섯다나 족보대로 가는 거야. |
| **재민** | (판을 휘저어 엎으며) 족보 좋아하시네. 나 안 해! |
| **창수** | 얼씨구! |
| **재민** | 이 등신, 화투도 칠 줄 모르면서 밤낮 치자고 해! |
| **창수** | (화투를 주워가지고 나가며) 낯짝에 철판을 깔고 우겨라, 이 멍충아! |
| **재민** | 에라, 이 배냇등신아! |
| **창수** | 에그, 저 고집불통! |
| **재민** | 다신 오지 마! |
| **창수** | 매일 우겨요, 매일! |
| **재민** | 내가 언제 매일 우겼냐? |

창수의 퇴장과 동시에 음악과 함께 바다와 과거를 상징하는 이미지가 서로 겹치며 무대 전체를 뒤덮는다.

## 제5장 과거의 집 마당

| | |
|---|---|
| **재성** | 재민아! |
| **재민** | 형님! 편지 받고 얼마나 기다렸다구요. |
| **재성** | 그래, 이게 얼마만이냐? |
| **재민** | 와, 형님!⋯ 성공하셨네요. |
| **재성** | 그래. 성공했다! |
| **재민** | 여보! |
| **선희** | 예! |

선희, 과거의 명랑한 모습으로 등장한다.

| | |
|---|---|
| **재민** | 형님 오셨어. 어서 인사드려. |
| **선희** | 처음 뵙겠어요. 아주버님! |
| **재성** | 처음 뵙겠습니다 제수씨. 성함이? |
| **선희** | 임선희에요. |
| **재성** | 반갑습니다. (진주목걸이 케이스를 선희에게 주며) 이거 약소하지만 선물입니다. |

아버지

선희, 케이스에서 진주목걸이를 꺼내며 놀란다.

| | |
|---|---|
| 선희 | 어머, 진주목걸이! 감사합니다, 아주버님! |
| 재민 | 감사합니다, 형님! |
| 재성 | 허허, 뭐 그런 걸 가지고… |
| 재민 | 애들아! |
| 동욱,동숙 | 예! |
| 재민 | 이리들 나와 봐라! |
| 동욱,동숙 | 예! |

캐주얼을 입은 고교 시절의 동욱과 동숙, 뛰어들어온다.

| | |
|---|---|
| 재민 | 이놈들아, 큰아버님이시다! 아주 대단하신 분이야. 인사드려. |
| 동욱,동숙 | 큰아버지, 안녕하세요! |
| 재성 | 오냐, 인물들이 훤하구나! |
| 재민 | 형님, 우리 애들한테 성공의 비결 한 말씀해 주세요. |
| 재성 | 그래? (애들에게 다가가서 가방 위에 앉으며) 성공의 비결이라… |
| 동욱 | 성공의 비결? |
| 재성 | 흠… 푸른 바다에 뛰어들어라! 이 큰아버지가 말이다. 열일곱 살 때 인도네시아의 푸른 바다에 뛰어들었거든. 그 뒤 스물한 살 때 나오니까 엄청난 부자가 됐단다. 허허허! |
| 동욱,동숙 | 와! |
| 재민 | 아빠 말이 맞지? 너희들도 꿈을 세우고 도전하면 엄청난 부자가 될 거다! |
| 동욱,동숙 | 네! |
| 재민 | 형님! 애들한테 돌아가신 아버지 얘기 좀 들려주세요. |
| 재성 | 아버지? |
| 재민 | 아버지 찾는다고 집을 떠나셨잖아요? |
| 재성 | 기억이 나냐? |
| 재민 | 예, 형님이 고갯길을 넘어갔던 기억이 나요. |
| 재성 | 그래. 내가 고갯길에서 너한테 들꽃을 한 아름 꺾어주지 않았냐? 어린 너는 어머님 손을 잡고 서서 나한테 손을 흔들었지. |
| 재민 | 그래서, 만나셨어요? |

**재성**　부산 항구에서 만난 지 얼마 뒤에 병으로 돌아가셨다.

**재민**　전 아버지 얼굴 기억도 안 나요. 근데 아버지가 어머니 무릎에 누워서 늘상 부르시던 노래… 〈울며 헤어진… 부산항〉 그 노래는 기억이 납니다.

**재성**　맞아. 아버진 그 노래를 즐겨 부르셨지.

두 사람, 노래를 부른다.

**재성,재민**　*울며 헤어진 부산항을 돌아다보니-*

**재성**　하하하, 아버님 생각이 나는구나. 옛날 생각이 나.

**재민**　예, 하하하!

**재성**　(아이들에게) 너희 할아버님은 멋진 바다의 사나이셨다! 배를 타고 태평양, 인도양, 대서양, 전 세계를 누비셨지. 노래도 잘 부르셨고, 술도 잘 자셨고, 호탕하셔서 어딜 가나 인기 있는 멋쟁이셨다.

**동욱,동숙**　와!

**재민**　어떠냐? 이런 집안에서 태어난 게 자랑스럽지?

**동욱,동숙**　예!

**재민**　저도 애들을 그런 식으로 가르치고 있죠. 인기 있고, 호탕하고, 능력 있게 말입니다.

**재성**　그래? 하하하… (아이들에게) 할아버지가 돌아가시자 오갈 데 없던 나는 무작정 할아버지가 탔던 화물선을 탔다. 며칠 뒤에 보니까 인도네시아의 진주조개 채취장에 따악 닿은 거다.

**동숙**　와, 캡이다!

**재성**　캡? (동숙에게) 허허, 그놈 참 똘똘하게 생겼구나. (동욱에게 가며) 어디 보자, 넌 꿈이 뭐냐?

**동욱**　국가대표 축구선수가 돼서 월드컵에 나가는 거요!

**재성**　허 이놈, 꿈 한 번 야무지네.

**재민**　그럼요!

**재성**　너, 나하고 한 번 싸워 볼래?

**동욱**　(의아해서) 예?

**재성**　자, 마음껏 덤벼 봐!

**동욱**　에이, 큰아버님도.

**재성**　자, 내가 챔피언이라 생각하고 도전해 봐. 어서 날 쳐 봐라!

**아버지**

재민        동욱아, 덤벼 봐!

동욱        진짜죠?

동욱, 주먹을 처들고 덤빈다.

선희        (재민에게) 웬 싸움이에요?

재민        괜찮아.

재성        (동욱과 주먹질을 하며) 잘한다, 옳지!

동숙        오빠, 레프트 펀치!

재성        야, 그놈 정말 재빠르고 힘이 좋구나!

재성, 웃으며 주먹을 내리면 동욱도 주먹을 풀고 한눈을 판다.
재성, 갑자기 다가서서 동욱을 걸어 넘어뜨리고 우산 끝을 동욱의 목에 댄다.

선희        조심해, 동욱아!

재성        어떠냐, 내가 이겼지?

동욱        이런 법이 어딨어요?

재성        싸울 땐 수단 방법을 가리지 말고 이겨야 된다.

동욱        치사하다고 하지 않을까요?

재성        (동욱을 일으켜 주며) 그런 정신으로 푸른 바다에 뛰어들면 빠져 죽고 말게다.

동욱        알았습니다.

재성        (재민에게) 그런데 네 직업이 뭐냐?

재민        외판원이에요.

재성        세일즈맨? 허허허, 그럼… 또…

재성, 손을 들어 그들에게 작별 인사를 한다.

재민        형님! (집 뒤를 가리키며) 저 뒷산 좀 보세요.

재성        뒷산?

재민        꿩도 있고, 다람쥐도 있고, 토끼도 있어요.

재성        그래?

재민        그래서 여기로 이사 온 겁니다. 애들아, 아파트 공사장에 가서 모래 좀 가져오너라. 현관을 고쳐야겠다!

**동욱**   (재민에게 경례를 하며) 예, 대장님! 똥숙아, 뛰어!


애들이 뛰어나간 뒤 곧이어 창수가 골프옷을 입고 등장한다.


**창수**   야, 야, 야, 공사장에서 뭘 훔치면 수위가 경찰을 불러올 거야.

**재민**   짜식, 걱정도 팔자다. (재성에게) 형님, 옆집 사는 친군데요. 골프에 미친 쫌생이랍니다.

**창수**   처음 뵙겠습니다. 김창숩니다.

**재성**   안녕하세요. 장재성입니다!

**재민**   (옷을 만지며) 너, 이 옷 어디서 났냐?

**창수**   이거, 집사람이 사준 골프웨어야.

**재민**   이제 골프채만 사주면 다 되겠구나.

**창수**   그럼!

**재민**   아주 대단한 운동가랍니다. 아들하고 둘이 달라들어도 못 하나 못 박는 운동가예요.

**종식**   (뛰어들어오며) 아저씨!


종식, 들어오다가 넘어진다.


**재민**   쟤 아들이에요.

**창수**   아이구, 우리 아들 보약 좀 먹어야겠구나!

**선희**   종식아, 무슨 일이냐?

**종식**   동욱이가 모래 훔쳤다고 수위가 쫓아와요!

**선희**   (놀라서 달려나가며) 아이구, 이를 어째? 얘, 동욱아!


선희와 종식, 뛰어서 퇴장한다.


**창수**   거 봐라! 뭐든지 훔치는 건…

**재민**   훔치긴 뭘 훔쳤다고 그래?

**재성**   훔치는 것도 배짱이 필요하다. 대단한 놈이 되겠구나. 허허허!

**재민**   하하하, 우리 아들놈 배짱 하난 두둑합니다.


아버지

| 창수 | 배짱 두둑한 놈들 감옥 가면 수두룩하다. |
|------|-----------------------------------------|
| 재민 | 너 맞을래? |
| 창수 | 하하하, 이번에 매출 좀 올렸냐? |
| 재민 | 두말하면 잔소리지. |
| 창수 | 그럼 이따 화투나 한 판 치자. |
| 재민 | 이런 놀음쟁이. |
| 창수 | (재성에게 절을 하며) 형님, 반가웠습니다. |
| 재성 | (창수에게 절을 하며) 아, 예. |
| 창수 | 부산서 벌어 온 돈 좀 따보자. 하하하… |
| 재민 | 김치국부터 마시지 마! |

창수, 퇴장한다.

| 재성 | 하하, 재밌는 친구구나. |
|------|------------------------|
| 재민 | 예… 저… 형님! |
| 재성 | 응? |
| 재민 | 사실은… 매출이 점점 줄어들고 있어요. |
| 재성 | 그래? |
| 재민 | … 우리 애들 어때요? |
| 재성 | 잘 키웠다. 여자애는 싹싹하고, 남자애는 사내답고. |
| 재민 | 그 말씀 들으니 마음이 든든하네요. 애들한테 들려줄 좋은 말씀 한마디 남겨 주세요. |
| 재성 | (한 마디 한 마디 무게 있게 그리고 매우 호탕하게) 푸른 바다에 뛰어들어라! 이 장 재성이가 푸른 바다에 뛰어들어갔을 땐 열일곱 살이었다. 나올 땐 스물한 살. 그리고 부자가 됐단 말이다. 부자가 됐어! |

음악과 함께 재성, 어둠 속으로 걸어가면 그와 함께 과거의 조명도 사라진다.

# 제6장 거실

재민, 거실로 들어서며 중얼거린다.

| 재민 | 푸른 바다에 뛰어들어라! 그거야말로 애들에게 넣어 주고 싶은 정신이죠! 꿈을 세우고 도전해라! 옳았어! 내가 옳았어! 푸른 바다… |
| 선희 | 여보! |

선희의 목소리가 들리자 재민, 하늘을 올려다본다.

| 재민 | 여기선 달 좀 쳐다볼래도 목이 부러질 것 같아. |
| 선희 | 안 주무시려우? |
| 재민 | 여보, 형님이 인도네시아에서 처음 나오셨을 때 선물해 주신 진주목걸이 생각나? |
| 선희 | 생각나지요. |
| 재민 | 어떡했지? |
| 선희 | 동욱이 방송통신 대학 수업료 내느라 팔지 않았어요? |
| 재민 | 그랬었나? |
| 선희 | 벌써 십 년도 넘은 일이에요. |

동욱과 동숙, 이층 계단에서 내려오다가 재민의 말을 듣는다.

| 재민 | … 나 바람 좀 쐬고 들어갈게. |
| 선희 | 빨리 들어와요. |
| 재민 | 푸른 바다에 뛰어들어라! 꿈을 세우고 도전해라! 내가 옳았어! 내 생각이 옳았어! |

재민이 거실을 나가 뒤꼍으로 사라지자 동욱과 동숙, 선희에게 다가온다.

| 동욱 | 언제부터 저러셔요? |
| 선희 | 쉿! 들으실라. |
| 동욱 | 병원이라도 가봐야 되는 것 아녜요? |
| 선희 | 그 정도는 아니야. 네가 오면 더 하시는구나. |
| 동욱 | 그래요? |
| 선희 | 네가 온다는 소식이 오면 얼굴에 웃음꽃을 피우고 네 장래에 대해서 말씀하신단다. 헌데 네가 집에만 들어서면 혼잣말도 늘어나고 사사건건 소리치고 |

아버지

|  |  |
|---|---|
|  | 화를 내셔. 부자간에 도대체 왜 그렇게 으르렁거리는 거냐, 응? |
| 동욱 | 저도 모르게 그렇게 돼요. |
| 선희 | 이번엔 집에 오래 있을 거냐? |
| 동욱 | 글쎄요, 있어 보구요. |
| 선희 | 석 달이나 소식도 없다가 불쑥 나타나는 게 말이 되냐? |
| 동숙 | 저놈의 떠돌이 기질! |
| 선희 | 동욱아, 사람이 철새처럼 떠돌면서 살 수는 없는 법이다. |
| 동욱 | 엄마 흰머리가… (선희의 머리를 만지며) 많이 느셨네. |
| 선희 | 하이고, 내 머리야 네가 고등학교 다닐 때부터 희지 않았냐? |
| 동욱 | 염색하셨잖아요. |
| 선희 | 이젠 염색하기도 귀찮다. |
| 동욱 | 염색해요. 엄마가 늙어 뵈는 건 싫어요. |
| 선희 | 어이구, 네가 진짜로 엄마 생각을 한다면 아버지도 좀 위해 드려라. |
| 재민 | (소리로) 하하하, 동욱아! 푸른 바다에 뛰어들어라! 꿈을 세우고 도전해라! |
| 동욱 | 참 나, 왜 저러시는 거야? |
| 선희 | 가지 마라! |
| 동욱 | 아버지 편만 들지 말아요! 아버지가 엄마를 눈곱만큼이나 생각하는 줄 알아요? |
| 동숙 | 아버지가 엄마를 얼마나 아끼시는데? |
| 동욱 | 네가 아버지에 대해 뭘 알아! |
| 선희 | 너희 아버진 돈도 많이 벌지 못했고 신문에 이름이 난 적도 없지만 훌륭한 가장이다. 그런 양반한테 지금 무서운 일이 일어나고 있다는 걸 알아야 해. |
| 동욱 | 무서운 일이라뇨? |
| 선희 | 평생토록 방방곡곡 다니면서 사무용품이니 가구니 온갖 회사 물건을 팔아줬는데 이제 와서는 나이 먹었다고 폐물 취급을 한단다. |
| 동숙 | 무슨 소리야 엄마? |
| 선희 | 넌 돈푼이나 번다고 아버지 걱정은 하지도 않냐? |
| 동숙 | 저번에 돈 드리지 않았어? |
| 선희 | 허이구, 추석 때 준 삼십만 원? 보일러 고치느라 삼십칠만이천 원이나 들었다. 아버진 요즘 몇 달 동안 수당 한 푼 못 받으셨어. |
| 동숙 | 정말? |
| 동욱 | 개자식들, 쓴물 단물 다 빨아 먹고… |
| 선희 | 너덧 시간씩 차를 타고 달려가도 거래하던 사람들이 은퇴하거나 죽어서 아 |

는 사람도 없고 환영해 주는 사람도 없단다. 생각해 봐라. 주문 하나 못 받고 몇 시간 동안 혼자 운전하면서 돌아올 때 아버지 마음이 어떠시겠냐? 자연 혼잣말이 많아질 수밖에.

**동욱**  알았어요.

**선희**  게다가 지난달에 창수 아저씨한테 오십만 원 꾸어 온 것도 나한테는 당신이 벌어 온 것처럼 꾸며댔단다.

**동숙**  정말?

**선희**  그걸 모른 체하는 내 마음을 너희들이 알기나 하냐? 우리 가족을 위해서 뼛골 빠지도록 일하시는 아버지가 아니냐?

**동욱**  알았어요. 일자리 구할게요. 돈 벌게요!

**선희**  부자간에 으르렁거리는 게 문제란 말이야!

**동욱**  제 잘못으로만 돌리지 말아요.

동욱, 이층 계단 쪽으로 간다.

**선희**  너희 아버진 지칠 대로 지치셨다.

**동욱**  (돌아보며 거칠게) 대체 나더러 어떡하란 말예요?

**선희**  돌아가시고 말 거다!

동욱과 동숙, 놀라서 선희를 본다.

**동숙**  무슨 말이야, 엄마?

**선희**  자살하려고 하셨다.

**동숙**  뭐?

**동욱**  (급히 다가오며) 자살이요?

**선희**  아버지가 다리 난간에 부딪쳐서 교통사고가 났을 때 너한테 연락했었지?

**동욱**  그래서요?

**선희**  보험회사 직원 말이 사고가 아니었다는 거야.

**동숙**  사고가 아님 뭐야?

**선희**  어떤 여자가 있었는데.

**동욱**  여자요? 어떤 여자요?

**선희**  (동욱과 동시에) 그 여자가 말이다. 뭐라고?

아버지

| 동욱 | 아녜요, 어서 말하세요. |
| 선희 | 뭐라고 그랬냐? |
| 동욱 | 아니, 그냥 어떤 여자냐고 그랬어요. |
| 동숙 | 그 여자가 뭐랬는데? |
| 선희 | 어떤 여자가 길을 걷다가 너희 아버지 차를 봤는데 속력을 줄이지 않았다는 거야. |
| 동숙 | 줄이지 않았다고? |
| 선희 | 다리 난간에 일부러 부딪쳤다는 거다. |
| 동욱 | 깜빡 졸았던 거 아니에요? |
| 선희 | 그게 아냐. 또 있다! |
| 동욱 | 또…라뇨? |
| 선희 | 보름 전에… 망치를 찾으려고 지하실엘 내려갔는데 연장통이 바닥에 떨어져 있더라. 바로 그 뒤에 짧은 고무호스가 있었고, 호스 끝에 가스 파이프가 연결되어 있었다. |
| 동숙 | 뭐야, 가스자살? |
| 동욱 | 나 참, 바보같이… 없애 버렸어요? |
| 선희 | 없애지 못했다. 날마다 내려가서 호스를 치웠다가 집에 돌아오시기 전에 다시 제자리에 갖다 놓곤 한단다. |
| 동숙 | 왜? |
| 선희 | 내가 아는 체 하면 아버지가 어떻게 내 얼굴을 보시겠니? 동욱아, 아버지 목숨은 너한테 달렸어! |
| 동욱 | 알았어요. 맘 잡고 여기서 착실하게 돈 벌게요. |
| 동숙 | 착실하지 않으니까 문제잖아? |
| 동욱 | 야, 나 좀 갈구지 마! |
| 동숙 | 세진상사에 있을 때도 그랬어. 사람들 말이 오빠가 자꾸 튀는 짓을 해서 질색이라는 거야. 엘리베이터 안에서 휘파람이나 불기 일쑤고. |
| 동욱 | 그게 어때서? 휘파람 불고 싶을 때도 있는 거야. |
| 선희 | 그만들 둬라! |

재민, 거실 입구에 등장해서 동욱의 말을 듣는다.

| 동욱 | 빌어먹을. 그 새끼들이 뭐라든 난 아랑곳 안 해. 예전부터 아버지도 비웃던 |

놈들이니까. 난 정신병원 같은 이 도시에서 그런 자식들한테 굽실거리며 살
고 싶지 않아. 널찍한 초원에서 농장을 할 거라구. 농장주가 휘파람 좀 불었
다고 뭐랄 놈 있냐?

재민, 거실로 들어선다.

**재민**　　철딱서니 없는 놈!

모두 재민을 바라본다.

**재민**　　너 언제 철이 들래? 종식이는 엘리베이터 안에서 휘파람 같은 건 불지 않아.
**동욱**　　아버진 부시잖아요.
**재민**　　난 다른 데선 몰라도 엘리베이터 안에선 불어본 적이 없다.
**동욱**　　그러시겠죠.
**재민**　　태백에서 왜 올라왔냐? 머슴을 살든지 농장주가 되든지 네 멋대로 살 것이
　　　　지.
**선희**　　여보, 동욱이 말은…
**재민**　　다들 날 비웃는다구? 부산에 가서 장재민이라는 이름을 대 봐. 어떻게 되나.
**동욱**　　알았어요. 알았다니까요!
**재민**　　너, 왜 늘 애비를 무시하냐?
**동욱**　　제가 언제 그랬어요? (선희에게) 제가 그랬어요?
**선희**　　그러지 않았어요.
**재민**　　맨날 아들 편만 들어.
**선희**　　여보, 동욱이가 맘 잡고 착실하게 돈 벌겠대요.
**재민**　　(동욱에게) 내일 할 일 없거든 현관문에 페인트칠이나 해.
**동욱**　　아침 일찍 나가야 돼요.
**동숙**　　아빠, 송병호 만나러 간대.
**재민**　　송병호?… 그 사람은 왜?
**동욱**　　… 그 사람한테 돈 빌려서 사업 한 번 제대로 해보려고요.
**선희**　　대단한 생각이지 뭐유?
**재민**　　그게 뭐가 대단해? 동욱이가 무슨 일을 하겠다면 도와줄 사람이 천지에 널려
　　　　있는데. 그래, 얼마를 빌려준다던?

| 동욱 | 한 오천만 원, 아, 아니, 아직 만나지도 않았어요. |
|---|---|
| 재민 | 또 김칫국부터 마시는구만. |
| 동욱 | 하, 진짜 돌아버리겠네! |
| 재민 | 내 집에서 그따위 천한 말은 쓰지 마! |
| 동욱 | 아버진 언제부터 그렇게 고상하셨죠? |
| 재민 | 저놈의 자식! 애비한테 말버르장머리가… |
| 동숙 | 잠깐만! 사업에 대해 멋진 생각이 떠올랐어. 오빠하고 나하고… 말하자면 장씨 남매 스포츠용품점을 내는 거야. |
| 동욱 | 스포츠용품점? |
| 동숙 | 오천만 원 빌려서 천만 원 보증금 내고, 한 삼십 평짜리 월세 가게를 얻자. 삼천만 원으로 운동구 들여놓고, 천만 원은 인테리어하면 될 거야. 또, 장동욱 축구 교실을 열어서 오빠가 주말마다 무료 수업을 해 주고 그때 운동용품도 파는 거야. 어때? |
| 재민 | 오, 그것 참 멋진 계획이다! |
| 선희 | 정말 멋진 계획이구나! |
| 동욱 | 축구교실이라면 문제없지. |
| 재민 | 축구라면 네가 최고지! |
| 동숙 | 휘파람도 불고 싶으면 맘대로 불고! |
| 재민 | 푸른 바다에 뛰어들어! 너희 남매 둘이서 힘을 합치면 못할 게 뭐가 있겠냐? |
| 동욱 | 내일 당장 송병호를 만나겠어요. |
| 선희 | 아이구, 이제야 일이 제대로… |
| 재민 | 말 좀 가로막지 마! (동욱에게) 송병호 만나러 갈 땐 캐주얼이나 청바지를 입으면 안 된다. |
| 동욱 | 그건 저도… |
| 재민 | 정장 양복을 잘 다려 입고 가라. |
| 선희 | 내가 양복 다려 주마. |
| 재민 | (선희에게) 어허, 참! (동욱에게) 될 수 있는 대로 말을 적게 하고 쓸데없는 농담은 하지 마라. 사람들은 농담하는 사람을 좋아하기는 하지만 돈은 안 꾸어주는 법이다. |
| 동숙 | 오빠 할 수 있을 거야. |
| 재민 | 당당한 표정으로 들어가. 초조한 얼굴은 금물이다. |
| 선희 | 그 사람 동욱이를 끔찍이 좋아했잖아요. |

| | |
|---|---|
| **재민** | 가만 좀 있으라니까! |
| **동욱** | 엄마한테 소리 지르지 마세요! |
| **재민** | 말참견을 하니까 그러지 않냐? |
| **동욱** | 밤낮 엄마한테 소리 지르잖아요? 그게 싫단 말예요. |
| **재민** | 이게 네 집이야? 큰소리치게? |
| **선희** | 여보! |
| **재민** | 아 참, 맨날 아들 편만 들어! |
| **동욱** | 소리 지르지 마시라니까요! |
| **재민** | (동욱과 선희를 번갈아 바라보다가 갑자기 풀이 죽어) 송병호를 만나거든 안부 전해라. 날 기억하고 있을지도 몰라. |

재민, 침실로 가서 와이셔츠를 벗고 욕실 안으로 퇴장한다.

| | |
|---|---|
| **선희** | (동욱에게 다가가서 목소리를 낮추어) 왜 또 시작이냐? |
| **동욱** | 엄마! |
| **선희** | 봐라! 아버지께선 네 입에서 희망 섞인 얘기만 나오면 금세 상냥해지시지 않냐? 어서 가서 기분 풀어드려라. 안녕히 주무세요라고만 하면 돼. 금세 풀리실 거다. 알았지? |

선희, 침실 쪽으로 간다.

| | |
|---|---|
| **동욱** | 동숙아, 십만 원만 빌리자. |
| **동숙** | 뭐하러? |
| **동욱** | 넥타이 좀 사게. |
| **동숙** | 그래, 내 친구 매장으로 가자. 지금 세일 중이야. |
| **동욱** | 송병호를 잘 꼬셔야 할 텐데. |
| **동숙** | 아빠한테 가자. |

동숙과 동욱, 침실로 간다.
물 내리는 소리와 함께 재민, 욕실에서 나온다.

| | |
|---|---|
| **동숙** | 오빠가 잘 주무시라고 인사드리고 싶대. |

**아버지**

| 재민 | 송병호를 꽉 잡아라. |
| 동욱 | 걱정 마세요. 안녕히 주무세요. |

동욱, 돌아서서 가려고 한다.

| 재민 | 태백에서 사업을 했다고 해. 농장에서 일했단 말은 하지 말고. |
| 동욱 | 네. |
| 선희 | 아이구, 인제 만사가… |
| 재민 | (선희의 말을 가로채며) 어허, 참! 그리고 괜히 굽실거릴 필요는 없다. |
| 동욱 | 알았어요. |

동욱, 움직이기 시작한다.

| 재민 | 넌 인기 있고, 배짱 있고, 능력도 있으니까 꿈을 세우고 도전하면 얼마든지 성공할 수 있다는 걸 잊지 마! 알았냐? |
| 동욱 | 예. |

동욱, 나간다.

| 선희 | 잘 자거라. |
| 재민 | 밤낮 아들 편만 들어! |
| 동숙 | 아빠, 나도 올해가 가기 전에 정규직원이 될 테니까 두고 봐. |
| 재민 | 그래, 푸른 바다에 뛰어들어! |
| 동숙 | 푸른 바다! 안녕히 주무셔요! |
| 선희,재민 | 오냐. |

동숙, 침실에서 나와 퇴장한다.
동욱은 천천히 지하실로 들어갔다가 조금 뒤에 고무호스를 들고 나온다.
그는 공포에 사로잡혀 침실 쪽을 바라보다가 사라진다.

| 선희 | 여보, 동욱이가 당신한테 무슨 원망이라도 품을 일 있었어요? |
| 재민 | 원망은 무슨, 그만 자자구. |

425  재민, 자려다가 선반 위의 트로피를 본다.
어두운 조명 속에서 트로피가 은은하게 빛난다.


재민  여보!

선희  네?

재민  서울시장배 축구 결승전 생각나?

선희  그럼요.

재민  (침대 위의 트로피를 가리키며) 저 트로피 받았을 때 우리 동욱이 얼마나 대단했어?

선희  정말 대단했지요.

재민  표범처럼 운동장을 누비던 그 모습, 잊을 수가 없어. 태양도 온통 그 녀석만 비추는 것 같았지. 단독 드리블로 공을 몰고 가다가 멋진 슛으로 골인을 시키고 나서 나한테 두 손을 번쩍 들었잖아. 코치며 선수들 모두 그 녀석을 빙 둘러싸고 동네 사람, 거래처 직원들 모두 박수 치고 소리 지르고 난리났었지. 장동욱! 장동욱! 장동욱! 암, 그 녀석은 성공하고 말 거야. 그렇게 빛나던 별이 쉽사리 꺼질 수는 없지.


어느덧 하늘에 달이 떠 있다.


선희  동욱 아빠!

재민  응?

선희  노래 불러 줄까요?

재민  불러 봐.


재민, 이불 속으로 들어간다.
선희, 노래를 부른다.


선희  *얼어붙은 달그림자 하늘 위에 차고*
     *한겨울에 거센 파도 모으는 작은 섬…*


은은한 선율이 흐르며 달빛이 점점 밝아진다.


아버지

| 재민 | 여보! |
|---|---|
| 선희 | 예? |
| 재민 | 저 달 좀 봐. |

재민과 선희, 달을 바라본다.

| 재민 | 아파트 사이로 가고 있네. |
|---|---|
| 선희 | 그러네요. 옛날엔 밤새도록 뒷산에 떠 있었는데… |
| 재민 | 그러게 말이요. |

두 사람, 미소를 지으며 달을 바라본다.
푸르스름한 달빛 속에 음악이 흐른다.
암전.

# 제7장 침실/거실

유쾌하고 명랑한 음악이 들리면서 조명이 밝아진다.
재민, 침실 안에서 양복바지와 와이셔츠를 입으며 출근 준비를 한다.
낡은 앞치마를 입은 선희, 싱크대 앞에서 믹서기에 토마토를 갈아서 재민에게 준다.
그녀의 몸짓은 생기 있고 활기가 넘친다.

| 선희 | 토마토가 싱싱해요. 한 잔 쭉 드세요. |
|---|---|
| 재민 | 고마워. |
| 선희 | 어젯밤엔 코를 드릉드릉 골면서 잘도 자대요. |
| 재민 | 허허허, 그랬어? |

재민, 토마토주스를 마신다.
선희, 양복을 들고 거실로 나가면 재민이 따라나간다.

| 재민 | 애들은 일찍 나갔어? |
|---|---|
| 선희 | 여덟 시쯤 함께 나가는 걸 보니까 참 대견하고 보기 좋습디다. 향수에 로션 냄새 천지라니까요. |

| | | |
|---|---|---|
| 427 | 재민 | (냄새를 맡아보며) 흠흠, 그러네. |
| | 선희 | 윤사장한테 얘기할 거예요? |
| | 재민 | 암, 단도직입적으로 얘기할 거야. 이 나이에 지방 출장이 뭐야? 본사에서 일 해야지. |
| | 선희 | 그리고 선금 좀 달라고 해요. 은행 대출금 내야 해요. |
| | 재민 | 얼마? |

선희, 앞치마에서 낡은 가계수첩을 꺼내어 열어본다.

| | | |
|---|---|---|
| | 선희 | 육십오만 원. 그리고 브레이크 수리비도 내야 해요. |
| | 재민 | 빌어먹을 놈의 똥차! |
| | 선희 | 냉장고 수리비도 있어요. |
| | 재민 | 또 고장이야? |
| | 선희 | (양복을 입히며) 마지막 대출금까지 합쳐서 백만 원만 있으면 되요. 이번만 치르면 집은 우리 것이 되는 거예요. |
| | 재민 | 얼마나 큰일을 한 거야. 이십오 년 동안 꼬박꼬박 대출금을 갚아오다니. 당신이 수고했어. |
| | 선희 | 당신이 큰일 해 놓은 거지요. |
| | 재민 | 하지만 다른 사람이 이 집을 사버리면 도로아미타불이야. 동욱이가 결혼을 해서 이 집을 맡아 줘야 할 텐데. (시계를 보며) 늦었어. 다녀올게. |
| | 선희 | 아이구, 내 정신 좀 봐. 애들이 저녁 때 식당에서 보자고 그럽디다. |
| | 재민 | 나를? |
| | 선희 | 시장통 입구에 있는 '희망 레스토랑'에서요. |
| | 재민 | 당신은? |
| | 선희 | 난 안 가요. 당신한테 멋지게 한 턱 쏘겠대요. |
| | 재민 | 누가 그런 생각을 했어? |
| | 선희 | 아침에 동욱이가 '아버지께 한턱 쏜다고 말씀드려 주세요.' 이러지 않겠어요? |
| | 재민 | 허허, 그랬어? 좋아. 난 윤사장을 설득해서 선금도 받아내고 본사 근무를 할 수 있게 해결해 놓고 올게. |
| | 선희 | 하이구, 이제 우리 집 운이 틔는가 봐요. |
| | 재민 | 그러고 말고! |

재민, 걷기 시작한다.

선희, 남편의 뒤에 대고 소리친다.

**선희**　　여보, 안경!

**재민**　　(주머니에서 꺼내 쓰며) 음, 여기 있어.

**선희**　　(앞치마에서 손수건을 꺼내어 주며) 손수건!

**재민**　　음.

**선희**　　(재민을 따라 집 앞의 무대를 지나가며) 희망 레스토랑 여섯 시예요.

**재민**　　알았어. 여보, 행운의 춤!

**선희**　　아이, 당신도 참!

선희, 부끄러워하면서도 교태스런 몸짓으로 몸을 흔든다.

**재민**　　허허허, 섹시해. 다녀올게.

재민, 퇴장.

**선희**　　조심하시우!

선희, 손을 흔든다.

갑자기 전화가 울리자 선희, 급히 거실로 뛰어가서 수화기를 든다.

**선희**　　여보세요. 응, 동욱이냐?… 그래, 지금 막 말씀드렸다. 아, 그리고 동욱아, 오늘 아침에 고무호스를 없애려고 지하실엘 내려갔더니 너희 아버지가 치우셨는지 온 데 간 데 없더라. 뭐? 네가 치웠어?… 아니, 잘했다. 사실 난 네 아빠 손으로 없애 버리길 바랬는데… 걱정할 거 없다. 오늘 아침엔 기분이 아주 좋아서 나가셨어. 동욱아, 아버지한테 정말 잘해드려야 된다. 너희 아버진 폭풍 속에서 항구를 찾는 조각배 같은 분이셔. 아버지 목숨은 너한테 달렸다. (희비가 교차되어 목소리가 떨리며) 하이고, 이제 한시름 놓겠다. 저녁엔 아버지 모시고 재미있게 지내라. 아버지 만나거든 꽉 껴안아 드리고 함빡 웃어라. 응? 그래, 그럼, 이만 끊자. 우리 아들, 화이팅!

# 제8장 윤성실업 사장실

30대 후반의 윤완규, 책상에 앉아 아이패드를 만지작거리다가 재민이 들어오자 힐끗 보며 아이패드를 계속 만진다.

**윤사장**　　어서 오세요.

재민, 테이블 앞으로 가서 들여다본다.

**재민**　　그게… 뭐유?
**윤사장**　　이거요? 컴퓨터의 일종인데요. 들고 다닐 수도 있고 편리한 기능이 잔뜩 들어 있는 겁니다. 게임도 할 수 있고, 음악도 들을 수 있고, 영화도 볼 수 있어요.

윤사장, 아이패드를 들어 올려 재민의 눈앞에 대고 손가락으로 화면을 늘였다 줄였다 한다.

**윤사장**　　세계증시, 증권 거래, 은행거래, 제품 설명 다 해결이 됩니다. 한마디로 요술 상자죠.
**재민**　　요술상자?… 거 참 신기하네요.
**윤사장**　　요즘 비즈니스맨들은 업무를 다 이걸로 봅니다.
**재민**　　아, 그래요?
**윤사장**　　부산으로 출장 가시게 돼 있지 않습니까?
**재민**　　(의자에 앉으며) 아, 바로 그 얘길 좀 하려는 거요.
**윤사장**　　또 교통사고 내신 건 아니죠?
**재민**　　원 천만에요.
**윤사장**　　그럼, 무슨 일이시죠?
**재민**　　아 그러니까… 보다시피 이젠 나이도 들고 기력도 딸려서 지방 출장은 못 다닐 것 같습니다.
**윤사장**　　그러세요?
**재민**　　작년 망년회 때 생각나십니까?
**윤사장**　　그런데요?
**재민**　　그때 본사 근무를 생각해 보겠다고 하지 않았습니까?
**윤사장**　　그랬나요? 기억이 안 나는데…

아버지

| 재민 | 이제 애들도 다 컸겠다, 내가 뭐 그렇게 큰돈이 필요하겠습니까? 월 이백만 원이면 버텨 나갈 수 있습니다. |
|------|------|
| 윤사장 | 저희 회사 일이 외판에 의한 사업이란 거 잘 아시죠? |
| 재민 | 잘 알죠. |
| 윤사장 | 본사 근무는 어렵습니다. |
| 재민 | 저… 윤 사장님. 난 아버님께서 이 회사 만드셨을 때부터 회사 일을 하지 않았습니까? 아버님께선 어린 사장을 두 팔에 안고 종종 사무실에 오셔서 아들 자랑을 하시곤 했지요. 아, 사장님이 태어난 날, 아버님께서 나한테 좋은 이름 하나 추천해 보라고 하셨지요. 그래 내가 '완규가 어떻습니까? 윤완규! 크게 성공할 이름입니다' 하고 강력하게 추천을 했지요. 하하하! |
| 윤사장 | 하하하, 잘 압니다. 여러 번 들어서. 하지만 본사에는 자리가 없네요. |
| 재민 | 더도 말고… 백오십만 원이면 되겠습니다. |
| 윤사장 | 자리가 없다지 않습니까? |
| 재민 | 그까짓 자리 하나 만들면 되지 않습니까? 이봐요, 윤사장님. 난 새파랗게 젊은 시절부터 외판원이었소. 한때 이 직업이 장래성이 있을까 하는 의문을 가진 적이 있었지. 그래서 난 갑부가 된 형님을 따라 인도네시아로 가려고 했소. 헌데 막 떠나려던 차에 김봉업이란 전설적인 외판원을 만났단 말이야. 당시 여든네 살이나 된 노인이었는데 호텔 방에서 전화로 주문을 받으면서 돈을 엄청 벌더라구. 그걸 보고 생각이 싹 변했지. 아, 이 직업이야말로 사나이가 인생을 걸고 한번 도전해볼만 한 직업이구나 하고 말이야. 그래 나도 윤성실업 최고의 외판원이 되어서 여든 살이 넘어서까지 돈을 벌자 하고 죽자사자 일을 했지. 그때만 해도 동업자 간의 의리가 있었는데 지금은 다 사라져 버렸어. 이제 나 같은 건 알아주지도 않네 그려. |
| 윤사장 | 세상이 달라졌습니다. 지금은 전화 한 통으로 물건을 파는 시대가 아니에요. 저희 회사도 시대에 뒤떨어지는 방문판매 영업을 새로운 영업 방식으로 바꾸지 않으면 살아남을 수가 없게 됐습니다. 이메일, 페이스북, 트위터, SNS도 활용하고 고객들 트렌드에 맞춰 새로운 패러다임이 필요한 시대입니다. 패러다임! |
| 재민 | 월 백! 그거면 되겠소. 백만 원! |
| 윤사장 | 도저히 안 되겠습니다. |
| 재민 | 이거 봐요, 아버님께서 나하고 약속하신 게… |
| 윤사장 | (스마트폰이 울리자 받으며) 아 네, 김사장님, 어디세요? 아, 이런, 곧 나가겠습 |

니다.

윤사장, 밖으로 나가려 한다.

**재민**  아니, 지금, 아버님 얘길 하고 있지 않소? 난 삼십육 년이나 이 회사 일을 해
왔는데 이젠 은행 대출금도 낼 수가 없게 됐어. 아버님께선… 그땐 나한테 전
성기였다구. 수당만 월 평균 오백이었으니까. (주먹으로 테이블을 치며) 오백만
원이었단 말이야! 아버님께서 나한테 약속하신 말씀이 있다구. 여기 이 사무
실에서, 바로 이 책상 너머로, 내 어깨에 손을 얹으시고…

**윤사장**  실례하겠습니다.

윤사장, 밖으로 나가려 한다.

**재민**  (다급하게) 나, 부산으로 가겠소.

**윤사장**  회사 일론 못 가십니다.

**재민**  왜 못 간단 말이요?

**윤사장**  사실 오래 전부터 말씀드리고 싶었어요.

**재민**  날 해고시킬 셈인가?

**윤사장**  푹 쉬셨다가 나아지시거든 다시 오세요.

**재민**  난 돈을 벌어야 해요!

**윤사장**  자제분들이 계시잖아요?

**재민**  걔들은 사업을 크게 하고 있지.

**윤사장**  그럼 무슨 걱정이세요?

**재민**  아, 지금 당장 부산으로 가겠소.

**윤사장**  안 됩니다!

**재민**  자식들한테 얹혀 살 순 없잖아요!

**윤사장**  제가 좀 바빠서요.

**재민**  (윤사장의 팔을 움켜잡고) 이것 봐요. 윤사장! 날 부산으로 보내 줘요! 부산 갈
게, 부산!

**윤사장**  자, 좀 앉으세요. 오 분만 앉아서 기운을 차리세요. 그리고 댁으로 돌아가십
시오. (나가다가 돌아보며) 가지고 계신 샘플들, 나중에 반납해 주시구요.

**아버지**

재민, 울분에 차서 테이블을 친 다음 안경을 벗고 손수건으로 눈물을 닦는다.


**재민**　　　형님!

# 제9장 재민의 과거 집

여행 가방과 우산을 든 재성, 등장한다.


**재성**　　　재민아!

**재민**　　　형님, 어서 오세요!

**재성**　　　그동안 잘 있었냐?

**재민**　　　예.

**재성**　　　내가 인도네시아에 광산을 사 둔 게 있는데 관리할 사람이 필요하다.

**재민**　　　그래요?

**재성**　　　네가 오겠다면 너한테 맡기마.

**재민**　　　아이구, 감사합니다!

**재성**　　　그럼 바로 떠나자.

**재민**　　　예! 여보!

**선희**　　　(안에서) 예!

**재민**　　　어서 나와 봐. 형님 오셨어!


선희, 과거의 활기찬 모습으로 밝은 외출복을 입고 나온다.


**선희**　　　어머! 아주버님, 오셨어요?

**재성**　　　일 년 만이네요, 제수씨!

**재민**　　　여보, 우리 형님 따라 인도네시아로 가자!

**선희**　　　뭐요?… 여기도 좋은 일자리가 있는데요?

**재민**　　　하지만 인도네시아에 가면 그까짓 일자리 아무것도 아냐.

**선희**　　　이만하면 충분한데 뭘 그러세요?

**재성**　　　(선희에게) 허허허, 뭐가 충분하세요?

**선희**　　　(재성을 두려워하지만 그에게 화를 내며) 그런 말씀하시지 마세요. 꼭 외국에 나

　　　　가야만 성공하나요? 여기서 이대로 사는 게 행복해요.

재성　　　그래요? 허허허!

선희　　　여보, 일전에도 윤회장님이 이대로만 가면 본사 직원 시켜준다고 했잖아요?

재민　　　맞아! (재성에게 가며) 형님, 전 회사에 공을 세우고 있거든요. 뭐든 꾸준히 하면 성공하는 거 아니겠어요?

재성　　　뭘 성공했냐? 구체적으로 말을 해봐.

재민　　　… (선희에게 가며) 성공한 게 없잖아.

선희　　　왜 없어요? 김봉업 씨가 있잖아요.

재민　　　맞아! (재성에게 가며) 형님, 전설적인 외판원 김봉업 씨가 있거든요. 그 사람만 보면 제 노후도 걱정할 게 없다는 생각이 들어요. 여든네 살이 됐는데도 최고급 호텔방에서 전화로 주문을 받으면서 돈을 엄청 벌고 있거든요.

재성　　　(가방을 집어 들며) 그래? 그럼 잘 있거라.

동숙　　　오빠, 빨리 와!

동욱　　　알았어.


동욱과 동숙, 뛰어나온다.
동욱은 유니폼을 입었고, 동숙은 동욱의 축구공과 운동가방을 들고 내려온다.


동욱,동숙　큰아버지, 안녕하세요!

재성　　　오냐, 일 년 만에 많이들 컸구나!

재민　　　형님, 우리 동욱이는요. 학비 한 푼 안 내도 유명 대학 세 군데서 서로 스카우트하겠다고 난리에요.

재성　　　그래?

재민　　　동욱아!

동욱　　　네!


동욱, 재민에게 뛰어온다.


재민　　　너 오늘 시합이 얼마나 중요한지 알지?

동욱　　　알아요!

재민　　　형님, 우리 동욱이가 대학만 졸업하고 나면요. 이놈 이름이 온 천지에 울려퍼지고, 성공의 문이란 문은 활짝 열릴 겁니다.


아버지

| | |
|---|---|
| 재성 | 문 앞에 푸른 바다가 펼쳐져 있다. 그 문을 나서기만 하면 부자가 된다! |
| 재민 | 전 여기서 돈을 벌겠습니다! 여기서 벌겠다구요! |

재성, 사라진다. 종식, 뛰어들어온다.

| | |
|---|---|
| 동욱 | 아버지, 빨리 가요! |
| 재민 | 그래, 가자! 아참! |

재민, 거실로 뛰어들어간다.

| | |
|---|---|
| 종식 | 동숙아, 축구공 이리 줘. |
| 동숙 | 안 돼. 내가 들고 갈 거야. |
| 종식 | 그럼 난 어떻게 대기실에 들어가니? 애들한테 대기실에 들어간다고 자랑했는데… |
| 선희 | 그럼 그 운동 가방을 줘라. |
| 동숙 | 오빠, 어떡해? |
| 동욱 | 줘. |

동숙, 종식에게 가방을 준다.
재민, 응원용 수술을 갖고 나와 나누어준다.

| | |
|---|---|
| 재민 | 자, 동욱이가 경기장에 나오거든 이걸 모두 흔들어라. |

동숙이 소리를 지르며 수술을 흔들면 종식, 동숙을 따라 연습한다.

| | |
|---|---|
| 동숙 | (종식에게) 내가 시범 보일 테니까 따라해. 장동욱! 빅토리! 브이 아이 씨 티 오 알 와이! |
| 재민 | 종식이도 한번 해 봐라. |
| 종식 | (엉성하게) 장동욱! 빅토리… |
| 재민 | 종식이는 됐다. 동욱아! |
| 동욱 | 예. |
| 재민 | 너 이번에 꼭 골인시켜야 한다. |

| | |
|---|---|
| **동욱** | 알아요. 아버지를 위해서 한 골, 엄마를 위해서 한 골! |
| **동숙** | 내 거는? |
| **동욱** | 니 거는 반 골! |
| **종식** | 동욱아, 내 거도 반 골! |
| **동욱** | 오케이, 가자! |

아이들, 뛰어나간다.
재민과 선희, 나가려 할 때 창수가 들어온다.

| | |
|---|---|
| **창수** | 어, 왜들 이렇게 시끌시끌하냐? |
| **재민** | 네 자린 없다. |
| **창수** | 자리? 무슨 자리? |
| **재민** | 자동차 말이야. |
| **창수** | 드라이브 하냐? 난 화투나 칠까 하고 왔는데. |
| **재민** | 너, 오늘이 무슨 날인지 몰라? |
| **선희** | 왜 모르시겠어요? 농담하시는 거예요. |
| **재민** | 농담도 할 때가 있지. |
| **창수** | 전 모르겠는데, 무슨 날입니까? |
| **선희** | 동욱이가 동대문운동장에서 서울시장배 축구 결승전에 출전한답니다. |
| **창수** | 어? 방금 동대문운동장이 폭파됐다던데? |
| **재민** | 말대꾸하지 마. 어서 가자구! |
| **창수** | (선희에게) 제수씨, 화이팅입니다! |
| **선희** | 네, 화이팅! |

선희, 나간다. 재민, 나가려다가 돌아온다.

| | |
|---|---|
| **재민** | 등신. 이번 시합만 끝나 봐라. 그 웃는 쌍통이 우거지상이 될 거다. 모두들 우리 동욱이를 제이의 차범근이라고 할 테니까. 연봉이 십억 원도 넘을 거다! |
| **창수** | 십억? |
| **재민** | 그럼! |
| **창수** | (절을 하며) 아이구, 회장님. 앞으로 잘 부탁드립니다. |
| **재민** | 오냐! |

| 창수 | 그런데 재민아! |
|---|---|
| 재민 | 뭐? |
| 창수 | 차범근이 누구냐? |
| 재민 | 이 자식, 한 대 맞고 싶냐? 맞고 싶어? |

창수, 킥킥 웃으며 도망간다.
재민, 창수를 따라 나간다.

| 재민 | (무대 뒤에서) 쥐뿔도 모르면서. 이런 실없는 바보 등신 같으니라고! 한 대 맞고 싶냐? 도망가지 마! |
|---|---|
| 창수 | 내가 도망가는 것 같냐? 나도 바쁜 사람이야. 이 멍충아! |
| 재민 | 야, 김창수, 어디로 달아나냐? 이번 시합만 끝나봐라. 웃는 쌍통이 우거지상이 될 거다! |

# 제10장 김창수의 사무실

종식, 골프 드라이버를 들고 휘둘러본다.
재민, 들어온다.

| 재민 | (들어오며) 골인! 골인! 장동욱! 장동욱! (종식을 보며) 아니 이게 누구야? |
|---|---|
| 종식 | 안녕하세요, 아저씨! |

종식, 골프채를 의자 곁에 세워 놓고 인사를 한다.

| 재민 | 아이구, 반갑네. 어쩐 일인가? |
|---|---|
| 종식 | 공항 가기 전에 아버지 뵈려고 잠깐 들렀습니다. |
| 재민 | 아버지 계신가? |
| 종식 | 세무사하고 상담 중이세요. 이쪽에 앉으세요. |
| 재민 | (앉으며) 공항엔 뭣 하러? |
| 종식 | 뉴욕 가려구요. |
| 재민 | 뉴욕? |
| 종식 | 동욱이가 와 있다죠? |

| | |
|---|---|
| **437** 재민 | 응, 태백에서 큰 사업을 하고 있었는데 여기서 자리를 잡겠다고 올라왔어. |
| 종식 | 그래요? |
| 재민 | 근사한 레스토랑에서 저녁을 같이 먹기로 했어. 참, 애를 낳았다면서? |
| 종식 | 둘짼데 또 아들이네요. |
| 재민 | 아이구, 축하하네. |
| 종식 | 동욱이는 어떤 사업을 합니까? |
| 재민 | 송병호라고 세진상사 사장 알지? |
| 종식 | 알지요. |
| 재민 | 그 사람이 동욱이를 불렀어. 뭔가 큰 사업을 같이 해보자고 말이야. |
| 종식 | 아저씬 아직도 윤성실업에 계신가요? |
| 재민 | 나야… (말을 끊었다가 다시) 자네가 이렇게 성공한 걸 보니 정말 기쁘네. 우리 동욱이도… 종식이! |
| 종식 | 예? |
| 재민 | 비결이 뭔가? |
| 종식 | 비결이라뇨? |
| 재민 | 자넨 어떻게 이렇게 성공했나? 우리 동욱이는 왜 아직도 운이 안 트이지? |
| 종식 | 아저씨, 늘 여쭤보고 싶은 게 한 가지 있었습니다. |
| 재민 | 뭔데? |
| 종식 | 동욱이가 패쌈에 휘말렸을 때요. |
| 재민 | 그래, 그 패쌈이 동욱이 신세를 망쳤다니까! |
| 종식 | 하지만 피해 학생하고 화해만하면 아무 문제없는 사건이었어요. |
| 재민 | 맞아, 맞아! |
| 종식 | 아저씨께서 화해하지 말라고 하셨나요? |
| 재민 | 내가? 천만에! |
| 종식 | 그럼, 왜 안 갔을까요? |
| 재민 | 그 수수께끼를 나도 지금까지 풀지 못하고 있네. |
| 종식 | 동욱이는 피해 학생하고 화해하려다가 부산으로 아저씨 뵈러 간다고 사라져 버렸어요. 동욱이가 아저씨를 만났나요? |
| 재민 | 만났지. 그게 어떻단 말인가? |
| 종식 | 동욱이가 부산에서 돌아온 뒤 했던 행동이 지금도 이해가 안 됩니다. |
| 재민 | 어쨌는데? |
| 종식 | 운동화를요. 그 '대망의 고대'라고 새긴 운동화 있잖습니까? |

아버지

| 재민 | 있었지. |
|---|---|
| 종식 | 그걸 지하실 난로 속에 집어넣어 태워 버렸어요. |
| 재민 | 태웠다고? |
| 종식 | 예, 그때 전 동욱이하고 삼십 분도 넘게 싸웠을 거예요. 지하실에서 막 소리를 지르면서요. 부산에서 무슨 일이 있었나요? |
| 재민 | … |
| 종식 | 아저씨! |

재민, 불의의 침입자를 보는 눈으로 종식을 본다.

| 재민 | 일은 무슨 일? 내가 뭘 잘못했단 말인가? 자식이 지 인생을 포기했다고 해서 그게 애비 잘못이야? |
|---|---|
| 종식 | 아뇨, 그런 말씀을 드린 게 아니고… |
| 재민 | 무슨 일이 있었냐니, 그게 무슨 뜻이야? |

창수, 고급스런 홍삼 선물 세트를 들고 들어온다.

| 창수 | 종식아, 비행기 늦겠다. 자, 최고급 홍삼정이야. 객지에선 건강이 최고다. |
|---|---|
| 종식 | (선물을 받으며) 감사합니다, 아버지. (골프채를 주며) 이거, 아버지가 갖고 싶어 하던 최신형 드라이버입니다. |
| 창수 | 와, 우리 아들 최고! |
| 종식 | (재민에게) 아저씨, 너무 걱정하지 마세요. 실패는 성공의 어머니라는 말도 있지 않습니까. |
| 재민 | 그 말은 나도 아네. |
| 종식 | (절을 하며) 안녕히 계십쇼. |
| 재민 | (악수하며) 잘 가게. |
| 종식 | 아버지, 다녀오겠습니다. |
| 창수 | (골프 치는 동작을 하며) 그래. 우리 아들, 화이팅! |
| 종식 | 나이스 샷! |

종식, 퇴장하고 그 모습을 부러운 눈으로 바라보는 재민.

| 재민 | 뉴욕에 간다구? |
|---|---|
| 창수 | 월 스트리트 로펌에서 일을 하게 됐단다. |
| 재민 | 월 스트리트… |
| 창수 | (주머니에서 흰 봉투를 꺼내어 재민에게 주며) 자, 오십만 원. 미안하다. 세무사 상담하랴, 리모델링하랴 정신이 없다. |
| 재민 | 이거 봐… 대출금도 내야겠고… 백만 원은 있어야겠다. |

창수, 잠시 대답을 하지 않고 서 있다.

| 재민 | 은행에서 찾으면 되지만 마누라가 알면… |
|---|---|
| 창수 | (골프채를 의자 곁에 두며) 잠깐 앉아라. |
| 재민 | 빚지고 못 사는 내 성질 잘 알지? 내가 안 갚는다고 생각하면 절대 안 돼. |
| 창수 | 너한테 일자리를 제안하지 않았냐? 월 백. 출장도 안 보내고. |
| 재민 | 나 일자리 있어. |
| 창수 | 돈도 못 받는 일자리! |
| 재민 | 돈 몇 푼 꾸어 준다고 날 모욕하지 마! |
| 창수 | 모욕이라고? |
| 재민 | 그렇지 않고. |
| 창수 | 그럼 뭣 때문에 매달 여길 오는 거냐? |
| 재민 | (벌떡 일어나며) 내가 오는 게 싫다면야 가면 되지… |
| 창수 | 너한테 일자리를 주겠다는 거 아냐? |
| 재민 | 그따위 일자리는 싫다구! |
| 창수 | 너 언제나 철이 들래, 이 멍충아! |
| 재민 | 이 자식, 말을 함부로 해. 한 대 맞을래? 천하 없는 놈도 겁나지 않아! |

재민, 당장에라도 싸울 태세다.

| 창수 | (지갑을 꺼내며) 백만 원. |
|---|---|
| 재민 | … 나, 오늘 해고당했다! |
| 창수 | 윤 사장한테? |
| 재민 | 그래, 그 시건방 떠는 새파란 놈한테. 내가 그 자식 이름까지 지어주었는데 말이야. |

아버지

| 창수 | 그까짓 이름 좀 지어 준 게 뭐 그리 대단한 일이라구. |
|---|---|
| 재민 | 배은망덕한 놈의 자식! |
| 창수 | 배은망덕한 회사 다 잊어버리고 여기 와서 일해라. |
| 재민 | 네 밑에선 일할 수 없어. |
| 창수 | 왜? 날 시기하는구나? |
| 재민 | 글쎄, 못 한다니까! |
| 창수 | (지갑에서 돈을 꺼내며) 이그, 그 알량한 놈의 자존심, 평생 그렇게 우기고 살아라. 자! |

창수, 재민의 손에 돈을 쥐어 준다.

| 재민 | 꼭 갚을 테니까. |
|---|---|
| 창수 | 쓸데없는 소리 한다. |
| 재민 | 참, 이상한 일이다. |
| 창수 | 뭐가? |
| 재민 | 평생 동안 차를 몰고 전화를 하고 협상을 하고 접대를 하면서 죽자사자 일해 왔는데 이젠 사는 게 죽는 것보다 못하게 됐으니 말이다. |
| 창수 | 그래, 너나 나나 넥타이 매고 반짝이는 구두 신고 이 험한 세상을 죽어라 달려왔지. 이제 와서 세상살이에 지쳤다고 추락하면 안 된다. |

재민, 몽상에 잠겨 가만히 서 있다.

| 창수 | 재민아! |
|---|---|
| 재민 | 아들 잘 키웠다. 우리 동욱이도 언젠간 성공할 수 있을 거야. |
| 창수 | 그러고말고. 이 멍충아! |
| 재민 | 넌… 둘도 없는 친구야. 고마워. |

재민, 창수의 어깨를 두드린 뒤 밖으로 나간다.
창수, 재민이 나가는 것을 응시하다가 반대편으로 나간다.

## 제11장 희망 레스토랑

웨이터, 식탁보가 덮인 탁자와 의자 두 개를 들고 들어와 세팅을 한다.
동숙, 들어온다.

**웨이터**    아이구, 미스 장, 오랜만에 오시네요.

**동숙**    (앉으며) 요새 손님 많아요?

**웨이터**    말도 마세요. 아주 죽겠습니다.

**동숙**    오빠가 왔어요.

**웨이터**    아, 그래요? 태백에서 농장하신다면서요?

**동숙**    굉장한 농장주니까 대접 잘해요. 아빠도 오시니까.

**웨이터**    아버님도요? 오늘 무슨 날인가 보죠?

**동숙**    뭐, 조그만 축하회식이에요. 오빠하고 나하고 사업을 해보려구요.

**웨이터**    축하합니다. 사업은 가족끼리 하는 게 최고죠.

양복을 입은 동욱, 급히 뛰어들어온다.

**웨이터**    오랜만에 오시네요!

**동욱**    응, 오랜만이야.

**웨이터**    그럼 얘기 나누십시오.

**동숙**    고마워요.

웨이터, 안으로 들어간다.

**동숙**    만났어?

**동욱**    만났는데… 또 이상한 일이 생겼다.

**동숙**    못 만났구나?

**동욱**    비서 눈치 보면서 응접실에서 세 시간이나 기다렸다가 잠깐 봤다.

**동숙**    그래서?

**동욱**    내가 누군지 몰라보더라.

**동숙**    기억을 못 해?

**동욱**    날 힐끗 보더라. 그러곤 나가 버렸어.

**아버지**

| 동숙 | 정말? 너무했다. |
|---|---|
| 동욱 | 개자식! 어찌나 자존심이 상하던지 그 자식 사무실을 다 부숴 버리고 싶더라. |
| 동숙 | 헌데 이상한 일이란 게 뭐야? |
| 동욱 | 송병호 그 자식은 나가 버리고 비서도 나가 버리고 응접실에 나 혼자 남았는데, 그때 무슨 생각이 들었던지 그 자식 사무실 안으로 들어갔어. |
| 동숙 | 그래서? |
| 동욱 | 내가 글쎄, 그 자식 만년필을 또 훔쳤다. |
| 동숙 | 또? 들켰어? |
| 동욱 | 뛰어나왔지. 이십 층이나 되는 계단을 뛰어 내려왔어. 뛰고 뛰고 계속 뛰었다. |
| 동숙 | 아휴, 속 터져! 도대체 뭣 때문에 그런 짓을 해? |
| 동욱 | 나도 몰라. 그냥 뭐든 훔치고 싶었어. 미친 듯이 계단을 뛰어 내려오다가 중간쯤에서 갑자기 멈춰 서서 생각해 봤다. (만년필을 꺼내어 보며) 내가 이걸 왜 훔쳤을까? |
| 동숙 | 그래, 도대체 왜 훔친 거야? |
| 동욱 | 그걸 모르겠으니 미치겠다는 거 아니냐? 나도 모르게 그런 손버릇이… 날 좀 도와줘. 아버지한테 사실대로 얘길 해야 돼. |
| 동숙 | 안 돼. 거짓말로 둘러대. |
| 동욱 | 어떻게? |
| 동숙 | 내일 송병호하고 점심 먹기로 했다고 해. |
| 동욱 | 내일은 뭐라고 하냐? |
| 동숙 | 아침에 나갔다 오후에 들어와서 적당히 둘러대. |
| 동욱 | 하지만 언제까지 그렇게 둘러대냐? |
| 동숙 | 아버지는 뭐든 희망을 걸고 살아야 하시잖아. |

재민, 들어온다.

| 웨이터 | 아이구, 장선생님! |
|---|---|
| 동숙 | (동욱에게 재빨리 속삭이며) 말 잘해야 돼. |
| 웨이터 | 오랜만에 오시네요! |
| 동숙 | 아빠, 어서 와! |
| 웨이터 | 이쪽으로 앉으시죠. |
| 재민 | 그래, 잘 지냈나? |

| | |
|---|---|
| **웨이터** | 예, 덕분에. |
| **동욱** | (죄진 태도로 재민에게) 한잔하시겠어요? |
| **재민** | 좋지. |
| **동욱** | (웨이터에게) 우선 맥주 두 병! |
| **웨이터** | 알았습니다. |

웨이터, 나간다.

| | |
|---|---|
| **재민** | 잘됐냐? |
| **동욱** | 아버지… |
| **재민** | 오냐. |
| **동욱** | 오늘 이상한 일이 있었어요. |
| **재민** | 이상한 일? |
| **동욱** | 한참 동안 기다렸죠. 그리고… |
| **재민** | 송병호를 말이지? |
| **동욱** | 네, 세 시간이나요. 그러자니 지나간 일들이 이것저것 생각나더라구요. 아버진 제가 그 회사 영업 사원인 줄 아셨죠? |
| **재민** | 사실이잖냐? |
| **동욱** | 아녜요. 난 계약직 배달원이었어요. |
| **재민** | 이게 무슨 소리야? 그런 구질구질한 얘긴 하지 마라. |
| **동욱** | 그런 얘길 하려는 게 아니구요. 사실은요… |
| **재민** | 나 오늘 해고당했다! |
| **동욱** | 예? |
| **재민** | 해고, 해고당했단 말이다! |
| **동숙** | 아빠, 정말? |
| **재민** | 니 엄마한테는 뭐든 기쁜 소식을 알려야 될 거 아니냐? 헌데 난 해고 말고는 해 줄 얘기가 없다. 그러니까 나한테 그런 구질구질한 얘기는 하지 마. |

웨이터, 맥주 두 병과 맥주잔 세 개를 놓고 나간다.

| | |
|---|---|
| **재민** | 송병호를 만났냐? |
| **동욱** | 속 터져! |

아버지

| 재민 | 그럼, 안 갔단 말이야? |
|---|---|
| 동숙 | 안 가긴 왜 안 가? |
| 동욱 | 갔어요, 만났다니까요. 그런데 그 자식들이 아버질 해고했어요? |
| 재민 | 그래, 널 어떻게 맞아 주던? |
| 동욱 | 아니, 수당만 받고 일하는 것도 안 된다는 거예요? |
| 재민 | 어서 말해 봐. 반가워하던? |
| 동숙 | 엄청 반가워했대. |
| 재민 | (동숙에게) 거봐라. 십 년이나 못 봤는데도 반가워하잖냐! |
| 동욱 | 근데 아버지… |
| 재민 | 그 사람이 왜 너를 반가워 하는지 아냐? 네가 거기서 일할 때 인기 있고 능력을 보여줬기 때문이야. |
| 동욱 | 모든 걸 사실대로 다 얘기할게요. |
| 재민 | 그래, 어떻게 됐냐? |
| 동욱 | 응접실로 나와서… |
| 재민 | 반갑게 악수했겠지? |
| 동욱 | 글쎄, 뭐랄까… |
| 재민 | 그다음에 차 한잔했겠구나. |
| 동욱 | 예… 아니, 아녜요. |
| 동숙 | 우리 사업 계획을 얘기했대. |
| 재민 | 말참견하지 마라. (동욱에게) 그래, 반응은? |
| 동욱 | 너무 재촉하니까 말씀드릴 수가 없잖아요? |
| 재민 | 아니 이놈아, 네 말을 기다리고 있잖아. 악수를 하고, 차 한잔하고, 그리고 어떻게 됐냐구? |
| 동욱 | 얘길 했죠. 그랬더니 듣더라구요. |
| 재민 | 뭐라고 대답하던? |
| 동욱 | 그 사람 대답이… |
| 재민 | 응, 그래. |
| 동욱 | 다 말할 테니 가만히 좀 계세요! |

사이.

| 재민 | 만나지도 못했구나! |

| | |
|---|---|
| **동욱** | 만났다니까요! |
| **재민** | 싸가지 없는 말을 하진 않았냐? |
| **동욱** | 제발 좀 달달 볶지 말라구요. |
| **재민** | 어떻게 됐어? |
| **동욱** | (동숙에게) 아버지하곤 도저히 말 못 하겠다! |
| **동숙** | 어서 얘기해! |
| **동욱** | (동숙에게) 넌 좀 가만있어! |

음울한 음악과 함께 종식, 소리치며 집으로 뛰어들어온다.
선희, 옛날 모습으로 거실에 나타난다.

| | |
|---|---|
| **종식** | 아주머니, 아주머니! |
| **선희** | 종식아, 무슨 일이냐? |
| **종식** | 동욱이가 무기정학 당한대요! |
| **선희** | 무, 무기정학? 우리 동욱이 어디 있냐? |
| **종식** | 서울역으로 갔어요. 부산 간다고요. |
| **선희** | 부산? |
| **종식** | 아저씨가 늘 묵으시는 호텔로 찾아간다던데요? |
| **선희** | 거길 갔어? |

음악이 사라지면 집 주위의 조명이 급속히 꺼진다.

| | |
|---|---|
| **재민** | 그래, 정학 잘했다! |
| **동욱** | 무슨 말씀이에요? |
| **재민** | 정학, 정학! |
| **동욱** | 진정하세요, 아버지! |
| **재민** | 네가 무기정학만 안 당했어도 지금쯤 자리가 잡혔을 게 아니냐? |
| **동욱** | 다 얘기할 테니 들으세요. 세 시간이나 기다렸는데도 만나 주질 않았어요. |
| | (품에서 만년필을 꺼내며) 그러다가 결국… |
| **재민** | 무슨 만년필이냐?… 또 훔쳤구나! |
| **동욱** | 훔친 건 아녜요. |
| **동숙** | 얼떨결에 집어넣은 거래. |

**아버지**

| 재민 | 이놈의 자식! |
|---|---|
| 동욱 | 나도 모르게… |

날카로운 전화벨 소리가 울린다.

| 재민 | (벌떡 일어서며) 받지 마! |
|---|---|
| 동욱 | 왜 그러세요? |

전화벨 소리.

| 재민 | 받지 마! |
|---|---|
| 동욱 | 아버지, 앞으론 잘 할게요. 잘 하겠다니까요. 제발 좀 앉으세요. |
| 재민 | 넌 틀렸다. 가망이 없어! |
| 동욱 | 아버지. 송병호가, 그 사람이 말예요… 단지 액수가 문제라는 거죠. |
| 재민 | 그럼… 다 잘됐구나! |
| 동숙 | 내일 점심 먹기로 했대. |
| 재민 | 됐다, 됐어! |
| 동욱 | 하지만 내일 못 가요. |
| 재민 | 왜 못 가? |
| 동욱 | 만년필 건이 있잖아요? |
| 재민 | 돌려주고 실수했다고 하면 되잖냐? |
| 동욱 | 옛날에도 훔쳤는데 어떻게 뻔뻔스럽게 그 얘길 해요? 난 죽어도 못 해요! |
| 미스강 | (소리) 호호호! |
| 재민 | (일어나서 허공을 노려보다가) 내일 점심을 같이 해라. |
| 동욱 | 못 가요. 약속도 하지 않았다구요. |
| 재민 | 나쁜 놈, 애비를 괴롭힐 작정이냐? |
| 동욱 | 나 좀 갈구지 말라구요! |
| 재민 | (동욱의 뺨을 치며) 이 못난 놈! |
| 동욱 | (소리치며) 그래요. 난 못난 놈이에요. 그걸 이제 아셨어요? |
| 동숙 | (그들을 떼어놓으며) 제발 그만들 해요! 오빠, 앉혀드려! |
| 미스강 | (소리) 호호호! |

447  미스강의 웃음소리를 듣고 재민은 혼란한 상태로 끌리듯 걷는다.

**동욱**    어디 가세요?

**재민**    문 열어라.

**동욱**    문요?

**재민**    문… 욕실문이 어디야?

**동욱**    (재민을 인도하며) 저쪽으로 곧장 가세요.

**미스강**   (소리로) 재민 씨, 일어나시소. 일어나시라예!

재민, 퇴장한다.

**동욱**    넌 왜 아버지한테 잘 좀 못 하냐?

**동숙**    갑자기 무슨 소리야?

동욱, 주머니에서 가스 호스를 꺼낸다.

**동욱**    봐라. 지하실에 있더라. 이런데도 안 돌봐드릴래?

**동숙**    나더러 하는 소리야? 아빠가 자살하시려는 게 내 잘못이란 거야?

**동욱**    나 때문이다. 내가 죽일 놈이다. 그러니까 난 할 수가 없어. 네가, 네가 아버
         지 좀 돌봐드려. 난 할 수가 없다구. 나 좀 도와주라.

동욱, 호스를 움켜쥐고 말을 잃은 채 자신의 가슴을 친다.

**동숙**    오빠, 왜 이래?

**동욱**    난 형편없는 놈이다. 쓰레기 같은 놈이다!

**동숙**    오빠!

**동욱**    난 정말 어떡하면 좋으냐? 난, 아버지 얼굴을 볼 수가 없다!

동욱, 당장에라도 폭발할 듯이 급히 뛰쳐나간다.

**동숙**    (쫓아나가며) 오빠, 어디 가? 여기, 얼마예요?

**웨이터**   만 원입니다.

**아버지**

동숙, 웨이터에게 돈을 주고 뛰어나간다.

**동숙**    오빠!

웨이터, 그들을 바라보다가 식탁보를 걷어내면 음악과 함께 호텔 보이가 탁자를 호텔 방의
경대로 바꾼 다음 의자를 들고 퇴장한다.

## 제12장 호텔 방

거실 뒤의 침대 쪽에서 두 사람의 웃음소리가 들린다.

**미스강**    호호호!

전화벨소리가 울린다.

**미스강**    전화 왔네예.
**재민**    받지 마!

벨소리.

**미스강**    받아야 되는 거 아입니꺼?
**재민**    받지 마라니까!

술에 취한 미스강, 슬립 차림으로 교태스럽게 웃으며 나오면 재민 양복을 팔에 걸고 따라 나
온다.

**미스강**    호호호, 내 몸도 마이 상했네.
**재민**    왜?
**미스강**    와인 한 병에 이래 취한 기 처음이라예.
**재민**    나도 많이 취했어.
**미스강**    앞으로 회사에 오실 땐 사장실로 곧장 들어오시소.
**재민**    고마워.

| | |
|---|---|
| **미스강** | (재민의 무릎 위에 앉아 껴안으며) 지는 마 재민씨한테 녹았심더. |
| **재민** | 기분 좋은 소린데. |
| **미스강** | 그란데 우째 그리 외로운 표정을 하는교? 재민씨처럼 외롭고 그르면서도 재 있는 사람은 첨 봤심더. |

노크 소리가 들린다.

| | |
|---|---|
| **미스강** | 누굴까? 나가 볼까예? |
| **재민** | 아냐, 방을 잘못 알고 그러는 걸 거야. |
| **미스강** | 프론트 전화도 안 받았는데… 신경이 쓰이네예. |
| **재민** | (미스강을 안으로 밀며) 그럼 저기 들어가 있어. 웨이터인지도 몰라. |

노크 소리 다시 난다.
미스강, 침대 쪽으로 사라진다.
재민, 문을 열면 동욱이 들어선다.

| | |
|---|---|
| **재민** | 아, 아니… 네가 웬일이냐? |
| **동욱** | 아버지! |
| **재민** | (한 팔로 동욱을 안고) 자, 로비로 내려가자. 주스 사 주마. |
| **동욱** | 무기정학 당할 거 같아요. |
| **재민** | 뭐? |
| **동욱** | 교장 선생이 난리래요. |
| **재민** | 피해 학생하고 화해하지 않았어? |
| **동욱** | 담임이 얘길 해봤는데 화해가 안 된대요. 아버지가 걔 부모를 만나 주셔야 될 거 같아요. |
| **재민** | 당장 서울로 올라가자! |
| **동욱** | (환하게 웃으며) 됐어요! 아버지만 가시면 문제없다구요! |
| **재민** | 로비에 가서 기다려라. 어서! |
| **동욱** | 예! |

동욱, 나간다.
재민, 당황해서 경대에 놓인 양복을 입으려 할 때 동욱이 다시 들어온다.

아버지

**동욱**    아버지, 사실은요, 교장 선생이 절 미워하는 이유가 있어요.

**재민**    (당황해서) 그…그래?

**동욱**    언젠가 교실에 몰래 들어오셨을 때 제가 교장 선생 흉내를 냈거든요. 사팔뜨기에다 혀짜른 말로 놀렸죠. 다들 숨넘어가는 줄 알았대요.

**재민**    그래?

**동욱**    덕사와 던통에 힛나는 우디 학교 학생 여러분…

재민, 웃음을 터뜨린다.
동욱도 웃는다.
거실 뒤에서 미스강도 따라 웃는다.

**동욱**    저기 누가 있어요?

**재민**    아니, 옆방에서 나는 소리다.

**동욱**    누가 있는 것 같아요.

**재민**    옆방에서 파티가 있단다. 자, 자, 어서 내려가 있거라!

동욱, 나간다.
미스강, 웃으며 등장한다.

**미스강**    (혀 짧은 소리로) 덕사와 던통에 힛나는 우디 학교… 호호호!

미스강, 웃으며 재민을 껴안는다.

**동욱**    근데, 아버지…

동욱, 다시 들어오다가 입을 딱 벌리고 미스강을 본다.
재민, 동욱을 보고 당황한다.

**재민**    이제 파티 끝났을 테니까 어서 돌아가시죠.

**미스강**    옷이나 입어야 나가지예.

미스강, 침실 안으로 들어간다.

1부 희곡

**재민** (태연하려고 애쓰며) 저분은 우리 회사 거래처 직원인데 자기 방에서 파티하다 가 너무 시끄러워서 잠시 피해 왔단다. (미스강을 보고) 자, 다 끝났을 테니까 어서 돌아가세요!

**미스강** (코트를 걸치고 나오며) 스카프 어딨습니꺼? 스카프 준다고 약속하지 않았어요?

재민, 경대에서 재빨리 스카프 상자를 꺼낸다.

**재민** (빨리 나가라고 눈짓을 하며) 안녕히 가세요.

**미스강** (스카프 상자를 들고 나가며 동욱에게) 학생, 축구선수제?

**동욱** 예.

**미스강** 내도 축구공 신세 아이가. 뻥! 갑니더!

미스강, 코트를 입고 비틀거리며 걸어 나간다.
재민, 서둘러 양복을 입는다.

**재민** 자, 빨리 가자.

동욱, 움직이지 않는다.

**재민** 왜 그러냐?

동욱, 꼼짝 하지 않고 눈물을 흘린다.

**재민** 사내자식이 울긴… 거래처 직원이라니까. 억측을 하면 못 써… 거래처 직원 이라니까!… 어서 가자!

동욱, 움직이지 않는다.

**재민** 동욱아, 너도 어른이 되면 이해하게 될 거야. 자, 지금 당장 올라가서 피해 학 생 부모를 만나자.

**동욱** 필요 없어요.

**아버지**

재민     필요 없다니? 졸업을 해야 대학엘 들어가지 않냐?

동욱     대학 안 가요!

재민     뭐라고?

동욱     아버지!

재민     저 여잔 아무것도 아니라니까. 동욱아, 아빠는 외로웠단다. (어깨를 잡으며) 몹시 외로웠어.

동욱     놔요. 거짓말쟁이!

재민     뭐라구? 이놈이 어디서 그따위 소릴! 잘못했다고 그래!

동욱     사기꾼! 위선자! 거짓말쟁이! 아버진 위선자야!

동욱, 격정에 사로잡혀 재민을 밀치고 재빨리 돌아서서 울며 뛰쳐나간다.
재민, 넘어진 채 혼자 남아 소리지른다.

재민     동욱아! 어서 이리 오지 못해? 잘못했다고 그래! 매 맞는다! 어서 돌아 와! 어서 오라니까! 명령이다! 명령이야!

조명, 희망 레스토랑으로 바뀐다.
웨이터, 급히 재민에게 다가간다.

웨이터   아이구, 선생님, 일어나십쇼. (재민을 일으키며) 아드님하고 따님은 가셨습니다.

재민     저녁을 같이 먹기로 했는데…

웨이터   가실 수 있으시겠어요?

재민     내 꼴이 흉하지 않나?

웨이터   아이구, 천만에요.

웨이터, 재민의 양복 깃을 털어 준다.

재민     고맙네.

재민, 웨이터에게 창수에게서 받은 돈 봉투를 준다.

| 재민 | 자… |
| **웨이터** | 아니, 괜찮습니다. |
| 재민 | 받아두게. 자네가 맘에 들었어. |
| **웨이터** | (돈 봉투를 받으며) 감사합니다. |
| 재민 | 이 근처에 씨앗 파는 가게 있나? |
| **웨이터** | 씨앗이요? |
| 재민 | 토마토 씨앗, 완두콩 씨앗… |
| **웨이터** | (재민이 돌아설 때 양복 주머니에 돈 봉투를 도로 넣어주며) 글쎄요, 시장통에 있긴 한데 문 닫을 시간이라… |
| 재민 | 서둘러야겠구만. |

재민, 급히 나가면 음악과 함께 조명이 어두워진다.

# 제13장 거실/마당

재민의 양복을 들고 거실에 앉아 있는 선희의 모습이 보인다.
동숙과 동욱, 집 안으로 들어간다.
선희, 화난 표정으로 두 사람을 바라본다.

| 동숙 | 엄마, 안 주무시고 뭘 해? |
| 동욱 | (꽃다발을 엄마에게 내밀며) 꽃 사 왔어요. 침실에 꽂아두세요. |

선희, 화가 나서 꽃을 거실 바닥에 내팽개친다.

| 동숙 | 엄마, 왜 그래? |
| 선희 | (동욱에게) 넌 아버지가 사시건 돌아가시건 관심도 없냐? |
| 동욱 | 돌아가시긴 누가 돌아가셔요? |
| 선희 | 둘 다 내 눈앞에서 없어져라! 썩 꺼져! |
| 동숙 | 엄마, 난 나대로 오빠 위로해 주느라 얼마나 힘들었다구. |
| 동욱 | 아버지를 만나겠어요. |
| 선희 | 안 돼! |

동욱, 침실로 들어간다.

선희      (따라가며) 네가 저녁 사드린다고 그랬지? 아침부터 얼마나 기다리셨는지 아
                 냐? 그러고선 식당에다 버려 둬? 배은망덕한 것들!

동숙      엄마, 우리들이 잘못했어. 내가…

선희      둘 다 이 집에서 나가거라! 어서 짐 꾸려 가지고 나가! (꽃을 주워 올리려다가 멈
                 추며) 이거 주워 올려. 난 너희들 식모가 아냐. 어서 주워, 이 못된 것들아!

동욱, 천천히 다가가서 무릎을 꿇고 꽃을 줍는다.

선희      늙은 아버지를 식당에 버려두는 그따위 쓰레기 같은 자식들이 너희들 말고
                 또 어디 있냐?

동욱      바로 맞혔어요! 난 쓰레기 같은 놈이에요. (일어나서 꽃을 싱크대 개수구에 던지
                 며) 난 쓰레기야. 어머닌 지금 그 쓰레기를 보시고 계신 거구요!

선희      이 못된 자식! 못된 자식! 이 집에서 나가!

동욱      그러지 않아도 나가려고 했어요.

동숙      오빠!

동욱      나가기 전에 아버지하고 얘기해야겠어요.

동욱, 거실 밖으로 나간다.

선희      아버지한테 가면 안 돼!

선희와 동숙, 동욱을 따라 나간다.
그들에게 비친 조명이 갑자기 꺼지고, 어둠 속에서 플래시 불빛이 비친다.
와이셔츠를 입은 재민, 플래시와 호미와 씨앗 봉지들을 들고 나온다.

재민      (봉지를 내려놓으며) 여긴 토마토… (또 하나의 봉지를 내려놓으며) … 완두콩…

환상 속의 장재성이 나타난다.

재성      허허허, 여기서 그게 자라겠냐?

| **재민** | 자라죠. 잘 자랄 거예요.

| **재성** | 희망을 잃지 않는 건 좋은 일이다.

| **재민** | 형님, 시 하나 읽어드릴까요?

| **재성** | 시?

| **재민** | 씨앗 사 가지고 오는 길에 신문을 주웠는데 아주 재미있는 시가 실려 있더라구요.

재민, 와이셔츠 주머니에서 신문 쪼가리를 꺼내어 후레쉬를 비춰가며 읽는다.

| **재민** | 제목. 며루치는 국물만 내고 끝장인가. 마종기라는 시인의 시에요.

| **재성** | 마종기? 허허허, 시인 이름도 이상하지만 시 제목은 더 괴상하구나.

| **재민** | 아내는 맛있게 끓는 국물에서
며루치를 하나씩 집어내 버렸다.
국물을 다 낸 며루치는 버려야지요.
볼썽도 없고 맛도 없으니까요.
며루치는 국물만 내고 끝장인가.
… 시원하고 맛있는 국물을 마시면서
이제는 쓸려나간 며루치를 기억하자.
남해의 연한 물살, 싱싱하게 헤엄치던
은빛 비늘의 젊은 며루치떼를 생각하자. 어때요?

| **재성** | 허허허, 아주 재미있는 시로구나.

| **재민** | 푸른 바다에서 은빛 비늘을 번쩍이던 이 장재민 멸치도 그냥 갈 수 없잖아요?

| **재성** | 그냥 안 가면 어쩌겠다는 거냐?

| **재민** | 사나이라면 이 세상에 왔다가 뭔가 하난 남겨놓고 가야 하지 않겠어요?

| **재성** | 그래야지.

| **재민** | 형님, 틀림없는 계획입니다.

| **재성** | 어떤 계획?

| **재민** | 현금 이억삼천만 원! 굉장하죠? 그 돈만 있으면 우리 동욱이가 성공할 수 있을 겁니다.

| **재성** | 비겁하고 어리석은 짓이야!

| **재민** | 그럼 유산 한 푼 남기지 못하고 국물만 우려낸 멸치 꼬락서니로 죽는 게 용감하고 현명한 짓입니까?

아버지

| 재성 | 그 말도 일리는 있다. 이억삼천만 원이라… |
|---|---|
| 재민 | 얼마나 근사합니까? 푸른 바다 속에서 진주를 캐내는 것 같단 말씀이에요. 그 돈만 있으면 평생 고생한 집사람도… 동욱이란 놈은 절 우습게 알지만 장례식 땐… 제 장례식은 굉장할 겁니다. 부산, 광주, 대전, 천안 전국에서 수많은 외판원들이 모여들 겁니다. 장례식 때 제 눈으로 직접 보고서야 이 애비가 어떤 인물이었는지 알게 될 걸요. 하하하, 그놈, 깜짝 놀랄 겁니다. |
| 재성 | 동욱이가 비겁하다고 그럴 걸. |
| 재민 | (갑자기 두려움에 사로잡혀) 그래선 안 되죠. 그놈이 그래선 안 되죠. |
| 재성 | (시계를 보며) 시간이 없구나, 시간이! |

재성, 사라지면 과거의 음악이 흐른다.

| 재민 | 형님, 어떡하면 행복했던 그 시절로 돌아갈 수 있을까요? 개나리, 진달래, 목련꽃이 흐드러지게 피고 아이들과 집사람의 웃음소리 집안에 가득하던 그 시절… 다시 오지 않겠죠? |

동욱, 재민이 나온 뒤켠에서 나온다.
선희와 동숙은 반대편의 어둠 속에서 그들의 대화를 엿듣는다.

| 동욱 | 아버지! |
|---|---|
| 재민 | (몸을 돌려 그를 보고 당황해서 씨앗 봉지를 주워 올리기 시작하며) 이놈의 씨앗이 어디 갔어? 깜깜해서 뭐가 보여야 말이지. 뺑뺑 돌아가며 아파트를 지어놓았으니 원… |
| 동욱 | 저, 떠나겠어요! |
| 재민 | 내일 송병호 만나기로 하지 않았냐? |
| 동욱 | 그런 약속 하지도 않았어요. |
| 재민 | 약속을 안 해? |
| 동욱 | 여태까진 싸우고 집을 나가곤 했지만 오늘은 안 싸울 거예요. 들어가서 어머니한테 말씀드려요. |
| 재민 | (죄책감이 섞인 음성으로) 싫다! |
| 동욱 | 아버지! |
| 재민 | 이거 놔! |

457 동욱이 팔을 잡으면 재민, 뿌리치고 플래시와 꽃삽과 씨앗 봉지 등을 들고 집안으로 들어간다.

동욱도 따라 들어간다.

선희와 동숙, 먼저 거실로 들어가서 그들을 맞이한다.

| | |
|---|---|
| **선희** | 다 심었수? |
| **동욱** | (선희에게) 잘 말씀드렸어요. 지금 떠나면 다신 돌아오지 않을게요. |
| **선희** | 그게 좋겠어요. 같이 살면서 지지고 볶아봤자 무슨 소용 있수? |

재민, 말없이 침실의 경대 위에 플래시와 씨앗 봉지를 놓은 뒤 욕실로 들어간다.

모두 욕실 쪽을 보며 초조하게 기다린다.

잠시 뒤 물소리가 나며 재민이 수건으로 손을 닦으며 나온다.

| | |
|---|---|
| **동욱** | 제 걱정은 마시고 편하게 사세요. 됐죠? |
| **재민** | 만년필 얘기는 꺼낼 필요 없어. |
| **동욱** | 만날 약속 안 했어요. |
| **재민** | 널 그렇게 반가워했다면서 약속을 안 해? |
| **동욱** | 아버진 내가 얼마나 형편없는 놈인지 알 리 없으니까 더 얘기하고 싶지 않아요. 눈먼 돈이라도 벌면 보내드릴게요. 앞으로 제가 살아 있다는 건 잊어버리세요! |
| **재민** | (선희에게) 날 원망하는 저 소리 좀 들어 봐! |
| **동욱** | 아버지, 마지막으로 악수해요. |
| **선희** | 손잡아 주구려. |
| **재민** | 못한다! |
| **동욱** | 이렇게 떠나는 게 전들 좋겠어요? |
| **재민** | 언젠 조용히 떠난 적 있냐? 잘 가거라! |

동욱, 잠깐 그를 보다가 몸을 휙 돌려 나간다.

| | |
|---|---|
| **재민** | 농장이나 들판이나 산속이나 어딜 가건 그 원망하는 마음을 버리지 않으면 평생 그 모양 그 꼴로 살 거다! |
| **동욱** | 알아서 잘 살 테니 걱정 마세요. |
| **재민** | 네가 실패한 이유는 바로 그 원망하는 마음 때문이야. 노숙자가 되거나 거지 |

꼴이 되거든 왜 그렇게 됐는지 생각해 봐라. 지하도나 길거리에서 쓰러지게 되면 그걸 생각하라구. 하지만 절대 이 애비 탓으로 돌리지는 말란 말이다!

동욱      아버지 탓 절대 안 해요!

재민      내 탓이 아니란 말이다. 알았냐?

동욱      누가 뭐랬어요?

재민      나쁜 놈, 마음속으론 애비를 원망하면서.

동욱      원망 안 한다니까요!

재민      내가 네 놈 속을 모를 줄 알아?

동욱      나 참. 좋아요, 그럼 어디 한 번 따져 볼까요?

동욱, 주머니에서 고무호스를 꺼내 식탁 위에 거칠게 올려놓는다.

동숙      오빠, 미쳤어?

선희      동욱아!

재민      (호스를 외면하면서) 그건 뭐냐?

동욱      뭔지 알고도 남으실 텐데요?

재민      난 모른다!

동욱      모른다고요? 이런 짓을 하면 영웅이 될 줄 아셨어요? 제가 죄송하다고 그럴 줄 아셨어요?

재민      난 전혀 몰라!

동욱      아버지가 이런 짓을 한다고 동정할 사람 아무도 없어요. 눈물 한 방울 흘릴 사람 없다고요!

재민      (선희에게) 저 원망하는 소릴 좀 들어 보라고.

동욱      (넥타이를 풀며) 오늘 우리 부자가 어떤 인간인지 한번 까발려 보자고요.

선희      제발 그만둬라!

동숙      (고무호스를 뺏으며) 그만해, 오빠!

동욱      (동숙을 밀치며) 넌 그만 빠져! (양복 윗도리를 벗으며) 이 장동욱이가 어떤 인간인지 까발려 볼까요?

재민      내가 모를까 봐 그러냐?

동욱      내가 왜 석 달 동안이나 연락이 없었는지 아세요? (옷을 바닥에 던지며) 광주에서 양복 한 벌 훔친 죄로 교도소에 있었다고요!

선희      (옷을 주워 얼굴을 묻고 울음을 터뜨리며) 교도소!

| 동욱 | 정학 당한 뒤로 나도 모르게 나오는 그 빌어먹을 손버릇 때문에 번번이 다니던 직장에서 쫓겨났어요. |
|---|---|
| 재민 | 그래, 그게 이 애비 탓이란 말이야? |
| 동욱 | 내가 요 모양 요 꼴이 된 건 내가 무슨 짓을 해도 잘났다고 아버지가 비행기를 태워서 누구 밑에서도 명령 받고 일할 수 없게 됐기 때문이에요. |
| 재민 | 이놈의 자식, 듣자듣자하니까! |
| 동욱 | 왜요? 이젠 알 때도 됐어요. 아버지 말씀대로라면 난 지금쯤 성공해서 내 이름이 온 천지에 울려 퍼지고 성공의 문이란 문은 활짝 열려 있어야 되잖아요? 그런데 이 꼴이 뭐에요? |
| 재민 | 그럼 목이라도 매라. 목이나 매! |
| 동욱 | 어떤 미친놈이 자기 목을 매요? 내 인생은 이제 끝났다고요! |
| 재민 | 네 인생의 문은 아직도 활짝 열려있어! |
| 동욱 | 내 인생은 싸구려 불량품이에요. 아버지도 그렇고요. |
| 재민 | 난 그런 싸구려가 아니다! 난 평생 너희들을 먹여 살린 장재민이야! 넌 천하의 장동욱이고! |
| 동욱 | 아버지가 그렇게 우겨봤자 우린 남한테 내세울 게 아무것도 없는 싸구려 인생이에요. 아버진 뼛골 빠지도록 떠돌아다니는 외판원에 불과하고요. 결국 어떻게 됐죠? 쓴물 단물 다 빨리고 쓰레기통 속에 처박혔잖아요. 난 한 시간에 사천오백 원짜리 인생이에요. 사천오백 원짜리 쓰레기가 됐다고요. 아시겠어요? |
| 재민 | 천하에 불효자식 같으니! |

재민, 동욱의 뺨을 치려하면 동욱도 재민을 붙잡고 흔든다.

| 동욱 | 난 쓰레기라니까요! 아직도 그걸 모르세요? 천하의 장동욱이가 요 모양 요 꼴밖에 안 되는 쓰레기가 됐다고요! 왜 아직도 그걸 모르세요? |

재민, 동욱에게 밀려 의자에 앉는다.
동욱, 그의 앞에 무릎을 꿇고 운다.

| 재민 | 왜 우냐? (선희에게) 얘가 왜 울어? |
| 동욱 | 제발 절 내버려 두세요. 푸른 바다니 뭐니 그 허황된 꿈, 다 날려 버리세요. |

아버지

전 아버지가 바라는 그런 잘난 아들이 아니에요. 아버지!

동욱, 재민에게 안긴다.
재민, 놀라서 말없이 동욱을 껴안고 그의 얼굴을 더듬는다.
동욱, 자제하려고 애쓰며 일어난다.


**동욱**　　　아침에 떠날게요. (선희에게) 아버지 잘 돌봐 드리세요.


동욱, 이층 계단 쪽으로 사라진다.


**재민**　　　저놈이… 동욱이가… 날 위하는구려!
**선희**　　　위하고 말고요!
**동숙**　　　오빠 언제나 아빨 사랑했어!
**재민**　　　동욱이가 울었어! 이 애비 품에 안겨서… 울었어!


재민, 부성애에 벅차 목이 메어 외친다.
음악과 함께 재성, 나타난다.


**재민**　　　저놈은… 성공하고 말 거야! 꼭 성공해야 돼!
**재성**　　　암, 성공하고말고. 이억삼천만 원을 벌텐데.
**선희**　　　여보, 잡시다.
**재민**　　　그래. 잡시다.
**재성**　　　푸른 바다는 진주조개로 가득 찼다!
**동숙**　　　아빠, 잘 자!
**재민**　　　잘 자거라.
**선희**　　　여보, 그만 잡시다!
**재성**　　　진주를 캐려면 푸른 바다에 뛰어들어야 된다!
**재민**　　　(두 팔로 선희를 안고) 잠이 올 것 같지 않아. 먼저 자요.
**재성**　　　진주는 부드러운 순백색으로 은은하게 빛난다.
**선희**　　　어서 와요!
**재민**　　　금방 갈게.

461 동숙과 선희, 퇴장하면 전체 조명 어두워지며 음악이 고조된다.
재민, 의자에서 양복을 집어 입으며 속삭이듯 말한다.


**재민**　　　　여보, 난 가야 해. 형님도 찬성하시잖아. 난 가야 해. (침실 쪽을 한동안 바라보
　　　　　　　다가) 여보, 잘 있어!


재민, 밖으로 나온다.


**재민**　　　　(허공을 보며) 형님, 보셨죠? 그놈이 절 좋아해요.
**재성**　　　　좋아하더라.
**재민**　　　　그놈이 절 존경한다니까요.
**재성**　　　　존경하더라.
**재민**　　　　녀석, 기특하죠? 이억삼천만 원이 그놈한테 갈 겁니다.
**재성**　　　　푸른 바다는 진주조개로 가득 찼다!
**재민**　　　　우리 동욱이가 보험금만 타면 종식이를 앞설 겁니다.
**재성**　　　　완벽한 계획이다!
**재민**　　　　그 녀석이 제 품에 안겨서 우는 걸 보셨죠?
**재성**　　　　봤지.
**재민**　　　　볼에다가 뽀뽀라도 해 줄 걸 그랬어요.
**재성**　　　　(시계를 보며) 시간이 됐다, 시간이!


재성, 집과 함께 무대 뒤 어둠 속으로 사라진다.


**재민**　　　　동욱아, 슛을 할 땐 낮고 세게 차야 돼.


재민, 휙 돌아서서 객석을 향한다.


**재민**　　　　저길 봐라! 엄청나게 많은 사람들이 구경하고 있잖냐? 수천 명 관중들이 널
　　　　　　　응원하고 사랑하니까. 그러니까 골인만 시키면… 장동욱! 장동욱! 장동욱!…
　　　　　　　너하고 나하고는 화해할 수 있다는 걸 난 알고 있었단다. 동욱아!


음악이 갑자기 사라진다.


아버지

**재민**　　　형님! 형님!

갑자기 웃음소리, 잡음, 목소리들이 그를 덮치는 것 같다.
그는 이런 것들을 물리치려는 듯이 외친다.

**재민**　　　조용! 조용!
**선희**　　　(목소리) 여보!
**재민**　　　쉿!

소음이 사라지고 여리면서도 높은 음악이 들리자 재민, 허공을 바라본다.
재민, 양복주머니에서 차 열쇠를 꺼내어 쥐고 몸을 돌려 어둠 속으로 사라진다.
어둠 속에서 자동차 시동 거는 소리와 전속력으로 질주하는 자동차 소리가 들리다가 어딘가에 충돌하는 굉음이 들린다.

# 제14장 거실

거실에 홀로 서 있는 선희.

**선희**　　　동욱 아빠, 날 야속하게 생각하지 말아요. 돌아가신 지 사흘도 안 됐는데 울음도 안 나오네요. 왜 그러셨수? 왜 그런 일을 저지르신 거유? 여보, 날 좀 도와줘요. 난, 난, 울 수도 없어요! 왜 울음이 안 나올까요? 꼭 출장 가신 것만 같구려…

선희, 집 안으로 들어간다.

**선희**　　　오늘… 마지막 대출금을 냈어요. 하지만 집이 텅 빌 거 아니우? 평생 동안 뼈빠지게 벌어서 집 한 채 남겼는데 이젠 오순도순 함께 살 사람이 없네요…
　　　　　(의자에 앉아 주머니에서 피 묻은 신문 쪼가리를 꺼내며) 동욱 아빠, 피 묻은 와이셔츠 주머니에 남겨진 이 시가 당신 유언이유? 며루치는 국물만 내고 끝장인가… 이제는 쓸려나간 며루치 같은 당신… 하지만 우리 젊은 때에는 남해의 연한 물살에서 싱싱하게 헤엄치던 당신 아니었수… 여보, 이젠 은빛 비늘 반짝이며 푸른 바다를 맘껏 헤엄치시구려.

463 선희, 시가 적힌 신문 쪼가리를 가슴에 안고 울음을 터뜨린다.

집 안쪽에서 동욱과 동숙이 걸어 나와 선희를 감싸 안는다.

선희의 울음과 함께 음악이 흐르며 달빛이 집을 비춘다.

- 막 -

아버지

# 아버지 (2012년 작)

**원작** 아서 밀러 「세일즈맨의 죽음」　**대본, 연출** 김명곤

줄거리　한평생 세일즈맨이란 직업에 자부심을 가지고 살아온 장재민은 흘러간 세월만큼 변해버린 세상 인심과 노쇠해진 몸 때문에 월급은 고사하고 수당도 받지 못하는 힘겨운 처지에 있다. 과거의 화려했던 세일즈맨 시절과 행복했던 가정, 찬란한 성공을 꿈꿨던 자신과 아들의 환상에 젖곤 하는 재민에게 인도네시아 진주조개 채취로 큰돈을 벌어 성공한 형님을 따라가지 않았던 과거는 아직도 커다란 미련으로 남아 있다.

아내 선희는 재민의 부쩍 늘어난 혼잣말과 자살 시도를 걱정하고 오랜만에 집을 찾은 아들 동욱은 사사건건 아버지와 부딪치며 현실에 적응하지 못한다. 재민은 젊은 사장에게 본사 직원 자리를 요구하지만 해고를 당하게 되고, 그 날 저녁 화해를 위해 모인 레스토랑에서 사업자금 빌리러 갔다가 말도 꺼내지 못하고 습관적으로 만년필만 훔쳐 온 동욱과 재민 사이에 해묵은 감정이 폭발한다.

고등학교 시절, 패싸움으로 퇴학 위기에 처한 동욱은 도움을 청하러 간 재민의 출장지 호텔 방에서 아버지의 외도 상대인 미스 강을 만나게 되고 그 충격과 배신감으로 대학 진학을 포기하고 평생 아버지를 원망하며 살아온 그는 아버지에게 자신이 쓸모없는 인간이며 그를 그렇게 만든 것은 재민의 잘못된 기대 탓이라고 토로하지만, 재민은 과거의 환상에만 빠져서 그 사실을 인정하지 않는다.

가슴 아픈 갈등 끝에 동욱은 집을 떠나고 재민은 가족에게 보험금을 남겨주기 위해 자동차 사고를 위장한 자살로 생을 마감한다. 초라한 장례식에 모인 가족들은 빈집만을 남기고 떠나버린 그를 회상하며 그의 꿈과 고통을 되새긴다.

---

작가 아서 밀러의 대표작 「세일즈맨의 죽음」은 자본주의 체제 속에서 철저하게 이용당하다가 끝내 정신분열증을 일으킨 한 소시민이 인간의 존엄성을 되찾기 위해 죽음으로 맞서는 비극을 너무도 핍진하게 그리고 있다. 그리고 섬세하게 드러나는 가족들 간의 대립과 갈등, 역경을 극복해 보려는 가족들의 필사적인 노력을 탁월한 심리묘사로 전개했다.

「아버지」는 이 작품을 우리 시대 아버지들의 이야기로 동시대의 감성에 맞게 각색했다. 1930년대 대공황시대에 미국인을 짓눌렀던 자본주의 경제의 공포가 현재 한국 상황으로 대치되어 고용이 없는 경제발전이라는 한국 사회 속에서 아버지 세대는 직

465 장에서 쫓겨나고, 아들 세대는 직장을 구하지 못하는 모순과 희망을 잃은 젊은이들의 고민, 그리고 경제적인 이유로 가족이 해체되는 비인간적인 이야기를 무대에서 보여준다.

과거와 꿈이 무너지는 현실, 하지만 놓을 수 없는 희망. 거칠게 부대끼고 미워하면서도 끝내 화해하는 가족들의 가슴 아픈 이야기는 세상 아버지와 그 가족들에게 위로가 되고, 삭막한 이 사회에 사랑과 소통의 소중함을 일깨운다.

**아버지**

# 2부

# 음악극

창작 판소리 **금수궁가**

소리꾼
고수

| 471 | [아니리] | 남해 바다에 용 한 마리가 왕 노릇을 하면서 사는데 |
| --- | --- | --- |

[아니리] 남해 바다에 용 한 마리가 왕 노릇을 하면서 사는데
이 급살 맞을 놈이 왕 노릇을 어찌나 오랫동안 해먹었는지
그 죗값을 치르느라고 어느 날 덜컥 병에 걸렸는데
병에 걸렸어도 왕답게 거창하게 걸렸것다.

[자진모리] 병치레가 요란하다
두통, 치통, 생리통에
편두통을 겸하고
간암, 위암, 폐암에다
고환암을 겸하고
임질, 매독, 치질에다
무좀, 습진을 겸하여
똥을 누면 피똥 싸고
오줌 누면 피오줌에
눈에는 눈꼽 끼고
발에는 발꼽 끼고
온몸이 부어올라
고름 질질 흐르고
머리카락은 슬슬 빠져
대머리가 되었구나.

[아니리] 이렇듯 온 몸뚱이가 생난리가 나니 이놈이 겁이 잔뜩 나서 울음을 우는데

[진양조] 용상을 탕탕 두드리며
탄식하여 울음을 운다.
"용왕의 몸으로서
괴상한 병을 얻어
수정궁의 높은 집에
벗 없이 누웠은들
화타 편작이 없으니
어느 누구가 날 살릴 거나"
웅장한 용성으로
신세자탄 울음을 운다.

[엇모리] 뜻밖에 검은 구름이
궁전을 뒤덮고

폭풍 번개가
사면에서 몰아치더니
천년 묵은 잉어가
흰옷을 펼쳐 입고
궁전에 들어와
절하고 하는 말
명사십리에
해당화 구경과
백두산 천지연에
천년산삼을 얻으려고
가던 길에
지나는 길에 듣자오니
대왕의 병세가
대단 위급하다기에
뵈옵고자 왔습니다.

[아니리]    용왕이 반색을 하며
"아이고 도사님. 어서 나의 맥을 보아 특효약을 일러 주시오."

[중모리]    잉어 맥을 살펴보더니
눈이 붉어지고 허리가 아픈 건
색을 밝혀서 생긴 병이요.
숨을 헐떡거리는 건
술에 곯아 생긴 병인데
자업자득이라
주색의 기운이 넘쳐서
오장육부가 썩어가고
사지근골이 상했으니
병세보고 이치를 생각을 하니
육지 산중의 토끼 간을 먹으면
병이 낫겠지마는
만일 그렇지 못하며는
염라대왕이 동성삼촌이요
동방삭이가 외사촌 형이라도

누루 황, 샘 천, 돌아갈 귀 하겠소.

[아니리]    "아니, 세상에 좋은 약이 많은데 어찌 조그마한 토끼간이 약이라 하시요"

"대왕은 진이요 토끼는 묘라 묘을손은 음목이요, 간인진은 양토라.

목극토하여 상극이요 수생목하여 상생이니 어찌 약이 아니 되겠습니까?"

잉어가 뭐라고 씨부렁거리는지 한마디도 알아들을 수가 없어

의사 말은 본래 알아 듣기 힘든 법이렸다.

그래도 토끼 간이 아니면 죽는다는 말인 줄은 알것어.

용왕이 또 울음을 우는데 되게 살고는 싶었던가 보더라.

[진양조]    "과연 그러하다 그러하나

육지라 하는 곳은

바다 만리 밖에

흰 구름이 구만리요

높은 산은 울울창창

안개구름 자욱한데

토끼라 하는 짐승은

깊은 숲속 바위틈에

흰 구름을 벗을 삼아

정처 없이 다니는 짐승을

내가 어찌 구하겠나.

죽기는 쉽지마는

토끼는 구하지 못하겠으니

달리 약명을 일러를 주오."

[아니리]    "각부 장관들을 불러서 토끼를 잡아오라 명령을 하시면

어찌 충신이 없겠습니까?"

말을 마친 후에 절을 하고 물러가니

비상 각료 회의를 한다 하고 명령을 내려놓으니,

우리 세상 같으면 파란 양복을 입은 관리들이

벤츠 타고 그랜져 타고 폼을 재고 들어올 판인데,

수궁이라 각종 물고기들이 벼슬 이름만 맡아가지고 들어오는데

참 가관이었다.

[자진모리]    총리는 거북, 부총리 도미,

문화부 장관은 북어,

교육부 장관은 문어,

참모총장 고래, 경호실장 새우,

일군사령관 벌떡게,

정보부장 낙지,

수도경비 사령관 가오리,

좌우로 늘어서고

상어, 솔치, 눈치, 준치, 멸치, 삼치, 가재,

개구리까지 명을 듣고

꾸역꾸역 들어와서

용왕에게 절을 꾸벅--- 꾸벅-

[아니리]  병든 용왕이 눈을 반쯤 뜨고 가만히 보더니

"내가 용왕이 아니라 노량진 수산시장 횟집 주인이 되었구나.

의사가 하는 말이 토끼 간을 못 먹으면 죽을 수밖에 없다 하니

누가 세상에 나가서 토끼를 잡아 올꼬?"

아무도 나서는 놈이 없거든.

부총리 도미가 슬슬 눈치를 보더니

"상어부대 용사 삼천 마리 내어 주어 참모총장 고래를 보내소서"

참모총장 고래가 씩씩거리면서 앞으로 나서더니

"이거 봐요! 물속에 있는 군사가 육전을 어떻게 해?

저런 소견머리 가지고도 부총리라구 좋은 벼슬 해쳐먹고

조금 위험한 일만 있으면 우리 군인들한테 떠맡기니

저 뱃속에 들어있는 것이 부레풀뿐이니 저런 말을 하지"

"아니, 무슨 말을 그렇게 함부로 하시요.

지금 각하께서 병이 들어 한시가 급하니 목숨을 바쳐서 구해 와야지

군인이 그렇게 비겁해 가지고 어떻게 전쟁을 하겠소?"

"뭣이 어째? 당신이 전쟁이 뭔지 알기나 해?"

[중모리]  왕이 쯧쯧 탄식한다.

"토끼 잡아 올 궁리는 안 하고

문관 무관이 불화하여

싸움질만 일삼으니

나의 병세는 어찌 될 건가?

우리나라도 충신이 있으련만

**2부 음악극**

어느 누구가 날 살릴거나.

국무총리 거북이 어떠한가?"

부총리 도미가 말을 한다.

"총리 거북은 지혜는 많지마는

등판이 모두 다 한약재라

육지를 나가며는

인간들이 잡아다가

등판 떼어 술에 담가 말렸다

살짝 불에 구워서

심장쇠약, 중풍과 허리가 아픈데

약으로 먹으니 보내지를 못 합니다."

[중중모리] "에너지 장관 물개가 어떠한가?"

"에너지 장관은 물건이 꿋꿋

양기가 너무 좋아

세상의 남자들이 정력 강화에 좋다하여

살코기는 구워 먹고 물건 떼어 바짝 말려서

해구신이라 이름 지어

조루증, 발기 불능에 특효라 소문이 나서

서로 다투어 사 먹으니

인간에게 모두 다 잡히어

속절없이 죽을 것이니

보내지를 못합니다."

[아니리] "교육부 장관 문어는 어떠하냐?"

[자진모리] 거북이 말을 한다.

"문어는 다리가 여덟 개라

걸음은 잘 걸으나 몸뚱이가 흐늘흐늘

밥을 많이 먹는고로 세상에를 나가면

먹을 것을 찾으려고 흐늘거리는 다리로

이리저리 다니다 모자 쓴 낚시꾼들

바람 부는 물속에다 미끼 끼어 물에 풍덩

한입으로 덜컥 삼켜 끓는 물에 죽게 되면

초장에 찍어 먹는 소주 안주로 별미라

창작 판소리 금수궁가

다투어 먹사오니 보내지를 못합니다.”

[아니리]    “일군사령관 벌떡게가 고향이 육지니 보내는 게 어떠한가?”

벌떡게가 열 발을 짝 벌리고 엉금엉금 기어 나오더니

[중중모리]    “저의 고향 육지요

저희 고향은 육지지만

맑은 물속 뻘흙 바닥

가만히 엎드렸다

갈쿠리에 잡히어서

산채로 토막 내어

간장에 담갔다가

고추장에 양념하여

게장으로 내어 놓아

바뜨득 다리 떼어

와삭와삭 먹습네다.”

[아니리]    “문화부 장관 복어가 어떠한고?”

“복어 매운탕이 정력에 좋다하여 미나리 콩나물 넣고

복어탕, 찜 깜으로 죽을 테니 보내지를 못합니다.”

“농수산부 장관 쏘가리는 어떠한고?”

“한강, 뚝섬, 광나루, 한탄강 강변마다 늘어선 게 쏘가리 탕집이라.

하도 잡아먹어 씨가 말라 희귀 어종 되었으니

몇 마리 안 되는 쏘가리를 수궁 문화재로 지정해야 할 형편입니다.”

“아서라, 더 이상 술안주로 다투지 마라.

수궁의 대신들이 모두 인간들의 술안주 깜이니 그 아니 원통하냐?”

이러고 있을 때에

[세마치]    수정궁 말석에서

자라 한 마리 걸어 나온다.

눈은 깊고 다리 짧고

까마귀 주둥이로다.

붉은 등에 방패를 지고

앙금앙금 기어 들어와서

공손하게 말을 한다.

[아니리]    “거센 바람이 불어야 풀의 힘을 알 수 있고

2부 음악극

어지러운 세상을 당해야 충신을 아는 법이라.
저의 집안은 선대 할아버지 할머니가
임진왜란 때 이순신 고기를 많이 먹어
대대 충신이요, 뱃속 충신이라.
남해물이 마르도록 자나 깨나 나라 걱정,
각하의 병이 낫는다면 무슨 일을 못하겠습니까.
죽음을 무릅쓰고 토끼를 잡아 오겠나이다.”
“헛, 고것 참 말 잘한다.
그러나 내 여기 앉아 들으니 육지 인간들이 너를 끓는 물에 푹 삶아서
자라탕으로 즐긴다는데 어쩔거나?”
“충신의 가는 길에 어찌 죽음을 두려워하겠습니까?
그런 걱정 마시고 토끼 얼굴을 모르니 그림이나 한 장 그려 주십시오.”
“허허허, 그래.
네가 토끼만 잡아 오면 높은 벼슬과 부귀영화를 대대로 누릴 것이다.
여봐라, 화가를 불러들여라”

[중모리] “화가를 불러라!”
화가를 불러들여
토끼 그림을 그린다.
용을 그린 벼루 위에
거북 그린 연적 부어
오징어로 먹물 갈아
무심필을 덥벅 풀어
갖은 물감을 두루 묻혀서
이리저리 그린다.
천하명산 승지강산
경치 보던 눈 그리고
안개 구름 자욱한데
냄새 맡던 코 그리고
난초, 지초, 온갖 향초,
꽃 따먹던 입 그리고
두견, 앵무 지지 울 때
소리 듣던 귀 그리고

창작 판소리 금수궁가

만화방창 꽃 숲속

팔팔 뛰던 발 그리고

동지 섣달 추운 날에

바람 막던 털 그리고

두 귀는 쫑긋 눈은 도리도리

허리는 늘씬 꽁뎅이 뭉뚝

좌편은 청산이요 우편은 벽계수

청산리 벽계수 굽은 소나무

휘늘어진 가지 사이.

들락날락 오락가락

앙그주춤 가는 토끼

일필휘지 얼른 그려

계수나무 옥토끼인들

이보다 예쁠소냐.

"아나 옛다 자라야,

네가 가지고 나가거라."

[아니리]   자라가 그림을 받아들고

"어디다 넣어야 물이 한 점 안 묻을까?"

곰곰 생각하다가

"옳다, 넣을 데 있다"

목을 길게 빼서 목덜미에다 그림을 올려놓고 목을 쏙 움츠리니

그림이 저 아래 막창자 끝에 가서 딱 달라붙었지.

"자, 이만 하면 수로만리를 무사히 다녀오겠구나."

용왕한테 술 몇 잔 얻어먹고 저희 집으로 돌아오니

자라 모친이 아흔여섯 살인가 일곱 살인가 되는데,

어찌 늙었던지 똥자락이 다 몽그라져 없어져 버리고

삶아놔도 먹지 못할 늙은 암자라가 한 마리 있었는데,

아들이 세상 간다는 말을 듣고 한번 만류를 해보것다.

[진양조]   "여봐라 아들아.

여봐라 내 새끼야.

네가 육지에 간다하니

무엇하러 가려느냐.

삼대독자 너 아니냐?

네 몸이 병이 든들

누가 알뜰히 보살피며

네 몸이 죽어져서

까마귀밥이 된들

누가 손뼉을 뚜드리며

후여쳐 날려 줄 이가

뉘 있더란 말이냐?

가지마라 아들아.

가지 마라면 가지마라.

육지라 하는 곳은

수궁 어족이 얼른거리면

잡기로만 기를 쓴다.

옛날에 너의 부친도

육지 구경을 가시더니

십리 사장 모래 속에

속절없이 죽었단다.

못 가느니라 못 가느니라.

나를 죽여 이 자리에다 묻고 가면

니가 육지를 가지마는

살려 두고는 못 가느니라.

아들아, 제발 덕분에 가지를 마라"

[아니리]    "어머니, 우리 집안 힘이 없어 출세도 못하고 돈도 못 벌어

제 가슴 속에 깊은 한이 맺혀 있었는데 이번에 각하께서 병이 들어

토끼간만 구해오면 높은 벼슬에 부귀영화를 누리고

어머니도 잘만 되면 국무총리 모친 되어서 호강하시게 되니

그런 걱정 마십시오."

자라 모친이 국무총리 모친 된다는 말에 마음이 싹 변했것다.

"아이고, 내 새끼 장하구나.

그러면 하루빨리 육지로 나가되 토끼를 못 잡으면 살아서 돌아올 생각은 하

들 마라"

자라가 침실로 들어가니

자라 부인이 스물다섯 살 먹은 통통하게 살찐 암자라가 있었는데,
씨암탉 걸음으로 아장거리고 나오더니

[중모리] "여보 자기, 여보 자기,
육지 간다 하니 장하시오.
궁핍한 살림살이
돌봐 오면서도
오로지 출세 바랬더니
각하의 명을 받고
만리육지 가신다니
이제 꿈이 이뤄졌네."
"가기는 가되 못 잊고 가는 것이 있네."
"무엇을 그다지 못 잊어요.
허리 굽은 늙은 모친
조석 공대를 못 잊어요?
나라 위한 장한 충성
쿠데타 일어날까 걱정이요?
집안의 젊은 아내
바람날까 걱정이요?"

[아니리] "바로 그 말이야.
요새 남편들이 돈 벌러 중국도 가고 일본도 가고 미국도 가는데
가서 돈을 부치면 그 돈 가지고 여편네들이 모조리 춤바람이 나더란 말이여."
"어머, 이 양반 하는 소리 좀 봐.
나를 어찌 그런 여자로 취급 하시요?"
"그런 여자로 취급해서가 아니라 뒷집 사는 남생이라는 놈이
당신 쳐다보는 눈초리가 수상쩍어서 영 껄적지근하단 말이야.
그놈이 으뭉허기 짝이 없고 생긴 것이 꼭 나 비슷하게 생겨가지고
달밤에 당신한테 놀러 댕기면 당신이 착각할지 몰라.
그러나 그놈 겨드랑이에서는 비린내가 나고
내 겨드랑이에서는 노린내가 나니 냄새를 잘 맡아서 조심허소"
"자기 출장가신 동안 피래미, 멸치 한 마리도 가까이 오지 못하게 할 거예요"
"열녀다. 열녀도 더 되고 백녀다.
그래도 열 번 찍어 안 넘어가는 나무 없다는 말이 있어.

부디 남생이 조심하소"

총총히 작별 후에 자라가 육지를 나오는데 이곳은 남해 바다라.

제주도를 거쳐서 유달산 바라보고 하동 포구를 지나 섬진강 물결을 타고

지리산까지 가는데 경치가 끝내주게 좋던가 보더라.

[중중모리]    하늘가에 붉은 해

서산에 걸리어

한라산 잦은 안개

백록담에 돌고 돌아

서귀포 개가 짖고

유달산 구름이 떴구나.

갈대는 휘날리고

부평초 물에 둥실

물고기는 잠자고

새들은 훨훨 날아든다.

하동포구를 지내어

섬진강을 올라갈 제

앞발로 파도를 찍어 당겨

뒷발로 물결을 탕탕

요리조리 조리요리

앙금 둥실 떠 사면을 바라보니

저녁안개 자욱한데

물빛은 하늘색이라

높은 지리산 봉우리는

구름 밖에 멀고

맑은 물은 일천리

눈앞에 펼쳐 있네.

한반도는 어이하여

남북으로 갈려 있고

해와 달은 어이하여

하늘에 둥실 떠

동산에 달 떠오니

개소리도 끊어지고

외로이 둥둥 가는 저 배
조각달 구름 속에
어디메로 가는 배냐.
모래 속에 몸을 숨겨
천황봉을 바라보니
높은 봉 구름 속
푸른 학이 울어 있고
하얀 봉우리는 허공에 솟아
산은 칭칭칭 높고
물은 풍풍 깊고
만산은 우루루루루 국화는 점점
낙화는 동동 장송은 낙낙
늘어진 잡목, 펑퍼진 떡갈,
다래몽동, 칡넝쿨, 머루, 다래, 으름 넝쿨,
능수버들, 벗나무,
오미자, 치자, 감, 대추, 갖은 과목
얼크러지고 뒤틀어져서
구부칭칭 감겼다.
폭포수 퀄퀄 잡새는 날아
갈매기, 해오리, 따오기, 원앙새,
강상 두루미, 수많은 떼꿩이
아욱따욱 이리저리 날아들 제
또한 경치를 바라보니
치어다보니 높은 봉우리요
내려 굽어보니 깊은 골이라.
애굽으러진 늙은 소나무
광풍을 못 이겨
우줄우줄 춤을 출 제
시냇물은 청산으로 돌고
이 골 물이 주루----
저 골 물이 퀄퀄
열의 열두 골 물이

2부 음악극

한데로 합수쳐

천방져 지방져

월특쳐 구부쳐

방울이 버큼져

건너 병풍산에다

마주 꽝꽝 마주 때려

강물이 되어 내려가느라고

버큼이 북적

울렁거려 뒤틀어

위르르르르 꿀꿀 뒤둥그러져

산이 월렁거려 떠나간다.

어디메로 가자냐.

아마도 네로구나.

이런 경치가 또 있나.

아마도 네로구나.

이런 경치가 또 있나.

[아니리]     자라가 지리산을 기어 올라가다 한곳을 바라보니

웬 붉은 깃발이 펄럭펄럭하는데 '인간 성토대회'라 딱 씌여 있것다.

가만히 가보니 그 주위에 온갖 길짐승, 날짐승들이 빽빽하게 모였는데

누런 황소 한마리가 떡 허니 단 위로 올라서더니

점잖게 말을 하는 것이었다.

"에-- 이렇게 만좌의 성황을 이루어 주셔서 대단히 감사합니다.

오늘 우리가 이 자리에 모인 것은 오늘날의 인간들이

만물의 영장이니 뭐니 하면서 잘난 체를 하지마는 그 하는 짓들을 보면

온갖 더럽고 추잡하고 악독한 짓들을 서슴지 않으니

그 꼴을 어찌 보겠습니까?

그래서 오늘 '인간 성토대회'를 열어 인간 욕을 제일로 잘하는 연사를

대통령으로 뽑아서 인간들하고 한판 붙어 볼라고 모였으니

아무나 나와서 욕 한자리씩 하시요."

그 말이 떨어지기가 무섭게 두 눈이 말똥말똥하고 온 몸이 새까만

까마귀란 놈이 푸드득 푸드득 날개를 치며 올라서더니

괴상한 목소리로 말을 하것다.

| [엇모리] | "내 말을 들어 보소. |
|---|---|
| | 이내 말을 들어 보소. |
| | 우리 까마귀 족속은 |
| | 반포지효란 말도 있듯 |
| | 효성이 지극한데 |
| | 인간이라 하는 것은 |
| | 집 나가면 술 처먹고 |
| | 계집질에 노름하기 |
| | 주색에 미쳐나고 |
| | 며느리라 하는 것은 |
| | 시부모를 섬기지 않고 |
| | 개똥으로도 아니 보고 |
| | 미워하며 |
| | 학대하여 죽게 하고 |
| | 어떤 자식은 |
| | 제 애비가 죽은 지가 |
| | 한 달이 지나도록 |
| | 죽은 줄도 몰랐다니 |
| | 천하에 후레자식은 |
| | 인간이 아닙니까? |
| | 아----이고 설움이야. |
| | 어----으 아이고 설움이야. |
| | 에— 이히 설움이야." |
| [아니리] | 다음에는 기호 2번. |
| | 암여우 한마리가 교태를 부리면서 캥캥거리고 뛰어 올라서더니 |
| | "인간들이 옛날부터 우리 여우를 가리켜서 |
| | 음란하고 요망하고 간사하다고 하고 |
| | 암여우니 백여우니 불여우니 구미호니 하면서 |
| | 우리를 음란한 짐승으로 취급하지만요, |
| | 정말로 음란한 것은 인간이라는 물건이에요. |
| | 제가 한번 이를 테니 들어 보세요. |
| [자진모리] | 여편네라 하는 것은 |

춤바람에 미쳐 나서
자식 두고 도망가기.
남편이라 하는 것은
창녀하고 놀아나서
조강지처를 배반하고
처녀라 하는 것들은
이놈저놈 놀아나다
애비 없는 자식 배어
낙태수술 쉽게 하고
가수가 노래하면
꽥꽥 소리치며
옷을 벗어 던지고
학생이라 하는 것은
창녀촌 다니기에
마리화나 피우기
본드 냄새 맡기
합숙 혼숙에
변태 성욕에 동성연애
임질, 매독, 곤지름
후천성 면역 결핍증
갖가지 성병에 걸려
살이 썩고 고름이 나니
이 세상에 더러웁고
음란한 것은 인간이라
아이고, 더러워.”

[아니리] 다음에는 기호 3번 시커먼 곰 한 마리가 두발을 높이 들고 씩씩거리면서
올라오더니

[중모리] “이내 말을 들어 보소.
천지간 무서운 건
권세가진 정치꾼이라
저희끼리 작당하여
높은 자리 독점하고

재벌들을 위협하여

기부금 수천억 갈취하고

총칼을 앞장세워

백성들을 탄압하고

친구라고 사귀다가

저 잘되면 차버리고

언제 봤나 외면하기

동지라고 상종타가

배반하고 출세하기

아니꼽고 더러웁고

메스껍고 치사하여

우리 같은 금수만도 못하다네."

[아니리]　다음에는 토끼란 놈이 깡총 뛰어 올라 서더니 귀를 탈탈 털고 나서
말을 해 보겄다.

[중중모리]　"여러분 내 말을 들어 보소.

여러분 내 말을 들어 봐요

관리라 하는 것은

백성들을 속여 먹고

죄 없는 사람 잡아다가

물고문에 전기고문

언론을 탄압하고

자유를 억압하니

흉측하고 악독한 게

인간이 아닙니까?"

[아니리]　이놈들이 성토 대회를 끝내고 투표를 한다고, 그것도 직선제로 한다고
한참 수선을 떠는 판인데 저 아래서 여러 날 굶은 호랑이 한 마리가
소나무 사이로 쓱 보니 좋은 식사감들이 오목한데 가서 잔뜩 모였는데
참 옹골지게 되었던가 보더라.

"으르르르르 어헝"

하고 달려드니 한쪽으로 우---- 몰리어 똥오줌을 질근질근 싸며

"아이고, 장군님. 어디 갔다 이제 오시요?"

"이놈들, 여기서 뭣 허고 있냐?"

2부　음악극

"예--- 오늘 회의합니다."

"오-- 거 회의 잘 한다.

 그런데 내가 시장하니 우선 살집 좋은 놈 두어 마리 나오너라."

딱 쪼그리고 앉았는데 아랫배가 달라붙고 눈구멍이 벌건 것이

여러 놈 상하게 되었던가 보더라.

토끼가 바위틈에 숨어 있다가 빠꼼히 내다보며

"장군님. 오늘은 인간성토 잘 허는 사람이 대통령이 되기로 했응게

 장군님도 한번 해 보시요"

"인간 성토라. 오, 그거라면 나도 할 말이 많다."

[자진모리]　　인간 역사 살펴보자.

인간 역사 살펴보면

수천 년 세월 동안

총이니 칼이니

전차니 대포니

군함에 잠수함에

원자탄 수소탄에

미사일을 만들어

전쟁을 하는 통에

온 지구 땅 구석구석

피비린내 진동하고

살 썩는 냄새가

하늘을 뒤덮으니

평화니 자유니

빛 좋은 말들은

헛된 말이 되었도다.

[아니리]　　이런 못된 것들을 모조리 잡아 묶어서 지구상에서 씨를 없애는 것이

좋지 않겠나?"

모두들 우레 같은 박수를 보내며

"장군님이 대통령 허시요"

"투표허고 말 것도 없이 무슨 말을 했더라도 대통령 허시오."

호랑이가 가운데 상석에 턱 앉더니

"대통령이 되니까 좋기는 좋다마는 어찌 시장한지 눈알이 홱홱 돈다.

창작 판소리 금수궁가

우선 입가심할 것 하나 가져오너라.”

암여우가 기침을 '캥'하더니 교태를 부리며 호랑이 옆으로 가서

“각하. 그 식성에 작은 짐승들은 맛이 없어서 못 드실 텐데

멧돼지가 살이 올라서 통통하니 잡수는 게 어떨까요?”

“멧돼지! 허허. 여 여사가 영리해서 내 식성을 딱 아는구나.

내 옆에 와 앉으시오.”

암여우가 교태를 부리며 호랑이 옆에 가서 앉았네.

멧돼지한테는 청천벽력이지.

두 눈에 눈물이 듣거니 맺거니 유언을 하는데

[창조]　“엊저녁에 꿈자리가 사납더니

그예 오늘 죽는구나.

내가 죽거들랑 제사는 착실히 지내주고

우리 마누라한테 내년에 이런 모임이 있거들랑

부조만 보내고 참석하지 말라고

전해 주시오.”

[아니리]　멧돼지가 엉금엉금 기어가니 호랑이가 붉은 입을 쩍 벌리고

덥석 깨물어 먹으려고 할 적에

곰이 두 발을 높이 들고 씩씩거리고 나오더니

“오늘 우리가 이 자리에 모인 것은 인간을 성토하러 모인 건데

인간 욕은 잘들 허나 죄 없는 멧돼지 목숨을 잃게 생겼으니

저 인간 세상에 비하면

호랑이는 독재자요, 여우는 간신배, 사냥개는 경찰, 군경,

너구리, 멧돼지, 다람쥐, 토끼는 불쌍한 백성이라.

오늘 저녁 또 지나면 여우 눈에 못 보인 놈, 무슨 환을 또 당할 지

저년의 웃음소리 뼈에 저려서 못 듣겠네.

그만 파합시다!”

우렁찬 목소리로 소리를 질러 놓으니 전부 곰 주위로 모여 들어서

호랑이를 쫙 노려보것다.

호랑이가 가만히 보니 이거 심상치가 않거든.

머리띠만 두르면 영락없이 무슨 사태가 나게 생겼어.

“에-- 국민들이 원한다면 오늘 회의는 이것으로 마친다.”

휙 뛰어 달아나니 모두들 하릴없이 뿔뿔이 흩어질 때

**2부　음악극**

그때 자라가 토끼를 부르는데

"저기 앉은 것이 토선생 아니요?"

하고 부른다는 것이 수로만리를 아래턱으로 밀고 와서 아래턱이 빳빳하여

토 자가 호 자로 살짝 미끄러졌겄다.

"저기 앉은 것이 토토토- 호 선생 아니요?"

하고 불러 놓으니 첩첩산중의 촌놈인 호랑이가 선생 말 듣기는 처음이라.

반겨듣고 내려오는데

[엇모리] 범 내려온다. 범이 내려온다.

지리산 깊은 골짝 한 짐승이 내려온다.

누에머리를 흔들며 양귀 쭉 찢어지고

몸은 얼숭덜숭, 꼬리는 잔뜩 한발이 넘고

기둥 같은 앞다리, 화살통 같은 뒷다리, 잔디풀에 왕모래

좌르르르르 헤치며

주홍입 떡 벌리고 자라 앞에 가 우뚝 서

홍헹헹하는 소리 산천이 흔들리고

땅이 툭 꺼지는 듯

자라가 깜짝 놀라 목을 움치고 가만히 엎뎠을 때

[아니리] 호랑이가 내려와 보니 아무것도 없고

말라비틀어진 쇠똥 같은 것 밖에 없지.

"이게 날 불렀나? 묘하게 생겼네. 이게 뭐지?"

호랑이란 놈 하늘 보고 땅을 보더니

"아하, 이게 하느님 똥인갑다.

하느님 똥을 먹으면 만병통치 한다드라."

그 억센 발톱으로 꽉 집고 먹기로 작정을 하니 자라가 겨우 입부리만 내어

"우리 통성명 합시다."

"아이고, 깜짝이야. 통성명을 하자고?

오, 나는 이 산의 대통령인 호 선생이다. 너는 누구인고?"

자라가 겁이 잔뜩 나서 바로 대는데

"나는 자라새끼요"

호랑이가 자라란 말을 듣고 한번 놀아보는데

[중중모리] "얼씨구나 절씨구 얼씨구나 절씨구

내 평생 원하기를 자라탕이 원이더니

창작 판소리 금수궁가

다행히 만났으니 맛좋은 진미를 끓여 먹어보자."

자라가 기가 막혀 "아이고, 나 자라 아니오."

"그러면 니가 무엇이냐?" "나 두꺼비요."

"니가 두꺼비면 더욱 좋다. 너를 산채로 불에 살라

술에 타 먹으면 만병회춘의 명약이라.

두말 말고 먹자. 으르르르르 앙"

자라가 기가 막혀 "아이고, 이 급살 맞을 놈이

동의보감을 살라서 먹었는지 먹기로만 드는구나."

[아니리]　자라가 한 꾀를 얼른 내어 목을 길게 빼어 호랑이 앞으로 바짝바짝 달려들어

"자 목 나가오. 목 나가오."

동그란 대가리가 삐적삐적 나오니 호랑이가 어떻게 징그럽던지

"이크, 그만 나오시오. 그만 나와.

그렇게 나오다가는 하루에 일천오백 발도 더 나오겠소.

어찌 그리 목이 들락날락 뒤움치기를 잘하시오?"

"오, 내 목 내력을 말할 테니 들어 봐라.

[휘모리]　우리 수궁 지을 적에 천여 칸 기와집을

나 혼자서 올리다가 목으로 덜컥 떨어져

이 병신이 되었으되 명의더러 물은즉

호랑이 쓸개가 좋다하기로 도랑귀신 잡아타고

호랑이 사냥을 나왔으니 니가 바로 호랑이냐?

도랑귀신 게 있느냐?

비수검 드는 칼로 이 호랑이 배 갈라라."

앞으로 바짝 달려들어 도리랑 도리랑

[아니리]　목을 쑥 빼서 앞이빨 단단한 놈으로

호랑이 뒷다리 가운데 달랑달랑한 물건을 꽉 물고 뺑 돌아 놓으니

호랑이 꼼짝달싹을 못허고 자라한테 비는데

[중모리]　"비나이다 비나이다.

자라님 전에 비나이다.

나는 오대 독자로서 사십이 다 되도록

자식을 하나도 못가졌소.

만일 내가 죽게 되면 우리 집안이 끊어지니

제발 덕분 살려주오."

2부 음악극

| 491 | [아니리] | 이렇듯 통곡하니 자라가 슬그머니 놓아 주었지. |

[아니리] 이렇듯 통곡하니 자라가 슬그머니 놓아 주었지.

호랑이가 후닥딱 도망가는데 어찌 빨리 갔던지

지리산에서 냅다 뛴 놈이 압록강을 건너 백두산 천지연까지 가서

헐떡거리면서 하는 말이

"햐--- 그놈 무서운 놈이구나.

내나 되니까 여기까지 살아왔지 다른 놈 같았으면 벌써 죽었을 것이다.

아이고 쓰려."

그때에 자라는 호랑이를 쫓은 후에 곰곰이 생각하니

"호랑이라 하는 것은 산중의 영물인데 내 눈에 와서 보일진대

정성이 부족해서 그러는 모양이로구나."

시냇물에 깨끗이 몸을 씻고 산신제를 한번 지내보는데

딱 이렇게 하는 것이었다.

[진양조] 시냇가에 늘어진

버들가지를

앞니로 자끗 꺾어 내어

흙먼지 쓸어 버리고

바윗돌로 젯상 삼고

낙엽으로 면지를 깔고

과일 열매를 주워다가

방위가려서 갈라놓고

은어 한 마리 잡아내어

어동육서로 받쳐 놓고

바위 아래 절을 하며

지성으로 축원을 드린다.

[창조] "유세차 갑신 유월 스무날

임자 초칠일

남해수궁 별주부 자라 비옵니다.

하늘 계신 달님 별님

지리산 신령님께 지성으로 비옵니다.

우리 각하가 병이 들어

잉어 도사 진맥하고

토끼간이 낫는다하니

창작 판소리 금수궁가

　　　　　산토끼 한 마리를
　　　　　내려 주시옵기를 상사 상향.”
[아니리]　빌기를 다 한 후에
[중모리]　한 곳을 바라보니
　　　　　묘한 짐승이 앉았네.
　　　　　두 귀는 쫑긋 눈은 도리도리
　　　　　허리는 늘씬 꽁지는 몽톡
　　　　　좌편 청산이요 우편은 벽계수
　　　　　청산리 벽계수 굽은 소나무
　　　　　휘늘어진 가지 사이.
　　　　　들락날락 오락가락
　　　　　앙그주춤 가는 토끼
　　　　　산중의 토끼라.
　　　　　자라가 보고서 고이 여겨
　　　　　그림을 보고 토끼를 보니
　　　　　분명한 토끼라.
　　　　　보고서 반기 여겨
　　　　　“저기 섰는 게 토선생 아니요?”
　　　　　토끼가 듣고서 좋아라고
　　　　　깡충 뛰어 나오면서
　　　　　“거 뉘가 날 찾나?
　　　　　날 찾을 이가 없건마는
　　　　　거 누구가 날 찾어?
　　　　　건너 골짝 처녀 토끼
　　　　　데이트 하자고 날 찾나?
　　　　　꾀 많은 너구리가
　　　　　낚시질 하자고 날 찾나?
　　　　　판소리를 좋아하는
　　　　　멧돼지 사촌 형님이
　　　　　판소리 듣자고 날 찾나?
　　　　　발 빠르고 공 잘 차는
　　　　　아랫마을 다람쥐

축구 하자고 날 찾나?

대학 다니는 오소리

데모 하자고 날 찾나?

장난꾸러기 새끼곰

디스코 추자고 날 찾나?

구름 깊은 이 산중에

먼데서 오신 손님

날 찾을 이 만무로구나

거 누구가 날 찾나?

건너산 과부 토끼가

연애를 하자고 날 찾나?"

요리로 깡창 저리로 깡창

갸웃둥 거리고 내려온다.

[아니리] 토끼가 내려와 보니 웬 말라비틀어진 쇠똥 같은 거 밖에 없지.

"아니, 이게 날 불렀나? 이게 뭐여?

솥뚜껑 같이 생겼는디 손잡이가 없응게 그것도 아니고,

아, 이것 방석인가 보다.

한번 앉아 보자."

폴짝 뛰어 앉아노니 자라목이 슬그머니 나왔것다.

"이크, 이게 뭐냐. 당신 누구요?"

"예. 나는 자라요. 댁은 뉘시오?"

"예. 나는 토선생이오."

"허, 토선생 높은 이름 들은지 오래더니

오늘날 상봉키는 하상견지 만만무고 불측이로소이다."

토끼가 들으니 주먹만 한 놈이 문자를 탁 쓰거든.

내가 저한테 질소냐 하고 저도 문자를 한번 내 보는데

"예, 우리가 피차 이렇게 만나기는

출가외인이요, 여필종부요, 우이독경이요, 어동육서 홍동백서요,

일구이언은 백부지자요, 당구 삼년에 오백다마요,

집권 칠년에 수천억이요, 호로 아들놈의 자식이요."

자라가 듣고 껄껄 웃으며

"토선생이 소문대로 참말로 유식허시오.

창작 판소리 금수궁가

그리고 풍채가 참 잘났소. 멋있어.

그런데 이렇게 잘난 분이 어째서 벼슬 한자리 못하시고

백수 건달로 지내시요?"

"사나이 때를 잘못 만나 산속에서 지내니

이는 백옥이 진흙에 묻혔고 영웅호걸이 초야에서 썩는 격이지요."

"참, 이런 분이 우리 수궁에만 들어가면 영락없이 법무장관 깜이고

팔선녀를 데리고 밤낮으로 즐길 텐데 아깝구나 아까워."

"그 말 들으니 수궁이 좋기는 좋은 갑소만 산중보다야 낫겠소?"

"산중 재미가 그렇게 좋소?"

"내가 말을 하면 오줌을 질질 쌀 것이요"

"그럼 어디 한번 들어 봅시다"

[중모리]  "임자 없는 녹수청산

해가 지고 날 저물어

동산 위에 달 떠올 때

바위 속에 집을 짓고

값이 없는 나무열매

양식을 삼아서 따먹을 때

한가한 몸 일이 없어

명산 찾아 구경할 제

우뚝 솟은 백두산과

봉래, 방장, 영주, 삼산이며

오대산, 묘향산, 태백산, 만학천봉

구월산과 삼각, 계룡산, 금강산,

내장산, 치악산을

아니 본 곳 없이 모두 놀고

지리산 천왕봉 천천히 기어올라

구름을 박차고 안개를 무릅쓰고

서해의 낙조경과

동해의 해돋이를 눈 아래 굽어보니

관동팔곡 노래하던

송강 정철의 운치인들

이보다 더 하드란 말이냐.

**2부  음악극**

495

밤이면 달구경과
낮이 되면 산에 놀 때
이따금 심심하면
최치원과 정약용을
종아리 때리고 노니
강산풍경 승지 간에
지상 신선은 나뿐인가."

[아니리]    "참 잘 지내시오.
말씀은 그런데 내가 토선생 관상을 보니 미간에 화망살이 비쳐서
여기 있다가는 죽을 지경을 딱 여덟 번 당하겠소."
"어따, 이 양반. 방정맞은 소리를 허네 그려.
내 관상이 어째서 그렇단 말씀이요?"
"내가 이를 테니 들어 보시오."

[자진모리]    일개 토끼 그대 신세.
봄과 가을 다 지내고
동지 섣달 추운 날에
백설은 휘날리고
천봉에 바람이 찰 때
새소리도 끊어지고
나뭇잎도 없어지니
어두운 바위 밑에
고픈 배 틀어잡고
발바닥만 할작할작
온 몸은 오들오들
팔자타령 절로 나네.
거의 주려 죽을 토끼
새우등 구부리고
한겨울을 겨우 지내
봄바람이 화창할 때
주린 배를 채우려고
깊은 골짝 바위틈을
이리저리 지낼 적에

창작 판소리 금수궁가

골골이 묻힌 건
사나운 솔개요.
봉봉이 떳는 건
무서운 독수리라.
짧은 혀 길게 빼고
급한 숨을 헐떡이며
정처 없이 도망갈 때
청천에 뜬 독수리
토끼 대가리 덮치려고
두 쭉지 활짝 피며
쏜살같이 달려들고
몰잇군 사냥개
골짝골짝 기어올라
퍼구퍼구 뒤져갈 때
토끼 놀라 호드득 호드득
추월자 매 놓아라--
해동청 보라매, 쥐뚜리 매 빼지새, 공작이 마루
도리당사 저꿀새 방울 떨쳐
쭉지 끼고 수루루루
그대 귓전 양발로 덩그렇게 집어다가
꼬부랑한 주둥이로
양미간 골치대목을 꽉- 꽉-"
"에-- 그분 방정맞은 소리 말래도
점점 더 하는디
그러면 누가 거 있가디요.
산중등으로 돌지."
"중등으로 돌며는
숲속에 숨은 포수
오는 토끼 쏠려고
준비하는 사냥꾼
오리털 파카를 입고
미제장총에 일제 엽총 독일제 탄알을 얼른 넣어

**2부 음악극**

반달 같은 방아쇠 염통 줄기 겨냥하여
한눈 찌그리고 반만 일어서서
닫는 토끼 찡그려 보고
꾸르르르르 탕!"
"어, 그분 방정맞은 소리 말래도
점점 더 하는디
그러면 누가 거 있가디요?
훤한 들로 도망가지."
"들로 도망가면
동네 꼬마 아이들이
몽둥이 들어메고
똥개를 앞장 세워
워리 워리 쫓아오니
정처 없이 도망갈 제
거의 주려 죽을 토끼
층암절벽 바위틈으로
기운 없이 올라갈 때
짧은 꼬리를 샅에 끼고
요리 깡창 조리 깡창
깡창 접동 뛰놀 때
목구멍 쓴 내 나고
밑구멍 불이 나니
그 아니 팔난인가.
팔난 세상 나는 싫네.
불쌍한 자네 신세
한가하다고 뉘 이르며
무슨 정으로 산 구경,
무슨 정으로 달 구경,
아까 최치원 정약용
종아리 때렸다는
그런 거짓부렁이로
누구… 앞에서 폼을 잡나?"

창작 판소리 금수궁가

[아니리]　　　　"앗따, 정말 관상 한번 환장하게 잘 보시요.

영락없이 그렇소.

내가 이 산중에 살면서 못 당할 일이 한두 가지가 아니요.

내 큰아들 놈은 사냥개한티 물려가서 불고기 신세가 된 지 수년이요.

작년에 얻은 마누라는 나뭇꾼한티 잡혀가서 소식을 모르고

나는 언제 호랑이한티 물려가서 한입에 삼켜질지 모르는 신세라.

이 웬수 놈의 나라를 언제나 떠날꼬, 밤낮으로 생각하던 참이요"

"몇 말씀 더 들어 보시요.

금수강산도 옛말이 되어서 산이고 들이고 농약으로 오염되고

공장마다 검은 연기 뿜어내고

붉은 폐수, 검은 폐수는 산으로 강으로 흘러드니

하늘과 땅과 바다가 다 썩어버리고

핵폭탄 실험하여 하늘에서 내리는 비, 방사능 투성이니

선생이 즐겨먹는 도토리 풀잎이나 칡순들은

수은, 카드뮴, 방사능 투성이요, 선생이 마시는 이슬도 영락없는 독약이라.

이제껏 살아남은 게 기적이라 할 만하오.

선생, 혹시 털이 빠지거나 피부가 가렵거나 흰털이 까매지거나

그런 거 없소?"

"듣고 봉게 이도 없는디 가려울 때가 많고

사타구니 근처가 털이 빠지고 색깔도 검어지는 것 같은디."

"허허, 큰일이네. 공해병 초기 증상일세.

돈 많은 사람들은 재산 처분해서 해외로 이민가려고 극성을 부리는데

어째 이렇게 태평이란 말입니까?"

"그런디 거그 가면 정말 법무장관 헐 수 있소?

대학졸업하고 미국 이민 간 사람, 식당에서 접시 닦고

주유소 점원, 쓰레기 인부 헌다는디 그 꼴 나는 거 아니요?"

"우리 각하가 어떤 분이시라고.

법무장관 한자리는 떼어 놓은 당상입니다."

"팔선녀가 있다 허는디 놀 수 있소?"

"두말하면 잔소리지. 한마디로 끝내줍니다.

양기가 부족하면 쌔고쌘게 해구신이요."

"요즘 해구신은 전부 가짜라던데."

**2부　음악극**

"무식한 소리 마시요.

우리 수궁이 원산지인데 가짜가 어디 있소?"

"그러나 저러나 헤엄칠 줄을 모르니 남해바다 깊은 물을 무슨 수로 건너가며

여권발부 받으랴, 신원조회 받으랴, 건강진단 받으랴, 여비 마련하랴,

어떻게 간단 말이요?"

"내 등에 업히면 쯤 하나 없어도 수궁으로 직통하니 순전히 공짜요"

"에이, 그럼 갑시다."

[중모리]　자라는 앞에서 앙금앙금

토끼는 뒤에서 깡충깡충

강가로 내려 갈 때

건너 산 바위틈에

너구리란 놈이 나 앉으며

"여봐라 토끼야?" "왜야?"

"너 어디 가느냐?" "나 수궁 간다."

"너 수궁은 무엇하러 가느냐?"

"나 자라 따라서 벼슬하러 간다."

"허허 자식 실없는 놈, 불쌍하다 저 토끼야.

고집쟁이 네놈 마음 말려 무엇 하랴마는

고향을 떠나면

천해진다 하였으니

너와 나와 이 산중에

안면을 길들이고

숲속에 같이 놀아

소나무로 벗을 삼고

비오고 안개 낀 날

발자취 서로 찾아

형님 동생 다정하게

헤어지지를 말겠더니

이 지경이 웬일이냐.

소문도 못 들었냐.

세월호 배를 타고 가던 승객

남해 바닷물에

풍덩 빠져 떼로 죽고

칼 비행기 타고 가다

공중폭파 되고 보면

다시 오지를 못한단다.

가지마라 가지마라.

수궁이라 하는 곳은

한 번 가면 다시 못 오느니라.

수궁 길은 위험하니

제발 덕분 가지마라."

[아니리]    "여보시요, 자라씨. 우리 너구리 형님 아니었으면 큰일 날 뻔 했소.

나 못 가겠소"

"올 테면 오고 말 테면 마시오마는 그러다가 내일 아침 사냥꾼 날랜 총알

꾸르르르르탕!"

"아이고, 그 탕 소리 좀 빼고 말허시오.

그렇다고 내가 안갈 리가 있겠소만 여그서 수궁이 얼마나 되오?"

자라가 다시 한 번 말솜씨를 부리는데

[중모리]    "수궁 천리 멀다 마소.

일본 유학 갔다 오면

재계 진출 보장되고

캐나다에 이민 가면

떼돈 벌어 부자 되고

태평양 건너 미국 가서

박사학위 타고 오면

장관 자리 거저 하니

토선생도 나를 따라서

우리 수궁을 들어가면

좋은 벼슬을 할 것이니

염려 말고 따라갑시다."

"그러면 갑세."

강산을 바라보니

뒤웅뒤웅 떳는 배는

허리 굽은 늙은 어부

숭어 잡으러 가는 밴가.

하동이라 포구까지

왕래를 하는 거룻밴지

섬진강 안개 속에

오고가는 놀잇밴가.

은어 뛰는 물에

고기 잡는 낚시밴가.

노을 지는 하늘 위에

기러기 떼 줄이어 떴네.

"가을 바람 불어오는데

슬피 우는 저 기럭아.

너 어디로 가려느냐.

남쪽으로 가려느냐.

북쪽으로 가려느냐.

가지 말고 게 잠깐 머물러

내 말 한마디 듣고 가라.

지리산에 놀던 토끼가

수궁천리 내가 들어가더라고

우리 벗님 친구들에게

그 말 조금 부디 전하여라."

잔말을 하고 내려갈 때

그날사말고 물결이 사나와

물결이 워르르르 출렁 -- 쇄--

뒤뚱그려 흘러간다.

[아니리]    "아이고, 저게 모두 물이요?"

"그렇지요"

"아이고, 내가 저 물에 들어가서 대통령이 된다 해도 못가겄다."

이놈이 따뜻한 양지쪽을 찾아가서 얼굴을 맛있는 반찬 토막 되작거리듯

되작되작하고 귀를 털고 앉았으니 자라가 기가 막혀

"아이갸, 왜 이러는지 모르겠네.

벼슬 살러 가자는데 줄다리기 밧줄 땡기듯 빼는 꼴

아니꼽살스러워서 못 보겠다.

창작 판소리 금수궁가

너 위해 가지 날 위해 가느냐?

올 테면 오고 말 테면 말아라.

이 물이 얼마나 깊다고 그러느냐.”

물에 가서 동당동당 떠노니 토끼 하는 말이

“그럼 좋은 수가 있소.

내가 버드나무 가지를 잡고 뒷발 담궈 봐서 목까지 닿으면 가되

더 깊으면 갈 수 없소”

“그러시요”

토끼란 놈이 좋은 꾀 낸 체하고 버드나무 가지를 잡고

뒷발을 막 잠글려고 할 적에 자라는 물에서 사는 짐승이 아닌가.

쏜살같이 우르르르 달려들어 토끼 뒷발목을 꽉물고

물속으로 울렁---- 울렁----- 들어가니 토끼가 기가 막혀

“아이고 이놈아 날 좀 놔라.

숨 막혀 못살것다.”

“아가리 벌리지 마라.

짠물 들어가면 벙어리 된다”

“똥마려 죽것다. 똥 좀 누고 가자”

토끼란 놈이 엉겁결에 똥을 쌌구나.

“똥을 쌌는디 뭘로 닦냐? 휴지 어딨냐?”

“이놈아 휴지가 어딨냐? 물에다 훌렁훌렁 닦아내면 목욕삼아 좋으니라.

내 등에 가만히 업혀 뱃노래나 부르며 가자”

이 대목은 원래 진양조로

느릿느릿 망망대해를 떠나가는 경치를 읊으면서 가지마는

그렇게 가다가는 여기 계신 손님들 숨이 막혀 못견딜것이기에

뱃노래조로 빨리 가 보것다.

[중중모리]　영차 (영차) 영차--- (영차---)

어여차저차 으어어어 영차

간다 간다 으어어어 수궁에 간다. 영차

토끼를 데리고 으어---

수궁에 간다 (영차)

어서야 가자 으어---

우리 고향에 가자 (영차)

503

어야 뒤야 차 호 허이

어야 뒤어 차 호

이어어허 어야 뒤야

어허--- 어귀야디야 (어허--- 어귀야디야)

어귀야디야 (어귀야디야)

어야디야 (어야디야)

달은 밝고 명랑한데 어야뒤야

고향생각 절로 나네 어기야 뒤야

어기야 뒤야 차헤 ---

[아니리]　이렇게 수정궁에 탁 당도했것다.

토끼가 이리저리 둘러보더니

"아닌 게 아니라 좋기는 좋소.

자, 어서 들어가서 나 법무장관 살게 해 주시요"

"그리하시요마는 여기 앉아 계시다가 혹시 토끼 잡아 들여라 하는 소리가

나더라도 놀래지 마시요"

"아니, 거 무슨 재미없는 말이요?

내가 적어도 외국까지 왔는데 모셔들여라 해도 시원찮을 것을 잡아들여라

하면 안 놀랠 시러배 아들놈이 어딨소?"

"우리 수궁이 육지허고 법이 달라서 그 말이 바로 법무장관 모셔들여라 하는

말이요"

"거참 요상시럽소, 그놈의 법.

내가 법무장관하게 되면 그 법 내가 뜯어 고칠라요"

"글랑 그리 허시요"

자라가 궁 안으로 들어가니 용왕이 무한히 기다렸던 모양이라.

겨우 일어나 앉은 것이 어찌 여러 날 앓아 났던지 가죽에다 뼈만 싸 가지고

눈도 못 뜨고

"아이고, 그래 자라가 왔다니 토끼는 어쩌고 왔느냐?"

"예. 토끼를 생포하여 법무장관 벼슬 준다 속여서

문밖에다 대령시켰나이다."

"아이고, 말만 들어도 병이 낫는 것 같구나.

여봐라, 어서 토끼를 잡아 들여라"

명령을 내려놓으니

창작 판소리 금수궁가

[자진모리]　경호원들이 권총을 빼어 들고

일시에 내달아 토끼를 에워 쌀 때

전투하는 경찰들이 데모 막을 때 진을 쌓듯

첩첩이 둘러싸고 토끼 드립다 잡는 거동

방범대원 도적 잡듯 토끼 두 귀를 꽉 잡고

"네가 이놈 토끼냐?" 토끼 기가 막혀

벌렁벌렁 떨며 "토끼 아니요"

"그러면 네가 무엇이냐?"

"개요"

"개 같으면 더욱 좋다. 삼복더위에 너를 잡아

보신탕도 좋거니와 네 간을 내어

영양탕 다려 먹고 네 껍질 벗겨내어

방바닥에 깔고 자면 어혈, 내종, 혈담에는

만병회춘의 명약이라 이 강아지 몰아가자"

"아이고 내가 개도 아니요"

"그러면 네가 무엇이냐?"

"송아지요"

"소 같으면 더욱 좋다. 백정이 너를 잡아

두피, 족, 살찐 다리, 양회, 간 천엽, 콩팥 골고루 나눠 먹고

네 뿔 베어 활도 메고 네 가죽 벗겨 내어

구두도 짓고 북도 메고 똥오줌은 거름을 허니

버릴 것 없느니라. 이 송아지 몰아가자"

"아이고, 내가 소도 아니요"

"그러면 네가 무엇이냐?"

"망아지 새끼요"

"말 같으면 더욱 좋다. 용왕 따님 경마에 미쳐 수억을 뿌렸으니

너를 산채로 잡아다가 용왕 전에 바치면

천금 상을 아니 주랴. 들거라. 우---"

토끼를 결박하여 발그런 장대로 꾹 찔러 들어메니

토끼 하릴없이 대랑대랑 메달려

"아이고, 이놈 자라야"

"왜야" "나 탄 거 이거 무엇이냐"

**2부 음악극**

"오 그거 수궁 벤츠라고 하는 것이다"

"아이고 이 급살 맞을 놈의 벤츠 두 번만 탔다가는 옹두리 뼈도 안남것네"

토끼를 결박하여 수정궁 너른 뜰에 동뎅이 쳐

"토끼 잡아 들였소---"

[아니리]  토끼가 발딱 일어나 사면을 살펴보니

물고기들이 좌우로 빽빽하게 늘어섰는데 비린내가 진동하지.

코를 막고 있을 적에 용왕이 말하기를

"저것이 토끼냐? 돋보기 가져오너라.

아하, 고것 참 약되게 생겼다.

자라는 벼슬을 높여서 안보 담당 특별 보좌관으로 발령을 하고

토끼는 어서 배갈라 간을 내어 더운 김에 소금 찍어

두어 서너 점 올려놔 봐라"

토끼가 이 말을 듣고 보니 기가 칵 맥힐 지경이라.

"아뿔사, 내가 죽을 디를 왔구나.

어떻게 해야 살꼬?"

곰곰 생각하다가 한 꾀를 얼른 내어 배를 의심 없이 척 내밀면서

"자, 내 배 따 보시오."

용왕이 생각하기를 저놈이 배를 안 째일려고 잔말이 많을 텐데

의심 없이 배를 척 내어 밀으니 이상하지.

"니가 무슨 말이 있거든 말이나 하고 죽어라"

"아니요. 말을 해도 곧이 듣지 않을 팅게 칼로 내 배 콱 찔러서 따 보시요.

따면 그 속을 알 것이요."

"아니, 이 녀석아. 기왕에 죽을 바에야 말이나 하고 죽어라"

"말을 허라니 허오리다.

이 방정스런 것이 간 없이 왔사오니 절통하기 그지 없소."

"어허, 그놈 노는 것이 귀엽도다.

거짓말을 헐지라도 그럴듯하게 할 것이지

네 뱃속에 있는 간을 어디 두고 왔다 하느냐. 허허허허"

"하하하. 소퇴의 간 출입은 세 살 먹은 아이도 다 아는데

각하 혼자 모르니 황송한 말씀이오나 어찌 그렇게 무식 하십니까?"

"이놈 말버릇이 고약하구나.

무슨 얘긴지 자세히 말해 보아라."

[중중모리] "말을 허라니 허오리다.
말을 허라니 허오리다.
토끼의 간이란 달빛 정기로 생겼기 때문에
보름이면 간을 내고 그믐이면 간을 들입니다.
세상의 병객들이 소퇴만 봤다 하면
간을 달라고 보채기로 간을 내어 파초잎에 꼭꼭 싸서
칡넝쿨로 칭칭 동여 산봉우리 계수나무
늘어진 상상가지 끝끝터리 달아메고
도화유수 시냇가에 목욕하러 내려 왔다가
우연히 자라를 만나 수궁 흥미가 좋다기로
구경차로 왔습니다."
용왕이 듣고 화를 내며
"이놈. 네 말이 모두 다 당치 않은 말이로구나
사람이나 짐승이나 몸속의 내장은 다를 바가 없는데
네가 어찌 간을 내고 들이고 마음대로
출입한단 말이냐?"
토끼가 당돌히 말을 하되
"각하는 하나만 알고 둘은 모르시는군요.
단군님은 어이하여 곰의 아들이 되었으며
혁거세 무슨 일로 말의 알에서 태어나고,
각하는 어이하여 꼬리가 저리 기드란하옵고,
제 몸은 무슨 일로 꼬리가 이리 몽톡하옵고,
각하의 몸뚱이는 비늘이 번쩍번쩍
저의 몸에는 털이 요리 송살송살
까마귀로 일러도 오전 까마귀 쓸개 있고
오후 까마귀 쓸개 없으니
인생 만물 모든 짐승이 한가지라
뻑뻑 우기니 답답치 아니 하겠습니까?"
용왕이 듣고 돌리느라고
"그리하면 네 간을 내고들이고
마음대로 출입하는 표가 있느냐?"
"예. 있지요."

**2부 음악극**

"어디 보자."

"자, 보시오."

빨간 구멍이 셋이 늘어 있거늘

"저 구멍 모두 다 어떤 내력이냐?"

"예— 내력을 말하지요.

한 구멍은 똥을 누고

또 한 구멍으론 오줌 싸고

남은 구멍으론 간 내고들이고

맘대로 출입합니다."

"그리하면 네 간을 어디로 넣고 어디로 내느냐?"

"입으로 넣고 밑구멍으로 내오니

만물시생 동방 삼팔목

남방 이칠화 서방 사구금

북방 일육수 중앙 오십토

천지 음양 오색 광채

아침 안개 저녁이슬 화합하여

입으로 넣고 밑구멍으로 내오니

만병 회춘의 명약이라

으뜸약이 됩니다.

미련트라 저 자라야.

산중에서 나를 보고

이런 이야기를 하였으면

간을 팥알만큼 떼어다가

각하 병도 직차하고

너도 충성이 나타나서

양쪽이 모두 다 좋았을 걸

미련하드라 저 자라야.

한탄해도 쓸데가 없네."

[아니리] 토끼가 어떻게 말을 잘 늘어놓았던지 용왕이 벌렁 넘어갔지.

"허허. 하마터면 아까운 인재를 죽일 뻔하였구나.

여봐라. 토선생을 이리 모셔 전상에 앉히어라."

시녀들이 일시에 달려들어 토끼를 부축하니

창작 판소리 금수궁가

토끼가 조 빼느라고 고개를 쳐들고 앞발을 높이 들고 뒷발을 천천히 딛고
용왕 옆에 올라가 네 발을 모으고 썩 쪼그려 앉아노니
"여보, 토선생, 아까 내가 농을 잠깐 한 것은
토선생이 법무장관을 하게 되면
간첩을 잡거나 데모하는 불순분자들 잡아들일 때 얼마나 잘 하실지
담력을 보느라고 한 말이니 노엽게 생각말게."
토끼 마음속으로야 용왕 배 따죽이고 싶지마는
"무슨 그럴 리가 있습니까?"
"여봐라, 술상 들여오너라."
술상이 들어오니 용왕이 유리잔에 술을 가득 부어 따르며
"토선생, 금년 춘추가 어찌 되었소?"
"춘추랄 게 있습니까? 겨우 이천열한 살입니다."
"그러면 토선생 간은 약이 많이 들었겠소."
"두 말씀 허오리까. 간 빼어 내는 날은 온 산중에 향내가 진동허지요."
용왕이 좋아라고 술을 자꾸 권하니 토끼 이 잡것이 맛보느라고 이삼십 잔,
먹어보느라고 사오십 잔, 합쳐서 백오십 잔쯤 먹어노니
이놈이 담뿍 취해 갖고 용왕에게 농담을 하는데
"여보게 용갑이."
"허허, 토갑이가 왜 나를 부르는가?"
"자라란 놈이 팔선녀가 끝내준다고 혔는디 그 팔선녀 좀 봅시다."
"토선생이 실로 풍류남아로구나.
여봐라, 팔선녀를 불러들여 토선생을 즐겁게 해드려라."
팔선녀가 나와서 노는데 원래는 피리, 가야금, 거문고, 젓대에 맞춰서
너울너울 고전무를 추고 놀겠지마는
여기는 신식 용궁이라 신식으로 풍악을 잡것다.

[엇모리]　　전자 오르간, 전자 드럼은
궁궁 짝짝 궁짝짝
퍼스트 기타는 자자자자 잣짜자
섹스폰 소리는 띠띠루 띠루 띠루리
보컬 사운드가 울려 퍼지니
궁둥이 흔들며 팔선녀 춤출 적에
낭자한 힙합 장단 수궁이 진동하네.


**2부　음악극**

[아니리]　　　팔선녀들이 배꼽을 내놓고, 궁둥이를 흔들고,

　　　　　　허리를 돌리고, 엉덩이를 튕기고,

　　　　　　다리를 쳐들고, 젖가슴을 출렁출렁 미친 듯이 흔들어대니

　　　　　　토끼란 놈이 나이트클럽에 온 줄로 착각을 하고

　　　　　　두 팔을 딱 쳐들더니 한번 놀아 보것다.

[중중모리]　　앞내 버들은 푸른 비단 두르고

　　　　　　뒷내 버들은 초록 비단 둘러

　　　　　　한 가지 찢어지고

　　　　　　한 가지는 늘어져

　　　　　　봄바람을 못 이기어

　　　　　　바람 부는 대로 물결 치는 대로

　　　　　　흔들 흔들 흔들 흔들 노닐 적에

　　　　　　어머니는 동이를 이고

　　　　　　아버지는 지게를 지고

　　　　　　노고지리 지리 노고지리

　　　　　　앞발을 번쩍 추켜들더니

　　　　　　촐랑거리고 노닌다.

[아니리]　　　토끼란 놈이 팔등신 미녀들과 놀다보니 눈알이 획 돌아가고 정신이 얼얼해서

　　　　　　입에 침을 질질 흘리면서 춤을 추며 엉큼한 말을 하는데

　　　　　　"내 간은 고사하고 나하고 입만 한번 맞추어도 냉증, 대하증 싹 없어지고

　　　　　　자궁암, 유방암 다 낫고 삼사백 년을 산다네."

　　　　　　미녀들이 이 말 듣고 서로 다투어 달려들어 토끼 입을 맞추며 몸을 배배꼬고

　　　　　　갖은 아양을 떨며 생지랄을 하더라.

　　　　　　이리 한참 노는 판에 벌떡게란 놈이 토끼 뒤를 졸래졸래 따라 다니다 보니

　　　　　　촐랑촐랑 소리가 나거든,

　　　　　　"에그, 토끼 뱃속에 간 들었다!"

　　　　　　고함을 질러 노니 토끼 깜짝 놀라 술이 탁 깨버렸지.

　　　　　　"아니, 어느 시러배 아들놈이 내 뱃속에 간 들었다 하느냐, 엉?

　　　　　　못 먹는 술을 빈 뱃속에 몇 잔 걸쳤더니 똥뗑이가 촐랑촐랑하는 소리여.

　　　　　　이 발꼬락을 지질 놈아"

　　　　　　장담은 했지만 속으로 찔리는 게 많어.

　　　　　　용왕한테 하직을 청하는데

창작 판소리 금수궁가

"각하의 병세가 일각이 급하니 제가 세상을 빨리 나가 간을 급히 가져오겠습
니다."
용왕이 자라를 불러
"여봐라 자라야. 토선생을 모시고 세상에 나가 간을 주거들랑
빨리 가져오너라."
자라가 가만히 생각하니 토끼 거짓말에 용왕이 속아
벼슬이고 부귀공명이 일시에 물거품이 되겠거든.
엉금엉금 기어나오더니

[단중중모리] 자라가 울며 여짜오되
자라가 울며 여짜오되
"토끼란 놈 본시 간사해서
뱃속에 달린 간 아니 내고 보면
초목금수라도 비웃을 것이요.
만일에 저놈을 놓아주면
산속으로 도망을 할 터이니
한번 놓아 보낸 토끼를
어찌 다시 구하리까?
당장에 배를 따보아
간이 들었으면 좋으려니와
만일에 간이 없고 보면
소신의 구족을 멸하여 주옵고
소신을 능지처참 하드라도
여한이 없사오니
당장에 배를 따 보옵소서."
토끼가 듣고 기가 막혀
"여봐라, 이놈 자라야.
야 이놈 몹쓸 놈아.
왕명이 지엄하니
내가 어찌 속일 것이냐?
대왕 병이 위급하니
너하고 나하고 빨리 나가서
간을 어서 가져와야지

만일 이놈 내 배를 따보아
간이 들었으면 좋겠지만
만일에 간이 없고 보면
불쌍한 나의 목숨이
너의 나라서 죽게 되면
너의 용왕 백년 살 걸
하루도 못 살테요.
너의 나라 만조 백관
한날 한시에 모두 다 몰살시키리라.
아나 옛다 배갈라라.
아나 옛다 배갈라라.
아나 옛다 배갈라라.
똥 밖에는 든 것 없다.
내 배를 갈라 내 보아라.”

[아니리]　왈칵왈칵 배를 내밀며 서슬이 퍼렇거늘 용왕이 깜짝 놀라
“여봐라, 다시 토선생을 해치는 자가 있으면
정치범으로 감옥에 보내리라.”
자라 하릴없이 토끼를 데리고 다시 세상을 나가는데
이번엔 토끼가 노래를 부르면서 가것다.

[진양조]　“가자 가자 어서 가자
남해 바다 바삐 지내어
지리산을 어서 가자
고국 산천을 바라보니
하늘가에 멀어 있고
해는 지고 붉은 노을은
물결 위에 비치누나.”

[중중모리]　남해 바다 바삐 지내어
섬진강을 당도하니
동산에 달 떠온다.
반달 노래를 불러보자.
밤에 나온 반달은
하얀 반달은

창작 판소리 금수궁가

해님이 쓰다 버린
족박인가요.
꼬부랑 할머니가
물길러 갈 적에
치마폭에 달랑달랑
채워졌으면
자라등에 다
저 반달 실어라.
우리 고향을 어서 가.
구름 저 멀리
산천 경계 좋을시고
지리산에 돌아들 적에
울음 울던 산새들도
숲으로 잦아들고
물고기도 잠이 들어
강가에 당도하여
깡창 뛰어 내리며
모르는 채로 가는구나.

[아니리]  토끼가 뒤도 안 돌아보고 깡충깡충 뛰어가니 자라가 기가 막혀
"여보, 토선생, 간 좀 빨리 가져오시오."
토끼 돌아다보며 욕을 한바탕 한번 하는데 욕을 어떻게 하는고 하니
옛날 염계달 명창 추천목으로 하것다.

[중모리]  "네미를 붙고 육시를 할 녀석,
뱃속에 달린 간을 어찌 내고 들인단 말이냐.
미련하드라, 미련하드라.
너희 용왕이 미련하드라.
너의 용왕 실없기 나 같고
내 미련키 너의 용왕 같았으면
영락없이 죽을 걸
내 밑구멍 셋이 아니드라면
내 목숨이 살아나리.
내 돌아간다. 내가 돌아간다.

2부  음악극

513  백운 청산으로 나는 간다.

[아니리] 네 이놈 자라야. 그놈 생긴 대로 눈치코치 없구나.

나보고 간 빼주고 썩을 대로 썩은 너희나라 탐관오리 되란 말이냐.

니 죄상을 생각하면 네 몸뚱이를 저 바위에다 올려놓고

콱 밟아서 부셔 죽여가지고 푹삶아서 우리 친구 다 불러다

소주에 초장 찍어 먹을 것이나

만리 바닷길을 나를 업고 댕긴 정성을 생각해서 살려 보내주는 것잉게

다시는 그런 쓰잘데기 없는 짓 허들 말아라.

내가 너 때문에 물귀신이 될 뻔 했다. 이 오사육시를 헐 놈아.

그리고 니 정성이 지극하니 너희 용왕한티 먹일 약이나 일러주마.

수궁에 갔더니 암자라 예쁜 놈 쌨더구나.

하루에 일천오백 마리씩 잡아서 석 달 열흘간 먹이고

그도 안 되거든 복어 쓸개를 천석을 만들어서 하루에 다 먹이면

죽던지 살던지 양단간에 결판이 날 것이다.

자 나는 간다. 속 채리고 어서 돌아가거라"

자라는 하릴없이 수궁으로 돌아가고

토끼란 놈 수궁에 잡혀 갔다가 풀려 노니 어찌 좋던지

노래를 부르며 이리 뛰고 저리 뛰고 지랄방정을 떨다가

짐승 잡을려고 파놓은 구덩이에 폭 빠졌것다.

[창조] "아이고 이를 어쩔거나, 내가 차라리

수궁에서 죽었드라면 정초, 한식, 단오, 추석이나

얻어먹을 걸, 이제는 뉘 놈의 뱃속에다

장사를 지낼거나"

이리 한참 섧게 울 때

어디서 쉬파리떼가 윙 하고 날아드니

"아이고 쉬파리 사촌님네들, 어디 갔다

이제 오시요"

"오, 네 이놈 그물에 걸렸으니 속절없이

죽게 생겼구나."

"죽고 살기는 내 재주에 달렸응게

내 몸에다 쉬나 좀 슬어 주시오."

"니가 꾀를 부릴라고 쉬를 슬어 달라 허지만

창작 판소리 금수궁가

사람의 손을 당혀것냐?"

"사람의 손이 어떻단 말이요?"

"내가 이를 테니 들어 봐라.

[자진모리]    사람의 내력을 들어라.

사람의 내력을 들어 봐라.

사람의 손이라 하는 것은

엎어 놓으면 하늘이요

뒤집어 놓으면 땅인디

이리저리 금이 있기는

팔자가 새겨진 금이요.

엄지 잔가락이 두 마디기는

땅, 하늘, 사람이요

지가락이 장가락만 못 허기는

정월, 이월, 삼월

장가락이 그중에 길기는

사월, 오월, 유월이요.

무명지 가락이 장가락만 못 허기는

칠월, 팔월, 구월이요.

새끼가 그 중에 짧기는 시월, 동지 섣달인데

갑을병정이 여기 있고

자축인묘 진사오미

음양오행이 여기 있고

주역으로 두고 일러도

건감간진 손이곤태

선천팔괘 육십사효

천지가 모두 손바닥 안이니

니 아무리 꾀를 낸들

사람의 손 하나 못 당하리라.

두말말고 너 죽어라."

[아니리]    "아무리 사람이 무서워도 죽고 살기는 내게 있응 게

제발 쉬 좀 슬어 주시요"

쉬파리떼가 달려들어 쉬를 빈틈없이 담뿍 슬어 놓고 날아가니

**2부 음악극**

515 토끼가 죽은 듯이 엎졌을 때 웬 나뭇꾼들이 지게 갈퀴 짊어지고
외너리를 부르면서 올라오는데

[중모리] "어이가리너 어이가리너

어이가리너 너화 넘자

사람이 세상에 태어날 때

부귀빈천이 없건마는

우리네 팔자는 무슨 놈의 팔자간디

깊은 산속만 다니는가?

여봐라 동무들아.

너는 저 골을 베고

나는 이 골을 베어

부러진 잡목 떨어진 낙엽을

긁고 베고 엄뚱거리어

부모와 처자를

극진 공대를 하여 보자.

어이가리너 너화 넘자"

[아니리] 이리 한참 내려오다가 보니 토끼가 걸렸것다.

"야들아, 토끼 걸렸다"

"불 피워라. 구워먹고 가자"

"야, 그거 썩었는가 냄새나 맡아 봐라"

한 놈이 냄새를 맡되 머리쯤 맡았으면 잘 구어먹고 잔치를 하고 갈 것인데

하필이면 똥구멍에다 냄새를 맡아 놓으니

꾀 많은 토끼가 수궁에서 참아 두었던 도토리 방구를

시르르르르 꿰어 놓으니

"야-- 이거 걸린지 오래 되었는 갑다. 구렁이 썩는 냄새가 난다."

"썩었으면 내쏴 버려라."

휙 집어 던져 놓으니 토끼가 건너 바위에 가서 우뚝 서서

"에이, 시러배 아들놈들아.

수궁에서 용왕도 속이고 나왔는디 네 놈들한테 잡힐소냐?"

이놈이 살아났다고 방정을 떨고 놀아 보는데

[중중모리] "신출귀몰 제갈공명

지혜 많기가 나만하며

변화무쌍 홍길동이
재주 많기가 나만하며
암행어사 박문수라도
꾀 많기가 나만하며
천변만화 손오공도
조화 많기가 나만하며
지리산의 신선이라도
한가하기가 나만하며
예듣던 뻐꾸기 소리
귀에 익은 산새 소리
수궁천리 갔던 벗님
고국산천이 반가워라."
지리산 너른 천지
금잔디 좌르르르 깔린데
이리 뛰고 저리 뛰고
깡창 뛰어 노닐며
"얼씨구나 절씨구
얼씨구 절씨구 지화자 좋다
고국산천이 반가워라."

[아니리]　이리 한참 노닐 적에 어디서 웬 곡성이 낭자하게 들린단 말이지.
토끼가 가만히 기어가 보니 너구리네 집 앞에
오소리, 다람쥐, 노루, 사슴들이 둘러앉아서 울고 있것다.
"아이구 너구리 형님, 오소리 동생, 잘들 있었소?"
오소리가 반겨서 하는 말이
"아이고, 토끼 형님 아녀?
수궁에 벼슬살이 갔다더니 언제 돌아 왔소?"
"벼슬은커녕 배만 째일 뻔 허다가 간신히 살어 나왔네.
근디 왜들 이렇게 울고 계시오?"
노루가 쳇머리를 흔들며 하는 말이
"호랑이가 왕이 된 뒤로 우리 산중 식구들을 마음대로 잡아먹는데다가
여우, 늑대, 살쾡이들까지 한패거리가 되서 우리를 맘대로 잡아먹으니
이제는 산중 식구 씨가 말라 버릴 지경이 되었어.

어제는 너구리 마누라를 잡아먹더니 오늘은 너구리더러 호랑이 굴로

오라고 하니 저 어린 너구리 새끼들은 어떻게 산단 말인가?"

그 말끝에 모두들 자기 신세를 생각하여 훌쩍훌쩍 울어대니

토끼가 곰곰 생각하다가

"여러분. 좋은 수가 있습니다.

제가 너구리 형님 대신 호랑이 굴로 가지요"

너구리가 깜짝 놀라

"이 사람아, 말이야 정말 고마운 말이네만 나대신 자네가 죽을 수는 없네."

"아니요. 내가 죽으러 가는 게 아니라 좋은 꾀가 있어서 그래요.

다들 이리 좀 모여 보시요"

모두들 토끼 주위에 모여 들어 머리를 맞대고 한참을 쑥덕이더니

저마다 어디론가 흩어지고 토끼는 깡총깡총 뛰어 호랑이 굴 앞에 가더니

느닷없이 산토끼 노래를 부르면서 놀것다.

[중중모리]   "산토끼 토끼야

어디로 가느냐.

깡총깡총 뛰면서

호랑이 잡으러 간단다."

[아니리]   호랑이가 보니 맛있는 식사깜이 까불고 놀거든.

"어흥" 하고 달려들어 토끼 대굴빡을 후닥닥 콱

"아이고 각하. 어디 갔다 이제 오시요?"

"오, 내가 시장해서 너 좀 먹을라고 왔다"

"어디서부터 잡수실라요?"

"맛 좋은 대가리부터 콱 씹어 먹어야 겠다"

"아이고 각하. 나 죽기는 섧지 않으나 내 설움이나 들어 보시요"

"니가 무슨 설움이 있단 말이냐?"

토끼란 놈이 청승을 떨고 울어 보는데

[중모리]   "아이고, 아이고, 어쩔거나.

아이고, 이를 어쩔거나.

수궁천리 먼먼 길에

겨우 얻어 내온 것을

산속에다 던져두고

임자 없이 죽게 되니

창작 판소리 금수궁가

[아니리]　"이놈아, 너무 울지 말어. 많이 울면 살 빠진다.

수궁에서 얻어 왔다는 그게 대체 뭐냐?"

"제가 이번에 수궁을 갔었지요."

"그래서?"

"갔더니 용왕께서 에르메스 갸르뎅 갤럭시를 주십디다"

"에르메… 그게 뭐이냐?"

"그것이 참 이상한 물건이지요.

좍 펴 놓고 보면 구멍이 딱 세 개 뚫어졌지요.

한 구멍을 툭 치고 멧돼지 새끼 나오너라 하면 꾸역꾸역 나오고

또 한 구멍을 툭 치고 노루 새끼 나오니라 하면 그저 꾸역꾸역 나오는

그런 보물을 저기 저 바위 속에다 두고 죽게 되니 그 아니 슬픈 일이요?"

호랑이란 놈 생각허니 그게 다 지 밥이거든.

"야, 그것 신기헌 물건이구나.

확실히 외국 놈들이 물건은 잘 만들어. 너 이놈 토끼야."

"예"

"네 목숨을 살려 줄 테니 나 다오"

"목숨만 살려 주시면 드리고 말고요"

"그게 어디 있느냐"

"저기 있습니다."

"가자"

호랑이가 토끼 대굴빡을 입으로 덥석 물고 번개같이 달려가서

바위 옆에다 턱 내려놓고

"어디 있느냐?"

"저 건너 바위 속에 있습니다."

"빨리 그 에르… 뭔가 좀 내오너라. 시장해 못 살것다."

"네, 각하. 여그서 쪼금만 기대리시요.

내가 저 바위 속에 들어가서 내 오겠습니다."

"그래라"

토끼가 폴짝폴짝 뛰어서 건너 바위 위에 오똑 서더니

느닷없이 흘러간 옛노래를 부르것다.

"두만강 푸른 물에

노 젓는 뱃사공"

"야 이놈아 여기가 가라오께 술집인 줄 알어?"

"네 이놈 호랭아. 내 발길 나가면 네 해골 터질 테니 어서 도망가거라"

"뭐, 뭐라고? 저놈이 간땡이가 부엇고나"

호랑이가 휙 뛰어 달려드니 토끼는 바윗속으로 쏙 들어가 버리고

호랑이는 땅에 탁 닿자마자 구덩이에 푹 빠져버렸네.

그러자 어디에 숨어 있었던지

너구리, 오소리, 사슴, 노루, 다람쥐 달려들어

그물을 치고 말뚝을 박고 흙을 부어 넣고 난리가 났지.

호랑이가 길길이 뛰고 소리소리 질러 봐도 아무 소용이 없지.

토끼가 바위 위에 턱 올라서더니 깔깔거리고 웃으면서

"하하하. 바로 이것이 에르메스 갸르뎅 갤럭시라고 허는 것이다.

자, 어서 흙을 부어 저 호랭이를 생매장 시켜 버립시다"

[엇중모리] 호랑이 흙에 묻혀

생매장 당해 죽고

용왕은 병이 깊어

얼마 안가서 죽어가니

수궁과 산중에서

민주화 바람이 불고

토끼는 그 산중에서

완연히 늙더라.

그 뒤야 누가 알꼬

어질 더질.


- 막 -

# 창작 판소리 **금수궁가** (1988년 작)

대본, 작창 김명곤

---

**줄거리**  용왕의 장기집권과 대신들의 나태하고 관료적인 무사안일주의로 부패할대로 부패한 수궁은 썩은 비린내만 진동하는데, 이러한 때에 주색잡기에 빠져 온몸이 병든 용왕은 토끼의 간이 약이라고 하자 입신양명의 출세를 꿈꾸는 자라를 육지로 보내 토끼 간을 구해 오도록 한다.

자라는 지리산에서 토끼를 만나 달콤한 입발림으로 토끼를 유혹하여 수궁으로 데리고 온다. 부푼 꿈을 안고 수궁에 입궐한 토끼는 온몸이 포박되어 죽을 위기에 처하자 자신은 간을 파초잎에 싸서 정성스레 보관해 놓았다고 거짓말로 둘러대고 병 고칠 생각에만 골몰한 용왕은 토끼의 거짓말에 속아 넘어간다.

구사일생으로 살아난 토끼는 기쁨에 겨워 노래를 부르며 놀다가 다시 산중 왕으로 뽑힌 호랑이에게 잡아먹힐 위기에 처하자 수중 세계의 "에스콰이어 가르델 갤럭시"라는 요술물건 얘기를 하자 그 물건에 탐이 나 토끼를 따라간 호랑이는 인간이 파놓은 구덩이에 빠져 생매장 당한다.

---

「금수궁가(今水宮歌)」는 '오늘의 수궁가'라는 뜻으로 우리나라 전통 판소리 다섯 마당 중 하나인 「수궁가」를 현대적인 시각에서 재해석한 작품이다.

토끼와 자라가 벌이는 이야기의 뼈대는 그대로 유지하지만 그 속에 들어 있는 이야기들은 색다르고 새롭게 바꾸었다. 수궁과 산중에서 여러 동물이 벌이는 이야기들은 오늘날의 세태를 담아냈다.

수궁의 '용왕'과 폭압적인 산중 왕 '호랑이'를 권력자로, 입신양명을 꿈꾸는 '자라'를 허황된 출세주의자로, 그리고 온갖 기지와 대담하고 익살스러운 재담으로 난세를 극복해가는 '토끼'를 슬기로운 서민의 모습으로 대비시키고 시대 현실을 구수한 익살과 재미있는 풍자로 판소리 가락을 실어 노래한다.

특히 현대적인 감각을 살리기 위해 판소리 가락 외에 민요, 유행가, 동요 들을 적절히 삽입하여 창작 판소리의 현대적 가능성을 모색하고 있다.

창극 **심청전**

| 나오는 사람들 |

| | | |
|---|---|---|
| 도창 | 선인들 | 황봉사 |
| 심청 | 동리 처녀들 | 봉사1~4 |
| 심봉사 | 동리 남자들 | 행인 |
| 곽씨부인 | 용왕 | 사령 |
| 선녀 | 제신 | 사령들 |
| 부인 | 시녀 | 태수 |
| 시비 | 옥진부인 | 여인1~6 |
| 귀덕어멈 | 궁녀들 | 몸종 |
| 뺑덕이네 | 황제 | 안씨부인 |
| 화주승 | 대신1~3 | 심황후 |
| 상여꾼1~6 | 시종 | |

# 제1부

## 제1장 마을의 여러 장소

서곡이 연주되며 막이 올라간다.

서곡이 끝나면 도창자가 고수와 함께 등장하여 도창을 시작한다.

**도창**　　옛날 황주 도화동에 봉사 한 사람이 사는데

　　　　　성은 심이요. 이름은 학규라.

　　　　　누대 명문지족으로 명성이 자자터니

　　　　　가운이 불행하여 이십 후에 안맹하니

　　　　　낙수 청운에 발자취 끊어지고

　　　　　가까운 친척 없어 뉘라서 받드리오

　　　　　그러나 그의 아내 곽씨 부인이 있으되

　　　　　현철하고 얌전하여 눈 먼 가장 품을 팔아 받들 적에

도창을 하는 동안 풍치가 아름다운 시골 마을과 아담하고 정겨운 초가집 모양 심봉사의 집이

나타나며, 집안에서 옷을 다듬기도 하고 디림질을 하기도 하는 곽씨부인의 모습이 보여진다.

**도창**　　삯바느질 관대도복, 행의, 창의, 직령이며,

　　　　　섭수, 쾌자, 중치막과, 남녀 의복의 잔 누비질,

　　　　　상침질, 껵음질과 외올뜨기, 펫땀이며,

　　　　　고두누비, 솔 올리기, 망건, 뀌미, 갓끈 접기,

　　　　　배자, 토수, 버선, 행전, 포대, 허리띠,

　　　　　다님, 줌치, 쌈지, 약랑에, 필낭, 휘항, 볼지, 복건, 풍차이며,

　　　　　천의, 주의, 갖은 금침, 베개모에 쌍원앙 수도 놓고,

　　　　　오색모사, 각대, 흉배, 학 그리기,

　　　　　궁초공단, 수주, 선주, 낙릉, 갑사,

　　　　　운문, 토주, 갑주, 분주, 표주, 명주, 생초,

　　　　　통경, 조포, 북포, 황저포, 춘포, 문포, 제추리며,

　　　　　삼베, 백저, 극상세목, 삯을 받고 맡아 짜기,

창극 심청전

> *청황 적백 침향 회색을 각색으로 염색하기,*
> *초상난 집 상복 제복,*

도창을 하는 동안 바느질을 하고, 베를 짜고, 염색일을 하는 곽씨 부인의 모습이 보여진다. 도창이 마을 사람들의 합창으로 바뀌면서 혼인식의 잔치 등이 떠들썩하게 펼쳐지고, 그 속에서 열심히 일을 하는 곽씨 부인의 모습이 보여진다.

**합창**      *혼인대사 음식숙정,*
              *갖은 계편 중계약과, 박산 과자류에 다식 전과,*
              *냉면 화채에 신선로, 각각 찬수 약주빚기,*
              *수팔년 봉오림과, 배상허기 고임질을 잠시도 놀지 않고,*
              *수족이 다 진토록 품 팔아 모을 제*
              *푼 모아 돈 짓고 돈 모아 양 만들어*
              *양을 지어 관돈되니 일수체계 장리변을*
              *이웃집 사람들께 착실한 곳 빚을 주어*
              *실수 없이 받아들여 춘추시향 봉제사*
              *앞 못 보는 가장 공경 시종이 여일하니 상하인근의 사람들*
              *뉘 아니 칭찬하랴*

곽씨부인, 집으로 돌아간다.

**도창**      *그러나 심봉사 사십이 다 넘도록*
              *일점 혈육 전혀 없이 부부 매일 슬퍼하더니*
              *하루는 심 봉사 먼 눈을 번뜩이며 말을 하는구나.*

## 제2장 심청의 집

심봉사 마루에 앉아 곽씨부인을 무료히 기다린다.
곽씨부인 빨래감을 들고 들어온다.
심봉사, 반갑게 일어선다.

**심봉사**      임자, 지금 오시오?

| | |
|---|---|
| 525 곽씨부인 | 예, 시장하시지요? 얼른 밥 지어 올리다. |
| 심봉사 | 여보, 마누라! |
| 곽씨부인 | 예? |
| 심봉사 | *마누라, 마누라는 전생에 나와 무슨 인연으로*<br>*이 세상의 부부 되야 앞 못 보는 이 내 몸을*<br>*한시 반시 놀지 않고 지성으로 공대하니*<br>*나는 편타 하려니와 마누라 고생살이*<br>*내 간장이 다 녹는다오.* |
| 곽씨부인 | *귀중하신 가장 공경 아내의 당연한 도리온데*<br>*그게 무슨 말씀이요?* |
| 심봉사 | 이처럼 현숙한 부인을 만난 건 내 복이라 하려니와 우리 나이 사십인데 슬하에 일점 혈육이 없으니 명산대찰 신공이라도 드려 남녀 간에 하나만 낳고 보면 평생 한을 풀겠구만. |
| 곽씨부인 | 자식 보고 싶은 마음이야 몸을 팔고 뼈를 간들 무슨 일을 못 하리까? |
| 심봉사 | 우리 내외 지극 정성으로 공을 드려 봅시다. |
| 곽씨부인 | 그럽시다! |

심봉사와 곽씨부인, 마당 한켠에 서서 하늘을 향해 함께 정성을 드린다.

| | |
|---|---|
| 심,곽 | *비나이다 비나이다.*<br>*태상노군 후토부인 제불보살 석가님네*<br>*천지만물 생겨날 제 날짐승은 알을 낳고*<br>*길짐승은 새끼 치고 백초도 쌂이 나니*<br>*하물며 사람으로 태어나서 후세 전할 길 없으면*<br>*황천에 돌아간들 밥 한 그릇 물 한 모금*<br>*뉘라서 받들며 무슨 면목으로 선영을 대하리까.*<br>*어여삐 여기시어 자식 하나만 점지를 하옵소서.* |

두 사람이 기도를 하는 동안 조명이 바뀌면서 그들의 주위에 한줄기 빛이 비쳐진다.

창극 심청전

# 제3장 천상

무대가 어두워지며 탑과 부처상이 나오며 여인들이 꽃등을 들고 나와 탑 주위를 돈다.
곽씨부인, 흰옷을 입고 나와 합장을 하고서 그 주위를 돈다.

도창       *곽씨부인 그날부터 품팔아 모은 재물*
                  *온갖 공을 다 드릴 제*
                  *명산대찰 영신당과 고묘총사 석왕사며*
                  *석불 미륵 서 계신 데 허위허위 다니시며*
                  *가사 시주, 인등 시주, 창오 시주,*
                  *시왕 불공, 칠성 불공, 나한 불공,*
                  *가지가지 다 드리니 공든 탑이 무너지며 심근 나무 꺾어지랴.*
                  *갑자 사월 초파일 밤. 한 꿈을 얻은지라,*
                  *서기반공허고 오채가 영롱하니 이상하고 기이하다.*

스님들이 염불을 외면서 등장한다.

합창        *나무아미타불 관세음보살*
                  *원왕생 원왕생 제불중천 제갈연*
                  *나무아미타불 관세음보살*
                  *상래소수 불공회 회양삼천 실원만 국태민안 범중연*
                  *나무아미타불 관세음보살*

곽씨부인, 집으로 돌아와 심봉사와 함께 방안으로 들어간다.
방안의 두 사람, 한줄기 빛을 받으며 나란히 누워서 잠을 잔다.
무대가 환상적으로 변하면서 신비한 음악 소리와 함께 무대가 오색채운으로 뒤덮이고, 천상 선계의 환상적인 장면이 펼쳐진다.
옥황상제와 좌우의 신선과 선녀, 악기를 연주하는 선관과 청의동자, 홍의 동자, 그들의 주위를 돌며 춤을 추는 암수 공작 한쌍.
머리에 오색채관을 쓰고, 파란 너울옷을 입고, 계화가지를 손에 든 청의선녀, 선녀들의 무리 속에서 나와 곽씨부인에게 다가간다.
곽씨부인, 꿈결처럼 일어나서 방안을 나와 선녀를 맞는다.

**선녀**　　　　*소녀는 서왕모 딸일러니 반도진상 가는 길에*

　　　　　　　　*옥진비자 잠깐 만나 수어수작을 허옵다가*

　　　　　　　　*시각이 늦은 고로 상제 전 득죄하여*

　　　　　　　　*인간에 내치시매 갈 바 모르고 방황타가*

　　　　　　　　*태상노군 후토부인 제불보살 석가님이*

　　　　　　　　*댁으로 지시하여 이리 찾아왔사오니 어여삐 여기소서.*

선녀, 곽씨부인에게 안긴다.

선녀와 공작의 무리들, 청의선녀와 곽씨부인 주위에서 춤을 추다가 사라진다.

곽씨부인, 혼자 남아 선녀들이 사라진 곳을 바라본다.

신비한 음악 소리가 잦아진다.

## 제4장　심청의 집

도창을 하는 동안 곽씨부인, 부엌으로 들어간다.

**도창**　　　　*양주 몽사 의논허니 내외 꿈이 꼭 같은 지라.*

　　　　　　　　*그 달부터 태기가 있는데*

　　　　　　　　*석부정좌 할부정불식 이불청음성 목불시악색*

　　　　　　　　*입불중문 좌불중석 십삭삭일이 찬 연 후*

　　　　　　　　*하루는 해복기미가 있구나.*

무대 밝아지면 배가 불러 진 곽씨부인, 물그릇을 들고 부엌에서 나오다가 그릇을 엎지르며 쓰러진다.

**곽씨부인**　　아이고 배야, 아이고 허리야!

심봉사, 방에서 급히 나와 더듬거리며 곽씨부인에게 간다.

**심봉사**　　　아이구, 이거 산기가 있나부다. 여보시오, 귀덕어멈!

심봉사, 대문께로 나가 이웃집을 향해 소리친다.

창극 심청전

**귀덕어멈**    어찌 그러요?

**심봉사**    우리 부인이 산기가 있나 보오,

**귀덕어멈**    아이구, 그래요?

귀덕어멈, 곽씨부인을 부축해서 방안으로 들어간다.

**귀덕어멈**    어서 안으로 들어 갑시다!

**곽씨부인**    (안에서) 아이고, 아이고!

**귀덕어멈**    힘 써 봐!

**심봉사**    (발을 동동 구르며) 아이고, 이걸 어쩌나!

**곽씨부인**    (안에서) 아이고, 아이고!

**귀덕어멈**    (안에서) 헛심 쓰지 말고 참심 주어, !

심봉사도 참지 못하여 몸을 방안으로 들이민다.

**곽씨부인**    (안에서) 아이고, 아이고!

**귀덕어멈**    (안에서) 힘 써요, 힘 써!

**심봉사**    아얏, 죄없는 내 상투는 왜 틀어 잡나?

**귀덕어멈**    (안에서) 가만 계시오, 그거라도 잡고 힘 써야 애기가 나오제.

**곽씨부인**    (안에서) 아이고!!

곽씨부인이 마지막 신음소리와 함께 상투를 놓았는지 심봉사 마당에 벌렁 나뒹그러진다.
방안에서 갓난아이의 울음소리가 들리고 경쾌하고 흥겨운 음악이 연주된다.
귀덕어멈, 방문을 열고 수놓은 푸른색의 예쁜 포대기에 싼 어린아이를 안고 나온다.

**귀덕어멈**    봉사님, 아기 받아 보시요.

**심봉사**    허허허, 수고했소, 귀덕어머니. 남녀 간에 무엇이요?

**귀덕어멈**    봉사님이 한번 맞춰 보시오.

귀덕어멈, 심봉사에게 아기를 준다.

| 529 | 심봉사 | 어디 보자. 아이고, 머리가 이렇게 크고 앞가슴이 떡 벌어졌으니 장군감이로구나. 또 배가 이렇게 부르니 부자될 놈이 틀림없제. 가만있거라. 이것은 명치뼈, 이것은 배꼽, 니가 여기서 거침이 있어야 망정이지 만일 거침이 없이 내려가면 내 신세는 탈이다. |

심봉사, 아이의 배 아래로 손을 쓸어 내린다.
곽씨부인, 방문을 열고 내다 본다.

| 심봉사 | 허어, 걸림새가 하나 없이 손이 미끈 하는 것이<br>아마도 마누라 닮은 아기를 낳았나 보오. |
| 귀덕어멈 | 호호호, 봉사님도 참! |

귀덕어멈, 부엌으로 들어간다.
심봉사, 아이를 안고 소반 앞으로 가서 절을 하면서 빈다.

| 심봉사 | *(자진머리)* *삼십삼천 도솔천 승불계선 삼신 제왕님네*<br>*화의동심허여 다 굽어 보옵소서.*<br>*사십 이후 낳은 자식 한 달 두 달 이슬 맺고*<br>*석 달에 피 어리고 넉 달에 인형 삼겨*<br>*다섯 달 오포 낳고 여섯 달 육경 생겨*<br>*일곱 달 칠구 열려 여덟 달에 사만팔천 털이 나고*<br>*아홉 달에 구구 열려 열 달 만에 찬 김 받어*<br>*금강문 하달문 고이 열어 순산허니*<br>*삼신님 넓으신 덕택 백골난망 잊으리까*<br>*다만 독녀 딸이오나 태순증자 효행이며*<br>*동방삭의 명을 주고 태임의 덕행이며*<br>*길량의 처 절행이며 반희의 재질이며*<br>*초부단의 복을 주어 외 붓듯 달 붓듯*<br>*잔병 없이 잘 자라나 일취월장허게 하옵소서.* |

심봉사, 몇 번 큰절을 하고 더듬거리는 중에도 신이 나서 춤을 추듯 방쪽으로 간다.
곽씨부인, 방 밖으로 몸을 내밀고 말을 한다.

곽씨          뒤늦게 낳은 자식 딸이 되어 섭섭하오.
심봉사        여보 마누라 그런 말 마오.

            아들도 잘못 두면 욕급선영 하는 것이요,

            딸이라도 잘만 두면 아들 주고 바꾸리까.

            이 딸 고이 길러 예절 범절 잘 가르쳐

            좋은 배필을 맞이하면 외손 봉사는 못하리까

            삼신 제왕님이 화 내실까 두려우니 그런 소리 하지 마오.

심봉사, 아이를 안고 어른다.
심봉사가 아이를 어르는 동안 귀덕어멈, 곽씨부인에게 밥상을 갖다 주고 웃으며 밖으로 나간다.

심봉사        허허, 이 자식 이쁘기도 하다.

            둥둥둥 내 딸이야. 어허 둥둥 내 딸이야.

            금자동이냐 옥자동

            금을 준들 너를 사며 옥 준들 너를 사랴.

            둥둥둥 내 딸이야 어허 둥둥 내 딸이야.

            네가 어디서 생겼나 네가 어디서 생겨 와

            하늘에서 뚝 떨어졌나 땅에서 불끈 솟았나.

            어허 둥둥 내 딸이야 둥둥둥둥 어허 둥둥 내 딸이야.

심봉사가 창을 하는 동안 곽씨 부인, 아픈 몸을 억지로 일으켜 마루로 나와 부엌으로 나가려다 쓰러진다.

**곽씨부인**    *아이고, 여보 가군님!*

심봉사, 마루 위에 아기를 내려 놓고 허둥대며 곽씨부인 곁으로 간다.

**심봉사**      아니, 여보, 웬일이요?
**곽씨부인**    아이고 머리야, 아이고 허리야!

곽씨부인, 쓰러진 채 신음한다.
심봉사, 부인을 안아 일으켜 몸을 흔든다.

**2부 음악극**

| | | |
|---|---|---|
| 531 | 심봉사 | 여보시오, 마누라. 정신 차려 말 좀 하오. |
| | 곽씨부인 | 여보시오, 가군님. 내 평생 먹은 마음 |
| | | 앞 못 보신 가군님을 해로백년 봉양타가 |
| | | 불행 만세 당하오면 초종 장사 마친 후에 뒤를 좇아 죽자터니 |
| | | 천명이 이뿐인가 인연이 그쳤는지 하릴없이 죽게 되니 |
| | | 눈을 어이 감고 가며 앞 어둔 우리 가장 |
| | | 헌옷 뉘랴 지어주며 조석공대 뉘랴 허리 |
| | 심봉사 | 여보 마누라, 죽는다니 웬 말이오? |
| | 곽씨부인 | 사고무친 혈혈단신 의탁할 곳 바이 없어 |
| | | 지팡막대 흘어 짚고 더듬더듬 다니시다 |
| | | 구렁에도 떨어지고 돌에 채여 넘어져서 |
| | | 신세자탄 우는 모양 내 눈으로 본 듯 허고 |
| | | 기아를 못 이기어 가가문전 다니시며 |
| | | 밥 좀 주오 슬픈 소리 귀에 쟁쟁 들리는 듯 |
| | | 나 죽은 혼백인들 차마 어찌 듣고 보리. |
| | 심봉사 | 여보, 마누라. 그런 말 마오. |
| | | 명산대찰 신공 드려 사십 후에 낳은 자식 |
| | | 젖 한번도 못 먹이고 얼굴도 채 모른디 죽단 말이 웬말이요. |
| | 곽씨부인 | 이일 저일을 생각허니 멀고 먼 황천길을 |
| | | 눈물 겨워 어이 가며 앞이 막혀서 어이 가리 |
| | | 여보시오 가군님. 뒷마을 귀덕어멈 절친허게 지냈으니 |
| | | 이 자식을 안고 가서 젖 좀 먹여 달라하면 괄시 아니 하오리다. |
| | | 이 자식이 죽지 않고 제 발로 걷거들랑 |
| | | 앞 세우고 길을 물어 내 묘 앞을 찾아오서 |
| | | 모녀 상봉을 허게 하오. |
| | | 헐 말은 장창 무궁하나 숨이 가퍼서 못하겠소. |
| | 심봉사 | 마오 마오 그리 마오. |
| | | 온갖 정성 다 들여서 만득으로 낳은 자식 |
| | | 고이고이 길러 내여 좋은 짝 지어준 후 |
| | | 우리 부부 한날 한시 눈을 감고 같이 가세. |
| | 곽씨부인 | 아차 아차 내 잊었소. |
| | | 저 아이 이름일랑 청이라고 불러주오. |

창극 심청전

**심봉사**　　여보 마누라, 병든다고 다 죽겠소?
　　　　　걱정 말고 누웠으면 약을 지어 올 터이니
　　　　　부디 걱정 하지 마소. 얼른 다녀 오리라.

심봉사, 지팡이를 찾아 집고 허둥지둥 집 밖으로 나간다.
곽씨부인, 마루 쪽으로 기어 가서 아기를 끌어 안고 구슬프게 운다.

**곽씨부인**　　아이고 내 새끼야.
　　　　　천지도 무심허고 귀신도 야속하구나.
　　　　　네가 진즉 생기거나 내가 조금 더 살거나
　　　　　너 낳자 나 죽으니 가이 없는 궁천지통을
　　　　　널로 하여 품게 되니 죽난 어미
　　　　　산 자식이 생사 간에 무슨 죄냐.
　　　　　내 젖 망종 많이 먹어라.

곽씨부인, 저고리를 풀고 아이에게 젖을 내어 먹이려다가 아이를 안은 채 운명한다.
조용한 집안에서 아기가 울기 시작한다.
조명이 어둡게 변한다.
새소리와 바람 소리가 적막한 빈집을 울린다.
혼령들의 모습을 한 사람들이 무대 뒤편에 희미하게 나타나 합창을 한다.

**합창**　　　한숨지어 부는 바람 삽삽비풍 되어 불고
　　　　　눈물 맺어 오는 비는 소소세우 되어서라.
　　　　　하늘은 나직허고 구름은 자욱한데
　　　　　수풀 가지 우는 새는 적막히 너 우느냐.
　　　　　북천의 외기러기는 애원하게 슬피 운다.
　　　　　어이타 인생일세 수풀 위에 이슬이라.

이때 심봉사, 약첩을 들고 황급히 더듬거리며 들어온다.
마을 사람들, 눈물을 흘리며 심봉사의 모습을 지켜본다.

**심봉사**　　여보 부인, 여보 부인, 약 지어 왔소! 이 약 잡수면 즉효한답디다.

2부 음악극

아기 울음소리가 더욱 커진다.
심봉사, 예감이 불길하여 곽씨를 더듬어 보고 별세했음을 안다.

**심봉사**      허허, 이게 웬일인가? 여보 마누라, 정신 차리시오! 아이고 마누라,
                 참으로 죽었는가?

심봉사, 약첩을 마당에다 집어 던지고 땅에 털썩 주저앉는다.

**심봉사**      *허어, 약 지러 갔다 오니 그 새에 죽었네. 아이고 마누라*
                 *죽을 줄 알았으면 약 지러 가지 말고 마누라 곁에 앉아서*
                 *서천서역 연화세계 환생차로 진언 외고 염불이나 허여줄 걸*
                 *절통하고 분하여라. 아이고 마누라!*
                 *저걸 두고 죽단 말이여.*
                 *동지섣달 설한풍에 무얼 입혀 길러내며*
                 *뉘 젖 먹여 길러낼꺼나*
                 *꽃도 졌다 다시 피고 해도 졌다 돋건마는*
                 *마누라 한번 가면 어느 년 어느 때 어느 시절에 오려나?*
                 *아이고 마누라, 재담으로 이러나, 농담으로 이러는가,*
                 *아이고 이를 어쩔거나 내 신세를 어쩔라고*
                 *이 지경이 웬일이여?*
                 *아이고, 동리 사람들!*
                 *속담에 계집 추는 놈은 미친놈이라 허였으나,*
                 *현철하고 얌전한 우리 마누라가 죽었소! 허허.*

심봉사가 통곡 끝에 자진하여 쓰러진 채 움직일 줄을 모른다.
아이 울음소리.
귀덕어멈, 들어오다가 그 모습을 보고 놀라 곽씨부인 곁으로 달려간다.

**귀덕어멈**      아이고 이를 어째? 여보시오, 동네 사람들!

창극 심청전

소리를 지르며 달려 나간다.
심봉사, 정신을 차려 몸을 일으키더니 곽씨부인의 얼굴을 쓰다듬으며 운다.

**심봉사**　　여보, 마누라!

귀덕어멈과 마을 사람들이 들어와 심봉사를 부축하여 마루에 앉힌다.
심봉사, 넋 나간 사람처럼 멍하니 앉아 있다.

**마을사람1**　현철하신 곽씨부인 불쌍히 세상을 떠났으니
　　　　　　동리장으로 안장함이 어떠하오?
**마을사람2**　좋은 말씀이요.
**마을사람3**　자, 어서 가서 준비합시다!

마을 남자들은 급히 나가고 귀덕어멈 아기를 품에 안는다.
어떤 부인은 병풍을 들고 들어와 곽씨 부인을 가리고, 어떤 사람은 심봉사에게 굴건을 씌우
는 등 장례 준비를 한다.
병풍 뒤에서 곽씨부인의 관을 들고 나온다.
뒤이어 남정네들이 곱게 꾸민 상여를 메고 들어와 엄숙히 내려 놓고 발인제를 지낸다.

**상여꾼들**　　*영인기가 왕즉유택 재진견례 영결종천 관음보살*

관을 상여 위에 얹어 놓으면 요령소리 땡그렁거리며 상여가 움직인다.

# 제5장　길

조명이 바뀌면서 노을진 산길로 무대가 바뀐다.
산길을 넘어가는 상여의 행렬.

**상여꾼들**　　*어 넘 어 넘*
　　　　　　*어이가리 넘차 너화 넘*
**상여꾼1**　　*북망산천이 머다드니 저 건너 안산이 북망이로구나*
**상여꾼들**　　*워 넘차 너화넘*

| | |
|---|---|
| 상여꾼2 | 해마다 봄이 오면 푸른 풀이 돋건마는 |
| | 한번 가신 우리 님은 돌아 올 줄을 모르는구나 |
| 상여꾼들 | 워 넘차 너화넘 |
| 상여꾼3 | 물가 가재는 뒷걸음질 치고 다람쥐 앉어서 밤을 줍는디 |
| | 원산 호랭이 술주정을 허네 |
| 상여꾼들 | 워 넘차 너화넘 |
| 상여꾼4 | 새벽 종달이 쉰길 떠 서천 명월이 다 밝어 온다 |
| 상여꾼들 | 워 넘차 너화 넘 |
| | 어 넘 어 넘 어이가리 넘차 너화 넘 |

535 is at the left margin before 상여꾼2.

심봉사, 지팡이 집고 상여 뒷채를 부여 잡고 따라간다.

| | |
|---|---|
| 심봉사 | 아이고 마누라, 날 버리고 어디 가오. |
| | 나하고 가세 나하고 가세. 마누라 따라 나도 가지. |
| | 산 첩첩 길 망망 다리가 아파서 어이가며 |
| | 일침침 운명명 주점이 없어서 어이 가리. |
| | 부창부수 우리 정분 나와 함께 가사이다. |

상여소리 합창이 빨라지며 상여꾼들이 고개를 넘어간다.

| | |
|---|---|
| 상여꾼들 | 어넘 어넘 어이가리 넘차 너와 넘 |
| 상여꾼5 | 현철허신 곽씨부인 불쌍히도 떠나셨네 |
| 상여꾼들 | 어 넘차 너화넘 어넘 어넘 어넘 |
| | 어넘 워넘처 어이가리 넘차 너화넘 |
| 상여꾼6 | 여보소 친구네들 자네가 죽어도 이 길이요. |
| | 내가 죽어도 이 길이로다. |
| 상여꾼들 | 어 넘차 너화넘 어넘 어넘 |
| | 어이가리 넘차 너화넘 |

상여꾼들, 무대 한쪽에 상여를 내려놓고 봉분 앞에 제물을 설치한다.
마을 사람들, 슬픈 눈으로 지켜보는 가운데 심봉사 평토제를 지낸다.

창극 심청전

**심봉사**　　차호 부인 차호 부인 현숙하신 곽씨부인

하늘의 도움으로 부부의 인연 맺어 백년해로 하겠더니

홀연히 이승을 하직하니 강보에 싸인 아이 이걸 어이 길러 내며

눈 먼 이 고인 눈물 피가 되어 흐르고 살 길이 전혀 없네.

주과포혜 박찬이나

만사를 모두 잊고 많이 먹고 돌아가오.

아이구 마누라, 날 버리고 어딜 가오.

마누라는 나를 잊고 북망산천 들어가

송죽으로 울을 삼고 두견이 벗이 되어

나를 잊고 누웠으나 내 신세를 어이 하리.

부인 없는 노인 신세 사궁 중의 첫머리요

아들 없고 앞 못 보니 몇가지 궁이 되단 말가

아이고 마누라, 나만 살아서 무엇하리.

나도 가지, 나도 가지. 마누라 따라 나도 가지. 아이고, 마누라.

마을 사람들, 심봉사를 부축하여 산을 내려온다.

음악이 흐른다.

아기 울음소리, 적막한 산을 울린다.

## 제6장 심청의 집

썰렁한 빈집에 혼자 들어서는 심봉사.

귀덕어멈, 아기를 안고 뒤따라 들어온다.

심봉사, 실성한 사람처럼 허허거리고 웃는다.

**심봉사**　　허허허, 여보, 마누라, 나 왔소. 어디 계시오?

여보, 마누라!

귀덕어멈, 옆에서 안쓰럽게 바라본다.

**심봉사**　　귀덕 어머니!

**귀덕어멈**　예!

| | | |
|---|---|---|
| 537 | **심봉사** | 우리 마누라 못 봤소? |
| | **귀덕네** | 여보시오 봉사님. 이 애를 보드래도 그만 진정허시오. |
| | **심봉사** | 허허, 내가 미쳤구나. 어디 내 딸 이리 주소. |
| | **귀덕네** | 에그, 쯧쯧쯧-- |

귀덕네, 심봉사에게 아기를 주고 혀를 차면서 돌아간다.

멀리서 개가 짖고 찬바람이 세차게 분다.

심봉사, 아기를 안고 마루에 앉아 넋을 잃고 하늘만 바라본다.

어린 아기, 잠에서 깨어 슬피 운다.


**심봉사**    *우지 마라 내 자식아. 너의 엄마 먼 데 갔다.*

*가는 날은 있다마는 오는 날은 모르겠다.*

*너도 너의 엄마가 죽은 줄을 알고 우느냐, 배가 고파 우느냐?*


아기 울음소리, 점점 커진다.


**심봉사**    *우지 마라 내 새끼야. 내가 젖을 두고도 안 주느냐?*


아기의 울음소리 더욱 커지고 잦아질 듯 요란하다.

심봉사, 화가 나서 안았던 아기를 바닥에 매다친다.


**심봉사**    죽어라. 썩 죽어라.

네 팔자가 얼마나 좋으면

니가 초칠 안에 어미를 잡아먹어야.

*너 죽으면 나 못 살고 나 죽으면 너 못 살리라.*


아기, 숨 넘어 갈 듯이 운다.

심봉사, 아이를 다시 안고 어른다.


**심봉사**    *우지 마라 이 자식아,*

*어서 어서 날이 새면 젖을 얻어먹여 주마.*

*우지 마라 내 새끼야!*


창극 심청전

심봉사, 아기를 안고 운다.

달빛 교교한 밤이 된다.

어둠 속에서 아기 울음소리 들린다.

## 제7장 마을의 여러 장소

닭 우는 소리와 개짖는 소리가 들린다.

날이 서서히 밝아 오며 밝고 경쾌한 음악이 흐르며 마을의 아침 풍경이 펼쳐진다.

언덕이 있고, 개울이 흐르고, 우물이 있고, 논도 있는 전형적인 마을이다.

심봉사, 아기를 안고 나온다.

우물가에 동네 부인들이 모여서 물을 뜨고 있다.

마을 사람 옷차림을 한 도창자가 도창석에 나온다.

| | |
|---|---|
| 도창 | *우물가 두레박 소리 얼른 듣고 나설 제* |
| | *한 품에 아기를 안고 한 손에 지팡이 흩어 짚고* |
| | *더듬 더듬 더듬 더듬 우물가에 찾아 가서* |

심봉사, 아기를 안고 더듬더듬 걸어가 동네 부인들 곁으로 다가간다.

| | |
|---|---|
| 심봉사 | *여보시오 부인님네. 초칠 안에 어미 잃고* |
| | *기허하여 죽게되니 이 애 젖 좀 먹여 주오.* |
| 귀덕어멈 | *어이구 봉사님, 어서 어서 이리 주오.* |

심봉사, 귀덕어멈에게 아기를 준다.

| | |
|---|---|
| 귀덕어멈 | *밤새도록 굶었으니 오죽이나 배고플까?* |

귀덕어멈, 저고리를 풀고 돌아서서 젖을 먹인다.

| | |
|---|---|
| 귀덕어멈 | *여보시오 봉사님!* |
| 심봉사 | 예! |
| 귀덕어멈 | *이 집에도 아기가 있고, 저 집에도 아기가 있으니 자주자주* |

*다니시면 누가 그애를 굶기리까?*

심봉사     *아이구, 고맙소!*

심봉사, 아기를 다시 받아 안고 절을 하고 간다.
이곳저곳에 모여 있는 부인들에게 심봉사가 부지런히 젖동냥하는 모습이 부분 조명으로 보여진다.

도창     *이 집 저 집 다닐 적에 삼베 길쌈하느라고*
        *히히 하하 웃음소리 얼른 듣고 들어가서*

삼배 길쌈 하느라고 모여 있는 부인들의 웃음 소리가 요란하다.

심봉사     *여보시오 부인님네.*
        *인사는 아니오나 이 애 젖 좀 먹여 주오.*
부인1     (돈을 주며) *나는 젖이 없으니 이 돈으로 쌀을 팔아*
        *미음이라도 끓이시오.*
심봉사     *어허, 만수무강하옵소서!*

김매고 있는 부인들에게 심봉사, 더듬더듬 찾어 간다.

도창     *오뉴월 뙤약볕에 김매고 쉬는 부인*
        *더듬더듬 찾아 가서*
심봉사     *여보시오 부인님네, 이 애 젖 좀 먹여 주오.*
부인2     (쌀을 주며) *봉사님 드릴랴고 쌀 되박 가져왔으니*
        *맘죽이나 끓여 주오.*
심봉사     *고맙기 그지없소.*

시냇가에서 빨래하는 부인들에게 심봉사, 더듬더듬 찾아간다.

도창     *백석 청탁 시냇가에*
        *빨래하는 부인들께 더듬더듬 찾아가서*
심봉사     *이 애 젖 좀 먹여 주오.*

창극 심청전

| 부인3 | (젖을 먹이며) 내 자식 못 먹인들 차마 그 애를 굶기리까. |
| | 어렵게 생각 말고 자주 자주 다니시오. |
| 심봉사 | 허허, 어질고 후덕하신 우리 동네 부인님들, 비옵건대 여러 부인 |
| | 수복강령 허옵소서! |
| 도창 | 심봉사 좋라고 젖을 많이 얻어먹여 집으로 돌아올 제 |
| | 언덕 밑에 쭈그려 앉아 아이를 어른다. |

심봉사, 절을 하고 아이를 안고 걸어간다.
부인들, 사라진다.
심봉사, 언덕 밑에 쭈그려 앉아 아기를 어른다.

| 심봉사 | 아이고 내 딸 배부르다. 허허 이 자식, 배가 빵빵허구나 |
| | 둥둥 내 딸이야 어허 둥둥 내 딸이야. |
| | 이 덕이 뉘 덕이냐 동네 부인의 덕이라, |
| | 너도 어서 어서 자라나 너의 모친을 닮아 |
| | 현철하고 얌전하여 아비 귀염을 보여라. |
| | 둥둥 내 딸이야, 어허 둥둥 내 딸 |
| | 금을 준들 너를 사며 옥 준들 너를 사랴. |
| | 어덕 밑에 귀남이 아니냐 슬슬 기어라 어허 둥둥 내 딸이야. |
| | 어허 둥둥 내 딸, 어허 둥둥 내 딸, 어허 둥둥 내 딸 |
| | 금자동이냐 옥자동 |
| | 주린 천하의 무쌍동 은하수 직녀성이 네가 되어서 환생 |
| | 달 가운데 옥토끼 |
| | 댕기 끝에는 준주실 옷고름에 밀화불수 |
| | 주암 주암 잘강 잘강 |
| | 엄마 아빠 도리도리 어허 둥둥 내 딸 |
| | 서울가 서울가 밤 하나 얻어다 두리박 속에 넣었드니 |
| | 머리 까만 새앙쥐가 들랑날랑 다 까먹고 |
| | 다만 한 조각 남은 것을 |
| | 한쪽은 내가 먹고 또 한쪽은 너를 주마. |
| | 어르르르르 까꿍 둥둥둥둥 어허 둥둥 내 딸이야. |

2부 음악극

**제8장 심청의 집**

도창     *아이 안고 돌아와 포단 덮어 뉘어 놓고 동냥차로 나가는디*
              *삼베전대 외동 지어 왼 어깨에 들어 메고*
              *동냥 차로 나간다*
              *여름이면 보리 동냥 가을이면 나락 동냥*
              *어린아이 맘죽차로 쌀 얻고 감을 사서 허유허유 다닐 적.*
              *그때에 심청이는 하늘의 도움이라 일취월장 자라날 적*
              *육칠 세가 되어 가니*
              *모친의 기제사를 아니 잊고 헐 줄 알고*
              *부친의 봉양사를 의법이 하여 가니 무정세월이 이 아니냐.*

일곱 살난 청이, 동냥 전대를 어깨에 멘 심봉사의 지팡이 한 끝을 잡고 집으로 들어온다.
심봉사, 마루에 앉는다.

**심청**     아버님!
**심봉사**    왜?
**심청**     내일부터는 저 혼자 밥을 빌러 나가겠어요.
**심봉사**    아가, 너 그것이 왠 말이냐?
**심청**     아버님은 늙으시고 눈 어두시니 집에 편안히 앉어 계세요.
**심봉사**    원, 이 자식아. 내 아무리 곤궁한들 무남독녀 너를 내보내어 밥을 빌단 말이 될 말이냐. 네 나이 일곱살이니 이제 너를 들어 앉히고 혼자 빌랴는데 나 들어 앉고 네가 밥을 빌어? 어라 어라, 다시는 그런 말 하지 말어라.
**심청**     *아버지 듣조시오.*
            *자로는 현인으로 백리 먼길 부미하고*
            *순우의 딸 제영이는 낙양옥에 갇힌 아비 몸을 팔아 속죄하고*
            *말 못하는 까마귀도 공림 저문 날에 반포은을 헐 줄 아니*
            *하물며 사람이야 미물만 못하리까.*
            *다 큰 자식 집에 두고 아버지가 밥을 빌면 남이 욕도 헐 것이요,*
            *바람 불고 날 추운날 행여 병이 날까 염려오니 그런 말씀 마옵소서.*
**심봉사**    기특타 내 딸이야. 원 이런 자식을 봤나
            그런 말은 어데서 들었느냐.

말하는 것도 너의 엄마를 닮았구나.

선녀같은 이 내 딸을 내보내어

밥을 빌어 이 목숨 살자 허니

*너의 모친 죽은 혼이*

*만일 이 일 알거드면 오죽이나 섧겠느냐.*

*네 뜻이 그러하면 내일 하루만 다녀 오너라.*

심봉사, 청이의 손을 잡고 눈물을 글썽인다.

## 제9장 마을의 여러 장소

고운 옷을 입은 마을 처녀들이 나와서 합창을 한다.

합창      *심청이 거동 보아라.*

          *밥 빌러 나갈 적에 헌베중의 닷님 메고*

          *청목휘양 눌러 쓰고 말만 남은 헌 치마에*

          *깃 없는 헌 저고리 목만 남은 길 버선에*

          *짚신 간발 정히 허고 바가지 옆에 끼고*

          *바람 맞은 병신처럼 옆걸음 쳐 건너갈 제,*

          *원산에 해 비치고 건너 마을 연기날 제*

          *추적추적 건너가 부엌 문전 당도하여 애처럽게 비는 말이*

합창을 하는 동안 심청이 이집 저집을 다니며 동냥을 하는 모습이 보여진다.

동네부인들, 밥도 주고 쌀도 준다.

감사하다고 정중히 절하는 심청.

심청의 머리를 쓰다듬어 주는 부인들.

심청      *앞 못 보는 우리 부친 저를 안고 다니시며*

          *동냥젖 얻어먹여 이만큼이나 자랐으나*

          *앞 못 보는 우리 부친 구완할 길 전혀 없어 밥을 빌러 왔사오니*

          *한술씩만 덜 잡숫고 조금씩만 주웁시면*

          *추운 방 우리 부친 구완을 허겠네다.*

| 543 | 부인 | *아유, 불쌍한 것. 어서 이리 좀 들어오너라.* |
|---|---|---|
| | | *들어와서 몸도 녹이고 밥도 많이 먹고 가거라.* |
| | 심청 | *말씀은 고마우나* |
| | | *추운 방 저의 부친 저 오기만 기다리니* |
| | | *저 혼자만 먹사리까. 부친 전에 가 먹겠네다.* |
| | 부인 | 아이구, 기특하지. 그래, 어서 가지고 가 아버님 모시고 함께 먹어라. 어렵게 |
| | | 생각 말고 자주 자주 들르거라. |

부인, 밥을 잔뜩 주고 앞치마로 눈물을 훔친다.

**심청**      고맙습니다, 아주머니!

심청, 절을 하고 나와 하늘을 바라본다.

**심청**      *아까 집을 나올 때는*
               *먼 산에 해가 조금 비쳤드니*
               *벌써 해가 둥실 떠 그 새 대낮이 되었구나.*

심청, 급한 걸음으로 집을 향해 걸어간다.
음악이 흐른다.

# 제10장 심청의 집

심청, 동냥바가지를 들고 급히 들어온다.

**심청**      아버지!

심봉사, 방문을 열고 밖으로 나온다.

**심봉사**      오, 청이냐?
**심청**      *아버지 춥진들 아니하며 시장친들 않으리까?*
**심봉사**      *아이고, 내 딸 손 시럽지?*

> *애달프다, 이내 팔자. 앞 못 보고 구차하니*
> *쓰지 못할 이 목숨이 살면 무엇하랴 하고 자식 고생 시키는고.*

**심청**　*아버지, 설워 마오.*
　　　　*부모께 봉양하고 자식의 효 받는 것*
　　　　*천지에 떳떳하니 너무 심화 마옵소서.*

심청, 바가지에 담은 밥을 심봉사에게 떠먹인다.

**심청**　*이것은 흰 밥이요, 저것은 팥 밥이요.*
　　　　*미역튀각, 갈치자반, 어머니 친구라고*
　　　　*아버지 갖다 드리라 하기로 가지고 왔사오니*
　　　　*시장찮게 잡수시오.*

심봉사, 우물거리고 밥을 먹는다.

**심봉사**　*허허, 집집마다 밥이 달라,*
　　　　　*얻은 밥을 합쳐 놓으니*
　　　　　*흰밥, 팥밥, 콩밥, 보리밥, 기장, 수수밥,*
　　　　　*갖가지로 다 있으니 우리집은 항상*
　　　　　*정월 대보름날 닥친 듯하구나. 허허허!*

심청, 웃으며 심봉사에게 밥을 떠먹인다.
세월의 흐름을 나타내는 음악이 밝게 흐르며 조명이 밝아지면 처녀가 된 심청, 집안을 이리 저리 오가며 일을 하고 있다.
비록 남루한 옷이기는 하지만 단정하고 맵시있는 자태가 아름답기 그지없다.
시비가 사립문 밖에 나타나 안을 기웃거리며 보다가 심청을 부른다.

**시비**　낭자!

심청, 사립문께로 다가간다.

**심청**　뉘신지요?

2부 음악극

| 시비 | 낭자 성함이 청이옵니까? |
| --- | --- |
| 심청 | 그러하옵니다만-- |
| 시비 | *저는 장승상 댁 시비온데* |
| | *낭자의 효성이 원근에 낭자함을 들으시고* |
| | *마님께옵서 뵙기를 원하시어 모시고자 왔사오니* |
| | *저를 따라가사이다.* |
| 심청 | 말씀은 감사하오나 먼저 아버님께 여쭤 보고 응답을 드리겠나이다. |
| 시비 | 그리 하소서. |

심청, 방문 앞으로 가서 아버지를 부른다.

| 심청 | 아버지! |
| --- | --- |
| 심봉사 | 오냐! |

심봉사, 방문을 열고 나온다.

| 심청 | 무릉촌 장승상 부인이 저더러 다녀 가라 하옵시니 어찌 하오리까? |
| --- | --- |
| 심봉사 | 아차, 잊었구나. 너의 어머니 생전에 그 집 바느질을 하시느라 절친하게 지냈는데 네가 진즉 가서 뵈올 것을 여태 인사가 늦었구나. 건너 가서 부인을 뵙거든 고개를 단정히 숙이고 묻는 말이나 대답허고 수이 다녀 오거라. 잉? |
| 심청 | 아버지, |
| 심봉사 | 응? |
| 심청 | 소녀가 더디 다녀 오게 되면 그간 시장하실테니 진지상을 보아 상 위에 놓아두니 시장커든 잡수시오. |
| 심봉사 | 오냐, 알았다. |

심청, 시비와 함께 집을 나선다.

# 제11장 장승상의 집

도창이 창을 하는 동안 심청, 시비를 따라 장승상 댁으로 건너간다.

**도창**     *시비 따라 건너간다.*

          *무릉촌을 당도허여 승상댁을 찾아 가니*

          *좌편은 청송이요, 우편은 녹죽이라.*

          *뜨락에 솟은 반송 바람이 건듯 불면 노룡이 굼니는 듯*

          *뜰 지키는 백두루미 사람 자취 일어나니*

          *날개를 땅에다 지르르르 끌며 뚜루뚜루 뚜루 낄룩*

          *징검 징검 와룡성이 기이하구나.*

고풍스러우면서도 우아한 풍취가 있는 장승상댁의 별당이 나타난다.
시비가 앞장서고 심청이 뒤따라 들어온다.

**시비**     (읍하며) 마님, 심청 아가씨를 모셔 왔나이다.

단정한 옷차림에 반백이 넘은 부인이 앉아 있다.
심청, 부인 앞에 얌전히 절을 한다.

**부인**     *네가 과연 심청이냐? 듣던 말과 같은지라.*

          *이내 말을 들어 봐라.*

          *승상 일찍 별세하고 아들이 삼형제나 황성에 가 미혼하고*

          *어린 자식 손자 없어 적적한 빈 방 안에*

          *대하느니 촛불이요, 보는 것 고서로다.*

          *너의 신세를 생각허면 양반의 후예로 저렇듯 곤궁하니*

          *나의 수양딸이 되어 예공도 승상허고 문필도 학습하여*

          *말년 재미를 볼까 하니 너의 뜻이 어떠하뇨?*

**심청**     *마님께서 미천함을 가리지 않으시고 딸 삼으려 하옵시니*

          *저의 모친 모시온 듯 감격하옵니다만은*

          *마님 말씀 좇사오면 소녀 몸은 영귀하나*

          *안맹하신 우리 부친 조석공양 사철 의복 뉘라서 받드리까.*

          *부친 또한 저를 믿되 아들같이 생각하여*

          *단 두 식구 부친 슬하 의탁하여 지내외다.*

**부인**     *기특하다 심소저야.*

          *늙은 사람 실언함을 부디 섭섭이 생각마라.*

> *네 말을 듣고 보니 의리에 당연하여 다시 할 말 없겠으나*
> *모녀 간의 의나 맺어 종종 서로 다니면은 다행일까 생각한다.*

**심청** 마님 하신 말씀 각골명심 하오리다. 날이 저물어오니 이만 물러 가겠나이다.

**부인** 오냐, 오냐, 잘 가거라 신통도 한지고.
(심청의 손을 잡고) 연연한 생각 걷잡을 수가 없구나.

**심청** 마님!

심청, 공손히 절을 하고 나간다.

**부인** (시비에게) 얘야!

**시비** 네!

**부인** 양식과 채단을 후히 내어 실어다 심소저 집에 전하여라!

**시비** 예!

부인, 미련을 가지고 심청 사라진 쪽을 바라본다.

# 제12장 개울가

노을이 짙은 개울가.
멀리서 범종소리가 뎅뎅 울린다.
심봉사, 지팡이를 집고 더듬 더듬 나온다.

**심봉사** 청아! 청아!
> *배는 고파 등에 붙고 방은 추워 한기들 적*
> *먼데 절 쇠북소리 날이 벌써 저물었는데,*
> *내 딸 청이는 어찌하여 어찌 하여 못 오느냐,*
> *부인이 잡고 만류를 하느냐, 길에 오다 욕을 보느냐,*
> *백설은 펄펄 흩날리난데 후후 불며 앉았느냐,*

심봉사, 귀 기울인다.
새소리가 난다.

**심봉사**　　　청이 오느냐?

기척이 없다.
바람 소리, 개짖는 소리 들린다.

**심봉사**　　　청아! 청이 오느냐?
　　　　　　　청아, 어찌하여 못 오느냐?

심봉사, 한참을 더듬거리고 가다가 개울가에서 한발이 미끄러져 물에 풍덩 빠진다.

**심봉사**　　　아이구, 사람 살려! 도화동 사람들! 심학규 죽네!

심봉사, 물에서 나오려고 허우적거린다.
그때 장삼 입고, 백팔 염주 목에 걸고 단주 팔에 걸고, 용머리 새긴 육환장 짚고 흔들거리며
몽은사 화주승이 내려온다.

**화주승**　　　*아- 허아 어허- 어아하*
　　　　　　　*상내소수 불공덕 회양삼처 실원만*
　　　　　　　*원앙생 원왕생 제불중천 제갈연 나무아미 타불 관세음보살.*
**심봉사**　　　허푸 허푸, 아이고 나 죽는다!
**화주승**　　　*이 울음이 웬 울음. 이 울음이 웬 울음.*
　　　　　　　*여우가 변화하여 날 홀리려는 울음인 거냐? 이 울음이 웬 울음.*

화주승, 이리 저리 기웃거리다 심봉사를 발견하자 급히 물 속에 들어가 심봉사를 건져서 업고 나온다.

**심봉사**　　　거 누가 날 살렸소?
**화주승**　　　저는 몽운사 화주승이온데 시주차 내려갔다가 돌아가는 길에 다행히 봉사님을 구하였소.
**심봉사**　　　어허 참, 스님의 자비심으로 죽을 사람을 살려주니 은혜 백골난망이로소이다. 넓으신 공덕 어찌 갚으리까?
**화주승**　　　소승의 공덕이랄 거야 있습니까. 다 부처님의 은덕이지요.

**2부　음악극**

| 심봉사 | 부처님의 은덕이라! |
|---|---|
| 화주승 | 우리 몽운사의 부처님은 영험이 많으시어 빌어 아니되는 일이 없지요. |
| 심봉사 | 그렇게 영험이 많으시오? |
| 화주승 | 그럼요. 봉사님도 공양미 삼백 석을 부처님께 바치고 진심으로 불공하면 눈을 떠서 광명천지를 보실 것이요. |
| 심봉사 | 뭐라고, 눈을 떠? 정녕 그럴까? |
| 화주승 | 그러믄요. |
| 심봉사 | 에잇, 남녀 간에 거짓말 하는 사람 비위에 마땅찮드라. |
| 화주승 | 아니올시다. 대자대비한 부처님을 모시고 있는 소승으로 어찌 거짓말을 하오리까? |
| 심봉사 | 그래, 꼭 눈을 뜬다? |
| 화주승 | 예, 꼭 눈 뜨옵지요. |
| 심봉사 | 그래? (선뜻) 적소! |
| 화주승 | 적다니오? |
| 심봉사 | 공양미 삼백 석만 바치면 내 눈을 뜰 수가 있다고 안 그랬소? |
| 화주승 | 그랬지요. |
| 심봉사 | 그러니까 적으란 말이오. |
| 화주승 | (어이없어) 허허허, 봉사님 가세를 생각허니 서홉 곡식도 없는 이가 삼백 석을 어찌시려고 그러시오? |
| 심봉사 | 무엇이 어째? 네가 내 살림 속을 어찌 알고 허는 말이냐. 두 말 말고 적게, 적어! |
| 화주승 | 봉사님! 부처님께 실언을 하면 앉은뱅이가 될테니 부디 명심하시오. |
| 심봉사 | (큰소리) 적으라면 적어. 되지 못한 중이 왜 사람을 업수히 여겨? |
| 화주승 | 아니 그런게 아니라--- |
| 심봉사 | 칼부림 나기 전에 어서 적어. 권선문 제일 첫장에 공양미 삼백 석 몽운사 납상이라 쓰고 심학규라고 이름 석자를 뚜렷이 쓰라고. 적었나? |
| 화주승 | 네네, 적습니다! |

화주승, 적는다.

| 심봉사 | 어디 크게 읽어 보게! |
|---|---|
| 화주승 | 네, 공양미 삼백 석 몽운사 납상 심학규. |

창극 심청전

| | |
|---|---|
| 심봉사 | 됐어. 됐어. 인제 내 눈이 뜨이나보다. |
| 화주승 | 그럼 소승은 올라가서 불공을 정성껏 드릴 테니 봉사님도 불공을 정성껏 드리십시오. |
| 심봉사 | 내가 염불을 알아야 불공을 드리지. |
| 화주승 | 소승이 가르쳐 드리지요. |
| 심봉사 | 아무라도 배워 갖고 하는 것인가? |
| 화주승 | 예! |
| 심봉사 | 어디 한번 해 보소. |
| 화주승 | 소승하는 대로 따라하십시오. |
| 심봉사 | 응. |
| 화주승 | *나무아미타불 관세음보살 대서지보살*<br>*옴도로도로 지미사바하 이렇게 하십시오.* |
| 심봉사 | 허, 시러배 아들놈치고는 천하에 제일 가겠다. |
| 화주승 | 아니, 왜 그렇습니까? |
| 심봉사 | 늙은 사람을 가르쳐 줄라면 한마디씩 꼬박꼬박 읽어 주어도 할까말까헌디 저는 매일 입에 익었대서 사부렁 사부렁--에끼! |
| 화주승 | 그럼 제가 또박 또박 읽어드리지요. 나무아미타불. |
| 심봉사 | 의붓아비타불! |
| 화주승 | 아니, 그게 무슨 타불이요? |
| 심봉사 | 아, 이 사람아, 남으 아비나 의붓아비나 마찬가지 아니여? |
| 화주승 | 그런 말은 불법에는 없습니다. |
| 심봉사 | 없어? 다시 해 보소. |
| 화주승 | 나무아미타불. |
| 심봉사 | 나무아미타불. |
| 화주승 | 관세음보살. |
| 심봉사 | 관세음보살. |
| 화주승 | 대서지보살 |
| 심봉사 | 대서지보살 |
| 화주승 | 옴도로도로… |
| 심봉사 | 잠깐만! |
| 화주승 | 예? |
| 심봉사 | 거 대서지보살이 있으면 소서지보살이 꼭 있을 것 같은디 없는가? |

| 화주승 | 없습니다. |
|---|---|
| 심봉사 | 그럼 할 수 없지. 대서지보살 |
| 화주승 | 옴도로도로 지미 사바하 |
| 심봉사 | 옴도로오르고 도로도로 지미를 사바하, 에끼 이 사람 나 안할라네. |
| 화주승 | 왜요? |
| 심봉사 | 눈도 뜨기 전에 옴이 도로 오르고, 도로 오르고 하면 빡빡 긁다가 죽어 버릴 것이 아닌가? 또 지 에미를 어찌 옴도로사바하 헌당가? 쌍스러워서 못쓰겠네. |
| 화주승 | 그런 뜻이 아니고 불법에는 옴도로도로 지미사바하입니다. |
| 심봉사 | 옴 도로도로 지미사바하 |
| 화주승 | 이 말들을 수백 수천 번 외우시면 영험이 있을 것입니다. 그럼 소승 물러갑니다. |
| 심봉사 | 살펴 가소. 불공이나 착실히 잘하소. |
| 화주승 | 나무아미타불 관세음보살! |
| 심봉사 | 나무아미타불 관세음보살! |

화주승, 합장하고 돌아간다.

**심봉사**    뭣이더라? 음-- 옴 도로도로 지미사바하

신이 나서 두서없이 창조로 외운다.
개 짖는 소리 들린다.

**심봉사**    (별안간 깜짝 놀라며 제정신이 든 듯) 엉? 내가 이게 무슨 짓이야. 옴 도로도로가 무슨 소용이 있어. 지미사바하는 또 무엇이여? (황황히) 여보 대사! 대사!

심봉사, 펄썩 주저앉는다.

**심봉사**    *허허, 내가 미쳤구나. 정녕 내가 사들렸네.*
*공양미 삼백 석을 내가 어찌 구하리오*
*살림을 팔자 하니 단돈 열냥 누가 주고*
*내 몸을 팔자 하니 앞 못 보는 봉사를 단돈 서푼을 누가 주리.*
*부처님을 속이며는 앉은뱅이가 된다는디*
*앞 못 보는 병신놈이 앉은뱅이가 되거드면*

창극 심청전

*꼼짝달싹 못하고 죽겠구나.*
*아이고, 아이고 내 신세야!*
*수중고혼이 될지라도 차라리 죽을 것을*
*공연한 중을 만나 도리가 내가 후회로구나.*
*저기 가는 대사! 권선에 쌀 삼백 석 지우고 가소.*
*대사야! 아이고, 저 우뭉시런 중이 내가 한말 다 듣고도*
*모르는 척 그냥 가네.*

심봉사, 주저앉아서 운다.
그 사이. 날이 많이 어두워졌다.
이때, 심청이 돌아오다가 심봉사의 모습을 보고 깜짝 놀라 다가온다.

**심청**   *아이고 아버지, 이것이 웬일이오?*
*살 없는 두 귀 밑에 눈물 흔적이 웬일이며*
*솜 없는 헌 의복에 물 흔적이 웬일이오?*
*나를 찾어 나오시다 개천에 넘어져서 이 지경이 되시었소*
*승상 댁 노부인이 굳이 잡고 만류하기로 이렇게 더디었오.*
*말을 하여, 말씀 좀 하여 주오.*
*답답해서 못 살겠소. 아버지!*

**심봉사**   어라 어라, 나 아버지 아니다.
**심청**   아버지, 제가 더디 왔다 노하시었소?
**심봉사**   아니다. 나 혼자 앓다가 나 혼자 죽을란다.
**심청**   무슨 근심 계시니까?
**심봉사**   너 알어 쓸데없다.
**심청**   아버지, 그 무슨 말씀이오? 저는 아버지를 믿고 아버지는 저를 믿어 대소사
를 의논하옵난디 너 알어 쓸데없다 하시니 마음이 슬픕니다.

심청, 훌쩍훌쩍 운다.

**심봉사**   아가 청아, 우지 마라. 내가 말하마. 너를 찾아 나갔다가 개천에 푹 빠져서 꼭
죽게 되었는디 몽운사 화주승이 나를 건져 살려 놓고--

| 553 | 심청 | 아이고, 고마워라! |
|---|---|---|
| | 심봉사 | 나를 살려 놓고 그냥 갔으면 고마웠지. 이놈이 나를 살살 꼬여 하는 말이 공양미 삼백 석을 몽운사로 시주허면 눈구멍을 떠서 만물을 본다는구나. 눈 뜬단 말만 반겨 듣고 앞뒤를 생각지 않고 삼백 석을 권선에 적었으니 이런 미친놈의 애비가 어디 있느냐? |

심청  *아버지, 듣조시오.*
 *왕상은 고빙허여 얼음 속에 잉어 얻고,*
 *맹종은 읍죽하여 눈 속에 죽순 얻어 사친성효를 하였삽고,*
 *곽 거라는 옛사람은 부모 반찬해 놓으면*
 *제 자식이 먹는다고 산 자식을 묻으려고*
 *땅을 파다 금을 얻어 부모 공양하였으니,*
 *효도의 길이 옛사람만 못하여도 지성이면 감천이라*
 *그런 말씀 마옵소서.*
 *깊이 근심 마옵시고 어서 집으로 들어가 옷이나 갈아입으소서.*

심봉사  오냐, 오냐, 이 못난 애비를 그토록 생각해 주니 너 하는 말솜씨나 마음 씀씀이가 어찌 그리 니 에미 꼭 닮았냐?

심청, 홀쩍이는 심봉사를 부축하여 걸어간다.
음악이 애절히 흐른다.

## 제13장 심청의 집

무대 밝아지면 심청, 마당 한쪽에 소반에다 촛불을 켜 놓고 사발에 정화수를 떠서 놓은 다음
두 손을 합장하고 빈다.

심청  *비나이다. 비나이다. 하나님전 비나이다.*
 *천지지신 일월성신 화의동심 허옵소서.*
 *무자생 소녀 아비 삼십전 안맹하여*
 *천지 분간 못하오니 부친 눈을 밝히소서.*
 *공양미 삼백 석만 불전에 시주하면 부친 눈을 뜬다 하니*
 *명천이 감동하사 공양미 삼백 석을 지급하여 주옵소서.*

창극 심청전

멀리서 선인들의 소리가 들리더니 칠팔 명의 선인들이 심청의 집 뒤쪽 울타리 너머로 나타난     554
다.

**선인들**     *우리는 남경장사 선인일러니*
              *인당수라 허는 곳은 인제수를 받는고로*
              *십오 세나 십육 세나 먹은 처녀를 사자 하니*
              *몸 팔 사람 뉘 있음나. 처녀를 삽시다!*

청이, 몸을 일으켜 그 모습을 본다.
이때, 귀덕어멈 대문 밖으로 뛰어 지나간다.

**귀덕어멈**    귀덕아, 귀덕아! 요 년이 어디 갔을까?
**심청**       귀덕 어머니!
**귀덕어멈**    왜 그러냐?
**심청**       저 사람들이 뭘 산다는데 뭐라고 하는지 좀 알아봐 주세요.
**귀덕어멈**    아서라, 험상궂게 생긴 뱃놈들이 소리소리 지르면서 돌아다니는데 그런 거
              알아서 뭘 하게.

그때, 선인들이 가까이 다가온다.

**귀덕어멈**    청아, 어서 들어가거라.

심청, 부엌문께로 가서 엿듣는다.

**귀덕어멈**    여보시오!
**선인1**      예?
**귀덕어멈**    당신들 뭐라 허고 다니는 거요?
**선인1**      처녀를 사러 다닙니다.
**귀덕어멈**    뭐, 뭐어? 처녀를 사?
**선인1**      남경장사 가는 길에 인당수라 하는 물이 있어 변화불측하여 자칫하면 몰살
              을 당하는데 처녀의 몸을 사서 제수로 넣고 제사를 지내면 수로만리를 무사
              히 왕래하니 몸을 팔 처녀를 찾는데 그런 처녀 없소?

| 귀덕어멈 | 뭣이 어쩌고 어째? 나 원 별놈의 꼬라지를 다 보네. |
|---|---|
| | 사람을 사서 물에다 넣는다고? 에이, 호랭이가 물어 갈 놈들! |
| 선인1 | 이 부인이 왜 이리 말을 함부로 하시오? |
| 귀덕어멈 | 어서 썩 가지 못해? 요 앞을 한 번만 더 댕기면 |
| | 동네 장정들 다 불러다가 다리몽뎅이를 부러뜨릴라. |

귀덕어멈, 심청에게 다가온다.

| 귀덕어멈 | 청아, 너는 알 일도 없고 볼 일도 없으니 어서 들어가거라. 귀덕이 이년은 어디를 그렇게 빨빨거리고 다니는 거여. 귀덕아, 귀덕아! |
|---|---|

귀덕어멈, 문밖으로 나간다.

| 선인1 | 이 동네는 틀린 것 같으니 다른 곳으로 가세. |
|---|---|
| 선인들 | 그럽시다! |

선인들, 지나가려 한다.
심청, 주위를 경계하며 선인들에게 다가간다.

| 심청 | 여보시오, 선인님네! |
|---|---|
| 선인1 | 왜 그러시요? |

선인1이 조심스럽게 다가온다.

| 심청 | 저를 사시겠소? |
|---|---|

선인들, 놀라서 심청 주위로 몰려온다.

| 선인1 | 낭자는 누구며 몇 살이오? |
|---|---|
| 심청 | 이름은 심청이고, 나이는 십오 세요. |
| 선인1 | 우리가 사가기는 마땅하거니와 낭자는 무슨 일로 몸을 팔려 하나이까? |
| 심청 | 부친이 안맹하여 천지를 못 보던 중 몽운사 화주승이 삼백 석을 불전에 시주 |

창극 심청전

하고 불공을 드리면 눈 뜬다 하여 이 몸을 팔려 하오.

| | |
|---|---|
| **선인1** | 허허! 효녀로다. 낭자 말씀 듣자 오니 갸륵하고 장한 효성 비할 데 없소. 쌀 삼백 석을 몽운사로 바로 보내 드리리다 |
| **심청** | 행선 날이 언제니까? |
| **선인1** | 이달 십오일, 해 뜨면 행선이니 낭패 없이 하여 주오. |
| **심청** | 그런 염려 하지 말고 어서 빨리 돌아가오. |
| **선인1** | 그럼, 돌아가세. |

선인들, 서둘러 사라진다.

심봉사, 방문을 열고 더듬거리며 나온다.

| | |
|---|---|
| **심봉사** | 애! 아가, 청아! |
| **심청** | (눈물을 감추며) 예, 아버지! |
| **심봉사** | 내 잠깐 낮잠을 자다 들으니 사람 웅성대는 소리가 나든데 누가 왔냐? |
| **심청** | 지나가는 사람들이었어요, 아버지. |
| **심봉사** | 그려? |
| **심청** | 공양미 삼백 석을 몽운사로 바쳤으니 아무 걱정 마시고 진지 많이 잡수셔요. |
| **심봉사** | 무어라? 그거 희한한 일이다. 네가 무슨 재주로 그 많은 쌀을 바쳤느냐? |
| **심청** | 장정승 부인께서 수양딸로 의를 맺어 주신 쌀이오니 염려 마옵소서. |
| **심봉사** | 그거 잘 되었다. 잘 되었어. 허허허, 양반의 자식으로 몸 팔렸단 말은 듣기 괴이허나 정승댁 수양딸로 가는 거야 어느 놈이 날 욕 허겠느냐. 참 잘 되었다. 그러면 어느 날 데려간다 하시더냐? |
| **심청** | 내달 십오일 데려 간다 하옵니다. |
| **심봉사** | 그럼, 나는 어쩐다고 하시대? |
| **심청** | 저- 아버님도 모셔간다고 하옵니다. |
| **심봉사** | 허허허, 그럴 것이다. 그 부인이 어떤 부인이시라고. 너는 가마 태워 갈 것이다마는 나는 무엇을 타고 갈거나. 옳지, 막동이네 검은 암소나 타고 가야것다. 허허허! |

심봉사, 방으로 들어가고 심청은 단 쪽으로 가서 가만히 꿇어앉는다.

| | |
|---|---|
| **심청** | *아이고 어머니,* |

2부 음악극

불효여식 청이는 부친 눈을 떠우려고
삼백 석에 몸이 팔려 제수로 가게 되니
넌년이 오는 기일 뉘라서 받드리까
무덤에 돋는 풀을 뉘 손으로 벌초허리.
망종 흠향하옵소서.
아이고 아버지!
날 볼 날이 몇 날이며 날 볼 밤이 몇 밤이나 되오.
제가 철을 안 연후에 밥 빌기를 놓았드니만은
내일부터는 동리 걸인이 또 될 것이니 아버지를 어쩌고 갈꼬.
오늘 밤 오경 시를 함지에 머무르고
내일 아침 돋는 해는 부상에다 맬량이면
불쌍허신 우리 부친 일시라도 더 모시련만 인력으로 어이 할꼬.

심청, 흐느껴 울며 절을 한다.
구슬픈 음악과 함께 조명 서서히 어두워진다.


도창　　　이렇듯이 울음으로 세월을 보낼 적에
　　　　　무릉촌 정승 부인이 소문을 들으시고
　　　　　시비를 보내시어 심청을 청하였구나


## 제14장 장정승의 집.

시비와 청이 들어온다.
정승부인이 앉아 있다가 일어나서 심청의 손을 끌어 데리고 간다.


부인　　　청아!
　　　　　에이 천하 무정한 사람아.
　　　　　나는 너를 딸로 여기는데 너는 나를 속였느냐,
　　　　　너의 효성은 장커니와 앞 못 보는 너의 부친 뉘게 의탁하자느냐.
　　　　　공양미 삼백 석을 내가 내어 줄 것이니 선인들과 해약하라.
심청　　　말씀은 감사하오나 당초 한 번 언약한걸 이제 와서 두말하면
　　　　　아무리 후회해도 할 도리가 없나이다.

| 부인 | 네 기색을 살펴보니 다시 권치 못하겠다. |
| | 진정으로 그럴진데 잠깐만 지체하면 |
| | 얼굴이나 그려놓고 너 본 듯이 보겠노라. |
| | 이리 올라오너라. 여봐라, 화공아! |

심청, 따라 올라가 단정히 앉는다.
화공이 화구를 옆에 끼고 등장.

| 화공 | 화공 대령이오! |
| 부인 | 화공아, 너 듣거라. 중한 상을 줄 터이니 |
| | 심낭자 저 모습을 착실히 잘 그려라. |
| 화공 | 예이! |

화공, 청이와 마주 앉아 한참 청을 바라보더니 화구를 풀고 종이를 편다.

| 도창 | *화공이 분부 듣고 오색단청 풀어놓고* |
| | *심청을 이만허고 보더니 화용월태 고운 얼굴* |
| | *모란화 한 송이가 세류중에 젖은 듯이* |
| | *난초같이 푸른 머리 두 귀 밑에 따인 것과* |
| | *녹의 홍상 입은 태도 역력히 그려 놓으니 심낭자가 둘이로구나.* |
| 부인 | 내 딸은 여기 있다마는 말소리는 언제 다시 들을거나. |
| | 이제 한마디라도 어머니라고 불러다오. |
| 심청 | 어머니! |
| 부인 | 청아! |

부인, 심청을 껴안고 운다.
심청, 부인과 눈물로 작별하고 집으로 돌아온다.

# 제15장 심봉사의 집

| 도창 | *정승부인 작별하고 집으로 돌아와* |
| | *부친의 사시 의복 빨래하여 농 안에 넣어두고* |

*잣망건 다시 꾸며 쓰기 쉽게 걸어 놓고*
*다시 설움 복바치어 홀로 앉아 눈물 짓는다.*

이윽고 행선날의 새벽이 된다.
닭이 울고 날이 밝는다.

**심청**   *닭아, 닭아, 닭아, 우지마라,*
*네가 울면 날이 새고 날이 새면 나 죽는다.*
*나 죽기는 섦지 않으나 의지 없는 우리 부친*
*어이 잊고 가란 말이냐. 아버지!*

심청, 엎드려 운다.
선인들, 심청 집 근처에 나타나 웅성댄다.

**선인1**   여보 낭자, 계시오? 오늘이 행선날이니 어서 빨리 가옵시다.
**심청**   여보시오, 선인님네. 앞 못 보시는 우리 부친은 내 몸 팔린 줄 모르시오. 잠깐
지체하옵시면 진지나 드린 후에 떠나도록 하옵시다.
**선인1**   그리하오.

심청, 부엌으로 들어간다.
심봉사, 얼굴에 수건질을 하며 자리에 앉는다.
심청, 밥상을 들고 나와 부친 앞에 놓는다.

**심청**   아버지 진지 잡수셔요.
**심봉사**   그래, 너도 같이 먹자. (밥상을 더듬으며) 얘, 아가!
**심청**   예!
**심봉사**   오늘 아침 반찬이 매우 걸고나, 뉘 댁에 제사 지냈더냐?
**심청**   (눈물을 닦으며 태연히) 아녜요. 어서 잡수세요.

심청, 반찬을 이것저것 떠 넣어준다.

**심봉사**   (받아먹으며) 아가!

창극 심청전

| 심청 | 예? |
|---|---|
| 심봉사 | 내 간밤 꿈이 이상하더라. |
| 심청 | (놀래서) 어떻게요? |
| 심봉사 | 네가 큰 수레를 타고 끝없는 길을 한없이 가더구나. 수레라 하는 것은 귀인이 타는 것인데 아마도 정승댁 부인께서 너를 가마에 태워서 데려갈 꿈인가 싶다. |
| 심청 | (울음을 참고) 아버지, 그 꿈 장히 좋은 꿈이구료. |

심청, 눈물을 금치 못하여 일어선다.

| 심청 | 아버지, 많이 잡수세요. |
| 심봉사 | 오냐, 너도 어서 먹어라. |

심봉사, 맛있게 먹는다.

| 심청 | (와르르 달려들어 부친의 목을 안고 통곡하며) *아이고, 아버지!* |

심청, 기절한다.

| 심봉사 | *아가, 청아 웬일이냐?* |
|---|---|
| | *오늘 아침 반찬이 걸더니 무얼 먹고 체했느냐?* |
| | *소금 좀 먹어라. 애, 아가 청아. 정신 차려라!* |
| | *봉사 딸이라고 어느 놈이 놀리더냐, 욕하더냐?* |
| | *정신 차려 말 좀 해라, 애, 아가!* |
| 심청 | *아이고 아버지, 불효여식 청이는 아버지를 속였네다.* |
| 심봉사 | *속이다니?* |
| 심청 | *공양미 삼백 석을 어느 누가 저를 주오리까.* |
| | *남경장사 선인에게 삼백 석에 몸이 팔려* |
| | *오늘 인당수의 제수로 가오니 저를 망종 보옵소서!* |
| 심봉사 | *무엇이 어쩌고 어째?* |
| | *허허 이것이 웬 말이냐? 이것이 웬 말이여. 허허!* |
| | *너를 팔아서 눈을 뜨면* |
| | *뉘를 보랴 눈을 떠야. 못 허지야 못 히여,* |

|  | *이것이 웬 말이야! 못 하지야! 못 하지.* |
| --- | --- |
| 선인들 | 여보 낭자, 물 때가 늦어가니 어서 바삐 가십시다. |
| 심봉사 | *네 이 무지한 놈들아!* |
|  | *장사도 좋거니와 철모르는 내 딸 청이* |
|  | *꼬임꼬임 꼬여다가 돈을 주고 산단 말이냐?* |
|  | *사람 잡아 빌 양이면 내 몸으로 대신 가마.* |
|  | *여보시오, 동네 사람들! 저런 놈들을 그냥 두오,* |
|  | *악독한 선인 놈들 나의 손에 잡혀 주오.* |
|  | *그놈들을 죽이고서 나도 즉시 죽으리라!* |
| 심청 | *아이고 아버지!* |
|  | *지중한 부녀 천륜 끊고 싶어 끊사오며 죽고 싶어 죽소이까.* |
|  | *소녀 이미 죽사오나 아버지는 눈을 떠서* |
|  | *대명천지 다시 보시고* |
|  | *칠십생남 하옵소서, 아이고 아버지!* |
| 심봉사 | *에고 에고 그 말 마라!* |
|  | *처자 있을 팔자되면 이런 일이 있겠느냐? 나 버리고 못 가리라.* |
|  | *나 못간다 못가. 청아!* |

심청, 아버지를 끌어안고 슬피 운다.

| 선인1 | *여보! 봉사님, 그리마오.* |
| --- | --- |
|  | *봉사님이 딸을 팔아 눈을 뜨자 허거드면 남이 시비하려니와* |
|  | *낭자의 효성으로 부친 눈을 떠려 하고* |
|  | *자기 몸을 팔았으니 시비할 이 뉘 있겠소.* |
|  | *낭자를 사갈 때는 재수사망 바라는데* |
|  | *이렇게 하옵시면 사망이 없을 테니 그만 진정하옵소서.* |

동리 남녀 모여들어 눈물 짓는다.
심청은 귀덕어멈과 함께 옷 갈아입으려 퇴장한다.

| 선인1 | 여보시오, 동갑님네! |
| --- | --- |
| 선인들 | 네? |

창극 심청전

**선인1** 　우리가 아무리 장사를 하여서 천금을 탐내지만 차마 이 정상은 가긍하여 못 보겠오.

**선인들** 　그러하오.

선인들, 눈물짓는다.

**선인1** 　그러니 우리 십시일반으로 취렴하여 돈 백 냥과 쌀 백 석을 만들어서 동네에 맡겨 두고 저 불쌍한 봉사 어른 의식 생활 곤란 없이 하여 드립시다.

**선인들** 　좋은 말씀이오.

**선인1** 　여러분 중에 동장이 계시오니까?

**동장** 　(나서며) 나요.

**선인1** 　돈 백 냥과 쌀 백 석을 만들어서 동중에 맡기겠으니 저 봉사님 잘 보살펴 주십시오.

**동장** 　그리 하오리다.

심청, 흰옷으로 갈아입고 나온다.

**심청** 　*제 팔자 무상하여 눈먼 아비 내버리고*
　*수중고혼 되려 가니*
　*가련한 우리 부친 돌보아 주시오면 결초보은 하오리다.*
　(선인들에게) 자, 어서 가십시다.

심봉사, 정신 나간 사람처럼 멍하니 앉아 있다.

**동리 처녀들** 　*가지 마라, 가지 마라, 심청아 가지 마라.*
　*우리 서로 놀던 정의 친형제나 다를소냐.*
　*설날이면 널도 뛰고 봄이면 나물 캐고,*
　*오월 단오 그네 뛰고 칠월 칠석 결교하고,*
　*서로 모여 김매기와 품앗이 베짜기와*
　*추야 장 다듬이질, 불 켜놓고 바느질,*
　*밤낮으로 지내다가 심청이 네가 가면 뉘와 함께 놀자느냐.*
　*가지 마라, 가지 마라.*

2부 음악극

**심청**　　　*이 진사댁 작은 아가, 금옥이, 삼례야,*
*작년 오월 단옷날에 그네 뛰고 놀던 일을 누가 행여 잊었느냐.*
*너희들은 팔자 좋아 양친이 다 계시니 모시고 잘 있거라.*
*나는 오늘 우리 부친 슬하를 떠나 죽으러 가는 길이로다.*
*묻노라, 저 꾀꼬리, 뉘를 이별하였는지 환우성 지어 울고*
*뜻밖에 두견이는* (귀촉도 귀촉도) *가지 위에 앉아 울건만은*
*값을 받고 팔린 몸이 내가 어이 돌아오리.*

음악, 구슬프게 흐른다.
심청, 앞장서서 걷는다.
선인들과 동리 사람들, 그 뒤를 따라 퇴장한다.

**동리 처녀들**　(슬피) 청아!
**동리 남자들**　청아!
**동리 사람들**　청아!
**심봉사**　　　(갑자기 벌떡 일어나더니 미친 사람처럼) 청아! 나도 가자, 나도 가! 죽어도 같이
　　　　　　　죽고 살아도 같이 살자. 나 버리고 못 가리라!
**심청**　　　　아버지!
**심봉사**　　　(더듬거리며, 넘어지며) 청아! 청아!

절규하듯이 심청을 부르며 애통해하는 심봉사의 모습 위로 음악이 흐르는 가운데 암전.

# 제16장　인당수

출렁이는 파도 소리와 갈매기 소리.
맑은 하늘, 파란 바다의 풍경이 무대에 가득하다.

**합창**　　　　*범피중류 둥덩실 떠나간다.*
*망망한 창해이며 탕탕헌 물결이라.*
*어허야 어기야 어허야 어허야 어허야*
**선인1**　　　*백빈주 갈매기는 흥요안으로 날아들고*
*삼강의 기러기는 한수로 돌아든다.*

창극 심청전

배와 함께 선인들이 천천히 노를 저으며 등장한다.
심청은 소복을 하고 뱃머리에 앉아 있다.
선인1은 배 안에서 북을 둥둥 울린다.


| 선인1 | *요량헌 남은 소리 어적이나 여겼건만* |
| | *곡종 인불견에 수봉만 푸르렀다* |
| 선인들 | *어허야 어기야 어허야 어허야 어허야* |
| 선인2 | *장사를 지내 가니 가태부는 간 곳 없고* |
| | *멱라수를 당도허니 굴삼려 어복충혼 무양도 하시든가* |
| 선인들 | *어허야 어기야 어허야 어허야 어허야* |
| 선인들 | *어야 디어차 어야 디어차* |
| | *에헤헤헤 어기야디여 어어어어* |
| | *어기야 엉허기야 어허어어 어기야 에--* |
| 선인5 | *여가 어디냐?* |
| 선인들 | *숨은 바우다* |
| 선인6 | *숨은 바우면 배 다칠라* |
| 선인들 | *배 다치면 큰일 난다.* |
| | *엇따 야들아 염려 마라* |
| | *어허허허 어기야디여 어어어어 엉허기야 엉허기야* |
| | *어허허허 어기야 에--* |
| | *허허허-- 에--* |
| | *어기야 어야 어허이야 어허야* |

갑자기 천둥, 번개, 파도가 심해지고 배가 흔들리고 사람들 요동을 한다.
도창을 한다.


| 도창 | *한 곳 당도하니 이는 곧 인당수라.* |
| | *어룡이 싸우는 듯 벽력이 내리는 듯,* |
| | *대양 바다 한가운데 바람 불고 물결쳐* |
| | *안개 뒤섞여 잦아진 날에* |

*갈 길은 천리만리나 남고 사면이 거머 어둑*
*저물어져 천지 적막한데 까치 놀 떠들어와*
*뱃전머리 탕탕 물결이 워르르르르 출렁출렁*

도창을 하는 동안 선인들, 황급히 제상에 제물을 설치한다.
북을 치며 고사 소리를 하는 선인1.

**선인1**    *우리 선인 스물네 명 남경 장사 다니다가*
*오늘날 인당수 인제수를 드리오니*
*강한지장과 천택지군이 다 하감하옵소서.*
*화락으로 인도하여 환난 없이 도우시고*
*백천만금 이를 내어 돛대 위에 봉기 꼽고*
*봉기 위에 연화 받게 점지하여 주옵소서.*
*고시래.*

선인들, 북을 두리둥둥 울린다.
선인1, 소리친다.

**선인들**    물때가 늦어가니. 심청이는 어서 급히 물에 들라!
**심청**    *여보시오, 선인님네. 도화동이 어느 쪽에 있소?*
**선인1**    도화동이 저기 운해만 자욱한 데 저기가 도화동이요.
**심청**    *아이고, 아버지!*
*불효여식 청이는 요만큼도 생각 마옵시고*
*어서어서 눈을 떠 대명천지 다시 보고 칠십생남 하옵소서.*

심청, 하늘을 향해 두 손을 모으고 절을 한다.

**심청**    (선인들께) 여보시오. 선인님네!
**선인들**    예!
**심청**    고국으로 가시거든 홀로 계신 우리 부친 잊지 말고 찾아가서 위로하여 주옵
소서.
**선인들**    글랑은 염려 말고 어서 급히 물에 들어라!

**심청**    아이고, 아버지!

흔들리는 배.
심청, 비틀거리며 뱃머리로 나가 공포에 떨며 한참 바라보다 합장하고 일어난다.


**도창**    *심청이 거동 봐라*
*샛별 같은 눈을 감고 치맛자락 무릅쓰고*
*뱃전으로 우루루루루 만경창파 갈매기격으로*
*떴다 물에가 풍!*


심청, 물속에 뛰어든다.
심청, 물결에 말려들어 점점 속으로 빨려 들어간다.
배의 선인들, 모두 고개를 돌린다.
심청을 잡아 삼킨 물결이 요동친다.
조명이 밝아지고 다시 맑은 하늘과 푸른 바다가 펼쳐지며 풍랑소리 잠잠해진다.
음악이 연주되면서 뱃노래를 부른다.


**도창**    *향화는 풍랑을 좇고 명월은 해문에 잠겼도다.*
*영좌도 울고 사공도 울고 격군 화장이 모두 운다.*
**후렴**    *어허야 어기야 어허야 어허야 어허야*
**도창**    *우후청강 좋은 흥을 묻노라 저 백로야.*
*흥요월색이 어느 곳인고.*
*일강세우 네 평생에 너는 어찌 가하느냐.*
*범피창파 높이 떠서 도용도용 떠나간다.*
**선인들**   *어허야 어기야 어허야 어허야 어허야*
**선인들**   *어야 디어차 어야 디어차*
*에헤헤헤 어기야디여 어어어어*
*어기야 엉허기야 어허어어 어기야 에--*
*어야 디여차 어야 디여차…*
*어야 디여차 어야 디여차…*


뱃노래 소리 잦아들며 선인들은 노를 저어 가는데 음악과 함께 막이 서서히 내려간다.


**2부 음악극**

# 제2부

## 제1장 수정궁

음악과 함께 막이 올라간다.
무대 전체에 화려하고 아름다운 용궁의 모습이 펼쳐진다.
기암괴석이 곳곳에 솟아 있고, 해초가 너울거리며 산호, 수정이 오색을 발하며 장관을 이룬다.
도창이 나온다.

**도창**  *심청 같은 출천대효를 하늘이 그저 둘 리 있겠느냐.*
*옥황상제 명을 받아 용왕의 지시로 수궁의 시녀들이*
*심청을 모셔내어 수정궁으로 들어갈 적*
*위의도 장할씨고.*
*천상선녀선관들이 심소저를 보랴 허고*
*태을진 학을 타고, 안기생 연 타고,*
*구름 탄 적송자, 사자탄 갈선옹,*
*고래 탄 이 적선, 청의 동자 홍의 동자 쌍쌍이 모였다.*
*월궁항아, 마고선녀, 남악부인, 팔선녀들이*
*좌우로 모셨는디 풍악을 갖추올 제,*
*왕자진의 봉피리, 곽처사 죽장고 쩌지렁 쿵 정쿵*
*장자방의 옥통소 띠띠루 띠루 곁들여 노래헐 제*
*낭자한 풍악소리 수궁이 진동한다.*
*노경골이 위량하니 인광이 조일이요.*
*집어인이와작하니 서기반공이라.*
*주궁패월은 응천삼지삼광이요*
*곤의수상은 비수궁지 의복이라.*
*산호주렴 백옥안상 광채도 찬란하다*

무대에는 용왕이 높은 단 위에 앉아 있고, 좌우에 수궁을 상징하는 특이한 모양의 화려한 의상을 입은 용궁의 대신들이 도열해 있다.
풍악 소리에 맞추어 용궁 무희들의 화려한 춤이 펼쳐진다.

| 용왕 | 옥황상제께서 하교하시기를 |
|---|---|
| | *오늘 낮 오시 정각 출천대효 심낭자가* |
| | *인당수에 빠질 것이니 성심껏 보호하고,* |
| | *천상 광한전의 옥진부인이* |
| | *심낭자의 모친인즉 이곳에서 상봉토록 하라 하셨으니* |
| | *각별 조심하여 모셔 오도록 하라!* |
| 일동 | 예이! |

팔선녀, 투명하고 하얀빛이 나는 거북등 모양의 교자를 들고 등장한다.
심청, 교자 위에 앉아 어리둥절한 표정으로 나온다.

**용궁 시녀**     심낭자 듭시오!

심청이를 맞이하는 용궁 무희들의 찬란한 춤이 펼쳐진다.
팔선녀, 심청이에게 아름답고 맑은 물빛색의 새 옷을 갈아입힌 다음 정중히 인도한다.
심청은 꿈을 꾸는 듯 시녀가 안내하는 대로 따라가 용왕 곁에 앉는다.
용왕과 제신들, 심청을 예로써 맞이한다.
풍악은 더욱 흥취를 돋우며 용궁 선녀와 궁녀들의 춤이 한층 아름답게 출렁인다.

| 용왕 | 어서 오시오, 심소저여. 이곳은 용궁이니 두려움을 거두시고, 그대 모친 옥진 |
|---|---|
| | 부인을 만나 보시오! |
| 시녀 | 옥진부인 나립시오! |

옥진 부인, 높은 곳에서 내려온다.
무희들, 좌우로 갈라서고 시녀가 좌우에서 옹위하여 옥진부인이 등장한다.
옥진부인은 심청의 모친인 곽씨부인이다.
용왕은 중앙에, 그 앞 좌우에 백관이 도열해 있고, 그 앞에 옥진부인과 심청이 마주 선다.
옥진부인, 심청의 손을 잡는다.

| 옥진부인 | *네가 나를 모르리라.* |
|---|---|
| | *나는 세상에서 너 낳은 곽씨로다.* |
| | *나는 죽어 귀히 되어 광한전 옥진부인이 되었는데* |

2부 음악극

> *너는 부친 눈 떠우라고 삼백 석에 몸이 팔려*
> *이곳으로 들어왔단 말을 듣고 너를 보러 내 왔노라.*
> *아이고 내 자식아!*

**심청**　　*아이고 어머니!*

　　　　(와락 안기며) *이게 꿈이요, 생시요.*

　　　　*불효여식 청이는 앞 어두운 백발 부친 홀로 두고 나왔는데*

　　　　*홀로되신 아버지는 뉘를 의지하오리까.*

**옥진부인**　*내가 너를 낳아 놓고 불행히도 죽게 되어*

　　　　*젖 한 번도 못 먹인 것이 철천지 한이더니*

　　　　*어언간 십오 년에 네가 이리 자랐구나.*

　　　　*얼굴 모습 웃는 모양 너의 부친 닮아 있고,*

　　　　*손과 발이 고운 것은 어찌 그리 나 같으냐.*

　　　　*너의 부친 고생하고 응당 많이 늙으셨으리라.*

**용왕**　　옥진부인은 천상의 광한전에 맡은 임무가 바쁘시어 곧 환행하실 것이니 오래 지체 않도록 각별 명심 시행하라!

**제신**　　예!

**시녀**　　아뢰옵니다. 이제 돌아가셔야 할 시각이옵니다.

**옥진부인**　청아, 광한전 맡은 일이 내 직분에 허다키로 이만 이별해야겠구나.

**심청**　　어머님! 이별 말이 웬 말씀이요.

**옥진부인**　오늘 이별하는 것을 서러이 생각 말고

　　　　멀지 않아 너의 효성 명천이 감동하사

　　　　환송인간 될 것이니 전생에 미진한 한 그때에 풀거라.

**심청**　　(와락 안기며) 어머니!

옥진부인, 심청을 껴안고 울다가 용왕께 인사하고 떠난다.

심청, 어머니를 따라가려다 그 자리에 쓰러진다.

천상의 음악과 함께 옥진 부인을 보내는 궁녀들의 춤.

슬퍼하는 심청을 위로하는 팔선녀들의 춤.

조명이 바뀌고 백관 시녀들이 사람 크기만 한 아름다운 연꽃 한 송이를 정성스레 운반한다.

그 뒤에 용왕이 따른다.

**용왕**　　*출천대효 심청 소저 인간 연분이 급하니*

창극 심청전

> *연꽃 속에 고이 모셔 금은보화를 많이 넣어*
> *환송 인간 시키도록 하라!*

**제신,시녀**  예!

심청이 절을 하고 수궁의 대신들과 팔선녀와 무희들이 심청을 둘러싸고 합창을 한다.
맑고 고운 합창 소리가 마치 천상에서 울리는 듯하다.

**합창**  *어여쁘다, 심청 낭자. 부친 눈을 뜨이려고*
> *이팔청춘 고운 몸을 수중에 투신하니*
> *천신이 감동하사 환생 인간 되옵소서*
> *부귀영화 누리시고 평화 행복 누리소서.*

연꽃 의상을 들고 있던 세 선녀, 심청에게 연꽃옷을 입히고 꽃봉 속에 태운다.

**궁녀들**  (합창) *아- 아- 아- 아- 심낭자여,*
> *편안히 행차하옵소서.*
> *심낭자 심낭자여,*
> *잘 가시오, 잘 가시오.*

궁녀들의 전송 합창을 들으며 연꽃은 춤추듯 서서히 수정궁을 하직한다.
합창과 어울려 무용이 우아하게 진행되면서 암전.

## 제2장  인당수

**도창**  *심소저 태운 연꽃 해상에 번듯 떴다.*
> *천상의 조화요, 용왕의 신통이라*
> *바람이 분들 흔들리며 비가 온 들 젖을소냐.*
> *오색채운 꽃봉이에 어리어서 만경창파 둥실 떠 있구나.*

무대는 다시 인당수 바다.
심청이 타고 있는 연꽃이 두둥실 떠 있다.
꽃송이가 열리며 심청이 나타나 감격스럽게 바다 구경을 한다.

갈매기 소리, 파도 소리.

바다 한쪽에 안개구름이 솟더니 뱃노래 소리 들리며 선인들의 배가 꽃송이 쪽으로 다가온다.

심청은 꽃 속으로 들어가고 꽃잎은 닫힌다.

**선인들**        *어기야 차 어기야 차 어허이야 어허야*

                      *어이야 차 어기야 차 어허이야 어허야*

                      *어야 디어차 어야 디어차*

                      *에헤헤헤 어기야디여 어어어어*

                      *어기야 엉허기야 어허어어 어기야 에--*

모두 배를 멈추고 북을 울리며 제를 지낸다.

**선인1**          *넋이야, 넋이야, 넋이로다.*

                      *이 넋이 뉘 넋인고,*

                      *부친 눈을 떠우랴고 인당수 제수되신 심낭자의 넋이로다.*

                      *출천지효 그 덕 있어 고국으로 가는 길에*

                      *낭자의 장한 효성 잊을 길 없삽기로*

                      *만경창파 무주고혼 한잔 술로 위로하니 많이 흠향하옵소서.*

**선인들**        *어기야 차 어기야 차 어허이야 어허야*

                      *어이야 차 어기야 차 어허이야 어허야*

선인들, 제물을 물에 풀고 눈물을 씻는다.

이 때, 연꽃이 둥둥 떠서 물결에 흔들리며 떠내려 온다.

물결과 연꽃의 춤.

**선인1**          *아니, 저것이 무엇이냐. 가까이 가서 보자.*

**선인들**        *저어라, 저어라, 저어라, 저어라.*

                      *어기야 어기야 어기야 어기야*

선인들, 꽃 가까이 다가온다.

**선인1**          이 꽃은 분명 심낭자의 후신임이 분명하다. 꽃을 건져 옥분에 고이 담아 천자 전에 바치세.

선인들, 꽃을 배로 올린다.
일동, 뱃노래를 부르며 방향을 바꾸어 노 저어 간다.

| | |
|---|---|
| **선인들** | *어야 디어차 어야 디어차* |
| | *에헤헤헤 어기야디여 어어어어* |
| | *어기야 엉허기야 어허어어 어기야 에--* |
| **선인** | *여가 어디냐?* |
| **선인들** | *숨은 바우다* |
| **선인** | *숨은 바우면 배 다칠라* |
| **선인들** | *배 다치면 큰일 난다.* |
| | *엇따 야들아 염려마라.* |
| | *어허허허 어기야디여 어어어어 엉허기야 엉허기야* |
| | *어허허허 어기야 에--* |
| | *허허허-- 에--* |
| | *어기야 어야 어허이야 어허야* |

물결도 너울너울 출렁인다.

## 제3장 무덤가

효녀비가 서 있는 심청의 무덤가.
장승상 부인과 동리 사람들이 모여 심청의 혼을 위로하기 위해 제를 지낸다.
도창이 무복을 입고 굿을 주재한다.

| | |
|---|---|
| **도창** | *나오소사, 나오소사* |
| | *염불없이 어이가리* |
| | *넋이로다, 넋이로다.* |
| | *이 넋이 뉘 넋이냐* |
| | *장원의 낙심허든* |
| | *공명의 넋도 아니요.* |

삼 년 무후간의 초회왕의 넋도 아니요

부친 눈을 뜨우려고 삼백 석에 몸이 팔려

인당수 넋이 되신 심낭자의 넋이로다.

넋이라도 오셨거든 많이 부양하옵소서.

에—관음 보살 에--보살이로구나

합창      나무여--어이여 어--야 자아 자차-- 어--이구나아--

나무 나무여어 아미타불

도창      나무야 나무야 나무 나무 나무야

나무 뿌리만 새로 움이 났네.

합창      나무야 나무야 나무 나무 나무야

나무 뿌리만 새로 움이 났네.

도창      어여쁘다. 심청 낭자

이팔 청춘 고운 몸이 수중 고혼 되었으니

출천한 그 효성이 만고에 다시 없네.

합창      나무야 어---이 나무 나무 나무야

나무뿌리만 새로 움이 났네.

도창      아 아아 에 에요, 아 아아 에 에요

합창      천불이야 천불이야.

도창      우리 생명을 다 갚고 성주 성주를 뛰어 보세.

합창      아 아아 에 에에요 아 아아 에 에요

천불이야 천불이야.

도창      우리 성주를 다 심었구나 성주 성주를 뛰어 보세.

합창      아 아아 에 에에요 아 아아 에 에에요

천불이야 천불이야.

마을 사람들, 노래 끝내고 눈물 씻으며 흩어질 때, 심봉사 한옆에 시름없이 앉아 있다가 심청의 비석 앞으로 다가간다.

심봉사      아가, 청아. 내가 또 왔다.

너는 내 눈을 뜨우랴고 수중 고혼이 되고

나는 모진 목숨 죽지도 않고

이 지경이 웬일이란 말이냐,

창극 심청전

*날 데려가거라 나를 잡아가거라,*

*삼신부락귀야 나를 잡아가거라*

*살기도 나는 귀찮허고 눈 뜨기도 나는 싫다. 아이고, 청아!*

심봉사 창을 하는 동안 뺑덕이네가 언덕 너머에 나타나 심봉사 우는 모습을 요리조리 살펴보다가 심봉사에게 살금살금 다가간다.

| | |
|---|---|
| **뺑덕이네** | 여보시오 봉사님! |
| **심봉사** | (눈물을 닦으며) 뉘시오? |
| **뺑덕이네** | 재 넘어 아랫마을에서 혼자 사는 뺑덕이네요. |
| **심봉사** | 뺑덕이네? |
| **뺑덕이네** | 세월은 유수 같은데 이렇게 딸 생각에 눈물로 세월을 보내면 어쩌겠소? |
| **심봉사** | … |
| **뺑덕이네** | 자, 그만 진정허고 내려갑시다. |
| **심봉사** | 고맙소, 뺑덕이네. |
| **뺑덕이네** | (아양을 떨면서) 자, 지팡막대 끝을 이리 주슈. |

뺑덕이네, 지팡이 끝을 쥐고 심봉사를 일으켜 세운다.

| | |
|---|---|
| **뺑덕이네** | 아, 봉사님이야 딸을 잃었지만 전곡도 넉넉허것다. 이제 새장가 들어 노년 부부지정 맺고 편안히 사셔야지 이래서야 쓰겠소? |

심봉사, 마음이 끌리어 허풍을 떤다.

| | |
|---|---|
| **심봉사** | 허허, 말이야 맞는 말일세. |
| | *돈이라 허는 것은 땅에 묻지 못할 것이더구먼.* |
| | *맹인 혼자 사는 집에 돈 두기가 겁나기에* |
| | *후원에 땅을 파고 돈 천 냥 묻었다가* |
| | *이번에 구멍 뚫고 가만히 만져보니* |
| | *꿰미는 썩어지고 돈이 서로 엉켜 붙어* |
| | *한 덩이를 만져보니 천년 묵은 구렁이 같더구만 그려.* |
| 뺑덕이네 | *아이구, 저를 어쩨?* |

**2부 음악극**

| 심봉사 | *쌀 묵으니 우습더군, 벌레가 집을 지어 한되씩 엉키었지.* |
| 빵덕이네 | *아이고, 아까워라!* |
| 심봉사 | *올 어장이 어찌 됐는고?* |
| | *갯가 사람들에게 빚준 돈이 그렁저렁 천 냥이니,* |
| | *고기를 잘 잡아야 탈이 없을 텐데.* |
| 빵덕이네 | *하이구, 그렇게 부자시니 내 중매 하나 하리까?* |
| 심봉사 | *어디 좋은 사람이 있나?* |
| 빵덕이네 | *있다마다요.* |
| 심봉사 | *하지만 나같은 봉사한테 올 사람이 있을라구?* |
| 빵덕이네 | *저 개울 건너 윗마을에 한 여자가 있는데 어찌 생겼는고 허니* |
| | *쌀 퍼 주고 떡 사 먹고 벼 주고 고기 사기 헌 의복은 엿 사먹기* |
| | *잡곡일랑 돈을 사 청주 탁주 모두 받어 저 혼자 실컷 먹고* |
| | *시원한 정자 밑에 웃통 벗고 낮잠 자기* |
| | *사시장천 밥을 안고 이웃집에가 밥 붓치기* |
| | *여자 보면 내외하고 남자 보면은 쌩긋 웃고* |
| | *빈 담뱃대 손에다 들고 보는 대로 담배 청키* |
| | *이 돈 저 돈 모두 받어 조석으로 술 받기와* |
| | *상하촌 머슴들과 팔 잡고 춤추기* |
| | *이웃집에가 욕 잘허고 초상집에가 쌈질하기* |
| | *잠자며 이 갈기 배 긁고 발목 털고* |
| | *한밤중에 울음 울고 일에는 반편이요 말에는 촐랑이라* |
| | *멀을 속은 깽맥이로다 힐끗하면 핼끗하고* |
| | *핼끗하면 힐끗하고 삐죽하면 빼죽하고* |
| | *빼죽하면 삐죽하고 신랑 신부 잠자는디* |
| | *가만… 가만 가만 들어서서* |
| | *봉창에 입을 대고 불이야!* |
| | *어때요, 마음에 드시우?* |

| 심봉사 | (껄껄 웃고) *그 여자 우스운 사람이로군. 그런 여자는 못 쓰것고, 거 빵덕이네 노랫가락이 맘에 썩 드는구먼.* |
| 빵덕이네 | *내가 맘에 드신다고라?* |
| 심봉사 | *잉!* |

창극 심청전

| 뺑덕이네 | 워매, 중매하려다 내가 시집가겠네… |
|---|---|
| 심봉사 | (빙그레 웃으며) 허허, 음성이 저렇게 고울진데 얼굴이야 오직 예쁠까? 어여쁜 그 화용월태를 눈 어두어 내 못 보니 이런 한이 또 있을까? |
| 뺑덕이네 | 나도 한이 된다우, 영감! |
| 심봉사 | 영감? 날더러 영감이라구? 헛헛. |
| 뺑덕이네 | 이렇게 좋아하실 줄 미리 알았더면 내 진즉에 말을 할 걸. 부끄러워 말 못 했더니 여보 영감! |
| 심봉사 | 왜 그랴? |
| 뺑덕이네 | 어서 집으로 가십시다. 따끈히 점심 지어 드릴 테니. |
| 심봉사 | *여보게 마누라, 어디 갔다 이제 왔나.* <br> *은하수 직녀 성에 갔다 왔나.* <br> *월궁 항아 만나 보고 오는 길인가.* <br> *얼씨구 절씨구 마누라가 생겼네-* |
| 뺑덕이네 | *호호호, 여보 영감, 내가 점심 지을 동안* <br> *소리도 실컷 하고 춤도 실컷 추어 봅시다.* <br> *얼씨구 절씨구 지화자 좋네 얼씨구나 절씨구* <br> *영감 하나가 생겼네.* |
| 심봉사 | *얼씨구 절씨구 지화자 좋네 마누라 하나가 생겼네.* |
| 합창 | *얼씨구 절씨구 지화자 좋네 얼씨구* |

심봉사, 신바람이 나서 어쩔 바를 모르며 뺑덕이네와 춤을 추면서 퇴장한다.


## 제4장 황극전의 정원

황극전 넓은 뜰에 갖가지 꽃들이 다투어 피어 있다.
그중에 심청이 들어 있는 큰 연꽃이 의젓하게 놓여 있다.
신비한 달밤의 조명.
꽃 속에서 꽃 모양의 의상을 입고 꽃관을 쓴 꽃의 요정들이 나와 신묘한 음률에 맞춰 춤을 추며 합창을 한다.
그중에 용궁 시녀들도 끼어 있다.

| 합창 | *화초도 많고 많다.* |
|---|---|

*팔월부용의 군자용, 만당추수 홍연화,*

*암향부동월황혼, 소식 전튼 한매화,*

*진시유랑거후재, 붉어 있다고 홍도화,*

*구월구일 용산음, 소축신 국화꽃,*

*삼천 제자를 강론을 허니 향단 춘풍의 살구꽃,*

*이화만지불개문허니 장신궁중 배꽃이요,*

*천태산 들어가니 양변재작약이요,*

*원정부지이별허니 옥창옥연의 앵도화,*

*축국한을 못 이기어 제혈허는 두견화,*

*월중천향단계자 요 염섬섬 옥지갑의 금분야용 봉선화,*

*백일홍, 영산홍, 왜철죽, 진달화, 난초, 파초,*

*오미자, 치자, 감자, 유자, 석류, 능나, 능금, 포도,*

*머루, 어름, 대초, 각색 화초, 가진 향과 좌우로 심었난듸*

*향풍이 건듯 불면 벌, 나비, 새, 짐생들이*

*두 쪽지 쩍 벌리며 지지 울며 노닌다.*

음악이 흐르며 꽃의 요정과 벌, 나비, 새의 요정들이 함께 어울려 즐거운 춤을 춘다.
황제, 심기가 산란한 듯 꽃밭으로 걸어 나오다가 요정들을 보고 놀란다.
요정들, 서로 다투어 꽃 속으로 들어가는데 용궁 시녀들은 황제에게 들키고 만다.

**황제**　　　*너희는 무엇이냐, 사람이냐, 귀신이냐.*
　　　　　　*귀신이면 물러가고 사람이면 아뢰어라!*

두 시녀가 읍하고 선다.

**두 시녀**　　*소녀는 용궁의 시비로서*
　　　　　　*용왕의 명을 받아 낭자를 모시옵고*
　　　　　　*해상에 왔삽더니 황제 전에 범케 되어 황공무지 하옵니다.*
**황제**　　　*그것 참 기이한 일이로다. 낭자라 하신 분은 어디에 계시느냐?*
**두 시녀**　　*이 꽃 속에 잠들어 계십니다.*
**황제**　　　어찌하여 꽃봉 속에 잠들어 계시냐?
**두 시녀**　　옥황상제의 명을 받아

창극 심청전

용왕님이 보내시매 모시고 왔삽더니
황후되실 분이라 하더이다.

이 말과 함께 음악이 흐르며 연꽃의 잎사귀가 서서히 벌어진다.
꽃잎이 열리자 그 속에서 아름다운 모습의 심청이 나타난다.
황제, 놀라서 심청을 바라보며 넋을 잃는다.

**황제**　　　여, 여봐라!

'예' 소리와 함께 황극전의 시녀들이 급히 나타난다.

**황제**　　　이 꽃을 고이 모시어 별궁에 옮겨 놓고 모든 궁녀로 시위케 하되
　　　　　　누구를 막론허고 이 꽃에 접근하면 엄벌하리라!
**시녀들**　　예이!

시녀들, 용궁 시녀와 함께 심청이 서 있는 꽃을 옹위하여 안으로 모시고 들어간다.

# 제5장 황극전 궁 안

우아한 궁중 음악이 흐르며 대신들이 엄숙한 걸음으로 나와 도열해 선다.
황제가 나오자 모두 음악에 맞추어 국궁 사배를 한다.

**황제**　　　연꽃 낭자의 사연은 모두 다 알고 있을 터이나 짐은 이것이 길한 징조인지 불
　　　　　　길한 징조인지 분별하기 심히 어려우니 여러 대신들 고견을 말해 보시오.
**대신1**　　상감마마, 이는 옥황상제께서 좋은 인연을 보내셨음이 분명하오이다.
**대신2**　　그렇습니다. 국모 안 계심을 하늘이 아시고 인연을 보내온 것이오니 국모로
　　　　　　모시소서
**대신3**　　만고에 짝이 없는 인연인가 하옵니다. 황후로 봉하심이 마땅하옵니다.
**황제**　　　여러 대신들의 뜻이 그러하니 일관시켜 택일하여 천하 백성들에게 알리도록
　　　　　　하시오.
**대신들**　　예이!

대신들이 물러나면 도창이 창을 한다.

**도창**  *심황후 입궁 후에 넌년이 풍년이오,*
*억조창생 만민들은 격양가를 일삼는구나.*
*심황후 몸은 비록 귀히 되었으나*
*다만 부친 생각뿐이라.*

## 제6장 별궁

가을의 달밤.
황후의 의관을 한 심청, 수심에 겨워 정원을 거닌다.

**심청**  *추월은 만정허여 산호주렴이 빗겨들 제*
*청천에 뜬 기러기는 월하에 높이 떠서*
*뚜루루루 낄룩 울음을 울고 가니,*
*오느냐, 저 기럭아. 도화동을 가거들랑*
*불쌍허신 우리 부친 전에 편지 일장 전하여라.*
*편지를 쓰랴 하니 한자 쓰니 눈물 나고 두자 쓰니 한숨 난다.*
*눈물이 먼저 떨어져서 글자마다 수묵이 되니 언어가 도착이로구나.*
*편지 접어 손에 들고 문을 열고 나서 보니*
*기러기는 간 곳 없고 황망한 구름밖에*
*별과 달만 뚜렷이 밝았구나.*

황제, 등장하여 눈물짓는 심청을 보고 묻는다.

**황제**  무슨 근심 계시기에 눈물 흔적이 있나이까?
**심청**  (눈물을 감추고) 황공하옵니다.
**황제**  필연 무슨 곡절이 있을 것이니 숨김없이 말씀하시오.
**심청**  *온화한 기색으로 황제를 모셔야 할 텐데*
*근심 빛 나타내서 수고로이 물으시니 황공무지 하옵니다.*
*백성 중에 불쌍한 게 나이 많은 병신이오,*
*병신 중에 불쌍한 게 앞 못 보는 맹인이라*

창극 심청전

> *눈 어둔 사람 구완함이 으뜸이란 성현의 말씀이니*
> *천하 맹인 다 모아서 주효를 먹인 후에*
> *그중에 유식한 맹인 골라 좌우에 모셔 경전을 외게 하고,*
> *그중에 늙고 병들고 지식도 없는 맹인은*
> *큰 집을 지어 한데 모아 살게 하오시면*
> *지극한 은덕이 만방에 미칠 테니 여자의 소견이나 들어주옵소서.*

**황제**  *과인이 생각 못 한 바를*
*황후가 도우시니 만복의 근원이라,*
*말씀대로 하오리다.* (안에 대고) *여봐라!*

**시종**  예!

시종, 나와 읍한다.

**황제**  팔도의 맹인을 초청하여
칠월 칠일 황성 궁에서 잔치를 배설하되
참례하는 맹인들에게 각별 후대할지니 칙령을 내려라!

**시종**  예이!

시종, 퇴장한다.

**심청**  황감하옵니다.

황제, 웃으면서 심청이를 감싸 안고 들어간다.
음악이 흐른다.

# 제7장 심 봉사의 집

심봉사의 집.
그동안 가꾸지 않아 옛날 심청의 집보다 지저분하고 퇴락되어 있다.
심봉사, 약간 취기가 있는 태도로 더듬더듬 들어온다.

**심봉사**  여보소, 뺑덕이네!

581  뺑덕이네와 황 봉사, 옷을 추스리며 방에서 황망히 나온다.
황봉사, 뺑덕이네에게 손짓하고 짚신짝을 들고 뛰어나간다.


**뺑덕이네**  (선수를 치며) 낯이 저리 붉은 것이 읍내 색주가에서 호강 많이 했구먼.

**심봉사**  (허풍을 떨며) 내가 자네를 못 잊어 안 나가서 그렇지 나가기만 하면 그런 호강
다시 없지.
*본관이 날 청함이 웬일인고 하였더니*
*손 잡고 들어가서 주안상 들여 놓고*
*기생이 권주가로 술을 연해 권하는디*
*그 술맛이 장히 좋아 여나문 잔 먹었지.*
*하직하고 오려 하니 관속들이 와르르 달려들어*
*내 집으로 가십시다. 색주가로 가십시다.*
*서로 아니 놓건마는*
*자네가 기다릴까 읍내에서 아니 자고*
*더듬더듬 더듬더듬 더듬더듬 찾아와서 부르고 또 불러도*
*대답도 아니 허니 누굴 믿고 살자는가*
*곽씨부인 살았으면 문 앞에 와 기다렸지.*

**뺑덕이네**  *아이고 아이고 내 팔자야.*
*천지에 못할 것이 남의 집 둘째 계집*
*죽도록 정성드려 하느라고 하였더니*
*그 공은 간데없고 전 계집만 생각허니*
*아무리 생부천들 그 꼴을 보겠는가.*
*속마음에 생각허니 늙고 병든 가장 처음으로 출입하야*
*보행이 수고하면 생병이 날까 하고*
*닭 잡아서 솥에 넣고 불 보러 갔삽더니 그 새에 들어와서*
*전 처만 자랑하니 나는 그 꼴 보기 싫어*
*전 처 없는 총각 서방 기어이 얻을 테요*


뺑덕이네, 발을 탕탕 구르며 문을 덜컹거리며 당장 나갈 듯이 군다.


**심봉사**  *잘못했네 잘못했어. 그런 깊은 마음 알 길이 전혀 없어*
*망발을 하였으니*


창극 심청전

*노여 마소, 노여 마소. 어서 닭이나 뜯읍시다.*

**뺑덕이네**    진즉에 그럴 것이지.

뺑덕이네, 부엌을 들어가 솥을 가지고 온다.
두 사람, 툇마루에 걸터앉아 닭을 뜯어 먹는다.


**심봉사**    뺑덕이네!

**뺑덕이네**    예?

**심봉사**    우리들이 이렇게 정시럽게 살다가 나는 늙고 자네는 젊어 만일 내가 죽으면 자네 어찌하려는가?

**뺑덕이네**    그날 그 시 나도 죽어 한 무덤에 들어가지.

**심봉사**    내가 만일 일이 있어 먼 데를 가거드면 자네 어찌 하겠는가?

**뺑덕이네**    여필종부라니 만리라도 따라가지.

**심봉사**    자네 참말인가?

**뺑덕이네**    어느 개딸년이 거짓말을 해?

**심봉사**    허허 좋네 좋아. 자네 속이 그런 줄 나도 벌써 알지마는 자네 대답 어찌하나 보자고 한 말일세. 실인즉슨 관가에 가서 들어 본 즉 황제가 윤흠을 내리시기를 천하맹인 다 모아서 황성 궐내에서 잔치하고 그중에 유식한 맹인 벼슬 준다 하니, 이런 좋은 일이 어디 있나. 자세 소견이 어떠한가?

**뺑덕이네**    (뜻밖의 말에 당황하지만 어쩔 수 없이) 그거 장히 잘 되었구려. 그럼 당장 집과 세간 동네에 저당 잡히고 빚을 얻어 황성으로 떠납시다.

**심봉사**    집 잡힐 것 없이 김 생원 댁에 맡긴 돈 오십 냥 찾어 오소. 노자로 쓰게.

**뺑덕이네**    아이고, 그 돈 오십 냥 찾어다가 다 썼소!

**심봉사**    뭐, 어디 다 써?

**뺑덕이네**    아이고, 영감 정신 좀 봐! 계피떡값 열닷 냥 주고,
서른닷 냥 남은 돈으로 수박 사 먹고,
복숭아 사 먹고, 살구 사 먹고 뭐 남은 거 있소?

**심봉사**    허허, 이게 웬 말이냐? 그 돈이 어떤 돈이라구. 우리 딸 청이가 인당수로 죽어 가며 먹고 살으라 주고 간 돈 떡값, 수박값, 살구값이 웬 말이여?

**뺑덕이네**    여보 영감! 어쩐 일인지 지지난달부터 몸구실을 딱 거르더니만--

**심봉사**    뭣이? 그거 태기 있을라는 거 아니라고?

**뺑덕이네**    밥은 도저히 먹기가 싫고 신 것만 먹고 싶어서 살구 조금 먹은 것이 그렇게도

아깝소?

| | |
|---|---|
| **심봉사** | 신 것을 그리 많이 먹어? 허허허, 그놈 낳으면 시건방질까 몰라. 어떻든지 아들이든 딸이든 하나 낳기만 하소. 자, 관가에서 노잣돈 삼십 냥 가져왔으니 우리 그냥 올라가세. |
| **뺑덕이네** | 우리만 가요? |
| **심봉사** | 우리만 가지, 또 누가 가? |
| **뺑덕이네** | 우리 둘이 가면 심심허니 담뱃대 심부름도 시킬 겸 저 건너 황봉사나 데리고 갑시다. |
| **심봉사** | 저 건너 황칠이란 녀석? |
| **뺑덕이네** | 예! |
| **심봉사** | 안돼! |
| **뺑덕이네** | 왜요? |
| **심봉사** | 그놈이 여간 음흉한 놈이간디? |
| **뺑덕이네** | 음흉허면 저 음흉했지, 내게 무슨 상관 있소? |
| **심봉사** | 아무리 상관없다고 해도 십벌지목이란 말이 있어. |
| **뺑덕이네** | 그게 무슨 말이다요? |
| **심봉사** | 열 번 찍어 안 넘어가는 나무 없다 그 말이여. |
| **뺑덕이네** | 나는 열 번 아니라 백 번 찍어도 안 넘어가요. |
| **심봉사** | 허허허, 우리 뺑파가 열녀가 아니라 백녀로구나. 그럼 내가 가서 데려오지. |
| **뺑덕이네** | 아이고, 눈 어두신 영감이 어떻게 가신다고 그리시오? 내가 얼른 갔다 올라요. |
| **심봉사** | 그러면 그놈 집에는 들어가지 말고 대문 밖에서 "황봉사, 우리 심생원이 맹인잔치에 가자고 오랍데다" 하고 빨리 오소. |
| **뺑덕이네** | 영감, 내가 핑 갔다 핑 올라요. |

뺑덕이네, 집 밖으로 나가서 길을 가다가 황봉사와 만난다.

| | |
|---|---|
| **뺑덕이네** | 아이고 이게 누구야? |
| **황봉사** | 누구여? |
| **뺑덕이네** | 나 뺑이여 뺑! |
| **황봉사** | 히히히, 뺑, 어디 가는 길이여? |
| **뺑덕이네** | 우리 영감탱이가 황성 맹인잔치에 가자고 허는디 황봉사를 두고 갈 수가 있어야지. 그래서 데리러 가는 길이여. |

창극 심청전

두 사람, 귓속말을 한다.

**황봉사**　　　(고개를 끄덕이며) 히히히, 알았어, 알았어!

두 사람, 심봉사의 집으로 급히 돌아온다.

**뺑덕이네**　　영감, 다녀왔소.
**황봉사**　　　심생원 계시오?
**심봉사**　　　이 녀석, 그새 왔구먼, 황인가?
**황봉사**　　　황이 뭐요, 황이?
**심봉사**　　　황보고 황이라 허지 청이라 히여?
**황봉사**　　　내 이름이 버젓이 있는디 만날 때마다 황 황 그러시요?
**심봉사**　　　자네 이름이 황칠인 줄 알지마는 부르기 쉽게 허느라고 그랬네. 노여 마소.
　　　　　　　자네 황성 맹인잔치 이야기 들었지?
**황봉사**　　　예, 들었소.

뺑덕이네, 담뱃불을 붙여 황봉사에게 준다.

**심봉사**　　　자네 오라고 헌것은 우리 두 내외만 가면 심심허겠고 해서 담뱃대 심부름도
　　　　　　　시킬 겸 오라고 했으니 같이 올라가세.
**황봉사**　　　담뱃대 심부름을요?
**심봉사**　　　그려!
**황봉사**　　　심생원이 내 담뱃대 심부름을 헌단 말이요, 내가 심생원 담뱃대 심부름을 헌
　　　　　　　단 말이요?
**심봉사**　　　무엇이 어쩌? 너 이놈, 늙은 사람이 젊은 놈 담뱃대 심부름을 허여?

뺑덕이네, 황봉사의 옆구리를 쿡쿡 찌른다.

**황봉사**　　　헤헤, 내가 잠시 농을 한 걸 그리 화를 내시오? 어서 가십시다.
**심봉사**　　　그러세!
**심봉사**　　　황! 이리와!

　심봉사, 황봉사를 뒤로 세운다.

**황봉사**　　어디요?

**심봉사**　　우리 내외간은 앞서고 자네는 뒤에 와야 헐 거 아니여? 지팽이 잡고 뒤에 가 서!

뺑덕이네, 재빨리 사이에 끼어들어 황봉사의 지팽이는 자기가 잡고, 심봉사의 지팽이는 황봉사가 잡게 한다.

## 제8장 길

세 사람, 길을 간다.

**뺑덕이네**　　여보 영감!

**심봉사**　　왜?

**뺑덕이네**　　심심도 허고 헌 게 영감 〈길노래〉나 부르시오. 내가 입장단 칠랑게.

**심봉사**　　그러세!

심봉사, 노래를 부른다.

**심봉사**　　*어이 가리 너, 어이 가리.*
　　　　　*황성 먼 길을 어이 가리, 어이 가리*
　　　　　*날개 돋힌 학이나 되면 수르르르*
　　　　　*펄펄 날아 이날 이시로 가련마는*
　　　　　*앞 못 보는 이 내 병신이 몇 날을 걸어서*
　　　　　*황성을 갈꺼나.*

**뺑덕이네**　　끄궁 꿍꿍. 황 봉사도 노래 한마디 하시요.

**황봉사**　　내 소리에도 입방구 칠라요?

**뺑덕이네**　　그러지요!

**황봉사**　　*어이 가리, 어이 가리, 너. 어이 가리. 황성 천리를 어이 가리.*
　　　　　*어떤 사람 팔자 좋아 내외간에 황성 가는디*
　　　　　*이놈 팔자 기박허여 홀애비 신세가 웬일인가.*

**뺑덕이네**　　잘헌다!

창극 심청전

| 심봉사 | *황성 천리 가는 길에* |
| | *믿고도 또 믿는 게 뺑덕이네뿐이로다.* |
| 뺑덕이네 | 끼깅 낑낑! |
| | *전생에 중한 연분 이생에 부부 되어* |
| | *알뜰하고 간간한 정 만고에 짝이 없네* |
| | *낑끼 깅낑!* |
| 심봉사 | *일색이지 일색이지 우리 뺑덕이네가 일색이지.* |
| | *어느 놈이 욕심내어 손만 한번 만져봐도* |
| | *절인지용 내 솜씨에 능지타살 날 것이오.* |
| 뺑덕이네 | 우리 이쯤에서 쉬었다 갑시다. |
| 심봉사 | 그러세! |

뺑덕이네, 큰 나무 아래로 두 사람을 인도하여 앉힌다.

| 뺑덕이네 | 아이구 졸려. 우리 여기서 한숨 자고 갑시다. |
| 심봉사 | 그러세. 한숨 자고 가세. 어이, 황! |
| 황봉사 | 예? |
| 심봉사 | 자네는 저쪽으로 가서 자게. |
| 황봉사 | 허, 내 참 드러워서! |
| 심봉사 | 뭐여, 이놈아? |
| 황봉사 | 아 소똥이 밑에 깔려서 드럽다고 했소. |
| 심봉사 | 그려? 아함, 졸립다! |

세 사람, 나무 아래 드러누워 잠을 잔다.

심봉사, 봇짐을 끌러 놓고 자고 있고, 뺑덕이네 그 옆에 누워 있다가 살며시 일어나 심봉사가 눈치 못 채게 봇짐을 들고 황봉사와 살그머니 도망을 친다.

이때 무대 사방에서 봉사 이십여 명이 어린아이에게 이끌리어 들어오다가 서로 부딪쳐 소란을 떨다가 인사를 한다.

| 맹인들 | 아이쿠쿠쿠! 이게 누구여? |
| 맹인1 | 황성 가는 봉사온데 뉘신교? |
| 맹인2 | 앗다, 나도 황성 가는 봉산디 피차 같은 처지잉게 우리 통성명이나 헙시다. |

**2부 음악극**

| 맹인1 | 내는 경상도에서 온 남 봉사입니더. |
| 맹인2 | 나는 전라도 조 봉사라고 불러 주시오. |
| 맹인3 | 내래 평안도 우 봉사라 하오. |
| 맹인4 | 감수광, 제주도에서 온 이 봉사요. |

심봉사, 잠에서 깨어 일어나 맹인들에게 말을 건넨다.

| **심봉사** | 거 팔도 맹인이 다 모였구려. 나도 행중에 인사허오. |

심봉사, 절을 꾸벅한다.

| 맹인1 | 그러는 댁은 어디서 왔소? |
| **심봉사** | 저는 황주땅 도화동에서 온 심 봉사요. |
| 맹인3 | 거저 길 가기 심심한데 우리 서로 장기나 한번 놀고 가는 거이 어떻갔소? |
| 맹인들 | 좋지요! |
| 맹인1 | 내는 경 한번 읽어 볼랍니더. |

봉사1, 경을 읽는다.

| 맹인2 | 전라도 하면 〈진도 아리랑〉 아니겠소? |
| | *문경 세재는 웬 고갠가* |
| | *구부야 구부 구부가 눈물이로구나* |
| 맹인들 | *아리 아리랑 스리 스리랑 아라리가 났네* |
| | *아리랑 응응응 아라리가 났네* |

봉사4, 노래한다.

| 맹인4 | *제주도 오돌또기 나가오* |
| | *둥그레 당실 둥그레 당실* |
| | *너도 당실 연자 버리고 달도 밝고 냇가로 갈꺼나…* |
| 맹인3 | 평안도 하면 〈배뱅이굿〉이지요. |
| | *왔구나, 왔소이다.* |

창극 심청전

*평양 사는 우봉사의 몸을 빌어서 오늘에 왔소이다*
*오마니 오마니 우리 오마니는 어디 가서 딸자식*
*배뱅이가 왔다고 하는 데도 안 보이시나요, 오마니 오마니!*

모두 추임새를 하며 춤을 추고 신나게 논다.

**맹인1**   잘 놀았으니 그만 가십시다.
**맹인2**   거 기왕이면 소리도 험서 발을 맞춰서 가면 안 좋겠소?
**맹인3**   그럼 첫소리에 오른발을 뚝 떼어서 갑시다.
**맹인들**   좋소!
**맹인4**   시--작!
**맹인들**   우리가 눈을 볼 양이면 길 가기가 좀 좋겠나.
　　　　　*아무렴 그렇지 그렇구 말구.*
　　　　　*저 산은 무슨 산 이 물은 무슨 물*
　　　　　*저 마을은 터 좋으니 부자가 살겠고,*
　　　　　*이 무덤은 명당이니 급제가 나겠고,*
　　　　　*말하며 가르키며 손을 잡고,*
　　　　　*장난하며 활개치고 훨훨 가면*
　　　　　*더덕더덕 길도 붓고 다리도 덜 아플걸.*
　　　　　*두 눈이 캄캄하여 아무 덴 줄 모르고서*
　　　　　*천방지축 아이 끄는 대로 자춰만 겨누어서*
　　　　　*터덕터덕 따라가니 잠만 오고 다리 아파*
　　　　　*암만해도 할 수 없네.*

맹인들, 노래 부르며 퇴장한다.
심봉사, 만족스러운 듯 싱글거리고 있다가 앉다가 등을 긁적거린다.

**심봉사**   (옆에 뺑덕이네가 있는 줄 알고) 이놈의 풀 속에 정녕 빈대 벼룩 있지. 등이 수물
　　　　　거려 죽겠구만. 여보게, 여기 좀 긁어주게. 그러하면 자네 등도 긁어 줄께.

사이.

**2부 음악극**

**심봉사**　　　응? 아직도 자는가?

심봉사, 주위를 더듬어 본다.

**심봉사**　　　똥 누러 간 모양이군. 여보게, 뺑덕이네!

심봉사, 엉금엉금 기어 다니며 더듬어 본다.

**심봉사**　　　아니 봇짐도 없지 않어? 이것이 장난하자고 이러는가? 여보게, 길 늦어가네.
　　　　　　어서 가세.

어떤 행인이 지나가다 이 광경을 보고 심봉사에게 다가온다.

**행인**　　　봉사님, 누구를 찾으시오?
**심봉사**　　　이 근방에 봇짐 가진 젊은 여인 없소?
**행인**　　　여인은 고사하고 암캐도 없소.
**심봉사**　　　뭐, 뭣이요?

행인, 사라진다.
심봉사, 그때야 뺑덕이네가 도망간 줄 짐작하고 갑자기 울음을 운다.

**심봉사**　　　*허허, 뺑덕이네가 갔네 그려.*
　　　　　　*에이, 천하에 의리 없고 사정 없는 요년아,*
　　　　　　*당초에 네가 버릴 테면 있든 곳에서 도망을 가지*
　　　　　　*수백 리 타향에 와서 날 버리고 네가 무엇이 잘 될소냐.*
　　　　　　*에이, 호랑이가 바싹 깨물어 갈 년!*

심봉사, 터덜거리고 걷기 시작한다.

**심봉사**　　　*아이고 이년 정말 갔네.*
　　　　　　*어라 어라, 현철하신 곽씨도 죽고 살고*
　　　　　　*출천대효 내 딸 청이도 생죽엄을 당했는데*

창극 심청전

*네 까짓 년을 생각허는 내가 미친놈이로구나.*
*뺑덕이네야, 황성천리 이 먼 길을 뉘와 함께 가더란 말이냐*
*아이고! 곽씨부인! 청아!*

심봉사, 더듬거리며 퇴장한다.

## 제9장 시냇가

수양버들이 늘어진 시냇가. 매미 소리가 한창이다.
커다란 바위 아래 물이 흐른다.

도창        *이때는 어느 땐고 오뉴월 삼복이라*
                  *태양은 불볕 같고 더운 땀을 흘리면서*
                  *한 곳을 점점 내려갈 제*

심봉사, 더듬거리며 물 쪽으로 다가가서 옷을 벗는다.

도창        *천리 시내는 청산으로 돌고*
                  *이 골 물이 주루루 저 골 물이 쿌쿌*
                  *열의 열두 골 물이 한데 합수 처*
                  *천방져 지방져 언덕져 구부처*
                  *방울이 버큼져 건너 병풍석에 마주 쾅쾅 때려*
                  *산이 울렁거려 떠나간다.*
                  *이런 경치가 또 있나.*
                  *심봉사 좋아라고 물소리 듣고서 반긴다.*
                  *목욕을 헐 양으로 더듬더듬 더듬더듬 들어가*
심봉사    *에이 시원허고 장히 좋다.*
도창        *상하의복을 훨훨 벗어 지팽이로 눌러 놓고*
                  *더듬더듬 들어가 물에 풍덩 들어서며*

심봉사, 바위 위에 옷을 벗어 놓고 더듬거리며 물속으로 들어간다.

| | |
|---|---|
| **591 도창** | 물 한 주먹을 덤벅 쥐어 양치질도 꿜꿜허고 |
| | 또 한 주먹 덤벅 쥐어 겨드랑이도 문지르며 |
| **심봉사** | 에이 시원허고 장히 좋다. |
| | 삼각산을 올라 선들 이보다 더할소냐. |
| | 동해 유수를 다 마신들 이보다 시원허며 |
| | 얼시구 절시구 지화자 좋네 |
| | 둠벙둠벙 좋을시구. |

심봉사가 노래를 하며 목욕을 하는 동안 거지 하나가 나타나서 심봉사의 모습을 보다가 바위 위에 벗어 놓은 옷을 몽땅 가져간다.

심봉사, 목욕을 끝내고 옷을 입으려다가 없어진 걸 알고 당황한다.

| | |
|---|---|
| **심봉사** | 허어, 내가 분명 여기다 놔두었는데 어디 있나? 바람에 날려 갔나? 거 누가 장난치오? 봉사하고 농이라니, 아 어서 가져와. 어허, 가져오래도! |

아무 대꾸가 없자 탄식을 한다.

| | |
|---|---|
| **심봉사** | 허허, 이제는 꼭 죽었네. |
| | 허허, 이제는 영 죽었네. |
| | 불꽃 같은 이 더위에 위아래를 벗었으니 |
| | 뜨거워서도 죽을 테요 굶어서도 죽겠구나. |
| | 내 옷 가져오너라. 내 옷 가져오너라. |
| | 봉사 것 훔쳐 가면 열두 대 떼봉사 난단다. |
| | 아이고 아이고 내 신세야. |

이때, 무릉태수 행차가 지나간다.

| | |
|---|---|
| **사령** | 에이짜루 에이짜루 |
| | 물렀거라 에이짜루 위 |

심봉사, 바위 아래에서 소리를 지른다.

**심봉사**   아뢰어라 아뢰어라 급창아 아뢰어라
      지나가는 봉사로서 베알 차 아뢰어라!

행차가 멈춘다.

**태수**   어데 사는 소경이며 어찌하여 의관 의복을 훨신 벗었는고?
**심봉사**   에, 소맹이 아뢰리다. 에, 소맹이 아뢰리다.
      소맹이 사옵기는 황주 도화동 사옵는디
      황성 잔치 가는 길에 하도 오다가 계집을 잃고 날이 하도 더웁기에
      목욕허고 나와 보니 의관 행장이 간 곳 없으니
      찾어 주고 가시든지 별반 처분하여 주옵소서.
      적선지가에 필유유경이라 허였으니 태수상 덕택의 살려 주오.
**태수**   허허, 그 참 딱하게 되었구나. 네 여봐라!
**사령**   예이!
**태수**   의롱 열고 의복 한 벌 내주어라!
**사령**   예이!

사령, 의롱에서 옷을 꺼내 심봉사에게 준다.

**심봉사**   아이구, 은혜 백골난망이로소이다!

심봉사, 급히 옷을 입는다.

**태수**   여봐라!
**교군**   예이!
**태수**   너는 수건 써도 탈 없으니 갓 망건 벗어 소경 주어라!
**교군**   예이!

교군, 갓과 망건을 벗어 심봉사에게 준다.

**심봉사**   고맙소. 그런디 그 무심한 도적놈이 담뱃대까지 가져갔으니 어찌하면 좋사
      오리까?.

2부 음악극

**태수**　　　그러면 어쩌란 말인고?

**심봉사**　　저 그렇단 말이지요.

**태수**　　　허허, 담뱃대 하나 주고 담배도 드리고 노자 몇 푼까지 얹어 주어라!

**사령**　　　예이!

사령들이 담뱃대와 담배 그리고 돈을 준다.

심봉사, 입이 헤 벌어져서 좋아한다.

**심봉사**　　정말 도량이 넓으신 목민관이로소이다. 부디 만수무강하옵소서.

**태수**　　　황성 먼 길 편안히 가시오. 가자!

**사령**　　　*에이찌루 에이찌루*

　　　　　　　*물렀거라 에이찌루 위*

태수 일행, 지나간다.

심봉사, 연신 절을 하며 좋아하다가 반대편 길로 퇴장한다.

# 제10장 방앗간

여인들 모여서 방아를 찧으면서 노래한다.

**여인들**　　*어 유아 방아요 어 유아 방아요*

　　　　　　*덜그덩 덩덩 잘 찧는다 어 유아 방아요*

심봉사, 더듬거리며 들어온다.

**심봉사**　　말 좀 물읍시다!

여인들, 놀라서 방아를 멈춘다.

**여인1**　　남녀가 유별한데 여인네만 모인 곳에 불문곡직 달려드니 눈망울을 뺄까 보다.

**심봉사**　　황성 근처 부인들이 눈망울을 잘 뺀다기로 눈망울을 빼서 집에다 두고 왔소.

**여인1**　　그 손님 정말 눈 없는가 자세히 보아라.

| 여인2 | (와서 보더니) 아이구, 이 손님은 봉사님이네요. | 594 |

**여인2**  (와서 보더니) 아이구, 이 손님은 봉사님이네요.

**여인3**  눈 없이 어찌 찾아왔소?

**심봉사**  황성에서 맹인 잔치한다기에 마누라와 함께 오다 중도에서 마누라 도망치니 적막공산에 방아타령 소리 듣고 하룻밤 묵고 가려 찾아왔소.

**여인4**  봉사님, 우리하고 함께 방아를 찧고 〈방아 노래〉 잘 부르면 사랑방에 덥게 재우고 내일 아침 황성 잔치 인도하지요.

**심봉사**  (반가워하며) 그리 합시다!

여인들, 방아틀에 매달려 방아를 찧는다.

**여인들**  *어 유아 방아요 어 유아 방아요*
*덜그덩 덜그덩 잘 찧는다. 어 유아 방아요*

**여인1**  *태고라 천왕씨는 목덕으로 왕허였으니*
*나무 아니 중할손가*

**여인들**  *어 유아 방아요*
*덜그덩 덜그덩 잘 찧는다. 어 유아 방아요*

**여인2**  *이 방아가 뉘 방아냐 강태공의 조작이로다*

**여인들**  *어 유아 방아요*
*덜그덩 덜그덩 잘 찧는다. 어 유아 방아요*

**여인3**  *옥빈 홍안의 비녀런가 가는 허리에 잠이 찔렸구나*

**여인들**  *어 유아 방아요*
*덜그덩 덜그덩 잘 찧는다. 어 유아 방아요*

**여인4**  *길고 가는 허리를 보니 초왕궁의 허리런가*

**여인들**  *어 유아 방아요*
*덜그덩 덜그덩 잘 찧는다. 어 유아 방아요*

**여인5**  *머리 들어 오른 양은 창해 황룡이 성을 낸 듯*

**여인들**  *어 유와 방아요*
*덜그덩 덜그덩 잘 찧는다. 어 유아 방아요*

**여인6**  *머리 숙여 내린 양은 주문왕의 돈수런가*

**여인들**  *어 유와 방아요*
*덜그덩 덜그덩 잘 찧는다. 어 유아 방아요*

**심봉사**  *오고대부 죽은 후에 방아소리 끊겼으니*

우리 성상 즉위허사 국태민안 허옵신데

하물며 맹인잔치 고금에 없는지라

우리도 태평성대 방아타령을 허여 보세

여인들    어 유아 방아요

덜그덩 덜그덩 잘 찧는다. 어 유아 방아요

어 유야 방아요

어 유아 방아요 어 유아 방아요

심봉사    황성천리 가는 길에 방아 찧기도 처음이로구나

여인들    어 유아 방아요

여인1    만첩청산에 들어가 이 나무 저 나무

베어다가 이 방아를 놓았는가

여인들    어 유아 방아요 덜그덩 덜그덩 잘 찧는다. 어 유아 방아요

여인2    방아 만든 모양을 보니 사람을 비양튼가

두 다리를 쩍 벌렸네

여인들    어유와 방아요 덜그덩 덜그덩 잘 찧는다. 어 유아 방아요

여인2    한 다리 올려 딛고 한 다리 내려 딛고

오르락내리락 허는 양 이상허고도 맹랑하다

여인들    어 유아 방아요 덜그덩 덜그덩 잘 찧는다. 어 유아 방아요

심봉사    이 방아 저 방아 다 버리고

월침침야삼경에 우리 님과 둘이 찧는

가죽 방아가 으뜸일세

여인들    어 유아 방아요 덜그덩 덜그덩 잘 찧는다. 어 유아 방아요

여인3    방아 찧는 봉사 양반

으뭉허고도 재미있네

여인들    어 유아 방아요 덜그덩 덜그덩 잘 찧는다. 어 유아 방아요

심봉사    앞에서 찧는 부인

넙적다리가 너무도 희네

여인들    어 유아 방아요 덜그덩 덜그덩 잘 찧는다. 어 유아 방아요

여인4    눈 어두운 봉사 양반

보는 것이 너무도 많네

여인들    어 유아 방아요 덜그덩 덜그덩 잘 찧는다. 어 유아 방아요

여인5    보리 뜻물에 풋호박 끓여다

| 여인들 | 어 유아 방아요 덜그덩 덜그덩 잘 찧는다. 어 유아 방아요 |
|---|---|
| 여인1 | 덜그덩 덜그덩덩 |
|  | 잘 찧는다 점심때가 늦어진다 |
| 여인들 | 어 유아 방아요 |

암전.

# 제11장 안씨부인의 집

산뜻하고 정결한 기와집 대문께에 안씨부인의 몸종이 서 있다.
심봉사, 집 앞을 지나간다.
몸종이 심봉사를 불러 세운다.

| 몸종 | 여보시오, 봉사님! |
|---|---|
| 심봉사 | 왜 그러시오? |
| 몸종 | 봉사님 성씨가 혹시 심씨 아니시오? |
| 심봉사 | 그렇소만--- 왜 그러시오? |
| 몸종 | 저를 따라 내당으로 들어가사이다. |
| 심봉사 | 나는 봉사만 되었지 독경도 못하는 봉사요. 혹 댁에 우환이 있소? |
| 몸종 | 아니 올시다. 내당에 가 보시면 아오리다. |

심봉사, 몸종을 따라 안으로 들어간다.
대청마루에 앉아 있던 안씨부인이 심봉사를 맞이한다.

| 안씨부인 | 이리 앉으시지요. (몸종에게) 어서 음식상 가져오너라! |
|---|---|
| 몸종 | 예! |

몸종, 부엌으로 들어간다.
심봉사, 먼 눈을 꿈벅이며 마루 위에 앉는다.

| 안씨부인 | 소녀는 성이 안가요, |
|---|---|

*어려서 부모 일찍 별세하시고*

*저도 맹인으로 복술을 배웠기로*

*제 사주를 아는지라.*

*이십오 세에 인연이 있는데*

*금년 이십오 세일 뿐더러*

*간밤에 꿈을 꾸니 하늘의 해와 달이*

*떨어져 소녀 품에 안겼으니*

*일월은 사람의 눈이라 소경인 줄 짐작하고*

*물에 잠겨 보인 것은*

*심씨 맹인인 줄 짐작하고*

*이리 모셔 왔사오니 하늘의 인연이라*

*버리지 않으시면 평생 한이 없겠네다.*

**심봉사**  *말씀은 고마우나 황성 맹인 잔치 가는 이 몸*

*지체할 수 없으니 이 일을 어찌하오리까?*

**안씨부인**  오늘 밤은 여기서 주무시고 황성 잔치 가셨다가 잊지 말고 찾아 주시면 기다리고 있겠네다.

**심봉사**  아, 거 참 천부당 만부당한 말씀을---- .

**안씨부인**  귀한 인연을 맺사오니 제가 한잔 따라 올리리다.

**심봉사**  허허, 거 참!

안씨부인, 더듬거리며 잔을 잡아 심봉사의 잔에 술을 따른다.

심봉사, 술을 반쯤 마시고 안씨부인에게 술잔을 준다.

안씨부인, 술잔을 받아 술을 마신다.

도창이 나온다.

**도창**  *어전사령이 나온다.*

*어전 사령이 나온다.*

무대가 바뀌는 동안 사령들이 합창을 하며 지나간다.

**사령들**  *각도 각읍 소경님네*

*오늘 맹인 잔치 망종이니*

창극 심청전

*바삐 나와 참례하오!*

도창　　　　*골목골목 다니며 이렇듯 외치는 소리*
　　　　　　*원근산천이 떵그렇게 울린다.*

사령들　　　*각도 각읍 소경님네*
　　　　　　*오늘 맹인 잔치 망종이니*
　　　　　　*바삐 나와 참례하오!*

## 제12장 황극전 대궐 안

화려하고 웅장한 황극전 대궐이 나타나며 풍악 소리가 들린다.

도창　　　　*팔도 맹인이 모여 들 제각기 직업이 다르구나.*
　　　　　　*경을 읽어 사는 봉사*
　　　　　　*신수 재수 혼인궁합 사주해몽 실물 심인 점을 쳐 사는 봉사*
　　　　　　*계집에게 얻어먹고 기죽어 사는 봉사*
　　　　　　*무남독녀 외 딸에게 의지하고 사는 봉사*
　　　　　　*아들이 효성 있어 부친봉양 편한 봉사*
　　　　　　*집집에 개 짖히고 걸식으로 사는 봉사*
　　　　　　*목만 쉬지 않았다면 대목장에는 수가 난다*
　　　　　　*풍각쟁이로 사는 봉사*
　　　　　　*자식이 않은뱅이라 지가 빌어다 먹이는 봉사*
　　　　　　*갖가지 봉사들이 떼로 몰려오는구나.*

황극전 넓은 곳에 수백 명의 맹인들이 들어와 줄지어 앉아서 음식을 먹으며 궁중 무희들의
노래와 춤을 즐긴다.
황후 차림의 심청, 시녀들에게 옹위되어 등장한다.

심청　　　　*이 잔치를 배설키는 불쌍허신 우리 부친*
　　　　　　*상봉할까 바랬더니 어찌 이리 못 오신고.*
　　　　　　*당년 칠십 노환으로 병이 들어서 못 오신가.*
　　　　　　*부처님의 영험으로 완연히 눈을 뜨서 맹인 중에 빠지셨나.*
　　　　　　*내가 영영죽은 줄 알으시고*

*애통타가 세상을 떠나셨나.*
*오시다가 노중에서 무슨 낭패를 당하셨나.*
*오늘 잔치 망종인디 어찌 이리 못 오신고.*

사령, 등장하여 심청에게 읍을 한다.

**사령**　　　*황후전 아뢰오. 나이는 육십삼 세.*
　　　　　　*황주땅 도화동에서 온 심학규라는 봉사가*
　　　　　　*이제 막 당도하였다 하옵니다.*

**심청**　　　여봐라!

**시녀들**　　예!

**심청**　　　시각을 지체 말고 심맹인을 내 앞에 모시어라!

**시녀들**　　예!

시녀들, 맹인 틈으로 흩어져 소리친다.

**시녀1**　　심학규 맹인 어디 계시오!

**시녀2**　　심학규 맹인 어디 계시오!

**심봉사**　　(고개를 움추리며) 아이구, 인제 나 죽었네. 딸 팔아 먹은 죄를 인제 조사하는
　　　　　　구나.

**시녀들**　　심맹인이 뉘시오? 빨리 나와 황후마마 전에 대령하오!

**심봉사**　　(일어서며) 예, 나요. 이럴 줄 알았오.

**시녀들**　　심맹인 여기 계신다!

음악이 고조되고 심청 주렴이 늘어선 높은 단 안으로 들어간다.
사령, 심봉사를 안내해 들어온다.

**심봉사**　　아이구, 인제 나 죽었네. 아닌 게 아니라 내가 딸 팔아먹은 죄가 있는디, 이
　　　　　　잔치를 배설키는 나를 잡을 양으로 배설한 것이로구나. 나 안 갈라요!

심봉사, 그 자리에 털썩 주저앉는다.
심청, 주렴 안에서 말을 한다.

창극 심청전

| 심청 | 애들아! |
|---|---|
| 시녀 | 예! |
| 심청 | 심맹인의 처자 유무와 가세 형편을 빠짐없이 밝히라 하여라. |
| 시녀 | (심봉사 곁에 가서) 처자 유무와 가세 형편을 빠짐없이 밝히라는 황후마마 어명이시오. |
| 심봉사 | *에, 소맹이 아뢰리다. 에, 아뢰리다.* |
| | *에, 소맹이 아뢰리다.* |
| | *소맹이 사옵기는 황주 도화동이 고토옵고* |
| | *성명은 심학규요. 을축년 정월달에 산후병으로 상처하고* |
| | *어미 잃은 딸자식을 강보에다 싸서 안고* |
| | *이 집 저 집을 다니면서 동냥젖을 얻어먹여* |
| | *겨우겨우 길러내어 십오 세가 되었는데* |
| | *이름은 청이옵고 효행이 출천하여* |
| | *그 애가 밥을 빌어 근근도생 지나갈적* |
| | *우연한 중을 만나 공양미 삼백 석만 몽은사로 사주하면* |
| | *소맹 눈을 뜬다 하기로 효성 있는 내 자식이* |
| | *남경장사 선인들께 삼백 석에 몸이 팔려* |
| | *인당수 제수로 죽은 지가 우금 삼년이나 되었소* |
| | *눈도 뜨지를 못 허고.* |
| | *자식만 팔아먹은 놈을 살려 주어 쓸 데 있소.* |
| | *당장에 목숨을 끊어 주오.* |

심청, 주렴을 들치고 와락 내려가 심맹인을 끌어안는다.

| 심청 | *아이고, 아버지!* |
|---|---|
| 심봉사 | *엉? 아버지라니? 아버지라니 누구요?* |
| | *아이고, 나는 아들도 없고 딸도 없소.* |
| | *무남독녀 내 딸 청이 물에 빠져* |
| | *죽은 지가 우금 삼년인디 이게 웬말이요* |
| 심청 | *아이고 아버지, 여태 눈을 못 뜨셨소.* |
| | *인당수 깊은 물에 빠져 죽은 청이가* |
| | *살아서 여기 왔소 어서어서 눈을 떠서 소녀를 보옵소서.* |

2부 음악극

| 심봉사 | *에이? 아이, 청이라니? 청이라니?* |
|---|---|
| | *이것이 웬일이냐?* |
| | *내가 죽어 수궁 천리를 들어왔느냐?* |
| | *내가 지금 꿈을 꾸느냐?* |
| | *이게 참말이냐?* |
| | *죽고 없는 내 딸 청이 이곳이 어데라고* |
| | *살아 오다니 웬 말이냐? 청이라니?* |
| 심청 | *천신이 감동하사 저는 살아왔삽는데* |
| | *부처님 영험 없이 눈을 그저 못 보시니 목소리나 짐작허오.* |
| 심봉사 | (청의 손을 꽉 잡으며) *이게 꿈이냐? 생시냐?* |
| | *꿈이거든 깨지 말고 생시거든 어디 보자* |
| | *네가 혼령이냐? 혼령이거든 날 잡아가거라.* |
| 심청 | *제 효성이 부족키로* |
| | *내 목숨은 살아나고 아버지 눈 못 뜨니* |
| | *이 몸 또 죽어서 옥황전에 하소하여 부친 눈을 떠오리다.* |
| 심봉사 | *내 딸이 살았다면 눈 못 떠도 한이 없다.* |
| | *어디, 어디, 내 딸 좀 보자.* |
| | *어디, 아이고, 답답하여라. 내가 눈이 있어야 내 딸을 보지.* |
| | *어디, 어디, 내 딸 좀 보자!* |
| | *눈 좀 떠서 내 딸 좀 보자,* |
| | *내 딸 좀 보아. 어디 내 딸 좀 보자!* |

심봉사, 눈을 뜨려고 악을 쓴다.

무대가 점점 어두워지며 음악이 고조된다.

멀리 높은 곳에 희미하게 옥황상제와 신선 선녀들의 모습이 나타난다.

마치 천지개벽이 일어나는 듯 온 무대에 오색 채운이 가득하며 천둥 번개가 번쩍인다.

심봉사, 두 손으로 눈을 가리고 한동안 괴로워한다.

갑자기 무대가 완전한 암흑이 되었다가, 객석까지도 함께 갑자기 밝아진다.

음악이 강렬하고 웅장하게 울려 퍼진다.

심봉사, 눈을 뜨고 끔벅거리며 사방을 둘러 본다.

사람들, 놀라서 벌어진 입을 다물 줄 모른다.

창극 심청전

**심봉사**　　아이고, 이게 웬일이냐? 이게 꿈이냐? 생시냐?

심봉사, 무대를 한 바퀴 휘돌아 보다가 갑자기 펄쩍 뛰어오르며 소리친다.

**심봉사**　　보이는구나, 보여! 내가 눈을 떴네, 눈을 떴어!
**심청**　　（감격하여 심봉사 손을 잡고） 아버지!

심봉사, 심청을 보더니 황후 차림에 놀라 얼른 엎드린다.

**심봉사**　　내가 정녕 지금 꿈을 꾸지?
**심청**　　아버지, 제가 죽은 심청으로 환생 인간 되어 황후가 되었습니다.
**심봉사**　　청이라고?

심봉사, 심청을 한참 바라보다가 무릎을 탁 친다.

**심봉사**　　*옳지 인제 알겠구나! 이제 보니 알겠구나*
　　　　*갑자년 사월 초파일 밤 꿈속에 보던 얼굴*
　　　　*분명한 내 딸이라*
　　　　*아이고, 내 딸 청아!*
**심청**　　아버지!

부녀, 서로 끌어안는다.
궁전 안의 사람들이 구음으로 합창을 한다.
음악이 고조된다.

**심봉사**　　*이것이 꿈인가, 생신가*
　　　　*꿈과 생시 구별을 못 하겠네.*
　　　　*나도 아까까지 맹인이라 지팡이 너만 의지하였더니*
　　　　*이제 눈을 떠 천지만물을 다시 보게 되니*
　　　　*지팡이 너도 고생 많이 했다.*
　　　　*이제라도 너 갈 데로 잘 가거라.*
　　　　*얼씨구나 좋을시구 절씨구나 좋을시고.*

**2부 음악극**

궁안의 사람들이 모두 춤을 추며 합창을 한다.

**합창**　　　*경사로다. 경사로다.*
　　　　　　*심맹인이 눈을 뜨고 죽은 효녀 살아나서*
　　　　　　*부녀 상봉 경사로다. 경사로다. 경사로다.*

**맹인들**　　*황후 마마! 만고의 효성으로*
　　　　　　*부친 눈을 떠우셨으니*
　　　　　　*황극전에 모인 맹인 불쌍히 여기시어*
　　　　　　*눈을 뜨게 은혜 베푸소서!*

**심청**　　　그대들도 모두 눈을 떠 보라!

이때 도창의 노래와 함께 맹인들, 눈을 끔벅거리더니 너도나도 눈을 뜬다.

**도창**　　　*만좌 맹인이 눈을 뜬다.*
　　　　　　*전라도 순창 담양 새갈모 뜨는 소리라.*
　　　　　　*짝 짝 짝 하더니 모두 눈을 떠 버리는구나.*
　　　　　　*석 달 동안 큰 잔치에 먼저 와서 참례하고*
　　　　　　*내려간 맹인들도 저희 집에서 눈을 뜨고*
　　　　　　*미처 당도 못한 맹인 중도에서 눈을 뜨고*
　　　　　　*자다 뜨고 오다 뜨고 서서 뜨고 앉어 뜨고*
　　　　　　*싫없이 뜨고 어이없이 뜨고 화내다 뜨고*
　　　　　　*울다 뜨고 웃다 뜨고 떠 보느라고 뜨고 시원히 뜨고*
　　　　　　*일하다 뜨고 눈을 비벼 보다 뜨고*
　　　　　　*심지어 눈먼 짐승까지도 모두다 눈을 떠 광명천지가 되었구나.*

**맹인들**　　떴다, 떴다, 눈을 떴다!

사방에서 "떴다 떴다" 소리가 진동한다.

**맹인들**　　*얼씨구나 절씨구*
　　　　　　*지척분별 못하다가 오늘 우리 눈을 떠*
　　　　　　*천지만물을 보게 되니 지팽이 너도 고생 많이 하였다.*
　　　　　　*이제 너도 너 갈 데로 잘 가거라.*

창극 심청전

모두 춤을 춘다.

| 황봉사 | (혼자서만 눈을 못 뜨고) 아이고, 다들 눈을 떴는데 나만 못 떴네. 아이고 전보다 더 갑갑혀 못 살것네. |

**황봉사** (혼자서만 눈을 못 뜨고) 아이고, 다들 눈을 떴는데 나만 못 떴네. 아이고 전보다 더 갑갑혀 못 살것네.

**심청** 저 맹인은 무슨 죄가 지중하여 홀로 눈을 못 떴는지 사실을 아뢰어라.

**황봉사** *에, 소맹이 아뢰리다. 에, 소맹이 아뢰리다.*
*소맹의 죄상을 아뢰리라.*
*심생원님 행차시에 뺑덕이네를 유인하여 함께 도망을 하였는데*
*그 죄를 아신 바라 눈을 뜨지 못했으니*
*이런 천하 몹쓸 놈을 살려 두어 무엇하리까.*
*비수검 드는 칼로 당장에 목숨을 베어 주오.*

**심봉사** 허허, 네가 황칠이로구나.
허나 이렇게 경사스런 마당에 지난 일을 탓해 무엇하리.

**심청** 정상을 생각하면 죽여 마땅하거니와
제 죄를 제가 아는 고로
개과천선할 싹이 있는지라 눈을 떠 보라.

**황봉사** 나도 눈을 떠 보자, 떠 보자!

황봉사, 눈을 끔벅 끔벅하더니 딱 뜬다.

**황봉사** 떴다! 뜨긴 떴는데 한 눈 밖에 안 떠졌으니 총쏘기는 좋게 되었네.

황봉사, 총 쏘는 시늉을 한다.
음악이 다시 연주되고 무대가 술렁인다.
황제, 이 광경을 보다가 심청 옆으로 다가온다.

**황제** 상서는 들으라!

**대신** 예!

**황제** *심생원은 짐의 장인이라. 부원군으로 봉하고*
*무릉촌 장정승 부인께는 별급상사 할 것이며,*

황주 도화동 백성들은 일체 세역을 없이 하고,
만조백관 백성들은 이 날을 경축하여 마음껏 즐기도록 하라!

**대신**　　예!

풍악이 다시 울린다.
궁중의 무희들이 아름다운 축하의 춤을 춘다.
일동 음악에 맞추어 춤추며 노래한다.

**합창**　　얼씨구나 절씨구 얼씨구나 절씨구
　　　　얼씨구 절씨구 지화자 좋네 얼씨구나 절씨구
　　　　어둠침침 빈방 안에 불 켠 듯이 반갑고
　　　　산양수 큰 싸움에 자룡 본 듯이 반갑네.
　　　　흥진비래 고진감래 이를 두고 이름인가.
　　　　얼씨구나 절씨구
　　　　일월이 다시 밝아 요순천지가 되었네.
　　　　아들 낳기 힘쓰지 말고 딸 낳기 힘을 쓰소.
　　　　얼씨구나 절씨구 이 덕이 뉘 덕이냐.
　　　　심황후 폐하의 덕이라.
　　　　얼씨구 절씨구 천자 폐하도 만만세
　　　　심황후 폐하도 만만세 부원군도 만만세
　　　　여러 내빈님도 만만세 천천만만세를 태평으로 누리소서.
　　　　어와, 여러 소년님네
　　　　인간의 백행 근본 효도 밖에 또 있는가.
　　　　얼씨구 절씨구 지화자 좋네
　　　　얼씨구나 절씨구나 지화자 좋구나.

춤과 노래가 고조되면서 서서히 막이 내려온다.

- 막 -

창극 심청전

# 창극 심청전 (1999년 작)

대본, 연출 김명곤

---

**줄거리**  옛날 도화동에 심학규라는 맹인과 곽씨부인 부부가 살고 있었는데 사십이 넘도록 아이가 없어 근심으로 나날을 보내던 중, 지극한 치성 끝에 꿈에도 그리던 아이가 태어난다. 그러나 산후병으로 곽씨는 세상을 떠나고 심봉사는 동냥젖을 얻어먹여 청이를 키운다. 어린 청은 눈이 어두운 아버지를 대신하여 밥을 빌러 다니는데 이런 청이의 지극한 효성이 널리 알려져 무릉촌의 장승상 부인이 청이를 수양딸로 삼는다.

한편 심봉사는 늦게까지 돌아오지 않는 딸을 마중 나갔다가 개천에 빠져 스님의 도움으로 겨우 목숨을 건지지만 공양미 삼백 석을 시주하면 눈을 뜰 수 있다는 스님의 말에 덜컥 약속을 하고 만다.

아버지의 눈을 뜨게 하려고 일심으로 빌던 청이는 인당수의 인제를 구하는 남경장사 선인들에게 쌀 삼백 석에 몸을 팔고 뒤늦게 이 소리를 들은 심봉사는 미쳐 날뛴다.

심청이를 태운 배는 거친 인당수에 다다르고 청이는 바다에 몸을 던진다. 용왕의 도움으로 환생한 청이는 연꽃을 타고 인당수에 떠오른다. 이를 발견한 사공은 연꽃을 임금에게 바치고 홀로 지내던 왕은 심청을 왕비로 봉한다. 아버지 생각에 슬픔에 잠겨 있던 심왕비는 불쌍한 맹인들에게 잔치를 베풀어 줄 것을 간청한다

맹인잔치 소식을 들은 심봉사는 자신의 재산을 탐내어 함께 살고 있던 뺑덕이네와 황성으로 떠나고 그 와중에 뺑덕이네는 심봉사를 버리고 젊은 황봉사와 도망을 간다. 낙심에 빠진 심봉사는 맹인잔치에 참석하여 청이와 상봉한 끝에 눈을 뜨게 되고 다른 맹인들도 지극한 효성의 은혜로 눈을 뜨게 된다.

---

완판 장막창극의 취지를 살려 신재효본, 김소희본, 정응민본 등 수많은 소리본을 검토, 강산제 소리를 중심으로 사설의 맛을 최대한으로 살려 짠 대본이다. 「심청전」은 판소리 다섯 마당 가운데 다른 어떤 작품보다도 종교적 색채가 짙기 때문에 이러한 세계의 묘사 부분을 섬세하고 정교하면서도 다양하게 표현했다. 도창을 적극 활용하여 도창이 극의 해설자로서, 극중의 개입자로서 극의 분위기를 반전, 고조시키고 발전시키기도 하는 역할로 만들었다. 뿐만 아니라 "도창이 해설하고 있는 내용을 장면으로 직접 묘사해 보임으로써 '판소리를 들을' 뿐만 아니라 '판소리를 보는' 이중적 효과까지도 노렸다. 이런 연출의 의도대로 완판장막창극 「심청전」은 판소리 원형을 충분히 살린 데다가 극적 흥미를 보태는 데 성공했다는 평가를 받았다.

창극 **춘향**

| 나오는 사람들 |

| | | |
|---|---|---|
| 춘향 | 각설이 | 농부1~2 |
| 이몽룡 | 처녀1~4 | 늙은 기생 |
| 월매 | 마을 아낙들 | 색향 |
| 방자 | 마을 남자들 | 추향 |
| 향단 | 이사또 | 기생들 |
| 변학도 | 호방 | 사령들 |
| 황소탈 | 형방 | 나졸들 |
| 씨름꾼들 | 집장사령 | 역졸들 |
| 나귀탈 | 김번수 | 농부들 |
| 엿장사 | 박번수 | 선비들 |
| 떡장사 | 운봉 | |
| 비녀장사 | 곡성 | |
| 부채장사 | 수농부 | |

# 제1막

서곡이 연주되고 막이 오른다.

## 제1장 춘향의 방

예쁜 꽃등과 경대와 옷걸이 등으로 장식된 춘향의 방.
아침. 맑고 고운 새들의 지저귐 소리.
춘향, 창포물이 담긴 대야의 물로 머리를 감고 있다.

## 제2장 몽룡의 방

방안에 홀로 앉아 책을 보고 있는 몽룡.
이 책 저 책 집어 들며 읽으려 하는데 마음이 들떠 책이 눈에 들어오지 않는다.

## 제3장 춘향의 방

어디선가 아련하게 처녀들의 합창 소리가 들려온다.

**처녀들**　　　(목소리만) *에헤 에헤야 에헤라 에헤야*
　　　　　　　　*에헤 에헤야 에헤라 에헤야--*

춘향, 노래가 들리는 곳을 향해 일어났다가 들뜬 미소와 함께 다시 앉아 머리를 감으며 노래를 부른다.

**춘향**　　　　*봄바람 살랑살랑*
　　　　　　　*내 마음도 살랑살랑*
　　　　　　　*오월이라 단옷날*
　　　　　　　*오월이라 단옷날*
　　　　　　　*그네 뛰러 어서 가세*
**처녀들**　　　(목소리만) *에헤 에헤야 에헤라 에헤야*

창극 춘향

## 제4장 몽룡의 방

이몽룡, 노랫소리에 몸이 달아 방안을 서성거린다. 방자가 콧노래를 흥얼거리며 들어온다.

**몽룡**　　방자야! 방자야!

**방자**　　예, 도련님!

**몽룡**　　내가 남원에 내려온 지 여러 달이 지났는데
　　　　놀만 한 명승지를 구경하지 못했으니 갈만 한 데가 어디 어디 있느냐?

**방자**　　글공부허시는 도련님이 명승지 찾어 뭣 허시게요?

**몽룡**　　네가 모르는 말이다. 자고로 문장 호걸들이
　　　　승지 강산을 두루 구경하여 대문장이 되었으니
　　　　천하제일 명승지 도처마다 글귀로다.
　　　　내가 이를 테니 들어 보아라.
　　　　*기산 영수 별천지*
　　　　*소부 허유 놀고,*
　　　　*적벽강 가을밤에*
　　　　*소동파도 놀아 있고,*
　　　　*채석강 달빛 아래*
　　　　*이태백이도 놀아 있고,*
　　　　*무릉도원 깊은 숲속*
　　　　*도연명이가 놀았으니,*
　　　　*내 또한 호협사라*
　　　　*향긋한 꽃바람 봄바람에*
　　　　*낸들 어이 허송할 거나.*
　　　　*잔말 말고 어서 일러라.*

**방자**　　*동문 밖 나가면*
　　　　*맑은 하늘 갈매기 훨훨 날고,*
　　　　*푸른 숲에 꾀꼬리*
　　　　*짝을 찾아 서로 울며*
　　　　*사랑을 나누는 듯,*

*요천수 청둥오리*

*천천히 떼를 지어*

*은빛 물고기 입에 물고,*

*오락가락 노는 거동*

*남원 절경이 분명허고,*

*북문 밖 나가오면*

*교룡산성이 좋사옵고,*

*서문 밖 나가오면*

*관왕묘도 경치 좋고,*

*남문 밖 나가오면*

*광한루 오작교 영주각이*

*호남의 제일 승지니*

*처분하여서 가옵소서*

**몽룡**   네 말을 듣고 보니 광한루가 제일 좋을 듯하구나.

       나귀 안장 빨리 지어 대령하라!

**방자**   예이!

## 제5장  춘향의 방

몽룡의 장면이 진행되는 동안 댕기를 들고 들어와 춘향의 시중을 드는 향단, 밖에서 합창 소리가 나자 흥에 겨운 몸짓으로 노래를 흥얼거린다.
단오 나들이 나갈 생각에 한껏 들떠 있는 두 사람.

**합창**   *에헤 에헤야 에헤라 에헤야*

       *에헤 에헤야 에헤라 에헤야--*

향단, 춘향의 머리에 댕기를 매어준다.
춘향, 거울을 보며 맵시를 다듬은 다음, 창포꽃 모양의 머리핀을 머리에 꽂는다.

**춘향**   *향긋한 꽃바람에*

       *분홍 댕기 너울너울*

       *휘여능청 버들가지*

> *광한루 꽃바람에*
> *광한루 봄바람에*
> *그네 뛰러 어서 가세.*

춘향과 향단, 까르르 웃으며 뛰어서 퇴장한다.

## 제6장 광한루

황소탈을 쓰고 웃통을 벗은 청년 한 사람이 무대 한쪽에 등장하여 우렁찬 목소리로 외친다.

**황소탈**    *음머---- 오월이라 단옷날*
*풍년 기원 씨름이나*
*한 판 놀아 보세----*

조명이 밝아지면 축제를 즐기는 마을 사람들이 합창을 하며 모여든다.
들병이, 장돌뱅이, 양반댁 마님과 하녀, 갓 쓰고 부채 부치는 선비, 담뱃대 든 할머니, 댕기 머리 팔랑거리는 소년, 아기 업은 아낙, 꽃을 든 미친 여인, 병신, 각설이, 술꾼 등등. 김홍도와 신윤복의 그림처럼 유쾌함과 삶의 열정이 넘치는 풍경이다.

**합창**    *에헤 에헤야 에헤라 에헤야 에헤--*
*에헤야 어여차 에헤야 어여차차*
*봄바람 살랑살랑*
*내 마음도 살랑살랑*
*여기는 광한루 여기는 광한루*
*에헤라 에헤야*
*에헤라 에헤야--*

웃통을 벗고 베잠방이에 청색과 홍색의 샅바를 찬 씨름꾼들이 우람한 육체를 뽐내며 행진을 한다.

**씨름꾼들**    *봄바람 살랑살랑 하!*
*기운이 불끈불끈 하!*

*풍년 기원 씨름이나*
*풍년 기원 씨름이나*
*한판 붙어보세.*
*어기영차 어영차*
*어기영차 어영차*
*어영차 어영차*
*어영차 차라차차…*

그때 까르르 웃음소리와 함께 춘향을 중심으로 마을 처녀 한 무리가 댕기 머리 팔랑거리며 뛰어나온다.
씨름꾼들, 춘향이를 넋 놓고 바라보며 노래 부른다.

**씨름꾼들**　　*어디서 오는 봄 향기냐.*
　　　　　　*내 가슴에 불 지르는 춘향이 향기라네.*

춘향, 씨름꾼들의 환호 따위엔 관심 없는 듯 팔랑거리며 뛰어간다.

**씨름꾼들**　　*에헤라 에헤야*
　　　　　　*에헤라 에헤야*
　　　　　　*어디서 오는 봄 향기--*

이때, 춘향이 갑자기 멈춘다.
그러자 모두 스톱모션이 된다.
그 사이를 나귀 끌고 걸어오는 방자.
춘향의 시선에 따라 스톱모션 된 마을 사람들 사이로 나귀 등에 탄 몽룡이 단오의 떠들썩한
풍경을 신기해하며 만면에 웃음을 띠우고 우아하게 노래를 부른다.

**몽룡**　　　*적성의 아침 날에*
　　　　　*구름 안개 떠어 있고,*
　　　　　*요천수 흐르는 봄*
　　　　　*만화방창 피었구나.*

몽룡이 노래 부르는 동안, 스톱모션 풀리고 마을 사람들은 잘생기고 귀한 사또 자제 도련님
이 나들이 나왔다며 절을 하기도 하고 물건을 선물하기도 한다.
처녀들은 자신들을 둘러싸고 있던 씨름꾼들을 밀쳐버리고 몽룡 쪽으로 우르르 몰리고, 방자
는 향단과 수작을 부리기도 한다.
춘향, 그 분위기를 깨듯 노래를 부른다.

**춘향**　　　*봄바람 살랑 살랑*
　　　　　　*노랑나비 팔랑 팔랑 팔랑*
　　　　　　*휘여능청 버들가지*
　　　　　　*그네 뛰러 어서 가세.*

**처녀들**　　*봄바람 살랑살랑*
　　　　　　*노랑나비 팔랑 팔랑 팔랑*
　　　　　　*휘여능청 버들가지*
　　　　　　*그네 뛰러 어서 가세*

처녀들, 춘향을 따라 퇴장한다.
이어서 엿장사, 떡장사, 부채장사, 비녀장사들과 각설이가 객석의 여기저기를 휩쓸며 관객을
상대로 물건을 팔기도 하고 흥정도 하고 바가지를 두드리며 동냥을 하기도 한다.
씨름꾼들이 둘씩 맞잡고 씨름을 하는 동작을 하면 깃발을 든 황소탈의 심판으로 승부가 결정
된다.
구경을 하며 환호하는 마을 사람들.

**엿장사**　　*싸구려 어허허 굵은 엿*
　　　　　　*강원도 금강산 생청엿*
　　　　　　*둥실 둥실 감자엿*
　　　　　　*평퍼졌다 나발엿*
　　　　　　*싸구려 어허허 굵은 엿*
**각설이**　　*얼씨구 씨구 들어간다*
　　　　　　*절씨구 씨구 들어간다*
　　　　　　*작년에 왔던 각설이가*
　　　　　　*죽지도 않고 또 왔소.*

*죽지도 않고 또 왔소.*

**떡장사**  *떡 사시오!*
*수리취떡, 쑥떡, 개떡, 망개떡, 약초떡*
*무지개떡 시루떡*
*이 떡들 먹고 운수 대통--*

**비녀장사**  *비녀 사시오!*
*창포뿌리 비녀 사시오!*
*목숨 수자, 복 복자 새겼으니*
*이 비녀 꽂으시고*

**합창**  *이 비녀 꽂으시고*

**비녀장사**  *이 비녀 꽂으시고*

**합창**  *이 비녀 꽂으시고*

**비녀장사**  *평생 운수 대통!*

**합창**  *대통!*

**비녀장사**  *하시오-*

**부채장사**  *단오 지나 삼복이라*
*부채 미리 미리 사시오!*
*삼복더위 날리시고*

**합창**  *삼복더위 날리시고*

**부채장사**  *일 년 운수 대통!*

**합창**  *대통!*

**부채장사**  *대통!*

**합창**  *대통!*

**부채장사**  *하시오-*


씨름이 끝나 한 사람이 장원을 하면 황소탈이 앞장서고, 씨름꾼들이 그를 화려하게 장식된 뚜껑 없는 꽃가마에 태워서 행진을 한다.


**씨름꾼들**  *에헤 에헤야*
*에헤라 에헤야 에헤--*
*막걸리 한 사발에*
*기운이 불끈*


창극 춘향

*살찐 황소가 지나가게*
*길을 비켜라.*

씨름꾼들, 행진을 하며 퇴장한다.

**합창**　　*에헤 에헤야*
　　　　*에헤라 에헤야 에헤--*
　　　　*에헤야 어여차 에헤야 어여차차*
　　　　*에헤 에헤야*
　　　　*에헤라 에헤야 에헤--*
　　　　*에헤야 어여차 에헤야 어여차차*

몽룡, 들뜬 표정으로 사방 경치를 바라보며 노래를 부른다.

**몽룡**　　*광한루도 좋거니와*
　　　　*오작교가 더욱 좋다.*
　　　　*견우성은 내가 되려니와*
　　　　*직녀성은 누가 될까.*
　　　　*아름다운 꽃숲에서*
　　　　*천생연분 만나 볼까.*

갑자기 몽룡의 시선이 한 곳에 고정된다.
행진을 하던 씨름꾼들과 마을 사람들, 장사치들도 모두 스톱모션.
사람들의 시선이 머무는 곳에서 춘향이 나와 그네를 탄다.
처녀들은 그네 주변에서 노래를 부른다.

**처녀들**　　*휘여능청 버들가지*
　　　　*어여쁜 미인이 나온다.*
　　　　*해도 같고 달도 같은*
　　　　*저 예쁜 미인을 보아라.*
　　　　*휘늘어진 버들가지*
　　　　*휘휘 칭칭 잡아매고*

*백옥 같은 손을 들어*

*두 그네 줄 갈라 쥐고*

*선뜻 올라 발 구를 제*

*한 번을 툭 구르니*

*앞이 번듯 높았고,*

*두 번을 툭 구르니*

*뒤가 번듯 솟았네.*

그네 뛰는 춘향의 모습이 창공을 나는 한 마리 새처럼 자유롭다.

**몽룡**　　(목소리를 떨면서) 바… 바… 방자야야야!

**방자**　　(따라서 떨며) 예… 예… 예---

**몽룡**　　저 건너 숲속에 오락가락하는 게 뭐니?

**방자**　　워디 말씀이요?

**몽룡**　　올라간다, 올라가, 내려온다, 내려와!

**방자**　　아하, 춘향이 그네 타는 거 말씀이요?

**몽룡**　　춘향?

**방자**　　퇴기 월매 딸 춘향이가 맞고만요.

**몽룡**　　그래? 그럼 가서 잠깐 좀 보자 그래라.

**방자**　　워따매, 안돼라!

**몽룡**　　왜?

**방자**　　쟈가 월매나 콧대 높은디요. 함부로 오라 가라 못 헙니다.

**몽룡**　　그냥 말이나 몇 마디 나누고 싶으니 좀 불러 다오.

**방자**　　워따매, 도련님이 지를 형님이라 부르는 것 맨큼 거시기 허당께라.

**몽룡**　　그럼 방자 형님아, 제발 좀 불러 줘-

**방자**　　(신나서) 워매, 알겠소, 동상!

방자 신바람 나서 춘향 찾으러 나간다.

축제에 참가한 마을 사람들, 우르르 몽룡의 누각 밑으로 몰려와 합창한다.

**합창**　　*방자 분부 듣고 춘향 부르러 건너간다.*

　　　　　*맵시 있는 저 방자, 태도 고운 저 방자,*

창극 춘향

> *광풍에 나비 날 듯 흐늘거리고 건너가*
> *춘향 그네 뛰는 곳 바드드드득 달려들어*

**방자**   춘향아! 춘향아!

몽룡 쪽 조명 어두워지고 춘향 쪽 조명 밝아진다.
춘향, 그네 아래 내려선다.

**향단**   워디 불 났냐? 하마터면 우리 아가씨 떨어질 뻔 혔잖여.
**방자**   춘향아, 큰일 나부렀다.
**춘향**   큰일이라니?
**방자**   우리 도련님이 너를 좀 보자신다.
**향단**   도련님이 우리 아가씨를 워치케 알고 불러? 네가 도련님 귀에 대고 춘향이니 난향이니 새앙쥐 씨나락까듯 조랑조랑 까바쳤지?
**방자**   내가 까바친 것이 아니라 니 아가씨 행실이 잘못됐지.
**춘향**   내 행실이 뭐가 잘못됐단 말이냐?
**방자**   *니 그른 내력을 들어를 보아라.*
       *니 그른 내력을 들어를 봐라.*
       *규방 처녀 행실로써*
       *여봐라, 그네를 뛰고 싶으며는*
       *니 집 뒤꼍에다 그네를 매고*
       *남이 알까 모를까 헌 디서*
       *은근히 뛰는 것이 옳지.*
       *외씨 같은 두 발 맵시는 구름 사이로 해뜩,*
       *치마 자락은 펄렁, 선웃음 빵끗, 잇속은 해뜩,*
       *사람의 간장을 다 녹이니,*
       *도련님이 보시고 너를 부르셨지.*
       *내가 무슨 말을 하였단 말이냐.*
       *잔말 말고 건너가자.*

춘향, 몽룡 쪽을 잠깐 바라본다.
처녀들도 몽룡을 바라본다.
몽룡, 춘향의 시선을 느끼자 의젓하게 부채를 부친다.

**2부 소리극**

처녀들, 몽룡 쪽으로 몰려간다.

| | |
|---|---|
| **처녀1** | (몽룡 바라보며) 베일 것 같은 저 턱선! |
| **처녀2** | 가늘고 하얀 저 손! |
| **처녀3** | 깊고 깊은 저 눈빛! |
| **춘향** | 못 가겄다! |
| **처녀들** | (춘향 쪽으로 몰려가며) 못 가? |
| **방자** | 아니, 양반이 부르시는디 못 가? |
| **춘향** | 양반이 부르면 무조건 가야 하니? 못 가! |
| **방자** | 이봐, 춘향아. 너무 콧대 세우지 마라. |
| | 남편을 얻을라면 버젓한 서울 남편을 얻지, |
| | 시골 무지랭이한테 시집 갈래? |
| **춘향** | 아니 남편도 시골 남편 서울 남편이 다르단 말이냐? |
| **방자** | 다르고 말고. 사람이라 허는 것은 |
| | 그 고을 산세 지형을 타고 나는 법이여. 내 이를테니 들어 봐라. |

*경상도 산세는 산이 웅장허기로*

*사람이 나면 정직허고,*

*전라도 산세는 산이 축허기로*

*사람이 나면 재주 있고,*

*충청도 산세는 산이 순순허기로*

*사람이 나면 인정 있고,*

*도련님 집안을 이를 진데*

*병조판서가 동성 삼촌이요,*

*부원군 대감이 당신 외삼촌이라,*

*네가 만일 아니 가면*

*내일 아침 조사 끝에 느그 어머니를 잡아다가*

*난장 형문에 주릿대 방망이*

*마춧대 방망이 학춤을 출 제,*

*굵은 뼈 부러지고, 잔뼈 으스러져,*

*얼개미 채궁기 잔가루 새듯*

*그저 쏼쏼 샐 테니*

*올 테며는 오고 말테면 마라.*

창극 춘향

방자, 가려 한다.

| | |
|---|---|
| **춘향** | 갈 테면 가라! |
| **방자** | (가다 돌아보며) 뭐? 핫다, 너 콧대 높고 도도한 줄 알지만 사또 자제 도련님한 티까장 고로코롬 씨게 나오기냐? |
| **춘향** | 사또 자제면 자제지 초면에 아무나 오라 가라 염치없이 들이대도 된단 말이냐? |
| **처녀들** | 맞어 맞어! |
| **처녀1** | 우리 춘향이 잘 헌다! |
| **처녀2** | 그럼, 춘향이가 누군디. |
| **처녀3** | (몽룡을 바라보며 굵은 목소리로) 춘향이가 안 가믄… |
| **미친 여자** | 내가 갈게! |
| **처녀들** | 아서라! |
| **춘향** | 애시당초 첫인사부터 틀려먹었다. 향단아, 가자! |
| **향단** | 예, 아가씨! |

춘향, 몽룡 보라는 듯이 방자를 밀치고 퇴장한다.
뒤따라 나가는 향단.

| | |
|---|---|
| **방자** | 춘향아! |
| **처녀들** | (감탄과 아쉬움의 한숨) 아-하! |

처녀들, 몽룡을 바라보다가 춘향을 따라 나간다.
안타깝게 지켜보던 몽룡, 방자에게 마구 손짓한다.
방자, 몽룡에게 뛰어간다.

| | |
|---|---|
| **몽룡** | (버럭) 아니, 데리고 오라니까 어찌 쫓아 보내니? |
| **방자** | 지가 쫓아 보낸 것이 아니라… 첨 보는 남자가 첨보는 여자를 염치없이 오라 가라 부른다고 첫인사부터 틀려먹었다고 화를 내고 갑디다. |
| **몽룡** | 그랬단 말이야?… |

621 몽룡, 춘향이 사라진 쪽을 멍하니 바라본다.

**방자**     도련님.
**몽룡**     …

방자, 큰소리로 부른다.

**방자**     도련니이이이임!
**몽룡**     (그제야 정신이 들어) 응?
**방자**     고만 돌아가십시다.

몽룡, 기운 없이 춘향이 사라진 곳을 돌아보곤 한숨을 내쉬면서 풀 죽어 들어간다,
나귀는 몽룡의 마음인 듯 자꾸 춘향이 간 곳 쪽으로 가려고 하고, 그런 나귀를 힘들게 끌며 실
랑이하며 가는 방자.

**나귀**     푸드드드덕 히이힝잉, 푸드드드덕!
**방자**     워따, 이놈의 나구가 왜 이렇게 말을 안 든다냐!
**나귀**     히이힝잉, 푸드드드덕!

마을 사람들과 씨름꾼과 장사꾼들, 그런 모습을 웃으며 바라보다가 다시 흥겹게 단오를 즐긴다.

**합창**     *봄바람 살랑살랑*
          *내 마음도 살랑살랑*
          *여기는 광한루 여기는 광한루*
          *에헤라 에헤야*
          *에헤라 에헤야 아하--*
          *에헤 에헤야*
          *에헤라 에헤야 에헤--*
          *에헤야 어여차 에헤야 어여차차*
          *에헤야 어여차 에헤야 어여차차--*

# 제7장 몽룡의 방

다음날 새벽. 속옷 차림의 몽룡, 작은 서탁 앞에 단정하게 무릎 꿇고 앉아 가느다란 붓으로 편지를 쓴다.

**몽룡**　　(편지를 봉투에 넣으며) 방자야!

방자, 잠이 덜 깬 모습으로 하품하며 나온다.

**방자**　　예.
**몽룡**　　가자.
**방자**　　(알면서도 일부러) 워디를요?
**몽룡**　　(애타서) 어젯밤 한숨도 못 잤다. 이러다 병 나서 못살겠다.
**방자**　　참나, 새벽부터 속옷 바람으로 남의 처녀 집에 가는 사람이 어딨다요. 해나 지믄 갑시다.

몽룡, 주섬주섬 옷을 갈아입으며

**몽룡**　　해 어디만큼 떴나 봐라.
**방자**　　아직 동도 안 텄는디 무신 해를 봐요?
**몽룡**　　방자야!
**방자**　　예!
**몽룡**　　해 좀 보라니까.
**방자**　　해 인자 돋소.

이후 몽룡은 대사를 하는 동안 옷을 입고 머리를 매만지는 등 온갖 맵시를 내며 외출 준비를 하고, 방자는 해를 보러 바쁘게 왔다 갔다 한다.

**몽룡**　　해가 이제 돋으면 언제 춘향 집을 간단 말이니? 방자야?
**방자**　　예!
**몽룡**　　해 좀 봐!
**방자**　　방금 봤잖아요?

**몽룡**　해 좀 보라구.

**방자**　(해를 보며) 해 중천에 떴고만이라.

**몽룡**　이제 중천에 떴으니 언제 진단 말이니? 방자야! 그러고 있지 말고 해 좀 보라니까.

**방자**　하참, 오늘 따라 왜 이렇게 귀찮게 허신디야.

**몽룡**　어서 해 좀 봐.

**방자**　하, 귀찮아 죽겠네. (해를 보며) 도련님.

**몽룡**　응?

**방자**　해가 질라 그래요.

**몽룡**　해졌니?

**방자**　질락말락허는디요.

**몽룡**　아이구, 해가 왜 이리 더디게 진단 말이니? 방자야, 해 좀 봐.

**방자**　도련님, 해 졌소.

**몽룡**　(후다닥 나가면서) 어서 가자!

**방자**　(몽룡 잡아 다시 앉히며) 아직 상방에 불 안 꺼졌소.

**몽룡**　(일어서며) 불 껐나 보아라.

**방자**　인자 초저녁인디 그새 불을 끌 것이요?

**몽룡**　불 껐나 좀 봐.

**방자**　불 안 껐소.

**몽룡**　껐나 좀 봐!

**방자**　안 껐당께라.

**몽룡**　다시 좀 봐!

**방자**　하이고, 부대껴서 못 살겠네. 그럼 소인이 건너가서 "사또나리, 도련님이 상방에 불 꺼져야 춘향이 보러 갈 것인디 언지 주무실랑가 여쭤보랍니다-" 허고 물어보고 올랍니다.

**몽룡**　미친 자식, 그런 소리 말고 불 껐나 자세히 좀 보라구.

**방자**　아니, 오늘따라 왜 이러신대야.


방자, 내아를 살핀다.


**방자**　도련님, 불 꺼졌소.

몽룡, 방자 대답 들을 새도 없이 후다닥 뛰어나간다.

**방자**　　　워따매, 도련님! 도련님!

방자, 급히 퇴장한다.

## 제8장 춘향의 집

춘향과 향단, 야한 그림책을 보며 까르르 까르르 웃는다.
몽룡은 어둠 속에 몸을 숨기고, 방자는 담 너머로 안을 살핀다.

**방자**　　　(조심스럽게) **부엉-**

향단, 그림책에 팔려 방자의 신호를 못 듣는다.

**방자**　　　**부엉! 부엉!**

향단, 그제야 후다닥 나온다.
춘향, 그림책을 급히 경대 속에 숨긴다.

**향단**　　　(나와서 두리번거리며) **워디여?**
**방자**　　　(작은 목소리로) **여그여.**

향단, 방자에게 다가간다.
몽룡, 헛기침을 하며 모습을 드러낸다.

**향단**　　　**에그머니나!**

향단, 쭈볏거리며 서 있다.

**방자**　　　**아, 뭐혀?**

625 방자, 안을 가리키며 손짓을 하면 향단, 춘향의 방쪽으로 간다.

**향단**　　　(조심스럽게) 아가씨!
**춘향**　　　응?
**향단**　　　사또 자제 도련님 오셨어라.
**춘향**　　　도련님이?

춘향이 나온다.

**방자**　　　향단아!

방자, 손짓으로 향단을 불러 어두운 구석으로 데리고 간다.
몽룡, 춘향 앞에 선다.
마주 바라보는 두 사람.
대범하게 몽룡의 얼굴을 보는 춘향에 비해, 몽룡은 오히려 수줍은 소년같이 눈을 마주치지
못한다.

**몽룡**　　　흠흠… 어제 그네 뛰는 그대 모습을 보고…
**춘향**　　　그래서요?
**몽룡**　　　그래서… 그러니까… 어…
**방자**　　　염치…
**몽룡**　　　염치없이 오라가라 무례를 범한 데 대해… 사과하려고 왔소.
**춘향**　　　어떻게 사과하실라고요?
**몽룡**　　　(품에서 편지를 꺼내며) 내 마음을 글로 썼소.

춘향, 편지를 꺼내어 소리 내어 읽는다.

**춘향**　　　두향 우퇴계 매창 수희경-

춘향이 편지를 읽자 그제야 춘향의 모습을 바라보는 몽룡.
방자와 향단, 어둠 속에서 몸을 살짝 드러내며 속삭인다.

창극 춘향

| 향단 | 저것이 뭔 말이다냐? |
|---|---|
| 방자 | 도련님한티 들었는디 퇴계 이황 선생은 두향이란 기생을 사랑혔고, 유희경이란 선비는 매창이란 기생을 사랑했다는 말이란다. |
| 향단 | 앗다, 그냥 맘에 드요, 사귀고 싶소, 솔직허니 쓸 것이제 뭐 고로코롬 어려운 말을 쓴디야. 긍께 그 선비들처럼 도련님도 아가씨를 사랑헌다…고 말이여? |
| 방자 | 그 말이제. |

춘향, 미소를 짓고 편지를 품 안에 넣는다.

| 몽룡 | (초조한 듯) 답을… 주시오… 거절이라면 내 이 자리에서 차라리… |

몽룡, 자결이라도 할 듯 은장도를 꺼내어 찌르려 하는데 춘향, 급히 말한다.

| 춘향 | 안수해… (몸을 돌리며) 접수화… 해수혈! |
|---|---|
| 향단 | 저건 또 뭔 말이다냐? |
| 방자 | 기러기는 바다를 따르고, 나비는 꽃을 따르고, 게는 굴을 따른다 그 말이다. |
| 향단 | 긍께 고것이… |
| 방자 | 쉿! |

방자와 향단, 몽룡과 춘향을 바라본다.
몽룡, 춘향에게 다가간다.
춘향, 몽룡의 손에서 은장도와 칼집을 뺏어 은장도를 칼집에 넣은 뒤 몽룡의 손에 올려 준다.
몽룡, 춘향의 손을 덥석 잡는다.
두 사람, 눈이 마주치자 수줍음에 겨워 고개를 돌렸다가 다시 눈을 마주치며 천천히 다가간다.
방자와 향단, 더 몸이 달아 두 사람보다 먼저 껴안고 지켜본다.
몽룡과 춘향의 얼굴이 거의 닿으려 할 무렵, 월매의 외침 소리.

| 월매 | (소리) 도둑이야! 도둑이야! |

몽룡과 방자, 급히 향단과 춘향에게서 떨어진다.

| 향단 | 오매, 어찌까? |

2부 소리극

**춘향**   큰일 났네. (몽룡에게) 어서 나가세요!

춘향, 방 안으로 급히 들어가고 몽룡, 담쪽으로 급히 가서 몸을 숨긴다.
손에 빨래 방망이를 든 월매, 등장한다.


**월매**   도둑이야, 도둑이야!

월매, 빨래 방망이로 방자와 몽룡을 마구 팬다.


**방자**   아이쿠! 나 도둑 아니요, 방자여, 방자!
**월매**   (패는 걸 멈추며) 뭐, 방자? 니가 이 밤중에 뭐 훔쳐 갈라고 왔냐?
**방자**   앗다, 도련님 모시고 나왔구만이라.
**월매**   뭐시여? 이 호랭이가 물어갈 놈아, 사또댁 도련님이 이 밤중에 뭣땀시 여그
          오신다냐!

몽룡, 엉덩이를 만지며 헛기침을 하며 어둠 속에서 나온다.


**월매**   오매, 오매, 참말이네. 아이구, 사또 자제 도련님이 이 밤중에 찾어 주시다
          니… 영광시럽고만요.

월매, 날아갈 듯이 몽룡에게 허리 굽혀 절을 한다.


**몽룡**   흠흠…
**월매**   (향단에게 빨랫방망이를 주며) 귀중허신 도련님이 뭐 땀시 이렇게 누추한 곳에
          오셨나이까?
**몽룡**   어제 따님에게 무례를 범한 데 대해 사과하려고 왔습니다.
**월매**   고것이 무신 말씀이다요?
**몽룡**   그네 뛰는 모습을 보고 잠깐 보자고 했는데…
**월매**   (깜짝 놀라서) 에? 그런 일이 있었어라?
**몽룡**   예.
**월매**   그리서요?

| | |
|---|---|
| 몽룡 | 무례했던 나를 용서해 주시오. |
| 월매 | (방안에 있는 춘향에게) 아가, 도련님이 사과허시는디 뭣허냐? |
| 춘향 | (방에서 목소리만) 용서해 드릴게요. |
| 월매 | (흐뭇하게 웃으며) 암먼. 그리야지… (몽룡을 춘향의 방 반대쪽으로 이끌며) 그라믄 저짝 사랑방에 가셔서 술상 받으시지라… |
| 몽룡 | (이끄는 월매의 두 손을 지긋이 꼭 잡고) 술 마시려고 온 거 아니요! |
| 월매 | 예? 그럼…? |
| 몽룡 | 따님의 모습이 눈에 어른거려 밤에 잠도 못 자고, 가슴도 답답하고, 책도 손에 안 잡히고… 그래서… |
| 월매 | (몽룡의 손을 지긋이 뿌리치며) 도련님, 말씀은 황송하오나 도련님은 양반이라 잠깐 보고 버리시면 우리 두 모녀 목숨이 가련헝께 그런 말씀 마시고 술 자시고 놀다 가시지요. |
| 몽룡 | (속이 타서) 술 마시러 온 거 아니라니까요! |
| 월매 | 그럼? |
| 몽룡 | 춘향에게 내 진심을 보여주러 왔습니다. |
| 월매 | 진심? |
| 몽룡 | 춘향과 영원히 함께 하려고 왔어요. |
| 월매 | 그 말씀은… 우리 춘향이허고 백년가약허시겠다, 그 말씀인 게라? |
| 몽룡 | 그렇소. |
| 방자 | (난감하다는 듯) 도련님! |
| 월매 | 그 말씀 진심인 게라? |
| 몽룡 | 진심이요! |
| 월매 | 아이고, 요것이 뭔 일이다냐… 아가, 춘향아! |
| 춘향 | 예! |
| 월매 | 잠깐 이리 나오니라. |
| 방자 | (놀라서 몽룡에게 다가가 속삭이며) 도련님, 사또께서 아시믄 어찔라고 그러시오? 큰일 난당께라. |

춘향, 방에서 나온다.
몽룡, 방자 밀치고 자기도 모르게 춘향에게로 시선이 꽂힌다.

| 629 | 월매 | 아가, 니 뜻은 어떠냐? |

춘향, 대답 없이 몽룡을 바라본다.
타오르는 정에 겨워 눈을 떼지 못하는 두 사람.

| 월매 | (두 사람의 모습을 보더니 고개 끄덕이며) 알았다, 알았다. 그럼 도련님, 혼례는 못 이루나 혼인서약 증서나 한 장 써 주시오. |
| 춘향 | 그런 말씀 마세요, 어머니. |
| 몽룡 | (앉으며) 아니, 쓰겠소. 내 마음을 전할 수 있다면 당연히 써야지. 방자야! |
| 방자 | 도련님… |
| 몽룡 | (단호하게) 어서! |

방자, 마지못해 평소 가지고 다니던 가느다란 대나무 통에서 세필과 먹물, 종이를 꺼낸다.
몽룡, 경건한 자세로 혼인서약을 쓴다.
월매가 춘향의 손을 잡고 앉히며 노래한다.

| 월매 | 아가, 춘향아. |
| | *우리 모녀 운명이* |
| | *어찌 이리 닮았다냐.* |
| | *너의 부친 성참판 영감께서* |
| | *남원부사로 오셨을 제,* |
| | *일등명기 다 버리고* |
| | *나만을 사랑하시어* |
| | *춘향 너를 낳았는디* |
| | *사또 자제 도련님이* |
| | *너를 이리 사랑하여* |
| | *백년가약 되었으니* |
| | *하늘이 맺어준 인연* |
| | *천생연분이라 생각해라.* |

월매가 노래하는 동안 몽룡, 글을 써서 월매에게 준다.

| 월매 | (증서를 춘향에게 주며) 우리 모녀 평생 팔자, 이 증서 한 장에 매었응께 고이고 630 |
| --- | --- |
| | 이 간직혀라. |
| 춘향 | (받으며) 예! |
| 월매 | (일부러 하품을 하며) 아이구, 졸려. 향단아, 가자! |
| 향단 | 예! |

월매와 향단, 방으로 가려다 멈춘다.

| 월매 | 춘향아. |
| --- | --- |
| 춘향 | 예? |
| 월매 | 너 오늘 밤 겁나게 좋겠다잉. |

월매와 향단, 안으로 들어간다.
방자는 대문 밖으로 사라진다.
춘향, 월매가 사라진 걸 확인한 뒤 혼인증서를 찢는다.

| 몽룡 | 아, 아니, 그걸 왜 찢어? |
| --- | --- |
| 춘향 | 난 이 혼인증서 믿지 않아요. |
| 몽룡 | 왜? |
| 춘향 | 우리 어머니도 아버지가 써주신 혼인증서에 평생 목을 매고 사시다가 결국 |
| | 버림받았지요. |
| 몽룡 | … 난… 절대 당신을 버리지 않을 것이요. |
| 춘향 | 그 말 진심이에요? |
| 몽룡 | 진심이요. |
| 춘향 | 그럼 천지신명께 맹세하세요. |
| 몽룡 | 그대 향한 사랑, 상전이 벽해되고 벽해가 상전이 되도록 변하지 않을 것을 천 |
| | 지신명께 굳게 맹세합니다. |
| 춘향 | 그대 향한 사랑, 이 목숨 다할 때까지 영원히 변치 않을 것을 천지신명께 굳 |
| | 게 맹세합니다. |
| 몽룡 | 춘향아! |
| 춘향 | 도련님! |

631 몽룡과 춘향, 껴안는다.
춘향의 방문 앞에 살금살금 모이는 월매, 방자, 향단과 함께 첫날밤을 구경하러 온 마을 여인네들의 합창.

| 합창 | 사랑 사랑 내 사랑이야. |
|------|------------------------|

합창      *사랑 사랑 내 사랑이야.*
          *어허 둥둥 내 사랑이야.*
          *청학 한 쌍이 날개짓하며*
          *수풀 속에 넘노는 듯.*
          *남해 봉황이 죽실을 물고*
          *무지개 속에 넘노는 듯.*
          *북해 흑룡이 여의주를 물고*
          *구름 속에 넘노는 듯.*

합창을 하는 동안 춘향, 몽룡을 방안으로 데리고 들어간다.
방 앞에 얇은 사막이 내려온다.
마주 앉아 겉옷을 벗는 몽룡과 춘향의 모습이 실루엣으로 비친다.
춘향의 머리가 풀어지며 탐스러운 머릿결이 흘러내리고 속옷 차림의 몽룡과 춘향이 방 밖으로 나온다.

몽룡      *출렁이는 물결 위에*
          *바다 같이 깊은 사랑.*
춘향      *사무친 정 달 밝은 데*
          *태산 같이 높은 사랑.*
함께      *내 사랑 내 알뜰 내 간간이지야.*
          *어허 둥둥 내 사랑이야.*

〈사랑가〉가 진행되는 동안 무대 전체가 사랑의 공간으로 변하며 며칠 밤낮의 열정적인 사랑의 시간들이 조명과 영상의 변화를 통해 흘러간다.

몽룡      *이리 오너라 업고 놀자.*
          *이리 오너라 업고 놀자.*
          *사랑 사랑 사랑 내 사랑이야.*

창극 춘향

사랑이로구나 내 사랑이야
이히이히이히 내 사랑이로다.
아마도 내 사랑아.
네가 무엇을 먹으려느냐?
둥글 둥글 수박 웃봉지 떼버리고
강릉 밤꿀을 다르르르르르 부어
씨는 발라 버리고 붉은 점 흠뻑 떠
얼음화채로 먹으려느냐?

춘향    아니, 그것도 나는 싫소.
몽룡    그러면 무엇을 먹으려느냐?
          달고도 맛이 있는
          외가지 단 참외 먹으려느냐?
춘향    아니, 그것도 나는 싫소.
몽룡    그러면 무엇을 먹으려느냐?
          포도를 주랴, 앵두를 주랴,
          귤병 사탕 혜화당을 주랴?
          아마도 내 사랑.
          시금털털 개살구
          작은 이 도령 서는 데 먹으려느냐?
춘향    아니 그것도 나는 싫소.
몽룡    저리 거거라, 뒷태를 보자.
          이리 오너라, 앞태를 보자.
          아장아장 걸어라 걷는 태를 보자.
          빵긋 웃어라 입속을 보자.
          아마도 내 사랑아.
춘향    둥둥둥 내 사랑,
          오호 둥둥 내 사랑.
          도련님을 업고 보니
          좋을 호자가 절로 나.
          부용 작약에 모란화,
          꽃과 나비가 좋을시고.
          둥둥 둥둥 어허 둥둥 내 사랑.

2부 소리극

| | |
|---|---|
| **춘향,몽룡** | *달아, 달아, 밝은 달아.* |
| | *네 아무리 바쁘어도* |
| | *중천에 멈춰 있어* |
| | *내일 날 오지 말고* |
| | *백 년 천 년 이 밤 같이* |
| | *이 모양 이대로* |
| | *늙지 말게 하여 다오.* |
| | *사랑이로구나, 내 사랑이야.* |
| | *어허 둥둥 내 사랑.* |
| **합창** | *이히 이히 이히 내 사랑* |
| | *이히 이히 이히 내 사랑* |
| | *이히 이히 이히 내 사랑이로다* |
| | *아마도 내 사랑아* |
| | *이히 이히 이히 내 사랑* |
| | *이히 이히 이히 내 사랑* |
| | *이히 이히 이히 내 사랑이로다* |
| | *아마도 내 사랑아* |

음악과 함께 조명이 어두워지며 몽룡과 춘향, 껴안고 입을 맞추는 등 열정적이고 농밀한 사랑의 몸짓을 교환한다.
어둠 속에서 방자의 외치는 소리.

**방자**     도련님! 큰일 났어라!

불이 켜지면 방자, 숨을 헐떡이며 뛰어들어온다.

**방자**     시방 내아에서 도련님 찾니라고 생난리가 났소, 빨리요, 후딱 갑시다. 후딱이요!
**몽룡**     춘향아!
**춘향**     도련님!

몽룡과, 급히 뛰어나간다.

춘향, 몽룡 나간 곳을 멍하니 바라본다.

**향단**　　　방자야!

방자, 나가려다가 돌아본다.

**향단**　　　뭔일이다냐?

방자, 향단에게 귓속말을 한다.
향단, 놀라 뭐라 말을 하려 하자 방자, 급히 향단의 입을 막는다.
춘향을 보며 절대 말하지 말라는 신호를 한다.
향단, 고개를 끄덕인다.
방자, 급히 나간다.
춘향, 무슨 일인지 얼굴에 근심이 가득하다.
암전.

## 제9장 이사또의 방

조명 들어오면 중앙에 이사또 서 있고, 몽룡은 그 앞에 꿇어앉아 있다.

**이사또**　　요즘 어디를 다니기에 책방에서 글 읽는 소리는 아니 나고, 집안에 경사가 있
　　　　　어도 모르느냐?
**몽룡**　　　어떤 경사가 있사옵니까?
**이사또**　　내가 동부승지로 승진하여 내직으로 발령이 났으니 너는 어머니 모시고 한
　　　　　양으로 먼저 올라가…

몽룡, 놀라서 갑자기 울음이 터져 나온다.

**몽룡**　　　어흐흑!
**이사또**　　너 왜 그러느냐?
**몽룡**　　　흐흐흑…

몽룡, 눈에서 눈물이 주루룩 흐른다.

| 이사또 | 이놈아, 어찌 우느냐, 응, 어찌 울어? 어찌 울어 이놈아? |
|---|---|
| 몽룡 | 이런 경사를 당하오니… 돌아가신 할아버지 생각이 나서요. |
| 이사또 | 뭐? 할아버지? 흠… 내 들으니 춘향이란 기생에게 미쳐서 공부도 안 하고 그 집을 들락거린다던데? |
| 몽룡 | (깜짝 놀라) 아니! |
| 이사또 | 그 기생 때문이냐? |
| 몽룡 | 그걸 어떻게? |
| 이사또 | 네 이놈, 지난 단옷날에 몰래 놀러 나간 뒤로 네 행동이 수상하여 내 이미 다 알아봤느니라. |

*제 어미가 기생이면 그 딸도 기생이지.*
*그 소문 듣고서 한때의 꽃기운에*
*잠시 한 눈 파려니 생각했는데*
*이리 우는 것을 보니 예삿일이 아니로구나.*
*이 소문이 원근에 퍼지면*
*사당 참례도 못 하고, 과거 한 번도 못 보고,*
*장가도 못 가고 노도령으로 죽느니라.*
이래도 그 기생을 못 잊어 울겠느냐?

| 몽룡 | … |
|---|---|
| 이사또 | 당장 짐 싸서 내일 날이 밝으면 어머니 모시고 떠나거라! 어서! |

이사또, 퇴장하면 장면이 길로 바뀐다.

## 제10장  길

몽룡, 길을 걸으며 혼자 탄식한다.

| 몽룡 | *두고 갈까. 데려갈까.* |
|---|---|
| | *서러우니 울어 볼까.* |
| | *춘향을 어쩌고 갈꼬.* |
| | *두고 갈 수도 없고* |

*데리고 갈 수도 없네.*
*저를 데려가자 하면*
*부모님이 꾸중이요,*
*저를 두고 간다 하면*
*불 같은 그 성격에*
*응당 자결을 할 것이니*
*사세가 모두다 난처로구나.*

몽룡, 퇴장한다.

## 제11장 춘향의 집

조명이 밝아지면 사랑가를 흥얼거리며 마당에 비질을 하고 있는 향단.

**향단**　　*사랑 사랑 사랑 내 사랑 방자*
　　　　*사랑이로구나 내 사랑 방자…*

몽룡, 춘향의 집안으로 들어선다.
몽룡의 기척에 향단, 반갑게 맞이한다.

**향단**　　*도련님, 인자 오시니까?*
　　　　*우리 애기씨가 기다려요.*
　　　　*전에는 오실라믄 담 밑에 발소리와*
　　　　*문에 들면 기침소리*
　　　　*오시난 줄을 알겠더니*
　　　　*오늘은 누구를 놀래시랴고*
　　　　*가만가만히 오시니까?*

주걱을 손에 든 월매, 호들갑을 떨며 나온다.

**월매**　　*허허, 우리 사우 오네!*
　　　　*남도 사우가 이리 아질 자질 어여쁜가!*

2부 소리극

*밤마다 보건마는 낮에 못 보아 한이로세.*
*사또 자제가 형제분만 되면*
*데릴사우 내가 꼭 청할 걸.*

꽃다발을 손에 쥔 춘향, 몽룡을 반갑게 맞이한다.

**춘향**       도련님!
*오늘은 책방서 무슨 소일 하시느라*
편지 한 장 없었어요?
*방자가 병들었소, 어디서 친구 왔소?*
*나를 보면 반기시더니 오늘 이리 수심키는*
*누구에게서 나의 험담을 들었소?*
*사또께서 꾸중허시더니까?*
답답허니 말 좀 허시요.
*약주를 과음하여 정신이 혼미한가?*

춘향, 몽룡의 입에 코를 대고 냄새를 맡아 본다.

**춘향**       술 내도 안 나는디.
*저녁 이슬 새벽 바람*
*감기 몸살이 나셨는가?*

춘향, 몽룡의 이마에 손을 대어 본다.

**춘향**       머리에 열도 없는걸.

춘향, 몽룡의 겨드랑이에 손을 넣어 간지럽힌다.
몽룡, 아무 반응이 없자 춘향 샐쭉한 모습으로 토라져 노래를 부른다.

**춘향**       *내 몰랐소. 내 몰랐소.*
*도련님 속 내 몰랐소.*
*도련님은 사대부 자제요,*

창극 춘향

| | |
|---|---|
| 춘향 | *나는 천인이라.* |
| | *일시 춘정 못 이기어* |
| | *잠깐 데리고 노시다가* |
| | *떼는 수가 옳다 하고* |
| | *이별하러 와 계신디* |
| | *속 모르는 이 계집은* |
| | *늦게 오네, 편지 없네,* |
| | *짝 사랑, 외즐거움* |
| | *오죽 보기 싫었겠소.* |
| | *나는 건넌 방 우리 어머니* |
| | *곁에 가 잠이나 잘라요.* |
| 몽룡 | *에 앉거라. 에 앉거라.* |
| | *무슨 말을 해야 할지* |
| | *차마 입이 안 떨어져* |
| | *내가 말을 못하였다.* |

몽룡, 퍼질러 앉아 운다.
춘향, 놀라서 따라 앉는다.

| | |
|---|---|
| **춘향** | 아니, 무슨 일 있으시오? |
| **몽룡** | 아버님께서 동부승지 승진하여 내직으로 발령나셨단다. |
| **춘향** | 어머, 그럼 댁에는 경사 났소. 양반댁에서는 경사가 나면 한바탕씩 우는 풍습이 있소? |
| **몽룡** | 경사는 났다마는 내일 당장 한양 올라가기에 운다. |
| **춘향** | *옳지, 인제 내 알았소.* |
| | *저더러 가자하시면* |
| | *내 아니 갈까 그러시오.* |
| | *여필종부라 하였으니* |
| | *천리라도 만리라도* |
| | *도련님을 따라가지.* |
| **몽룡** | *아이고, 그 말이 사람 많이 상할 말이로구나.* |
| | 너를 데려가게 생겼으면 이리 하겠니. |

2부 소리극

아버지께서 나를 부르셔서 불같이 화를 내시며
*기생첩을 두었다는 소문이*
*원근에 낭자하면 사당참례도 못하고,*
*과거 참여도 못하고,*
*노도령으로 죽는다고 길길이 뛰시더라.*

춘향, 고개를 들어 두 눈을 번히 뜨고 물끄러미 몽룡을 바라본다.

**춘향**　　그래서, 어찌하자 오셨소?
**몽룡**　　(한숨을 쉬며) … 차라리 내가 농부의 아들로 태어났더라면… 가문의 속박에
　　　　　서 벗어나지 못하는 내 처지가 참으로 한심하구나.
**춘향**　　도련님?!
**몽룡**　　… 훗기약을 둘 수밖에 없을 듯하다.
**춘향**　　그럼… 이별 허잔 말씀이요?
**몽룡**　　… 이별이야 되겠느냐만 너와 나와… 잠시 떨어져 있을 수밖에…

춘향, 입술을 바르르 떨더니 옆으로 털썩 쓰러진다.

**몽룡**　　춘향아, 춘향아!

몽룡, 놀라서 춘향을 안고 흔들어 깨운다.
춘향, 몽룡을 밀치며 벌떡 일어나더니 격렬하게 몸부림치며 노래 부른다.

**춘향**　　*여보시오 도련님,*
　　　　　*여보, 여보, 도련님!*
　　　　　*지금 허신 그 말씀이*
　　　　　*참말이요, 농담이요,*
　　　　　*실담이요, 패담이요?*
　　　　　*답답허니 말을 허오.*
　　　　　*우리 당초 만날 적에*
　　　　　*무엇이라 말하였소?*
　　　　　*천지로 맹세하고*

> *일월로 증인을 삼어*
> *상전이 벽해 되고*
> *벽해가 상전이 되도록*
> *떠나사지 말자 허였더니만*
> *이별 말이 웬 말이요.*
> *공연한 사람을 사자사자 조르더니*
> *평생 신세를 망치오 그려.*

춘향, 통곡을 하며 운다.
월매, 허둥거리며 달려 나온다.

**월매**     *허허, 별 일 났네.*
> *우리 집에 별 일 나.*
> *네 요년, 썩 죽어라.*
> *너 죽은 시체라도*
> *저 양반이 지고 가게.*
> *여보시오, 도련님,*
> *나허고 말 좀 허여 보세.*
> *내 딸 어린 춘향이를 버리고 간다 허니*
> *무슨 일로 그러시오?*
> *군자 숙녀 버리는 법*
> *칠거지악을 범치 않으면*
> *버리는 법 없는 줄을*
> *도련님이 더 잘 알 제.*
> *못허지. 못허여.*
> *양반의 핑계 대고*
> *아니 시방, 몇 사람을 죽일라고 이려?*

월매, 몽룡에게 달려들어 이리저리 흔들어댄다.
춘향, 달려들어 떼어 놓는다.

**춘향**     어머니, 어머니!

| 월매 | 저 양반 죽이고, 너도 죽고 나도 죽자! |
| 춘향 | 어머니, 제발 그만허시오. |

*도련님 내일은 부득불 가신다니*

*밤새도록 말이나 허고*

*울음이나 실컷 울고 보낼라요.*

| 월매 | 뭐시여? 니 맘대로 보내고 안 보내? 니 맘대로?! |

*못허지야, 못허지야.*

*니 마음대로는 못허지야.*

*저 양반 가신 후에*

*뉘 간장을 녹이려느냐.*

*보내여도 각을 짓고*

*따라가도 따라가거라.*

*여필종부가 지중허지*

*늙은 어미는 쓸 데가 없으니*

*너의 서방을 따라가거라.*

*나는 모른다.*

*너희 둘이 죽던지 사던지*

*나는 모른다. 나는 몰라!*

*나는 몰라! 나는 몰라!*


월매, 울면서 안으로 들어간다.


| 춘향 | 아이고, 여보 도련님. |

*참으로 가실라요.*

*나를 어쩌고 가실라요.*

*이제 가면 언제 와요.*

*올 날이나 일러주오.*

| 몽룡 | 오냐, 춘향아 우지마라. |

*너와 나와 영원한 사랑*

*어찌 너를 버릴소냐.*

*잠시 이별 견디며는*

*내가 반드시 급제하여*

*보란 듯이 데리러 올 것이니*
*나 오기만 기다려라.*

| | |
|---|---|
| **춘향** | 도련님! |
| **몽룡** | 춘향아! |

두 사람, 껴안는다.

## 제12장 오리정

춘향과 몽룡, 손을 잡고 무대 앞쪽에 작은 정자 모양의 누각 위에 올라간다.
춘향, 손에 낀 옥반지를 빼어 몽룡에게 준다.

**춘향**      *옛소 도련님, 지환 받으오.*
*여자의 굳은 절개*
*옥빛과 같을지니*
*천만 년이 지나간들*
*변할 리가 있소리까.*

몽룡, 품에서 작은 손거울을 꺼내어 춘향에게 준다.

**몽룡**      *아나, 춘향아, 거울 받아라.*
*장부의 맑은 마음*
*거울 빛과 같을지니*
*천만 년이 지나간들*
*변할 리가 있겠느냐.*
*춘향아!*

**춘향**      도련님!

내행차 행렬이 나온다.
방자, 허겁지겁 뛰어들어온다.

**방자**      도련님, 어서 가십시다. 어서요!

643 방자, 몽룡을 끌어내린다.
춘향, 멀어져 가는 몽룡을 보며 하소연한다.

**춘향**  *여보, 도련님 날 다려 가오.*
*여보, 도련님 날 다려 가오.*
*여보, 도련님 날 다려 가오.*
*쌍교도 싫고 독교도 나는 싫소.*
*걷는 나귀 등에 얹어*
*워리렁 추렁청 날 다려 가오.*

내행차 행렬과 몽룡, 사라진다.

**춘향**  *가네 가네 허시더니*
*이제는 참 갔구나.*
*이제는 참 갔구나.*
*이제는 참 갔구나.*

슬픈 이별의 테마 선율과 함께 막이 내린다.

## 제2막

## 제1장  신연맞이

합창과 함께 화려한 신연 행렬이 펼쳐진다.

**합창**  *신연 맞아 내려온다.*
*신연 맞아 내려올 때*
*남대문 밖 썩 내달아*
*칠패, 팔패, 청패, 배다리,*
*애고개를 넘었구나.*

*좌우 산천 바라보니*

*객사 동정 얼풋 건너*

*충청양도를 지내어*

*전라감영 들어가서*

*객사에 숙박하고*

*이튿날 행차할 때*

*관촌, 신리, 임실, 오수,*

*호기 있게 행진하여*

*오리정 당도하니*

*육방관속이 다 나왔다.*

남원 육방관속들이 나와서 변사또를 맞이하며 도열한다.

나팔 소리 "뚜-"

대포 소리 "쿵"

## 제2장 연회장

화려하고 요란한 음악과 함께 기생들의 무용이 펼쳐진다.

변사또, 중앙의 한가운데 높은 곳에 앉아 있다.

호방이 기생 명부를 들고 호명하면 기생들이 차례로 나와서 변사또에게 선을 보이고 물러난다.

| | |
|---|---|
| **호방** | *서산에 해가 지니 돋아온다. 명월이!* |
| **명월** | *예, 등대 나오.* |
| **호방** | *눈 내리는 겨울밤에 향기난다. 설향이!* |
| **설향** | *예, 등대 나오.* |
| **변사또** | 여봐라, |
| **호방** | 예이. |
| **변사또** | 그렇게 부르다간 오늘 밤 다 새겠다. 한숨에 자주자주 불러! |
| **호방** | 예이! |
| | *춘홍이, 금향이, 왔느냐?* |
| **춘홍,금향** | *예, 등대하였소.* |
| **호방** | *홍연이, 벽도화, 왔느냐?* |

| | |
|---|---|
| **홍연,도화** | *예, 등대하였소.* |
| **호방** | *초향이, 채향이, 모두 다 왔느냐?* |
| **초향,채향** | *예, 등대하였소.* |
| **변사또** | 이봐! |
| **호방** | 예이! |
| **변사또** | 감질 나 못살겠다. 이름만 그냥 한꺼번에 불러! |
| **호방** | 예이! |
| | *산홍이, 선홍이, 연홍이, 진홍이, 미홍이, 계홍이, 도홍이,* |
| | *은옥이, 금옥이, 보옥이, 채옥이, 산옥이, 수옥이, 월옥이, 명옥이,* |
| | *국향이, 매향이, 난향이, 미향이, 초향이, 취향이, 월향이…* |
| | *모두 다 왔느냐?* |
| **기생들** | *예, 등대하였소!* |
| **호방** | 기생 점고 다 헌 줄로 아뢰오! |

변사또, 나열해 서 있는 기생들에게 다가간다.
색향, 향기 나는 손수건을 변사또 앞에 떨어뜨린다.
변사또, 손수건을 들고 냄새를 맡는다.

| | |
|---|---|
| **변사또** | 이름이 뭐냐? |
| **색향** | 색향이라 하옵니다. |
| **변사또** | 으흐, 꿈에 볼까 무섭다. (다음 기생 앞에 서서) 이름이 뭐냐? |
| **추향이** | 추-향이라 하옵니다. |
| **변사또** | 뭐? 춘향이? |
| **추향이** | (굵은 목소리로) 니에 추-향- |
| **변사또** | 추향이? 난 또! 체-잉, |

늙은 기생, 뒷걸음으로 다가 와 변사또에게 쓰러지듯 안긴다.
변사또, 엉겁결에 안았는데 느낌이 이상하다.

| | |
|---|---|
| **변사또** | 너, 몇 살이냐? |
| **늙은 기생** | 사또만 아시옵소서. 방년 열아홉이옵니다. |
| **변사또** | 뭐? 네 손녀딸도 열아홉은 넘었겠다. |

| | |
|---|---|
| **늙은 기생** | 아잉- |
| **변사또** | 다들 물러가거라! |
| **호방** | 다들 물러가랍신다! |

늙은 기생, 절하다가 허리가 삐끗해서 부축을 받고 나간다.

| | |
|---|---|
| **늙은 기생** | 나도 사랑 받고 싶단 말이야! |
| **변사또** | 에이, 저런, 쯧쯧쯧! 야. 호방! |
| **호방** | 예, 사또! |
| **변사또** | 춘향이란 아이, 명단에 있지? |
| **호방** | 예. |
| **변사또** | 헌데 왜 점고에 안 온 거야? |
| **호방** | 아뢰옵기 황송헌디요, 춘향이는 올라가신 구관자제 도련님이 머리를 얹혀부 렸습니다요. |
| **변사또** | 그럼 구관자제가 한양으로 데려갔니? |
| **호방** | 고것이 아니옵고 즈네 집에서 수절허고 있지라. |
| **변사또** | 뭐, 수절? 허허허, 아이구, 웃긴다. 야, 잔말 말고 썩 불러들여! |
| **형방** | 예이. 춘향 불러들이랍신다! |
| **사령들** | 예이! 춘향 불러들이랍신다! |

변사또, 퇴장하고 아전들과 사령들이 분주히 뛰어나간다.

# 제3장 춘향의 집

춘향, 몽룡이 준 거울을 들고 홀로 집 마당을 서성이며 노래를 부른다.

| | |
|---|---|
| **춘향** | *갈까 부다, 갈까 부네.* |
| | *님을 따라서 갈까 부다.* |
| | *천 리라도 따라가고,* |
| | *만 리라도 따라 나는 가지.* |
| | *바람도 쉬어 넘고 구름도 쉬어 넘고* |
| | *수진이 날진이 해동청 보라매* |

*모두 다 쉬어 넘는 동설령 고개*
*우리 님이 왔다 하면*
*나는 발 벗고 아니 쉬어 넘으련만*
*어찌하여 못 가는고.*

**김번수, 박번수** (밖에서) 춘향아! 사또 분부가 지엄허니 지체 말고 나오너라!

향단, 뛰어 나가 밖을 살핀다.

**향단**　　아이고 마님, 사령들이 아가씨를 불러대는디요.

월매, 안에서 급히 나온다.

**월매**　　워매 워매! 오늘이 신관사또 기생 점고라더니 무슨 사단이 났는갑다. (춘향에게) 아가, 언능 들어가라. 어여!

사령들, 대문을 기웃거린다.
월매, 춘향을 안으로 떠밀어 보내고 얼른 두 사령의 손을 잡고 안으로 반가운 듯 맞아들인다.

**월매**　　아이고 번수네들, 뉘 집이라고 안 들어오고 문밖으서 기웃거리는가? 어서 들어오소. 향단아, 언능 술상 봐 오니라!
**향단**　　예!

향단, 급히 부엌으로 들어간다.
월매, 두 사령을 마루 위에 앉힌다.

**월매**　　나가 전부터 술이나 한잔 대접헌다 헌다 험서 이제껏 미뤄 와서 속으로 서운혔제?
**박번수**　　쬐끔 거시기 안 혔다믄 거짓부렁이제.

향단, 술상을 가지고 온다.

**월매**　　(술을 따르며) 자, 어서 실컷 드시게나.

창극 춘향

| | |
|---|---|
| **박번수** | (술을 마시며) 월매, |
| **월매** | 응? |
| **박번수** | 신관사또가 춘향이를 데꼬 잘라고 말이여. 몸이 달아 가꼬 난리가 났지만 말이여. 거시기, 신관사또가 내 육촌 형으 사돈으 팔촌으 고모네 아들이여. 그랑께 자네는 나만 믿소. |

월매, 재빨리 돈 주머니에서 엽전을 꺼내어 박번수에게 준다.

| | |
|---|---|
| **월매** | 번수네들, 남문 안 맛좋은 추어탕 집에 가서 술 한잔씩 더 자시고 들어가시게. |
| **박번수** | 어허, 뭘 이런 걸. |

박번수, 돈을 사양하는 척하다가 재빨리 받아챈다.
월매, 김번수에게도 돈을 준다.

| | |
|---|---|
| **김번수** | 아서, 아서, 이 사람아. 자네허고 우리 사이에 돈이라니 관두소, 관둬. |
| **박번수** | 그려도 새 사또 마수거리잉께 받어 두어. |

박번수와 김번수, 돈을 챙겨 넣는다.
월매, 술을 따른다.
두 사람, 술을 마시며 취해간다.

| | |
|---|---|
| **월매** | 번수네들, 실컷 드시오. |
| **김번수** | 크윽… 술 맛 좋다! |
| **박번수** | 어 취헌다. 월매. |
| **월매** | 응? |
| **박번수** | 우리가 여그서 자네가 주는 술을 실컷 마시고 놀았으믄 좋겄는디 말이여… 춘향이를 안 데꼬 가믄 우리 두 목숨이 왔다갔다형께로… 언능 춘향이 나오라고 혀! |
| **김번수** | 나오라고 혀! |
| **월매** | (버럭) 뭣이여? 아니, 술 먹고 돈 챙기고 다들 이러기여! 향단아! |
| **향단** | 예. |
| **월매** | 여그 소금 가져오니라! 확 다 뿌려불랑께! |

2부 소리극

**향단**      예!

월매의 돌변한 기세에 춘향과 향단 나와 보고 사령들 놀라 사정조로

**김번수**      월매, 좀 봐주소. 우리가 무신 힘이 있당가.
**박번수**      그냥 가면 우린 죽네. 죽어.
**춘향**       번수 오라버니들!

모두 춘향을 바라본다.

**춘향**       갑시다!
**김번수**      워매, 춘향아, 고맙다!
**월매**       춘향아!
**향단**       애기씨!

춘향이 앞장서서 걸어가면 김번수와 박번수, 비틀거리며 뒤따른다.
월매와 향단, 뒤따라간다.

**사령들**      (살았다는 듯) 아이구, 춘향아! 고맙다! 어서 들어가자!
**월매**       춘향아!
**두 사령**     *백구야, 백구야, 백구야, 백구야!*
            *백구야, 백구야, 백구야, 백구야!*
            *백구야, 껑청 뛰어 달아나지 마라.*
            *너를 잡으러 내 안 간다.*
            *황금 같은 저 꾀꼬리*
            *버들 사이로 왕래허고,*
            *살쩐 고기 하얀 회는*
            *남원 요천의 은어로구나아--*
            *백구야, 백구야, 백구야, 백구야!*
            *크윽!*

# 제4장 동헌

변사또, 중앙의 높은 의자에 앉아 있다.
그 아래 형방과 호방이 서 있다.
춘향, 사령들에 둘러싸여 등장한다.

**김번수, 박번수** (취기가 가시지 않은 채) 춘향 잡아 들였소!
**변사또**　앗다, 그거 예쁘게 생겼구나. 이리 오너라.

춘향, 변사또 앞에 앉는다.

**변사또**　　호호호, 잘 빠졌다.
　　　　　　*네 소문이 경향에 하 유명키로*
　　　　　　*내가 서둘러 남원부사를 하였더니*
　　　　　　*구관자제가 네 머리를 얹혔다지.*
　　　　　　*그 양반 가신 후로*
　　　　　　*독수공방 했을 리가 있겠느냐.*
　　　　　　*응당 애인이 있을 테니*
　　　　　　*관속이냐, 건달이냐.*
　　　　　　*어려이 생각 말고*
　　　　　　바른대로 말하여라.
**춘향**　　　소녀 비록 천기의 자식이오나 백년가약 맺은 낭군 수절하고 있사오니 관속
　　　　　　건달 애인 말씀 소녀에게는 당치않소.
**변사또**　　호호호, 그거 얼굴 보고 말 들으니 안팎으로 일색이로구나. 네 마음 기특하나
　　　　　　이 도령 어린아이 대과급제하게 되면 천리타향의 잠시 장난이지 네 생각할
　　　　　　리가 있겠니? 그러니 오늘부터 몸단장 곱게 하고 수청 들도록 해라.

변사또, 춘향을 안고 희롱하려하자 춘향, 거세게 뿌리친다.

**춘향**　　　*여보 사또님, 듣조시오.*
　　　　　　*춘향의 먹은 마음*
　　　　　　*사또님과 다르외다.*

> *올라가신 도련님이*
> *무심허여 안 찾으면*
> *송죽 같이 굳은 절개*
> *평생을 수절타가*
> *깨끗하게 죽을 터이니*
> *수청 들란 말씀*
> *소녀에게는 당치 않소.*

**변사또** 허, 기생의 딸년이 수절이라니 그거 참 요절복통할 말이네. 허허허. 우리 대부인께서 들으시면 아주 딱 기절을 하시겠구나.

**춘향** *여보, 사또님 듣조시오.*
> *여보, 사또님 듣조시오.*
> *사또님 대부인 수절이나*
> *소녀 춘향 수절이나*
> *수절은 일반인데*
> *수절에도 상하가 있소?*
> *사또도 국운이 불행허여 도적이 강성하면*
> *적에게 무릎을 꿇고 두 임금을 섬기리까.*
> *마오. 그리 마오.*
> *천기 자식이라 그리 마오.*

**변사또** 저, 저런 쳐 죽일 년! 야, 형방!

**형방** 예이!

**변사또** 대전통편을 내어놓고 저년의 죄상을 낱낱이 일러줘라!

**형방** 예이. 춘향이 네 듣거라. 대전통편에 이르기를 관장의 명을 거역하는 자는 엄치 정배 의당사하니 너 죽노라 한을 마라.

**춘향** 대전통편 법에 유부녀 강간하는 죄는 어찌하라 하였소?

**변사또** 뭐라? 저런 쳐 죽일 년! 저년을 당장 물고를 내지 못하겠느냐?

**형방** 예이, 형틀 준비하라!

**두 사령** 예이! 형틀 준비하랍신다!

사령이 형틀을 가져오면 김번수와 박번수, 춘향을 형틀에 맨다.

**사령** 형틀 대령하였소!

집장사령, 형장 한 아름을 안아다 동틀 앞에 좌르르르 놓고 하나를 고른다.

| 변사또 | *매우 쳐라!* |
|---|---|
| 사령들 | *예이!* |

집장사령, 한 대를 친다.

| 사령들 | *하나요!* |
|---|---|
| 춘향 | *일개형장 치옵시니* |
| | *일자로 아뢰리다.* |
| | *일편단심 먹은 마음* |
| | *일시일각에 변하리까.* |
| | *가망 없고 안 되지요.* |
| 변사또 | *매우 쳐라!* |
| 사령들 | *예이!* |

집장사령, 두 대를 친다.

| 사령들 | *둘이요!* |
|---|---|
| 춘향 | *이자로 아뢰리다.* |
| | *이부불경 이 내 심사* |
| | *이도령만 생각헌디* |
| | *이제 박살 내치셔도* |
| | *가망 없고 안 되지요.* |
| 변사또 | *매우 쳐라!* |
| 사령들 | *예이!* |

집장사령, 세 대를 친다.
이후 춘향이 매를 맞는 동안 엄숙한 과거장의 풍경과 과거 보는 선비들과 몽룡의 모습이 교차로 무대 위에 펼쳐진다.

| 사령들 | *셋이요!* |
|---|---|

2부 소리극

춘향      *삼치형문 치웁신들*
          *삼생가약 변하리까?*
          *가망 없고 안 되지요.*
변사또     *매우 쳐라!*
사령들     *예이!*


집장사령, 네 대를 친다.


사령들     *넷이요!*
춘향      *사대부 사또님은*
          *사기사를 모르시오.*
          *사지를 찢어서 사대문에다 걸드라도*
          *가망 없고 안 되지요.*


장원급제하는 이몽룡의 모습.


변사또     *매우 쳐라!*
사령들     *예이!*


집장사령, 다섯 대를 친다.


사령들     *다섯이요!*
춘향      *오장 썩어 피가 된들*
          *오륜으로 생긴 인생*
          *오상을 알았거든*
          *오매불망 우리 낭군*
          *잊을 가망이 전혀 없소.*
          *이제라도 이 몸이 죽어*
          *혼비중천 높이 떠서*
          *도련님 잠 든 창밖에서*
          *하소연이나 허고 지고.*

춘향, 기절한다.

| | |
|---|---|
| **변사또** | 저년을 당장 물고를 내지 못하겠느냐? |
| **사령들** | 예이! 여섯이요! 일곱이요! 여덟이요! 아홉이요! 열이요! |
| **집장사령** | 춘향 물고요! |
| **변사또** | 허, 정말 독한 년이구나. 여봐라, 저년을 착칼하여 하옥하라! |
| **사령들** | 예이! |

구슬픈 음악과 함께 쓰러져 있는 춘향과 이몽룡에게 조명이 집중되다가 암전.

## 제5장  들판

농부들, 풍물을 치고 노래를 부르며 등장하여 가을의 들판에서 추수를 하는 풍경을 펼친다.

| | |
|---|---|
| **농부들** | *여여 여허 여루 상사뒤여* |
| **수농부** | *여보시오 농부님네,* |
| **농부들** | *에!* |
| **수농부** | *이 내 말을 들어 봐.* |
| | *농부님 말 들어요.* |
| | *전라도라 허는 디는 신산이 비친 곳이라* |
| | *저 농부들도 상사소리를 메기는디* |
| | *각기 저정거리고 더부렁거리네.* |
| **농부들** | *여여 여허 여루 상사뒤여* |
| | *어화 어화 여루 상사뒤여* |
| **농부1** | *여보소 농부들 말 듣소.* |
| | *어화 농부들 말 들어.* |
| | *서마지기 논배미가 반달만큼 남았네.* |
| | *지가 무슨 반달이냐 초생달이 반달이로다.* |
| **농부들** | *어화 어화 여루 상사뒤여* |
| **농부2** | *우리 남원이 사판이다.* |
| **농부들** | *어이 하여 사판인가.* |

| | |
|---|---|
| 655 **농부2** | *우리 골 사또는 놀판이요,* |
| | *거부장자는 뺏기는 판,* |
| | *육방 관속은 먹을 판 났으니* |
| | *우리 백성들은 죽을 판이로다.* |
| **농부들** | *어럴럴럴 상사뒤야. 어럴럴럴 상사뒤야* |
| **농부3** | *내렸단다. 내렸단다.* |
| | *전라어사가 내렸단다.* |
| **농부들** | *어럴럴럴 상사뒤야.* |
| | *어럴럴럴 상사뒤야* |
| **농부3** | *올라가신 구관자제* |
| | *이몽룡 씨가 내렸단다.* |
| **농부들** | *어럴럴럴 상사디야* |
| | *어럴럴럴 상사뒤야* |
| **농부2** | *떠들어온다. 떠들어와.* |
| | *점심바구니 떠들어온다.* |
| **농부들** | *어럴럴럴 상사뒤야.* |
| | *어럴럴럴 상사뒤야* |
| | *어화 어화 여루 상사뒤여* |
| **수농부** | 자, 쉬세! |

농부들, 일을 마치고 새참을 먹으러 모인다.
찌그러진 갓을 쓰고 너덜너덜한 두루마기를 입은 거지 차림의 몽룡이 등장하여 농부들에게 다가간다.

| | |
|---|---|
| **몽룡** | 농부님들, 수고하시오. |
| **농부들** | 어서 오시오. |
| **몽룡** | 말 좀 물읍시다. |
| **수농부** | 물어보시오. |
| **몽룡** | 내가 들으니 이 남원에 춘향이라는 기생이 있다던데… |
| **농부1** | 뭐, 춘향이라는 기생? 그리서? |
| **몽룡** | 그 춘향이가 신관사또 수청 들어 가꼬 호강험서 산다는 소문을 들었는디… |
| **농부1** | (몽룡의 멱살을 잡고) 수청? 호강? 이 잡녀러 새끼! 너 잘 걸렸다! |

창극 춘향

농부 1, 몽룡의 멱살을 잡고 때리려 한다.
다른 농부들도 화를 내며 이몽룡을 때리려 한다.


**몽룡**　　으윽, 내 모르고 함부로 죽을 말을 했응께 살려주오, 살려주오!
**수농부**　어라, 어라. (만류하며) 젊은 사람이 모르고 헌 말잉께 그만 보내주세.


농부1, 몽룡을 놓아준다.


**수농부**　여보시오,
**몽룡**　　예.
**수농부**　춘향 아가씨로 말하믄 만고 열녀로 시방 우리 남원골 백성들이 열녀비까지
　　　　　세울라고 허는 판인디 워디서 기생이란 망발을 혀? 남원서 그런 말 혔다가는
　　　　　뼈도 못추릴 팅께 어서 가소.
**몽룡**　　예, 감사합니다. 농부 여러분, 안녕히 계시오.


몽룡, 급히 도망친다.


**농부2**　저 염병헐 놈으 자식, 다리몽둥이를 작신 분질러 놓는 건디 말이여.
**수농부**　자, 자, 해가 저물어강께 허던 일 마저 끝내세.
**농부들**　그러세!
**수농부**　*다 되어간다 다 되어간다*
**농부들**　*어럴럴럴 상사뒤여*
**수농부**　*이 논배미를 어서 거둬*
**농부들**　*어럴럴럴 상사뒤여*
**농부2**　*각자 집으로 돌아가서*
　　　　　*보리밥 찰밥 많이 먹고*
　　　　　*거적 이불을 뒤집어쓰고*
　　　　　*이러고 저러고*
　　　　　*어쩌고 저쩌고*
　　　　　*새끼 농부를 만들어 보자.*


농부2, 다른 농부들이 다 퇴장한 뒤에도 혼자 노래를 부르다가 당황해서 뛰어나간다.


**2부 소리극**

**제6장 길**

몽룡, 길을 가며 노래를 부른다.

**몽룡**   *박석티를 올라서서*
        *좌우 산천을 둘러보니*
        *산도 보던 옛산이요*
        *물도 보던 물이다마는*
        *물이야 흐르는 것이니*
        *그 물이야 있겠느냐.*
        *저 건너 꽃숲에서*
        *그네 뛰던 미인은*
        *어디를 갔느냐.*
        *두 손을 부여잡고*
        *이별한지가 언제던가.*

## 제7장 춘향의 집

월매, 작은 소반 위에 정화수를 올려놓고 빈다.
그 옆에 향단도 두 손을 비비며 기원을 한다.
몽룡, 대문 곁에 서서 조심스럽게 안을 살핀다.

**월매**   *비나이다, 비나이다.*
        *칠성님 전 비나이다.*
        *올라가신 구관자제 이몽룡을*
        *전라감사나 전라어사나*
        *양단간에 점지허여*
        *내 딸 춘향을 살려주오.*

월매, 하늘에 대고 손을 비비며 기원을 한다.

**몽룡**   (감동한 표정으로) 내가 선영 덕으로 어사된 줄 알았더니 장모 덕이 절반 이상

창극 춘향

이구나. 내가 거짓으로 한 번 불러볼밖에. (일부러 거칠고 큰 목소리로) 이리 오너라, 이리 오너라, 이리 오너라!

**월매**　(깜짝 놀라서) 아이고, 향단아, 이것이 뭔 소리다냐?

**향단**　비 올라고 천둥 치는 개비요.

**월매**　어떤 놈이 술 담뿍 처먹고 와서 오뉴월 장마에 토담 무너지는 소리를 헌다. 나가서 좀 보고 오니라.

향단, 대문 쪽으로 나온다.

**향단**　누굴 찾소?

**몽룡**　너의 마나님 좀 잠시 뵙자고 여쭈어라.

**향단**　마나님, 어떤 걸인 같은 사람이 마나님 좀 잠시 뵙자고 여쭈는 디요.

**월매**　야, 이 철없는 년아. 내가 무슨 정황으로 사람을 대할 것이냐? 마님 없다고 살짝 따 보내라.

**향단**　(몽룡 쪽으로 가서) 우리 마나님이요, 살짝! 따 보내라는디요!

**몽룡**　하하하… 그렇게 딸 것 없이 잠깐 나오시라고 여쭈어라!

**향단**　(월매 쪽으로 가서) 마나님, 그렇게 딸 것 없이 잠깐 나오시래요.

**월매**　야 이년아, 따란 말까지 다 했는디 그 사람이 갈 것이냐? 못 나간다고 혀!

**향단**　(몽룡 쪽으로 가서) 우리 마님이 못 나오신다고 허래요.

**몽룡**　기여히 좀 나오시라구 여쭈어라.

**향단**　(월매 쪽으로 가서) 마나님, 그 사람이 기여히 좀 나오시라는디요.

**월매**　워따매… 이 급살 마질 년. 썩 들어가지 못혀?

월매, 대문 쪽으로 나온다.

**월매**　　*어허, 저 걸인아.*
　　　　*물색모르는 저 걸인*
　　　　*알심 없는 저 걸인*
　　　　*남원 사십팔 면 중에*
　　　　*나의 소문을 못 들었나.*
　　　　*무남독녀 외 딸 하나*
　　　　*옥중에다 넣어 두고*

2부 소리극

*죽을 목숨이 되었는디*
*동냥은 무슨 동냥,*
동냥 없네. 어서 가소!

**몽룡**　　*허어, 자네가 나를 몰라.*

**월매**　　*나라니 누구여?*
자네는 성도 없고 이름도 없는 사람인가?

**몽룡**　　*내 성이 이-이 -이 가라고 해도 날 몰라?*

**월매**　　*이 가라니 어떤 이 가여?*
*이가라면 이 갈린다.*

**몽룡**　　*허허, 늙은이 망녕이여.*
*우리 장모가 망령이여.*

**월매**　　뭐여? 장모라고?
*장모라니 웬 말이여.*
*남원 읍내 오입쟁이들, 아니꼽고 더럽더라.*
*내 딸 어린 춘향이가 외인 상대를 아니 허고*
*양반 서방을 얻었다고 공연히 미워허며*
*내 집 문 앞을 댕기면서 빙글빙글 비웃으며*
*여보게, 장모. 장모라면 환장헐 줄 알고?*
듣기 싫네 어서 가소. 어서 가!

**몽룡**　　*허어, 장모 망녕이여,*
*우리 장모가 망녕이여.*
*장모가 정녕 모른다고 허니*
*거주 성명을 일러줌세.*
*서울 삼청동 사는 춘향 낭군 이몽룡,*
*그래도 장모가 날 몰라.*

**월매**　　뭣이여? 자네가 이몽룡이여?

**몽룡**　　이몽룡이여.

**월매**　　참말로 이몽룡이여?

**몽룡**　　참말로 이몽룡이여!


월매, 몽룡에게 달려든다.

창극 춘향

| 월매 | 아이고, 이게 누구여. |
|---|---|
| | *아이고, 이 사람아.* |
| | *에끼 천하 몹쓸 사람.* |
| | *에끼 천하 무정헌 사람아.* |
| | *왔구나, 우리 사위 왔네!* |
| | *어디를 갔다가 이제야 오는가,* |
| | *얼씨구나 내 사우.* |
| | *하늘에서 뚝 떨어졌나,* |
| | *땅에서 불끈 솟았나?* |
| | *들어가세 이 사람아.* |
| | *뉘집이라고 아니 들어오고* |
| | *문밖에 서서 주저만 허는가.* |
| | *들어가세. 들어가세.* |
| | *내 방으로 들어가세.* |
| 월매 | 향단아! |
| 향단 | 예! |
| 월매 | 한양 서방님 오셨다! |
| 향단 | (찬합 싼 보자기를 들고 나오며) 예? 서방님이요? |
| 몽룡 | 향단아, 잘 지냈니? |
| 향단 | 예, 서방님도 잘 지내셨어라? |
| 몽룡 | 오냐, 잘 지냈다. |
| 월매 | 인자 우리 춘향이는 살었다! 언능 닭 잡고 진지 장만혀라. |
| 향단 | 예! |
| 월매 | 아참, 향단아. |
| 향단 | 예? |
| 월매 | 불 좀 가져오니라! |
| 향단 | 예! |
| 몽룡 | 불은 왜 찾소? |
| 월매 | 우리 사우 얼굴 좀 봐야 쓰겄는디 어두워서 볼 수가 있어야제. |
| 몽룡 | 장모, 밝은 날 봐도 될 텐데 뭐가 그리 급해서 야단이요? |
| 월매 | 아이고, 이 사람아. 밤이나 낮이나 기다리고 바라든 우리 사우 얼굴 그 이쁜 모습 그대로 있는가 내가 봐야 헐 것 아닌가. |

향단, 등롱을 들고 온다.

**몽룡**    꼭 봐야겠소?

**월매**    꼭 봐야 쓰겠네.

**몽룡**    꼭?

**월매**    꼭!

**몽룡**    자, 보시오!

**월매**    아이고, 우리 잘난 사우 얼굴 좀 보세!

월매, 등롱으로 이몽룡의 얼굴을 비춘다.
월매, 몽룡을 멍 한 채 바라보다가 등롱을 떨어뜨린다.

**월매**    *죽었구나, 죽었구나,*
         *내 딸 춘향이는 영 죽었네!*
         *책방에 계실 때는*
         *보고보고 또 보아도*
         *귀골로만 삼겼기로*
         *믿고 믿고 믿었더니*
         *믿었던 일이 모두가 허사로구나.*
         보기 싫네. 어서 가소. 어서 가!

**향단**    마나님 고정하셔요. 마나님이 이러시면 서방님의 마음이 편하시것소?

**월매**    시끄러, 이년아!

**몽룡**    장모, 그러지 말고 내가 지금 시장하니 밥이나 한 술 주소.

**월매**    밥 없네, 없어!

이에 아랑곳없이 몽룡, 찬합 보자기를 풀어헤친다.

**몽룡**    어… 밥 본 지 참으로 오랜만이다.

몽룡, 요란스럽게 찬합의 음식들을 손으로 집어먹는다.

**몽룡**    크으윽, 잘 먹었다!

| 월매 | 하이고, 밥 먹는 조가 많이 빌어 처먹었다. |
| 몽룡 | 장모, 아까는 배가 고파서 아무 생각 없더니 배가 딱 부르니 춘향이가 보고 싶소. |
| 월매 | 춘향이가 자네 꼴 보면 속 터져 죽을 팅게 자네 갈 데로 가소. |
| 몽룡 | 내가 여기까지 왔다가 얼굴도 안 보고 그냥 가면 춘향이가 얼마나 섭섭하겠소? |

파루 치는 소리.

| 향단 | *마나님, 파루쳤사오니* |
| | *아가씨헌티 가사이다.* |
| 월매 | *오냐, 가자. 어서 가자.* |
| | *갈 시간도 늦어가고* |
| | *먹을 시간도 늦어간다.* |

향단과 월매, 앞장서고 몽룡이 뒤따른다.
파루 소리, 계속 들린다.

# 제8장 옥방

으스스하고 음산한 기운이 도는 옥방.
춘향, 큰 칼을 쓰고 홀로 옥중에 앉아 잠을 자고 있다.
괴기스럽고 공포스러운 모습을 한 여러 귀신들이 여기저기서 등장하여 춘향을 둘러싸기도 하고 주위를 맴돌기도 하며 악몽과 같은 장면을 연출한다.
몽환적인 분위기 속에 몽룡의 형상이 아련하게 나타난다.
춘향, 잠결에 손을 내밀어 몽룡을 잡으려 한다.

| 합창 | *바람은 우루루루루루루루루루--* |
| | *지동치듯 불고* |
| | *궂은비는 퍼붓는데* |
| | *밤새 소리는 부웅 부웅--* |
| | *도깨비는 훳훳--* |
| | *귀신들은 두런 두런 두런 두런--* |

*둘씩셋씩 짝을 지어*
*이히-- 이히 이히 이히--*
*으흐으-- 이히이히--*
*이히히 허허으으어*
*으으히히 하으허--*
*이히-- 이히 이히 이히--*
*으흐으-- 이히이히--*
*이히히 허허으으어*
*으으히히 하으허--*

음산한 귀곡성이 이어지는 동안 춘향, 가위에 눌린 듯 신음을 하며 두 손으로 허공에 손을 휘젓다가 깨어난다.

**춘향**    도련님, 도련님-
*보고지고, 보고지고,*
*한양 낭군을 보고지고.*
*오리정 정별 후로*
*편지 한 장 내가 못 봤으니*
*손가락에 피를 내어*
*사정으로 편지헐까.*
*간장의 썩은 눈물로*
*임의 얼굴을 그려 볼까.*
*내가 만일에 임을 못 보고*
*옥중 고혼이 되거드면*
*생전 사후 이 원통을*
*알아 줄 이가 뉘 있더란 말이냐.*
*아이고, 아이고, 아이고, 내 신세야.*

월매, 향단, 몽룡, 등장한다.

**월매**    아가!… 춘향아!
**향단**    아씨!

| 춘향 | 엄니 왔소? |
|---|---|
| 월매 | 오냐, 왔다! |
| 춘향 | 오다니, 누가 와요? |
| 월매 | 니가 앉아도 방, 서도 방, 잠을 자도 방, 죽어가면서도 방방 허던 이서방인지 서케 서방인지 팔도 상거지 되야 가꼬 왔다. |
| 춘향 | 서방님이?… 서방님! |

춘향, 비척비척 몸을 끌고 창살 옆으로 와서 옥문 밖으로 손을 내민다.
몽룡, 춘향의 손을 잡는다.

| 몽룡 | 춘향아! |
|---|---|
| 춘향 | 무정허고 야속헌 님. 어찌 이리 더디 왔소. |
| 몽룡 | 춘향아, 이게 웬일이니? 부드럽고 고운 손이 뼈만 남게 되었구나. |
| 춘향 | 나는 이게 내 팔자요마는 귀중허신 서방님이 이 지경이 웬일이요? |
| 몽룡 | 나도 팔자가 기구하여 집안도 망하고 과거도 떨어지고 이리 되었다. |
| 춘향 | 서방님! |

> *내일 본관사또 생신잔치 끝에*
> *나를 올려 죽인다니*
> *부디 멀리 가시지 말고*
> *옥문 밖에 가 서 있다가*
> *날 올리라고 영 내리거든*
> *칼머리나 들어주오.*
> *나를 죽여 내치거든*
> *다른 사람 손대기 전에*
> *삯꾼인 채 허고 달려들어*
> *나를 업고 물러나와*
> *우리 둘이 인연 맺던*
> *부용당에 날 뉘어 주오.*

| 몽룡 | *오냐 춘향아, 우지 마라.* |
|---|---|
| | *하늘이 무너져도* |
| | *솟아날 궁기가 있는 법이니라.* |
| | *우지를 말라면 우지 마라.* |

2부 소리극

아, 분하다 분해! 장모, 갑시다!

**월매**　(버럭) 워디로 갈랑가?

**몽룡**　장모 집으로 가야지.

**월매**　내 집 올 것 없네. 저 객사 대청 널널헌 디 가서 네 활개 쩍 벌리고 자소.

월매, 비틀거리며 향단의 부축 받으며 나간다.

**춘향**　서방님, 어머니 말씀 노엽게 생각 마시고 제 방에서 편히 주무시고 내일 아침 절 데리러 오세요.

**몽룡**　걱정 마라. 나는 방자하고 상의할 일이 있어 방자하고 지낼 테니 부디 오늘 밤 잘 버티고 내일 꼭 다시 볼 생각을 해야 하느니라.

**춘향**　서방님 품에서 죽을 수 있으니 이번 생은 여한이 없소.

**몽룡**　춘향아… 춘향아…

몽룡, 춘향의 손을 잡으며 흐느낀다.
암전.


# 제9장 동헌

음악과 함께 기생들의 춤이 펼쳐지며 변사또의 생일잔치 장면이 펼쳐진다.
변사또와 수령들이 입장하여 서로 수인사를 나눈 뒤 중앙 커다란 동헌 위에 자리를 잡고 앉는다.
기생들의 춤이 한창일 때 몽룡, 사령을 밀치며 들어온다.

**몽룡**　*아뢰어라, 아뢰어라, 사령아, 아뢰어라.*
　　　　*지나가던 나그네가 술 한잔 얻어먹고 가잔다고 여쭈어라!*

**사령들**　어허, 안 돼오!

음악이 그치면 기생들, 각자 자신의 담당 수령들 옆에 앉는다.

**변사또**　어허, 밖이 왜 이리 소란스럽냐? 당장 내쫓아라.

| 운봉 | 본관장, 의복은 남루하나 양반이 분명하니 말석에 앉히고 술 한잔 대접합시다. |
|---|---|
| 변사또 | 운봉장 뜻이 그러시면 그리 하시오. |
| 운봉 | 여봐라. 저 양반 이리 모셔라! |
| 몽룡 | 여보, 운봉장, 거 기왕이면 나도 기생 불러 〈권주가〉 좀 시켜 주시오! |
| 운봉 | (행수 기생에게) 너 가서 술 한잔 드리고 〈권주가〉 한 곡조 불러드려라! |
| 행수 기생 | (술병과 술잔을 들고 가며) 간밤 꿈에 바가지 쓰고 벼락을 맞더니 내 참, 별꼴을 다 보네.<br>***진실로 이 잔 곧 잡수시면 천만년이나 빌어먹으리다.*** |
| 몽룡 | 하하하, 나 혼자 빌어먹으려면 십대를 빌어먹어도 못 다 빌어먹겠으니 우리 함께 나눠 마십시다! |

몽룡, 술을 확 뿌린다. 모두 화를 내며 투덜거린다.

| 변사또 | 저저, 고얀! (몽룡 보며 맛 좀 보라는 식으로) 엣흠, 관장들 노는 자리에 글이 없 어 재미가 없으니 시 한 수씩 짓되, 만일 못 짓는 자가 있으면 곤장 쳐서 쫓아 내기로 합시다. 어떻소? |
|---|---|
| 일동 | 그럽시다! |
| 변사또 | 그럼, 운 자를 부르겠소. 기름 '고', 높을 '고'. |
| 일동 | 기름 고- 높을 고- 기름 고- 높을 고- |

모두 붓을 들고 운을 흥얼거리며 시를 지으려 할 때 몽룡, 일필휘지하여 운봉에게 시를 주고 일어선다.

| 몽룡 | 좌중에 폐가 많았소이다. |
|---|---|
| 변사또 | 원 시원섭섭하게 벌써 가시나? |
| 몽룡 | 본관장, 또 만날 날이 있을 거요. |
| 변사또 | 그럴 일 없을 거요. 어, 시원하다. |

몽룡, 퇴장한다.

| 운봉 | 이보오 곡성, 이리 좀 와 보시오! |
|---|---|

운봉과 곡성, 한쪽 구석으로 가서 글을 읽는다.

| 운봉 | (시창) *금준미주 천인혈이요.* |
|---|---|
| 곡성 | 금술잔 향기로운 술은 천 사람의 피요. |
| 운봉 | (시창) *옥반가효 만성고라.* |
| 곡성 | 옥쟁반 좋은 안주는 만백성의 기름이라. |
| 운봉 | (시창) *촉루낙시 민루낙이요,* |
| 곡성 | 촛물 방울 떨어질 때 백성 눈물 떨어지고 |
| 운봉 | (시창) *가성고처 원성고라.* |
| 곡성 | 노랫소리 높은 곳에 백성 원성 드높더라. |
| 운봉,곡성 | 아이고, 이 글 속에 벼락 들었다! |
| 합창 | *그때에 어사또는* |
| | *마루 앞에 썩 나서서 부채 펴고 손을 치니,* |

어사복을 입은 몽룡, 무대 한쪽에서 부채짓으로 신호를 보낸다.

| 합창 | *서리 역졸 여러 명이 구경꾼에 섞여 섰다* |
|---|---|
| | *어사또 거동보고 벌떼같이 달려든다* |

방자, 마패를 높이 쳐들며 달려 나온다.

| 방자 | *해 같은 마패를 달 같이 들어 메고,* |
|---|---|
| | *달 같은 마패를 해 같이 들어 메고* |
| 합창 | *암행어사 출도야! 출도야!* |
| | *암행어사 출도 하옵신다!* |
| 몽룡 | *두세 번 외는 소리 하늘이 덥석 무너지고,* |
| | *땅이 툭 꺼지는 듯, 수백 명 구경꾼이* |
| | *둑담 무너지듯 물결같이 흩어지니* |
| | *각 읍 수령 정신 잃고 이리 저리 피신 헐 제,* |
| | *밟히느니 음식이요, 깨지느니 술병이네.* |
| | *장구통 부서지고, 북통은 차구르며,* |
| | *춤추던 기생들은 팔 벌린 채 달아나고* |

창극 춘향

*취타수는 나발 잃고 주먹 쥐고 홍앵홍앵,*

*대포수 총을 잃고 입 방포로 꿍!*

*불쌍하다 관로 사령*

*눈 빠지고 코 떨어지고*

*귀 떨어지고 엎더지고*

*덜미치고 상투치고 달아나며*

**합창**    *우리 골 난리 났네! 난리 났네!*

요란한 음악과 함께 누각이 어지럽게 움직이며 모두 누각 아래로 굴러 떨어지거나 뛰어내려
오고 누각 아래도 난장판이 된다.
원님과 기생들이 도망가고 변사또가 중앙에 꿇어 앉혀지면 음악이 그치고 좌중이 한순간에
조용해지며 역졸들이 도열한다.
몽룡, 동헌 위로 올라서 있다.
방자, 그 옆에서 시중을 든다.


**몽룡**    변학도 듣거라! 너는 이 고을 관장으로서 백성을 돌보지 아니하고 탐학하고
        호색하여 원성이 자자하니 그 죄 국법으로 엄히 다스릴 것이로다!

**변사또**    수의사또, 살려주옵소서. 살려 주옵소서!

**몽룡**    본관 변학도를 봉고파직하고 당장 하옥시켜라!

**역졸들**    예이!

**변사또**    수의사또, 살려 주옵소서. 억울합니다!

**몽룡**    그리고 억울하게 빼앗긴 백성들의 재물을 모두 돌려주고, 옥에 갇힌 죄 없는
        백성들을 모두 석방하라!

**역졸들**    예이!

**몽룡**    그리고 춘향이라는 죄인을 즉시 불러들여라!

**방자**    예이, 춘향 대령하랍신다!

**역졸들**    춘향 대령하랍신다!


춘향, 기생들의 부축을 받으며 등장한다.


**사령들**    춘향, 대령하였소!

669    몽룡, 부채로 얼굴을 가리고 목소리를 바꿔서 말을 한다.

**몽룡**      춘향 듣거라. 너는 기생의 자식으로 관장의 명을 거역하고 발악을 하였다니 어찌 살기를 바라느냐?

주변에서 지켜보는 이들, 놀라서 웅성거린다.

**춘향**      두 지아비 섬기기가 두 임금 섬기는 일과 같아 그리 알고 거역했지 발악한 적 없사옵니다.

**몽룡**      네가 본관 수청은 거역하였지만 잠시 지나가는 수의사또 수청도 거역할 것이냐?

주변에서 지켜보는 이들, 놀라서 웅성거린다.

**춘향**      *허허, 갈수록 산이네 그려.*
*태산을 넘고 나면 평지가 있다는디*
*나는 갈수록 산이네 그려.*
*내 아무리 죽을망정*
*두 낭군 말씀이 당치않소.*
*어서 급히 죽여주오.*

몽룡, 손에서 춘향이가 주었던 옥반지를 빼어 눈을 찡긋하며 방자에게 준다.
방자, 눈을 찡긋한 다음 옥반지를 춘향에게 가져다준다.

**방자**      춘향아, 어사또께서 주시는 거다.

방자를 보고서 놀란 춘향, 옥반지를 보다가 동헌 위를 보더니 두 눈을 크게 뜨고 몽룡을 바라본다.
기대에 찬 몽룡, 미소를 지으며 안으려고 내려오는데 춘향, 몸을 홱 돌리며

**춘향**      또 이걸 주고 이별하자 하실 겁니까?

창극 춘향

**몽룡**            춘향아, 상전이 벽해 되고 벽해가 상전이 되도록 영원히 변하지 않겠다고 내
                      굳게 맹세하마!

몽룡, 춘향의 손에 옥반지를 끼워준다.

**몽룡**            춘향아!
**춘향**            도련님!

춘향과 몽룡, 굳게 껴안는다.
그때 월매, 소리치며 들어온다.
그 뒤에 향단이 따라 들어온다.

**월매**            어사 장모 행차허신다!
**향단**            어사 장모 행차요!
**월매**            *도사령아, 큰 문 잡아라.*
                      *어사 장모 행차 허신다!*
                      *열녀 춘향 누가 낳았나?*
                      *말도 마소, 내가 낳았네. 내가 낳았어.*
                      요놈들, 오늘도 삼문 간이 억시냐?
                      *얼씨구나 절씨구*
                      *얼씨구 절씨구 지화자 좋네*
                      *얼씨구나 절씨구*
                      *이 궁둥이를 두었다가*
                      *논을 살까, 밭을 살까?*
                      *흔들대로 흔들어 보자.*
**합창**            *얼씨구 절씨구*
                      *얼씨구 절씨구 지화자 좋네.*
                      *얼씨구나 절씨구.*
**방자,향단**   *사랑 사랑 사랑 내 사랑이야.*
                      *사랑이로구나 내 사랑이야.*

*이히 이히히히히 내 사랑이로다.*
*아마도 내 사랑아*
*이히 이히히히히 내 사랑이로다.*
*아마도 내 사랑아*

몽룡과 춘향, 옷을 갈아입고 나온다.

**춘향**　　*하늘가에 우뚝 솟은*
　　　　*태산 같이 높은 사랑*
**몽룡**　　*아름답고 향기로운*
　　　　*꽃과 같이 고운 사랑*
**함께**　　*세월아 네월아*
　　　　*가지를 말어라.*
　　　　*모진 광풍에 꽃이 지면*
**몽룡**　　*우리님 고운 뺨에*
　　　　*도화색이 사라지고*
**춘향**　　*가을바람에 서리 오면*
　　　　*호탕하신 도련님이*
　　　　*백발가를 부르신다.*

춘향과 몽룡, 함께 그네를 탄다.
모두 흥겨운 춤을 추며 노래를 부른다.

**합창**　　*달아, 달아, 밝은 달아.*
　　　　*네 아무리 바쁘어도*
　　　　*중천에 멈춰 있어*
　　　　*내일 날 오지 말고*
　　　　*백 년 천 년 이 밤 같이*
　　　　*이 모양 이대로*
　　　　*늙지 말게 하여 다오.*
　　　　*사랑이로구나, 내 사랑이야.*
　　　　*어허 둥둥 내 사랑.*

창극 춘향

*어허 둥둥 내 사랑.*
*사랑 사랑 어허 어허*
*어허 둥둥 내 사랑.*
*어허 둥둥 내 사랑.*
*내 사랑아--*


- 막 -

## 673 창극 **춘향** (2020년 작)

**대본, 연출** 김명곤

---

**줄거리** 일 년 중 가장 아름다운 시절, 오월 단옷날을 맞아 퇴기 월매의 딸 춘향은 나들이를 나갈 생각에 한껏 들떠 있다. 창포물이 담긴 물에 댕기머리를 감고 화장도 곱게 마친 춘향은 하인 향단과 함께 광한루에 나가 그네를 뛴다.

마침 남원부사인 아버지를 따라 남원으로 내려온 이몽룡도 광한루 나들이를 즐기는데 그네 뛰는 춘향을 우연히 발견하고는 한눈에 반한다. 몽룡은 하인 방자에게 춘향을 불러오라 하지만 춘향은 아무리 양반이라도 부른다고 무조건 갈 수 없다며 단번에 거절한다.

춘향이 눈에 아른거려 애가 탄 몽룡은 방자와 함께 춘향 집을 찾아가 그녀를 향한 진심을 전하고 춘향과 몽룡은 평생 사랑을 맹세한 후 백년 가약을 맺으며 사랑하게 된다. 그러나 남원부사가 내직으로 승진하여 한양으로 돌아가게 되자 두 사람은 이별한다.

춘향이 한양으로 떠난 몽룡을 그리워하며 지낼 때, 정무에는 관심이 없고 오로지 주색잡기에만 혈안인 신관사또 변학도가 남원으로 부임한다. 기생점고에 춘향이 보이지 않자 변학도는 사람들에게 춘향을 붙잡아 올 것을 명령하고 춘향은 당당하게 변학도를 찾아간다.

변학도는 춘향에게 회유와 협박으로 수청을 강요하지만 춘향은 이에 강하게 거역하다 모진 매를 맞고 옥에 갇혀 죽을 지경에 처한다. 한편, 한양에서 장원급제한 이몽룡은 거지 차람으로 위장한 뒤 남원으로 내려 와 옥중 춘향과 재회한 뒤 변학도의 생일잔치날 어사 출도를 하여 춘향을 구하고 영원한 사랑을 맹세한다.

---

국립창극단이 1998년에 선보인 「완판 창극 춘향전」과 임권택 감독이 2000년에 선보인 영화 〈춘향뎐〉의 시나리오에 이어 2020년의 「창극 춘향」은 한 작가가 같은 소재를 세 번째 변주한 작업으로 독특한 의미를 가진다.

작품 속 춘향의 모습은 시대에 따라 여러모로 변해왔다. 2020년, 젠더 감수성이 화두가 되고, 여성 인권의 중요성이 강조되는 시대 흐름에 따라 춘향은 더 이상 남자에게 끌려다니는 나약한 여성이 아니다. 이몽룡이 영원한 사랑을 맹세하며 건넨 혼인 증서를 춘향은 박박 찢어 버린다. "한 남자와 여자로 사랑을 하는데 이런 징표 따윈 필요 없다"는 뜻이다. 서울로 떠난다며 갑작스러운 이별을 통보하는 이몽룡을 눈물로 보내는 대신 "어떻게 그럴 수 있느냐"고 따져 묻는다.

춘향이 몇 년 동안 편지 한 장 없는 이몽룡을 하염없이 기다리기만 하는 게 답답했

다고?「창극 춘향」에서는 두 사람이 재회하는 시간을 확 줄여 혹시 있을지 모를 거부
반응을 차단한다.

창극 흥보展

| | | |
|---|---|---|
| 흥보 | 흥보자식들 | 제비마녀들 |
| 놀보 | - 첫째아들(18세) | - 설부용 |
| 흥보처 | - 첫째딸(16세) | - 장금연 |
| 놀보처 | - 둘째아들(14세) | - 오유란 |
| 마당쇠 | - 둘째딸(12세) | - 금마리 |
| 제비여왕 | - 셋째아들(10세) | - 주울리 |
| 총리제비 | - 셋째딸(8세) | - 차크라 |
| 흰고깔제비(여) | 도승 | - 핑크럴 |
| 검은고깔제비(남) | 삼월이 | - 로우지 |
| 흰털발제비(여) | 상전 | 삯꾼들 1~4 |
| 흰털발제비(남) | 상주 | 상여꾼들 1~4 |
| 청꼬리제비(남) | 초란이 | 궁녀제비들 1~6 |
| 귀제비(여) | 일꾼들 | 병사제비들 1~3 |
| 강호방 | 대목들 | |
| 두부장수 | 마을 사람들 | |

# 제1막

## 제1장 제비나라 궁전

이국풍의 음악이 흐르며 환상적이며 아름다운 영상과 함께 '제비나라' 궁전이 나타난다.
제비와 요정의 이미지를 기초로 한 이국풍의 의상을 입은 궁녀제비들이 합창하며 춤춘다.
제비여왕, 총리제비와 병사제비들의 호위를 받으며 서 있다.

**합창**　　　*가슴 펴고 두 날개 펼치고*
　　　　　　*당당하게 날아라.*
　　　　　　*선한 마음 버리지 말고*
　　　　　　*거센 바람 이겨내라.*

모두 춤을 멈추고 도열한다.

**제비여왕**　　*비구름 물러가고*
　　　　　　*따사로운 햇살 비추니*
　　　　　　*저 먼 북쪽 하늘에서*
　　　　　　*점점이 날아오는 나의 백성들이여.*
　　　　　　*그립고 그리웠다.*
　　　　　　*어서들 오라---*
**총리제비**　　*예이- 러시아에서 돌아온 흰털발제비-*

러시아풍의 음악과 함께 흰털발제비부부, 풍성한 깃털을 단 의상을 입고 발레 듀엣 동작으로
등장한다.

**흰털발제비여**　*시베리아 횡단 열차 길을 따라*
　　　　　　　*북동쪽 훨훨 날아*
**흰털발제비남**　*대구, 연어, 청어, 송어,*
　　　　　　　*온갖 물고기 뛰어놀고*
**제비부부**　　*불곰이 사는 캄차카 반도!*

창극 흥보展

**흰털발제비남** *온천과 화산, 천혜의 자연이 있는 그곳에서*

*천생연분 아내를 만나 결혼을 하였는데*

**흰털발제비여** *후쿠시마 원전 오 염수 때문에*

*환경오염, 방사능오염, 나날이 심해져서*

**제비부부** *고국에서 출산하려 부랴부랴 왔나이다.*

**제비여왕** 지구촌의 오염이 나날이 심해지니 걱정이 태산이구나. 청정하고 따뜻한 고
국에서 건강한 아기를 낳도록 하여라.

**제비부부** 예이-

흰털발제비부부, 제비여왕에게 발레 동작으로 멋진 인사를 하고 뒤로 물러간다.

**총리제비** *다음은, 중국에서 돌아온 청꼬리제비---*

중국풍의 음악과 함께 청꼬리제비가 취권 동작으로 비틀비틀 빙그르르 나오면서 노래한다.

**청꼬리제비** *천 가지 술의 천국*

*중국에서 노니는 동안*

*이집 저집 반갑다 환영주,*

*황사 먼지 이겨낸다 해독주,*

*떠난다니 아쉽다 이별주.*

*독한 빼갈 수천 잔 마시다 보니*

*취흥이 도도하여*

*해롱해롱- 비틀비틀- 날아왔나이다.*

**제비여왕** 너는 술을 좀 줄여야겠다. 술에는 잠이 보약이니 숙취가 빠질 때까지 꿀잠자
거라.

**청꼬리제비** 예이-

청꼬리제비, 비틀거리며 자기 자리에 간다.

**총리제비** *다음은, 일본에서 돌아온 귀제비-*

가부키풍의 음악이 흐르며 귀제비, 기모노풍의 의상을 입고 가부키 동작으로 등장한다.

**2부 소리극**

| | |
|---|---|
| 귀제비 | *아나따노 가부키 공연단이노 따라* |
| | *도쿄 아사쿠사, 교토 긴카쿠지,* |
| | *오이타 유후인 온천, 북해도 오타루 운하* |
| | *이리저리 요리조리 구경하고 다니는데* |
| | *태풍이노, 해일이노, 화산이노, 지진이노, 코로나노* |
| | *조그마한 땅덩이가* |
| | *어찌나 요란하고 불안한지* |
| | *목숨이 위태로워 부랴부랴 왔스무니다.* |
| 제비여왕 | 살아 돌아온 것만으로도 천만다행이구나. |
| 총리제비 | *다음은, 한국에서 돌아온 흰고깔제비---* |

흰 치마저고리를 입은 흰고깔제비, 한쪽 다리를 오색실로 싸맨 채 들어온다.

| | |
|---|---|
| 제비여왕 | 너는 다리를 왜 절뚝이느냐? |
| 흰고깔제비 | 우여곡절, 구사일생, 기막힌 사연을 아뢰고자 단숨에 날아왔나이다. |
| 제비여왕 | 무슨 사연인가? |
| 흰고깔제비 | *금수강산 한국 땅도* |
| | *환경파괴, 기후변화 갈수록 심해져서* |
| | *둥지 틀 곳 점점 사라져가는 터에,* |
| | *마음 편히 지낼 수 있는* |
| | *주인집을 물어물어 찾다가,* |
| | *깊은 산속 어느 움막에 사는* |
| | *박흥보 씨 댁으로 우연히 날아들게 되었지요.* |
| | *그런데 그 집안 형편이 차마 눈 뜨고 볼 수 없을 지경으로 가난했지요.* |
| 제비여왕 | (걸어 내려와서) 어찌하여 그리 가난하게 되었다더냐? |
| 흰고깔제비 | 흥보 씨는 본래 형 놀보와 함께 살았는데 어느 날 형한테 갑자기 쫓겨났답니다. |

서서히 암전되며 중간막이 내려오면, 흰고깔제비 막 앞에 혼자 남아 관객에게 이야기를 한다.

## 제2장 놀보 집 방안

| | |
|---|---|
| 흰고깔제비 | 사람마다 오장이 육부인데 놀보는 칠부였답니다. 어찌하여 칠부냐 하면 왼 |

쪽 갈비 밑에 주먹만 한 심술부가 딱 붙어 가지고 밥만 먹고 나면 심술을 부
리는데 꼭 이러더랍니다.

*대장군방 벌목하고,*

*삼살방에 이사권코,*

*오귀방에다 집을 짓고,*

*불 붙는 데 부채질.*

*애호박에다 말뚝 박고,*

*길가는 과객 양반*

*재울 듯이 붙들었다,*

*해가 지면 내어쫓고.*

*초라니 보면 딴 낯 짓고,*

*거사 보면 소고 도적.*

*의원 보면 침 도적질.*

*양반 보면 관을 찢고,*

*수절과부는 모함 잡고,*

*우는 아기는 발가락 빨리고*

*똥 누는 놈 주저앉히고,*

*간장독에다 오줌 싸기…*

흰고깔제비가 노래를 잠깐 멈추면 장단은 계속 흐르고 놀보, 기다란 곰방대 들고 방안에 드
러누워서 마당쇠를 부른다.

**놀보**　　마당쇠야!
**마당쇠**　예! (쪼르르 달려와서) 마당쇠 대령이요!
**놀보**　　너 가서 흥본지 흥본지 당장 오라 그래라.
**마당쇠**　예.

마당쇠, 퇴장하면 흰고깔제비, 노래를 마무리한다.

**흰고깔제비**　*이놈의 심술이 이래노니*

　　　　　　　*삼강을 아느냐, 오륜을 아느냐.*

　　　　　　　*이런 난장을 맞을 놈이.*

**놀보**　(귀를 자꾸 후비며) 허, 어떤 놈이 내 욕을 하나? 아까부터 귀가 왜 이리 근질근
　　　　질하냐?

놀보, 곰방대 빨고 있는데 부채를 든 흥보, 등장한다.

**흥보**　형님, 부르셨습니까?

**놀보**　불렀으니 네가 왔지. 너, 나이가 몇이냐?

**흥보**　서른일곱입니다.

**놀보**　그래, 서른일곱이나 처먹은 놈이 늙어가는 형한테 빌붙어서 하루 종일 빈둥
　　　　대며 그러고 살 거냐?

**흥보**　혀, 형님, 그, 그게 무슨 말씀입니까?

**놀보**　네 이놈아, 말 들어라.
　　　　*부모님 살았을 제 너와 나를 차별하여*
　　　　*기르던 일을 너도 잘 알 것이다.*
　　　　*네 놈은 영리하고 착하다고*
　　　　*힘든 일은 안 시키고*
　　　　*주야로 글만 읽혀 과거 급제 바라시며*
　　　　온갖 뒷바라지 다 하셨는데 네 놈이 아홉 번 낙방 끝에 집안 살림 거덜 내니
　　　　낙담하고 한탄하다 병들어 돌아가시지 않았느냐. 자식들은 제비 새끼마냥
　　　　줄줄이 낳아 놓고 언제까지 형 덕만 보고 살 것이냐. 대책 없는 네 놈 행실 더
　　　　이상 두고 볼 수가 없다. 처자식들 데리고 당장 나가거라!

**흥보**　형님!

**놀보**　썩 나가, 이놈아!

**흥보**　*아이고 형님, 부모님 돌아가신 후에*
　　　　*형님을 부모처럼 믿사옵고*
　　　　*세상 물정 모르고서 여태까지 지냈는데*
　　　　*형님이 버리시면 어디 가서 산단 말이오?*

흥보처, 앞치마를 두른 채 급히 등장. 놀보처도 급히 등장한다.

창극 흥보展

| 흥보처 | 시숙님, 갑자기 나가라시면 엄동설한에 어린 자식들 데리고 어디 가서 살란 말입니까? |
|---|---|
| 놀보 | 갈 데가 왜 없어? 내가 일러줄까? |

*제수씨는 인물 좋고 몸매 좋아*

*기생 때깔이 나니 번화한 포구 찾아가서*

*뒷박술 받아다가 들병장사 하노라면*

*푼푼이 돈이 모일 것이요.*

*밑천이 생기거든 노름방 꾸며 놓고*

*흥보는 투전판 회계 보고,*

*제수씨는 술상 끼고 옆에 앉아*

*간간이 술을 따르고 선웃음 한 번 하면*

*호기 있는 노름꾼들 물 쓰듯 돈 쓸 테니*

*이삼 년만 그리하면 거부 장자가 될 것이니 썩 나가시오!*

| 흥보처 | *반남 박씨 양반 가문에서* |
|---|---|

*노름방이 웬일이며, 들병장사 웬 말씀이요?*

*그런 욕된 말씀 그만하고,*

*정 우리를 내보내시겠다면*

*집도 반으로 나누고, 전답도 반씩 가르고,*

*살림도 반씩 나누어 주십시오.*

| 놀보 | 뭐, 뭐라구? 반반? |
|---|---|
| 놀보처 | 이봐, 동서. 어디서 그런 뻔뻔스런 말을 하나? |

*둘째 아들 과거에 목맨 시부모*

*집안 살림 거덜 나자 병들어 돌아가시고*

*친정서 해 준 패물 팔아 겨우 살림 장만해,*

*친정서 꾸어온 돈으로 논, 전답 사들였다*

*값 오르면 다시 팔고 겨우 불린 재산인데*

*그걸 나눠 달라구?*

*그런 말 또 하게 되면 살인사건 날 것이니*

*잔말 말고 썩 나가!*

| 놀보 | 마당쇠야! |
|---|---|
| 마당쇠 | 예! |
| 놀보 | 이놈 식구들 어서 내쫓고 대문 걸어 잠가라! |

2부 소리극

| 마당쇠 | 서방님, 갑자기 그러시면… 허, 이거 참… |
|---|---|
| 홍보처 | 마당쇠야, 그럴 것 없다. 우리 발로 걸어 나가겠다. |
| 홍보 | 아이고, 형니임… |
| 홍보처 | 이제부터 형님이라 부르지도 마시오. 야속하고 무정한 인간들, 어서 갑시다! |
| 놀보 | 뭐, 뭐야? |

홍보처, 홍보를 끌고 퇴장한다.

| 놀보 | 저, 싸가지없는 여편네 말하는 뽄새 좀 보소! |
|---|---|
| 놀보처 | 그렇게 야속하면 독립해서 잘 살면 될 것 아니야? |
| 놀보 | 그러게 말이야. |
| 놀보처 | 저것들 쫓아 보내고 나니 앓던 이가 쑤욱 빠진 것 같소. |
| 놀보 | 에헤- 십년 묵은 체증이 쑤욱- 쑤우욱- 내려가는 것 같네. |
| 놀보처 | 여보-! |
| 놀보 | 으-응? |
| 놀보처 | 우리 오랜만에 닭 잡아서 인삼, 황기, 대추, 마늘 넣고 푹 고아서 오붓하게 먹읍시다. |
| 놀보 | 그래, 그래, 저것들 때문에 몇 년 동안 고기 냄새도 못 피웠잖은가. 어서 닭 잡으러 갑시다. |
| 놀보처 | 그럽시다-ㅇ! |

놀보 부부, 다정하게 퇴장하면 놀보집 마당으로 무대 전환된다.

## 제3장 놀보 집 마당

| 마당쇠 | (분이 나서) 에이, 오사육시럴 인간들. 닭 처먹다가 닭뼈가 모가지에 콱 걸려서 뒈져 버려라. 아니, 요새 저승사자들은 이런 때 안 오고 뭐하고 자빠졌나? 에라, 다른 집에서는 귀신 쫓는 축귀경을 읽더라만 나는 이 망할 놈의 집구석에다가 온갖 귀신 불러들이는 청귀경을 한 번 읽어 볼란다. |
|---|---|
| | ***삼십삼천 도솔천*** |
| | ***일월성신, 이십팔수, 마귀사탄, 염라대왕,*** |
| | ***오방신장, 여래보살, 오백나한, 금강신장,*** |

*성주대감, 터주대감, 원귀고혼, 잡귀잡신,*

*역신님네들이시여.*

*왼갖 괴질 몰아다가*

*이 집에 퍼부어서*

*간암, 폐암, 위암, 대장암,*

*학질, 이질, 황달, 흑달,*

*아구창, 연주창, 등창, 종창,*

*간질, 치질, 임질, 매독,*

*두통, 치통, 생리통에*

*코로나 센 놈까지 모두 몰고 들어와서*

*놀보 놈 좀 잡아가시오!*

잡아가시오! 잡아가시오!

마당쇠, 화통하게 청귀경을 읊는데 놀보, 등장한다.

**놀보**　　　마당쇠야!

마당쇠, 흠칫 놀란다.

**놀보**　　　너 지금 누구 잡아가라고 소리지르냐?
**마당쇠**　　아, 예. 작은서방님 잡아가라고 했어요.
**놀보**　　　어째서?
**마당쇠**　　큰서방님을 하도 귀찮게 하니까요.
**놀보**　　　헤헤, 잘했다. 소금 한 됫박 퍼다 집 안 구석구석 뿌리고, 마당도 그냥 깨끗
　　　　　　이 쓸어내라!
**마당쇠**　　예.
**놀보**　　　아하, 개운하고 시원하다.

놀보, 지켜보는데 마당쇠, 뭔가 꾀를 생각해내더니 놀보를 향해서 비질을 해대기 시작한다.

**놀보**　　　아니 이 썩을 놈아. 대문 쪽으로 비질을 해야지 왜 안쪽으로 해?
**마당쇠**　　아따, 서방님. 뭘 모르시네요.

**2부 소리극**

| 놀보 | 내가 뭘 몰라? |
| 마당쇠 | *개문하면 만복래요, 소지하면 황금출이라---* |
| 놀보 | 개문하면… 어쩌고 어쩌? |
| 마당쇠 | 문을 열면 만복이 들어오고, 마당을 쓸면 황금이 들어오느니라--- |
| 놀보 | 그래서? |
| 마당쇠 | 마당을 밖으로 쓸면 황금이 밖으로 나갈 것이고- |
| 놀보 | 나갈 것이고- |
| 마당쇠 | 안으로 쓸면 황금이 안으로 들어올 것 아닙니까? |
| 놀보 | 거 말 되는구나! |
| 마당쇠 | 그럼 안으로 비질할 테니 황금을 잘 받으십시오. |
| 놀보 | 그래, 그래. 황금 좀 받게 옹골차게 쓸어 봐라. |
| 마당쇠 | 자, 황금 들어갑니다요! |

마당쇠, 신이 나서 장단과 함께 비질한다.

| 놀보 | (옷을 펼쳐 받으며) 에퉤퉤, 황금이로구나! |

마당쇠, 이쪽저쪽으로 비질을 해대면 퉤퉤거리며 복을 받는 놀보.

| 마당쇠 | (문득 허공을 보고는 허공에다 비질을 하며) 요놈! 요놈의 참새! |
| 놀보 | 잉? |
| 마당쇠 | 아따, 저기 참새 새끼들이 곡식 알갱이를 물고 달아납니다요? |
| 놀보 | 뭐? 어서 잡아라! |
| 마당쇠 | (비질) 요놈의 참새! 죽어라, 요놈의 참새! |
| 놀보 | 어디냐 어디? |
| 마당쇠 | (무대 왼쪽 허공을 가리키며) 저쪽으로 달아납니다요! |

마당쇠, 뒤쫓아 가서 놀보의 등을 빗자루로 후려친다.

| 마당쇠 | (무대 오른쪽 허공을 가리키며) 워메, 또 날아가네요! |
| 놀보 | 어디냐, 어디? |

놀보, 마당쇠가 가리킨 곳을 쫓으면 마당쇠, 뒤따라가서 다시 놀보의 등짝을 후려치고 다시
무대 중앙 앞쪽을 가리킨다.

**마당쇠**　　　이번엔 저쪽이요!
**놀보**　　　어디냐, 어디!

마당쇠, 다시 쫓아가서 놀보의 등을 후려치면 주저앉는 놀보.

**놀보**　　　아이고, 이놈이 참새 잡다 나부터 잡겠구나. 네 이놈!

마당쇠, 하수로 도망가고 놀보, 쫓아 들어간다.

## 제4장　흥보네 움막

음악과 함께 다 쓰러져가는 까치집 형상의 움막으로 전환된다.
흥보처와 자식들, 낡고 초라한 잡동사니가 들어 있는 수레를 끌고 노래 부르며 걸어간다.
어린 자식들은 수레 위에 올라타 있다.

**흥보 자식들**　*우리 집 꼴 좀 보소.*
**셋째 딸**　　*발을 뻗고 누우면 발목이 밖으로*
**흥보 자식들**　*쑤욱!*
**셋째 아들**　*멋모르고 일어서면 머리가 지붕 위로*
**흥보 자식들**　*쑤욱!*
**둘째 딸**　　*앞문은 살이 없고, 뒷문은 틀만 남아*
**둘째 아들**　*썩어가는 헌 문짝 벽에다가 기대 놓고,*
**흥보 자식들**　*차가운 칼바람은 살 쏜 듯이 들어오고,*
　　　　　　　*부엌에다 불을 때면 방 안은 굴뚝이요,*
　　　　　　　*가랑비만 내려도 방 안에는 굵은 비네.*

흥보 처, 수레를 멈추고 나물 바구니를 꺼낸다.

**첫째 딸**　　어머니, 오늘도 나물죽이오?

**흥보처**　　　푹푹 삶아 맛있게 해 줄 테니 잠깐만 기다려라.

흥보 처, 앉아서 나물을 다듬는다.

**셋째 딸**　　　*엄마 엄마 우리 엄마.*
　　　　　　　*가래떡 쪄서 손가락만큼*
　　　　　　　*숭덩숭덩 썰어 놓고,*
**흥보 자식들**　*썰어 놓고!*
**셋째 아들**　　*쌀뜨물에 고춧가루 풀어*
　　　　　　　*간장 한 숟갈, 설탕 세 숟갈*
　　　　　　　*넣고, 썰고, 깨 뿌려 보글보글 졸인*
　　　　　　　*그거 먹고 싶다아--*
**흥보 자식들**　*떡볶이--*
**둘째 아들**　　*엄마 엄마 우리 엄마*
　　　　　　　*푹 곰삭은 김치를 종종종종 썰어내어*
　　　　　　　*밀가루 반죽에 휘휘 저어*
　　　　　　　*솥뚜껑에 좌르르 기름 두르고*
　　　　　　　*한 국자씩 얇게 펴서*
　　　　　　　*지글지글 부쳐낸 그거 먹고 싶다아--*
**흥보 자식들**　*김치전--*
**둘째 딸**　　　*엄마 엄마 우리 엄마.*
　　　　　　　*싱싱한 소고기 육사시미*
**흥보 자식들**　*육사시미--*

나란히 앉은 흥보 자식들, 모두 허기져서 쓰러질 지경이다.

**둘째 딸**　　　닭 잡아서 백숙--
**셋째 아들**　　돼지 잡아서 족발--
**셋째 딸**　　　흰쌀밥에 갈치구이--
**흥보 자식들**　갈치구이--
**흥보처**　　　아이그, 요놈들 배는 곯았어도 입맛은 살아 있구나.

| 첫째 아들 | *어머니- 어머니---* |
|---|---|
| 홍보처 | 아이구, 우리 큰아들! 너는 왜 울고 오냐? |
| 첫째 아들 | *나는 밥도 싫고 돈도 싫고* |
| | *잠 안 오는 병이 있소.* |
| 홍보처 | 무슨 병? |
| 첫째 아들 | *어머니 아버지 공론하여* |
| | *나 장가 좀 보내주오.* |
| | 아버지 어머니는 손자도 안 보고 싶소? |
| 홍보처 | 뭣이 어째? |
| | *어따, 이놈아.* |
| | *야 이놈아, 말 듣거라.* |
| | *내가 형세가 있고 보면* |
| | *네 장가가 여태 있으며,* |
| | *중한 가장을 못 먹이고,* |
| | *어린 자식들을 벗기겠느냐?* |
| | *못 먹이고 못 입히는* |
| | *어미 간장이 다 녹는다.* |

자식들과 홍보처, 껴안고 울음바다가 된다.
거지꼴이 된 홍보, 너덜너덜한 낡은 부채를 손에 들고 등장한다.

| 홍보 | 여보, 울지 마오. 애들아 울지 마. 뚝! |
|---|---|

모두 울음을 그친다.

| 홍보 | 나 읍내 좀 다녀올라네. |
|---|---|
| 홍보처 | 읍내는 뭐하려요? |
| 홍보 | 환곡이나 타올까 하네. |
| 홍보처 | 환곡? 우리 형편에 관청에서 곡식을 꾸어 주겠소? |
| 홍보 | 환곡 담당 호방하고 안면이 있으니 사정이라도 해봐야지. 나 다녀옴세. |

| 홍보처 | 조심히 다녀오시오. |
| 홍보 자식들 | 아빠, 잘 다녀오세요. |
| 홍보 | 오냐. 다녀오마. |

홍보는 병영길을 떠나고 홍보처와 자식들, 수레를 끌고 퇴장한다.

## 제5장 병영 앞

홍보가 대사를 하는 동안 무대가 병영으로 전환된다.

| 홍보 | 큰소리치고 오기는 왔지만 호방하고 인사할 일이 걱정이구나. 하시오를 하자니 반남 박가 양반집 자손으로서 내가 밑지겠고, 하게를 하자니 호방이 기분 나빠할 것이고… 이 일을 어쩔꼬… 옳지, 웃음으로 넘겨야겠구나. |

그때 손에 조그마한 노트를 들고 호방이 지나간다.

| 홍보 | 아, 저… 강호방… 허허허… |
| 호방 | 아, 박생원 아니시오? 어쩐 일이시오? |
| 홍보 | 환곡을 좀 꾸어 주시면 가을에 갚아드리지요마는, 허허허… |
| 호방 | 그래요? 아, 그러지 마시고 품 하나 파실라오? |
| 홍보 | 돈 생길 품이면 팔고말고! |
| 호방 | 곤장 맞는 일인데? |
| 홍보 | 곤장? |
| 호방 | (노트를 보며) 우리 고을에 권좌수 있지 않소? |
| 홍보 | 어… 알지. |
| 호방 | *그이가 사기죄로 잡혀 들어왔는데,* |
| | *좌수 대신 곤장 열 대만 맞으면* |
| | *한 대에 석 냥씩 서른 냥을 준답디다,* |
| | 그리고 말 타고 다니라고 마삯 닷 냥까지 받아 놨다오. |
| 홍보 | 그럼… (손가락으로 셈을 해보고) 서른다섯 냥? 하, 하겠소! |
| 호방 | 참말이오? |
| 홍보 | 그럼. 그리고 말 탈 것 없이 이 두 다리로 다녀올 테니 마삯 닷 냥은 먼저 주시오. |

호방       글랑 그리하시오. 자, 다섯 냥이요.

호방, 지갑을 꺼내어 다섯 냥을 준다.


흥보       고, 고맙소!
호방       그럼 내일 아침에 봅시다.
흥보       그럽시다.


호방, 퇴장한다.
흥보, 돈을 들고 이리 보고 저리 보며 좋아한다.


흥보       *얼씨구나. 얼씨구나 돈 봐라.*
         *지화 지화자 돈 보소 돈.*


그때, 종을 치며 지나가는 늙은 두부 장수가 흥보의 발길을 멈추게 한다.


두부 장수   두부가 왔어요- 두부가 와-
         *두부 사려어-- 두부 사려어--*
         *단백질 보충에 영양 만점--*
         *순두부-- 연두부--*
         *얼큰한 마파두부, 김치찌개, 된장찌개--*
         *콩비지 찌개도 좋아라--*
         *콩비지 찌개도 좋아라--*
흥보       어르신! 콩비지 좀 주오.
두부 장수   얼마치?
흥보       닷 푼어치, 아니 자식이 (손가락으로 여섯을 세며), 비지 좋아하는 우리 아내까
         지, 에라 한 냥어치!
두부 장수   한 냥어치라. 자, 기분이다. 옛다, 덤으로 한 모 더 줄게. 맛나게 먹어-


두부장수, 비지를 건네준다.
흥보, 한 냥을 준다.

| 691 | 두부 장수 | 두부가 왔어요- 두부가 와- |
|---|---|---|
| | 흥보 | *얼씨구나 돈 보소.* |
| | | *지화자자자 돈 보소.* |
| | | 여보, 나 왔소! |

흥보가 노래하는 동안 무대 전환된다.

## 제6장 흥보네 움막 마당

흥보처, 등장한다.

| 흥보처 | 예! |
|---|---|
| 흥보 | (비지를 주며) 여보, 이 콩비지 빨리 애들 먹이고, (돈을 주며) 이 돈으로 쌀 사고 고기 사서 자식들 배부르게 먹이세. |
| 흥보처 | (돈을 보며) 하이고, 대체 이 돈이 어디서 났소? |
| 흥보 | 쉬이! |

흥보, 흥보처에게 속삭인다.
장단과 함께 귓속말을 하다가 장단이 갑자기 끊어지며 흥보처, 털썩 주저앉는다.

| 흥보처 | *허허, 이게 웬 말인가?* |
|---|---|
| | *마오. 마오. 가지 마오.* |
| | *병영 영문 곤장 한 대만 맞고 보면* |
| | *평생 골병이 든답디다.* |
| | *가지를 말라면 가지 마오!* |
| | *제발 덕분에 가지를 마오!* |
| 흥보 | 왜 이리 울고불고 난리야? 선금까지 받아 왔는데 관청에 신용을 잃으면 어쩌라구? |

자식들, 우르르 몰려온다.

| 첫째 딸 | 아버지, 돈 벌러 읍내 가시오? |
|---|---|
| 흥보 | 그래. 간다. |

| | |
|---|---|
| **첫째 딸** | 그럼 돌아오는 길에 나 구두 하나 사다 주시오. |
| **홍보** | 알았다. |
| **둘째 아들** | 아버지, 나는 나 닮은 호떡 하나 사다 주시오. |
| **홍보** | 그래, 그래. |
| **둘째딸** | 나는 뻥튀기. |
| **셋째아들** | 나는 알사탕. |
| **셋째딸** | 아버지, 나는 풍선! |
| **홍보** | 오냐 오냐. 사다 주마. |
| **첫째아들** | 아버지, 나는 장가가게 집 한 채 사다 주시오. |
| **홍보처** | 하이고, 이 속 없는 놈아! 집 한 채가 그리 쉽게 살 수 있으면 우리가 왜 이러고 살겠냐? 자, 자, 어서들 비지 먹으러 가자. |
| **홍보 자식들** | 아빠, 안녕히 다녀오세요. |
| **홍보** | 그래. 아빠, 다녀오마. |

홍보처와 자식들, 우루루 퇴장한다.
그 모습을 보며 쓸쓸히 웃는 홍보.


# 제7장 병영 앞

| | |
|---|---|
| **합창** | *매우 쳐라!* |
| | *에이!* |

곤장 치는 소리와 함께 무대 전환.
비명 소리가 낭자하다.
홍보, 벌벌 떨며 안을 들여다본다.

| | |
|---|---|
| **홍보** | 아이구, 내가 산채로 저승길을 왔나 보다. |

강호방, 등장한다.

| | |
|---|---|
| **홍보** | 강호방. |
| **호방** | 박생원 오셨수? |

| 흥보 | 아, 약속대로 곤장 맞으러 왔소. 허허허… |
|---|---|
| 호방 | 하, 그거… 긇았소 긇아. |
| 흥보 | 긇다니? |
| 호방 | 아까 어떤 놈이 박생원 대신이라면서 곤장 열 대 맞고 돈 서른 냥 타 가지고 벌써 가 버렸소. |
| 흥보 | 에? 그놈이 어떻게 생겼던가? |
| 호방 | 키가 작딸막허고, |

> *모기 눈 주걱턱에,*
>
> *빈대코 벌름 벌름*
>
> *벌름 벌름 벌름 벌름 벌름거리면서*
>
> *매 한번 잘 맞습디다.*

| 흥보 | 아뿔사! 아내가 가시오 마시오 울어대는 통에 뒷집 꾀쇠아비가 엿듣고 선수쳤구나! |
|---|---|
| 호방 | 거 참, 아쉽게 됐소. 쯧쯔쯔… |

호방, 퇴장한다.

| 흥보 | *아이고, 아이고, 내 신세야,* |
|---|---|
| | *매 맞으러 오는 데도 손재수가 붙었으니* |
| | *이 지경이 모두 웬일이냐.* |

흥보, 퇴장한다.

# 제8장 흥보네 움막 마당

흥보가 노래하는 동안 무대 전환.
흥보처, 흥보를 발견하고 달려가 맞이한다.

| 흥보처 | 아이고 여보. 얼마나 아프시오? 어디 볼기 좀 봅시다. |
|---|---|
| 흥보 | (버럭 화를 내며) 볼기 볼 일 없소! |
| 흥보처 | 아니, 왜 그리 화를 내시오? |
| 흥보 | 밤새도록 가시오, 마시오, 울어대는 통에 뒷집 꾀쇠아비가 엿들었지 뭐요. |
| 흥보처 | 그래서요? |

| 홍보 | 아, 그놈이 선수를 쳤단 말이요! |
|---|---|
| 홍보처 | 아니, 그럼 매를 안 맞았단 말씀이요? |
| 홍보 | 매 맞았으면 내가 사람의 자식이 아니야. |
| 홍보처 | *얼씨구나 절씨구.* |
| | *얼씨구나 절씨구.* |
| | *병영길을 떠나신 뒤* |
| | *정화수를 떠다 놓고* |
| | *매 맞지 말고 돌아오시라* |
| | *지극정성 빌었더니,* |
| | *매 아니 맞고 돌아오시니* |
| | *이런 경사가 또 있나.* |

홍보처, 소리하면서 홍보 손을 잡고 부추기면 홍보도 마지못해 따라 춤을 추며 흥겨워한다.

| 홍보 | *옷을 헐벗어도 나는 좋고,* |
|---|---|
| | *밥을 굶어도 나는 좋네,* |
| | *얼씨구나 절씨구* |
| 홍보,홍보처 | *얼씨구 절씨구 지화자 좋네.* |
| | *부부 사랑이 좋을씨구!* |
| 홍보 | 돈 못 버는 남편을 이리도 아껴주니 내가 아내 복은 타고났어. 허허허! |
| 홍보처 | 호호호! |
| 홍보 | 그나저나 형제간밖에 없으니 형님댁에 건너가서 쌀이든 보리든 꾸어 올라네. |
| 홍보처 | 그 독하고 매정한 사람들이 꾸어 주겠소? |
| 홍보 | (한숨 쉬고 나서 자신 없이) 그래도 손 벌릴 곳이 거기밖에 더 있는가? |
| 홍보처 | 조심히 다녀오시오. |
| 홍보 | 나 다녀옴세. |

홍보 부부, 퇴장한다.

## 제9장 놀보 집 마당

마당쇠의 흥얼거림과 함께 무대 전환된다.

2부 소리극

마당쇠, 커다란 빗자루를 들고 비질을 한다.

**마당쇠**      *아구창, 연주창, 등창, 종창,*

                    *간질, 치질, 임질, 매독…*

홍보, 조심스럽게 등장하여 헛기침을 한다.
마당쇠, 홍보를 보고 달려가 넙죽 엎드리며 반긴다.

**마당쇠**      아이고, 작은 서방님!

**홍보**      (일으켜 세우고) 마당쇠야, 잘 있었느냐?

**마당쇠**      예, 저는 뭐 그런대로… (홍보의 몰골을 보고 놀라며) 그동안 어떻게 지내

                셨어요?

**홍보**      나도 그런대로… 흠흠…

**마당쇠**      어찌 건너오셨어요?

**홍보**      자식들이 굶주리니 쌀말이나 꾸어 볼까 해서…

이때 놀보, 등장하다가 홍보를 본다.

**놀보**      엣헴… 게 뉘시오?

**홍보**      아이고… 형니임, 홍보 왔습니다.

**놀보**      홍보? 마당쇠야!

**마당쇠**      예!

**놀보**      일 년 품삯 먼저 받고 모심을 때 도망친 놈, 그놈 이름이 뭐였지?

**마당쇠**      황보요.

**놀보**      쟁기질 보냈더니 황소 가지고 도망친 놈, 그놈 이름은 뭐였지?

**마당쇠**      숭보요.

**놀보**      황보, 숭보, 홍보? 흥보라? 도무지 모르겠는데?

**홍보**      저를 모르신다고요?

**놀보**      여보슈, 내가 오대 독자로 내려온 줄 삼척동자도 다 아는데 나보고 형님이라

              니, 거 미친 거 아녀?

**홍보**      *아이구, 형님.*

               *그저께 하루를 굶은 처자가*

*어제 하루를 그저 있고,*
*어저께 하루를 굶은 처자가*
*오늘 아침을 그저 있사오니…*

| | |
|---|---|
| **놀보** | 오, 네가 바로 그 흥보냐? |
| **흥보** | 예, 형님. |
| **놀보** | 말을 듣고 보니 불쌍하기는 하구나. 그러면 보리나 좀 타갈래? |
| **흥보** | 형님, 보리라도 많이만 주십시오. |
| **놀보** | 마당쇠야- |
| **마당쇠** | 예이. |
| **놀보** | 가서 곳간 문 열고… |
| **마당쇠** | 곳간이요? 알겠습니다요. |
| **놀보** | 그 안에 들어가면 쌀 천 석 있지? |
| **마당쇠** | 한 열 가마 갖다 드릴까요? |
| **놀보** | 가만있어 이 방정맞은 놈아. 그 안으로 돌아가면 보리 오백 석 있지? |
| **마당쇠** | 보리도 갖다 드릴까요? |
| **놀보** | 가만있어, 이 때려죽일 놈아. 그 안으로 들어가면 콩, 팥, 쉰 섬 있지? |
| **마당쇠** | 앗다, 여러 가지 내줄 모양이요. |
| **놀보** | 그 안으로 쭈욱 들어가면 도끼 자루 하려고 박달 몽둥이 여러 개 갖다 놓은 거 있다. |
| **마당쇠** | 박달 몽둥이요? |
| **놀보** | 젤로 굵직하고 튼튼한 놈으로 하나 가져오너라. |
| **마당쇠** | 아니, 저, 서방님… |
| **놀보** | 냉큼 갔다 와, 이 호랑이가 물어갈 놈아! |

마당쇠, 퇴장한다.
놀보처, 주걱 든 채 등장한다.

| | |
|---|---|
| **놀보** | *네 이놈 도적 놈아!*
*너 내 말을 들어 봐라.*
*하늘이 사람 낼 때*
*각기 정한 복이 있어*
*잘난 놈은 부자 되고* |

*못난 놈은 가난하니*
*내 이리 잘 살기는*
*하늘이 주신 내 복이지*
*내가 네 복을 뺏었느냐?*
뉘게다가 떼를 쓰며 어디 와서 손을 벌려, 이 오사육시럴 놈아!

마당쇠, 가느다란 나무 작대기를 들고 등장하면 놀보, 막대기를 뺏어 들고 홍보를 팬다.

**홍보**    아이고, 형님, 박 터졌소! 아이고 형님 다리 부러졌소!
**놀보**    이게 바로 보리타작이란 것이다. 이놈!

홍보, 놀보처를 보고 그쪽으로 도망간다.

**홍보**    아이고, 형수님, 사람 좀 살려 주시오.
**놀보처**    에그, 정말 시끄러워 못 살겠네. 돈 갖다 맡겼든가? 쌀 갖다 맡겼어?
        (주걱으로 때리며) 아나 돈, 아나 밥!

뜻밖의 상황에 홍보 뺨을 만지며 멍하니 서 있다가 털썩 주저앉으며 통곡한다.

**놀보**    마당쇠야, 이놈 문밖으로 내쫓아라!

놀보, 작대기를 던져놓고 놀보처와 퇴장한다.

**홍보**    *아이고, 내 팔자야.*
        *형수가 시동생 뺨 치는 법을*
        *고금천지 어디가 보았소.*
        *나를 이리 치지 말고 차라리 아주 죽여*
        *살지, 육시, 능지를 하여*
        *아주 박살 죽여주면*
        *저승에 들어가서 부모님을 뵈옵게 되면*
        *세세원정을 아뢰련마는 어찌하여서 못 죽는 거나.*
        아이구, 다리야. 아이구, 허리야.

## 제10장 산길

홍보가 노래하며 걸어가는 동안 산길로 무대 전환된다.

**홍보**   *지리산 호랑아, 박홍보 물어가거라.*
          *굶주리기도 내사 싫고, 세상 살기도 귀찮쿠나. 아이고!*

## 제11장 홍보 움막 마당

홍보, 절뚝거리며 걸어가는 동안 홍보의 움막으로 무대 전환된다.
홍보처, 나와서 보고 놀란다.

**홍보처**   아니, 여보, 왜 절뚝거리시오?
**홍보**     내 말 좀 들어 보소. 형님댁에 건너갔더니 형님과 형수님이 버선발로 우루루 나와 반가워 하시대. 그리고 형님 형수님 상의하여 쌀과 돈을 많이 주시기에 짊어지고 오는 길에 아, 요 아래 산모롱이 있잖은가. 거기를 오는 데 흉악한 도적놈들이 목숨이 중하냐, 전곡이 중하냐, 하더니 실컷 두들겨 패고 뺏아가 버렸소.
**홍보처**   전곡? 도적놈?
             *허허, 이게 웬 말인가?*
             *허허, 이게 웬일이여!*
             *그런대도 내가 알고,*
             *저런대도 내가 아네.*
             *여러 날 굶은 동생, 전곡은 못 주나마*
             *이리 몹시 때렸단 말이요.*
             *태산같이 쌓인 곡식*
             *누구 주자고 아끼어서*
             *이 지경이 웬일이여.*
             *차라리 내가 죽어 이 꼴 저 꼴 안 볼라네.*

홍보처, 허리끈을 풀어 목을 감아 잡아당기려 한다.
홍보, 재빨리 허리끈을 잡고 만류한다.

| 홍보 | *아이고, 여보. 죽지 마오.* |
| | *부인의 평생 신세 가장에게 매었는데* |
| | *무능한 나를 만나* |
| | *이 고생을 하게 하니* |
| | *내가 먼저 죽을라네.* |

홍보, 이번에는 자기 목에 허리끈을 감는다. 홍보처, 달려들어 말린다.

| 홍보처 | 여보, 내 다시는 그런 소리 안 할 테니 죽는단 소리 제발 하지 마시오! |
| 홍보 | 여보! |

둘이 서로 껴안고 울음바다.
그때 도승, 등장한다.

| 도승 | *아하 아하하 어흐 으흐흐 흐으 나아--* |
| | 귀댁 문전을 지나던 중 너무도 구슬픈 울음소리가 들리니 어쩐 일이시오? |
| 홍보처 | 먹을 것은 없고 가족은 많아 굶다 못해 울었나이다. |
| 도승 | 딱한 말씀이오. 귀댁 터를 둘러보니 수맥이 흐르고 흉한 기운이 넘쳐 살 곳이 못 되온즉, 집터 하나 잡아드릴 테니 소승의 뒤를 따라오시오. |
| 홍보 | 감사합니다. 스님. |
| 도승 | *아하 아하하 어흐 으흐흐 흐으 나아--* |

홍보, 도승의 뒤를 따라간다.
홍보처, 퇴장한다.

# 제12장 산속의 명당 터

| 도승 | *이 모롱을 지나고 저 모롱을 지나서* |
| | *저 터를 살펴보니* |

*좌청룡, 우백호에, 북현무, 남주작의*
*천하명당이라.*
*저 터에다 집을 짓고*
*부지런히 일을 하면*
*만사형통하고 운수대통하리니*
그리 알고 잘 사시오.

도승이 노래하는 동안 영상으로 환상적인 명당 터의 이미지가 펼쳐진다.

| | |
|---|---|
| 흥보 | 아이고, 감사합니다. |

도승, 퇴장과 함께 영상 사라지며 흥보 움막으로 전환된다.

# 제13장 흥보 움막

| | |
|---|---|
| 흥보 | 여보, 얼른 나와 보시오. |
| 흥보처 | 예. |

흥보처, 등장한다.

| | |
|---|---|
| 흥보 | 그 스님이 집터 하나 잡아 주고는 홀연히 사라지셨소. |
| 흥보처 | 집터가 있다 해도 남의 땅이면 어쩌지요? |
| 흥보 | 잠시 살다 돈 생기면 땅 삽시다. |
| 흥보처 | 그럽시다. 애들아, |
| 흥보 자식들 | 예! |
| 흥보 | 어서 나와라! 집 짓자. |
| 흥보 자식들 | 집 짓자- |

흥보 부부와 자식들이 집짓기 노래를 부르는 동안 명당 터에 따뜻하고 아늑한 느낌의 초막이
완성되는 과정이 영상으로 보여진다.

| | |
|---|---|
| 흥보 자식들 | *집 짓자. 집을 짓자.* |

*이 명당에다 집을 짓자.*

홍보 *저 푸른 초원 위에 초가삼간 집을 짓고*

*사랑하는 우리 가족 한 백 년 살아볼거나.*

홍보 자식들 *집 짓자. 집을 짓자.*

*이 명당에다 집을 짓자.*

홍보처 *마 캐어 밥해 먹고, 나물로 반찬하여*

*된장국 끓여내어 마음껏 한 번 먹어볼거나.*

홍보 자식들 *집 짓자. 집을 짓자.*

*이 명당에다 집을 짓자.*

*집 짓자. 집을 짓자.*

*이 명당에다 집을 짓자.*

## 제14장 제비나라 궁전

음악과 함께 제비나라 궁전으로 무대 전환된다.

흰고깔제비 *이렇듯 집을 지어놓으니,*

*홍보 씨 부부 허리띠 질끈 동여매고 밤낮으로 일을 하는데*

*홍보 씨 부인은*

*오뉴월 밭매기와 구시월 김장하기,*

*잡초밭 김매기로 잠시도 놀지 않고,*

*홍보씨도 산에 올라 버섯 따기, 칡 캐고 더덕 캐기,*

*벌 키워서 꿀 팔기로 손발이 다 닳도록*

*일을 하며 지내더군요.*

허공에서 둥지가 내려온다.

그 둥지에 올라타는 흰고깔제비. 둥지가 허공으로 올라가서 멈춘다.

흰고깔제비 *그러던 어느 날, 제가 깜빡 잠이 든 사이*

*시커먼 구렁이가 기둥 타고 슬슬슬 기어올라*

*저를 집어삼키려고 긴 혀를 낼름거릴 때*

퍼덕이는 흰고깔제비.
그때, 작대기를 든 흥보와 흥보처 달려온다.
흥보 자식들도 우루루 몰려온다.

**흥보**          저놈의 구렁이 봐라!
**흥보 자식들**   구렁이 잡아라!

흥보, 작대기로 구렁이를 내리치는 동작을 한다.
흰고깔제비, 비명을 지르며 쓰러진다.

**흰고깔제비**    아악!
**첫째 딸**      제비가 떨어졌다!

흥보와 자식들, 흰고깔제비 주위로 몰려온다.

**흥보**          불쌍타, 내 제비야. 궁벽한 내 집에 날아와서 다리 부상이 웬 말이냐?

흥보가 노래하는 동안 첫째딸, 퇴장했다가 금방 다시 들어온다.

**흥보처**        여보, 상처에는 명태껍질이 좋답디다.
**흥보**          그럽시다, 그럽시다.
**첫째 딸**      (명태껍질과 오색실을 주며) 아버지, 이 명태껍질과 오색실로 동여매 줘요.
**흥보**          그러자, 그러자.

흰고깔제비, 퍼덕퍼덕 날개를 움직인다.

**첫째 아들**    저봐요, 저봐. 제비가 움직이네요.
**첫째 딸**      제비가 다시 날기 시작했어요.

흰고깔제비, 품에서 핸드폰을 꺼내어 흥보와 자식들의 모습을 촬영하면 그들의 모습이 흰고
깔제비의 시선으로 영상화되어 비춰진다.

2부 소리극

흥보 *떴다, 보아라. 내 제비야.*

*둥그렇게 둥그렇게*

*구만장천 높이 떠*

*거중으로 둥둥 펄펄 날아서*

흥보 자식들 *멀고 먼 만리 강남*

*부디 평안히 잘 가거라.*

(흥보 가족들, 제비에게 멀리멀리 손 흔들어주며 퇴장.)

제비여왕 하하하, 참으로 착하고 어진 사람들이구나. 내년 봄에 나갈 때는 갚을 보,
은혜 은, 보은표 박씨를 흥보에게 주도록 하여라.

제비들 성은이 망극하옵니다!

음악과 함께 제비여왕이 마법의 지팡이를 휘두르며 박씨를 만드는 장면이 보여진다.
영상 속에서 보석과 같이 푸르게 빛나는 박씨가 만들어지고 영상 속의 박씨가 제비여왕의 지
팡이에 나타나 제비여왕이 흰고깔제비의 머리에 쓴 관에 박씨를 올려준다.

## 제15장  제비의 노정

이듬해 봄이 되어 제비나라 궁전의 출행 의식이 펼쳐진다.
제비들의 군무와 함께 독창과 합창이 교환되며 장엄한 '제비노정기' 장면이 펼쳐진다.

흰고깔제비 *구름 박차고 바람 무릅쓰고*

*공중에 둥둥 높이 떠*

*두루 사방 살펴보니*

*물결 넘실대고 파도 출렁출렁*

합창 *남태평양 훨훨 날아*

*보르네오 섬을 지나*

*자카르타, 수마트라, 경치가 수려하다.*

*하늘 끝 맞닿은 필리핀을 바라보다*

*노을 진 수평선에 점점이 떴는 배*

*북을 두리둥둥 울리며 어기야 어기야 저어가니*

만선일세, 풍어로다.

흰고깔제비　반짝이는 잔물결 맑은 달빛 그리워라
　　　　　날아오는 저 기러기 갈대를 입에다 물고
　　　　　일점 이점이 떨어지니 사뿐사뿐이 내려앉네.
　　　　　학두루미 짝을 지어 푸른 물결 오고 가니
　　　　　달빛 아래 노랫소리 별빛이 참 곱구나.

합창　　　대나무숲 쉬어 앉아 두견새에 화답하고
　　　　　캄보디아, 베트남, 태국을 얼른 지나
　　　　　홍콩, 마카오를 구경하고
　　　　　윈난, 쓰촨, 충칭, 스치듯 지나고
　　　　　후난성, 장가계, 무릉원 단숨에 휘휘 돌아
　　　　　광저우, 푸저우, 항저우, 상하이로 날아들어

흰고깔제비　요동칠백리를 순식간에 지나쳐
　　　　　압록강을 건너 의주를 다달아
　　　　　영고탑, 통군정, 올라 앉아
　　　　　안남산, 밖남산, 석벽강, 용천강,
　　　　　좌우령을 얼른 넘어
　　　　　부산파발, 환마고개, 강동다리를 건너
　　　　　평양은 연광정, 부벽루를 구경허고
　　　　　대동강 장림을 지나 송도로 들어가
　　　　　만월대, 관덕정, 박연폭포를 구경하고
　　　　　임진강을 단숨에 건너 삼각산에 올라앉아
　　　　　지세를 살펴보니 백두대간 큰줄기가
　　　　　한반도를 굽이치며 남북으로 뻗었으니
　　　　　도봉 망월대 솟아있고, 삼각산이 생겼구나.
　　　　　남대문밖 썩 내달아 칠패, 팔패, 배다리 지나
　　　　　애고개를 얼른 넘어 동작강, 월강, 사당을 지내어
　　　　　남태령 고개를 넘었구나.

합창　　　경상도는 함양이요, 전라도는 운봉인데
　　　　　운봉, 함양 두 얼품에 흥보가 사는지라.
　　　　　박씨를 입에 물고 공중에 둥둥 높이 떠---
　　　　　흥보집을 당도,

2부 소리극

*마당에 훨훨 날아들어*

*들보 위에 올라앉아 제비말로 운다.*

## 제16장 흥보 초막 마당

제비노정기가 끝날 무렵 흥보의 아담하고 깨끗한 초막으로 무대 전환된다.

흰고깔제비, 혼자 남아 춤을 춘다.

**흰고깔제비**　　*지지지지 주지주지 거지연지 우지배요*

　　　　　　　*낙지각지 절지연지 은지덕지 수지차로*

　　　　　　　*함지표지 내지배요 빼드드드드드드드드!*

흥보 내외, 등장한다.

**흥보,흥보처**　*반갑다, 저 제비야.*

**흥보**　　　　*오색실로 감은 다리*

**흥보처**　　　*아리롱다리롱하니*

**흥보**　　　　*어찌 아니가 내 제비냐.*

**흥보,흥보처**　*얼씨구나 내 제비야.*

　　　　　　　*절씨구나 내 제비야.*

음악과 함께 흰고깔제비, 흥보 내외에게 정중하게 박씨를 준다.

흥보와 흥보처, 박씨를 소중하게 받아들고 좋아한다.

흰고깔제비, 퇴장한다.

흥보와 흥보처, 박씨를 들고 퇴장한다.

음악이 고조되며 박의 성장 과정과 탐스런 박으로 둘러싸인 흥보의 초막이 영상으로 보여진다.

음악이 끝나면 흥보 둘째 아들, 울면서 등장한다.

**둘째 아들**　　엄마! 엉엉엉! 엄마!

흥보처, 등장한다.

| | |
|---|---|
| **홍보처** | 왜 이리 서럽게 울고 난리냐? |
| **둘째 아들** | 나 송편 세 개만 해줘. |
| **홍보처** | 왜 세 개만 해 달래? |
| **둘째 아들** | 애들이 추석날이라고 송편을 먹길래 내가 좀 달랬더니 |
| | 가랑이 속으로 기어 나오면 송편을 준다기에 |
| | *엎어져 기어 들어갔더니* |
| | *뒤엣 놈 떨어져 앞에 와 서고,* |
| | *그 뒤엣 놈 떨어져 앞에 와 서고,* |
| | *한없이 기어가다 보니* |
| | *무릎이 모두 다 까지고* |
| | *바지에 피가 묻어* |
| | *내가 욕을 좀 하였더니* |
| | *송편은 고사하고 뺨만 죽게 맞았으니* |
| | *송편 세 개만 하여주면 한 개는 입에 물고,* |
| | *두 개는 양손에 갈라 쥐고* |
| | *그놈들 놀리면서 먹을라요.* |
| | 엉– 엉– |

둘째 아들이 노래를 하는 동안 홍보 자식들, 들어와서 엉엉 운다.

| | |
|---|---|
| **홍보처** | 아이고, 천하 몹쓸 애들이지. 굶어 죽게 생긴 애를 그리 모질게 대하더란 말이냐. |

(홍보, 손에 커다란 톱을 들고 등장한다.)

| | |
|---|---|
| **홍보** | 여보, 그만 울어. 애들아, 너희들도. 뚝! 뚝! 저 박 좀 봐라. |

모두 영상 속의 박을 본다.

| | |
|---|---|
| **홍보** | 정말 먹음직스럽게 생겼다. 가서 잘 익은 놈으로 여러 통 따오너라. |
| **홍보 자식들** | 예! |

홍보 자식들, 우루루 몰려나간다.

**2부 소리극**

707 **홍보 자식들**　박이로구나 박.

　　　　　　　　　박이로구나 박.

　　　　　　　　　박이로구나 박이로구나 박이로구나 박.

홍보 자식들, 박 한 통을 끌고 등장한다.

**홍보 자식들**　박이로구나 박.

　　　　　　　　　박이로구나 박.

　　　　　　　　　박이로구나 박이로구나 박이로구나 박.

자식들 양쪽에 서고 홍보, 박을 탄다.

**홍보 자식들**　시르렁 실근 톱질이야.

　　　　　　　　　에이 여루 당그여라 톱질이야.

**홍보**　　　　　이 박을 타거들랑은

　　　　　　　　　아무것도 나오지를 말고

　　　　　　　　　밥 한 통만 나오너라.

　　　　　　　　　평생의 포한이로구나.

**홍보 자식들**　에이 여루 당거 주소.

　　　　　　　　　시르르르르르

**홍보처**　　　우리가 이 박을 타서

　　　　　　　　　박속일랑 끓여 먹고,

　　　　　　　　　바가질랑은 부잣집에다 팔아다가

　　　　　　　　　목숨 보전하여보세. 당거 주소.

**홍보 자식들**　에이 여루 당거 주소.

　　　　　　　　　시르르르르르

　　　　　　　　　실근 실근 실근 실근

　　　　　　　　　시리렁 시리렁 시리렁 시리렁

　　　　　　　　　실근 실근 실근 실근 시리렁 시리렁

　　　　　　　　　슥삭 툭탁!

　　　　　　　　　박 벌어진다!

창극 홍보展

박이 떡 벌어진다.

홍보, 박속을 들여다본다.

**홍보**　　　어? 이게 뭐지?

홍보, 머니건을 들고 본다.

**홍보**　　　총인가?
**홍보처**　　여보, 여기 무어라 쓰여 있소.
**첫째 딸**　　아버지, 어서 읽어봐요.
**홍보**　　　용지불갈지전…
**첫째 아들**　아버지, 무슨 말이요?
**홍보**　　　아무리 꺼내 써도 줄지 않는 돈이라?
**홍보처**　　이 안에 돈이 들어 있다는 말이요?
**첫째 딸**　　아버지, 어서 쏴 봐요.

홍보, 머니건을 조심스럽게 쏜다.

돈이 나온다.

**홍보**　　　(입을 쩍 벌리고) 돈이다!
**홍보 자식들**　(우루루 몰려오며) 돈이다!

자식들, 땅에 떨어진 돈을 주우며 좋아한다.

홍보처, 박속을 들여다본다.

**홍보처**　　여보, 여기 이상한 게 또 하나 있소.

모두 박 쪽으로 몰려간다.

홍보처, 박속에서 리모컨을 꺼낸다.

**홍보처**　　여기도 뭐라 쓰여 있소?
**홍보**　　　(들여다보며) 취지무궁지미라…

**2부 소리극**

| | |
|---|---|
| **첫째 아들** | 아버지, 무슨 말이요? |
| **홍보** | 평생을 꺼내 먹어도 줄지 않는 쌀? |
| **첫째 딸** | 엄마, 이걸 눌러보시오. |

모두 숨죽이고 지켜본다.
홍보처, 리모컨의 버튼을 누르면 영상에서 쌀이 쏟아진다.

| | |
|---|---|
| **홍보처** | 쌀이다! |
| **홍보 자식들** | 쌀이다! |

돈과 쌀이 쏟아지는 영상과 함께 홍보, 춤을 춘다.

| | |
|---|---|
| **홍보** | *얼씨구나 절씨구야.* |
| | *얼씨구나 절씨구.* |
| | *얼씨구 절씨구 지화자 좋네.* |
| | *얼씨구나 절씨구.* |
| | *잘난 사람은 더 잘난 돈.* |
| | *못난 사람도 잘난 돈. 빠삭빠삭 생긴 돈.* |
| | *부귀공명이 붙은 돈.* |
| **홍보처,자식들** | *이놈의 돈아, 아나 돈아,* |
| | *어디 갔다 이제 오느냐?* |
| | *얼씨구나. 돈 봐라.* |
| | *얼씨구나 쌀 봐라. 절씨구나 쌀 봐라.* |
| | *얼씨구 절씨구 지화자 좋네.* |
| | *쌀, 쌀, 쌀, 쌀 봐라. 쌀, 쌀, 쌀, 쌀 봐라.* |
| | *얼씨구 절씨구 지화자 좋네.* |
| | *얼씨구나 절씨구.* |
| **홍보처** | 아이고, 이게 꿈이냐, 생시냐? 여보, 우리가 쌀 본 김에 한 맺힌 쌀밥 좀 먹읍시다. |
| **홍보** | 좋다, 굶주리던 속에 한 가마씩 못 먹겠느냐? 한 사람당 한 가마씩 하고, 동네 사람들도 모두 불러 열 가마 지어 쌀밥 잔치합시다! |
| **홍보 자식들** | 밥잔치다! |
| **마을 사람들** | 밥잔치다! |

마을 사람들, 커다란 주걱을 들고 나와 주걱춤을 추며 노래를 부른다.
홍보 자식들도 마을 사람들과 어울려 바쁘게 움직인다.

합창　　　　*어허 둥둥 내 밥이야.*
　　　　　　*어허 둥둥 내 밥이야.*
　　　　　　*우리 영원히 다정하게 다정하게 살아 보자.*
　　　　　　*둥둥둥 둥둥둥 어허둥둥 내 밥이야.*
　　　　　　*밥 먹으니 좋다.*
　　　　　　*밥을 먹으니 좋다.*
　　　　　　*밥이 아니면 살 수가 있나.*
　　　　　　*얼씨구나 절씨구야.*
　　　　　　*지화자자자자 좋다.*
홍보　　　　자, 이제 배도 부르니 박 한 통 또 탑시다!
합창　　　　*박이로구나 박.*
　　　　　　*박이로구나 박.*
　　　　　　*박이로구나 박이로구나 박이로구나 박.*

홍보 자식들과 마을 사람들, 노래 부르며 박통을 탄다.

합창　　　　*실근 실근 실근 실근*
　　　　　　*어이여루 당겨 주소.*
　　　　　　*실근 실근 실근 실근*
　　　　　　*시리렁 시리렁 시리렁 시리렁*
　　　　　　*실근 실근 실근 실근 시리렁 시리렁*
　　　　　　*슥삭 툭탁!*
　　　　　　*박 벌어진다!*

'펑' 소리와 함께 박이 갈라지고 곧이어 풍선에 매단 하늘거리는 거대한 천을 몸에 두른 비단
수가 등장한다.
홍보 자식들과 마을 사람들, 비단타령을 부르며 비단수와 어울려 춤을 춘다.
비단타령이 나오는 동안 눈이 부시게 아름답고 화려한 갖가지 비단들의 영상이 펼쳐지며 비
단 천지가 된다.

**2부 소리극**

| | |
|---|---|
| **711 합창** | *온갖 비단이 나온다.* |
| | *온갖 비단이 나온다.* |
| | *아침 해 밝아오듯 번쩍번쩍 일광단,* |
| | *둥그런 보름 달빛 은은하다고 월광단,* |
| | *큰방 골방 가루다지 국화 새긴 완자문,* |
| | *화란춘성 만화방창 벌과 나비의 화초단* |
| **흥보** | 와, 비단천지가 되었구나! |
| **흥보처** | 여보, 비단옷 해 입으려면 무슨 색이 좋겠소? |
| **흥보** | 나는 새까만 흑공단이 좋대. |
| **흥보처** | 그러면 흑공단으로 머리부터 발끝까지 차려 입어보시오. |
| **흥보** | *흑공단 망건, 흑공단 갓끈,* |
| | *흑공단 두루마기, 흑공단 저고리,* |
| | *흑공단 바지, 흑공단 허리띠, 흑공단 댓님, 흑공단 행전,* |
| | *흑공단으로 수건을 들면 어떻겠소, 날 보시오.* |
| **흥보처** | 꼭 까마귀 모양이겠소. |
| **일동** | 까악, 까악! |
| **흥보** | 당신은 무슨 색이 좋소? |
| **흥보처** | 나는 샛노란 송화색이 좋습니다. |
| **흥보** | 그러면 당신도 한 번 차려 보소. |
| **흥보처** | *송화색 댕기, 송화색 저고리,* |
| | *송화색 허리띠, 송화색 치마, 송화색 단의,* |
| | *송화색 고쟁이, 송화색 속속곳, 송화색 버선,* |
| | *송화색으로 수건을 들면 어떻겠소, 날 보시오.* |
| **흥보** | 꼭 꾀꼬리 모양이겠네. |
| **일동** | 꾀꼴, 꾀꼴! |
| **흥보처** | 아이고, 내 새끼들도 최고급으로 예쁘고 멋지게 차려입어야지. |
| **첫째 아들** | 난 조르지오 알마니! |
| **첫째 딸** | 난 에르메스! |
| **둘째 아들** | 톰 브라운! |
| **둘째 딸** | 루이비똥! |
| **셋째 아들** | 프라다! |
| **셋째 딸** | 구찌! |

창극 흥보展

| 홍보처 | 이놈들이 어디서 그런 요상한 이름들을 알았을까? 그동안 누더기만 걸쳤으니 | 712 |

홍보처     이놈들이 어디서 그런 요상한 이름들을 알았을까? 그동안 누더기만 걸쳤으니     712
너희들 입고 싶은 것 맘껏 입게 해 주마. 마을분들도 맘껏 골라 차려입으시오.

마을 사람들     좋다!

합창     *박이로구나 박.*
*박이로구나 박.*
*박이로구나 박이로구나 박이로구나 박.*

홍보 자식들과 마을 사람들, 신나게 박을 탄다.

합창     *실근 실근 톱질이야.*
*에이 어루 당겨주소.*
*시리렁 시리렁 실근 실근 실근 실근 톱질이야.*
*실근 실근 실근 실근*
*시리렁 시리렁 시리렁 시리렁*
*실근 실근 실근 실근 시리렁 시리렁*
*슥삭 툭탁! 박 벌어진다!*

박이 짝 벌어지더니 안전모를 쓴 인물들이 레이저 측량기, 무전기, 설계도면, 경광봉 등 건축
과 관련된 여러 공구를 들고나와, 영상과 함께 터를 닦고, 주추 놓아 기둥을 세우고, 들보를
얹고, 상량을 올려 순식간에 홍보 집을 짓는 영상이 펼쳐진다.

합창     *집 짓자. 집을 짓자.*
*이 명당에 집을 짓자.*

대목1,2,3     *좌청룡 우백호에 북현무 남주작이*
*천하명당이 되었구나.*

합창     *집 짓자. 집을 짓자.*
*이 명당에 집을 짓자.*

대목4,5,6     *소슬 대문, 안팎 중문,*
*벽장, 다락이 좋을시고.*

합창     *집 짓자. 집을 짓자.*
*이 명당에 집을 짓자.*

합창     *에라 만수. 에라 대신이야.*

2부 소리극

*이 댁 성주는 와가 성주.*

*저 집 성주는 초가 성주.*

*한태 간의 공대 성주.*

*초 년 성주 이 년 성주.*

*스물일곱에 삼 년 성주*

*서른일곱 사 년 성주.*

*마지막 성주는 박씨 성주로구나.*

*에라 만수. 에라 대신이야.*

*대활연으로 설설이 내리소서.*

모두 신명나게 한판 춤을 춘다.

막이 내린다.

# 제2막

## 제1장 놀보 집 마당

음악과 함께 막이 오르면 마당쇠, 허겁지겁 뛰어 등장한다.

**마당쇠**     서방님! 서방니임!

놀보, 등장한다.

**놀보**     어허, 왜 이리 방정이냐?

**마당쇠**     글쎄, 이런 변괴가 없을 것이고만요!

**놀보**     변괴라니?

**마당쇠**     작은 서방님네가 대궐 같은 집에, 돈에, 비단에, 값진 패물에, 벼락부자 되었다는 소문이 짜아- 합니다요, 예.

**놀보**     이놈이 못 먹을 걸 처먹었나, 대낮부터 무슨 헛소릴 지껄여?

**마당쇠**     헛소리가 아니고요, 제가 직접 보고 오는 길이라니까요.

**놀보**     (솔깃하여) 직접 봤어? 그랬더니?

| 마당쇠 | *어여쁜 하녀들은 새 옷을 차려입고* |
|---|---|
| | *호호호호 웃으면서 이리저리 다니는데,* |
| | *향기로운 음식 냄새 대문 밖에 진동하고,* |
| | *진귀한 화초들은 마당에 가득하고,* |
| | *희귀한 고가구는 곳곳에 놓여 있고,* |
| | *혼기 찬 첫째 도련님 양반댁과 혼인하여* |
| | *집안 좋고 인물 좋은 며느리 생기시고,* |
| | *머리 좋은 둘째 도련님 과거 공부 선생 두고* |
| | *인문, 철학, 물리, 수학, 두루두루 배우시고* |
| | *개구쟁이 셋째 도련님 게임하러 다니시고,* |
| | *날쎈하신 첫째 따님 승마하러 다니시고,* |
| | *말괄량이 둘째 따님 태견 배우러 다니시고,* |
| | *목청 좋은 셋째 따님 판소리 배우러 다니시고…* |
| 놀보 | (갑자기 배를 잡고 뒹굴며) 아이고 배야! |
| 마당쇠 | 갑자기 배가 왜 아프시요? |
| 놀보 | 배 아파 못 살겠다아- 아이고 배야- |

그 모습을 보던 마당쇠, 비웃으며 퇴장하고 놀보가 배를 잡고 뒹구는 동안 흥보의 집으로 무대 전환된다.

거대한 자개장의 영상을 배경으로 흑공단으로 쫙 빼입고 안경을 쓴 흥보, 고풍스러우면서도 고급스러운 장의자에 누워서 두꺼운 책을 보고 있다.

## 제2장 흥보 집 앞

놀보, 벌떡 일어서서 호화찬란한 홍보네 집을 보고 놀란다.

| 놀보 | 악! 이것이 흥보 집이라구? (집안을 기웃거리고) 이거 어쩔꼬? 불을 확 질러 버려? 그나저나, 내가 한번 불러 볼밖에. 에험, 게 흥보 있느냐? 흥보야! |
|---|---|

곱게 차려입은 삼월이, 등장한다.

| 삼월 | (놀보의 위아래를 훑어보고) 누구를 찾으십니까? |
|---|---|

| 놀보 | 이 집이 흥보 집 맞나? |
|---|---|
| 삼월 | 맞습니다만? |
| 놀보 | 어흠, 거 흥보 좀 나오라 그래라. |
| 삼월 | 저… 성함이…? |
| 놀보 | (버럭) 성함이 뭐든지 빨리 나오라 그래! |
| 삼월 | 에그머니! |

삼월이, 놀라서 들어간다.
놀보, 안쪽을 기웃거린다.

| 삼월 | (안에다 대고) 마님! 마님! |
|---|---|

삼월이 뛰어서 들어간다.

## 제3장 흥보 집 방안

| 흥보 | (누운 채) 어허, 왜 그리 호들갑이냐, 삼월아. |
|---|---|
| 삼월 | 글쎄, 웬 사람이 주인마님 성함을 막 부르면서 나오라시는데요? |
| 흥보 | 어떻게 생겼드냐? |
| 삼월 | *대가리는 부엉이 대가리,* |
|  | *수리눈에 왜가리 주둥이,* |
|  | *맹꽁이 모가지 체격으로* |
|  | *욕심과 심술이 더덕더덕 붙었던데요.* |

삼월이 노래가 끝날 무렵, 놀보가 들어온다.

| 놀보 | 어흠! |
|---|---|
| 흥보 | (놀보를 보고 알아보며) 아이고, 형님 아니십니까? |

흥보, 일어나 주르르 달려가 절한다.
놀보, 기절초풍할 표정으로 흥보의 방안을 둘러본다.

| 홍보 | 형님, 그동안 평안하셨는지요? |
|---|---|
| 놀보 | 평안, 안 하다. |
| 홍보 | 삼월아! |
| 삼월 | 예! |
| 홍보 | 가서 마나님과 도련님, 아기씨들한테 큰아버님 오셨다고 인사 올리라 여쭈어라. |
| 삼월 | 예! |

삼월이, 퇴장한다.

| 놀보 | (배를 움켜쥐고) 아이구, 배야. |
|---|---|
| 홍보 | 형님, 왜 그러십니까? |

그때 우아한 음악이 흐르며 패션쇼의 모델들처럼 등장하는 홍보처와 자식들.
막내딸 앞장서고, 큰아들과 며느리가 홍보처를 양쪽에서 모시고, 나머지 자식들은 뒤를 따른다.

| 자식들 | *우리 어머니가 나오신다.* |
|---|---|
| | *우리 어머니가 나오신다.* |
| | *금팔찌, 옥반지, 갖은 패물,* |
| | *진주목걸이 목에 걸고,* |
| | *송화색 비단에 주란 무늬 수 놓아* |
| | *주름은 짧게 잡고, 말은 넓게 달아,* |
| | *외로 돌려서 걷어잡고,* |
| | *며느님 부축을 받으시며* |
| | *우아-- 우아-- 우아--하게도 나오신다.* |

일동, 놀보에게 큰절을 한다.

| 홍보처 | 시숙님, 뵈옵시다. |
|---|---|
| 놀보 | 허, 이, 이, 이거… 쫓겨날 때 보고 지금 보니 미꾸라지 용 됐네. 아이구, 배야! |
| 홍보 | 여보, 형님 오셨으니 어서 들어가서 점심상 준비하시오. |
| 홍보처 | 예. |
| 놀보 | 잠깐만, 기왕에 차릴 거면 꼭 이렇게 차려 내오거라. |

**2부 소리극**

*안성 유기, 통영 칠판,*

*천은 수저, 구리저, 구색 맞춰 보기 좋게 주루루루 벌어놓고,*

*꽃 그렸다 오죽판, 대모양각 당화기,*

*얼기설기 송편, 네 귀 반듯 정절편, 주루루 엮어 산피떡과,*

*평과, 진청, 생청 놓고 조란산적 웃짐 처*

*양회, 간천엽, 콩팥, 양편에다가 벌어놓고, 향기로운 호두과자,*

*인삼채, 도라지채, 낙지, 연포, 콩기름에 갖은양념 벌어놓고,*

*산채, 고사리, 수근, 미나리,*

*녹두채, 맛난 장국, 주루루루 들이부어,*

*청동화로, 백탄숯, 부채질 활활, 계란을 톡톡 깨어 웃딱지를 띠고,*

*길게 드리워라.*

*손 뜨건 데 쇠저 말고 나무저를 드려라.*

*고기 한 점 덤뻑 집어 맛난 기름 간장국에다*

*풍덩 들이쳐 피이이이이…*

홍보처, 놀보가 노래하는 동안 자식들과 함께 퇴장했다가 노래가 끝날 무렵 등장한다.
삼월이가 자개 무늬 화초장이 있는 바퀴 달린 탁자 위에 술병과 안주 접시 하나 달랑 얹어 끌고 들어온다.

| | |
|---|---|
| **놀보** | 이게 뭐야? 너 짠돌이냐? 있는 놈이 더 무섭다더니 바로 그 짝이네. |
| **홍보** | 그게 아니라 조금 있다가 거하게 차려 드릴 테니 먼저 목이나 축이시라고요. |
| **놀보** | 그래? 그럼 한잔 따라 봐라. |
| **홍보** | 여보, 어서 술 한잔 따라 형님께 올리시오. |

놀보, 홍보가 앉았던 긴의자에 앉는다.
홍보처, 홍보에게 눈치를 주면 홍보가 술을 따른다.

| | |
|---|---|
| **놀보** | (기분이 상해서) 홍보야. |
| **홍보** | 예. |
| **놀보** | 너, 내가 초상집에 가서도 권주가 없이는 술 안 마시는 거 잘 알지? |
| **홍보** | 여기 〈권주가〉 할 사람이 누가 있습니까? |
| **놀보** | 니 여편네 저렇게 차려 놓으니 기생티가 좌르르 흘러 보기 좋다. 〈권주가〉 |

|  | 하나 시켜 봐라. |
| --- | --- |
| **홍보** | 예? |
| **홍보처** | 뭣이요? |

*여보시오 시숙님.*

*여보 여보, 아주버니.*

*제수더러 〈권주가〉 하라는 법을*

*고금천지 어디서 보았소?*

*전곡 자세를 그만하시오.*

*나도 이제는 쌀과 돈이 많이 있소.*

*엄동설한 추운 날에*

*자식들을 앞세우고*

*구박을 당하여 나오던 일을*

*곽 속에 들어도 못 잊겠소.*

*보기 싫소. 어서 가시오!*

삼월아, 어서 술상 치워라!

| **삼월** | 예! |
| --- | --- |

삼월이, 탁자 위에 있는 술과 안주를 들고 홍보처를 뒤따라 퇴장한다.

| **놀보** | 아, 아니, 저것을 그냥. 네 이놈의 자식, 내가 오면 저렇게 싸가지없이 대들라고 시켰지? |
| --- | --- |
| **홍보** | 그럴 리가 있겠습니까? |
| **놀보** | (홍보처가 들어간 쪽을 향해) 하이고, 똑똑하다, 똑똑해! 그건 그렇고. 너 요새 밤이슬 맞는다며? |
| **홍보** | 밤이슬이라뇨? |
| **놀보** | 도둑질 말여 이놈아, 도적질! |

*내가 근래 듣자 하니*

*네 놈이 밤낮으로 자식들을 앞세우고*

*도적질을 잘한다니 너 이 말이 분명하지, 이놈!*

| **홍보** | *아이고, 형님. 웬 말씀이요?* |
| --- | --- |
|  | *선영께서 시키지 않고 배우지 않은 도적질을* |
|  | *어찌한단 말씀이요?* |

2부 소리극

| 놀보 | *야 이놈아, 듣기 싫다.* |
|---|---|
| | *그러면 니 가산과 니 재물이* |
| | *일조일석에 다 어디서 났단 말이냐?* |
| | *네 놈을 잡으려고 오 영문 출사들이* |
| | *벌떼같이 나섰다니 그 아니 딱한 일이냐?* |
| | *일이 이리 되었으니 네 놈은 잔말 말고* |
| | *천기누설 헐 것 없이 세간과 전답 문서* |
| | *돈궤, 곳간, 열쇠까지 내게다 맡겨놓고* |
| | *처자를 거느리고 멀찌감치 도망가서* |
| | *십 년만 한정하고 그곳에 피신타가* |
| | *이곳이 무사타고 내가 기별을 하거들랑* |
| | *그때 와서 살도록 하여라.* |
| | 십 년이 아니라 니가 백 년을 있다가 온다고 하더래도 니 세간에다 털끝만치 손을 대면 내가 니 아들이다. |
| 홍보 | *형님 그게 웬 말씀이요.* |
| | *형님 슬하 떠난 후로 근근부지로 지내읍는데* |
| | *하루는 제비 한 쌍이 날아들어--* |

홍보가 귓속말을 하는 동안 장단이 이어진다.

| 놀보 | 뭐? 제비 다리를 콱 분질러 동여줬더니 박씨를 물고 와? |
|---|---|
| 홍보 | 분지른 것이 아니라 떨어져서 부러졌지요. |
| 놀보 | 야 이놈아, 그게 그거지. 부자 되기 참 쉽구나. (화초장을 가리키며) ⋯ 저기 저 것은 뭐냐? |
| 홍보 | 아, 저거 화초장이올시다. |
| 놀보 | 저 속에 뭐 들었냐? |
| 홍보 | 은금보화가 잔뜩 들었지요. |
| 놀보 | 은금보화? |

놀보, 안을 열어 보고 놀란다.

| 놀보 | 와? 겁나네. 이거, 나 다오. |
|---|---|

| 홍보 | 그러지 않아도 형님 오시면 드릴라고 준비해놨습니다. | 720 |
|---|---|---|

홍보   그러지 않아도 형님 오시면 드릴라고 준비해놨습니다.

놀보   나 주려고 준비했어?

홍보   예. 형님 먼저 건너가시면 하인 시켜 보내드리겠습니다.

놀보   뭣이 어째? 이 응큼한 놈이 은금보화 쏵 빼고 빈 껍데기만 보낼라고? 아서, 내가 끌고 갈란다.

화초장을 끌고 가는 놀보.

홍보   무거울 텐데요?

놀보   걱정말어 이놈아. 이게 뭐라고?

홍보   화짜 초짜 장짜입니다요.

놀보   염병하고 자빠졌네. 한 줄로 착 읽어.

홍보   화초장입니다.

놀보   화초장. 화초장이라…

홍보   형님, 조심히 살펴 가십시오.

홍보, 퇴장하면 사막이 내려온다.

# 제4장 길

놀보   *화초장, 화초장, 화초장,*
*화초장 하나를 얻었다.*
*얻었네. 얻었네. 화초장 하나를 얻었다.*
*또랑을 건너뛰다, 아차, 내가 잊었다.*
*초장, 초장 아니다. 방장, 천장 아니다.*
*고초장, 된장 아니다.*
*장화초, 초장화, 화장장, 장장초, 장초화,*
*아이고 이것이 무엇이냐?*
*갑갑하여서 내가 못살것다. 아이고 이것이 무엇이냐?*
*여보게 마누라, 냉큼 나오지 않고 뭐해?*

놀보처, 등장한다.

| 놀보처 | 아이고 여보 영감, 웬 화초장을 끌고 오시오? |
| --- | --- |
| 놀보 | 그렇지 화초장! 내가 막 그 말을 할려고 했는데 여편네가 방정맞게시리. |
| 놀보처 | 이 비싼 화초장을 어디서 났소? |
| 놀보 | 그게 말이여… |

놀보, 놀보처에게 귓속말을 한다.

마당쇠, 나와서 엿듣는다.

| 놀보처 | 제비요? |
| --- | --- |
| 놀보 | 제비! |
| 놀보,놀보처 | 제비, 제비, 제비, 제비… |

놀보, 처를 데리고 황급히 퇴장한다.

# 제5장 산속

| 마당쇠 | 제비, 제비, 제비, 제비, 그날부터 두 부부가 제비에 환장되어 제비 몰러 나가는데, |
| --- | --- |

놀보와 놀보처, 그물과 긴 잠자리채를 들고 등장한다.

| 마당쇠 | *제비 몰러 나간다.* |
| --- | --- |
| | *제비를 후리러 나간다.* |
| | *촘촘히 맺은 그물에 후리처 들어 메고* |
| | *건넛산으로 나간다.* |
| | *이편은 우두봉 저편은 좌두봉* |
| | *건넛봉 맞은봉 좌우로 칭칭 둘렀는디* |
| | *아 이리와. 덤불을 툭 처* |
| 놀보 | *후여 허허 허 처 저 제비.* |
| | *니가 어디로 행하느냐.* |
| 마당쇠 | *뻐꾹 뻐꾹 뻐꾸기 보아도 제빈가 의심,* |
| | *까악 까악 까치만 보아도 제빈가 의심,* |

|  |  |
|---|---|
| 놀보,놀보처 | *쬐꼴 쬐꼴 쬐꼬리만 보아도 제빈가 의심,*<br>*저기 가는 저 제비야.*<br>*그 집으로 들어가지 마라.*<br>*시멘트로 지은 집이로다.*<br>*먹잇감 넘치는 내 집으로 들어오너라.*<br>*이히 이-- 이리와--* |

## 제6장 제비나라 궁전

음악과 함께 무대가 제비나라 궁전으로 전환되면 중앙에 제비여왕이 앉아 있고 궁녀제비들과 총리제비, 여러 나라 나갔던 제비들이 도열해 있다.

**총리제비**     *다음은, 한국에서 돌아온 검은고깔제비-*

검은고깔제비, 다리를 심하게 절뚝거리며 흰고깔제비의 부축을 받으며 들어온다.

**제비여왕**     아니, 왜 한국에만 가면 다리를 다쳐서 들어오느냐?
**검은고깔제비** 제 억울하고 분통 터지는 사연 좀 들어 보십시오.
**제비여왕**     그래, 너는 또 어떤 사연이냐?
**검은고깔제비** *한국 땅 들어가서*
            *이 고을 저 고을 헤매다가*
            *저의 운수 억세게 불길하여*
            *하필이면 놀보집 처마로 들어가*
            둥지에 몸을 풀고 먼 여행길에 피곤하여 깜빡 잠이 들었는데

놀보, 등장한다.

**놀보**     *왔구나! 왔어!*
         *제비님, 오시나이까?*
         *떨어져라, 떨어져.*
         *어서 떨어져서 다리가 작신 부러져라.*
         구렁아, 구렁아, 왜 이리 안 오느냐? 구렁님, 구렁 영감, 어디 있소? 에라, 모

르겠다. 내가 구렁이 노릇을 할 수밖에.

놀보, 구렁이 흉내를 내며 제비에게 다가가 다리를 부러뜨리는 동작을 한다.
검은 고깔제비, 비명을 지르며 쓰러진다.

**검은고깔제비** 아악!
**놀보** 여보! 여보!
**놀보처** 예-

놀보처, 기다렸다는 듯이 뛰어들어온다.

**놀보** 제비가 구렁이 피하려다가 둥지에서 뚝 떨어져 다리가 부러졌으니, 불쌍하여 눈을 뜨고 볼 수가 없네.

놀보처, 뛰어나갔다가 금방 민어껍질과 팔색실을 가지고 온다.

**놀보처** 아이고, 불쌍해라. 흥보네는 명태껍질로 감아줬다지만 우리는 더 튼튼한 민어껍질로 세 번 감고, 오색실보다 질긴 팔색실로 감아 줍시다.
**놀보** 어서어서 감아줍시다.

놀보 내외, 검은고깔제비의 다리를 감아준다.

**놀보** *제비야, 내 제비야.*
*죽게 될 네 목숨 살려주었으니*
*아무리 미물 짐승이라도 그 은혜 잊어서 되겠느냐?*
**놀보,놀보처** *부디 꼬옥 꼬옥-- 꼬옥-- 박씨를 물고 오너라.*
*박씨, 박씨, 박박씨, 박씨…*

놀보와 놀보처, 퇴장한다.

**제비여왕** 거 참, 몹쓸 인간이구나. 놀보란 그 사람. 흥보와 같은 핏줄을 타고난 형제 아니냐?

창극 흥보展

**검은고깔제비** 성만 같지 전혀 다른 인간입니다.

**제비여왕**  알았다, 다친 다리 잘 치료하고 내가 놀보 혼을 좀 내주겠으니 내년 봄에
박씨 하나 갖다주거라.

**제비들**  성은이 망극하옵니다!

음악과 함께 제비여왕이 여왕봉을 휘둘러 놀보박씨를 만드는 영상쑈가 펼쳐진다.
이윽고 여왕봉에 붉은색으로 빛나는 놀보 박씨가 나타나고 그 박씨를 검은고깔제비에게 하
사하는 장면이 펼쳐진다.

**합창**  *가슴 펴고 두 날개 펼치고*
*당당하게 세상을 날아라.*
*선한 마음 버리지 말고*
*거센 바람 이겨내라.*

제비들, 퇴장한다.

# 제7장 놀보 집 마당

놀보의 집으로 무대 전환되면 검은고깔제비, 혼자 남아 음악에 맞춰 춤을 춘다.
놀보와 놀보처, 달려나온다.

**놀보**  *왔구나. 내 제비야.*
*박씨, 박씨, 박박씨, 박씨.*

검은고깔제비, 놀보 내외 앞에다 박씨를 툭 던져놓고 퇴장한다.

**놀보처**  하이구, 고마워라. 은혜를 잊지 않고 박씨를 물어왔네.
**놀보,놀보처**  *박씨, 박씨, 박박씨, 박씨…*

놀보 내외, 박씨 들고 퇴장한다.
마당쇠가 대사를 하는 동안 놀보 박의 성장 과정이 과장된 영상으로 보여진다.

| | |
|---|---|
| **마당쇠** | 박씨, 박씨, 박박씨, 박씨… 박씨를 심고 며칠이 지나니 박넝쿨이 어찌나 빨리 자라는지 |

*처음엔 손가락만하다가*

*점점 팔뚝만하다가 절구통만하게 굵은 넝쿨이*

*사방팔방으로 온 동네를 휘휘칭칭 돌아서*

*마구마구 뻗어 나가는데*

*넝쿨이 기와집에 걸치면 기와집이 와르르 무너지고,*

*초가집에 걸치면 초가집이 와지끈 무너지고*

*곳간에 걸치면 곳간이 풀썩 주저앉으니*

무너진 집 수십 채 수리비 무느라고 돈 수천 냥 썼답디다.

놀보와 놀보처, 삯꾼들과 커다란 박통을 끌면서 등장한다.

| | |
|---|---|
| **삯꾼1** | 샌님! |
| **놀보** | 왜? |
| **삯꾼1** | 한 통 타는 데 닷 냥씩은 줘야겠는데요. |
| **놀보** | 한 통에 닷 냥? |
| **삯꾼4** | 그라믄입쇼. |
| **삯꾼2** | 그, 그것 안 받고 이런 힘든 일을 할 하, 합놈이 어디가 있다요? |
| **삯꾼1** | 칠성아, 잡놈. |
| **삯꾼2** | 합놈. |
| **놀보처** | 여보쇼들. 삯은 얼마든지 줄 것이니 은금보화 든 박 지성으로 타 주시오. |
| **삯꾼3** | 은금보화 얻은 뒤에는 보너스도 챙겨 주셔야 됩니다. |
| **놀보** | 그러고말고. |
| **삯꾼4** | 삯은 선금으로 주셔야겠는데요. |
| **놀보처** | 선금? 암 주고 말고. |

놀보처, 핸드백에서 엽전을 꺼내어 마당쇠에게 주면 마당쇠 닷 냥씩 나누어 준다.

| | |
|---|---|
| **마당쇠** | 자아- 서방님, 매기시지요! |

마당쇠와 삯꾼들, 박을 타기 시작한다.

| 놀보 | *흥보 놈 박통에선 쌀과 돈이 나왔으니* |
| | *내 박통에선 은금보화만 나오너라.* |
| 삯꾼들 | *에이여루 당거 주소.* |
| 삯꾼1 | *여봐라, 칠성아.* |
| 삯꾼2 | *옹야.* |
| 삯꾼1 | *톱소리를 매겨 봐라.* |
| 삯꾼2 | *에이여루 당거 주소 흡질이야!* |
| 삯꾼들 | *에이여루 당거 주소.* |
| | *실근 실근 실근 실근 시리렁 시리렁 시리렁 시리렁* |
| | *실근 실근 실근 실근 시리렁 시리렁* |
| | *슥삭 툭탁! 박 벌어진다!* |

'펑' 소리와 함께 어두워지면 요령 소리와 함께 중앙에 희미한 빛이 환상적으로 꾸며진 상여를 비춘다.
상여 소리와 함께 상여꾼들 앞으로 나온다.

| 상여꾼들 | *땡기랑, 땡기랑, 땡기랑 땡기랑.* |
| | *어 넘차 너화 너.* |
| 상주 | *만리 강남 먼먼 길에* |
| | *놀보집 오기가 멀기도 멀구나.* |
| 상여꾼들 | *어 넘차 너화넘* |
| | *어 너 어 너* |
| | *어이가리 넘차 너화 너* |

놀보집 마당의 중앙에 상여를 내린 다음 상여꾼들, 놀보를 향해 곡을 한다.

| 상여꾼들 | 아이고, 아이고- |
| 놀보 | 아니, 이게 뭐야? |
| 상주 | 네가 박놀보냐? |
| 놀보 | 그렇소만. |
| 상주 | 네 상전을 모시고 왔으니 얼른 꿇어 엎드려라. |
| 상여꾼들 | 꿇어 엎드려라! |

2부 소리극

| | |
|---|---|
| 727 **놀보** | 아니, 무슨 헛소리야? |
| **상주** | 시끄럽다! 이 안에 계신 분으로 말할 것 같으면 네 선대 조상이 종노릇하며 모셨던 양반! |
| **상여꾼들** | 양반! |
| **상주** | 양반 상전이시니라. |
| **놀보처** | 이보쇼, 거 말 같지도 않은 소리 마시오! |
| **놀보** | 헤헤헤, 우리 집안이 반남 박씨 양반인데 그럴 리가 있겠소? |

끼익 소리와 함께 관 뚜껑이 서서히 열리고 두껍고 긴 지팡이를 손에 쥔 상전이 천천히 걸어 나온다.

기겁하는 놀보 내외.

| | |
|---|---|
| **상전** | 네 이놈, 놀보야! |
| | *네 할아비 덜렁쇠, 네 할미 허천댁이,* |
| | *네 아비 껄떡쇠, 네 에미 빨딱례,* |
| | *모두 내 집 종일러니* |
| | *지금으로부터 사십 년 전,* |
| | *과거 보러 한양 간 사이,* |
| | *흉악한 네 할아비, 아비 놈이* |
| | *우리 재산을 도둑질하여* |
| | *어디론가 도망쳐서 종적을 몰랐더니* |
| | *이제야 소식 듣고 부랴부랴 달려왔다.* |
| | 당장 네 가족과 세간을 모두 챙겨 우리 집에 가서 죽을 때까지 시종하라! |
| **놀보** | 뭐, 뭐라구? 이런 빌어먹을 영감이 어디서 억지여, 억지가? |
| **상전** | 허어, 요 놈 봐라. 마당쇠야. |
| **마당쇠** | 예. |
| **상전** | (지팡이를 주며) 이 박달나무 지팡이로 저놈 보리타작 좀 하여라. |
| **마당쇠** | 아이구, 제가 어떻게… |
| **상전** | 네가 못하면 내가 하게 해 주지. 야아아아 앗! |

음악에 따라 상전의 손이 움직이는 대로 지팡이를 휘둘러 놀보를 사정없이 신나게 두들겨 패는 마당쇠.

| 놀보 | 아이고, 다리야- |
|---|---|
| 상전 | 야아아아 앗! |
| 놀보 | *비나이다. 비나이다.* |
| | *상전님 전 비나이다.* |
| | *삼대 조부가 외지에서 이 고장에 살러 와서* |
| | *모모한 양반댁과 혼인을 맺어 사돈이 많사온 바,* |
| | *소문만 안 내시면 돈으로 바칠 테니* |
| | *속량하여 주옵소서.* |
| 상전 | (작고 투명한 제비 모양의 주머니를 주며) 좋다. 그럼 돈을 이 주머니에 가득 차게 담아 오거라. |
| 놀보 | 여기다 말이지요? 열 냥만 넣어도 꽉 차겠네. 여보, 어서 넣어 오시오. |
| 놀보처 | 금방 넣어 올게요. |
| 놀보 | 그러시오. |
| 상전 | 나는 여기 앉아 노래나 부르고 있을 테니 빨리 가져오너라. |
| | *꿈이로다-- 꿈이로다--* |
| | *세상만사 꿈이로다--* |
| 상여꾼들 | 조오타- |

노래가 끝나기 전에 놀보처, 뛰어온다.

| 놀보처 | 아이고, 영감, 큰일 났소! |
|---|---|
| 놀보 | 뭐가 큰일 나? |
| 놀보처 | 이 주머니가 정말 큰일 날 주머니요. |
| | *한 냥을 넣어도 간 곳 없고,* |
| | *두 냥을 넣어도 간 곳 없고, 석 냥을 넣어도 간 곳 없고,* |
| | *너 냥을 넣어봐도 휑--* |
| 상여꾼들 | 휑-- |
| 놀보처 | *닷 냥을 넣어 봐도, 열 냥을 넣어 봐도, 백 냥을 넣어 봐도,* |
| | *오백 냥을 넣어 봐도, 천 냥을 넣어 봐도 휑, 휑--* |
| 상여꾼들 | 휑, 휑-! |
| 놀보처 | *이를 어쩌란 말이요?* |
| 상전 | 뭐라구? 그 작은 주머니만 채우라는데 무슨 잔소리냐? 마당쇠야! |

2부 소리극

| 마당쇠 | 예이! |
|---|---|
| 상전 | 저 놀보와 처를 뼈가 부러질 때까지 쾅쾅! |
| 마당쇠 | 예이! |

마당쇠, 지팡이를 번쩍 쳐든다.

| 놀보 | 아이구, 돈을 엽전으로 바치겠으니 제발 이 주머니는 거둬 주시오. |
|---|---|

놀보, 주머니를 상전에게 준다.

| 상전 | 그렇다면 네 할애비 내외, 네 아비 내외, 네 내외, 여섯 사람 몫으로 각 오백만 냥씩 삼천만 냥을 바쳐라. |
|---|---|
| 놀보 | 사, 삼천만 냥? |
| 상전 | 만일 잔말 했다가는 네 놈을 여기다 넣으리라. |

상전, 주머니를 쩍 벌린다.

| 놀보 | 예, 예, 분부대로 바칠 테니 그 괴상한 주머니 좀 제발 벌리지 마시오. 여보! |
|---|---|
| 놀보처 | 예. |
| 놀보 | 돈 좀 가지고 오시오. |
| 놀보처 | 마당쇠야. |
| 마당쇠 | 예이- |
| 놀보처 | 가자. |
| 마당쇠 | 예이- (삯꾼들에게) 갑시다! |

마당쇠와 삯꾼들, 놀보처를 따라 퇴장한다.

| 놀보 | 어르신, 그 괴상한 주머니 이름이 뭐요? |
|---|---|
| 상전 | 오, 이거 제비낭이라 하는 거다. |
| 상여꾼들 | 제비낭! |
| 놀보 | 참말로 사람 여럿 죽이게 생겼소. |
| 상전 | 에잉, 사람 죽이는 주머니가 아니라, 사람 아닌 놈만 골라서 죽이는 주머니다. |

창극 흥보展

**상주**　　　　여기다 걸으시오.

상주의 지시에 따라 상여 여기저기에 돈 꾸러미를 주렁주렁 걸어놓는다.

**상주**　　　　(상전에게) 상전님, 저승길 노잣돈 다 받았습니다요.
**상전**　　　　돈을 받았으니 노비계약을 풀어주겠다.
**놀보**　　　　감사합니다.
**상전**　　　　자, 가자!

상전, 관속에 들어간다.
상주의 요령 소리와 함께 상여꾼들, 관을 덮는다.

**상여꾼들**　　*땡기랑, 땡기랑, 땡기랑 땡기랑.*
　　　　　　*어 넘차 너화 너.*
**상주**　　　　*꿈이로다. 꿈이로다.*
　　　　　　*세상만사 꿈이로다.*
**상여꾼들**　　*어 넘차 너화넘*
　　　　　　*어 너 어 너*
　　　　　　*어이가리 넘차 너화 너*

상여꾼들, 퇴장한다.

**삯꾼1**　　　여보게들, 우리 박 그만 타고 가세.
**삯꾼2**　　　이, 이러다 큰일 나겠네.
**삯꾼3**　　　그러게.
**삯꾼4**　　　어서 가세.
**놀보**　　　　여보게들. 두 번째 통은 번쩍번쩍한 것이 틀림없이 은금보화가 들었을 것이
　　　　　　네. 품삯 열 냥으로 올려 줄 테니 염려 말고 박 타세.
**마당쇠**　　　열 냥이랍신다아- 박 타세-

마당쇠, 삯꾼들을 부추겨서 퇴장한다.

**놀보처**    영감, 또 박 탔다가는 당신 골병들고 집안 다 망하겠소. 제발 타지 맙시다.

**놀보**     여편네가 방정맞기는. 입 다물고 가만히 있어!

**놀보처**    저 똥고집. 에그, 내가 미쳐!

놀보처, 화를 내며 퇴장한다.

마당쇠, 삯꾼들과 함께 박 한 통을 끌고 나온다.

**마당쇠**    서방님, 이번에는 제가 한번 맥일라요.

**놀보**     오냐, 맥여 봐라.

**마당쇠**    *이 박을 타거들랑*

*아무것도 나오지 말고*

*아가씨 여러 명 나오너라.*

**삯꾼들**    *시르렁 실근 톱질이야. 어이여루 당거 주소*

*실근 실근 실근 실근*

*시리렁 시리렁 시리렁 시리렁*

*실근 실근 실근 실근 시리렁 시리렁*

*슥삭 툭탁! 박 벌어진다!*

'펑; 소리와 함께 박이 갈라지고 잠시 암전.

후면 중앙에 작은 무대가 나타나고 작은 우산을 든 초란이와 아슬아슬한 차림으로 치장한 8인의 제비마녀들의 모습이 비친다.

음악과 함께 마치 쇼의 한 장면과 같은 움직임으로 앞에 나와 논다.

**초란이**    에헤- 왔구나. 왔소이다. 구름 같은 댁 문전에 초란이와 제비마녀가 왔소이다. 옥 같은 입에서 구슬 노래 쑥쑥 나오는구나.

**제비마녀들**  *콩구락 콩콩 콩구락 콩콩*

*콩그닥 콩그닥 콩그닥 콩콩*

**초란이**    *정월 일월 드는 액은*

*삼월 사월 막아내고,*

**제비마녀들**  *콩구락 콩콩 콩구락 콩콩*

창극 흥보展

*콩그닥 콩그닥 콩그닥 콩콩*

**초란이**  *시월 모날에 드는 액은*
*동지섣달에 막아내고,*

**제비마녀들**  *콩구락 콩콩 콩구락 콩콩*
*콩그닥 콩그닥 콩그닥 콩콩*

**초란이**  *매일매일 드는 액은*
*초란이 노래로 막아보세.*

**제비마녀들**  *콩구락 콩콩 콩구락 콩콩*
*콩그닥 콩그닥 콩그닥 콩콩*

**놀보**  아니, 뭐하는 애들이냐?

**초란이**  제비마녀와 초란이, 인사 올립니다요. 놀보나리-

**제비마녀들**  놀보나리-

**놀보**  놀보나리? 흐흐흐. 오냐- 그래, 너희들이 왜 나왔느냐?

**설부용**  놀보나리가 천하제일 풍류남아라는 소문 듣고 한바탕 놀러 나왔지요-ㅇ.

**놀보**  천하제일 풍류남아? 으흐흐흐흐, 그래. 한번 놀아 봐라.

**장금연**  나리, 우리는 귀하고 높으신 분들 앞에서는 함부로 놀지 않아요-ㅇ.

**놀보**  그럼 어찌 노는데?

**오유란**  한 번 노는데 백만 냐-ㅇ.

**제비마녀들**  백만 냐양-

**놀보**  배, 백만 냥? 거 너무 비싸다.

**금마리**  아이, 수천만 냥 쌓아 두신 나리께서 그깟 푼돈이 뭐가 아깝다고 그러셔-?

**설부용**  우리하고 노시면 화아아악 젊어지셔서 멋쟁이 오빠되신답니다-ㅇ.

**놀보**  흐흐흐, 멋쟁이 오빠?

**마당쇠**  나리, 돈 챙겨 올깝쇼?

**놀보**  그래라.

놀보, 안춤에서 열쇠를 꺼내어 주면 마당쇠, 열쇠를 흔들며 부리나케 퇴장한다.

**초란이**  자. 러시아, 중국, 일본, 필리핀, 보르네오, 수마트라, 해외 순회공연을 절찬
리에 마치고 엊그저께 막 귀국한 제비마녀들의 〈까투리 타령〉-

제비마녀들, 화려한 영상과 함께 유혹적인 춤을 추며 노래한다.

**2부 소리극**

| 733 | 제비마녀들 | *까투리-----* |
|---|---|---|
| | | *까투리 한 마리 푸드득허니 매방울이 떨렁.* |
| | | *후여, 후여, 까투리 사냥을 나간다.* |
| | | *전라도라 지리산으로 꿩사냥을 나간다.* |
| | | *지리산을 넘어 무등산을 지나 나주 금성산을 당도하니,* |
| | | *까투리 한 마리 푸드득허니 매방울이 떨렁.* |
| | | *후여, 후여, 어허, 까투리 사냥을 나간다.* |
| | | *나간다. 나간다. 까투리 사냥을 나간다!* |

마당쇠, 돈 꾸러미를 들고 등장하여 신명을 내어 어울려 논다.

**놀보**　　　와, 고것들 노래도 잘하고 이쁘다.

놀보, 돈을 걸어 준다.

**놀보**　　　자, 그럼 한 번 놀아들 봐라.
**제비마녀들**　예-

제비마녀들, 놀보를 둘러싸고 유혹하듯 노래한다.

**제비마녀들**　*개굴 개굴 청개구리야*
　　　　　　　*개구리 집을 찾을려면*
　　　　　　　*아랫도리를 딸딸 끌고서*
　　　　　　　*미나리꽝으로 들어라.*
　　　　　　　*헤에야 허허야 어어어 허야*
　　　　　　　*이놈 저놈 저놈 이놈,*
　　　　　　　*놀보 상투가 제일이오.*
　　　　　　　*헤에야 허허야 어어어 허야*
　　　　　　　*헤에야 허허야 어어어 허야*
　　　　　　　*헤에야 허허야 어어어 허야*

놀보, 입을 헤 벌리고 넋이 나간 채 몸을 흔든다.

창극 흥보展

**놀보처**   영감!

음악 뚝 그치고 모두 무대 위로 도망치듯 올라간다.

**놀보**   어, 어, 여보…

**놀보처**   지금 이게 뭐하는 짓이야?

**놀보**   아니, 그냥, 박에서 애들이 나와서 놀겠다고 해서…

**놀보처**   웬 얼어 죽을 박이 은금보화는 안 나오고 계집년들이 나온단 말이요?

**놀보**   얘, 애들아, 호랑이 여보님 오셨으니 그만 내려가거라.

**제비마녀들**   아앙!

**장금연**   나리!

**놀보**   응?

**장금연**   내려가는데 각각 백만 냐- ㅇ!

**놀보**   배, 백만 냥씩? 비싸다.

**마당쇠**   나리, 내려오는데 백만 냥씩은 너무 비싸니 내려오지 못하게 할까요?

**놀보처**   마당쇠, 너!

**놀보**   그렇지? 여보, 팔백만 냥 주기 아까우니 내가 쫙 데리고 살아 버릴까?

**놀보처**   뭐, 뭐요? 저 영감이 미쳤나? 마당쇠야, 어서 줘라!

**마당쇠**   아따, 우리 마님 돈 잘 쓴다아-

마당쇠, 제비마녀들에게 돈 꾸러미 한 다발씩 걸어 준다.
돈 꾸러미를 목에 걸고 환호성을 지르는 제비마녀들.

**초란이**   자, 이제 그만 가자-

**장금연**   *나는 가네. 나는 간다.*
*내 님을 두고서 내가 돌아가는구나 헤--*

**제비마녀들**   *마라. 마라. 마라. 그리를 말아라.*
*마라. 마라. 마라. 그리를 말아라.*
*마라. 마라. 마라. 그리를 말아라.*
*마라. 마라. 마라. 그리를 말아라--*

735   마당쇠, 제비마녀들 나간 쪽을 바라보며 몸을 흔들고 있다.

| | |
|---|---|
| **놀보** | 허, 저놈도 넋이 나갔구나. 자, 자, 그만 놀고 박 한 통 더 타자. |
| **놀보처** | (큰소리로) 박 그만 타소! |
| **놀보** | 그만 타? |
| **놀보처** | 그만 타! |
| **놀보** | 이 사람아. 저리 비켜! |
| **놀보처** | 못 비켜! 타지 마! |
| **놀보** | 비켜! |
| **놀보처** | 저 박 타면 이혼할 거야! |
| **놀보** | 뭐? 이혼? |

놀보와 놀보처, 박을 사이에 두고 필사적으로 몸싸움을 하고 있을 때 천둥치는 굉음과 함께 갑자기 어두워진다.
조명 전환되면 흰고깔제비와 검은고깔제비와 총리제비와 제비꼬리 모양의 긴 창을 든 병사제비 등을 좌우에 거느린 제비여왕이 등장한다.

**총리제비**   *강남제비국 여왕폐하 등장이오-*

제비여왕, 제비마녀들이 등장했던 무대 중앙에 선다.
제비들과 함께 상전과 상여꾼들, 초란이, 제비마녀들, 마을 사람들 등 모든 출연진이 등장하여 좌우로 나뉘어 선다.
놀보 부부, 놀라서 바라본다.
그때 홍보 내외와 자식들, 급히 들어온다.

| | |
|---|---|
| **제비여왕** | 놀보는 듣거라! 너는 친동생을 박대하고, 구타하고, 흉악한 욕심으로 내 신하의 다리를 부러뜨렸고, 수많은 악행으로 이웃들을 괴롭혔으니 어찌 살기를 바랄소냐? |
| **총리제비** | 어찌 살기를 바랄소냐? |

굉음과 함께 창을 든 병사제비가 놀보를 향해 창을 들이댄다.
놀보와 놀보처, 비명을 지르며 놀라서 쓰러진다.

창극 흥보展

홍보, 급히 앞으로 나선다.

| 홍보 | *비나이다. 비나이다.* |
|---|---|
| | *여왕님 전 비나이다.* |
| | *형제는 일신이온 바,* |
| | *형이 만일 죽고 보면* |
| | *한 조각 병신 몸이* |
| | *살아 무엇 하오리까.* |
| | *저도 마저 죽여 주오* |
| 제비여왕 | 흠… 동생이 저리 간청하니 형 놀보에게 묻겠노라. |
| 놀보 | (일어서서) 예. 예. |
| 제비여왕 | 너의 죄를 인정하고, 뉘우치고, 사죄할 생각이 있는가? |
| 놀보 | 예. 아이고, 동생. |
| | *부모님이 세상을 떠나실 때* |
| | *잘 돌보라 하셨는데* |
| | *매정하게 내여쫓았으니* |
| | *동생 볼 낯이 없네그려.* |
| | *나의 지은 죄가 금수만도 못하니* |
| | *용서하여 주며는* |
| | *죽어도 여한이 없을 것이네.* |

놀보, 홍보에게 엎드려서 큰절을 한다.
홍보, 놀보를 일으킨다.

| 홍보 | *부모님 물려준 재산 의지하며* |
|---|---|
| | *게으르고 한심하게 살던 저를* |
| | *버릇 좀 고쳐주자 쫓아낸 것을* |
| | *억울하고 야박하다 원망을 하였으니* |
| | *속 좁은 동생을 용서하십시오.* |

홍보, 놀보에게 엎드려 절을 한다.

2부 소리극

**놀보**　　　아이고, 동생!

**홍보**　　　아이고, 형님!

두 사람, 껴안고 운다.

**제비여왕**　　검은고깔제비도 놀보 내외를 용서하느냐?

검은고깔제비, 놀보를 향해 앞으로 나와 화를 내며 놀보를 위협하는 동작을 한다.
흰고깔제비가 급하게 나와 만류한다.
검은고깔제비, 흰고깔제비를 보며 끄덕인다.

**검은고깔제비** 저도 용서하겠나이다.

**제비여왕**　　좋다. 진심 어린 사죄를 받아들여 놀보의 사형을 면하노라!

**일동**　　　와아!

홍보와 놀보 가족들, 누가 먼저랄 것도 없이 서로 달려가 껴안는다.

**홍보처**　　　아이고, 형님!

**놀보처**　　　아이고, 동생!

**자식들**　　　큰아버지! 큰엄마!

서로 껴안으며 울음바다가 된다.
여왕제비, 총리제비에게 귓속말을 한다.

**총리제비**　　마지막으로, 여왕폐하께서 놀보와 홍보 두 사람에게 묻고 싶은 게 있으시다
　　　　　　고 하신다.

**홍보,놀보**　말씀하십시오.

**제비여왕**　　*내가 박씨를 만들어*
　　　　　　*그대들에게 베푼 재산은*
　　　　　　*알고 보면 환상의 세계에서*
　　　　　　*꿈처럼 이루어진 불로소득이라.*
　　　　　　*그대들이 가진 재산을*

*못 가진 자, 약한 자들에게*
*베풀어 줄 생각은 없는가?*

음악과 함께 홍보 가족과 놀보 부부, 머리를 맞대고 상의한다.

| | |
|---|---|
| **홍보** | 꿈처럼 이루어진 재산, 저희 가족은 절반을 바치기로 합의를 봤습니다. |
| **놀보** | 저희는 육할을 바치겠습니다. |
| **홍보** | 저희는 칠할! |
| **놀보** | 팔할! |
| **제비여왕** | 하하하, 서로 더 많이 바치겠다고 다투는 마음이 갸륵하구나. 그럼 요즘 세상의 추이로 보아… (총리와 상의한 다음) 육할로 정하겠노라. |
| **일동** | 와아! |
| **제비여왕** | 그리고 이후로는 은혜나 원수를 갚는 박씨보다 사랑과 용서의 박씨를 인간들에게 베풀 것을 약속하노라! |
| **일동** | 성은이 망극하옵니다— |

## 제8장 뒤풀이

무대가 환상의 공간으로 변하면서 모든 출연자가 합창과 함께 신명나는 연주를 한다.

| | |
|---|---|
| **전체 합창** | *가슴 펴고 두 날개 펼치고* |
| | *당당하게 세상을 날아라.* |
| | *선한 마음 버리지 말고* |
| | *거센 바람 이겨내라.* |
| | *눈 녹듯이 근심도 녹아라.* |
| | *새싹 돋듯 행운이 솟아라.* |
| | *힘차게 바람을 가르고* |
| | *꿈을 향해 날아라.* |

장단이 점점 빨라지며 전체 출연진이 관객과 함께 환호 속에 막을 내린다.

- 막 -

2부 소리극

## 창극 흥보展 (2021년 작)

대본, 연출 김명곤

---

**줄거리**    비구름 물러가고 따사로운 햇살 가득하니 머나먼 북쪽 하늘에서 제비들이 몰려온다. 그 중 한쪽 다리를 오색실로 싸맨 흰고깔제비가 절뚝거리며 들어온다. 제비여왕이 그 영문을 묻자 박흥보의 집에서 겪게 된 사연을 풀어 놓는다.

   욕심 많은 형 놀보에게 쫓겨난 흥보는 아내와 자식들과 함께 움막 속에서 비참하게 살아간다. 어느 날, 마음씨 착한 흥보는 흰고깔제비를 구렁이로부터 구해 주고 다친 다리를 정성껏 치료해 준다.

   이를 알게 된 제비여왕은 보은표 박씨를 만들어 흰고깔제비에게 건넨다. 이듬해 봄, 제비가 준 박씨에서 열린 박을 탔더니 그 속에서 쌀과 돈, 비단과 집 등이 쏟아져 나와 흥보 가족은 하루 아침에 큰 부자가 된다.

   소식을 들은 형 놀보는 흥보를 찾아가 부자가 된 내력을 알아낸다. 놀보는 재물을 얻을 욕심에 검은고깔제비의 다리를 일부러 부러뜨린 후 팔색실로 감아준다. 그 사연을 들은 제비여왕은 놀보에게도 박씨 하나를 가져다주도록 명한다.

   놀보의 박에서는 금은보화가 아닌 상여꾼과 양반 상전, 제비마녀들이 나와 놀보의 재산을 거덜낸다. 뒤이어 제비여왕이 나타나 놀보의 잘못을 낱낱이 들추어낸다. 마침내 흥보와 놀보 형제는 세상의 부귀영화가 한낱 꿈에 불과하다는 것을 깨닫고 서로를 용서하고 화목하게 살아가기로 한다.

---

이 작품의 제목을 홍보전(傳)이 아니라 흥보전(展)이라 한 이유는 고전적인 이미지에서 탈피하여 매우 현대적이고 다양한 영상과 설치미술을 활용하여 마치 한 편의 전시회를 보는 듯한 느낌을 주고자 하는 의도가 있다.

왜냐하면 흥보展은 조선시대를 배경으로 하여 한국 사람이라면 누구나 다 아는 동화와 같은 이야기이지만 그 속에 현대적인 요소를 풍부하게 가지고 있기 때문이다.

가난한 자와 부자의 갈등, 먹고 입고 자는 의식주에 대한 소망, 성적 욕망, 신분 상승과 명예욕, 형제나 가족 간의 미움과 용서, 극도의 결핍과 극도의 과잉에 대한 이야기… 그 속에는 인류가 살아가는 한 영원히 이어질 드라마가 담겨 있다.

특히 이번 작품에서 역점을 둔 장면은 '제비나라' 장면이다. 판소리 「흥보가」에는 아주 짤막하게 나오는 흥보제비와 제비나라의 캐릭터들을 다양하게 창작하여 극을 이끌어가는 중요한 모티브로 삼아 프롤로그와 에필로그뿐만 아니라 극을 이끌어가는 중요한 연결 장면으로 확대했다.

　우리 소리의 격조를 오롯이 지켜내면서도, 고전의 현대적 변주를 시도한 이번 작품은 살아 숨쉬는 현재 진행형의 전통을 증명한다. 제비가 물어다 준 박에 투영된 인간의 염원과 욕망, 그리고 시대를 초월한 이야기들이 한바탕 꿈처럼 펼쳐진다. 옛 이야기에 담긴 신비롭고 다채로운 환상들을 무대 위에 그려낸다. 시간을 섞고 공연과 전시의 경계를 넘나드는 독창적 미장센은 새로운 시대의 미학을 선보인다.

# 우루왕

◆ 원작: 윌리엄 셰익스피어 「리어왕」

| 나오는 사람들 |

| | |
|---|---|
| 우루왕 | 우화충 |
| 바리 | 행랑아범 |
| 길대부인 | 무녀 |
| 고흘 승지 | 제관 |
| 매륵 승지 | 무장승 |
| 가화 | 동자 |
| 연화 | 무희들 |
| 야노 | 무사들 |
| 추밀 | 물의 여인들 |
| 을지 | 수호신 |
| 솔지 | 거지두목 |
| 수광대 | 거지들(남/여) |
| 여광대 | 가수 |
| 청년광대 | 고흘 하인들 |
| 소녀광대 | 기타 |
| 광대들 | |

프롤로그

# 〈서곡〉이 흐른다.
광대들, 노래를 부르며 등장한다.

# 〈여봐라 광대야〉

| | |
|---|---|
| **수광대** | *여봐라 광대야, 바보 광대야!* |
| **여광대** | *여봐라 광대야, 바보 광대야!* |
| **광대들** | *부른다 부른다 우리를 부른다. 왜? 왜?* |
| **수광대** | *이 세상 큰 무대는 바보들의 놀이판* |
| **광대들** | *그렇지! 그렇지! 바보들의 놀이판* |
| **수광대** | *잡초 우거진 왕궁의 옛터* |
| | *바람도 서늘한 허물어진 성벽* |
| **여광대** | *그 안에 묻혀 있는 한 많은 사연들* |
| **수,여광대** | *수천 년 세월을 넘고 넘어 이제야 다시 살아나네.* |
| **광대들** | *오라, 오호라, 우리 인생 한줄기 강물* |
| | *슬픔도 기쁨도 사랑도 미움도* |
| | *출렁이는 강물 위로 떠워 보내 버리고* |
| | *춤추고 노래하며 웃어나 보자.* |
| | *얼씨구 좋다! 지화자 좋다!* |
| | *우습고도 슬픈 얘기 풀어나 보자.* |

광대들 막을 연다.

# 제1막

## 제1장 바리의 방

짙은 안개. 바리, 홀연히 걸어 나와 환상을 본다.
길대부인의 혼령이 나타난다.

우루왕

**길대부인**　　*청천의 해가 빛을 잃고*
　　　　　　　*창공의 달도 갈 길을 잃는구나.*
　　　　　　　*형제가 형제의 피를 먹고*
　　　　　　　*동족이 동족의 뼈와 살을 뜯으리라.*
　　　　　　　*이 나라 이 땅은 피로 물들 것이다!*
　　　　　　　*우 - 우 -*

우루왕의 혼령, 등장한다.

**길대부인**　　왕이시여! 우루대왕이시여!

길대부인과 우루 혼령, 바리에게 무언가 호소한다.

**우루,길대부인**　바리야, 바리야!

구음이 고조되고, 길대부인과 우루왕의 혼령, 사라진다.

**바리**　　　어마마마, 어마마마!

바리, 일어나 방안을 거닌다.

# 〈밤마다 꿈길마다〉

**바리**　　　*밤마다 꿈길마다*
　　　　　　*이 가슴을 짓누르는 불길한 나의 꿈이여.*
　　　　　　*문득문득, 다가오는 절망의 외침이여.*
　　　　　　*한 맺힌 혼령들의 무서운 절규여.*
　　　　　　*두려운 꿈길 헤매는*
　　　　　　*이 밤은 길기도 해라.*

## 제2장 신전

거대한 붉은 태양이 떠오른다.

음악과 함께 제관과 무희, 가화, 연화, 바리 추밀, 야노, 매륵, 고흘과 을지 궁중 신하들 등장
하면 제관의 주제로 천신제가 진행된다.

# 〈위대하신 한울님이시여-〉

| | |
|---|---|
| 제관 | *위대하신 한울님이시여-* |
| 합창 | *한울님이시여-* |
| 제관 | *신성한 불과 해님을 만드사* |
| | *온 누리의 광채로* |
| | *이 나라를 돌보시니* |
| | *천신의 일족으로* |
| | *그 영광 무궁히 빛나리라.* |
| 합창 | *그 영광 무궁히 빛나리라.* |

장엄한 음악과 함께 화려한 옷을 입은 우루왕, 가화, 연화, 바리, 시녀들, 궁녀들, 우루의 호위
무사들이 등장한다.

| | |
|---|---|
| 제관 | *거룩하고 위대한 대왕께서* |
| | *왕업의 소임을 다 하시고* |
| | *이제 친히 왕권을* |
| | *자손들에게 넘기려 하시니* |
| | *위대하신 한울님이시여-* |
| 합창 | *한울님이시여-* |
| 제관,합창 | *그 뜻을 받드소서.* |

우루왕이 앞으로 나오면 모두 절을 한다.

| | |
|---|---|
| 우루 | *선왕들의 위업을 이어받아* |
| | *왕권을 이어온 지 어언 오십 년.* |
| | *나라는 부강하고 천하는 태평하나* |
| | *사랑하는 길대부인 저승으로 떠난 후로* |
| | *이 몸은 기력을 잃고* |
| | *세상만사 모든 일에 흥미를 잃었노라.* |
| | *이제 사랑하는 딸들과 부마들에게* |
| | *왕권과 영토를 넘겨주려 하니* |
| | *그들이 힘을 합쳐* |
| | *이 나라를 융성케 하리라.* |

노래가 끝나자 태양이 갑자기 어두워지면서 일식이 일어난다.
모두 놀라 소리친다.

| | |
|---|---|
| **수광대** | 해가 사라진다! |
| **일동** | 해가 사라진다! |

웅성거림이 잦아들고 무대는 어두워진다.

| | |
|---|---|
| **우루** | 제관! |
| **제관** | 예이! |
| **우루** | 갑작스레 해가 사라지니 이 무슨 징조인가? |
| **제관** | 태양의 운행에 맞춰 일어난 예정된 일식이오니 심려치 마옵소서. |
| **우루** | 그러한가? |

우루, 왕홀을 처든다.

| | |
|---|---|
| **우루** | 모두 듣거라! |
| **일동** | 예! |

신하들과 무사들, 몸을 깊이 숙여 읍을 한다.

| | |
|---|---|
| 우루 | 내 이미 선포한 대로, 오늘 이 나라의 왕권과 영토를 세 딸들에게 양위하겠노라. |
| 바리 | 아바마마! |
| 우루 | 오냐. |
| 바리 | 소녀, 드릴 말씀이 있사옵니다. |
| 우루 | 말해보라. |
| 바리 | 양위 선포를 거두어 주옵소서. |
| 우루 | 뭐라구? |
| 가화 | 바리야. 이 무슨 경솔한 짓이냐? . |
| 바리 | 요즈음 꿈에서 돌아가신 어마마마를 자주 뵈었사온데--- |
| 연화 | 아바마마, 둘째 왕비 길대부인이 세상을 떠난 후로 바리가 저토록 헛것을 자주 보니 걱정이 태산이옵니다. |
| 우루 | 바리야. 꿈속에서나마 어미를 만나보려는 갸륵한 네 효심을 모르는 바 아니나, 망령에 씌어 헛소리를 하고, 밤에 깨어나 궁궐 안을 이리저리 헤매는 병세가 갈수록 심해지니 이 아비 심히 걱정스럽구나. |
| 가화 | 아바마마, 우리 중 누가 아바마마의 영토를 지킬 수 있겠사옵니까? |
| 연화 | 우리 중 누가 아바마마의 그 고귀한 위업을 이어갈 수 있겠사옵니까? |
| 우루 | 그 결정을 위하여 내 너희들에게 묻겠다. 너희들은 짐을 얼마나 사랑하느냐? |

가화, 연화, 무릎을 꿇고 절을 한 다음 노래를 한다.


# 〈기다려왔던 이 순간〉


| | |
|---|---|
| 가화, 연화 | *기다려왔던 이 순간* |
| | *사랑하는 아바마마 위대하신 왕이시여!* |
| 우루 | *오냐, 하하하!* |
| 가화 | *감격스러워라 이 순간* |
| | *백 마디 말 중에서 고르고 골라* |
| | *천 마디 말 중에서 고르고 골라* |
| | *하늘보다 넓은 은혜 생명보다 귀하신 분* |


우루왕

|       | *아바마마이옵나이다.* |
|-------|------------------------|
| 우루  | *내 마음이 즐겁구나.* |
|       | *모든 걸 주어도 아깝지 않다.* |
|       | *이 드넓은 동쪽 땅 모두를* |
|       | *내 딸 가화에게 물려주리라, 하하하!* |
|       | *연화의 말을 들어 보자.* |
| 연화  | *백일 밤을 지새우며 말한다 해도* |
|       | *천일 밤을 지새우며 말한다 해도* |
|       | *바다보다 깊은 은혜 천지보다 소중한 분* |
|       | *아바마마이옵나이다.* |
| 우루  | *오냐, 오냐, 기쁘고도 즐겁구나.* |
|       | *이 기름진 서쪽 땅 모두를* |
|       | *연화에게 물려주리라, 하하하!* |
|       | *마지막 내 기쁨 바리야.* |
|       | *어서 나를 즐겁게 해다오.* |
| 바리  | *안타까워라 이 순간* |
|       | *어찌하여 사랑과 효심을* |
|       | *세치 혀로 답하리까?* |
|       | *효심을 입으로 말하라시면* |
|       | *할 말이 없나이다.* |
|       | *양위의 말씀을 거두어 주소서.* |
| 우루  | 아니, 바리야, 내 사랑을 제일 많이 받은 네가 할 말이 고작 그것뿐이란 말이냐? |
| 바리  | 아바마마. 어마마마 말씀이 형제가 원수 되어 피의 강물이 흐른다고 하셨으니 제발 양위의 말씀을 거두어 주소서. |

우루, 대노하여 소리친다.

| 우루  | 듣기 싫다! 네가 해괴한 헛소리를 계속하는구나! 당장 물러가거라! |

바리, 제자리로 물러난다.

2부 소리극

**우루**　　　모두 듣거라!
　**일동**　　　예!

신하들과 무사들, 몸을 깊이 숙여 읍을 한다.

**우루**　　　짐은 이 나라의 땅과 왕권을 둘로 나눠 반은 가화와 야노 대신에게, 나머지
　　　　　　는 연화와 추밀 대신에게 넘겨줄 것인즉, 국왕의 칭호와 자격만은 보유하되
　　　　　　통치권은 두 부마에게 맡기겠노라. 그 증표로서 왕가에 대대로 전해 오는
　　　　　　천황검을 내리노니 두 대신은 일 년씩 번갈아 사용토록 하라!

야노와 추밀, 한발씩 앞으로 나와 읍을 한다.

**바리**　　　아바마마, 양위를 거두지 않으시면 무서운 일이 일어날 것이옵니다!
**우루**　　　시끄럽다!
**고흘**　　　폐하! 일식이 생김은 불길한 징조이옵니다. 바리 공주님 말씀에 귀를 기울
　　　　　　여 양위를 철회하심이 옳은 줄 아뢰옵니다!
**가화**　　　고흘 승지, 그 무슨 말씀이오? 태양도 빛을 숨기며 아바마마의 사려 깊으신
　　　　　　결정에 머리를 조아렸으니, 이는 거역할 수 없는 하늘의 뜻으로 상서로운
　　　　　　징조요!
**연화**　　　언니 말씀이 맞습니다.
**바리**　　　아니 되옵니다. 양위하시면 무서운 일이 일어날 것이옵니다!
**가화**　　　바리야, 너는 아바마마께서 국사에 시달려 일찍 돌아가시길 바라는 거냐?
**바리**　　　언니!

매륵, 앞으로 급히 나서며 소리친다.

**매륵**　　　폐하, 바리 공주님 말씀이 옳습니다. 부디 왕권을 보존하시고 하명을 거두
　　　　　　소서!
**우루**　　　시끄럽게 떠들지 마라!

모두 제자리로 돌아간다.

우루왕

| | |
|---|---|
| 우루 | 짐은 한번 내린 명을 다시 거둔 적이 없다! |
| 매륵 | 폐하, 어찌 사랑의 크기를 세치 혀로써 헤아리시옵니까? |
| 우루 | 저런 무엄한 놈! |
| 매륵 | 폐하, 명철하신 눈으로 똑똑히 살피소서! |
| 우루 | 발칙한 놈! 목숨이 아깝거든 닥쳐라 이놈! |
| 매륵 | 불충한 소신, 죽음을 무릅쓰고 아뢰오니, 천하 백성들이 무궁한 성덕을 우러러볼 수 있도록 왕권을 보존하소서! |
| 우루 | 네 이놈! |

우루, 천황검을 빼어 매륵의 목을 치려 한다.

| | |
|---|---|
| 고흘 | 폐하! |
| 야노 | 고정하소서 폐하! |
| 고흘 | 폐하! 오늘같이 신성한 날에 피를 보이시면 아니 되옵니다. 부디 천황검을 거두어 주소서! |
| 우루 | 짐의 명을 능멸한 네 방자한 행동을 용서할 수 없다. 당장 이 나라를 떠나도록 하라! |
| 매륵 | 신 매륵, 눈물을 머금고 폐하 곁을 떠나겠나이다. |
| 우루 | 어서 물러가라! |

매륵, 우루에게 절을 한다.
바리, 매륵에게 다가간다.

| | |
|---|---|
| 바리 | 매륵승지! 어디를 가시든지, 그대의 굳센 충심이 시키는 대로 폐하께 충성을 다해 주시오. |
| 매륵 | 공주님 말씀 가슴에 깊이 새기고 현명하게 처신하겠나이다. |

매륵, 퇴장한다.

| | |
|---|---|
| 우루 | 바리, 너도 마찬가지다. 왕궁을 떠나 수릿골 무녀에게 가서 그 해괴한 병을 완전히 고치기 전에는 내 눈앞에 얼씬거리지도 마라! |
| 바리 | 불충한 소녀, 명을 받아 떠나오니 부디 옥체 보전하시옵소서. |

**2부 소리극**

바리, 우루에게 큰절을 한다.

**우루**        야노 대신은 어서 나와 천황검을 받으라!

우루왕, 야노에게 천황검을 내리자 야노, 천황검을 높이 쳐든다.
음악, 천신제 합창과 함께 일동 퇴장한다.

**제관**        *위대하신 한울님이시여!*
**합창**        *한울님이시여!*
**제관**        *신성한 불과 해님을 만드사*
            *온 누리의 광채로 이 나라를 돌보시니*
            *천신의 일족으로 그 영광 무궁히 빛나리라.*
**합창**        *그 영광 무궁히 빛나리라!*

다시 어두워지는 하늘.
바리, 혼자 남아 노래를 부른다.

# 〈어쩔거나 이 나라여!〉

**바리**        *어쩔거나 불길한 이 기운*
            *어쩔거나 이 나라여.*
            *이 몸 하나 떠나기는*
            *아무 슬픔이 아니오나*
            *시커먼 먹장구름 하늘에 가득하니*
            *사나운 폭풍이 불어닥치겠네.*
**광대들**      *시커먼 먹장구름 하늘에 가득하니*
            *사나운 폭풍이 불어닥치겠네.*
            *바리야 바리데기 가엾은 바리공주*
            *산은 첩첩 물은 중중 광풍이 휘몰아치네.*

# 제3장 길

솔지, 다른 쪽에서 등장해 고흘을 살핀다.
고흘, 고민스런 걸음으로 등장한다.
광대들, 상하수로 흩어져 목격자가 된다.


고흘          불길하다 불길해… 나날이 흉흉해지는 민심을 어찌하면 좋을꼬.


솔지, 고흘이 발견할 수 있도록 짐짓 인기척을 내며 커다란 편지를 펼쳐 들고 읽는 척한다.


고흘          솔지 아니냐!
솔지          (급히 서찰을 숨기는 척하면서) 아, 아버님!
고흘          그게 뭐냐?
솔지          아, 아무것도 아닙니다.
고흘          뭘 그리 황급히 감추는 게냐?
솔지          형님이 저에게 보낸 서찰이온데 읽지 않으시는 편이 좋을 것 같사옵니다.
고흘          어디 보자!
솔지          저… 난처하옵니다.
고흘          어허, 이놈! 냉큼 내놓지 못할까?
솔지          (고흘에게 서찰을 주며) 용서하십시오. 형님이 제 효심을 시험하기 위해 쓴 것
             같사옵니다.
고흘          "노인들을 공경해야 된다는 이 나라의 관습 때문에 젊은 우리들은 괴롭기만
             하다. 만일 부친이 영원히 잠들게 되면, 너도 재산의 절반을 차지할 수 있을
             것이다." 부친이 영원히 잠들면? 이럴 수가! 음모로구나, 을지가? 그놈이 전
             에도 이런 일로 네 마음을 떠본 적이 있었느냐?
솔지          없었사옵니다. 하오나 아비가 늙으면 자식의 보호를 받고, 아비의 재산은
             자식이 차지하는 것이 당연하다는 말은 가끔 하였사옵니다.
고흘          부자간의 윤리도 모르는 짐승 같은 놈!
솔지          노여움을 참으시고 증거를 잡을 때까지 기다리시는 것이 좋을 것 같사옵니다.
고흘          어허, 말세로다, 말세야. 때아닌 일식이 일어나더니 폐하는 충신과 딸을 버
             리시고, 자식은 아비를 죽이려 들다니! 어허, 말세로다, 말세야!

# 〈세상 꼴이 말세라〉

솔지    *세상 꼴이 말세라.*
        *어리석은 입 좀 닥치시구려.*
        *억울했던 서자 인생 내 힘으로 뒤집겠어.*
        *걸렸다! 걸려들었어! 한 번에! 단 한 번에!*
        *걸렸다! 걸려들었어 간단한 혀놀림에!*
        *서자 적자 따로 있나 핏줄 따위 무슨 상관*
        *왕후장상에 씨가 따로 있소이까? 하하하!*

을지, 등장한다.

을지    솔지야.
솔지    형님!
을지    혼자서 뭘 그렇게 웃고 있느냐?

솔지, 주위를 살핀다.

솔지    혹시, 아버님 비위를 거스른 일이 있었습니까?
을지    아니.
솔지    잘 생각해 보십시요. 지금 아버님께서 진노하셨는데 그런 모습은 처음 봤습
        니다. 형님을 죽인다고까지 하셨습니다.
을지    뭐? 그게 무슨 말이냐?
솔지    어떤 놈인지 모르지만 형님을 모함한 듯하옵니다.
을지    대체 어떤 놈이 날 모함했단 말이냐?
솔지    사실이 밝혀질 때까지 제 방에 숨어 계시면 제가 은밀히 알아보겠습니다.
을지    그러자꾸나!

을지, 솔지 퇴장한다.
광대들, 노래를 부른다.

우루왕

| 광대들 | 하늘의 해가 사라졌다 일식이다! |
|---|---|
| | 하늘의 달도 사라졌다 월식이다! |
| | 일식이며 월식이며 |
| | 천재지변 일어나면 민심이 흉흉하니 |
| | 자식은 아비에게 등을 돌리고 |
| | 충신은 쫓겨나고 효녀는 버림받으니 |
| | 인간의 길흉화복 생사고락이 |
| | 저 하늘의 해와 달과 별 때문인가. |
| | 일월성신이여 대답해다오. |
| | 얼씨구 좋다! 지화자 좋다! |
| | 우습고도 슬픈 얘기 계속해보자. |

## 제4장 가화의 성문 앞

가면을 쓰고 변장한 매륵이 서 있다.

| 매륵 | 사랑하는 바리 공주님. 신 매륵, 공주님의 부탁대로 신의와 명예로 지켜왔던 제 이름을 버린 채 일개 무사로서 폐하를 보필하겠나이다. |
|---|---|

사냥에서 돌아오는 우루왕 일행, 호탕한 웃음소리와 함께 등장한다.

| 매륵 | 폐하! 떠돌이 무사 인사 여쭈옵니다. |
|---|---|
| 우루 | 누구냐? |
| 매륵 | 태양 같은 위엄을 지닌 폐하를 섬기고자 천리길을 달려왔사오니 거두어 주옵소서. |
| 우루 | 오호! 진정 짐을 섬기고 싶어 천리길을 달려왔단 말이냐? |
| 매륵 | 이 떠돌이 무사 평생 소원이 폐하를 섬기는 것이오니 거두어 주시면 목숨을 바쳐 충성을 다 하겠나이다. |
| 우루 | 허허허, 짐을 향한 네 충심이 갸륵하도다. 좋다. 기꺼이 허락하겠노라! |
| 매륵 | 감사하옵니다. 폐하! |

755　우루왕과 무리들, 안으로 들어가려 할 때 우화충이 손에 두루마리 뭉치들을 잔뜩 들고 나온다.

| 우루 | 여봐라! |
| --- | --- |
| 우화충 | 예? 저 말씀이십니까? |
| 우루 | 가화는 어디 있느냐? |
| 우화충 | 저, 지금 바쁘옵니다. |
| 우루 | 뭐? |

우화충, 나가려 한다.

| 무사1 | 네 이놈! |
| --- | --- |
| 우화충 | 왜요? |
| 무사1 | 너 이 분이 누구신 줄 아느냐? |
| 우화충 | 그야, 우리 주인마님의 아버지시죠. |
| 우루 | 뭐야? 이 육시할 놈! |

우루, 말채찍으로 우화충을 때린다.

| 우화충 | 왜 때리십니까요? 마님한테 다 이를 겁니다. 어젯밤에도 우리 무사들이 광대들을 혼냈다고 우리 무사들을 때리셨죠? 그것 때문에 우리 마님께서 얼마나 화가 나셨는지 아십니까요? |
| --- | --- |
| 우루 | 뭐, 뭐야? |
| 매특 | (우화충을 넘어뜨리며) 이 개 같은 놈! |
| 우화충 | 아이쿠! |

우화충, 매특과 실랑이 끝에 다시 넘어진다.

| 매특 | 이놈, 상하의 구별을 따끔하게 가르쳐 주마! |
| --- | --- |
| 우화충 | (안으로 도망가며) 네 이놈, 두고 보자! |
| 우루 | (매특에게) 하하하, 잘했다! |

광대들이 불쑥 튀어나온다.

**우루왕**

| 광대들 | *폐하!* |
|---|---|
| 우루 | *이놈들, 어디 갔다 이제야 오는 게냐?* |
| 수광대 | *해가 저서 해 찾으러 갔습죠.* |
| 우루 | *해가 졌어?* |
| 수광대 | *에!* |
| 여광대 | *달이 저서 달 찾으러 갔습죠.* |
| 우루 | *달도 졌어?* |
| 여광대 | *에!* |
| 우루 | *이놈, 이거 헛소리를 하는구나.* |
| 청년광대 | *하늘은 맑디 맑고 푸르른데* |
| | *갑작스레 번개가 칩니다요.* |
| 광대들 | *우루루 쾅!* |
| 우루 | *허어, 이제 너도 노망이 들었느냐?* |
| 여광대 | *폐하!* |
| 우루 | *왜?* |
| 광대들 | *폐하!* |
| 우루 | *왜?* |
| 여광대 | *바보 광대와 멍텅구리 광대의 차이를 아시나요?* |
| 우루 | *모른다 가르쳐줄래?* |
| 여광대 | *바보 광대는 거기에 있는 폐하이시고,* |
| 광대들 | *멍텅구리, 멍텅구리, 멍텅구리 광대는 바로 저희들이올시다.* |
| 우루 | *허허허, 이놈들이 나를 바보 취급하는구나!* |
| 광대들 | *모든 권력을 몽땅 공짜로 내주셨으니까요.* |
| 수광대 | *올해는 바보가 손해를 보는 해* |
| | *올해는 바보가 손해를 보는 해* |
| | *지혜로운 어른이 바보가 되어* |
| | *머릿속의 지혜를 몽땅 까먹고* |
| 합창 | *하는 짓이 온통 바보짓!* |
| 우루 | *이놈들, 그런 노래를 언제 지었느냐?* |
| 수광대 | *헤헤헤, 폐하께서 딸들에게 매 맞겠다고 회초리를 주고!* |

2부 소리극

**광대들**　　　　얼씨구!

여광대들, 회초리를 꺼내 든다.

**수광대**　　　　바지를 홀라당 벗어 엉덩이를 까놓았을 때 지었습죠!
**광대들**　　　　찰싹!

수광대, 바지를 벗고 엎드려 맞는 시늉을 하면 여광대가 수광대의 엉덩이를 때린다.

**광대들**　　　　하하하!
**여광대**　　　　잠깐! 저기 매서운 회초리 등장이요!

광대들, 한쪽으로 몰려가서 앉는다.
가화, 우화충, 등장한다.

**가화**　　　　아바마마!
**우루**　　　　내 너한테 할 말이 있다.
**가화**　　　　저도 할 말이 있사옵니다.
**우루**　　　　좋다. 먼저 들어 보자.
**가화**　　　　아바마마의 광대들과 무사들은 너무도 상스럽고 무례하옵니다. 백 명도 넘
　　　　　　는 무사들 때문에 저희 성은 난장판이 되고 말았으니 당장 조치를 취해야겠
　　　　　　사옵니다.
**우루**　　　　무슨 조치를?
**가화**　　　　무사들 수를 절반으로 줄여 주소서!
**우루**　　　　뭐, 뭐라구?
**가화**　　　　만약 제 요청을 들어주시지 않는다면 무사들을 예의 바르고 분별 있는 사람
　　　　　　들로 모두 바꿔버리겠습니다.
**우루**　　　　(가화 앞으로 가서 얼굴을 맞대며) 너, 내 딸 맞느냐?
**가화**　　　　아바마마께서는 현명하시니 그 좋은 지혜를 잘 써 주시고 요즘같이 아버님
　　　　　　답지 않은 노망기를 거둬 주소서, 아시겠사옵니까?

사이.

| 우루 | 여기, 내가 누구인지 말해 줄 사람 없느냐? |
|---|---|

매륵과 호위 무사들, 시선을 피한다.

| 우루 | 우루왕을 아는 자가 아무도 없느냐? |
|---|---|

광대들, 천 속으로 숨는다

| 우루 | 나는 국왕이었고, 효성을 맹세한 딸들이 있었던 것 같은데? (가화에게) 부인, 존함이 어찌 되시옵니까? |
|---|---|
| 가화 | 제발 체통 좀 지키세요! |
| 우루 | 이 배은망덕한 년! 거짓말 마라! 짐의 무사와 광대들은 예의범절이 나무랄 데가 없고 명예를 존중해! |

천황검을 찬 야노가 급히 등장한다.

| 야노 | 폐하! |
|---|---|
| 우루 | 야노 대신! 이것이 자네 뜻인가? |
| 야노 | 그게 무슨 말씀이시온지? |
| 우루 | (가화에게) 이 천하의 악독한 년, 내 더 이상 네 신세 안 지겠다! 내게는 사랑하는 딸이 또 하나 있어! |
| 야노 | 폐하, 왜 이리 진노하셨사옵니까? |
| 우루 | 우루, 우루, 우루여! 어리석고 멍청한 네 머리통을 깨부숴라! |

# 〈우루여〉

| 광대들 | *우루, 우루, 우루여 우루, 우루, 우루여*<br>*우루, 우루, 우루여 우루, 우루, 우루여*<br>*우루, 우루, 우루여 우루, 우루, 우루여* |
|---|---|

우루와 무사들, 광대들 퇴장한다.

| | |
|---|---|
| **야노** | 대체 어찌된 일이오? |
| **가화** | 노망을 부릴 땐 놔두는 게 상책이에요. |
| **야노** | 말씀이 너무 지나치시오. |
| **가화** | 당신은 잠자코 계세요. |
| **야노** | 당신의 부왕이시오. 게다가 우리를 믿고 이 나라의 절반을 주셨잖소? |
| **가화** | 허울 좋은 천황검이 아니라 실질적인 권력이 넘어와야지요! 아버지는 늙어 가며 욕심만 많아지고 노망이 늘어 아무것도 손에서 놓으려고 하질 않으시니. 저대로 두면 이 나라는 분란을 겪게 될 겁니다. |
| **야노** | 아무리 그래도 선왕으로서 폐하의 권위는 존중하는 게 도리 아니겠소? |
| **가화** | 그렇게 소심해서야 어떻게 나라를 다스릴 수 있겠습니까! 한 나라의 태양은 하나여야 합니다. |
| **야노** | 욕심이 많은 건 폐하가 아니라 당신이오! |

야노, 화가 나서 퇴장한다.

| | |
|---|---|
| **가화** | 우화충, 이리 오너라! |
| **우화충** | 예. 마님! |
| **가화** | 서찰을 써줄 테니 아버님 일행을 앞질러 달려가서 연화공주에게 전하거라. |
| **우화충** | 알겠습니다! |
| **가화** | 따라오너라! |
| **우화충** | 예! |

우화충과 가화 퇴장한다.

## 제5장 솔지의 방 앞

을지, 먼저 와 기다리고 있다.
솔지, 좌우를 살피며 급히 등장한다.

| | |
|---|---|
| **솔지** | 형님, 어서 나오십시오! |
| **을지** | (안에서 나오며) 왜 그러느냐? |
| **솔지** | 형님이 여기 숨어 있는 것이 탄로 났사옵니다! |

| 을지 | 뭐? |
|---|---|
| 솔지 | 빨리 달아나십시요. (밖을 살피다가) 아버님께서 오시나 봅니다. 제가 거짓으로 칼을 빼 들어 형님을 공격할 테니 형님께선 방어하는 척하십시요. |
| 을지 | 대체 내가 뭘 잘못했는지 아버님을 만나 당당히 따지겠다. |
| 솔지 | 그랬다간 목숨을 부지하지 못합니다. 나중에 사정을 알려 드릴 테니 우선 피하셨다가 나중에 대책을 세우시지요. |
| 고흘 | (밖에서) 솔지야! |
| 솔지 | (밖을 향해) 여기다!, 횃불을 가져와라! (작은 소리로) 빨리 달아나십시오! (비웃으며) 안녕히 가시게나. (큰 소리로) 이쪽이다! 횃불을 가져와라! |

을지, 퇴장한다.

| 솔지 | (자기 팔에 상처를 내며) 윽!… 거기 누구 없소? |

고흘과 행랑아범, 횃불을 든 하인들 급히 등장한다.

| 고흘 | 솔지야, 그놈 어디 있느냐? |
|---|---|
| 솔지 | 지금까지 여기서 칼을 휘두르며 저를 공격했사옵니다. |
| 고흘 | 어디로 갔느냐? |
| 솔지 | 저쪽으로 달아났습니다. |
| 고흘 | 쫓아라! 놓치지 마라! |
| 행랑 | 예! |

행랑아범, 하인들과 함께 퇴장한다.

| 솔지 | 형님께선 제가 아무리 말려도… |
|---|---|
| 고흘 | 네가 아무리 말려도? 그래서? |
| 솔지 | 기어코 아버님을 독살하겠다는 겁니다. 제가 끝까지 반대하자 형님께선 갑자기 이렇게… |
| 고흘 | 이 천하에 악독한 놈! 잡히는 날에는 살려두지 않겠다. 잡아라! 놓치지 마라! |

고흘, 허둥지둥 퇴장하면 뒤따르는 솔지.

**2부 소리극**

**제6장 광야**

바람 소리.
깃발 든 무사, 매륵 등 우루왕 일행 등장한다.

**우루**    (술을 마시며) 천지신명이시여, 가화 그년이 영원히 아이를 낳지 못하게 해
주소서! 만약 아이를 낳거든 불효자식 때문에 그년의 뺨에 피눈물이 흐르는
고통을 내려 주소서!.

광대들이 꼭두막을 펼치면 수광대의 노인 인형이 막 위로 올라온다.

**수광대**    폐하!
**우루**    오냐!
**수광대**    북두칠성은 왜 별이 일곱 개밖에 없는지 아세요?
**우루**    그야 여덟 개가 아니기 때문이지.

여러 인형이 환호한다.

**수광대**    폐하께서도 이젠 슬슬 광대가 되어 가시는구랴!
**우루**    허허허!

인형들 웃음과 함께 여광대가 놀리는 꼭두각시 인형이 나온다.

**여광대**    폐하!
**우루**    응?
**여광대**    민달팽이는 왜 껍데기가 없는지 아세요?
**우루**    모른다.
**광대들**    에이!
**여광대**    뿔을 감출 껍데기를 딸들에게 모두 다 줘 버렸기 때문이지요.

벌거벗은 홍 동지 인형이 나온다.

| 청년광대 | 폐하! |
|---|---|
| 우루 | 왜? |
| 청년광대 | 이 몸은 어찌해서 홀딱 벗었는지 아십니까요? |
| 우루 | 모른다. 이놈아! |
| 청년광대 | 입고 있던 옷을 딸들한테 다 줘 버렸거든요. |

홍동지 인형, 오줌을 싸면 인형들, 웃는다.

| 우루 | 천하에 독사 같은 년! |

인형들, 웃음을 뚝 그친다.
우루왕 일행이 걸어 나가면 모여 노래한다.

# 〈우루여〉

| 광대들 | *우루, 우루, 우루여, 우루, 우루, 우루여*<br>*어리석고 멍청한 네 머리통을 깨부숴라.*<br>*우루, 우루, 우루여! 우루, 우루, 우루여* |

## 제7장 연화의 성안

추밀과 연화, 잔치 준비를 한다.
말 울음소리와 말발굽 소리, 나팔 소리가 나며 우루왕, 광대들, 호위 무사들 등장한다.

| 연화 | 아바마마! 어서 오소서. |
|---|---|
| 추밀 | 폐하께 인사 여쭈옵니다. |
| 연화 | 권좌에서 물러나신 후 처음으로 저희 성을 방문해 주시니 감읍하옵니다. |
| 우루 | (미심쩍어) 그래? |
| 연화 | 해서 아바마마와 광대와 호위 무사들을 위해 주연을 베풀까 하오니 허락하여주소서. |
| 우루 | 암 그래야지. 그래야 하구 말구. 가화 년에게 당한 설움, 어여쁜 네가 다 풀어주는구나. 좋다! 진수성찬에 음주와 가무를 밤새 즐겨보자! |

**추밀**       풍악을 울려라! 하하하하!

음악이 흐르면 우루왕과 추밀, 연화는 높은 단에 앉고, 광대들은 우루왕의 좌우에 서서 노래를 부른다.
전주와 함께 시녀들이 술상을 들고 들어오고 우루왕의 무사들을 끌어내어 술을 먹인다.
간주와 함께 무희들의 막간 무용극이 펼쳐지고, 우루왕과 무사들은 시녀들의 교태에 점점 취해간다.

# 〈부어라 마셔라〉

**광대들**       *부어라! 마셔라!*
                *풍악을 울려라!*
**가수**         *넘어가네 한잔의 술*
                *타는 가슴 적시네.*

간주가 시작되면 무희들, 등장하여 왕의 시야를 가리며 춤을 춘다.

**광대들**       *넘어간다 넘어간다*
                *달콤한 술이 넘어간다.*
                *술 한잔에 약속도*
                *스리슬쩍 넘어가네.*
**가수**         *다가오네 새벽 안개*
                *눈을 가리고 앞을 가리고*
                *성큼성큼 다가오네.*
**광대**         *부어라! 마셔라! 풍악을 울려라!*
                *달콤한 술 한잔에 이 밤도 스리슬쩍*
**가수**         *넘어가고 넘어가면*
                *먼동이 트는 건 누가 볼까.*
**광대,가수**    *넘어간다 넘어간다*
                *유혹의 술이 넘어간다.*
                *넘어간다 넘어간다*
                *달콤한 술이 넘어간다.*

*넘어간다 넘어간다*
*유혹의 술이 넘어간다.*

노래와 춤이 진행되고 무희들은 우루의 호위 무사들을 유혹하여 데리고 나간다.
매륵, 이상한 낌새를 느끼며 주위를 둘러본 후 급히 나간다.


| 우루 | (술에 취해) 연화야! |
|------|---------------------|
| **연화** | 예, 아바마마! |
| **우루** | 가화 그년은 불효막심하다. 독사 같은 이빨로 내 가슴을 물어뜯었다. |
| **연화** | 언니가 그럴 리 없습니다. |
| **우루** | 그런 년은 천벌을 받아야 해! |

매륵, 소리치며 등장한다.


| **매륵** | 반란이다! 반란이다! |
|------|---------------------|
| **광대들** | (우르르 흩어져서 피하며) 반란이다! |

매륵, 우루왕에게 다가가려 하자 추밀의 무사들이 가로막는다.


| **매륵** | 폐하! 옥체를 피하시옵소서! |
|------|---------------------|
| **우루** | 그게 무슨 말이냐? |
| **매륵** | 우리 무사들이 모두 사라졌사옵니다. |
| **우루** | 뭐, 뭐라구? 연화야, 이게 어찌된 일이냐? |
| **연화** | 아바마마께서는 이제 늙으셨으니 언니한테 의지하고 보살핌을 받으셔야 해요. 그러니 언니한테 가셔서 용서를 비세요. |
| **우루** | 너, 그 말 제정신으로 하는 소리냐? |
| **연화** | 언니한테 돌아가시옵소서. |
| **우루** | 싫다! 차라리 늑대나 올빼미의 벗이 되어 들판에서 사는 것이 낫지. 짐은 이 광대들과 무사들과 함께 너한테 있겠다. |
| **연화** | (사이) 무사들은 없습니다. |
| **우루** | 뭐, 그게 무슨 말이냐? |
| **추밀** | 물렀거라! |

**2부 소리극**

**추밀**   폐하의 호위 무사들은 방탕하고 무례한 자들이라 모두 없앨 작정이옵니다. 하하하!

**우루**   추밀 대신, 지금 짐에게 농담한 거지? 그렇지?

**연화**   아니옵니다. 다 없앨 것이옵니다. 모두 다요!

**우루**   이 사악한 독사 같은 년! 내 반드시 복수를 하겠다. 네 연놈들은 내가 무릎을 꿇고 눈물을 흘리며 목숨을 애걸하길 바라는 것이냐? 하하하---! 난 안 운다. 이 심장이 천 갈래 만 갈래 찢어져도 울지 않을 테다! (사이) 사랑하는 길대부인, 왜 그리도 일찍 세상을 떠났소? 바리야! 내가 어리석었구나! 오, 미칠 것 같다!

우루, 비틀거리는 걸음걸이로 퇴장한다.

**매특**   하늘이 당신들을 심판할 것이오!

매특, 우루의 뒤를 따른다.
천둥소리.

**추밀, 연화**   하하하!

추밀, 연화 퇴장하면 천둥소리.

# ⟨종달새가⟩

**여광대**   *종달새가 뻐꾸기를 먹여 길러 주었더니*
*뻐꾹 뻐꾹 뻐꾸기 새끼가*
*종달새 가슴을 물어뜯어 버렸구나.*

# 제8장 광야

천둥과 번개 속에 우루왕이 비틀거리며 들어와 노래한다.

| 우루 | 밤바람이 왜 이다지도 차가운 거냐? |
|---|---|
| | 밤하늘은 왜 이다지도 어두운 거냐? |
| | 독사들을 품에 안고 자식인 줄 키웠더니 |
| | 참담하고 부끄러워 머리 둘 곳 모르겠네. |
| | 바리야 네 말만이 옳았구나. |
| | 캄캄한 이 밤 허허벌판 홀로 서서 이 내 몸은 울부짖네. |
| | 폭풍아 몰아쳐라! 사납게 휘몰아쳐라! |
| | 어리석은 이 내 몸을 갈가리 찢어라! |
| | 검은 하늘을 가르는 번갯불아. |
| | 천지를 진동하는 뇌성벽력아. |
| | 배은망덕한 자식을 만드는 계집의 뱃속을 불태워 버려라! |
| | 천둥아, 울려라! 폭우야, 쏟아져라! |
| | 오호라, 하늘의 신령들이 내 기원을 들으셨다! |
| | 가슴속에 사악한 배신을 품고 사는 인간들아! |
| | 무서운 신령들께 자비를 빌어라! |

매륵과 광대들이 들어와 수광대는 움막을 살피고 매륵은 우루 곁으로 다가온다.

| 우루 | 천하에 악독한 년들! 이런 밤에 나를 내쫓다니! 아낌없이 모든 것을 내준 늙은 아비를! |
|---|---|
| 매륵 | 폐하, 근처에 움막이 있사오니 잠시만 쉬도록 하소서. |
| 을지 | (움막 안에서) 삼돌이 살려! |

수광대, 놀라며 움막에서 뛰어나온다.

| 수광대 | 사람 살려! |
|---|---|
| 매륵 | 거기 중얼거리는 놈이 누구냐? 이리 나오너라! |
| 을지 | 저리 갓! 히히히… |

미치광이로 가장한 을지가 움막에서 나와 노래한다.

2부 소리극

| 을지 | 도깨비가 쫓아온다! 도깨비를 조심해유. |
|---|---|
|  | 부모 말씀 잘 듣구, 약속은 꼭 지키구, |
|  | 거짓맹세하지 말구, 남의 마누라 넘보지 말구, |
|  | 비단옷에 정신 팔지 말아유. |
|  | 미친년 치마 구멍에 손 넣지 말구, |
|  | 도깨비는 후딱 쫓아 버리슈. |
|  | 삼돌이는 추워유 덜- 덜- 덜-- 덜-! |
|  | 불쌍한 삼돌이에게 동냥 좀 주세유. |

을지, 우루왕 옆으로 다가간다.

| 우루 | 이놈, 삼돌아- |
|---|---|
| 삼돌 | 예이, 어르신- |
| 우루 | 너는 어찌하여 벗었느냐? |
| 삼돌 | 아주 벗진 않았시유. |
|  | 가릴 것은 가렸구만유. |
| 우루 | 네 놈도 여우 같은 딸년들에게 |
|  | 옷도 집도 명예도 모두 빼앗긴 게냐? |
| 삼돌 | 천부당만부당 하오신 말씀 |
|  | 핏줄이 핏줄을 강도질하오? |
| 우루 | 딸들이 아비를 짓밟고 |
| 삼돌 | 아비는 아들을 죽이려 들고 |
| 우루 | 이놈의 세상이 거꾸로 돌아간다. |
|  | 진짜 같은 가짜들이 이판 저판 판을 치고 |
| 삼돌 | 가짜 같은 진짜들은 숨죽이고 숨어 있시유. |
| 우루 | 가짜들아 옷을 모두 모두 벗어라. |
|  | 가짜 옷을 모두 벗어 던져라. |
| 삼돌 | 가짜 옷? |
| 우루 | 벌거숭이 네 놈만이 진짜 옷을 입었구나. |
| 삼돌 | 진짜 옷? |

우루왕

| 우루 | *옷을 벗으면 너도나도 다를 게 하나 없다.* |
|---|---|
| | *그러니까 옷을 모두 벗어 던지자!* |
| 삼돌 | *옷을 벗자, 옷을 벗어!* |
| | *진짜들아, 옷을 벗자. 진짜들아, 옷을 벗자.* |

우루, 옷을 벗어서 광대 쪽으로 던진다.

| 매륵 | 폐하, 왜 이러십니까? |
|---|---|
| 광대들 | 폐하! |

행랑아범과 고흘, 등장한다.

| 을지 | 귀신 잡는 도사가 벌판을 가다가 꼬리가 아홉 개 달린 여우를 만났다네. |
|---|---|
| 우루 | 히히히, 귀신 잡는 도사가 ---- 벌판을 가다가 ---- |
| 수광대 | 저것 봐라! 도깨비불이다! |

을지, 고흘을 알아본 후 몸을 피한다.

| 매륵 | 거기 누구요? |
|---|---|
| 고흘 | 폐하께서는 어디에---폐하! 소신 황급히 의논드릴 일이 있어 왔사옵니다! |
| 우루 | 히, 저리가! 나는 이 도사하고 같이 있고 싶다. (을지에게) 도사님, 나 좀 데리고 가시요! |
| 을지 | (뛰어나가며) 삼돌이는 추워유. |
| 우루 | (을지를 따라 달려가며) 도사님! |
| 고흘 | 폐하! |
| 광대들 | 폐하! 폐하! 폐하! |

광대들, 우루를 따라 나간다.
고흘, 매륵을 잡아끈다.

| 고흘 | 이보시오! |
|---|---|
| 매륵 | 예? |

| 고흘 | 급히 의논드릴 일이 있소. |
|---|---|
| 매륵 | 말씀하소서. |
| 고흘 | 폐하 암살 음모 소식이 들어왔소 |
| 매륵 | 예? |
| 고흘 | 시간을 지체하면 폐하의 목숨이 위태로우니 어서 빨리 사로 성으로 모시고 가시오. |
| 매륵 | 사로 성으로요? |
| 고흘 | 폐하의 두 딸은 폐하를 버렸소. 음모와 탐욕으로 가득 찬 그들에게 이 나라를 맡길 수 없소이다. 가서 사로 왕에게 도움을 청하시오. |
| 매륵 | 승지께서는 안 가시옵니까? |
| 고흘 | 나는 여기 남아 폐하를 맞아들일 준비를 하겠소. 서둘러 주시오! |
| 매륵 | 알았사옵니다. |
| 고흘 | 무운을 빌겠소. |

고흘, 퇴장한다.
번개가 친다.
매륵 노래를 부른다.


# 〈오소서 바리여〉


매륵

*바리 공주님 바리 공주님*
*어디에 계십니까? 바리 공주님*
*이 나라에 닥칠 죽음과 피바람을*
*누구보다 먼저 알아내신 이여.*
*세상 사람들이 당신을 미쳤다 해도*
*이 몸은 공주님의 진심을 믿사옵니다.*
*오, 바리 공주님 바리 공주님, 어디에 계십니까?*


매륵, 퇴장한다.


우루왕

광대들과 무당들이 음악과 함께 대나무를 들고 등장한다.
무녀와 바리, 등장한다.


# 〈보이소서〉


**무녀**　　*일월신장님 사해용왕님 칠성신장님 오방신장님이시여!*

**바리**　　*우루대왕 버리신 딸 바리공주 비옵니다.*

　　　　*밤마다 꿈길마다 울부짖는 아비 모습*

　　　　*한스럽고 답답하여 신령님 전 비옵니다.*

**무녀**　　*보이소서 보이소서 나아갈 길 보이소서*

　　　　*내리소서 내리소서 나아갈 길 내리소서*

　　　　*보이소서 보이소서 나아갈 길 보이소서*


솔가지와 방울을 든 무당의 춤이 점점 격렬해지다가 몸을 떨며 신명이 실려 공수를 내린다.


**무녀**　　*늙으신 우루대왕 고집 세고 어리석어*

　　　　*믿었던 두 딸에게 버림받아 홀로 되니*

　　　　*몹쓸 병 광증에 걸려 허허벌판을 헤메이며*

　　　　*피 토하고 통곡하고 땅을 치며 외치는구나!*

　　　　(바리에게 다가가며) *바리야! 바리야!*

　　　　*악- 머리가 찢어질 것 같구나*

**바리**　　아바마마!


무녀, 신령스런 춤을 추며 의식을 행한다.
대나무 숲이 좌우로 갈라지며 무녀의 뒤에 길대부인이 나타나 노래를 한다.
무녀에게 길대부인의 혼이 실린다.
바리는 어머니를 대하듯 무녀를 대한다.


**길대부인**　　*바리야-*

**바리**　　　　*어머니-*

| | | |
|---|---|---|
| 771 | 길대부인 | *저승길에서 너를 보며 신령들께 빌고 빌었더니* |
| | | *슬퍼 우는 네 목소리 밤마다 들려오니* |
| | | *이 에미 가슴이 찢어지는구나.* |
| | 바리 | *어머니- 달빛보다 그리웠던 어머니!* |
| | | *홀로 남은 아바마마 불쌍한 우리 부친 어쩌하면 좋으리까?* |
| | 길대부인 | *아가야 간절한 너의 소망* |
| | | *신령들이 귀 기울여 명을 받아 일러주니* |
| | | *무장승을 찾아가거라!* |
| | 바리 | *무장승?* |
| | 길대부인 | *천산 약수골의 천지수는 무장승만이 구할 수 있으니* |
| | | *그 물을 먹이면 네 부친 병이 나으리라.* |
| | 바리 | *이 한 목숨 부서져도* |
| | | *천지수를 구해다가 아버님께 드리겠어요.* |
| | 길대부인 | *착하고 효성스러운 내 딸 바리야.* |
| | | *천지수 구하는 길 험난하고 무서우니* |
| | | *모질게 마음먹고 몸조심하여라.* |
| | | *아가야 잘 있거라 -* |
| | 바리 | *어머니--- 어머니----* |

길대부인, 서서히 사라진다.
무녀의 굿이 격렬해진 후 무녀와 바리, 퇴장한다.

## 제10장 늪지

안개가 피어나는 늪지.
죽은 아기 시체를 안은 여인이 등장하여 헤매다니고, 곡소리 들린다.
여자 거지1, 바리를 발견하고 소스라쳐 놀라 비명을 지른다.
여기저기 굶주린 무리들이 바리에게 다가온다.

**여자 거지들**　먹을 것 좀 주세요!

바리, 여자 거지들에게 바랑 속의 마른고기를 준다.

우루왕

여자 거지들, 고기를 집어가 흩어져서 먹는다.
그때, 남자 거지들이 다가온다.

| | |
|---|---|
| **절름발이** | 오랜만에 반반한 계집이 걸렸구나. |
| **외팔이** | 어디 얼굴 좀 보자. |
| **바리** | 네 이놈, 감히 어디다 손을 대느냐? |
| **꼽추** | 그럼 날씬한 허리를 안아 주랴? |
| **바리** | 난 이 나라의 공주다! |
| **일동** | 공주? |
| **두목** | 허허허, 네가 공주면 이 몸은 왕자님이시다! |

남, 여 거지들 웃는다.

| | |
|---|---|
| **두목** | 얘들아, 공주님이 입고 있는 비단옷을 벗겨라! |

거지들 달려들어 옷을 벗긴다.
벙어리가 바리의 목에 걸린 청동거울을 발견하고 빼앗아 두목에게로 간다.

| | |
|---|---|
| **벙어리** | <u>ㅇㅇㅇㅇㅇ…</u> |
| **두목** | (놀라며) 이건 왕실에서나 쓰는 청동거울 아니냐? |
| **벙어리** | (끄덕이며) <u>ㅇㅇㅇ…</u> |

두목이 바리에게 다가간다.

| | |
|---|---|
| **두목** | 넌 누구냐? |
| **바리** | 병든 아버지를 살리려 천산의 명의 무장승을 찾아 나선 바리공주요. |
| **두목** | 참말이요? |
| **바리** | 그렇소. |
| **두목** | (사이) 곰치! |
| **벙어리** | <u>으으!</u> |
| **두목** | 네 겉옷을 벗어 주어라. |
| **벙어리** | <u>으으으!</u> |

**2부 소리극**

773 **두목**　　　어서 이놈아!

벙어리, 마지못해 벗어 준다.
바리, 벙어리가 던져 주는 더러운 옷을 급히 입는다
두목, 웃으며 바리의 주위를 돌다가 갑자기 바리의 멱살을 잡아 앞으로 끌어당긴다.

**두목**　　　공주님! 이 두목의 여자가 되어 보지 않겠소?

두목, 바리를 껴안자 바리, 두목의 팔을 문다.
나머지 거지들 달려들려 하자 두목, 손을 들어 거지들을 제지한다.

**두목**　　　잠깐! 그만하면 됐소. 하하하!
　　　　　　(노래하며) *천하게 입고 거칠게 굴어야*
　　　　　　*쌍것들이 안 괴롭히지*
　　　　　　*비단옷을 입고 다니면*
　　　　　　*굶주린 늑대들이 가만히 있겠소?*

바리, 놀라서 두목을 바라본다.
두목, 청동거울을 돌려주며 절을 한다.

**바리**　　　고… 고맙소!
**두목**　　　애들아 가자!
**거지들**　　예! 하하하!

거지들, 웃으며 퇴장한다.

# 〈한 송이 들꽃이어라〉

**바리**　　　*바람이 분다.*
　　　　　　*귀가 울린다.*
　　　　　　*혼령들의 신음 같은*
　　　　　　*구슬픈 저 바람 소리*

우루왕

*어둑어둑한 늪 가운데*
*짙은 안개 피어나고*
*폭풍우 몰아치는*
*어두운 숲속에서*
*갈 곳 몰라 헤매이는*
*외로운 이내 신세*
*바람에 흔들리는*
*한 송이 들꽃이어라*

# 제11장 깊은 산속

신비스런 빛과 소리, 어둠 속에 수호신들이 서 있다.

**바리**   누구 없어요? 무장승 계신 곳 좀 가르쳐주세요! 누구 없어요?

바리의 소리에 대답이라도 하듯, 무대 바닥에서 빛이 새어 나온다.
바리, 놀라서 도망친다.
수호신들이 바리의 앞길을 막는다.

**신들**   *그대는 누구인가?*
**바리**   *바리공주요.*
**신들**   *어찌하여 이곳에 왔는가?*
**바리**   *아바마마 병을 구할 천지수를 구하러 왔소.*
**신들**   *이곳은 인간이 지나갈 곳이 아니로다.*

불길이 바리의 앞길을 막아서며 바리를 공격해온다.

# 바리의 노래 〈나의 소원〉

**바리**   *태워라, 태워라!*
*내 온몸을 태워 버려라.*
*뜨거운 불길 속에도*

2부 소리극

*나의 소원은 변함없으니*
*태워라, 태워라!*
*내 온몸을 태워 버려라.*
*천지수를 구하기 전에는*
*물러서지 않으리라.*

불길이 사라지며 수호신들이 길을 열어 준다.

**신들**    *네 효성 지극하여 신령님도 감동하사*
          *네 걸음을 도우시고 너를 보호하리라.*

바리, 힘겹게 걸어 들어간다.
막이 내린다.

## 제2막

## 제1장

광대들, 북을 치며 노래를 부른다.

# 〈휘이! 휘이!〉

**광대들**    *휘이! 휘이! 휘이! 미친 소를 잡아라.*
          *미친 소가 보리밭을 짓밟고 있구나.*
          *삘릴리 삘릴리 풀피리를 불어도*
          *미친 소는 그 소리를 듣지 못하네.*
          *아리수 뱃사공아, 날 건네 다오.*
          *미친 소 잡아타고 불타는 강을 건너자.*
          *어기여차 어기여차*
          *검은 구름 장막 속에*
          *박쥐 떼 춤을 추는 불타는 강을 건너자.*

## 제2장 연화성 안

추밀과 솔지, 나온다.

**추밀**   하하하! 네 덕분에 고흘을 잡았으니 그 공 높이 치하하노라.
**솔지**   부자간의 천륜을 저버리고 대신님께 밀고를 했다는 소문이 퍼지면 어찌 될
         지 두렵사옵니다. 한울님이시여!

솔지, 단검을 빼어 자결하려는 시늉을 한다.

**추밀**   멈춰라!
**솔지**   이 몸은 서자로 태어났다는 이유로 어디에서도 환영받지 못하는 신세였으
         나, 이제 신에게 남은 것은 대신님께 대한 충성심뿐이옵니다.
**연화**   호호호, 스스로 기회를 만들 줄 아는 영민한 자로군요!
**추밀**   내 너를 장군으로 임명하겠노라!
**솔지**   앞으로는 대신님을 제 부친으로 여기고 충성을 바치겠나이다.
**추밀**   암, 그래야지. 하하하!
**연화**   솔지 장군, 축하하오!

무사1, 등장한다

**무사1**   어르신!
**솔지**   무슨 일이냐?
**무사1**   사로국 병사들이 출병했다 하옵니다.
**추밀**   그래? 솔지 장군!
**솔지**   예!
**추밀**   어서 야노 대신의 성으로 가서 이 사실을 알리고 출정 준비를 하시오!
**추밀**   명령대로 하겠나이다.
**연화**   장군!
**솔지**   예!

| 연화 | 꼭 승전의 소식을 가지고 오시오. 내 장군을 위해 연회를 베풀어 주리다. |
| 솔지 | 목숨을 바쳐 승리하겠나이다. |

솔지, 인사하고 퇴장한다.

| 추밀 | 고흘을 끌고 오라! |
| 무사 | 예! |
| 연화 | 당장 참형에 처하세요! |

무사들이 팔을 묶은 고흘과 행랑아범을 끌고 들어온다.

| 추밀 | 우루를 어디로 보냈느냐? |
| 고흘 | 사로성으로 모시도록 하였소. |
| 추밀 | 어찌하여? |
| 고흘 | 그대가 불쌍한 폐하를 해치는 꼴을 차마 볼 수가 없어서 그랬소. |
| 추밀 | 그렇다면 적국인 사로국과 내통하기 위해서 밀서도 보냈겠구나? |
| 고흘 | 사로국은 이웃 나라이지 적국이 아니요. 그리고 사로왕은 자식들에게 버림받은 폐하의 처지를 동정하고 보호해 주겠다는 생각을 가지고 있으니 그 길만이 폐하를 살리는 길이라 믿었기 때문이오. |
| 추밀 | 하하하, 아주 잘했다. 넌 나를 위해 충성을 다하는구나. 어리석은 놈! 내 이미 만반의 전투태세를 갖추어 사로국이 쳐들어오기만을 손꼽아 기다리고 있노라. 하하하! (안색을 바꾸어 무사들에게) 저 역적 놈을 꿇어 앉혀라! |
| 무사들 | 예! |

무사들이 고흘을 꿇어 앉힌다.

| 추밀 | 네 놈의 눈알을 뽑아 주마!. |

고흘의 한쪽 눈을 뽑아서 땅에 내던지더니 짓밟는다.
고흘, 처절한 비명을 지른다.

| 고흘 | 아---악! |

우루왕

| | |
|---|---|
| **행랑아범** | 어르신! |

고흘의 눈자위가 피투성이가 된다.

| | |
|---|---|
| **고흘** | 이 악독한 놈! 솔지야, 어디 있느냐? 어서 와서 이 아비의 복수를 해다오! |
| **연화** | 호호호, 애타게 불러봐야 소용없소. 당신을 밀고한 자가 바로 솔지니까. |
| **고흘** | 뭐라구? 솔지가? (사이) 그렇다면 을지는… |
| **연화** | 어리석은 을지는 어리석은 아비에게 쫓겨 황야를 헤매고 있겠지. |
| **고흘** | 오, 한울님, 이 어리석은 늙은이를 용서해 주소서! |
| **추밀** | 용서는 한울님이 아니라 내게 구해라, 이 나라의 주인인 내게! |
| **고흘** | 이 짐승 같은 놈! |

고흘, 추밀에게 침을 뱉는다.

| | |
|---|---|
| **추밀** | 건방진 늙은이! 나머지 눈도 마저 뽑아 주마! |
| **무사1** | (고흘을 막으며) 나리, 그만하시요! |
| **추밀** | 뭣이 어째? |
| **무사1** | 차마 눈 뜨고 볼 수가 없소. 너무도 잔인하오! |
| **추밀** | 아니, 이놈이? 무엄하구나! |

추밀, 무사1을 찌르자 무사1, 쓰러진다.
추밀, 고흘의 눈을 뽑는다.
고흘의 처절한 비명과 동시에 넘어져 있던 무사1, 칼을 들어 등 뒤에서 추밀을 찌른다.

| | |
|---|---|
| **추밀** | 윽! |

무사2가 무사1을 찌르고 끌고 나간다.
고흘의 양쪽 눈은 피투성이가 되고, 추밀은 연화에게 가서 쓰러진다.

| | |
|---|---|
| **연화** | 아니, 이 피! 어서 주인어른을 부축하라! |

무사들, 추밀을 부축하여 퇴장한다.

**2부 소리극**

**고흘**　　　　을지야 !

**행랑아범**　　　어르신 !

행랑아범, 고흘을 부축하여 밖으로 나가면, 광대들 지켜본다.

## 제3장 가화의 침실 앞

가화와 솔지, 침대 앞에서 격렬한 포옹을 하고 있다.

**가화**　　　　솔지 장군!

**솔지**　　　　예!

**가화**　　　　연화의 성에서는 계획대로 장군이 되었겠죠?

**솔지**　　　　물론이죠, 공주님.

**가화**　　　　당신의 충성에는 출세라는 보답이 따를 것이요.

**솔지**　　　　제가 원하는 건 오로지 공주님뿐, 다른 것은 필요 없습니다.

**가화**　　　　호호호, 장군은 거짓말을 해도 믿지 않아. (사이) 이번 전쟁에서 용맹함으로
　　　　　　　지휘권을 쥐어야 할거요. (사이) 난, 이 나라가 하나가 되길 원하오!

**솔지**　　　　공주님을 위해서라면 목숨을 바치겠습니다

침대 안의 그들은 격렬히 애무한다.
야노의 목소리가 들린다.

**야노**　　　　(무대 밖에서) 급히 가서 알아보도록 하라!

**무사**　　　　예!

솔지, 급히 퇴장한다.
가화, 급히 옷을 추스르고 침상 밖으로 나오면, 야노 등장한다.

**가화**　　　　무슨 일입니까?

**야노**　　　　연화공주까지 가세해서 폐하를 폭풍우 몰아치는 광야로 내치다니 그런 무
　　　　　　　도한 처사가 어디 있단 말이요?

**가화**　　　　듣기 싫어요!

우루왕

| 야노 | 한울님께서 당신들을 응징하고 말 거요. |
|---|---|
| 가화 | 듣기 싫다지 않습니까? |

연화의 사신, 등장한다.

| 사신 | (다급하게) 어르신! |
|---|---|
| 야노 | 무슨 일이냐? |
| 사신 | 추밀 대신께서 돌아가셨사옵니다. |
| 가화 | 뭐 어쩌다가? |
| 사신 | 고흘 어르신의 한쪽 눈을 마저 빼려다가 무사에게 찔려서 그만--- |
| 야노 | 고흘의 눈을? |
| 사신 | (가화에게) 연화 공주님께서 보낸 서찰이온데 답장이 시급하옵니다. |
| 가화 | (서찰을 받으며) 알았다. |
| 야노 | 고흘이 눈을 뽑힐 때 솔지는 어디 있었느냐? |
| 사신 | 이 댁으로 떠나셨사옵니다. |
| 야노 | 여긴 오지 않았는데? |
| 사신 | 분명 이곳으로 떠나셨사옵니다. |
| 가화 | 솔지 장군은 전세가 급해서 전장으로 갔나 봅니다. |
| 야노 | 솔지는 이 흉악한 소행을 알고 있느냐? |
| 사신 | 알다 뿐이옵니까? 자기 부친을 밀고한 사람이 바로 그분이십니다. |
| 야노 | 솔지가? 이럴 수가! |
| 가화 | 지금 사로국이 출병을 했다는데, 그런 사소한 일을 따져 묻고 있어야 합니까? |
| 야노 | (사신에게) 들어와서 추밀의 성에서 있었던 일을 소상히 고하라! |
| 사신 | 예! |

야노와 사신, 퇴장한다.

| 가화 | 우화충! 우화충, 어디 있느냐! |
|---|---|

우화충, 등장한다.

| | |
|---|---|
| **우화충** | 예, 마님! |
| **가화** | 고흘이 죽지 않은 것이 확실하냐? |
| **우화충** | 죽은 목숨이나 다름없지만 죽지는 않았다고 합니다요. |
| **가화** | 온 나라에 방을 붙여 그 대역죄인의 목을 가져오는 자에게 은 십만 냥을 내리겠다고 해! |
| **우화충** | 네, 마님! |
| **가화** | 그리고 서찰을 써 줄 테니 급히 솔지 장군에게 갖다 드려라. |
| **우화충** | 알겠사옵니다. |

두 사람, 퇴장한다.

## 제4장 들판

바람 소리.
고흘, 행랑아범에게 손을 이끌려 등장한다.

| | |
|---|---|
| **고흘** | 을지야! 을지야! |
| **행랑아범** | 아이구, 눈에서 피가 자꾸 흐릅니다요! |
| **고흘** | 어서 이 어리석은 늙은이를 강가 절벽으로 데려가 다오. |
| **행랑아범** | 어르신, 이제 절벽 끝에 다 왔습니다요. |
| **고흘** | 언덕도 안 오른 것 같은데? |
| **행랑아범** | 이제부터 언덕입니다요. 어이구 무시무시한 절벽입니다요. 저 아래 흐르는 강물소리 들리시죠? |
| **고흘** | 안 들려. |
| **행랑아범** | 눈 땜에 귀까지 어두워지셨나 봐요. 이제 한 발짝만 더 움직이면 까마득한 절벽입니다요. |
| **고흘** | 고맙다. 이제 그만 이 손을 풀어라. 그리고 너는 근처에 내가 은신할만 한 곳이 있는지 찾아보도록 해라. |
| **행랑아범** | 예, 어르신! |

행랑아범, 가는 체하다가 멈추어 서서 고흘의 모습을 지켜본다.

우루왕

| 고흘 | *한울님!* |
|---|---|
| | *개구쟁이 아이들이 장난삼아 개구리를 죽이듯이* |
| | *한울님께서는 저를 장난삼아 죽이시는구려.* |
| | *어리석은 늙은이가 이 세상을 떠난들 무슨 여한이 있겠습니까마는* |
| | *마지막 소원이 있다면 불쌍하신 우리 폐하와 바리 공주님* |
| | *만수무강하시길 비오며,* |
| | *사랑하는 내 아들 을지가* |
| | *행복하게 살기를 비는 것뿐이옵니다.* |

고흘, 뛰어내리려는 찰나, 행랑아범이 몸을 막아 고흘을 업는다.

**행랑아범**     어르신!

우루와 을지, 춤을 추며 등장한다.
광대들도 따라 들어온다.

| 광대들 | *여우 잡으러 가자! 여우 잡으러 가자!* |
|---|---|
| | *여우 잡으러 가자! 여우 잡으러 가자!* |
| 을지 | 히히히! 여우가 아저씨 가슴팍을 물어뜯고 있시유. |

여광대들이 우루의 가슴을 물어뜯는 시늉을 한다.

| 우루 | 아악, 저 여우년들을 잡아라! |
|---|---|
| 고흘 | 아니, 저 목소리는? |
| 광대들 | 잡아라, 잡아라, 잡아라! |

우루, 뛰어나가면 광대들과 매륵, 뒤따른다.
을지, 가다가 멈추고 고흘에게 다가간다.

| 을지 | 아니, 저게 누구야? (놀라서 작은 소리로) 아버님! |
|---|---|

2부 소리극

| | |
|---|---|
| **고흘** | 거기 누구요? |
| **을지** | 벌거숭이 삼돌이유. |
| **행랑아범** | 웬 벌거숭이가 서 있습니다요. |
| **고흘** | 벌거숭이가? |
| **행랑아범** | 그렇사옵니다. |
| **고흘** | 애, 조금 전에 지나간 분이 누구시냐? |
| **을지** | 지는 몰라유. |
| **행랑아범** | 온전한 놈이 아닌 모양입니다요. |
| **고흘** | 미친놈이란 말이냐? |
| **행랑아범** | 예. |
| **고흘** | 그럼 잘 됐다. 너는 이제 네 길을 가거라. 난 이놈한테 길 안내를 부탁하겠다. |
| **행랑아범** | 허지만 미친놈인데요? |
| **고흘** | 더욱 잘된 일 아니냐? 미친놈이 장님의 길잡이가 되는 것이야말로 이 시대에 딱 맞는 일이다. 어서 가거라! |
| **행랑아범** | 어르신! |
| **고흘** | 어서! |

행랑아범, 울면서 퇴장한다.
고흘, 을지와 함께 퇴장한다.
우루 일행, 등장한다.

| | |
|---|---|
| **광대들** | 여우 잡으러 가자! 여우 잡으러 가자! |
| **우루** | 자, 지금부터 재판을 하겠다. 여우 년들을 불러라! |

여광대, 가화의 탈을 쓰고 춤을 추며 나와 바위에 앉는다

| | |
|---|---|
| **우루** | 저년은 개처럼 알랑거리면서 내가 하는 말에는 덮어놓고 "예!", "예!" 하고 맞장구를 치더니 갑자기 여우로 변해서 이 애비를 발길로 찼소! 저년들 가슴과 머릿속에 뭐가 있는지 봅시다! |
| **수, 청년광대** | 예이! |

두 광대, 다가간다.

우루왕

| 수광대 | 이년 가슴속엔! |
|---|---|
| **청년광대** | 이년 머릿속엔! |
| **수광대** | 두꺼비가! |
| **청년광대** | 살모사가! |
| | 함께 있네요! |
| **우루** | 저런 살모사 같은 년! |
| **가화탈** | 내 가슴속에 두꺼비를 키우고, |
| **연화탈** | 내 머릿속에 살모사를 키운 건, |
| **가화탈** | 둘째 왕비에게 눈이 멀어 |
| | 내 눈에 피눈물을 흘리게 한 |
| | 어리석은 아비야! |
| **연화탈** | 어리석은 아비야! |
| **우루** | 저, 저년들을 모두 죽여라! |

# 〈여우 잡으러 가자〉

| 수광대 | *자, 여우 잡으러 출발이다* |
|---|---|
| **광대들** | *여우 잡으러 가자 여우 잡으러 가자* |
| | *여우 잡으러 가자 여우 잡으러 가자* |
| **고홀** | 폐하? 폐하가 아니십니까? |
| **우루** | 그래 난 왕이다. 내가 눈을 부릅뜨면 모두들 무서워서 벌벌 떨었지. (사이) 네 이놈! 헤헤헤, 네 놈 목숨은 살려 주지. 여기는 저승이다, 염라지옥 불이 이글이글 타고 있다! 앗 뜨거! 이크, 이게 무슨 냄새냐? 송장 썩는 냄새가 코를 찌른다. 우엑! 향을 피워라! 속이 메스껍다! |
| **고홀** | 폐하, 왜 아직도 여기에 계십니까? |
| **우루** | 우엑! 우엑! |
| **고홀** | 폐하, 정녕 절 못 알아보시겠습니까? |
| **우루** | 왜 몰라? 너, 여우 년들 못 봤느냐? |
| **고홀** | 폐하, 저는 볼 수가 없사옵니다. |
| **우루** | 어이그, 이 병신! 눈이 없으면 두 귀로 세상을 봐야지. 헤헤헤, 네 이름이 고홀이지? |
| **매륵** | 이 어찌된 일이옵니까? 고홀 승지님! |

| 광대들 | 고흘 승지님! |
|---|---|
| 고흘 | 이제야 정신이 드시나 보옵니다. 폐하! |
| 우루 | 너는 참아야 돼. 우린 울면서 이 세상에 태어났거든. 으앙, 으앙! |
| 광대들 | 으앙, 으앙! |
| 고흘 | 폐하! 어서 사로성으로 떠나셔야 하옵니다! |
| 매륵 | 제가 아무리 모시고 가려해도 여우 잡으시겠다고 이 근처를 맴돌기만 하십니다. |
| 우루 | 악, 머리가 찢어지게 아프다. 여우를 잡으면 나을 거야. 자, 여우 잡으러 가자! |

여광대들, 탈 내려쓴다.

| 우루 | 고흘아, 너도 따라와. 여우 같은 딸년들하고 사위 놈들을 사정없이 죽여 버려라! |
|---|---|
| 고흘 | 폐하! |

우루왕과 매륵, 광대들, 퇴장한다.

| 고흘 | 대왕이시여! 어디로 가시나이까? |
|---|---|

고흘, 가다가 넘어지면 을지, 재빨리 부축한다.
우화충, 뒤에서 이들의 모습을 지켜보고 있다가 우루왕과 광대들이 사라지고 나면 등장한다.

| 우화충 | 하하하, 이게 웬 떡이냐? 재수 좋다! 이 늙은 역적 놈아, 네 목이 내 팔자 고칠 밑천이다!. |
|---|---|
| 고흘 | 오냐, 죽여라. 사악한 자식의 모함에 속아 결백한 아들을 사지로 몰아낸 어리석은 늙은이, 백 번 죽어 마땅하다. 자, 어서 찔러라! |

우화충이 고흘에게 다가와 찌르려고 할 때, 을지가 막는다.

| 을지 | 히히히히! |
|---|---|
| 우화충 | 이 거지 놈아, 썩 꺼져! |
| 을지 | 못 비킨다! |

우루왕

| 우화충 | 비키지 않으면 네 놈도 역적이 되는 거다! |
| 을지 | 역적? 히히히히… |

을지가 우화충의 칼을 집어 찌른다.

| 을지 | 그래, 어디 역적 좀 되어 볼까? |
| 우화충 | 악! |

우화충, 가슴에 칼이 꽂힌 채 죽는다.
을지, 우화충의 시체에서 편지를 꺼내 읽는다.

| 을지 | "솔지 장군, 우리 계획을 앞당겨야겠어요. 내가 연화를 제거하겠으니, 당신은 내 남편 야노를 제거… *(놀라서)* 가화와 솔지가? |
| 고흘 | 여보시오, 어떻게 됐소? |
| 을지 | *(목소리를 바꿔)* 죽었시유, 죽었시유. |
| 고흘 | 죽어요? |
| 을지 | 자, 가세유. |
| 고흘 | 갑시다. |
| 을지 | 가세유. |

을지와 고흘, 퇴장한다.

## 제5장 연화의 막사 앞

막사 안에는 추밀의 빈소가 차려져 있고 그 앞에 향이 피어오른다.
상복을 입은 연화, 갑옷을 입은 솔지와 대화를 나눈다.

| 연화 | 솔지 장군! |
| 솔지 | 예. |
| 연화 | 내 곁에서 떠나지 말아야 해요. |
| 솔지 | 공주님께서 원하시면 언제든 곁에 있겠습니다. |
| 연화 | 추밀의 빈자리에 당신이 있어야 해요. |

| 솔지 | 제가 감히 어떻게… |
|---|---|
| 연화 | 장군의 사랑만 변치 않는다면 문제 될 건 아무것도 없어요. |
| 솔지 | 공주님을 향한 제 뜨거운 사랑은 변함이 없을 것이옵니다. |

연화, 재빨리 솔지와 입을 맞춘다.

나팔 소리. 두 사람, 급히 떨어진다.

야노, 가화, 병사들 등장한다.

| 연화 | 어서 오세요. |
|---|---|
| 야노 | 부군 영전에 심심한 애도를 표하는 바이요. |
| 연화 | 감사하옵니다. |
| 가화 | 솔지 장군, 노고가 많소! |
| 솔지 | 어서 오십시요. |
| 가화 | 연화야! |
| 연화 | 언니! |
| 가화 | 너를 위로하려고 귀한 차를 가지고 왔다. 슬픔에 흐트러진 심기를 안정시켜 줄 거야. |
| 연화 | 고마워요 언니. |

가화, 연화, 퇴장한다.

| 야노 | 폐하께서는 사로성 근처에서 실종되셨다 하오. 이번 전쟁은 사로왕이 폐하를 구한다는 구실로 우리를 침략하는 것이니 결코 좌시할 수 없소. |
|---|---|
| 솔지 | 지당하신 말씀이옵니다. |
| 야노 | 들어가서 작전을 세웁시다. |
| 솔지 | 예! |

솔지와 병사, 야노대신 퇴장하는데 변장한 을지, 등장한다.

| 을지 | 어르신! |
|---|---|
| 야노 | 누구냐? |
| 을지 | 긴히 한 말씀 올리겠사옵니다. |

우루왕

야노, 을지에게 다가간다.

**야노**      (솔지에게) 먼저 가서 기다리시오!

**솔지**      예!

솔지, 가화, 연화, 병사들과 함께 퇴장한다.

**야노**      무슨 일이냐?

**을지**      전쟁에서 승리를 거두시거든, 이 서찰을 뜯어보시고, 나팔을 불어서 저를 불러 주십시오. 여기 쓰여 있는 일들이 거짓이 아니라는 것을 칼로 승부를 내어 증명해 보이겠사옵니다.

**야노**      지금 읽겠으니 기다려라!

**을지**      안 됩니다. 지금 읽으시면 나라가 위험에 처할지도 모르니, 전쟁에서 승리를 거두는 것이 시급하옵니다.

**야노**      한치의 거짓이라도 있을 때엔 네 목숨이 온전치 못하리라.

**을지**      예!

**야노**      그럼 승전 후에 너를 부르리라!

을지, 야노 퇴장한다.

## 제6장 무장승의 오두막

동자 하나가 단소를 불고 있고, 무장승은 바위 근처에서 참선을 하고 있다.
바리가 남루한 차림새로 걸어와 기절하여 쓰러진다.

**동자**      여보세요, 여보세요!

동자, 바리에게 물을 먹인다.
바리, 신음하며 깨어난다.

**바리**      여기가 어딘지요?

**동자**      천산 약수골입니다.

**바리**　　예? 그럼 천산 명의 무장승님은 어디 계신지요?

**무장승**　그대는 누구인가?

**바리**　　우루대왕의 셋째 공주 바리이온데 부왕의 병이 깊어 천지수를 구하러 왔나이다.

바리, 무장승에게 절을 한다.

**무장승**　네 뜻은 갸륵하나 천지수는 아무나 가져갈 수 없느니라.

**바리**　　왜 아니 되옵니까?

**무장승**　천지수가 있는 곳은 천 길 만 길 낭떠러지. 그 아래로 뛰어들어 살아남는 자만이 구할 수 있느니라.

**바리**　　험한 길도 헤쳐왔고, 무서움도 이겨왔고, 죽을 고통 참아가며 여기까지 왔나이다. 이 몸은 아바마마를 위해 죽기로 각오한 몸. 기꺼이 뛰어들겠나이다.

**무장승**　그게 정말이냐?

**바리**　　예!

**무장승**　그럼, 이리 올라오너라!

바리, 무장승이 가리키는 곳에 선다.

**무장승**　바리여- 천 길 벼랑 아래 뛰어들어 천지수를 구하거라!

# 〈힘을 주소서!〉

**바리**　　*여기가 끝인가 이내 모진 목숨*
　　　　*가시덤불 불구덩이 험난한 길 넘고 넘어*
　　　　*이제야 끝나는가 진흙 같은 세월*
　　　　*하늘이여, 들으소서!*
　　　　*천지수를 아니 주시려면*
　　　　*내 혼령 밤하늘에 별로 뜨게 하옵소서.*
　　　　*시린 하늘을 떠돌며 들판을 지키다가*
　　　　*찢겨진 가슴으로 울부짖는 아버님을 만난다면*
　　　　*별빛으로 그 마음 어루만져 드리리다.*

우루왕

*못 다한 사랑을 모두 드리리다.*
*하늘이시여 빛을 잃고 길을 잃은*
*이 나라 이 땅*
*무서운 탐욕과 피바람의 기운에서 구해 주시옵소서.*
*아바마마 병을 구할*
*천지수를 구하도록 힘을 주소서.*

바리, 물에 뛰어든다.
안개가 주위에 퍼지며 물의 여인들과 함께 바리, 나타난다.

# 〈바리야, 너의 희생〉

**무장승**    *바리야, 너의 희생, 신령들의 보살핌으로*
*죽은 영혼 인도하는 무녀의 몸으로 살겠구나.*
*저 아래 땅끝에서 피 냄새가 풍겨온다.*
*전쟁의 기운이 몰려온다.*
*바리여, 하늘의 명을 받아*
*고통받는 영혼들을 생명으로 구하거라.*
*어서 가거라.*
*피의 강물로 네 몸을 적시거라.*

무희들, 천지수가 담긴 호리병을 바리에게 건네준다.
바리, 천지수를 받아들고 무희들 사이를 천천히 걸어 사라진다.

## 제7장 싸움터

사로왕의 군대와 야노의 군대가 대치하고 있다.

**사로왕**    드디어 때가 왔다! 탐욕과 음모가 판치는 저 어지러운 나라를 우리 것으로
만들자!

**야노**    병사들이여! 무도한 사로국이 우리를 침공하니 불같은 기운으로 떨치고 일
어나 빛나는 영광을 되찾자!

광대의 노래와 합창이 어우러지며 전쟁무가 시작된다.


# 〈전쟁의 노래〉

**수광대**　　이 말이 지듯 마듯 뜻밖에 화살 한 개 피르르---

　　　　　　투구 맞아 떨어지고

　　　　　　창칼을 빼어 들고 우렁찬 고함소리

　　　　　　때때때 나팔소리 두리 둥둥 북을 치며

　　　　　　번개같이 달려들어 한 번에 불이 버썩

　　　　　　천지가 더그르르르 강산이 무너지고

　　　　　　두 번에 불이 버썩 우주가 바뀌는 듯

　　　　　　세 번을 불로 치니 화염이 충천

　　　　　　바람은 우루루루루 물결은 출렁 전선 뒤뚱

　　　　　　돛대 와직끈 무너지고 부서지고 자빠지고

　　　　　　우왕좌왕 이리저리 몰려 물에 가 풍!

**합창**　　　북을 울려라 말을 달려라

　　　　　　북을 울려라 말을 달려라

　　　　　　북을 울려라 말을 달려라

　　　　　　달려라 달려라 달려라 달려라

　　　　　　형제가 형제의 피를 먹고

　　　　　　동족이 동족의 뼈와 살을 뜯는

　　　　　　미친 넋들의 피끓는 잔치여!

　　　　　　아아 아아아 -

**여광대**　　수만 전선이 간 곳 없고 노한 강물 들끓으니

　　　　　　불빛이 난리가 아니냐

　　　　　　가련할 손 사로 군병은 날도 뛰도 오도 가도 못하니

　　　　　　승리의 왕국은 피의 강물 위에 세워지고

　　　　　　용감한 전사들의 시체 위에 세워지네.

**합창**　　　이 가혹한 죽음의 잔치는 어디서 끝나는가

　　　　　　이 가혹한 죽음의 잔치는 어디서 끝나는가

**수광대**　　하늘이여 대답해다오

　　　　　　바람이여 대답해다오


우루왕

양쪽 군사들의 싸움 중에 먼 산 위에 바리가 등장하여 노래한다.

# 〈늦었는가〉

바리　　　　늦었는가, 돌이킬 수 없단 말인가
　　　　　　아바마마 어둠 속을 헤매시고
　　　　　　대답하라 차가운 주검들이여
　　　　　　무엇을 바라고 벌판 위에 누워 있느냐
　　　　　　온 백성이 피를 흘려도 돌이킬 수 없단 말인가
　　　　　　늦었는가, 돌이킬 수 없단 말인가

사로왕의 시체가 창에 꽂혀 높이 올려지면 솔지가 사로왕의 목을 친다.
야노군이 사로왕의 시체를 에워싸고 퇴장하면 병사들이 그 뒤를 따른다.
우루왕, 혼자서 나뭇가지를 들고 하늘을 휘저으며 등장한다.

우루　　　　총공격이다! 저 여우 년들의 목을 쳐라!

우루, 갑자기 목 근처를 붙잡고 비틀거리다가 쓰러진다.
바리, 우루를 발견하고 달려와 우루를 안고 흐느낀다.

바리　　　　아바마마!

# 〈가시덤불처럼〉

바리　　　　가시덤불처럼 헝클어진 이 백발!
　　　　　　사나운 비바람을 만나 부르트신 이 얼굴!
　　　　　　아바마마- 눈을 뜨소서.
　　　　　　생명의 물을 받으소서.
　　　　　　씻은 듯이 나아지고 다시 영광 찾으소서.

2부 소리극

우루, 정신을 차린다.

| | |
|---|---|
| **바리** | 아바마마! |
| **우루** | 너는… 바리 아니냐? |
| **바리** | 그렇사옵니다, 아바마마! |
| **우루** | 오, 바리야! |
| **바리** | 아바마마! |

바리와 우루, 껴안는다.
북소리와 함께 솔지와 그의 병사들이 들어온다.

| | |
|---|---|
| **솔지** | 저 두 사람을 감옥으로 끌고 가라! |
| **병사들** | 예! |

병사들, 우루와 바리를 끌고 가려 하자, 우루 뿌리친다.

| | |
|---|---|
| **우루** | 이게 대체 어찌된 일이냐? |
| **바리** | 이 나라에 끔찍한 일이 벌어져 온 나라가 백성들의 피로 물들었사옵니다. |
| **우루** | 내가 어리석었구나! |
| **솔지** | 어서 끌고 가라! |
| **바리** | 아바마마! |
| **우루** | 바리야, 바리야! |

우루와 바리, 병사1, 2에게 끌려 퇴장한다.
솔지, 그들을 지켜보다가 병사3을 부른다.
솔지, 병사3에게 귓속말을 한다.

| | |
|---|---|
| **병사3** | 알았사옵니다 |
| **솔지** | 깨끗하게 처리해. 실수 없이! |
| **병사3** | 예! |

병사3, 재빨리 우루 일행을 쫓아 나간다.

우루왕

나팔소리.

야노, 가화, 연화, 솔지, 병사들 등장한다.

| | |
|---|---|
| **가화** | 솔지 장군, 그대의 공이 크오. |
| **연화** | 이번의 승리는 오로지 그대 덕분이요. |
| **솔지** | 기쁜 소식을 또 하나 전하겠습니다. 막사 근처에서 우루왕과 바리 공주님을 만났습니다. |
| **야노** | 그래? 우선 두 사람을 만나보자! |
| **솔지** | 막사로 가서 쉬시게 했으니, 우선 군사들을 쉬게 하고 두 분 문제는 나중에 의논하는 게 좋을 듯하옵니다. |
| **야노** | 솔지 장군! |
| **솔지** | 예! |
| **야노** | 그런 결정은 내가 하오! |
| **연화** | 그렇게 볼 수도 없지요! |
| **야노** | 뭐요? |
| **연화** | 야노 대신! 솔지 장군은 제 남편으로서의 지위와 신분을 위임받은 겁니다. |
| **야노** | 그게 무슨 소리요? |
| **가화** | 부끄러운 줄 알아라! 남편 장례식 치른 지 얼마나 됐다고 그런 소리를 해? |
| **연화** | 다 이 나라를 위해서야. *(가슴을 움켜쥐고)* 아! 장군! |
| **솔지** | 예! |
| **연화** | 오늘 승전을 기념하는 자리에서 당신의 지위를 만천하에 알리겠어요. |
| **가화** | 솔지 장군! 이게 대체 어찌 된 일이오? |
| **연화** | 아, 가슴이야! 이상하다! |
| **솔지** | 안으로 들어가 쉬시는 게 좋을 것 같사옵니다. |
| **연화** | 장군, 나를 부축해 주겠소? |

솔지, 연화를 부축해 안으로 들어가려 한다.

| | |
|---|---|
| **야노** | 잠깐! |

모두 야노를 바라본다.

2부 소리극

795    **야노**        솔지, 네 놈을 대역죄로 체포한다!

모두 놀란다.

**솔지**    그게 무슨 말씀이요?
**야노**    네 놈이 범한 흉악한 대역죄를 증명해 줄 사람이 있노라.
**솔지**    그게 대체 누구야?
**야노**    순령수!

야노가 손을 쳐들면 망루 위의 순령수, 크고 길게 대답한다.

**순령수**    예이--- 솔지란 자가 대역죄인임을 결투로써 증명할 자는 출두하시오!

전신 무장한 을지, 등장한다.

**야노**    이름을 밝혀라!
**을지**    제 이름은 저 역적의 이빨에 물어 뜯겨 없어지고 말았사옵니다.
**솔지**    네가 누구길래 나를 음해하는 게냐?
**을지**    형을 모함하고 부친을 배반하고 야노 대신의 목숨까지 노리는 천하의 역적!
         내 칼이 네 심장을 도려내어 단죄하고 말 것이다.
**솔지**    그 가증스러운 거짓말을 도로 네 놈 심장에 찔러 넣어 주겠다.
**야노**    나팔을 불어라!

순령수, 나팔을 분다.
두 사람, 맹렬한 기세로 싸운다.
솔지, 쓰러진다.
을지, 솔지를 찌르려 한다.

**가화**    잠깐! 멈춰라!
**연화**    음모예요, 이름도 안 밝힌 상대와 싸우는 것은 (가슴을 움켜잡고 숨을 몰아쉬
         며) 무사도의 예법에 어긋난 일이에요!
**가화**    솔지 장군은 나라에 큰 공을 세운 자이거늘, 떠돌이 무사 따위의 거짓말

믿으란 말씀이오?

**야노**   입 닥치지 못할까? (서찰을 꺼내며) 이 서찰로 입을 틀어 막아버릴테다!

가화, 놀란다.

**야노**   내용을 알고 있는 모양이군, 이 천하에 음탕하고 악독한 년! (솔지를 향해) 저
      놈은 내 처와 간통하고 둘이서 흉악한 역모를 꾸민 놈이요!
**연화**   솔지 장군. 그게 정말이오? 아아--
**솔지**   대체… 네 놈은 누구냐?
**을지**   네 놈의 간사한 모함 때문에 저승 끝까지 다녀 온 형이다!

을지, 본 얼굴을 드러낸다.

**솔지**   혀…형!

솔지, 자신의 칼로 자결한다.
연화, 솔지에게 달려든다.

**연화**   솔지 장군!
**야노**   그 더러운 이름을 입에 올리지 마시오! 저놈은 당신 언니와 함께 그대와 내
      목숨을 노렸던 자요!.
**연화**   언니가? 그럼 언니가 갖다준 차가---

연화, 가슴을 움켜쥐고 가화에게 가려다가 쓰러진다.

**가화**   하하하!

가화, 미친 듯이 웃으며 퇴장한다.

**야노**   시체들을 치워라!

무사들이 솔지, 연화를 떠메고 나간다.

**2부 소리극**

| 야노 | 자네가 을지로군. |
|---|---|
| 을지 | 예! |
| 야노 | 아버님께선 무사하신가? |
| 을지 | 지금까지 제 이름을 숨기고 아버님의 두 눈이 되어 광야에서 생사고락을 함께 해왔습니다. 이 싸움을 하기 전에 모든 사실을 밝혀 드렸는데, 그 고통을 견디지 못하시고 그만… |
| 야노 | 한울님, 그분의 혼을 위로하소서. |
| 사신 | 어르신, 큰일 났사옵니다! |
| 야노 | 무슨 일이냐? |
| 사신 | 마님께서 자결하셨사옵니다. |
| 야노 | 뭐라고? |
| 병사 | (밖에서) 들어가! |

매륵과 광대들, 병사들에게 끌려 등장한다.

| 야노 | 누구냐? |
|---|---|
| 을지 | 추방당한 매륵 승지이옵니다. |
| 야노 | 매륵 승지? 어서 저분을 풀어 드려라! |

병사들, 매륵과 광대들을 풀어준다.
그때 물에 흠뻑 젖고 칼에 베어 피가 흐르는 우루왕이 바리를 안고 비틀거리며 등장한다.

| 우루 | 바리야- 바리야! |
|---|---|
| 매륵 | 폐하! |

모두 우루 주위로 모여든다.

| 우루 | 바리가 칼을 맞았다. 이 애비를 찌른 자객과 싸우다-- 윽! |
|---|---|

우루, 피를 토하고 비틀거린다.
매륵, 바리를 안아 내려놓는다

우루왕

매록        공주님-!

# ⟨바리야, 바리야⟩

우루        *바리야, 바리야!*
          *사랑하는 내 딸 바리야.*
          *가엾은 내 딸 바리야.*
          *아-아-아-*
          *우리들은 미쳤도다.*
          *모두 다 미쳤도다.*
          *바리야, 대답해 다오.*
          *사랑스런 너의 얼굴*
          *다정하고 부드러운 너의 목소리*
          *바리야! 바리야! 바리야!*
          *광대들아 울어라 울부짖어라.*
          *저 하늘이 찢어지도록*
          *큰 소리로 울부짖어라.*
          *노래하라! 이 미친 바보들아.*
          *춤을 추어 땅을 뒤엎고*
          *노래를 불러 하늘을 무너뜨려라!*

광대들, 바리의 주위를 돌며 노래를 부른다.

광대들      *하늘에선 번개가 내리치고*
          *허공에선 폭풍이 부는구나.*
          *천지의 원혼들이 뒤엉켜서*
          *피를 토하고 울부짖는구나.*
          *하늘과 땅의 신령들이시여.*
          *바리공주 혼백을 일으키소서.*
          *아- 아- 아아아- 아-*

광대들의 노래가 끝날 무렵, 쓰러졌던 바리가 몸을 일으킨다.

2부  소리극

모두 놀라서 바리의 주위로 몰려든다.

**우루**  바리야! 바리야!
**바리**  아바마마!
**우루**  바리야! 이 못난 아비를 용서해다오. 백성들이여! 어리석은 이 왕을 용서해
주오! 바리야!

우루, 바리의 품에 안겨 숨을 거둔다.

**바리**  아바마마!
**일동**  폐하!

광대들이 우루왕의 시체를 들고 퇴장한다.
바리, 하늘을 향해 소리친다.

**바리**  **천지신명이시여, 피의 강물로 제 몸을 적셨으니 원한 서린 모든 혼령들을 제
몸에 내려 주소서!**

바리, 서서히 몸을 일으켜 노래한다.

# 〈생명의 노래〉

**바리**  *만물의 근원이신 해님이시여!*
*만물의 생명이신 해님이시여!*
*높이 높이 떠올라*
*피로써 되찾은 산하 고루고루 비추소서!*

노래가 시작되면 무녀들이 등장한다.
무녀들, 바리를 둘러싸고 무녀복으로 갈아입힌다.
길대부인의 혼령이 나타나 노래를 부른다.

**길대부인**  *어서 오소서 일월신장님*

우루왕

> *어서어서 오소서 사해용왕님*
> *들어온다 들어온다 천산산신님*
> *오방신장님 십이지신이시여*
> *이 세상 원혼들 편히 쉬게 받들어주시고*
> *한 목숨이라도 보살펴 주시고*
> *한 울음이라도 어루만져 주옵소서.*

우루왕의 혼령이 노래를 부르며 등장한다.

**우루**      *엊그저께 살았던 몸이*
           *원통하고 서러운 넋이 되고 혼이 되어*
           *산 넘고 물 건너 저승길을 떠나간다.*

가화, 연화, 추밀, 고흘, 솔지, 우화충, 사로왕, 병사 혼령들, 등장한다.

**바리,우루,길대** *나의 자손들아, 나의 백성들아.*
           *너희 자손 강성하게*
           *내가 도와주마. 내가 받들어 주마.*

바리가 망자들을 위한 굿을 벌인다.

**바리**      *입을 두고 말 못 하는 이*

**제관,무녀**  *입을 열어 말하소서.*
**바리**      *귀를 두고 못 듣는 이*
**제관,무녀**  *귀를 열어 들으소서.*
**바리**      *눈을 뜨고 못 보는 이*
**제관,무녀**  *눈 뜨고 보옵소서.*
**바리**      *발 두고 못 걷는 이*
**제관,무녀**  *두 발 놀려 걸으소서.*
**바리**      *팔을 두고 못 쓰는 이*
**제관,무녀**  *두 팔 놀려 춤추소서.*

| | |
|---|---|
| 801 | 합창 |

801 합창 *하늘이여 땅이시여*

*천지신명이시여*

바리 *하늘빛의 광채 속에 망자들을 비춰주어*

합창 *깨어나소 깨어나소 모두 함께 깨어나소.*

*일어나소 일어나소 모두 함께 일어나소.*

*산 사람 죽은 사람 모두 함께 일어나소.*

*전쟁에서 죽은 신령 눈물로 한을 풀고*

*원한 서린 모든 혼령 액을 씻어 맞이하세.*

*춤을 추세 춤을 추세 모두 함께 춤을 추세.*

*노래하세 노래하세 새 생명을 노래하세.*

*한을 씻고 액을 풀어 새 생명을 노래하세.*

*나나너이너이나 ---*

*나나너이너이나 ---*

*나나너이너이나 ---*

최고의 신명이 빠르게 진행되었다가 느리고 아름답게 끝난 후, 모든 등장인물 사라진다.

## 에필로그

광대들과 출연 배우들, 노래를 부른다.

합창 *여봐라 광대야, 바보 광대야!*

*여봐라 광대야, 바보 광대야!*

*부른다 부른다 우리를 부른다. 왜? 왜?*

*이 세상 큰 무대는 바보들의 놀이판*

*그렇지! 그렇지! 바보들의 놀이판*

*잡초 우거진 왕궁의 옛터*

*바람도 서늘한 허물어진 성벽*

*그 안에 묻혀 있는 한 많은 사연들*

*수 천년 세월을 넘고 넘어 이제야 다시 살아나네.*

*오라, 오호라, 우리 인생 한줄기 강물*

*슬픔도 기쁨도 사랑도 미움도*

출렁이는 강물 위로 떠워 보내 버리고
춤추고 노래하며 웃어나 보자.
얼씨구 좋다! 지화자 좋다!
우습고도 슬픈 애기 막을 내리자.

- 막 -

# 우루왕 (2000년 작)

원작 윌리엄 셰익스피어「리어왕」　대본, 연출 김명곤

---

`줄거리`　조선국의 늙은 왕 우루에게는 가화, 연화, 바리 세 딸이 있다. 우루왕은 세 딸에게 효심을 물어 양위를 하려 하자 가화와 연화는 과장된 사랑을 늘어 놓아 땅을 얻지만 양위를 반대하던 바리는 충신 매륵과 함께 궁중에서 쫓겨난다. 하지만 재산과 권력을 물려 받은 가화와 연화는 늙은 아버지를 쫓아내고 우루왕은 폭풍우 속을 헤매다가 거지 삼돌이를 만나 그를 '도사님'이라 부르며 따라다닌다. 삼돌이는 우루왕의 충신이 고흘의 첫째 아들 을지로 서자 동생인 솔지의 모함을 받아 아버지로부터 쫓겨나 신분을 속이고 광야를 헤매다가 우루왕을 만나게 된 것이다.

한편 바리는 무당의 굿을 통해 두 언니에게 버림 받은 아버지가 광증에 걸려 광야를 헤매고 있으며 병을 치료하려면 무장승을 찾아가 천지수를 구해야 한다는 죽은 어머니 길대부인의 예언을 듣고 험난한 여정을 통해 천지수를 구한다.

솔지의 사악한 계략에 고흘은 눈을 잃고 광야를 헤매다가 우루왕을 만나고, 솔지를 사이에 둔 가화와 연화의 갈등이 증폭될 무렵, 조선국과 사로국 사이에 전쟁이 벌어지고 조선국의 승리로 끝난다.

전쟁터에서 우루왕과 재회한 바리는 천지수를 먹여 우루왕을 살리나 솔지에게 붙잡혀 목숨을 잃을 위기에 처했을 때 을지가 솔지와의 결투를 별여 솔지의 음모를 밝혀내자, 솔지는 자결하고 우루왕은 자신의 어리석음을 용서해 달라는 말과 함께 숨을 거두고 만다. 바리는 천지신명에게 죽은 혼령들을 위로해 달라고 절규하며 무녀가 되어 씻김굿을 거행한다.

---

「우루왕」의 원작은 셰익스피어의 「리어왕」이다. 극 중 장소와 시대 배경, 등장인물들의 이름 등을 조선의 상고시대로 옮기고 여기에 우리의 가장 오랜 서사무가 '바리데기' 설화를 접목시켰다. 바리데기가 자신을 버린 부왕을 위해 저승여행을 하고 무당이 된 설화와 리어왕의 셋째 딸 코딜리어가 리어왕에게 버림 받은 뒤 부왕을 위해 전쟁을 하다 죽어 간 이야기 속에 동양과 서양의 원형적 동질성이 있다고 보았기 때문이다.

그러나 「리어왕」에서와는 달리 「우루왕」에서는 목숨을 건진 바리가 무녀가 되어 죽은 부친의 영혼을 달래며 상생의 춤을 추고 노래를 하는 점이 다르다.

「우루왕」은 바리와 우루의 관계를 통해, 가부장적이고 폭력적인 '양'의 세계가 포용적이고 평화적이며 모성적인 '음'의 세계와 만나 충돌하고 화해하는 모습을 그리고 있

다. 광야를 헤매며 노호하는 우루왕의 광기를 통해 남성적 세계 질서의 고통을 표현하
고, 천지수를 구하러 가는 바리의 행로를 통해 여성적 생명력의 강인함을 보여준다.

또한 바리가 여정을 통해 무녀로 탄생하면서 그녀의 생명굿을 통해 죽은 자와 산 자
모든 고통 받는 원혼들을 진무하고 그들의 영혼을 저승으로 인도하는 무속의 원초적
기능을 재현한다.

「우루왕」에서는 독선과 광기로 파멸을 자초하는 인간의 부조리한 행태보다 용서와
사랑, 영혼의 구제라는 주제에 힘이 실려 있다. 상생의 힘은 바로 사랑에서 비롯되며,
그 사랑은 엄청난 희생을 감내하며, 삶을 인내하는 우리의 영적 에너지인 것이다.

# 님이여! 그 강을 건너지 마오!

| 나오는 사람들 |

하랑 : 조선국의 악사

유화 공주 : 조선국의 공주

여옥 : 유화 공주의 시녀

곽리자고 : 아란강의 뱃사공

보영 공주 : 부여국의 공주

해모왕 : 부여국의 왕

추로단군 : 조선국의 왕

승만 : 조선국 수비대장

동륜 : 부여국의 비단장수

약초 할멈

악사들

장꾼들

궁녀들

병사들

# 제1막

## 제1장 아란강가 조선 나루.

아침 안개 자욱한 강가의 새벽, 나룻배 한 척이 강물 위에 떠 온다.
노를 저으며 노래를 부르는 늙은 뱃사공 곽리자고.

**곽리자고**    *아란강가 헤매는*
*하랑의 혼령이여!*
*아란강가 헤매는*
*유화 공주 혼령이여!*
*두 남녀의 애절한 사랑*
*한바탕 꿈일런가*
*물결 따라 사라져간*
*천 년의 사랑이여*
*신묘한 공후 가락*
*그 사랑을 전해 주니*
*공무도하가에 사연 실어*
*불멸의 사랑 노래하네*
*님이여!*
*그 강을 건너지 마오*
*님은 그예 그 강을 건너셨네!*
*물에 쓸려 돌아가시니*
*가신 님 어찌할까!*

무대가 봄꽃 만발한 이십 년 전의 장터로 변한다.

## 제2장 고조선국의 소도 불함의 장터

소란하고 활기찬 장터에 북적거리는 사람들 사이에 장터 한 귀퉁이에서 공후를 연주하는 젊은 하랑.

**님이여! 그 강을 건너지 마오!**

누더기를 걸쳤으나 귀공자 같은 준수한 얼굴에 뛰어난 연주 솜씨가 장꾼들과 행인들의 눈길
을 붙잡는다.
모두 하랑의 주위에 모여든다.

**하랑**      *내 고향 홀로 떠나*
          *초원을 떠도는 나그네*
          *쓰라린 방랑에 몸은 지치고*
          *시름은 나날이 더해만 가네*
          *이대로 괴로운 숨 지고*
          *초원을 떠돌며 살아가나니*
          *가슴에 솟아나는 고향 그리움*
          *훨훨 나는 새처럼 구름 위를 맴도네*

모두 박수를 치고 그가 깔아놓은 보자기 앞에 떡이나 엿이나 먹을 것 등을 놓아준다.
그때 화려한 옷을 입은 궁궐의 수비대장 승만이 고조선 시대의 돈인 '명도전'을 준다.
모두 놀라서 귀한 돈을 쳐다본다.
하랑도 놀라 돈을 받으며 감사의 절을 한다.

**하랑**      귀하신 분께서 큰돈을 주시니 감사하옵니다.
**승만**      청아한 목소리에 가슴 서린 고향 그리움, 어찌하여 고향을 떠나 초원을 떠
          도는지 그 시름 그 사연 들어볼 수 있겠소?

하랑, 공후를 켜며 노래를 부른다.

**하랑**      *가련한 나그네의*
          *슬픈 사연 들으소서*
          *상인의 아들로 태어나*
          *부유하게 자랐으나*
          *부모님 돌아가신 뒤*
          *장사에 흥미 잃고*
          *음악에 깊이 빠져*
          *세상 물정 전혀 몰라*

> *친구 친척 꾐에 빠져*
> *집과 재산 모조리 잃고*
> *떠돌이 악사 되어*
> *방랑하는 이내 신세*
> *공후 하나에 의지하여*
> *눈보라 치는 산속*
> *불볕 내리쬐는 광야를*
> *정처 없이 떠돌며 살아간다오*

**승만**  당대에 보기 드문 공후 솜씨와 노래 솜씨. 아까운 그 재주를 썩히지 말고 조선국을 다스리시는 추로단군님의 악사가 되는 것은 어떻겠소?

**하랑**  그렇게만 된다면 다시없는 영광이지요.

**승만**  궁궐의 수비대장인 나의 명예를 걸고 그대를 단군님께 천거하겠소. 자, 갑시다!

**하랑**  고맙습니다!

하랑은 기뻐하며 그의 제안을 받아들인다.
장꾼들이 신나게 〈장꾼의 노래〉를 합창하며 사라진다.

**장꾼들**  *얼싸 절싸 들어간다*
> *절싸 얼싸 들어간다*
> *두루두루 얼러서 장타령*
> *조선국의 장터를 다닐 적에*
> *오란 데는 없어도*
> *갈 길은 바쁘다오*
> *얼싸 절싸 들어간다*
> *절싸 얼싸 들어간다*

# 제3장 도화원

한 달 뒤의 어느 날 밤.
꽃이 만발한 도화원에 달빛이 밝다.
복사꽃 나무 아래 앉아 공후를 연주하는 하랑.

**님이여! 그 강을 건너지 마오!**

유화 공주, 꽃 숲 사이에 나타나 몸을 숨긴 채 연주를 듣다가 하랑 앞에 모습을 드러낸다.

하랑, 놀라서 연주를 멈춘다.

**하랑**　　　　누구요?

유화 공주, 잠깐 멈칫했다가 거짓 이름을 댄다.

**유화 공주**　　공주님의 시녀 여옥이라 합니다. 그대는 누구신가요?
**하랑**　　　　하랑이라 하오.
**유화 공주**　　아, 공후 가락이 너무 아름답고 신묘하다고 궁녀들 사이에 소문이 자자한
　　　　　　　하랑님을 뵙게 되어 영광이에요.
**하랑**　　　　보잘것없는 이 몸을 과찬해 주시니 고맙습니다.
**유화 공주**　　노래도 잘 부르신다니 한 곡 청해도 될까요?
**하랑**　　　　노래요?

하랑, 유화 공주를 바라보며 생각에 잠긴다.

**유화 공주**　　어서 들려주세요!

하랑, 공후를 연주하며 노래를 부른다.

**하랑**　　　　*달처럼 고운 얼굴*
　　　　　　　*구름 같은 머릿결*
　　　　　　　*복사꽃 화사한 볼*
　　　　　　　*이슬 머금은 입술*
　　　　　　　*그대 눈은 화살인가*
　　　　　　　*고운 그대 처음 본 순간*
　　　　　　　*화살 되어 날아온*
　　　　　　　*검은 눈동자여*

하랑이 노래를 끝내자 꽃 숲에 숨어 있던 궁녀들이 깔깔거리고 웃으며 나타난다.

유화 공주, 그중 한 여인에게 무릎을 꿇고 절을 한다.

**유화 공주**  어서 오세요, 공주마마!

공주로 지목된 여옥, 잠깐 멈칫하다가 웃으며 말을 한다.

**여옥**  어디서 아름다운 노랫소리가 들려 와 예까지 오게 되었는데 두 사람의 사랑 놀이에 방해가 되었구나.

**유화 공주**  사랑놀이가 아니고 오늘 처음 만난 사이입니다, 공주마마.

**여옥**  처음 만난 사이에 그토록 진한 사랑의 노래를 부르다니 대담한 사내로구나.

하랑, 무릎을 꿇는다.

**하랑**  죽을죄를 졌습니다, 공주마마.

**여옥**  죄를 졌으면 벌을 받아야지.

**유화 공주**  어떤 벌을 내리실 생각이시옵니까?

**여옥**  오늘 밤 우리를 만난 느낌을 노래로 부르는 벌이다.

**하랑**  그 벌이라면 기꺼이 받겠습니다.

**여옥**  그 대신 조건이 있다.

**하랑**  예?

**여옥**  우리 중 누구에게 그 노래를 바칠 것인지 지목을 한 뒤에 불러라.

**하랑**  그건…

하랑, 주저한다.

**여옥**  네 마음이 이끄는 대로 솔직하게 지목해야지 거짓으로 했다간 목숨을 부지 하지 못할 것이야.

모두 하랑을 주시한다.

**하랑**  여옥님을 지목하겠습니다.

모두 웃으며 실제로 유화 공주인 여옥을 둘러싼다.

**님이여! 그 강을 건너지 마오!**

**여옥**　　　자, 그럼 어서 노래를 불러라!

하랑, 공후를 켜며 노래를 부른다.

**하랑**　　　*꽃 숲 사이 나타난*
　　　　　　*선녀들의 아련한 자태*
　　　　　　*가냘픈 허리는 하늘하늘*
　　　　　　*가벼운 걸음은 사뿐사뿐*
　　　　　　*황홀한 미소 머금고*
　　　　　　*고운 눈동자로 화살을 쏘면*
　　　　　　*세상의 모든 사내들*
　　　　　　*쓰러지지 않고 못 견디리*

모두 웃으며 합창을 한다.

**궁녀들**　　　*꽃비 내리는 봄밤에*
　　　　　　*밝은 달빛 교교한데*
　　　　　　*도화원에 숨긴 것은*
　　　　　　*사랑인가 그리움인가*

하랑의 연주와 궁녀들의 노래가 어우러지면서 봄바람에 복사꽃이 흩날린다.

## 제4장 유화 공주의 방

며칠 뒤 밤.
유화 공주, 방안을 서성이며 노래를 부른다.

**유화 공주**　　*옥 같은 얼굴에*
　　　　　　*신선 같은 사내여*
　　　　　　*어찌하여 달 아래*
　　　　　　*인연이 없을까*
　　　　　　*밤 깊어 꾀꼬리*

*님 그려 슬퍼 울고*
*그리움에 지친 눈에*
*눈물이 흐르네*

노래 부르는 동안 여옥이 들어온다.

**여옥**　　공주마마, 누구를 그토록 그리워하고 계시옵니까?

**유화 공주**　　나를 너로 알고 있는 사람.

**여옥**　　이를 어째! 부왕께서 아시는 날엔 불호령이 떨어질 것이옵니다.

유화 공주, 붉은 천으로 싼 죽간(대나무를 얇게 잘라 만든 고대의 편지)을 여옥에게 준다.

**유화 공주**　　내일 아침 이걸 승만에게 주고서 하랑님께 전해 달라 부탁해다오.

**여옥**　　무슨 죽간이옵니까?

**유화 공주**　　네 이름으로 내일 밤 자시에 도화원에서 만나자고 썼다.

**여옥**　　이룰 수 없는 사랑의 불길에 왜 부채질을 하십니까?

**유화 공주**　　불길을 피해 보려고 몸부림을 쳐봤지만 허사였어.

**여옥**　　안 됩니다, 공주마마!

**유화 공주**　　이미 때가 늦었어.

**여옥**　　아, 큰일 났네!

**유화 공주**　　너에게 모든 것을 맡기니 제발 전해다오.

**여옥**　　전하긴 하겠지만 너무 위험합니다.

여옥, 퇴장한다.

## 제5장 하랑의 방

다음 날 아침.
공후를 켜며 노래를 부르는 하랑.

**하랑**　　*도화원 깊고 깊어*
　　　　*쪽문이 닫혔으니*

**님이여! 그 강을 건너지 마오!**

*복사꽃 흐르는 물*
*그 밤이 그리워라*
*님 그리는 공후 가락*
*다시는 켜지 말자*
*애타는 이 마음*
*남이 알까 두렵네*

그때 승만이 뛰어들어온다.
하랑, 그에게 무릎을 꿇는다.

**하랑**      웬일이십니까?
**승만**      자네, 무슨 일을 저지른 건가?
**하랑**      예?

승만, 말없이 하랑에게 붉은 천에 싸인 죽간을 내어준다.
하랑, 붉은 천을 열어 그 속에 담긴 죽간을 꺼낸다.

**승만**      읽어보게.

하랑, 주저한다.

**승만**      죽간을 전해 준 공을 생각해서라도, 난 그 내용을 알아야겠네.

하랑, 죽간을 읽는다.

**하랑**      그대를 본 후부터 혼이 흩어져 마음을 진정하지 못하고 그리움에 간장이 끊어지는 것 같습니다. 내일 밤 자시에 도화원에서 기다릴 테니…

하랑, 읽다 말고 승만을 바라본다.

**승만**      자네, 왜 이런 위험한 일을 하는 건가?
**하랑**      전… 이게… 무슨 말인지 모르겠습니다.

**2부 소리극**

| 815 | 승만 | 그럼 여옥이 혼자서 일방적인 구애를 하는 거란 말인가? |
|---|---|---|
| | 하랑 | 여옥이 보낸 거라구요? |

하랑, 급히 죽간을 다시 살펴본다.

| 하랑 | … 아, 여옥… |
|---|---|
| 승만 | 어찌된 건가? |
| 하랑 | 며칠 전, 우연히 도화원에 들어갔었지요. |
| 승만 | 거긴 남자들의 출입이 금지된 곳인데 어떻게 들어갔단 말인가? |
| 하랑 | 잠이 오지 않아 이리저리 거닐던 중, 우거진 숲 사이로 쪽문이 열려 있어 안으로 들어갔다가 여옥과 공주님의 시녀들을 만나게 된 겁니다. |
| 승만 | 자네 목숨이 몇 개인가? |
| 하랑 | 도화원 출입이 그렇게 위험한 일입니까? |
| 승만 | 남자들의 출입이 금지된 곳이니 그렇기도 하지만, 여옥과 만나는 건 더 위험한 일이네. |
| 하랑 | 왜요? |
| 승만 | 궁녀와의 사통은 화형일세. |
| 하랑 | 화, 화형…이요? |
| 승만 | 어찌하겠나? |

하랑, 주저한다.

| 승만 | 만나겠나? |
|---|---|

하랑, 주저한다.

| 승만 | 죽간 이리 주게. 없던 일로 하겠네. |
|---|---|
| 하랑 | 아, 아닙니다! |
| 승만 | 그럼? |
| 하랑 | … 만나겠습니다. |
| 승만 | 자네도 여옥을…? |
| 하랑 | 사랑의 불이 제 몸을 태워 목숨을 부지하지 못할 지경입니다. |

**님이여! 그 강을 건너지 마오!**

| 승만 | 그러다 죽어도 여한이 없겠나? |
|---|---|
| 하랑 | … 죽어도 좋습니다! |
| 승만 | 진정? |
| 하랑 | 예! |
| 승만 | 좋아. 자네의 기백이 맘에 드네. 내 기꺼이 사랑의 배달부가 되어 주겠네. |
| 하랑 | 고맙습니다! |
| 승만 | 다만… 한 가지 조건이 있네. |
| 하랑 | 뭡니까? |
| 승만 | 여옥을 만나거든 여옥이 모시는 분께 이걸 전해 달라고 하게. |

승만, 품에서 파란 천으로 싼 죽간을 꺼낸다.

| 하랑 | 여옥이 모시는 분이라면… |
| 승만 | 유화 공주마마. 그분께 꼭 전해 달라고 하게. |

하랑, 죽간을 받는다.

| 하랑 | 사랑의 전갈…인가요? |
| 승만 | 자네가 여옥을 사랑하는 백 배 천 배 이상으로 유화 공주를 사랑하는 이 몸일세. |
| 하랑 | 아… 그러시군요. |
| 승만 | 내 가슴도 사랑 때문에 모조리 썩어버렸다네. |
| 하랑 | 알겠습니다. 부탁해보지요. |
| 승만 | 꼭… 꼬옥… 부탁하네! |

승만, 하랑의 손을 꼬옥 잡은 뒤 뛰어나간다.

# 제6장 도화원

다음날 밤, 도화원의 꽃 숲에서 하랑을 기다리는 유화 공주.
옆에 술병과 술잔과 다과가 놓여 있는 자그마한 술상이 있다.
하랑, 나타난다.

**2부 소리극**

| 유화 공주 | 하랑님! |
|---|---|
| 하랑 | 여옥님! |
| 유화 공주 | 부끄러움 무릅쓰고 감히 만나자 했으니 저를 천하다 여기지 말아 주세요. |
| 하랑 | 저 역시 가슴 태우고 만나길 소망했는데, 먼저 만남을 청해 주시니 감읍할 뿐입니다. |
| 유화 공주 | 우리가 처음 만나던 날 생각나시나요? |
| 하랑 | 너무도 또렷이 생각납니다. |
| 유화 공주 | 새하얗게 달빛 일렁이던 복사꽃 숲에 숨어서 하랑님께서 연주하는 모습을 몰래 바라봤지요. 그 모습은 마치… 하늘에서 내려온 신선 같았어요… |
| 하랑 | 여옥님은 마치 선녀처럼 제 앞에 나타나셨지요. 복사꽃보다도 고왔지요. |
| 유화 공주 | 자, 앉으세요. |

하랑, 유화 공주 곁에 앉는다.
유화 공주, 하랑과 자신의 잔에 술을 따르며 노래 부른다.

| 유화 공주 | *드세요, 이 술 한잔* |
|---|---|
| | *사양 말고 드세요* |
| | *그리운 사람의 술잔이니* |
| | *사랑의 샘물 나눠 마셔요* |

하랑과 유화 공주, 술을 마신다.

| 유화 공주 | 하랑님! |
|---|---|
| 하랑 | 예. |
| 유화 공주 | 그 날 공주마마 보셨지요? |
| 하랑 | 그랬지요. |
| 유화 공주 | 혹, 공주마마께서 하랑님을 좋아하시면 어쩌시겠어요? |
| 하랑 | 예? 그건… 있을 수 없는 일이지요. |
| 유화 공주 | 하지만, 만에 하나… 그러신다면요? |
| 하랑 | 갑자기 왜 그런 말씀을 하세요? |
| 유화 공주 | 공주님의 눈에서 하랑님에 대한 연모의 정을 읽었어요. |
| 하랑 | 그… 그럴리가요? |

**님이여! 그 강을 건너지 마오!**

| | |
|---|---|
| **유화 공주** | 오랫동안 모신 분이라 제 느낌은 확실해요. 어쩌시겠어요? |
| **하랑** | 제 마음은 오직 여옥님뿐입니다. |
| **유화 공주** | 만약 공주님이 하랑님을 사랑한다면… |
| **하랑** | 거절하겠어요! |
| **유화 공주** | 만약 공주님이 목숨을 내놓으라시면… |
| **하랑** | 당장 목숨을 내놓지요! |
| **유화 공주** | 왜 미천한 저를 위해 목숨까지 거시는 거예요? |
| **하랑** | 사랑하기 때문이지요! |
| **유화 공주** | 하랑님의 마음을 알았으니 이제 진실을 아실 때가 됐네요. |
| **하랑** | 무슨 진실입니까? |

유화 공주, 손뼉을 친다.
여옥, 등장하여 유화 공주에게 무릎을 꿇는다.
하랑, 놀라서 여옥에게 무릎을 꿇는다.

| | |
|---|---|
| **하랑** | 공주마마! |
| **여옥** | 전 공주마마가 아니에요. |
| **하랑** | 예? |
| **여옥** | (유화 공주를 가리키며) 공주마마는 바로 이 분이에요. |

여옥, 공주에게 절을 한 다음 사라진다.
하랑, 여옥의 말에 충격을 받고 유화 공주를 쳐다본다.

| | |
|---|---|
| **하랑** | 여, 여옥님이… 공주마마? |
| **유화 공주** | 맞아요. 제가 공주이고 그 아이가 여옥이에요. |
| **하랑** | 그… 그럼…? |
| **유화 공주** | 그날 밤, 우리가 잠시 바꿔치기 놀이를 한 거예요. |
| **하랑** | 공주마마, 죽을죄를 졌나이다! |

하랑, 유화 공주에게 무릎을 꿇는다.
유화 공주, 웃으며 하랑을 일으킨다.

| 유화 공주 | 모르고 하신 일인데 그게 왜 죽을죄예요? |
|---|---|
| 하랑 | 무례를 용서하소서! |
| 유화 공주 | 난 하랑님의 무례 때문에 사랑에 빠졌어요. |
| 하랑 | 예? |
| 유화 공주 | 나를 사랑하시나요? |
| 하랑 | 아, 아닙니다. |
| 유화 공주 | 왜죠? |
| 하랑 | 저는 공주님을 공경하고, 섬기며, 모시기 위한 악사 아닌가요? 남의 눈에 뜨이기라도 하면 당장 목숨을 잃을 겁니다. |
| 유화 공주 | 그게 무슨 상관이에요! 말해 주세요, 날 사랑한다고. |
| 하랑 | 안 됩니다. 감히 그럴 수가 없어요. 그 대신… |

하랑, 품에서 승만의 죽간을 꺼내 유화 공주에게 준다.

| 유화 공주 | 이게 뭐지요? |
|---|---|
| 하랑 | 수비대장 승만님이 제가 여옥을 만나러 가는 줄 알고 공주님께 드리라고 부탁한 죽간입니다. |

유화 공주, 죽간을 읽어본다.

| 유화 공주 | 이 죽간, 그분께 돌려드리세요. |
|---|---|

유화 공주, 죽간을 하랑에게 준다.

| 하랑 | 왕궁의 수비대장이시며 왕족의 신분이신 승만님이야말로 공주님의 사랑을 얻고 부마 되실 자격이 있는 분입니다. |
|---|---|
| 유화 공주 | 신분의 높고 낮음은 타고나는 것일 뿐, 사랑을 주고받을 척도는 아니에요. 저는 이미 하랑님께 마음을 주었으니 하랑님도 저를 사랑하는 마음을 거두지 말아 주세요. |

유화 공주, 하랑을 껴안는다.
하랑, 당황하여 어쩔 줄 모른다.

**님이여! 그 강을 건너지 마오!**

| 하랑 | *아, 사랑이여!* |
|---|---|
| | *위험한 사랑의 불꽃에* |
| | *몸도 마음도 불타네.* |
| 유화 공주 | *아, 사랑이여!* |
| | *비밀스런 사랑의 불꽃에* |
| | *몸도 마음도 불타네.* |
| 하랑,유화공주 | *아, 사랑이여!* |
| | *고운 얼굴 마주 보는* |
| | *사랑의 기쁨이여!* |
| | *미치도록 황홀한* |
| | *사랑의 포옹이여!* |

뜨겁게 껴안는 유화 공주와 하랑.

## 제2막

## 제1장 아란강가 조선 나루

곽리자고, 노래 부른다.

| 곽리자고 | *하랑과 유화 공주의* |
|---|---|
| | *비밀스런 사랑이* |
| | *나날이 깊어갈 때,* |
| | *오호라, 이게 무슨* |
| | *청천의 벽력인가!* |
| | *공주의 아버지 추로단군* |
| | *부여국 해모왕과 유화 공주의* |
| | *혼인을 결정하고 말았으니* |
| | *바람 앞의 등불처럼* |
| | *위태롭게 흔들리는* |
| | *위험한 사랑이여!* |

혼인의 명을 받은 유화 공주
울며불며 한사코 거부했지만
부여국과의 화평을 위한
부왕의 엄명이 지엄하자,
식음을 전폐하여
온몸은 야위어가고
두 눈은 빛을 잃고
산송장처럼 지내다가
숨이 끊어졌다는 소문이
궁중에 파다하니
유화 공주 혼인 소식에
미치도록 괴로워하던 악사 하랑
공주가 죽었단 말을 듣고,
혼절하여 쓰러졌다
일어나 통곡하다
자결하여 죽으려다
승만의 만류로
목숨을 부지한 뒤
원한 서린 궁을 떠나
방랑의 길로 나섰구나

## 제2장 산속 어느 폐가

간신히 뼈만 남은 폐가에 넝쿨과 잡초가 가득하다.
낡은 우물 옆 바위에 앉아 공후를 켜며 노래하는 하랑, 오랜 방랑에 수척해진 모습이다.

하랑  광막한 황야를 떠도는
    이 내 어두운 그림자
    슬피 우는 까마귀만
    저 하늘을 맴도네
    황량한 초원에
    이 내 몸 썩어가도

**님이여! 그 강을 건너지 마오!**

*아름다운 내 님 모습*
*잊을 수 없네*
*지우려 지우려 해도*
*타오르는 그리움*
*지옥의 불꽃처럼*
*내 가슴을 태우네*

그때 우물 속에서 들려오는 여인의 신음 소리.

**주희**  　　사람… 살려…

하랑, 깜짝 놀라 노래를 멈춘다.

**하랑**  　　누, 누구요?…
**주희**  　　… 살려… 주세요…

하랑, 공후를 내려놓고 일어나 이리저리 둘러본다.

**하랑**  　　누구요? 어디 있소?…
**주희**  　　살려… 주세요…

하랑, 급히 우물 밑을 내려다보며 소리친다.

**하랑**  　　밑에… 계시오?
**주희**  　　예…

하랑, 여기 저기 둘러보다가 허리춤에 맨 칼로 칡넝쿨을 잘라서 우물곁에 서 있는 나무에 묶은 다음 넝쿨을 잡고 내려간다.

**하랑**  　　내려갈 테니 조금만 기다리시오!

하랑, 우물 안으로 들어간다.

**2부 소리극**

823    우물 안에서 소리가 들려온다.

**하랑**    자, 등에 업히시오.
**주희**    고마워요…

올라오다가 미끄러지는 소리.

**주희**    악!
**하랑**    자, 자, 내 목을 꼭 잡고 힘을 내요…

끙끙대는 소리.

**하랑**    거의 다… 올라왔소.

하랑의 손이 우물에 걸쳐지더니 하랑의 얼굴이 솟아오르고, 그의 등에 업힌 여인의 모습이
보인다.

**하랑**    자… 됐소!

하랑, 우물 밖으로 나와 여인을 땅에 내려놓고 숨을 헐떡인다.
여인도 숨을 헐떡인다.

**하랑**    괜찮소?
주희    고… 고마워요.

하랑, 여인을 살펴본다.

**하랑**    이런, 온몸이 피투성이군요. 여기 오는 길에 산속 움막에서 약초 캐는 할멈
       을 만났는데 그리 갑시다. 자, 업히시오.
주희    고마워요…

하랑, 여인을 업고 퇴장한다.


**님이여! 그 강을 건너지 마오!**

## 제3장 약초 할멈의 집

늙은 약초 할멈이 약초를 찧으면서 노랫가락을 흥얼거린다.
할멈의 곁에 있는 화덕에 불이 타고 있고, 그 위에 약항아리가 놓여 있다.

**약초 할멈**  *비위경이 상하였고,*
*심경이 미약하고,*
*폐대장경 끊어지고*
*간담경이 썩었구나.*
*기경팔맥 살려내는*
*보증탕을 먹여보자.*
*산삼, 백도라지, 오갈피, 백봉령,*
*개똥쑥, 엉겅퀴, 더덕 각 한 돈,*
*감초 칠 푼.*
*스무 첩을 쓰면*
*쾌차하겠구나.*

하랑이 여러 가지 약초가 든 바구니를 들고 들어온다.

**하랑**  가르쳐 주신 약초들을 캐왔습니다.
**약초 할멈**  총각의 정성으로 처녀의 몸이 하루가 다르게 좋아지는구려.

약초 할멈, 자신이 찧은 약초와 하랑이 캐온 약초를 약항아리에 넣고 불쏘시개를 더 넣는다.

**약초 할멈**  이 약을 달여 먹고 며칠만 조리하면 다 나을 테니 데리고 가시오.
**하랑**  모두가 할머님 덕분입니다.
**약초 할멈**  헌데… 어쩌다 저리 되었소?
**하랑**  한사코 말을 안 하니 저도 모릅니다.
**약초 할멈**  오라비한테까지 꼭꼭 숨겨야 될 사연인가 보지.

그때, 창백한 얼굴의 주희가 비틀거리며 걸어 나온다.

| | | |
|---|---|---|
| 825 | **약초 할멈** | 잘 잤수? |
| | **주희** | 푹 잤더니 많이 나아졌어요. 고마워요 할머니. |
| | **약초 할멈** | 고맙긴… 오라비가 약초 캐느라 고생 많이 했다우. |
| | **주희** | 오라버니, 고마워요… |
| | **하랑** | 으… 응. |
| | **약초 할멈** | 난 산에 가서 백도라지 캐올 테니 불 좀 잘 지피시우. |
| | **하랑** | 조심히 다녀오세요. |

약초 할멈, 약초바구니를 들고 퇴장한다.
하랑, 화덕의 불에 나무를 넣는다.


**주희**      … 오라버니!


하랑, 돌아본다.
주희, 품에서 죽간을 꺼내어 하랑에게 준다.


| | |
|---|---|
| **주희** | 여기서 삼십 리쯤 떨어진 부여국 소도 아사달에 가서 가륵이란 보석상을 찾아 이걸 전해 주세요. |
| **하랑** | 가륵? |
| **주희** | 부자이고 유명한 보석상이니 사람들에게 물으면 쉽게 찾을 수 있을 거예요. |
| **하랑** | 죽간만 전하면 되오? |
| **주희** | 이 글을 읽으면 금이나 보석을 줄 테니 받아가지고 오시면 돼요. |
| **하랑** | 아가씨의 가족이라면 직접 만나지 그래요? |
| **주희** | 제 가족이 아니라 저에게 빚을 진 사람이고, 금이나 보석은 빚 대신에 받는 거예요. 그걸로 할머니 약값도 드리고, 우리가 잠시 거처할 집도 장만하고, 음식과 의복도 살 거예요. |
| **하랑** | 아가씨 가족은 어디 있소? 왜 칼에 찔려 피투성이로 우물 밑에서 죽어가던 거요? 왜 우리 사이를 오누이로 하자는 거요? 왜 이 모든 물음에 대답을 하지 않는 거요? |
| **주희** | 때가 되면 말씀드릴 테니 조금만 참아 주세요. |
| **하랑** | 며칠만 몸조리하면 낫는다니 나으면 난 떠날 것이오. |
| **주희** | (다급하게) 안 돼요! |


**님이여! 그 강을 건너지 마오!**

| 하랑 | 왜요? |
|---|---|
| 주희 | 살려주신 은혜를 갚을 때까지 제 곁을 떠나면 안 돼요! |
| 하랑 | 그건… |
| 주희 | 그 말은 다시 꺼내지 마시고 빨리 다녀오세요! |

하랑, 단호하게 명령을 내리는 주희의 태도에 놀라 잠시 바라보다가 죽간을 들고 퇴장한다.

## 제4장 주희의 집 방 안

몇 달 뒤 오후,
깨끗하고 아담하게 치장된 방 안에 하인과 하녀들이 오가며 식사 도구들을 운반한다.
중앙에 커다란 식탁을 놓고 붉은 천으로 그 위를 덮은 다음, 식탁의 한쪽에 고급스런 나무 의자 두 개를 놓고, 맞은편에 똑같은 의자 두 개를 배치한다.
하인들, 주변의 기둥 곳곳에 불이 밝혀진 초롱을 걸어 놓는다.
하인과 하녀들이 방 안을 다 꾸며 놓고 퇴장하자, 화려한 비단옷을 입은 하랑과 주희가 들어온다.

| 주희 | (웃으며) 수고하셨어요, 오라버니. |
|---|---|
| 하랑 | 비단장사 동륜이 오면 나 혼자 접대를 하란 말이오? |
| 주희 | 네, 저는 갑자기 몸이 아파 접대하기가 어려워요. |
| 하랑 | 낯선 사람하고 무슨 말을 하며 시간을 보낸단 말이오? |
| 주희 | 사흘 전에 비단을 사러 가서 만났으니 안면이 있잖아요? |
| 하랑 | 최고급 비단을 사라고 해서 만나긴 했지만, 오늘은 왜 또 비단을 주문한 뒤 하룻밤 묵고 가라고 초대를 하란 건지, 그래놓고 왜 갑자기 나타나지 않겠다는 건지 난 도무지 이해가 안 되오. |
| 주희 | 미안해요. 조금만 참고 도와주세요. |
| 하랑 | 이번까지만 도와주고 떠나겠소. 난 더 이상 아가씨의 비밀에 얽히고 싶지 않소. |
| 주희 | (갑자기 사납게) 떠나시면 안 돼요! |

하랑, 갑자기 소리치는 주희의 태도에 놀라 바라본다.
주희, 웃으며 하랑에게 다가가서 부드러운 태도로 속삭인다.

**2부 소리극**

주희      오늘 밤이 지나면 제 비밀을 모두 밝혀드릴게요.

하랑      알겠소.

주희      동륜은 여자를 무척 밝히는 사람이니 얼굴 반반한 하녀 두 애를 오라버니와 그 사람 시중을 들도록 지시해 놨어요.

하인이 들어온다.

하인      손님이 오셨습니다.

주희      (웃으며) 오라버니, 부탁해요!

주희, 재빨리 내실 쪽으로 퇴장한다.
화려한 비단옷을 입고 보석으로 치장한 동륜이 하녀들의 안내를 받으며 들어온다.

하랑      어서 오십시오.

동륜      제 비단을 애용해 주시고 초대까지 해 주시니 황송하고 감사합니다.

두 사람, 의자에 앉는다.
하녀 두 사람이 하랑과 동륜의 자리 옆에 앉자, 하인과 하녀들이 청동 쟁반에 술과 음식을 담아 내온다.
악사들이 들어와 연주를 시작한다.

하랑      나름대로 준비를 했는데 마음에 드실지 모르겠습니다.

동륜      하하하, 술과 음식, 음악, 모두 최고급 수준인 걸 보니 하랑님께서도 대단한 풍류객이신가 보군요.

하녀 두 사람, 두 사람의 잔에 술을 따른다.

동륜      (자신의 옆에 앉은 하녀를 보며) 특히 여인을 고르는 안목을 보니 하랑님께서 여인과의 즐거움에 대해서도 통달하신 분이란 걸 알겠습니다. 하하하!

하랑      과찬의 말씀이십니다. 자, 드시지요!

두 사람, 잔을 들어 술을 마신다.

**님이여! 그 강을 건너지 마오!**

두 하녀, 두 사람의 입에 안주를 넣어 준다.

**동륜**　　　　오호… 오… 입에서 살살 녹는 이 맛… 천하일품입니다!

하녀들, 빈 잔에 또 술을 따른다.
음악이 빠르게 변하면 속이 비치는 얇은 옷을 입은 무희들이 들어와서 식탁을 돌며 춤을 춘다.

**동륜**　　　　오호… 향기로운 살결, 은밀한 교태… 오호호호, 참으로 황홀한 밤이구나!

동륜, 술을 마신다.
하녀가 얼른 안주를 주고 또 술을 따른다.
무희가 동륜의 곁을 살짝살짝 스치며 유혹하듯 춤을 춘다.

**동륜**　　　　이 향기, 이 맛, 아, 취한다!

동륜, 술을 벌컥벌컥 마시다가 식탁에 코를 박고 쓰러진다.
하랑도 식탁에 코를 박고 쓰러진다.
두 사람이 쓰러지자 하인과 하녀들과 악사들, 갑자기 사라지고 방안에는 하랑과 동륜 두 사람만 남는다.
잠시 뒤, 한 손에 비파형 청동검을 든 주희가 나타나더니 주저하지 않고 동륜의 등을 찌른다.
비명을 지를 새도 없이 여인의 칼에 수없이 난자당하는 동륜.
피가 튀어 주희의 옷과 손이 피로 얼룩진다.

## 제5장 주희의 집 방 안

깨끗하게 치워진 방 안.
잠옷을 입은 하랑, 부스스한 얼굴로 하품을 하며 나온다.

**하랑**　　　　아, 머리 아파. 내가 언제 방으로 들어갔지? 어떻게 된 거지?

주희, 외출복 차림으로 들어온다.

| 829 | 주희 | 오라버니. |
| | 하랑 | 아… 동륜은 어디 있소? |
| | 주희 | 죽었어요. |
| | 하랑 | 뭐요?… |

하랑, 말을 잃고 한동안 주희를 바라본다.

| 하랑 | 어… 어찌 된 거요? |
| 주희 | 제가 죽였어요! |

소스라치게 놀라는 하랑.

| 하랑 | 그게… 그게, 무슨 말이오? |
| 주희 | 이제 모든 걸 밝혀 드릴게요. |
| 하랑 | 말해 보시오. |
| 주희 | 제 이름은 주희가 아니에요. |
| 하랑 | 그럼… 뭐요? |
| 주희 | 전 부여국의 공주인 보영이에요. |
| 하랑 | 고… 공주? |

보영 공주, 노래를 부른다.

**보영 공주**　　*동륜은 궁궐을 드나들며*
　　　　　　　*비단을 팔던 상인의 아들*
　　　　　　　*그의 말솜씨와 외모에 빠져*
　　　　　　　*열렬한 사랑을 나누던 중,*
　　　　　　　*어느 날, 궁궐을 빠져나와*
　　　　　　　*그의 집에 갔다가*
　　　　　　　*다른 여자와 사랑을 나누는*
　　　　　　　*모습을 보게 되었지요*
　　　　　　　*추잡한 배신에 몸이 떨리고*
　　　　　　　*머리에 피가 치솟아*

**님이여! 그 강을 건너지 마오!**

> *소리치고 할퀴고*
> *미치광이처럼 싸우던 중,*
> *그가 휘두른 칼에 찔려*
> *산속 폐가의 우물에*
> *버려졌던 이 몸을*
> *오라버니가 구해 주신 거예요.*

**하랑**　그 복수를 위해 그토록 치밀하게 준비하고 나를 이용했단 말이오?

**보영 공주**　오라버니 말고는 절 도와줄 사람이 없었어요.

**하랑**　가륵에게 도와달라지 그랬소?

**보영 공주**　그 사람은 궁궐을 드나들던 보석상일 뿐이니 오라버니를 대신할 수는 없었어요.

**하랑**　공주님을 구해 준 인연으로 살인까지 연루가 되었군요.

**보영 공주**　살인에 대해서는 염려 안 하셔도 좋아요.

**하랑**　어째서요?

**보영 공주**　내가 모든 일을 밝히면 부왕께서 용서해 주실 거예요.

**하랑**　부왕이라면… 부여국 해모왕?

**보영 공주**　맞아요.

**하랑**　미안하오. 아가씨가 그토록 고귀하신 공주님이란 걸 잠깐 잊었습니다.

**보영 공주**　하랑님은 제 생명의 은인이시고, 제 복수를 도와주신 친오라버니 같은 분이세요.

**하랑**　전 그 인연 더 끌고 가고 싶지 않습니다.

**보영 공주**　그럼…?

**하랑**　… 떠나겠습니다.

**보영 공주**　(격하게) 안 돼요!

**하랑**　왜요?

**보영 공주**　저하고 궁에 가서 부왕을 만나 은혜를 갚을 기회를 주세요. 부왕께서는 틀림없이 엄청난 상을 내리실 거예요.

**하랑**　전 미천한 악사이니 궁에 들어갈 자격도 없고, 제가 한 짓은 상 받을 일도 아닙니다.

**보영 공주**　제발…

보영 공주, 무릎을 꿇는다.

하랑, 놀란다.

**보영 공주**    (눈물을 흘리며) 제 소원 저버리지 말아 주세요. 부탁이에요!

**하랑**    … 일어나시오…

하랑, 보영을 안아 일으킨다.
보영, 비틀거리며 하랑의 품에 안긴다.
하랑, 엉겁결에 그녀를 안는다.
보영 공주, 하랑의 품에 안긴 채 그를 바라보며 애원한다.

**보영 공주**    오라버니, 저와 함께 궁에 가 주세요. 제발…

하랑, 할 수 없이 고개를 끄덕인다.

**하랑**    방에 가서… 옷을 갈아입고 오지요.

하랑, 내실로 들어간다.
보영 공주, 노래 부른다.

**보영 공주**    *그대여,*
*마음 주지 않는 그대여*
*사랑에 몸부림치고*
*잔인한 운명에 신음하는*
*피 흘리는 내 가슴 속에*
*깊숙이 자리 잡은 그대여*

## 제6장 화청궁

며칠 뒤, 낮.
부여국의 아름다운 정원인 화청궁에 해모왕과 여러 후궁들과 궁녀, 그리고 대신들과 무사들이 모여 있다.
온화하고 사려 깊은 모습의 해모왕, 일어나서 명을 내린다.

**님이여! 그 강을 건너지 마오!**

| 해모왕 | *오늘은 예삿날이 아니라* |
|---|---|
| | *죽은 줄 알았던 보영 공주가* |
| | *살아 돌아온 기쁜 날!* |
| | *내 딸의 목숨을 구해 준* |
| | *용감한 청년을 이 자리에 들게 하라!* |

음악이 흐르면 화려한 예복에 보석으로 치장한 보영 공주와 고급스런 옷을 입은 하랑이 나란히 걸어 들어온다.

| 해모왕 | 오, 참으로 빛나는 청년이로다. 그대에게 금은보화로 사례를 할 것이며, 궁중의 악사장이란 벼슬을 내릴까 하는데 어찌 생각하는가? |
|---|---|
| 하랑 | 저는 조선국 출신으로 초원을 떠도는 유랑 악사이옵고, 궁궐의 예법에는 무지하오니 벼슬을 거두어 주옵소서. |
| 해모왕 | 하하하, 겸손하고 사려 깊은 청년이로다. |

모두 찬탄을 하는 중에 후궁들 있는 곳에서 놀란 눈으로 하랑을 바라보는 두 여인.

| 해모왕 | 그럼 네 뜻대로 벼슬은 내리지 않을 것이나 보영 공주의 소원이니 당분간 궁궐에 머물러주기를 청하노라. 어떠하냐? |
|---|---|
| 하랑 | 대왕마마의 뜻을 받들겠나이다. |
| 해모왕 | 자, 이 기쁨을 모두 함께 나누기로 하자. 모두 잔을 들라! |

모두 잔을 들어 술을 마신다.
음악과 함께 무희들이 춤을 추며 궁녀들과 모든 사람이 합창을 한다.

| 합창 | *산수정기 수려한* |
|---|---|
| | *부여국의 화청궁* |
| | *맑은 흥취 솟아나니* |
| | *예가 바로 별천지라* |
| | *미풍이 건듯 불어* |
| | *꽃향기 그윽하고* |
| | *잔잔한 연못 위에* |

**2부 소리극**

*푸른 학이 나르네*
*저 멀리 구름바다*
*흰 돛단배 떠 있는데*
*바람 불어 꽃비 내리니*
*황홀한 향기 허공에 가득*

## 제7장 하랑의 방 안

하랑, 홀로 앉아 음울한 음률의 공후를 연주한다.
그때, 방문을 조심스럽게 두드리는 소리.
하랑, 연주를 그치고 문을 연다.
여옥이 들어선다.
까무라치도록 놀라는 하랑.

**하랑**     여, 여옥!
**여옥**     쉿!

여옥, 재빨리 손가락을 입에 대고 문을 닫는다.

**여옥**     (속삭이듯) 빨리 얘기만하고 가야 돼요!
**하랑**     (속삭이듯) 어…어찌된 일이오?
**여옥**     어찌 여기 와 계신 거예요?
**하랑**     공주님 돌아가신 뒤 정처 없이 떠돌며 부여국까지 흘러들어왔다가, 우연히
          죽어가는 보영 공주를 구해줘 그 보답으로 여기까지 온 것이오.
**여옥**     보영 공주와 혼인하실 생각인가요?
**하랑**     뭐요?
**여옥**     보영 공주가 하랑님을 사랑한다는 소문이던데…
**하랑**     터무니없는 말이요. 난 보영 공주를 사랑하지 않아요.
**여옥**     왜죠?
**하랑**     내 마음속에는 오로지 유화 공주님뿐 다른 여인이 들어올 틈은 없어요.
**여옥**     돌아가신 지 한참 지났는데 아직도 공주님을 사랑하시나요?
**하랑**     공주님을 따라 죽고 싶은 마음뿐이오.

**님이여! 그 강을 건너지 마오!**

| 여옥 | 죽으면 안 돼요! |
|---|---|
| 하랑 | 왜요? |
| 여옥 | 공주님이 살아 계시니까요! |
| 하랑 | (큰소리로) 뭐, 뭐요? |
| 여옥 | 쉿! |
| 하랑 | 그…그게 무슨 말이요? |
| 여옥 | 사연이 길어서 한 번에 설명하기 어려워요. |
| 하랑 | 지금 어디 계시오? 빨리 만나게 해 주시오! |
| 여옥 | 궁 안에 눈이 많아 위험하니 내일 밤 자시에 화청궁 숲속에서 만나요. |

말을 마치고 재빨리 사라지는 여옥.

| 하랑 | *아, 살아 계시다니!* |
|---|---|
| | *가슴 떨리는 이 기쁨* |
| | *유화 공주여! 어디에 계신가요* |
| | *그리운 그대 생각* |
| | *미칠 듯이 회오리치네* |

그때, 문 두드리는 소리.
하랑, 문을 연다.
보영 공주가 밤참과 술병을 들고 들어온다.

| 보영 공주 | 적적하실 것 같아 밤참과 술을 가지고 왔어요. |
|---|---|
| 하랑 | … 고맙습니다. |
| 보영 공주 | 오누이로 지낼 땐 다정하게 대해 주시더니 요즘은 너무 차갑게 대하시는 것 같아요. |
| 하랑 | 예전에 공주님께 무례를 범하지 않았나 걱정됩니다. |
| 보영 공주 | 난 하랑님을 친오라비처럼 여기니 좀 더 무례하게 대해도 좋아요. |
| 하랑 | 그건… |
| 보영 공주 | 하랑님, 제발 이 궁에 오래오래 머물러주세요. |
| 하랑 | 전… 떠나야 됩니다. |
| 보영 공주 | 왜 자꾸 절 피하시죠? |

| 하랑 | 그건… |
|------|-------|
| 보영 공주 | 전에 사랑하셨다던 죽은 여인 때문인가요? |
| 하랑 | 아… 아니요… |
| 보영 공주 | 그 여인이 누구죠? |
| 하랑 | … 말할 수 없어요. |
| 보영 공주 | 조선국 유화 공주가 악사와의 사랑 때문에 죽었다던데… 혹시 그 악사가 하랑님 아닌가요? |
| 하랑 | 어, 어찌… 그걸… 아, 아니요! 내가 아니요! |
| 보영 공주 | 그토록 당황하며 부인하시는 걸 보니 하랑님이 맞는 것 같아요. |
| 하랑 | 그, 그게 아니요! 아, 제발 날 괴롭히지 말아요! |
| 보영 공주 | 왜 죽은 사람을 그토록 마음에서 지우지 못하는 거죠? 그 속에 내가 들어갈 자리는 없나요? 난 하랑님과 오누이 노릇을 하면서 지내는 동안 신혼의 단꿈을 꾸듯 행복했어요. 마음속에 타오르는 복수의 일념 때문에 내색을 못했지만 복수만 끝나면 난 하랑님과 일생을 함께 보내려 했어요. 그런데 하랑님은 날이 갈수록 내게서 멀어지고, 이젠 절 떠날 생각만 하는군요. |
| 하랑 | 전… 떠나야 해요. |
| 보영 공주 | 제발 날 버리지 마세요! |

보영 공주, 하랑을 껴안는다.
하랑도 엉겁결에 보영 공주를 껴안는다.
보영 공주, 하랑을 껴안은 채 하랑의 눈을 지긋이 바라보며 묻는다.

| 보영 공주 | 조금 전에 시녀 차림 여자가 방을 나가던데, 누구지요? |
| 하랑 | 아, 아니요!… 아무도 오지 않았어요! |

하랑, 급히 포옹을 풀고 비틀거리며 뒤로 물러나 밖으로 나가려 한다.

| 보영 공주 | 왜 그러시는 거예요? |
| 하랑 | 머리가 어지러워 견딜 수가 없네요. 바람 좀 쐬고 올게요! |

하랑, 방을 뛰쳐나간다.
보영 공주, 수치심으로 괴로워한다.


**님이여! 그 강을 건너지 마오!**

# 제8장 해모왕의 방 안

해모왕, 침상에 누워 잠을 자고 있다.
방 안으로 급히 들어오는 보영 공주, 해모왕을 흔들어 깨운다.


**보영 공주**    아바마마! 아바마마!


해모왕, 몸을 반쯤 일으킨다.


**해모왕**    이 밤중에 웬일이냐?
**보영 공주**    흉흉한 일이 있어 급히 왔어요.


해모왕, 침상에서 나온다.


**해모왕**    무슨 일이냐?
**보영 공주**    후궁 한 명이 아바마마께 치욕을 안겨주려 하고 있어요.
**해모왕**    뭐라구?
**보영 공주**    아바마마께서 창피당하시는 걸 견딜 수 없어서 급히 달려왔어요.
**해모왕**    도대체 뭘 봤고 뭘 들었기에 이러느냐?
**보영 공주**    어느 후궁의 시녀가 어느 사내의 방을 들락거리는 모습을 봤어요.
**해모왕**    뭐라구? 어느 후궁의 어느 시녀냐?
**보영 공주**    아직 확실한 증거가 없으니 이름은 밝히지 않겠어요. 만약 제 말이 미심쩍
             으시면 더 파헤치지 말고 그냥 내버려 두세요.
**해모왕**    네 말이 옳겠지… 아니야, 틀렸을지도 몰라…


해모왕, 방 안을 서성인다.


**해모왕**    증거를 보고 싶구나.
**보영 공주**    정말 보고 싶으세요?
**해모왕**    그렇다.
**보영 공주**    그럼 내일 아침에 사냥을 나가신다고 선포하고 궁을 나가신 뒤 근처에 숨어
             계시다가, 제가 연락드리면 달려오세요.

**해모왕**　　　알겠다!

## 제9장 화청궁 숲속

다음 날 밤,
하랑을 기다리는 유화 공주와 여옥.


**유화 공주**　　오실까?
**여옥**　　　　오실 거예요.
**유화 공주**　　오누이로 두 달을 지냈다는데 정말 아무 일 없었을까?
**여옥**　　　　아무 일도 없었을 거예요.
**유화 공주**　　어찌 그리 확신하니?
**여옥**　　　　목소리, 눈빛을 보면 알잖아요. 제 느낌, 틀린 적이 없어요.


그때 나타나는 하랑.


**유화 공주**　　하랑님!


하랑, 한동안 말없이 유화 공주를 쳐다본다.


**하랑**　　　　… 살아계셨군요!
**유화 공주**　　하랑님!


유화 공주, 하랑에게 달려들어 껴안는다.
하랑, 머리가 혼란하여 유화 공주를 껴안지 못한다.


**하랑**　　　　해모왕의 후궁이신 겁니까?
**유화 공주**　　예.
**하랑**　　　　어찌해서 그리 되신 겁니까?
**유화 공주**　　시간이 없으니 나중에 다 설명할게요.
**하랑**　　　　시간이 없다니요?
**유화 공주**　　어서 이 궁을 나가요!


**님이여! 그 강을 건너지 마오!**

| 하랑 | 나가자구요? |
| 유화 공주 | 어디로든 도망쳐요! |
| 하랑 | 그러다 잡히면 어찌합니까? |
| 유화 공주 | 함께 죽으면 되지요. |
| 하랑 | 죽어요? 또요? |
| 유화 공주 | 내 몸이 여기 있고 하랑님은 내 마음을 가지고 있는데 왜 죽음을 두려워해요? |
| 하랑 | 정말 저를 떠난 게 아니십니까? |
| 유화 공주 | 저는 제 순결을 취한 하랑님 말고는 누구에게도 사랑을 준 적이 없어요. 몸은 비록 더럽혀졌지만 마음은 결코 더럽히지 않았어요. 이 세상에서 하랑님만이 제 유일한 사랑이에요. |
| 하랑 | 저도 공주님 말고는 사랑을 준 적이 없습니다. 공주님만이 제 유일한 사랑입니다. |
| 유화 공주 | 하랑님과 함께라면 천길 불속이라도 함께 가겠어요! |
| 하랑 | 공주님! |

두 사람, 뜨겁게 껴안는다.
그때 해모왕이 무사들과 함께 나타난다.
그의 곁에는 질투 어린 눈으로 그들을 노려보는 보영 공주가 서 있다.

| 여옥 | 대왕마마! |

하랑과 유화 공주와 여옥, 놀라서 땅에 엎드린다.

| 해모왕 | 후궁 사라와 하랑이라, 과연 공주의 말이 틀림없구나. |
| 보영 공주 | 저들의 사통에 엄벌을 내리소서! |
| 해모왕 | 너희 죄를 알렸다! |
| 하랑 | 죽여주시옵소서! |
| 유화 공주 | 저도 죽여주시옵소서! |
| 해모왕 | 저 두 사람이 함께 죽기를 바라고 있으니 당장 화형에 처하라! |

여옥, 해모왕 앞에 급히 무릎을 꿇는다.

2부 소리극

| 839 | 여옥 | 대왕마마께 아뢰옵니다! |
| --- | --- | --- |
| | 해모왕 | 말하라. |
| | 여옥 | 두 사람의 지은 죄 비록 크오나 불륜을 행한 것이 아니옵고, 이 모든 일은 제가 꾸민 일이오니 저를 화형시켜 주옵소서! |
| | 해모왕 | 후궁으로서 외간 남자를 만난 게 불륜이 아니란 말이냐? |
| | 여옥 | 저분은 외간 남자가 아니라 공주마마의 첫사랑이십니다. |
| | 해모왕 | 뭐? 공주마마? 첫사랑? |
| | 여옥 | 사라님은 조선국 추로단군의 따님이신 유화 공주이십니다. |
| | 해모왕 | 뭐? 나와의 혼인을 거절하고 자살했다는 유화 공주 말이냐? |
| | 여옥 | 예! |
| | 해모왕 | 공주가 어찌 살아나 나의 후궁이 되었는지… 하랑과는 어찌된 관계인지 소상히 고하라! |
| | 여옥 | *자비롭고 지혜로우신 대왕마마,* |

*슬프고도 기이한*

*사랑 이야기 들으소서*

*유화 공주와 악사 하랑은*

*순수하고 뜨거운*

*첫사랑을 나누었는데*

*부왕의 명으로 대왕마마와의*

*혼인을 피할 수 없게 된*

*공주마마는 슬픔으로 병이 들어*

*죽을 지경이 되었지요*

*보다 못한 제가 어렸을 때*

*약초꾼 아비에게 배운*

*약초 지식을 기억하여*

*가사 상태에 빠졌다가*

*사흘 뒤에 깨어나는*

*약초물을 만들어*

*공주님께 마시게 하여*

*장례식 전날 밤에*

*관을 열어 나오시게 한 뒤,*

*사랑하는 하랑님을 찾아*


**님이여! 그 강을 건너지 마오!**

이 마을 저 마을 떠돌다가

국경까지 흘러와 도적떼에 잡혀

부여국의 궁녀로 팔렸는데

대왕마마의 눈에 띄어

후궁이 되었다가

뜻밖에 하랑님을 다시 만나

사랑을 되찾게 되었으니

애처로운 사연으로 헤어졌다 다시 만난

두 사람의 목숨을 살려주신다면

대왕마마의 성덕이

온 천지를 뒤덮을 것이옵니다

**해모왕**　　오, 참으로 애절하고 기구한

사랑 이야기에

이 가슴을 태운 분노와 배신감이

모두 사라지는구나

내 저들의 죄를 용서하겠노라!

**보영 공주**　아바마마, 불륜을 저지른

후궁을 살려두는 것은

왕실의 기강을 무너뜨리는 일이니

살려둬서는 아니 되옵니다!

**해모왕**　　죽음으로 사랑을 지키려는

연인을 벌주는 것은

옹졸하고 편협한 처사

나라를 다스리는 임금은

때로는 신하의 죄를 용서하고

배신도 잊어야 하는 법

저들의 사랑은 불륜이 아니며

죽음을 이겨낸 아름다운 사랑이니

축복해 줘야 하느니라!

**여옥**　　　대왕마마, 감사하옵니다!

**하랑**　　　바다처럼 넓으신 도량에 감읍하옵니다!

**유화 공주**　하늘처럼 높으신 은혜 평생 잊지 않겠나이다!

2부 소리극

| | |
|---|---|
| 841 | |
| **해모왕** | 너희는 이 궁에서 멀리 떠나 다시는 돌아오지 말라. 여봐라! |
| **군사들** | 예! |
| **해모왕** | 저들을 궁 밖으로 정중히 호송하라! |
| **군사들** | 예! |

해모왕, 퇴장한다.
군사들, 하랑과 유화 공주와 여옥을 호위하여 퇴장한다.

| | |
|---|---|
| **보영 공주** | *오, 공주로 태어나* |
| | *부러울 것 없이 살아온 내게* |
| | *왜 이런 시련이 거듭 닥쳐오는가* |
| | *참을 수 없는 모욕에* |
| | *나 홀로 분노하고 있는데도* |
| | *저들은 웃으며 손을 잡고 떠나네* |
| | *이 수치, 이 모욕, 언제까지 참아야 하나* |
| | *아, 질투의 불길이여!* |
| | *활활 타 올라 이 가슴 태워다오* |

# 제10장 초원

길을 가며 노래 부르는 세 사람.

| | |
|---|---|
| **여옥** | *화청궁 달이 뜰 때* |
| | *천 가지 시름으로 가슴이 타더니* |
| | *아침 해 떠오르니* |
| | *만 가지 기쁨으로 가슴이 뛰네* |
| **유화 공주** | *그대 두 팔로 나를 안아서* |
| | *우리 두 가슴 붙들어 매고* |
| | *우리 두 영혼 한데 묶어* |
| | *행복의 나라로 데려가줘요* |
| **하랑** | *아무도 올 수 없는 나라* |
| | *위대한 악사들이 끝없이* |

**님이여! 그 강을 건너지 마오!**

> 노래 부르는 행복의 나라로
> 내 사랑 그대 데려가겠소

함께
> 하늘땅 열의 열 겹 꾹꾹 눌러도
> 너와 나 둘이선 솟아오른 봉우리
> 너울너울 춤을 추며 한 천년 살자
> 불의 바다 동서남북 재가 되어도
> 너와 나와 둘이선 되살아난 불사조
> 너울너울 하늘 날며 한 천년 살자

암전.

# 제3막

## 제1장 아란강가 조선 나루

노를 저으며 노래를 부르는 늙은 뱃사공 곽리자고.

곽리자고
> 하랑과 유화 공주
> 두 남녀의 애절한 사랑
> 아란강에서 꽃을 피웠네
> 여옥과 곽리자고
> 두 남녀의 애틋한 사랑도
> 아란강에서 꽃을 피웠네
> 아란강가 고향에서
> 약초꾼의 딸로 태어나
> 나와 사랑을 키우다가
> 아버지의 노름빚을 갚기 위해
> 궁녀가 된 여옥을 못 잊어
> 노총각으로 지내던 나는
> 여옥을 다시 만나 혼인을 하고,
> 하랑님과 유화 공주님은

*강가에 집을 짓고*
*아기를 낳으며 행복하게 살던 중*
*일 년이 지난 어느 날*
*아란강의 비극이 시작되었구나!*

## 제2장 아란강가의 움막 안

저녁 무렵.
나무로 만든 아늑하고 정갈한 집안에서 아기를 어르는 유화 공주와 하랑.
그때 문이 열리며 들이닥치는 추로단군과 승만.
유화 공주와 하랑, 놀라서 그들을 바라본다.

**유화 공주**     아바마마!

추로단군, 분노에 찬 얼굴로 유화 공주에게 다가간다.

**추로단군**     거짓 죽음으로 아비를 농락한 불효막심한 년!
**유화 공주**     어, 어떻게 여길…
**추로단군**     보영 공주를 들라 하라!
**승만**     예!

승만, 문을 열면 보영 공주가 들어선다.

**추로단군**     사람을 풀어 너희들을 끈질기게 추격한 보영 공주가 얼마 전에 이 거처를
                알게 되었고, 곧바로 나에게 알려준 것이다.
**유화 공주**     아바마마, 부디 용서해 주소서!
**추로단군**     *관대한 해모왕은 너희들을 용서했지만,*
                *나는 아비를 속이고 궁을 떠난*
                *네 행실을 용서할 수 없도다.*
                *너를 궁으로 데려가서*
                *정식으로 혼례를 갖추어*
                *해모왕의 후궁으로 보낼 것이며,*

**님이여! 그 강을 건너지 마오!**

*궁중 악사로서 공주를 유혹한 하랑은*
*참형에 처하리라!*

| | |
|---|---|
| **보영 공주** | 단군님께 청이 있사옵니다. |
| **추로단군** | 말해 보시오. |
| **보영 공주** | 하랑은 제 부왕을 능멸한 죄도 있사오니 하랑의 죄는 제가 직접 다스리게 해 주소서. |
| **추로단군** | 일리 있는 말이로다. 승만은 하랑을 보영 공주에게 넘기고 유화 공주와 아기를 궁으로 호위하라! |
| **승만** | 분부 모시겠습니다. |
| **하랑** | 안 됩니다! 저도 공주님과 함께 가겠습니다! |
| **추로단군** | 사리 분별 못 하는 놈이로구나. 공주에게 아기까지 낳게 한 네놈 죄를 생각하면 당장 목을 쳐 죽일 것이로되 보영 공주의 부탁으로 넘겨주는 것인데, 스스로 목숨을 버리겠단 말이냐? |
| **하랑** | 죽어도 좋으니 공주님과 제 딸과 함께 있게 해 주십시오! |
| **추로단군** | (분노가 폭발하여) 여봐라, 저놈 목을 당장 쳐라! |
| **유화 공주** | 아바마마, 제발 용서해 주소서! |

승만, 주저한다.

| | |
|---|---|
| **추로단군** | 무얼 하느냐? 목을 치라니까! |

승만, 추로단군 앞에 무릎을 꿇는다.

| | |
|---|---|
| **승만** | 단군마마께 아뢰옵니다. |
| **추로단군** | 뭐냐? |
| **승만** | 하랑이 비록 죽을죄를 지은 죄인이지만 공주님이 사랑하는 사내이옵고, 아기의 아비이기도 하니 목숨만은 살려주심이 어떨까 하옵니다. |
| **추로단군** | 보영 공주에게 보내겠다는데 저놈이 싫다지 않느냐? |

승만, 하랑에게 다가간다.

| | |
|---|---|
| **승만** | 공주님과 아기를 따라가겠다는 자네 심정을 모르는 바는 아니나 허망한 고 |

집으로 죽음을 자초하지 말고 생명을 보존함이 어떠한가?

| | |
|---|---|
| **유화 공주** | 부디 그렇게 해 주세요! |
| **하랑** | 당신 뜻이 그러하다면… 그리 하겠습니다. |
| **추로단군** | 저놈의 꼴도 보기 싫으니 긴말하지 말고 어서 가자! |
| **승만** | 예! |

추로단군은 먼저 나가고, 승만은 아기를 안은 유화 공주를 호위하여 나간다.
방에 남은 보영 공주와 하랑.
하랑, 보영 공주를 노려본다.

| | |
|---|---|
| **하랑** | 목숨을 살려 준 은혜를 이렇게 갚는 거요? |
| **보영 공주** | 하랑님이 날 구해 준 순간부터 난 하랑님을 하늘이 정해 준 나의 남자로 생각했어요. |
| **하랑** | 정말 끈질긴 악연이구려. 당신에게 속아 살인의 하수인 노릇 한 일에 대해 지금도 후회하고 있소. |
| **보영 공주** | 그때부터 우린 운명의 사슬로 엮어진 거예요. 함께 부여국으로 돌아가요. |
| **하랑** | 싫소! |
| **보영 공주** | 진정이세요? |
| **하랑** | 그렇소! |
| **보영 공주** | 진정 내 사랑을 거절하시는 거예요? |
| **하랑** | 잔인하고 이기적이고 독선적인 당신을 난 결코 사랑할 수 없소! |

보영 공주, 하랑의 말에 충격을 받고 분노로 몸을 떤다.
천둥이 울리고 번개가 친다.

| | |
|---|---|
| **보영 공주** | *아, 모질고 독한 말에* |
| | *이 가슴 갈갈이 찢어졌네* |
| | *나 더 이상 그대에게* |
| | *사랑을 구걸하지 않으리* |
| | *초라한 반쪽 사랑* |
| | *이제 모두 끝내리* |
| | *이제 내가 바라는 건* |

**님이여! 그 강을 건너지 마오!**

*모든 것의 파멸*
*내 가슴의 상처로*
*시뻘겋게 물든 죽음!*

보영 공주, 품에서 칼을 꺼내어 하랑을 찌른다.

**하랑**　　　*아악!*

부상을 당한 하랑, 칼을 빼앗아 보영 공주를 찌른다.

**하랑**　　　*잔인하고 악독한 계집!*
　　　　　　*너의 사랑은 구속이며*
　　　　　　*파멸로 이끄는 소유욕일 뿐*
　　　　　　*사악한 얼굴 보기도 싫다!*

보영 공주, 쓰러진다.

**보영 공주**　*배신에 피 흘리고*
　　　　　　*사랑에 넋을 잃어*
　　　　　　*비참하게 이어지던 내 목숨*
　　　　　　*이제 그만 끊어지는구나*
　　　　　　*죽음이여, 어서 오라!*
　　　　　　*모든 게 헛되구나*
　　　　　　*배신도 없고 사랑도 없는*
　　　　　　*죽음이여, 어서 오라!*

피를 흘리며 죽어가는 보영 공주와 자신의 손에 묻은 피를 보며 공포와 광기에 휩싸이는 하랑.
천둥이 치며 번개가 번쩍인다.

**하랑**　　　*아, 미친 망나니의 칼춤이*
　　　　　　*나를 덮쳤구나!*
　　　　　　*시위 떠난 죽음의 화살이*

2부 소리극

*나를 맞혔구나!*
*잔인한 운명에 가슴 찢어지고*
*마음은 산산이 부서지네!*
*아, 광기에 휩쓸린 이 살인,*
*돌이킬 수 없단 말인가!*

## 제3장 아란강가 조선 나루

곽리자고, 노래한다.

**곽리자고**      *천둥 울고 번개 치며*
*폭풍우 몰아치던*
*그날 밤에 벌어진*
*아란강의 비극을 들어 보라.*
*나와 여옥은 추로단군이*
*하랑의 집에 들어갔을 때*
*문밖에서 엿듣고 있다가*
*그들이 말을 타고 가는 동안*
*몰래 뒤를 따라갔구나.*
*그들이 배를 타려고*
*나루터 우리 집에 머무는 동안*
*나는 그들을 맞이하고,*
*여옥은 그들이 마실 차에*
*가사 상태에 빠졌다가*
*사흘 뒤에 깨어나는*
*약초물을 섞어두었지.*
*내가 차를 따라주자*
*추로단군과 유화 공주가 마셨는데*
*아뿔사, 그 약초물은 두 번째 마시면*
*다시는 깨어나지 않고*
*목숨을 잃게 되는*
*무서운 독약이었구나.*

**님이여! 그 강을 건너지 마오!**

*나에게 미처 알리지 못한*
*여옥이 놀라 달려들어왔을 때*
*공주님은 두 번째의 약초물을 마신 뒤라*
*피를 토하고 숨을 헐떡이며*
*"내가 죽거든 내 몸을 산 채로*
*하랑님에게 보내주오."*
*유언을 하신 뒤에 숨이 끊어지셨구나.*
*차를 마시지 않은 승만은*
*유화 공주의 시체를 안고 우리와 함께*
*하랑을 찾아 이리저리 헤매다가*
*안개 자욱한 그 날 새벽,*
*아란강 강물 속으로 들어가는*
*하랑을 만나게 되었구나.*

곽리자고가 노래를 마치자 과거의 장면이 무대 위에 펼쳐진다.
하랑, 등장하여 안개 자욱한 강가를 서성이다가 강물 속으로 천천히 걸어 들어간다.
그의 산발한 머리는 하룻밤 새에 새하얗게 변했고, 눈은 허공을 향한 채, 마치 미치광이와 같은 모습이다.
그때 하랑을 소리쳐 부르며 달려오는 아기를 안은 여옥.

**여옥**　　　하랑님, 안 돼요!

그 뒤에 유화 공주의 시체를 안고 걸어오는 승만.
그 뒤를 따르는 곽리자고.
다음의 장면은 마치 무언극처럼 진행된다.
하랑은 강물에서 나와 세 사람에게 다가가 설명을 들은 다음, 여옥에게서 아기를 받아 꼭 껴안은 뒤 아기를 여옥에게 넘긴다.
승만에게서 유화의 시체를 받은 뒤, 그녀를 안고 물속으로 들어가는 하랑.
곽리자고가 노래를 부르는 동안 과거의 장면이 진행된다.

**곽리자고**　　*오, 슬픈 사랑의 악사여*
　　　　　　*산발한 머리 하룻밤 새에 백발이 되고*

**2부 소리극**

*눈은 허공을 향한 채*

*마치 미치광이와 같은*

*하랑의 모습을 보라*

*유화 공주를 안고서*

*안개 자욱한 강물 속으로*

*천천히 걸어 들어가*

*밤새 불어난 물에 휩쓸려*

*물결 따라 흘러갔다*

*하늘을 쳐다보며 울부짖다가*

*껄껄거리고 웃다가*

*알 수 없는 노랫가락*

*비통하게 흥얼거리며*

*넘실거리는 강물 타고*

*안개 속에 바람결에*

*물결 따라 흘러가네*

여옥의 구슬픈 외침 속에 점점 물속으로 잠기는 하랑과 유화 공주.
슬픈 모습으로 그들을 지켜보는 승만과 곽리자고.
하랑과 유화 공주의 모습이 사라지면 곽리자고, 과거의 장면에서 걸어 나온다.
여옥은 강물을 바라보며 〈공무도하가〉를 부른다.

**여옥**       *님이여!*

*그 강을 건너지 마오.*

*님은 그예 그 강을 건너셨네!*

*물에 쓸려 돌아가시니*

*가신 님 어찌할까!*

**곽리자고**   *강물은 출렁이며*

*돌아올 길 막막하고*

*하늘은 멀고 멀어*

*다시 만날 길이 없네.*

모든 출연진이 등장하여 합창을 한다.

**님이여! 그 강을 건너지 마오!**

합창    두 남녀의 애절한 사랑
      한바탕 꿈일런가.
      물결 따라 사라져간
      천 년의 사랑이여.
      신묘한 공후 가락
      그 사랑을 전해 주니
      공무도하가에 사연 실어
      불멸의 사랑 노래하네.
      님이여!
      그 강을 건너지 마오.
      님은 그예 그 강을 건너셨네!
      물에 쓸려 돌아가시니
      가신 님 어찌할까!

              - 막 -

# 님이여! 그 강을 건너지 마오! (2022년 작)

대본 김명곤

---

**줄거리**     고조선국의 악사 하랑은 궁궐의 수비대장 승만의 눈에 띄어 추로단군의 악사로 궁에 입성한다. 도화원에서 연주를 하던 하랑은 시녀로 변장한 유화 공주와 만나 사랑에 빠진다. 유화 공주는 다시 만나고 싶다는 메시지를 하랑에게 보내고 둘은 재회해 서로의 마음을 확인한다. 자신이 공주의 시녀가 아니라 공주임을 밝히는 유화 공주, 하랑은 죽을죄를 지었다며 사죄하며 마음을 거두려고 하나 유화 공주의 진심에 감복해 뜨거운 사랑을 나눈다.

그러던 어느날 추로단군은 부여국 해모왕과 유화 공주의 혼인을 결정하고, 그 소식을 들은 유화 공주는 식음을 전폐하다가 숨이 끊어졌다는 소문이 들린다. 공주를 따라 죽으려던 하랑은 승만의 만류로 목숨은 부지하나 방랑의 길로 나선다. 방랑 생활을 하던 그는 어느 날 우물에 빠져 있던 한 여인을 구해 주게 된다. 그녀는 부여국의 공주 보영으로서 동륜이라는 남자와 사랑에 빠져 궁궐을 빠져나왔으나, 동륜의 배신으로 반죽음 상태로 버려졌던 것이었다. 보영 공주는 하랑을 활용해 동륜을 살해하고, 그간의 이야기를 사실대로 고한다.

보영 공주의 요청으로 부여국 궁에 들어온 하랑은 몰래 찾아온 여옥에게서 유화 공주가 살아 있다는 이야기를 듣는다. 다음날 밤, 하랑은 유화 공주와 만나 그녀가 해모왕의 후궁으로 들어가긴 했으나 마음은 아직 자신을 향해 있다는 사실을 확인한다. 둘은 궁궐 밖으로 도망가려 하나, 보영 공주의 밀고로 잠복해 있던 해모왕에게 걸려 목숨을 잃을 위기에 처한다. 이때 여옥이 나서 그간 두 사람이 지나온 사랑의 역사를 이야기하고 이에 해모왕은 둘을 죽이지는 않고 궁밖으로 추방한다. 아들 하나 낳고 행복한 삶을 살던 두 사람은 보영 공주의 밀고로 찾아온 추로단군에게 벌을 받는다. 아란강가에서 불행한 최후를 맞이하는 두 사람, 여옥과 곽리자고는 그 광경을 바라보며 〈공무도하가〉를 부른다.

---

「님이여! 그 강을 건너지 마오!」는 고대가요 〈공무도하가〉에서 모티프를 얻은 작품으로 아직 공연되지 않은 신작이다. 〈공무도하가〉의 배경 설화는 고조선의 진졸(포구를 관리하는 군인) 곽리자고가 새벽에 일어나 배를 저어 가다가 흰 머리를 풀어헤친 어떤 미친 남자가 술병을 들고 어지럽게 물을 건너가는 모습을 발견하는 것에서 시작한다. 그 남자의 아내가 쫓아가며 말렸지만 남자는 결국 물에 빠져 죽고, 이에 그 아내는 공후를 타며 〈공무도하가〉를 지어 불렀는데, 소리가 매우 구슬펐다. 노래가 끝나자 그녀도 스스로 몸을 던져 물에 빠져 죽었다. 곽리자고는 집에 돌아와 아내 여옥에게 그

광경과 노래를 이야기해 주었다. 여옥은 슬퍼하며 공후를 안고 그 소리를 본받아 타니 듣는 자들은 모두 슬퍼했다.

「님이여! 그 강을 건너지 마오!」는 〈공무도하가〉의 배경 설화에 등장하는 인물인 여옥을 고조선 유화 공주의 시녀로 등장시킴으로써 유화 공주와 하랑의 사랑을 시작부터 끝까지 곁에서 지켜볼 수 있게 했다.

3부

# 시나리오

# 서편제

◆ 원작: 이청준 「서편제」, 「소리의 빛」

| 나오는 사람들 |

유봉                        계꾼 1~ 3

송화                        창극단원1~2

동호                        남편 약장수

금산댁                      아내 약장수

낙산거사                    한량 1~3

송도상                      웨이터

천가                        건재상 주인

세월네                      작부

약장수                      기생

도상 처                     고수

주모                        춘향

## S#1 소릿재

산판 트럭이 소릿재 길을 따라 내려간다.
주막 앞에서 멈추는 산판 트럭.

**동호**　　　(운전사에게) 고맙소.

동호, 차에서 내려 산판 트럭이 떠나는 것을 본다.
길을 내려가는 산판 트럭.
상을 치우려는 세월네.

**동호**　　　하룻밤 묵을 수 있어요?
**세월네**　　(힐끗 보며) 방은 있지만 잠자리가 불편하실 텐디요.
**동호**　　　아무려면 어때요. 눈만 붙이면 되지.
**세월네**　　어떻게, 식사는 하실라요?
**동호**　　　술이나 한 상 봐 줘요.

## S#2 소릿재

주막 등이 켜져 있는 주막의 전경.

**동호**　　　(소리) 이 고갯길을 소릿재라 하고 이 주막을 소릿재 주막이라 한단 말을 듣
　　　　　고 왔소만…

## S#3 소릿재 주막 방

**동호**　　　그 이름이 댁네 소리에 내력을 두고 생긴 말이오?

세월네, 고개를 젓는다.

**동호**　　　그럼, 댁네보다 먼저 소리를 하던 사람이 있었단 말이오?
**세월네**　　예, 소릿재나 소릿재 주막은 그분을 두고 생긴 말이지요.

**서편제**

| 동호 | 그럼 댁네 소리는 그분에게 배운 소리요? |
|---|---|
| 세월네 | 직접 배우지는 않았어도, 그분 딸한테 배웠으니 제자라 할 수 있지요. |
| 동호 | 그럼 그분 제로 한 대목 들려주시오, 못 치는 북이지만 한번 잡아 보겠소. |

동호, 북을 끌어 앞으로 가져와 자세를 잡는다.

| 세월네 | *갈까 보다 갈까 보다* |
|---|---|
| | *님 따라서 갈까 보다* |
| | *바람도 쉬어 넘고 구름도 쉬어 넘는* |
| | *떼 지어 날아가는 청천의 기러기도* |
| | *다 쉬어 넘는 동설령 고개라도* |
| | *님 따라갈까 보다* |

북 치는 동호의 모습.

| 세월네 | *하늘의 직녀성은 은하수가 막혔어도* |
|---|---|
| | *일년일도 보련마는 우리 님 계신 곳은* |

동호, 회상에 잠긴다.
세월네 소리와 유봉 소리 O.L

## S#4 바닷가 콩밭

콩밭 한쪽에서 소리 연습하고 있는 30대의 젊은 청년 유봉.

| 유봉 | *무슨 물이 막혔간디 이다지 못 오는가* |
|---|---|
| | *이제라도 어서 죽어 삼월동풍 제비되어* |
| | *님 계신 처마 끝에 집을 짓고 노니다가* |
| | *밤중이면 님을 만나 만단정회를 풀어 볼까* |
| | *뉘년의 꼬임을 듣고 영영 이별이 됐단 말인가?* |
| | *어쩔거나 어쩔거나 님 없는 세상을 어쩔거나* |
| | *님 없는 세상을 어쩔거나* |

어린 동호가 실눈을 뜨고 태양을 바라본다.

이글거리는 햇덩이.

동호, 일어나 콩밭 쪽으로 가다가 콩밭을 메고 있는 엄마 쪽을 바라본다.

소리 나는 쪽으로 슬금슬금 걸어가는 금산댁.

[ 시간 경과 ]

감자를 먹는 어린 동호의 얼굴.

금산댁은 고추를 따고 있고, 동호는 혼자 떨어져 감자를 먹고 있다.

| | |
|---|---|
| **유봉** | (발성 연습하는 소리) |
| **나뭇꾼1** | 거 소리 한번 좋다, 누구야? |
| **나뭇꾼2** | 윤초시 댁 생신 잔치에 불려온 소리꾼이래. 이제 윤초시도 가세가 기울어져 명창은 못 부르고 떠돌이 소리꾼을 부른 모양이야. |

금산댁, 유봉의 소리에 뒤를 쳐다본다.

[ 시간 경과 ]

유봉, 콩밭 근처 숲에 와서 선다.

금산댁, 유봉을 유혹하듯 숲속으로 뒷걸음질친다.

유봉, 금산댁에게 다가간다.

유봉, 수줍어하는 금산댁을 안는다.

## S#5 대갓집 사랑방

배에 차는 복띠를 매는 유봉.

어린 송화가 옷을 유봉에게 건네준다.

고수가 막걸리가 들어있는 사발을 들고 들어와 앉는다.

| 고수 | 나는 내일 강진으로 가네. |
|---|---|
| 유봉 | (웃 입으며) 정미소 상량식에서 초선이가 소리를 헌담서? |
| 고수 | (헝겊에 막걸리를 적셔 북을 닦으며) 응. |

북을 닦는 고수의 손.

| 고수 | 근디 자네는 여기서 며칠 더 묵는다면서? |
|---|---|
| 유봉 | 응, 그럴 작정이네, 당장 어디 갈 곳이 정해진 것도 아니고. |

## S#6 대갓집 마당

사람들이 모여 있는 마당에서 판소리를 하는 유봉.
어린 동호가 송화에게 다가가서 소리를 듣는다.

| 유봉 | *어사또 거동보고 벌떼같이 달려든다.* |
|---|---|
| | *육모 방맹이 들어매고* |
| | *해 같은 마패를 달같이 들어매게* |
| | *달 같은 마패를 들어매고* |

유봉의 B.S

| 유봉 | *사면에서 우루루루… 삼문을 와닥 딱!* |
|---|---|

북 치는 고수.
유봉의 뒷모습.

| 유봉 | *암행어사 출또여!* |
|---|---|

유봉의 B.S

| 유봉 | *출또여!* |
|---|---|

861 윤초시 일행, 점잖게 소리를 듣고 있다.

**유봉**        *암행어사 출또 하옵신다!*

소리판 L.S

**유봉**        *두세 번 부르는 소리*
               *하늘이 덥쑥 무너지고*
               *땅이 툭 꺼지는 듯*
               *수백 명 구경꾼이 독담이 무너지듯이*

윤초시 친인척들의 소리 듣는 모습.

**유봉**        *물결같이 흩어지니 항우의 외침 소리*

윤초시와 그 친구들, 소리를 듣고 있다.

**유봉**        *이렇게 무섭든가*
               *장비의 호통 소리 이렇게 놀랍든가!*

소리판 L.S

**유봉**        *유월의 서리 바람 뉘 아니 떨겄느냐*
               *각읍 수령은 정신 잃고*

유봉 B.S

**유봉**        *이리저리 피신헐제*
               *하인 거동 장관이라*
               *밟히느니 음식이요 깨지나니 화기로다*
               *장구통 요절나고*

서편제

유봉  *북통은 치구르며*
*뇌고 소리 절로 난다*
*제금 줄 끊어지고 젓대 밟혀 깨어지며*
*기생은 비녀 잃고 화젓가락 찔렀으며*
*취수는 나발 잃고 주먹 불고*

유봉 클로즈업.

유봉  *홍앵 홍앵*
*대포수 총을 잃고 입방포로 꿍!*
*이마가 서로 다쳐 코 터지고 박 터지고*
*피 죽죽 흘리는 놈*
*발등 밟혀 자빠져서 아이고 아이고 우는 놈*
*아무 일 없는 놈도 우루루루*

금산댁, 사람 사이를 뚫고 들어와 소리를 듣는다.

유봉  *달음박질*
*허허 우리 골 큰일 났다*
*서리 역졸 늘어…*

# S#7 마을 골목

밤길을 걸어 금산댁의 집으로 들어가는 유봉.

# S#8 금산댁 방

동호를 재우던 금산댁이 유봉의 신호에 방문을 연다.
유봉 방으로 들어오고, 이불을 까는 금산댁을 껴안는다.

| | |
|---|---|
| 금산댁 | 마을에 소문이 퍼졌어요. |
| 유봉 | 홀아비하고 과부가 정분났는디 어뗘? |
| 금산댁 | 그것이 아니고 무슨 봉변을 당할지 무서운디요. |
| 유봉 | 봉변이라니? |
| 금산댁 | 시집이나 친정 쪽 눈치가 험악혀요. |
| 유봉 | 왜? |
| 금산댁 | 집안 망신이래요. |
| 유봉 | 천한 재인놈하고 붙었다 그런 거요? 임자도 그렇게 생각혀? |
| 금산댁 | 그렇게 생각했다면 이렇게 됐겄어요? |
| 유봉 | 까짓것, 뜨자구. 내 비록 가난한 떠돌이 소리꾼이지만 거기 굶기진 않을 테니께. |
| 금산댁 | 송화가 나를 좋아할까요? 거기 딸 말여요. |
| 유봉 | 무슨 문제요? 내 친딸도 아닌디. |
| 금산댁 | 예? |
| 유봉 | 부모 잃은 앤데, 소리꾼 맹글라고 데리고 있는 거요. |

## S#9 갯벌

송화의 손을 잡고 폭풍우를 뚫고 걸어가는 유봉,
금산댁이 동호를 업고 뒤따른다.
빠른 걸음으로 폭풍우를 뚫고 가는 유봉.
동호를 업고 빠른 걸음으로 유봉을 쫓는 금산댁.

## S#10 고갯마루

풀숲 길을 걸어가는 유봉, 금산댁, 송화

## S#11 유봉의 셋방

산고에 몸부림치는 금산댁.
문구멍으로 들여다보고 있는 동호와 송화

서편제

힘이 빠져 기진맥진하는 금산댁.

**산파**       힘 줘, 힘 줘…

북을 들고 들어오던 유봉, 멈추어 선다
유봉을 보고 도망가는 송화, 동호.
산파, 방에서 나와 힘없이 마루에 앉는다.
유봉, 방문을 박차고 안으로 들어간다.
죽은 금산댁을 껴안고 구슬프게 우는 유봉.

## S#12 소릿재 주막 방

동호, 회상에서 깨어나 술을 마신다.

**동호**       (세월네에게 술을 따라주고) 그 소리꾼 이름이 유자 봉자 아니던가요?
**세월네**     맞아요. 전쟁통에 임자가 없어진 이 집에서 소리를 하며 지내다가 돌아가셨
              대요.

고기를 씹는 동호.

**세월네**     (소리) 저는 그분 딸 송화 아가씨한테 소리를 배웠구요.
**동호**       (고기를 씹다가) 그 송화라는 딸은 어찌 되었소?
**세월네**     부친 삼년상 치른 뒤에 어디론가 훌쩍 떠나 버렸지요.
**동호**       (소리) 어디로 갔는지는 모르오?
**세월네**     예. 앞도 못 보는 처지에 어디서 무얼 하고 있는지 원.
**동호**       아니, 그 여자가 장님이었단 말이오?
**세월네**     (소리) 예.
**동호**       아니 어떻게 눈을 잃게 되었소?
**세월네**     (소리) 글쎄요… 딸 소리 좋게 할라고 부친이 멀게 했단 소문도 있고, 자식이
              도망갈까 봐서 그렇게 만들었다는 소리도 있고…

INS. 하얀 소복 입은 송화가 길을 걷는다.

## S#13 소릿재 주막 방

악몽에 시달리던 동호, 벌떡 일어난다.
멍한 동호의 모습.

**세월네**   (소리) 어떤 사람은 그럽디다. 아무리 외롭기로서니 자식을 곁에 둘라고 눈을 뺐은 애비가 이 세상에 어디 있겠는가, 좋은 소리를 헐라면 소리를 혀는 사람 가슴에다 말 못할 한을 심어줘야 하기 땜에 그랬다고요. 허지만 그것도 어디 믿을 말이요?

## S#14 유봉집 마루

어린 동호와 송화에게 〈진도 아리랑〉을 가르치는 유봉.

**유봉**   *아리아리랑 쓰리쓰리랑*
**동호,송화**   *아리아리랑 쓰리쓰리랑*
**유봉**   *아라리가 났네, 헤에에*
**동호,송화**   *아라리가 났네, 헤에에*
**유봉**   동호만 한번 해 봐,
   *아라리가 났네, 헤에에*
**동호**   *아라리가 났네, 에헤에…??*
**유봉**   에헤에가 아니고
   *아라리가 났네, 헤에에*
**동호**   *아라리가 났네 헤에에*
**유봉**   헤에에가 아니고
   *헤에에*
**동호**   *헤에에…??*
**유봉**   (동호에게) 저리가. (송화에게) 송화만 해 봐.

동호, 일어나 나간다.

**송화**   *아리아리랑 쓰리쓰리랑 아라리가 났네 에헤헤*

## S#15 유봉집 방 안

유봉은 부엌에서 아침 준비를 하고 송화와 동호는 방안에서 발성 연습을 한다.

## S#16 유봉집

유봉이 동호에게 북을 가르친다.

| 유봉 | 발가락으로 받치고, 손을 올려놓고, 허리 똑바로 세우고, 북채 잘 잡고 중몰이 다시 한번 치는 거야. 소리 크게 하고. |
| 동호 | *합궁딱, 궁딱딱, 엇궁딱, 등…등…* |

## S#17 유봉집

소리를 배우고 있는 송화, 몸을 흔들며 땅을 쳐다보며 소리를 한다.

| 송화 | *보고지고… 보고지고…* |
| 유봉 | (북 두들기며) (소리) 땅에 뭐 떨어졌어? 왜 땅 쳐다보고 몸을 그렇게 흔들어. 다시! |
| 송화 | (제대로) *보고지고…* |

## S#18 유봉집

북을 치는 동호의 모습.

| 송화 | *보고지고 보고지고* |

머리에 또아리를 얹고 소리를 하는 송화의 모습.

| 송화 | *한양 낭군을 보고지고 서방님과 정벌 후로…* |

소리 연습하는 동호와 송화의 모습을 지켜보며 북채를 깎는 유봉.

**송화**　*일장서를 내가 못 봤으니*

(또아리를 떨어뜨려 다시 주워 쓰며) *부모 공양 글공부에*

*겨를이 없어서 이러는가!*


# S#19 장터 한 곳

낙산거사가 그리는 그림 클로즈업.


**낙산거사**　(소리) 오얏 '리'자라. 나무 목 밑에 아들 '자'했으니까 아들은 육십이 지나도 부모의 슬하에 있다 하는 말이야.

**유봉**　(소리) 얼씨구, 명필이다. 거참, 잘 그린다.


유봉의 소리에 고개를 드는 낙산거사.


**유봉**　(소리) 보통 솜씨가 아니구만 그려. 나도 한 장 받아야겠구먼.

**유봉**　(구경꾼에 섞여 앉으며) 명필이여, 명필.


고개를 돌려 계속 그림을 그리는 낙산거사.


**낙산거사**　백성 '민'. 이제 해방이 되었으니 백성도 우대를 받아야 한다 해서 봉황을 그려 넣고…

**유봉**　암만 그렇지. 아, 그렇구 말구!

**낙산거사**　거, 조용히 좀 합시다.


유봉이 무안한 듯 주위를 슬쩍 돌아본다.

그림 그리는 낙산의 부감.


**낙산거사**　(소리) 기둥 '주'자. 사람이나 짐승이나 마음 기둥이 바로 서야 해. 그래서 소나무로 기둥을 삼고 학을 앉혔지.

**유봉**　(소리) 이민주라… 거, 이름 참 좋다. 아무렴 민주주의를 해야지.

**사내**　이거 나도 좀 하나 그려 주시죠.

**낙산거사**　(낙관 찍으며) 내가 오래간만에 잡놈을 하나 만나서 대포 한잔해야 쓰겠소.


**서편제**

낙산거사, 일어나 돈을 주머니에 넣는다.

## S#20 장터 주막

유봉과 낙산, 들어온다.

| | |
|---|---|
| **송화** | 안녕하세요? |
| **낙산거사** | 오냐, 우리 송화가 이제 처녀티가 철철 흐르는구나. 너 언제 내 딸 될래? |
| **유봉** | 네 이놈. 남의 딸 탐내지 말어. |
| **낙산거사** | (동호에게) 야, 이놈아. 넌 큰애비한테 인사도 안 하는 거냐? |
| **동호** | 안녕하세요? |
| **유봉** | (주모에게) 우리 약주하고 두부 좀 주슈. |

약주와 두부 인써트.

| | |
|---|---|
| **낙산거사** | (소리) 그래 무슨 일로 행차하셨나? |
| **유봉** | 창극 공연에 이동성 명창이 나온다고 해서 저놈들 소리 귀 좀 뚫어 주려고 데리고 나왔어. |
| **낙산거사** | 나도 어제 가서 봤는데 몸이 아프다고 못 나오고 다른 사람이 대신 나와서 하더라. |
| **유봉** | 그려? |
| **낙산거사** | 그나저나 소리 가르칠랴 말고 저 두 놈 나한테 넘겨라. |
| **유봉** | 거, 뭔 소리여? |
| **낙산거사** | 왜정 때는 엔까가 판을 치더니 해방되고 나니까 양놈들 노랫소리가 판을 치니 한물간 소리 배워 봤자 앞길이 막막할 거야. 나한테 그림이나 배우면 굶는 건 면할 거다. |
| **유봉** | 시끄러워, 이놈아. 왜놈 노래 양놈 노래가 우리 판소리를 당하기나 하냐? 두고 봐라 이놈아. 판소리가 판을 치는 세상이 오고야 말 테니께. |

## S#21 장터 거리

풍물패를 앞세운 창극단, 풍악을 울리며 장터를 돈다.

869 춘향과 이도령을 태운 인력거가 뒤를 따른다.

풍물패 지나가자 주막에 있던 송화, 동호도 나오고 유봉과 낙산거사도 따라 나온다.

유봉, 이도령이 지나가자 눈여겨본다.

이도령도 유봉을 알아보고 쳐다본다.

이도령을 피해 술집으로 들어가는 유봉.

## S#22 가설무대 앞

가설무대 입구.

**이도령**      달아 달아 밝은 달아
                 니 아무리 바쁘어도

## S#23 가설무대 안

**춘향,이도령**   *중천에 멈춰 있어*
               *내일 날 오지 말고*
               *백년여 일 이 밤같이*
               *이 모냥 이대로*
               *늙지 말게 허여다오*
               *사랑이로구나 내 사랑이야*
               *어허 둥둥 내 사랑*

유봉 일가의 창극 보는 모습.

**변사또**      (소리) 관장의 명을 거역하고 기생의 몸으로 수절이라니
               저년을 매우 쳐라!
**나장**         (소리) 예이 -

나장, 춘향을 친다.

**이방**         (소리) 하나요.

| 춘향 | 일개형장 치옵시니 일자로 아뢰리다 |
| --- | --- |
|  | 일편단심 먹은 마음 |

송화와 동호의 얼굴.

**춘향**　　　(소리) 일시일각에 변하리까

동호 얼굴.

**춘향**　　　(소리) 가망 없고

송화 얼굴.

**춘향**　　　(소리) 무가내요

## S#24  가설무대

가설극장에서 사람들이 쏟아져 나온다.
유봉 일가가 나오고, 뒤이어 나장 역의 배우가 따라 나온다.

**유봉**　　　(애들에게) 가자
**나장**　　　어이, 유봉이!

유봉, 돌아본다.

**나장**　　　(유봉에게) 아, 도망가는 거여?

유봉, 빙그레 웃는다.

## S#25  장터 주막 안

창극단원2가 주막 문을 활짝 열면 유봉과 송도상 등이 들어간다.

**단원1** (따라 들어가려는 아이에게) 집에들 가, 어?

부엌문이 열리고 작부 1,2가 나온다.

**주모**　　　애들아, 이도령님 오셨다. 방으로 모셔라.

따라오던 사람들, 창문으로 일행을 본다.
유봉 일행을 보는 구경꾼들.

## S#26 장터 주막 방 안

송도상과 창극단원 1,2, 유봉 술을 마신다.

**작부1**　　아유, 이몽룡 아저씨는 웬 코가 그렇게 커? 거기도 큰 가 한번 볼까?

**도상**　　　허허 하하, 너 그러다 이거 성나면 죽는다.

**작부1**　　호호, 누가 죽는지 두고 봐야 알지?

**단원1**　　허허, 저년이 저거 도상이한테 아주 갔구만.

**단원2**　　기집년들은 주인공한테는 쪽을 못 쓴다니까.

**작부2**　　아유, 누가 쪽을 못써. (유봉에게) 나는 목석 같은 이 아저씨가 좋더라.

**작부1**　　근데 저 아저씨는 벙어린가봐.

**단원1**　　유봉아! 너 서울하고는 아주 인연을 끊을래?

**도상**　　　선생님께서 돌아가시기 전에 하신 말씀이 있어. 추월이 죽은 5주기가 지나면 동문들이 모여서 자네 파문을 취소하라 하셨어.

**유봉**　　　(술을 마시며) 흥.

**단원1**　　선생님도 독하시지. 제자 앞길을 막아 놓구 돌아가시기 전에 겨우 그런 말씀이라니.

**유봉**　　　야, 그 얘긴 그만하자.

**작부1**　　추월이가 누구예요?

**도상**　　　우리 선생님 애첩이었지.

**작부1**　　그 여자하고 저이하고 이러쿵저러쿵 했어요?

**작부2**　　근데, 그 여자도 죽은 거예요?

**단원1**　　(소리) 자살했어, 5년도 넘었지.

| 작부2 | 오마나! |
|---|---|
| 단원2 | (소리) 야, 추월이가 널 먹었지. 니가 추월이를 먹은 것도 아니잖아. |
| 유봉 | 그만두자니까! |
| 단원1 | (소리) 니 재주가 아까와서 그러는 거야. 소리 공부 한창 할 때 다 배우지도 못하고 이렇게 떠도는 게 딱해서. |
| 유봉 | 야, 선생 없어도 내 공부 내가 알아서 할 테니까 주둥아리 닥쳐. |
| 단원1 | 야! 너, 팩하는 성질은 여전하구나. 다 널 위해서 하는 소리인데 뭘 그리 화를 내? |
| 유봉 | 누가 언제 너더러 나 위해 달랬어? 너나 잘해. 그것도 소리라고 무대 위에서 팔아먹고 다니냐, 짜식아. |
| 단원1 | 야 너 말이면 다하는 줄 알아? |

멱살을 잡는 단원1.

| 유봉 | 이 자식이 무대에 좀 섰다고 뵈는 게 없어? |

유봉, 뺨을 때린다.

| 단원1 | (벌렁 넘어졌다가 일어서서) 이 자식이! |
|---|---|
| 작부1 | 아유, 이 아저씨들 왜 이래? |
| 도상 | 이봐, 너희들이 참어. 유봉이 취했잖아. |
| 단원1 | 취해도 개같이 취했어. 오랜만에 만난 친구한테 이게 무슨 행패야! |
| 유봉 | 친구? 흥, 친구 좋아하시네. 나 위해 주는 척하면서 놀려먹는 니 놈들 속을 내가 모를 줄 알아? 개같이 취했다구? 그래, 너 이 자식아, 말 잘했다. 내가 이렇게 들개처럼 떠돌아다녀도 니까짓 놈들 겁 하나도 안 나. 이 자식들아. 두고 보자구. |
| 단원2 | 두고 보자는 놈 하나도 겁 안 나더라. |
| 유봉 | (멱살 잡으며) 뭐야? 이 자식이. |

송도상, 단원들을 말린다.

| 도상 | 자자, 그만들하구 늦었으니까 먼저 들어가. 나는 유봉이하고 한잔 더 마시고 |

　　　　　　　갈 테니까.

**단원1**　　　에이, 좋은 술 먹고 이게 무슨 꼴이야.

**단원2**　　　가자구.

두 사람, 나간다.

**작부2**　　　(유봉에게) 앉으세요.

유봉, 앉는다.

**도상**　　　너는 그놈의 자존심이 너무 세서 탈이야.

**유봉**　　　그것 없었으면 벌써 미쳐서 죽었다.

**도상**　　　자, 같이 한잔하자구.

두 사람, 술을 마신다.

**작부1**　　　저 아저씨는 그만 마셔야겠어요.

**유봉**　　　너도 나 위해서 그런 소리 하냐? 내 술 내가 알아서 마실 테니 주둥아리 닥쳐!

**작부2**　　　아유, 이 아저씨 말문 터지니까 아주 화끈하셔.

**유봉**　　　잔소리 말고 술이나 따라!

**작부2**　　　예.

작부2, 술을 따른다.

**도상**　　　야, 유봉아, 너 웬만하면 서울로 올라가자.

**유봉**　　　흥, 내가 올라가면 니들 다 죽어.

**도상**　　　흥흥, 한번 와서 죽여 줘 봐라.

**유봉**　　　건방진 놈, 자신만만하구나.

**도상**　　　너 옛날 생각만 하고 말 함부로 하면 안 돼. 그땐 니가 수제자였지만 지금은 나야.

**유봉**　　　(절을 하며) 아이구, 그렇습니까? 이거 정말 몰라 뵈서 죄송하게 됐습니다. (작부2에게) 야, 이 대명창 선생님한테 술 한잔 따라 올려라.

서편제

작부2      받으세요.

작부1      받으세요.

유봉       야, 거드름 떨지 말고 소리나 잘해, 이 자식아.

도상       뭐? 이 자식이 정말.


도상, 일어나 팁을 준다.


유봉       갈래? 갈래면 가라. (나가는 도상을 향해) 도상아, 나 묵는 여관에 가서 술 한잔
          더 하자.


## S#27 밤길

쓸쓸히 여관으로 돌아가는 유봉의 모습.
눈물을 흘리며 걷는 유봉의 얼굴.


## S#28 단풍든 숲길

낙엽을 밟고 지나가는 발.
유랑하는 세 사람의 뒷모습.
동호의 얼굴 O.L


## S#29 단풍든 산길

성인이 된 동호의 얼굴.
송화의 얼굴.
유봉의 모습.
걷는 세 사람.


## S#30 산속

동호가 북을 치고 송화가 〈사랑가〉를 부른다.

| 875 | 송화 | *사랑 사랑 사랑 내 사랑이야* |
|---|---|---|

(동호 북이 틀리자) 한 박자 삐었어.

*이리 오너라 업고 놀자*

*사랑 사랑 사랑 내 사랑이야*

*사랑이로구나 내 사랑이야 이-이-이*

(동호 북이 또 틀리자) 다시. 추임새도 좀 넣고 해 봐

*사랑 사랑 사랑 내 사랑이야*

*사랑이로구나 내 사랑이야*

*이-이-이- 내 사랑이로다*

*아매도 내 사랑아*

북을 치는 동호의 모습.

| | | |
|---|---|---|
| 송화 | *니가 무엇을 먹으랴느냐* | |
| | *시금털털 개살구* | |
| | *작은 이도령 서는디 먹으랴느냐…* | |
| 동호 | 누나. | |
| 송화 | 응? | |
| 동호 | 작은 이도령이 뭐야? | |
| 송화 | 도련님 애기를 갖는다는 거야, 애 배는 거… | |

## S#31 한량 술자리

술자리에서 동호 북 치고 송화 소리한다.

| 송화 | *니가 무엇을 먹으랴느냐* |
|---|---|

*시금털털 개살구*

*작은 이도령 서는디 먹으랴느냐*

*아니 그것도 나는 싫소*

*그러면 무엇을 먹으랴느냐*

*딩동지지루지허니*

*외가지 단참외 먹으랴느냐*

*아니 그것도 나는 싫어*

*아매도 내 사랑아*

*포도를 주랴 앵두를 주랴*

*귤병 사탕에 외화당을 주랴*

*아매도 내 사랑*

*저리 가거라 뒷태를 보자*

*이리 오너라 앞태를 보자*

*아장아장 걸어라 걷는 태를 보자*

한량2, 계속 춤을 추고 동호는 불만에 찬 얼굴로 유봉과 송화를 보며 북을 친다.

| | |
|---|---|
| **송화** | *방긋 웃어라 입속을 보자* |
| | *아매도 내 사랑아* |
| **한량1** | 햐, 고거 참 감칠맛 나게 소리 잘한다. |
| **한량2** | (송화 옆에 앉으며) 목청도 좋고 얼굴도 반반한 게 아주 제법이여. |
| **한량3** | (송화 가슴에 돈을 넣으며) 너, 내가 머리 얹어 주랴? |

당황하는 송화.

| | |
|---|---|
| **한량3** | *화전뜰의 전답을 팔거나* |

불쾌해하는 유봉, 외면한다.

| | |
|---|---|
| **한량4** | *매봉산의 산판을 깎을 거나…* |

경멸의 눈으로 송화와 한량을 보는 동호.

| | |
|---|---|
| **한량1** | (웃다가) 애, 내 잔에 술 한잔 따라라. |
| **한량3** | (송화를 끌어 앉히며) 자자, 너 이 어른한테 술 한잔 따라라. |
| **유봉** | (소리) 아직 어려서 술 따를 줄 모릅니다. |
| **한량3** | 시끄러워, 따르라면 따르는 거지. |
| **한량2** | 아가, 어서 따라 봐. |

**기생2**     어른이 청하시는데 얼른 따라 올려.

송화, 술 따르다가 넘친다.

**한량2**     이런 방정맞은 것!
**한량1**     됐어. 됐어. 그러며는 술 엎지른 벌로 내 술 한잔 받아라.

한량1, 술 마시고 송화에게 따라 준다.

**송화**     못 마셔요.
**한량1**     이거 안 마시면 오늘 집에 못 갈 줄 알아.
**기생1**     애, 어르신이 주시는 것이니 어서 잔이라도 받아.
**기생2**     애, 마시는 시늉이라도 해라.
**한량3**     어서.

송화, 술을 마신다.

**한량1**     옳지, 옳지!
**유봉**     (소리) 이보시오들. 어린애한테 너무 짓궂으십니다.
**한량3**     뭐야, 이놈아?

유봉의 얼굴.

**한량3**     (소리) 니가 예의범절을 잘 가르쳤으면은 이런 일이 없을 것 아니야?
**유봉**     나는 소리나 가르치지 술 따르는 예의범절은 안 가르치오.
**한량2**     (소리) 뭐야? 천한 재인놈이 어디서 말대꾸야?
**유봉**     지금이 어느 시댄데 양반놈 재인놈 찾는 거요?
**한량2**     (소리) 아니, 이놈이 어디서 눈깔 꼿꼿이 세우고 대들어?

주인, 들어온다.

**주인**     (유봉에게) 이보게 유봉이, 어서 잘못했다고 빌게.

서편제

| 유봉 | 잘못한 거 없소. |
|---|---|
| 한량1 | 너 이놈! 보자 보자 하니깐 아무리 세상이 바뀌었지만 상놈은 어디까지나 상놈이지, 어디서 감히! |

주인, 유봉을 끌고 간다.

| 한량1 | 너 이놈, 다시는 이런 판에서 벌어먹고 살 생각 마라. 이 주리를 틀 놈 같으니라고. |
|---|---|
| 한량3 | 여봐, 주인, 어디 소리꾼이 없어서 저런 놈을 불렀어? 상놈의 자식 같으니라고. |

## S#32 길

유봉 화가 나서 앞장서 걷고, 송화와 동호가 허겁지겁 뒤를 쫓는다.

## S#33 유봉의 집

집에 도착한 송화, 동호, 유봉 마루에 앉아 냉수를 마시고 있다.

| 유봉 | (송화의 뺨을 치며) 빌어먹을 년, 술 따르란다고 따러? |
|---|---|
| 동호 | 한량들이 시키는데 안 따르고 배겨요? |
| 유봉 | (동호의 뺨을 치며) 이놈의 자식이 어디서 말대꾸야? (나가면서 송화에게) 철딱서니 없는 년 같으니. |
| 동호 | 저런 것이 아버지여? |
| 송화 | 뭔 소리여? |
| 동호 | 아버지면 누님을 그렇게 때리나? |
| 송화 | 내가 잘못했으니까 그렇제. (앉으며) 얼마나 화가 나셨것어. |
| 동호 | 누님이 잘못한 것이 무엇이여… 누님은 언제까지 이러고 살 거여. 그까짓 천대받는 소리 해 봤자 앞날이 뻔한디 언제까지 저 사람 따라댕길 거여? |
| 송화 | 그래도 나는 소리가 좋아. 소리를 하면 만사를 다 잊고 행복해지거든. |
| 동호 | 그래서 번 돈, 저 사람이 술 먹고 다 없애는디도? |
| 송화 | 얼마나 괴로우시면 그러시겠냐? 아버지도 불쌍하신 분이여. |
| 동호 | (송화를 보며) 아버지는 뭐가 아버지여? 암것도 아니제. |

**송화**  (동호 보며) 동호야, 그러면 못써. 오갈 데 없는 우리를 길러 주시느라고 얼마
나 고생하셨어.

**동호**  흥!

동호, 먼 곳을 본다.

## S#34 길

풀숲 길을 걸어가는 세 사람.

## S#35 장터 약장수판

북 치는 동호의 모습.

**송화**  *아이고 여보 도련님*
*참으로 가실랴오*

송화의 모습.

**송화**  *나를 어쩌고 가실랴오*

북 치는 동호의 모습.

**송화**  *인제 가면 언제 와요*
*올 날이나 일러주오*

약장수 판의 전경.

**송화**  *높드라는 상상봉이*
*평지가 되거든 오실랴오*

**약장수**  (행인들에게) 아주머니 이쪽으로 앉으세요. 어서 오세요. 이리 들으세요.

**송화**  *꽃피는 춘삼월에*

*꽃피거든 오실랴오*
*조그마난 조약돌이*

## S#36 장터 주막 안

술 마시고 있는 유봉.

| | |
|---|---|
| 송화 | (소리) *크드라는 광석이 되어* |
| | *정이 맞거든* |
| 유봉 | 저놈의 새끼, 저걸 장단이라고 치고 있는 거여 뭐여? |

## S#37 장터 약장수판

북 치는 동호.

**송화**    *오실랴오.*

모여드는 사람들.

**송화**    *운종룡 풍종호라*

관객들.

**송화**    *용 가는 데는 구름이 가고*

송화 B.S

**송화**    *범이 가는 데는 바람이 가니*

북 치는 동호.

**송화**    *도련님 떠나신 곳에*

**송화**        *이 내 몸도 따라가지*
              *도련님도 기가막혀*

유봉, 사람을 헤치고 들어간다.

**유봉**        비켜, 비켜
**송화**        *오냐, 춘향아.*
              *우지 마라…*

유봉, 동호를 밀치고 송화 소리를 중단한다.

**유봉**        이놈의 자식, 이게 북이여?

## S#38 장터 약장수판

약을 건네주는 약장수 부인의 손.
송화, 약을 구경꾼들에게 구경시킨다.

**약장수**      (소리) 제가 이렇게 말씀드리니까 이 약 한 알만 먹으면 모든 병이 다 나아지
              는 만병통치약이 아니냐 그렇게 생각하시는 분이 계실 텐데 천만에 만만에
              말씀입니다.

약장수의 모습.

**약장수**      이 약은 딱 한 가지 병에 잘 듣는 약이다 그런 말씀입니다. 그럼 그 한 가지
              병은 어떤 병이냐…

## S#39 장터 여인숙 방

동호, 마루에 앉아 있다.

서편제

**유봉**　　　들어와 이놈아.

동호, 따라 들어간다.
유봉, 감 봉지 내려놓으며

**유봉**　　　이것들 묵어라.

송화, 방문을 닫는다.

**유봉**　　　(소리) 야, 이놈아!

유봉과 송화의 얼굴.

**유봉**　　　이 북이라는 것이 소리하고 음양이 맞아서 어우러져야지 그렇게 시도 때도 없이 뚜드락거리면 그것이 북 치는 것이냐? 쇠가죽 두드리는 것이지.

유봉의 앞모습.

**유봉**　　　자동차가 길을 달릴라면 말이여, 길이 잘 닦여 있어야 할 것 아니여. 그것처럼 북도 이 장단하고 추임새로 소리 길을 닦아 줘야 한단 말이여. 일 년이면 봄 여름 가을 겨울이 있듯이 북도 밀고 달고 맺고 푸는 그런 길이 있다고 몇 번 이나 말했어 이놈아. 중모리를 친다면 말이여… 밀고… 달고… 맺고… 풀고, 알겠냐?

**약장수**　　(소리) 잠 좀 자게 조용히 혀.

**유봉**　　　(무시하고) 그리고 추임새를 할 적에도 말이여. 소리가 나가다가 숨이 딸려가 지고 소리가 쳐진다 싶으면 '얼씨구!' 하고 이렇게 추어서 부추겨 줘야 할 거 아니여. 그리고 소리가 슬프게 나갈 때는 북가락도 줄이고 추임새도 '어이' 이렇게 슬프게 해 주고, 소리가 씩씩할 때는 북소리도 크게, 추임새도 씩씩하 게, 아, 이렇게 해야 될 것 아니여, 이놈아.

**약장수**　　(소리) 조용히 못 혀. 잠 좀 자자구. 보자 보자 하니까 갈수록 태산이여.

**유봉**     〈춘향가〉에 장단이 천 개가 있다면 이 천 개를 수천 번 수만 번 쳐가지고 이 장판지에 들기름이 쩔 듯이 그냥 네 몸뚱이 속에 북가락이 꽉 쩔어 있어야 된 단 말이여. 이놈아! 알겠어?

방문이 열리고 놀란 송화, 동호, 방문 쪽을 쳐다본다.

**약장수**     잠 좀 자자구, 그놈의 술주정도 하루 이틀 해야지. 지겹다 지겨워!
**유봉**       흥, 나도 너희들 따라다니면서 소리 팔아먹고 사는 것 지겹다 지겨워!

약장수 부인, 들어온다.

**약장수 부인**  아이고, 그놈의 알량한 소리 갖고 되게 유세하고 자빠졌네.
**유봉**       뭐야?
**약장수 부인**  지겨우면 그만두면 될 것 아니야?
**유봉**       그래. 그만둘란다. 그 더러운 놈의 밥 안 먹으면 그만 아니여!
**약장수**     그래. 생각 잘했다. 안 그래도 바이올린쟁이하고 바꿔칠라고 하던 참인디.
**약장수 부인**  당장 짐들 싸.

약장수 부부, 나간다.

**약장수 부인**  (소리) 땡겨쓴 돈이나 빨리 갚어.

걱정스러운 송화와 동호.

## S#40  길

구불구불 이어진 시골길.
멀리서 〈진도 아리랑〉을 주고받으며 송화와 유봉이 걸어온다.
점점 가까워지면 동호도 흥이 나서 매고 있던 북을 친다.

**유봉**        *사람이 살며는 몇백 년 사나*
              *개똥 같은 세상이나마 둥글둥글 사세*

서편제

송화    문경세재는 웬 고갠가
        구부야 구부구부가 눈물이 난다

유봉    소리 따라 흐르는 떠돌이 인생
        첩첩이 쌓인 한을 풀어나 보세

송화    청천 하늘에 잔별도 많고
        이내 가슴속엔 수심도 많다.
        아리아리랑 쓰리쓰리랑 아라리가 났네-

유봉    가 버렸네 정들었던 내 사랑
        기러기떼 따라서 아주 가 버렸네

송화    저기 가는 저 기럭아 말 물어보자
        우리네 갈 길이 어드메뇨
        아리아리랑 쓰리쓰리랑 아라리가 났네-

유봉    금자동이냐 옥자동이냐 둥둥둥 내 딸
        부지런히 소리 배워 명창이 되거라

송화    아우님 북가락에 흥을 실어
        멀고 먼 소리길을 따라갈라요
        아리아리랑 쓰리쓰리랑 아라리가 났네-

유봉    노다가세 노다나가세
        저 달이 떴다 지도록 노다나 가세
        아리아리랑 쓰리쓰리랑 아라리가 났네-

송화    춥냐 덥냐 내 품 안으로 들어라
        베개가 높고 낮거든 내 팔을 베어라
        아리아리랑 쓰리쓰리랑 아라리가 났네-

유봉    서산에 지는 해는 지고 싶어서 지느냐
        날 두고 가는 님은 가고 싶어서 가느냐
        아리아리랑 쓰리쓰리랑 아라리가 났네-

함께    만경창파에 둥둥둥 뜬 배
        어기여차 어야 디어라 노를 저어라
        아리아리랑 쓰리쓰리랑 아라리가 났네-

## S#41 길

걸어가는 세 사람.

## S#42 어느 장터

거리에서 송화와 유봉의 소리가 들려온다.

송화       *아이고 여보 영감*
               *영감 오신 줄 내 몰랐소*
               *내 잘못 되았소, 이리 오시오*
               *이리 오라면 이리 와요*
유봉       *여보소 마누라*
               *이 돈 근본을 자네 아나*
               *돈의 근본을 자네 알어*

약을 진열하는 약장수.

유봉       *생사지권을 가진 돈*
               *부귀공명이 붙은 돈*

북 치는 동호.

유봉       *맹상군의 수레바퀴처럼*
               *둥글둥글이 생긴 돈*

엿장수.

유봉       *가다오다가 생긴 돈*

호떡 장수.

소리하는 유봉, 송화.

유봉      *어디를 갔다가 이제 오느냐*
         *얼씨구나 돈 봐라*
송화      *어디 돈 어디 돈*
         *돈 봅시다 돈 보아*
         *돈이라니 웬 돈이요*
         *일수돈을 얻어왔소*
         *월수 체계 파수돈을 얻어왔소*

악극단 가두선전대의 연주 소리에 아이들이 흩어진다.
악극단 가두선전대 행렬이 〈베사메무쵸〉 연주를 하며 지나간다.

유봉      소리꾼 목구녁이 갈보년 밑구녁만도 못한 세상이라더니 정말이로구나. (돌아
         보며) 치워라.
구관조     동호야, 북 잡아라. 동호야, 북 잡아라, 얼씨구 좋다.

구관조가 웃는다.

약장수     시끄러워!

## S#43 마을 골목

골목길을 걷는 유봉, 송도상의 집인 듯한 쪽으로 들어간다.
송도상의 집으로 들어가는 유봉의 뒷모습.

## S#44 방 안

담배를 마는 송도상의 손.
유봉, 송도상의 손을 보고 있다.

**도상**  이거 하면 삼십 년 살고, 이거 안 하면 백 년 산다 해도 내 이거하고 삼십 년 살아 버리고 말지 어떤 시러배 아들놈이 아, 이 좋은 걸 안 할 것인가!

담배를 빨며 비스듬히 눕는다.
송도상의 부인이 들어와 유봉에게 차를 준다.

**부인**  따님이 소리를 잘한다면서요?
**유봉**  예, 소질이 좀 있지요. 그렇지 않아도 그놈 가르칠 밑천이 딸려서 저 사람 소리 좀 도둑질할라고 왔습니다.
**부인**  차 식기 전에 드세요.

부인, 일어나 나간다.
유봉, 차를 마신다.
대마초를 피는 도상의 취한 얼굴.

**유봉**  (소리) 낙향했다는 소문은 진작에 들었는디 인제사 찾아와서 미안하네

돈 봉투를 내놓는 유봉의 손.

**유봉**  (소리) 저… 이거…
**도상**  친구 지간에 뭘 이런 걸 가지고 왔어?
**유봉**  몇 푼 안 되지만 약값에다 보태게.
**도상**  고맙네. (담배를 가리키며) 이놈의 것이 워낙 비싸 놔서. (돈을 집어넣으며) 이런 니미럴, 작부 생활 삼십 년에 남은 건 빤스 몇 장뿐이라더니 소리광대 삼십 년에 남은 것이라곤 이것뿐이라네.
**유봉**  비슷한 처질세.
**도상**  그래, 무슨 대목을 할려나?
**유봉**  내가 〈옥중가〉를 못 배웠어.
**도상**  이런, 나도 그거 잘 못하는데.
**유봉**  선생님한테 배운 대로만 해 주게.
**도상**  우리 선생님 〈옥중가〉야 들으면 오싹오싹 소름이 끼치지만 난 그렇게 못하네. (기침을 하고) 아—

서편제

| | *춘향이 비몽사몽간에* |
|---|---|
| 유봉 | *춘향이 비몽사몽간에* |
| 도상 | *사방에서 귀신 소리가 들리난디* |
| 유봉 | *사방에서 귀신 소리가 들리난디* |
| 도상 | 사방에서를 꽉 잡아 졸라 채 줘야 그다음 귀신 소리의 성음이 산다고 하셨네. 응? |

도상 O.S 유봉

| 도상 | *사방에서* |
|---|---|
| 유봉 | *사방에서 귀신 소리가 들리난디* |
| 도상 | *밤새 소리는 부욱-부욱* |
| | *도깨비는 휘이 - 휘이* |
| 유봉 | *밤새 소리는 부욱-부욱* |
| | *도깨비는 휘이 - 휘이* |

# S#45 폐가 움막

어둠 속의 대나무 숲과 폐가.

| 송화 | *아이 죽어 동자 귀신* |
|---|---|
| | *총각 죽어 몽다리 귀신* |
| | *여자 죽어 사귀 귀신* |
| | *둘씩 셋씩 짝을 지어* |

윗방의 동호가 일어나 송화와 유봉 쪽을 바라본다.

| 송화 | *으흐-으히-으흐…* |
|---|---|
| 유봉 | (북을 두드리며) 이 대목은 통성을 쓰지 말고 머리하고 코를 울려서 가성을 쓰라고 했지. |
| | *으흐-* |
| | 자, 다시 한번 해봐. 턱을 좀 당기고. |

| 송화 | *흐흐- 으흐- 으흐- 아이고 아이고* |
| --- | --- |
| 유봉 | 옳지, 잘했어. 옛날에 송흥록이란 명창은… |

유봉, 송화에게 설명한다.

| 유봉 | 이 귀곡성을 어떻게 잘했던지 밤중에 이 소리를 내며 갑자기 바람이 불고 촛불이 꺼졌다는 거여. |
| --- | --- |

## S#46 폐가 움막

움막 밖의 불만스런 동호와 안에서 소리하는 송화의 모습이 보인다.

| 송화 | *또 한 귀신이 울고 난다* <br> *머리 풀어 산발하고* <br> *온몸에다가 피칠을 하고* <br> *한 손에다가는 장검을 들고서* |
| --- | --- |

불만스러운 동호의 얼굴.

| 송화 | *춘향 앞으로 나오면서* |
| --- | --- |

소리하며 몸을 비트는 송화.

| 송화 | *춘향 아씨 놀라지 마시오* <br> *나는 다른 귀신이 아니라* <br> *남원읍 사는 청도라는 귀신이오* |
| --- | --- |
| 유봉 | (북을 두드리며) *상청을 올릴 적에는* |

유봉의 모습.

| 유봉 | 창이라도 찌를 듯이 무섭게 내질러야지. 그렇게 힘없이 하면 그게 소리냐 넋 두리 홍타령이제. 거기다가 몸은 또 왜 그렇게 비틀어? |
| --- | --- |

서편제

| 동호 | (소리) 흥, 기운이 없으니 비틀기라도 해서 쥐어짜야지. |
| 유봉 | 뭐여? |
| 동호 | (소리) 허구헌 날 죽으로 때우고 사는디 뭔 힘이 있다고 소리가 나오겄소? |
| 유봉 | 니 놈이 뭘 안다고 떠들어? 주둥아리 닥쳐 이놈아. (송화 보며) 나는 다른 귀신이 아니라부터 다시! |

송화의 모습.

| 송화 | 나는 다른 귀신이 |
| 유봉 | (소리) 질러! |
| 송화 | 아니라 |
| 송화 | 남원읍 사는 청도라는 귀신이오. |
| 동호 | (소리) 누님, 이젠 소리로는 먹고 살기 힘든 세상이여. 괜히 쓸데없는 짓 하다가 골병들지 말고 관두란 말이여. |

동호의 불만스런 모습.

| 동호 | 그까짓 소리 하면 쌀이 나와 밥이 나와. |
| 유봉 | (밖으로 뛰어나오며) 뭐여? 야 이놈아! 쌀 나오고 밥 나와야 소리 하냐? 이놈아, 지 소리에 지가 미쳐가지고 득음을 하면 부귀공명보다도 좋고 황금보다도 좋은 것이 이 소리속판이여, 이놈아. 이놈의 자식이 대가리가 컸다고 함부로 주둥아리를 나불대. |

유봉, 북채로 동호를 친다.

| 동호 | 내가 뭐 틀린 말 했소? |
| 유봉 | 아니, 이 자식이 어디서 애비한테 대들어! |

유봉, 또 때린다.

| 동호 | 이런 니미럴, 왜 때려? |
| 유봉 | 뭐야? 이 천하의 배은망덕한 놈 같으니, 이놈의 자식. 이놈의 새끼! |

**동호**    (유봉을 밀치며) 이따위 광대 노릇 안 하면 그만 아니여, 니미럴!

동호, 가방 들고 뛰어나간다.

## S#47  고목 아래

동호, 뛰어오고 송화가 동호를 잡는다.

**송화**    (소리) 동호야! 동호야
**송화**    동호야, 너 왜 이러냐?
**동호**    누님도 이 집구석 떠. 그게 사는 길이여. 모질게 맘먹고 뜨란 말이여.

뛰어 언덕을 내려가는 동호.

**송화**    동호야!

뛰어가던 동호, 언덕 위에서 송화 쪽을 바라본다.

**송화**    (소리) 동호야!

송화, 동호가 간 길을 본다.

## S#48  건재상 안

읍내 길을 걸어오는 수심에 찬 동호의 얼굴.

**주인**    (동호를 맞으며) 아이구, 어서 오시오.
**동호**    약재들은 다 걷어졌습니까?
**주인**    주문량만큼은 안 되고요, 복령이 좀 모지래요.
**동호**    전화 좀 씁시다.

| 주인 | 예. |
| --- | --- |
| 동호 | (전화기를 잡으며) 복령이 얼마나 모자라요? |
| 주인 | 한 열근 모지래요. |

다이얼을 돌리는 동호의 손.

| 동호 | (전화기에다) 서울 22국에 0236번이요. |
| --- | --- |
| 주인 | (동호 곁에 앉으며) 아 참, 소릿재 주막에 갔던 일은 잘 됐수? |
| 동호 | 예. 사장님이세요? 예, 접니다. 다른 것은 다 구해졌는데요, 복령이 한 열 근 모자라는데요. 예, 알겠습니다. |

전화기를 내려놓고 생각에 잠긴 동호.

## S#49 시골 역

동호, 기차역에 서 있다가 걸어와 행인에게 길을 묻는다.

| 동호 | 아저씨, 오수로 가려는데 기차 말고 버스편은 없나요? |
| --- | --- |

## S#50 거리

오수에 도착한 동호, 두리번거리며 길을 묻는다.

## S#51 술집

방안에 작부가 화투를 치고 있다.

| 동호 | (들어서며) 실례합니다. 이 집에 송화라는 장님 소리꾼이 있었다던데. |
| --- | --- |
| 작부 | 있었지요. 한 3년 전까지는… |
| 동호 | 지금은 어디 있는지 모르시오? |
| 작부 | 몰라요. |
| 동호 | 이 집에 누구 아는 사람 없을까요? |

3부 시나리오

**작부**　　　　없어요. 내가 제일 고참인데 뭐.

동호, 돌아서 나가려 한다.

**작부**　　　　(소리) 여보세요. 그 여자와 어떻게 되는 사이에요? 남동생이 하나 있었다던 데. 저 툇마루에 앉아서 늘상 기다리곤 했었는데…

동호, 돌아보면 동굴 같은 툇마루가 보인다.

## S#52 면 소재지 부근

면 소재지 쪽으로 들어가는 버스.

## S#53 장터 주막

중년의 주모가 방에서 나온다.

**주모**　　　　예, 우리 집에 몇 달 있었지요.
**동호**　　　　지금 어디 있을까요?
**주모**　　　　글쎄요. 정처 없는 떠돌이라…
**동호**　　　　같이 사는 남자도 없었습니까?
**주모**　　　　아이고, 누가 장님을 데리고 살라고 했겠어요? 소리 잘하고 얼굴 반반하니께 노리개 삼아서 놀다가 떨어져 나가곤 했지요.

## S#54 장터 거리

동호, 주막에서 나와 막막한 심정으로 거리를 바라본다.

## S#55 강변 터미널

버스가 다리를 건너와 지나간다.
동호, 버스에서 내려 주위를 보다가 지나가는 여인에게 길을 묻는다.

서편제

| 동호 | 아주머니, 말 좀 물읍시다. '천일옥'이란 술집이 어디요? 10년 전부터 있었다 894 |
| --- | --- |
| | 던데… |
| 여인 | 저근 디요. 저 집 장사 걷어치운 지 오래됐어요. |

INS. 건물.

## S#56 한약방

동호, 한약방 안에서 전화를 걸고 있다.

| 동호 | 접니다 사장님. |
| --- | --- |
| 사장 | (소리) 이 사람아, 애가 폐렴에 걸렸다고 자네 처가 난리야. 대학병원에 입원 |
| | 한 모양인데 병원비가 모자란다고 해서 조금 가불해 줬어. |
| 동호 | 고맙습니다. 약재가 모아지는 대로 바로 올라가지요. |
| 사장 | (소리) 하여튼 알았으니까 대충 마무리하고 어서 올라와. 그놈의 누인지 뭔지 |
| | 그만큼 찾아도 소식이 없으면 이제 그만 잊어버리지 그래. |
| 동호 | 알겠습니다. 사장님, 그럼 끊겠습니다. |

동호, 전화기를 내려놓는다.
주인, 동호를 힐끗 쳐다본다.
동호, 한약방에서 나온다.

## S#57 선창 거리

낙산거사, 자리를 깔고 그림을 그리고 있다.
동호, 무심코 지나치다가 다시 돌아와 낙산에게 간다.

| 동호 | 아저씨! |
| --- | --- |
| 낙산거사 | 누구신고? |
| 동호 | 저 아버지 따라 북 치고 다니던 동홉니다. |
| 낙산거사 | 아이구, 너 이놈. 유봉이 아들놈이로구나. |

## S#58 선창 술집

동호와 낙산거사, 술을 마시고 있다.

**동호**    그때는 그 가난이 너무도 지긋지긋했고 아버지도 죽이고 싶도록 미워서 떠났지만 세월이 지나니까 보고 싶고 그리워서 견딜 수가 없더군요.

**낙산거사**    그렇겠지.

**동호**    그래 몇 해를 찾아 나섰지만 아버님 돌아가셨단 말만 듣고 누님은 도무지 만날 길이 없었습니다.

**낙산거사**    송화도 너 떠난 뒤에 식음을 전폐하고 소리까지 작파해서 니 애비 속을 무던히 썩혔더니라.

## S#59 폐가 움막

물을 먹이는 유봉의 모습.
물을 받아먹는 송화의 얼굴.

## S#60 폐가 움막

송화의 약을 지어 돌아온 유봉이 송화가 없어진 것을 알고 두리번거린다.

## S#61 고목 아래

송화, 고목 아래 앉아 있다.

**유봉**    (뒤에서 나타난다) 송화야, 돌아올 놈이 아니다. 어서 들어가자.

## S#62 계꾼 술자리

계꾼 술자리 외경 - 유봉의 소리 들린다.

**유봉**    *이 박을 타거들랑은*

서편제

유봉, 부인들 앞에서 소리하고 있다.

**유봉**　　　*아무것도 나오지를 말고서 밥 한 통만…*

유봉의 소리가 갈라지자 부인들 쳐다본다.

**유봉**　　　제가 갑자기 목이 잠겨서 딸년 소리를 대신 올려 드리겠습니다. 송화야, 이리
　　　　　나오너라.

송화, 앞으로 나와 앉는다.

**유봉**　　　〈옥중가〉 한 대목 들려드려라.

유봉, 재촉하듯 북을 친다.

**송화**　　　…
**유봉**　　　뭐혀?
**부인1**　　아니 뭐하는 거야?
**부인2**　　벙어린가?
**유봉**　　　(소리) (북 다시 치며) 송화야!
**부인3**　　누가 저런 소리꾼을 불렀어?
**부인2**　　(방문 열고) 이봐, 주인장.

# S#63 읍내 주막

수심에 차 길을 걷는 유봉을 술집의 낙산이 발견한다.

**낙산거사**　　야, 유봉이 이놈아.

유봉, 돌아본다.

**낙산거사**　　너 회동 계꾼 모임에서 망신당했다면서…

**3부 시나리오**

| 유봉 | (걸어오며) 말도 마라, 그런 개망신은 난생처음이다. |
| --- | --- |
| 낙산거사 | 그러길래 이놈아, 진작 나한테 보내 가지고 그림이나 배우게 하라고 안 했냐? |
| 유봉 | (앉으며) 불난 집에 부채질하지 말어 이놈아. 내 어떻게 해서든지 다시 소리를 하게 만들고야 말 테니까. |
| 낙산거사 | 요놈의 고집. 고집. |
| 유봉 | 나한테서 고집 빼면 남는 게 있냐. |
| 낙산거사 | 잔 좀 주쇼. 그나저나 네 놈도 참 많이 늙었다. |
| 유봉 | 너는 어떻고? 영감 고린내가 풀풀 난다 이놈아. |
| 낙산거사 | 이놈아, 아직 정력은 창창허다. |
| 유봉 | 허허, 그놈의 허풍은 여전하구만. |
| 낙산거사 | 허풍이 아니여, 내가 잘 알고 있는 돌팔이 한의사가 한 놈 있는디, 그놈이 한약에다 해구신을 집어넣어줘서 그걸 먹었더니 밤이면 밤, 아침이면 아침마다 미칠 지경이다. 어때, 너도 한 재 구해 주랴? |
| 유봉 | 허허, 써먹을 데가 있어야 그런 걸 먹지, 이놈아. 근데 한약 쓰는디 부자를 과하게 넣으면 눈이 먼다던데 정말 그런가 모르겠어. |
| 낙산거사 | 글쎄, 나도 그런 말을 듣기는 했는디, 왜 그랴? 판수 되고 잡냐? |

## S#64 폐가 움막

약탕기에 약과 부자를 넣는 유봉의 손.
약봉지로 약탕기를 싼다 O.L
끓고 있는 약탕기 O.L
유봉, 약탕기의 약을 그릇에 붓는다.
약을 짜는 유봉의 손.
담벼락에 기대어 해바라기 하고 있는 송화의 모습이 보이고 유봉이 약그릇을 들고 온다.

| 송화 | 이젠 다 나았는데 먹어야 돼요? |
| --- | --- |
| 유봉 | 몸을 보하는 약이다, 먹어라. |

송화, 약을 마신다.

# S#65 길

둑길 위를 걷는 유봉과 송화 O.L

# S#66 대숲길

길을 가는 송화, 눈을 부비고 유봉을 쫓아가다가 발을 헛딛는다.

유봉      (돌아보며) 왜 그러냐?
송화      눈이 침침해요.
유봉      응? 눈이 침침혀?
송화      요 며칠 새 내내 그래요.
유봉      몸이 허해서 그러는 모양이다. 내 팔을 잡고 가자.

송화, 유봉의 팔을 잡고 간다.

# S#67 고택의 방

대갓집 전경.
유봉이 계속 송화의 머리를 빗겨주고 있다.
범종 소리.

송화      절이 가까운 모양이지요!
유봉      요 너머에 백련사란 절이 있다.
송화      해가 떴나요?
유봉      아침 안개가 자욱하구나.

# S#68 고택의 정자

거문고를 뜯는 노인의 모습.
정자에 노인과 유봉이 앉아 있다.
노인은 거문고를 뜯고 있고 유봉은 듣고 있다.

이동으로 송화의 모습이 보여진다.

## S#69 고택의 방

노을진 산.
송화 마루에 앉아 황혼을 맞고 있다.

| | |
|---|---|
| **송화** | 해가 졌나요? |
| **유봉** | 아직 안 졌다. |
| **송화** | 노을이 있나요? |
| **유봉** | 하늘이 붉게 물들었구나. |
| **송화** | 바람이 부는 것 같아요. |
| **유봉** | 그래 찬 바람이 분다. |
| **송화** | 조금 있으면 달이 뜨것네요. |
| **유봉** | 그러것지. |
| **송화** | 별도 뜨것네요. 전 이제 하늘도 달도 별도 영영 못 보게 되나요? |
| **유봉** | … |
| **송화** | 전… 전 인제 장님이 되었나요? |
| **유봉** | … |
| **송화** | 추워요. |
| **유봉** | 그래. 이불을 깔아 주마. |
| **송화** | 아버지! 저 소리 배우고 싶어요. 〈심청가〉 배우고 싶어요. |

## S#70 낡은 초가

할머니 혼자 지키고 있는 초가에서 송화의 소리가 들려온다.

| | |
|---|---|
| **송화** | *심청이 거동 보아라* |
| | *밥 빌러 나갈 적에* |
| | *헌 베줌의 대님 메고* |
| | *청목휘양 둘러쓰고* |
| | *말만 남은 헌 치마에* |

서편제

*깃 없는 헌 저고리*
*목만 남은 길버선에*
*바가지 옆에 끼고*
*바람맞은 병신처럼*
*옆 걸음쳐 건너간다*

유봉이 북을 땅땅 친다.

**유봉**　　이 대목은 눈먼 애비 봉양하겠다고 심청이가 밥 빌러 나가는 대목인디 그렇게 밋밋하게 감정 없이 소리허면 쓰겄냐. 니가 심청이가 된 기분으로 애절하고 슬프게 해야지. 다시!

송화, 다시 소리 한다.

## S#71 길

유봉, 눈먼 송화를 인도하며 걷고 있다.
유봉과 송화의 걸어오는 앞모습.

**유봉**　　*이 산 저 산 꽃이 피니*
*분명코 봄이로구나*
*봄은 찾아왔건마는*
*세상사 쓸쓸하구나*
*나도 어제는 청춘일러니*
*오늘 백발 한심허다*
*내 청춘도 날 버리고*
*속절없이 가 버렸으니*

## S#72 가을 길

멀리서 걸어오는 송화와 유봉의 모습.
유봉 소리를 한다.

901　　유봉　　　왔다 갈 줄 아는 봄을
　　　　　　　　　반겨한들 쓸 데가 있나
　　　　　　　　　봄아 왔다가 가려거든 가거라
　　　　　　　　　니가 가도 여름이 되면
　　　　　　　　　녹음방초 승화시라
　　　　　　　　　옛부터 일러 있고
　　　　　　　　　여름이 가고 가을이 된들
　　　　　　　　　또한 경개 없을소냐
　　　　　　　　　한로상풍 요란해도
　　　　　　　　　제 절개를 굽히지 않는
　　　　　　　　　황국단풍은 어떠허며
　　　　　　　　　가을이 가고

## S#73 겨울 들판

유봉이 눈먼 송화를 이끌며 눈길을 헤쳐나간다.

　　유봉　　　겨울이 되면 낙목한천 찬바람에
　　　　　　　　　백설이 펄펄 휘날리어
　　　　　　　　　월백설백 천지백하니
　　　　　　　　　모두가 백발의 벗이로구나
　　　　　　　　　봄은 갔다가 해마다 오건만
　　　　　　　　　이내 청춘은 한번 가서
　　　　　　　　　다시 올 줄을 모르네 그려

## S#74 소릿재 폐가

폐가에 도착하는 유봉과 송화가 멀리 보인다.

　　유봉　　　어화, 세상 벗님네야
　　　　　　　　　인생이 비록 백 년을 산데도
　　　　　　　　　잠든 날과 병든 날과

> *근심 걱정 다 제하면*
> *단 사십도 못 살 우리 인생인 줄*
> *짐작하시는 이가 몇몇인고*

**유봉**   (짐을 내리고 방과 부엌을 기웃거리며) 주인이 전쟁통에 죽었다는디 이불하고 부엌살림이 조금 남아 있구나. 소리 공부하기에는 더없이 좋은 곳이다.

**송화**   뭘 먹고 살아요?

**유봉**   (마당으로 나가며) 저 아래 한 스무 채 마을이 있다는디 설마 산 입에 거미줄이야 치겠냐?

## S#75 소릿재 폐가 방 안

방문이 열리고 밥상이 들어온다.
유봉이 밥상을 내려놓는다.

**유봉**   시래기 죽이다. 이 서편소리는 말이다. 사람의 가슴을 칼로 저미는 것처럼 한이 사무쳐야 되는디 니 소리는 이쁘기만 허지 한이 없어. 사람의 한이라는 것은 한평생 살아가면서 가슴 속에 첩첩이 쌓여서 응어리지는 것이다. 살아가는 일이 한을 쌓는 일이고, 한을 쌓는 일이 살아가는 일이 된단 말이여. 너는 조실부모 한데다가 눈까지 멀었으니 한이 쌓이기로 말하자면 남보다 열 배 스무 배 더 헐 텐데 어째 그런 소리가 안 나오냐?

## S#76  폐가 근처

송화, 소리가 나오지 않아 주저앉아 운다.

**송화**   *몸으로 희생하여 상림 뜰 벌었더니*
> *대우방 수천리 풍년이 들었단다*
> *그런 일도 있었으니 내 몸으로 대신 감이 어떠하냐*
> *마른 땅의 새우…*
> *마른 땅이 새우…*

**유봉**   *운다고 목이 풀리냐.*

## S#77 소릿재 폐가 방 안

유봉, 양말을 꿰매고 있고, 그 뒤로 송화 앉아 있다.

**유봉**      그렇게 잠겼다 풀렸다 하면서 목을 얻어가는 거다. 내일부터는 상성은 지르 지 말고 중성하고 하성으로 목을 살살 달래도록 혀.

## S#78 폐가 앞

소리가 안 나오자 우는 송화.

**송화**      *마른 땅의 새우 뛰듯*
               *마른 땅의 새우 뛰듯*
               *마른 땅의 새우 뛰듯*
               *마른 땅의…*

## S#79 소릿재 폐가 방 안

유봉, 닭이 담긴 상을 들고 들어온다.

**유봉**      아이고, 그렇게 무작정 질러댄다고 소리가 얻어지는 게 아니라고 몇 번이나 말해야 알아듣겠냐? 몸뚱이에 기운도 없는디 무리허면 목청만 상혀. 자, 닭 이다. 소릿품으로 얻어왔다. 이리 와, 어서 먹고 기운 내서 소리혀라.

유봉, 닭다리를 송화에게 내민다.

## S#80 폐가 앞

콩깍지를 들춰내고 닭털을 꺼내는 손.

**닭 주인**      (소리) 이런 쌍놈의 새끼. 어디, 그러면 그렇지. 이것이…

**닭 주인**    (소리) 닭털이 아니고 오리털이냐?

닭 주인, 유봉을 친다.
넘어진 유봉을 마구 패며 욕을 한다.

**닭 주인**    이놈의 자식아, 그 닭이 어떤 닭인디 니가 씨암탉을 잡아먹어?

유봉, 맞으며 마루 쪽으로 기어간다.

**송화**    (닭 주인 잡으며) 아저씨, 아저씨. 그 닭 내가 먹었어요.

닭 주인, 송화를 밀고 유봉을 팬다.

**닭 주인**    이놈아, 마을에 얼씬만 했다 하면 다리몽둥이를 작신 부러뜨려 버릴 테니까.
          이 상녀러 새끼야!
**송화**    (유봉에게 기어가며) 아버지, 아버지…

## S#81 소릿재 폐가 방 안

송화, 유봉을 부축하여 들어온다.
송화, 유봉의 피를 닦아 준다.

**유봉**    (송화의 손을 뿌리치며) 아따, 그놈의 자식 목청 한번 좋다. 너 들었쟈? 심봉사
          가 선인들한티 화를 내는 성음은 저렇게 나와야 되는 것이여, 잉?

## S#82 폐가 근처

소리 연습하는 송화.

**송화**    *몸으로 희생하여 상림뜰 빌었더니*

*대우방 수천리 풍년이 들었단다*
*그런 일도 있었으니 내 몸으로 대신 감이 어떠하나*
*마른 땅의 새우 뛰듯*
*여산폭포 돌궁굴듯 치둥굴 내리둥글*
*가슴 쾅쾅 뚜다려 발동동 구른다*

## S#83 소릿재 폐가 방 안

송화, 문 앞에 앉아 있고, 유봉 그 앞에 앉아 있다.

**유봉**　　이제 제법 니 한을 소리에 실을 수 있게 되었구나.

**송화**　　…

**유봉**　　송화야.

**송화**　　예.

**유봉**　　내가… 니 눈을… 그렇게 만들었다.

**송화**　　…

**유봉**　　알고 있었쟈?

송화, 끄덕인다.

**유봉**　　그럼 용서도 했냐?

**송화**　　…

**유봉**　　니가 나를 원수로 알았다면 니 소리에 원한이 사무쳤을 텐디, 니 소리 어디에도 그런 흔적은 없더구나. 이제부터는 니 속에 응어리진 한에 파묻히지 말고 그 한을 넘어서는 소리를 혀라.

송화의 얼굴.

**유봉**　　(소리) 동편제는 무겁고 맺음새가 분명하다면 서편제는 애절하고 정한이 많다고들 하지. 하지만 한을 넘어서게 되면 동편제도 서편제도 없고, 득음의 경지만 있을 뿐이다.

## S#84 선창가

**낙산거사**   (멀거니 바다를 보다가) 어느 해든가, 한 오륙 년 전이든가 유봉이 부녀가 소릿재에 산다는 말을 듣고 찾아 가봤더니 세월네라는 여자만 주막을 지키고 있더구나. 유봉인 이미 죽고, 송화는 이태 전에 거길 떠났다는 거여.

송화의 소리가 흐른다.

**송화**   *범피중류 둥덩실 떠나간다*
   *망망헌 창해이며 탕탕헌 물결이로구나*
   *백빈주 갈매기는 홍요안으로 날아들고*
   *삼강의 기러기는 한수로만 돌아든다*
**낙산거사**   그 후 소식을 모르다가 몇 해 뒤든가, 보성읍 한 귀퉁이에 자리 잡은 주막 앞을 지나다가 아, 뜻밖에 귀에 익은 소리가 들리지 않겠어?

## S#85 어느 주막

낙산거사, 안으로 들어와 문간에 서서 안쪽을 들여다본다.
낙산거사, 자리에 앉으면 주모가 물을 놓고 간다.

**낙산거사**   가만있자… 밥은 먹었고, 편육하고 쇠주를 좀 주쇼. 아주머니, 저 소리하는 여자가 혹시 장님이 아니오?

범피중류 끝난다.

## S#86 주막 방 안

절을 하는 송화.

**송화**   송화라고 헙니다.

송화 O.S 낙산

**낙산거사**   아버지가 유자 봉자 아닌가?

**송화**   … 어떻게 저희 아버님을? … 혹, 혁필 그림을 그리시던 낙산 아저씨 아니신 가요?

**낙산거사**   알아보는구나. 한 10년 넘었쟈? (지긋이 송화를 보다가) 소리가 많이 익었구나.

**송화**   (고개를 저으며) 아버님이 원하시던 소리 되려면 아직 멀었습니다.

**낙산거사**   무슨 소리를 원했는디?

**송화**   한에 묻히지 말고 그것을 넘어서는 소리를 허라고 허셨지요.

키들키들 웃는 낙산의 클로즈업.

**낙산거사**   아, 그놈 유봉이놈이… 너한테 너무 지나친 욕심을 부렸구나. 아마 그놈 저승 까지도 그 욕심 보따리는 싸 가지고 갔을 게다.

**송화**   여전허시네요.

**낙산거사**   나도 이젠 늙었다.

**송화**   그림은 잘 팔리나요?

**낙산거사**   이젠 그린 사는 사람도 없어. 입에 풀칠하기도 힘들다.

**송화**   저 하나 그려주셔요.

**낙산거사**   무엇이 보인다고… 그걸 가져 뭐하냐.

**송화**   마음으로 보지요.

'송'자 글씨를 쓰는 낙산.

**낙산거사**   (송화를 보며) 소나무 '송'자라. 소나무 위에 학을 두 마리 그렸으니

완성된 '송'자.

**낙산거사**   (소리) 학은 천년을 사는 영물이라.

낙산의 해설을 들으며 미소짓는 송화.

**낙산거사**   (소리) 학처럼 오래오래 살라는 뜻이다. 또 니 앞길이 해처럼 밝으라고 해도 그려 넣었다.

서편제

**낙산거사**　　　꽃 '화'자라.

완성된 '화'자.

**낙산거사**　　　(소리) 꽃에는 나비가 따르는 법이라.

낙산의 해설을 듣는 송화.

**낙산거사**　　　(소리) 이 세상 모든 것은 서로 짝이 있어야 되니 부디 좋은 사람 만나 자식
　　　　　　　　낳고 잘 살라고 나비를 그렸다.

낙산, 낙관을 찍어 송화에게 준다.
송화, 종이를 잡아 둘둘 만다.

## S#87 염전 길

버스가 서고 동호 내린다.

**사내**　　　(소리) 돈 언제 갚을 거여? 그려. 열흘이 넘었잖아.

동호 시야에서 본 염전 주막.

**사내**　　　나도 처갓집에서 빌려온 돈인디 이러다 나까지 신용 잃겠어. 니미럴.

## S#88 염전 주막 안

동호, 문을 열고 안으로 들어간다.
천가는 술상을 치우고 있다.

**사내**　　　(소리) 정 이러면 나 니 집에 들어눠 번질 껴.

**동호**　　　　목 좀 축일 수 있겠소?

　　　**천가**　　　　막걸리는 갖다 놓은 지가 며칠 돼서 좀 안 좋을 것인디, 소주가 어떻소?

　　　**동호**　　　　소주도 괜찮아요. 저녁 요기도 같이 좀 부탁합시다.

　　　**천가**　　　　이 골이 초행길이신 게라우?

　　　**동호**　　　　예, 그래서 하룻밤 묵어가고 싶소만.

　　　**천가**　　　　요샌 잠을 자고 가시는 손님이 통 없어 놔서, 잠자리도 험할 틴디.

내실 쪽 문이 열리며 송화가 들어간다.

　　　**동호**　　　　그런 걱정은 마시오. 참 이 집에 소리 하는 아낙이 있다던데.

　　　**천가**　　　　(소리) 예 있지요.

　　　**동호**　　　　소리 좀 청할 수 있겠소?

　　　**천가**　　　　소문 듣고 오셨소?

　　　**동호**　　　　예

　　　**천가**　　　　글쎄, 요새는 여간해서 소리를 안 하는디. 내 잠깐 물어봐야겠소. (방문 열고) 어쩔란가, 소리 좀 듣고 싶다는디…

INS. 어스름에 잠긴 염전 전경.

## S#89 염전 주막 방 안

천가가 문을 열어주면 송화가 방으로 들어가 앉는다.
동호, 송화를 뚫어져라 바라본다.
천가, 문을 닫는다.
송화의 B.S

　　　**동호**　　　　소리를 쫓아 남도 천지 안 돌아본 데가 없는 위인이오. 소리만 있어 주면 이 대로 앉아 밤이라도 세우겠소.

　　　**송화**　　　　들을만 한 데도 없이 천하기만 한 소리요.

　　　**동호**　　　　(소리) 소문을 듣고 찾아온 터이니 사양치 말고 좀 들려주시오.

송화, 자세를 고쳐 앉는다.

동호　(북을 앞으로 잡아끌며) 북을 잡아본 지 오래돼서… 장단이나 맞을는지 모르겠소.

동호, 북을 둥둥 친다.

송화　　　그때에 심청이는 부친 눈을 떠울랴고

　　　　　남경장사 선인들께 삼백 석에 몸이 팔려

　　　　　만경창파를 떠날 적에

　　　　　북을 두리둥두리둥 둥둥 두리둥 둥둥 둥둥

　　　　　여보시오 심낭자 물때 늦어가니

　　　　　어서 급히 물에 들어라

　　　　　심청이 이 말을 듣더니 뱃전 안에 엎드러져

　　　　　아이고 아버지 심청은 죽사오나

　　　　　아버지는 눈을 떠 천지만물을 보옵시고

　　　　　날 같은 불효여식을 생각지 마옵소서

　　　　　나 죽기 섧찮으나 혈혈단신 이 내 몸이

　　　　　누게 의지한단 말이냐

북 치는 동호의 모습.

송화　　　물결을 바라보니 원헤만리라.

동호　　　그렇지.

송화　　　하늘이 닿았는디

　　　　　태산 같은 뒷덩이 뱃전은 움죽 풍랑은 우루루루

동호　　　그렇지.

송화　　　물결은 워리렁워리렁 툭 처

　　　　　뱃전을 탕탕 와르르르르

　　　　　심청이 거동 봐라

　　　　　바람맞은 사람처럼 이리 비틀 저리 비틀

　　　　　뱃전으로 나가더니 다시 한번을 생각한다

　　　　　내가 이리 진퇴키는 부친 효성 부족함이라

　　　　　치마폭 무릅쓰고 두 눈을 딱 감고

　　　　　뱃머리로 우르르르르 손 한번 헤치드니

*기러기 낙수격으로 떴다 물에 가*
　　　　　　*풍--*

동호　　　(북을 치며) 어이
송화　　　*행화는 풍랑을 쫓고*

동호임을 알아채고 동호 쪽을 보는 송화.
두 사람의 부감.

송화　　　*명월은 해문에 잠겼구나*

시선을 거두는 송화.

# S#90　인서트

밤 깊은 염전 전경.

송화　　　*이때의 심황후는*
　　　　　*눈먼 부친의 신세 한탄을 듣더니*
　　　　　*심황후 거동 봐라*

# S#91　염전 주막 방 안

동호 O.S

송화　　　*이 말이 지듯 마듯*
　　　　　*산호주렴을 걷쳐 버리고 버선발로 우루루루루*
　　　　　*아이고, 아버지!*

송화 얼굴.

송화　　　*심봉사 이 말을 듣고 먼 눈을 희번덕거리며*
　　　　　*에이, 이거 웬 말이냐*

*누가 날더러 아버지라고 하여*

*나는 아들도 없고 딸도 없소*

*무남독녀 외딸 하나 물에 빠져 죽은 지가*

*우금삼년인디*

*아버지라니 누구여?*

*아이고, 아버지!*

*여태 눈을 못 뜨셨소*

*아버지 눈을 떠서*

*어서어서 나를 보옵소서*

소리하는 송화.

북 치는 동호.

동호 O.S 송화

송화를 뚫어지게 바라보는 동호.

## S#92 염전 주막 안 (아침)

문이 열리고 천가가 밖을 내다본다.

송화는 뒤에 앉아 있다.

## S#93 염전 길

동호, 버스를 기다리며 서 있다.

**천가**  (소리) 저 사람이 자네가 늘 기다리던 동생인가?

**송화**  (소리) 예. 제 소리가 저 사람의 북장단을 만났을 때 대번에 동생인지 알아챘
지요. 옛날 제 아비 솜씨 그대로였어요.

## S#94 염전 주막 안

**천가**  어쩐지 심상치 않더라니. 헌디 그렇게도 기다리던 사람끼리 왜 서로 모른 척
하고 헤어졌단 말인가?

| | |
|---|---|
| **송화** | 한을 다치고 싶지 않아서였지요. |
| **천가** | 무슨 한이 그렇게도 깊게 맺혔간디 풀지도 못하고 허망하게 헤어졌단 말이여? |
| **송화** | 우리는 간밤에 한을 풀어냈어요. |
| **천가** | 어떻게? |
| **송화** | 제 소리허고 동생의 북으로요. |
| **천가** | 어쩐지 임자 소리가 예전하고 썩 다르다 했더니만은… |

버스 소리, 들려온다.

## S#95 염전 길

동호, 버스가 서자 차에 올라탄다.
버스가 떠난다

| | |
|---|---|
| **천가** | (소리) 나도 밤새워 들었는디 자네 소리하고 저 사람 북장단이 어우러졌을 때 서로 몸을 대지 않고도 상대편을 희롱하고 어쩔 때는 서로 몸을 보듬고 운우지정을 나누는 것이 아닐까 하는 생각이 들기도 했네. |

## S#96 염전 주막 안

버스 떠나는 소리 들린다.

| | |
|---|---|
| **송화** | 제가 여기 온 지 얼마나 되었지요? |
| **천가** | 한 삼 년 되었제. |

송화 B.S

| | |
|---|---|
| **송화** | 제 팔자를 생각해 보면 당치도 않게 편한 세월이 너무 길었나 봐요. 이제 그만 몸을 옮겨야 할 때가 된 것 같아요. |
| **천가** | 나도 그럴 것이라고 짐작을 했네만… 다시 홀아비로 돌아가는구만. 정해진 곳은 있는가? |

송화, 고개를 젓는다.

**천가**　　　(소리) 정해지거든 알려 주소. 내 짐을 부쳐 줌세.

## S#97  갈대밭

여자아이의 손에 이끌려 길을 가는 송화.
멀어져 가는 송화와 여자아이.
타이틀이 흐른다.

- 끝 -

# 서편제 (1993년 작)

**원작** 이청준 「서편제」, 「소리의 빛」  **감독** 임권택  **시나리오** 김명곤

> **줄거리**  1960년대 초, 전라도 소릿재의 산골 주막에 중년의 남자 동호가 도착한다. 동호는 주막 주인의 판소리 한 대목을 들으며 회상에 잠긴다. 그의 어린 시절, 소릿품을 팔기 위해 어느 마을 대갓집 잔칫집에 불려온 소리꾼 유봉은 그곳에서 동호의 어미 금산댁을 만나 사랑에 빠져 자신이 데리고 다니는 양딸 송화와 함께 새로운 생활을 시작한다.
>
> 동호와 송화는 오누이처럼 친해지지만 아기를 낳던 금산댁은 아기와 함께 죽고 만다. 유봉은 소릿품을 파는 틈틈이 송화에게는 소리를, 동호에게는 북을 가르쳐 둘은 소리꾼과 고수로 한 쌍을 이루며 자란다.
>
> 그들은 유봉과 함께 소릿품을 팔면서 살아가지만 판소리를 들어주는 사람들이 줄고 냉대와 멸시 속에서 살아가던 중, 동호는 궁핍한 생활을 견디다 못해 유봉과 싸우고 집을 뛰쳐나간다. 유봉은 송화가 그 뒤를 따라갈지 모른다는 두려움과 '소리의 완성'에 집착하여 약을 먹여 송화의 눈을 멀게 한다.
>
> 유봉은 서서히 시력을 잃어가는 송화를 정성을 다해 돌보지만 죄책감 때문에 괴로워하다가 결국 송화의 눈을 멀게 한 일을 사죄하고 숨을 거둔다. 그로부터 몇 년 후 그리움과 죄책감으로 송화와 유봉을 찾아 나선 동호는 어느 이름 없는 주막에서 송화와 만난다. 북채를 잡은 동호는 송화에게 소리를 청하고, 송화는 아비와 그 똑같은 북장단 솜씨로 그가 동호임을 안다. 그리고 그들은 다시 헤어지고, 송화는 어디론가 유랑의 길을 떠난다.

1993년 개봉한 영화 〈서편제〉는 소설가 이청준의 연작소설 『남도사람』에 실린 단편소설 「서편제」, 「소리의 빛」 등을 원작으로 했다. 임권택 감독이 연출을 맡았고, 김명곤, 오정해, 김규철 등이 주연하였으며 김명곤이 영화 시나리오 각색을 겸임했다.

당시 전국 전산망 집계가 안 되던 단일 개봉관에서 서울 관객만 100만을 넘기며 국민적 열풍을 불러일으켰다. 남도의 아름다운 자연, 한을 맺고 푸는 사람들의 삶, 우리 소리의 느낌이 하나로 어우러지는 작품으로서 무엇보다 우리 판소리가 얼마나 뛰어난 예술 양식인지를 대중에게 알려주는 데 기여했다. 특히 〈진도 아리랑〉을 부르는 황톳길 위의 롱테이크는 전통예술을 한국적 미학으로 승화시키며 '한'의 영상미를 구현했다는 평가를 받았다.

1993년 상해영화제 최우수감독상(임권택), 최우수 여우주연상(오정해), 이 영화는 제

31회 대종상 최우수작품상·감독상, 제14회 청룡영화상 최우수작품상·남우주연상(김명곤), 제4회 춘사영화예술상 대상·작품상·감독상·여우주연상(오정해), 청룡영화제 최다관객상·대상·작품상·촬영상·신인여우상·남우주연상·남우조연상 등을 수상했다.

916

**3부 시나리오**

# 춘향뎐

| 나오는 사람들 |

광대                    운봉 현감

성춘향                  곡성 현감

이몽룡                  소리판의 고수

월매                    소리판의 구경꾼들

방자                    농부들

향단                    기생들

변학도                  사령들

이사또                  통인들

호방                    서리, 역졸들

이방                    과거 응시자들

공방                    옥사정

병방                    마을 처녀들

목랑청                  건달들

후배 사령               악사들

집장 사령               풍물패들

군로 사령1~2

## S#1 타이틀

멀리 보이는 지리산 자락.
남원 시가.
현대의 광한루를 오고 가는 관광객들.
춘향각, 춘향의 영정 등 춘향의 유적지를 통해 현대에 살아 있는 춘향의 모습이 화면에 담긴다.

## S#2 남원 국립 국악원

"춘향뎐" 판소리 공연 플래카드가 걸려 있다.
극장 앞에 즐을 서서 들어가는 관객들.

## S#3 극장 안 소리판

간결하고 아담한 무대에 판소리 명창과 고수가 나와 관객에게 인사를 한다.
박수를 치는 관객들.
명창, 소리를 시작한다.
어수선한 소리판의 분위기.

**명창**     *호남 좌도 남원부는 옛날 대방국이라 허였것다.*

## S#4 지리산과 남원부의 모습들

**명창**     *동으로 지리산, 서으로 적성강,*
      *남북강성하고 북통운암허니 곳곳이 승지요,*
      *산수 정기 어리어 남녀 간 일색도 나려니와*
      *만고 충신 관행묘를 모셨으니*
      *당당한 충렬이 아니 날 수 있겠느냐.*

## S#5 책실 방안

이몽룡, 단정히 앉아 책을 보고 있다.

| 명창 | 숙종 대왕 즉위 초에 사또 자제 도련님 한 분이 계시되 |
|---|---|
| | 연광은 십륙세요, 이목이 청수하고, |
| | 거지 현량허니 진세간 기남자라. |
| | 하루 일기 화창하야 방자 불러 물으시되 |
| 몽룡 | 이 애, 방자야! |

## S#6  책실 마루

방자, 충충 뛰어나온다.

| 방자 | 예이! |
|---|---|
| 몽룡 | 내가 네 고을에 내려온 지 수삼삭이 지났으나 |
| | 놀만 한 경치를 모르니 어디 어디 좋으냐? |
| 방자 | 공부허신 도련님이 승지는 찾어 뭣허시려요? |
| 몽룡 | 네가 모르는 말이로다. 고래의 문장 호걸들이 |
| | 명승지는 다 구경허셨느니라. |
| | 천하지 제일강산 쌓인 게 글귀로다. |
| | 내 이를 테니 들어 보아라. |

## S#7  소리판

명창, 소리를 시작한다.
추임새를 넣기 시작하는 관객들.

| 명창 | 기산 영수 별건곤 소부 허유 놀고, |
|---|---|
| | 채석강 명월야에 이적선도 놀고, |
| | 적벽강 추야월에 소동파도 놀아 있고, |
| | 시상리에 오류촌 도연명도 놀고, |
| | 상산에 바돌 뒤던 사호 선생도 놀았으니, |
| | 내 또한 호협사라. |
| | 동원도리편시춘, 아니 놀고 무엇헐 거나, |
| | 잔말 말고 일러라. |

## S#8 책실 마루

| | |
|---|---|
| 방자 | 북문 밖 나가오면 교룡산성 좋사옵고,<br>서문 밖 나가오면 관왕묘도 경치 좋고,<br>남문 밖 나가오면 광한루 오작교 영주각이 있사온데,<br>삼남의 제일 승지니 처분하야서 하옵소서 |
| 몽룡 | 네 말을 듣고 보니 광한루가 좋을 듯하구나.<br>나귀 안장 속히 지어 사또님 모르시게 삼문 밖에 대령하라! |
| 방자 | 예이! |

## S#9 삼문 앞

나귀를 끌고 나오는 방자와 후배 사령. 방자, 나귀 등에 안장을 짓는다.

| | |
|---|---|
| 명창 | *방자 분부 듣고 나귀청으로 들어가*<br>*서산나귀 솔질하야 갖은 안장을 짓는다.*<br>*홍영 자공 산호편, 옥안 금천 황금륵*<br>*청홍사 고운 굴레 상모 물려 덤벅 달아*<br>*앞뒤 걸쳐 질끈 매야*<br>*칭칭 다래 은엽 등자 호피돋음에 태가 난다.*<br>*모탄자 걸쳐 덮고 채질을 툭 쳐 돌려 세워*<br>*"말 대령하였소"* |

## S#10 방안

몽룡, 세수를 한 다음 옷을 곱게 차려입는다.

| | |
|---|---|
| 명창 | *도련님 호사할 제,*<br>*신수 좋은 고운 얼굴 분세수 정히 하고,*<br>*감태 같은 채 진 머리*<br>*동백기름에 광을 내어 갑사 댕기 들였네.*<br>*선천 동우주 겹저고리, 당모시 상침받이,* |

*쌍문초 진동옷 청중추막에*
*도복 받혀 분홍띠 눌러 띠고.*

## S#11  삼문 앞

방자, 몽룡을 나귀 등에 태운다.

명창   *만석 당혜를 촬촬 끌어,*
     *"방자, 나귀 붙들어라!"*
     *등자 딛고 선뜻 올라 통인 방자 앞을 세우고*
     *남문 밖 나가올 적, 황학의 날개 같은*
     *쇄금 당선 좌르르 펴 일광을 희롱허고,*

## S#12  길

후배 사령은 음식 바구니와 돗자리를 들고 방자는 나귀를 끌고 간다.

명창   *관도성남 너른 길 호기 있게 나가실 적,*
     *기풍하에 나는 티끌 광풍 쫓아 펄펄 날려,*
     *도화 점점 붉은 꽃 보보향풍 뚝 떨어져,*
     *쌍옥계변 네 발굽 걸음걸음이 생향이라.*

## S#13  광한루 길

날라리의 흥겨운 가락과 함께 농악놀이가 펼쳐지고 단오놀이를 즐기는 마을 사람들의 갖가지 모습들.
그네 뛰는 처녀들, 씨름하는 남정네들, 풍물패의 놀이,
갖가지 장사치들, 구경하는 노소남녀.

명창   *일단선풍도화색 위절도 적토마가 이 걸음을 당할소냐.*
     *항장수 오초마가 이에서 더할소냐?*
     *서부령 섭적 걸어 광한루 당도하야*

## S#14 누각 안

몽룡, 누각 위에 서서 경치를 바라본다.
방자와 후배 사령은 누각 아래에 있다.

| 명창 | 도련님이 광한루 위에 올라서서 |
|---|---|
| | 사면 경치를 둘러보실 적에 |
| | 적성의 아침 날은 늦은 안개 떠어 있고, |
| | 녹수의 저문 봄은 화류 동풍 둘렀는데, |
| | 요헌기구하최외는 임고대에 일러 있고, |
| | 자각단루분조요는 광한루가 이름이로구나. |
| | 광한루도 좋거니와 오작교가 더욱 좋다. |
| | 오작교가 분명하면 견우직녀가 없을소냐. |
| | 견우성은 내가 되려니와 직녀성은 게 뉘가 될 거나? |
| | 오늘 이곳 화림 중에 삼생연분을 만나 볼까. |

## S#15 누각 안

| 몽룡 | 좋다, 좋다. 과연 호남 제일루라 하겠구나. 애, 방자야! |
|---|---|
| 방자 | 예! |
| 몽룡 | 이러한 승지에 술이 없어 쓰겠느냐? 술이나 한상 가져오너라! |
| 명창 | *방자, 술상을 들여 노니, 도련님이 좋아라고* |
| 몽룡 | 이 애 방자야, 오늘 술은 상하동락으로 연치를 찾아 먹을 테니, 너희 둘 중에 누가 나이 많이 먹었느냐? |
| 방자 | 도련님 말씀 그리 하시니 아마도 저 후배 사령이 좀 더 먹은 듯합니다. |
| 몽룡 | 그럼 그 애 먼저 부어 주어라! |
| | 후배 사령 먹은 후에 방자도 한잔 먹고, |
| | 도련님도 못 잡순 술을 이삼 배 잡쉬 노니 취흥이 도도하야 |

몽룡, 술잔을 들고 일어서서 이리저리 거닌다.

명창 　앉았다 일어나 두루두루 거닐며,

　　　팔도강산 누대경개 손꼽아 헤아린다.

　　　장성일면용용수, 대야동두점점산,

　　　평양감영은 부벽루, 연광정 일렀고,

　　　주렴 취각은 벽공에 늘어져, 수호문창에 덩실 솟아

　　　앞으로는 영주각, 뒤로 보면 무릉도원,

　　　흰 '백'자, 붉을 '홍'은 숭이숭이 꽃피고,

　　　붉은 '단', 푸른 '청'은 고물고물이 단청이라.

　　　유막황앵환우성은 벗 부르는 소리요,

　　　황봉백접쌍쌍귀는 향기를 찾는 거동이라.

　　　물은 본시 은하수요, 산은 본시 옥경이라,

　　　옥경이 분명하면 월궁 항아가 없을소냐.

## S#16 숲속의 길

춘향, 향단과 함께 나온다.

명창 　백백홍홍난만중 백백홍홍난만중

　　　어떠한 미인이 나온다.

　　　해도 같고 달도 같은

　　　어여쁜 미인이 나온다.

　　　저와 같은 계집 아이와 함께

　　　그네를 뛸 양으로,

　　　녹림 숲을 당도하여

## S#17 숲속의 그네터

춘향, 그넷줄 위에 올라서서 그네를 탄다.

명창 　장장채승 그넷줄 휘늘어진

　　　벽도 가지에 휘휘칭칭 그네 매고,

　　　섬섬옥수를 번듯 들어

*양 그넷줄을 갈라 쥐고*

*선뜻 올라 발 구를 제,*

*한번을 툭 구르니 앞이 번듯 높았고,*

*또 한번 툭 구르니 뒤가 점점 멀었다.*

*난만도화 높은 가지 소소리쳐 툭툭 차니*

*춘풍취화 낙홍설이요 행화습의 난온이라*

*그대로 올라가면 서황모를 만나볼 듯,*

*그대로 내려오면 요지 황후를 만나 볼 듯*

*입은 것은 비단이라 찬 노리개가 알 수가 없고*

*오고 간 그 자취 사람은 사람이나 분명한 선녀라.*

*봉을 타고 올라가 진루의 농옥인가*

*구름 타고 내려와 양대의 무산 선녀*

*어찌 보면 훨씬 멀고 어찌 보면 곧 가까워.*

*들어갔다 나오는 양은 연축비화낙무연*

*도련님 심사가 산란하여*

## S#18 누각 안

| | |
|---|---|
| **몽룡** | 이 애 방자야! |
| **방자** | 예! |
| **몽룡** | 이리 가까이 좀 오너라! |
| **방자** | 왜요? |
| **몽룡** | 저 건너 오락가락하는 게 무엇이냐? |
| **방자** | 어디 말씀이요? |
| **몽룡** | 어따, 이놈아. 이 부채발로 보아라. |
| **방자** | 부채발이 아니라 미륵님발로 보아도 아니 보이요. |
| **몽룡** | 갑갑해서 못살겠다. 똑똑히 좀 보아라. |
| **방자** | 나무때기 두 번 똑똑 분질러 보아도 안 보이는디요. |
| **몽룡** | 이놈아, 잡담 그만하고 저기 들락날락 오락가락하는 걸 보아라. |

저기 들어간다 들어가, 나온다 나와,

저기 올라간다 올라가, 내려온다 내려와!

# S#19 숲속의 그네터

그네 뛰는 춘향.

# S#20 누각 안

**방자**  예이, 저것이 다른 무엇이 아니오라
이골 월매 딸 춘향이라 하옵는데,
몸종 아이 향단이를 데리고 나와 그네를 뛰는 모양입니다.

**몽룡**  아, 그거 잘 되었구나. 너 건너가서 내 말 하고 불러오너라.

**방자**  도련님, 그리 못하옵니다.

**몽룡**  어찌 그렇단 말이냐?

**방자**  제 본시 도도하여 기생 구실 마다하고
글귀도 공부하고 여공 재질과 문필을 겸하여
여염집 아이들과 다름없이 크니 오라 가라 허기 어렵습니다.

**몽룡**  자색이 그러하고 행실이 그렇다니 희한한 말이로다.
그럴수록 더 보고 싶구나. 잔말 말고 불러오너라.

**방자**  예이!

# S#21 숲속 가는 길

**명창**  *방자 분부 듣고 춘향 부르러 건너간다.*
*건더러지고 맵시 있고 태도 고운 저 방자,*
*새소 없고 팔랑거리고 우멍스런 저 방자,*
*서황모 요지연에 편지 전턴 청조처럼*
*말 잘하고 눈치있고 우멍스런 저 방자,*
*쇠털벙치 궁초 잣끈 맵수 있게 달아 써,*
*성천 통우주 접저고리,*
*삼승고의 육날신에, 수지 빌어 곱돌매고,*
*청창옷 앞자락을 뒤로 젖혀 잡아매고,*
*한 발은 여기 놓고 또 한 발 저기 놓고,*
*충, 충, 충충거리고 건너간다.*

*장송 가지 뚝 꺾어 죽장 삼어서*

*자르르 끌어 이리저리 건너갈 제,*

*조약돌 덥벅 집어 버들에 앉은 꾀꼬리*

*탁 쳐 후여 쳐 날려 보고 무수히 장난허다가,*

*춘향 추천허는 앞에 바드드드득 들어서,*

*춘향을 부르되 건혼이 뜨게*

*"아나, 엿다, 춘향아!"*

## S#22 숲속의 그네터

춘향, 깜짝 놀라 그네 아래 내려선다.

**향단**   에고, 호들갑스럽게 생긴 자식, 너의 선산에 불이 났냐?
       하마터면 우리 아씨 낙상할 뻔 혔다.

**방자**   허허, 시집도 안 간 가시내가 낙태했다네.

**향단**   이 자식아. 낙상이라고 혔지, 내가 언제 낙태라 혔냐?

## S#23 소리판

웃는 관객들.
점점 명창의 재담과 소리에 흥미를 느낀다.

**명창**   *방자 허허 웃고*

**방자**   이 말은 장난의 말이다마는 춘향아, 큰일 났다.

**춘향**   큰일은 무슨 큰일이 났단 말이냐?

**방자**   오늘 일기 화창하야 사또 자제 도련님이
       광한루 구경을 나오셨다가, 자네 추천하는 모양을 보고
       바삐 불러오라 하시기에 만단으로 말하여도 종시 듣지 않고
       어서 불러오라고만 하니 빨리 건너가자.

**춘향**   아니, 엊그제께 내려오신 도련님이 나를 어찌 알고 부르신단 말이냐?
       네가 도련님 턱밑에 앉아 춘향이니 난향이니,
       기생이니 비생이니 종조리새 열씨까듯

춘향뎐

쇠양쥐 씨나리 까듯 똑똑 까바쳤구나?

| | |
|---|---|
| 명창 | *방자 허허 웃더니마는* |
| 방자 | 아니, 춘향이 자네 글공부헌 줄 알았더니 |
| | 욕공부를 더 많이 했네 그려. 그러나 네 처사가 글렀어. |
| 춘향 | 내 처사가 뭐가 그르단 말이냐? |
| 방자 | 그렇지. 자과는 부지라, 자기 잘못은 모르는 법. 내 이를 테니 들어 보아라. |
| 명창 | *네 그른 내력을 들어를 봐라* |
| | *네 그른 내력을 들어를 봐라* |
| | *계집아이 행실로 여봐라 추천을 할 양이며는* |
| | *네 집 후원으 그네를 매고* |
| | *남이 알까 모를까 헌 디서* |
| | *은근히 뛸 것이지. 또한 이곳을 논지허면* |
| | *광한루 머지않고 녹음은 우거지고 방초는 푸르러* |
| | *앞내 버들은 청포장 두르고 뒷내 버들은 유록장 둘러* |
| | *한 가지는 찢어지고 또 한 가지는 늘어져* |
| | *춘비춘흥을 못 이기어 흔들흔들 너울거리고 춤을 출 제* |
| | *외씨 같은 네 발 맵시는 백운 간으 해뜩,* |
| | *홍상자락은 펄렁, 선웃음 빵끗, 잇속은 해뜩,* |

## S#24 광한루

멀리 숲속을 보고 있는 이몽룡, 참다못해 누각을 내려온다.

| | |
|---|---|
| 명창 | *도련님이 보시고 너를 불렀지* |
| | *내가 무슨 말을 하였단 말이냐.* |
| | *잔말 말고 건너 가자.* |

## S#25 숲속의 그네터

| | |
|---|---|
| 춘향 | 못 가겠다. |
| 방자 | 여보게 춘향이. 너무 자세 세우지 마라. |
| | 내가 모시고 있는 도련님도 인중 호걸이요, 영웅 군잘세. |

**춘향**　　양반이 부르는데 도리는 아니나 여염 처녀로서 내가 어찌 갈 수 있니?

　　　　　　그러니 도련님께 가서 '안수해 접수화 해수혈'이라 이 말만 전해 다오.

**방자**　　안주--뭐?

**춘향**　　안수해 접수화 해수혈!

**방자**　　알았네!


## S#26  숲속의 길

춘향과 향단, 길을 간다.

길 어귀에 서 있는 이몽룡과 멀리서 눈이 마주치는 춘향.

춘향, 얼굴이 붉어져 장옷을 머리 위에 쓰고 길을 간다.


## S#27  숲속의 다른 길

그 모습을 멍하니 바라보는 이몽룡.

방자, 오다가 이몽룡을 본다.


**방자**　　도련님! 어째 여기까지 와 계십니까?

**몽룡**　　아니, 이놈아. 춘향을 데리고 오랬지 쫓고 오래드냐?

**방자**　　그런 것이 아니오라 아무리 가자 해도 듣지 않고 저더러 욕만 잔뜩 합디다.

**몽룡**　　무슨 욕을 하더냐?

**방자**　　뭐 안주해 접수고 해수병에 걸리라든가 뭐라든가---

**몽룡**　　하하, 그게 욕이 아니라 뜻이 있는 말이로다.

**방자**　　무슨 뜻이다요?

**몽룡**　　기러기는 바다를 따르고, 나비는 꽃을 따르고,

　　　　　　게는 굴을 따르니 날더러 찾아오라는 뜻이다.

　　　　　　그런데 춘향의 집이 어디냐?

**방자**　　저기 요천수 건너 송림 숲 사이로

　　　　　　아스라이 보이는 행화촌에 춘향의 집이 있사옵니다.


몽룡, 방자가 가리키는 곳을 바라본다.

| 몽룡 | *좋다, 좋다, 장원이 정결하고*<br>*송죽이 울밀하니 여이지절개로구나.*<br>*이 애 방자야, 책방으로 돌아가자.* |

## S#28 책방 마당

| 명창 | *책방에 돌아와 글을 읽는디,*<br>*혼은 발써 춘향 집으로 가고 등신만 앉아 글을 읽는디*<br>*노루글로 뛰어 읽든가 보더라.* |

몽룡, 앉아서 책을 읽는다.
방자, 옆에 앉아서 구경한다.

| 몽룡 | 방자야! |
| 방자 | 예! |
| 몽룡 | 해가 어디만큼 갔나 보아라. |
| 방자 | 해 인지 사시 되었소. |
| 몽룡 | 글 읽고 말할 때와 술 마시고 놀 때는 해가 너무도 짧더니<br>오늘 해는 어찌 이리 지루하냐? 방자야! |
| 방자 | 예! |
| 몽룡 | 해 좀 보아라! |
| 방자 | 해 인자 오 시 되었소. |
| 몽룡 | 방자야, 해 어디만큼 갔나 보아라. |
| 방자 | 해 인자 육 시 되었소. |
| 몽룡 | 이놈아, 해도 육 시가 있단 말이냐? |
| 방자 | 오시 넘으면 육 시 아니요? |
| 몽룡 | 너 참 유식하다. 방자야, 해 어디 만큼 갔나 보아라. |
| 방자 | 해 인자 돋소. |
| 몽룡 | 야 이놈아! 오시 넘어 육시 되었다는 해가 인제 돋는단 말이냐? |
| 방자 | 뜻밖에 광풍이 일어나더니 소소리 바람결에<br>해가 밀려 동으로 쭈르르르르 팍 쳐백히더니<br>인자사 나오니라고 뭉게뭉게 야단났소. |

931　그때 통인이 온다.

이몽룡 재빨리 책을 들고 읽는 시늉을 한다.

**몽룡**　　　　*맹자견 양혜왕허신데,*

　　　　　　　*왕왈 수불원천리 이래허시니*

　　　　　　　*역장유이리오굴호이까*

통인, 상방으로 건너간다.

## S#29  상방 안

통인, 사또에게 무어라 아뢴다.

**이 사또**　　흐허허허허허, 애야, 목랑청 들어오래라.
**통인**　　　예이!

통인, 나간다.

**이 사또**　　허허, 이 자식, 어느새 속이 들어 글 읽는데 재미를 꼭 붙인 모양이구나.

목랑청, 들어온다.

**목랑청**　　불러 계시오니까?
**이 사또**　　거참, 기특하거든.
**목랑청**　　기특하지요.
**이 사또**　　뜻이 벌써 높거든.
**목랑청**　　뜻이 벌써 높지요.
**이 사또**　　자네 지금 뉘 말인지 알고 대답을 이리 부지런히 하나?
**목랑청**　　사또께서는 뉘 말을 이리 부지런히 하시오?
**이 사또**　　이 사람아, 우리 몽룡이 말이야.
**목랑청**　　사또께서 몽룡이 말씀이면 저도 몽룡이 말씀이지요.
**이 사또**　　허허허, 이놈이 저렇게 글공부를 열심히 하니

| 목랑청 | 과거급제는 떼 논 당상이지요. |
|---|---|
| 이 사또 | 허허, 용생용 봉생봉이로다. |

## S#30 책방 안

| 몽룡 | 방자야! |
|---|---|
| 방자 | 예! |
| 몽룡 | 상방에 불 껐나 보아라. |
| 방자 | 이제 초저녁인디 그새 불을 끌 것이오? |
| 몽룡 | 방자야, 불 껐나 좀 보아라. |
| 방자 | 불 아니 껐소. |
| 몽룡 | 불 껐나 좀 보아라! |
| 방자 | 답답해서 못살겠소. |
| | 소인이 가서 언제 불 끄실 건지 물어보고 올랍니다. |
| 몽룡 | 이 미친놈, 그런 소리 말고 불 껐나 자세히 좀 보아라. |

퇴령 소리, 길게 난다.

| 명창 | *퇴령 소리 길게 나니 도령님이 좋아라고* |
|---|---|
| | *"이 애 방자야!"* |
| | *"예이!"* |
| | *"청사초롱으 불 밝혀 들어라. 춘향집을 어서 가자."* |
| | *방자를 앞세우고 춘향집을 건너갈 적,* |
| | *협로진간 너른 길은 운간 월색을 희롱허고,* |
| | *화간에 푸른 버들, 경치도 장히 좋다.* |

## S#31 마을길

방자, 등롱을 들고 앞장서서 가고 몽룡, 그 뒤를 따른다.

| 명창 | *춘향집을 당도허니* |
|---|---|
| | *좌편은 청송이요, 우편은 녹죽이라.* |

*장하에 섰난 반송은*
*광풍이 건듯 불면 노룡이 굼니난 듯,*
*뜰 지키는 백두루미, 사람 자취 일어나서*
*나래를 땅에다 지르르르르르르 끌며,*
*뚜루루루루 끨룩 징검 징검,*
*와룡성이 고이허구나*

## S#32 소리판

박수 치는 관객들.
명창도 점점 신이 난다.

| | |
|---|---|
| **몽룡** | 이 애 방자야, 들어가서 나 왔다는 연통이나 하여라. |
| **명창** | *방자 썩 들어서며* |
| **방자** | *여 향단아!* |
| **명창** | *향단이 썩 나오면서* |
| **향단** | *너 어찌왔냐?* |
| **방자** | *나, 도련님 모시고 왔다.* |
| **명창** | *이때으 춘향모는 아무 물색도 모르고 함부로 말을 허고 나오는디* |
| | *달도 밝고 달도 밝다. 휘양천지 밝은 달,* |
| | *웬수년으 달도 밝고 내당연에 달도 밝다.* |
| | *나도 젊어 소시적에 남원읍에서 이르기를* |
| | *'월매 월매' 이르더니 세월이 여류하여* |
| | *춘안호걸이 다 늙었다.* |

## S#33 춘향집의 마당

방자, 어둠 속에서 불쑥 나타난다.

| | |
|---|---|
| **월매** | 아이구, 깜짝이야, 도둑이야! |
| **방자** | 쉿, 나요, 방자! |
| **월매** | 아니, 니가 이 밤에 웬일이냐? |

| 방자 | 사또 자제 도련님 모시고 나왔구만. |
| 월매 | 무엇이? |

몽룡, 헛기침을 하며 어둠 속에서 나온다.

| 월매 | 아니, 도련님이 웬일로? |
| 몽룡 | 흠흠, 내가 긴히 상의할 일이 있어서--- |
| 월매 | 아이구, 어서 안으로 들어가시지요. 이 애, 향단아! |
| 향단 | 예! |
| 월매 | 어서 술상 봐 올려라. |
| 향단 | 예! |

월매를 따라 안으로 들어가는 몽룡.
방자는 향단을 따라 춘향이 있는 별채 쪽으로 간다.

## S#34 월매의 방 안

몽룡, 앉아서 사방을 둘러본다.

| 월매 | 귀중허신 도련님이 누지에 왕림허시기는 천만 뜻밖이로소이다. |
| 몽룡 | 오늘 내가 찾아온 뜻은--- 흠흠--- |
| | 며칠 전 소풍차로 광한루에 나갔다가 춘향을 잠깐 보고 |
| | 내 마음이 산란하여 대사를 의논코자 왔소. |

## S#35 방 밖

방 안의 소리를 듣는 엿듣는 춘향과 향단, 방자.

## S#36 방 안

| 월매 | 무슨 말씀이온지? |
| 몽룡 | 춘향과 백년가약함이 어떠한지? |

## S#37 방 밖

춘향, 이몽룡의 말을 듣고 깜짝 놀란다.


## S#38 방 안

| | |
|---|---|
| **월매** | 말씀은 황송하오나 도련님은 사대부라 |
| | 잠깐 보고 버리시면 청춘 백발 두 목숨이 사생이 가련하니 |
| | 그런 말씀 마옵시고 잠깐 노시다나 가시지요. |
| **몽룡** | 내 목숨이 다하기 전에는 절대로 |
| | 춘향을 버리는 일 없을 것이니 부디 허락하여 주오. |
| **월매** | 도련님이 이리 조르시니 허락도 함직하오마는 |
| | 에미가 열 번 우긴들 소용 있겠소이까? 애, 춘향아! |
| **춘향** | (밖에서) 예! |
| **월매** | 이리 잠깐 들어오너라. |

춘향, 방 앞으로 나온다.
몽룡, 춘향을 취한 듯 바라본다.

| | |
|---|---|
| **월매** | 밖에서 다 듣고 있었지야? |
| **춘향** | 예! |
| **월매** | 네 뜻은 어떠하냐? |
| **춘향** | 어머니가 알아서 하세요. |
| **월매** | 꿈이라 허는 것이 허사가 아니구나. |
| | 간밤에 꿈을 꾸니 난데없는 청룡 하나가 벽도지에 잠겨 보이거늘 |
| | 도련님 이름이 몽룡이라 꿈몽 자, 용용 자 신통하게 맞추었다. |
| | 무남독녀 너 하나를 금옥같이 길러내어, |
| | 봉황 같은 짝을 지어 육례 갖춰 여의고자 하였더니 |
| | 오늘 밤 이 사정이 불가피 이리 되니 이게 모두 니 팔자라. |

향단, 술상을 들고 온다.

| 월매 | 춘향아, 술 부어 도련님 전 올려라. |
|---|---|
| 몽룡 | 이 술은 경사주니 장모 먼저 잡수시오. |

몽룡, 월매에게 술을 부어 따른다.

월매, 술을 마신다.

| 월매 | 도련님, 잔 돌아가오. 춘향아, 약주 부어 드려라. |
|---|---|

춘향, 술을 따른다.

몽룡, 술을 마시고 춘향에게 준다.

| 몽룡 | 어서 이 잔 받아다오. 합환주로 맹세하자. |
|---|---|

춘향, 술잔을 받아 조금 마신다.

| 춘향 | 부디 도련님은 한번 먹은 굳은 마음 변하지 마옵소서. |
|---|---|
| 몽룡 | 장부의 먹은 마음 금옥과 같은지라 내 결단코 일구이언 하지 않겠네. |
| 춘향 | 오늘의 이 언약은 천지로 맹세하고 일월이 증인되었으니 |
| | 저는 오로지 도련님만을 바라보며 살겠네. |
| 몽룡 | 피차 언약이 이럴진데 상전이 벽해된들 변할 리가 있겠는가? |

## S#39 춘향의 방 안

몽룡과 춘향, 사랑의 장면을 펼쳐 보인다.

| 명창 | *춘향과 도련님과 단둘이 앉았으니 그 일이 어찌 될 일이냐!* |
|---|---|
| | *이날 밤 정담이야 서불진혜요 언불진혜로다.* |
| | *하루 가고 이틀 가고 오륙일이 지나가니,* |
| | *나이 어린 사람들이 부끄럼은 훨씬 멀리 가고* |
| | *정만 담쏙 들어 하루는 안고 누워* |
| | *둥글면서 사랑가로 즐겨 보는디* |
| | *만첩청산 늙은 범이 살진 암케를 물어다 놓고* |

*이는 다 덥쑥 빠저 먹든 못허고,*

*으르르르르르 어헝 넘노난 듯,*

*단산 봉황이 죽실을 물고 오동 속을 넘노는 듯,*

*북해 흑룡이 여의주를 물고 채운 간에 넘노는 듯,*

*구곡 청학이 난초를 물고 세류 간에 넘노는 듯,*

*"내 사랑, 내 알뜰, 내 간간이지야.*

*오호 어 둥둥 니가 내 사랑이지야.*

*목락무변 수여천에 창해같이 깊은 사랑,*

*삼오 신정 달 밝은 데 무산 천봉 완월 사랑,*

*생전 사랑이 이러하니 사후 기약이 없을소냐.*

*너는 죽어 꽃이 되되 벽도홍 삼춘화가 되고,*

*나는 죽어 범나비 되어 춘삼월 호시절에*

*니 꽃송이를 내가 덥쑥 안고 너울너울 춤추거드면*

*니가 날인 줄 알으려무나."*

*"화로허면 접불래라. 나비 새 꽃 찾아간즉, 꽃되기는 내사 싫소."*

*"그러면 죽어서 될 것 있다.*

*너는 죽어 종로 인경이 되고 나도 죽어 인경 망치가 되어*

*밤이면 이십팔수, 낮이 되면 삼십삼천 그저 댕 치거드면*

*니가 날인 줄 알려무나."*

*"인경 되기도 내사 싫소."*

**춘향**   도련님, 어찌 불길하게 사후 말씀만 하시니까?

**몽룡**   그럼, 우리 한번 업고 놀자.

**춘향**   아이고, 부끄러워서 어찌 업어요? 건넌방 어머니가 알면 어쩌시려오.

**몽룡**   너희 어머니는 소싯적에 이보다 훨씬 더 했다고 하더라.

**명창**   *"이리 오너라 업고 놀자.*

*이리 오너라 업고 놀자.*

*사랑 사랑 사랑 내 사랑이야.*

*사랑이로구나 내 사랑이야.*

*이이이이 내 사랑이로다*

*아매도 내 사랑아. 네가 무엇을 먹으랴느냐?*

*네가 무엇을 먹으랴느냐?*

*둥글 둥글 수박 웃봉지 떼때리고*

*강릉 백청을 다르르르르르 부어*
*씰랑 발라 버리고 붉은 점 흠뻑 떠*
*반간진수로 먹으랴느냐?"*
*"아니, 그것도 나는 싫소."*
*"그러면 무엇을 먹으랴느냐?*
*니가 무엇을 먹으랴느냐?*
*당동지 지루지하니 외가지 당참외 먹으랴느냐?"*
*"아니, 그것도 나는 싫소."*
*"그러면 니 무엇을 먹으랴느냐?*
*니가 무엇을 먹으랴느냐?*
*앵도를 주랴, 포도를 주랴,*
*귤병 사탕 외화당을 주랴?*
*아마도 내 사랑아. 그러면 무엇을 먹으랴느냐?*
*니가 무엇을 먹을래?*
*시금털털 개살구 작은 이 도령 서는 데 먹으려느냐?"*
*"아니, 그것도 나는 싫어."*
*"아매도 내 사랑아.*
*저리 거거라, 뒷태를 보자. 이리 오너라, 앞태를 보자.*
*아장아장 걸어라 걷는 태를 보자.*
*빵긋 웃어라 잇속을 보자. 아마도 내 사랑아."*

## S#40 소리판

홍이 나서 추임새를 하는 관객들.

**명창**   이 도령이 춘향집을 새앙쥐 풀방구리 들락거리듯이 들락거리니
나중에는 서로 파급이 되어서 궁자 노래로 한번 놀아 보는디
" '궁'자 노래를 들어라. '궁'자 노래를 들어라.
초분천지 개탁 후, 인정(殿)으로 창덕궁,
진시황의 아방궁, 용궁에는 수정궁, 왕자진의 어목궁,
강태공의 조작궁, 이 궁 저 궁을 다 버리고,
너와 나와 합궁하면 이 아니 좋더란 말이야.

*어허, 이리 와. 어서 벗어라, 잠자자. 어서 벗어라, 잠자자.",*
*"아이고, 부끄러워서 나는 못 벗겠소.",*
*"아서라, 이 계집, 안 될 말이로다. 어서 벗어라, 잠자자."*
*와락 뛰어 달려들어 저고리, 치마, 속적삼 벗겨*
*병풍 위에 걸어놓고, 둥뚱땅 법중 '여'로다.*
*사나운 상마 암말 덮치듯, 양각을 취하더니,*
*베개는 우구로 솟구치고 이불이 벗겨지며, 촛불은 제대로 꺼졌구나.*
*이리 한참 요란할 적, 말 아니 않드래도 알리로다.*

깔깔거리고 웃는 관객들.

## S#41 춘향의 방 안

누워 있는 몽룡과 춘향.

**방자**      (소리) 도련님, 도련님!

일어나서 방 밖으로 나가는 몽룡.

## S#42 방 밖

**몽룡**      무슨 일이냐?
**방자**      사또께서 찾으니 어서 급히 가사이다.
**몽룡**      그래?

급히 신을 신고 방자를 따라가는 몽룡.
춘향 따라 나와 몽룡을 배웅한다.

## S#43 내아

이 사또 앞에 몽룡, 무릎 꿇고 앉아 있다.

| | |
|---|---|
| **이 사또** | 너 요즘 어디를 그리 다니기에 |
| | 책방에서 글 읽는 소리는 아니 나고 집안에 경사가 있어도 모르느냐? |
| **몽룡** | 어떤 경사가 있사옵니까? |
| **이 사또** | 내가 동부승지 당상하여 내직으로 올라가게 되었다. |
| | 나는 예서 중기 닦고 올라갈 테니 |
| | 너는 내행 모시고 먼저 올라가거라. |

몽룡, 눈을 번히 뜨고 말을 못하고 있다.

## S#44 마을길

몽룡, 길을 간다.

| | |
|---|---|
| **명창** | *뜻밖에 도련님이 이 말을 들어 노니* |
| | *정신이 막막허고 흉중이 답답허여* |
| | *하릴없이 춘향으 집으로 이별차로 나가는디* |
| | *점잖허신 도련님이 대로변으로 나가면서 울음 울 리 없제마는* |
| | *어안이 벙벙 흉중이 답답허여 하염없난 설움이* |
| | *간장으로 끓어 오르는구나.* |

## S#45 춘향의 집

몽룡, 들어선다.
향단, 담 밑에서 봉숭아를 따다가 반갑게 맞이한다.

| | |
|---|---|
| **향단** | 도련님, 이제 오시니까? |

몽룡, 대답 없이 안으로 들어간다.
월매, 호들갑을 떨며 부엌에서 나온다.

| | |
|---|---|
| **월매** | 허허, 우리 사우 오네! |

몽룡, 말없이 춘향의 방 앞으로 간다.

월매, 부엌 안으로 들어간다.

향단도 따라 들어간다.

춘향, 마루로 나와 몽룡의 손을 잡는다.

**춘향**  오늘은 책방으서 무슨 소일을 하시느라 편지 일장이 없었어요?

춘향과 몽룡, 방안으로 들어간다.

## S#46 춘향의 방 안

**춘향**  왜 이리 수심이 그득하시오?

몽룡, 대답 없이 앉는다.

**춘향**  누구에게 내 험담을 들으셨소? 사또께서 꾸중허시더니까?

몽룡, 여전히 대답이 없다.

**춘향**  약주를 과음하여 정신이 혼미한가?

춘향, 몽룡의 입에 코를 대고 냄새를 맡아 본다.

**춘향**  술 내도 안 나는디.

춘향, 몽룡의 이마에 손을 대어 본다.

**춘향**  머리도 안 더운걸.

춘향, 몽룡의 겨드랑이에 손을 넣어 간지럽힌다.

몽룡, 목석같이 앉아 있다.

춘향, 무색하여 잡았던 손을 놓는다.

| 춘향 | 내 몰랐소, 내 몰랐소, 도련님 속 내 몰랐소. |
| --- | --- |
| | 듣기 싫어허는 말은 더 허여도 쓸데없고, |
| | 싫어허는 얼굴 더 보여도 병 되니, |
| | 나는 건넌방 어머니 곁에 가 잠이나 자지. |
| 몽룡 | 게 앉거라. 말을 허면 울겠기에 참고 참었더니 |
| | 너 하는 거동을 보니 어디 말을 하겠느냐? |
| 춘향 | 무슨 말을 하려고 그러시요? |
| 몽룡 | 사또께서 동부 승지 당상하여 내직으로 올라가신단다. |

몽룡, 울음을 터뜨린다.

| 춘향 | 그럼 댁에는 경사 났소. |
| --- | --- |
| | 양반댁에서는 경사가 나면 한바탕씩 우는 전례가 있소? |
| 몽룡 | 경사는 났다마는 올라가기에 운다. |
| 춘향 | 옳지 인제 내 알았소. 도련님 한양 가시면 내 아니 갈까 염려시오? |
| | 여필종부라 하였으니 천리 만리라도 도련님을 따라가지. |
| 몽룡 | 양반의 자식이 외방에 나와 작첩하였다는 말이 나면 |
| | 족보에서 이름 빼고 사당 참배도 못 하고 과거도 못 보는 법이니--- |
| 춘향 | 오, 그러면 이별하자는 말이요 그려. |
| 몽룡 | 이별이야 되겠느냐마는 아마도 훗 기약을 둘 수밖에 없다. |
| | 이삼 년만 기다려 다오. |

춘향, 입술이 바르르 떨리더니 벌떡 일어난다.

| 명창 | *와락 뛰어 일어서며 발길에 잡히는 치마자락도* |
| --- | --- |
| | *쫙쫙 찢어서 도련님 앞에다 내던지고,* |
| | *명경 채경도 두루쳐 번뜻 안어다가 문밖 사우에다* |
| | *와당탕 때려서 와그르르르르 탕탕 부딪치고* |
| | *아이고, 여보, 도련님! 이제 허신 그 말씀이 재담이요,* |
| | *농담이요, 실담이요, 패담이요?* |
| | *사람 죽는 구경을 도련님이 허시랴오?* |
| | *우리 당초 만날 적에 전년 오월 단오야으* |

*방자를 앞세우고 나으 집을 나오거서,*
*도련님은 저기 앉고 춘향 저는 여기 앉어 무엇이라 말하였소?*
*산해로 맹세허고 일월로 증인들을 삼어,*
*상전이 벽해가 되고 벽해가 상전이 되도록 떠나 사지 마잤더니,*
*주 일 년이 다 못 되어 이별 말이 웬 말이요?*
*나의 손길 부여잡고 창전에 멀리 나가,*
*경경이 맑은 하늘을 천 번이나 가르치고, 만 번이나 맹세허였지요.*
*맹세 구름이 저기 떳소. 말을 허오, 말을 허여.*
*공연한 사람을 살자 살자 조르더니 평생 신세를 망치네그려.*
*향단아, 건넌방 건너가서 마나님 전 여쭈어라.*
*도령님이 떠나가신단다.*
*사생결단을 헌다고 죽는 줄이나 아시래라."*
*그때에 춘향모는 아무 물색 모르고*
*가만히 앉어 들으니 울음소리가 나거늘,*

**월매** "아이고, 저것들"
*벌써 사랑쌈 허는 줄로만 알고 쌈 말리러 나오는듸,*

## S#47 방문 앞

**명창** *춘향 모친이 나온다, 춘향 어머니 나온다.*
*허든 일 밀쳐 뉘, 상초머리, 행자초마 모냥이가 없이 나온다.*
*춘향 방 영창 밖으 귀를 대고 들으니 정정한 이별이로구나.*
*춘향 모친 기가 맥혀 어간마루 섭적 올라 두 손뼉 땅땅,*
*"어허 별일 났네. 우리집에가 별일 나."*

## S#48 방 안

월매, 춘향에게 달려든다.

**월매** 여보시오, 도련님. 내 딸 어린 춘향이가
얼굴이 밉든가 언어가 불순튼가, 잡시럽고 횡하든가,
어느 무엇이 그르기로 이 봉변을 주시요?

춘향뎐

못허지 못히여, 양반의 자세허고 몇 사람을 죽이려는가?

**몽룡**　여보소, 장모. 춘향 다려 감세. 좋은 수가 있네.

내일 내행 앞에 신주 요여가 올라갈 터이니,

신주는 모셔내어 내 소매 속에 감추고

춘향이는 요여 속에 앉아 가게 되면

남들이 요여 속에 신주 모신 줄 알지,

설마 춘향 든 줄이야 알겠나?

**춘향**　아이고 어머니, 오죽 답답허면 저런 말씀을 허시겠소.

울지 말고 건넌방으로 건너가오. 도련님 내일은 부득불 가신다니

밤새도록 말이나 허고 울음이나 싫컷 울고 보낼라요.

**월매**　나는 모른다. 너희 둘이 죽던지 사던지 나는 모른다. 나는 몰라!

월매, 밖으로 나간다.

# S#49 춘향의 방 앞

향단, 부엌 문틈에 기대어 서서 눈물을 짓고 있다.

# S#50 방 안

**명창**　일절통곡 애원성은 단장곡을 섞어 운다.

둘이 서로 마주 앉어

보낼 일을 생각허고 떠날 일을 생각허니

어안이 벙벙 흉중이 답답허여

하염없난 설움이 간장으로 솟아난다.

경경열열하여 크게 울든 못허고 속으로 느끼난디

"아이고 도련님! 날 볼 날이 몇날이며 날 볼 밤이 몇 밤이요?

도련님은 올라가면 명문귀족 재상가으 요조숙녀 정실 얻고

소년급제 입신 양명 청운으 높이 오라 주야 호강 지내실 적,

천리 남원 천첩이야 요만큼이나 생각허리.

아이고 내 신세야, 내 팔자야.

이팔청춘 젊은 년이 낭군 이별이 웬일인고?"

945 향단, 술상을 가져온다.

춘향, 술을 따라 몽룡에게 준다.

**춘향**　　　옛소, 도련님, 약주 잡수.

**몽룡**　　　세상에 못 먹을 술이로다. 합환주는 먹으려니와

　　　　　이별주라 주는 술을 내가 먹고 어이 살잔 말이냐?

춘향, 손에 낀 옥반지를 빼어 준다.

**춘향**　　　도련님, 지환 받으오.

　　　　　여자의 굳은 마음 지환 빛과 같은지라,

　　　　　진흙 속에 묻어 둔 들 변할 리가 있으리까.

몽룡, 반지를 받고 품에서 거울을 꺼내어 준다.

**몽룡**　　　장부의 맑은 마음 거울 빛과 같을지니 날 보듯이 두고 보아라.

춘향과 몽룡, 꼭 끌어안고 운다.

## S#51 춘향의 방 앞

**명창**　　　*그때으 동헌에는 내행차 떠나랴고*

　　　　　*쌍교를 어루거니 독교를 어루거니 병마 나졸이 분주헐 제,*

　　　　　*방자 겁을 내어 나구 몰고 나온다.*

　　　　　*따랑 따랑 따랑 따랑 따랑 따랑 따랑 따랑*

　　　　　*춘향 문전 당도*

**방자**　　　어허, 도련님 큰일 났소. 내행차 떠나시며 도련님 찾삽기로

　　　　　먼저 떠나셨다 아뢰고 왔사오니 어서 가옵시다.

　　　　　이별이라 허난 것은 너 잘 있거라 나 잘 간다,

　　　　　이것이 분명 이별인데 웬 놈으 이별을

　　　　　이렇게 뼈가 녹도록 헌단 말이요? 어서 가옵시다.

방자, 몽룡을 끌어 나귀에 태운다.
향단은, 춘향을 잡아 일으킨다.

명창        도련님이 하릴없어 나구 등에 올라 앉으며
               "춘향아, 잘있거라. 장모도 평안히, 향단이도 잘있거라."
               춘향이 기가 막혀 버선발로 우루루루루루,
               한 손으로는 나귀 정마 부여 잡고,
               또 한 손으로는 등자 디딘 도련님 다리 잡고,
               "아이고, 도련님, 여보, 도련님, 날 다려가오.
               여보, 도련님, 날 다려가오.
               여보, 도련님, 날 다려가오.
               쌍교도 나는 싫고, 독교도 나는 싫소.
               건넌 말끄 반보담 지어서 어리렁 출렁청 날 다려가오."
               말은 가자 네 굽을 치는듸, 님은 꼭 붙들고 아니 놓네.

## S#52 춘향의 집 앞

춘향, 대문까지 쫓아 나가 몽룡이 간 쪽을 멍하니 바라본다.

명창        방자, 나귀 정마 취어들고 채질 툭 쳐 돌려서니,
               비호같이 가는 말이 청산녹수 얼른얼른,
               한 모롱 두 모롱 돌아가니,
               청산에 노든 원앙이 짝을 잃은 거동이라.
               춘향이 기가 막혀 가는 임을 우두머니 바라보니,
               이만끔 보이다, 저만끔 보이다가,
               달만끔 보이다, 별만끔 보이다,
               나비만끔 보이다가,
               십오야 둥근 달이 떼구름 속으로 잠긴 듯이
               아주 깜박 박석고개를 넘어서니,
               춘향이 그 자리에서 퍽썩 주저앉어
               방성 통곡으로 울음을 운다.

**S#53 길**

몽룡, 나귀 등에 앉아서 멀리 사라진다.

## S#54 춘향의 방 앞

춘향, 뜰을 거닌다.

명창    *갈까 부다, 갈까 부다. 님을 따라서 갈까 부다.*
       *천리라도 따라가고 만리라도 갈까 부다.*
       *바람도 쉬어 넘고 구름도 쉬어 넘는*
       *수진이 날진이 해동청 보라매*
       *모두 다 쉬어 넘는 동설령 고개라도 임 따라갈까 부다.*
       *하늘의 직녀성은 은하수가 막혔어도 일년일도 보련마는*
       *우리 님 계신 곳은 무슨 물이 막혔길래 이다지도 못 보는고?*
       *이제라도 어서 죽어 삼월 동풍 연자 되어*
       *님 계신 처마 끝에 집을 짓고 노니다가*
       *밤중이면 님을 만나 만단 정회를 허고지고*
       *누년의 꼬염 듣고 영영 이별이 되려는가?*

## S#55 소리판

눈물을 흘리는 관객들.

명창    *행군견월 상심색에 달만 비춰도 님의 생각,*
       *추우오동 엽락시으 잎만 떨어져도 님의 생각,*
       *야우문령 단장성에 비 죽죽 와도 님의 생각,*
       *식불감미 밥 못 먹고, 침불안석 잠 못자니,*
       *이게 모두 다 임 그리운 탓이로다.*
       *앉어 생각 누워 생각, 생각 그칠 날이 전혀 없어*
       *모진 간장에 불이 탄들 어느 물로 이 불을 끌거나.*
       *이렇닷이 앉어 울며 세월을 보내는구나.*

그때에 구관은 올라가고, 김 부사가 도임하여
만 삼 년이 되어서 나주목사 전직하고,
신관이 내려오는디,
서울 자하골 사는 변 '학'자 '도'자 쓴 양반이 났는디,
여러 골을 살았기로 호색하기 짝이 없어,
남원의 춘향 소식 높이 듣고
간신히 서둘러 남원 부사 허였것다.

## S#56 도임길

명창          하루는 신연 하인 대령하야
             출행날을 급히 받어 도임차로 내려오는디

화려한 신연 행렬이 펼쳐진다.

명창          신연 맞어 내려온다. 신연 맞어 내려올 적,
             별련 맵시 장히 좋다. 모란 새김의 완자창 네 활개 쩍 벌려,
             일등 마부 유량 달마 덩덩그렇게 실었다.
             키 큰 사령 청창옷 뒷채잽이다 힘을 쓰며 별연 뒤따랐는디,
             남대문 밖 썩 나서 좌우 산천을 바라 봐,
             신연 급창 거동 보소. 키 크고 길 잘 걸그고,
             어여쁘고 말 잘하고 영리한 저 급창,
             석성 망건 대모 관자 진사 당줄을 달아 써,
             가는 양태 평파립, 갑사 갓끈을 넓게 달아 한 옆 지울게 비슥 쓰고,
             보래 수주 방쾌, 철룩, 철룩자락을 각기 접어 뒤로 잦혀 잡어매고,
             청장줄 검처잡고 활개 휠휠휠, 충충 걸음 걸어,
             "에라, 이놈, 나지마라!"
             전배 나장 거동보소. 통양갓에다 흰 깃 꼽고,
             왕자 덜거리 방울 차 일산에 갈라서서,
             "에라, 이놈, 나지 마라!"
             통인 한쌍 책전립, 마상태 고뿐이로다.
             충청 양도를 지나여 전라 감영을 들어가 순상 전 연명허고,

*이튿날 발행할 제, 노구바구, 임실숙소, 호기있게 도임헐 제*

## S#57 오리정 길

남원 부중의 신연맞이 행사가 펼쳐진다.

**명창**  *오리정 당도하니 육방 관속이 다 나왔다.*
*질청 두목 이방이며, 인물 차지 호장이라.*
*호적 차지 장적빗과, 수 잘 놓는 도서원,*
*병서, 일서, 도집사, 급창, 형방 옹위하야*
*권마성이 진동허며 거덜거리고 들어간다.*
*천파총, 초관, 집사, 좌우로 늘어서고,*
*오십 명 통인들은 별연 앞에 배향허고,*
*육십 명 군로 사령 두 줄로 늘어서서 떼기러기 소리허고,*
*삼십 명 기생들은 갖인 안장 책전립 쌍쌍이 늘어서*
*공인, 육각, 홍철융, 남전대 테를 잡아 매야*
*북 장구 '떡 쿵' 붙여,*
*군악 젓대, 피리 소리 영채가 진동헐 제,*
*수성장 하문이라! 청총이 영솔하야 청도기 벌였난디*
*청도 한 쌍, 홍문 한 쌍, 주작 남동각, 남서각,*
*홍초 남문 한쌍, 청룡 동남각, 서남각,*
*남초 황문 한쌍, 등사 순시 한쌍,*
*황초 백문 한쌍, 백호 서북각 서북각,*
*현무 북동각, 북서각, 흑초, 관원수, 망원수, 왕연관,*
*오난수, 조현단, 표미, 금곡 한 쌍,*
*호총 한 쌍, 나 한 쌍, 저 한 쌍, 나방 한 쌍, 바라 한 쌍,*
*새약 두 쌍, 고 두 쌍, 영기 두 쌍, 군로 직렬 두 쌍,*
*좌마 독존이요, 난후 친병, 거사당 포악 두 쌍으로*
*통 캥 지르르르르 나노나 지로나, 고동은 뒤,*
*나발은 홍앵 홍앵, 애구부야 숨은 돌이*
*종종 내문 돌에 걷잡히여 무상에 실족 험로가 나니*
*"후배 사령!"*

춘향뎐

"예이!"

"금난 장교 없단 말이냐? 좌우 잡인을 썩 금치 못헌단 말이냐?"

척척 바우여, 하마포, 이삼승, 일읍 잡고 흔드난 듯,

객사 연명하고, 동헌 좌기허여

"대포수!"

"예이!"

"방포 일성하라!"

"꿍!"

## S#58 동헌

변학도의 삼 일 동안 업무 보는 모습이 펼쳐진다.

명창　　　 좌기초 하신 후에, 삼형수 문안받고,

　　　　　 형수 군관 입례받고, 육방 하인 현신 후에,

　　　　　 도임상 물리치고, 자고 자고 나니 제 삼 일이 되었구나.

　　　　　 호장이 기생 점고를 하라 허고

　　　　　 영창 밖에서 기안을 펼쳐 놓고 차례로 부르는디

## S#59 별채

호젓한 별채에서 호방이 기생 명부를 들고 호명하면 기생들 차례로 나와서 선을 뵈고 물러난다.

호방　　　 행수 기생 월선이!

월선　　　 예, 등대 나오!

호방　　　 우후 동산에 명월이!

명월　　　 예, 등대 나오!

변사또　　 예, 여봐라! 그 수많은 기생을 그렇게 부르다가는
　　　　　 한 달 안으로도 끝내지 못하겠다. 자주자주 불러라!

호방　　　 만화방창에 봄바람 부귀할 손 모란이 왔느냐?

모란　　　 예, 등대허였소!

| | |
|---|---|
| 호방 | 오동 복판에 거문고 서리렁 둥덩 탄금이 왔느냐? |
| 탄금 | 예, 등대허였소! |
| 호방 | 아들을 날까 바라고 바랐더니 딸을 났다고 섭섭이 왔느냐? |
| 섭섭 | 예, 등대허였소! |
| 변사또 | 여봐라 더 빨리빨리 못 부르느냐? |
| 호방 | 예-이, 취향이, 금향이, 난향이, 계향이, 매향이, |
| | 고향이, 묘향이, 원향이, 색향이! |
| 기생들 | 예! |
| 호방 | 기생 점고 다 헌 줄로 아뢰오! |
| 변사또 | 저게 모두 다 기생이냐? |
| 호방 | 그런 줄로 아뢰오. |
| 변사또 | 내가 기생 벼락 맞아 죽게 생겼구나. |
| | 그런데 너의 고을에 춘향이라는 기생이 있다는데 |
| | 점고에 불참이 웬 말이냐? |
| 호방 | 황송하오나 춘향은 본시 양반의 기출로서 |
| | 올라가신 구관 자제 도련님이 춘향의 머리를 얹혔나이다. |
| 변사또 | 머리를 얹혔으면 한양으로 데려갔다 그 말이냐? |
| 호방 | 제집에서 수절하고 있사옵니다. |
| 변사또 | 수절? 어 허허허. 애, 거 희한한 말 듣겠구나. 어서 급히 불러들여라! |
| 호방 | 사령! |
| 사령 | 예이! |
| 호방 | 춘향 불러들여라! |
| 사령 | 예이! |

## S#60 동헌 앞길

| | |
|---|---|
| 명창 | *군로 사령이 나간다. 사령 군로가 나간다.* |
| | *산수털 벙거지 남일광단 안 올려* |
| | *날랠 '용'자를 떡 붙이고 거덜거리고 나간다.* |
| | *"이애, 김번수야!"* |
| | *"왜야!"* |
| | *"이 애, 박번수야,"* |

*"왜 부르냐?"*
*"걸렸다, 걸리어!"*
*"게 누가 걸리여?"*
*"춘향이가 걸렸다!",*
*"옳다! 그 제기 붙고 발기 갈 년이 양반 서방을 허였다고,*
*우리를 보면 초리로 보고 뎅혀만 잘잘 끌고 교만이 너머 많더니,*
*잘 되고 잘 되엿다. 니나 내나 일분 사정 두난놈,*
*너도 제기 붙고 나도 제기를 붙나니라."*

## S#61  마을길

**명창**　　두 사령이 분부 듣고 안올린 벙치를 잿혀 쓰고,
　　　　　소소리 광풍 걸음제를 잃고 어칠 비칠 툭툭거려 녹림 숲속을 들어가,

## S#62  춘향의 집 앞

**명창**　　*"이 애, 춘향아, 나오너라!"*
　　　　　부르는 소리 원근 산천이 떵그렁그 들린다.
　　　　　*"사또 분부가 지엄하니 지체말고 나오너라"*

향단, 뛰어 나와 밖을 살핀다.

## S#63  춘향의 집 마당

**향단**　　아이고 아씨, 사령들이 아가씨를 부르니 무슨 야단이 났나 봅니다.
**월매**　　아차, 내 잊었다. 오늘이 점고라더니 무슨 야단이 났나 부다.

두 사령, 대문 안으로 썩 들어선다.
월매, 두 사령의 손을 잡고 안으로 맞아들인다.

**월매**　　어허, 번수네들. 어서 들어오소.
**김변수**　　춘향이 대령하란 사또 분부시네!

**월매**　　춘향이를 왜?

**박표두**　기생 점고 불참했다고 노발대발이시네.

춘향이 안에서 나온다.

**박표두**　춘향이, 어서 가세!

**월매**　　내가 전부터 장방청 사령들에게 술이나 한잔 대접한다 한다 허면서
　　　　　이제껏 미뤄 와서 속으로 서운했제?

**박표두**　쪠끔 안 서운혔다면 거짓부렁이제.

월매, 돈 주머니에서 엽전을 꺼낸다.

**월매**　　이 돈이 약소허지만 가다가 술이나 한잔허소.

**김변수**　어허, 뭘 이런 걸. 우리끼리 돈이 왠 말인가.
　　　　　그만두소 그만두소.

**박표두**　햐, 이거 오래 살고 볼일일세.
　　　　　춘향이, 말이사 바른 말이지 아 신관 사또가
　　　　　자네 수청 받으라고 분부가 대단허시지마는
　　　　　신관 사또가 나허고 팔촌 고종 형의 사돈이여.
　　　　　그러니 자네는 나만 믿소.

두 사령, 사양하는 척하며 돈을 받는다.

# S#64 마을길

춘향, 군로 사령을 따라간다.

**명창**　　*사령 뒤를 따라간다. 신세 자탄 우난 말이*
　　　　　*아이고, 내 신세야! 어떤 사람 팔자가 좋아*
　　　　　*삼태육경 좋은 집이 부귀영화로 잘 사는듸,*
　　　　　*내 신세는 어이허여 이 지경이 웬일인고?*
　　　　　*국곡투식허였나? 부모 불효를 허였는가?*

*형제 있어 불목을 허였는가?*
*살인 강도 아니어든 이 지경이 웬일인고?*

## S#65 동헌 앞길

**명창**   *종로를 당도허니 재촉 청령 사령들이 동동이 늘어서서*
       *신도지초라, 오즉 떠벌렸겄나.*

## S#66 동헌

춘향, 사령들에 둘러싸여 동헌에 꿇어앉는다.

**사령**    춘향 잡아들였소.
**변사또**   어허, 잘 났구나. 춘향 아씨 이리 올라 오시래라.

춘향, 걸어 올라간다.

## S#67 상방 안

**변사또**   춘향이 듣거라. 전전 구관 사또 자제가 네 머리를 얹었다지.
        이팔청춘 젊은 것이 독수공방 할 수 있겠느냐?
        응당 애부가 있을 테니 관속이냐, 건달이냐?
        어려워 말고 자세히 아뢰어라.
**춘향**    창기의 자식이오나 기안에 착명 않고 여염 생장하옵더니,
        구관댁 도련님과 백년가약 받들기로 단단 맹서하였으니
        관속 건달 애부 말씀 소녀에게는 당치 않습니다.
**변사또**   허허허허, 그거 얼굴 보고 말 들으니 안팎으로 일색이로구나.
        네 마음 기특허나 이 도령 어린 아해
        귀가 댁에 장가들고 대과 급제하게 되면
        천리 타향의 잠시 장난이지 네 생각 할 리가 있겠느냐?
        오늘부터 몸단장 곱게 하고 수청 들도록 하라.
**춘향**    올라가신 도련님이 무심하여 안 찾으면

소녀 목숨 다하는 날까지 수절하려 하옵는데
수청이란 말씀 소녀에겐 당치 않소.

**변사또** 허, 기생의 자식이 수절이라니?
대부인께서 들으시면 아주 기절하겠구나.
기생에게 수절이 다 무엇이냐?

**춘향** 사또님 대부인 수절이나 소녀 춘향 수절이나
수절은 일반인데 수절에도 상하가 있소?

**변사또** 허, 저런 죽일 년! 저년을 당장 끌어내어라!

## S#68 동헌

**명창** *골방의 수청, 통인, 우루루루 달려들어*
*춘향의 머리채를 두루루루 감아쥐고*
*"급창!"*
*"예이!"*
*"춘향 잡어 내리랍신다!"*
*"예이!"*
*"사령!"*
*"예이!"*
*"춘향 잡아 내리랍신다!"*
*"예이!"*
*들밑 아래 두 줄 사령 벌떼같이 달려들어*
*춘향의 머리채를 상전 시절 연줄 감듯,*
*팔부대상 비단 감듯, 사월팔일 등대 감듯,*
*오월 단옷날 그넷줄 감듯, 휘휘칭칭 감아쥐고*
*중계 아래 끌면서 훨씬 너른 동헌 뜰에 동댕이쳐 엎드리고*
*"춘향 잡어 들였소!"*

**변사또** 네 저년을 동틀에 올려 매고 물고를 올리라!

**나졸** 예이!

좌우 나졸이 달려들어 춘향을 형틀에 맨다.

| 변사또 | 여의신이 창가 소부로 부종관장지 엄령하고 발악 거역하였으며, |
|---|---|
| | 신위 천기로 자칭 정절이 죄당 만사라 |
| | 즉위 가살하여 이일징백하리니 너 죽노라 한을 마라. |
| | 저년에게 다짐 받아 올려라! |

급창, 다짐을 받아 춘향에게 준다.
또 한명의 급창은 붓과 벼루를 가져다준다.
춘향, 붓을 잡고 벌벌 떨면서 '一'자와 '心'자를 쓴 뒤 붓대를 던진다.
급창, 종이를 가져다 변사또에게 준다.

| 변사또 | 에이, 독한 년! 집장 사령! |
|---|---|
| 집장 사령 | 예! |
| 변사또 | 그년 장처가 터지게 각별히 매우 쳐야지 |
| | 만일 헛장하다가는 네가 죽고 남지 못하리라! |
| 집장 사령 | 엄령지하에 무슨 사정 두오리까? |

집장 사령, 형장 한아름을 안아다 동틀 앞에 좌르르르 놓고 하나를 고른다.

| 명창 | *집장 사령 거동을 보아라.* |
|---|---|
| | *별형장 한아름을 덥쑥 안아다가 동틀 밑에다* |
| | *좌르르르르르, 형장을 고르는구나.* |
| | *이놈도 잡고 느끈능청, 저놈도 잡고 느끈능청,* |
| | *그 중의 손잽이 좋은 놈 골라 잡고, 갓을 숙여 대상을 가리고,* |
| | *사또 보는데는 엄령이 지엄하니 춘향을 보고 속말을 한다.* |
| | *"이애, 춘향아, 한두 개만 견디어라. 내 솜씨로 살려주마.* |
| | *꼼짝 꼼짝 마라. 뼈부러질라."* |
| | *"매우 쳐라!"* |
| | *"에이!"* |
| | *"딱!"* |
| | *부러진 형장 가지는 공중으로* |
| | *피르르르르르르 동틀 밑에 가 떨어지고,* |
| | *동틀 우으 춘향이는 아프단 말을 도심 싫어 아니허고* |

고개만 빙빙 두르면서 "일" 자로 포악을 헌다.

"일자로 아뢰리다. 일편단심 이 내 마음 일부종사허려는듸

일개 형장이 웬일이오? 어서 바삐 죽여주오."

"매우쳐라"

"예이!"

"딱"

"이 자로 아뢰리다.

이부불경 이 내 마음 이군불사 다르리까

이비 사적 알았거든 두 낭군을 섬기리까 가망 없고 무가내요."

삼 자 낱을 딱 붙여노니

"삼생가약 맺은 마음 삼종지법을 알았거던

삼월화로 아지 마오 어서 바삐 죽여 주오"

사 자 낱을 딱 붙여노니

"사대부 사또님이 사개사를 모르시오

사지를 쫙쫙 찢어 사대문으로 걸쳤어도 가망없고 무가내요."


## S#69 소리판

비통해하는 관객들.


**명창**　　오 자 낱을 딱 붙여노니

"오마로 오신 사또 오륜을 밝히시오

오매불망 우리 낭군 잊을 가망이 전혀 없소."

육 자 낱을 딱 붙여 노니

"오장 육보가 일반인듸

유보으 맺힌 마음 육사허여도 무가내요."

"칠 자 낱을 딱 붙여 노니 칠척검 높이 들어

칠대 마두으 동 갈러도 가망 없고 안 되지요."

팔 자 낱을 딱 붙여 노니

"팔방부당 안 될 일을 팔짝팔짝 뛰지 마오."

구 자 낱을 붙여노니

"구중분우 관장이 되어 굿인 짓을 그만허오.

*구곡간장 맺힌 마음 가망 없고 무가내요."*

*십자 낱을 딱 붙여 노니,*

*"십장가로 아뢰리다.*

*십실 적은 골도 충렬이 있삽거든, 우리 남원 교방청의 열행이 없사리까?*

*십생구사 허올진대 십망일장 날만 믿은 우리 모친이 불쌍허오.*

*이제라도 이 몸이 죽어 혼비중천 높이 떠서*

*도련님 잠든 창전으 파몽이나 허고지고."*

## S#70 동헌

**명창**　　*사또 분이 점점 더 탱천하야,*

*"애, 그년, 착칼인봉하여 하옥 시켜라!"*

*춘향이 큰칼 씌워 장방청에 내쳐 노니,*

*그때으 춘향모는 춘향이 죽었단 말을 듣고*

*실성방광으로 들어오는듸*

*춘향 모친이 들어온다. 춘향 모친 들어와,*

*"춘향이가 죽었다니, 이게 웬일이여?"*

*장방청 들어가니 춘향이 기절하여 정신없이 누웠구나.*

*춘향 모친 기가 맥혀,*

*"아가, 춘향아! 니가 이게 웬일이냐?*

*남원 사십팔면 중으 내 딸 누가 모르는가?*

*질청에 상주상님, 장청에 나리님네, 내 딸 춘향 살려 주오.*

*제 낭군 수절헌 게 그게 무삼 죄가 되어 이 형벌이 웬일이요?*

*나도 마자 죽여 주오!"*

*여광여취, 실성발광, 남지서지를 가르쳐,*

*내려둥굴 치둥굴며 죽기로만 작정허는군나.*

*그때으 교방청 여러 기생들이 춘향이 죽었단 말을 듣고*

*모도 떼를 지어서 들어오는듸,*

## S#71 동헌 장방청 안

기진하여 늘어진 춘향.

959 월매와 향단이가 부축하여 간신히 걸어간다.
기생들이 우르르 몰려나온다.

**기생1**　아이고 동생!
**기생2**　아이고 조카!
**기생3**　아이고 서울집아!
**기생4**　무슨 죄가 지중허여 이 형벌이 웬일인가?

한 기생이 춤을 춘다.

**명창**　　*"얼시구 절시구, 지화자자 좋구나."*
　　　　*여러 기생들이 어이 없어,*
　　　　*"아이고, 저년 미쳤구나. 에끼, 천하 미친년아!*
　　　　*춘향과 너와 무슨 혐오 있어*
　　　　*저 중장을 당했는듸 선춤 출입이 웬일이냐?"*
　　　　*"너 말도 옳다마는 나의 말을 들어 봐라.*
　　　　*진주에 의암 부인 나고, 평양에 월선 부인 나고,*
　　　　*안동 기생으 일진홍, 산 열녀문을 세워 있어 천추행사허여 있고,*
　　　　*성천 기생은 아해로되 칠거으 학문 들어 있고,*
　　　　*청주 기생으 하월이는 삼층각에 올랐으니,*
　　　　*우리 남원 교방청으 현판감이 생겼으니 어찌 아니가 좋을손가.*
　　　　*얼시구나, 절시구. 노모 신세는 불쌍하나 죽을 테면 꼭 죽어라."*

## S#72 옥방

춘향, 큰 칼을 쓰고 홀로 앉아 있다.

**명창**　　*"옥방이 험탄 말을 말로만 들었더니 험궂고 무서워라.*
　　　　*비단 보료 어데 두고 헌 공석이 웬일이며,*
　　　　*원앙금침 어데 두고 짚토매가 웬일인고?*
　　　　*천지야 삼겨 사람 나고 사람 삼겨 글자 낼 제,*
　　　　*뜻 '정'자 이별 '별'자 어찌허여 내셨던고?*

## S#73 소리판

눈물을 줄줄 흘리는 관객들.
명창, 분위기를 반전시킨다.

명창        이때에 도련님은 서울로 올라가겨 글공부 힘을 쓸 제,
                춘추사력, 통사기, 사서삼경, 백가에를 주야로 읽고 쓰니,
                동중서 문견이요 백낙천 계수로다.
                금수강산은 만고에 담어두고
                풍운월로를 붓끝으로 희롱헐 제,
                국가의 태평허사 경과 보실 제,
                이 도령이 들어가서 장중을 살펴보니

## S#74 과거장

명창        백설백목 채일장막 보구 우에다 높이 치고,
                서백목 설포장은 구름같이 둘러난듸,
                어탑을 양면허니 홍일산, 봉미선이 완연허구나.
                시위를 바라보니 병조판서 봉명기,
                도총관, 별련 군관, 승사각신이 늘어섰다.
                선상에 훈련 대장, 중앙의 어영 대장, 도감 중군 칠백명,
                섬령군의 자개창 일광을 희롱헐 제, 억조창생 만민들,
                어악 풍류 떡쿵, 나노나 지루나, 앵무새 춤추난 듯,
                대제학 택출하야 어제를 내리시니,
                도승지 모셔내야 포장 우에다 번뜻 거니,
                그 글에 하얐으되 '춘당춘색 고금동'이라, 등두렷이 걸었거늘,
                이 도령 바라보고 시제를 펼쳐 놓고 해제를 생각하야
                용지연에 먹을 갈고 감음에 붓을 품어
                왕 희지으 필법으로 조 맹부 체격이라.
                일필휘지 지어내여 일천에 선장허니,

*상시관이 글을 보고 칭찬허여 이른 말이,*
*"문안도 용커니와 귀작이 거룩허니 자자에 비점이요,*
*귀귀마다 관주라. 장원 급제 방 내거니,*
*"이몽룡 신래이! 이몽룡 신래이!"*

## S#75 소리판

박수를 치는 관객들.

**명창**　　*어전에 알현하고 삼일유가 한 연후에*
　　　　　*초립사, 한림, 주서, 대교로 지낼 적에*
　　　　　*그때 나라 경연들 각도 어사를 보내실 제*
　　　　　*이몽룡 입시시켜 봉서 한벌을 내어 주시니 비봉으 호남이라.*
　　　　　*사척, 육척, 마패 차고 어찌 보면 과객 같고*
　　　　　*어찌 보면 서당 글 선생 차림으로 변복을 한 연후에,*
　　　　　*직속에 하직 숙배, 전라도로 내려온다.*
　　　　　*남대문 밖 썩 내달라 칠패, 팔패, 청패, 배다리, 애고개 얼른 넘어,*
　　　　　*동작강 월강하야, 과천에 중화허고,*
　　　　　*사그내, 미륵댕이, 골사그내를 지나야*
　　　　　*상류천, 하류천, 대행교, 떡전거리, 오무 장태를지나여*
　　　　　*칠원, 광전, 화란, 모룡, 공주, 금강을 월강허여,*
　　　　　*높은 한질, 널태, 무내니, 뇌성, 풋개, 닥다리, 황해쟁이,*
　　　　　*지아미 고개를 얼른 넘어 여산읍을 당도헐 제,*

## S#76 산길

허름한 차림의 이몽룡, 그 뒤에 무리들 뒤따른다.

**명창**　　*그때에 어사또는 여산이 전라도 초읍이라*
　　　　　*서리 역졸을 각처로 분발허는디*
　　　　　*"서리!"*
　　　　　*"예이!"*

춘향던

"너희들은 에서 나려 우도로 염문하되,

여산 다녀 익산 보고, 함열 다녀 옥기 보고,

담양 다녀 순창 보고, 김제, 타인으로 두루 덜어,

내월 십오일날 남원 광한루로 대령하라!"

"예이!"

"역줄!"

"예이!"

"너희들은 에서 나려 좌도로 염문하되,

고산, 금산, 무주, 용담, 진안, 장수, 운봉으로 두루 다녀

광양, 순천, 홍양, 낙안, 보성, 장흥, 강해남, 진수영으로 두루 덜어,

영암, 나주, 무안, 함평, 능남평, 화순, 동북, 광주로 두루 다녀

국곡투식하난 놈, 형제 화목을 못하는 놈,

술 먹고 기주 잡담, 피생으 범하는 자, 낱낱이 적발하여

내월 십오일 날 남원 광한루로 대령하라!"

"예이!"

사람들, 흩어진다.

## S#77 논길

농부들, 풍물패와 함께 논일을 하고 있다.
한쪽에서 지주와 마름이 농부들을 독려하고 있다.

**농부들**  　*여여 여허 여루 상사뒤여*

**농부1**  　*여보시오 농부네들 이내 말을 들어 보소.*

　　　　*어화 농부들 말 들어 보소.*

　　　　*저 건너 갈미봉에 비가 묻어 들어온다.*

　　　　*우장을 허리 두르고 삿갓을 써라.*

**농부들**  　*여여 여허 여루 상사뒤여*

**농부1**  　*어화 어화 여루 상사뒤여*

**농부들**  　*어화 어화 여루 상사뒤여*

**농부1**  　*여보 농부들 말 듣소 우리 남원이 사판일세*

| 농부들 | *어이 하여 사판인가* |
|---|---|
| 농부1 | *우리 골 원님은 농판이요, 상천 좌수는 퇴판이요,* |
| | *육방 관속은 먹을 판 났으니 우리 백성들은 죽을 판이로다.* |
| 농부들 | *어화 어화 여루 상사뒤여* |
| 농부2 | *다 되야 간다 다 되야 간다* |
| 농부들 | *얼럴럴 상사뒤여* |
| 농부3 | *이 논배미를 어서 심고* |
| 농부들 | *얼럴럴 상사뒤여* |
| 농부4 | *각각 집으로 돌아가서* |
| 농부들 | *얼럴럴 상사뒤여* |
| 농부5 | *거적 이불을 둘러 쓰고* |
| 농부들 | *얼럴럴 상사뒤여* |
| 농부6 | *새끼 농부를 만들어 보자* |
| 농부들 | *어화 어화 여루 상사뒤여* |
| 농부1 | 자, 쉬세! |

## S#78 논둑

농부들, 일을 마치고 새참을 먹으러 모인다.
몽룡, 농부들에게 다가간다.

| 몽룡 | 여러 농부들 수고하시오. |
|---|---|
| 농부1 | 거 뉘라 하오? |
| 몽룡 | 예, 나는 이 서방이요. |
| 농부1 | 허허 거 거주 없는 이 서방이란 말이요? |
| 몽룡 | 이리저리 떠돌아다니는 과객이 무슨 거주가 있겠소? 농부 성명은 뉘시오? |
| 농부1 | 나는 태 서방이요. |
| 몽룡 | 그렇지, 남원이 진진방태가 많이 살겠다. 그러면 골 일도 잘 알겠소 그려. |
| 농부1 | 우리 농부가 뭐 알것이요마는 우리 골은 사망이 물밀 듯하지요. |
| 몽룡 | 아니, 어찌 하여 그렇단 말이요? |
| 농부1 | 원님은 주망이요, 책실은 노망이요, 아전은 도망이요, |
| | 백성은 원망이니 사망이 물밀 듯하지요. |

**몽룡**　　　허허, 이 골 말 아니요 그려. 그런데 오다가 들으니
　　　　　　본관이 호색하여 춘향이란 기생을 작첩하여 두고
　　　　　　주야로 호강한다니 그 말이 옳은지?

농부 2, 갑자기 달려들어 몽룡의 뺨을 친다.

**농부2**　　네 이놈아, 열녀 춘향을 무함 잡어?
　　　　　　이런 때려죽일 놈이 있는가!
　　　　　　네 이놈, 어디서 보았으면 눈구녕을 확 뽑아 버릴 것이고,
　　　　　　들었으면 귀를 쫙 찢어 놓을 것이다. 어서 대라!

몽룡, 도망친다.
농부2, 쫓아가서 몽룡을 패대기친다.

**몽룡**　　　여보시오 농군님. 내 모르고 말을 함부로 했으니 용서하시오.
**농부2**　　네 이놈, 어디 가서 또다시 그런 말 했다가는 뼈도 못추릴 것이다.
**농부1**　　자, 이제 그만 일을 하세.

농부들, 풍물을 치며 일을 한다.

## S#79 산길

몽룡, 혼자 남아 길을 간다.

**명창**　　　*박석티를 올라 서서 좌우 산천을 둘러 보니*
　　　　　　*산도 옛 보든 산이요, 물도 옛 보든 녹수로구나.*

## S#80 광한루

**명창**　　　*광한루야 잘있으며, 오작교도 무사트냐?*
　　　　　　*광한루 높은 난간 풍월 짓던 곳이로구나.*

## S#81 숲속의 그네터

**명창**   *화림의 저 그네는 추천 미색이 어디를 갔느냐*
*나삼을 부여 잡고 누수 작별이 몇해나 되며,*
*영주각으 섰난 데는 불개청음 허여 있고,*
*춤추는 호접들은 가는 봄빛을 애끼는 듯,*

## S#82 마을길

**명창**   *벗 부르는 저 꾀꼬리는 객으 수심을 자어낸다.*
*황혼을 승시허여 춘향 문전을 당도허니,*

## S#83 춘향의 집 앞

퇴락한 춘향의 집.
몽룡, 조심스럽게 대문 곁에 서서 안을 살핀다.

## S#84 춘향집의 마당

월매와 향단, 칠성단 위에 정화수를 놓고 빈다.

**월매**   *비나이다, 비나이다.*
*천지지신, 일월성신, 화의동심 하옵소서.*
*올라가신 구관 자제 이몽룡 씨,*
*전라 어사나 전라 감사나*
*양단간에 시켜 주면 옥중 춘향 살리겠소!*

월매, 그 자리에 주저앉아서 운다.

**월매**   향단아!
**향단**   예!
**월매**   단상에 물 갈어라. 정성도 오늘이요, 지성 공덕도 오늘 밖에 또 있느냐.

향단, 합장을 하고 빈다.

**향단**　　아이고, 하나님! 명천이 감동하사 우리 아씨 살려 주오.

## S#85 대문 밖

**몽룡**　　내가 우리 선영 덕으로 어사 한 줄 알았더니
　　　　이곳에 와 보니 장모와 향단이의 정성이 반 이상이로구나.
　　　　안에 아무도 없느냐? 이리 오너라. 이리 오너라!

## S#86 집 안

**월매**　　향단아, 이것이 뭔 소리다냐?
**향단**　　비 올라고 천둥치는 개비요.
**월매**　　너의 애기씨가 돌아가시게 되니, 성조 지신이 발동을 허였는가,
　　　　어느 놈이 오뉴월 장마에 토담 무너지는 소리를 허는지.
　　　　나가서 좀 보고 오너라.

향단, 대문 쪽으로 나온다.

## S#87 대문 밖

**향단**　　누굴 찾소?
**몽룡**　　(부채로 얼굴을 가리고) 오, 너의 마나님 좀 잠시 나오시라고 여쭈어라.

## S#88 집 안

**향단**　　어떤 사람이 마나님 좀 잠시 나오시라고 여쭈래는디,
　　　　채린 조격을 봉께 동냥허로 왔는 개비요
**월매**　　뭐? 걸인이 찾어?

월매, 대문께로 걸어 나온다.

| 명창 | *어허, 저 걸인아. 물색 모르는 저 걸인. 알심 없는 저 걸인.* |
| --- | --- |
| | *남원부중으 성안성외 나의 소문을 못 들었나.* |
| | *내 신수 불길하야 내 딸 어린 춘향이 무남 독녀 딸 하나를* |
| | *옥중에 굳이 갇혀 명재경각이 되었는디* |
| | *동냥은 무슨 동냥, 눈치 없고 알심 없고 속없는 저 걸인* |
| | *동냥 없네 어서 가소!* |
| | *어사또 들어서며* |
| | *동냥은 못 주나마 박작조차 깨란 격으로 구박 출문이 웬일?* |
| | *경세우경년하니 자네 본 지가 오래시.* |
| | *세거인두백허여 백발이 모도 판연히 되니* |
| | *자네 일이 모도 말 아니여.* |
| | *내가 왔네 어어, 자네가 나를 몰라.* |
| 월매 | 나라니 누구여? 말을 히야 내가 알제. |
| 몽룡 | 이 가라고 모르겠나? |
| 월매 | 이 가라니 어떤 이 가여? 무남독녀 딸 하나를 옥중에다가 넣어 두고 |
| | 옥수발을 하느라고 밥 못 먹고 잠 못 자니 |
| | 정신이 없고 눈이 어두워 엊그저께 보던 사람 정녕히 나는 몰라. |
| 몽룡 | 허어, 자네가 정녕 나를 몰라. 우리 장모가 망녕일세. |
| 월매 | 장모? 뭣이 어찌고 어찌여? 남원 읍내 오입쟁이들 아니꼽고 더럽더라. |
| | 내 딸 어린 춘향이가 외인 상대를 아니하고 |
| | 양반 서방 하였다고 공연히 미워하여 |
| | 명재경각이 되었는디 인사 한마디는 아니허고, |
| | 내 문전으로 지내면서 빙글빙글 웃으며 |
| | 여보소, 장모. 장모라면 환장헐 줄로? |
| | 이 가라면 이 갈린다. 어서 가고 물렀거라. |
| 몽룡 | 허어, 우리 장모가 망녕이여. |
| | 서울 삼청동 사는 이몽룡, 그래도 자네가 날 몰라. |

월매, 멍한 자세로 한참을 서 있다가 몽룡에게 달려 든다.

| 월매 | 아이고, 이게 참말인가, 농담인가? |
| --- | --- |
| | 어디 보세. 어디, 어디, |

| 명창 | *왔구나, 우리 사위 왔네! 왔구나, 우리 사위 왔어!* |
|---|---|
| | *가더니마는 영영 잊고 일장 수서가 돈절키로 야속허다고 일렀더니* |
| | *어디를 갔다가 인제 와?* |
| | *하늘에서 뚝 떨어졌나? 땅에서 불끈 솟았나?* |
| | *하운이 다기봉터니 구름 속에서 싸여 와?* |
| | *춘수는 만사택이라하더니 물이 깊어서 인제 와?* |
| | *뉘집이라고 아니 들어오고 문밖에 서서 주저만 허는가?* |
| | *들어가세 들어가세 내 방으로 들어가* |
| 월매 | 향단아! |
| 향단 | 예! |
| 월매 | 어서 촛불 가져오너라! |
| 몽룡 | 아, 이 사람아. 촛불은 왜 이렇게 급히 찾나? |
| 월매 | 밤이나 낮이나 기다리고 바라든 우리 사우 얼굴 좀 보세. |

향단, 촛불을 가져와 월매에게 준다.

월매, 촛불로 이몽룡의 얼굴을 비춘다.

월매, 몽룡을 멍 한 채 바라보다가 촛불을 내던진다.

| 명창 | *들었던 촛불을 내던지고 "아이고, 죽었구나, 죽었구나.* |
|---|---|
| | *내 딸 춘향이는 영 죽었네.* |
| | *못믿겠네, 못믿겠네, 얼굴 보니 못믿겠네.* |
| | *책방에 계실 때는 보고 또 보아도* |
| | *귀골로만 삼겼더니, 걸인 모양 웬일이여?* |
| | *전라감사나 전라어사 양단간에 되어 오라* |
| | *주야 축수로 빌었더니 팔도 상걸인이 되어 왔네.* |
| 월매 | 이 사람아, 무엇허러 내 집에 왔나? 어서 가소, 보기 싫네! |

월매, 칠성단으로 가서 상을 와르르 뒤엎는다.

| 월매 | 죽었구나, 죽었구나, 내 딸 춘향이는 영 죽었구나! |

월매, 땅을 나뒹굴며 통곡한다.

**3부 시나리오**

| 몽룡 | 애, 향단아, 너의 마나님 좀 가서 만류해 드려라. |
|---|---|
| 향단 | 마님, 그만 고정하셔요! |
| 월매 | 아이고, 이놈의 노릇을 어쩔 꺼나! |
| 몽룡 | 내가 지금 시장하니 밥이나 한 술 주소. |
| 월매 | 밥 없네! |
| 향단 | 여보, 마나님, 그리 마오. 서방님 괄시허였단 말 아기씨가 들으면 옥중 자결을 할 것이니 너무 괄세를 마오! |

향단, 부엌 쪽으로 가서 밥상을 들고 나온다.

| 향단 | 서방님, 우선 요기나 하옵소서. |
|---|---|
| 몽룡 | 오냐, 그리 하자! |

## S#89 소리판

| 명창 | *어사또 밥을 먹되 잠깐 장단을 달아 놓고 밥을 먹는디* |
|---|---|
| | *먼 산 호랭이 지리산 넘듯,* |
| | *두꺼비 파리 차듯,* |
| | *중 목탁 치듯, 마파람에 게 눈 감추듯,* |
| | *고수 북 치듯,* |

깔깔거리고 웃는 관객들.

| 몽룡 | 어, 잘 먹었다. |
|---|---|
| 명창 | *춘향모, 어사또 밥 먹는 것을 물끄럼이 바라보더니,* |
| 월매 | 잡것, 밥 많이 빌어먹었다. 자네 밥 먹었는가? 밥 총 놓제. |
| 명창 | *어사또, 껄껄걸 웃으시며,* |
| 몽룡 | 거 입맛도 성세 따라가는 것일래. |
| | 아까는 시장하야 내 어쩔 줄 모르겠더니 |
| | 이제 오장 단속을 떡 허고 나니 춘향 생각이 나네. |
| 월매 | 그러겠네. 그러나저러나 파루나 치거든 가세 |
| 명창 | *초경, 이경, 삼, 사, 오경이 되어가니 바루 시간이 되는구나.* |

# S#90 춘향집의 마당

파루 치는 소리.

**명창**　　　파루는 뎅뎅 치는듸 옥루난 잔잔이로구나.
　　　　　　춘향 모친은 정신없이 앉어 있고,
　　　　　　향단이는 파루 소리를 들을 양으로
　　　　　　대문 밖에 서 있다가 파루 소리 듣고,
　　　　　　"마나님, 파루 쳤사오니 아기씨에게 가사이다."
　　　　　　"오냐, 가자, 어서 가자. 먹을 시간도 되어 가고 갈 시간도 늦었구나."

# S#91 마을길

밤길을 걸어가는 세 사람.

**명창**　　　향단이는 앞을 세우고 걸인 사우는 뒤를 따러 옥으로 내려갈 적,
　　　　　　밤 적적 깊었난듸 인적은 고고허고, 밤새 소리는 푸푸,

# S#92 옥으로 가는 길

**명창**　　　물소리는 주루루루루루루루, 도채비는 횟횟,
　　　　　　바람은 우루루루루루루루루루
　　　　　　지둥치듯 불고 궂인 비난 퍼붓난듸,
　　　　　　귀신들은 둘씩 셋씩 짝을 지어
　　　　　　이히이히이히이히이히,
　　　　　　춘향 모친 기가 막혀,

# S#93 옥문 거리

**명창**　　　"아이고 내 신세야. 아곡을 여곡헐 듸
　　　　　　여곡을 아곡허면 내 울음을 뉘가 울며,
　　　　　　아장을 여장헐 듸 여장을 아장하면

*내 장사는 뉘가 허여 줄거나?"*

*옥문거리를 당도허여,*

## S#94 옥 앞

**명창**  *"사정이! 사정이!"*

*사정이도 대답이 없네.*

*"옥형방!"*

*옥형방을 아무리 불러봐도 대답이 없네.*

*"아이고, 이 원수놈들. 또 투전허로 갔구나.*

*아가, 춘향아. 정신 차려라. 에미 왔다."*

## S#95 옥방 안

춘향, 큰 칼을 쓰고 앉아 있다.

**월매**  아가, 춘향아, 정신 차려라. 어미 왔다.

**춘향**  아이고, 어머니시오? 어머니 밤중에 어찌 나오셨소?

**월매**  오냐, 왔단다.

**춘향**  오다니, 뉘가 와요?

**월매**  밤낮 주야 기다리고 바래던 너으 서방인지, 서울 사는 이몽룡인지,

잘 되고 잘 되어 여기 왔다. 너 좀 봐라

**명창**  *춘향이가 옥방에서 이 말을 듣더니마는*

*아이고, 이거 웬 말씀이오?*

*아까 꿈에 보이던 님이 생시 보기 의외로시.*

*이 애, 향단아. 등불 조만끔 밝히여라.*

*애를 긇어 보이던 임이 생시에나 다시 보자."*

*칼머리를 두손으로 부여잡고 형장 맞인 다리 끌며 뭉그적 뭉그적,*

*옥문 설주 부여잡고 바드드드드득 일어서며,*

*"아이고, 서방님. 어찌허여 못 오겼소?*

*분고계고 글 읽노라 틈이 없어 못 오셨소?*

*여인신은 금실위지, 나를 잊어 이제 왔소?*

춘향뎐

올라가실 때는 그리도 곱든 얼굴, 발써 훤헌 장부가 되겼소."

어사또 기가 막혀 춘향 손을 부여잡고,

"니가 이거 웬일이냐? 부드럽고 곱든 얼굴,

피골이 상접쿠나. 어, 분하다, 분해여."

"나는 이게 내 죄요마는 귀중하신 서방님이 이 모냥이 웬일이요?"

춘향모 곁에 섰다가,

"아이고, 조격에 서방이라고 환장허네 그려."

"어머님, 그리 마오. 어머님이 정한 배필, 좋고 궂고 웬말이요?

잘 되야도 내 낭군, 못 되어도 나으 낭군.

고관대작 나는 싫고 만종록도 나는 싫소.

나는 아무 여한이 없나니다.

내일 본관 사또 생신 끝에

나를 죽일랴고 영 내리거든 칼머리나 들어 주오.

나를 죽여 내치거던 아무 손도 대지 말고 서방님이 감장허되,

전라도 땅은 송기 나요, 서울로 올라가서

서방님 선산 하으 깊이 파고 나를 묻어 주오.

정조, 한식, 단오, 추석, 선대감 제사 잡순 후으 주과포 따로 채려놓고,

'춘향아, 청초는 우거진듸 앉었느냐 누웠느냐?

내가 와 주는 술이니 퇴치 말고 많이 먹어라'

그 말씀만 허여주면 아무 여한이 없겄네다."

어사또 기가 막혀,

"우지 마라. 내 사랑 춘향아, 우지 말어라.

내일 날이 밝거드면 생예를 탈지 가마를 탈지

그 속이야 뉘가 알랴마는,

천붕우출이라, 하늘이 무너져도 솟아날 궁기가 있는 법이니라.

우지를 말라며는 우지 마라."

**몽룡**  춘향아, 내가 너더러 꼭 할 말이 있다마는 어어---, 참 기막힌다.

**월매**  아가, 이 말 너 알어듣겠느냐? 서울서 여기까지 어, 어, 얻어먹고 왔단 말이다.

**춘향**  어머니, 그리 마오. 잘 되어도 내 낭군, 못 되어도 나의 낭군.

나를 찾아오신 낭군 어찌 그리 괄세하오? 향단아?

**향단**  예!

**춘향**  서방님 차린 형상 차마 눈으로 볼 수 없으니

973

|          |                                                            |
|----------|------------------------------------------------------------|
|          | 내 함농의 은가락지 은비녀를 내어 팔어 서방님 의관 의복 해 드려라.      |
| **월매**  | 뭣이여? 쓸데없더라. 자식도 모도 다 쓸 데가 없더라!                   |
|          | 제 서방인지 남방인지 보더니만 가락지가 있네 비녀가 있네               |
|          | 있는 대로 모도 팔어 제 서방만 괴라 하고                            |
|          | 어미 걱정은 조금도 없으니 내외간 정리가 지중허지                     |
|          | 늙은 어미는 쓸 데가 없구나.                                       |
|          | 나는 이 꼴 저 꼴 아니 보고 오작교 다리 밑에 가 빠져 죽을란다!         |
| **몽룡**  | 향단아, 마나님 모시고 어서 집으로 돌아가거라.                        |
| **향단**  | 서방님, 마나님 말씀 너무 노여 생각 말으시고 어서 댁으로 가옵시다!       |
| **몽룡**  | 내가 볼 일이 총총하니 내일 일찍 가마. 춘향아!                        |
| **춘향**  | 예!                                                          |
| **몽룡**  | 내일 내 얼굴을 보고 죽는다면 너의 유언대로 해 주려니와               |
|          | 나를 다시 보지 않고 네 마음대로 죽는다면                           |
|          | 네 시체가 개천에 뒹굴던지 까막가치가 쪼아 파먹던지                   |
|          | 나는 모르는 척 할 터이니 부디 내 말대로 하여라.                      |
| **춘향**  | 서방님 말씀대로 하사이다.                                        |
| **몽룡**  | 오냐, 고맙다!                                                  |

## S#96 광한루

| **명창** | *이튿날 평명 후에 본관의 생신 잔치* |
|----------|--------------------------------|
|          | *광한루 차리난디, 매우 대단허구나.* |
|          | *주란화각은 벽공에 솟았는 데*       |
|          | *구름 같은 채일 장막 사면에 둘러 치고,* |
|          | *울릉도 왕골 세석, 쌍봉 수복, 각색 완자, 홍수지로 곱게 꾸며* |
|          | *십간 대창 맞게 피여 호피 방석,*   |
|          | *화문 도료, 홍단, 백단, 각색 방석* |
|          | *드문드문 드문드문 놓였으며,*     |
|          | *물색 좋은 청사 휘장 사면에 둘러 치고* |
|          | *홍사 우통, 청사 초롱, 밀초 꽂아 연두마다 드문드문 걸었으며,* |
|          | *용알복춤, 배따라기, 풍류월 각색 기계 다 등대 하였으며* |
|          | *기생, 가객, 광대, 고인 좌우에 벌렸는데, 각읍 수령이 들어온다.* |

춘향뎐

*겸영장 운봉 영장, 승지 당사 순천 부사, 연치 높은 곡성 원님,*
*인물 좋은 순창 군수, 기생치리 담양부사, 자리 호사 옥과 현감,*
*부채치리 남평 현령, 무사한 광주 목사 사면에 들어 올 제,*
*별연 앞에 권마성, 포꼭 뛰어 포촉 소리,*
*일산이 팟종지리 백이듯하고*
*행차 하인들은 어깨를 서로 가리고,*
*통인 수배가 저의 원님 찾노라고 야단이 났구나.*
*광한루 마루 우에 일자로 좌정하여*
*헌량을 한 연후에 낭자한 풍류 속에*
*선녀 같은 기생들 웬갖 춤 다 출 제,*
*부수난 조불하야 향풍으 휘날리고 우계면 불러갈 제,*
*가생은 요량허여 반공에 높이 떴다.*

## S#97 광한루 아래

몽룡, 사령을 밀치며 들어온다.

**몽룡**   사령아, 아뢰어라. 급창, 통인, 여쭈어라.
         지내는 과객으로 좋은 잔치 만났으니
         주효나 얻어먹고 가자고 여쭈어라!

## S#98 누각 안

**운봉**   네, 여봐라. 저 양반 이리 모셔라!
**몽룡**   어, 고맙소. 우리 좌중에 인사나 합시다.
         저 수석에 앉은 분이 아마 주인인가 보구려.
**변사또**  젊은 것이 얻어먹으려면 한쪽에 가만히 앉아
         주는 대로 얻어먹고 갈 일이지 인사는 무슨 인사?
**몽룡**   아니, 다른 인사가 아니오라 오늘 주인의 경연이라신디
         날짜를 하도 잘 받았길래 그 인사말이요.
         여보, 운봉, 내 앞에 술상 하나 불러 주오.
**운봉**   여봐라, 여기 술상 하나 봐 오너라!

| | |
|---|---|
| **몽룡** | 여보, 운봉, 내 상을 보고 저 상을 보니 속에서 불이 나오 그려. |
| **운봉** | 우리는 먼저 오고 손님은 후에 오셔 |
| | 불시에 차리느라 조금 부족한 가 보구려. |
| | 잠숫고 싶은 것 있거들랑 여기 내 상에서 같이 잡숩시다. |
| **몽룡** | 저 주인 상하고 바꿔 먹었으면 좋겠구만. 여보 운봉! |
| **운봉** | 왜 그러시오? |
| **몽룡** | 저 기생 하나 불러 내 앞에 권주가 하나 시켜 주시오! |
| **운봉** | 애야, 이리 와서 권주가 쳐 드려라! |

늙은 기생 하나, 나온다.

| | |
|---|---|
| **기생** | 아이고, 참, 간밤 꿈에 바가지 쓰고 벼락 맞어 보이더니 별꼴을 다 보겠네. |
| **몽룡** | 그 꿈 참 잘 꾸었다. 어디 권주가 좀 들어 보자. |
| **기생** | *진실로 이 잔 곧 잡수시면* |
| | *천만 년이나 빌어 자시리다.* |
| **몽룡** | 자, 이 사람이 이 술을 먹고 천만년이나 빌어먹으라 하였으니, |
| | 이 술을 나 혼자 빌어먹고 보면 |
| | 한 십대나 빌어먹어도 못 다 빌어먹겠으니 |
| | 우리 좌중에 같이 나눠 먹고 당대씩만 빌어먹읍시다. |

몽룡, 술을 확 뿌린다.
모두 무어라 투덜거린다.

| | |
|---|---|
| **변사또** | 어허, 저저, 고이얀! 내 좌중에 청할 말이 있소. |
| | 관장네 노는 자리에 글이 없어 무미하니 글 한 수씩 짓되 |
| | 만일 못 짓는 자가 있으면 곤장을 때려 쫓아내기로 합시다. |
| **일동** | 그럽시다! |
| **변사또** | 그럼, 운 자를 부르겠소. 기름 '고', 높을 '고' |

모두 운을 흥얼거리며 시를 지으려 할 때, 몽룡 일필휘지하여 운봉에게 시를 주고 일어선다.

춘향뎐

**몽룡**　　　과객의 글이 오직하리요마는 잘못된 데가 있으면 보시고 고치시오.

운봉과 곡성, 한쪽 구석으로 가서 글을 읽는다.

**운봉,곡성**　*금준미주는 천인혈이요,*
　　　　　*옥반가효 만성고를*
　　　　　*촉루낙시 민루낙이요,*
　　　　　*가성고처 만성고라*
　　　　　*금 술잔의 맛좋은 술은 천 사람의 피요,*
　　　　　*옥쟁반의 산해진미는 만 사람의 기름이라,*
　　　　　*촛농이 떨어질 때 백성 눈물 떨어지고,*
　　　　　*노랫소리 요란할 제 만백성의 원성소리 드높구나.*
　　　　　*아이고, 이 글 속에 벼락 들었소!*

**명창**　　　*뜻밖에 역졸 하나 질청으로 급히 와서 무슨 문서 내여 놓고,*
　　　　　*"어사 비간이요."*
　　　　　*붙여노니 육방이 손동헌다.*
　　　　　*본관으 생신 잔치 갈 데로 가라 허고 출또 채비 준비헐 적,*
　　　　　*공방을 불러 사치를 단속, 포진을 펴고 백포장 둘러라.*
　　　　　*수로를 불러 교군을 단속, 냄여줄 고치고 호피를 얹어라.*
　　　　　*집사를 불러 흉복을 차리고, 도군도 불러 기치를 내여,*
　　　　　*도사령 불러 나졸을 등대, 급창이 불러 청령을 신칙허라.*
　　　　　*통인을 불러 거행을 단속, 육지기 불러,*
　　　　　*너난 살찐 소 잡고 대초를 지어라.*
　　　　　*별감 상 많이 내야, 비장 청영청 착실히 보아라.*
　　　　　*통양빗 내여 역인마 공저, 도서원 불러*
　　　　　*결부를 서서히 조사케 차려라,*
　　　　　*도군빗 불러, 군총을 대고, 목가 성책 보아라,*
　　　　　*수형방 불러, 옥안, 송사, 탈이나 없느냐,*
　　　　　*군기 불러, 연연가, 옳으냐, 문서 있고,*
　　　　　*수삼 아전 골라내여 사령빗 내여라.*
　　　　　*예방을 길러 기생 향수으게 은근히 분부하되,*
　　　　　*어사또 허신 모양, 서울 계신 양반이라 기생을 귀히 허니,*

읍사희도 탈이 없이 착실히 가라처라.

이리 한참 분발헐 제, 이때여 곡성이 일어나며,

"아이고, 내가 이리 떨린 것이 초학인가 싶으요.

소하고 입을 맞치면 꼭 낫지요."

"그 약 중난허오마는 허여 보지요.",

"수이 찾어갈 것이니 의원 대접이나 착실히 허오."

어사또 대답허되,

"갔다왔다 하기 괴롭겄소."

"무엇허로 또 오겠소? 상강과 관행묘 제관이나 당하믄 오지요."

"공문 일을 알 것이요, 내일 또 올란지?"

이 말은 남원 봉고란 말이로되, 본관이 알 수 있나.

순천 부사가 일어나며,

"나는 처의 병이 대단허기로 부득히 왔삽더니 어서 가야겠소."

본관 말할 틈 없이 어사또가 주인 노릇을 허기로 허는듸,

"영감이 소실을 너무 어여삐 허시는가 보구려."

"소실을 사랑치 아니헌 사람이 뉘 있겠소?"

"혹 이 좌중에도 있을 줄 어찌 알아요?

수이 찾어갈 것이니 황선정 놀음이나 한번 붙여 주시오."

순천 생각에 어사도가 와서 출도헐까 염려되어

선생 하문을 흠치 없이 내시난듸,

"내가 관동 어사를 지냈기로 팔경 누대를 많이 보았으되,

환송정만한 듸 없습디다. 오시면 잘 놀게 허지요."

어사또 거동 봐라.

"어, 이리 허다가는 이 사람들 굿도 못 보이고 다 놓치겄다."

마루 앞에 썩 나서서 부채 피고 손을 치니,

그때으 조종들이 구경꾼에 섞여 섰다,

어사또 거동보고 벌떼같이 달라든다.

육모 방맹이 들어메고 해 같은 마패를 달 같이 들어메고,

달 같은 마패를 해 같이 들어메고 사면에서 우루루루루루,

삼문을 와닥 딱,

"암행어사 출또여! 출또야! 암행어사 출또 하옵신다."

두세 번 외는 소리 하늘이 답숙 무너지고,

춘향뎐

땅이 툭 꺼지는 듯, 수백명 구경군이

둑담을 이 무너지닷이 물결같이 흩어지니

항우으 음아질타 이렇게 무섭든가?

장비의 호통 소리 이렇듯 놀랍던가.

유월의 서릿바람 뉘 아니 떨 것느냐?

각읍 수령은 정신 잃고 이리 저리 피신 헐 제,

하인 거동 장관이라.

수배들은 갓쓰고 저희 원님 찾고

통인은 인쾌 잃고 수박등 앉았으며,

수제집 잃은 칼자 피리 줌치 빼어 차고,

대야 잃은 저 방자 세수통을 방에 놓고,

육삼통 잃은 하인 양금 빼어서 짊어지고,

일산 잃은 보종들은 우무 장사 들대 들고,

부대 잃은 복마 마부 왕제섬을 실었으며,

보교 벗은 교군들은 빈 줄만 메고 들어오니,

원님이 호령하되

"웠다, 이 죽일 놈들아! 빈 줄만 메고 오니 무엇 타고 가자느냐?"

"이 통으 허물 있소? 사당으 모양으로

두 줄 우에 다리 넣고 업고 행차하옵시다."

"아이고, 이놈들아! 내가 앉은뱅이 원이냐?

밟히나니 음식이요, 깨지나니 화기로다.

장구통은 요절하고, 북통은 차구르며, 뇌고 소리 절로 난다.

제금 줄 끊어지고, 젓대 밟혀 깨어지며,

기생은 비녀 잃고 화젓가락 찔렀으며,

취수는 나발 잃고 주먹 쥐고 홍앵홍앵

대포수 총을 잃고 입 방포로 꿍!

이마가 서로 다쳐 코 터지고 박 터지고 피 죽죽 흘리는 놈,

발등 밟혀 자빠져서 아이고 아이고 우는 놈,

아무 일 없는 놈도 우루루루루 달음박질,

허허! 우리 골 큰일 났다!"

서리 역졸 늘어서서 공방을 부르난디

"공방, 공방!"

3부 시나리오

*공방이 기가 막혀 유월 염천 그 가운데*
*핫저고리 개가죽을 등에 업고*
*멍석 말아 옆에 끼고 슬슬슬슬슬 기어 들어오니*
*역졸이 우루루루루루 달려들어 후닥 딱!*
*"아이고 아이고, 나는 오대 독신이요! 살려 주오!"*
*"이놈, 오대 독신이 쓸 데 있나!"*
*동에 번듯하고 서에 번듯하여 어찌 때려 놓았던지*
*어깨죽이 무너졌구나!*

## S#99 동헌

몽룡, 어사복으로 갈아입고 등장한다.

**몽룡**  헌화 금하라!
**역졸**  헌화 금하랍신다!

좌중이 조용해진다.

**몽룡**  옥에 죄인이 몇 명이냐?
**형방**  일백 팔십두 명이로소이다.
**몽룡**  국곡을 범한 죄인과 도내 이수 죄인들은
        내일 추열할 터이니 본읍 죄인 춘향 올려라!
**형방**  춘향을 부르랍신다!
**사령들**  예이!

## S#100 옥방 안

춘향, 칼을 쓰고 홀로 앉아 있다.
사정이 옥문을 열고 들어선다.

**명창**  *사정이 옥쇠를 모로아 들고 덜렁거리고 내려간다.*
        *삼문 밖에 잠긴 열쇠를 쩽그렁쩽 열떠리고*

*"춘향아, 나오너라, 나와. 수의사또 출도 끝에*
*다른 죄인들은 다 석방하고 춘향 하나만 올리란다."*
*춘향이 기가 막혀*
*"아이고, 여보, 사정 번수"*
*"왜 그러나?"*
*"옥문 밖에나 삼문 밖에 걸인 하나 못 봤소?"*
*"걸인 커녕 얻어먹은 사람도 없네".*

## S#101 옥문 거리

명창      *아이고, 이를 어쩔꺼나.*
*갈매기는 어디 가서 물드는 줄을 모르고,*
*사공은 어디 가서 배 떠난 줄을 모르며,*
*우리 서방님은 어데를 가시고*
*나 죽는 줄을 모르신고."*

## S#102 동헌 앞길

명창      *사정으게 붙들리어 동헌을 들어가니,*
*벌떼 같은 군로 사령들 와르르르르 달려들어*
*"옥죄인 춘향 잡아들였소!"*

## S#103 동헌

몽룡      해칼하라!
사령들      해칼하였소!
몽룡      춘향이 듣거라. 너는 일개 천기의 자식으로
관장에게 발악을 하였다니 그리고 어찌 살기를 바랄까?
춘향      절행에도 상하가 있소? 명백하신 수의사또 별반 통촉하옵소서…
몽룡      네가 본관 수청은 거역하였지만 잠시 지나는 수의사또 수청도 거역할까?
춘향      초록은 동색이요, 가재는 게 편이라. 양반은 모두 일반이요 그려.
분부가 그러하면 아뢸 말씀 없사오니 죽여 주오,

송장 임자가 문밖에 섰으니 어서 급히 죽여 주면

혼비충천 높이 날아 삼청동을 올라가서 이몽룡을 보겠네.

**몽룡**　　네 여봐라, 이것 갖다가 춘향 주어라!

몽룡, 옥지환을 빼서 통인에게 준다.

통인, 옥지환을 춘향에게 가져다준다.

춘향, 옥지환을 보다가 동헌 위를 보더니 두 눈을 크게 뜨고 몽룡을 바라본다.

**춘향**　　아이고, 서방님!

춘향, 혼절하여 그 자리에 쓰러진다.

**몽룡**　　춘향아!

몽룡, 급히 춘향을 부축해 일으킨다.

# S#104 상방 안

춘향, 정신이 깨어난다.

**명창**　　"아이고, 서방님. 아무리 잠행인들 그다지도 속이었소?

기처불식이란 말은 사기에도 있지마는 내게조차 그러시오?

어제 저녁 옥문 밖에 오셨을 제 요만큼만 통정했으면

마음 놓고 잠을 자지, 간장 탄 걸 생각허면

지나간 밤 오늘까지 살아 있기 뜻밖이오.

이것이 꿈이냐? 이거 생신가?

꿈과 생시으 분별을 못허겠네"

두 손으로 무릎을 짚고 바드드드득 떨고 일어서며,

# S#105 동헌

**명창**　　"얼씨구나, 얼씨구나, 좋구나. 지화자자 좀도 좋네

춘향뎐

목에 항쇄를 끌러를 줬으니 목놀음도 허여 보고
발에 족쇄를 끌러를 줬으니 종종 걸음도 걸어보자.
동헌 대청 너른 마루 두루두루 거닐며 놀아 보자.
우리 어머니는 어디를 가시고 이런 경사를 모르신고"

## S#106 동헌 문 앞

월매, 소리치며 들어온다.
그 뒤에 향단이 따라 들어온다.

**명창**    *어데 가야, 여기 있다. 도사령아, 큰 문 잡아라.*
*어사 장모 행차허신다!*
*네 요놈들, 요새도 삼문간이 억세냐? 에이!*

## S#107 동헌 마당

**명창**    *사령아, 날 모셔라. 걸음 걸키 내사 싫다.*
*남원 부중으 사람들 내으 한 말 들어 보소*
*내 딸 어린 춘향이가 옥중에 군이 갇혀 명재경각이 되었더니,*
*동헌으 봄이 들어 이화춘풍이 내 딸 살리니 어찌 아니가 좋을손가.*
*얼씨구 얼씨구 절씨구 남원 읍내 사람들!*
*나으 발표헐 말 있네.*
*아들 낳기를 심을 쓰지 말고 춘향 같은 딸을 낳아,*
*곱게 곱게 잘 길러서 서울 사람이 왔다고 하면*
*문도 말고 사위를 삼소! 얼씨구나, 절씨구!"*
*대뜰 우으로 올라서며*
*"아이고 여보 사우 양반,*
*어제 저녁 내 집에 왔을 때 눈치는 알았지마는*
*천기누설이 딀까 해서 내가 진즉 알고도 그랬제. 노여마오 노여마오"*
*"아무리 그러한들 자기 장모를 어이하리"*
*"본관 사또 괄세를 마소, 본관이 아니거든*
*내 딸 열녀가 어디서 날거나, 얼씨구 절씨구.*

*칠년 유리옥에 갇힌 문왕 기주로 돌아갈 적으 반가운 마음이 이 같으며,*

*영덕정 새로 짓고 상량문이 제격이요,*

*악양루 중수 후에 풍월귀가 제격이요,*

*열녀 춘향이 죽게가 될 제 어사 오기가 제격이로다.*

*얼씨구 얼씨구 절씨구.*

*이 궁둥이를 두었다가 논을 살꺼나 밭을 살꺼나?*

*흔들대로 흔들어 보자. 얼씨구나 절씨구.*

*얼씨구 좋구나, 지화자 좋네, 얼씨구 절씨구."*

## S#108 소리판

관객들, 박수를 치며 환호한다.

**명창**　　*이리 한참 노닐 적에, 그때의 어사또 춘향다려 말씀하되,*

**몽룡**　　*"이 길은 봉명으 길이라 너를 다려가기는 사처으 부당허니,*

*내가 서울로 올라가 너를 올라오게 헐 터이니,*

*너는 너으 노모와 향단이 다리고 함께 올라오도록 하여라."*

**명창**　　*그때으 어사또는*

*이 골 저 골 다니시며 출도 노문 돈 연후에,*

*서울로 올라가거 어전에 입시허여*

*서계 별단 헌 연후에,*

*우에서 칭찬허고, 나라으 깊은 걱정*

*경이 막고 오니 국가에 충신이라.*

*한림이 복지 주왈, 남원으 춘향 내력을*

*종두지미를 품고 허니*

*춘향을 올려다가 열녀로 표창을 허고,*

*운봉은 승직허여 좌수사로 보내시고,*

*남원골 백성들은 세역을 없앴으니*

*천천만만세를 누리드라.*

*그 뒤야 뉘 알소냐, 더질더질.*

- 끝 -

# 춘향뎐 (2000년 작)

**원안** 조상현 「창본 춘향가」 **감독** 임권택 **시나리오** 김명곤

---

**줄거리** 조선조 숙종 시대. 남원부사의 아들 이몽룡은 아버지의 임지를 따라 남원고을로 내려온다. 책방에 갇혀 공부만 하기에 짜증이 난 그는 하인 방자를 앞세워 광한루 구경에 나선다. 단옷날의 신명 나는 분위기 속에서 처녀들의 그네 놀이를 보던 몽룡은 춘향을 발견하고 그 미모에 넋을 잃는다. 퇴기 월매의 딸 춘향이라고 방자가 이르자 몽룡은 당장 불러오라고 재촉한다. 춘향은 "안수해, 접수화, 해수혈"이라는 말을 남기고 향단과 함께 그네터를 떠난다. 기러기는 바다를 따르고, 나비는 꽃을 따르고, 게는 굴을 따른다는 뜻인즉, 직접 자신을 찾아오라는 춘향의 뜻을 알아챈 몽룡은 야심한 밤 춘향 집을 방문한다. 몽룡은 춘향 어미 월매에게 춘향과의 백년가약을 원한다고 밝히고 자신의 마음이 영원히 변치 않을 것을 맹세한다. 그 밤으로 이루어진 몽룡과 춘향의 사랑이 이루어지고 둘은 꿈 같은 세월을 보낸다.

하지만 몽룡의 아버지 이사또가 동부승지로 승진하면서 몽룡 역시 부모 따라 한양으로 가게 된다. 그리고 호색한으로 소문난 변학도가 남원부사로 부임한다. 부임 삼일만에 치뤄진 기생점고에 절색이라 소문난 춘향이 빠져 있자 화가 난 변사또는 춘향을 불러들이고 어미가 기생이면 종모법에 따라 딸인 너 또한 기생이라며 수청 들기를 강요한다. 수청을 거부하는 춘향에 화가 난 변사또는 춘향에게 고문을 가하지만 춘향은 절개를 굽히지 않는다.

한편 몽룡은 부지런히 공부해 장원급제 벼슬길에 오르고 암행어사로 임명받아 전라도로 내려온다. 걸인 차림의 몽룡은 옥방의 춘향을 만나고 춘향은 몽룡을 향해 변함없이 사랑을 보여준다. 다음날 광한루, 장대히 벌어진 변학도의 생일잔치에서 암행어사 출두가 붙여지고 몽룡은 변학도를 응징한다. 몽룡과 춘향은 재회하고 동헌은 축제 분위기로 충만해진다.

---

이미 여러 차례 영화와 드라마로 만들어진 바 있는 판소리 「춘향가」지만 2000년 개봉한 임권택 감독의 영화 〈춘향뎐〉은 이전 작품들과 전혀 다른 구성을 보여준다. 영화는 학과 과제를 위해 판소리를 보러 온 현재(2000년)의 대학생들이 극장으로 입장하면서 시작한다. 이윽고 대학생들이 무대에 오른 명창 조상현의 판소리가 진행되고 그와 동시에 남원 광한루의 이몽룡과 성춘향의 첫 만남으로 화면은 넘어간다. 영화는 이런 식으로 중요 사건을 극장의 판소리로 서술하고 바로 이어 극 속의 인물들이 이야기를 구현해내는 방식으로 진행된다.

이 영화는 한국영화 최초로 칸 영화제(제53회) 경쟁 부문에 초청되었다.

# 김명곤(金明坤, KIM MYUNG GON) 작품 활동 연보

| 1952 | 출생(12월 3일) |
|------|------|
| 1973 | 「안도라」 출연 (막스 프리쉬 작, 김학천 연출, 서울사대 연극회) |
| 1975 | 「고장」 조연출 (프리드리히 뒤렌마트 작, 김학천 연출, 서울대 총연극회) |
| 1978 | 「아벨만 이야기」 출연 (극단상황, 이민 연출, 시민문화회관) |
| 1979 | 「뻐꾹 뻐 뻐국」 출연 (극단상황, 이민 연출, 세실극장) |
| | 「밤하늘의 별처럼」 연출, 출연 (놀이패 한두레) |
| 1980 | 「장산곶매」 출연 (연우무대, 이상우 연출, 드라마센타) |
| | 「왕자」 출연 (연우무대, 정한룡 연출, 세실극장) |
| | 「토끼와 자라」 작, 연출 (서울대학교 사범대학 연극반) |
| 1981 | 「장사의 꿈」 각색, 출연 (연우무대, 황석영 원작, 임진택 연출, 민예, 공간) |
| 1982 | 「민달팽이」 작, 연출, 출연 (연우무대, 문예회관소극장) |
| | 「판놀이 아리랑 고개」 출연 (연우무대, 유인렬 연출, 국립극장 실험무대) |
| | 「멈춰 선 저 상여는 상주도 없다더냐」 출연 (연우무대, 김민기 연출, 문예회관대극장) |
| | 영화 〈일송정 푸른 솔은〉 출연 (현진영화사, 이장호 감독) |
| 1983 | 영화 〈바보 선언〉 출연 (이장호 감독) |
| | 영화 〈과부춤〉 출연 (이장호 감독) |
| 1984 | 「강쟁이 다리쟁이」 출연 (놀이패 한두레, 채희완 연출, 문예회관소극장) |
| | 「나의 살던 고향은」 출연 (연우무대, 임진택 연출, 드라마센터) |
| 1985 | 「나눔굿」 출연 (춤패 신, 이애주 안무, 국립극장소극장) |
| | 영화 〈어우동〉 출연 (태흥영화사, 이장호 감독) |
| | 영화 〈서울 황제〉 출연 (선우완, 장선우 감독) |
| 1986 | 영화 〈헬로 임꺽정〉 출연 (황기성사단, 박철수 감독) |
| | 영화 〈나그네는 길에서도 쉬지 않는다〉 출연 (판영화사, 이장호 감독) |
| | 「아리랑」 작, 출연 (극단아리랑, 조항용 연출, 미리내소극장) |
| 1988 | 「갑오세 가보세」 작, 연출 (극단아리랑, 미리내소극장) |
| | 창작 판소리 「금수궁가」 대본 및 작창, 출연 (예술극장한마당) |
| | 「인동초(재판)」 작, 연출 (극단아리랑, 예술극장한마당) |
| 1989 | 「불감증」 각색, 연출 (극단아리랑, 오인두, 주인석 작, 예술극장한마당) |
| | 「아시아의 외침」 유럽 순회공연 출연 (필리핀 ACPC 주최) |
| 1990 | 「점아 점아 콩점아」 작, 연출 (극단아리랑, 예술극장한마당) |

| 1991 | 영화 〈개벽〉 출연 (춘우영화사, 임권택 감독) 출연 |
| | 「격정만리」 작, 출연 (극단아리랑, 조항용 연출, 학전소극장) |
| | 영화 〈명자, 아끼꼬, 소냐〉 출연 (지미필름, 이장호 감독) |
| 1992 | 「마법의 동물원」 원작, 연출 (극단아리랑, 극단아리랑 공동작, 예술극장한마당) |
| 1993 | 영화 〈서편제〉 시나리오, 출연 (태흥영화사, 임권택 감독) |
| | 영화 〈우연한 여행〉 공동 각색, 출연 (기획시대, 김정진 감독) |
| | 「돼지와 오토바이」 출연 (이만희 작, 허규 연출, 북촌창우극장) |
| 1994 | 영화 〈태백산맥〉 출연 (태흥영화사, 임권택 감독) |
| | 영화 〈영원한 제국〉 출연 (박종원 감독) |
| 1995 | 「배꼽춤을 추는 허수아비」 각색, 연출 (극단아리랑, 바탕골소극장) |
| | 영화 〈천재 선언〉 출연 (영화세상, 이장호 감독) |
| 1996 | 「어머니」 연출 (이윤택 작, 동숭아트센터 제작, 동숭아트홀대극장) |
| | 「난장이가 쏘아 올린 작은 공」 출연 (이상우 연출, 문예회관대극장, 서울대 총연극회) |
| 1998 | 「창극 백범 김구」 연출 (국립창극단, 국립극장해오름극장) |
| | 영화 〈정〉 (배창호 감독, 배창호프로덕션 제작) 출연 |
| | 「완판 장막창극 춘향전」 대본 (국립창극단, 임진택 연출, 국립극장해오름극장) |
| 1999 | 「완판 장막창극 심청전」 대본, 연출 (국립창극단, 국립극장해오름극장) |
| 2000 | 「완판 장막창극 수궁가」 연출 (국립창극단, 허규 대본, 국립극장해오름극장) |
| | 「총체극 우루왕」 대본, 연출 (국립극장해오름극장) |
| | 영화 〈춘향뎐〉 시나리오 (태흥영화사, 임권택 감독) |
| 2008 | 「밀키웨이」 대본, 연출 (두레소극장) |
| | 드라마 〈대왕세종〉 출연 (KBS) |
| 2012 | 드라마 〈각시탈〉 출연 (MBC) |
| | 「아버지」 대본, 연출 (동숭아트센터, 아리인터웍스 제작) |
| | 영화 〈광해, 왕이 된 남자〉 출연 (추창민 감독, 리얼라이즈픽쳐스 제작) |
| 2013 | 「만두와 깔창」 연출 (예술공간혜화, 김인경 작, 극단황금가지 제작) |
| 2014 | 「뮤지컬 오필리어」 작, 연출 (세종문화회관M시어터, 아리인터웍스 제작) |
| | 영화 〈명량〉 출연 (김한민 감독) |
| 2015 | 드라마 〈왕의 얼굴〉 출연 (KBS) |
| | 드라마 〈밤을 걷는 선비〉 출연 (MBC) |
| | 「아빠 철들이기」 제작, 출연 (국립극장하늘극장, 선아트컴퍼니 제작) |
| 2016 | 영화 〈대립군〉 출연 (정윤철 감독, 리얼라이즈픽쳐스 제작) |

**2017**　오페라「라 트라비아타」연출 (세종문화회관, 한러 오페라단 제작)

　　　　영화 〈강철비〉 출연 (양우석 감독)

**2018**　드라마 〈미스티〉 출연 (JTBC)

　　　　드라마 〈친애하는 판사님께〉 출연 (SBS)

　　　　영화 〈신과 함께2-인과 연〉 출연 (김용화 감독, 리얼라이즈픽처스)

　　　　영화 〈우상〉 출연 (이수진 감독, 플룩스픽처스 제작)

　　　　「협력자들」 출연 (동국대 이해랑극장, 관악극회 제작)

**2019**　「김명곤의 소리여행-만남」 출연 (동자아트홀)

　　　　〈흑백다방〉 출연 (차현석 제작 연출)

　　　　「늙은 부부 이야기」 출연 (위성신 작 연출, 자유소극장, 예술의전당 제작)

　　　　「만월」 대본, 연출 (국립무용단, 국립극장 하늘극장)

　　　　영화 〈구르는 수레바퀴〉 출연 (문정윤 감독 제작)

　　　　영화 〈강철비 2〉 출연 (양우석 감독)

**2020**　「설, 바람」 대본, 연출 (국립무용단, 국립극장 하늘극장)

　　　　「창극 춘향」 대본, 연출 (국립창극단, 국립극장 달오름 극장)

　　　　「김명곤의 소리여행-숲속의 소릿길」 출연 (예술의 전당 야외무대)

　　　　「박인수와 김명곤의 소리여행-한국가곡과 민요를 찾아서」 출연 (예술의전당 미래아트홀)

**2021**　「창극 흥보展」 대본, 연출 (국립창극단, 국립극장 해오름극장)

　　　　드라마 〈글리치〉 출연 (노덕 감독, 넷플릭스 제작)

　　　　「우리 가곡 100년의 드라마-굿모닝 가곡1」 대본, 연출, 출연 (예술의전당 콘서트홀)

　　　　「조선협객」 출연 (차현석 작, 연출, 후암아트홀)

　　　　「김명곤의 소리여행-사랑하며, 노래하며」 (책가옥 기획 초청)

**2022**　영화 〈한산〉 출연 (김한민 감독)

　　　　「이두헌의 그대와 함께 걷다보니 - with 김명곤」 출연 (책가옥)

　　　　「월간 가곡 테마 콘서트 청춘예찬」 구성, 연출, 출연 (두남재, 예술의 전당 공동 제작, 예술의 전당 IBK 챔버홀)

　　　　『김명곤 희곡·시나리오 全作集: 사로잡힌 꿈』 출간

**김명곤 연보**

◆ 수상 경력

| | |
|---|---|
| 1992 | 「마법의 동물원」 제1회 어린이연극제 최우수작품상, 연출상 |
| 1993 | 〈서편제〉 영화평론가협회상 남우주연상 |
| | 〈서편제〉 청룡영화상 남우주연상 |
| 1994 | 자랑스러운 서울시민상 |
| 1995 | 「배꼽춤을 추는 허수아비」 현대연극상 최우수 작품상, 연출상 |
| 1997 | 「어머니」 연극평론가협회 1996년 올해의 연극 베스트3 |
| 2006 | APEC 2005 KOREA 유공 포장 |
| 2007 | 국민 포장 수령 |
| 2017 | 은관 문화훈장 수령 |
| 2019 | 전주고등학교 100주년 기념 "자랑스러운 전고인" 상 |

◆ 저서

| | |
|---|---|
| 1983 | 『한국의 발견: 전라북도』 (뿌리깊은 나무) |
| 1989 | 『광대열전』 (예문출판사) |
| | 『꿈꾸는 퉁소쟁이』 (고려원) |
| 1990 | 『어떻게 허면 똑똑헌 제자 한 놈 두고 죽을꼬?』 (뿌리깊은나무 민중자서전3) |
| 1991 | 『물은 건너봐야 알고, 사람은 겪어 봐야 알거든』 (뿌리깊은나무 민중자서전15) |
| 1993 | 『김명곤의 광대기행-한』 (산하출판사) |
| 1993 | 『비가비 광대』 (포도원) |
| 1996 | 극단 아리랑 창작희곡집 『아리랑』, 『격정만리』, 『배꼽춤을 추는 허수아비』 |
| | (공간미디어) |
| 2006 | 『문화의 블루오션을 꿈꾸다』 (북큐브) |
| 2009 | 『우리 소리, 우리 음악』 (상수리) |
| 2012 | 『꿈꾸는 광대』 (유리창) |
| 2013 | 『문화의 블루오션을 꿈꾸다』 (일본 이와나미 서점) |
| 2014 | 『격정만리』 (지식을 만드는 지식 한국희곡선집) |

# 김명곤

전북 전주에서 태어난 배우, 작가, 연출가, 성악가. 1972년 서울대학교 사범대학 연극반에서 연극 활동을 시작하여 1983년 영화 〈바보선언〉으로 영화계에 이름을 알렸고, 연출과 희곡 및 시나리오 창작에도 일가견이 있어 국민영화 〈서편제〉의 시나리오를 직접 쓰고 연기하여 1993년 청룡영화제 남우주연상을 수상하였다. '극단 상황', '놀이패 한두레', '연우무대' 등을 거쳐 1986년에 '극단 아리랑'을 창단하여 제작·기획·연출·출연·극작 활동을 왕성하게 펼치다가, 국민의 정부 시절인 2000년부터 6년간 국립극장장을, 참여정부 중기(2006년) 제8대 문화관광부 장관 등 행정가로서의 삶 또한 눈에 띄는 여정이었다고 할 수 있겠다. 현재까지 연극, 드라마, 영화 등에서 배우로, 작가로, 연출가로 꾸준히 활동을 하면서 판소리와 벨칸토 성악의 접목을 시도하는 성악가로서도 새로운 도전을 하는 등 다양한 분야에서 활동 중인 현역 예술가이다.

# 김명곤 희곡·시나리오 全作集: 사로잡힌 꿈

**초판 1쇄 인쇄**   2022년 11월 10일
**초판 1쇄 발행**   2022년 11월 20일

**지은이**   김명곤
**펴낸이**   반기훈
**기획**   김무곤
**편집**   반기훈
**표지 캘리그라피**   김아리

**펴낸곳**   ㈜허클베리미디어
**출판등록**   2018년 8월 1일 제 2018-000232호
**주소**   06300 서울특별시 강남구 남부순환로378길 36 401호
**전화**   02-704-0801
**홈페이지**   huckleberrybooks.com
**이메일**   hbrrmedia@gmail.com

※ 이 도서는 한국출판문화산업진흥원의 '2022년 우수출판콘텐츠 제작 지원 사업' 선정작입니다.